ሕድሪ
መድህንን ኣልጋነሸን

ዛንታ
ፍቕርን ፡ ስቅያትን ፡ ሕልናን ፡ ልቦናን ፡ መስዋእትነትን

ተስፋይ መንግስ ገብረመድህን

Layout and cover design by **beteZION** Graphics
info@betezion.com
www.betezion.com

Contact Information (ንሕበሬታ መወከሲ):

Tesfay Menghis Ghebremedhin
Email address: fantes32@gmail.com or tes_men61@yahoo.com
Through messenger or facebook page-Tesfay Menghis

Address in Eritrea:
Ruba Haddas Street, House No 27, Asmara, Eritrea- Zip 186 Or
Cathedral Pharmacy, PO BOX 12, Asmara, Eritrea.
Tel. 291-1-127188 or Residence: 291-1-181783 or Cell: 291 7 112875.

Address in the US:
Springfield, Virginia, Zip 22152 and Pittsburg, California, Zip 94565

Website: www.fltetmenghis.com

Book printed by Ingram Spark. USA
ISBN: 978-0-578-68424-6
1st edition May 2020. Printed in the USA.

COVENANT

BETWEEN

MEDHN & ALGANESH

Story of

Love, Suffering, Sacrifice, Conscience & Wisdom

Tesfay Menghis Ghebremedhin

አብ መጋቢት 2019 እተዘርገሐት ቀዳመይቲ መጽሓፍ
"ህልኽ ተሰፍምን ሃብቶምን"

"ሕድሪ መድህንን ኣልጋነሸን"
ካብ መጽሓፍ
"ህልኽ ተሰፍምን ሃብቶምን"
ዝቐጸለ ዛንታ' ዩ

ጦብላሕታን ርእይቶን ኣንበብቲ ቀዳመይቲ መጽሓፍ "ህልኽ ተስፎምን ሃብቶምን"

እዛ ረዛንን ምቅርትን መጽሓፍ'ዚኣ ፤ ብደገኣ ብዛዕባ መዓልታዊ ህልኽ ክልተ ግለ-ሰባት እያ እትመስል። ብውሽጣ ግን ፤ ብዛዕባ 'ገስጋስን' 'ድሕረትን' ፤ 'ጽቡቕን' 'እኩይን' ፤ 'ዓወትን' 'ውድቀትን' ኮይና ንረኽባ። ስፍሓት ህይወት ከትገልጾን ፤ ዕምቆቱ ከተቐርን እንተኾንካ ፤ ልብን ባህርያት ሰባትን ዚምርምርን ዚገልጾን ተውህቦ የድሊ። እዚ ተውህቦ'ዚ ድማ ኣብዛ ንእድቲ መጽሓፍ'ዚኣ ተኾሊዑን ተጉላዕሊዑን ንርእዮ። ዓቢ ዝላ ኣብ ስነ ጽሑፍ ኤርትራ። ዮሃና !

ሃብተ ተስፋማርያም - ቬርጂንያ - ኣሜሪካ

ብዘይካ እቲ ካብ 1960 ዝጀመረ ስፊሕን መሪርን ፖለቲካውን ብረታውን ቃልሲ ህዝቢ ኤርትራ ፤ ካልእ ብዛዕባ ሕብረተሰብናን ሃገርናን ዝፈልጦ ኣይነበረን። ኣብዛ መጽሓፍ እዚኣ'የ ፤ እቲ ካልእ ገጽ ናይ መንነትናን ፤ ታሪኽናን ፤ ክብርታትናን ውህሎል ልቦና ሕብረተሰብናን ህዝብናን ረኺበዮ። ነዚ ኣጉሊሕ እተንጸባርቐ ፤ መሃሪትን መሳጢትን መጽሓፍ ኮይና ረኺበያ።

ክብረኣብ ይመስገን - ሲያትል ዋሺንግቶን

መጽሓፍ "ህልኽ ተስፎምን ሃብቶምን" ንሕብረተሰብ ተስፉ እተስንቐ ፤ ኣብ ምዕቡል ኣተሓሳስባ ዝተሞርኮስትን መሃሪትን ኮይና ረኺበያ። ከምዚ ዓይነት መጽሓፍ ንሕብረተሰብ ምብርካት ፤ ንህዝብኻ እጃምካ ምብርካት ኣብ ርእሲ ምዃኑ ፤ መርኣያ ፍቕርን ሓላፍነታዊ ኣበርክቶን'ውን ኢዩ። ድርሰትካ ክንዲምንታይ ሃብታም ተመኮሮን ዓቕምን ተደጉሎ ከም ዝነበረ ኢዩ ኣመስኪሩልና። እንቋዕ ኣብዚ ኣብቅዓካ።

በላይ ገብረእግዝኣቢሄር - ሆባርት ኣውስትራልያ

"ህልኽ ተሰፎምን ሃብቶምን ፡" ንዓይ'ውን ንኸውደስ "ህልኽ" ኣትሒዛትኒ። እነሆ ኣብ ኢደይ ምስ ኣተወት ፡ ስለስተ መዓልቲ ኣብ ዘይበጽሕ ግዜ ዛዚመያ። ብዛዕባ ፍቕሪ ፡ ሳዕቤን ህልኽ ፡ ኣፈታትሓ ግርጭታት ወዘተ ፡ ብኣዝዩ ልዑምን ምቁርን ትግርኛ እተሰነየ ኣዛናትዊ እትውንን ፡ መሳጢትን ታሪኽ ሓዘልን መጽሓፍ ኮይና ረኺበያ። ካልኣይቲ መጽሓፍ ፡ "ሕድሪ መድህንን ኣልጋነሽን" ምስኣ ኣልጊበ ከንብባ ብሂገን ተረቢጸን። ግን መን'ሞ ከህበኒ።

ሃኒባል ዳኒኤል - ፖርትላንድ - ኦሬጎን

ይባርኽካ ፡ ንዘልኣለም እትነብር ሓወልቲ ተኺልካ። ወረ ጌና ፡ እቲ ሰፈር ንህቢ ጌና ምሉእ ብምሉእ ኣይተበርበረን ፡ ብሕጇ እንሓፍሶ ወለላ መዓር ክህሉ ኢዩ።

ጸጋይ ኣድሓኖም - ሎስ ኣንጀለስ - ካሊፎርንያ

ደራሲ ተስፋይ መንግስ ፡ ነቶም ቀንዲ ገጾ - ባህርያት ዓጽምን ስጋን ኣልበሱ ፡ ኣብ መጽሓፉ ህያው ገይሩዎም'የ። ድንቂ ዝኾነት ፡ ንወለዶታት እትወራረስ መጽሓፍ "ህልኽ ተሰፎምን ሃብቶምን" ኣቕሪቡልና'ሎ። ሃየ ንሕና ኸኣ ፡ ኢደይ - ኢድካ እናበልና ነንብባን ነስተማቕራን።

ደራሲ ዳዊት ገብረሚካኤል ሃብተ - ሲልቨር ስፕሪንግ - ሜሪላንድ

ኣብ ውሽጢ ኣእምሮን ሕልናን ኣትያ ፡ ናይ ምንባብካ ሸውሃት እተበራብርን ፡ ከተቆምጣ እተሸግርን መጽሓፍ'ያ። ነዚ መንእሰይ ወለዶ እትምህር ፡ ንዓና ነዘም ዝዓበና ኸኣ ፡ ብዙሕ ነገራት እተዘኻኽር መሳጢት ጽሕፍቲ ኮይና ረኺበያ። ዘፈጠርካዮ ዋሕዚ ዛንታ ፡ ምንባብ ጠጠው ንኸተብል ዘየፍቅደልካ ኣሲሩ ዝሕዘካ ዓይነት'የ። የሃና !

ቴድሮስ ተኽለ - ለንደን - ዓዲ እንግሊዝ

ኣነ'ኳ እቲ ዓቕሚ ይፈልጦ ስለ ዝነበርኩ ኣይገረመንን ፣ ግን ከኣ ኣዝየ ተሓጕሰን ተሓቢነን። እቲ ኹሉ ናይ ቀዳሞትን ናይ ዘበናውን ውህሉል ኣፍልጦን ልቦናን ፣ ከምኡ ኸኣ ዘሎካ ዓሚቝ ኣፍልጦን ልቦናን ስለ ዘማቐልካናን ፣ ንመጻኢ ወለዶ ዝኸውን ህያብ ብምግዳፍካን የመስግነካ።

ኣካለ ተኽለኣብ - ኖርዋይ ሸወደን

ከምዚ ዓይነት ዛንታ ከምህዙን ከፈጥሩን ፣ ከምዚ ዓይነት ሰፊሕ ውረድ ደይብ ዝመልአ ጽሑፍ ከደርሱ ዝኽእሉ ፣ ዓብይቲ ኣሕዋትን ወለድን ኣብ ሞንጎና ከም ዘለዉና ኣይፈልጥን ኢየ ነይረ። ኣዝየ ተሓቢነን ተሓጕሰን። ንኸልኣይቲ መጽሓፍካ ብሃንቀውታን ተርባጽን እጽበያ'ሎኹ።

እልልታ ኣኮሎም - ሲያትል ዋሽንግቶን

ብሉጽን ፣ ዕቱብን ፣ ሓላፍነታውን ፋርማሲስት ምዃንካ ፣ ኣጸቢቐ ይፈልጥ ነይረ'የ። ኣዚኽ ክኢላ ተራኺይን መህዛይን ደራሲ ምዃንካ ስለ ዘይፈልጥ ዝነበርኩ ግን ፣ ኣዝየ ተደኒቐ። ድሓረ ኸኣ ተሓጕሰን ተሓቢነን። ኣብ ክንዲ ኩላትና ኹ'ንካ ፣ ከምዚ ዓይነት ነባሪ ስራሕ ስለ ዘበርከትካልና ብልቢ የመስግነካ።

ፋርማሲስት ኣብርሃም ዓንዶም - ኣስመራ - ኤርትራ

መጽሓፍካ ናብቲ ዝዓበናሉ እዋንን ገዛውትን ፣ ናብቶም ዘዕበዩና ወለድን ስድራ ቤታትን ፣ ናብ ግዜ ቈልዕነትናን ጉብዝናናን ሒዛትኒ ዕዝር ኢላ። ኣዝያ እናዘናግዐት ልቦና እተስንቅን እትምህርን ንእድቲ መጽሓፍ ስለ ዘበርከትካልና የመስግነካ።

ኣዜብ ሃይለ - ቦስቶን ማሳቹስትስ

መተሓሳሰቢ

መጽሓፍ "ሕድሪ መድህንን ኣልጋነሽን" ልብ ወለድ ዛንታ ስለ ዝኾነት ፤ ኣብኡ ጠቒሰዮም ዘሎኹ ገጽ ባህርያትን ኣስማትን ባዕለይ ዝፈጠርኩዎም ስለ ዝኾኑ ፤ ንዝኾነ ሰብ ዘይውክሉን ዘየመልክቱን ምኳኖም ከረጋግጽ እፈቱ።

ደራሲ ፋርማሲስት ተስፋይ መንግስ

ወፈያ

መጽሓፍ "ሕድሪ መድህንን ኣልጋነሽን ፡" ነቶም ንህይወተይ ሓጕስን ዕግበትን ፡ ከምኡ ኽኣ መቐረትን ሓበንን ከም ዝመልኡ ዝገበሩ ፡ በዓልቲ ቤተይ ፋና ተወልደን ፡ ደቀይ ኣድያም ፡ ዊንታ ፡ ሰመረን ሰገንን Ⅰ ብተወሳኺ ኽኣ ነቲ ንልዕሊ 50 ዓመታት ፡ ኣብነት ናይ ሓላፍነትን ፍቕርን ስኒትን ሰላምን ዝኾኑኒ ንኡስ ሓዉ.'ቦይ ፡ ኣቶ ፍስሓጽዮን ገብረመድህን ሰገድ ኣወፍያ።

ብተወሳኺ ፡ መጽሓፍ "ሕድሪ መድህንን ኣልጋነሽን ፡" ንኹሎም ኤርትራውያን ወለዲ ብሓፈሻ ፡ ብፍላይ ከኣ ኤርትራውያን ደቀ'ንስትዮ ፡ ስለ'ቲ ንመዋእል ንደቀንን ንወለደንን ንስድራቤተንን ፡ ሕብረተሰበንን ፡ ቃል ኪዳነንን ሕድረንን ብምጽናዕ ፡ ዘወፈያኦ ፍሉይ ዘይትካእን ኣበርክቶኣን ኣወፍያ።

ደራሲ ፋርማሲስት ተስፋይ መንግስ

ሕድሪ
መድህንን ኣልጋነሽን

ተስፋይ መንግስ ገብረመድህን

መቕድም

አብ መቕድም ናይታ ቕድሚ ሓደ ዓመት እተዘርገሐት ፡ "ህልኽ ተሰዊምን ሃብቶምን" ዘርእስታ ፈላሚት መጽሓፈይ ፡ ብኸመይ ናብ ድርሰት ከም ዝበጻሕኩን ዝበቓዕኩን ፡ ብዝርዝር ገሊጸዮ ነይረ'የ። አብዚ መቕድም ናይ ካልአይቲ መጽሓፈይ ፡ ናብ ካልእ አንፈት ከተኩር'የ መሪጸ። ብሓጺሩ ናብ ንምንታይ'የ መጽሓፍ ከጽሕፍ ወሲነን ፡ እንታይ ዒላማታት ከወቅዕ'የ ተበጊሰን ዝብሉ ሕቶታት'የ ክድህብ ወሲነ።

ናይ መጀመርታ ዒላማይ እምበአር ፡ ነቲ ጽሓፍ - ጽሓፍ ዝብለኒ ዝነበረ ስምዒተይን ሃረርታይን ንምርዋይ'የ ነይሩ። ብሓቂ ኸአ ነዝን ክልተ መጽሓፍቲ አብ ዝደርሰሉ ዝነበርኩ ፡ አብዘን ዝሓለፉ 10 ዓመት ፡ አዝዩ ሕጉስ ግዜ'የ አሕሊፈ።

ካልአይ ዒላማይ ፡ ንንጹርነት ዘረባን አዘራርባን ፡ ጽሓፍን አጸሓሕፋን ፡ ብሂልን አበሃህላን ዝምልከት'የ። ደቂ ሰባት ንኽረዳድኡን ፡ ከተአራረሙን ፡ ከመሃሃሩን ኡንኮን ቀንድን መሳርሒኦም ቃላትን ቋንቋን ኢዩ። ብተመሳሳሊ ንኽይሳነዩን ፡ ከበአሱን ከጻልኡን ከበታተኑን ኸአ ፡ ቀንድን ኡንኮን ናይ ጥፍአት መሳርሒኦም ፡ ቃላትን ዘረባን ቋንቋን'የ።

ንአዘራርባን ንጽሕፈትን አድህቦ ስለ ዘይንህቦን ፡ ስለ ዘይንጥንቀቕን ፡ ብዙሕ ግዜ እቾም እንጥቀመሎም ቃላትን ሓረጋትን ፡ ነቲ ስምዒትናን ከነሕልፎ እንደላ መልእኽትን ስለ ዘይወከሉ ፡ ናብ ዘይሓሰባናዮ ግርጭትን ባእስን ጽልእን ቂምታን ኩናትን የውድቑና'የም። ብአኡ ምኽንያት ከአ ፡ እቲ ንኽረዳድአና ዝፈጠርናዮ ቋንቋ ፡ ቀንዲ ጠንቒ ናይ ባእስናን መፈላለይናን መበታተኒናን ይኸውን አሎ ማለት'የ።

ኣገዳስነት ናይ ንጹርነት ቋንቋና ንምብራህን ንምስማርን ካብ ዝብል ፤ ዝፈጠርኩዎም
ገጸ ባህርያት ፤ ነቲ ከሕልፍዎ ዝደልዩ መልእኽቲ ፤ ብንጹር ኣገባብ ንኸመሓላልፍዎ
ዝኸኣለኒ ጽዒተ ኢዩ። ብኣሉ ምኽንያት ከኣ ፤ መጻሕፍተይ ምስ ወዳእኩወን
ጥራይ ፤ መታን ጽሑፈይ ዝያዳ ከነጽሮን ከእርሞን ካብ ዝብል ፤ ንመበል 26
ግዜ እናተመላለስኩ ንሓሙሽተ ዓመት ኣሪመዮ'የ። ኣብዚ መዳይ'ዚ ከንዲ
ምንታይ ተዓዋተ ፤ ኣንበብቲ ባዕልኸትኩም እትፈርድዎ'ኺ እንተኾነ ፤ ሓደ ካብ
ዒላማታተይ ከም ዝነበረ ግን ከይጠቆስኩዎ ከሓልፍ ኣይደለኹን።

ሕብረተሰባት ብሓፈሻ ፤ ስድራ ቤታት ከኣ ብፍላይ ፤ ብገዳማዊ ሽግራትን
ተጻብኦታትን ጥራይ ኣይኮናን ዝህሰያን ዝማስናን። ማዕረኡን ልዕሌኡን ፤ በቲ
ካባና ካብ ውሽጥናን ውሽጣናን ዝፍጠር ዘይምስምማዕን ፡ህውከትን ፤ ነውጽን'ውን
ይህሰያን ይጉዳኣን'የን። እዚ ማለት ከኣ ፤ እቲ ኣብ ውሽጢ ሓዳርን ፤ ኣሕዋትን ፤
ኣሓትን ፤ ስድራቤታትን ፤ መሓዙትን ፤ ጉረባብትን ፤ መሳርሕትን ፤ ብሰንኪ ሕማቕ
ጠባይን ፤ ባህርን ፤ በለጽን ፤ ዓመጽን ፤ ምጥልላምን ፤ ጨቓነን ፤ መዓልታዊ ዝስዕብ
ሃስያን በደልን ጉድኣትን ማለት ኢዩ።

ኣብዚ ግጥም'ዚ ኸኣ ፤ እቶም ቀንዲ ተሃሰይትን ፤ ኣደራዕ ዝስከሙን ፤ እቶም
ናይ ጽባሕ ተካእቲ ወለዶ ዝኾኑ ቆልዑን ፤ እተን ዓንዲ ሕብረተሰብ ዝኾና
ደቀ'ንስትዮን ኢዮም። እምበኣር ነዚ ኣዝዩ ኣገዳሲ ከፋል ህይወትና ፤ ዝግባኦ
ቆላሕታ ሂብና ፤ መምስውሽጥና ክንዘራረብን ሕልናና ክንፍትሽን ጥራይ ዘይኮነ ፤
ብዝከኣለና ክንገጥሞን ፤ ክንምክቶን ፤ ክንእርሞን ንምግንዛብ'የ ፤ ከም ሳልሳይ
ዒላማይ ገይረ ከተኩረሉ መሪጸ።

ኣነ ብፋርማሲ ሞያ ኣብ 1970 ድሕሪ ምምራቐይ ፤ ብቐጥታ ናብ ኣስመራ
ተመሊስ ፤ ኣብ ፋርማሲ ካቴድራል ነ45 ዓመት ከገልግል ዕድል ረኺበ ኢዩ።
ኣብዚ ነዊሕ ናይ ስራሕ መዋእል ፤ ብገምጋም ምስ ኣስታት ፍርቂ ሚልዮን ዝኸውን
ሰብ ክዋሳእ በቒዐ'የ። ኣብኡ ኹውን ኣነ እታ ዓቕመይ ከማቕል ፤ ከረድእን
ከመክርን ክምህርን ከሎኹ ፤ ንርእሰይ ከኣ ብዝያዳ ክረብሕን ክመሃርን ክፈልጥን
ዓቢ ዕድልን ጸጋን'የ ረኺበ። እቲ ኣብኡ ዝቐሰምክዎ ፤ ካብ ኣብ ትምህርቲ ዓለም
ዝተመሃርኩዎ ፍልጠት ፤ ኣዝዩ ዝሰፍሐን ዝዓዘዘን ዝዓሞቘን ኢዩ።

እምበኣር ከም ራብዓይ ዒላማይ ዝሓዝኩዎ ፤ ነዚ ኹሉ ዝተመሃርኩዎን ፤
ዝቐሰምኩዎን ዝተወከርኩዎን ፤ ምሳይ ንሓዉሩ ንሓመዱ ከማልኣን ሒዘዮ ክሓልፍን
ኣይግባእን'የ ብምባል ፤ ብውሑዱ በቲ ዉሱን ድሩትን ዓቕመይ ፤ ንኸመሓላልፎ
ዝከኣለኒ ከህቅንን ከጽዕትን ኣሎኒ ዝብል ኔሕ ሒዘ'የ ተበጊሰ።

ብሓቂ ክዛረብ እንተኾይን ፡ ኣነ ነቲ ዝተለቃሕኩዎ ትሕዝቶ ፡ ብዝተኻእለኒ ብውቁብ ኣጻሒሕፉን ፡ መሳጢ ዛንታን ኣዛናትዋን ኮላሊዐ ከሕልፎ ይፈትን'ምበር ፤ እቲ ትሕዝቶ ግን ፡ ናይቶም ኩሎም ኣብ ህይወተይ ልዑል ተራ ዝነበሮም ፡ ወለደይ ፡ ስድራ ቤተይ ፡ ኣዕሩኽተይ ፡ መምህራነይ ፡ ተገልገልቲ ፋርማሲ ካቴድራልን ፡ ካልኦት ጸሓፍትን ስነ ጥበባውያንን'የ። ብሓጺሩ እዚ መጽሓፍ'ዚ ብኣይ ይደረስ'ምበር ፡ ምንጪን መሰረቱን ግን ፡ ናታቶምን ካብኣታቶምን'የ።

ሕብረተሰብ ኤርትራ ፡ ብዘበናውን ቴክኖሎጂካውን ምዕባለ'ኳ ድሕሪት ይንበሮ'ምበር ፡ ብሕብረተሰባውን ሶሻላውን ኮማውን ኣፍልጦ ግን ፡ ማዕረን ልዕሊ ካልኦትን'የ ነይሩ። ብኣኡ ምኽንያት'የ ኸኣ ፡ መሬት ዘይወድቁ ብሂላትን ምስላታትን ፡ ማእለያ ዘይብሎም ሰብኣዊ ክብርታትን ፡ ዘንቍኑ ዘኹርዑ ምዕሩይን ሕጋውን ሰላማውን መነባብሮ ክንብሩ ዝኸእሉ ፡ ሕግታት እንዳባን ነዲፎምልናን ገዲፎምልናን ዝሓለፉ።

እቲ ኣብዚ መዳይ'ዚ ቀንዲ ዝሃሰየና ፡ እቲ ዝበዝሕ ያታን ፡ ክብርታትን ፡ ግጥምን ፡ ማሰን ፡ ታሪኽን ፡ ብኣፋዊ ኣገባብ ጥራይ ይመሓላለፍ ምንባሩ'የ። ብጫልን ብኣፍን ዝመሓላለፍ ከኣ ፡ ምስ ግዜ ተረሳዒን ሃሳሳይን'የ። ኣብ ጽሑፍን ቀለምን ዝተቐመጠ ግን ነባሪ ኢዩ።

ኣብዚ መዳይ'ዚ ፡ ብሕልፊ እቶም ፡ ንኣኡ ከይተማህረ ዘምሃረና ፡ ንኣኡ ዘይረኸቦ ዕድል ንኣና ኣሕሊፉ ዝሃበና ዜጋታት ፤ ንሕብረተሰብና በብተውህቦናን ዓቕምናን ፡ ብዝኸነ መንገድን ኣብ ዝኾነ ዓውድን ክንዋሳእን ኣበርክቶ ክንገብርን ፡ ሓላፍነት ከም ዘሎና ክንዝንግዖ ኣይግባእን።

ቀዳመይቲ መጽሓፍ "ህልኽ ተስፎምን ሃብቶምን" 450 ገጽ ዝሓዘት ኮይና ፡ ካልኣይቲ መጽሕፍ "ሕድሪ ኣልጋነሽን መድህንን" ከኣ 490 ገጽ ዝሓዘት ኢያ። ንድርስተይ ፡ ኣብ ቀዳመይቲ መጽሓፍ ንመበል 25 ግዜ ፡ ኣብ ካልኣይቲ መጽሓፍ ከኣ ንመበል 26 ግዜ ፡ እናተመላለስኩ ኣንቢበዮን ፡ ቀያይረዮን ፡ ኣሪመዮን'የ።

ንመጽሓፍተይ ዋላ'ኳ ከምዚ ገይረ ቆሚለየን እንተ ኾንኩ ፡ ሕጂ'ውን ጌና ፡ ሚኢቲ ካብ ሚኢቲ ኣጻሪፈየን'የ ኢለ ከምከሓለን ዘይኸእል ምኽንየይ ይርደኣኒ'የ። ምስቲ ክጅምር ከሎኹ ዝነበረኒ ዓቕሚ ከወዳድሮ ከሎኹ ግን ፡ ንባዕለይ ዕጉብ'የ።

በዚ ኣብ ላዕሊ ዝገለጽኩዎ ምኽንያታት ኩሉ ፡ ዋላ'ኳ እራም ትግርኛ ንኽጥቀም ዝከኣለኒ ጽዒተ እንተኾንኩ ፡ መጽሓፍተይ ሕጂ'ውን ናይ ሰዋስው ናይ ስርዓተ ነጥብን ጉድለት ከም ዝህልወን ፡ ኣብ ሜላ ኣጸሓሕፋ'ውን ብዙሕ ከም

ዝተርፈንን እኣምን’የ። ነዚ ኽኣ ካብ ፈላጣትን ክኢላታትን ክእረመሉን ክመሃረሉን
ቅሩብ ኢየ። እዚ ይኹን’ምበር ፡ ሕጂ’ውን እቲ ጸሓፍ ጸሓፍ ዝብለኒ ስምዒተይ
ከርዊ ስለ ዝኽኣልኩ ግን ፡ ዕጉብ ኢየ።

ደራሲ.

ፋርማሲስት ተስፋይ መንግስ

ቅድመ ጽሑፍ

ንቐዳመይቲ መጽሓፍ ፡ "ህልኽ ተስፎምን ሃብቶምን ፤" አቐዲምኩም ንዘንበብኩማ አንበብቲ ፡ መታን መዘኻኽሪ ክኸውን ፡ እዚ ሓጺር ቅድመ ጽሑፍ አቐርብ።

አብ ቀዳመይቲ መጽሓፍ ፡ "ህልኽ ተስፎምን ሃብቶምን ፤" አብ 1952 ዝጀመረ ዛንታ ጕዕዞ ህይወት ፡ ክሳዕ 1973 ብምቅጻል ፡ ብዘይተኣደኑ አደነቕቲ ፍጻመታትን ሕልኽላኽትን እናተሰነየ ፡ ን21 ዓመት ብኽንደይ ውረድ ደይብ ከም እተጓዕዘ ርኢና።

ግራዝማች ሰልጠነን ወይዘሮ ብርኽትን ፡ ንተስፎምን አርኣያን ፡ ምስጋናን ፡ ሰላምን ወሊዶም። ተስፎምን በዓልቲ ቤቱ መድህንን ከኣ ፡ ንኣርባዕተ ቆልዑ ፡ ብሩኽን ፡ ትምኒትን ፡ ለገሰን ፡ ሕርይትን ወሊዶም።

ባሻይ ጐይትኦምን ወይዘሮ ለምለምን ፡ ንሃብቶምን ፡ ደርማስን ፡ ልዕልትን ፡ ብሩርን ወሊዶም። ሃብቶምን በዓልቲ ቤቱ አልጋነሽን ፡ ንሓሙሽተ ቆልዑ ፡ ከብረትን ፡ ሳምሶንን ፡ ሓድሽን ፡ ራህዋን ፡ ነጋስን ወሊዶም።

ብተወሳኺ ሃብቶም ፡ ካብ ሓዳሩ ወጻኢ ፡ ካብ አልማዝ ክልተ ቆልዑ ፡ ሓበንን መቐረትን ወሊዱ።

አንስቲ ተስፎምን ሃብቶምን ዝኹና ፡ መድህንን አልጋነሽን ፡ አብ ሓደ ግዜ ፡ አብ ሓደ ሆስፒታል ፡ ክልቲአን ብማናቱ ወድን ጓልን ኢየን ተቦኩረን። ማናቱ ብሩኽን ትምኒትን ደቂ ተስፎም ፡ ማናቱ ከብረትን ሳምሶንን ከኣ ደቂ ሃብቶም' ዮም።

ግራዝማች ሰልጠነን ባሻይ ጐይትኦምን ፣ ጐረባብትን መሻርኽትን ኢ.የም ነይሮም። ዕድመ ምስ ደፍኡ ፣ ሽርከነቶም ናብ ዓበይቲ ደቆም'የም አመሓላሊፎሞ። ድሕር'ዚ ደቆምን ስድራ ቤቶምን ብሓፈሻ ፣ ብፍላይ ከኣ አንስትን ደቅን ተስፍምን ሃብቶምን ፣ አዝዮም ተቐራረቡን ተፋቐሩን።

ድሕሪ ውሱን ዓመታት ግን ፣ ተስፍምን ሃብቶምን አብ ምትፍናንን ፣ ህልኽን ቂምታን ጽልእን'የም ወዲቖም። እዚ ዘምጽኦ ሳዕቤን ከኣ ፣ ንኣኣቶምን ፣ ንኣንስቶምን ፣ ንደቆምን ፣ ንስድራ ቤቶምን አብ ከቢድ ነውጺን ሕልኽላኽትን ሸመሞም።

ገና ሃብቶምን ተስፍምን ፣ መድህንን አልጋነሽን ፣ ብሩኽን ክብረትን ፣ አልማዝ'ውን ፣ አብ ምንታይ ከምዝወድቁን ፣ መወዳእታ ኩነታቶም እንታይ ከምዝመስልን ፣ ከይተፈለጠን ከይተነጸረን ከሎ'የ ቀዳማይ ዛንታ ተዛዚሙ።

እዛ ካልአይቲ መጽሓፍ ፣ "ሕድሪ መድህንን አልጋነሽን" እምበኣር ፣ ካብ 1973 ጀሚራ ክሳዕ 1981 ፣ ንሸሞንተ ዓመት ፣ ነቲ ገና ብዙሕ ሕልኽላኽትን አደነቕቲ ፍጻመታትን ሓንጊፉ ተንጠልጢሉ ተሪፉ ዘሎ ዛንታ ፣ ናብ መደምደምታኡን ፍጻመኡን ከተብጽሓና ኢያ። ጽቡቕ ንባብ።

ደራሲ

ፋርማሲስት ተስፋይ መንግስ

ምዕራፍ 1

ሽው ምሽት መድህን ከም ዘወረዳን ከም ቀደማን ንተስፎም ትጽበዮ ነበረት። ሽው ግን ዘይኣመላን ካልእ ግዜ ዘይተገብሮን ፣ ካብ ሰዓት ዓሰርተው ሓደ ጀሚራ ከትስከፍን ሽቆልቀል ከትብልን ሰዓት ከትርኢን ጀመረት። "እንታይ ኮይኑ' የኽ? እዝስ እንታይ ኣምጽአ?" ኢላ ንነብሳ እናወጠረት ፣ ስምዒታ ከተረጋግእ ፈተነት። ይኹን' ምበር ፣ ከትቀስን ግን ኣይከኣለትን። ኣብ መወዳእታ ፣ ንስምዒታ መግለጽን መጨዳጸርን ስለ ዝሰኣነትሉ ፣ ምስ ተርባጻን ምስ ስክፍታኣን ምጽባይ ቀጸለት። ሰዓት ምስ ተጸበኸዮን ምስ ኣቕለብካሉን ግን ፣ ግዜ ቀልጢፉ ስለ ዘይሓልፍ ፣ ዕጭ ሓንሪፉ ምንቅናቅ ኣበየ።

ሽው ግዜ መሕለፍን መህድእን እንተ ኹና ኢላ ፣ ዘየድልያን ኣብቲ ሰዓት' ቲ ፈጺሙ ዘየድልን ቀንጠ - መንጢ ስራሕ ጀመረት። ብኽምዚ ፍርቂ ለይቲ ኣኸለላ። ግን ተስፎም ጌና ኣይመጸን። ፍርቂ ለይቱን ፈረቓን ኮነ። ሕጂ' ውን ተስፎም ኣይመጸን። ከሳዕ ሰዓት ሓደ ዝቐርብ ተቓሊሳን ስምዒታ ተጨዳዲራን ጸንሐት። ሰዓት ሓደን ፈረቓን ምስ ኮነ ግን ኣይከኣለትን።

እቲ ክርብጻ ዘምሰየ ስምዒትን ስክፍታን ፍርሃት ተወሲኸዎ ዕረፍቲ ኸልኣ። እስትንፋሳ ከሓጽርን ከጸብብን ተሰምዓ። ልባ ተረግ ተረግ እናበለት ህርመታ ከጋልብን ፣ ሰውነታ ብረሃጽ መጠግጠግ ከብልን ከትጥልቅን ተፈለጣ። ሽው' ያ ኣምበኣር ብትሕቲ መልሓሳ ፣ "ዋላ ለይቲ ይኹን' ምበር!" እናበለት ኣብ ውሳነ ዝበጽሐት። ሽው ብቕጽበት ብድድ ኢላ ፣ ናብ ተሌፎን ገጻ ስጉመተት።

ኢዳ እና' ንቀጥቀጣ መመልከቲት ኣጽብዕታ ኣብታ ቴሌፎን ሰኹዓ ፣ ቁጽርታት ከተዘውር ጀመረት። ስልኪ ትድውል ግን ዘልዕላ ሰብ ኣይረኸበትን። "ለይቲ

ኹይኑ ደቂሶም ኮይኖም'የ'ምበር ፡ በዚ እዋን'ዚ ናብይ ከኸዱ ኢሎም'"
እናበለት ካልኣይ ግዜ ደወለት። ካልኣይ'ዉን ከትዉዳእ ደለየት። ከትዉዳእ ምስ
ቀረበት ከትጠራጠር ጀመረት። ኣብ መወዳእታ ግን ፡ "ሄሎ ፡" ዝብል ናይቲ
ኣጸቢቓ እትፈልጦ ጕሮሮን ፡ ከኞበላ እትጽበዮ ዝነበረት ስብን ዘይጥዕም ድምጺ
ተቐበላ። ንኽልኢታት'ኳ እንተ ተጠራጠረት ፡ ደሓር ግን ናይ ምብዕዛዝ ምኞኑ
ብኞጽበት ተረደኣ።

"ሄሎ ኣርኣያ ፡ መድህን'የ ፡" በለቶ።

"እሂ'ቲ መድህን እንታይ ደኣ ኼንኪ ኣብዚ ሰዓት'ዚ ደዊልኪ?" በላ ብስንባደ።

"ኣይትሓዘለይ ኣርኣያ ሓወይ ኣሸገረካ። ተስፎም እንድዩ ከሳዕ ሕጇ ስለ ዘይመጸስ
ተሻቒለ ፡" በለቶ።

"ሰዓት ከንደይ ድዩ ዘሎ?" ሓተታ። ጌና ብግቡእ ስለ ዘይተበራበረ'የ'ምበር
ሰዓትስ ምስኡ ነይራ ኢያ።

"ሰዓት ሓደን ፈረቓን ኮይኑ ፡" በለቶ።

"ከሳዕ'ዚ ሰዓት'ዚ ይጸንሕ ድዩ?" ሓተታ።

"ቀዳም እንተ ኹይኑስ ዝበዝሕ ፍርቂ ለይቲ ወይ ቅሩብ ድሕሪኡ'የ ዝኣቱ።
ዝቐጸራ መዓልታት'የ ልክዕ ሰዓት ሓደ ኣትዩ ዝፈልጥ ፡" በለቶ።

"እሞ ኣነ ናብተን ሓደ ኽልተ ዘማስዮለን ቦታታት ከድውል'የ። ተመሊሰ
ከድውለልኪ'የ ፡" በላ።

"ሕራይ በል ፡ ናተይ ከይኣክልሲ ንዓኻ ኸአ ለኪመካ ፡" በለቶ።

"ደሓን ከድውለልኪ'የ ብዙሕ ኣይትሻቐሊ ፡" ኢሉ ስልኪ ዓጸዋ።

ኣርኣያ ስልኪ ምስ ዓጸዋ ፡ መድህን ካብታ ጥቓ ስልኪ ከይረሓቐት ፡ ገጻ ብኽልተ
ኢዳ ደጊፋ ፡ ንየው ነጀው ከትብል ጀመረት። ድሕሪ ሓሙሽተ ደቒቕ ስልኪ ጭርር
ከትብለን ፡ ካልኣይ ከይደገመት መድህን ነጢራ ከተልዕላን ሓደ ኾነ።

"መድህን ኩሎም ብሓባር ጸኒሐም ፡ ቅድሚ ሓሙሽተ ደቒቕ ወጺኦም ከይደዮም
ኢሎምኒ። ስለዚ ብዙሕ ኣይትሰከፊ። ከዕልሉ ጠጣው-መጣው ከይበሉ ፍርቂ
ሰዓት ዝኸውን ግዜ ንሃቦ'ሞ ፡ ከሳዕ ሹው እንተ ዘይመጸ ግን ደውልለይ ፡" በላ።

ብኣፉ ፡ "ሕራይ በል ፡" እንተ በለቶ'ኳ ፡ ስምዒታ ግን ፡ ኣርኣያ ብዝሃባ ሓበሬታ ጨሪሱ ክረግእን ክሃድእን ኣይከኣለን።

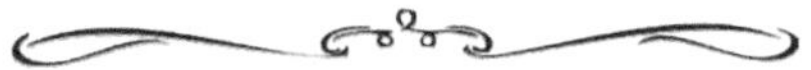

ተስፎም ካብ ሆቴል ላሊበላ ወጺኡ ናብ መኪናኡ ኣተወ። መኪናኡ ኣልዒሉ ናብቲ ኣብ ፊት ባር ትሪስቴሌ ዝርከብ ከቢ ኣምርሐ። ካብኡ ንጸጋም ናብ ክሊኒካ ኢጀዛ ገጹ ቀጸለ። ነታ ንእሽቶ ናይ ጣልያን ሆስፒታል ምስ ሓለፈ ፡ ናብ ኮምቢሽታቶ ፡ ናብቲ ዓቢ ቀዳማዊ ሃይለ ስላሴ ጎደና ክጥወ ተደናደነ። ኣብ ሞንጎኡ ሓሳባቱ ብምቍያር ፡ "ክላ ዋላ እደንጉ'ምበር ፡" ኢሉ ኣብ ከንዲ ንየማን ዝጥወ ትኽ ኢሉ መገዱ ቀጸለ። ተስፎም ኩሉ ግዜ ንገዛኡ በቲ ዓቢ ጎደና ምምዘዋር ኣይፈቱን'ዩ ነይሩ።

ነቲ ዓቢ በዓል ብዙሕ ደርቢ ህንጻ እንዳ ኣባሓበሽ ሓሊፉ ፡ ን'ንዳ ደናዳይ ንየማን ገዲፉ ፡ ትሕቲ ማይ ጃሕ-ጃሕ ብዘሎ ዓቢ ጽርግያ ገይሩ ብዝያዳ ናህሪ ተመርቀፈ። ተስፎም ደንጉዩ ሰዓት ኣሕሊፉ ስለ ዝነበረ ካብ ቀደሙ ዝያዳ ይንህር ነበረ።

ብኸምኡ ናህሪ ጋራጅ ዳትሱን ሓሊፉ ፡ ን'ንዳ ፍንጀል ንጸጋም ገዲፉ ፡ ንየማን ክጥወ ከሎ ዘይኣሙሉ ዝያዳ ካብቲ ዝግበኦ ኣግሪሑ ተጠውየ። ተስፎም ኣብ ዝኾነ ህሞት ፡ ዋላ ስትዩ'ውን ኣዝዩ ጥንቁቕ ብምንባሩ ፡ "እሂ'ታ ተስፎም እንታይ ደኣ ወሪዱካ?" ኢሉ ንነብሱ ገንሓ። ከምኡ እናበለ ናብ ባር ቾሪና ኣምርሐ። ባር ቾሪና ብቓጥታ ሓሊፉ ፡ ንቒነማ ክሮቸ ሮሳ ስጊሩ ፡ ንታሕቲ ብጎደና ሃጸይ የውሃንስ ገጹ ምስቲ ቀልቀል ብዝያዳ ናህሪ ተሸንበበ።

ልከ‍ዕ ቅድሚ ጋራጅ ሚቸል ኮተስ ምብጻሑ ፡ በቲ ቤት ትምህርቲ ጣልያን ዝቄርጽ መገዲ ፡ ሓደ ነገር ናብኡ ገጹ ብፍጥነት ቄሪጹ ከሓልፎ ከም ዝሕንበብ ዝነበረ ተራእየ። መጀመርያ በዓል ብሽክለታ ኹዐይኑ ተሰምዖ። ደሓር ግን በቲ ፍጥነትን እቲ መብራህቲ ናይታ ተሸከርካሪትን ፡ ብሽክለታ ከም ዘይኮነት ተረድኦ። እናቐረበ ምስ ከደ'የ በዓል ሞቶር ብሽክለታ ምዃኑ እተረድኦን ዝሰንበደን።

ብቕጽበት ልጓም'ኳ (ፍሬና) እንተ ሓዘ ፡ ፍጥነት መኪናኡን ፍጥነት በዓል ሞቶር ብሽክለታን ተደማሚሩ ፡ ምግጫዉ ከም ዘይተርፎ ተረድኦ። ሽዑ ንመዘወሪ መኪናኡ ብሓይልን ብቕጽበትን ብሙሉእ ንጸጋም ገጹ ጠወዮ። ንበዓል ሞቶር ብሽክለታ ንስከላ ስሒቱ ከይተንከፎ ፡ መኪናኡ ካብ ቁጽጽሩ ወጺኡ ኹዐይኑ ፡ ንጸጋም ናብ ናይ ኤለክትሪክ ዓንድን ፡ ናብቲ ጥቓኡ ዝነበረ ናይ እንዳ ሚቸል ኮተስ መንደቕን ገጹ ተሓንበበ።

መኪናኡ ነቲ ዓንዲ በቲ ንሱ ዝነበሮ ወገን ብምሉእ ሓይላ ከተላህምን ፣ ቀጺላ ናብቲ መንደቕ ከትላጋዕን ተሰምዓ። ብቝጽበት መዘወሪ መኪናኡ ንልቡ ክዓብሶን ፣ ርእሱ ምስቲ መስትያት ናይ መኪና ክላጋዕን ፣ ኣብ ጸጋማይ እግሩ ብርቱዕ ቃንዛ ከስመዖን ሓደ ኾነ። ክንቀሳቐስ እንተ በለ ማዕጾ መራሕ መኪና ናብኡ ገጹ ተጨፍሊቑ ኣትዩ ስለ ዝነበረ ምንቕናቕ ከልኦ።

ኣብ ርእሱን ጸጋመይቲ እግሩን ኣፍልቡን ኣዝዩ ብርቱዕ ቃንዛ ተሰምዖ። ደም ካብ ርእሱን ግንባሩን ፣ ብገጹን ምዕጉርቱን ገይሩ ንታሕቲ እናወረረ ፣ ናብ ኣፍልቡን ስረኡን ክነጥብ ኣስተብሃለ። ጸጋመይቲ ኢዱ ንታሕቲ ገጹ ናብ ጸጋመይቲ እግሩ እንተ ሰደደ ፣ በ'ጻብዕቱ ጥልቁይ ነገር ተንከፈ። ሽዑ ካብ እግሩ'ውን ደም ይፈስሶ ከም ዝነበረ ተረድኦ። እዚ ኹሉ ኣብ ውሽጢ ክልተ ስለስተ ካልኢታት ክፍጸም ከሎ ፣ ንተሰፍም ግን ድሮ ነዊሕ ዝገበረ ኮይኑ ተሰምዖ። ክነቓነቕን ክደሀን ስለ ዘይከኣለ ፣ ሓገዝ እንተ ዘይረኺቡ ኣብ ሓደጋ ከም ዝወደቕ ተረድኦ።

በዓል ሞቶር ብሽክለታ ኾነ ቱግቱት ፣ ዝኾነ ዝረአ ጉድኣት ኣይበጽሓምን። በዓል ቱግቱግ ተሽከርካሪቱ ጠጠው ኣቢሎ ፣ ናብ መኪና ተሰፍም ጐየየ። ማዕጾ መኪና ተሰፍም ፣ በቲ ንሱ እተቐመጠሉ ወገን ንውሽጢ ተጨፍሊቑ ከም ዝጠለቐ ኣስተብሃለ። እቲ ምስ መንደቕ እታጋጨወ ቅድሚት መኪና ተጨፍሊቑን ፣ ናይ ቅድሚት መብራህትታት ኹሉ ተሰባቢሩን ከም ዝነበረ ረኣየ።

ብተወሳኺ ናይ ቅድሚት መስትያት መኪና ተሰባቢሩን ፣ መራሕ መኪና ኸኣ ካብ ገጹን ርእሱን ደም ከም ዝፈስሶ ዝነበረን ኣስተብሃለ። ኣጫፋልቃ መኪናን ኹሉ ኩነታትን ምስ ረኣየ ፣ መራሕ መኪና ኣዝዩ ከም እተሃሰየ ተረድኦ።

ማዕጾ ብወገን መራሕ መኪና ምኽፋት ምስ ኣበዮ ፣ በቲ ሓደ ወገን ከፊቱ እንተ ረኣየ ፣ ብድኹም ድምጺ ክቕንዝ ሰምዖ። ናይ ሰብን መኪናን ሓገዝ ከም ዘድልዮ ተረድኦ። ናብ ማእከል ጽርግያ ገጹ ብምቅራብ ብርሑቕ እትመጽእ መኪና ኣስተብሃለ።

ንኣኣ ጠጠው ንኽብል እናተቐራረብ ኸሎ ፣ እቲ መራሕ መኪና ባዕሉ ቀስ ክብልን ፣ ከሳዱ ኣውጺኡ ናብታ እተጋጨወት መኪና ገጹ ብኣተኩሮ ከስተብሃልን ረኣየ። ናብኡ ገጹ ከኸይድ ከሎ ፣ ድሮ በዓል መኪና ብቝጽበት ጠጠው ኢሉ ፣ ካብ መኪናኡ ብስናባደ ከወጽእን ፣ "ተሰፍም ፣ ተሰፍም ፣" እናበለ ናብታ መኪና ክጽጋዕን ረኣየ። ነቲ እተጐድኣ መራሕ መኪና ብቓረባ ዝፈልጦ ሰብ ምዃኑ ኸኣ ተረድኦ።

ብሓባር ኰይኖም ንተሰፎም ካብ መኪና ከዉጽእዎ ዝኽእልሉ ሜላታት ፈታተኑ። ግን ተሰፎም እግሩ ተጨፍሊቑን ተቐርቂሩን ስለ ዝነበረ ከንቓንቕዎ ኣይከኣሉን። እንተ ፈተኑ ኸኣ ብኣዝዩ ድኹም ድምጺ ፡ "እግረይ! እግረይ!" ይብል ነበረ።

እዚ ኹሉ ክኸውን ከሎ ፡ ካብ ተሰፎም ብዙሕ ደም ይፈስስ ነበረ። በቲ ተጨፍሊቑ ዝነበረ ወገን ማዕጾ ደም ንደገ ይነጥብ ምንባሩ'ዉን ኣስተብሃሉ።

"ኣብ መኪናኻ ገለ ናይ መኪና መፍትሒ ሓጺን ኣይትረክብን?" በሎ በዓል ቱግቱግ።

"ይጠቅም እንተ ዀይኑስ ይህልወኒ'ዩ ፡" ኢሉ ናብ መኪናኡ ተንቀሳቐሰ።

በዓል ቱግቱግ ኸኣ ኣርከቦ። ክሳዕ ናይ ድሕሪት መኪናኡ ዝኸፍቶ ኸኣ ከምዚ ክብል ሓተቶ ፡ "ስሙ ክትጽውዖ ሰሚዐካስ ፡ ትፍልጦ ዲኻ?"

"ዓርከይ እንድዩ ሕጂ እንድዩ ምሳይ ጸኒሑ ፡" በለ በርሀ። "ኔርካ ዲኻ እዚ ሓደጋ ክገጥም ከሎ?" ኢሉ ብግደኡ ሓተቶ።

"ንዓይ ከድሕን'ንድዩ ናብዚ ዓንድን መንደቕን ኣትዩ። ኣነ'የ ተጋግየ። ለይቲ ስለ ዝኾነ ብዙሓት መካይን የለዋን ኢለ ፡ ጠጠው ከይበልኩን ፡ ንየማንን ጸጋምን ከይረኣኹን ፡ ናብቲ ማእከል መገዲ ኣትየ። ንሱ ኸኣ ብላዕሊ ብልዑል ፍጥነት ይመጽእ ነይሩ። ድሕሪኡ ምስ ረኣየኒ ንዓይ ከይገጨ ክብል'ዩ ፍሬኖ ብቕጽበት ብምሓዝን ፡ መኪናኡ ካባይ ብምጥዋይን እዚ ሓደጋ ረኺቡ ፡" በለ ርእሱ እናነቕነቐ ፡ ኣዝዩ ከም ዝጐሃየ ብዘርኢ ስምዒት።

በርሀ መኪናኡ እንተ ኸፈተ ዘይጠቅም ንእሽቶይ ናይ ጐማ መፍትሒ ጥራይ ረኸበ። ንሱ ከም ዘየገልግሎምን ከም ዘይጠቕሞምን ተረድኡ።

"ኣነ ኣብዚ ኾይነ ንዕኡ ክርእዮን ፡ ገለ ዕብይ ዝበለት መኪና ዝሓዙ ወይ መካኒክ እንተ መጹ ከስተብህል። ንስኻ በዛ ሞቶር ብሽክለታኻ ጌርካ ቅድም ናብ ቀይሕ መስቀል ኬድካ ፡ ኣምቡላንስ ክልእኩልና እዚ ዘሎናዮ ቦታ ሓብሮም። ንዓኣቶም ከይተጸበኻ ምናልባሽ ኣብዚ ዝሕግዙና ሰባት ከይንስኣን ፡ ናብ መጥፋእቲ ሓዊ (*እንዳ ፖምፔረ*) ኬድካ ክሕግዙና ሕተቶም ፡" በሎ በርሀ።

በዓል ሞቶር ብሽክለታ ካልኣይ'ውን ኣየዛረቦን።

"ሕራይ ከድኩ ፡" ጥራይ ዝብላ ቓላት ተዛሪቡ ፡ ናብ ቱግቱጉ ገጹ ጐይዩ ኣልዒልዋ ተመርቀፈ።

በርህ ሰብ መካይን ጠጠው እናበለ ንኽሕግዝዎም ሓተተ። ዋላ'ኳ ብዙሓት ሰብ
መካይን እንተ ተኣከቡ ፣ ዝጠቅም መሳርሒ ዝሓዘ ክረክብ ግን ኣይክኣለን። በቾም
ኩሎም እተኣኸኸቡ ብሰብኣዊ ዓቕሚ ከኽፍትዎ እንተ ፈተኑ ፣ ማዕጾ ከፍንቀል
ኣይተኸእለን። ተሰፎም ብርቱዕ ቃንዛ ይቕንዙን ደም ጌና ብቘጻሊ ይፈስሶን ነበረ።

በርህ ዓቕሉ ጸቢብዎ ዝገብሮ ጠፊእዎ ኸሎ ፣ ቱግ ቱግ ስሚዑ ጥውይ እንተ በለ ፣
በዓል ሞቶር ብሽክለታ ኣብ ድሕሪት ካልኣይ ሰብ ጽዒኑ ከመጽእ ተዓዘበ። ሞቶር
ብሽክለታኡ ብቕጽበት ጠጠው ኣቢሉ ፣ ነጢሩ ብምውራድ ከኣ ፣ ነቲ ጽዒንዎ
ዝነብረ ሰብ ሓጹውን ክቕበሎ ምስ ተዓዘበ ፣ ዋላ'ውን እንታይ ከም ዝኾነ እንተ
ዘይተረደኦ ኣዝዩ ተሓጐሰ።

"ሰለስቲኣን መጥፋእቲ ሓዊ መካይን ወዲኣን ምስ ጸንሓ ፣ በጃኹም ዋላ ሓደ
ሰብ ምስ መሳርሒ ሃቡኒ ባዕለይ ከብጽሖ ኢለዮም ተሓባቢሮምኒ ፣" በለ በዓል
ቱግቱግ።

"እዋይ እዝግሄር ይሃብካ ወደይ!" በሎ በርህ።

"ኣምቡላንስ ደኣ ኣይመጸትን? ቅድም ናብኣም እንድየ ከይደ ፣" በለ በዓል
ቱግቱግ።

"ኣይመጸትን ግን ከነውጽኣ እንተ ኽኢልናስ ፣ ከይንህሰዮ ደኣ'ምበር ዋላ
ብመኪናይ ከወስዶ ፣" በለ በርህ።

ሽዑ ንሽዑ እቲ ኣባል መጥፋእቲ ሓዊ ፣ መሳርሒኡ ሒዙ ከም ዝተሓጋገዝዎ
እናገበረ ስራሑ ጀመረ። ኣብ ውሽጢ ደቃይቕ ከኣ ማዕጾ ከኽፍትዎ ከኣሉ። ማዕጾ
ተኸፊቱልና ኢሎም ተመስገን ከብሉን ፣ ኣምቡላንስ ናይ ቀይሕ መስቀል ደበኽ
ክትብልን ከኣ ሓደ ኾነ።

ምስቶም ናይ ኣምቡላንስ ሰራሕተኛታት ተሓጋጊዘም ከኣ ፣ ንተስፎም ካብ መኪናኡ
ናብ ኣምቡላንስ ኣስገርዎ። ኣብቲ ግዜ'ቲ ተስፎም ሃለዋቱ ከጥፍእ ጀሚሩ
ነይሩ'ዩ።

ኣምቡላንስ ቀይሕ መብራህታ ውልዕ-ውልዕ እናበለትን ፣ ድምጺ እና'ስመዐትን
ንሆስፒታል ገጻ ተመርቀፈት። በርህ ከኣ ነቶም ኩሎም ዝተሓባበርዎም ኣመስገኖም።
በዓል ሞቶር ብሽክለታ ንሆስፒታል ምሳኽ ክኸይድ'የ በሎ። በርህ ግን ነቲ ኩሉ
ዝገበሮ ኣመስጊኑ ፣ ንሆስፒታል ከኸይድ ከም ዘየድልዮ ነገሮ። ቅድሚ ምኽዱ
ኣድራሹ ስልኪን ተለዋዊጦም ተማሳጊኖም ተፈላለዩ።

ድሕሪኡ በርህ ኣብ መኪናኡ ተሰቒሉ ንእቴገ መነን ሆስፒታል ገጹ ኣምረሐ። በርህ ኣብ ሆስፒታል ክበጽሕን ፡ ንተሰፎም ካብ ኣምቡላንስ ናብ ህጹጹ ረዲኤት ከእትውዋ ሓደ ኹነ።

ሓኪይም ዓርኩ ምኻኑን ንሱ ከም ዘምጽኦን ምስ ፈለጡ ፡ ኮፍ ክብል ዓደምዎ። ንተሰፎም ኩሎም ክንየዐላ ጀመሩ። ሓኪም ተቓዳዲሞም ኢንፋኹን ከተኽልሉን ፡ ደም ስለ ዘድልዮ ኽኣ ዓይነት ደሙ መረጋገጺ ምርመራ ክገብሩሉን ኣዘዘ።

በርህ ኮፍ ኢሉ ዝግ ምስ በለ ክሓስብ ጀመረ። እቲ ናይቲ ለይቲ ኣጋጣሚ ደነፆ። ብፍላይ ተሰፎም ገይሩዎ ዘይፈልጥ ሽዑ ምሸት ዘልዓሎ ክትዕን ፡ እቲ ዝሰዓብ ሓደጋን ኣገረሞ። ከምዚ ኢሉ እና'ስተንተነ ኽሎ ናብ ስድራ ቤት ተሰፎም ምድዋል ከም ዘድልዮ ተዘከሮ።

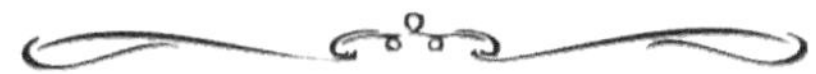

መድህን ክትድውል ከላ ኣርኣያ ኣጸቢቓ ባዕጌቱ'ኳ እንተ ነበረ ፡ ሕጂ ግን ነቒሑ ኢዩ ነይሩ። "ኣየ ተሰፎም ! ሓቃ ኢያ መድህን ! በዚ ዓይነት'ዚ'ኳ ዝመሓየሽን ዝቕይርን ኣይመስልን'የ ፡" ኢሉ ክሓስብ ጀመረ። "እዚ'ቦይ ብዛዕባ ወልፊ መስተ ናይ ተሰፎም እንተ ፈሊጡስ እንታይ ክኸውን'የ?" ኢሉ እና'ስተንተነ ኽሎ ፡ ስልኪ ፄርር-ፄርር በለት። ሰዓት እንተ ረኣየ ጌና ፍርቂ ሰዓት ዘይኣኸለ ምኻኑ ምስ ኣስተብሃለ ፡ "ኡ ተመስገን መጺኡ ማለት'የ ፡" እናበለ ስልኪ ኣልዓላ።

"ሄሎ ፡" ምስ በለ ግን ፡ ኣብ ክንዲ ድምጺ መድህን ፡ ድምጺ ሰብኣይ ተቐበሎ።

"ሄሎ ኣርኣያ ዲኻ?" ኽኣ በሎ።

"እወ መን ኢኻ?" በሎ።

"በርህ'የ ፡" በሎ።

"በርህ?" ሓተተ ኣርኣያ ስከፍታኡ እናሃደደ።

"በርህ ዓርኪ ተሰፎም ፡" ምስ በሎ ኣርኣያ ናይ ብሓቂ ሰንበደ።

"ደሓን ድዩ ተሰፎም?!" ሓተተ ኣርኣያ ተርባጹን ሻቅሎቱን እናዓረገ።

"ቅድመይ ሰብዶ ደዊሉልካ'የ?" ኢሉ ሓተቾ።

"መድህን ተሻዊላ ደዊላትለይ ጸኒሐ፡፡ ደሓን ድዩ ተስሮም?!" ዝብል ህዱእ ሕቶ እንደገና ሓተተ፡፡

"መቸም ደሓን'የ፡፡ ግን ሓደግ መኪና ኣጋጢምዎ'ሎ፡፡ ኣብ ሆስፒታል ኢቴጌ መነን ኣብጺሕናዮ'ሎና፡፡ ኣብኡ ስለ ዘሎኹ ክጽበየካ'የ ምጽኣኒ ፡" በሎ፡፡

"ዋይ ኣነ ኣርኣያ! ምስኪነይቲ መድህን ካብ ዝፈርሐቶ ከይወጸት?!" በለ ኣርኣያ ልቡ ተረግ-ተረግ እናበለት ሀርመታ ከቅልጥፍ ብንጹር እናተፈለጦ፡፡ ሾው ኣሰዕብ ኣቢሉ ፡ "መጻእኩ በል በርህ ፡" ኢሉ ስልኪ ዓጸዋ፡፡

መጀመርያ ንመድህን እንታይ ከም ዝብላ ከይተቐረበን ከይተበላሓተን ከሎ ፡ ከይተድዉለሉ ብምባል ንስልኪ ካብ መቐመጢኣ ኣልዒሉ ኣዛናቢሉ ኣቐመጣ፡፡ ብድሕሪኡ ንመድህን እንታይ ከም ዝብላን እንታይ ከም ዝገብራን ሓሰበ፡፡ ተቓላጢፉ ኸኣ ኣብ ሓደ ውሳነ በጽሐ፡፡ ኢዱ ቀጥ-ቀጥ እናበሎ ናብ መድህን ስልኪ ደወለ፡፡

ኣብ ቀዳማይ ደወል መድህን ስልኪ ኣልዒላ ብተርባጽ ፡ "ሄለው ፡ ሄለው?" በለት፡፡

"ሄሎ መድህን ፡" ኢሉ ካልእ ዘረባ ከይተዛረበ ኸሎ ፡ መድህን ብተርባጽ ተቓላጢፉ ፡ "ኢሄ ኣርኣያ ከድውለልካ እናበልኩ ኣይመጸን'ኮ! ገለ ደሃይ ረኺብካ ዲኻ?" ሓተተቶ ብኸቱር ህንጡይነት፡፡

"እወ ረኺበ፡፡ ግን እዚኣም ተጸሊሎም'ዮም በጃኺ፡፡ ካብቲ ዝነበርዎ ናብ ካልእ ቦታ ከይዶም ኣለዉ፡፡ ሕጂ ባዕለይ ናብኡ ከኸይድ'የ፡፡ ባዕለይ ሒዘዮ ከመጽእ'የ፡፡ ንስኺ ሕጂ ኣይትሻቐሊ ፡" በላ፡፡

"ወይ ጽጋግብ?! ወይ ጽላላለ?! በል ደሓን ንስኸ ደኣ ብዘይ ኣበስከዮ ለይትኻ ተደፊኣ'ምበር!" በለቶ፡፡

"ደሓን ደሓን እንታይ ኣለዎ'ዚ፡፡ ቻው ደኣ ፡" ኢሉ ኣብ ድምጹ ገለ ለውጢ ከይተስተብህል ብምስካፍ ተቓላጢፉ ስልኪ ዓጸዋ፡፡

ከሳዕ ሾው ንመድህን እንታይ ከም ዝብላ ኣስጊኡዎ ስለ ዝነበረ ፡ ብዙሕ ብዛዕባ'ቲ በርህ ዝበሎ ሓደግ ናይ ሓዉ ክሓስብን ክስተንትንን ግዜ ኣይረኸበን'ዩ ነይሩ፡፡ ንመድህን ስለ እተዓወተላን ፡ ከሳዕ ሆስፒታል በጺሑ ኩነታት ዝፈልጥ ፡ ብመድህን ከም ዘይሽገርን ግዜ ከም ዝረኸብን ስለ ዘረጋገጸ ቀሰነ፡፡

ካብ ስልኪ ናይ መድህን ጀሚራ ፤ በርህ ክድውልን እንደገና አርኣያ ናብ መድህን ክድውል ከሎን፤ ተንሲኣ ብስንባደ ትከታተል ዝነበረት በዓልቲ ቤት አርኣያ ንሆስፒታል ምስኡ ክትከይድ ሐተተቶ። አርኣያ ግን ናታ ምኽድ ዝሕግዝ ነገር ስለ ዘይሃሉ ገዛ ክትጸንሕ ነገራ። ዕምባባ ኸኣ ፍቓዱ ንምምላእ ደስ ከይበላ ገዛ ክትተርፍ ወሰነት።

አርኣያ ተቐላጢፉ ክዳኑ ለቢሱ ፤ ካቦት ደሪቡ ፤ መኪናኡ አልዒሉ ወጸ። አብ መገዲ እናኸደ ሓዉ ከመይ ከም ዝጸንሓ ስለ ዘይፈለጠ አዝዩ ተሻቐለ። ዝያዳ ብዛዕባ ተስፎም ምሕሳብ ምስ ጀመረ ፤ ትርግታ ልቡ ክቕልጥፍን ፤ ኢዱ ፈጥ-ፈጥ ክብሎን ተፈለጦ። አብ ከምኡ ኩነታት ከሎ ኸኣ ሆስፒታል በጽሐ። መኪና ተቐላጢፉ ጠጠው አቢሉ ፤ ዘብ-ዘብ እናበለ ብቕጽበት አብ ህጹጽ ረድኤት በጽሐ።

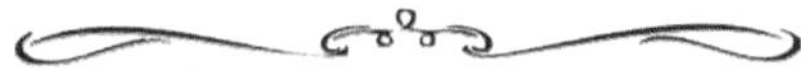

በርህ አብ አፍ ደገ ህጹጽ ረድኤት ኮይኑ ነ'ርኣያ ክጽበዮ ጀመረ። ሽው አርኣያ ክመጽእ ምስ ረአዮ ፤ ተንሲኡ ናብኡ ገጹ ሰጐመ።

አርኣያ ሰላም'ውን ከይበሎ ተቐዳዲሙ ፤ "አበይ'ሎ? ደሓን ድዩ በጃኽ?" በሎ ብታህዋኽን ብሻቕሎትን።

"ንዓ'ሞ ጽናሕ ርግእ በል ፤" በሎ በርህ።

ከምኡ ምስ በሎ አርኣያ ዝያዳ ሰንበደ። "ብህይወቱ አሎ ድዩኽ?" በሎ።

"መሊሰዩ አሰንቢደካ? ደሓን አጆኽ ብህይወቱ ኢና አምጺእናዮ። ቅድም ኩነታቱ አሕጽር አቢለ ከረድአካ ኢለ እንዳአለ ፤" ምስ በሎ አርኣያ ቅሩብ ፈኹስ'ም ገበታ አስተንፈሰ።

"አብ ምንታይ'ዮኽ'የ ማህረምቱ?" ሓተተ አርኣያ ቅሩብ ህድእ ኢሉ።

"እቲ ቀንዲ ማህረምቱ አብ ጸጋማይ እግሩ ኢዩ። ግን እቲ መዘወሪ መኪና ልቡ ስለ ዝዓበሶን ፤ ርእሱ ኸኣ ናብቲ ናይ ቅድሚት መስትያት ብሓይሊ ስለ እተላግዖን የሰክፍካ'ዩ። እቲ ልዕሊ ኹሉ ዘሰክፍን ዘስግእን ግን ብዙሕ ደም ስለ ዝፈሰሶ'ዩ።"

"ዋይ ኣነ ሓወይ! ብኸመይን ኣበይን'የኸ እዚ ሓደጋ'ዚ ኣጋጢሙዎ?" ሓተተ
ኣርኣያ።

"ዝርዝር ናይ ኩሉ ቀስ ኢለ ክነግረካ'የ። ኣቐዲመ ግን ነቶም ሓኻይም ሓዉ
መጺኡ'ሎ ኢለ ክነግሮም።"

ተታሓሒዞም ንውሽጢ ናብቶም ሓካይም ዝነበርዎ ኣተው። እቶም ኣለይቲ
ሕሙማት ፣ ነቲ በዓል ተራ ሓኪም ክነግሩሎም ምኻዮምን ፣ ቅሩብ ንኽጽበዩን
ሓበርዎም። ድሕሪ ውሱናት ደቓይቕ ሓኪም መጺኡ ናብታ ዝምርምረላ ክፍሊ
ወሰደም።

እቲ ሓኪም ሓዉ ምኻኑ ምስ ኣረጋገጸ ፣ ከምዚ ብምባል መግለጺኡ ጀመረ ፣
"ተሰፍም ሓዉኸ ሃለዋቱ ኣጥፊኡን ኣዝዩ ተዳኺሙን'የ ኣብዚ በጺሑ። ቅሩብ
ጸኒሑ እንተ ዝኽውን ኣባና'ውን ብህይወቱ ከብጽሕ ኣይምኽኣለን ነይሩ።
በቲ ዝጋጠሞ ማህረምቲ ጥራይ ዘይኮነስ ፣ ብቓንዱ ብመድመይቲ ኣብ ሞት
ምብጽሓ ነይሩ። ሕጂ ንሕና ብዝያዳ ኣብቲ ዝረአ ኣካላዊ ማህረምቱ ኣይኮንናን
ኣተኩርና ዘሎና። ከም ናይ መጀመርያን ቀንድን ዕላማና ፣ ጾቕጢ ደሙ ናብ
ንቡር ንምምላስ ፣ ህይወቱ ንምድሓንን ኢና እንጓዮ ዘሎና። ሽዑ ምስ ኣምጻእዎ
ኣጋጢሙ ንደሙ ዝሰማማዕ ደም ስለ ዝጸንሓና ፣ ብብዝሒ ደም ክንህቦ ጀሚርና
ኣሎና። ግን ዝያዳ ደም ክወስድ ከድልዮ ኢዩ። ስለዚ ጽባሕ ደሓን የሕድሮ'ሞ ፣
ካብ ስድራ ቤት ወይ ፈተውቲ ደም ዝህቡ ሰባት ከተምጽኡልና ከድሊ ኢዩ ፣"
በሎ።

ድሕሪኡ ሓንሳብ ዘረባ ኣጀሪጹ ናብ መዝገቡ ኣተኮረ። ሽዑ ቅንዕ ኢሉ ፣
"ብተወሳኺ ብርእሱ ምስቲ መስትያት ተጋጭዩ'ዩ። እቲ ብደገ ዝተሃርሞን ንደገ
ዝፈሰስ ደምን ኣየስግኣንን'ዩ። ደም ንውሽጢ ሓንጎሉ ከይዝዕግ ግን ንስከፍ
ኢና። ንኣካላዊ መጉዳእቲ ዝምልከት ፣ እግሩ ኣዝዩ ተሃስዩ ኢዩ ዘሎ። ጸጋማይቲ
እግሩ ካብ ፍርቂ ሰለፉ ንታሕቲ ብምልእታ ተሓምሺሻ'ያ። ንሓዋሩ ዘስከፍ ኢዩ።
እንታይ ስጉምቲ እንተ ተወሰደ ኢዩ ዝሓይሽ ክንርኢዮ ኢና። ሽዑ ናይ ኣዕጽምትን
ናይ ጭዋዳታትን ናይ መብጣሕቲ ክኢላታትን ምስ መርመርዎ ዝውስን ነገር'ዩ።
እዚ ኹሉ ዘጥፍአ ደም ምስ ተተክአን ፣ ሓይሉ ምስ ተመልሰን ፣ ከም'ኡ'ውን
ናይ ረኽሲ ነገራት ምስ ተጨጻጸርናዮን ፣ ናይ ግድን ኣብ ዝሓጸረ መብጣሕቲ
ክገብር'ዩ። ኣብኡ ጥራይ የብጽሓና'ምበር። በል ብሓጺሩ እዚ ኢዩ ኩነታት
ተሰፍም ሓዉኸ ፣" ኢሉ መግለጺኡ ደምደመ።

"ብዙሕ የመስግነካ። ንሓንሳብ ክርኢዮ እኽእልዶ?" ሓተተ ኣርኣያ።

"ሕጂ ኾነ ንዝቅጽል መዓልታት ፣ ዝኾነ ሰብ ኣትዩ ክርኢዮ ኣይፍቀድን'የ።
ግን ደሓን ሕጂ መታን ክትቀስን ፣ ኣብቲ ኣፍደገ ኜንካ ንሓንሳብ ክትርኢዮ
ከነፍቅደልካ ኢና ፣" በሎ።

"የቘንየለይ። በዓልቲ ቤቱ ተሻቒላ ስለ ዘላን ፣ ስለ ዘይተሕድረናን ድሕሪ ቅሩብ
ከምጽእ'የ። ከም'ዛ ንዓይ ፈዊድካለይ ዘለኻ ፣ መታን ክትቀስንን ክትረጋጋእን ፣
ምስ መጸት ንሓንሳብ ክትርኢዮ ከተፈቅደላ ምኽኣልካዶ?" በሎ ኣርኣያ።

"ስምዓኒ ከምኡ እናበልካ ስድራ ቤት ብምልኡ ከይተምጽአልና። ተስፎም ኣብ
ምንታይ ኩነታት ከም ዘሎ መታን ክርደኣካ'የ ብዝርዝር ገሊጸልካ። ነቶም ካልኦት
ስድራ ቤትኩም'ውን ብኽምኡ ከተረደኦም ኣሎካ። ተስፎም ኣብ ብርቱዕ ቃንዛ
ኣብ ኣዝዩ ኣሰካፊ ኩነታትን'የ ዘሎ። ብተወሳኺ ክንቀሳቀስ ስለ ዘይደለናዮ ፣ ናይ
ቃንዛን መደንዘዚ መድሃኒትን ሂብናዮ ኣሎና። ኩላትና ምስ ሓውኽ ኣብ ህጹጽን
ጽቡቅን ስራሕ ኢና ዘሎና። ስለዚ ብዛዕባ ምርኣይ ዝበሃል ሕቶ ካብ ሓንጐልካ
ኣውጽኣዮ። ንስኽትኩም ጸሎት ጥራይ ግበሩሉ !" በሎ ብቘሉጥወን ብትርን።

"ይቅረታ ግበረለይ ሓቅኽ ኢኻ። ኣነ ናብታ ዘይትጠቅም ጥራይ ኣተኮሩ። ነዚ
ዝነገርካኒ ኩሉ ንዓኣ'ውን ከረድኣ እየ። በል ክብረት ይሃበለይ።"

ሾኡ ምስ በርህ ተታሓሒዞም ንደገ ወጹ። ኣብ ደገ ምስ ወጹ ኣርኣያ ናብ በርህ
ጥውይ ኢሉ ፣ "በርህ ንበይንኽ ተሸጊርካ ከፊኡካ ሓዲሩ።"

"እንታይ ማለትካ'የ? ተስፎም'ኻ ዘለዋ !"

"ተስፎምሲ የጽብቔሉ'ምበር ሕማቅ'የ ዘሎ። ኣብ ሞንጎ ህይወትን ሞትን ኢዩ
ተንጠልጢሉ ዘሎ። ዋይ ኣነ ሓወይ !" በለ ርእሱ እናነቕነቐን ሕንቅንቕ እናበለን።

"ኣጆኽ ደሓን ኣምላኽ ኣሎ ከወጻ ኢዩ ፣" ኢሉ በርህ ኣተባብዖ።

ድሕሪኡ በርህ እቲ ሓደጋ ከመይ ኢሉ ከም ዝሰዓበ ፣ ንተስፎም ካብ መኪና
ንምልጋጭ እተሸገርያን ፣ ብድሕሪኡ ዝገበርዎ ኩሉን በብሓደ ኣረድኦ። ንተስፎም
ዘጋጠሞ ቃንዛን ስቓይን ክነግሮ ከሎ ፣ ኣርኣያ ከይተፈልጦ "ዋይ ኣነ ሓወይ ፣"
እናበለ ዓይኑ ጀረብረብ በለ።

ኣርኣያ ንበርህ ኣዝዩ ኣደንገጾ። ዲል ክህሎ ስለ ዘይደለዮ ፣ መታን ክጸንዕን ኢሉ
ግን ፣ "እንታይ ደኣ ኜንካ ኣርኣያ። ንስኻስ'ባ ክትጸንዕ ኣሎካ። ንመድህንን

ደቁን ወለድኩምን እኮ ፤ ንስኽ ኢኻ ጸኒዕካ ከተጽንዖም ዘሎካ ! ” በሎ።

“ሓቅኻ ኢኻ በርሀ ሓወይ ኣይትሓዘለይ። ግን ከትገልጸለይ ከሎኸስ ነብሰይ ከም ገለ ገይሩኒ ፤ ከይተፈለጠኒ ’ የ ንብዓት ቀዲሙኒ። ሕጂ ’ ን መድህን ከድዉለላ ’ ሞ ፤ ከይደ ከምጽአ ’ ምበር ኣይተሓድረናን ’ ያ መስኪነይቲ ! ”

“ደሓን ’ ሞ ከሳዕ ተምጽኣ ኣነ ኣብዚ ከጸንሓካ ’ የ።”

“እሞ ምሉእ ለይቲ ኣብዚ ሓዲርካ ማለት ’ የ ፤ ” በሎ ኣርኣያ ካብ ስክፍታ እተላዕለ።

“እንታይ ዓቢ ነገር ኮይኑ ’ የ ’ ሞ ’ ዚ። ስልኪ ግበር ’ ሞ ኪድ ደኣ ደሓን።”

ኣርኣያ ካብ በርሀ ተፈልዩ ናብ ስልኪ ዘላቶ ከደ።

ኣርኣያ ስልኪ ንኽገብር ፍቓድ ሓቲቱ ናብ መድህን ደወለ።

ብናይ ተርባጽን ጭንቀትን ድምጺ ፤ “ሄሎ ፤ ሄሎ ፤ ” ከትብል መድህን ሰምዐ።

ነብሱ ከም ገለ ገበሮ። ኣብ ድምጹን ኩነታቱን ገለ ለውጢ ከይተስተብሀል ብምጥንቓቕ ፤ “ሄሎ መድህን ፤ ደንጉየኪዶ?” በላ።

“ዋይ ኣንታ ኣርኣያ ደሓን ዲኹም ደኣ?” ሓተተት ብዝተጨራረጸ ድምጺ።

“ደሓን ኢና ሕጂ እመጽእ ኣሎኹ ቻው ፤ ” ኢሉ መለሲ ከይተጸበየ ስልኪ ዓጸዋ።

ኣብቲ ግዜ ’ ቲ ኣርኣያ ምስቲ ሻቕሎቱ ፤ ንመድህን ንከረጋግእ ኢሉ እተጣቕመሉ ቃላት ብግቡእ ኣየቕለበሉን።

ኣርኣያ ካብ ሆስፒታል ናብ መድህን ክኸይድ ከሎ ፤ ድሮ ሰዓት ሰለስተ ናይ ለይቲ ’ዩ ኮይኑ ነይሩ። ካብ ሆስፒታል እቴ መነን ወጺኡ ፤ ንቤት ትምህርቲ ኮምቦኒ ንጸጋም ገዲፉ ፤ ኣብ ሓወልቲ እቴ መነን በጽሐ። ካልእ ግዜ ነይሩ እንት ዝኸውን ፤ በቲ ብግዜ ቀልዕነቶም እተማህሩ ቤት ትምህርቲ ኮምቦኒ እንተ ሓሊፉ ፤ ኩሉ ግዜ ’ የ ገለ ናይ ንእስነቶም ነገር ዘዘከሩ ርእሱ ዝንቅንቕ ነይሩ።

ኣብቲ ሰዓት እቲ ግን ምሉእ ኣተኩሮኡ ኣብ ናይ ሓዉ ኩነታት ስለ ዝነበረ ፤ ብኣኡ ይሓልፍ ምንባሩ ’ ውን ኣይርድኦን ’ የ ነይሩ። ኣብ ከምኡ ኩነታት ኮይኑ ፤

ንኻልኣይ ደረጃ ቤት ትምህርቲ ቀዳማዊ ሃይለ ስላሴንየማን ገዲፉ ፤ አብቲ ናብ
ቃናው ዝጥወ ውልዕ ጥፍእ ምስ በጽሐ ፤ ንጸጋም ተኣልዩ ትኽ ኢሉ ናብ ኮለጅዮ
ላሳላ ገጹ ከደ።

ናብ መድህን እናኸደ እንታይ እንተ በለ ከም ዝሓይሽ ከውርድን ከደይብን ፤
ከይተፈለጦ እንዳ ተስፍም በጽሐ። አርኣያ አብቲ ግዜ'ቲ በየን-በየን መገዲ ከም
ዝመጸ'ውን አይተፈለጦን። መኪና ዳርጋ ባዕላ'ያ መገዲ ትመርሕ ነይራ። ንሱ
ከይተፈለጦ በቲ ዳሕረዋይ ሓንጎሉ ፤ ብልምዲ ኢዩ ዘዊሩ አብጺሕዋ።

መድህን ስልኪ. አርኣያ ብምርካባ ፤ አብ መጀመርያ ስክፍታኡን ስግኣታን ፈኲሰላ።
መድህን ዝኾነ ነገር ስለ ዘየምልጣ ግን ጽንሕ ኢላ ፤ "እንይታይ ደኣ ኢዮኽ
ክንዲ ንመጽእ አሎና ዝብለንስ ፤ እመጽእ አሎኹ ዝበለኒ ፤" ኢላ እንደገና
ናብ ጥርጣረኣን ሻቕሎታን ጠሓለት። ከምዚ ኢላ እናሓሰበት ቀልጢፋ መታን
ክትከፍት ፤ ድምጺ መኪና ንምስማዕ እዝና ክትጸሉ ጀመረት።

ሸዉ ድምጺ መኪና ሰምዐት'ሞ ፤ ካብ ውሽጢ. ገዛ እናጐየየት ናብ ቀጽሪ ወጸት።
ሸዉ መኪና አብ ክንዲ አብ ናይ ጋራጅ ማዕጾ ንኽትኣቱ እትቐንዕ ፤ አብ ጐኒ ገዛ
ደው ከም ዝበለት አስተብሃለት። እምበርዶ ንሳቾም'ዮም ኢላ ኽኣ ሰጋእ በለት።
ብኡንብኡ ድማ ማዕጾ መኪና ከኽፈትን ሓንሳብ ገም ከብልን ሰምዐት። ብተርባጽን
ፍርሃትን ልባ ህርመታ ተረግ ተረግ እናበለት ከትቅልጥፍ ተሰምዓ። ሸዉ ሰውነታ
ፈጥ-ፈጥ እናበለ ናብ ማዕጾ ተጸጊዓ ፤ "አርኣያ?" ኢላ ጸወወት።

"መድህን አርኣያ እየ ፤" ምስ በላ ገለ ነገር ከም ዘሎ ተረደኣ።

ብቅጽበት አእጋራ ከጠልግኣ ከደልያን ፤ ሰውነታ ብረሃጽ ከጥልቅን ተፈለጣ። ማዕጾ
ከትከፍት ኢዳ ቀጥ-ቀጥ ስለ ዝበላ ደምበርበር በለት። "ደሓን ድዩ ደኣ አታ
አርኣያ?" በለቶ ምስ መፍትሕ እናተቓለሰት።

"ደሓን'የ አጆኺ ከፈትኒ'ሞ ፤" በላ።

ሸዉ ማዕጾ ተኽፈቱላ ርእይ እንተ በለት አርኣያን መኪናኡን'ምበር ፤ ተስፍምን
መኪናኡን ዘየለዉ። ሸዉ ርእሳ ሒዛ ኩርምይ ኢላ ፤ አዒንታ ብሓንሳብ ጀረብረብ
እናበላ ፤ "እዋይ አነ ጉዳም! ዋይ ሓወይ! አንታ ብህይወቱኽ አሎ ድዩ?!"

"ደሓን'የ ተንስኢ'ሞ ጨልዉ ከይሰምዑና ፤" በላ ብኢዱ ሓፍ ከብላ እናፈተነ።

"ደሓን'ዮ! ደሓን'ዮ! ኣይትበለኒ ኣርኣያ ፣ በጃኽ ነጊርካ ኣቃብጸኒ!"

"ናይ መኪና ሓደጋ ኣጋጢምዎ ኣብ ሆስፒታል'ዮ ዘሎ። ሕጂ-ሕጂ ፣ ብህይወቱ
ርእየዮ እየ መጺአ። ሕጂ መታን ከትኣምንን ከትቀስንን ናብኡ ከወስደኪ.'የ።"

"እዋይ ኣነ ዓሻ! ካብ ዝፈራሕኩዎ'ባ ከይወጻእኩ! ኣነ'የ ምስማዕ ኣብዮ'ምበር ፣
ሰውነተይ ደኣ ካብ ብንጉሆኡ እንድዩ ከነግረኒ ውዒሉን ኣምስዩን። በል ንዓናይ
ውሰደኒ ፣" ኢላ ከምታ ዝነበረታ ከላ ንደገ ከትወጽእ ብግስ በለት።

"ንዒ'ሞ ቅድም ገለ ክዳን ግበሪ። ደሓር ከኣ ደራርቢ ኣብ ደገ ቁሪ'የ ዘሎ።
ከንድንጉ ከኣ ንኽእል ኢና ፣" ኢሉ ብኢዳ ስሒብ ኣቢሉ መለሳ።

መድህን ከዳን ከሳዕ እትድርብ ፣ ኣርኣያ ናብ በዓልቲ ቤቱ ፣ ናብ ዕምምባባ ደዊሉ
እቲ ንተሰፎም ዘንጎ ነገር ኣፍኩሱን ኣሕጺሩን ሓበራ። መድህን ጎልፎን ጋብን
ምስ ደራረበት ፣ ብሓባር ናብ ደገ ወጹ። ኣብ መኪና ምስ ኣተው ፣ "በጃኽ
ኣርኣያ ኣይትሓባብኣለይ እታ ከውንቲ ንገረኒ!" በለቶ ኣዒንታ ጀረብረብ እናበላ።

"ኖኖ ንምንታይ ዝሓብኣልኪ? ናብኡ እንዲና ንኸይድ ዘሎና ሕጂ። ዝተረፈ ኣብ
መኪና እናኸድና እነግረኪ ኢለ እንዳኣለ ፣" ኢሉ እቲ ሓኪም ዝሓበሮ ኩሉ
ከነግራ ጀመረ።

ዋላ'ኳ እቲ ኹነታቱ ኣስጋኢ ምኳኑ እንተ ተረድኣ ፣ ሞት ኮብኑ ከይመጸ ሰጊኣ
ስለ ዝነበረት ፣ "ጥራይ ሞት ኮብኑ ኣይምጽእና'ምበር ፣ ካልእስ ከም ዝወረደና
ንቅበሎ። ሞይቱ እንተ ዝኸውንስ እንታይዶ ከግበር ነይሩ'የ?" በለት ኣብ
ሞንጎ-ሞንጎ ብብኽያት ፊፍ እናበለት።

ኣርኣያ ብዘረባኣ ተሓጎሰ። "ጽቡቕ ተዛረብኪ መድህን። ካብኡ ዝኸፍአ ከመጽእ
ይኽእል ስለ ዝነበረ ተመስገን ምባል'የ ዘድሊ ፣" በላ።

ከምዚ ከብልን ኣብ ቀጽሪ ሆስፒታል ከበጽሑን ሓደ ኾኑ። ካብ መኪና ወሪዶም
ብቐዉታ ናብቲ ተሰፎም ዝነበር ክፍሊ ኣምርሑ።

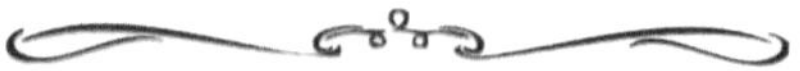

በርሀ ምስ ረኣዮም ብድድ ኢሉ ተቐበሎም። ሰላምታ ተለዋዊጦም ኮፍ በሉ።
መድህን መንዲላ ኣውጺኣ ፊፍ እናበለት ፣ ሓንሳብ ነ'ፍንጫኣ ፣ ሓንሳብ ነ'ዒንታ
ትሓሳስስ ነበረት። ዋሕዚ ኣዒንትን ኣፍንጫን መድህን ግን ብመንዲላ ጠጠው

ዝብል አይነበረን።

መድህን ፡ ንበርሁ አዝያ አደንገጸቶ። ንተሰፍም ሰብ ክርእዮ ከም ዘይፍቀድ ንበርሁ'ውን ተነጊርዋ ነይሩ ኢዩ። ናይ መድህን ኩነታት እና'ሰላሰለ ኸሎ ፡ ንበርሁ ሐደ ሐሳብ መጸ። ሽዑ ተንሲኡ ናብቶም አለይቲ ሐሙማት ዝነበርዎ ከደ። አብኡ ከይዱ ኸአ ኩነታት መድህን አረዲኡ ፡ ንሐኪም ከየፍለጡን ከየነገሩን ፡ ዋላ ብደገ ብመስኮት ከትርእዮ ከፈቅድሎም አጥቢቑን ደጊጊሙን ለመኖም። ምኸድ ምስ አበዮም ከአ ብመስኮት ንሐንቲ ደቒቕ ነዛ ዓይና ከትርእዮ ፈቖድሉ።

ብውሽጢ መጋረጃ ከፊቶም ፡ ንመድህን ብደገ ብመስኮት ንኽልተ ሰለስተ ደቒቕ አርአይዋ። እቲ እትርእዮ ዝነበረት ሰብ ምሉእ ርእሱ ተጃናኒኡ ፡ ካልእ አካላቱ ኸአ ተሸፋሪኑ ስለ ዝነበረ ከተለልዮ ዝከአል አይነበረን። ንመድህን ግን ጉድአቱን ሳዕቤናቱን ብዘየገድስ ፡ በዓል ቤታ ኢዩ ዝበልዋ ሰብ ፡ አብ ዓራት ሆስፒታል ደቒሱ ብምርአያ ብውሱኑ ዓገበት። ብድሕሪኡ መድህን ፡ ንበርሁ ስለ'ቲ ሐልዮቱ አመስገነቶ። ንሐንሳብ ከአ አብቲ መጸበዪ አጋይሽ ኮፍ በለ።

ሽዑ አርአያ ንበርሁ ፡ "በል በርሁ ፡ ተካል ለይትኽ እንዲኽ ሐዲርካ ፲ ተሰፍም መታን ከድሕን ኢኽ ንስኽ ደድሕሪኡ ጸኒሕካ ርኢኽዮ'ምበር ፡ ምናልባሽ ደሙ ወዲኡ ምሞተ ነይሩ። ስለዚ ሕጂ ንሕና ስለ ዘሎና ፡ ኪድ ቅሩብ አዕርፍ። ክብረት ይሃበልና።"

"ሐቁ'የ ሕጅስ አዕርፍ። የቐንየልና ፡ አብ ካሕሳኽ ድማ የውዕለና ፡" በለቶ መድህን።

"እንታይ ጌረየ'ሞ? አሽንካይ አነ ብገዛእ ዓርከይ ፡ ዝኾነ ዝረአየ ሐላፍ መገዲ ዝገብሮ እንዳእሉ'ዚ ፡" ኢሉ ብድድ በለ።

ሽዑ ቅድሚ ምኸዱ ፡ "በሉ እስከ እንቋዕ'ሞ ሞት ኮይኑ አይመጸ። እዚአ ትሕለፈሉ'ምበር ቁስልስ ሐዋያይ'የ። በሉ ደሐን ሕደሩ ፡" ኢሉ ተፋንይዎም ከደ።

ድሕሪኡ አርአያ ፡ ንሱ ስልኪ ካብአ እናተጸበየ ኸሎ ፡ በርሁ ከም ዝደወለሉ ፲ ኩሉ እቲ ሐደጋ ብኸመይ አጋባብ ከም ዝሰዓበን ፡ እቲ ተሰፍም እግሩ ምስ ማዕጾ ተቖርቒሩ ንኽውጽእ ዝረኸብዎ ጸገምን ፡ ኩሉ ሐደ ብሐደ ከምታ በርሁ ዝነገሮ ነገሮ።

እቲ ኹሉ ዝርዝር ምስ ሰምዐት መድህን ከም ሐድሽ ኮነ። እቲ ተሰፍም ዘሕለፎ

ስቓይን እቲ ኹሉ ዝተኸዕወ ደሙን ተሰሚዕዋ ፣ ኣብ መዓት ጀረብረብን ብኸያትን ኣተወት። ኣርኣያ ኣይትብከዩ ኢሉ ክጽዕና ስለ ዘይደለየ ትም ኢሉ ተዓገሳ። ገጹን መናዲላን ከሳዕ ዝጥልቁ ንብዓታ እንደገና ከም ብሓድሽ ወረደ።

"በሊ ሕጂ መድህን ይኣኽለኪ። ቅሩብሲ ይውጸኣ ደሓን ኢለ'የ ትም ኢለኪ ጸኒሐ። ደሓር ከአ ክንደይ ቁምነገር ዝግበር ስለ ዘሎና ሕጂ ናብኡ ንሕለፍ ፣" በላ።

መድህን ኣፍንጫኣን ኣዒንታን ሓሳሲባ ትም በለት። "ተስፍም ሓደጋ ከም ዘጋጠሞ ጽባሕ ንግሆ ብዙሕ ሰብ ክፈልጥ'ዩ። ስለዚ ብመጀመርያ ደረጃ ንቔልቡን በዓል ኣቦይን ኣንጊህና ክንነግሮም ኣሎና። ብድሕሪኡ ንኣሓተይን ንኻልኦት ስድራ ቤትና ከም ኩነታቱ ንገሊኦም ሎሚ ፣ ንገሊኦም ጽባሕ ንነግሮም ፣" በላ።

መድህን እቲ ዝበሎ ኹሉ ከም እትሰማማዓሉ ፣ ቃል ከየውጽአት ርእሳ ብምንቅናቅ ኣረጋገጸትሉ።

"ንባንካን ስራሕናን ሓይሎምን ኻልኦትን ከአ ፣ ሰኑይ ንነግሮም ፣" በላ።

እንደገና መድህን ርእሳ ብምንቅናቅ ተሰማምዐት። ከምኡ እናተበሃሃሉ ከለዉ ሓንቲ ሲስተር መጺኣ ፣ "ወጋሕታ ናብ ናይ መብጣሕቲ ክፍሊ ክሓልፍ'ዩ። ሕጂ ግን እትገብርዮ ነገር ስለ ዘየሎ ፣ ኪዱ ገዛ ንቕሩብ ዕረፉ ፣" በለቶም።

ኣመስጊኖም ንገዛ እንዳ ተስፍም ክኸዱ ኸለዉ ሰዓት ኣርባዕተን ፈረቓን ወጋሕታ ኾይኑ ነበረ። መድህን ንተስፍም ኣብ ሆስፒታል ገዲፋቶ ክትከይድ ከላ ፣ ከምዛ ንኹሉ ግዜ እትፋነዎ ዝነበረት ኮይኑ ተሰምዓ። ብውሽጣ "ብስም ኣብ ፣ ብስም ወልድ ፣ ብስም መንፈስ ቅዱስ ፣" ደጊማ ነብሳ ከተረጋግእን ካብ ከምኡ ኣተሓሳስባ ክትናገፍን እናተቓለሰት ናብ ቤታ ተጓዘት።

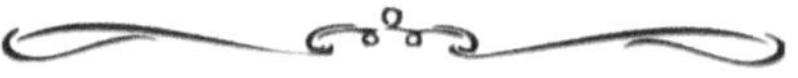

ኣብ ገዛ ምስ በጽሑ ክሳዕ ሰዓት ሸዱሽተ ዝኸውን ፣ ሓንሳብ ብኾፎም ሰለም ከብሉ ተረዳድኡ። ብድሕሪኡ ነቶም ዓበይቲ ደቆም ከተንስእዎም'ሞ ፣ ነጊሮምም ናብ ግራዝማችን ወ/ሮ ብርኽትን ብሓባር ክኸዱ ወሰኑ።

ሰዓት ሸዱሽተ ምስ ኣኸለ ፣ ነቶም ደቓ ዘይኮኑስ ድሮ ናእሽቱ ኣሕዋታ መሲሎም ዝነበሩ ፣ ደቂ 21 ዓመት ማናቱ ቦኽሪ ደቃ ብሩኽን ትምኒትን ኣተንስኣቶም። ሸው ኣቦኦም ሓደጋ መኪና ኣጋጢምዎ ንእሽቶ መስበርቲ ስለ ዘጋጠሞ ፣ ኣብ

ሆስፒታል ከም ዝኣተወ ኣቃልል ኣቢላ ኣረድኣቶም። ከሳዕ ምስ ሓው'ቦኣም
ኣርኣያ ዝምላሱ ፣ ምስ ናእሽቱ ኣሕዋቶም ለገሰን ሕርይትን ከጸንሑ ነገረቶም።
እቶም ናእሽቱ ዝበሃሉ ዝነብሩ ደቃ'ውን ፣ ድሮ ልዕሊ 15 ዓመት ዝገበሩ ኣባጽሕ
ኢዮም ነይሮም።

መድህንን ኣርኣያን ካብ እንዳ ተስፎም ፣ ካብ ከባቢ ሳን ፍራንቸስኮ ፣ ናብ ገዛ
ወለዶም ፣ ናብ ቀደም ገዛ ባንዳ ጣልያን ዝበሃል ዝነበረ ፣ ሕጂ ኣዲስ ኣለም
ዝበሃል'ዮም ኣምሪሓም።

ወለዲ ተስፎምን ኣርኣያን ፣ ግራዝማች ሰልጠነ ወዲ 71 ዓመት I ኣደኣም ወ/ሮ
ብርኽቲ ኽኣ ጓል 67 ዓመት ሽማግለታት ኢዮም። ግራዝማች ኣብዚ ግዜ'ዚ
ምርኩስ ከሕዙ ጀሚሮም ነበሩ። ባሻይ ጐይትኦም ፣ ዓርኮም ምርኩስ ሓዘም
ከርኣዮኣም ከለዉ ኣይሕጎሱሎምን'ዮም ነይሮም። ንደቆም'ውን ንግራዝማች
ግደፍ ዘይትብልዎ ኢኹም ፣ ካብ ብሕጂ ምርኩስ ሒዙ ኣረጊት ከመስል ይብልዎም
ነበሩ። ባሻይ ጐይትኦም ፣ ንግራዝማች ብሓሙሽተ ዓመት ኢዮም ዝመርሕዎም።

ተስፎምን ኣርኣያን'ውን እታ ምርኩስ ደስ ስለ ዘይትብሎም ዝነበረት ይዛረብዎም
ነይሮም'ዮም። ግራዝማች ግን ኣብ ክንዲ ከገድፍዋ ፣ ተገምጢሎም ንባሻይ
ጐይትኦም ጥቕሚ ምርኩስ ምሓዝ ከረድእዎምን ከስድዕዎምን ሀርድግ ኢዮም
ዝብሉ ነይሮም።

"ምርኩስ'ኮ ሳልሳይ እግሪ ኢዩ። ሽተት እንተ በልካ ይድግፈካ'ምበር ፣ እንታይ
ካልእ ኣበሳ ኣለዎ ድዩ? ኣብ ልዕሊኡ ኽኣ ነዊሕ ጠጠው ከትብል ኣብ እትግደደሉ
ግዜ ፣ ከም መጪምያ ይድግፈካ ፣ ብተወሳኺ ኽኣ ምርኩስ እንተ ሒዝካ ከልቢ
ኣይደፍረካን'ዩ! ወረ ክንደይ ክንብሎ ፣ ብዙሕ'ዩ ጥቕሙ ፣" ይብልዎም ነበሩ።

"እሞ ኣንታ'ቦ ምርኩስ ሒዝካ ዝረኣየካ ሰብ ኩሉ ፣ ኣቦይ ግራዝማችስ ካን
ኣሪጎም'ዮም እንድዩ ዝበለካ ዘሎ ፣" ከብልዎም ከለዉ ከኣ ፣ "ወይ ግሩም!
ካልእ ሰብ ግራዝማችሲ ኣሪጉ መታን ከይብል ኢለስ ፣ ንምንታይ'የ ነቲ ዝጠቅመኒ
ነገር ዝገድፍ። ሰብ ዝኣረግኩ ስለ ዝመሰሉ ፣ ወይ ኣሪጉ ስለ ዝበለኒ'ኮ
ኣይኣርግን'የ!" ይብልዎም ነበሩ። ብሓቂ'ኳ ግራዝማች እታ ናይ ሕቄ ሽግርን
ምጉባጥን ስለ ዝነበረቶም ፣ ምርኩሶም ንኣኡ'ውን ትጠቕሞም ነይራ ኢያ።

በዓልቲ ቤቶም ወ/ሮ ብርኽቲ ፣ ነዚ ምርኩስ ሓዙ ኣይትሓዙ ዝብል ክርክር
ኣይሕወሰስኦን'የን ነይረን። ንሰን ንርእሰን ካብ ነዊሕ እዋን ፣ ናይ ባዕለን ናይ
ማህጸን ቃንዛን ሽግርን ነይሩወን'ዩ። ብሰንኩ ካብ ነዊሕ እዋን'የን ጉሉይ ፣
ጉነይ ፣ ማህጸነይ ዝብላ ነይረን። ብኣኡ ምኽንያት ንሰን ፣ "እዚኣቶም ከኣ ኣብ

ግዳማዊ ትርኢት ኣቦኣም ኣርኪቦም ፤ ዝሸምገሉ ሰብኣይ ደኣ ኣሸንካይ ምርኩስ ክልእ እንተ ሓዙስ እንታይ ከይብሎም’የ ፤” ኢለን’የን ዝሓስባ ነይረን፨

ኣብ ከምዚ ዕድመን ኩነተ ጥዓናን ከለው’የ ፤ ኣርኣየን መድህንን ብዛዕባ ሓደጋ ተስፎም ከነግርዖም ዝዳለው ነይሮም፨ ንዝሽምገሉ ወለዲ ፤ ከምዚ ዓይነት ሓበሬታ ፤ እሞ ኸኣ ናይቲ ኣዝዮም ዝፈትውዎ ቦኽሪ ወዶም ከትነግሮም ፤ ኣዝዩ ብዙሕ ጥንቃቐን ኣገባብን ከም ዘድልዮ ስለ እተገንዘቡ ፤ ብስክፍታ ተሾቝሪሮም ኢዮም ነይሮም፨ ብኡ ምኽንያት ኣብ መገዲ እናኸዱ ፤ እቲ ኣቐዲሞም እንታይ እንተ በሉዎምን ፤ ከንድምንታይ እንተ ነገርዎምን ከም ዝሓይሽ ዝተማኸርዖ እናደገሙ ኸዱ፨

ኣብኡ በጺሓም ወ/ሮ ብርኽቲ ክፍት ምስ ኣበላኣም ፤ “እንታይ ደኣ ንግሆ ምድሪ? እሞ ኸኣ ክልቴኹም ፤ ደሓን ዲኹም?” በላ ፤ ብኽልተ ኢደን ክልቲኡ ምዕጉርተንን ኣፈንን እናሓዛ ፤ ብናይ ስክፍታን ጥርጣረን ቃና፨

“ደሓን ኢና ፤” በለ ኣርኣያ፨

“ደሓን ኢና ፤” በለት መድህን፨

ብልሳኖም ከምዚ ኢሎም እናመለሱ ከለው ፤ ጠጠው - መጠው ከይበሉ ክልቲኦም ጠኒኖም ነውሺጢ ገጾም ኣምርሑ፨

“ደሓን ይግበሮ’ምበር መድህን’ኳ ገጽኪ ኣይተፈተወንን ፤” እናበለ ነውሺጢ ሰዓባኣም፨

ግራዝማች መጽሓፍ ቅዱስ ከንብቡ ጸኒሐም ፤ ምስ ረኣዮዎም ስንብድ ኢሎም ነቲ መጽሓፍ ኣቐምጥ ኣቢሎም ሓፍ በሉ፨

“ከመይ ሓዲርካ ኣቦ? ከመይ ሓዲርኩም ኣቦ?” በሉ ኣርኣየን መድህንን፨ ናይ ግራዝማች ሓፍ ምባል ፤ ናይ ስንባደ’ምበር ንቡር ከም ዘይነበረ ክልቲኦም ኣስተውዓሉሎም፨

“ከመይ ሓዲርኩም እዞም ደቀይ?” መለሱ ግራዝማች ብኸቢድ ናይ ስክፍታ ድምጺ፨ ኣስዕብ ኣቢሎም ፤ “እንታይ’የ ተረኺቡ? ብኽንቱን ንኽንቱን ክልቴኹም ኣብዚ ሰዓት’ዚ ከም ዘይትመጹ’ኳ ርዱእ’የ ፤” በሉዎም ጌና ብጠጠዎም፨

“ኮፍ በል ኣቦ፨ ኮፍ በሊ ኣደ ፤” ምስ በሎም ክልቲኦም ብቅጽበት ኮፍ በሉ፨ ሽዑ ኣርኣያ ፤ “ተስፎም ሓደጋ መኪና ኣጋጢምዎስ ፤” ምስ በለ ኣደኡ ወ/ሮ

ብርኽቲ ብቕጽበት ሓፍ ኢለን ፣ "ዋይ ወደይ! ዋይ ወደይ!" በላ።

መድህን ሓፍ ኢላ ፣ ሕዝ ኣቢላ ኮፍ እናበለተን ፣ "ደሓን'የ'ደ እዝግሄር ኣኽሊሎም'ሎ።"

"ሓደጋ መኪና ረኺቡ እንታይ ከድሕን ፣" በላ ወ/ሮ ብርኽቲ ድሮ ዓይነን ንብዓት እናቖደመን።

"ኣንቲ ትዕግስቲ እንዶ ግበሪ። ቅድም እቲ ኩነታት ይንገሩና ፣" ብምባል ግራዝማች ገንሕወን። ናብ ኣርኣያ ጥውይ ኢለም ከኣ ፣ "ቀጽል 'ዝወደይ ፣" በሉዎ።

"ከምዚ መድህን ዝበለቶ ፣ እዝግሄር ኣውጺኡና ካብ ሞት ድሒኑ'ሎ። ሕጂ ንኽሩብ መዓልታት ኣብ ሆስፒታል ክጸንሕ'የ ኢሎምና ኣለው ፣" በሉዎም።

"መዓስን ፣ ኣበይን ፣ ብኽመይን ፣ ምስ ምንታይን'የ እዚ ሓደጋ ኣጋኒፍዎ?" ብምባል ግራዝማች ኩሉ ዘለዎም ሕቶታት ብሓንሳብ ኣኹረቡሎም።

ወ/ሮ ብርኽቲ ርእሰን ሓዘን ድሮ ፈሊ ከብላ ጀሚረን ነበራ። ሆስፒታል ከኸኒ ኢዮ ምስ ሰምዓ ንብዓተን መሊሱ ወሓዘ። ብስምዒተን ንተሰፎም ወደን ዓው ኢለን'ውን መልቀሳ ነይረን'የን። ግን ናይ ግራዝማች መርገጽን ልምድን እቲ ዝስዕብ ተግሳጽን ስለ ዝፈልጣእ ፣ ከይጨጥያኣም ብምፍራህ ብዘይ ድምጺ ተነኽነኽ።

ኣርኣያን መድህንን እዘን ሕቶታት እዚኣተን ከም ዝመጻኣም ስለ ዝፈልጡ ተቐሪቦምለን ነበሩ። ብኣኡ መሰረት ኣሕጽር ኣቢሎምን ኣቃሊሎምን እቲ ኩነታት ገለጹሎም።

"እሞ ሰዓት ክንደይ ኢና ክንርኢዮ እንኽእል?" ሓተቱ።

"ንሎሚ'ኳ ሰብ ኣይነእትወሉን ኢና ኢዮም ኢሎም ዘለው። ግን ደሓን ሰዓት ሓደ ባዕለይ መጺእ ከወስደኩም'የ። ምናልባሽ ብደገ ብመስኮት እንተ'ኣርኣዮና ፣" በሉም ኣርኣያ።

"ፍቓዱ ስለ ዝኾነን ዕጫኡ ስለ ዝኾነን ገጢሙዎ'ሎ። ግን ካብ ኮነ ካብኡ እንቋዕ ኣይከፍአ። ኣውጺኡና'የ'ምበር ናይ ሓደጋ ነገር ህይወት'ውን ምጠፍአ። ሓውዩ ይውጻእ'ምበር ካልእ ጸገም የለን ፣" በሉ ግራዝማች።

"ሓቅኹም ኣቦ። ከምዚ'ሉ ምውጽኡ'ውን ሳላ ጸሎታትኩም እንዳኣለ ፣" በለት መድህን።

"እሞ ሕጂ ንሕና ክንከይድ። ሰዓት ሓደ ተቐሪብኩም ጽንሑኒ ፡" ኢሉ ብድድ በለ ኣርኣያ። መድህን'ውን ምስኡ ብድድ በለት።

ክልቲኦም ወለዲ ነቲ ቦኽሪ ወዶም ዘጋጠሞ ሓደጋ ፡ ዋላ'ኳ በብዝኽእልዎን በብናቶም ኣገባብን ትዕግስትን ክቕበሉዎ ይፍትኑ እንተ ነብሩ ፡ ኣብ ገጾም ግን ከቲር ስክፍታን ሻቕሎትን ይንበብ ነበረ። ነዚ ዘስተብሃለት መድህን ፡ ቅድሚ ምውጽአ ግልብጥ ኢላ ፡ "ኣቦ ኣደ ፡ ኣይትሻቐሉ ደሓን ኢዩ ፡" ኢላቶም ወጸት።

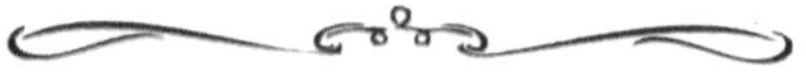

መድህንን ኣርኣያን ምስ ወለዶም ምስ ወድኡ ፡ ብቐጥታ ናብ እንዳ ክልተ መሳርሕቶም'ዮም ኣምሪሓም። እቶም ሓኺይም ተሰፍም ተወሳኺ ደም ስለ ዘድልዮ ፡ ደም ዝህቡ ሰለስተ ሰባት ንኽምጽኡ ነ'ርኣያ ነጊሮሞ ነይሮም'ዮም።

ብኡ መሰረት ኣርኣያ ካብ ኩሎም እቶም ኣብቲ ናይ ሬና ፋብሪካኦም ዝሰርሑ ክልኦት ሰራሕታኛታቶም ፡ ንተኽለኣብን ንወልደኣብን ኢዩ መሪጹ። ናብ እንዳ ተኽለኣብን ወልደኣብን ከይዶም ፡ እቲ ንተሰፍም ዝወረዶ ሓደጋን ኩነታቱን ብምብራህ ፡ ንሰዓት ዓሰረተ ደም ንኽልግስሉ ጨጺራ ገበሩ።

ከም ቆጸራኦም ሰዓት ዓሰርተ ፡ ሰለስቲኦም ተታሓሒዞም ንሆስፒታል ከዱ። ሽዉ ሰለስቲኦም ደም ተቐድሓሎም። ኣርኣያ ኩነታት ሓዉ ንኽሓትት ናብቲ ዝቐየርዎ ናይ መብጣሕቲ ክፍሊ ከደ። ሽዉ ኣትዩ ክርእዮ ከም ዘይኽእል ፡ ግን ብሓፈሻ ምስቲ ናይ ትማሊ ኩነታቱ ብምንጽጻር ፡ ኣብ ርጉእ ኩነታት ከም ዝነበረ ሓበርዎ።

ኣርኣያ ንተኽለኣብን ንወልደኣብን ካብ ሆስፒታል ነናብ ገዛኦም ኣብጽሐም። ካብኡ ናብ እንዳ ተሰፍም ፡ ናብ መድህንን ናብቶም ጌለዑን ከደ።

ሰዓት ዓሰረተው ክልተን ፈረቓን ምስ ኮነ ንስድራኡ ከምጽአም ከደ። ኣብ ሆስፒታል ምስ በጽሐ መሊሶም ከይስንብዱ ብዝብል ፡ ነቲ ቅድሚኡ መዓልቲ ኣቃሊሎም ዝነገርዎም ብምምሕያሽ ፡ ዝያዳ ሓበሬታ ሃቦም። ብቐደሙ'ውን ከሓብኡሎም ኢሎም ኣይኮኑን ኩሉ ዘይነገርዎም ነይሮም። ዕላማኦም በብቑሩብ እንተ ሰምዕዎ ፡ ሰውነቶም ነቲ ከውንነት በብቑሩብ ይለማመድ'ሞ ፡ ካብ ከቲር ስንባደ ይድሕኑ ብዝብል'ዩ ነይሩ።

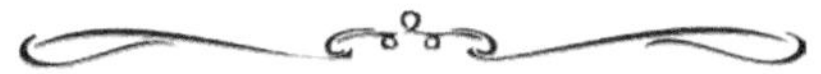

ሰንበት ቀትሪ ስዓት ሓደ ፤ ናይ ተስፎም ሓደጋ ዘስንበዮም ብዙሓት ሰባት ኣብ ሆስፒታል ተኣኽኺቡ። ብመጀመርያ ብምሉኣም ስድራ ቤት እንዳ ግራዝማችን ፤ ስድራ ቤት መድህንን መጹ። ቀጺሎም እንዳ ጉረቤቶምን ናይ ቀደም መሳርኽቶምን ዝኾኑ ፤ ንእንዳ ሃብቶም ቀዳመይቲ ሰበይቱ ኣልጋነሽ ፤ ምስ ማናቱ ቦኽሪ ደቃ ክብረትን ሳምሳንን መጹ። ኣልጋነሽን መድህንን ኣብ ሓደ መዓልትን ስዓትን ፤ ኣብ ሓደ ሆስፒታልን'የን ብወድን ጓልን ማናቱ ህጻናት ተቦኩሩን።

ብድሕሪኡ ኣብ ዓቢ ንግዳዊ ባንካ ዘሰርሑ መሳርሕቲ ተስፎም ፤ ኩሎም ናይ እንዳ ሬና ፋብሪካ ሰራሕተኛታቶም ፤ ዓርኩን ጠበቓኡን ሓይሎም ፤ ኣዕሩኽቱን መማስይቱን መሳተይቱን ወረደ ፤ በርሀ ፤ ዘርአ ፤ ከምኡ'ውን ካልኦት ብዙሓት መሓዙትን ፈተውትን ተረኽቡ።

ኩሎም እቶም ዝመጹ ፤ ድንጋጸኦምን ሓልዮቶምን ኢዮም ክገልጹ መጺኦም'ምበር ፤ ንተስፎም ሰብ ከም ዘይኣትዎ ድሮ ፈሊጦም ነይሮም'ዮም። ኣሽንኳይ ንሳቶም ዋላ እቶም ዝሸምገሉ ወለዱን ፤ በዓልቲ ቤቱን ደቁን እንተ ኾኑ'ውን ክርእይዎ ኣይተፈቐደሎምን።

ኣብ ዝቐጻላ መዓልታት ምሉእ ስድራ ቤት ፤ ኣብ ምምልላስ ንተስፎም ተወሳኺ ደም ዝህቡ ሰባት ጥራይ ተሓጽሩ። ከምዚ'ሎም ኩነታቱ ብቓል ሓከምቱ'ምበር ፤ ንሳቶም በዒንቶም ክርእይዎ ከይተፈቐደሎም ቀነዩ። ዓበይቲ ወለዲ ኣብ ጸሎቶምን ምህለላኦምን ልማኖኦምን ኣተኮሩ። ብኽምዚ ኽኣ ስክፍታኦምን ሻቕሎቶምን መሊሱ ዛይዱ ፤ ኣብ ከቲር ፍርሃትን ሹቕረራን ቀነዩ።

እቶም ሓካይም እተን ዝቐጸላ ሰለስተ ወይ ኣርባዕተ መዓልቲ ፤ ንህይወት ተስፎም ኣዝየን ኣገደስቲ መዓልታት ምኽንያን ፤ ንእሰን እንተ ሰጊሩወንን ወጺኡወንን ፤ ብድሕሪኡ ጸገም ከም ዘይጸበዮ ገሊጾምሎም ነይሮም'ዮም። እቲ መዓልታዊ ንግሆን ቀትርን ምሽትን ዝመላለስዋ ዝነበሩ ፤ ንተስፎም ወይ እንተ ረኣይዎ ፤ ወይ ገለ ብኣካል እንተ ሓገዝዎ ብዝብል ኣይነበረን ፤ እንታይ ደኣ ንተስፎም ዘለዎም ሓልዮትን ፍቕርን ክገልጹን ፤ ብናታቶም ቀጻሊ ምምልላስን ህላወን ሃንቀውታን ጸሎትን ክኣ ፤ ንተስፎም ክድግፍዎ ኢዮም ዝህቅኑ ነይሮም።

ኩነታት ተስፎም ንሓካይም ከሓቱዎም ከለው ፤ ንስለስተ መዓልቲ መመላእታ ፤ ብዘይካ ኣብ ርጉእ ኩነታት ኢዩ ዘሎ ምባል ካልእ ፍንጭን ተስፋን ከህብዎም ኣይደለዩን። እታ ኣብ ርጉእ ኩነታት'የ ዘሎ እትብል ሓረግ ፤ ትርጉማ ንኹላቶም

ብግቡእ ስለ ዘይተረድአቾም ፤ ኣርኣያ ነቾም ሓካይም ክሓቾም ወሰነ።

ኣብ ርጉእ ኩነታት'የ ዘሎ ክብልዎም ከለው ፤ ኩነታት ተስፎም ካብቲ ዝነበሮ ስለ ዘይገደደን ወይ'ውን ስለ ዘየንቄልቄለን ፤ ግን ከኣ ጌና ዝኸነ ሓድሽ እወታዊ ምዕባለን ምምሕያሽን ስለ ዘይገበረ ምኽኑ ገለጹሎም። በዚ ኽኣ ስድራ ቤት ፤ ተስፎም ጌና ካብ ሓደጋ ሞት ብርግጽነት ከም ዘይተናገፈ ስለ እተረደኦም ፤ መሊሶም ተሻቐሉን ተሻቛረሩን።

ተስፎም ንሳልስቲ ጌና ውዮኡ ምሉእ ብምሉእ ከይፈለጠን ፤ ጸቕጢ ደሙ ናብ ንቡር ከይተመልሰን ፤ ብድኹም ኣብ ሕማቕ ኩነታት ቀነየ። ኣብ ራብዓይ መዓልቱ ሓኻይም ገለ ቅሩብ ለውጢ ተዓዘቡ ፤ ግን ከኣ ጌና ከተኣማምኖም ዝኽእል ተወሳኺ ምልክታት ስለ ዘይረኣዩ ርግጸኛታት ከኾኑ ኣይከኣሉን። ኣብ ሓሙሻይ መዓልቱ እቲ ቅድሚኡ መዓልቲ ዝረኣይዎ ለውጢ ምዕቃቡ ጥራይ ዘይኮነ ፤ ገለ ቅሩብ ተወሳኺ ለውጢ'ውን ከዕዘቡ ከኣሉ።

ኣብ ሻድሻይ መዓልቱ ውዮኡ ምሉእ ብምሉእ ከፈልጥን ፤ ብውሱን ደረጃ ከንቀሳቐስን ጀመረ። ሽዑ ሓኻይም ንተስፎም ኣንጻላልይዎ ዝነበረ ናይ ሞት ሓደጋ ፤ ምሉእ ብምሉእ ከም እተቖንጠጠሉን ከም ዝሰገሮን ንስድራ ቤቱ ኣበሰርዎም። ብተወሳኺ ከምኡ እንተ ቆጺሉ ኣብ ሻሙናይ መዓልቱ ፤ ውሱናት ኣባላት ስድራ ቤት ንኽርእይዎ ከፈቕዱሎም ምኽንዮም ሓበርዎም።

ግራዝማችን ወ/ሮ ብርኽትን ውላዶም ከምዛ እንደገና ካብ ሞት ተንሲኡ ዝበሉዎም ተደስቱ ፤ ጸሎቶም ስለ ዝሰምዖም ንኣምላኾም ኣመስገኑን። መድህን ብጓህን ጭንቀትን ጸሎ ተኽዲና ዝቘነየት ፤ ድሮ ገጻ ብተስፋ ብሓንሳብ ከበርሀን ከፍሳህን ተራእየ። ደቂ ተስፎምን ኣርኣያን ኣሓቱን ብሓጎስ ከፍንጭሑ ደለዩ።

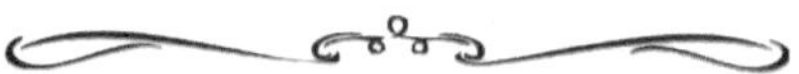

ኣብ ሻብዓይ መዓልቱ ተስፎም ጽቡቕ ምዕባለን ለውጥን ስለ ዝገበረ ፤ ንጽባሒቱ ውሱናት ኣባላት ስድራ ቤት ንሓጺር ግዜ ክርእይዎ ፈቐዱሎም። ተስፎም ብመጠኑ ውሱን ለውጢ እኳ እንተገበረ ፤ ግን ብስንኪ ክቱር ምፍሳስ ደም ጌና ደኺሙ'የ ነይሩ። ብኡ ምኽንያት ሓካይም ከኣ ፤ ካብ ሓሙሽተ ሰባት ዝያዳ ከይኣትውዎን ፤ ንሳቶም'ውን በብተራ ክኣትዉን ኣዘዙ።

ከምኡ ምስ ኮነ ግራዝማችን መድህንን ኣርኣያን ፤ ንዝበዝሑ ነቾም ኣብኡ ዝተረኽቡ እቲ ኹነታት ኣረድእዎም። ብሓልዮቶምን ተገዳስነቶምን ርህሩህኣምን

ኣመስጊጥም ፣ ንተስፎም ክነግሩሎም ምኻናም ሓቢሮም ኣፋነውዎም። ዝበዝሑ ነቲ ኩነታት ተረዲኦም ከኽዱ ኸለው ፣ ውሑዳት ግን ከኽዱ ኣይፈቐዱን።

ብድሕር'ዚ መድህን ንሓሞአ ፣ "እሞ'ቦይ ንስኹም እተው ቅድም ፣" በለቾም።

"ኣይፋልን እዛ ጓለይ ንስኺ ኢኺ ቅድም እትእትዊ ፣ ብድሕሪኡ ኣነን ኣደኽን ንኣቱ ፣" በልዋ።

"ደሓን ኣነስ ደድሕሪ ክልቴኹም እኣቱ ፣" በለት መድህን።

"ሓቃ'ያ እተው ንስኹም ፣" በላ ወ/ሮ ብርኽቲ።

"ደሓን እዛ ጓለይ ፍጻደይ ኢዮ ፣" በልዋ።

ወ/ሮ ብርኽቲ ጨሪሱ ደስ ከም ዘይበለን ፣ "ህእ" ዝብል ድምጺ ብምውጽኣን ፣ ኣብ ገጽን ብዝተራእየ ምልክትን ይፍለጥ ነይሩ።

"ሕራይ በሉ'ቦ። ኣይግባእን'የ ነይሩ ግን ደሓን ፣" ኢላ ካብቲ ነታ መእተዊት ማዕጾ ዝቐጸጸር ዝነበረ ሰራሕተኛ መእተዊ ወረቐት ተቐቢላ ከትኣቱ ኸላ ፣ "ስምዒ! ብዙሕ ኣይትደንጉዪ። ንስኺ ተመሊስኪ እታ ወረቐት ከየረከብክኒ ካልእ ዝእቱ የለን!" በላ።

"ሕራይ እሺ ፣" ኢላ መገዳ ቀጸለት።

ውሽጢ ምስ ኣተወት በዓልቲ ቤት ተሰፎም ምኻና ነተን ኣለይቲ ሕሙማት ነገረተን። ጌና ብዙሕ ድኻምን ብርቱዕ ቃንዛን ስለ ዝነበሮ ፣ ብዙሕ ከተዛርቦ ከም ዘይብላ ሓበራኣ። ብመጀመርያ ዘስተብሃለቶ ኢንፋኹን ተተኺሉሉ ምንባሩ'ዩ። ቅርብ ኢላ ኸአ ፣ "ከመይ ሓዲርካ ተስፎም ሓወይ? እንቋዕ እዝግሄር ኣውጸኣና ፣" በለቶ።

ድምጺ ምስ ሰምዐ ሰም ኣቢልዎ ዝነበረ ኣዒንቱ ቅሩብ ብምኽፋት ፣ ናብኣ ገጹ ቄላሕታ ሰደደ። ብድሕሪኡ ርእሱ መጀመርያ ንላዕልን ታሕትን ፣ ድሒሩ ኸአ ንየማንን ጸጋምን ብምንቕናቕ'የ መሊሱላ። ትርጉሙ ኣይተሓብኣን። ቃላት ከይተጠቐመ "ዋይ ኣነ ፣" ይብል ከም ዝነበረ ተረደአ።

ድሕሪ ሓደጋኡ ፣ መድህን ንመጀመርያ ግዜ'ያ ንተስፎም ቀሪባ እትርእዮ ነይራ። ቀሪባ ምስ ረኣየቶ ኣዝያ ሰንበደት። ገጹን ፣ ግምባሩን ፣ ርእሱን ፣ ክልቲኡ ኣእዳውን ፣ ከሳዱን ፣ ኣብ ብዙሕ ቦታ ከም እተሓኸኸመ ኣስተብሃለት። ርእሱ ብጸጋማይን የማናይን ወገን ፣ ብኽፋል ተላጺዩ ተሓኪሙ ነበረ። ገጹ ብምልኡ ሓቢጢጡ ነበረ። እቲ ብመልክዑን ቀጠናኡን ተወዳዳሪ ዘይነበሮ በዓል ቤታ ፣ ጨሪሱ

ዘይነሱ መሲሉ ነበረ። ብተወሳኺ ጸጋመይቲ ኢዱ ድሮ ጀሶ ከም ዝተገበረሉ'ውን
ኣስተብሃለት።

ካልእ ክፍሊ ኣካላቱ ተኸዲኑ ስለ ዝነበረ ዝርኣ ነገር ኣይነበረን። ጸጋመይቲ እግሩ
ኣዝያ ምህሳያ ፣ ድሮ ኣርኣያ ነጊሩዋ ነይሩ'የ። ኣብ ከምዚ ኩነታት ንኽልኢታት
ድሕሪ ምጥሓል ፣ ካብ ሓሳባታን ትዕዝብታን ብቕጽበት ምልስ ኢላ ፣ "ደሓን ኢኺ
ኣጆኺ ፣ ሕጂ ከትሓዊ ኢኺ ፣" በለቾ።

እንደገና ርእሱ ስለ ዝነቕነቐ ከብዳ በልዓ'ሞ ፣ ብዙሕ ደንጎጸትሉ። ንብዓታ ብዘይ
ፍቓዳ ስዒሩ ከወጽእ ደለየ። "ሓቦ ክህሶ'ምበር መሊስ ከሕምቄን ከጉህዮን
የብለይን ፣" በለት። ከምኡ ብምባል ከኣ ፣ ዘለዋ ናይ ምቀጽጻር ሓይሊ ተጠቒማ ፣
ነተን ኣብ ጫፍ ኣዒንታ ተቐልቂለን ዝነበራ ንብዓት ደው ኣበለተን።

"ብርቱዕ ቃንዛ'ሎካ ሓቀይ?" በለቾ። ርእሱ ንላዕልን ንታሕትን ብምንቕናቕ
ብእወታ መለሰላ።

"ኣነ'ውን ተረዲኡኒ'ሎ ፣ ስለዚ ብዙሕ ኣይከዛረብካን'የ ፣" በለቾ።

ንሱ'ውን ብዙሕ ከትጸንሕ ከም ዘይደለየ ብዝመስል ግብረ መልሲ ፣ "ሕራይ ፣"
ዝትርጉሙ ኣካላዊ ቋንቋ ኣርኣያ። ከምኡ ግብረ መልሲ ዝሃባ ጸሊእዋ ከትከደሉ
ስለ ዝደለየ ዘይኮነስ ፣ ብምርኣያ ይሳቐ ብምንባሩ ምኽኑ ርጒጽና ነበረት። እዚ
ኸኣ መሊሱ ኣጉሃያ። ዝያዳ ምጽናሕ ፣ ንስቓዩ ምንዋሕ ስለ ዝኸውን ከኣ
ከትከይድ ወሰነት።

"በል ኣምላኽ ምሳኽ ይኹን ተሰፍም ሓወይ። ጽባሕ ከመጽእ'የ ፣" ኢላቶ ቃል
ከይወሰኸት ግልብጥ በለት።

ግልብጥ ከትብልን ፣ ንብዓታ ከስዕራ ከደልን ሓደ ኾነ። ተቓላጢፋ ካብቲ ክፍሊ
ወጸት። ኣብቲ ኮሪዶር ጠጠው ኢላ ኸኣ እቲ ዓጊታቶ ዝጸንሐት ንብዓት ፈነወቶ።
ሰብ ከይመጸ ብምስካፍ ግን ፣ ተቓላጢፋ ንብዓታ ብመንዲላ ደሪዛ ብኽያታ
ተቐዳጸረቶ። ስድራ ቤትን ደቃን ትበኪ ከም ዝነበረት ከይፈልጡ ብምባል ፣ ናብቲ
ክፍሊ ንጽህና እልይ ኢላ ገጻ ተሓጽበት። ገጻ ኣናቓቒጻ ከኣ ናብቶም ዝጽበዩዋ
ዝነበሩ ስድራ ቤታ ከደት።

ኣብ ጥቓኦም ምስ በጽሐት ንደገ ከይወጸት ፣ "ንዑ በሉ ኣቦይ ፣" ኢላ ንሓሞኣ
ተዳህየቶም።

ግራዝማች እተው ኢሎም ካብኣ ወረቐት ወሲዶም ብግስ በሉ። ብዙሕ ከይሰጉሙ

ከለው "አቦይ :" ኢላ ተዳህየቶም፡፡ ግራዝማች ግልብጥ ኢሎም ፣ "ኢሂ'ዛ ንለይ?" በሉዋ፡፡

ሹ መድህን ቅርብ ኢላ ፣ ካልኦት ከም ዘይሰምዕዋ ገይራ አብ እዝኖም ሕሹኽ ብምባል ፣ "አቦይ ናይቲ ናይ መኪና ቬትሮ ነጣጢሩ ዝሓራረዶ ፣ አብ ብዙሕ ቦታ ሓኽኺሞሞ አለው፡፡ እንቋዕ ደአ ህይወቱ ረኺብና'ምበር ፣ በቲ ቍስሉ ከይተስከፉን ከይትሻቝሉን ፣" በለቶም፡፡

"ሕራይ'ዛ ንለይ ይባርኽኪ ፣" ኢሎም ግልብጥ ብምባል ፣ ናብ ወዶም መገዶም ቀጸሉ፡፡

ግራዝማች ብባህሮም ርጉእን ኩሉ ነገር አመዛዚኖም ዝንዓዙን ሰብ ስለ ዝነበሩ ፣ ወዶም ምስ ረአዮም ብዙሕ ከም ዘይሽገሩ ርግጸኛ ኢዮም ነይሮም፡፡ ወዶም ምስ ረአዮም ግን ንመድህን ብውሽጢ ልቦም መረቕዋ፡፡ ሳላ ዝነገረቶም'ምበር ወዶም ከምኡ ኢሉ ፣ ዳርጋ ሰውነቱ ኩሉ ተጀናኒኑ ክርእዮ ዘይተጸበይዎ ትርኢት ኢዩ ነይሩ፡፡

ወዶም ካብ ሞት ብምድሓኑ ንአምላኾም'ኳ እንተ አመስገኑ ፣ ተሰፎም ግን አዝዩ ከም ዝተሃስየን ፣ አብ ብርቱዕ ስቓይ ከም ዝነበረን ቀልጢፉ ኢዮ ተረዲእዎም፡፡ ብዙሕ ከዛርብዎን ከሓትዎን ከሽግርዎን ከአ አይደለዩን፡፡ አብ ልዕሊኡ ጠጢው ኢሎም ፣ አምላኽ ክሕግዞን ቀልጢፉ ከምሕሮን ጸሎቶም ብምዕራግ ብዙሕ ከይጸንሑ ወጹ፡፡

መድህን ፣ ግራዝማች ከሳዕ ዝምለሱ ፣ አርኣያ አብ ዘለዎ ንሓማታ አዛረበተን፡፡ አቐዲማ አብ ብዙሕ ቦታ ፣ ነናእሽቱ ልሕጻጻት መታን ከይረኽሶ ኢሎም ሓኽኺሞሞ ስለ ዘለው ከይስንብዳ ነገረተን፡፡ አብ ቃንዛን አብ 'ዋይ አነን' ስለ ዘሎ ፣ ብዘተኽእለ መጠን ስምዒተን ከቤጻጸራን ፣ እንተ ኽኢለን ከተባብዓኡ ከፍትናን ሓበረተን፡፡

ወ/ሮ ብርኽቲ ንሳ ከምዚ ግበሪ ፣ ከምዚ አይትግበሪ ክትብለን ደስ አይበለንን፡፡ ደስ ከም ዘይበለን ከአ አብ ገጽን ይረአ ነበረ፡፡ አርኣያ ግን ናይቲ እትብሎ ዝነበረት ጥቕሚ ደጊሙ አረድአን፡፡ ይግበርኦ አይግበርኦ ፣ ወደን ምስ ተዛረቡ ግብረ መልሰን ሓሽ ከምዚ እናበሉ ኽለው ግራዝማች ተመሊሶም መጹ፡፡ ከመጹን ከምዛ ምስ መድህን እተሳጣምዑ ፣ ንበዓልቲ ቤቶም እተን መድህን ዝበለተን ዘረባ ብምድጋም ከጠንቅቐወን ሓደ ኾኑ፡፡

ወ/ሮ ብርኽቲ ንወደን ርእየን ከምለሳ ኽለዋ ፣ አዒንተን ብብኽያት ደም ተኸዲኑ

ነበረ። ከም ካልእ ግዜ እንተ ዝኽውን ኣውያት'ውን ምወሰኽሉ ነይረን'የን። ስለዚ ንብዓተን ብዘይ ድምጺ ምፍናወን ብዙሕ ምምሕያሽ ኢዩ ነይሩ። እዚ ኽኣ ሳላ ኹሎም በብተራ ዘጠንቀቑወን'የ ተረኺቡ።

ብድሕሪኡ ኣርኣያ ኣተወ። ነቲ በዓል ተራ ሓኪም ረኺቡ ኩነታት ሓዉ ሓተቾ። ኣእጋሩን ኣእዳዉን ከምኡ'ውን ሸክና ርእሱ ራጀ ከም እተላዕለ ፤ ኣብ ርእሱ ገለ ዘይተጸበይዋ ሓድሽ ነገር እንተ ዘይተኸሲቱ ፤ ብዙሕ ዘስክፍ ነገር ከህሉ ከም ዘይጽበዮ ፤ ጸጋመይቲ ኢዱ መንቃዕቲ ስለ ዝረኸብሉ ጀሶ ከም ዝኣሰርሉ ሓበሮ። ጸጋመይቲ እግሩ ግን ኣዝያ ተሓማሺሻ ስለ ዝኾነት ፤ ምጽጋና ከተሸግር ምዃና ኣረድኦ።

ኣርኣያ ነቲ ሓኪም ኣመስጊኑ ናብ ሓዉ ተመልሰ። ኣርኣያ ንተሰፎም ብዙሕ ምሕታትን ምዝራብን ፤ ምሽጋሩ'ምበር ካልእ ፋይዳ ከም ዘይብሉ ተረዲእዮ ነይሩ'የ። ምኽንያቱ ኽኣ ሳላ ንሓኺይም ምሕታቱ ፤ ካብ ሓዉ ብዛዕባ ሓዉ ፤ ንሱ ዝሓሸ ሓበሬታ ከም ዝረኸበ ብምፍላጡ'የ ነይሩ። ድሕሪኡ ብዙሕ ጠጠው-መጠው ከይበለ ንሓዉ ተፋንይዎ ወጸ።

ኣርኣያ ምስ ተመልሰ ፤ ድሮ ኣርባዕተ ሰዓት ስለ ዝበጽሐዋ ፤ ሕጁ ሓደ ሰብ ጥራይ'የ ዝፍቀደኩም በሎዎም። ካብቶም ከይከዱ ዝተረፉ ደቂ ተሰፎም ብሩኽን ትምኒትን ፤ ኣሓት ተሰፎም ምስጋናን ሰላምን ፤ ኣልጋነሽ ምስ ደቃ ከብረትን ሳምሶንን ፤ ሓይሎም ዓርኩን ጠበቃኡን ፤ መሳርሕቶም ተኽለኣብን ወልደኣብን ከምኡ'ውን ካልኦት ሒደት ቀረባ ቤተሰብ ነበሩ።

ነቲ ኹነታት ዝዕዘብ ዝነበረ ሓይሎም ናብ መድህንን ኣርኣያን ቅርብ ኢሉ ፤ "እቲ ኩነታት ኩላትና ተረዲኡና ስለ ዘሎ ብኽልእ ሰብ ኣይተሰከፉ። ኩነታት ተሰፎም ድሮ ካባኽትኩም ረኺብናዮ ኢና። ንኽብረት ተሰፎምን ከምኡ ኽኣ ስምዒትናን ሕውነትናን ንምግላጽ ኢና ካብዚ ከይከድና ጸኒሕና ዘሎና።"

"ከብረት ይሃበልና እዚ ወደይ ፤" በሎዎ ግራዝማች።

ብድሕር'ዚ ነቾም ኩሎም ካአተዉ ከም ዘይክእሉ እናፈለጡ ከሳዕ'ቲ ሰዓት'ቲ ዝተጸበዩ ኣመስጊኖም ኣፋነውዎም። ንገዛ ከምለሱ ኽለው ብሓፈሻ ኩሎም ፤ ብሕልፊ ግን እቶም ዝረኣዮም ሓንቲ ከይተሃረቡ ኣብ ሓሳብ ጥሒሎም ነበሩ። ብኽምዚ ኣገባብ ኩሎም ብኹነታት ተሰፎም ኣብ ሓሳባትን ሻቕሎትን ጠሊቒዮም ነናብ ቤቶም ተመልሱ።

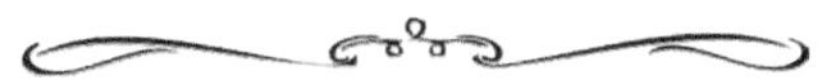

አብዚ ግዜ'ዚ ደርማስን ኣልማዝን ፦ መምዓልቶም ፈልዮም'ዮም ንሃብቶም ናብ ቤት ማእሰርቲ ዝኸድዎ ነይሮም። ደርማስ ምንኣስ ሓዉ ንሃብቶም'ዩ። ሽዑ መዓልቲ ናይ ደርማስ ግደ ኢዩ ነይሩ። ኣልማዝ ኣብ ቤት ማእሰርቲ ምስ ሃብቶም ምስ ጸንሐቶ ፦ ደርማስ ምኽንያቱ ስለ ዘይተረድኦ ተገረመ። ኣልማዝ ብወሰን ዝወለደላ ካልኣይቲ ሰበይቲ ሃብቶም ኢያ ነይራ። ኣብዚ ግዜ ግን በዒንቲ ሃብቶምን ስድራ ቤቱን ፦ ኣልማዝ'ያ ልዕሊ ቀዳመይቲ ሰበይቱ ፦ ልዕሊ ኣልጋነሽ ኮይና እትርአ ዝነበረት።

ደርማስ መጀመርያ ንኽልቲኦም ክርእዮም ከሎ ፦ እቲ ኣብ መንጐኦም ዝነበረ ሃዋህው ኣዝዩ ሕጉስ ፍስሑን ምንባሩ'ዩ ኣስተብሂሉ። ብድሕሪኡ ሃብቶም ኣዝዩ ተበሪህዎ ከም ዝነበረ ፦ ካብ ኣካላዊ ቋንቋ ሓዉ ቀልጢፉ ከግንዘብ ግዜ ኣይወሰደሉን። ኣብ መወዳእታ ምኽንያት መምጽኢ ናይ ኣልማዝን ፦ ምኽንያት ናይ እቲ ዝርእዮ ዝነበረ ፍሱሕ ኩነታትን ስለ ዘይፈለጠ ቅሩብ ግር በሎ። ናይዚ ክልቲኡ መልሲ ንኽፈልጦ ግን ብዙሕ ምጽባይ ኣየድለዮን።

"ንዓይ ንሃብቶም ዝበደለን ዝዓመጸን መዓስ ስድሪ ይኽይድ ኮይኑ። ንሃየ ኣሸንካይ እመት ፦ ስድሪ'ውን ኣይሰድድን ኢዩ ፦" ከብል ንሓዉ ሰምያ። ከፋል ናይ'ቲ ዘበርሃሉ ዝነበረ ሕንቅል-ሕንቂሊተይ'ኳ ቅሩብ ክርደአ እንተ ኸኣለ ፦ ሃብቶም ብዛዕባ እንታይን መንን ይዛረብ ከም ዝነበረ ስለ ዘይተረድኦ ግን ፦ ደርማስ ቀባሕባሕ በለ።

ተስፎም ሓደግ መኪና ከም ዘጋጠሞ ፦ ቅድሚ ኩሎም ኣባላት ስድራ ቤት እንዳ ባሻይ ጐይትኦም ፦ ኣልማዝ ኢያ ፈሊጣ። ብኡ ንብኡ ኸኣ ናብ ቤት ማእሰርቲ ከይዳ ንሃብቶም ነገረቶ።

ሃብቶምን ኣልማዝን ምድንጋርን ኣካላዊ ቋንቋን ደርማስ ምስ ኣስተባሀሉ ፦ ምእማኑ ከም ዝሰኣኑ ተጠማመቱ። ካብ ምግራሙ ቀልጢፉ እተመልሰ ሃብቶም ኢዩ ነይሩ።

"ኣይፈለጥኩን ከይትብለኒ?! ኣይፈለጥካን ማለት ድዩ?!" በለ ሃብቶም ፦ ከም'ዚ ደርማስ ዓቢ ሽለልትነትን ጉድለትን ዝፈጸመ ብዘስምዕ ቃና ምልክትን።

ደርማስ ገለ ፍንጪ እንተ ረኸበ ካብ ሓደ ናብ ሓደ ቀባሕባሕ ክብል ከሎ ፦ ኣብ ክንዲ መልስን ሓገዝን ኣልማዝ ተገምጢላ "ዋእ? ኣይፈለጥኩን እንተ'ልካና አነ ጨሪስ ኣይኣምነካን'የ!" ዝብል ንዘረባ ሰብኣያ ዘራጉድ ፦ ከም'ዚ ደርማስ

ከሕደት ዝፈጸመ ዘስምዕ ኣበሃሀላ ደርበየትሉ።

ደርማስ ጌጋኡን ሓጥያቱን ከይፈለጠን ከይተርድኦን ፣ ዳርጋ 'እወ ገበነኛ እየ መንግስቲ ይሙት' ክብል እተቐረበ ሰብ መሰለ።

"እዚ ስኽራም ደመኛይ ብስኽራን ሃለዋቱ ኣጥፊኡ ተጋጭዩ ፣ ትንፋሱ ከትውጽእ ደልያ ከም ዝሕሎ ዘሎ ኣይፈለጥካን ማለት ዲዮኽ?" በለ ሃብቶም ምእማን ከም ዝሰኣነ ብዘስምዕ ቃና።

"ተሰፎም ማለትካ ድዩ?" በለ ደርማስ።

"ተሰፎም እወ! መን ካልእ ደመኛዶ ትፈልጠለይ ኢኽ?!" በለ ሃብቶም ብነድሪ።

"ዋይ ደርማስ?!" እትብል ፣ ቀላልን ብንጽህና እተባህለትን እትመስል ቃል ፣ ግን ከኣ ብዙሕ ዝትርጉማ ዘረባ ደርበየት ኣልማዝ።

"እነ እዝግሄር ነየፈለጠኒ! ኣደይ ማርያም!" በለ ደርማስ ዓቕሉ ጸቢ.ብዮ።

"ኣይተገደስካን'ምበር ደርማስ ሓወይ ፣ ነዚ ደኣ ሓቂ ይሓይሽ ፣ ኣሸንኳይ ንሕና በቲ ሰብ'ቲ ዝሓረርናስ ፣ ካልእ ኩሉ'ኳ ሰሚዕዎ!" ዝብል ዘረባ ብምስንዳው ፣ ኣልማዝ ንስምዒት ሃብቶም ኣንሃሃረቶ።

ደርማስ ብውሽጡ ጸወታ ኣልማዝ ቀልጢፋ'ዩ ተረዲእዎ። ወዮ ደርማስ እተሰምዖን ዝኣምነሉን ብትብዓት ዘይሃረብ ኮይኑ'ዩምበር ፣ ኣልማዝ ከምኡ ምስ በለት ፣ "ከም ጨው ሕቖዌ ፣" እትብል መልሲ ኣብ መልሓሱ ተቐልቂላ ነይራ ኢያ። ኣብ ከንድኡ ግን ፣ "እነ እብለኩም እንዶ የለኹን ፣ ኣእዛነይ ይሎኮታ ጨሪስ ኣይሰማዕኩን። ማርያም ኣደይ ፣ ኣቡነ ፍሊጶስ እናበልኩ?!" በለ ብማሕላ እንተ ሓለፈትሉ ብምትስፋው።

"ደርማስ እቲ ዝዝረብ ዘሎዶ'ምበር ይርደኣካ ኣሎ ኢዮ?! ሰሚዕካ ኔርካ ኣይኮንናን እንተበልካ ዘሎና። ዘይምስማዕካ ኢዮ ዝገርመና ዘሎ!" በለ ሃብቶም ገጹ እስርስር እናበለ።

"ካብዚ ንላዕሊ እንታይ'ሞ ክብለኩም'የ። ዘይምስመዐይ ግን ናይ ኣጋጣሚ ስለ ዘይሰማዕኩ'የ'ምበር ፣ ካልእ ዝወጸ ትርጉም የብሉን ;" በለ ደርማስ ካብዚ ንላዕሊ ድላይኩም በሉን ሕሰቡን ብዘስምዕ ቃና።

ሃብቶም እታ ኣርእስቲ ነቲ ተሰሚዖም ዝነበረ ሓጕስን ፍስሓን ከይትብርዘሉን ከይተበላሽወሉን ግዲ ሰጊኡ ኩዬኑ ፥ ብቅጽበት ብምቁራጽ ናብ መግለጺ ዕግበቱ ዝኾነ ዘረባታት ሰገረ።

ኣልማዝ'ውን ነታ ዘረባ ሃብቶም ከቋርጻ ከም ዝወሰነ ቀልጢፋ ቆብ ብምባል ፥ ውሳነኣ ምስ ናይ ሰብኣይ ኣሰማሚዓ ነታ ኣርእስቲ ኣጀረጸታ።

ብድሕሪኡ ሃብቶም ኣፉ ከሳብ ዝጭደድ እና'ኸመስመሰን ፥ ናይ ታሕጓስ ቃላት የማንን ጸጋምን እናደራበየን ጸንበለ። ሃብቶም ሓንሳብ'ውን ገጹ ከይተኣሰረት ፥ ሰዓት ስለ ዝኣኸለ ኣብ ከምኡ ሕጉስ ኩነታት ከሎ ተፋንዮም ከዱ።

ሓደጋ ተስፎም ቀዳም ለይቲ ስለ ዘጋጠመን ፥ ንጽባሒቱ ኸኣ ሰንበት ስለ ዝነበረን ፥ እቲ ዝበዝሕ ቤተ ሰብን ውሑዳት መሳርሕትን ኣዕሩኽትን ጥራይ'ዮም ከፈልጡ ከኢሎም። ሰኑይ መዓልቲ ግን ዳርጋ ኩሉ ሰብ ኢዩ ፈሊጡ። እቲ ቀረባ ፈላጢ ዝኾነ ፥ ብዛዕባ እቲ ሓደጋ ንዝፈልጡ ብምሕታት እቲ ሓቀኛ ኩነታት ናይቲ ሓደጋ ከርዳእ ከኣለ።

እቲ ዝተረፈ ግን ፥ ነቲ ኩነታት ከከም ዝደለዮ ፥ እናተርጕመን እና'ባዝሐን ከተሓላልፎ ጀመረ። ኣብ ረቡዕን ሓሙስን ምስ በጽሐ'ሞ ፥ እቲ ዝዕለል ዝነበረ ኩነታት ካልእ መልክዕ ክሕዝ ጀመረ። እቲ ሓደጋ ሰዓት ስለስተ ናይ ለይቲ ከም ዘጋጠመ ከዝረብ ጀመረ። ጠንቂ ሓደጋ ከኣ ባዕሉ ተስፎም ከም ዝነበረ Ⅰ ኣብ መኪናኡ ከኣቱ ኸሎ ብኸቱር መስተ ተሰኒፉ ኣይርኢ ኣይሰምዕ ከም ዝነበረ Ⅰ ድሕሪኡ ብኸቱር ናህሪ እናተሓንበበ ከሎ መገዲ መሲልዎ ናብ መገዲ ኣጋር ብምእላይ ፥ ምስ ዓንዲ ኤሌክትሪክን መንደቕን ከም እተጋጨወ ተነግረ።

ብምቅጻል ብዕድል ካልእ ሰብ ወይ መኪና ብዘይ ምንባሩ'ምበር ክንደይ ሰብ ምወደኣ ነይሩ ተባህለ Ⅰ ሰብ ስለ ዘይነበረ ኸኣ ዝርእዮን ዝረድእን ስኢኑ ንፍርቂ ሰዓት ደሙ ከም ዝፈሰሰ Ⅰ ንዕድሉ ን'ንዳ ኣዉቶቡስ ዝግስግስ ዝነበረ ሓላል ሓላፍ መገዲ ምስ ረኣዮ ንፖሊስ ከም ዘሓበረ Ⅰ መኪና ተጫፋሊቓ ናብ ታኒካ ተቐይራ ከም ዝነበረት Ⅰ ድሕሪኡ ምውጻኡ ስኢኖም ፥ ሓገዝ ናይ መጥፋእቲ ሓዊ ሓቲቶም ፥ ብፋስ ገይሮም ንመኪና ቀራዲዮም ብኽንደይ ገድሊ ከም ዘውጽእዎ ተዘርበ።

ምስ እዚ ተታሓሒዙ ብዛዕባ ቅድሚ ሓደጋ ዝነበሮ ህይወቱን ፣ ናይ ስኽራን ታሪኹን'ውን ክዕለል ጀመረ። እቲ ደአ ፍሎጥ ዕሎል ሰኽራም እንድዩ ነይሩ Ⅰ ኩለን ባራት በብሓደ ከየዕጸወን ገዛኡ ኣይኣቱን'ዩ ነይሩ Ⅰ ደቁን ሰበይቱን ንግሆ ጥራይ'ዮም ንውሱናት ደቃይቕ ዝርእይዎ Ⅰ ሰበይቱ ክንደይ ግዜ ክትፋታሕ ወጢጣ ኢላ ግን በዓል ሃብቲ ስለ ዝኹ፣ ፣ ወለዳ ተጻሚ ኢናቡሉ ይጸቕጥዋ ነይሮም Ⅰ ምስ መናድቕ ዓንድታትን እናተጋጨወ ክንደይ ግዜ'ዩ መኪና ቀያይሩ ፣ ወዘተ ፣ ወዘተ ፣ ተባህለ።

እቶም ወረታት ምውቃዕ ከም ሞያ ዝሓዝዎ ኣናፈስቲ ፣ ናይ ተስፎም ምስ ወድኡ ናብ ስድራ ቤቶም'ዮም ዝሓልፉ ነይሮም። መጀመርያ ሓቂ ዝኹ፣ ታሪኽ (ድሕረ ባይታ) ብኽምዚ ኣገባብ ይትንትኑ። ወለዲ ተስፎም እንዳ ግራዝማች ስልጠነን ፣ ወለዲ ሃብቶም እንዳ ባሻይ ጐይትኦምን ፣ ደቂ ዓድን ጐረባብትን'ዮም ነይሮም። ካብ ፍቕሮም እተላዕለ ክልቲኦም ዓበይቲ ወለዲ ፣ ካብ ሓደ ኢጣልያዊ እንዳ ባኒ ብምግዛእ ፣ ተሻሪኾም ይሰርሑ ነይሮም። ምስ ሽምገሉ እቲ ትካል ንኽልቲኦም ዓበይቲ ደቆም ንኽመሓድርዋ ኣመሓላሊፎምሎም። ተስፎምን ሃብቶምን ኣብኡ ጽቡቕ ብምስራሕ ተዓዊቶም'ዮም። ሳላኡ ኽኣ ብሓባር ብነጸላ መንደቕ ዝፈላለያ ክልተ ማንታ ገዛውቲ ገዚኦም ፣ ብልግና ተተሓሒዞም ፣ ጐረባብቲ ኾይኖም ፣ ንነዊሕ ነቢሮም'ዮም'ውን ዝብል ሓቂ ይዛረቡ።

ሽዑ ድሕሪ'ቲ ሓቅን ምስኡ ኣልግብ ኣቢሎምን ፣ ግን እዚ ተስፎም ጽጋበኛ'የ ነይሩ። ገንዘብ ኣበይ ከም ዝገብሮ ኢዩ ዝጠፍኦ ነይሩ። ብተወሳኺ ናይ ባንካ ናይ ልቓሕ ሓላፊ ስለ ዝነበረ ፣ ኩሉ ሰብ'የ ዘሕቁፎ ነይሩ። ንፉዕ ንእሽቶ ሓዉ ኣለዎ ፣ እቲ ገንዘብ ኩሉ ከይደርበዮ ኽሎ ምስ ሸርካኦም ስድራ ቤት እንዳ ባሻይ ጐይትኦም ፣ ናይ ፓስታ ፋብሪካ ከም ዝገዝኡ ኣግቢርዋም። ንሱ ግን ነቲ ስራሕ ቁሊሕ ኢሉ ኣይርእዮን'የ ነይሩ። ደሓር ነቲ መሻርኽቶም ሃብቶም ሰረቑኒ ኢሉ ፣ ነታ እንዳ ባኒ ሀቡ ሰጒግዎ። ኣብ መወዳእታ ኽኣ ፋብሪካኦም ብሽለልትነት ምስ ተቓጸለ ፣ በዓል ስልጣን ስለ ዝኹ፣ ፣ ነቲ ምሽኪን ሰብ ንሱ ኢዩ ኣቃጺልዎ ኢሉ ኣእሲሩ ፣ ንሽሞንተ ዓመት ኣፍሪድዎ ዝብሉን ካልኦትን ዘረባታት ተላብዑን ተነዝሑን።

እዚ ኹሉ ዘረባታት ዘይሩ ዘይሩ ናብቶም ስድራ ቤት ክመጽም ጀመረ። ኣርኣያ ፣ ሓዉ ከምዚ'ሉ ክካፈእ ክሰምዖ ኣዝዩ ኣጉሃዮ። 'ወሪ ግን ጋሰ ፈረስ ተወጢሑ ክሕምበብ ምስ ጀመረ ፣ ግዜ ባዕሉ እንተ ዘይኮይኑ ፣ ዝምክቶን ዘብንኖን ክልእ ፈውሲ ከም ዘይብሉን ፣ ከምቲ ምስላ 'ሓንካስ ዘወርዮ ፈረስኛ ነይመልሶ ምጁኑ' ተረዲኡን ፣ ትም ምባል መረጸ።

ንመድህን'ውን እዚ ዘረባታት'ዚ ከበጽሓ ጀመረ። መድህን እቲ ዘረባታ ክለዓልን ባይታ ክረክብን ፡ ዕድል ዝሃቦ ባዕሉ በዓል ቤታ ምኳኑ ከትከሕዶ ኣይደለየትን። ግን ካብ ናእሽቱ ፍጻመታት ተበጊስካ ፡ ኣብ ከምዚ መደምደምታ ምብጻሕ በደል ብምንባሩ ኣዝዩ ተሰምዓን ኣጉሃየን።

እቲ ኹሉ ዝተጋነነ ሓሶት በታ ውስንቲ ክውንቲ ድኽመት መስተ ተስፎም ሽፊንካ ፡ ኩሉ ሓቂ ከም ዝኾነ ንገርሂ ንምእማን ይጸዓር ከም ዝነበረ ተረድኣ። "ምኳን መርሒ ፡ መርሒ ምኳኑ ከትከውሎን ከትሓብኦን እንተ ጄንካ ፡ ዘይ ምስ መዓር ለዕጢዋካ እንተ ሃብከዮ ጥራይ'ዩ ገርሒ ዝቕበለካ ፡" እናበለት ምስ ነብሳ ትዛረብ ነበረት።

እቲ ወረን ጠቆነን ንተስፎምን ንኣኣን ፡ ንውሱን ግዜ እንተ ዘይኮይኑ ነባሪ ጉድኣት ከም ዘየስዕበሎም ይርደአ ነይሩ'የ። ከምቲ ዝበሃል ፡ "ወረን ዘርባን ዓጽሚ ዘስብር ፡ እዝንኻ እንተ ሃብካዮን ፡ ካልእከ እናበልካ እንተ ሰዒብካዮን ጥራይ ምኳኑ ፡" ሓሞቓ ከንደይ ግዜ የረድእዋም ነይሮም'ዮም። "እንተ ዘይስሚዕካዮን ፡ በቲ ሓደ እዝኒ ኣእቲኻ በቲ ኻልእ እንተ ኣውዲእካዮን ግን ፡ ሓንቲ ግራም ስጋ'ውን ትኹን ከየቀንጠብ ብዝመጾ ኢዮ ዝበንን ፡" ከም ዝበሉ ግራዝማች ትዝ በላ። ብኽምኡ ምኽንያት በቲ ዝናፈስ ዝነበረ ወረታት ብዙሕ ኣይተጨነቐትን። እዚ ዘረባታት ናብ ደቃ እንተ በጺሑ ግን ፡ ኣብ ንኡስ ዕድመኦም ከየዳናግሮምን ከይጎድኦምን ትሰከፍ ነበረት።

ኣርኣያን መድህንን ፡ እቲ ወረ ናብ ስድራ ቤት ከይበጽሕ ክስከፉ ጀመሩ። ዓበይቲ ወለዲ ከይሰምዕዓን ከይጉህዩን ዝከኣሎም ይከላኸሉ ነበሩ። ወረ ግን ዶብ ስለ ዘይፈልጦን ፡ ኣብ ቅድሚኡ ዘሎ ኩሉ ስለ ዝጠሓሕስን ፡ ካብ ኣርኣያን መድህንን ሓሊፉ ንግራዝማች'ውን በጽሖም። ግራዝማች ምስ ሰምዑ ቅድሚ ዝኾነ ነገር ምሕሳቦምን ምድምዳሞምን ፡ ኩነታት ተስፎም ንመድህንን ነ'ርኣያን ክሓቱዎም'ዮም ወሲኖም።

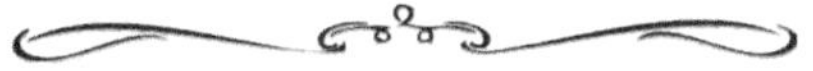

ግራዝማች ፡ ነ'ርኣያን ንመድህንን ከዘራርብዎም ከም ዝደለዩ ሓበርዎም። ክልቲኦም ብዛዕባ ኩነታት ጥዕና ተስፎም ንኽዛራርብዎም ዝደለዩ'የ መሲልዎም ነይሩ። ተስፎም ድሮ ጽቡቕ ምዕባለታት ከገብር ጀሚሩ ነበረ። ኣብ እንዳ ተስፎም ኮይኖም ከዘራረቡ ተረዳድኡ።

"ኣብዚ ኺንና ክንዘራረብ ዝደለኹሉ ቀንዲ ምኽንያት ፡ ኣደኹም ብርኽቲ ኣብ ዘየላትሉ ከኹኖልና ብምባል'የ ፡" ኢሎም ዘረባኦም ጀመሩ።

"ናይ ተስፎም ነገር ስለ ዘየኽእለንን ፡ ነቲ ሐደጋ ጌና ስለ ዘይተቐበልኦን ፡ ተቐላጢፈን ናብ ብኽያተን ስለ ዝኣትዋስ ጽቡቕ ጌርኩም ፡" በለት መድህን።

"ብዛዕባ ሐደጋ ተስፎም ኣይኮንኩን ከዘራርበኩም ደልየ ዘሎኹ ፡" በሉ ግራዝማች።

መድህን ስንብድ በለት። ኣርኣያ ኽአ ኣበሀላ ኣቦኡ ስለ ዘይተረድኦ ፡ "ብዛዕባ ምንታይ ደኣ?" ሐተተ ህውኽ ኢሉ ።

"እዚ ብዛዕባ ሐዉኽ ዝዝረብ ዘሎ ዘረባታትን ሐቅነቱን።"

መድህንን ኣርኣያን ብቕጽበት ተጠማመቱ።

"ኣየናይ ዘረባ?" ሐተቶም ኣርኣያ ፡ ኣንፈት ዘረባኦም ናበይ ገጹ ምኻኑ ተረዲእዎ ኽሎ።

"ኣየናይዶ ኢልካ ኣርኣያ ወደይ?! ኣየናይ ከትብል ሐቅኻ ክንደይ እንድዩ! ግን ደሐን ፡ ሐደ ብሐደ ዘይንኸዶ ፡" ብምባል ግራዝማች ናብ ክልቲኦም በብተራ ጠመቱ።

ግን ካብ ክልቲኦም ቀልጢፉ ዝምልስ ኣይተረኽበን። ግራዝማች ካብ ክልቲኦም ሐዲኦም'ውን ሃንደፍእ ኢሉ ከምልስ ፍቓደኛታት ዘይምንባሮን ፡ እቲ ኣቐድም ኣቢሎም ክልቲኦም ከጠማመቱ ዘስተብሃሎዎን ደጋሚሮም ፡ ኣርኣያን መድህንን ብዛዕባ'ቲ ጉዳይ ብዙሕ ኣፍልጦ ከም ዝነበሮም ከግምቱ ኣይተጸገሙን። መልሲ ስለ ዘይረኸቡ ኽአ ፡ "እስከ ከም መጀመሪ ከኹነና ብዛዕባ'ቲ ሐደጋ ፡ ኣበይን ሰዓት ክንደይን ብኸመይን ከም ዘጋነፎ ግለጹለይ ፡" በሉ ግራዝማች።

ኣርኣያን መድህንን እንደገና ተጠማመቱ። ንስኻ ፡ ንስኺ ፡ ብዘስምዕ ኣካላዊ ቋንቋ ኽአ ኣዕጠጠዩ። ዘይተተርፈሎም ምኻና ብምግንዛብ ኣርኣያ "እሕሕ ፡" ኢሉ "ሰዓት ሐደን ፈረቓን ናይ ለይቲ ኢዩ ነይሩ" በለ።

ግራዝማች ዘይኣመሎም ህውኽ ኢሎም ፡ "ሰዓት ሐደን ፈረቓን ናይ ለይቲ?!" በሉ ፡ እቲ ዘረባ'ምበኣር ሐቅነት ኣለዎ ኢዩ ብዘስምዕ ቃናን ስንባደን።

"ኣቦ! ነዊሕ እዋን ኮይኑ'የ ብዛዕባ ተስፎም ከነዘራርበኩም ካብ እንደሊ። ግን በቲ ሐደ ወገን ነሱ ፡ "ከእርም'የ ከገድፎ'የ ነቦይ ከይትነግርዋ ፡" እናበለ ስለ

ዘሸገረና ፤ በቲ ኽልእ ወገን ከኣ እንታይ ገቢሩ ዝጉሀየ እናበልና ንኽንቱ ከነወንዝፎ
ጸኒሕና ኢና። እቲ ንመስተ ዝምልከት ዝንዛሕ ዘሎ ወረ ምስቲ ክውንነት ሰማይን
ምድርን'ዩ ፤ ግን ከኣ ውሱን ሓቅነት ኣለዎ ፤" በለቶም መድህን።

"እንቲ መድህን ንላይ እንታይ ኬንኪ! ብለባምኪ! ምምኽኽርን ምዝርራብን
ምትእርራምን ደኣ ይጠቅም'ምበር ፤ ንመን ይጐድእ? ንስኽኽ ኣርኣያ ወደይ
እንታይ ኬንካ! ሓዉኽ እንታይ ከሳብ ዝኽውን ኢኽ እትጸብ ኔርካ?" በሉ።

"ኣባኽ ዘለዎ ኣኽብሮት ትፈልጦ ኢኽ። እንተ ነገርናካስ ብጓህን ብብስጭትን
ኣብ ካልእ ከይትወድቕ ብምባልን ፤ ሎሚ ጽባሕ ከእርም'የ ካብ ዝብል
ትጽቢትን'የ'ቦ ፤" በለ ኣርኣያ ድንን እናበለ።

"እዚ ኣርኣያ ዝበሎ ኢዩ እቲ ቀንዲ ምኽንያት። ግን ኣብ ልዕሊኡ መሪሩኒ
ነቦይ ከነግሮም'የ ከብሎ ከሎኹ ፤ "እንድሕር ነጊርከዮ ንምሉእ ህይወተይ ይቕረ
ኣይብለልከን'የ ፤ ከቕየመኪ እየ ፤ ርከብናን ፍቕርናን ድሕሪኡ ከም ቀደሙ ከም
ዘይከውን ፍለጢ!" እናበለ የስከፈኒን የፈራርሓኒን ነይሩ። ሕጂ ክርእዮ ከለኹ
ግን ከም ዝተጋገኹ እርደኣኒ። ዘይምንጋረይ ከኣ ኣጣዕሰኒ። ካብዚ ሓደጋ'ዚ
ዘየናገፍኩዎ ፤ ናተይ ሰንፍናን ድኽመትን'የ የብለኒ!" በለት።

"ንስኺ ዝበደልክዮ የለን መድህን ንላይ። ንስኺ ለባም ስለ ዝኾንኪ እንዳኣሉ
ተስፎም ከሳዕ ሕጂ ከምዚ'ሉ ጸኒሑ። ኣነ ተለዋጢ ይመስለኒ ነይሩ ፤ ግን ከምዚ
ሕጂ ዝርእዮ ዘለኹ ተመሓይሹ'የ'ምበር ፤ ኣይተለወጠን። ንሱ'ውን ሳላኺ ኢዩ
ተረኺቡ!" በሉ።

"ተስፎም ከም እትፈልጥዎ ሕማቕ ሰብ'ኮ ኣይኮነን ኣቦ። እዚኣ ኢያ
ጸገሙ'ምበር ካልእ ኢንታ የብሉን። ኣብ መወዳእታኡ ኸኣ እዚ ሓደጋ'ዚ ፍቓድ
ኣምላኽ ስለ ዝኾነ'የ ገጢሙና እናበልኩ ነብሰይ ኣጸናንዕ ፤" በለት።

"ነብስኽ ምጽንናዕ ጽቡቕ'የ። ግን ኣብ ልዕሊ ልብኺ ልቢ ከኾንኪ ፤ ብዛዕባ
ፍቓድ ኣምላኽ ስለ ዝኾነ'የ ዝበልክዮ ሓደ ነገር ክብል ፤" ኢሎም ናብ
ክልቲኦም ገጾም በብተራ ጠመቱ።

"ሕራይ ኣቦ ፤" ኢላ መድህን ምሉእ ኣቶኩሮኣ ናብኦም ገበረት።

"ንተስፎም ዘጋጠሞ ሓደጋ ፍቓዱ ኹዬኑ እንዳኣሉ ፤ ዘይ ጐይታ ኢዩ ኣዚዝዎ
ክንብል ዘጥዕመልና ፤ ንሕና ዝከኣለና ኹሉ ጌርና ጉድለትና እንተ ኣሪምናን ፤
ከንእርም እንተ ጽዒርናን'ሞ ክኹነልና እንተ ዘይከኣለ ጥራይ'የ ዘምሕረልና።

እምበር ከምዚ ናይ ተስፍም ባዕሉ ኣመላቱ ስለ ዘይተቜጻረን፣ ነብሱ ስለ ዘይመልኸን ንዝመጸ ናብ ኣምላኽ ከነጸግዖ ኣይግባእን'ዩ!" በሉ ብትሪ።

መድህንን ኣርኣያን፣ ኩሉ ግራዝማች ዝበሉዎ ከም እተረደኦም ንምርግጋጽ ርእሶም ነቕነቘ ።

ብድሕር'ዚ ግራዝማች ናብ ካልእ ኣርእስቲ ብምስጋር ከምዚ በሉ፣ "እስከ ሕጇ ኩሉ'ቲ ብዛዕባ ተስፍም ዝበሃልን እቲ ከውንነትን፣ ኣዝዩ እተፈላለየ'ዩ ንዝበልክዮ ክልቲኹም ኣረድኡኒ ፡" ኢሎም ሓተቱ።

መድህንን ኣርኣያን ንኣመላት ናይ ምዝንጋዕን ምምሳይን ጠላዕ መስተን ተስፍም በብተራ ገለጹሎም። ክልቲኦም ከረድእኦን ከኣልዮን ዝገብርዎ ዝነበሩ ፈተነታት'ውን ዘርዘሩሎም። ብዛዕባ'ቲ ካልእ ዝዋናጨፍ ዝነበረ ጸለመን ጠቓነን ግን፣ ግራዝማች ባዕሎም ንወዶም ልዕሊ ኻልእ ከም ዝፈልጥዎ ነገርዎም።

ብተወሳኺ ምስ ሃብቶም መባኣሲኦም፣ ስስዐን ቀጠፍጠፍን ሃብቶም ምንባሩ ☰ እተኣሰረ ኸኣ ሽርክነት ፈሪሱ ምስ ተፈላለዩ፣ ካብ ጽልእን ቅንእን ተበጊሱ ተሓባባሪ ኣዋፊሩ ፋብሪካኦም ብምቕጻሉ ☰ ንሱ ኸኣ ብመስኸኸርን ባዕሉን ስለ እተኣመነ ምኽኑ፣ ወላዲኦም ኣጸቢቐም ዝፈልጥዎ ሓቂ ምኽኑ ኣዘኻኸርዎም።

ኩሉ ዝበልዎ ጽን ኢሎም ምስ ሰምዑ፣ "እቲ ምብዛሕ ኣዕሩኽትን ዕላልን ወጀዕጀዕ ምፍታውን፣ ካብ ቁልዕነቱ ስለ ዝስሕቦ ዝነበረ ከም ዘይገድፎ እፈልጥ ነይረ'የ። እቲ ናይ መስተ ነገር ሓሓሊፉ ከም ዘይገድፎ'ውን እርደኣኒ ነይሩ'የ። ከሳዕ ወልፊ ዝሕዞን ግዙእ ዝኸውንን ከም ዘብጽሓ ግን ጨሪስ ጥርጣረ'ውን ኣይነበረንን። ናይቲ ካልእ ዝበልኩሞ ግን፣ ኣነ'ውን ኣጸቢቐ ስለ ዝፈልጦ'ቲ ወደይ፣ በቲ ዘረባታት ኣይተሰከፍኩን ፡" በሉ።

ሾው ናብ መድህን ጥውይ ኢሎም፣ "ዘሕዝን'የ! ጠላዕን መስተን፣ እሞ ኸኣ ምሉእ ለይቲ ከሳዕ ዝሓድራሉስ፣ መስኪነይቲ ንለይ ተሸጊርክን ተጸጊምክን ኢኺ!" በሉዋ።

"ኣነ ደኣ እንታይ ኮይነ። ንነብሱ ስለ ዝጉድእ ዝነበረ እንዳኣሉ ዘጉህየኒ ነይሩ'ምበር ፡" በለት።

"ሓቅኺ'ዛ ንለይ። ሕጇ ግን ንቕድሚት'ምበር ንድሕሪት ክንጥምት የብልናን። ሕጇ'ውን ተስፍም ሓገዝ ኩላትና ከድልዮ ኢዩ። እዚን ዝቕጽላ ሳምንትን ኣዋርሕን፣ ካብ ናይ ቀደም ብዝያዳ ናትኪ ሓገዝ ከድልዮ ኢዩ። ድሕሪ ሕጇ

ግን አጀኪ ንበይንኺ አይትኹንን ኢኺ። አብ ጐንኺ ክንሀሉ ኢና። አምላኽ
ይሓግዘና ፡" ኢሎም ብድድ በሉ።

"ሓንሳብ'ባ ኮፍ በሉ አቦ። ዝኾነ ነገር ከይጠዓምኩም ክትከዱ? ወይ ቡን ወይ
ሻሒ ክገብር ፡" በለቶም።

"እንተ ዝደሊ ግበርለይ ዘይብለኪ'ዛ ንለይ። ደሓን ሕጂ ክኸይድ'የ ፡" በሉ።

"እሞ አነ'ውን ከይደ'ሎኹ ከብጽሓ'የ ፡" በላ አርኣያ።

"ሕራይ በሉ ፍቓድኩም ፡" ኢላ ከሳብ አፍደገ አፋነወቶም።

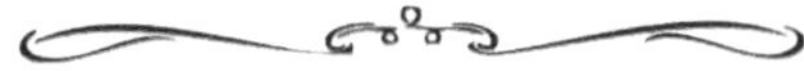

ወዲ 76 ዓመት ሽማግለ ኮይኖም ዝነብሩ ባሻይ ጐይትኦም ፡ አብዚ እዋን'ዚ
አብ ልዕሊ እቲ ናይ አቺዳ ኡሪቺ ሽግሮም ፡ ብርኮም'ውን እናሳዕ እናሓበጠን
ቃንዛ እናገበረን የሽግሮም ነበረ። ብተወሳኺ ነታ ሃብቶም ወይም እተፈርደላ
መዓልቲ ዝገጠመቶም ወቕዒ ልቢ ልሕግ ኢላ እተሰረተቶም ጸቕጢ ደም'ውን
ተሽግሮም ነይራ ኢያ።

ባሻይ ካብ ቀደሞም ርጉድጉድ ዘበሉ ኹይኖም ፡ ልዕሊ ዝግብእም ሚዛን
ተሰኪሞም ኢዮም ዝኸዱ ነይሮም። ሕጂ'ውን እንተ ኹነ ሚዛኖም ጨሪሱ
አይጐዯለን። እዚ ክብደት ሰውነት'ዚ አብ ጸቕጢ ደሞም ጥራይ ዘይኮነ ፡ አብ
ብርከም'ውን ተወሳኺ ጸቕጢ ከገብረሎም ጀሚሩ ነይሩ'ዩ። እዚ ይኹን'ምበር
ሕጂ'ውን ባሻይ ፡ ዋላ'ኳ ንግራዝማች ብሓሙሽተ ዓመት ይመርሕዎም እንተ
ነብሩ ፡ አነ ከም ግራዝማች ምርኩስ ከሕዝ ካብ ዝብል ኔሕ ፡ ምርኩስ ካብ ምሓዝ
ሓንጊዶም'ዮም ነይሮም።

ብተመሳሳሊ ድሮ 3ል 70 ዓመት ሽማግለ ኹይነን ዝነብራ በዓልቲ ቤቶም ወ/ሮ
ለምለም ፡ ካብታ ወደን እተአሰረላ መዓልቲ ንደሓር ከተመላለሰን ጀሚራ ዝነበረት
መርዘን ፡ አዝያ ተሽግረን ነይራ ኢያ። ብተወሳኺ ናይ ሕቄ ቃንዛ'ውን አማዕቢለን
ነይረን'የን። እዚ ክልቲኡ በብቅሩብ ድሒሩ አብ ጥዕና ክልቲኦም ወለዲ ዝመጾም
ጸገም ፡ ምስቲ ተስፍሮም ንወዶም ንኽእሰር ዝገበሮ ምንቅስቃሳት ፡ ብዝተፈላለየ
ደረጃ የተሓሕዘዎ ነይሮም'ዮም። ክልቲኦም ወለዱ አብ ከምዚ ዕድመን ናይ
ጥዕና ኩነታትን ከለው ኢዩ'ምበአር ደርማስ ብዛዕባ ሓደጋ ተስፍሮም ዝነገሮም።

ደርማስ ካብ ቦኽሪ ወዶም ሃብቶም ፡ ብሓሙሽተ ዓመት ኢዩ ዝንእስ። ሕጂ ወዲ

41 ዓመት ኩዪኑ ኢዩ። ደርማስ ብዛዕባ ሓደጋ ተስፎም ምስ ነገሮም ፣ ወ/ሮ ለምለም'የን መጀመርያ ኣፈን ከፊተን ስምዒተን ዝገለጻ።

"ዋእ እዝግሄር'ኮ ንገባር ከፉእ ኣይሰዖን'የ ፣" ምስ በላ ፣ ባሻይ ይኹኑ ደርማስ ኣይመለሱለንን። መልሲ ከይረኸባ ምስ ተረፋ ፣ "ከፍኣቱ ጥራይ ከይኣክል ፣ ናቱ ገዲፉ ናይ ካልእ ይዋራዙ'ምበር ፣" ኢለን ዘረባ ደገማ።

"እንታይ ማለትኪ'የ?" ሓተቱ ባሻይ ዘረባ ሰበይቶም ስለ ዘይተረድኦም።

"ኢድ ሰላም ንሎም ንደርማስ ወድና ምስ ሓተትኩሞዎም ፣ ይስቲ'የዶ ገለያ ኢሎምዶ ኣይኮኑን ንንሎም ዝኸልኡና!" በላ ወ/ሮ ለምለም።

"ማዶና ፣ ንስኺ ኸኣ ቀደም እተረሰዐ ዘይጠቅም ዘረባ ተልዕሊ። ድሕሪኡዶ ግዳ ክንደይ ከቢድ ነገራት ተፈጺሙ የለን ፣" በሉ ባሻይ ቁጢዐኦም ከይሓብኡ።

"እንታይ ኩዪኑ'የ ዝርሳዕ? 'ዘሀረመ እንተ ረሰዐ ፣ ዘተሀረመ ነይርስዐ' እኳ ዝበሃል። ንሕናስ'ምበር ካብ ሹው ጀሚርና ኢና በቶም ስድራ ቤት ተሃሪምና ፣" በላ ብትሪ ስነን እናነኽሳ።

"ናይቶም ስድራ ቤት ኢልኪ ንኹሎም ኣይትለኽምዮም። ንሃብቶም ወደይ ካብ ፋብሪካ ዝፈንቀልዎን ፣ ድሕሮም ከኣ ዘእሰርዎን ተስፎምን ኣርኣያን'የም። ግራዝማች ግን ወሪድዎ'ምበር ወረጃ'የ።"

"ድላዮም እናገበሩኹም ከምኡ ክትብሉ ደኣ ንበሩ ፣" በላኣም ገጸን እናጠዋወይ።

"ተስፎምን ኣርኣያን እንተ ኹኑ'ውን እቲ ኸልኣም ገዲፍኪ ፣ ሃብቶም ወደይ እተፈርደሉ መዓልቲ ፣ ብንዒ ወቍዒ ልቢ ምስ ኣጋጠመኒ ፣ ህይወተይ ኣብ ምድሓን ተንይዮምለይ'የም። ግራዝማች ከኣ ኣብዚ ኩሉ ሕማመይ ፣ ከሳዕ ለይቲ ሎሚ ካብ ጐነይ ኣይተፈልየን። ተስፎምን ኣርኣያን ይበዱሉና'ምበር ፣ እቲ ጽቡቐም ግን ክንደፍና ኣይግባእን ኢዩ!"

"ከምኡ ምኽንኩም ፈሊጦምኹም እንድዮም ደኣ ፣ በቲ ሓደ ወገን ይወቕዑኹም ፣ በቲ ኻልእ ወገን ከኣ ንጽገነኩም ኣሎና ኢሎም ዘዐሸውኹም!" በላ ብስጭውጭው እናበላ።

"በጃኺ ኣደ ፣ ናብዚ መዐለቢ ዘይብሉ ዘረባ ኣይተእትውና። እንታይ ኣምጽኦ ነንሕድሕድና ምጭቅጫቕ። ሕጂ ካልእና ንሃረብ ፣" በላ ደርማስ ኣብ ቀረባ ግዜ ብዘምጽኦ ፣ ናይ ቄራጽነቱን ሓይልን ባህሪ።

ድሕሪ ሃብቶም ምእሳሩ ፣ ንኽልቲኦም ወለዲ ብኹሉ ኹሉ ደርማስ 'የ ዝኣልዮምን ዝለኣኸምን ነይሩ፡፡ አደኡ ከየኾርየኦ ኢለን ግዲ ኹይነን ፣ ነታ ዘረባ አቋሪጸን ትም በላ፡፡ ንቑራብ ካልኢታት ፣ ትም - ትም ምስ በሉ ባሻይ ፣ "አብ ሆስፒታል 'ኳ ከኸይድ አይጥዕመንን 'የ ፣ ገዛ ምስ ወጸ ግን ፣ ንግራዝማችን ንእዝግሄርን ደስ ከብሎም ፣ ቀስ ኢልካ ከትወስደኒ ኢኸ ሓደ መዓልትስ ከበጽሓ 'የ ፣" በሉ፡፡

ወ/ሮ ለምለም ዝሒለን ዝነበራ እንደገና ቆለጭ በለን፡፡

"ከበጽሓ 'የ ዲኹም ዝበልኩም? ንገዛእ ውላድኩም ዘለዋ ሃብቲ አናጊፉ ፣ ናብ ደቅደቅ ጸልማት ደርብዮዎስ እዝግሄር ይምሓርካ ኢልኩም ከትበጽሕዎ? ! ወረ ናትኩምሲ ደሓን፡፡ ሃብቶምን አልማዝን እንተ ሰምዑኸ ፣ እንታይ ከብሉ ኢዮም ኢልኩም አይትሓስቡን ዲኹም?" በላ ወ/ሮ ለምለም ዓው - ዓው እናበላን ኢደን እና 'ወጣወጣን፡፡

"ብር ፋወረ ፣ አንቲ ህድእ እንዶ በሊ ! ሃብቶምን አልማዝን 'ኮ ንኽልቴና ሓደ 'የም ዝብጽሑና፡፡"

"ካብቶም ዝብጽሑኹም ፣ ናይ ዘይብጽሑኹም ከሕምመኩም እናረአኹ 'ሞ እንታይ ዘይበልኩ 'የ፡፡"

"ንተሰፍም እንተ በጻሕኩዎ ፣ ብግራዝማችን በቶም ንሆስፒታል ተጓይዮም ዝወሰዱኒ ደቁን ብእዝግሄርን ፣ ጽቡቕ ግብሪ ከም ዝገበርኩ ይፍለጠለይ፡፡ እንተ ዘይበጻሕኩዎምከ ብኣቶም ከጋመትን ፣ ብእዚኣቢሄር ከፍረድን 'ምበር ፣ እንታይዶ ከጐድሎም 'የ ንሳቶም? እንተ ዘይበጻሕኩዎምከ ንሃብቶምን ነ 'ልማዝን ፣ እንታይ ይድግፎምን ይውስኸሎምን? !" በሉ ባሻይ አብ መርገጺኦም ዝነበሮም ከቲር እምነት ብምንጽብራቕ፡፡

ወ/ሮ ለምለም ግን ዘረባኦም ከም ዘይዓጀበንን ፣ ከም ዘይመስጠንን ብዘርኢ አካላዊ ቋንቋ አፈን ጠዋወያኣ፡፡ በቲ ዘርኣያኦም አካላዊ ቋንቋ ፣ አሽንኳይ ከርድእኦም ፣ ናብኡ ገጸን 'ውን ከም ዘይተገማገማ ንባሻይ በርሃሎም፡፡

ነዚ ምስ አስተብሃሉ ፣ "እስከ በሊ እንተ ዘይበጻሕኩዎ ፣ ንሃብቶም ወይ ነ 'ልማዝ ሓንቲ 'ውን ትኹን ከምጽአሎም ዝኽእል ረብሓ ዳይ ንገርኒ?" በሉ ብትርን ብቝጠዐን፡፡

ወ/ሮ ለምለም ሕጂ 'ውን ብቓላት መልሲ ክህባ ስለ ዘይከአላ ትም በላ፡፡ ትም ይበላን መልሲ ክረክባ አይኽአላን 'ምበር ፣ ሕጂ 'ውን ዘረባኦም ጨሪሰን ከም

ዘይቅበላእ ዘርኢ ምልክታት ካብ ምንጽብራቕ ግን ኣየቋረጻን።

ደርማስ ዘረባ ክልቲኦም ትም ኢሉ ከከታተል ድሕሪ ምጽናሕ ፤ "ስምዒ ኣደ ፤ ሓቂ ኢዩ ኣቦይ። በጽሓም ኣይበጽሓም ፤ ነቲ ኣብ ልዕሊ ሃብቶምን ኣብ ኩላትናን ወሪዱ ዘሎ ሽግር ዝልውጦ ኣይኮነን። ሕጂ ይኣክል። እቲ ኣርእስቲ ካብዚ ዝያዳ ዘረባ ዘድልዮ ኣይኮነን። ኣቦይ እንተ ሓረቖን እንተ ተቖጥዐን ፤ መሊሱ ሕማሙ ከይለዓሎ ኣብዚ ንዕጸዎ ፤" ኢሉ ነታ ክትዕ መደምደምታ ገበረላ።

ብድሕሪኡ ቅሩብ ብዛዕባ ካልኦም ተዘራሪቦም ተፋንይዎም ንስራሑ ኸደ።

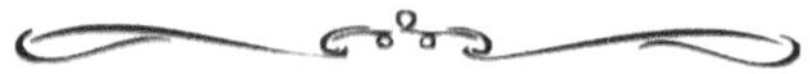

ተሰፎም ሓደጋ መኪና ካብ ዘጋጥሞ ልክዕ ክልተ ሰሙን ኣቝጺሩ። ኣብ ውሑዳት መዓልታት ፤ ኩነታት ተሰፎም ካብ ኣፈፈት ሞት ናብ ከምዚ ምዕባለ ምስግጋሩ ንሓኸይም ኣዕጊቦም። ሓይሉ ዳርጋ ብምልኡ ተመሊሱ ፤ ብግቡእ ከዛረብን ከምልስን በቒዑ። እቲ ኣብ ርእሱን ገጹን ዝነበረ ዝተሓናጠጠ ቑስሊ ፤ ዳርጋ ስለ ዝሓወየሉ ምሕካምን ምጅናንን ኣቋሪጾም ነብሩ። ናይ ምሕዋይ ምልክታት በሰላ እንተ ዘይኮይኑ ካልእ ዝተረፎ ኣይነበሮን።

ሳዕቤን ናይቲ ሓደጋ ግን ኣብ ኣእምሮኡን ስምዒቱን ፤ ጌና በሰላኡ ከም ዘይሓወየ ኣብ ኩነታቱ ይረአ ነበረ። ብዙሕ ዘረባ ከጽልእን ፤ ዝን ምባል ከብዝሕን ጀሚሩ ነበረ። ከም ምልክት ናይቲ ዘጋጠሞ ከቢድን ዘስካሕክሕን ሓደጋ ፤ እታ ጁ ዝነበረታ ጸጋመይቲ ኢዱን ፤ እታ እተሓማሽሽት ጸጋመይቲ እግሩን ጥራይ'የን ተሪፈን ነይረን።

ሓኸይም ኢዱ ዝኹነ ሽግር ከም ዘይብላ ኣረጋጊጾም ፈሊጦም'ዮም። እታ ቀንዲ ሽግር እታ ዝተሓምሸሽት ጸጋመይቲ እግሩ ኢያ ነይራ። ናይ ግድን መብጣሕቲ ከም ዘድልያ ተረዲኦም ነይሩ'ዮ። እንተኾነ እቲ በቲ መድመይቲ ዘጥፍአ ደምን ሓይልን ፤ ብምልኡን ብዘተኣማምን ደረጃን ከይተመልሰ ብዛዕባ መብጣሕቲ ክሕሰብ ስለ ዘይክእል ፤ ሓኸይም ናብኡ ኢዮም ኣተኩሮም ነይሮም።

ብተወሳኺ ኣብታ እተሃስየት እግሩ ዝነበረ ረኽሲ'ውን ፤ በቲ ክሳዕ ሽዑ ዝህብዎ ዝነበሩ ጸረ ረኽሲ ፤ ምሉእ ብምሉእ ከቅጻጸርዎ ኣይከኣሉን ኢዮም ነይሮም። ስለዚ ዝተፈለየ ተወሳኺ ጸረ ረኽሲ ንምሃቡ ኣብ ምስልሳል ኢዮም ነይሮም።

ዓርብን ቀዳምን ተወሳኺ ምርመራታትን ራጅን ኣዘዙሉ። እቲ ውጽኢት ኩሉ ምስ

በጽሓም ንሰኡየ ሰሉስ ኣኼባ ክገብሩ ምኳኖም ፤ ንመድህንን ነ'ርኣያን ገለጽሎም።
ኣብቲ ውጽኢት ተሞርኩሶም ከኣ ፤ ዓይነት መብጣሕትን መዓልቲ መብጣሕትን
ከም ዝውስኑ ሓበርዎም። ብዛዕባ'ቲ ዝበጽሕም ውሳነ ኽኣ ኣቐዲሞም ምስኣም
ክዘራረቡሉ ምኳኖም ነገርዎም። ብድሕሪኡ ንሳቶም ኣብ ዘለውሉ ፤ ንተሰፍም
ብዛዕባ'ቲ ዝግበር መብጣሕቲ ከረድእዎ ምኳኖም ፤ ንኣኡ ምስ ሰገሩ ኽኣ ናብ
ትግባረ ክሓልፉ ምኳኖም ገለጹሎም።

ካብ ኣዘራርባ እቶም ሓኻይም ፤ እቲ ዝሕሰብ ዝነበረ መብጣሕቲ ክብድ ዝበለ
ከኽውን ከም ዝኽእል በዓል መድህን ገመቱ። ብድሕሪኡ ኣርኣያን መድህንን
ነቶም ሓኻይም እንታይ ዓይነት መብጣሕቲ ይሓስቡ ከም ዝነበሩ ሓተትዎም።
ንሳቶም ግን እቲ ውጽኢት ናይቲ ምርመራታን ራጅን ምስ ተረኣየን ፤ እቶም
ክኢላታት ተኣኪቦም ምስ ዘተዪሉን ጥራይ ዝውስን ምኳኑ'ዮም ከነግርዎም
ፍቓደኛታት ነይሮም።

ከምዚ ኢሎም መድህንን ኣርኣያን ፤ ንናይ ዝቕጽል ሰሙን ቀዳሞት መዓልታት
ብሃንቀውታን ብሻቕሎትን ክጽበዩ ናይ ግድን ኮኖም። ካልኦት ኣባላት ስድራ
ቤቶም ኣብ ከም ናቶም ሻቕሎት ንኽንቱ ካብ ዝሽመሙ ካብ ዝብል ከኣ ፤
ንዋላ ሓደ'ውን ብዛዕባ መብጣሕቲ ንኽይነግርዎም ወሰኑ። መድህንን ኣርኣያን
እንተኾኑ'ውን ኩሉ ዝፈለጡ መሲልዎም'የ'ምበር ፤ ብዛዕባ መጻኢ ተሰፍም
ጌና ዘይፈለጥዎ ብዙሕ ነይሩ እዩ። ኣሸንኳይ ንሳቶም እቶም ሓኻይም'ውን
እንተኾኑ ፤ መጻኢ ተሰፍም ብርግጽነት ክትንበይዎ ዝኽእሉ ነገር ኣይነበረን።

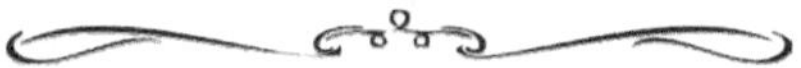

ነቲ ክሳዕ ሽዑ ምሉእ ብምሉእ ከቴዳጸርዎ ዘይከኣሉ ኣብ እግሪ ተሰፍም ዝነበረ
ረኽሲ ንምምካት ፤ ሓኻይም ሓድሽ ፈውሲ ኣዘዝሉ። ተሰፍም ክበልዕ ክስቲ ጀሚሩ
ስለ ዝነበረ ፤ እቲ ፈውሲ ብመልከዕ ዝወሓጥ ኪና ኢዮም ሂቦሞ። ንግሆን ምሽትን
በብኽልተ ዝውሰድ ስለ ዝነበረ ፤ ንግሆ ድሕሪ ቑርሲ ክልተ ኪና ወሰደ። ምሽት
ድሕሪ ድራር ንኽልኣይ ግዜ ክልተ ኪና ወሓጠ።

ተሰፍም ጽቡቕ ውዒሉን ኣምሰዩን ብሰላም ደቀሰ። ንለይቱ ግን ካብ ድቃሱ
ዘይንቡር ሰሓን ምቕዳልን ተስሚዖም ተበራበረ። መጀመርያ'ኳ እንታይ ደኣ ኮይኑ
እየ ኢሉ ሽለል ክብሎ እንተ ፈተነ ፤ ድሒሩ ግን ምኽኣል ምስ ሰኣነ ነተን ሓደርቲ
ኣለይቲ ሕሙማት ሓበረን።

ተሰፍም ምሉእ ሰውነቱ ብብርቱዕ ሰሓ ተወርረ። ብተወሳኺ ጨርበቱ ሓሓሊፉ

ከጽልምን ከሓብጥን ጀመረ። ንሳተን ምኽንያት ናይቲ ኣብ ልዕሊ ተሰቒም ዝወረደ ከስተት ከርድአን ኣይከኣለን። ከምኡ ዓይነት ተርእዮ ከገጥመንን ከርእያን ንመጀመርያ ግዜየአን ኢዩ ነይሩ። ስለዚ ከሳዕ ንግሆ ሓኺይድም ዝኣትው ከጽበያ መረጻ።

እተን ዝሓደራ ከቒየራ ከለዋ ፥ ነተን ዝርከብአን ዝነበራ ብዛዕባ እቲ ኣብ ልዕሊ ተሰቒም ዝተራእየ ሓድሽ ኩነታት ፥ ንሓኺይድም ጸብጻብ ከህባኦም ኣረዲአንአን ከዳ። እተን ዝተቐየራ'ውን እቲ ከስተት ርእየናኦ ዘይፈልጣ ስለ ዝነበራ ፥ ኣገረመንን ኣስንበደንን። ዝኾነኾይኑ ሓኺይድም ከሳዕ ዝኣትው ፥ እቲ ቅድሚኡ መዓልቲ ዝተኣዘዘሉን ድሮ ከወስዶ ጀሚሩ ዝነበረ ሓድሽ መድሃኒትን ኣብ ሰዓቱ ኣውሓጣአ።

ድሕሪ ከኒና ምውሳዱ ኣብ 45 ደቒቕ ዘይመልእ ግዜ ፥ ሰውነቱ ከብቲ ለይቲ ዝሓደሮ ከገዶን ከጽልምን ፥ ብፍላይ ብልዕቱ ኣዝዩ ከሓብጥን ከምዚ ብሓዊ ዝተለብለበ ደም ከሰርብን ተራእየ። ሽዑ ኩነታቱ ስለ ዘስከፈን በዓል ተራ ሓኪም ጸወዓሉ። እቲ በዓል ተራ ሓኪም'ውን ምኽንያት ናይቲ ብናህሪ ዝወርሮ ዝነበረ ቁጠዐ ከበርሃሉ ኣይከኣለን። ንሰውነቱ ገላ ዘጫጥያን ዘይሰማምዖን ነገር ገም ዘንነፀ ተረድአ ፥ ግን እንታይነት ናይቲ ጠንቂ ከርደኦ ኣይከኣለን። ብዝኾነ ናይ ቁጠዐን ናይ ሰሓን ኣለርጂን ከኒና ኣዘዘሉ።

እቶም ዝሕከሞዋ ሓኺይድም ሰዓቶም ኣኺሉ ከሳዕ ዝርእዮም ፥ ድሮ ተሰቒም ከም ሓዊ ዝነደደ ሰብ ፥ ከፉል ጨርበት ሰውነቱ ፍቕቅ ከብል ጀመረ። ሓኺይዱ ምስ ረኣዩዋ ምናልባሽ ዘይምቅዳው ናይቲ ዝኣዘዝናሉ ሓድሽ መድሃኒት ከኸውን ይኽእል'የ ኢሎም ጠርጠሩ። እቲ ባክተሪም ዝበሃል ሓድሽ መድሃኒት ብድሕሪኡ ንኽይወስዶ መምርሒ ኣተሓላለፉ። ተወሳኺ ብመርፍእ ዝወሃብ ጸረ ስሓን ጸረ ቁጠዐን መድሃኒት ኣዘዘሉ።

ግን ድሮ እቲ ቁጠዐ ብሓይሊ ነፂሉን ገንፊሉን ስለ ዝነበረ ፥ እቲ ዝሃብዎ መድሃኒት ቅልጡፍ ፋታሕ ከምጽኣሉ ኣይከኣለን። እኳ ደኣ እቲ ኩነታቱ መሊሱ ገደደ። ቅድሚኡ ግዜ ከምኡ ዓይነት ቁጠዐን ኣለርጂን ገይሩ ይፈልጥ እንተ ነይሩ ሓተትዎ። ተሰቒም ግን ዝዝከር ነገር ኣይረኸበን።

ስድራ ቤት ከም ቀደሞም ቀትሪ ንተሰቒም ከበጽሕዎ ምስ ከዱ ፥ ድሮ ከይኣተዉ ከለዉ ሓድሽ ዘይተጸበይዎ መምርሒ ገጠሞም። ንዝቕጽል ሰለስተ ኣርባዕተ መዓልቲ ፥ ንተሰቒም ብዘይካ በዓልቲ ቤቱ ካልእ ሰብ ንኽይኣትዎ ከም ዝተኸልከለ ተነግሮም። ብመሉኣም በቲ ኩነታት ተሰናበዱ። ቀልጢፍም ምስቲ ሓደጋኡን ምስቲ

ቅድም ኣንጸላልይዎ ዝነበረ ናይ ሞት ኩነታትን ስለ ዘተሓሓዘዎ ፣ ኣብ ተርባጽን ከቱር ሻቕሎትን ወደቐ።

መድህን ብዝተፈቐደላ መሰረት ኩነታቱ ከተረጋግጽ ተቐላጢፋ ኣተወት። ውሽጢ ኣትያ ምስ ረኣየቶ ኣዝያ ሰንበደት። ሓድሽ ዝወሰዶ ጸረ ረኽሲ መድሃኒት ፣ ስለ ዘይተሰማምዖ ዘስዓበሉ ቁጠዐ'ምበር ፣ ካልእ ከም ዘይኮነ ገለጹላ። ኣብ ህይወቱ ዘምጽኣሉ ሳዕቤን ከም ዘይሃሉ ስለ ዘረጋገጹላ ፣ ውሱን እፎይታ ተሰምዓ። ድሕራ ግን ተሰሮምሲ እቲ ሓደ ሓሊፍሉ እናተባህለስ ፣ ካልእ ጸገም ኣእጉሩ ከስዕቦ ብምባል ኣዝዮ ተሰምዓን ኣጉሃያን።

ስድራ ቤት ብሕልፈ ዓብይቲ ወለዲ ፣ ኣብ ከቢድ ሻቕሎት ጥሒሎም ደሃይ ይጽበዩ ከም ዝነበሩ ትዝ በላ። ሾቡ ነቶም ኣብ ደገ ተጨልዮም ዝነበሩ ስድራ ቤት ፣ መታን ኩነታት ተሰሮም ከተብርሃሎም ኣፍቂዳ ወጸት። ኩሉ እቲ ከውንነት ምስ ገለጸትሎም ፣ ኩሎም ውሱን ራፍታ ተሰሚዕዎም ንኣምላኾም ኣመስገኑ። ሓድሽ ኩነታት ተሰሮም ፣ መድህን ኣቃሊላ ስለ ዝነገረቶምን ብዓይኖም ስለ ዘይረኣዮን ኣኽቢዶም ኣይወሰድዎን። መድህን ግብረ መልሶም ምስ ረኣየት ፣ እንቋዕ ኩላቶም ከርእይዎ ኣይፈቐዱሎም'ምበር ብኽምዚ ኣቃሊሎም ኣይምረኣዮን ኢላ ፣ ብውሳነ እቶም ሓኺይም ተሓጕስት።

ኣብ ተሰሮም ከምዚ ዝኣመሰለ ኩነታት ስለ ዝተኸሰተ ፣ ሓኺይም እቲ ብዛዕባ መብጣሕቲ ዝሓስብዎ ዝነበሩ ኣወንዚፎም ፣ ናብዚ ሓድሽ ተርእዮ ምግጣም ኣቶኮሩ። እቲ በቲ ዘይምቅዳው ዝሰዓብ ቁጠዐን ቑሳልን ንኽሕውዩ ሓደ ሰሙን ወሰደሎም። ነዚ ምስ ተጨዳጸሩ እንደገና ኣተኩሮኦም ናብ ኩነታት እግሪ ተሰሮም ኣዘሩ።

ምዕራፍ 2

ውጽኢት ምርመራታት ተስፈዎ ፡ ንሓኽይም ኣብቲ እተጸበይዎ መዓልቲ ኢዩ በጺሑዎም። ብመደቦም መሰረት ፡ እቶም ክኢላታት ተኣኪቦም ምስ ተመያየጥሉን ኣብ ውሳነ ምስ በጽሑን ፡ ንመድህንን ነ'ርኣያን ከዘራርብዎም ኢዩ ነይሩ ውጥኖም። ብምኽንያት እዚ ዘይሓስብዎን ዘይተጸበይዎን ንተስፈዎ ዘጋጠሞ ቁጠዐን ኣለርጅን ፡ ኩሉ መደባቶም ፡ ንሓደ ሰሙን ተዘናበለ።

ነዚ ናይ ቁጠዐ ብድህ ምስ ሰገሩ ኢዮም' ምበኣር ሓኽይም ፡ ንመድህንን ነ'ርኣያን ንኽዘራርብዎም ሓሙስ መዓልቲ ዝጸውዕዎም። ስድራ ቤት ብወገኖም' ውን ፡ እዚ ሓድሽ ዘይተጸበይዎ ሳዕቤን ናይ ቁጠዐ ስለ ዝሰገርዎ ፡ በመጠኑ እፎይታ ረኺቦም ኣተኩሮኦም ናብቲ ሳዕቤን ናይ ሓደጋ ከዙሩ ጀሚሮም ነበሩ። ኣርኣያን መድህንን ሓሙስ ኣብ ቆጸራኦም ክርከቡ ኽለው ፡ ናይ ውሳነ ግዜ ብምኽኣን ኣብ ብርቱዐ ጭንቀትን ሻቕሎትን ጥሒሎም ነበሩ።

ኣብ ቆጸራኦም ምስ ተረኽቡ ፡ "እቲ ንጽበዮ ዝነበርና ውጽኢታት ምስ በጽሓና ፡ ምስ ኩሎም ክኢላታት ምይይጥ ኣካይድና ኢና። ኩሉ ኩነታት ኣብ ግምት ብምእታው ፡ ብዛዕባ እቲ ክግበረሉ ዘለዎ መብጣሕቲ ኣብ ውሳነ በጺሕና ኣሎና ፡" በሎም እቲ ናይ ክፍሊ መብጣሕቲ ሓላፊ ሓኪም።

ናብ መድህንን ኣርኣያን በብተራ ቆላሕታኡ ድሕሪ ምስዳድ ከኣ ፡ ከምዚ ከብል

ዘረባኡ ቀጸለ ፥ "ተስፎም ጌና እቲ ሓደጋ'ውን በ'እምሮኡ ኣይተቐበሎን ዘሎ። ቅድሚ ውሳነና ብቖጥታ ንዐኡ ምንጋርና ምሳኽትኩም ከንመያየጥ ዝመረጽናሉ ምኽንያት ፥ መታን ክትሕግዙናን ክትሕግዝዎን ዝደለና ኢና። ንሕና ከም ሓኺይም እቲ ዘሎ ምርጫኤን እቲ ዝሓይሽን ከነርድኦ ኢና። ንስኻትኩም ከኣ እቲ ውሳነ ብጸጋ ክቕበሎ ክትሕግዙና ኢና እንደሊ ፥" በለ።

"እንታይ ዓይነት መብጣሕቲ ድዩ ክግበረሉ?" በለት መድህን ካብ ብርቱዕ ሻቕሎት እተላዕለ።

"ናብኡ ኢና ክንመጸኩም። እዚ ብጸየ ብዝርዝር ከረድኣኩም'የ ፥" ኢሉ ናብ ብጸየ ብምጥማት ክቕጽል ዓደሞ።

"ሓደጋ ከመጽእ ከሎ ብዙሕ ግዜ ሞት የስዕብ'የ። ዕድል ኣብ እንገብረሉ ግዜ ኸኣ ብኣካላዊ ጉድኣትን ጉድለትን ይሓልፈልና። እቲ ኣካላዊ ጉድኣትን ጉድለትን እንተ ኾነ'ውን ፥ ብርዝነቱ ካብ ምሉእ መልመስቲ ናብ ከፊላዊ መልመስቲ ፥ ዑረት ፥ ማህረምቲ ርእሲ ፥ ጉድለት ሓደ ወይ ክልተ መሓውር ፥ ወዘተ ፥ ይፈላለ ኢዩ ፥" በለ።

"መልመስቲ?" በለት መድህን ስንብድ ኢላ።

"ጽንሒ ደኣ ኣጆኺ። ተስፎም ካብ መልመስትን ሞትን ድሒኑ ኢዩ። ጻጋመይቲ እግሩ ግን ኣዝያ ስለ ዝተሃስየት ፥ ናብ ካልእ ዝኽፍአ ሕልኽላኽት ከየእተወትና ኸላ ብመብጣሕቲ ካብ ልዕሊ ብርኩ ክትቁረጽ ኢያ ፥" በለ።

"ኽቖረጽ?" በለ ኣርኣያ።

"እዋይ ኣነ! ክቖረጽ?! እዋይ ተስፎም ሓወይ!" በለት መድህን።

ኣዒንታ ምስታ 'ምቑራጽ' እትብል ቃል ብምቅድዳም ፥ ድሮ ጀረብረብ ከብላ ጀሚረን ነይረን'የን።

"እንታይ ይመስለኪ ፥" እናበለ ኸሎ እቲ ሓኪም ፥ "ካልእ ክግበር ዝኽእል ነገር የለን ድዩ ኹዀይኑ?" ኢሉ ሓተተ ኣርኣያ።

"ኩሉ ክግበር ዝኽእል መንገድታት ሃሰስ ኢልናዮን ኣብ ግምት ኣእቲናዮን ኢና። ካብዚ ዝያዳ ግዜ እንተ ወሲድና ግን ፥ ናብ ካልእ ሳዕቤናት ከሰጋገር እንተ ዘይኮይኑ ፥ ካልእ ዘምጽአ ፋይዳ ኣይክህልዎን'የ ፥" በለ ሓኪም ናይ መወዳእታ ውሳነ ከም ዝኾነን ብዘስምዕ ቃና።

መድህን ምስ ዓይናን አፍንጫአን እናተባእሰት ፣ ብኣዝዩ ትሑትን ዝተሓራረጸን ድምጺ ፣ "ኣይይ! ተስፎም ከሸግረና'ዩ ፣ ኣይቀበሎን'ዩ!" በለት።

"ንሕና'ውን'ኮ ነቲ ኩነተ-ኣእምሮ ተስፎም ኣብ ግምት ኣእቲናዮ ኢና። መታን ከተዛርብዎን ከተእምንዎን ፣ ሓገዝ ናታትኩም ከም ዘድልየና ተረዲኡና ኢዩ'ኮ ነዛርበኩም ዘሎና ፣" በሎም እቲ ናይ መጀመርያ ሓኪም።

"እንድዒ እዚኣስ ከባድ'ያ!" በለት መድህን።

"ከምኡ ኣይትበሊ። ከትሕግዝናን ከትሕግዝዮን እንተ ኹንኪ ፣ ንስኺ ብልቢ ከትቅበልዮን ከትኣምንሉን ኣሎኪ። ከምኡ'ውን ንስኽ ኣርኣያ ፣" በሎም እቲ ካልኣይ ሓኪም ትርር ኢሉ።

"ካልእ መንገዲ እንተ ዘየልዮ ደሓን ከንእምኖ ዝከኣለና ከንገብር ኢና ፣" በለ ኣርኣያ።

"ጽቡቕ እምበኣር ፣ ጽባሕ ናይ ንግሆ ሰዓት ትሽዓተ ምጽኡና። ንሕና ከይተቐንዘወን ከይተሸገረን ጥዑም ድቃስ ደቂሱ ከም ዝሓድር ከንገብር ኢና። ኣብ ከምኡ ደሓን ኩነታት ከሎ ፣ ኣብ ቅድሜኹም ከንነግሮ ኢና ፣" በለ እቲ ቀዳማይ ሓኪም።

"እሺ ሕራይ ፣" በለ ኣርኣያ።

"እምበኣር ካልእ ሕቶ እንተ ዘይብልኩም ንጽባሕ የራኽበና ፣" ኢሉ እቲ ኽልኣይ ሓኪም ብድድ በለ። ብድድ-ብድድ ኢሎም ሰላምታ ተለዋዊጦም ከኣ ተፈላለዩ።

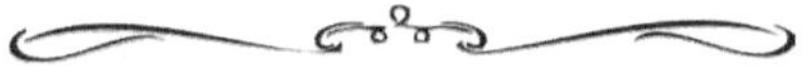

ደገ ወጺኦም ክሳብ ኣብ መኪናኦም ዝበጽሑ ፣ ሓንቲ ቃል'ውን ትኹን ኣይተለዋወጡን። ኣርኣያ ተቓላጢፉ መኪና ኽፈቲ ንመድህን ማዕጾ ከፈተላ። መኪና ከልዕላ ምንቅስቓስ ከገብር ምስ ጀመረ ፣ "ሓንሳብ እስከ ኣርኣያ ፣ ኣብዚኣ ንጽናሕ በጃኽ ፣" በለቶ።

ኣርኣያ ኢዱ ብቕጽበት ስሒቡ ትም በለ። ገለ ከትብል እንተ ተጸበያ ፣ መድህን ግን ቃል ከየውጽአት ናብ ንብዓታ ኣተወት። እስከ ደሓን ይውጽአላ ኢሉ ብትዕግስቲ ትም በለ። ሓደ ዓሰርተ ደቒቕ ድምጺ ከይምሉቖት ምስ በኸየት ፣ መንዲላ ኣውጺኣ ገጻ ከትሓሳስስ ጀመረት።

"ኣርኣይ ኣሽገረካ ኣይትሓዘለይ። ተጸሚመ ጸይረዮ ገዛ እንተ ኸይደ ኣብ ቅድሚ
ጨልዑ ከይስዕረኒ ፈሪሀ እየ'ኮ።"

"ደሓን ኣነ'ውን ተረዲኡነ'ሎ። ግን ንተስፎም ክንሕግዞ እንተ ኼንና ንሕና
ከንሕይል ኣሎና መድህን። ብሕልፊ ንስኺ እንተ ጸኒዕኪ'የ ተስፎም ዝጸንዕ።"

"ሓቅኺ ኢኺ ኣርኣይ። ተስፎም ብዙሕ ጽቡቕ ባህሪ ከም ዘለም ኣጸቢቐካ
ትፍለጥ ኢኺ። እንተኾነ ግን ፣ ሽግርን ጸገምን ኣይጸወርን'ዩ። ኣነ ነ'ቦይ
ግራዝማች እንተ ነገርናዮም ዝሓይሽ ኮይኑ ኢዩ ዝስመዕኒ።"

"ጽቡቕ ሓሳብ'ዩ ፣ ነ'ቦይ ንብይኑ ጌርና ንነግሮ።"

"ኣደይ'ሞ ከሳዕ እቲ መብጣሕቲ ዝግበር ከፈልጣ የብለንን'ምበር ከባላሽዋልና
ኢየን።"

"እወ ሓቅኺ ኢኺ። እሞ ነ'ቦይ ሎሚ'ሞ ንንገሮ ፣ ሓሲቡለን ተቐሪቡለን
ይጸንሕ። ጽባሕ በይንና ኣቲና ከመይ ከም ዝቐበሎ ተስፎም ምስ ረኣና ፣ ኣቦይ
ከም ዘረድኦ ንገብር።"

"እሞ ሕጂ ንኣይ ገዛ ኣብጽሓኒ'ሞ ፣ ንገዛ ኬድካ ነ'ቦይ ንብይኖም ጌርካ
ንገሮም።"

"ሕራይ'ምበኣር ጽቡቕ።"

በዚ ምስ ተሰማምዑ ፣ ኣርኣይ ንመድህን ገዛኣ ኣብጺሑ ተመልሰ።

ኣርኣይ ንመድህን ተሰናቢትዋ ናብ እንዳ ስድራኡ ኣምረሐ። ኣብ ገዛ ምስ በጽሐ
ኣደኡ ሻሂ ምስ ቀርሲ ቀረባሉ። ሻሂኡ ሰትዩ ምስ ወድአ ፣ "ሓንቲ ንበይንና
ክንዛረበላ ዝደለኹ ጉዳይ ኣላ'ሞ ፣ ነ'ደይ ሓንሳብ ከም እንዘራረብ ባዕልኻ'ንዶ
ንገራ'ቦ ፣" በሎም።

ቀርሲ ከለዓዕላ ምስ ተመልሳ ፣ "ምስ ኣርኣይ ሓንቲ ብዛዕባ ፋብሪካ ንዛራረበላ
ጉዳይ ኣላ'ሞ ፣ ከትወጺ ከሎኺ እታ ማዕጾ ስሓብያ ፣" በሉወን።

ወ/ሮ ብርኸቲ ብቕጽበት ገዲፈናኦም ወጻ። ኣደኡ ማዕጾ ምስ ዓጸዋሎም ኣርኣይ
ኹሉ እቶም ሓኻይም ዝበሉዎም ነ'ቦኡ ብዝርዝር ኣረደኦም።

ከሳዕ ዝውድእ ብትዕግስቲ ሰምዕዎ። ምስ ወድአ ፡ "መስኪነይቲ መድህን። እዛ ቄልዓ ዕድል ኣይገበረትን። ንሳ ኢያ ዝያዳ ኹሉ እትሳቐ ፡" በሉ።

"ልዕሊ ኹሉ ዝሳቐስባ ተሰፍም'የ ፡" በለ ኣርኣያ።

"ተሰፍም ደኣ ብኽፈል ባዕሉ'ንድዩ ኣምጺእዋ። ከኽፈለሱ ኣለዎ'ምበር። ንሳ ግን ብጥዕዩ ኸሎ ንኣኡ ከትጽብ ጭልም ከትብል እተሳቐየቶ ከይኣኽላ ፡ ሕጂ ኸኣ ንኣኡ ምልዓልን ምክንኻንን ቀሊል መዓስ ከኽውን ኮይኑ።"

"ንሳ'ውን እዚ ተርዲእዋ'ሎ። ንሳ ግን ናታ ዘይኮነስ ፡ ናቱ ኢዮ ዓጢጥዋ ዘሎ። ብሐንጎሉን ብስምዒቱን ከቅበሉ ተሸጊሩ ከሽገረና ስለ ዝኽእል ፡ ነ'ቦይ ንንገሮም መታን ከሕግዙዎን ከሕግዙናን ዝብል ሐሳብ'ውን ንሳ'ያ ኣምጺኣቶ።"

"እርደአኒ ኢዮ። ወረጃ ሰብ ኢያ'ኮ። ግን ኣብ ኢድና ዘሎ ወርቂ መዓስ ወርቂ ምኻኑ ይርደአና ኹይኑ። ደቂ ሰባት ድራታት ኢና ፡ ዘይ ምስ ሰኣንናዮ ኢና ንናፍቖን ንዝክሮን ፡" ኢሎም ርእሶም ነቕነቑ።

"እሞ'ቦ ኣነ ሕጂ ከኸይድ። ጽባሕ ሰዓት ሸሞንተን ፈረቓን ከመጸካ እየ።"

"ሕራይ ኪድ በል ዝወደይ። ኣምላኽ ነዚ ፈታኒ ግዜ'ዚ ከንስግሮ ይሐግዘና ፡" ኢሎም ኣፉነውዎ።

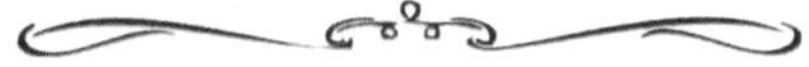

ንጽባሒቱ ዓርቢ ንግሆ ፡ ግራዝማችን መድህንን ኣርኣያን ተታሐሒዘም ኣብ ሆስፒታል ልከዕ ሰዓት ትሽዓት በጽሑ። ድሕሪ ውሑዳት ደቃይቕ እቶም ሐኻይም ከመጹ ርእዮሞም ፡ ተንሲኦም ሰላም በሉዎም።

እቲ ናይ መብጣሕቲ ክፍሊ ሐላፊ ሐኪም ፡ "እንታይ ደኣ ሰለሰተ ኴንኩም መጺእኩም? ንኽልቴኹም ጥራይ ኢንዲና ምጹ ኢልናኩም ፡" በሎም።

"ሕጂ'ውን ክልቴና ኢና ምሳኽትኩም ከንኣቱ። እዚ ኣቦና ኢዮ ፡ ግራዝማች ሰልጠን ይበሃል። ተሰፍም ልዕሊ ኣቦይ ዘድንቖን ዘኽብሮን ዝሰምዖን ሰብ የብሉን። ስለዚ ምስ ወዳእና መታን ከዛርቦን ከጽንያን ኢልና ኢና ምሳና ኣምጺእናዮ ፡" በለ ኣርኣያ።

"እሞ ከምኡ እንተ ኹይኑ ደሓን ምሳና ይእተው ፡" በለ እቲ ቀዳማይ ሐኪም።

"ኣይፋሉን ኣይትሰከፉ'ዞም ደቀይ ፣ ኣነ ምስ ወዳእኩም ቀስ ኢለ የዛርቦ ፣" በሉ።

"ኣቦ ! ንዓኹም ጥራይ ኢልና ኣይኮንናን ፣ ንዓና'ውን'ኮ ክትሕግዙና ኢኹም ፣" በሎም እቲ ካልኣይ ሓኪም።

"እወ ክርደኣኩም ዘለዎ ከምዚ ዓይነት መብጣሕቲ ዘካይዱ ሓሙማት ፣ ንሕና ጥራይ ኣይኮናን እንሕክሞም። ንሕና ቀሱሎምን ኣካላቶምን ጸጊንናን ኣሕዊናን ኢና እንሰዶም። ድሕሪኡ ግን ናይ ሓንጐል በሰላ ከይገድፈሎም ፣ ዓቢ ተራ ዝጻወቱን ዝሕክሙን ፈተውትን መሓዙትን ስድራ ቤትን ኢዮም ፣" በሎም እቲ ቀዳማይ ሓኪም።

"እቲ ሓልዮትኩም ነዚ ንሕጂ ዝምልከተኩም ጥዕናኡ ጥራይ ዘይኮነስ Ⅰ ንናይ መጻኢ ኣእምሮኣዊ ጥዕናኡ ምሕሳብኩምን ፣ ካብ ብሕጂ ምስካፍኩምን ፣ ኣዝዩ ዘደንቕን ዝምስጥን'ዩ። ዕድመን ጥዕናን ይሃብኩም'ዞም ደቀይ ፣" በሉዎም።

"ኣሜን ኣቦ። ንኺድ በሉ ፣" በሉዎም።

ብሓባር ተታሓሒዞም ናብቲ ተስፎም ደቂስዎ ዝነበረ ክፍሊ ኣተው። ተስፎም ድምጺ ሰሚዑ ጥውይ እንተ በለ ሓኸይም ክኣተው ረኣየ። ናታቶም ምምጻእ ዝኾነ ስምዒት ኣየሕደረሉን። ደድሕሪኦም ዝረኣዮ ትርኢት ግን ኣገረሞን ኣስንበዶን።

ደድሕሪ እቶም ሓኪይም ፣ ኣቦኡን ሓውን በዓልቲ ቤቱን ተኸቲሎሞም ክኣተው ረኣየ። ናይ ምብጻሕ ሰዓት ጌና ምኽኑ ተረዲእዎ ነይሩ'ዩ። ኩሎም ተኣኪቦም ምምጽኦም ደኣ እንታይ ስለ እተረኸበ'ዩ ኢሉ ተሻቐለ።

"ተስፎም ከመይ ሓዲርካ?" በሎ ቀዳማይ ሓኪም።

"ደሓን'የ እግዚኣቢሄር ይመስገን ፣" በለ ካብ ሓደ ገጽ ናብ ካልእ ገጽ እናኾለለ ብምጥማት።

እቲ ምምጽኦም ምስኡን ምስ ኩንታት ጥዕናኡን ዝተኣሳሰር ነገር ኮይኑ ኣይተሰምዖን። እንታይ ኢዮም ከነግሩኒ ደልዮም ኢሉ ብውሽጡ ተሰከፈ።

"በል ሕጂ ብዛዕባ ኩነታት ጥዕናኽን ፣ ብዛዕባ እቲ ንመጻኢ ክግበር ዝግበኦ መብጣሕትን ኢና ከንዘራረበካ መጺእና ፣" በሎ እቲ ካልኣይ ሓኪም።

"ብሓቂ?" በለ ፍሹስ ከም ዝበሎ ኣብ ገጹ እናተነበበ።

"እንታይ ደአ። እንታይ ዲኸ ደአ ሓሲብካ?" በሎ ቀዳማይ ሓኪም።

"አነስ ገለ ድዩ ተረኺቡ ኢለ ተሰኪፈ ጸኒሐ። ነ'ርእያን መድህንን ጥራይ ዘይኮነስ፣ ዋላ ነ'ቦይ'ውን ሒዝኩሞ ምስ መጻእኩምሲ ተሻዊለ ፣" በለ።

"ዋላ ሓንቲ እተረኸበ ነገር የለን። ንስኻስ ናይ ጥዕናኽ ጥራይ ግበር ዝወደይ ፣" በሎም አቦኡ።

እቲ ቀዳማይ ሓኪም 'እሕሕ' ኢሉ ፣ "እቲ ህይወትካ ንምድሓን ዝተገብረ አድካሚ ርብርብ ሳላ እተዓወትናሉ ፣ ሕጂ ብዛዕባ መጻኢ ኩነታትካ ክንዘራረብ በቒዕና አሎና። ንዕኡ ምስ ሰገርና ኸአ ዘይሓሰብናዮ አለርጂ ገጢሙካ ተሸጊርካ ኔርካ። ሕጂ ግን ኩሉ ንሱ ሰጊርካዮስ ፣ አብ ጽቡቕ ኩነታት አሎኻ። ስለዚ ካብዚ ኹሉ ስለ ዝውጽአካ ንአምላኽ ከተመስግኖ ይግበአካ ፣" በሎ።

ኩሎም ብሓባር ፣ "ብሓቂ ብሓቂ ፣" እናበሉ ርእሶም ነቕነቑ።

ተስፎም ድሕሪ ኹሎም ፣ "መጀመርያ ንአምላኽ ፣ ብድሕሪኡ ኸአ አብ ትሕቲኡ ንዓኻትኩም ወሰን ዘይብሉ ምስጋና ይግበአኩም ኢዩ። ስለዚ የቐንየለይ ክብረት ይሃበለይ ፣" በለ።

"እዚ ደአ ስራሕናን ሓላፍነትናን እንድዩ። ዝኹነኾይኑ ሕጂ ናብቲ ቀንዲ አርእስትና ክምለስ። ሎም ቅነ ኩሉ ምርመራታትን ራጀታትን ክንገብረልካ ከም ዝቘነና ፈሊጥካ አሎኻ። እቲ ውጽኢቱ በጺሑና'ሎ። አብቲ ውጽኢት ብምምርኳስ ፣ ምስ ኩሎም ዝምልከቶም ከኢላታት ዘቲና አሎና። ንኹሉ እቲ ዘሎና አማራጺታት አብ ግምት አእቲና ፣ ንመብጣሕቲ ዝምልከት አብ ውሳነ በጺሕና አሎና ፣" ኢሉ ነቲ ካልአይ ሓኪም ንኽቕጽል ምልክት ገበረሉ።

"እግርኻ አዝያ ስለ እተሃሰየትን ፣ እቲ አዕጽምቲ አዝዩ ስለ ዝተሓማሸሽን ፣ ብዝኾነ አገባብ መብጣሕቲ ጌርካ ጨሪስካ ክትጽገን አይትኽእልን'ያ። ብተወሳኺ ናይቲ ሓዚን ዝሃረመካ ፣ ረኽሲ'ውን አብ ውሽጢ አማዕቢሉ ነይሩ ኢዩ። ክንቆጻጸሮ ንፍትን አሎና ግን ናብቲ ጥዑይ ዓጽሚ ከይሰግር ንስግእ ኢና። ግዜ እንተ ወሲድና ኸአ ረኽሲ ናብቲ ጥዑይ ዓጽሚ ክሰግር ተኽእሎኡ ልዑል ኢዩ። እቲ ዝሓሸ ኸአ ሕጂ ግዜ ከይወሰድና ነቲ ጥዑይ አካል ንምድሓን ፣ ነቲ ከነድሕኖ ዘይንኽእል ከፋል ሓጊሒግካ ምልጋስ ኢዩ ፣" በለ።

"ምልጋስ?" ሓተተ ተስፎም ብስንባደ።

"እወ ምልጋስ ፣" መለሰሉ ሓኪም።

"ምቚራጽ ዲኻ እትብለኒ ዘለኻ ዶክተር?" በለ ተስፎም ፤ ርእሱ ኣልዕል ኣቢሉ ጨሪሱ ዘይተጸበዮ ነገር ይሰምዕ ከም ዝነበረ ብዘርኢ ስንባደ።

"እወ ካብ ልዕሊ ብርኪ ምቚራጽ ማለተይ ኢዮ ፤" ኢሉ ቶግ ኣበለሉ።

"ዋእ ከቚረጽ? ኣካለ ጉደሎ ከኸውን? ጥዓ! እምቢእ! ከመይ ኢሉ? ዘይከውን!" በለ ተስፎም።

ከምኡ ክብል ተስፎምን ፤ መድህን ስምዒታ ምቝጽጻር ስለ ዝኸበዳ ከየስተብሀሉሳ ገጻ ንመሬት ከትነቁተን ሓደ ኾነት። ሽዑ'ዩ ተስፎም እቶም ሓኻይም ንስድራ ቤቱ ንምንታይ ከም ዝጸውዕዎም ከርድኦ ዝጀመረ። ብውሽጡ ኸኣ ፤ "ዋይ ኣነ! ባዕለይ ብዘምጻእኩዎ'ባ ፤ ንንብሰይን ንስድራ ቤተይን የዓቒ'ሎኹ ፤" በለ።

ሓኪም ኩነታት ተስፎም ተንከፎን ኣጉሃዮን። ግን ስራሑ ስለ ዝኾነ ፤ ከም ዘይተሰምዖ ከቚጽል ስለ ዝነበሮ ከምዚ በለ ፤ "ስማዕ ተስፎም ስምዒትካን ንሃኺን ይርደኣና ኢዮ። ንሕና እንተ ኽኢልና ከንምለኣልካ'ምበር ፤ ከነጉድለልካ ኣይንደልን ኢና። ሽቶ ሞያናን ባህግናን ንምምላእ ኢዮ'ምበር ፤ ንምጉዳል ኣይኮነን። ግን ገሊኡ ግዜ ብምጉዳል ኢኻ እትምልእ። ሕጂ እነጉድል ፤ መታን ደሓር ዝዓበየ ጉደሎ ከይፍጠር ኢና እንሓስብን እንሕልንን ዘሎና። ሕጂ እነጉድል ፤ መታን ደሓር ከንምልእ ከንክእል ኢልና ኢና። እዚ ሕጂ ዝስመዓካ ዘሎ ምስ ሓወኽን ፤ ካብ ትሕቲ ብርከኽ ሰብ-ሰርሓ እግሪ ምስ ተገጠመልካን ብዙሕ ኣይክትዝከሮን ኢኻ። ብኣንጻሩ'ኻ ደኣ ከትሕጎሰሉ ኢኻ ፤" በሎ።

"ዋእ ኣታ ዶክቶር ከመይ ጌርካ ከምኡ ትብል?" በለ ተስፎም።

"ስማዕ ተስፎም እዚ ንብለካ ዘሎና ፤ ሕጂ ግዜ ከየጥፋእና ኣንተ ዘይተገይሩ ሳዕቤኑ ከቢድ ከኸውን'ዩ። ብዝኾነ ምኽንያት እቲ ልዕሊ ብርኪ ዘሎ ዓጽሚ እንተ ተተንኪፉን ተጎዲኡን ፤ ሰብ-ሰርሓ እግሪ ከገጠሙ ኣብ ዘይክእል ደረጃ ከብጻሕ ከም ዝኽእል ከርደኣካ ኣለዎ። ኣብ ከምኡ እንተ በጺሕካ ኸኣ ፤ ንሓዋሩ ብሓገዝ ሰብ ወይ ዓረብያ እንተ ዘይኮይኑ ፤ ባዕልኻ ከም ድላይካ ከትንቀሳቐስ ከም ዘይትኽእል ፍለጥ ፤" በሎ እቲ ቀዳማይ ሓኪም ትርር ኢሉ።

"እሞ ቅድም ካልእ ነገር ዘይትፍትኑለይ?" በለ ተስፎም ብዓቕሊ ጽበት።

"ካልእ ከግበር ዝኽእል ነገር እንተ ዝህሉ ደኣ ኣንታ ተስፎም ፤ ኣብዚ ዘረባ'ዚ መዓስ መብጻሕናካ ፤" በሎ እቲ ካልኣይ ሓኪም።

"ዝኾነኾይኑ ሕጂ ንሕና ሕሙማት አለውና ክንገድፈኩም ኢና። ውጹ ኢሎም ከየሸግሩኹም ክነግሮም ኢና። ከይተሃወኽኩም ቀስ ኢልኩም ተዘራረብሉ። ተሰፍም'ውን ሃዲኣካ ሐሰበሉ። እንድሕር ምኽርናን ሐሳብናን እትቕበሎ ጌንካ ፣ ንዝመጽእ ሰሙን መብጣሕቲ ክነካይደልካ ኢና ፣" ኢሉ ብድድ በለ።

"ከብረት ይሃበልና'ዞም ደቀይ ፣" በሉ ግራዝማች ብድድ እናበሉ።

"ኮፍ በሉ አቦ። ንዓና ንስኹም ከትንስኡልና አይግባእን'የ ፣" ኢሎም ብኢዶም ኮፍ አቢሎሞም ተሰናቢቶሞም ከዱ።

ሐኪይም ምስ ከዱ ፣ ንውሱናት ደቃይቕ ካብ ኩሎም ሐንቲ ቃል'ውን ዘምሎኸ አይተረኽበን። ተስፍም ብኢዱ ግምባሩ ሒዙ ፣ ናብ ናሕሲ ናይቲ ክፍሊ ገጹ ናብ ሐንቲ ቦታ አተኩሩ ይጥምት ነበረ። ድሕሪ ደቃይቕ ተስፍም ዓይኑ ሰሰሪቑ ንኹሎም በብሐደ ተዓዘቦም።

መድህን ርእሳ ንታሕቲ ደፊኣ ፣ ክልተ አእዳዋ ትጨብጠን ትፈትሐን ነበረት። አርኣያ ገጹ አብ መንከሱ አተርኢሱ ፣ ግምባሩ እስር አቢሉ ንታሕቲ ገጹ ይጥምት ነበረ። ግራዝማች ኩሉ ግዜ አብ ዕቱብ ሐሳብ ከህልው ከለው ከም ዝገብርዎ ፣ ብየማነይቲ ኢዶም አፍም ዓቢሶም ፣ መመልከቲት ኢዶም ናብ አፍንጫኦም ገጹ አተርኢሶም ፣ ትም ኢሎም ናብ ሃዋህው ይጥምቱ ነበሩ።

ስድራ ቤቱ አብ ከመይ ዝበለ ዓሚቕ ሻቕሎት ጥሒሎም ከም ዝነበሩ አስተብሃለ። ሸው'የ ተስፍም ኩሎም ዘይተጸበይዎ ፣ "ንዓይ ከይአከል ንዓኸትኩም'ውን አብ ሻቕሎትን ጭንቀትን ሸሚመኩም ፣" ዝበለ።

ኩሎም ንሱ ከዛረብ ጨሪሶም ስለ ዘይተጸበይዎ ፣ ብቅጽበትን ብስንባደን አራእሶም ብሐባር አቕነዑ። እቲ ቓላት ካብኡ ድዩ ወጺኡ ብዝሐትት አካላዊ ቋንቋ ከአ አፍም ከፈቶም ጠመትዎ። ካብቲ ስንባደ ቀልጢፋ እተመልሰት መድህን'ያ ነይራ።

"ንሕና ደአ እንታይ ኬንና? ብዘይ ስቓይን ቃንዛን ድቕስ ንሐድር አሎና ፣" በለት።

"ሐቅኺ ጓለይ መድህን! አይ ንስኽ እንዲኽ ብጓንዛ ከትልሎ ትሐድር ዘሎኽ ፣" በለ አርኣያ።

"ንስኻትኩምሲ ብአካል አይኹን'ምበር ብመንፈስ ምሳይ ትሳቐዩ ከም ዘሎኹም መዓስ ጠፊኡኒ። ልዕሊ ኹሉ ግን ናይ አቦይን ናይ አደይን ኢዩ ዘጉህየንን ዘሕርረንን። ሕጂ ንሳቶም ቀሲኖም ዘዕርፉለን ፍረ ጻማኦም ዝሓፍሱለን ግዜ'የ

ከኸውን ዝግባእ ነይሩ። ኣነ ኸኣ'የ ከም ቦኽሪ ነዚ ከተግብርን ፡ ከውንነቱ ከረጋግጽን ዝግበኣኒ ነይሩ። ግን ኣብ ክንዳኡ እነሆ ብሰንከይ ኣብ ሃለኽለኽን ስከፍታን ሻቕሎትን ኣእትየዮም!" በለ ተሰፎም ብስጭቱ ኣብ ገጹ እናተነብበ።

"ስማዕ ተሰፎም ወደይ ፡ ንስኻ እንዲኻ ሓደጋ ገጢሙካ ትቕንዞን ትሽገርን ዘሎኻ ፤ ሕጂ ከንዛረበሉ ዝግባእ ነገር እንተ'ልዩ ፡ ናትካ'ምበር ናትና ኣይኮነን። ሕጂ'ውን እስከ ብዛዕባ'ዚ ሓኸይም ዝበሉኻ ንዘራረብ ፡" በሉ ግራዝማች።

ነታ ኣርእስቲ ምስ ኣልዓሉለ ተሰፎም ዓይኑ ከም ዕምት ኣቢሉ ፡ ታሕታይ ከንፈሩ ንኽስ ኣቢሉ ፡ ርእሱ ንየማንን ጸጋምን ነቕነቐ። "ኣኣኣይይይ! ዋይ ኣነ!" ኸኣ በለ።

"ስማዕ ተሰፎም! ሓደጋ ወይ ጸገም ኩሉ ግዜ መናብርቲ ደቂ ሰባት'የ። ከገጥመና ከሎ ኸኣ ከንምክቶን ከንሰግሮን ከነስነፎን እንተ ኼንና ፡ ንሰውነትና ከንሓቶን ከንምልሶን ዘሎና ሕቶን ፡ ከንዓጥቆ ዘሎና ኣተሓሳስባን ኣሎ ፡" ኢሉም ናብ ኩሎም በብተራ ጠመቱ።

"መጀመርያ እቲ ሓደጋ ወይ ሽግር ካብቲ ገጢሙና ዘሎ ዝገደደ ወይ ዝበኣሰ ከኸውን ምኽኣለዶ? ካልኦት ካብቲ ገጢሙና ዘሎ ዝገድድ ሽግር ወይ ሓደጋ ዝገጥሞም ኣለው'ዶ? ኢልና ምስ ሓተትና ፡ ምስ እዞን ሕቶታት'ዚኣን ኣልግብ ኣቢልና ኸኣ ፡ ነቲ ዝወረደ ሓደጋን ጸገምንከ ከንቅይሮ ፡ ወይ ከም ዘይወረደና ጌርና ከንድምስሶ ንኽእል ዲና? ኢልና ነብስና ከንሓትት ይግባእ ፡" ብምባል ድንን ኢሉም ቅሩብ ኣዕርፍ ኣበሉ።

ሾው ቅንዕ ኢሉም ፡ "ካብዚ ሕቶታት'ዚ ፡ እቲ ኩነታትና ካብቲ ዝወረደ ከገድድ ይኽእል ምንባሩ እንተ ተረዲእናን ፤ ካብቲ ንኣና ዝወረደና ሽግር ዝገደደ ዝወርዶም ከም ዘለው እንተ ዘኪርናን ፤ ከምኡ ኸኣ ነቲ ዝወረደ ከንቅይሮ ከም ዘይንኽእል እንተ ኣረጋጊጽናን ፤ ብድሕር'ዚ ዘሎና ኣማራጺ ነቲ ዝወረደና ጸገም ከም ዘለዎ ተመስጊን ኢልና ምቕባሉ ጥራይ ምዃኑ ፡ ከንግንዘብን ከንድምድምን ንኽእል ፡" ኢሉም ትንፋሶም ከመልሱ ኣዕርፍ ኣበሉ።

ቀጺሎም ፡ "ድሕሪ'ዚ'የ ነዚ ወሪዱ ዘሎ ጸገምን ሓደጋን ሳዕቤናቱን ፡ እንታይ እንተ ገበርና ኢና ከነመሓይሾን ከንቃልሎን እንኽእል ናብ ዝብል ሕቶ ከንሓልፍ ዘጥዕመልና!" በሉ። እታ ባዕሎም ዝሓተትዋ ሕቶ ቅድሚ ምምላሶም ፡ እቲ ኣተሓሳስባ ኣብ ሓንጎልን ልብን ደቆም ንኽኣቱ ግዜ ከህብዎም ዝደለዩ ከመስሉ ፡ ንወሱን ካልኢታት ትም በሉ።

መግለጺኦምን ማዕዳኦምን ብምቅጻል ፥ "እምበአር ካብ ወረደን ፤ ካብ ክንቅይር
ዘይከኣልናን ፤ ካብቲ ዝወረደ ዝኽፍአ ክኽውን ከም ዝኽእል ዝነበረ ካብ
ተረዳእናን ፤ ነቲ ዝወረደና ተቛቢልና ሳዕቤኑ ናብ ዘይገደሉን ናብ መመሓየሺ
መፍትሒን ክንሰግር'የ ዘድልየና። ንሱ ኸኣ ኢዩ እዘም ብሩኽት ደቅና ሓኺይም ፥
ኣብ ክውን ረጊጾም መታን ሳዕቤኑ ከይብእስ ፥ እቲ ንሓዋሩ ዝሓሸ መፍትሒ
ዝመኽሩና ዘለው። ስለዚ ንኣኡ ነቲ ክውንነት ምቅባል ኢዩ እቲ ብልሕን ተባዕ
ውሳነን!" ኢሎም ናብ ኩሎም በብሓደ ጠመቱ።

ብድሕሪኡ ናብ ተስፋም ገጾም ኣቕኒዖም ፥ "ኢሄ ተስፋም ወደይ እንታይ ትብል?"
በሎም።

ወላዲኡ ንኣኡ ከረድኡን ከጽንዑን ዝገብርዎ ዝነበሩ ጻዕሪ ልቡ ተንከፎ። ኣብቲ
ንሱ ንዕኦም ከኹነሉ ዝግባእ ግዜ ፥ ሕጂ'ውን ንሶም ንኣኡ ጠጢው ከብልሉ
ከበዶ። "መዓልትን ዕድልን ዶኾ እረክብ እኸውን ነዚ ሰብኣይ'ዚ ፥ ነቲ
ዝገበረለይ ዋላ ንኹሉ እንተ ዘይኮነ ንኽፋሉ ከመልሶ ዝኽእል?" ኢሉ ከሓስብ
ውሱናት ካልኢታት ኣጥፍአ።

ወላዲኡን ሓዉን በዓልቲ ቤቱን መልሲ ካብኡ ይጽበዮ ከም ዝነበሩ ምስ ዘከረ ፥
ካብ ሓሳቡ ምልስ ኢሉ ፥ "ኣቦ እቲ እትብሎ ዘሎኽ ቅኑዕ'የ። ግን ዋላ ቅኑዕ
ምኻኑ እንተ ተረዳእኩዎን እንተ ተቐበልኩዎን ፥ ከሰላስሎ ከሎኹ ግን ይኸብደኒ።
ብዝኾነ ግን እቲ ተባሂሉ ዘሎ ክቕበሎ እየ። ብሓገዝኩም ከኣ ከሰግሮ ተስፋ
እገብር ፥" በለ ሕንቅንቕ እናበለ።

"ኣምላኽ ሕራይ ይበልካ ዝወደይ ፥" በሉ ግራዝማች ፈኹስዎም።

"ኣጆኻ ተስፋም ሓወይ ሓንቲ ኣይትኸውንን ኢኻ። እዚ ኸኣ ብሓባር ክንሰግሮ
ኢና ፥" በለት መድህን።

እቲ ዝበሃልን ዝድለን ኩሉ ስለ እተባህለን ፥ ኣርኣያ ኸኣ ዝኾነ ከውስኽ ስለ
ዘይደለየን ትም በለ።

ተስፋም ክምልስ ኣይከኣለን። ብዝተሓዋወሱ ስምዒታት ተወጢሩ ዓይኑ ዓሚቱ ትም
በለ። ከዛረብ እንተ ፈቲኑ ናብ ካልእ ስምዒት ከይኣቱ ስለ ዝሰግአ ፥ ነታ ኣርእስቲ
ከይተሃረብ ክድምድማ መረጸ።

ወላዲኡን በዓልቲ ቤቱን ሓዉን'ውን ነዚ ስምዒቱ ግዲ ተረዲእዎም ኮይኑ ፥
ድሕሪኡ ከዛርብዎ ኣይመረጹን። ንውሱናት ደቃይቕ ትም ኢሎም ኮፍ ምስ በሉ

ኸኣ ኣርኣያ ፥ "እሞ ንኺድ ፥" በሎም።

"ንስኻ ነ'ቦይ ውሰዶም። ኣነ ምስ ተሰፍም ከጸንሕ ፥" በለቹ። ግራዝማች ከኡ ኣርኣያ ኣይተቓወሙዋን። ሕራይ ኢ.ሎም ሰላምታ ሃቦሞም ከዱ።

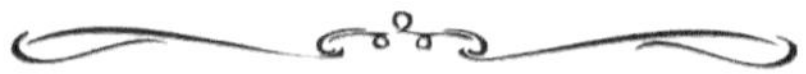

ተሰፍም ኣብ እቴገ መነን ሆስፒታል ፥ ኣብ ቀዳማይ መዓርግ ኣብ ናይ በይኑ ክፍሊ.'ዩ ደቂሱ ነይሩ። ሆስፒታል ፥ ሆስፒታል ምኽኑ ስለ ዘይተርፎ ግን ፥ እንተርፎ ናይ ኣፋውስን ሕክምናን ሽታ ፥ እታ ክፍሊ ካልእ ዝምረር ርስሓት ኮነ ሽታ ዘይነብራ ጽርይቲ ክፍሊ.'ያ ነይራ። እታ ክፍሊ ጽብብ ዝበለት ኮይና ፥ ናሕሳ ግን ኣዝዩ ላዕሊ.'ዩ ነይሩ። ብኡ ምኽንያት እታ ክፍሊ ዋላ ምስ ጽብበታ ፥ ንዝኣተዋ ዘይትኽብድ ኣዝያ ፈኲስ'ያ ነይራ። ተሰፍም ዘጋጠሞ ሓደጋ ከቢድ ስለ ዝነበረ ግን ፥ ኩነታት እታ ክፍሊ ዋላ ሓደ'ውን ኣርኪቡ ከስተብህለላ ዝኽኣለ ኣይነበረን።

ግራዝማችን ኣርኣያን ምስ ከዱ ፥ መድህን መንበር ስሒባ ኣብ ጐድኒ ዓራቱ ኮፍ በለት። ተሰፍም ርእሱ ንመንደቕ ገጹ ጠውዩ ፥ ታሕታይ ከንፈሩ ነኺሱ ፥ ርእሱ ብየማነይቲ ኢዱ ሓዙ ፥ ኣዒንቱ ሰም ኣቢሉ ትም በለ። ኣብ ከቢድ ስምዒትን ሕርቃንን ከኸውን ከሎ ፥ ከምኡ ከም ዝገብር ትፈልጥ ስለ ዝነበረት ፥ ከይትትንክፎ ብምስጋእ ንሳ'ውን ስቕ በለት።

ድሕሪ ናይ ዓሰርተ ደቒቕ ስቕታ እቲ ኩነታት ከቢድዋ ፥ "ገለዶ ከምጽኣልካ ተሰፍም?" በለቹ። ቃል ከየውጽአ ዝኸነ ነገር ከም ዘይደሊ ፥ ካብታ ዝነበራ ከይተንቀሳቐሰ ፥ ርእሱ ንየማንን ጸጋምን ብምንቕናቕ ብኣሉታ መለሰላ።

"ተሰፍም ሓወይ እቲ ዝስመዓካን እትሓስቦን ኣብ ውሽጥኻ ኣይትሓዘ። እንተ ዘየውጻእካዮ ዝያዳ ኢዩ ዝጐድኣካ። ምሳይ እንተ ዘየውጺእካዮኸ ምስ መን ከተውጽኦ ደኣ? ኣነ ኣብዚ ምሳኻ ዘሎኹ'ኮ ብኣካል ጥራይ ምሳኻ ከኸውን ኢለ ኣይኮንኩን። ኣብቲ ሓሳባትካን ስምዒትካን ውሽጢ ክኣቱን ፥ ኣብኡ ከካፈልን'የ ዝደሊ ፥" በለቹ።

ገለ ከብል'ኳ እንተ ተጸበየቶ ፥ ተሰፍም ግን ካብታ ዘለዋ ከይተነቓነቐ ትም በለ። መልሲ ምስ ስኣነት ዘረባ ተጸሊእዋ'ዩ ዝመስል ኢላ ፥ ከይተሸገሮ ብምባል ትም ክትብል ወሰነት። ሓንሳብ ድንን ኢላ ጸኒሓ ፥ ቅንዕ ኢላ ናብ ተሰፍም ቋሊሕ እንተ በለት ሓድሽ ነገር ዘስተብሃለት መሰላ። ስንቢዳ ብድድ ኢላ እንተ ረኣየት ፥ ካብ ኣዒንቲ ተሰፍም ንብዓት ኮሮር-ኮሮር ከብላ ረኣየት።

"ኢሂ ተስፎም ሐወይ ፣ እንታይ ደአ ኼንካ? ገለ ጌጋ ዘረባ ድየ ተዛሪብ ተንኪፈካ?" ኢላ ፣ ነቲ ክግንፍልን ክትኩስን ዝደሊ ዝነበረ ናይ ጓሂ ስምዒታ ብዘለዋ ሓይሊ ብምቁጽጻር ሓተተቶ። ከምኡ ምስ በለቶ ንብዓት ተስፎም ብሓይሊ ከውሕዝ ጀመረ። እትገብሮ ጠፍአ። ሽዑ ተቓጻሪራቶ ዝጸንሐት ስምዒት ስዒርዋ ንብዓታ ከወርድ ጀመረ።

እናነብዐት ከአ ፣ "አንታ ተስፎም ፣ እንታይ ኢኻ ኼንካ? እንታይ'የ ኢላ በጀኻ'ባ?"

ተስፎም ንመጀመርያ ግዜ ገጹ ናብአ ብምቅናዕ ፣ "ንስኺ ደአ እንታይ ክትገብርን ፣ እንታይ ክትብልንን መድህን? ንስኺዶ ንዓይ ሕማቕ ጌርክን ተዛሪብክንን ትፈልጢ ኢኺ? እንተ ገበርክን እንተ ተዛረብክን ከአ ፣ ኩሉ ንጽቡቐይን ንጥቕመይን እንዳአሉ ፣" ኢሉ ገጹ አድንን አቢሉ አዕርፍ አበለ።

ሽዑ ቅንዕ ኢሉ ፣ "ግን አነዶ የለኹን ንኽልቴና ወኪለ ፣ እቲ አሎ ዝበሃል ጌጋታት ክንዲ ናይ ክልቴና ዝፍጸም!"

"በጀኻ ተስፎም ሐወይ ከምኡ አይትበል ፣" ኢላ ናብ ዓራቱ ቀሪባ ፣ ከይትጐድአ ብምጥንቓቕ መንዲላ አውጺአ ንዋሕዚ ንብዓቱ ደረዘትሉ።

መሲልዋ'ምበር ፣ ንብዓት ተስፎም ግን ዝዕገት አይነበረን።

አብ ሞንጎ ዋሕዚ ንብዓቱ ኽአ ብዝተቼራረጸ ቃላት ፣ "እቲ ዘሕዝን'ኮ ጌጋ ምፍጻመይ አይኮነን። ጌጋ ደአ ኩሉ ሰብ እንድዩ ዝፍጸም። ከም አቦይ ፣ ከም አርኣያ ሓወይ ፣ ልዕሊ ኹሉ ኽአ ከማኺ ለባምን ሓላይትን ብጸይቲ አብ ሕቐሪይ ሒዘ ከሎኹ ምኽኑን 𝕴 ለይትን መዓልትን ክንገርን ከምከርን ከመዓድን ከሎኹ ዘይምስመዐይን'የ መዓንጣይ ዘሕርረኒ ዘሎ!"

መድህን እትብሎን እትገብሮን ጠፍአ። አብ ሕቐሪኡ ኮይና ንብዓቱ እናደረዘት ፣ ብንብዓታ ከዳኑ ከሳብ ዝጥልቒ ምንኽናኽ ጥራይ ኮነት። ተስፎም ድሕሪ ሓደጋኡ ንመጀመርያ ግዜኡ ፣ እታ ጥዕይቲ የማነይቲ ኢዱ ሰዲዱ ንብዓታ ከሕስሶን ፣ ምዕጉርታ ብኢዱ ገይሩ ከደርዙን ጀመረ።

"በጀኺ መድህን አይትብከዪ። ንስኺ ክትበኽይ አይግበአክን'ዩ። አነ'የ ከበኪ ዝግበአኒ። እግረይ ብጽጋበይ ምጥፋእ ከይአክል ፣ ነቶም አብ ዓለም ልዕሊ ኹሉ ዘፍቅረኩምን ዘኽብረኩምን ስድራ ቤተይ ምልካመይ ኢዩ ዝያዳ ዘጉህየኒ !" ኢሉ ብሓይሊ ክንኽነኽ ጀመረ።

ሽው መድህን ብድድ ኢላ ፣ "ኣይትፈልጥን ዲኻ ተሰሮም ፣ ኣነ እንደገና ምረዲ እንተ ዝበሃል ፣ ምስቲ ናእሽቱ ድኽመታትካ እትብሎ ኹሉ ፣ ልዕሊ ዝኸነ ሰብኣይ ንኽልኣይ ግዜ'ውን ንዓኻ ከም ዝመርጽ ! "

"ኣየ መድህን ብርኽቲ ! ንሱ ስለ ዝርድኣንን ስለ ዝፈልጠን'ንድዩ ደኣ ዘሕርረኒ ! ነቲ ዝተዓደልኩም ኣብ ኢደይ ዝርከብ ኣልማዝ ከየመስገንኩን ፣ ከም ኣልማዝ ከይረኣኹን ኣብ ዕሽነት ምንባረይ ! "

ከምኡ እናበለ ጌና ብምረት ይዛረብ'ምበር ፣ ብኽያቱ በብቑራብ ከቆጻጸር ጀሚሩ ምንባሩ ግን መድህን ኣስተብሃለት።

"ኣጆኻ ተሰሮም ሓወይ ኣብ ከውንን ሕሉፍን ኣይተስተንትን። እዚ ብሓባር ከንስግሮ ኢና። ሕጂ በጆኻ ተሰሮም ከምዚ ኢልና ኽሎና ሲስተር   ከይትመጽእ ፣" ኢላ ምዕጉርቱ ብመንዲላ እናሓበሰት ፣ ኣብ ምዕጉርቱ ሰዓመቶ። ቀስ ብቐስ ስምዒቱን ንብዓቱን ከቆጻጸር ጀመረ።

"በል ሕጂ በጻሕቲ ዝመጽሉ ሰዓት ስለ ዝኣኸለ ፣ ነዚ ገጽካ ሽጉማኖን ማይን ጌረ ከጽርየልካ'የ።"

ተንሲኣ ኽኣ ኣቐዲማ ገጻ ተሓጽበት። ብድሕሪኡ ኽኣ ሽጉማኖ ማይ ኣጠልቂያ ንተሰሮም ጽቡቕ ገይራ ደረዘትሉ። ምስ ወድኣት ኮፍ ከይበለት ፣ "እሞ ገለዶ ከምጽኣልካ?" በለቶ።

"ደሓን ሕጂ ዝኾነ ነገር ኣይደልን'የ ኮፍ ጥራይ በሊ።"

ብድሕሪኡ በጻሕቲ ከሳዕ ዝመጹ ብሰላም ከዕልሉ ጀመሩ። እቲ ተንሲኡ ዝነበረ ናይ ተሰሮም ናይ ስምዒት ማዕበል ከም ዝሃድአ ኣስተብሃለት። ብውሽጣ ኽኣ "ተመስገን ጎይታየ ፣" በለት።

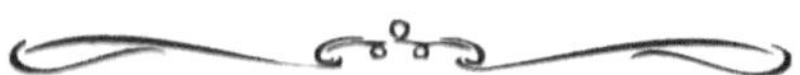

ቀዳም ንግሆ ሓኻይም ኣብ ኩነተ ኣእምሮ ተሰሮም ዝረኣዮም ለውጢ ኣደነቐም። ኣዝዩ ከሽግሮምን ብዙሕ መዓልታት ብኣብያ ከንገርግርን ኢዮም ዝጽበዮ ነይሮም። ምስ ኣቦኡ በዓልቲ ቤቱ ሓዉን ድሕሪ ምዝርራቡ ግን ፣ እቲ ከውንነት ተቐቢሉ ረጊኡ ኢዮም ረኺቦሞ። ሰላምታ ከህብዎ ኽለው ኽኣ ብሕጉስ መንፈስ ዓጺፉ መለሰሎም።

አብ ሕክምና ስድራ ቤት ሕሙማት ብዝግባእ እንተ ተዋሲኦም ፣ ክንድምንታይ እወታዊ ተራ ከበርከቱ ከም ዝኽእሉ አደነጨም። ከም ነባሪ ትምህርቲ ዝወሰድዎ ኸአ ፣ ሓኪም'ውን ይኹን ክፉት አእምሮ እንተ አልዩዎ ፣ ካብ ሕሙማቱን ስድራ ቤታትን ፣ ሕብረተሰብን ክንድምንታይ ከመሃር ከም ዝኽእል ኢዩ። ስራሓም ዛዚሞም ንተሰፍም ክፉነውዎ ኸለው ኸአ ፣ ብኹነታቱ አዝዮም ከም እተሓጉሱ ገለጹ። እቲ መብጣሕቲ ኸአ ንዝቅጽል ሰሙን መደብ ከም ዘትሓዝዎ ሓቢሮምዎ ኸዱ።

ደቂ ተስፍም ወላዲኦም ካብ ናይ ሞት ሓደጋ ስለ እተገላገለ አዝዮም ተሓጉሶም ኢዮም ነይሮም። ደቂ ሃብቾም'ውን ካብ ናታቾም ብዘይንእስ ስምዒት'ዮም ታሕጓሶምን ዕግበቶምን ዝገለጹ ነይሮም። ተስፍም ዳርጋ ከም ወላዲኦም ዝርእይዎን ዘፍቅርዎን ዘኽብርዎን አቦ ኢዩ ነይሩ። ምኽንያቱ ደቁ'ኺ እንተዘይከኑ ፣ ተስፍም ንደቂ ሃብቾም ፣ ልክዕ ከም ደቁ'የ ዝሕብሕቦምን ዝፈትዎምን ነይሩ።

አብተን ዝሓለፋ መዓልታት ንተስፍም አብ ጽቡቅ ኩነታት ስለ ዝረአይዎ ፣ ድሕሪኡ ዘሰከፍ ነገር ከም ዘይህልዎ ኩሎም መንእሰያት ርግጽኛታት ኢዮም ነይሮም። ምኽንያቱ ንሳቶም ብዛዕባ'ቲ ንተስፍም ከግብረሉ ዝሓሰብ ዝነበረ መብጣሕቲ ዝፈለጥዎ ነገር አይነበሮምን።

ሹኡ መዓልቲ ብሩኽ ተስፍምን ከብረት ሃብቾምን ፣ አብታ ንበይኖም ከኾኑ ከደልዩ ከለው ዝኽዱዋን ዘዘውትሩዋን ፣ አብ እገሪ ገዛ ባንዳ ጣልያን (አዲስ አለም) እትርከብ ቤት ቁርሲ ኢዮም ነይሮም። አብዚ ግዜ'ዚ ብሩኽ ናይ ቀዳማይ ዓመት ዩኒቨርሲቲ ተመሃራይ ኢዩ ነይሩ። ከብረት ከአ ናይ ዓሰርተዉ ክልተ ክፍሊ ተመሃሪት ኢያ።

ብሩኽ ቁመትን መልክዕን ናይ አቦኡ ኢዩ ወሲዱ። ግን ናይ ጣዕምን ናይ ሓድሽ ወለዶን ግዲ ኾይኑ ፣ ብቁመት ነ'ቦኡ ጸብለል ከብሎ ጀሚሩ ነይሩ'የ። ናይ አቦኡ መልክዕን ናይ አደኡ ምጭውነትን አብ ሓደ ዘጣመረ ፣ ምልኩዕን ተፈታዉን መንእሰይ እዩ ነይሩ።

አብቲ እዋን'ቲ ደቂ ተባዕትዮ መንእሰያት ፣ ነቲ ካብ ቀደም አብ ሃገርና ፣ 'ጎተናኽ ሰሚይ እንዶ አብጽሓዮ' ተባሂሉ ዝድረፈሉ ዝነበረ ዓይነት አመጻቆሳ ጸጉሪ'የም ከቅምቀሙ ጀሚሮም ነይሮም። ናይ አቦታቾም ምንባፉ ስለ ዘይፈለጡን ፣ እቶም ዝፈልጡ ኸአ ረሲያም ስለ ዝነበሩን ፣ ሕጂ ሓድሽ ግገዛዊ አፍሮ ዝበሃል ካብ ስግር ባሕሪ ዝመጸ ፣ ናይ ህቡባት ጸለምቲ አሜሪካውያን ናይ አቀማቅማ ቅዲ

ኢዩ እናበሉ 'ዮም ፥ ጸጉሮም ከጕቱንዎን ከጕፍርዎን ጀሚሮም ነይሮም።

ብተወሳኺ ኣብዚ ግዜ 'ዚ እቶም ጕቢዝናን ኣኺልናን ኢና ዝበሉ ኣወዳት ፥ ኣብ ከንዲ እቲ ንቡርን ዝውቱርን ስረ ፥ ፍልይ ዝበለ ኣሰፋፍያ ዝነበሮ ስረታት 'ዮም ከኽደኑ ጀሚሮም ነይሮም። እቲ ዝኽደንዎ ስረታት ስፍየቱ ኣብ ላዕሊ ከም ንቡር ከ ዉይኑ ፥ ካብ ትሕቲ ሰለፍ ግን ዳርጋ ከንዲ ማእከላይ ዝጉንዱ ገረብ ዝምግፍሑ ኢዩ ነይሩ።

ኣብቲ በዓል ብሩኽ ዝነበርዎ ቤት ቀኖሲ ፥ ንብሩኽ ሓዊስካ ሓሙሽተ መንእሰያት ነበሩ። ብሩኽን ኩሎም እቶም ካልኦትን ጸጉሮም ኣፍሮ ኢዩ ተቖምቂሙ ነይሩ። ብተመሳሳሊ ብዘይካ ሓደ ኩሎም ካልኦት ፥ እቲ ኣዝዩ ገፊሕ ዓይነት ስረ ኢዮም ለቢሶም ነይሮም።

ከብረት መልከዓን ቀመናኣን ናይ ኣደኣ ኣልጋነሽ 'ያ ምሉእ ብምሉእ ወሲዳ። ቅሩብ ካብ ኣቦኣ ዝወሰደተን ፥ እታ ድፍንዕ ዝበለት ኣፍንጫን ፥ እተን ድቑቕ ዝበላ ኣዒንትን ኢየን ነይረን። ግን ዓቘንን ርሕቀትን ኣቀማምጣን ፥ ኣዒንታን ኣፍንጫኣን ኣፉን ተመጣጣኒ ስለ ዝነበረ ፥ ኣዝያ ምጭውትን ጽብቕትን መንእሰያ ኢያ ነይራ። ብሩኽ ከላግጸላ ከደሊ ኸሎ ፥ ኣንቲ ጃፓን ኢዩ ዝብላ ነይሩ።

ኣብዚ ግዜ 'ዚ ዝበዝሓ መንእሰያት ደቂ 'ንስትዮ ፥ ጸጉረን ብመንዲል ይኹን ብነጸላ ከይሸፈና ከኽዳ ጀሚረን ነይረን 'የን። ብኣኡ መሰረት ኣብ መንእሰያት ዘበናዊ ምምሻጥ ገኒኑ። ኣቐዲመን ገዛ - ገዛ እናኸዳ ዝቘንና ቬናዋ ጥራይ ዝነበራ ፥ ሕጂ ግን ውሕዳት ይኹና 'ምበር ፥ ገዛ ከፊተን ዝምሽጣ ደቂ 'ንስትዮ ትካላት ከኽፍታ ጀመራ።

ብተወሳኺ ዘፈፍ ዝብላ ኣሸንኳይ ካልእ ከፋል ኣካላተን ፥ ኩራኹሮኣን 'ውን ዘየርኢ ዝነበረ ከዳውንቲ ፥ ሕጂ ምሉእ ዳናጕ ወለል ኣቢሉ ብዘርኢ ሓጺርቲ ከዳውንቲ ከትካእ ጀመረ። ሓሓሊፉን ኣብ ውሕዳትን ይኹን 'ምበር ቅሩብ ጸኒሑ 'ውን ፥ እቲ ከዳውንቲ እናሓጸረን ናብ ልዕሊ ፍርቂ ብርከን ፥ ናብ ሰለፍው 'ን ከይተረፈ ዝድይብ ዘዋናውን ከዳውንቲ 'ውን ከቀላቐል ጀመረ።

ኣብ ልዕሊ 'ዚ በበይኖም ዓይነት ነዋሕቲ ጫማታት ፥ ገሊኦም ሸኽል ዝመስሉ በላሕቲ ፥ ገሊኦም ደምዳማት ቀመት ዘተኽኸሉን ዘመዓራዮን ጫማታት 'ውን ከተኣታትዋ ጀመራ። ብድሕር 'ዚ ሕጂኽ እንታይ ተሪፉ ዝበላ ከመስለ ፥ እቲ ከሳዕ ሸዉ ናይ ወዲ ተባዕታይ ሓዛእቲ ዝነበረ ስረ ከወድያን ፥ ግጥም ኣቢለን ከዓጥቃን ጀመራ።

በዚ ኸኣ እቶም ስረ ከም መግለጺ ወዲ ተባዕታይ ጥራይ ገይሮም ዝወስድዎ
ዝነበሩ ፥ 'እሞ ሰብኣይ አይኮንኩን ፥ እዛ ስረይ አይዓጠቕኩዎን ማልት'የ ፥'
ኢሎም ብስረኦም ዝፍክሩን ዝምሕሉን ዝጥሕሉን ዝነበሩ ሰብኡት ፥ መምሓልን
መፈከርን ከሳብ ዝስእኑ ኾኑ።

ደቂ አንስትዮ ነዚ ዘበናዊ ናይ አከዳድና ዕጥቅታት'ዚ ተዓጢቖን ፥ ናብቲ ብወዲ
ተባዕታይ ጥራይ ዝበሓት ዝነበረ እንዳ ቑርሲ ቤታትን ፥ ቤት መግብታትን ፥
መዘናግዒ ማእከላት'ውን ፥ ምስ መሓዙተንን አዕሩኽተንን ሕጹያተንን ብዘይ
ስክፍታ ከሕወሳ ጀመራ።

አብቲ ብሩኽን ከብረትን ዝነበርዖ ቤት ቑርሲ ፥ ንኽብረት ሓዊስካ ሰለስተ
ደቂ'ንስትዮ ነበራ። ከብረት ጸጉራ ተመሺጣ ነዊሕ ስረን ነዊሕ ጫማን ኢያ
ገይራ ነይራ። እታ ካልኣይቲ መንእሰይ ካብ ብርኪ ቅሩብ ውርድ ዝበለ ጉና ለቢሳ
ነበረት። ሓንቲ ሽዑ እትኣቱ ዝነበርት'ዎ አጓልቦ ብዙሓት ዝሰሓበት መንእሰይ
ግን ፥ ሚኒስክርት ዝበሃል አዝዮ ሓጺር ከዳንን ፥ ነዊሕ ዝሽኻሉ ጫማን'ያ ገይራ
ነይራ።

አጓልቦ መስሓቢኣ ግን አከዳድናኣ ጥራይ አይነበረን። እቲ ከትኣቱ ኸላ ምምጽኣ
ዘበስርን ዘስንን ፥ ኺሕ-ኺሕ ፥ ጌጣዕ-ጌጣዕ ዝብል ድምጺ ጫማኣን I እቲ ኮፍ
ከትብል ከላ ፥ እታ ከዳን ከሳዕ አበይ ኮን ከትስብሰብ'ያ ዝብል ናይ ምዕዛብ
ህርፋንን ህንጡይነትን ኢዮ ነይሩ። እታ መንእሰይ ቦታኣ ሒዛ ኮፍ ምስ በለት
ግን ፥ ኩላ ሰብ ፥ ዋላ ብሩኽን ከብረትን'ውን አጓልቦኦም ናብ ጣውላኦም መለሱ።

ብሩኽን ከብረትን አብ ቀቅድሚኦም ሓሓንቲ ኮካኮላ ሒዘም ፥ ተቓራሪቦም ኮፍ
ኢሎም ኢዮም ነይሮም። ዝኾነ ብቖረባ ዝተዓዘበን አጸቢቑ ከስተብህል ዝመረጸን
ሰብ ፥ ፍቑራት'ምበር አሕዋት ዘይምጃኖም ከገምግም አይመጸገሞን። ምኽንያቱ
እቲ አብ ውሽጢ ልቦም ዓምቢዩ ዝነበረ ፍቕሪ ፥ ከምዚ ቅጽጽ ዝበለ *በከሪ*
(ዋንጫ) እንተ ወሲኽካሉ ብኹሉ ወገኑ ንደገ ዝፈሳስስ ፤ ፍቕሮም በዒንቶምን
ብገጾምን ብኽምስታኦምን በቲ ምውቕ ዕላሎምን ሰሓጨምን ንደገ እናፈሰሰ ፥
ንኹሉ ከአክልን ከዐንግልን ከርውን ወሲኑ ዝነቐለ ኢዮ ዝመስል ነይሩ።

ቅርብ ኢሉ ንዝተዓዘበ ካብተን ዘውጽአወን ቃላትን ዘረባን ፥ እቲ እናሻዕ
ዘንጸባርቕ ከምስታን ዝዱርጓሕ ሰሓቕን ብዝተዓጸፈ ከም ዝበዝሕን ዝዛይድን
መስተብሃለ። እንታይ ስለ ዝበሃሃሉ'የ እዚ ኹሉ ሰሓቕ ኢሉ ዝሓትት ሓታቲ
እንተ ዝርከብ'ውን ፥ መልሲ አብቲ ዝበሃሃልዎ አይምረኸቦን። ሓታቲ መልሲ
ከርከብ እንተ ደልዩ ፥ አብቲ ዘይበሃሃልዎን I አብቲ በዒንቶም መላእ ህዋሳቶም

ብዘይ ቃላት ዝገላለጽዎን ፯ ኣብቲ ኣብ ውሽጢ ልቦም ዝፍልፍል ንዘለኣለም ከም ዘይነጽፍ ዝተኣማመኑሉ ብቃላት ከገልጽዎ ዝጽገሙ ዓሚቕ ፍቕሮም ከድህብን ፡ ኣብኡ ከደልዮን ከም ዘለዎ ቀልጢፉ ምተረድኦ።

ኣዝዮም ጥሙራት ፍቑራት ምኳኖም ፣ ማንም ከስሕቶ ዘይክእል ግሁድን ግሉጽን ነገር'ዩ ነይሩ። ኣዒንቲ ክልቲኦም ብፍስሓን ፣ በቲ ኣብ ቀቕድሚኦም ዝረኣዮም ዝነበረ መልክዕን ፣ ጨረርታን ነደግ ክፍንዋን ከብለጭልጫን ይረኣያ ነበራ። ኣሸሸብ ተዓዛቢ ከስከፍን ከሻቐልን እንተ ኾይኑ ፣ ብኻልእ ዘይኮነ ፣ ኣብ ቅድሚ ዓይኑ በዒንቶም ከይወሓሐጡ ጥራይ'ዩ ከፈርሀ ነይሩዎ። ምኽንያቱ ንሳቶም በዒንቶምን ብምሉእ ህዋሳቶምን ከወሓሐጡ ዝደለዩ'ዮም ዝመስሉ ነይሮም።

ብሩኽን ከበረትን ካብ ብናይ ካልእ ሰብ መምዘኒ ቀንጠ-መንጢ ከበሃል ዝኽእል ዝርርብን ዕላልን ፣ ናብ ዕድመ ንእስነቶም ሰገሩ። እቲ ካብ ንእስነቶም ጀሚሮም ጉረባብትን መማህርትን ኮይኖም ዘሕለፍዎ ናይ ቁልዕነት ግዜ እናዘከሩ ይዛረቡን ፡ ኣዒንቶም ከሳብ ዝነብዓ በቲ ተዘከሮታት ይስሕቁን ነበሩ። "ይዝከረካዶ ከምዚ ክንገብር? ይዝከረኪዶ ከምዚ ክንገብር?" ይበሃሃሉ ነበሩ።

ሰሓቔምን ተዘከሮታቶምን ምስ ወድኡ ፣ ከበረት ኣብ'ቲ ግዜ'ቲ ብውሽጣ ናብ እተተሓሳሰባን እተሰከፉን ኣርእስቲ ብምስጋር ከምዚ በለት ፣ "ኣነ'ኹ ዝገረመኒ ማማን ፣ ማማ መድህንን ፣ ሕጅስ ብዛዕባ እዚ ፍቕርኹም ነ'ቦኹም ተሰፍም ከንነግሮ ኢና ፯ ደሓር ከኣ ንምንታይ ከሳዕ'ዚ ግዜ'ዚ ዘይትነግራኒ ኢሉ ከይኩርየልና ይብላ ነይረንስ ፣ ሕጂ ሸኣ እዚ ሓደጋ'ዚ ምርካቡ'የ ፣" በለቶ።

"ዌል እንታይ'ሞ ኢልክዮ ኢኺ። ናይ ክልቲኡ ስድራ ቤትና ጸገምስ ዝገርም'የ ፣" በላ።

"ኣነ'ኹ እዚ ፍቕርናስ ዕንቅፋት ስለ ዝበዝሐስ የስከፈኒ'የ።"

"እንታይ ማለትኪ ኢዩ? ብኸመይ የስከፈኪ?"

"ማለተይሲ ንሕና ፍቕርና ንሕጂ ጥራይ ኣይኮንናን እንብህጉ። ንሓዋሩን ንዘለኣለምን'የ ፣" በለቶ።

"ንሱ ደኣ እወ ፣ እሞኽ እንታ'የ ዘሕስበኪ ዘሎ?" በላ ህውኽ ኢሉ።

"እምበርክ ንሓዋሩስ ከኹነልናን ልብና ከመልኣልናን ድዩ'ምበር? ኢላ እስከፍን እሹቕረርን።"

"ሚይ ጎድ ክብረት! በቃ እዛ ናይ ፐሲሚዝም ሕማምን ፣ እዛ ናይ መጻኢ ሓሕማቘ ጥራይ እተርእየኪ መነጽርን እንተ ዝረኸበን ፣ ንኽልቲኣን ዓጠምጠም አቢለ ከም ዘይነብራ ምግበርኩወን ነይረ!" አናበለ ካዕ-ካዕ ኢሉ ኣላገጸላ።

"ዘይሓፍር! ሌባ! ዘይ ንስኽስ እታ ናይ *ኦፕቲሚስም* ፣ ኩሉ ጽቡቕ'ምበር ፣ ሕማቕ ዘንንፈኒ ኣይክህሉን'የ ፣ እትብል ሕማም ዘላትካ!"

"እሞ እታ ናተይ ሕማም'ኮ ትሓይሽ። ኣነስ'ኪ ከሳዕ ዝኽነ ዝኽውን ከይተሰከፍኩን ከይተሸቘረርኩን በጥ ኢለ እጸንሕ።"

"ኦይ ጀላኢና! እንታይ ከሓይሽ። ንስኽ ሕማቕ ዝጎነፈኒ የሎን እናበልካ ኣብ ሰማይ ከትንሳፈፍ ጸኒሕካ ፣ ሽዑ ገለ እንተ ገጠመካ ፣ ከምዚ ካብ ፓላሶ ዝወድቕ ዝተርዮ ዘይብሉ ፣ ዓጠቕ ዝብል ፣ ንስኽን ሞራልካን ከኣ ፣ ኩርምይ ኢልኩም ሮሞቕ ኢኹም እትብሉ!" በለቶ።

"እሞ ንስኺኽ ሕማቕ ምስ ኣጋነፈኪ ካብ ምንታይ ትጸድሬ ማለት'የ?" ኢሉ ሓተተ ፣ ግምባሩን ኣዒንቱን ንላዕሊ ሸንኪሩ ፣ ርእሱ ንላዕልን ታሕትን እና'ወዛወዘ ፣ ከልቲኡ ኣእዳው ንሰማይ እና'መልከተ።

"ኣነ ደኣ እንተ ኹነ ካብ ላንድሮቨር መኪና ፣ እንተ ነውሓ ከኣ ከምዚ ካብ ዓባይ መኪና ኤነ ትረ ዝወደቕኩ'የ ብእግሪይ ዱብ ኢለ ጠጠው ዝብል!" በለቶ።

ሽዑ ብራኽ ብሰሓቕ ከፈሓስ ደለየ።

እዝን ካልእን ፣ ናይ ሕውነትን ፍቕርን ሰላምን ጠጥቡመ ዕላላት ፣ ብላግጽን ሰሓቕን ኣሰንዮም ፣ ምቁር ግዜ ብሓባር ኣሕሊፎም ፣ ንገዛውቶም ተመልሱ።

ከልቲኦም ንተስፎም እንታይ ይጸበዮ ከም ዘሎ እንተ ዝፈልጡ ፣ ኣሽንኳይ ከምዚ ኢሎም ከዛነዱ ፣ ናብ ከምዚ ዝመስል ኣርእስቲ'ውን ኣይመተኮሩን ነይሮም።

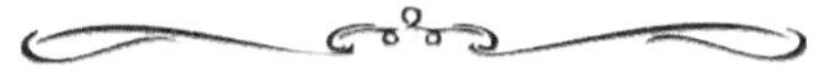

ቀዳም ቀትሪ ናይ ምብጻሕ ሰዓት ኣኺሉ ስድራ ቤት ናብ ተስፎም ኣተው። ብኹነታት ተስፎም ከኣ ኩሎም ኣዝዮም ተሓጎሱ። ዓርቢ ድሕሪ በዓል ግራዝማች ምኽዶም ፣ ብዛዕባ'ቲ ተስፎም እተሃረበን ፣ ዘስቤርቤሮን ፣ ዘፍሰሶ ንብዓትን ፣ መድህን ንማንም ኣይነገረትሎን። እቲ ደድሕሪ ምኽዶም እተተኮሰ ማዕበል

ስምዒት ርእዮሞ ወይ ሰሚያሞ እንተ ዝነብሩ ፣ እቲ ሽው ዝርእይም ዝነብሩ ተሰፍም ፣ ንሱድዩ 'ምበር ኢሎም ከሳብ ዝጠራጠሩ ምግበሮም ነይሩ።

ዝቕጽል ሰሙን ንተሰፍም መብጣሕቲ ከገብሩሉ ምኽናዮም 'ምበር ፣ እንታይ ዓይነት መብጣሕቲ ከም ዝገብር ንወ/ሮ ብርኽቲ ኣይነገርወንን 'ዮም ነይሮም። ብዘይካ ሰለስቲኦም ካልኦት ከይፈለጡ እንተ ጸንሑ ከም ዝሓይሽ ኢዮም ተረዳዲኦም። ኣብቲ ግዜ መብጣሕቲ እቶም ሓኻይም ዘስከፍም ነገር ስለ ዘገጠሞም ፣ ዘይወጠንዋ ናይ ምቝራጽ ህጹጽ ውሳነ ከም ዝወሰዱ ገይሮም ከርድእዋም ኢዮም መዲቦም። ብተወሳኺ እቲ ተሰፍም ኣጥርይዋ ዝነበረ ተቓባልነትን ህዱእን ዕጉስን መንፈስ ፣ ብናይ ዝኾነ ሰብ ዘረባ ፣ ስምዒት ፣ ወይ ኣካላዊ ቋንቋ ከተናኽፍ ኣይደለየዋን።

ከምዚ ኢሉ ቀዳም - ሰንበት ሓሊፍም ሰኑይ በጽሑ። ሽው ናይ ተሰፍም መብጣሕቲ ንረቡዕ መደብ ከም እተታሕዘሉ ንስድራ ቤት ሓበርዎም። ድሮ መብጣሕቲ ፣ ሰለስ መዓልቲ ፣ ብሙሉኣም ስድራ ቤት ፣ ብዘይካ ግራዝማች ኣብ ተርባጽን ጭንቀትን ከም ዝጠሓሉ ይፍለጡ ነበሩ። ተሰፍም ከሳዕ ሰሉስ ንግሆ ደሓን 'የ ነይሩ። ካብ ድሕሪ ቀትሪ ጀሚሩ ግን ከጸዓና ጀመረ። ኣሸንኳይ ንሱ ንሳቶም 'ውን ኣብ ምንታይ ስምዒት ጥሒሎም ከም ዝነበሩ ስለ ዝፈለጡ ዝኾነ ነገር ከብልዋ ኣይደለዩን።

ረቡዕ መብጣሕቲ ምስ ገበረ ፣ ከሳዕ ቀዳም በጻሕቲ ከርእዩ ከም ዘይፍቀድ ፣ ንኹሎም ስድራ ቤትን ፈተወትን ንኽነግርዋም እቶም ሓኻይም ሓበርዎም። ከም እተባህልዎ ኸኣ ፣ ሰብ ንኽንቱ ከይደክምን ከይመላለስን ንኹሎም ኣፍለጥዎም። ረቡዕ ንግሆ ተሰፍም ንመብጣሕቲ ከኣቱ ኸሎ ፣ መድህን ፣ ግራዝማች ፣ ወ/ሮ ብርኽቲ ፣ ኣርኣያ ፣ ከም'ኡ 'ውን ዕምባባ ኣብ ሆስፒታል ተረኽቡ።

ተሰፍም ካብ መብጣሕቲ ከወጽሉ ዝግባእ ግዜ ምስ ሓለፈ ፣ ኩሎም ተሻቒሎን ተረበጹን። ግራዝማችን ወ/ሮ ብርኽትን ፣ ሻቕሎቶም ጸሎት ብምዕራግ ከጬጻጽርዋ ይፍትኑ ነበሩ። ልዕሊ ኹሎም መድህን ብተርባጽ ዓቕሊ ኣጽበበት። ግራዝማች ከይገንሕዋ ስለ ዝፈርሐት ነ'ርኣያ እናሻዕ ሕሹኽ እናበለት ፣

"ኣታ ኣርኣያ ፣ ደሓኑ ድዩ ደኣ? ካብ'ቲ ዝበሉና ግዜ ክንድ'ዚ ምድንጓይ ደኣ እንታ 'የ ነገሩ?" እናበለት ሕቶ ትደጋገሞሉ ነበረት።

መድህን ካብ ዓቕሊ ጸበት ደኣ 'ያ ከም'ኡ እትብል ነይራ 'ምበር ፣ ንሱ ከምልሰላ ዝኽእል ሕቶ ከም ዘይኮነ ጠሪኡዋ ኣይኮነን። ኣርኣያ 'ውን ምስኣ ጠጠው ኢሉ ከም'ኣ ይጽብ ብምንባሩ ፣ ከምልሰላ ከም ዘይክእል መድህን ጠሪኡዋ ከም ዘይኮነ ተረዲእዋ ነይሩ ኢዩ። እዚ ይኹን'ምበር ፣ ኣርኣያ ግን ብዝተኽእሎ መጠን ንኽረጋግኣ ይፍትን ነበረ።

ብኣኡ መሰረት ብግደኡ ሕሹኽ እናበለ ፡ "እቲ ጉድኣት ምስ ከፈትዎ' የም' ኮ ብዝግባእ ዝፈልጥዎ። ስለዚ ምስ ከፈትዎ ካብቲ ዝሓሰብዎ ዝያዳ ግዜ ዝወሰድ ስራሕ ረኺቦም ክኾኑ ይኽእሉ' የም ፡" ይብል ነበረ።

"ኣነ' ኮ እቲ ዝገበርሉ መደንዘዚ ገለ ገይሩዎ ከይከውን' የ ዝፈርህ ዘሎኹ ፡" በለቶ መድህን።

"ኖኖ መድህን ከምኡታት ኣይትሕሰቢ ፡ ኣጆኺ ብደሓን ከወጽእ' የ።"

ነቲ ሕሹኽሹኽ ከደጋገም ዘስተብሃሉ ግራዝማች ፡ ናብ መድህን ጽግዕ ኢሎም ፍልይ ኣበልዋ። ብግደኦም ኣብ እዝና ጽግዕ ኢሎም ኸኣ ፡ "ተሻቒልኪ ከም ዘሎኺ እርደኣኒ' ሎ። ከትሻቐሊ ኸኣ ሓቅኺ ኢኺ። ግን ኣምላኽ ብህይወቱ እንተ ዝደለዮ ሹሩ በቲ ሓደጋ እንዶ ምወሰዶ። ስለዚ ኣጆኺ እዛ ጓለይ ኣይትሻቐሊ ከሓልፉ ኢዮ። ካብ ተርባጽ መታን ከትድሕኒ ደጋጊምኪ ጸሎት ጥራይ ግበሪ።"

"ሕራይ ኣቦ። ንዓይ ተሻቒለ ንዓኹም ከኣ ለኪመኩም።"

"ደሓን ደሓን እዛ ጓለይ ፡" ኢሎም ናብ ወ/ሮ ብርኽቲ ገጾም ከዱ።

"እንታይ ደኣ ኢኹም ከትብልዋ ጸኒሕኩም?" ሓተታ ወ/ሮ ብርኽቲ።

"ደንጉዮም ኢላ ስለ እተሻቐለት' የ ፡" ምስ በሉ ፡ ነታ ዝረባ ቁልብ ኣቢለን ፡ "ሓቃ' ምበር ዘየሻቕል መዓስ ኮይኑ ፡" በላኦም።

"ተሻቒልና እንገብሮ ለውጢ እንተ ዝህሉ ኩላትና ምተሻቐልና። እቲ ዘድሊ ምስቃል ኣይኮነን ፡" ምስ በሉ።

"ኩሉ ሰብ ከማኹም ኪኸውን ኢኹም እትደልዩ መቸም ፡" በላ ወ/ሮ ብርኽቲ ግምባረን እናኣሳሰራ።

ንርእይቶኣንን ወቐሳኣንን ከምልስሉ ኣይፈቐዱን። ኣብ ከንድኡ ፡ "እቲ ዜድሊ ጸሎት ስለ ዝኾነ ፡ ጸሎት ጥራይ ግበሪ እየ ኢለያ ፡" ኢሎምወን ነታ ዝረባ መታን ከትዕጾ ካብኣን ፍንትት በሉ።

ከምዚ ኢሎም ብሻቅሎትን ጭንቀትን ተዋጢሮም ንተወሳኺ ፍርቂ ስዓት ጸንሑ። ብድሕሪኡ ተሰዮም መብጣሕቱ ወዲኡ ብሰላም ከም ዝወጸ እታ ሲስተር መጺኣ ኣበሰረቶም። ብዙሕ ዝጸርን ዝሕግሓጉን ስለ ዘጋጠሞም ፡ ካብ ዝሓሰብዎ ዝያዳ ግዜ ከም ዝወሰደሎም ኣረድኣቶም። እቲ መብጣሕቲ ዘካየዱ ሓኪም ከሳ

ዝመጽም ከጽበዮP ነጊራቾም ከደት።

ኩሎም ብሓባር ተመስገን ኢሎም ናይ ሩፍታ ኣስተንፈሱ። ንሓኪም እናተጸበዩ
ኸለው ፣ ግራዝማች ሕጂ ኢ.ያ እትሓይሽ ዝብል ሓሳብ መጸም። ነ'ርኣያን
መድህንን ጸዊያም ፣ "ነ'ደኹም ሕጂ እንተ ኣረዳእናያ ኢ.ያ እትሓይሽ ?"
በሎዎም።

መድህንን ኣርኣያን ተሰኪፎም እናፈርሑ ተጠማመቱ። ግን ግራዝማች ከይሓሰቡን
ከየገንዘቡን ከምኡ ኣይብሉን'ዮም ኢሎም ነቢሶም ብምጽንናዕ ፣ ብዙሕ ርእሰ
ተኣማንነት ብዘይብሉ ድምጽን ኣካላዊ ቋንቋን ፣ "ሕራይ ፣ ሕራይ ?" በሉ።

"ስምዒ ብርኽቲ ፣ ኣምላኽ ሓጊዙና ወድና ካብዚ መብጣሕቲ ብሰላምን ብህይወቱን
ወጺኡልና'ሎ። ስለዚ ተመስገን ንበሎ ?" በሉወን።

"እዋይ እወ ረዲኡና! ምስጋና ይብጸሓዮ እዚ መድሃኔ ዓለም ?" በላ ወ/ሮ
ብርኽቲ።

"እግሩ ኣዝዩ ከም ዝተሃስየ ፣ ብኣኡ ምኽንያት እቲ ረኽሲ ንላዕሊ ናብ ሰለፉን
ናብ ጉልኡን ከይድይብ ስግኣት ከም ዝነበሮም እቶም ሓካይም ነጊሮሙና'ዮም።
ዝከኣለና ክንገብር ኢና ፣ ግን ጸጋመይቲ እግሩ ናይ ምድሓን ተኽእሎኣ ኣዝዩ
ጸቢብ'ዩ ኢሎም ሓቢሮምና ነይሮም'ዮም። ሕጂ ዘይከውን ስለ ዝኸሰናም ፣ ነታ
እግሩ ካብ ሰለፉ ንታሕቲ ሰዲዶማ'ለዉ ማለት'ዩ ?" በሉወን።

"እእእእእ? እንታይ ኢኹም ዝበልኩም? ሰዲዶማ?"

"እወ ነቲ ሓሕማቘ ሓግሒጉም ናብቲ ካልእ ከይልሕም ኢሎም ቔሪጾማ
ኢ.ዮም ?" በሉወን።

"ቔሪጾሞ? ቔሪጾሞ? እዋይ ዝለይለይ ወደይ! እዋይ እዚ ጽቡቕ ወደይ! እዋይ
ዝወደይን ጉብዝናኡን!" እናበላ ዓይነን ጀረብረብ ከብል ጀመረ።

"ከምኡ ኣይትበሊ ፣ ግደፊ ብርኽቲ ንጉይታ ከይነጉህዮ። ቅድም ንወድና ካብ
ሓደጋ መኪና ካብ ኣፈፌት ሞት ኣውጺኡልና። ሕጂ ኸኣ ካብ መብጣሕቲ
ብሰላምን ብህይወቱን ከወጽልና እንዲና ጸሎት ክንገብር ጸኒሕና። ስለ ብህይወቱ
ዘውጽኣልና ኸኣ ፣ ሕጂ-ሕጂ ተመስገን ክንብሎ ጸኒሕና። ስለዚ ሕጂ ዝተርፍ
ፍቓድካ ካብ ኮነ ተመስገን ጉይታ ፣ ንወድና ካብዚ ኣውጺእካ ጥዕናን ዕድመን
ሃበልና ጥራይ ምባል'የ!" በሉወን ትርር ኢ.ሎም።

"ንቡስ እወ ሓቅኹም ፡" በላ ኣብ ሞንጐ ብኽያተን ድምጾን እናተጨፋሪጸ።

መድህን ከይዳ ሕቆፍ ኣቢላ ፡ "ደሓን ኣደይ ፡ ጥራይ እታ ህይወቱ እንቋዕ ረኸብና ፡" ኢላ ንነብሳ እናነብዐት ከተጻንዖን ፈተነት።

ኣብ ከምኡ ኩነታት ከለዉ ንተስፎም መብጣሕቲ ዝገበረሉ ሓኪም ክዳውንቱ ቀያይሩ መጸም። ካልእ ክዳን ምስ ተኸደነ ኣርኣያን መድህንን ኢዮም ኣለልዮሞ'ምበር ፡ ንግራዝማችስ ካልእ ሰብ'ዩ መሲልዎም ነይሩ።

"ከመይ ኣርፊድኩም?" በሎም።

"ኣግዚኣቢሄር ይመስገን ፡" በሉ ኹሎም።

ናብ ወ/ሮ ብርኽቲ እና'መልከተ ፡ "ኣደ ተስፎም ድየን ሓቀይ? ኣጆኽን ኣደ ተስፎም ዕዉት መብጣሕቲ ኢዩ ገይሩ ፡" በለን።

ናብ ኩሎም በብተራ ድሕሪ ምጥማት ፡ "እቲ ዝወሰድናዮ ስጉምቲ ቅኑዕ ኢዩ ነይሩ። ከምቲ ዝገመትናዮ እንቋዕ ግዜ ኣይወሰድና'ምበር ን'ኽልእ ምለከመልና ነይሩ'የ። ብግዜ ስለ ዘርከብናዮ ግን ኩሉ እቲ ንደሓር ጠንቂ ከኸውን ዝኽእል ሓሕማቑ ሓግሒግና ከነጽርዮ ዕድል ረኺብና። ብኡ'የ ኽኣ ካብ ዝመደብናዮ ዝያዳ ግዜ ዝወሰደልና። ድሕሪ ሕጂ ተስፎም ብሰንኪ'ዚ ሓደጋ'ዚ ዋላ ሓንቲ ሽግር ኣይከገጥሞን'የ። ሕጂ ንሎሚ ካብቲ መደንዘዚ ን'ኽነቅሕ'ውን ብዙሕ ግዜ ከድልዮ ስለ ዝኾነ ገዛኹም ኪዱ። ጽባሕ ሓደ ሰብ ኣትዩ ከርእዮን ከኣልዮን ከንፈቕደልኩም ኢና ፡" በሎም።

"የቐንየልና ክብረት ይሃበልና ፡" በሉ መድህንን ኣርኣያን።

"ዕድመን ጥዕናን ይሃብካ ዝወደይ ይባርኽካ ፡" በሉዋ ግራዝማች።

"ኣሜን ኣቦ ፡" ኢሉ ተፋንይዎም ከደ።

ካብ ሆስፒታል ኩሎም ብቐጥታ ናብ እንዳ ተስፎም ከይዶም ብሕንሳእ ምሳሕ ተመስሐ። ነንሕድሕዶም ከኣ ተጸናንዑን ተበራትዑን። ድሕሪ ምሳሕ ኣርኣያ ንስድራኡን ንዕምባባን ንገዛ ኣብጺሑ ፡ ንፋብሪካ ከደ።

ንኣጋምሸቱ መድህን ንደቃ ኩፍ ኣቢላ ፡ ተስፎም ዝገበር መብጣሕትን ንምንታይ

ኣብ ከምኡ ውሳነ ከም እተበጽሐን ነገረቶም። ክትነግሮም ከላ ከይስንብዱ በ'ገባብ ናይ ኣቦሐጕኦም ብጥበብ ገይራ ኢያ ነጊራቶም። ነ'ኣልጋነሽ ሰይቲ ሃብቶም'ውን መብጣሕቲ ከመይ ከም ዝኸደ ክትሓትት ምስ መጸት ብዝርዝር ገለጸትላ።

ኣርኣያ ብግደኡ ንኣሐቱ ከይዱ ኩነታት መብጣሕቲ ሓወን ኣረድአን። ኩሎም ኩነታት እግሪ ተስፍም ብደቂቕ ዘይፈልጡ ስለ ዝጸንሑን ፡ ዘይተጸበይዎ ነገር ስለ ዝኾኖምን ኣዝዮም ሰንበዱ። ንኹሎም እቲ ሓደጋ ከምዚ ሸው መዓልቲ ዘወረደ ኮይኑ ተሰምዖም።

እቲ ሓደጋ መኪና ኣጋጢምዎ ካብ ሞት ድሒኑ ግን እግሩ ተጕዲኡ ምስማዕ ፡ ቀሊል ነገር ገይሮም ኢዮም ወሲዶሞ ነይሮም። እግሩ ተቘሪጹ ምስ ሰምዑ ግን ካብቲ ሓደጋ ዘጋጠሞ መዓልቲ ዝያዳ ሰንበዱ። ኣካል ምእላይ ወይ ምጉዳል ንደቂ ሰባት ልዕሊ ኹልእ ፡ ክንዲ ምንታይ ኣናዋጽን ሃሳይን ምዃኑ ዘርኢ ግብሪ መልሲ ኢዩ ነይሩ።

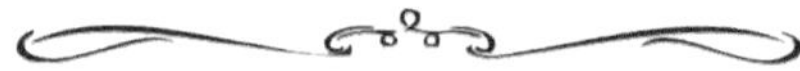

ሓሙስን ዓርብን ፡ ተስፍም ብሰንኪ ዘጋጠሞ ሓደጋ እግሩ ከም ዝተቘርጸ ፡ ብዙሕ ሰብ ከሰምዕ ጀመረ። ኣብ ኩሎም ፈለጥቱን ኣዝማዱን መሳርሕቱን መዛረቢ ኣርእስቲ ኾነ። ኩሎም እቶም ብቘረባ ዝፈልጥዎ ፡ በቲ ኩነታት ሰንበዱን ደንገጹን። እቶም ብወረ ጥራይ ዝፈልጥዎን መቀባበልቲ ወረን ከኣ ፡ ካልኣይ ሓድሽ ምዕራፍ ወረ ንምብታን ንምዝርጋሕ ዕድል ረኸቡ።

እንዳ ባሻይ'ውን መቘረጽቲ እግሪ ተስፍም ፡ ብዙሕ ከይደንጕዩ ካብ ደርማስ ኢዮም ሰሚያሞ። ኣደኡ ወ/ሮ ለምለም ኣብ መርገጺኣን ብምጽናዕ ፡ ሸው'ውን ደስ ከም ዝበለን ንምግላጽ ፡ "ገባር ክፉኡሲ ፡ ኢዱስ ይርከብ ደኣ!" በላ።

ኣቦኡ ባሻይ ግን ፡ ንበዓልቲ ቤቶም ከምልሱለን'ውን ኣይደለዩን። ኣብ ከንድኡ ናብ ደርማስ እናጠመቱ ፡ "እዚ ጨልዓ ኣብ ንእስነቱ ሕማቕ ረኺቡ። እቶም ወለዲ ኹኣ ብሮብዮ ጕሃዩ ኢሎምም ፡" በሉ።

"ናይ ወድኹም ዝረኸቦ ሕማቕን ፡ ናይ ናትና ጓህን'የ ዝያዳ ክዓጥጠኩም ዝግባእ ነይሩ ፡" በላእም።

"እሞ'ዚ ጨልዓ ሕማቕ ኣይረኸበን ፡ ወለዲ ኹኣ ኣይጓየን ዲኺ ክትብሊ ደሊኺ?" በሉወን።

"ዝበልኩኹም መዓስ ጠሪኡኩም ፤ ዘይ ፈሊጥኩም ነታ ዘረባ ክትጠዋውዩዋ
ደሊኹም ኢኹም እምበር ፤" በላ።

"አደይ በጃኺ ናብዚ ከትዕ'ዚ አይትእተውና ፤" በለ ደርማስ ገጹ ጽውግ አቢሉ ፤
እቲ ዘረባ ቅጭ ከም ዘምጽኣሉ ብዘርኢ አገባብ።

ሳላ ደርማስ ከኣ እታ ዘረባ ቅልጡፍ መደምደምታ ረኸበት።

ሃብቶም አብ ቤት ማእሰርቲ ሰምበል ኩይኑ ፤ ብዛዕባ ንተስፎም ዘጋጠሞ ሓደጋ
መኪና ምስ ሰምዐ ፤ ንውሱናት መዓልታት አዝዩ ተሓጒሱን ተበሪህዋን ኢዩ ቀንዩ
ነይሩ። አብቲ ግዜ'ቲ እዚ በዓለገ ስኽራም ፤ እዚ'ኺ ከውሕዶን ካልእን ዝብሉ ፤
ከቋጸሩ ዘይክእሉ ዘረባታት ካብ አፉ አይፈልን'ዩ ነይሩ። መዓልታት ምስ ሓለፈን ፤
ተስፎም ካብ ሞት ከም ዝተገላገለ ምስ ፈለጠን ግን ፤ እቲ ናይ ተስፎም ሓደጋ
ዝህሎ ዝነበረ ዕጋበት በብቅራብ ከጒድልን ከምነዋን ጀመረ። አብ መወዳእታ ኽኣ
ካብ ናይ ተስፎም ሓደጋ ፤ ናይ ርእሱ ማእሰርቲ ብዝያዳ ከስተንትኖ ስለ ዝጀመረ
ነቲ አርእስቲ እና'ዋደቐ ከደ።

ተስፎም ሓደጋ ምስ ገጠሞ ፤ ሃብቶምን አልማዝን ዘዝነብሉ ውርደት ንደርማስ
አዝዩ ተሰሚዕዎ ኢዩ ነይሩ። ተስፎም እግሩ ምስ ተጨርጸ ከምኣ ከይደግምዋ
ስለ ዝተሰከፈ ግዲ ኹይኑ ፤ ንሃብቶም ንኽሕብሮ እናጒየየ ከደ። በ'ጋጣሚ
አልማዝ'ውን ልክዕ አብታ ስዓት'ቲኣ አብ ቤት ማእሰርቲ በጺሓት።

አልማዝን ደርማስን ብዛዕባ መቝረጽቲ እግሪ ተስፎም ምስ ነገርዎ ፤ ሃብቶም
ብሓጒስ ከፍንጪሕ ደለየ።   "አንታ እንታይ ኬንኩም ደኣ ከምዚ ዝኣመሰለ ዜና
ሒዝኩምሲ ፤ ብዛዕባ ቀንጢ-መንጢ ከትዛረቡኒ ጸኒሕኩም ፤" ከኣ በሎም።

እቲ ጠንቄ-መንቄ ዝበሎ ዘረባታት ፤ ብዛዕባ ጥዕና ደቁን ስድራ ቤትን ፤ ኩነታት
ስራሕን'ዩ ነይሩ። ናይ ተስፎም መቝረጽቲ ዝያዳ ኹሉ ከም ዝዓጅቦን ከም
ዘገድሶን'ዩ ዝገልጽ ነይሩ። ገጹ ብቕጽበት በሪሁ ምንጋጋኡ ከጭደድ ከሳብ ዝደሊ
አፍሽኽሽኽን አኽመስመሰን። ዳርጋ ከም ቼልዓ ብሓጒስ ከዘልል ቅሩብ ተረፎ።
ልክዕ ከምዚ ሕኒኡ ባዕሉ ዝፈደየ ኹይኑ ተሰምዖ።

ድሕሪ ብዙሕ መትሓዝን ትርጒምን ዘይነበሮ ናይ ሓጒስ መግለጺ ዘረባታን
ሃተፍተፉትን ፤ "ምስ ዘየዋጽኡ እንድዩ ገጢሙ እዚ ከዳዕ። ንዓይ ዝበደለ መዓስ

ሰተት ኢሉ ስጉሚ ይኽይድ ኮይኑ። ወረ ጌና ንርእዮ ነገር ኣሎና ፣" በለ።

ደርማስ ግብረ መልሲ ሓዉ ፣ ካብቲ ናይ ቅድሚ ሕጂ ዝገደደን ዝዛየደን ምንባሩ
ኣስተብሃለ። እዚ ኸኣ ኣገረሞን ኣስደመሞን። ንሓዉ ኣጸቢቑ ይፈልጦ'ኳ እንተ
ኾነ ፣ ሃብቶም ዘርእዮ ዝነበረ ስምዒት ግን ፣ ከምዚ መቘጸዕቱ ወዲኡ ካብ ቤት
ማእሰርቲ ከወጽእ እተፈቘደሉ ኢዩ ዝመስል ነይሩ።

ደርማስ ንተስፎም ብዝምልከት ፣ ናይ ኣደኡን ሓዉን ስምዒትን ኣተሓሳስባን ብዙሕ
ኣይቅበሎን'ዩ ነይሩ። እምነቱ ግን ንነብሱ ኣብ ውሽጡ ዓቚብዎ'ዩ ዝጓዓዝ ነይሩ።
46 ዓመቱ ዝኣተወ ሃብቶም ዘርእዮ ዝነበረ ስምዒት ግን ፣ ናይ ቤልቡ ኾኖ።
እዚ ብሓቂ ናይ ቤልቡ ስምዒት'ዩ ኢሉ ምስ ሓሰበ ግን ፣ ናይ ቤልቡ ኢሉ
ምንጽጻሩ ደስ ኣይበሎን።

ሸዉ ፣ "ግርም'ባ ናይ ቤልቡ ኢዩ ምባል ፣" ኢሉ ንነብሱ ገንሐ። ዝያዳ ኣብ ናይ
ነብሱ ሓሳባት ብምጥሓል ከኣ ፣ "ንዝኾነ ንሕና እንእብሶ ናይ ቤልቡ እናበልና ፣
ናብ ቤልቡ ኢና መቸም እነላግቦን እንስንድዎን። ወሪድዎም ቤልቡን መንእሰያትን።
ብሓቂ ከንሃረብ እንተ ጌንና ፣ ኣሽንካይ እቶም ካብ ኣልጋነሽ ዝወለዶም ሓሙሽተ
ቤልቡ ፣ ዋላ እቶም ካብ ዷሕረወይቲ ሰበይቱ ኣልማዝ ዝወለዶም ክልተ ዝነኣሱ
ደቒ ትሸዓተን ሸውዓተን ዝኾኑ ሓበንን መቘረትን እንተ ኾኑ'ውን ፣ ከም ናይ
ሃብቶም ግብረ መልሲ ኣይመርኣዩን ፣" እናበለ ኣስተንተነ።

ገጹ ኣቕኒዑ ናብ ሃብቶም ጠመተ። ግን ኣዒንቱ'የን ናብ ሃብቶም ዝጥምታ
ነይረን'ምበር ፣ ደርማስ ጌና ኣብ ሓሳባት'ዩ ጥሒሉ ነይሩ። ሓሳባቱ ብምቕጻል ፣
"ሓደ ሕማቚ ዝገበረካ ሰብ ፣ ካብ ጽቡቚ ክረክብ ሕማቚ ክረክብ ከሎ ፣
ከይተፈለጠካ ዕግበት ከስመዓካ ናይ ሰብ ተፈጥሮ ከኾውን ይኽእል ይኽውን። ግን
ብሓጐስ ከትዘልልን ከትፍንጫሕን ንቡር ኣይኮነን። እቲ ሰብ ሕማቚ ምስ ወረደ
እትረኽቦ ረብሓ እንተ ዝሁሉ'ኳ ፣ ብመጠኑ ምኽኑይ ምኾነ ፣ እንተ ዘየሎ
ግን ፣" ኢሉ እናሓሰበ ኸሎ ፣ ናይ ሃብቶም ዘረባ ካብ ሓሳቡ ኮለፎ።

"ደርማስ ሓወይ እዛ መዓልቲ ከይትርስዓ ፣ ምስ ወጻእኩ በዓል ከንገብረላ
ኢና ፣" ክብል ሰምዖ። ደርማስ ከይፈተወ ክምስ በለ። "ደሓን ጥራይ ኣብቲ
ብሰላም እትወጸሉ መዓልቲ የብጽሓና ፣" በለ።

"ኣጆኻ እዚ ደኣ ኣነ ወጺአ ከጕዪ ከለኹ ፣ እታ ሓንካስ ዓረጅ ጠለይ-ጠለይ
ከትብል ኣርኪብ ከሓልፈ'የ !" ኢሉ ዘረባኡ ኣሓጕስዎ ፣ ባዕሉ ንባዕሉ ትዋሕ
ኢሉ ሰሓቘ።

አልማዝ'ውን በ'ዛራርባኡ ስለ ዝተሓጕስትሉ ድያ ፤ ወይስ ንሃብቾም ደስ ከተብል
ካዕ-ካዕ ኢላ ሰሓቐት፡፡ ደርማስ ከአ ካብ ስክፍታ እተላዕለ ዝከኣሎ ገበረ፡፡

ሃብቾም ሸቡ መዓልቲ ደርማስን አልማዝን ተፋንዮሞ ክኸዱ አይደለየን፡፡ ብዛዕባ
ኩነታት ተሰፎም ደቀỉቲ ዝርዝራት'ውን ከነግርዎ ይደፋፍኦም ነበረ፡፡ ናይ ተሰፎም
መቘረጽቲ ንሃብቾም ከንድምንታይ ከም ዘገደሶን ፤ ንዕላሉን ተገዳስነቱን ከም
ዝዓብለሎን አገረሞ፡፡ ብዙሕ ዝርዝር ሓበሬታ ከየጣለሉ ብምምጻእም ሃብቾም
ቅሬታ ከም እተሰምዖ አስተብሃለ፡፡

አብ ዝቅጽል ርከቦም ብዝተኸእለ መጠን ዝርዝር ሓበሬታ ሒዞምሉ ከመጹ
ተማሕጸኖም፡፡ ሃብቾም ንናይ ተሰፎም ሽግር ዝምልከት ፤ ኤና ብርቱዕ ጽምኢ
ወረ ከም ዝነበር ተገንዘበ፡፡ ብኽምዚ ኩነታት ከአ ደርማስን አልማዝን ናይ ሸቡ
መዓልቲ ምብጻሓም ፈጺሞም ተመልሱ፡፡

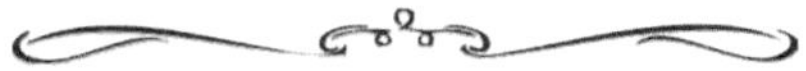

ደቂ ሃብቾም ዓበይቶም ናእሽቶኦም ብዛዕባ ሓደጋ መኪና ተሰፎም አጸቢቐም
ፈሊጦም ነበሩ፡፡ አልጋነሽ ብዛዕባ መቘረጽቲ ተሰፎም ፤ ነቶም ደቂ 21 ዓመት
ዝኾኑ ምስ ደቂ ተሰፎም ብሓደ መዓልትን ሰዓትን ዝተወለዱ ፤ ማናቱ ቦኽሪ
ደቃ ከብረትን ሳምሶንን ንበይኖም ፈልያ ኢያ ነጊራቶም፡፡ ብድሕሪኦም ከአ ነቶም
ናእሽቱ ደቃ ብሓባር ገይራ ነገረቶም፡፡ ንሳ ኢያ ናእሽቱ እትብሎም'ምበር ፤ አብዚ
ግዜ'ዚ ሓድሽ 18 ፤ ራህዋ 16 ፤ ነጋሲ ኽአ 14 ዓመት ገይሮም ኢዮም፡፡

ኩሎም መቘረጽቲ ተሰፎም ምስ ሰምዑ ፤ ካብ ዓበይቲ ንላዕሊ ኢዩ አሰንቢድዎም፡፡
ንጨልዑን መንእሰያትን ካብ ካልእ ሕማማትን ሽግራትን ፤ አካልካ ተጨሪዱ ክእለ
አብ ሓንጕሎም ከቘርጽዋ ዝኽእሉ ነገር ስለ ዝኾነ ዝያዳ'ዩ ዘሰንብዶም፡፡

ብተወሳኺ ተሰፎም ሓደ ካብቶም አዝዮም ዝፈትውዎ ሰብ ብምንባሩ ፤ ብርቱዕ
ስምዒት አሕደረሎም፡፡ በዚ ምኽንያት'ዚ ብሕልፊ እቶም ናእሽቱ ጫልዑ ፤
ነ'ልጋነሽ ብሕቶታት ልባ አጥፊአምላ ኢዮም፡፡ ንምንታይ ጫሪጾሞ? ብምንታይ
ገይሮም'ዮም ዝጫርጹ እግሪ? ካበይ ጫሪጾሞ? ወዘተ ፤ ብዝብሉ ሕቶታት ዓቕላ
አጸበቡላ፡፡ አልጋነሽ ብዝተኸእላ መጠን ብህድአት መለሰትሎምን አረድኢቶምን፡፡

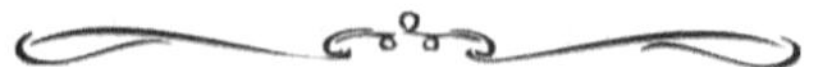

አዕሩኽቲ ተስፎም ሐሙስ ምሸት ፤ ልክዕ ሐደ መዓልቲ ድሕሪ መብጣሕቲ ፤ ኣብታ ቅድሚ ሐደጋ ብሓባር ኮይኖም ዘምሰዮላ ባር ኮይኖም የዕልሉ ነብሩ። ኩሎም ብዛዕባ መቘረጽቲ እግሪ ዓርኮም ፈሊጦም ነይሮም ኢዮም።

"ትማል - ትማል ዲር - ዲር ዝብል ዝነበረ ሰብኣይስ ፤ ምጽእ ኢልካ ስጋብ መቘረጽቲ ዝበጽሕ ሐደጋስ ብምንታይ ከትርጕም'ዩ?" በለ በርሁ።

"ጕድ'የ ናይ ተስፎምሲ ፤ እንታይ ዝኣበሶ ኣለዎ'የ በል ፤" በለ ዘርአ።

"ወሪድዎ እንታይ ከእብስ ኢልካዮ ተስፎም ፤ ብዘይካ ዕላን ጸወታን እንታይዶ ነይሩዎ'የ?!" በለ ወረደ።

"ስትዮ ስለ ዝነበረ ገለ ኢልካ ምክፋኡ እምበር ይገድድ ፤" በለ በርሁ።

"ናይ ሐበሻ ከምኡ እንድዩ። ሐደ ነገር ምስ ኮነ ኣብ ከውን ምውርዛይ ከም ብልህነት'የ ዝቘጽር። ሐደ ነገር ምስ ተረኸበ ነቲ ፍጻመ ትርጕም ምዉጻእን ፤ ሽዑ ለባም ኬንካ ም'ቅራብን እንድኣሉ ስራሕ እዛ ኹላ ሰብ!" በለ ዘርአ።

"ኣነ'ኹ ከሳዕ ሕጂ ዝገርመኒ ዘሎ ፤ እታ ስንካም ምሸት ተስፎም ተዛሪብዎ ዘይፈልጥ ዘረባ ምዝራቡ ኢዩ ፤" በለ ወረደ።

"እቲ ስኑየ ስሎስ ሐደ ደስ ኢሉዎ ኢልና ፤ ኩላትና ምስኡ ተሓዊስና ምስታይ ንግደፎ ገለ ዝበሎ ዲኻ?" በለ ዘርአ።

"እወ! ኣይገርመኩምን? ከምኡ ዝበሃል ዘረባ ኣልጊሉ ዘይፈልጥሲ ፤ ሽዑ መዓልቲ ምልዓሉስ እቲ ኣጋጣሚ'ኮ'የ ገሪመኒ ፤" በለ ወረደ።

"ሐቅኻ እንዲኻ'ሞ። ናተይ'ምበር ይገድድ ሽዑ ምሸት ኣብ ንህይወቱ ዝፈታተን ከቢድ ሐደጋ ንኽወድቕስ ፤ ንሎሚ ግደፈና ንተሓጕሰሉ እንተ ደሊኻ ሱኑይ ንዛረበሉ ከብሎ ፤" በለ በርሁ።

"መዓስ'ሞ ሕማቕ ተዛሪብካ ፤ ዘይ ናይ ኣጋጣሚ ኢዩ ኹ ኮይኑ'ምበር ፤" በሎ ዘርአ።

"ገሊኦም ድሕራት'ሞ ከምኡ ኢሉ ከም ዝተሃረበ እንተ ዝፈልጡ ፤ ፋል ኮይኑዎ እኮ'የ እውን ምበሉ ፤" በለ ወረደ።

"ሰብ ደኣ እንታይ ዘይብል? ትስምያ'ንዶ የለኸን እዚ የማነ ጸጋም ዘብልዎ
ዘለው ዘረባታት ፣" በለ በርሀ።

"ናታቶም ግደፎ በጃኻ። ኣነ ዘሰክፈኒ ምስኪናይ ተሰፍም ጥራሉ ከይወድቅ
እየ ፣" በለ ዘርአ።

"እዚ ደኣ ኣበይ ከተርፍ። ደሓር ከኣ ተሰፍም ሕማቕ ነገር ኣይክእልን'የ። ኩሉ
ጻጽቡቝ ኢዩ ዝፈቱ ፣" በለ ወረደ።

"ንሱ ደኣ መን ጽቡቕ ዘይፈቱ ፣" በለ ዘርአ።

"ንሱስ እወ ግን ናቱ ፍሉይ'የ በጃኻ ፣" በለ ወረደ።

"ኣየ'ወ! ክዳን ፣ ጫማ ፣ ካሚቻ ፣ ኩሉ ነገር እቲ ዝበለጸን ዝኽበረን እንድ'የ
ዝፈቱን ዝዕድግን ዝነበረ። ኣብ ልዕሊኡ ኽኣ ሓቂ ይሓይሽ ፣ መልክዕን ቅርጺ
ኣካላትን ተፈታውነትን መሊእዎ ኢዩ ነይሩ ፣" ኢሉ ወሰኸ በርሀ።

"ኣየ'ወ! ለይ ለይ ሽገ እንድዮ ነይሩ'ታ! ግን ንሱ'ውን ከምኡ ምኻኑ'ኮ
ይስምዖ ነይሩ'የ። ግን ብዙሕ ከርእዮ ኣይደልን'የ ነይሩ ፣" በለ ዘርአ።

"እወ መስኪናይ ተሰፍም። ግን ኣብ ኣከዳድና ጥራይ ዘይኮነ ፣ ዋላ መስተ ፣ ዋላ
መግቢ ፣ ዝኾነ ነገር ኩሉ ከቡርን ፍሉጥ ዝዓይነቱን እንተ ዘይኮይኑ'ኮ ቅርብ
ኣይብልን'የ ነይሩ ፣" በለ ወረደ።

"ኩሉ ጽቡቕ ጥራይ ስለ ዝፈቱ እኮ'የ ሞራሉ ከይትንከፍ ደኣ ዝበልኩ ፣" በለ
ዘርአ።

"እዚ ደኣ ዘይተርፍ'የ። ቀስ ኢሉ እንተ ሰገሮ'ምበር ፣" በለ ወረደ።

"እንተ ሓሰብካዮ'ኮ ነዚ ከውንነት'ዚ ምቕባል ጥራይ ዘይኮነ ፣ ብዙሕ ከም
ብሓድሽ ከመሃሮን ከለማመዶን ዘድልዮ ነገራት እኮ'የ ዘለዎ ፣" በለ ዘርአ።

"እንታይ ማለትካ'የ?" ኢሉ ሓተተ ወረደ።

"ቀሊል ነገር'ኮ ኣይኮነን እግሪ። ኣብ ገዛ ካብ ሰውነት ምሕጻብ ፣ ክዳን
ምልባስ ፣ ምንቅስቓስ ፣ ክሳብ ቀልጢፍካ ስጉም-ስጉም ኣቢልካ ምስላጥ። ኣብ
ደገን ስራሕን ከኣ ብመኪናን ብእግርን ምንቅስቓስን ፣ ስካላ ምድያብን ምውራድን
ክንደይ'ዎ ክትብሎ ፣" በለ ዘርአ።

"ጸገም ከም ዝህሉ ደኣ ፍሉጥ እንድ'ዩ። ናይ መጕዓዝያ'ኳ ኣርኣያ ሓዉ'ሎ ካብን ናብን ስራሕ ከበጻጽሕ ይኽእል ኢዩ ፡" በለ ወረደ።

"መስኪናይ ተስፎም ንዓና *ኩማን* ከንድ'ዚ ዘጨነቖናስ ፡ ከመይ ከም ዝስምዖ ዘሎ ከትግምቶ ኣየጸግምን'ዩ። በሉ ሕጅስ ይኣኽለና በጃኽትኩም ናብ ካልእ ኣርእስቲ ንሕለፍ። እዚ ኣርእስቲ ጸቕጢ ገይሩለይ። ርእሰይ ኣሕሚሙኒ ፡" ኢሉ ዘርእ ነታ ኣርእስቲ ዓጸዋ።

"ወረ ኣነስ ኣርእስቲ ምቕያር ጥራይ ዘይኮነስ ፡ ድሕሪ'ዚ'ሞ እንታይ ደስ ኢሉና ከነዕልል ኢልና ኢና ዘይንኽይድ'የ ዝብል ፡" ኢሉ በርሀ ፡ ናይ ንኺድ ነንገዛና ዘስምዕ ዘረባ ብምዉሳእ ፡ ነታ ዘረባ ናይ መወዳእታ መዛዘሚ ገበረላ።

ሽዑ ኩሎም ብሓደ ቃልን ስምዒትን ፡ "እወ ንኺድ ፡" ኢሎም ተፈላለዩ።

ወረደ ካብ ኣዕሩኽቱ ተፈልዩ ንገዛኡ ከኽይድ ከሎ ፡ ኩሉ ግዜ በቲ ምሽት ዝወግሐሉ ከባቢታት ኣስመራ ገይሩ ምኽድ'ዩ ዝፈቱ ነይሩ። ኣብቲ ግዜ'ቲ ኣብ ኣስመራ ክልተ ናይ ኣሜሪካዉያን መዓስከራት ፡ ቃኘው ስተሽንን ራድዮ ማሪናዮን ዝበሃላ ነበራ።

ኣብኡ ዝነበሩ ወተሃደራት ኣሜሪካ ፡ ምሽት ምሽት ብሕልሪ ቀዳመ ሰንበት ንኽተማ ይወርራዊ ነበሩ። ድሕሪኡ ምሉእ ለይቲ ከም ሽዑ ዝወግሓሎም ፡ ካብ ሓደ ባር ናብ'ቲ ካልእ ሃለዋቶም ከሳዕ ዘጥፍኡ ከስትዮን ከዘራን ይሓድሩ ነበሩ። ብኣኡ ምኽንያት ከኣ ባራት ኣብ ኣስመራ ፡ ብሕልሪ ኣብ ማእከል ከተማን ካምቦ ቦሎን ቲራ ቾሎን ከስስናን ከበዝሓን ጀመራ።

ኣብቲ ግዜ'ቲ በቲ ሓደ መዳይ ንፋስ ከውቅሉ ፡ በቲ ካልእ መዳይ ከኣ ከም'ቶም ኣብ ዓዶም ገዲፎሞም ዝመጹ ቤተሳባት ዝበሃሉ ሰብ ኣፍራስ ኩይኑ ስለ ዝስመዖም ዝነበረ ፡ ብካሮሳታት ምጉዓዝ ኢዮም ዝመርጹ ነይሮም። ዝያዳ እንተ ዓሚሮምን ደስ እንተ ኢሎምን ከኣ ፡ ተወሳኺ ገንዘብ ብምኽፋል ነቶም ኣፍራስ ባዕላቶም ይዝውርዎም ነበሩ።

ወረደ ኣብ ማእከል ከተማ ቺነማ ኢምፔሮ ምስ በጽሐ ፡ ካብቲ ፒካዲሊ ዝበሃል ለይታዊ ትልሂትን ኣብቲ ጥቓኡ ዝነበሩ ባራትን ወጺኦም ፡ ናብ ካሮሳ ዝስቀሉን ካብ ካሮሳ ዝወርዱን ብዙሓት ኣሜርካውያን ኣስተባሃለ።

ነቶም ዝስቀሉ ይኹኑ ነቶም ዝወርዱ ከከይዶም ዘዛራርብዎም ሓበሻ ክርኢ ምስ ጀመረ ፡ እንታይ ከም ዝብልዎም ዝነበሩ ስለ ዝገመተ ከምስ በለ። ኣብቲ

ግዜ'ቲ ምስቶም አሜሪካውያን ዝዞሩ ኤርትራውያን ፣ ናብ ባራትን ደቀ'ንስትዮን
ዘባጸሑሉን ዝትርጉሙን መሳተይትን መዘውርትን ብዙሓት ክፍልፍሉ ጀሚሮም
ነበሩ። ምስኣታቶም ሓንሳብ ሰረቅካኒ ሓንሳብ እታ ዘጋጠምካኒ ሰረቓትኒ ተበሃሒሎም
ክበኣሱን ፣ ድሕሪ ቅሩብ ከኣ እንደገና ተዓሪቔም ፍትው ኰይኖም ብሓባር ክዞሩ
ክረኣዮን ንቡር ኢዩ ነይሩ።

ወረደ ካብኡ ሓሊፉ ናብ ጥቃ ፍያት ታሌሮ ምስ በጽሑ ፣ ፈዲሞም ብስኸራን
እተሰነፉ አሜሪካውያን ፣ ነቲ ዘምጽኡም ፈረስ ቢራ ንኽስትይም ክቃለሱ ረኣዮ።
ሽዑ ብውሽጡ ዳርጋ ካዕ-ካዕ ኢሉ ስሓቐ። ቀንዲ ዘስሓቒ ግን ናታቶም ግብሪ
ጥራይ ዘይኮነ ፣ ደቀባት ደገፍቲ ክለባት ሓማሴንን (አስመራ) ፣ አከለጉዛይን
(እምባሶይራ) ካልኦትን ፣ ጋንታታቶም አብ ዝስዕራሉ ዝነበራ ግዜ ፣ ከምኡ ነፍራስ
ቢራ ክስትዮዎም ይፍትኑ ከም ዝነበሩ ይፈልጥ ስለ ዝነበረን ነሱ ስለ ዝዘክረን'ዩ
ነይሩ። አብቲ ግዜ'ቲ ቢራ ትሕቲ ሓምሳ ሳንቲም ፣ ልስሉስ መስተታት ከኣ 15
ሳንቲም ኢዩ ነይሩ ዋጋ መሸጣኡም። ወረደ እዝን ወድዝን እናተዓዘበን ብዛዕባኡ
እና'ሰላሰለን ፣ ናይ ተስፎም ነገር ንግዜኡ ረሲዑን ገዛኡ ብሰላም በጽሐ።

ሓኽይም ካብ ሓሙስ ጀሚሮም ንተስፎም ሓደ ሰብ ምስኡ ኰይኑ ዝኣልዮ
ፈቒዱሎም። ብተወሳኺ ንሓደ ሰሙን ካልኦት በጻሕቲ ክኣትውዎ ከም ዘይፍቀድ
ሓቢሮም። በዚ መሰረት ለይቲ-ለይቲ መድህን ምስኡ ትሓድር ፣ ቀትሪ-ቀትሪ
ኽኣ አደኡን ሰላም ሓብቱን እናተበራረያ ክኣልዮ ጀመራ።

ተስፎም ድሕሪ መብጣሕቲ አብ ልዕሊ'ቲ ስጋዊ ቃንዛኡ ፣ አብ ቃዝዖትን አብ
ብርቱዕ ትካዘን ኢዩ ወዲቑ ነይሩ። መድህንን ስድራ ቤቱን ከዛርብዎ እንተ ፈተኑ ፣
ጨሪሱ አይምልሰሎምን ኢዩ ነይሩ። ድቃስ ከይመጾን ከይወሰዶን ከሎ ዝበዝሐ ግዜ
ገጹ ብኣንሶላ ሽፉኑ ፣ ቃል ከየውጽአን ከይተንቀሳቐሰን ንንዊሕ እዋን ትም ይብል
ነበረ። እቲ ውሱን ግዜ ገጹ ዘቐልዓ ዝነበረ እንተ ኰነ'ውን ፣ ዓይኑ ዓሚቱ ናብ
ናሕሲ ናይቲ ክፍሊ ገጹ ኣቕኒዑ ፣ አብ ሓንቲ ቦታ ነቒጹ ትም ይብል ነበረ።

ከምዚዶ ክንገብረልካ? ከምዚዶ ከነምጽአልካ? ረብሪብካ ዲኽ? ወዘተ ዝበሉ
ሕቶታት ከቕርባሉ ኽለዋ እንተ ኰነ'ውን ፣ ብርእሱ ወይ ብምልክት እንተ
ዘይኮይኑ ዳርጋ ቃል አየውጽእን ኢዩ ነይሩ።

እዚ ተርእዮን ኩነታትን ተስፎም ፣ ንሓኽይምን ንመድህንን ስድራ ቤቱን ኣዝዩ
አሰከፎም። እቲ መቑረጽቲ ከቅበሎ ከም ዘሸግሮን ፣ አብ ውሽጢ ሓንጐላ ይኣትዎ

ከም ዝነበረን ከኣ ተረደኦም። ብዝኾነ ግን 'ግዜ ንርእሱ ንዝኾነ ዝተኾስተ ቁስሊ ፡ መስበርቲ ፡ ጓሂ ፡ እህህታ ፡ ካልእ ኩሉ ዓይነት ኣካላዊ ይኹን ዋላ ኣእምሮኣዊ በሰላ ኣብ ምፍዋስን ምሕዋይን ፡ ዓቢ ተራ ዝጻወት ረቛሒ ምዃኑ ይፈልጡ ስለ ዝነበሩ ፡' ንተስፎም ግዜ ከህብዎ ተረዳድኡ።

ግራዝማች ሰበይቲ ወይም ኣዝያ ትስከፍን ሸገርገር ትብልን ከም ዝነበረት ከስተብሁሎ ግዜ ኣይወሰደሎምን። ብሻቅሎትን ብጭንቀትን ንሳ'ውን ጥዕና እንተ ጎዲኣ ፡ ኣይ ንተስፎም ወይም ኣይ ንነብሳ ኩይና ክልተ ጉድኣት ከም ዝስዕብ ተረድኡ። ብኣኡ ምኽንያት ንመድህን ከዛርብዋን ከምዕድዋን መደቡ።

"መድህን ጓለይ ይርእየኪ'የ ዘሎኹ ፤ እዚ ናይ ተስፎም ኩነታት ኣብ ውሽጢ ከብድኺ ተእትውዮ ኣሎኺ። ንስኺ ብሻቅሎትን ጭንቀትን ተበሊዕኪ ጥዕናኺ እንተ ጎዲኣኪ ፡ ንተስፎም ከትረድእዮ ኣይትኽእልን ኢኺ ፡" ኢሎም ዘረባኦም ጀመሩ።

"ኣነ ደኣ እንታይ ከፊኡኒ ፡ እንታይ ከይከውን ኣቦ ፡" በለት።

"ኣነ እንታይ ከይከውን ኣይትበሊ። ናቱ ከይኣክልሲ ምስኡ ከትሓምሚ እንድየ ዝርእየኪ ዘሎኹ። ካብ ሕሙምሲ ፡ መልዓል ሕሙም እኳ ዝበሃል። ርኢኺ መድህን ግዜ'የ እቲ ዝዓበየ ሓካምን ጸጋንን። ንኽም ተስፎም ዝኣመሰለ ነቲ ዝወረዶ ሓደጋን ጓሁን ክቕበሎ ንዘይከኣለ ሰብ ግዜ ኢዩ ዝድልዮ። ግዜ ቀስ እናበለን እና'ረሳሰዐን እና'ታዓሻሸወን ከየገደደ ፡ በብቑሩብ ከም ዝቐበሎ ናይ ምግባር ክእለት ዘለዎ ግሩም ነገር'ዩ። ብኣኡ ምኽንያት ኣብ ግዜ ጸገም ፡ ግዜ ምርካብ ዝመስልዎ ነገር የለን። ስለዚ ግዜ ኢና ክንህቦ ዘሎንና።"

"ምስ ግዜ ጥራይ ደሓን ይኹን'ምበር ፡ ኣነ ደኣ ካልእ እንታይ ደልየ።"

"እሞ ንተስፎም ጥራይ ኣይኮንክን ግዜ ክትህብዮ ዘሎኪ። ንነብስኺ ኸኣ ግዜ ክትህብያን ክትሓልይላን ክትሓስብላን ኣሎኪ። እንተ ዘይኮይኑ ንስኺ ቅድሚኡ ከትወድቂ ፡ ኣብ ዘይሕማምኪ ከትበጽሒን ኢኺ። ንተስፎምን ነዞም ቄልውን ንኣናን ከትሕግዝዮምን ከትሕግዝናን እትኽእሊ ፡ ንነብስኺ እንተ ሓሊኽን እንተ ተኽናኺንክን'የ።"

"ሕራይ ኣቦ ፡ ብኣይ ኣይትሻቐሉ ደሓን። ንዓና ደኣ ንስኹም ከምዚ ጌርኩም ትኣልዩና ስለ ዘለኹምና እንታይ ከይንኸውን። ኩሉ ኣባኹም ስለ ዝጸዓን ፡ ንስኹም ኢኹም ልዕሊ ኹሉ ሰብ ትሸገሩ ዘለኹም።"

"እነ ደኣ ኩሉ ናትካ'የ ፤ ኩሉ ካባኽ'የ ፤ ኩሉ ብኣኽ'የ! ስለ ዝብሎ ፤ ንኣይ
ከኣ ባዕሉ እቲ ጉይታ አሎኒ። ደሓር ከኣ ንስኺ ከም ቀደምኪ እንተ ጸኒዕኪ
እነ ሓንቲ አይከውንን'የ። እቲ ጉይታ ንኣኺ ዝሃበና መዓልቲ ኩሉ ግዜ ምስ
አመስገንኩዋ'የ። አምላኽ ይባርኽኪ እዛ ጓለይ ፤" ክብልዋ ኸለው ፤ ሓርዪቲ
ንእሽቶ ጓል ተስፎም ፤ "ማማ ማማ ፤" እናበለት እናጎየየት አተወት።

"ሓርዪቲ ጓለይ ምስ አቦሓጉኺ እንዲና ንዛረብ ዘሎና ፤" ምስ በለታ ፤ ጨልዓ
ስጉምታ ዓጊታ ክትምለስ ጥውይ ክትብል ከላ ፤ "ንዒ ሓርዪቲ ጓለይ ዘረባና
ወዲእና ኢና ፤" በልዋ።

ሓርዪቲ ግልብጥ ኢላ ክምስምስ እናበለት ተመልሰት። ግራዝማች ክብልዋ ዝደለዩ
ኹሉ ደምዲሞም ስለ ዝነበሩ ፤ ጓል ወዶም ስዒሞም አዘናጊያምን ፤ ሻሂኣም
ስትዮም ፤ ቅሩብ ጽንሕ ኢሎም ከዱ።

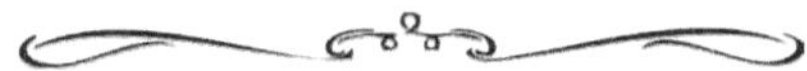

ተስፎም በብቅሩብ ቀስሉ ክሓውየሉ ጀመረ። እዚ ንስድራ ቤትን ንሓኻይምን
ብሓደ ወገኑ'ኳ እንተ አሓጎሶም ፤ ብኻልእ ኩነታቱ ግን ስከፍታአም ክንኪ
አይከአለን። አካላዊ ቀሲሊ ተስፎም እናሓወየ ይኺድ'ምበር ፤ አእምሮአዊ ቀሲሉ
ግን ከመሓየሽ አይከአለን። አርኣያ በቲ ብስራሕ ፤ በቲ ንመድህንን ንወለዱን
ከመላልስ ይሸገር ነበረ። ነዝን ነቲ ናይ ተስፎም ኩነታትን አጸቢቑ ዝተረድአት
መድህን ፤ ሓደ መዓልቲ ነ'ርኣያ ከተዛርቦ መደበት።

መጀመርያ እቲ ናይ ስራሕ ጾር ብሙሉኡ አብ ሕቖኡ ተጻዒኑ ምንባሩ ፤ አብ
ርእሲኡ ንኣኣን ንምሉእ ስድራ ቤትን ካብን ናብን ሆስፒታል ከመላልስ ይሸገር
ከም ዘሎ ፤ ተገንዚባቶ ከም ዝነበረት ነገረቶ። ብኣኡ ምኽንያት ንእሽቶ ሓገዝ ስለ
ዘየሎ ፤ ካብቲ ጾሩ ከተፋኹሰሉ ክትፍትን ከም እትደሊ ገለጸትሉ። ከም መፍትሒ
ኸኣ መኪና ንኽትመሃር ከመዝገባ'ሞ ፤ ካልእ እንተ ተረፈስ አብ ምምልላስ
ክትሕግዞ ከም እትብህግ አረድአቶ።

ሓሳባታ ከምዚ ብምባል ደምደመት ፤ "ናይ ተስፎም ኩነታት ትርእዮ አሎኻ።
ቀስል ብምሉኡ ሓውዩ ፤ ካብዚ ወሪድዎ ዘሎ ጭንቀትን ጸቕጥን ክገላገል ተስፉ
እገብር። ገዛ ምስ መጽን አብ ከምኡ እቲ ጉይታ እንተ አብጺሑናን ፤ መኪናን
ትራንስፖርትን ከድልየ ኢዩ። ንስኻ'ሞ ከምኡ ኢልካ ከሳዕ መዓስ ቀትርን ለይትን
ከተማላልስ ኢኻ። ይህከየካ ወይ ይስልችወካ ኢለ አይኮንኩን። እፈልጦ'የ
ንተስፎምን ንዓይን እትበጄ ግዜን ጉልበትን ከም ዘሎ። ግን እቲ ስራሕ ገገዲፍካየ

ዓሰረተ ግዜ ንዓና ኣብ ምምልላስ እንተ ተጸሚድካ እቲ ስራሕ'ውን ክብደል'ዩ።
ስለዝስ ነዛ ዝብለካ ሓሳባት ክትፈቕደለይ እልምነካ።"

"እዚ ደኣ ከመይ ዝኣመሰለ ሓሳባት'ንድዩ። ጽባሕ ፡ ጽባሕ መዓልቲ ከመዝግበኪ
እየ። ድሕሪ ጽባሕ ከም እትጅምሪ ከገብር እየ። ቅሩብ ሰጊም ምስ ኣበልኪ ከኣ
ባዕለይ'ውን ቅሩብ ከርእየኪ እየ ፡" በላ።

መድህን ኣዝዩ ተሓጕሶት። ነ'ርኣያ ድማ ደጋጊማ ኣመስገነቶ። ኣርኣያ ብወገኑ
ንሳ ለባምን ወረጃን ሰብ ስለ ዝኾነት'ምበር ፡ ንኣኡ ፍቓድ ክትሓቶ ከም
ዘየድልያ ዝነበረን ፡ ከፈቅድን ከኽእልክልን'ውን መሰሉ ከም ዘይነበረን ኣረድኣ።
ኣብ መደምደምታ ኸኣ ንስነ ስርዓታን ልቦናኣን ኣመስገና።

ኣርኣያ ነቲ ዘምጽኣቶ ሓሳብ ኣዝዩ ኢዩ ፈትዮም። ጥራይ ንሳ ንእተበርከቶ ሓገዝ
ዘይኮነ ፡ በቲ ናይ ተስፎም ኩነታት ንዝወርዳ ዝነበረ ጭንቀትን ሻቕሎትን'ውን
መረሳስዒ ክኾና'የ ኢሉ ሓሰበ።

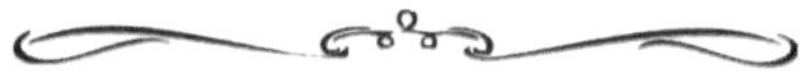

ሽው ምሽት ኣርኣያ ኣብ እንዳ ስድራኡ ኸይኑ ፡ መድህን ንመኪና ብዛዕባ
ዝምልከት ዘቕረበቶ ሓሳብ ነ'ቦኡ ይነግሮም ነበረ። ነዚ ዝሰምዓ ዝነበራ ኣደኡ ፡
ኣርኣያ ዘረባኡ ከይወድአ ፡ "ተስፎም ሓደጋ ካብ ዝረከብ ኣይ ወርሒ. ኣይ ክልተ
ወርሒስ ፡ ናብ መኪና ምምጥጣር እንታይ ይበሃል። ኣብዚ ግዜ'ዝስ እንታይ
መኪና ተራእዩዋ ኢዩ?!" ኢለን ኣቋረጸኣ።

"ኣንቲ ክንደይ ትህወኺ ኢኺ። ምሉእ ህይወትኪ ከም'ኣ ኢልኪ ዘረባ ክትምንጥሊ?
ካልእ እንተ ተረፈስ ዘይተወድእዮ? እንታይ ከብል ከም ዝደለየ'ኺ ኣረጋጊጽኪ
ምፈለጥኪ ፡" ኢሉም ግራዝማች ተቛጥዑ።

"እንታይ ኮይነ'የ እንታይ ከብል ከም ዝደለየ ዘይፈልጥ? መኪና ክዝወር
እንድያ ትብል ዘላ ፡" በላ።

"በጃኻ ኣርኣያ ወደይ ናብ ካልእ ከይኣለየትና ከላ ቀጽል'ሞ ዘረባኻ
ወድእ ፡" በሉም ብነድሪ።

ወ/ሮ ብርኽቲ ደስ ከም ዘይበለን ኣብ ገጾን ይንበብ ነበረ። ኣደኡ ካልእ
ከይመለሳ ኸለዋ ኣርኣያ ተቓላጢፉ ፡ ኩሉ እቲ መኪና ንኽትመሃር ዝደረኽ
ምኽንያት ገለጸሎም። ወ/ሮ ብርኽቲ ግን ሕጂ'ውን ብገዳማዊ ትርኢተን ኣብ

መርገጺአን ጸኒዐን ዝነበራ ኢየን ዝመስላ ነይረን።

ሽዑ ግራዝማች ፦ "ደሓን ደሓን አርኣያ ወደይ አደኸ አፉ ከምኡ ይበል'ምበር ፦ ልባ ከምኡ አይብልን'ዩ። ጽባሕ እዚኣ ግበራለይ ካብ ምባል ምስ ደሓነትን ፦ ንተስፎምን ንአናን ንደቃን ምስ ኮነትን ፤ እቲ እተበርከቶ ሓገዝ ከም ዘሕጉሳ ርግጸኛ'የ ፤" ኢሎም ነታ ዘረባ ብሰላምን ብጥበብን መደምደምታ ገበሩላ።

ምዕራፍ 3

አካላዊ ቁስሊ ተስፎም ዳርጋ ኩሉ ናብ ምሕዋይ ተቓረበ። በቲ ዝገብሮ ዝነበረ ለውጢ ድሕሪ ክልተ ሰሙን ፣ ካብ ሆስፒታል ወጺኡ ፣ ንገዛ ዘይከደሉ ምኽንያት ከም ዘይህሉ'ውን ሓኺይም ሓበርዎም። ኩነታት ሰውነቱን አካላቱን እዚ ይንበር'ምበር ፣ ንእእምሮኣዊ ጥዕናኡ ዝምልከት ግን ሓኺይም ብኹነታት ተስፎም ሕጉሳት አይነበሩን።

እቲ ኩነታት አዝዩ ስለ ዘሰከፍም ሓደ ናይ ስነ አእምሮ ክኢላ ጸዊያም ፣ ከም ዝርእዮን ከም ዝከታተሎን'ውን ገይሮም ነይሮም'ዮም። ቅድሚ ንገዛ ምፍናው ፣ እቶም አዝዮም ዝቐርብዎን ዝአልዮዎን ናይ ቀረባ ስድራ ቤቱ ፣ ኩነታት ስነ አእምሮ ተስፎም ክርድኡዎ ከም ዘድሊ ተሰማምዑ።

ብአኡ መሰረት ከአ እቲ ናይ ስነ አእምሮ ክኢላ ንበዓልቲ ቤቱን ሓዉን ከዘራርብዎም አመመ። እቲ መብጣሕቲ ዘካየደሎን ፣ ቅድሚኡ ንግራዝማች አስተብሂልዎም ዝነበረ ሓኪም ግን ተወሳኺ ሓሳብ አቕረበ። ወላዲ ተስፎም ብሱልን ተሰማዕነት ዘለዎምን ፣ በ'ተሓሳስብኦም ከአ ምዕቡል ሽማግለ ስለ ዝኸኑ ፣ እንተ ተሓወሱና ይሓይሽ ዝብል ሓሳብ አቕረበ። እቲ ናይ ስነ አእምሮ ክኢላ ወላዲኡን ብዕድመ ዝደፍኡን ብምኻጣም'ኳ ስክፍታኡ እንተ ገለጸ ፣ ድሒሩ ግን ነቲ ሓሳብ ተቐበሎ። ብአኡ መሰረት ከአ ሰሙን ቅድሚ ተስፎም ምውጻኡ ንኽዘራርብዎም ቄጸራ ገበሩ።

ግራዝማችን መድህንን ኣርኣያን ፡ ረቡዕ ሰዓት 11 ኣብ ሆስፒታል ኣብ ቦታ ቄጸራኦም በጽሑ። ድሕሪ ርብዒ ሰዓት ናብቶም ሓኺይም ዝነበርዎ ቤት ጽሕፈት ንኽኣትዉ ጸውዕዎም። ንተሰፍዎ መብጣሕቲ ዝገበረሉ ሓኪምን ፡ እቲ ናይ ስነ ኣእምሮ ክኢላ ሓኪምን ብሓባር ጸንሕዎም። ግቡእ ሰላምታ ምስ ተለዋወጡ ኮፍ ንኽብሉ ዓደምዎም። ኩሎም በቦታኦም ሒዞም ድማ ኮፍ በሉ።

"በሉ ንስኻትኩም' ውን ነናብ ውራይኩም ከትከዱ ፡ ንሕና ኽኣ መታን ቀልጢፍና ናብ ስራሕና ክንምለስ ብቐጥታ ናብ ጉዳይና ክንኣቱ። እዚ ብጻየይ ናይ ስነ ኣእምሮ ክኢላ ሓኪም ኢዩ። ንተሰፍዎ ከከታተሎ ቀንዩ ኢዩ። ስለዚ እቲ ዘድሊ ሓበሬታ ባዕሉ ክነግረኩም' የ ፡" በሎም።

እቲ ናይ ስነ ኣእምሮ ክኢላ እዚ ዝሰዕብ መረዳእታ ከሆሎም ጀመረ ፡ ተሰፍዎ ኣብ 'ዴፕረሽን/ሜላንኮልያ' ዝበሃል ኩነት ኣእምሮ ኣትዩ ከም ዝነበረ ፣ እዚ ኩነት ኣእምሮ' ዚ ነቲ ሕሙም ኣብ ብርቱዕ ትካዘን ቃዝኖትን ከም ዝጥሕል ከም ዝገብሮ ፣ እዚ ኽኣ ድሕሪ መቘረጽቲ መሓውር ፡ ምእላይ ጡብ ፡ ምጥፋእ ዓይኒ ፣ ወዘተ ኣብ ዝኣመሰሉ ኩነታት ኣብ ሕሙማት ብዙሕ ግዜ ከም ዝኽሰት ገለጸሎም።

ቀጺሉ እቲ ናይ ተሰፍዎ ቅሩብ ዘስከፍዎ ኩነታቱ ከንዲ ዝመሓየሽ ፣ በብቕሩብ እናገደደ ይኸይድ ምንባሩ ምኽኑ ፣ እቲ ከምኡ ዝኣመሰለ ተርእዮ ዝበዝሕ ግዜ ፣ ሓደ ሰብ ኣብ ህይወቱ ከቢድ ነውጺ ከገጥሞ ኽሎ ዝገሀድ ኩነት ኣእምሮ ምኽኑ ፣ ዝገፋደለ ምኽንያት ከኣ እቲ ኣእምሮ ነቲ ዝሰዓብ ኩነታት ከቕበሎ ምስ ዘይክእል ምኽኑ ኣረደኦም።

ቀጺሉ ኽኣ ኩሉ ሰብ ብኣፈጣጥራኡ ንብዙሕ ነገራት ንምግጣም ዘለዎ ዓቕምን ሓይልን ይፈላላ ምኽኑ ፣ ልክዕ ከምቲ ንዝተፈላለዩ ሕማማት ናይ ምጽዋር ዓቕምና ዝፈላላ ፣ እዚ ኣብ ኣእምሮና ዝኽሰት' ውን ከምኡ ምኽኑ ፣ ብዙሕ ሰብ ግን ከም ናይ ምንፋዕን ምስናፍን ገይሩ ብጌጋ ይርድኦ ምኽኑ ፣ እዚ ኽኣ እቲ ሰብ ፈትዩ ዘምጽኦ ወይ ሓሚቑ ዘይሰገሮ ኩነት ኣእምሮ ስለ ዘይኮነ ፣ እቲ እተጸገመ ሰብ ከሕገዝ እንተ ኾይኑ ከርድእዎን ከርድእሉን ከም ዘድልዮም ኣብርሃሎም።

ሸዉ ሓንሳብ ትንፋሱ ከመልስ ኣዕርፍ ኣበለ። ብድሕሪኡ ቅጽል ኣቢሉ ፣ ሕሙም ናብ ከምዚ ኩነት ኣእምሮ ዝወድቕን ነቲ ነውጺ ምቕባሉ ዝስእንን ብብዙሕ ምኽንያታት ምኽኑ ፣ ካብኡ ቅሩብ ንዓይ ኩሉ ኣይኮነለይን' የ ፣ ነዚ ጸገም ባዕለይ ብስንፍናይ' የ ኣምጺኤዮ ፣ ኣነ ዝጠቅም ሰብ ኣይኮንኩን ብላሽ' የ ፣ መጕሃይን መዋረድን ስድራ ቤቱ' የ ፣ ወዘተ ዝብሉ ኣተሓሳስባታት ነቲ ሕንጉል

ስለ ዝዐብለልዎን ዝብሕትዎን ምኳኑ ድሕሪ ምዝርዛር ፯ ማዕረ እነ ኣብ ዓለም
ክነብር'ውን ኣይግበኣንን'ዩ ናብ ዝብል ሓደገኛ ኣተሓሳስባ'ውን ከም ዘውድቕ
ኣረዱኦም።

ብድሕሪኡ ከምዚ ዘረባኡ ዝወደአ ንውሱን ካልኢታት ትም በለ። ትም ኣበሃላኡ
ልከዕ ከምቲ ሃዳናይ ነታ ኣነጻጺሩ ዝለኣኽ ኩናት ሽቶኣ ከሳዕ እትወቅዕ ብሃንቀውታ
ዝጽበያ ኢዩ ዝመስል ነይሩ። ንሱ ኸኣ ነቲ ዝበሎ ኹሉ ብሙሉኡ ኣብ ሓንጎሎም
ንኽሰጥም ብትዕግስቲ ዝጽበ ዝነበረ መሰለ።

ብድሕር'ዚ ናብ ኩሎም በብሓደ ጠመተ። ሽዑ ኣንፈት መረዳእታኡ ካብ ሓፈሻዊ
ኣምራት ብምውዳእ ፣ ናብ ናታቶም ተራ ብምስጋር ከምዚ ክብሎም ጀመረ። ንሳቶም
ነቲ ኩነታት ብዝግባእ እንተ ተረዲኦምን እንተ ተቐቢሎምን ፣ ብድሕሪኡ ንኽልኦት
ስድራ ቤትን መቐረባን ከረድእሉን ከከላኽሉን ከም ዝኽእሉ ፯ ብተወሳኺ
ንኹነታቱ ካብ ዘጋድድ ዝኾነ ነገርን ኣጋጣሚን ሰባትን ከኽውልዎን ከርሕቕሉን
ከም ዝኽእሉ ኣረዱኦም።

ምኽሩን ሓበሬታኡን ኣስተምህሮኡን ከምዚ ብምባል ደምደም ፣ "ብዙሕ ሰብ
ዝሕግዝ ዘሎ መሲልካ ንድሮ ኣብ ቀረባ ዘሎ ሰብ ፣ ብዝሃረቦ ዘረባ ብዙሕ
ሃስያ ኢዩ ዘስዕበሉ። ስለዚ ብሕጂ ንተስፍኦም ንስኽትኩም ኢ ኹም ሓኽይሙ።
ንስኽትኩም ኢ ኹም ነዚ ተሃስዮ ዘሎ ስምዒቱን ዝትንከፍ ዘሎ ኣእምሮኡን ፣
ብፍቕሪ ብትዕግስቲ ብምጽዋርን ብሞራልን እትጽግንዎ። ኣነ እምበኣር መልእኽተይ
ኣብዚ ደምዲመ ኣሎኹ። ዋላ ነዚ ብጻየይ'ውን ዕድል ከይሃብኩዎ ፣ ነዚ መድረኽ
በይነይ'የ ዓብሊለዮ ጸኒሐ ፣" ኢሉ ከምስ በለ።

"ዓውድኽ'ንድዩ። መን ኣብ ሞያኽ ከኣትወካ። ኣርእስትና መብጣሕቲ ነይሩ
እንተ ዝኸውን ኣቐርብ ከም ዘይመበልኩኻ ትፈልጥ ኢ ኻ ፣" ኢሉ እቲ ናይ
መብጣሕቲ ሓኪም ሰሓቐ።

እቲ ከነግሮም ዝጸንሐ ኣርእስቲ ኮነ ተሕዝቶኡ ፣ ንስድራ ቤት ተስፍም ከምስ
ዘብል ኣይነበረን። ግን በቶም ሓኽይም ተሰኪሮም ኩሎም ከምስ በሉ። ከይደለይዎን
ከይተሰምዖምን ነቶም ሓኽይም ከሕጉሱ ከምስ ይበሉ'ምበር ፣ ሳላ ከምስ ዝበሉ
እቲ ኣዝዩ ከቢድዎም ዝጸንሐ ኩነት ብመጠኑ ከፈኹሶም ተሰምዖም። ነቲ ኩነታት
ዘስተውዓልሉ ግራዝማች ፣ "እዚ ከምስታን ስሓቕንሲ ወትሩ እንተ ኣዘውቲርናዮም ፣
ባዕላቶም ኣብ ኩነተ ኣእምሮን ስምዒትን ሰብ ኣወንታዊ ለውጢ የምጽኡ'የም
ዘብልዎ'ዘም ለባጥትሲ ለካ ሓቂ'ዮ ፣" ኢሎም ሓሰቡ።

ካብ ሓሳባቶም ምልስ ኢሎም ጐርጐኦም 'እሕሕ" ኢሎም ስሒሎም ከኣ ፣

"መቸም እዞም ደቀይ ብሓቂ ምስጋናና ወሰን የብሉን። ኣብ ልዕሊ ሞያኹምን ፍልጠትኩምን ፤ ልብን ሕልናን ስለ ዝወሰኽኩምሉ የድንቖኩም። በዚ ኸኣ'ዩ ሕብረተሰብና ፤ ንልቦና ልዕሊ ሞያን ፍልጠትን ዝሰርዖ። ሞያን ፍልጠትን ካብ ቅድሜኻ ዝነበሩ ኢኻ እትመሃሮን እትልቅሐን። እዚ ዝረኣናዮ ብስለትን ሓልዮትን ግን ቀዲሕካ ዝርከብ ኣይኮነን። ኣምላኽ ይመልኣልኩም ፤" በሉ።

"ኣሜን ኣቦ ፤ ኣሜን ኣቦ ፤" በሉ ክልቲኦም ሓኻይም።

"እሞ እምበኣር ኣብዚ ወዲእና ኣሎና። ንሕና ኣብዚ ሻሂ ቡን ኣይንብልን ኢና ፤" በለ እቲ ናይ መብጣሕቲ ሓኪም እናተዋዘየ።

"ግዜኹም ሰዊእኩም ካብኡ ዝዓቢ ጌርኩምልና ኣሎኹም። የቐንየልና ደኣ ፤" ምስ በለ ኣርኣያ ፤ ኩሎም ተንሲኦም ተማሳጊጦም ተፈላለዩ።

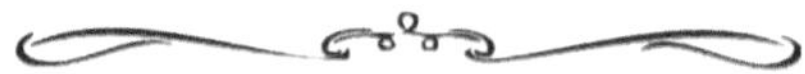

ሰለስቲኦም ንገዛ ከምለሱ ኸለው ሓዲኦም'ውን ሓንቲ ቃል ከየውጽኡ እንዳ ተስፈም በጽሑ። ኣብ ሓሳባትን ሻቕሎትን ተዋሒጦም ከም ዝነበሩ ዘመስክር ተርእዮ ኢዩ ነይሩ። ገዛ ምስ በጽሑ ንጀመርታ ግዜ ኣፉ ዝኸፈተት መድህን ኢያ ነይራ።

"ምሽኪናይ ተስፈምሲ ሽግሩ ጌና ኣይተወደኣን። ናይ እግሩ ከይኣኸሎስ ሕጂ ኸኣ እዚ ፤" በለት።

"ሽግር ከመጽእ ከሎ ከምኡ ኢዩ። ተደራሪቡ ኢዩ ዝመጽእ። ትዕግስትኻን ተጻዋርነትካን ከፍትነካ ዝመጽእ ዘሎ ኢዩ ዝመስል። ኣብ ከምዚ ኩነታት'የ ጽንዓትና ከነመስክር ዘሎና። እስከ ጕይታ ባዕሉ ትዕግስትን ዓቕልን እዮብ ይሃበና። ልዕሊ ኹሉ ግን ናቲኪ ጽንዓት'የ ክሓትት። ልዕሊ ኹልና ንስኺ ኢኺ እትሸገሪ ፤" በለዋ ግራዝማች።

"ተሸጊረ'ሞ ኣነ እንታይ ከይከውን? ንሱ'ኳ ዘለዎ።"

"ንስኺ እቲ ዝገጥመኪ ሽግር ሓንቲ ከይኮንኪ እንተ ሰጊርክዮ ፤ ተስፈም ከኣ ሓንቲ ከይኮነ ከሰግሮ ኢዩ ፤" በለ ኣርኣያ።

"ልክዕ ተዛሪብካ 'ዘወደይ። ንሕና ዝከኣለና ክንድግፈክን ክንሕግዘክን ኢና። ምስቲ ንኣኺ ዝጽበየኪ ፈተና ግን ናትና ብዙሕ ዋጋ ኣይክህልዎን'ዩ። ኣምላኽ

ይሓግዝክን ይሓግዘናን ፡" በሉዋ።

"ይኣምነለይ'የ ኑሱ ደኣ። ንዓኹም ነ'ርኣያን እንተ ዘይሕዝ'ሞ ፡ ዝገብሮ'ኳ
ኣይምፈለጥኩን ፡" በለት።

"ደሓን 'ዛንለይ ናብታ ገዛኡ'ሞ ብሰላም ይምጻእ ፡ ድሕሪኡ ንዝመጻና ኹሉ
ብሓባር ክንገጥሞ ኢና። በሉ ኣነ ሕጂ ክኸይድ ፡" ኢሎም ግራዝማች ብድድ
በሉ።

ኣርኣያ ኸኣ ከብጽሓም ምስኦም ብድድ በለ። ንመድህን ተፋንዮማ ኸኣ ከዱ።

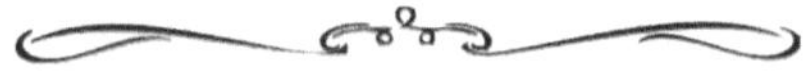

ተስፎም ካብ ሆስፒታል ዝወጸሉ መዓልቲ ቅድሚ ምእካሉ ፡ ኣርኣያን መድህንን
ኩሉ ከድልዮ ዝኽእል መሳለጥያ ከቐራርቡ ጀመሩ። በዚ መሰረት ንምንቕስቃሱ
እትሕግዘም እትድፋእ ዓረብያ (ዌልቾየር) ፤ ጽምዲ ካብ ኣሉሚንዮም ዝተሰርሐ
ፈኮስትን ድልዱላትን ምርኩስ ፤ ከም ናይ ሆስፒታል ዝተዓጸጸፍን ዝብርኽን
ዝወርድን ዓራት ፤ ንሽንቲ ቤት ከይከደ ሽንቱ ከደፍኣሉ ዝኽእል በበይኑ ዓይነት
ሻዘታት ፤ ኣብ ዓራቱ ኹይኑ ንዘድልዮ ንኽጽውዕ ዘኽእሎ ደወል ፡ ወዘተ ፡
ኣዳለው።

ተስፎም ድሕሪ ናይ ክልተ ወርሒ ኣብ ሆስፒታል ምጽናሕ'የ ንቐዳም መዓልቲ
ከወጽእ ከም ዝኽእል እተነግሮ። ናይ ተስፎም ንገዛ ምምላስ ፡ ንምሉእ ስድራ
ቤት ኣብ ከቢድ ስምዒት ዘእተወ ፍጻመ ነበረ። ዋላ'ኳ ዝከኣሎም ከገብሩ ድሮ
ተሰማሚዖምሉን ተዳልዮሙሉን እንተ ነበሩ ፡ እቲ ግዜ ምስ መጸ ግን ብሕልፊ
መድህንን ደቃን ስምዒቶም ከኽውልዎ ኣይከኣሉን።

ተስፎም ኣብ ቅድሚ ኣቦኡ ስምዒቱ ብዝተኽእሎ ይቆጻጸር'የ። ሽው'ውን ስምዒቱ
ንምቁጽጻር ዝከኣሎ ይጽዕት ነበረ። እንተ ኾነ ገዛኡ ምስ በጽሐን ፡ እቲ ከም
ደላዮ ጥርጥር ኢሉ ዝኣትም ዝነበረ መድያይቦን ቀጽርን ምስ ረኣየ ፡ ኣዝዩ
ተተንከፈ። ብቕጽበት እታ ሰንካም ዕለትን ፡ እቲ ካብ ገዛኡ ከወጽእ ከሎ ዝነበር
ህንጡይን ሕጉስን ስምዒት ተዘከሮ። ሽው እቲ ብሓይሊ ዓፊኑ ሒዝዎ ዝነበረ
ስምዒት ፈንጢዝዎ ከወጽእ ደለዮ። ከሳብ ገዛ ዘእተውዎ ዘለዎ ናይ ምቁጽጻር
ዓቕሚ ተጠቒሙ ዓገቶ።

ገዛ ምስ ኣተወ ግን ኣይከኣለን። ገጹ ብኢዱ ሸፊኑ ኣብታ ዓረብያ ንታሕቲ ገጹ

ተደፍአ። ናብ ካልእ ስምዒት ከይተሰጋገረ ኸሎ ንመድህን ጸዊዑ ንመደቀሲ ከትወስዶ ነገራ። መድህን ኩነታቱ ተስተብሃል ስለ ዝነበረት ቀልጢፋ ፡ "ሓንሳብ እንተ ኣዕሪፍካ ይሓይሽ ፡" ብምባል ንመደቀሲ ወሰደቶ።

ኣብ መደቀሲኣም ክኣቱን ክትኮስን ሓደ ኾነ። መድህን ደቃ ከይኣትውን ከይሰምዕዖን ፡ ስድራ ከኣ ከይርእዩም ብምስጋእ ተቐላጢፋ ማዕጾ ብመፍትሕ ዓጸወቶ። ሾው ተሰፈም ብብኽያት ተነኽነኸ። መድህን ንርእሳ ኣብ ቀረባ ስለ ዝጸንሐት ከትእብዶ ኣይከኣለትን። ንብዓታ'ውን ብዘይ ድምጺ ከከዓው ጀመረ። ንተሰፈም ካብታ ዓረብያኡ ከየንቀሳቐሰቶ ከይትጐድአ ብምጥንቃቕ ፡ በታ ጥዕይቲ እግሩ ወገን ኣብ ብርኩ ተምበርኪኻ ተነኽነኸት።

ከምዚ'ሎም ብስምዒት ዝእብዶም ዘይብሎም ንዓሰርተ ደቒቕ ቀጸሉ። ብድሕሪኡ ስድራ ቤት ብሙሉኦም ኣብ መቓበል ኣጋይሽ ከም ዝነበሩ ስለ ዝተዘከራ ፡ ስምዒታ ብቕጽበት ተቘጻጸረት። ተቐላጢፋ ኸኣ ብድድ በለት። ኣብ ከሳዱ ጥምጥም ኢላ ኸኣ ፡ ኣብ ክልተ ምዕጉርቱን ግንባሩን ስዕም-ስዕም ኣበለቶ።

"ኣጆኻ ተሰፈም ሓወይ። እንቋዕ ጥራይ ንገዛኻ ብህይወትካ ተመለስካያ'ምበር ፡ ንኽልእ ብሓባር ኴንና ክንገጥሞ ኢና ፡" እናበለት ዓይኑ ኣፍንጫኡን ገጹን ብጥልቁይ ሽጐማኖ ገይራ ደረዘትሉ።

"ሕጂ እዞም ጨልዑን ኣቦይን ኣደይን ከይስንብዱ ፡ ሓደራ ተሰፈም ስምዒትካ ተቘጻጸር። ሕጂ ነ'ርኣያ ከጽወዓ'የ ክሕግዘኒ ፡" በለቶ።

ቃል ከየውጽአ ርእሱ ብምንቕናቕ ሕራይ በላ። ሾው መድህን ማዕጾ ከፊታ ነ'ርኣያ ጸወዓቶ።

ኣርኣያ እተዉ ምስ በለ እቲ ዝጠርጠሮ ነገር ፡ ኣብ ገጽ መድህንን ተሰፈምን ተራእዮ። ዋላ'ኳ ክልቲኣም ገጾም ተወላዊሉ እንተ ነበረ ፡ ኣዒንቾምን ኩለንትነኦምን ብምስትብሃል ኣብ ብኽያትን ናይ ብስጭትን ጓህን ስምዒት ኣትዮም ከም ዝጸንሐ ኣይተሓብኦን። ስምዒቶም ንኹቤጻጸሩ ዝከኣሎም ይጽዕቱ ምንባሮም ስለ ዝተረድኦ ግን ፡ ነቲ ኣርእስቲ ከትንክፎ ወይ ከልዕሎ ኣይደለየን። እንተ ተንኪፈሎም ኣብ ክንዲ ዘጻናንዖምን ዝእብዶምን ፡ መሊሰ ከየላዕለሎም ኢሉ ስለ ዝሰግአ ትም ምባል መረጸ።

"ንዓ በል ኣርኣያ ናብ ዓራት ክነሕልፎ ሓግዘኒ ፡" በለቶ መድህን።

"ሕራይ ጽቡቕ ሓሳብ። ሕጂ ቅሩብ እንተ ኣዕረፈ ኢዩ ዝሓይሽ ፡" ኢሉ ናብ

ሓዉ ገጹ ስጉሞ፡፡ ብሓባር ኮይኖም ቀስ ኢሎም ደጊፎም ፤ ካብታ ዓረብያ ናብ
ዓራቱ ኣሰጋገርዎ፡፡ ጽቡቕ ገይሮም ኩሉ ነገር ምስ ኣጣጥሑሉ መድህን ፤ "ገለ
ነገር ዘድልየካ እንተ 'ሎ ሕጂ ከምጽኣልካ ፤" በለቶ፡፡

ተስፎም ቃል ከየውጽአ ፤ ርእሱ ንየማንን ጸጋምን ብምንቕናቕ ዘድልዮ ነገር ከም
ዘየለ ኣረድኣ፡፡

"ንሕና እምበአር ስድራ በይኖም ኣብ ሳሎን ስለ ዘለዉ ክንከዶም፡፡ ዝኾነ ነገር
እንተ ኣድልዩካ እዛ ኣብ መተርኣስካ ጌርናያ ዘሎና ደወል ኣላትካ ፤" በለቶ፡፡

ተስፎም እንደገና ብዘይቃል ፤ ርእሱ ንላዕልን ታሕትን ብምንቕናቕ ከም እተረድኣ
ኣረጋገጸላ፡፡

ሽዑ ምስ ኣርኣያ ተታሓሒዞም ወጹ፡፡

ኣብ መቐበል ኣጋይሽ ፤ ግራዝማችን ወ/ሮ ብርኽትን ኣልጋነሽን ኣብ ሓሓሳቦም
ጠሊጨም ትም ኢሎም ጸንሕዎም፡፡ ሰብ ካብ ሆስፒታል ተሓኪሙ ብህይወቱ ሓውዩ
ከወጽእ ከሎ ፤ ዝበዝሕ ግዜ ኣብቲ ስድራ ቤት ፍሱሕ ኩነታት ኢዩ ዝረአ፡፡ ናይ
ተስፎም ግን ዋላ 'ኳ ድሕሪ ክንድ 'ዚ ነዊሕ ግዜ ካብ ሆስፒታል ይውጻእ 'ምበር ፤
ብመቐረጽቲ እግሩ ኣጥፊኡ ይምለስ ስለ ዝነበረ ፤ እቲ ሃዋህው ኣዝዩ እተፈለየ
ኢዩ ነይሩ፡፡

ድሮ ትምኒት ጓል ኩሉ ቀራሪባ ስለ ዝጸንሐት ፤ መድህን ነቲ ሕምባሽ ኣልዒላ
ንግራዝማች ፤ "ቑረስዋ ኣቦ ፤" ኢላ ሃበቶም፡፡

"ብስምኣብ ወወልድ ወመንፈስ ቅዱስ፡፡ እዚ ቍርስና ባሪኽካ ሃበና፡፡ ሰላምን
ፍቕርን ጥዕናን ዕለታዊ እንጌራን ሃበና ፤ ንዘይብሎም ከኣ ሃቦም፡፡ ጐይታ ንተስፎም
ወድና ብህይወቱ ንገዛኡ ስለ ዝመለስካልና ነመስግነካ፡፡ ዕድመን ጥዕናን ሰላምን
ሃቦ፡፡ ንስድራ ቤትና ባርኽ ጐይታ ፤" ኢሎም ጸሎቶም ዛዘሙ፡፡

ኩላቶም ብሓባር ፤ "ኣሜን ፤ ኣሜን ፤ ኣሜን ፤" በሉ፡፡

ብድሕሪኡ ነቲ ቍርሲ ጄሪሶም ንመድህን ኣቐበልዋ፡፡ ንሳ ኸኣ ብኣኣም ጀሚራ
ንኹሎም ዓደለቶም፡፡ ድሕሪ ቍርሲ ቡን ምዕዳል ፤ ነቶም ቡን ዝሰትዩ ኣወሎም
ቀድሓትሎም ፤ ነቶም ዘይስትዩ ከኣ ሻሂ ሃበቶም፡፡

ብድሕሪ 'ዚ ኣሓት ተስፎምን ፤ ዕምባባ ሰበይቲ ኣርኣያን ፤ ኣባላት ስድራ ቤት
መድህንን መጹ፡፡ ኩሉ ሰብ ኣብ መቐበል ኣጋይሽ ከም ዝኸውን ከኣ ገበሩ፡፡

መድህን እናኣተወት እናወጸት ኩነታት ተሰፎም ተረጋጊጹ ነበረት። ከም ዝሓተቾ ኽኣ ጠለባቱ ተማልኣሉ ነበረት።

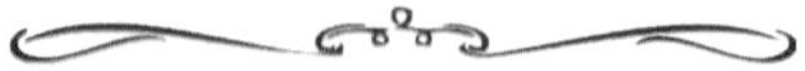

ኣብቲ መጀመርያ ሃብቶም እተኣሰረሉ ኣዋርሕ ዓመታትን ፡ ዳርጋ ብምልኡ ሐላፍነት ናይ ስድራ ቤት ፡ ኣብ ልዕሊ ኣልማዝን ደርማስን'የ ወዲቘ። ኣብቲ ግዜ'ቲ ኣልማዝ ነቲ ዝተጸግዓላ ሐላፍነት ምሉእ ኣተኩሮኣን ኣድህቦኣን ብምሃብ ቀጥ ኣቢላ'ያ ሒዛቶ ነይራ። እዚ ኽኣ ነቲ ብቤት ፍርዲ እተወሰነ ዕዳ መኽፈሊ ምእንቲ ክኸውን ፡ ንዝነበራኣም ክልተ ፌራሜንታታት ጽቡቕ ዝኽፍሉ ዓደግቲ ምርካብን ፡ መሸጣ ምፍጻምን ፡ ካልኦት ምስዚ እተኣሳሰሩ ስድራ ቤታዊ ውሳነታት ምውሳድን የጠቓልል ነበረ።

ኣልማዝ ነቲ ስድራ ቤት ድሕሪ ኣልጋነሽ ትጸንበሮ'ምበር ፡ ካብ እትኣቱ ጀሚራ ብምሉእ ስድራ ቤት ኣዝያ ፍትውትን ህብብትን ኢያ ነይራ። እዚ ኣብ ግዜ ሽግር ዘርኣየቶ ጽንዓትን ህርኩትነትን ፡ ካብኣ ከም ዉሁብ ገይሮም ዝጽበዩዋ ዝነበሩ ስለ ዝኾነ ብዙሕ ኣይሓደሶምን። በቲ ዘርኣየቶ መንፍዓት'ውን ብዙሕ ኣይተገረሙን። ኣመላኽኽታኦም ከምዚ እኳ እንተነበረ ፡ በቲ ዝርእይዖ ዝነበሩ ግን ፡ ኣድናቔቶምን ኣምልኾኣምን መሊሱ ይዛይድን ይብርኽን ኢዩ ነይሩ።

ካብ ምሉእ ስድራ ቤት ደርማስ ጥራይ'የ ብናይ ኣልማዝ ኩነታት ፡ ካብቲ ዝነበሮ ኣርኣእያን ኣምልኾን ቅሩብ ዘነቓንቐን ዘጠራጥሩን ፡ ዘይጠቕሙ ዝመስሉ ናእሽቱ ጉድለታት ከስተብህል ዝጀመረ ኮይኑ ዝስመዖ ዝነበረ። ወለዱ ብዕድመን ብሕማምን ብናይ ሃብቶም ናይ ማእሰርቲ ኩነታትን እኹል ዘጉህን ዘሸቝርርን ሰኽም ነይሩዎም'የ። ደርማስ ልቢ ብምዕባይ ፡ እንታይ ገበሩ መሊስ ጽዕነት ዘውስኸሎም ካብ ዝብል ፡ እቲ ኣብ ኣልማዝ ዘስተብህሎ ዝነበረ ዘጠራጥሮ ኩነታት ከጠቕሰሎም ኣይደለየን። ብኣኡ ምኽንያት ከኣ ኩሉ ትዕዝብትታቱ ከሳዕ'ዚ ግዜ'ዚ ንበይኑ ሒዝዎ ኢዩ ዝጉዓዝ ነይሩ።

ደርማስ ኣብ ልዕሊ ናይ ቅድም ትዕዝብትታቱ ፡ ኣልማዝ ካብ ቀረባ እዋን ጀሚራ ካብ ቀደማ ዝያዳ ክትክዳደንን ክትመላኸዕን ከም ዝጀመረት ከስተብህል ጀመረ። መጀመርያ ነዚ ከም ቁም ነገር ስለ ዘይሓሰቦ ፡ ብዙሕ ኣቓልቦ ኣይሃቦን ኢዩ ነይሩ። ድሕሩ ግን ሐደ ካልእ ተርእዮ ምስ ኣስተውዓለ ፡ እቲ ኩነታት ከጠራጥሮ ጀመረ። ንሱ ኽኣ እቲ ምምልኻዕ'ቲ ኣብ ስራሕን ኣብ ደገን'ምበር ፡ ናብ ሃብቶም ወይ ናብ ወለዶም ኣብ እትኽደሉ ዝነበረት ግዜ ግን ፡ ነተን ክዳውንታ

ቀያይራን ከም ቀደም ከም ንቡር መሲላን ትኸይድ ምንባራ ኢዩ።

ብሓቂ ኣልማዝ ብቓደሙ'ዉን ምምልኻኼ ዘድልያ ኇለ'ንስተይቲ ኣይኮነትን ነይራ። ምኽንያቱ ኣልማዝ ንዘረኣያ ኩሉ እተዋናዉን ኣዝያ ባህ እተብልን ፣ ብኹሉ ኹሉ ጐደሎ ዘይነበራ ምልክዕትን ተፈታዊትን ኇለ'ንስተይቲ ኢያ ነይራ።

ተሰፍም ኣብቲ ንማንም ዘየግሃዮን ዘይተጋህደን ምስ ኣልማዝ ፍቕሪ ሐዝዎ ዝነበረ ግዜ ፣ ነ'ልማዝ ብውሽጡ ከገልጻ ኸሎ ፣ "ኣብ ልዕሊ እቲ ባህርያዊ መልክዓን ማራኺ ቀመናኣን ፣ ከምስን ፍሽኽን ከትብልን ከትስሕቕን ከላ ፣ ኣስናናን ኣካፋታ ኣፋን ብሐፈሻ ንስብ ፍስሃ ከትፈጥርን ፣ ሐጐስ ከተስንቕን እተፈጥረት እትመስል ኇል ሄዋን'ያ ፣" ኢዩ ዝብላ ነይሩ።

ስለዚ ኣልማዝ ተኸድነት ኣይተኸድነት ፣ ተማላኸዐት ኣይተማላኸዐት ፣ ኩሉ ግዜ ተፈታውን ተባሃግን መልክዕን ቅርጺ ኣካላትን ጥራይ ዘይኮነ 𝕀 ምስኡ ዝኸይድ ከእለትን ተውህቦን ኣብ ሐደ ዘጣመረት ኇለ'ንስተይቲ ስለ ዝነበረት ፣ መወሰኸታ ወይ መመላእታ ዘየድልያ ምኇኑ ንኹሉ ዝረኣያ ጋህዲ ኢዩ ነይሩ። ድሕሪ ምስ ሃብቶም ምትእኽኽቦም ኣከታቲላ ክልተ ጫልዉ ምውላዳን ፣ ቅርጺ ኣካላታ ቅሩብ ሐፍስፍስ ከብልን ከግሕጥጥን ጀሚራ'ኺ እንተ ነበረ ፣ ድሒሩ ግን ናብ ንቡር ከምልስ ግዜ'ዉን ኣይወሰደላን።

ኣልማዝ ከምዚ ስለ ዝነበረትን ዝኾነትን ፣ እንታይነታ ዘይፈለጡ ደቂ ተባዕትዮ ቁሊሕ ከብልዋን ከሃርፍዋን ንቡር ኢዩ ነይሩ። ቀደም ቅድሚ ምውላዳን ድሕሪ ምውላዳን ፣ ቅድሚ ሃብቶም ምእሳሩ ነቲ ፌራሜንታኣም ባዕላ ኢያ እተካይዶ ነይራ። ሹዉ ሰበይቲ ሃብቶም ብምንባራን ፣ ሃብቶም'ዉን ኣብቲ ስራሕ ብዙሕ ግዜ ይርከብ ብምንባራን ፣ ብዙሓት ሰብኡት ድልየቶምን ሀርፋኖምን ከእንፍቱላ ዕድል ኣይነበሮምን።

ኣብቲ ፈለማ ዓመታት ድሕሪ ሃብቶም ምእሳሩን እንዳ ባኒ ምውዓላን እንተ ኸነ'ዉን ፣ ነሳ ኣድህቦኣ ብምሉኡ ኣብቲ ወሪዱ ዝነበረ ሽግር ስለ ዝነበረ ፣ ዋላ'ኺ ሐሓሊፎም ተገዳስነቶም ከርእይዋ ዝደልዮ እንተ ነበሩ ፣ ድሕሪ ቅሩብ ቁሊሕ'ዉን ከም ዘይትብሎም ምስ ኣስተብሃሉ ተስፋ ይቖርጹ ነበሩ። ነዚ ዝርእን ዝዕዘብን ዝነበረ ደርማስ ፣ ነ'ልማዝ በዚ መዳይ'ዚ ፈጺሙ ከጥርጥራ ኢሉ'ዉን ኣይሐስበን ኢዩ ነይሩ።

ሐጂ'ዉን ምክድዳን ምምልኻዓን እንተ ዘይኮ‹ይኑ ፣ ካልእ ዝረኣዮ ነገር ኣይነበረን። ይኹን'ምበር እቲ ለውጢ ግን ርትዓዊ መግለጺ ከረኽበሉ ስለ ዘይከኣለ ገረሞ። ዋላ'ኺ ኣረጋጊጹ ከምሕለሉ ዝኽእል ትዕዝብቲ እንተ ዘይነበረ ፣

ብውሱን ደረጃ ግን ካብ ቀደማ ብዝተፈለየ ፤ ነቲ ናይ ገሊኦም ሰብኡት ተገዳስነትን ኣተኩሮን ተቐልበሉን ዘይጸልኣቶን ኩይና ክትስምዖ ጀመረት።

እዚ ኹሉ ግን ስምዒት ደርማስ ኢዩ ነይሩ'ምበር ፤ ብርግጽነት ከምዚ ስለ ዝበለት ከምዚ ስለ ዝገበረት ኢሉ ፤ ኣሽንኳይ ንኻልኦት ንነብሱ'ውን እንተ ዀነ ፤ መረዳእታን መርጋገጽን ከቐርበሉ ዝኽእል ነገር ኣይነበረን። ብኸምኡ ምኽንያት ከኣ ደርማስ ንነብሱ ቅሩብ ገኒሑ ፤ ካልእ ምዕባለ እንተ ተራእየ ከስተብህልን ዓይኑ ከኽፍትን ብምውሳን ፤ ነቲ ተርእዮ ኣዋደቘ።

ቀዳም ድሕሪ ቖትርን ሰንበትን ፤ ኣዝዮም ብዙሓት ሰባት ንተሰፍዖም ክርኣይዎ መጹ። ተሰፍዖም ጌና ዕረፍቲ ስለ ዘድልዮ ሰብ ኣይተእትዉሉ ኢሎም ሓኻይሙ ከም ዝኣዘዝዎም ይገልጹሎም ነበሩ። "ይቐረታ ግበሩልና ኢኹም። ከም ዝመጻእኩሞ ግን ክንነግሮ ኢና ፤" እናበሉ ንዝበዝሑ የፋንዉዎም ነበሩ።

ንሓደ ክልተ ኣዝዮም መቐርብን ዘሸገርዎምን ከኣ ፤ ሓንሳብ ኣእትዮም ኮፍ ከይበሉ ፤ ነዛ ንዓይኖም ጥራይ ክርኣይዎን ምሉእ ምሕረት ይግበረልካ ጥራይ ከብልዎን ይፈቕዱሎም ነበሩ። ኣብ ዝቐጸለ ሰሙን'ውን እንተ ዀነ ኣዝዮም ብዙሓት ሰባት ንኽበጽሕዎ ከመላለሱ ቖነዩ። በታ ዝመደብዋ ኣገባብ ገይሮም ከኣ ንተሰፍዖም ካብ ዘየድሊ ስምዒታት ዘሕድር ዘረባታት በጺሒ ይከላኸሉ ነበሩ።

ግራዝማች ንበዓልቲ ቤቶም ወ/ሮ ብርኽቲ ሒዞም ንግሆ-ንግሆ መጺኦም ፤ ከሳዕ ምሸት ኣብ እንዳ ተሰፍዖም ይውዕሉ ነበሩ። ግራዝማች ነቶም ዝመጹ ዝነበሩ ኣጋይሽ ይቐበሉን የመስግኑን የፋንዉን ነበሩ። ወ/ሮ ብርኽቲ ከኣ ነቲ ኹሉ ዝመጸ ጋሻ ንዝቐራረብ ሻህን ቡንን ቄሪስን ንመድህን ይሕግዛ ነበራ። ከምኡ'ውን ኣልጋነሽ ካብ ንግሆ ከሳዕ ምሸት ፤ ካብ ጎድኒ መድህን ከይተፈልየት ትውዕል ነበረት።

በዚ ኸኣ ኣርኣያ ከይተሰከፈ ናብ ስራሑ ከድህብ ፤ መድህን ከኣ ብጋሻ ከይተሸገረት ናብ ተሰፍዖም ከተተኩር ከኣለት። ብኸምዚ መድህን ንሓልዮት ሓሞኣን ሓማታን ኣልጋነሽን ፤ ኣድናቘታ እናገለጸትን እና'መስገነትን ከይተሸገረት ሓለፈቶ።

ከምዚ ኢሉ ተሰፍዖም ካብ መደቀሲኡ ከይተንቀሳቐሰን ፤ ካብ ብበጻሕቲ ከይሓሰብዎ ብዝዘረብ ናብ ኣሉታዊ ስምዒት ዝነቑት ዘረባታት ከይጠሓለን ከሰግር ከኣለ። ብኸምዚ ኣገባብ ኣጋይሾም ኣብ መቐበል ኣጋይሽ እናተቐበሉን እና'ቘመጡን ወርሒ ሓለፈ። ብድሕሪ'ዚ ዋሕዚ በጻሕቲ ክንከን ፤ ናብ ሓደ ኽልተ ዘርጠብጠብ

ክብልን ጀመረ።

እቲ ኣብ መደቀሲ ጥራይ ምኳን ንተሰፍም ከጨንጪን ከጸኖን ስለ ዝኸእል ፤ ቀስ ብቆስ ካብ መደቀሲኡ ኣውጺኦም ናብ መቐበል ኣጋይሽ ምስግጋሩ ፤ ግዜኡ ምኳኑ መድህንን ግራዝማችን ኣርኣየን ተረዳድኡ። ተስፍም እታ መደቀሲኡ ንብይኑ ከኸነላን ከትከዘላን ፤ ከም መከላኸሊት በዓቲ ገይሩ ስለ ዝወሰዳ ግዲ ኸይኑ ፤ ናብ መቐበል ኣጋይሽ ምኽድ ኣይፈተወን። ኩሎም ከይኖም ተኸናኺኖምን ቀስ ኣቢሎምን ግን ፤ ንውሱን ሰዓታት'ውን ይኹን ሕራይ ኣበሎም።

ተስፍም ሕራይ ኢሉ ኣብ መቐበል ኣጋይሽ ፤ ኣብ ዓረብያኡ ከይኑ ምስኣቶም ከፍ ይበል እምበር ፤ ዳርጋ ጨሪሱ ኣብቲ ዕላልን ዘረባን ኣይዋሳእን'ዩ ነይሩ። ግራዝማች እታ ምስማዕ'ውን ንርእሳ ምውሳእ ስለ ዝኾነት ፤ ኣይንነዋዉከን ኣይነገድዖን ዝብል ርእይቶ ኣቐረቡ። በቲ ዝቐረበ ሓሳብ ኩሎም ብምስምምዖም ከኣ ትም ኢሎም ከርኣይዎ ጀመሩ።

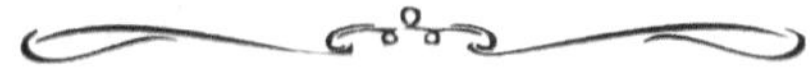

ቀስ ብቐስ ወለዲ ተስፍም ፤ እቲ ምሉእ መዓልቲ ኣብ እንዳ ተስፍም ምውዓል ኣቋረጽዎ። ኣብ ከንድኡ ድሕሪ ቀትሪ ከይዶም ፤ ከሳዕ ኣርኣያ ካብ ስራሕ ዝምለስ ኣዕሊሎም ንገዛኦም ይምለሱ ነበሩ።

ተስፍም ውሱን እኳ እንተኾነ ፤ ድሮ ምዕባለታት ከርኢ ጀሚሩ ነይሩ ኢዩ። መጀመርያ ካብ ዓራቱ ናብ ዓረብያኡ ፤ ካብ ዓረብያኡ ናብ ዓራቱ ባዕሉ ብዘይ ሓገዝ ከሰጋገር ጀመረ። ጽንሕ ኢሉ ኸኣ ናብ ቤት ንጽህና ብዘይ ሓገዝ ባዕሉ ከመላለስን ፤ ዘድልዮ ክፍጽምን ጀመረ። ምሽት ኩሉ ሰብ ነንገዛኡ ምስ ከደ ኸኣ ካብን ናብን ክፍልታት ገዛኡ ፤ ብምርኩስ ናይ ምንቅስቓስ ልምምድ ከገብር ጀመረ። በዚ ተስፍም ዝገብሮ ዝነበረ ምዕባለ ኸኣ ፤ መድህንን ስድራን ተስፋ ከገብሩን ከሕጎሱን ጀመሩ።

ኣካላዊ ምዕባለታት ተስፍም ብኸምዚ ይቐጽል'ምበር ፤ ስምዒትን ኩነተ ኣእምሮ ተስፍምን ግን ምስ'ዚ ምዕባላ'ዚ ከስቱም ኣይተራእየን። ጌና ስድራ ተኣኪቦም ኣብ ዝገብርዎ ዕላላት ብንጥፈት ኣይሳተፍን ኢዩ ነይሩ። ካብ ርእሲ ምንቅናቅ እንተ ሓሊፉ ብሓንቲ ቃል እወ ወይ ኣይፋል ብምባል ፤ ካብኡ ግድን ከሰግር እንተ ተገዲዱ ኸኣ ብኣዝየን ውሱናት ቃላት ኣብ ምምላስ ኢዩ ተሓጺሩ ነይሩ። ከሳዕ እዚ ግዜ'ዚ ከምስ ከብል ወይ ከስሕቕ ዝረኣዮ ሓደ'ኳ ኣይነበረን።

እዚ ግብረ መልሲ'ዚ ኣብ ቅድሚ ወለዱን ካልኦት ኣጋይሽን ዘዘውትሮ ኣገባብ'ዩ
ነይሩ፡፡ ምስ መድህንን ደቁን ንብይኖም ኣብ ዝተርፍሉ ግዜ ግን ፡ ኣገባቡ ዝተፈለየ
ኢዩ ነይሩ፡፡ እቲ ስቅታን ምጽዋግን ጥራይ ከይኣክል ፡ ተወሳኺ ቅጽበታዊ ቁ.ጠዐን
ዘይውዳእ ጸርጻርን ከንጸባርቅ ጀመረ፡፡

መድህን ኣብ ልዕሊኣ ከምኡ ከገብር ከሎ ብዙሕ ኣይስመዓን'ዩ ነይሩ፡፡ በቲ
ዝወረዶ ሓደጋ'ምበር ባህሩን ኣመሉን ከም ዘይኮነ ኣጸቢቓ ትፈልጥ ነይራ'ያ፡፡
ኣብ ልዕሊ ደቄም ከገብሮ ኸሎ ግን ኣዝዩ የሕምማ ነበረ፡፡ ደቂ ተስፎም እንተ
ኾኑ'ውን ባህርን ጠባይን ወለዲኦም ፡ ከምቲ ንመዋእሎም ዝፈልጥዎ ጥዑምን
ለዋህን ሕማቕ ዘይዛረብን ምዃኑ'ዮም ዝፈልጡ ነይሮም፡፡ እዚ ሕጂ ካብ
ሆስፒታል ንገዛኦም እተመለሰ ሰብኣይ ግን ዘይፈልጥዎ ኮኖም፡፡ ከገልጽዋን
ክርድኦምን ስለ ዘይከኣለ ኸኣ ፡ ተደናገሩን ጋን ተሰርሑን፡፡

ወለዱን ኣርኣያን እዚ እተፈላለየን እተቓያየረን ሓድሽ ጠባይን ባህርን ተስፎም ፡
ኣብ ቅድሚኣም ከንጸባረቕ ስለ ዘይኣዶም ኣይፈልጥዎን ኢዮም ነይሮም፡፡
መድህን ከኣ ዋላ ኣዝያ እናተሸገረት'ውን ከላ ፡ ን'ኽልኦት ከይነገረት ክትጽመሞን
ባዕላ ክትኣልዮን ኢያ ወሲና፡፡ ምኽንያቱ ብሓደ ወገን ንስድራ ቤት ከተሽግሮም
ኣይደለይትን Ⅰ በቲ ኻልእ መዳይ ከኣ ን'ኽልኦት እንተ ነጊራቶም ፡ ከምዚ
ንተስፎም ኣሕሊፉ እትህቦ ዝነበረት ኮይኑ ስለ ከስምዓ ጀሚሩ ዝነበረ ኢዩ፡፡

ተስፎም ምስ ኣዐረፈን ደቀሰን ንደቃ ኮፍ ኣቢላ ፡ ብዛዕባ'ቲ ኩነታት ከተዘራርቦም
ከም ዘለዋ ተረደኣት፡፡ ሓደ መዓልቲ ቅሩብ ናይ ስራሕ እፎይታ ምስ ረኸበት
ነቶም ዓበይቲ ደቃ ኮፍ ኣቢላ ፡ "እዚ ኣቦኹም ዝወረዶ ሓደጋን ብሰንኩ
ዝሰዓበ መቝረጽትን ፡ ን'ዝ'ኹ'ኑ ሰብ ብ'ቛሊሉ ክ'ቅበሎን ክለምዶን ከቢድ ነገር'ዩ፡፡
ብ'ሳዕቤኑ ኸኣ ኣብ ጠባዩን ባህሩን ምቅይያራት ትርእዩ'ለኹም ፡" ኢላ ኢያ
ዘረባ ጀሚራቶ፡፡

ትምኒት ጓል ቅልጥፍ ኢላ ፡ "ካብ ኩሉ ን'ዓና ምርዳእ ዝኣብየና ዘሎ ፡ ዋላ
ከን'ሕግዘን ገለ ከን'ገብረሉን እንተ ደለና'ውን ፡ ቀልጢፉ ይሓርቅን ይቘጣዕን
ም'ዃ'ኑ'ዩ ፡" በለት ፡፡

"ን'ሕና'ኻ ማማ ደሓን ይርደኣና ኢዩ፡፡ ን'ለገሰን ሕርይትን ግን ቀስ ኢ.ል.ኪ
ኣዛርብዮም'ምበር ፡ ን'ሳቶም'ዮም ብ'ዝ'ያዳ ተደናጊሮም ዘለው ፡" በለ ብራእ፡፡

"እወ ሓሲበዮ ኣለኹ፡፡ ብ'ዝ'ያዳ ክ'ል'ቴ'ኹም እንድሕር እቲ ኩነታት ተረዲእ'ኩሞ ፡
ን'ዓኣቶም ን'ም'እላይን ን'ምርዳእን'ውን ት'ሕግዙኒ ኢ.ኹም ኢ.ለ'የ ብ'ኣ'ኻ'ት'ኩም
ጀሚረ፡፡ ን'ዓኣቶም ከኣ ምስ መጹ ከ'ዛ'ር'ቦም'የ ፡" በለቶም፡፡

ማናቱ ብሓባር ርእሶም ነቕነቑላ። ሽው መድህን ፡ "ዝኸነኾይኑ ጠባይን ባህርን
አቦኹም አጻቢቝኩም ትፈልጥዋ ኢኹም። ተስፎም በዓል ጠባይ ፡ ርህሩህ ፡
ስሓቕ'ምበር ሕማቕ ዘይወጸ ፡ ንደቁን ሰበይቱን ዘፍቅርን ዘኸብርን ፡ ኩሉ ጽቡቕ
እንተ ዘይኮይኑ ሕማቕ ዘይፈቱ ሰብ'የ። ሕጇ'ውን እንተ ኾነ ተስፎም ንሱ
ኢዩ አይተቐየረን ፡" ኢላ አዕርፍ አበለት።

መድህን ርእሳ ንታሕቲ ድፍእ አቢላ ንኻልኢታት ትም በለት። ሽው ቅንዕ ኢላ ፡
"ዝተቐየረ ነገር ግን አሎ። አቦኹም ዓቢ ጸገም ወሪድዎ'ሎ። እቲ ጸገም
ዘምጽእ ዘሎ እቲ ዝወረዶ ሓደጋ ዘይኮነስ እቲ ዝሰዓብ መቝጸቲ ኢዩ። ብሓቂ
እቲ መቝረጽቲ'ውን አይኮነን እቲ ጸገም። እቲ ጸገም ኮይኑ ዘሎ ተስፎም ነቲ
መቝረጽቲ ክቕበሎ ዘይምኽአሉ ኢዩ። ትርድኡኒዶ አለኹም?" በለት።

ክልቲኦም ይከታተልዋን ይርድእዋን ከም ዝነበሩ ንምርግጋጽ ፡ ርእሶም ንላዕልን
ታሕትን ብሓይሊ ብምንቕናቕ መለሱላ።

"ንርደአኪ አሎና ማማ ፡" በላ ብሩኽ።

"እምበአር ክቕበሎ ስለ ዘይከአለ'የ ብዝጠቅምን ዘይጠቅምን ምኽንያት ዝቝጣዕን
ዝሓርቕን ዘሎ። ክቕበሎ ስለ ዘይከአለ ኸአ'የ ፡ ዘረባ ፡ ስሓቕ ፡ ዕላል ፡ ከምዛ
ቀደም ዘይፈልጠን ርሒቝናዮ ዘሎዋ። እቲ ምሳና ምሕራኽን ምቝጣዕን ጸርጸር
ምባልን ከአ ናባና ዝዓለመ አይኮነን። እንታይ ደአ ነቲ አብ ውሽጡ ዘሎ ሕርቃን
ከም መውጽእን መተንፈስን ኢዩ ዝጥቀመሉ ዘሎ ፡" በለት መድህን።

"እሞ አቲ ማማ ፡" በለት ትምኒት።

"ጽንሒ ደአ እዛ ጓለይ ከምለአልኪ'የ ፡" ኢላ በብተራ ናብ ክልቲኦም ማናቱ
ደቃ ጠመተት ፡ "ርኢኹም እዞም ደቀይ ፡ ምሳና ዘየውጸአ ደአ'ሞ ምስ መን
ከውጽአ?! ንሕና ኢና ክንድንግጸሉን ክንጽመሞን እንኽእል። ብሉ አቢልና ኸአ
ነቲ ዝገበረልና ኹሉ ዕዳና ክንከፍል ዕድል ንረክብ።"

ክልቲኦም አደአም እትብሎ ዝነበረት ዘረባ ከም እተረደአምን ከም ዝመሰጠምን
ንምርአይ ፡ ብቕጽበት በዒንቶምን ብገጾምን ብርእሶምን መለሱላ።

"ሓቅኺ ኢኺ ማማየይ ፡" በለታ ትምኒት። ብገብረ መልስን ርድኢትን ደቃ
ተተባቢዓ ኸአ ፡ "መታን ነዚ ጸገም'ዚ ክገጥሞን ክሰግሮን ፡ ንሕና ኢና ንተስፎም
ክንሕግዝ ዘሎና። ንዓና ሕማቕ መሊሱን ተዛሪቡን ከሕርቐና ኸሎ ፡ ይፍለጥ'የ
ዘይፍለጥ አይኮነን። ዓቕሊ ጽበት'የ ከምኡ ዘግብር ዘሎ። በቲ ዝተሃዘሮን

ዝገበሮን ገጽና ክለዋወጥን ክንሓርቕን ክንጉሁን ክርኢየና ኸሎ ፣ ብውሽጡ ይጭነቕን ይጠዓስን ይበሳጨን'ዩ። ብሓጺሩ እቲ ኣብ ውሽጡ ዘሎ ጥራይ ከይኣኸሎስ ፣ በቲ ናትና ግብረ መልሲ ኸኣ ተደራቢ ብስጭትን ሕርቃንን ጣዕሳን ይውስኾ'ሎ ማለት'ዩ።"

"እሞ ማማ ብኸመይ እንተ ሓዝናዮ ኢዩ ዝሓይሽ?" በላ ብሩኽ።

"ናብኡ ናብቲ መደምደምታ'የ ከመጽካ ዝወደይ ፣" ኢላ ሓንሳብ ሓሳባታ ከተጠምር ትም በለት። ኣስዒባ ከኣ ፣ "ስለዚ ክንሕግዞ እንተ ዄንና ብኹለንተናና ኢና ክንሕግዞ ዘሎና። ምጽማም ጥራይ ዘይኮነ ፣ ከም ንጽመሞ ዘሎና'ውን ከነርኢዮ የብልናን። ክንሽገረሉ ጥራይ ዘይኮነ ፣ ከም እንሽገረሉ ዘሎና'ውን ከነርኢዮ የብልናን። ክንደኽመሉ ጥራይ ዘይኮነ ፣ ከም እንደኽመሉ ዘሎና'ውን ከነርኢዮ የብልናን። ቀሊል ኣይኮነን ግን ብፍቕርን ሓልዮትን እንተ ጸዒትና ፣ ኣምላኽ ከኣ ክሕግዘና ኢዩ። ተሓባቢርናን ተሓጋጊዝናን ከኣ ክንስግሮ ኢና ፣" በለት ብዘተቼራረጸ ድምጺን በተን ንብዓት ተመሊኣን ከንጸባርቓን ፣ ጽዕነተን ከውርዳን ዝህወኸ ዝነበራ ኣዒንታ ገይራ።

ነዚ ዘስተብሃሉ ክልቲኦም ደቃ ብሓባር ሓፍ ኢሎም ሕቝፍ ኣበልዋ።

"ኣጆኺ ማማየ ኩሉ እትብልዮ ዘሎኺ ተረዲኡና'ሎ። ንባባ ብኹሉ ኹሉ ክንሕግዞ ኢና ፣" በለ ብሩኽ።

"ኣጆኺ ማማየ ንባባ ጥራይ ዘይኮነ ፣ ንዓኺ'ውን ብዘለና ዓቕሚ ክንሕግዘኪ ኢና። ንባባ ከትብሊ ንስኺ ኸኣ ከትሓምን ከትልከምን ኣይንደልን ኢና ፣" በለታ ትምኒት።

መድህን ዘረባ ደቃ ምስ ሰምዐት ነተን ከትቃለሰን ዝወዓለት ንብዓት ከትዓግተን ኣይከኣለትን። ዓይና ጀረብረብ ከብላ ጀመራ። ክልቲኦም ደቃ ኸኣ ምስኣ ናብ ንብዓቶም ኣተዉ። ከምኡ ኢሎም ንውሱናት ደቃይቕ ንብዓቶምን ሰብነቶምን ሓዋዊሶም ፣ ተሓቛቚፎም ስምዒቶምን ንብዓቶም ኣውጽኡን ኣፍሰሱን።

ሃንደበት ዘይተጸበይዮ ማዕጾ ናይ ዝነበርያ ክፍሊ ተኻሕኩሐ። ብቕጽበትን ብስንባደን ካብ ዝነበርያ ብምፍልላይ ነንሕድሕዶም ተጠማመቱ። ንኽልኢታት ከይተንቀሳቐሱ ምስ ተዓንዱ ኸኣ ምስቲ ኳሕ-ኳሕ ፣ "ማማ ፣" ዝብል ድምጺ ከም ዝሰምዑ ተገንዘቡ።

ለገስ ምኽኑ ምስ ኣረጋገጹ ፣ ኩሎም ብሓባር ናይ ራፍታ እስትንፋስ ኣተንፈሱ።

መድህን ማዕፆ እናኸፈቶት ፣ "እሂ ለገስ ወደይ መዓስ ደኣ መጺእካ?" በለቶ።

"ሕጂ ፣" ኢሉ እናመለሰ ኸሎ ፣ ደወል ናይ ኣቦኡ ስለ ዝሰምዐ ፣ "ክኸዶ ኣነ?" በለ።

"ደሓን ዝወደይ ባዕለይ ክኸዶ'የ ፣" በለት መድህን ብንብዓት ዝጠልቀየ ገጻ ብሻሽ እና'ነቀጸት።

ለገስ ምኽንያት ንብዓት ኣደኡ ይፈልጦ ስለ ዝነበረን ፣ ብዙሕ ግዜ ይገጥሞ ስለ ዝነበረን ኣይሓደሶን።

"ሕራይ በሊ ፣" ጥራይ በላ።

"ሳላኽ'ምበር ነቦኽ ኣይምሰማዕናዮን ኔርና ፣" ኢላ ናብ ተስፎም ገጻ ተቋላጢፋ ከደት።

ከምዛ ምስ ደቃ ተሓጃቒፋ ክትነብዕ ዘይጸንሐት ኣምሲላ ፣ "ኢሂ ተስፎም ሓወይ?" በለት ብፍሱሕ ሕጉስ ቃና ኩነተ ኣካላትን።

"እዚ ደወል ንምንታይ ዲኺ ኣስሪሕክዮ? ንመልከዐ ድዩ ዋላስ ሰብ መታን ክርእየልኪ'የ?" በለ ተስፎም ብሕርቃን።

"ደንጉየካዶ?" በለቶ።

"ኣብ ሆስፒታል ከማን ክንደይ ሕሙማት ዘለውወን ኣለይቲ ፣ ክንድ'ዚ ኣይድንጉያናን። ንስኺ ኸኣ ንዓይ ንሓደ ሰብ ክንድ'ዚ ተሸጊርኪ ፣" በላ።

"ደቂስካ ኣለኻ ኢለ ኣብ ከሸነ ኣተየስ ፣ እቶም ቄልቡ ኸኣ ማዕፆ ዓጽዮሞ። እሞ እንታይ ክገብረልካ? እንታይ ከምጽኣልካ?" ሓተተት።

"እንታይ ከተምጽእለይ ሕጂ ደኣ። ዝደለኹዎ ኸማን ኣይዘከረንን። ዘድልየኒ ነገር የለን ፣" በለ ብስጭዉጭዉ እናበለ።

"በል ሕራይ ደሓን ምስ ዘከርካዮ ትነግረኒ። ሓቅኽ ኢኻ ተጋግየ ደንጉየካ። ኣይትሓዘለይ ተስፎም ሓወይ ፣" በለት።

"ተስፎም ሓወይ ፣ ተስፎም ሓወይ ንበይኑ እንታይ ክኾነኒ'የ'ሞ?"

መድህን ከምዚ ክኸዉን ከሎ ክሳብ'ቲ ሕርቃኑ ዝሓልፈሉ ፣ ትም ምባል ስለ እትመርጽ ዝነበረት ትም በለት። ትም ምስ በለት'ዉን ተስፎም ሓርቃኑ

ኣይዘሓለሉን።

"ሕጇ ኣብ'ዚ ተዓኒድኪ ደው ምባል ንዓይ ዝገብረለይ የብሉን። ከዕርፍ'የ ዝደሊ
ኪዲለይ!" በላ።

"ሕራይ ፡" ኢላ ካልእ ቃል ከይወሰኸት ወጸት።

ምስ ነብሳ ኾነ እቲ ኣቐዲማ ምስ ዓበይቲ ደቃ ከትዛረቦ ዝጸንሐት ተዘኪርዋ ፡
"ኣየ'ዚ ንኹልእ ሰብ ከትምዕድን ከትሃረብን ከቐልል። ከትገብሮ ግን ኩሉ ዓቐብን
ፈተነን'ዩ ፡" ኢላ ሐሰበት።

ብኡ ንብኡ ኾነ ግራዝማች ሐደ ግዜ ናይ ጣልያን ምስላ ኢሎም ዝመስሉላ ትዝ
በላ።

'ፍራ ኢል ዲረ ፡ ኤ ኢል ፋረ ፡ ቾ ኢን ሜዞ ፡ ኢል ማረ። ትርጉሙ ቃል
ብቓሉ ፡ 'ኣብ ምንጉ ምዝራብን ምግባርን ፡ ሐደ ዓቢ ባሕሪ'ሉ' ማለት
ምኳኑ ምስ ኣብነቱ ጠቒሶም ኣረዲኦማ ነይሮም'የም። ድሕሪኡ ካብዛ ሐንጐላ
ወጺኣ ኣይትፈልጥን'ያ።

ከምኡ ኢላ እና'ሰላሰለት ናብ መቐብል ኣጋይሽ ምስ በጽሐት ፡ ንእሽቶይ ጓል
ሕርይቲ ፡ "ማማ ብዛዕባ'ተን ከገዝኣን ዝደለኹ ናይ ስፖርት ጫማ ፡ ንሎሚ
ኢኺ ኣዘክርኒ ኢልኪኒ ኔርኪ ፡" በለታ። ብኡ ኣቢላ ካብ ብዛዕባ ኩነታት ተሰፎም
ምሕሳብ ስለ ዘገላገለታ ፡ ናብ ናይ ጓል ጉዳይ ሓለፈት።

ኣልማዝን ደርማስን ንሃብቶም ከበጽሕዎ ኣብ ዝኸድሉ እዋን ፡ ኩሉ ግዜ ናይ
ሃብቶም ናይ መጀመርያ ሕቶ ንተሰፎም ዝምልከት ኢዩ ነይሩ። ሓድሽ ሓበሬታን
ዝርዝራትን'ዩ ከፈልጥ ዝደሊ ነይሩ። ገለ ሓድሽ ነገር ከምጽእሉ ኸለዉ እታ
ዝርከባ ጸላም ገጹ ትበርህ ፡ እተን ደቀቕቲ ኣዒንቱ ኾነ ውሪሕሪሕ ይብላ ነይረን።
ብዛዕባ ተሰፎም ዝዘረብ ኣብ ዘይህልዎም መዓልቲ ኾነ ፡ ሃብቶም ከም ዘይተበርሀ
ብቐጽበት ኣብ ገጹ ይንበብ ነበረ።

ሃብቶም ብዛዕባ ተሰፎም ዝኾነ ቅንጣብ ወረ ንምርካብ ዝነበሮ ህርፋን ፡ ድሕሪ
ተሰፎም ካብ ሆስፒታል ምውጻኡ እናከየ ኸደ። ተሰፎም ናይ መጀመርያ ኣርኣስቲ
ዝነበረ ኾነ ፡ ድሕሪት ከስራዕ ጀመረ። ድሕሪኡ ኩሉ ግዜ ካልኡ ምስ ወድአ'ዩ ፡
"እቲ ሓንካስ ባሊዲኽ ኣብ ገዛ ውዒሉዶ ኾይኑ? ኣብ ውሽጢ ገዘኡ ጠለይ

ጠለዬዶ ይብል ኣሎ?" ኢሉ ብምሕታት ፣ ንሕቾኡ ባዕሉ ንባዕሉ ብሰሓቕ ይምልሶ
ነበረ።

ደርማስ ንተስፎም ዝምልከት ዘረባ ሓዉ ሰልችይዎ ስለ ዝነበረ ፣ ንማለቱ ክምስ
ብምባል 'ዩ ዘሕልፎ ነይሩ። ኣልማዝ ግን እንተ ንሳ 'ውን ብልቢ ስለ ዘሕጉሳ ፣
እንተ ንሃብቾም ከተሕጉስ ፣ ምስኡ ኪር - ኪር ኢላ ብምስሓቕ ትዕጀቦ ነበረት።

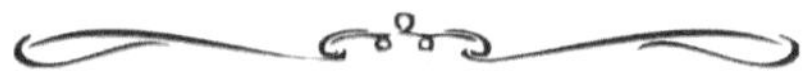

ክፍፍል ዕማም ስራሕ እንዳ ባነ ፣ በቲ መጀመርያ ዝገበርዎ ስርርዕ ይቕጽሉ
ነበሩ። ማለት ኣልማዝ ሕሳብን ገንዘብን ትሕዝ ፣ ደርማስ ከኣ ዕድግን ሓፋሻዊ
ምምሕዳርን ይዓምም ነበረ። እንትርፎ ሓደ ክልተ ስራሕተኛታት ምስኣ ሕጊብጊብ
ዝብሉ ፣ ክልኦት ኩሎም ነ 'ልማዝ ብጽቡቕ ዓይኒ ኣይጥምትዋን ኢዮም ነይሮም።
ንደርማስ ግን ብዘይካ ሓደ ክልተ ዓይንኻ ይደፍን ዝብሉ ኣይነበረን። ዳርጋ
ብሙሉኡም 'ዮም ዝፈትውዎ ነይሮም።

ኣልማዝ እቲ ንስድራን ነ 'ልጋነሽን ንደርማስን ዝወሃብ ዝነበረ ወርሓዊ ገንዘብ ፣
በብቕሩብ ባዕላ ክትቄጻጸሮ ጀመረት። ወወርሒ ኸኣ እቲ ናይ ሰለስቲኦም ባዕል
ፈቒዳ ንደርማስ ተረከቦ ነበረት። ደርማስ ከም ልምዱ ከይፈቓደ ኢዩ ዝቕበላ
ነይሩ። ሽዑ መዓልቲ ከም ቀደሙ ነቲ ገንዘብ ከይፈቓደ ሒዝዎ ኸደ። ገዛ ምስ
በጽሐ ቅድሚ ምክፍፋሉ ፣ ክፈላልዮ ኢሉ እንተ ቄጸር ከም ዝጐደለ ኣስተብሃለ።
ኣልማዝ ደኣ ሎሚ ዘይኣመላ ኣብ ምቑጻር ተጋግያ ማለት 'ዩ ኢሉ ፣ ንጽባሒቱ
ንግሆ ከምዚ በላ ፣ "እቲ ትማሊ ዝሃብክኒ ገንዘብ ጽቡቕ ጌርኪ ፈቒድክዮ
ዲኺ?"

"እወ ብስርዓት እንድየ ፈቒደዮ።"

"ኦ እሞ እቲ ናይ ትማሊ ሕሳብኪ ደኣ ረኣይዮ 'ምበር እቲ ዝሃብክኒ ገንዘብ
ጐደሎ 'ዩ ፣"

"እዋይ ሓቅኻ እንዲኻ ደኣ። ኣቐዲመ ከንገረካ 'ዩ ዝግብኣኒ ነይሩ። ግን ካብ ሎሚ
ወርሒ ጀሚረ ፣ ነቲ ናይ ኩላትና እንወስዶ ወርሓዊ ገንዘብ ኣጉዲለዮ 'ሎኹ።"

"ብኸመይ?" ሓተታ ደርማስ ድንግርግር ኢሉዎ።

"ዋእ እቲ ዘሎናዮ ኩነታቶ ጠፊኡካ። ከም ቀደምና ኣይኮንናን ዘሎና። እዚ
ስራሕ 'ውን ከም ቀደሙ ኣይኮነን ዝኸይድ ዘሎ። ስለዚ ኩላትና መነባብሮና

ቀቅሩብ ብምጽባብ ፣ ወጻኢታትና ከነጉድልን ከንቀኑጥብን ኣሎና።"

"እሞ ከምዚ ዝኣመሰለ ውሳነ ከተወስዲ ከለኺ ደኣ ፣ ቅድም ከንዘራረበሉ እንድዩ ዝግባእ ነይሩ።"

"ዋእ እቲ ኣታዉን ወጻእን ሚዛን ገንዘብ ምሳይ ስለ ዘሎስ ፣ ብዝያዳ ንዓይ' ዩ ዝምልከት ኢለ እየ ሓሲበ። ደሓር ከኣ እንተ ወሓደ ፣ ሓደ ካባና ኣቐዲሙ ከሓስቦን ከሓልን ኣለዎ' ምበር።"

ደርማስ ሰንበደ። ኣንፈት ዘረባኣ ፣ 'ከማይ ግዳ ዘይትሓሊ ፣' ከም ማለት ምኻኑ ቀልጢፉ ተረደኦ። ግን ከምዚ እቲ ዝደርበዮ ዘረባ ዘይተረደኣ ናብኡ ከኣቱ ኣይመረጸን። ኣብ ከንድኡ ከምዚ ኢሉ ከሓታ መረጸ ፣ "እሞ በይንኺ ዲኺ ትውስኒዮ?"

"በይነይ' ኮ ኣይወሰንኩዎን። ንሃብቶም ከምኡ ከም ዘሓሰብኩን ከም ዝወሰንኩን ነጊረዮ' የ። ንሱ ኸኣ ነቲ ሓሳባት ኣይተቓወሞን።"

ደርማስ ተገረመን ሰንበደን። ብሓባር ዝጓዓዙ ዘለው ኢዮ ዝመስሎ ነይሩ። ንስራሕ ዝምልከት ብድሕሪኡ ምስ ሃብቶም ትዘራረብን ትውስንን ምንባራ ገረሞ። ብዝያዳ ዝገረሞ ግን ሃብቶም ሓዉ' ዉን ብዛዕባ' ዚ ነገር' ዚ ፣ ሓንሳብ' ዉን ዘየተንበሃሉ ምንባሩ ኢዮ።

ስለዚ ፣ 'ከመይ ጌርኪ በይንኺ ትውስኒ ፣' ዝብል ኣዘራርባ ስለ ዘየዋጽኦ ፣ ብኻልእ ኣንፈት ከፍትን ወሰነ።

"እቲ ብዛዕባ ኩነታትና እትብልዮ ዘሎኺ ርዱእ ኢዮ። ግን እቲ መነባብሮ ኸኣ ኣብ ግምት ከኣቱ ኣለዎ። እቲ ንዕላታዊ መነባብሮ ዘድሊ ወጻኢታት ፣ ይውስኽ' ምበር ይጎድል ኣይኮነን ዘሎ ፣" በለ ብዙሕ ሓይሊ ብዘይብሉ ኣዘራርባ።

ኣልጋዝ' ዉን ላዕለዋይ ኢድ ሒዛ ከም ዝነበረትን ፣ ነቲ ኩነታት ተቖጻጺራቶን ኣብ ኢዳ ኣእትያቶን ምንባራ ስለ ዘረጋገጸትን ፣ "እዚ እትብሎ ዘሎኻ ኣብ ጽቡቕ ኩነታት ኣብ እትህልወሉ ግዜ ጥራይ' የ ኣብ ግምት ዝኣቱ። ሕጂ ግን ኣብ መነባብሮና ዋላ ተሸጊርና ከንቀኑጥብን ፣ ቅሩብ ገንዘብ ከነዋህልልን ጥራይ ኢዮ ዘዋጽኣና።"

ከምኡ ኢላ መባእታዊ ኣስተምህሮ ጥራይ ብምሃባ ዘይዓገበት ኣልጋዝ ፣ "እዚ መቸም ክርዳእካ ኣለዎ ፣" ብዝብል ናይ ቃላት ጽፍዒት ገጨበቶ።

"እቲ ናተይን ናይ ስድራን'ኳ ሓሓምሳ ኢ.ኸ. አጉዲልክዮ፡፡ ናትናስ ደሓን
ብዙሕ'ውን አይመሽገረን፡፡ ግን ናይ አልጋነሽ ሚ.ኢ.ቲ ከተጉድልዮ ከለኸስ ፡ ምስቲ
ብዝሒ. እቶም ጨልው ይሃሲ. ኢ.ዮ፡፡ ንዓአቾምሲ. ከጉድሎም'ውን አይግባእን'የ
ነይሩ ፡" በለ ደርማስ ዘለዎ ሓቦ አኸኺቡ፡፡

"በል እንተ ደሊኸ ካብአ ኢ.ዮ ዝያዳ ከጉድል ዝግበአ፡፡ ኮፍ ኢ.ላ አብ ገዛ
አራጢጣ እኮ'ያ እትበልዕ ዘላ፡፡ አየናይ አታዊዶ ተእቱ ኢ.ያ? እንታይ ፍረዶ
ተፍሪ ኢ.ያ?" በለት ብነድሪ፡፡

"ከም ጓለ አንስተይቲ አብ ገዛኸ ኬንካ ጨልው ምዕባይን ገዛ ምምሕዳርን ፡ ዓቢ
ስራሕ ከም ዝኾነነን ምርጣጥ ከም ዘይኮነን ካባይ ብዝያዳ ንስኺ ትፈልጥዮ
ኢ.ኺ፡፡ አብ ገዛ ምውዓል ኸአ ፈትያን ብምርጫአን መዓስ ኮይኑ፡፡ ደሓር ከአ
ሕጂ መዓስ ኮይና በዓልቲ ሓዳር ኮይና አብ ገዛ ተወሲና ጨልው እተዐቢ ዘላ ፡
ካብ ቀደማ እኮ'የ ፡" በለ ደርማስ ብነድሪ ዘረባአ ቅጭ ስለ ዘምጽአሉ፡፡

"ምርጫአ ይኹን አይኹን አይግድሽንን'የ፡፡ ደሓር ከአ አልጋነሽ ካብ መን ስለ
ዝበለጸት'የ'ሞ ዘይጉድላ?" በለት ዓይና አፍጢጣ ድምጻ አልዕል አቢላ፡፡

"ካብ ሰባ ስለ እትበልጽ ዘይኮነስ ፡ ብዙሓት ጨልው ስለ ዝሓዘት እየ ዝበል
ዘሎኸ ፡" በለ ደርማስ ህድእ ኢ.ሉ ፡ ናብ ዋዕ-ዋዕ ከይተእትዎ ብምስጋእ፡፡

አልማዝ ትርጉም ዘረባኡ ጠሪኣዋ ከም ዘይኮነ ፡ የግዳስ አልጋነሽ እትብል ቃል ስለ
ዝሰምዐት ምኽኗና ጨጭ-ጨጭ እትብል ዝንበረት ተረዲአም ነበረ፡፡ ብቆደሙ'ውን
ነታ አርእስቲ ከይተዛረብ ከሕልፉ ስለ ዘይደለየ'የ'ምበር ፡ ቄስላ ዝተንከፉ ኮይኑ
ከም ዝስመዓ ጠሪእዎ አይኮነን ነታ ዘረባ አልጊልዋ፡፡ መአዝና ከሳብ እተጥፍአ
ጨለጭ ከም ዝብላ'ውን ተርዲእዎ ነይሩ'የ፡፡

"ናይ ብዝሒ.'ኮ አይኮነን ፡ ንሳ ሳላ ሃብቶም ዝበዝሑ ደቃ አዐብያ ኢ.ያ፡፡
እቶም ናእሽቱ ጨልው ዝሓዝና ዝያዳ ከም እንሽገርዶ አይትፈልጥን ኢ.ኺ?" ዝብል
ዘስደምም ዘረባ ደርበየትሉ፡፡

ደርማስ ሕጂ'ውን አልማዝ እትሃዘሮ ዝነበረት ዘረባ ፡ ርትዒ ዘይብሉ ምኽኑ
ጠሪኣዋ ዘይኮነስ ፡ ነ'ልጋነሽ ትረክብ ዘላ መሲልዋ ምኽኑ ተረዲእዎ ነይሩ'የ፡፡
ይኹን'ምበር ትም ኢ.ሉ ከሕልፉን ከገድፋን አይደለየን፡፡ ከምታ ዘሕረቖቶ መሊሱ
ጨጭ-ጨጭ ከብላ ስለ ዝደለየ ኸአ ከምዚ በለ ፡ "ዋእ አልማዝ እንታይ ኢ.ኺ
ትብሊ. ዘለኺ? እንተ ዓበዮ'ኮ ዝያዳ መግቢ. ኢ.ዮም ዝወስዱ'ምበር ዝወሓደ
አይኮነን፡፡"

"ናቱ ንስኻ ከተርድኣኒ ኣይኮንካን ደርማስ። ሓቂ እንተ ደሊኻ ዘይ ኣነን
ሃብቶምን ርህሩሃት ኔንና ኢና'ምበር ፣ ከምቲ ንሳ ዝገበረቶ ሳንቲም ቀያሕ'ውን
ኣይምተገብኣን ነይሩ ፣" ኢላ ነታ ዘረባ ናብ ካልእ መኣዝን ጠምዘዛ።

ደርማስ ናብ ካልእ ኣርእስቲ ጠውያ ከተህውትቶ ከም ዘደለየት ተርደኣ። ካልእ
መልሲ ምሃብ ወይ ምክታዕ ፣ ፋይዳ ከም ዘይህልዋ'ውን ፈለጠ። ደርማስ ካብቲ
ናይ ሓባር ውሳነ ዝበሃል ከም ዘውጽኣቶ ፣ ወይ ኣብ መስርሕ ምውጻኡ ምንባራ
ተረድኣ።

"ሕራይ በሊ ደሓን ተርዲኡኒ'ሎ ፣" ብዝብላ ናይ ተሰዓርነት መግለጺ ቃላት ነታ
ዘረባ ክዓጽዋ ወሰነ።

ደርማስ እተረደኦ እቲ ናይ ኣልማዝ ውሳነ ኣይኮነን ነይሩ። ዝተረድኦ ከም
እተሳዕረን ፣ ኣብ እንዳ ባንን ኣብ ስድራ ቤቶምን ፣ ሓድሽ ኩነታትን ከውንነትን
ከም እተኸሰተን'ዩ ነይሩ።

"ጽቡቕ ፣ ምርድዳእ'ዩ ጽቡቕ ፣" ኢላ ነታ ዘረባ'ውን ባዕላ ከም እትዓጽዋ
ብዘረድእ ኣካላዊ ቋንቋ ፣ ነታ ዘረባ ደምዲማታ ብድድ ኢላ ኸደት።

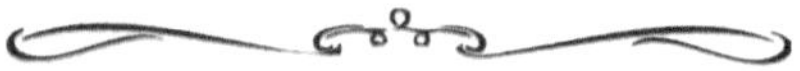

እንዳ ተሰፋም ሓንቲ ጻሊምን ጻዕዳን እተርኢ ፣ ንእሽቶ ቴሌቪዥን ገዚኦም ነበሩ።
እቶም ናእሽቱ ኣሕዋቶም ካብ ትምህርቲ መታን ከይዘናበሉ ተባሂሉ ፣ ዓርቢ
ኣጋምሸትን ቀዳምን ሰንበትን ጥራይ'ዩ ቴሌቪዥን ክርእዩ ዝፍቀዶም ነይሩ። ደቂ
ሃብቶም ኩሉ ግዜ ኣብ ዝነበሩ ነይሮም ፣ ኣብተን መዓልታት ኣብ እንዳ ተሰፋም
ከይዶም'ዮም ፣ ቴሌቪዥን ምስ ኣዕሩኸቶምን ጐረባብቶምን ዝርእዩ ነይሮም።

ኣብቲ ግዜ'ቲ ካብ መዓስከር ቓኘው ስተሽን ፣ ነቶም ወተሃደራት ኣሜሪካ መዘናግዒ
ተባሂሉ ፣ መዓልታዊ ዝፍና መደብ ሬድዮን ተሌቪዥንን ነይሩ'የ። ሬድዮ'ኳ
ኣብቲ ግዜ'ቲ እናተለምዳ ስለ ዝኸዳ ፣ ብዙሓት ደቂ ዓዲ'ውን ከውንነወን
በቒያም ነይሮም ኢዮም። እንተ ቴሌቪዥን'ሞ ብዘይካ በጻብዕቲ ዝቚጸሩ ደቂ
ዓዲ ፣ ዝበዝሑ ኢጣልያውያንን ኣሜሪካውያንን ካልኣት ወጻእተኛታትን ኢዮም
ዝውንነወን ነይሮም።

ድሕሩ ናይ ኢትዮጵያ ቴሌቪዥን ካብ ኣዲስ ኣበባ ከዝርጋሕ ምስ ጀመረ ፣ ቁጽሪ
ደቀባት ወነንቲ ቴሌቪዥን ብተዛመዲ ከውስኽ ጀመረ። ኣብቲ ግዜ'ቲ ድሮ ደቂ

ሃገር አብ መንበሪ ገዛውቶም ፡ አርማድዮታትን ሳሎናትን ቡፈታትን ፡ አኸሑ ቤት ብልዕን ከሽነን አስሪሐም ከውኑ ጀሚሮም ነይሮም' ዮም። ደቂ ሃገር ብተዛማዲ እትዋቾም ይመሓየሽ ስለ ዝነበረ ፣ ቁጽሪ ናእሽቱ መካይን ዝውኑ ደቀባት' ውን እናወሰኸ ይኸይድ ነሩ ኢዩ።

አብቲ ዝበዝሕ ሓበሻ ዝነብረሉ ከባቢታት ፣ ገዛ ኸራይ ሕጂ' ውን አዝዩ ምኽኑይን ትሑትን ኢዩ ነይሩ። ሸው ቅድሚኡ ተራእዮም ዘይፈልጡ ብዘበናዊ አገባብ እተሰርሑ ዓበይቲ ቪላታት ፣ አብ ካምቦ ቦሎን ቲራሾሎን ከህነጹ ጀመሩ። ሸው ነዞም ከምዚአቶም ዝአመሰሉ ገዛውቲ ፣ አሜሪካውያን ብ150 ወይ 200 ብር ንኽካረይዎም ከቀዳደምሎም ምስ ጀመሩ ፣ ሰብ አዝዩ ከደንጬን ከገርሞን ጀመረ። ቅድሚኡ ንኽራይ ገዛ ከንድኡ ምኽፋል ዝበሃል ፣ ተስሚዑ ስለ ዘይፈልጥ ዝነበረ ኢዩ ፣ ንዝበዝሕ ዝደንጬ ነይሩ። ከምዚ ከሎ' ውን ጌና አብቲ ግዜ' ቲ ሰለስተ - አርባዕተ ከፍልታት ዝነበሮ ናይ ቀደም ሓውሲ ቪላ ገዛውቲ ብሓምሳ ቅርሺ ይካረ ነይሩ' ዮ። እዚ ብአሜሪካውያን ንሓደ ወርሒ ንመንበሪ ዝኸፍል መጠን ገንዘብ' ዚ ፣ ንዝበዝሕ ናይ ደቂ ሃገር ስድራ ቤታት ፣ ናይ አዋርሕ መላእ ወጻኢታተን ከሽፍነለን ዝኽእል' ዩ ነይሩ።

መነባብሮ እተጋነነ እኳ እንተዘይነበረ ፣ ካብቲ ዝነበሮ ግን ከውስኽ ጀሚሩ ስለ ዝነበረ ፣ ህዝቢ ከዕዘምዝም ጀሚሩ ነይሩ' ዮ። ከም አብነት ደርሁ ናብ ሸሞንተ ቅርሺ ፣ ስጋ ንኺሎ ናብ ሽዱሽተ ቅርሺ ከድይብ ከሎ ፣ አእካል ከአ ብተዛማዲ ካብቲ ዝነበሮ ዳርጋ ዕጽፊ ወሲኹ ነይሩ' ዮ።

ሸው መዓልቲ ደርማስ ካብ ስራሕ ምስ ወጸ ፣ አብ ሓሳብ ተዋሒጡ ርእሱ አድኒኑ ፣ ብዓይኑ ዘይኮነስ በ' እምሮኡ እናተመርሐ ኢዩ ዝስጉም ነይሩ። ብውሽጡ ምስ ነብሱ እናተዛረበን ፣ ነ' ልጋነሽ እንታይ ከም ዝብላ እናሓሰበን ኸአ አብ ገዛውቲ እንዳ ሓወ በጽሐ። አልማዝ አብ ፍቕዲ ኢያ ተጋግያ ፣ ስለዚ ቅድም ከሓታ ኢሉ ስለ ዝሓሰበ ፣ ነቲ ወርሓዊ ገንዘብ ንስድራኡ ይኹን ነ' ልጋነሽ ከይሃቦም' የ ሓዲሩ።

ምስ አልጋነሽን ምስ ደቂ ሓዉን ሰላምታ ምስ ተለዋወጡ ኮፍ በሉ። ሻሂ ቀሪባሉ ንእሽቶ ቁኑርሲ ገበሩ። ድሕሪኡ ጬልው ዘረባ አሎና ከይተባህሉ ፣ በብሓደ መሰስ - መሰስ ኢሎም ንበይኖም ገዲፎምዎም ከዱ። ጬልው ድሮ ለሚዶም ኢዮም ሓዉ' ቦኦም ደርማስ ከመጽአ ከሎ ፣ ገለ ናይ ዓበይቲ ዘረባ ከም ዝስዕብ' ሞ ፣ ' እምበኣር ሓንሳብ እዞም ደቀይ ፣' ከም ዝበሃሉ ይፈልጡ ነይሮም' ዮም።

ንደርማስ' ውን እዚ ለሚድዎ ስለ ዝነበረ ፣ እቲ ተርእዮ አይገረሞን ፣ ግን

ናይ ሽዑ መዓልቲ ታህዋኽ ዝወሰኹሉ ኹዊኑ ተሰመዖ። ሽዑ ጨልዑ ምስ ወጹ ነ'ልጋነሽ ትዕዝብቱ ኣካፈላ። ንሳ ኸኣ ናብ እንዳ ተሰፈዖም ቴሌቪዥን ክርኣዩ ስለ ዝተሃወኹ ምኽኒዮም ገለጸትሉ።

"ወይ ጉድ ኣነስ ገሪሙኒ እንድዩ ፥" በላ። ምስታ ዘረባ ኣልግብ ኣቢሉ ከኣ ፥ "ስምዒ ኣልጋነሽ ፥ ሓደ ሓድሽ ኩነታት ተፈጢሩ'ሎ።"

"እንታይ ሓድሽ ኩነታቱ?"

"ዋእ እዚ ወርሓዊ ዝወሃብ ገንዘብ ጐዲሉ'ሎ።"

"ጐዲሉ? እዚ መነባብሮ ትርኢዮ እንዲኻ ዘለኻ ደርማስ I ከመይ ጌርኩም ደኣ ኣብዚ ግዜ'ዚ ብዛዕባ ምጉዳል ትሓስቡ?"

ሽዑ ደርማስ እቲ ውሳነ መን ከም ዝወሰዶ ፥ ብምንታይ ምኽንያትን ከመይን ወዘተ ፥ ዝብል ኩሉ ብዝርዝር ነ'ልጋነሽ ኣረድኣ።

"ከንደይ ኢዮኽ ዝጐድል?"

"ሚኢቲ ቅርሺ።"

"ሚኢቲ ቅርሺ?!" በለት ብስንባደ።

"ኣነ'ውን ጨልዑ ሒዘ'ንድየ ፥ ዋላ ካባይ'ውን የጉድል'የ ዘለኹ ኢያ እትብል ፥" ካብኣታቶም ሓሓምሳ ጥራይ ከም ዘጉደለት ከነግራ ኣይደፈረን።

"ናታ ደኣ ኣብ ኢዳ እንድዩ ዘሎ። ከጐድላ ኸሎ ከትምልኣ መን ይኽልኣ።"

"ሓቅኺ ኣነ'ውን ከምኡ ኢለ ዘይሓሰብኩ መዓስ ኩይነ።"

"እሞ እዞም ኩሎም ጨልዑ ሒዞስ ካባይ ይጐድል?"

ብድሕሪኡ ነ'ልማዝ ከምኡ ኢሉ ከም ዝተኽትዓን ዝሰዓበ ዝርርብን ኣረድኣ።

"ደሓን ንሳ እንታይ ገይራ። ኣቦኣም ወላዲኣም ዘይሓለየሎምዶ ንሳ ከትሓልየሎም ኢላ?" በለት ኣልጋነሽ ብምረት።

ደርማስ ከምልሰላ'ውን ኣይደፈረን ፥ ርእሱ ኣድኒኑ ስቕ በለ።

"ደርማስ ቀደም እኮ'የ ነገር ተበላሽዩ። ብድሕሪ ሃብቶም ምእሳሩ ንስድራ ቤት

ምምሕዳርን ፡ ዘድልየን ገንዘብ ምምኽራሕን ናባኻ'ምበር ናብኣ መዓስ ከሰጋገር
ይግበአ ነይሩ።"

"ኣነስ ከምኡ ከኸውን ፈትየ መዓስ ኮይነ ፡ ዘይባዕሉ'የ ሃብቶም ከምኡ
ወሲኑ።"

"ንሱ ደኣ ተረዲኡኒ'ሎ። ዘይ ንነገሩ'የ'ምበር ፡ ኩሉ ኣብዚ እተጸሐ ዘይባዕሉ
ብዘበላሸዎ'የ። እንታይዶ ጐዲልዎ ነይሩ'የ ደኣ? ዘይ ሽብዳዕዳዕ ሓውኻ'የ
ኣብዚ ኣብጺሑ ፡" በለት ገጻ ብጓሂ ኩምትርትር እናበለ።

"እንታይ'ሞ ይገበር።"

"ምስኡኸ ተዘራሪብካ ዲኻ?"

"ንሳ ብዘዕባ'ቲ ውዓነ ፈሊጣ'ሎ ብዝበለትኒ እየ'ምበር ፡ ንዕኡስ ብሕጂ'የ
ከዛርቦ።"

"ደሓን ትፍትን'ምበር ከንደየናይ'ኺ። ኣሸንኳይ ሕጂ ብዘይተሓዝ ተታሒዙ ፡ ዋላ
ቅድም'ውን ድላያ ጥራይ'የ ዝገብር። ኣዒንዚዛቶ'ያ ፡ ኣምላኸ ይምሓሮ'ምበር
እንታይ ይበሃል ኮይኑ።"

"እሞ በሊ ደሓን እንኪ'ሞ እዚኣን ፡ ንዝተረፈ ኸኣ ቀስ ኢልና ብሓባር
ንርእዮ ፡" ኢሉ እተን ገንዘብ ሂብዋ ተሰናቢትዋ ከደ።

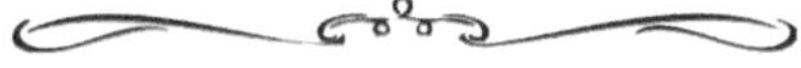

ካብ ኣልጋነሽ ምስ ተፋነወ ደርማስ ንወለዱ ገንዘቦም ከሀቦምን ፡ እቲ ሓድሽ
ኩነታት ከረድኦምን ኢሉ ንገዛ ኸደ። ኣብ ገዛ ምስ በጽሐ ቅሩብ ኣዕሊሎ ፡ ኣደኡ
ድራር ቀሪባ ድራሩ በልዐ። ኣብ ቅድሚ ኣደኡ ከዛረብ ስለ ዝደለየ ኸኣ ፡ ኣደኡ
ኮፍ ክሳዕ ዝብላ ተጸበየ። ሽዑ እቲ ገንዘብ ኣውጺኡ ነ'ቦኡ ኣረከቦም። ኣቦኡ
ኸኣ ከም ቀደሞም ከይጬጸሩ ተቐቢሎም ኣቐመጥዎ።

"እዚ ገንዘብ ካብቲ ናይ ቅድሚ ሕጂ ብሓምሳ ቅርሺ ጐደሎ'የ ፡" በሎም።

ሃንደበት ዘረባ ኾይኑዎም ፡ "እንታይ?" በሉ ሰብኣይን ሰበይትን ብሓባር።

"እዚ ወርሓዊ ዝወሃበኩም ገንዘብ ፡ ካብ ሎሚ ንደሓር ብሓምሳ ቅርሺ ከም
ዝጐድል ኮይኑ'ሎ ፡" በሎም።

"ብኸመይ ፡ ኮ*ሜ?" ሓተቱ ባሻይ።

"ኣብ ጽንኩር ኩነታት ስለ ዘሎና ፡ መነባብሮና ብምጽባብ ክንቁጥብ ኣሎና ኢያ ትብል ዘላ ኣልማዝ ፡" በሎም።

"*ማሻይ! ከላ! እሞ እተን ንኣና ዝወሃባና ጥራይ ብምንካይ ድዩ ክቑጠብ?" በሉ ባሻይ።

"ካብቲ ንዓይ ዝወሃበኒ'ውን ክንድኡ ተነክዩ ኣሎ ፡" በሎም።

ባሻይ ከዛረቡ እናተቐረቡ ከለው ቅድም ኣቢልዎም ፡ "ንሳ ካብ ናተይ'ውን ከምኡ ተነክዩ ኣሎ ኢያ ትብል ዘላ። ናታ ግን እዝግሄር ዋንኣ። ነዚ ብዝምልከት እቲ ገንዘብ ምስኣ ስለ ዝኾነ ብርግጽነት ከዛረቡ ዝኽእል ነገር ኣይኮነን ፡" በሎም።

"ነ'ልጋነሽን እቶም ቄልዑን ዝምልከተከ? ጕዳልዎም ድዩ?" ሓተቱ ባሻይ።

"ዋእ ዝገደደ'ምበር። ካብኣቶም'ሞ ሚኢቲ ቅርሺ'የ ጕዲሉ ዘሎ ፡" በሎም።

"እንታይ? *ብሮብ'የ እዘም ኩሎም ቄልዑ ሒዛስ ሚኢቲ?" ሰንበዱ ባሻይ።

ብኸምኡ ምኽንያት ንሱ ኣምሪሩ ከም እተዛረባን ፡ ንሳ ዝመለሰትሉን ኵሉ ብዝርዝር ኣረደኦም። ክልቲኦም ወለዲ ኣዝዮም ጕሃየን ተሰምዖምን።

ደርማስ ኣብቲ ብሃዕባ እንታይ ይሸየጥ ዝብል ኣርእስቲ ተላዒልሉ ዝነበረ ግዜ ፡ ኣልማዝ ዘምጽኣቶ ሓሳባት ንወለዱ ኣይነገሮምን'የ ነይሩ። ምኽንያቱ ኽኣ ኣብቲ ሽዑ ግዜ ፡ ባሻይ ብንሂ ናይ ወዶም ዝተበየና ማእሰርትን ካሕሳን ፡ ወቕዒ ልቢ ኣጋጢምዎም ሰንከልከል'ዮም ዝብሉ ነይሮም። ብተወሳኺ ኽኣ ክልቲኦም ወለዲ ብምሕራጅ ንብረትን ፡ ብማእሰርቲ ሃብቶምን ኣዝዮም ጕህዮም ኢዮም ነይሮም። ኣብቲ ግዜ'ቲ ኽኣ ኣልማዝ'ኮ ከምዚ ዝብል ሓሳብ ኣቕሪባ ኢያ ኢሉ ተወሳኺ ጽዕነት ከሰከሞም ኣይመረጸን። ድሕሪ ነዊሕ እዋን ሕጅስ ደሓን ኮይኖም'ዮም ምስ በለ ግን ነጊርዎም ነይሩ'የ።

ባሻይን ወ/ሮ ለምለምን ካብ ነዊሕ ግዜ ኣትሒዘም በ'ልማዝ ተማሪኾም ፡ ኣድናቖቶምን ስምዒቶምን ኵሉ ናብ ኣልማዝ ዘዘዩ ፡ ነ'ልጋነሽ ወጊኖማ ኢዮም ነይሮም። ሕጂ ግን በ'ልማዝ ከጠራጠሩ ጀመሩ።

"በደል'የ'ዚ! ዓገብ'የ'ዚ!" በሉ ባሻይ ርእሶም እናነቕነቑ።

"ዓገብ'ምበር!" በላ ወ/ሮ ለምለም።

"እዚ ውሳነ'ዚ ክውሰድ ከሎስ ጨሪሳ አየማኽረትካን ማለት ድዩ?" ሐተቱ ባሻይ።

"አነስ ጨሪስ አይፈለጥኩን። ክትህበኒ ኽላ'ውን አጉዳላ ከም እትህበኒ ዘላ ከይነገረት'ያ ሂባትኒ ;" በለ።

"እሞ ንበይና ኾይና ከምዚ ክትውስን ከላ ንስኻስ ስቅ ዲኻ እትብል? ብሓደ አፋቱ?!" በለ ወ/ሮ ለምለም ቁጥዕ ኢለን።

"ከምኡ ከብላ እንተ ፈተንኩ ንሃብቶም'ውን ነጊረዮ እየ ; ምስቲ ውሳነይ ይስማማዕ'የ ምስ በለትኒ እንታይ ከብላ ;" በለ።

"ማዶና! እዚ'ኪ አይዘረባን'የ! አየገባብን'ዩ። ብዛዕባ'ቲ ገንዘብ ጥራይ ዘይኮነስ ; እቲ አገባቡ'ውን ልክዕ አይኮነን። ንስኻዶ አይኮነካን አብ ሽግሩን ጸበባኡን ምስኡ ጠጢው ዝበልካ?!" በሉ ባሻይ።

"ከም ዘረባአ እቲ ውሳነ ንዓይ ዘይኮነስ ንዓአ ከም ዝምልከት'ያ ደጊማትለይ ;" በለ ደርማስ።

"እእእ? ከመይ ኢሉ ደአ'የ ንአኻ ዘይምልከተካ? ንአአ'ኪ ተመልኪትዋ! እዝስ አይዘረባን! 'ካብ ብሕጇ ዝነቀወ ዝብእስ ነየሕደረኒ ;' ይብሉ አቦይ ;" በለ ወ/ሮ ለምለም አዝየን ከም ዝተጨጠዓ ብዘርኢ አካላዊ ቋንቋ።

"እሞ ሕጅስ ከምኡ ገበረት ; ጽባሕ'ኮ ብሮብዮ ንአኻ ብጠቕላላ'ውን ካብቲ ስራሕ ክትሓክካ'ያ ;" በለ ባሻይ።

"እንታይ'ሞ ከገብራ'የ ደገፍ ሃብቶም እንተልዩዋ?" በሎም።

"እቲ ስራሕ'ኮ ካብ ንአአ ; ንአናን ንአኻን ይቐርበካ ደርማስ። ንሓውኽ አዛርቦ ;" በሉ ባሻይ ቁጥዕ ኢሎም።

"ሃብቶም አብቲ ኩነታት'ቲ ኽሎ አብ ሞንጕአም ዝኹነ ሽግር ከይፈጠር ከአ የስግአኒ'ንድ'ዩ ;" በለ ደርማስ።

"ስማዕ ደርማስ እዛ ጫልዓ አብቲ መጀመርያ ; ንዕዳ መኽፈሊ መንበሪ ገዛ እንዳ ሃብቶም ይሽየጥ ምባል አገሪሙኒ'ዩ። ካብኡ ዝገደደ ኽአ እንዳ ባኒ ይሽየጥ ኢላ ሓሳብ ምቅራባ ; ብሮብዮ ብልበይ ተሰሚዑኒ ኢዩ። ግን ቅድሚኡ ጽቡቕ'ምበር ሕማቕ ርኢናላ ስለ ዘይንፈልጥ ; ከመይ ጌርና ብሕንቲ ጉዳይ ጥራይ ንፈርዳ ኢላ

ትም እየ ኢለ። ሕጂ ግን እዛ ቄልዓ እዚኣ ኩነታታ ባህ ኣየብለንን'የ ዘሎ። ሽግር ከይፍጠር ገለ ዝብል ስክፍታ ንየው በሎ! ብዝቐልጠፈ ምስ ሓውኻ ምኽር!" በሉ ባሻይ ብትርን ብነድርን።

"ሓቄም'የም ኣቦኽ ዝብሉኽ ዘለው ደርማስ። እዚ ዘረባ ጽቡቕ ጌርካ ኣቕልበሉ ፡" በላ ወ/ሮ ለምለም ንሰብኣየን ብምድጋፍ።

"ሕራይ ደሓን እምበኣር ቀስ ኢላ ንሳ ኣብ ዘይበሉ ፡ ግዜ መሪጸ ከዛርቦ'የ ፡" በሎም።

"ከምኡ ግበር ፡ ዘይ ንሳስ ንስኻ ኣብ ዘይበሉ ኢያ ፡ ጌጋ ኣገባብን ስጉምትን እተውሰዶ ዘላ። እቲ ቅድም'ውን መንበሪ ደቁ ከሸየጥ ኣእሚናቶ ሃብቶም ሕራይ ከብል ዓገብ'የ ነይሩ። ሽኡ'ውን ዘይ ሳላ ኣልጋነሽ ዘቑበጸቶም'ምበር ሕማቕ ምተገብረ ነይሩ'የ። ነልጋነሽሲ ይጽለኣያ ፡ እቶም ቄልዑኽ ኣበይ ከደርበዮ ኢዩ ደልዩ ነይሩ? ስለዚ ናብ ውጥኡ ከሳዕ ዝምለስ ቀስ ኢልካ ኣረድኣዮ ፡" በሉ ባሻይ።

"ሕራይ ዝበልኩምኒ ኹሉ ተረዲኡኒ'ሎ ዝክኣለኒ ከፍትን'የ። በሉ ሕጂ ከኽይድ መስዩኒ ፡" ኢሉ ተሰናቢትዎም ከደ።

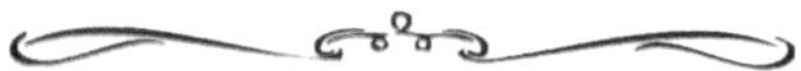

ደርማስ ነታ ምስ ወለዱ እተማኸርዋ ጉዳይ ፡ ኣብቲ በይኑ ዝኸደሉ መዓልቲ'የ ንሃብቶም ከዛርቦ ወሲኑ። ደርማስ ካብ ቀደሙ ንዓቢ ሓዉ ይፈርሖ ኢዩ ነይሩ። ብኣኡ ምኽንያት ከብሎ ዝደሊ ዘረባ ኹሉ ተቐሪቡሉ ኢዩ ኸይዱ ነይሩ። ኣብኡ ምስ በጽሐ ገጽ ሓዉ ምስ ረኣየን ግን ፡ ምዝራቡ ተሰከፈን ፈርሀን። ኣብ ሞንጎ ከዛርቦ ኣሎን ፡ ኣብ ሞንጎ ከመይ ገይረ'የ ዝዛረቦን ዝብሉ ሓሳባት ተቐርቀረ። ደርማስ ምውሳን ስለ ዝሰኣነ ፡ ሓንጐሉ ብሓሳባት ተኸፋፈለ። ሃብቶም ሓዉ ንዝዛረቦ ዝነበረ ኹሉ ብግቡእ ከየቕለበ ይምልሰሉ ነበረ። እዚ ኩነተ ኣእምሮን ጭንቀትን ደርማስ ንሃብቶም'ውን ንነዊሕ ኣይተኸወሎን።

"ሎሚ ደአ ደሓንካ ዲኻ? ኣብ ገለ ሓሳባትን ሻቕሎትን ጥሒልካ ኣለኻ ፡" ኸአ በሎ።

"ኖኖ ደሓን'የ ዋላ ሓንቲ ዝኹንኩም የብለይን ፡" ኢሉ ከኽሕድ ፈተነ።

"ዋእ ደርማስ *ኣስማዕ!* ካብ ህጻንነትና'ኮ ኢና ብሓባር ዓቢና። ገጽ ሓወይ

ክንብብ እንተ ዘይክኢለ'ሞ ተስፋ የብልካን በለኒ ፡"

"ኖ ደሓን'የ ፡" ኢሉ እንደገና ዕጽይ-ምጽይ በለ።

"ደርማስ አሽንኳይ ንዓይ ፡ ንነብስኻ ከማን ደሓን ምዃንካ አይተእምናን ኢኻ ዘለኻ ፡" ኢሉ ካዕ-ካዕ ኢሉ ሰሓቐ። ቅጽል አቢሉ ፡ "ንዓ ደኣ ዳይ-ዳይ ፡ እቲ ዘሻቕለካ ዘሎ ንገረኒ ፡" በሎ ዕትብ ኢሉ።

ሓንሳብ ሃብቶም ከምኡ ገይሩ እንተ ሒዙዎ ከምልጥ ከም ዘይክእል ደርማስ ተረደኦ። 'ዘይተርፈካ ጋሻ ፡' እትብል ምስላ ትዝ በለቶ። ነውሳነኡ ተወሳኺት ድርኺት ኮነቶ። ሽዑ ዝመጸ ይምጻእ ኢሉ ፡ "ተሰኪፈ እንዳአለ። ከዛርቦዶ ይብል'ሞ ፡ ደሓር ከኣ እንታይ ገበረ እናበልኩ ከጠራጥር ጸኒሕ ፡"

"አነኻ ንእሽቶይ ሓወይ አብ ከምኡ ኩነታት ከኹውን ከሎ መዓስ ይጠፍአኒ ፡" በለ ሃብቶም ብኽእለቱ ኩርዕርዕ እናበለ።

ሽዑ ደርማስ ፡ "ብዛዕባ ገንዘብ'የ ከዛርበካ ደልየ ፡" ብምባል ጸሩ አውረደ።

"ብዛዕባ ገንዘብ?"

"እወ ብዛዕባ ምጉዳል እቲ ወርሓዊ እንወስዶ ገንዘብ'የ ከሓተካ ደልየ። ንስኻ ዲኻ ወሲንካዮ?"

"እቲ ሓሳብ አልማዝ'ያ አምጺአቶ። እቲ ውሳነ'ውን ንሳ'ያ ወሲዳቶ። ግን ምስ ነገረትኒ ካብ ሓልዮት እተበገሰ ጽቡቕ ሓሳብ ምዃኑ አረጋጊጸላ።"

"ብዝርዝር ድያ ነጊራትካ?"

"ከመይ ማለትካ'የ?" ብምባል ንሕቶኡ ብሕቶ መለሰሉ።

"ማለትሲ ካባይን ካብ ስድራን ሓሓምሳ ፡ ካብ ናይ አልጋነሽ ከኣ ሚኢቲ ምዃኑ?"

"እወ ነጊራትኒ'ያ ፡" ኢሉ ብቑዕ መልሲ ከም ዝሃበ ትም በለ።

"እሞ አልጋነሽ እዞም ኩሎም ቄላው ሒዛ ደኣ ፡ ክንድኡ ጕዲልዋ ከመይ ገይራ ትኽእሎ ኢልካ አይሓሰብካን?"

"እንታይ ኮይና'ያ ዘይትኽእሎ? ቀበጥበጥ'የ'ምበር ክንደይ ስድራ ቤታት ደርሆን ቄላው ሒዘን'ንድየን ከይተሸገራ ዝጕዓዛ!"

"ሕራይ በል ኣጸቢቅካ ዘይሓሰብካሉ ከይትኸውን ኢለ'የ'ምበር ፤ እቶም ጨልቡ ንኣኸንዶ ኣይቀርቡኸን፡፡"

"ደሓን ብኡ ኣይትሸገር፡፡"

ደርማስ እታ ናይ ሃብቶም ዘረባ ከም ፤ "ኣይምልከተካን'ዩ'ዚ ፤" ምባል ገይሩ ሰለ ዝተረደአ ፤ ነታ ኣርእስቲ ከሰዓባ ኣይደለየን፡፡ ኣርእስቲ ብምቅያር ከኣ ፤ "ካልእ ንዓይ ኣዝዩ ዝገረመኒ ግን ፤ ዋላ እቲ ገንዘብ ኣጉዲላ ከትህበኒ ኸላ'ውን ዘይምንጋራ'የ፡፡"

"ዘይ ኩሎም ሓደ'ዮም ኢላ ኢያ ትኸውን፡፡ ንዓይ ምስ ነገረትኒ ፤ ዘይስምዒቶምን እምነቶምን ሓደ ኢዩ ኢላ ኢያ፡፡ ከትነግረካ እናሓሰበት ረሲዓቶ'ውን ትኸውን፡፡ ንፍዕቲ ኹይና'ምበር ከም ጓል'ንስተይቲ'ኮ ተሸጊራ'ያ ዘላ፡፡ በቲ ናይ ገዛ ፤ በቲ ናይ ጨልቡ ፤ በቲ ናይ በዓል ኣቦይን ኣደይን ፤ በቲ ኸኣ ስራሕ ፤ ኩሉ ተደማሚሩ ይበዝሓ'ኮ'የ ዘሎ፡፡"

"መቸም ስራሕሲ ከበዝሓ ይኽእል ይኸውን'የ ፤"

"ኣነ ምስዚ ኹሉ ዘለዋስ ፤ ከመይ ገይራ ከማን ነዚ ሓሳብ'ዚ ከትሓስቦን ከተምጽኦን ከኢላ ኢለ'የ ዝግረም፡፡ ብተወሳኺ ነዚ ሓሳብ'ዚ ኩላትና ፤ ዋላ ኣነ ዋላ ንስኸ ዘይሓሰብናዮስ ፤ ንሳ ሓሲባስ ተበጊሶ ምውሳዳ ኣደነቐኒ፡፡ ደሓር ደቀ'ንስትዮ ትፈልጠን ኢኸ ፤ ብጀካ ሃባን ነጥፍእን ካልእ የብለንን፡፡ በዓል ኣልጋነሽ ትፈልጠን ኢኸ፡፡ ኣልማዝ ግን ኣብ ከንዲ ውሕዱኒ ምባል ፤ ኩላትና ናብራና ኣጸቢብና ጴጢብና ገለ ከነዋህልል'ሞ ፤ ምስ ወጸእካ ገለ ቁምነገር ከንገብረሉ እትብል ሰበይቲ ኢያ! *ቤራሜንተ ኣንበሲት'ያ!*" ብምባል ኣብ ልዕሊ ኣልማዝ ዘለዋ ኣድናቘትን ሓበንን ገለጸሉ፡፡

ደርማስ ንሳቶም ከይተረደአም ኣልማዝ ብዙሕ ከም ዝስጕመትሎም ተገንዘበ፡፡ ንሃብቶም ሓምም ብሓቅን ብሓቄ ብዘመስልን ፤ ኣእሚናቶን መሲጣቶን ምንባራ ተረደአ፡፡ ልዕሊኡን ልዕሊ ኹሉን ፤ ንኣኣ ይኣምንን የድንቕን ከም ዝነበረ ደምደመ፡፡ እቲ ብድሆ ልዕሊ ንሱን ስድራ ቤቱን ዝገመትዋ ምዃኑ ኸኣ ፈለጠ፡፡ ከረድእዋ እንተ ኹይኖም እቲ ከወጽዓ ዘለዎም ዓቐበት ፤ ተሪርን ነዊሕን ከም ዝኸውን ገመተ፡፡ ስለዚ እንተ ተኸኢሉ'ውን ከይተሃወኽካን ከይተረበጽካን ፤ ደፋእ ኢልካ ብዙሕ ከስራሕ ከም ዘድሊ ተሰቄሮ፡፡

ነቲ ጉዳይ ብሓንጎሉ ብኸምዚ ጌሩ ተንቲኑ ስለ ዝረኣዮ ኸኣ ፤ ኣብ ከንዲ እቲ ዝሓሰቦን ዝትንትኖን ዝነበረ ፤ "ምዃንስ ሓቕኸ ኢኸ፡፡ ቅድሚ ስጉምቲ ምውሳዳ

ክትነግረኒ ስለ ዝተጸበኹ'የ'ምበር ፡ ከምቲ ዘረዳእካንስ ብሩህ'የ ፡" ክትብል መልሓሱ ሰምዓ።

"ርኢኽ ሼዳ ፡ ሳላ ዝነገርካኒ ከማን ከረድኣካ ከኢለ። ምዝርራብ ዝመስልም የለን ፡" ኢሉ ሃብቶም ብናይ ገዛእ ርእሱ መረዳእታ ተሓጉሱን ዓጊቡን ነታ ኣርእስቲ ደምደማ።

ብድሕሪኡ ናይ ካልኦም ኣዕሊሎም ደርማስ ተሰናቢትዎ ከደ።

ቅዱስን መሓመድን ኣብ ቤት ማእሰርቲ ንበዓል ሃብቾም ካብ ዝሕወሱዎም ኣዋርሕ'ዮም ገይሮም። እቲ መጀመርያ ዝተፋልጥሉ ግዜ ፡ ሃብቾም ከላ እዚኣም ከኣ እንትረፈ ምፍልሳፍ ቁምነገር ዘይብሎም ብምባል ኣይቀርቦምን'የ ነይሩ። ቅዱስ ግን በዚ ናይ ሃብቾም ዘይተገዳስነትን ዕቡይነትን ፡ ተስፋ ከይቄረጸ ብቓዳሊ ይቐርቦ ነበረ። ሃብቾም ከኣ ዋላ'ኳ ነቲ ምኽሩ ከቕብሎ ቅሩብ እንተ ዘይነበረ ፡ በብቕሩብ ግን ክለማዶ ጀመረ።

ሃብቾም ንጠንቂ ናይ ኩሉ ዘጋጠሞ ዕንቅፋታትን ፡ ንጠንቂ ናይ ኩሉ ሽግሩን ጸገሙን ፡ ንኹሉ ናብ ካልኦት ሰባት'የ ዘጽግዖን ዘወጥሓን ነይሩ። ኩሉ ግዜ "እዚ ተስፎም ዝብልዎ ሰብ ፡ ወይ እዛ ስዲ ኣልጋነሽ ፡ ወይ እዚ ደርማስ ፡ ወይ እዞም ግራዝማች ዝብልዎም ፡" ወዘተ ምባል እንተ ዘይኮይኑ I እስከ ኣባይከ ገለ ጉድለት ይህሉዶኹን ዝብል ኣተሓሳስባ ተጸጊዐዎ ኣይፈልጥን'የ ነይሩ።

"ኣንታ ሃብቾም ህይወትካ ሰላምን ፍቕርን ከዓስሎ እንተ ኹዒኑ ፡ ንስኻ ከኣ ብግደኻ ንኻልኦት ሰላምን ፍቕርን ከትምነን ከትህብን ኣሎካ። ምስ ሰብ እናተበኣስካን እናተሃላለኽካን እናተቓያየምካን ፡ ሰላም ኣይርከብንዶ ፡" ይብሎ ነበረ ቅዱስ።

እንታይ'ሞ ከኸውን እዚ ኩሉ ምኽሪ ፡ ሃብቾም በቲ ሓደ እዝኑ ሰሚዑ በቲ ኻልእ'የ ዘውጽኦ ነይሩ። መመሊሱ ጽልኡ የኽሕንን ልቡ የትርርን ነበረ። ምስኪናይ ዘይተዓደለ ሃብቾም ፡ ናይ ከምዚኣም ዝኣመሰሉ ብጾት ምኽሪ ንኽረክብ ፡ ዓቢ ትዕድልቲ ምኳኑ ፈዲሙ ኣይተሰቴሮን። ብዙሓት ስኣን ከምኡ ዘኣመሰለ ምኽሪ ምርካብ ሽታሕታሕ ዝብሉን ዝጸድፉን ከም ዘለው ኣይተገንዘቦን።

ቅዱስ ግን ከይሰልከየ ንኹሎም ፡ ብቓዳሊ ናብ ኣምላኾም ከምልሱን ጸሎት

ከገብሩን ይመኽሮም ነበረ። ብተወሳኺ ኣብ ልቦም ቅርሕንትን ጽልእን ከየሕድሩ
ይምዕዶም ነበረ። "ቅርሕንትን ጽልእን ቂምታን ኣብ ልብኻ ምስፋር ፣ ካብ ነቲ
ዝጸላእካዮ እትጉድኦ ፣ ንነብስኻ እትጎድኦን እትልብልቦን ይገድድ። ጽልእን
ቅንእን ቅርሕንትን ፣ ብመጀመርያ ንባዕሉ ነቲ ወናኒኡ ሰብ'ዩ ዘሕርሮን ድቃስ
ለይትን ሰላምን ዝኽልኦን። ከም ኣብነት ኣሲድ (ኣጺዶ) ፣ ንመትሓዚኡ'ያ
ብቐዳድም እትበልዕን እተቃጽልን ፣" በሎም።

እታ ምሳሌ ናይ ኣጺዶ ብዙሕ ግዜ ከደጋግማ ዝሪቴ ዘረባ'ያ ነይራ። ሽው ንባቾም
ከላግጽሉ ክደልዩ ከለው ፣ "ኣየ እዛ ኣጺዶ'ዚኣ!" ይብልዎ ነበሩ።

ደባስ ዝብልዎ ካልእ መተኣስርቶም ኩሉ ግዜ'ዩ ንቅዱስ ዘላግጸሉ ነይሩ።
ንምውዛይ የላግጸሉ'ምበር ብልቡ ግን ፣ ንቅዱስ ከቔርቦን ምኽሩ ከስተማቕሮን
ከብህጎን ጀሚሩ ነይሩ'ዩ። ሽው ንቅዱስ ከዋዘዮ ስለ ዝደለየ እናስሓቐ ከምዚ
በሎ ፣ "ንስኻ ናብ ናትካ ኣምላኽ'ምበር ፣ ናብቲ ናይ ኣቦታተይ ኣምላኽ
ኣይከውንካን ከተጽግዓኒ ትደሊ ዘለኻ።"

ቅዱስ ከኣ ምውዛይ ብዙሕ ዘየዘውትር'ኳ እንተ ነበረ ፣ ንምንታይ ትዋዘዩ ኢሉ
ግን ኣይኩርን'ዩ ነይሩ። ተገምጢሉ ነታ ዋዛ ተጠቒሙ ንእምነቱን ኣተሓሳስባኡን
ከስተመላ ኢዩ ዝጽዕት ነይሩ። ቅዱስ ካቶሊኽ'ዩ ነይሩ። "ኣንታ ዓሻ ንኹሉ
ፍጡር ሓደ ኣምላኽ ጥራይ ከም ዘሎ'ውን ዘይትፈልጦስ ፣ ተዋህዶ'የ ኸኣ
ከትብል? እንታይ ገበረ እቲ ናይ ጥንቲ ሃይማኖት ፣ ብኽማኽትኩም ዝኣመሰሉ
ተኸተልቲ ኢና በሃልቲ ፣ ግን ከኣ ኢደ እግሪ ዘይብልኩም ሰባት ዝዋረድ !" በሎ
እናስሓቐ።

እዚ ከዋዘዩ ዝብልዎ ዝነበሩ ኢዩ'ምበር ፣ መንገዲ ኣምላኽ ንከኽተሉ ንኹሎም
ኣብታ ከፍሊ ዝነበሩ መተኣስርቱ'የ ቅዱስ ዕትብ ኢሉ ዝደጋግመሎም ነይሩ።
ብዕቱብ ከዛረብ ከሎ ኸኣ ፣ "ኣብታ ዘዘለናያ ሃይማኖት ኬንና'ውን ጽብብቐ
ጥራይ እንተ ሰሪሕና ኣምላኽ ይቕበለና'የ። ኣምላኽ ግድን ናብዚ ሃይማኖት'ዚ
ዘይቀየርኩም ኣይብልን'የ። ኣምላኽ ዘገድሶ ግብርናን ኣካይዳናን ኣተሓሳስባናን
ልብናን'ምበር ፣ ኣበየናይ ሃይማኖት ምጽናሕና ኣይኮነን !" በሎም።

"ዋእ እንታይ ማለትካ'የ?" በሎ ደባስ።

"ኖ ሓቀይ'የ'ኮ ወዲ ሰብ ትም ኢሉ'የ ሃይማኖታት ከጻርን ፣ ዝበለጸን ዘዕውትን
ዝመስሎ ከመርጽን ግቤኡ ዘጥፍእ። ሃይማኖት ፣ ፖለቲካዊ ፓርቲ ኣይኮነን። ኣብ
ዕዉት ፓርቲ እንተ ጸኒሕ'የ ዝዕወት እትብሎ ኣይኮነን ፣" በሎም።

ትም ኢሉ ዝከታተል ዝነበረ ሃብቶም ፤ "መቸም ቅዱስ ፍሉይ ዓይነት መንፈሳዊ ኢኻ። ፖለቲካዊ ጋርቲ ኽኣ ኢልካ! ወረ ጸኒሕካስ ገለ ከተስምዓና ኢኻ ፤" በለ።

"ስምዓኒ ሃብቶም ኣብ ክንዲ ናብቲ ዘውጽኦ ቃላት እተተኩር ፤ ናብቲ ዝብሎ ዘሎኹ ሐሳባት እንተ ኣተኮርካ'ዩ እቲ ከሰጋግሮ ዝደሊ ዘሎኹ መልእኽቲ ዝርድኣካ። ንሕና ሰባት ኣሽንኳይ ነቲ ኹሉ ኣብ ቅዱሳት መጻሕፍቲ ዘሎ ዝርዝራት ክንፍጽም ፤ ነዘን ዓሰርተ ትእዛዛት'ኳ ክንፍጽም ኣይንኽእልን ኢና። ንዐኣን'ውን ዘይከኣልናን ዘይፈጸምናን ግን ፤ ትም ኢልና ናብ ዝደቐቐ ሃይማኖታዊ ፍልልያት ንኸየ !" ዝብል ቀሊል መልሲ ዘይርከቦ ከቢድ ሐሳብ ሰው ኣበለ።

"መቸም ፤" በለ ደባስ። ሽው ቅዱስ ፤ "መቸም ኣይኮነን ደባስ። መንገዲ ኣምላኽ ሐጺር'ዩ መንገዱ። ጥውይዋይን ሐባጥ ጎባጥን የብሉን። ጽቡቕ ግበር ኢዩ እቲ ትእዛዝ ! ! ንመን? ንማንምን ንኹሉን ! ጽቡቕ ከትገብር ዓቕሚ እንተ ዘይረኸብካኽ? ካልእ እንተ ዘይከኣልካ ጽቡቕ ሕሰብ ! ጽቡቕ ሐልን ! ንጽቡቕ ጥራይ ተበገስ ! ከምታ ንዓኽ ከገብሩኻ ዘይትደሊ ንኻልእ ኣይትገብርን ኣይትተምነን ! ልዕሊ'ዚ ካልእ ተወሳኺ ነገር የብሉን። ነዚኣን እንተ ኽኢልካ ዝተርፈካ የብልካን ፤ ፈጺምካዮ ማለትዩ !" በለ ብብርቱዕ ስምዒት ፤ ነተን ዘውጽኦ ቃላት ከብደተንን ኣገዳስነተን ንምዕዛዝ በብሐደ እናጸቐጠ።

"ዘረባኽ ጽቡቕ ነይሩ ቅዱስ ንሕና'ሞ እንታይ ዋጋ'ሎና?" በለ ሃብቶም ብኣስተንትኖት።

"እዚ እንድዩ ደኣ እቲ ጽቡቕ። ዋጋ ከም ዘይብልናን ከም ዘይንፈልጦን ፤ ድኹማት ምኽኒንን ምቕባልን'ዩ ልዕሊ ኹሉ። ኣምላኽ ከኣ ፍጹማት ገይሩ ስለ ዘይፈጠረና ፤ ፍጹማት ክንከውን ኣይጽበየናን'ዩ። ዝጽበየና ግን ጌጋና ክንኣምንን ክንቅበልን ፤ ብድሕሪኡ ኽኣ ክንእረምን ክንእርምን'ዩ። ከምኡ እንተ ጌርና ኽኣ ባዕሉ'ዩ ዝምሕረና !" በለ ቅዱስ።

"ናይ ጌጋ ኣይኮነን ናይ ዕድል'ዩ በጃኽ !" በለ ሃብቶም።

ቅዱስ ከምልሰሉ ከብል ከሎ መሐመድ ዘበሃል መተኣስርቶም ፤ "እንታ ቅዱስ እዚ ዘረባኽ ኹሉ ክንደይ ይጥዕም? ወረ ካበይ ኢኻ ኣምጺእካዮ?" በሎ።

"የቋንየለይ መሐመድ ሐወይ። ካበይ ኢኻ ኣምጺእካዮ ንዘበልካዮ ግን ፤ ዘይ ኩሉ ካብ ኣምላኽን ናይ ረብን'ዩ። ነዛ ዝጀመርኩዋ ነጥቢ ግን ከውደኣልኩም ፤" በሎም።

"ሕራይ ፡ ሕራይ ፡" በሉዎ ደባስን መሓመድን።

"ብመንገዲ ኣምላኽን ብትእዛዛቱን ምጉዓዝ ድርብ ረብሓ'ዩ ዘለዎ ፡" በሎም።

"ከመይ ድርብ?" በለ መሓመድ።

"በቲ መንገዲ ኣምላኽ ተኸቲልካ ስለ ዝኸድካ ንፈጣሪኻ ተሓጕሶ። በቲ ኻልእ መዳይ ከኣ ንኽልኦት ከማኽ ፍጡራት ትሕግዝ። ሽዑ ህይወትካ ቅሱን ሰላማውን ይኾነልካ። ካብኡ እተበገሰ ኽኣ ልዋም ዘለዎ ለይቲ ትሓድር ፡ ሰላም ዘለዎ መዓልትን ህይወትን ከኣ ትመርሕ። ዝገርመኩም ዋላ ጌና እቲ ድልዱል ናይ መንፈስ ስምዒትን እምነትን ዘይሓደሮ ሰብ'ውን እንተ ኾነ ፡ ህይወቱ ብኽምዚ ብምምርሑ ይረብሕ'ምበር ዝበጽሐ ከሳራ የብሉን ፡" በለ።

"ስምዓኒ ቅዱስ እምበርዶ ካቶሊኽ ኢኻ?" ምስ በለ መሓመድ ፡ ዘረባኡ ከይወድአ ደባስ ፡ "በል ኣነ ጥራይ ኣይኮንኩን ብዛዕባ ካቶሊኽነትካ ዝሃረብ ዘሎኹ። እነሆ መሓመድ መጺኡካ'ሎ ፡" ኢሉ ኣላገጸ።

"ኣንታ ደባስ እንታይ ጌንካ ኢኻ ፡ ነቲ ዘረባ ዘይተስተውዕሉ? ንስኻ ካቶሊኽ ኢኻ'ሞ ናብኡ ከተእትወኒ ኢኻ ሀርድግ እትብል ዘሎኻ ኢልካ ኢኻ እትኸሰኒ ኔርካ ፡ ንሱ ግን እምበርዶ ካቶሊኽ ኢኻ'የ ዝብል ዘሎ ፡" በለ ቅዱስ።

"መዓስ ጠሬእዎ ኮይኑ እንታይ ከም ዝብል ዘለኹ። ግደፍ'ንዶ ደባስ ኣይተላግጽ። ኣነ ወላሂ ናይ ሓቀይ'የ ዝሃረብ ዘሎኹ ፡" በለ መሓመድ ዕትብ ኢሉ።

"ይቅረታ ወደይ መሓመድ። ሓቅኻ ኢኻ ቀጽል በል ፡" በለ ደባስ።

ሽዑ መሓመድ ገጹ ናብ ቅዱስ ጥውይ ኣቢሉ ፡ "ኩሉ ዘረባኻ ናይ ካቶሊኽ ፡ ወይ ናይ ተዋህዶ ፡ ወይ ናይ እስላም ኣይኮነን። ኩሉ ዘረባኻ ንሃይማኖት ጥራይ ዝውክል'ውን ኣይኮነን። ኩሉ ዘረባኻን ኣተሓሳስባኻን ንረብን ንጽቡቕን ጥራይ ዝውክል'የ። እዚ ከትብሎ ዝጸናሕካ ኹሉ ንዝኾነ ሰብ ኣብ ዝኾነ ሃይማኖት ዘሎ ፡ ኣብ ረቢ ዝኣምንን ብትእዛዛቱ ክንዓዝ ዝደልን ዘገልግልን ዝጠቅምን ዘረባ'የ። ኩሉ እምነት ነዝን ዝበልካዮን ዝነጽግን በተን ዝበልካዮን ዘይሰማማዕን የለን። እዚ ዘርእየና ኽኣ ካብቲ ፍልልይና ፡ እቲ ዘመሳስለና ነገር ከም ዝዓብን ዝዓዝዝን'የ!" በለ መሓመድ ብኽቱር ናይ እምነትን መትከልን ስምዒት።

"ግሩም ዝኾነ ነጥቢ ኢኻ ኣልዒልካ መሓመድ ፡" በለ ቅዱስ።

"እወ ንሕና ደቂ ሰባት ኣብ ክንዲ ነቲ ዘመሳስለና ነደንፍዕ ፡ ንፍልልያትና

ከነዕዝዝን ብሉ ክንናጫትን ኢና እንደሊ። እንድሕር ብሃይማኖት አመኽኒና ከነርሕቅን ከነረሓሕቅን ፣ ከንፈልን ከንፈላልን ንህቅንን ንጽዕርን ኣሊና ፣ ብምንታይ ደኣ ኢና'ሞ ናይ ረቢ ስዓብቲ ኢና ክንብል !?" በለ መሓመድ።

"ልክዕ ኣለኽ መሓመድ ሓወይ። ነቲ ብስመይ ተፋቐሩ ፣ ሰላም ግበሩ ዝበለና ዘንጊዕናን ገዲፍናን ፣ መንገዲ ጌጋን መንገዲ ጥፍኣትን ንኽይድ ኣሎና ማለት እኮ'የ ፣" በለ ቅዱስ።

"ኣነ ናይቶም ንሕና'ከ ፣ ጽኑዓት ኣመንትን ኣሰጎምትን ሃይማኖታትን እምነታትን ኢና ፣ በሃልቲ'የ ኣዝዩ ዝገርመኒ። ካብኦም ብዝያዳ ኽኣ እቶም ከመርሑን ከምህሩን ፣ እተመርጹን እተወከሉን መራሕቲ ሃይማኖታትን ህዝብታትን'የ ዝያዳ ዘጉህየኒ። ነቲ ከመርሕዎን ከኣልይዎን እተዋህብዎ ሓላፍነት ደቂ ሰባትን ረብን ረሲያም ፣ ናታቶም እኩይ ዕላማ መስጐሚ ይገብርዎ። ከምኡ ኢሎም ከኣ ኣብ ሞንጎ ንዘበናት ብሓባርን ብስኒትን ብሰላምን እተቐመጡ ሕብረተሰባት ፣ ፍልልያትን ቅርሕንትን የስርጹን የሰጉሙን ፣" በለ መሓመድ።

"ኣየወ !" በለ ቅዱስ።

ብናይ ቅዱስ ግብረ መልሲ እተተባብ0 መሓመድ ፣ "እዚኣም በየናይ መዐቀኒ ኢዮም ኣመንቲ ከበሃሉ? ብስም መሓመድን ክርስቶስን ፣ ንረቢን ንእዝግሄርን ንዘርየሎምን ንሕግዘምን ኣሎና ኢዮም ዝብሉ። ከምኡ እናበሉ ግን ነቲ ረቢ ዘፍቅሮን ብተምሳሉ ዝፈጠሮን ሰብ ፣ ሰላማዊ ህይወቱ ዘሪጎም ዕግርግር የስርጹሉ። ብሓቂ ክንዛረብ ኣንተ ኼንና እዚኣቶም ፣ ናይ ረቢን ኣምላኽን መሳራሒ ዘይኮኑስ ፣ ነቲ ፈጣሪ ዓለም ከም ናታቶም መሳርሒ ክጥቀምሉ ዝደልዩ ጥራይ'ዮም ፣" በለ።

"እዋይ ኣነ ስጋቦይ! ንስኻ መሓመድን ቅዱስን ካብ ቅድም ኣብ'ዚ ተሓዊስኩምና ኔርኩም እንተ ትኸኑስ ፣ ከሳዕ ሕጇ ሊቃውንቲ ምኾንና ኔርና ፣" በለ ደባስ ብምግራም ኣተኩሩ ከከታተሎም ድሕሪ ምጽናሕ።

"ኣብ ቤት ማሕቡስ ኼንካ ሊቃውንቲ ምኻን ደኣ'ሞ ይከኣልዶ ኢልካዮ ኢኻ? በለ ሃብቶም።

"ኣይትዓሹ ሃብቶም። ትምህርቲ'ከ ቦታ ኣይፈልን'የ። ከንደይ ድዩ ካብ ቤት ማእሰርቲ ሊቃን ብልህን ኮይኑ ዝወጽእ። ትምህርቲ ብቦታን ብግዜን ኣይኮነን ዝውሰን። ትምህርቲ ናይ ህይወት መስርሕ ስለ ዝኾነ ፣ ብተገዳስነትካን ቅሩብነትካን'የ ዝውሰን። ኣብ ዝኾነ ግዜን ቦታን ዕድመን ከካየድ ዘለዎን ዝካየድን መስርሕ'የ ከኣ'የ ፣" በለ ቅዱስ።

"እወ ትምህርትሲ ካብ እንውለድ ጀሚርና፤ ከሳዕ'ታ ካብዛ ዓለም እንፋኖ
መዓልታዊ ዝካየድ መስርሕ'ዩ። ኩላትና'ኮ መዓልታዊ ንመሃር ኢና። እቲ
ፍልለይ እንታይ ትመሃርን ክንድምንታይ ትመሃርን'ዩ። እቲ ኣገዳሲ እቲ እትቐስሞ
ዘሎኽ ትምህርቲ ፤ ንረብሓኽን ንረብሓ ሕብረተሰብካን ንረብሓ ደቂሰባትን ድዩ'ዩ።
እምበር ዓለምሲ እቲ ዝዓበየ ዩኒቨርሲቲ'ዩ። ህይወት ከኣ እቲ ዝዓበየን ዝለዓለን
ትምህርቲ'ዩ!" በለ መሓመድ።

ከምዚ ዝኣመሰለ ዓሚቚ ትርጉም ዝሓዘ ዝርርብ ኣና'ካየዱ ከለዉ ፤ ከይተፈልጦም
ናይ ድራር ሰዓት ስለ ዝኣኸለ ዕላሎም እናመቀሮም ከቋርጽዎ ተገደዱ።

ተሰፎም ሓደጋ ካብ ዘጋጥሞ ሓሙሽይ ወርሑ መልአ። ኣብዚ ግዜ'ዚ መድህን
መኪና ምዝዋር ድሮ መሊኻታ ነይራ'ያ። ድሕሪ ትምህርቲ ምምራሕ መኪና
ምውዳኣን ፤ ናይ ምዝዋር ፍቓድ ምርካባን ፤ ኣርኣያ ብዙሕ ግዜ ተወሳኺ ልምምድ
ይህባ ነይሩ'ዩ። ሳላ ኣርኣያ'ያ ኸኣ ቀልጢፋ ከትመልካን ፤ ርእሰ ተኣማንነት
ከተጥርን ዝኽኣለት። ድሮ በይና መኪና ኣውዲኣ ዕዳጋ ከይዳ ፤ ዘድሊ ንብረት
ገዛዚኣ ምምላስ ጀሚራ ነይራ ኢያ።

ተሰፎም ካብ ገዛ ወጺኡ ብውሕዱ ዋላ ኣብ ፋብሪካ እንተ ወዓለ ይጠቕሞ'ዩ
ኢሎም ሓሰቡ። ንተሰፎም ነቲ ሓሳብ ምስ ኣካፈልዎ ግን ጨሪሱ ምቕባል ኣብዩ
ኣቐበጾም። ሰብ-ሰርሓ እግሪ ከይተገጠመሉ ካብ ገዛ ክወጽእ ከም ዘይደሊ ብትሪ
ነገሮም። ስለዚ ንኣኡ ንምቅልጣፍ ናብቲ ትካል ከመላለሱ ጀሚሮም ነይሮም'ዮም።

ኣብቲ ግዜ'ቲ ተሰፎም እግሩ ብምልኡ ሓውዩ ዳርጋ ካብ ቃንዛ ተገላጊሉ ነይሩ
ኢዩ። ሹው ኣብ ገዛ ብዘይ ጸገም ምርኩስ ገይሩ ምንቅስቓስ ለመደ። ካብ ዓረብያ
ምጥቓም ምሉእ ብምሉእ ተላቒቒ። ኣብ ንነብሱ ብውሱን ደረጃ ምእላይን ዘድልዮ
ምግባርን በጽሐ።

ኣካላዊ ኩነታት ተሰፎም ከምዚ'ኺ እንተመሰለ ፤ ካብ ጭንቀትን ትካዘን ግን
ከወጽእ ኣይከኣለን። እዚ ዘምጽአ ምንጽርጻርን ብስጭትን ፤ ብዝያዳ ኣብ ልዕሊ
መድህን'ዩ ዝዓርፍን ዝዓልብን ነይሩ። መድህን ድሮ ኣብ ሰለስተ ወርሒ ፤ ኣብ
ገጻን ኣካላታን ዝረኣ ምልክታት ክኽሰት ጀሚሩ ነይሩ'ዩ። ሰውነታ ሚዛን ከም
ዘጉደለትን ፤ ቅድሚ ሕጂ ዘይነብራ ማዳ ከም ዘጥረየትን ብግልጺ ንኹሎ ዝረኣዮ
ኾነ።

ንተስፋምን ንደቃን ምክንኽንን ምእላይን እንተ ዘይኮዩኑ ፡ መድህን ኣብ ነብሳ ተገዳስነትን ሓልዮትን ኣይነብራን፡፡ ቅድሚ ሕጂ ሓሓሊፉ ዝስመዓ ዝነበረ ፡ ግን ብዙሕ ዘየሸግራ ጸቕጢ ደም ክስመዓ ጀመረ፡፡ ግን ስድራ ቤት ከይሽገሩን ከይስከፉን ብዝብል ፡ ካብ ኩሎም ትሓብአ ነበረት፡፡ ከይፈልጥዋ ብዝብል ክኣ ዘድሊ ክትትል ኣይትገብርን ነበረት፡፡

ሓደ ንግሆ ፡ "ኣንታ ተስፎም እዚ ኣንሶላኽ ከቕይረልካ ካብ ዝብለካ ሰሙን ሓሊፉ፡፡ ሕጅስ ኣዝዩ ረሲሑ'ዩ'ሞ በጃኽ ክቕይሮ ፡" በለቶ፡፡

"ኣነ ኣብ ምግያጽ የለኹን፡፡ ኣንሶላ ዝገበረኒ የብሉን ፡" በላ፡፡

"ናይ ውሽጢ ክዳንካ ምቕያር ኣቢኻ ፡ ፒጃማ እየ ዝቕይር ትብል፡፡ ጽሩይ ፒጃማ ጌርካ ኣብ ረሳሕ ኣንሶላ ምድቃስ'ሞ እንታይ ፋይዳ ኣለዎ?"

"ፕሊስ! ኣነ እቲ ዝስመዓንን ደስ ዝብለንን ክገብር ሰላም ዘይትህብኒ ፡"

"ዘይ ኣነስ ንዓኽ ደስ ክብለካ ኢለ'የ፡፡ ኩሉ ጽሩይ እንተ ዝኾነልካ ጽቡቕ ምተሰምዓካ ኢለ እንዳኣለ ተስፎም ሓወይ ፡"

"ኣነ ቴልዓ ኣይኮንኩን ብዘረባ ኣይትጠብርኒ፡፡ ኣነ ዝደለኹዎን ዝሓተትኩዎን ገዲፍኪ ፡ ንስኺ ዝድለኽዮ ከተግብርኒ ኣይትፈትኒ ፡"

እንተ ተኸቲዓቶ ከይሓርቖ ፈሪሃ ፡ "ሕራይ በል ፍቓድካ ፡" ብምባል ነታ ዘረባ ኣጨረጸታ፡፡

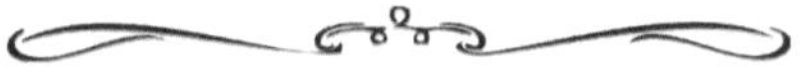

ቀትሪ ሰዓት ሓደ ብትምኒት ንላ ኣቢላ ምሳሕ ለኣኸትሉ፡፡ ትምኒት ኣትያ ነቲ ምሳሕ ክትቅርበሉን ፡ ተስፎም ዋዕ-ዋዕ ክብል ክትሰምዖን ሓደ ኾነ፡፡

"እንታይ ደአ ኮይኑ'የ ፡ ወረ ነዛ ቆልዓ ኸኣ ከይድህላን ከየሰንብዳን ፡" ብምባል እናገየየት ከደት፡፡

መድህን እትዉ ክትብለን ፡ "ስምዒ'ስከ ንስኺ!" ክብላን ሓደ ኾነ፡፡

"ኢሂ ተስፎም ሓወይ ደሓን ዲኻ?" በለቶ መድህን፡፡

"ኣይትድሓኒ! እንታይ ከድሕን ደኣ፡፡ ብጥምየት ክትቀትልኒ ደሊኺስ ከኣ ደሓን

ዲኸ ክትብልኒ?" በለ ድምጹ ከሳብ ከጭደድ ዝደሊ።

"ሕራይ ደሓን በል ቀስ በል። እቲ ጉድለተይ ቀስ ኢልካ ኣረድኣኒ እቶም ናእሽቱ
ጌልዑ ከይስንብዱ ;" በለቹ።

"ኣብ ገዛይ እየ ዘሎኹ! ከም ድላየይ ከዛረብ እየ! ውስድዮ'ዚ! ምሳሕ ኢልኪ
ዲኺ ኣምጺእክዮ?" ኢሉ ነቲ ፕያቲ ደርበዮ።

ሽዑ መድህን ጽቡቕ ከም ዘየሎ ተረዲእዋ ንጓላ ፡ "ኪዲ ትምኔት ንላይ ፡ ቀስ
ኢለ ባዕለይ ከሰምያ እየ ፡" በለታ።

ጌልዓ ካልኣይ ኣየሃረበታን። ድሮ ተዳሂላ ስለ ዝጸንሐት ቀልጢፋ ወጸት። ንላ
ምስ ወጸት ፡ "ደሓን ተሰፎም ካልእ መግቢ ከምጽኣልካ እኽእል'የ። እንታይ'ዩ
ኹይኑካ'ሞ'ዚ?" ሓተተት እናፈርሀት።

"መዓልቲ-መዓልቲ ብማይ-ማዮ መረቕን ሓምልን ሩዝን ፡ ጦቕ ኣቢልኪ ብጥምየት
ክትቀትለኒ?" በለ።

"ኣነ ደኣ'ሞ ኣንታ ተስፎም ሳላኽ እንታይዶ ስኢነ'የ። መዓልቲ-መዓልቲ ስጋን
ጠስምን ጭማን ከገብረልካ እኮ እኽእል'የ። ግን እቶም ሓኻይም ብዙሕ ስለ
ዘይቀሳቐስ ዘሎ ሚዛን እንተ ወሲኹ ፡ ንእግራን ንሓፈሻዊ ጥዕናኡን ጽቡቕ ስለ
ዘይኮነ ፡ ኣመጋግባኡ ከጥንቀቕ ኣለዎ ስለ ዝበሉኒ እንዳኣለ ከምኡ ዝሰርሓልካ
ዘሎኹ።"

"ስለ ዘይንቀሳቐስ ኢሎምኒ እምበኣር ኢልክኒ። እሞ ዘብ-ዘብ ዲኺ ክብል
ትደልዪኒ? ወይስ ጥር-ጥር እናበልኩ ክጎይ? እስከ ምረጺ! *ካምን ቻዝ!*" በለ
ብምረት። ኣስዕብ ኣቢሉ ፡ "ሕጇ ግደፍኒ! *ሊሾ ሚ ኣሎውን!* ምሳሕኪ ወሲድኪ
ኪድለይ!" በለ።

መድህን ዝተደርበየ ፒያቲ ኣልጊላ ነተን ምሳሕ ሒዛ ፡ ቃል ከይወሰኸት ሰላሕ
ኢላ ወጸት።

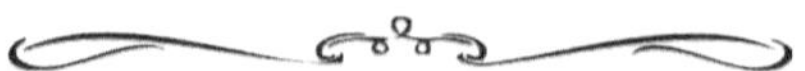

ንምሽቱ ከይበልዐ ስለ ዝወዓለን ደስ ከብሎን ኢላ ፡ ምስተን ናይ ቀትሩ ኣሕምልቲ
ንማለቱ ቅሩብ ስጋ ውስኸ ኣቢላ ቀረበትሉ። ገለ ከይበለ ብዘይጸገም ትም ኢሉ
ተመገበ። መድህን ከኣ ተመስገን ኢላ ሓደረት።

ንጽባሒቱ ተሰፎም ምስ ጌራረስ ኣራፍድ ኣቢላ ፥ "እሞ ሎሚ ቀዳም እንድዩ ፥ ሎምን ጽባሕን ኣጋይሽ'ውን ከመጹና ስለ ዝኽእሉ ሰውነትካ ክሓጽበካ'ሞ ክዳውንቲ ክኞይረልካ ፥" በለቶ።

"ስወነተይ ኣይሕጸብን'የ። ሎሚ ጌሪረ'ለኹ።"

"ምሉእ ሰሙን እንዲኽ ኣንታ ተሰፎም ከጌርር'የ እናበልካ ኣቢኻኒ ፥"

"እንተ ጌሪረ ደኣ እንታይ ዘይበልኩኺ ኢኺ ደሊኺ?"

"እሞ ማይ ኣውዕየ እየ'ኮ ዝሓጽበካ። ንዓ ደኣ በጃኽ ሎምስ።"

"ኣይትሰምዕን ዲኺ? ዋላ ፈሊጥኪ ከተሕርቕኒ ኢልኪ ኢኺ?"

"ኣነ ደኣ ከትጸርየለይ ደልየ'ምበር።"

"ንዓኺ መታን ከጸርየልክን ከረኣየልክን ፥ ንዓይ ደስ ዘበለኒ ከተግብርኒ ዲኺ ትደልይ ዘለኺ?"

"ጸርየት ደኣ ንዓኽ እንድዩ ኣንታ ተሰፎም። ግን ጸሪኽ ክርእየካ ከሎኹ ንዓይ ከኣ ባህ እብለኒ። በል ደሓን ዋላ ንሎሚ ከይተሓጸብካ ክዳንካ ክኞይረልካ።"

"ኣበይን ብመንን ከረኣየሉ እየ ፥ ዘይቀየርካ ዘይተሓጸብካ ኢልኪ ሞኽ እተብልኒ ዘለኺ። ንገርኒ ፥ ቴል ሚ ፥ ከም ሎጫታ ሓደ እግሩ ንላዕሊ ገጹ ዝተኣስረ ስረ ገይረ ጠልጠል ከብል ባህ ዝብለኪ ድዩ ኹይኑ?" በላ ብምረት።

"ኣንታ ተሰፎም ከም'ኡ ኣይትበል። ካብዚ ናትካ ዝገድድን ፥ ካባኽ ዝገድዱን ረአ።"

"ያ ፥ ራይት! ሓቅኺ ንስኺ ዘይበጽሓኪ ኹይኑ ትዋራዘይለይ ኣለኺ!"

ድሕር'ዚ እታ ዘረባ መሊሳ ኣብ ትካዘን ብስጭት ከተዮሕሎ'ምበር ፥ ካልእ ፋይዳ ከም ዘይሀልዋ ተገንዚባ ፥ "በል ደሓን ፍቓድካ ይኹን ፥ ደስ ምስ በለካ ትሕጸብን ትኞይርን ፥" ኢላ ወጸትሉ። ቀዳም ሰንበት ከኣ ከም'ታ ዝደለየ ከይቀየረን ከይተሓጸበን ሓለፈ።

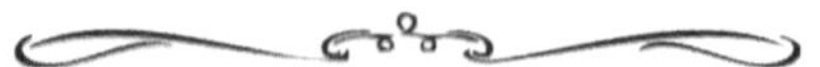

ከምኡ ኢላ ኩነታቱ ደሓን ይመስል ኣብ ዝበለቶ መዓልታዊ ከትልምኖን ከተቀባጥረሉን ቀነያ ፤ ድሕሪ ዓሰርተ መዓልቲ ከሕጸብ ሕራይ በላ። ከይተጠዓስ ኸሎ ኢላ ቀልጢፋ ሽበድበድ ኢላ ቀራረበትሉ። እቲ ገይሩዋ ዝቐነየ ከዳውንቲ ተቐላጢፎም ኣብ እንዳ ረስሓት ከእትውዎ ንደቃ ነገረቶም። እቲ ከዳን ኣብኡ እንተ ጸኒሑ ንሱ'የ ዝገብር ከይብላ ስለ ዝሰግእት'ያ ቀልጢፋኩም ውስደዖ ኢላቶም።

ሹ ናይቲ ከይተሐጸብ ነዊሕ ዝገበር ፤ ክልተ ሰለስተ ግዜ ሳሙና ኣዕሪራ ጽቡቕ ገይራ ሓጸበቶ። ተሓጺቡ ምስ ወድአ ብዛዕባ ከዳን ምቕያር ከይተዛረበት ፤ እተን ቀሪባተን ዝጸንሐት ጽሩያት ከዳውንቲ ከትቅይረሉ ጀመረት። መድህን ከምዚ ዓቢ ነገር ዘስለጠት ተሓጕሰትን ተፈስሐትን። ተሰፊም ግን ከዳውንቱ እናተኸደነ ኸሎ ኣትሒዙ ርእሱ ከንቅንቅን ፤ "ዋይ ኣነ ፤" ከብልን ጀመረ።

መድህን ከምዛ ዘይተርድኣን ዘይሰምዓቶን ፤ ትም ኢላ ከዳውንቱ ምኽዳኑ ቀጸለት። ኩሉ ወዳዲኣ ጁባኡ ከትገብረሉ ምስ ደለየት ፤ "ግደፍኒ እዚ ኣይገብሮን'የ ፤" ኢሉ ነቲ ጁባ ካብ ኢዳ መንጢሉ ሰው ኣበሎ።

"ኢሂ ተሰፊም ሓወይ ፤ ጸሪኻን ጽሩይን ጽቡቕን ተኽዲንካን ደስ ከብለካ ኣለዎ'ምበር። ከምኡ እንዲኽ እትፈቱ ኔርካ።"

"ንዓኺ ደስ ከብለኪ ኢኺ'ምበር ፤ ንዓይ ደስ ከብለኒ ኢልኪ ዲኺ ተሸግርኒ ዘሎኺ? ንዓይ ደኣ እንታይዶሎ'የ ደስ ዝብለኒ? ኣነ እኮ ጐደሎ እየ! *ኣይ ኤም ዖዝለስ!*" በለ ብስጭዉጭዉ እናበለ።

ጸጸኒሑ ኣብ ሞንጎ ብሃንደበት ከምኡ ስለ ዝመጾ ፤ ዓቕሊ ምግባር ጥራይ ከም ዘዋጽእ መድህን ትፈልጥ'ያ።

"ከምኡ ኣይትበል ተሰፊም ሓወይ ፤" ጥራይ እትብል ዘረባ ተዛረበት።

ከምኡ ምስ በለቶ ዘይሓሰበቶ ድብላ ዘረባ ደርበየላ። "ንስኺ ደኣ እንታይዶ ኼንኪ ኢኺ?! ሓቅኺ ከም ድላይኪ ስለ ዘሎኺ ፤ 'ከምኡ ኣይትበል ፤' ዝበል ዘረባ ከሳብ ዘጽምመኒ ትደጋግምለይ ኣለኺ። ብውሽጥኺ ግን እንታይ ከም እትብሊ ይርደኣኒ'የ። ዘይ ባዕሉ ብጽጋቡ ዘምጽኦ'የ ከም እትብልኒ ኣይጠፍኣንን'የ ፤" በለ ድምጹ ኣልዒል ኣቢሉ።

ትምልሶ ስለ ዘይነበራ ድንን ኢላ ትም በለት። ትም ምባላ መሊሱ ኣሕረቖ።

ሰራውሩ ብሕርቃን ተገታቲሩ ፤ "ንስኺ'ኸ ንዓይ ጽቡቕ ተመኒኺለይ ኣይትፈልጥን
ኢኺ። ኣነ ምስ ኣዕሩኽተይ ሒጉስ ግዜ እንተ ኣሕለፍኩ ዓቕልኺ ይጸበኪ ነይሩ።
ለይትን መዓልትን ትጭቕጭቕኒ ኔርኪ። ብውሽጥኺ ትረግምኒ'ውን ኔርኪ ኢኺ!"
እናበለ ጨደረ።

"ኣንታ ተስፎም በጃኽ ሕማቕ ዘረባ ኣይትዛረብ። ጉሒኽ ኬንካ ኢኸ'ምበር ፤
እዚ እትብሎ ዘሎኽ ንስኸ'ውን ኣይትኣምኖን ኢኸ ፤" በለቶ።

ተስፎም ግን ሕርቃኑን ብስጭቱን ጥርዚ ስለ ዝበጽሐ ከሰምዓ ኣይከኣለን። መሊሱ ፤
"ከምኡ እንተ ዘይከውን መዓስ ኣብ ከምዚ ምወደቕኩ? እቶም መማስይተይን
መዘናግዕተይን ብጾተይ መዓስ ከም ናተይ ሓደጋ መቝረጽቲ ኣጋጢምዎም። ምሳይ
እንድዮም ደኣ ዝሰትዮን ዘምስዮን ነይሮም። ንዓኣቶም ግን ኣንስቶም ኣሽንኳይ
ከረግማኦም ፤ ጨሪሰን ጨቝጨቛኖኦም'ውን ኣይፈልጣን'የን ፤" ብምባል ከሱ
ወሰኸሉ።

"ዋይ ኣነ ፤ ኣንታ ተስፎም እንታይ ኬንካ ኢኸ?" በለት ትብሎ ጠፊእዋ።

"እንታይ ከም ዝኾንኩ ደኣ ይንገረኪ እንድየ ዘለኹ። ኣነ'ኸ ዝገርመንስ ፤
ኣነ እንተ ተዛናጋዕኩን ተደሰትኩንሲ ፤ እንታ'የ ዝጐድለኪ ነይሩ ቅንኢ እንተ
ዘይከውኑ!" እናበለ ገዓረ።

ከም ዘረባኡ ዝወደአ ኸኣ ሓንሳብ ኣዕርፍ ኣበለ። መድህን ዝወደአ መሲልዋ ፤
"በል ደሓን ተስፎም እንተ በዲለካ ይቕረ በለለይ ፤" በለቶ።

"እንተ በዲለካ? ንሱ ጥራይ ዲኺ ደኣ ንስኺ በዲልክኒ? ነቲ ልዕሊ ዝኾነ
ፍቱር ዘኸብሮን ዘፍቅሮን ኣቦይ ኩነታተይ ነጊርኪ ኣጉሒኽዮ። እዚ ከሳዕ ብህይወት
ዘሎኹ ዘይርስዖ ክሕደትን ጥልመትን'የ። ይቕረ ዝበሃሎ በደል' ኣይኮነን!
ክራይም'የ!" ኢሉ ከሱ ሰማይ ኣዕረጐ።

መድህን ትገብሮን ትብሎን ጠፊኣ። ርእሳ ብጭንቀትን ብጓህን ክትኮስ ደለየ።
ከምዚ ኢላ ኸላ እቲ ማዕበል ወቒሳን ክስን ፤ ከምቲ ብሃንደበት ዝጀመሮ
ብሃንደበት ከኣ ሃድአ። ናይ ብሓቂ ሃዲኡ ምኻኑ ንምርግጋጽ ቅሩብ ደቃይቕ ትም
ኢላ ተጸበየት። ትም-ትም ምስ ኮነ ቀስ ኢላ ወጺኣ ናብ መደቀሲ ደቃ ከደት።

ነቲ ክፍሊ ብውሽጢ ክትዓጽዎን ፤ እቲ ክስዕራ ተደናዲኑ ዝነበረ ግን ተቔዳዲራቶ
ዝጸንሐት ናይ ብስጭትን ክቱር ጓህን ስምዒት ተተኮሱ ክወጽእን ሓደ ኾነ።
ንብዓታ ብዘይምቁራጽ ፈሰሰ። ሃርመት ልባ ጋለበ። ትንፋስ ክሕጸራን ኣፍልባ

ከጭበጥን ከዕበስን ተፈለጣ። ልባ ብጓህን ጭንቀትን ከትውጽእ ዝደለየት ኮይኑ ተሰምዓ። ሰራውር ደማ ብየምንን ጸጋምን መታልሓ ተገታቲሩ ተረው - ተረው በላ።

ኣብ ዓራት ደቃ ቀስ ኢላ ግምብው በለት። በብቅሩብ ኩሉ እቲ ተጻዒንዋ ዝጸንሐ ጓህን ተስፋ ምቝራጽን ብስጭትን ከሃድኣ ጀመረ። ካልእ ኩነታታ ይመሓየሽ' ምበር ፤ ዋሕዚ ንብዓታ ግን መሊሱ ወሰኸ። ተተርኢሳቶ ዝነበረት መተርኣስ ብንብዓት ጠልቀየ። ዝኹነ ሰብ ከይሰምዓ ትንፋሳ ሓቢኣ ብዘይ ድምጺ ተነኽነኽት።

ከምዚ'ላ ንርብዒ ሰዓት ምስ ጸንሐት ጸሎት ከትገብር ጀመረት። "...ፍቓድካ ከምቲ ኣብ ሰማይ ፤ ኣብ ምድሪ'ውን ይኹን ፤" ምስ በለት "ዋይ ኣነ! ፍቓድካ ይኹን ኢላ መዓልታዊ እናጸለኹ ደኣ ፤ እዚ ወሪዱኒን ወሪዱንን ዘሎ ደኣ ፍቓዱ ስለ ዝኹነ ደ' ይከውን? እም ፍቓዱ ስለ ዝኹነ እንተ ኹይኑ ዝፍጸም ዘሎ ደኣ ፤ እንታይ ኮይነ'የ ክሳዕ ክንድ'ዚ ዓቕሊ ዘጽብብ ዘሎኹ?" ኢላ ሓሰበት።

ከምኡ ምስ በለት ብቅጽበት ከትረግእ ጀመረት። ጸሎታ ቐጸለት። "ንዘበደሉና ከምቲ ንሕና ይቅረ እንብለሎም ፤ ንስኽ ኽኣ ንቢየላትና ይቅረ በለልና ፤" ምስ በለት ከኣ ፤ "ዋይ ኣነ! እቲ ጕይታ'ዚ ንቢሊዮናት ዝኹንንና ኣህዛብ ዓለም ፤ ብተደጋጋሚ ንእንብድሎ ይቅረ እናበለልናስ ፤ ኣነ ንሓደ ተሰፍም ይቅረ ምባልን ምጸርን ክስእን?" በለት። "ደሓር ከኣ ተሰፍም ቀደም ከምኡዶ ነይሩ'የ? ወረ ምስኪን ተሰፍም እንታይ ስለ ዝበደለ'የ ፤ ይቅረ ምባል ክስእን ዝብል ዘሎኹ? ይቅረ ዘበሃለሉ'ኮ ፤ ፈሊጡ ኮነ ኢሉ ወይ መሲልዎ ንዘበደለ'የ። ተሰፍም'ኮ ፈትዮ ኣይኮነን ከምዚ ዝገብር ዘሎ። ብስንኪ መቚረጽቲ ዘመጻ ሕማም ምኻኑ ሓኺይም'ውን ነጊሮምና ነይሮም ኢየም። ኣነ'የ ልክዕ ዘየለኹ ፤ ንሱ ኣይኮነን ፤" ብምባል ንነብሳ ገንሐታ። ከምዚ ኢላ ምስ ሓሰበትን ፤ ምስ ነብሳን መንፈሳን ምስ ተዘራረበትን ፤ ጸሎታ ኣዕሪጋ ምስ ወድኣትን ሰውነታ ሃድኣን ረግአን።

"ተመስገን ጕይታ ይቅረ በለለይ ፤" እናበለት ካብ ዓራት ብድድ በለት። ልባ ሀርመቱ ናብ ንቡር ተመልሰ። ተዓቢሱ ዝጸንሐ ኣፍልባ ተኸፈተ። ከትኮስ ደልዩ ዝነበረ መታልሓ ሃድአ። ገጻን ኣፍንጫኣን ደራሪዛ ፤ ገጻ ኣብ መስትያት ተዓዘበት ፤ "ጕይታ ኢዱ ስለ ዘንበረለይን ፤ መንፈስ ቅዱስ ስለ ዘወረደለይን ፤ ኣብ ገጸይን ሰውነተይን ዘኽፍእ ምልክት የብለይን ፤" ብምባል ነብሳ ኣደዓዓሰት።

ብድሕር'ዚ ማዕዶ ከፈታ ፤ ናብ ቤት ንጽህና ከይዳ ገጻ ተሓጻጺባ ፤ ከምዛ ሓንቲ ዘይኮነት ከምስምስ እናበለት ናብ ደቃ ተሓወሰት።

ብሩኽን ክብረትን ንበይኖም ከዕልሉ ኸለው ፡ ዕላሎም ኩሉ ግዜ ሰሓቕን ሓጎስን ወኸዕኸዕን ዝዓብለሎ ኢዩ። በቲ ዘዋቕጽ ሰሓቕ አሽንኳይ ንሳቶም ኩሉ ጥቓኦም ዝነበረ ኢዩ ፡ በቲ ካብታ ጣውላኦም ዝለዓል መንፈስ ሓጎስን ደስታን ፡ ገጹ ዝፈታታሕን ክምስታ ክሰዕሮ ዝደልን።

ቅድሚ ሕጂ ብተደጋጋሚ ዝርእዮም ዝነበረ ሎሚ እንተ ዝርእዮም ግን ፡ እምበርዶ ንሳቶም'ዮም ኢሉ ቀሪቡ ከረጋግጽ ምተደናደነ። ተቢሩ ተንሲኡ ንሳቶም ም፟ኳዎም ዘረጋግጽ እንተ ዝርከብ ከኣ ፡ ምሽኪዋት ሎምስ ብርግጽ ተ፟ኣርዮም ወይ ተባኢሶም'ዮም ዘለው ኢሉ እንተ ደምደመ ፡ ብዙሕ ተጋጊኽ ኢሉ ዝ፟ኹንኖ አይምተረኸበን።

ሽው መዓልቲ ክብረትን ብሩኽን ፡ ዘሕጉስን ዘደስትን ዘሰሕቕን ኣርእስቲ አይኮኑን ሒዘም ነይሮም። ብመጀመርያ እቲ ብሓፈሳ ኣብ ሞንጕ ክልቲኡ ስድራ ቤቶም ፡ ብፍላይ ከኣ ኣብ ሞንጕ ክልቲኦም ኣቦታቶም ተፈጢሩ ዝነበረ ጽልእን ነውጽን ከይሃሰሰ ፡ ናይ ተሰፍም ሓደግ ምስዓቡ ኣዝዩ ተስሚዕዎም ነበረ። ግን ተሰፍም ካብቲ ሕማቕ ሓደጋ'ቲ ብርግጽነት ብህይወት ከም ዝወጻ ምስ ኣረጋገጹ ፡ ኣዝዮም ተሓጒሶም ነበሩ። ዳርጋ ነቲ ናይ ተሰፍም ሓደጋ ንድሕሪኦም ገይሮም ፡ ኣብ ምዉቕ ፍቕሮም'ዮም ሰጊሮም ነይሮም።

ሕጂ ንሳቶም ዘይተጸበይዎ መቑረጽቲ ተሰፍም ኣቦኦም ምስ ሰዓብ ግን ፡ ኣዝዮም ሰንበዱን ጎሃዩን። ንሱ ከይኣክል ከኣ እቲ ድሕሪ መቑረጽቲ ሕክምናኡ ወዲኡ ንገዛ ዝተመልሰ ወላዲኦም ፡ ጌና ብዙሕ ጸገም ከም ዘለዎ ምስ ተነግሮምን ምስ ኣስተብሃሉን ፡ መሊሶም ዝያዳ ተሻቐሉን ሓዘኑን። ብሩኽ እምበኣር ሽው መዓልቲ ንኣፍቃሪቱ ብዛዕባ'ዚ ኩነታት'ዚ'ዩ ዝገልጸላ ነይሩ።

"ዝገርመኪ'የ ክብረት ባባ ኣሽንኳይ ንሕና ለይትን መዓልትን ምስኡ እንነብር ፡ ንስኽትኩም ከይተረፍኩም እንታይ ዓይነት ተጻዋታይን ሕያዋይን ወትሩ ሕጉስን ምንባሩ ትፈልጢ ኢ፟ኺ።"

"ይፍልጥ ጥራይድ'የ ብሩኽ! ባባ ደኣ ወሊዱና ኢዩ'ምበር ቁሊሕ ኢሉናዶ ይፈልጥ'ዩ። ንሕና'ኮ ናይ ኣቦ ፍቕሪ ካብ ባባ ተሰፍም ኢና ንረኽብ ኔርና!" ብምባል ምስክርነታ ሃበት።

"በሊ እቲ ሕጂ ከ፟ይኑዎ ዘሎ እንተ ትርእይዮ ፡ ወይ ንሱ ኣይኮነን ምበልኪ ወይ

ከኣ ባባ ሃብቶም ይሓይሽ ምበልኪ፨"

"ዋይ ምስኪናይ ባባ ተሰፎም ፤" ኢላ ኣዒንታ ጀረብረብ በላ፨

"ከምኡ ይኹን'ምበር ከሳዕ ሰብኡት እንኸውን ፤ ብጽቡቕን ብፍቕሩን ብልግስናኡን ብጠባዩን እንፈልጦ ወላዲ ፤ ሕጇ ከምኡ ኾይኑ ኢልና ከንኩንኖ ግን ኣይንኽእልን ኢና፨ ፈትዩ ከም ዘይኮነ ብዝግባእ ተረዲኡና'ሎ፨"

"ወሪድዎ'ምበር ባባ ተሰፎም ደኣ ፤ ፈትዩ ወይ ተቐይሩ ከምኡ ከም ዘይከውን ፤ ኣሽንኳይ ንሕና ማንም ዝምስክሮ እንድዮ ፤" በለት ከብረት ፈፍ-ፈፍ እናበለት ፤ ኣዒንታን ኣፍንጫኣን እናሓናሰስት፨

"ርኢኺ ከብረት ንዓይን ንትምኒት ሓብተይን ፤ ካብቲ ድሮ ወሪዱ ዘሎ ናይ ባባ ኩነታት ብዝያዳ ዘሰክፈና ናይ ማማ ኢዩ፨ ንሳ ኢያ ብጨቕ ከይበለት ኩሉ እትስከሞ ዘላ ፤" ምስ በለ ሃንደበት ዓይኑ ቀጽርጽር ኢሉዎ ድንን በለ፨

"ማማ መድህን ደኣ ኣሽንኳይ ናይ ባባ ተሰፎምስ ፤ ናይ ካልእ እንተ ኾነ'ውን ፤ ናይ ካልኣት'ምበር ናታዶ የሕምማ ኢዩ? ምስኪነይቲ ማማ መድህን ፤" ኢላ እንደገና ጀረብረብ በለት፨

ካልእ ግዜ እንተ ዝነብር ብሩኽ ነታ ልዕሊ ህይወቱ ዝፈትዋን ዘፍቅራን ከብረት ፤ ኣሽንኳይ ብብኽያት ገጻ ክሕዘብ ፤ ከትጽወግ'ውን ከርእያ ኣይደልን'የ ነይሩ፨ ሽው ግን ንሱ ንርእሱ ኣብ ብርቱዕ ሻቕሎትን ጓህን ስለ ዝነበረ ፤ ንናይ ከብረት ኩነታት ብዙሕ ኣይቆልበሉን፨ ምኽንያቱ ንሱ ንርእሱ'ውን ናይ ተባዕታይ ነገር ኮይኑዎ'የ ብደግኡ ዘይነብዕ ነይሩ'ምበር ፤ ብውሽጡን ብመዓንጣኡንሲ ብስርዓት'የ ዝነብዕን ዝነትዕን ነይሩ፨

ንኽብረት ከኣ ኩነታት ኣፍቓሪኣ ኣጸቢቑ ተረዲእዎ ነይሩ'የ፨ ሽው ኢዳ ሰዲዳ ፤ ንኢዱ ብትሕቲ ጣውላ ጭብጥ ኣበለቶ፨ ንሱ ኸኣ ትርጉም ናይቲ ከብረት ዝወሰደቶ ስጉምቲ ስለ ዝተረድኦ ደስ በሎ፨ ካልኢታት ጸንሕ ኢሉ ፤ ነታ ካልኣይቲ ኢዱ'ውን ሰዲዱ ኢዳ ዕትዕት ኣቢሉ ሓዘ፨ ንሳ ኸኣ ብኡ ንብኡ ካልኣይቲ ኢዳ ሰዲዳ ፤ ኣብ ልዕሊ ክልቲኡ ኣእዳው ደረበቶ፨ ከምዚ'ሎም ብፍቕርን ብሓልዮትን ነንሕድሕዶም ከተባብዑን ከባራትኦን ቅሩብ ደቓይቕ ኣሕለፉ፨

ድሕሪኡ ብሩኽ ፤ ሓዳስ ጽርየቲ እተዓጸፈት ጻዕዳ መንዲል ኣውጺኡ ፤ ኣዒንታ ቀስ ኣቢሉ ብፍቕሪ ደረዘላ፨ ከብረት ነታ ምዕጉርታ እትደርዝ ዝነበረት ኢዱ ጭብጥ ኣቢላ ስዕም ኣበለታ፨ ክልቲኦም ፍቑራት ንውሑዳት ደቓይቕ ፤ ንዓኣቶም ግን

ካልኢታት ኮይነን ንዝተሰምዐኦም ከምኡ ኢሎም ተተሓሒዘም ጸንሑ።

ብኸምዚ ነቲ ዘተሓሳስቦምን ዘሻቕሎምን ዝነበረ ጸገም ፣ ብፍቕሪ ምስ ደበስዎ ስምዒቶም ሃድአን ረገአን። ብድሕሪኡ ዝነበሮም ሕሳቦም ከሬሎም ፣ ብሓባር ጉጅም እናበሉ ንቤቶም ተመልሱ።

ድሕር'ቲ ተስፎም ዘዝነበላ ኣዕጽምቲ ዝሰብር ዘረባታትን ፣ እቲ ንመንፈሳ ናብ ንቡር ዝመለሰ ጸሎትን ፣ መድህን ናብ ደቃ ከይዳ ቅሩብ ተዛናግዐት። ካብ መደቀሲ ደቃ ብመንፈስ ተበራቲዓ ፣ ሓድሽ ሓቦን ሞራልን ዓጢቓ ፣ ናብ ሰብኣያ ገጻ ኣምረሐት። ከምዛ መዓናጡኽ ኩምትር ዘበል ዘረባ ዘየውረደላ ፍሽኽ እናበለት ፣ "ኢሒ ተስፎም ሓወይ ዝጎደለካ ነገር ኣሎድዮ? ገለዶ ከምጽኣልካ?"

ተስፎም ክትኣቱ ኸላ ዓይኑ ዓሚቱ ንፋሕሲ ገጹ ኢዩ ዝጥምት ነይሩ። ማዕጾ ምስ ተኸፈተን ድምጺ ኣራጋግጻኣ ምስ ተፈለጦን ፣ ዓይኑ ከፍት ኣቢሉ ጠመታ። ከትኣቱ ኸላ ገጹ ተኣሲሩ ኢዩ ነይሩ። ምስ ረኣያ ንመጀመርያ ተገረመ። ድምጺ ምስ ሰምዐን ቃላታ ምስ በጽሐን ፣ ንሕሊደት ካልኢታት ኣሲርዎ ዝነበረ ገጹ ፈትሐ። ብኽጽበት ከኣ እንደገና ገጹ ኣሰሮ።

"ኢሒ ተስፎም ገለ ዘድልየካ ነገር ኣሎድ'ዮ?" ኢላ ምስ ደገመት ግን ፣ ቃል ከየውጽኣ ርእሱ ንየማንን ንጸጋምን ብምንቕናቕ ዝጎደሎ ነገር ከም ዘየሎ ገለጸላ።

መድህን ገለ ከዛረብ ወይ ክቋየቑ ኢያ ተጸብያቶ ነይራ። ትም ምስ በለ ኣደንገጻ። ከም "ይቕረታ፣" ዝብላ ዝነበረ ገይራ ኸኣ ወሰደቶ። ብልባ ፣ "ተመስገን ሓሊፉ'ያ ፣" እናበለት ፣ "በል ገለ እንተ ደሊኻን ደሊኻንን ቃጭለለይ።"

ርእሱ ንላዕልን ታሕትን ነቕነቐላ። ኣብ ማዕጾ ከትብጽሕ ከላ ፣ "ከዐርፍ'የ ኣይትኽፈቱኒ ፣" በላ።

"ሕራይ ጽቡቕ ኣዐርፍ። ንጨልቡ'ውን ከነግሮም'የ ፣" ኢላቶ ወጸት።

መድህን ምስ ወጸት ተስፎም የማነይቲ ኢዱ ዓቲሩ ፣ "ኣሕ! ኣሕ! ኣሕ!" እናበለ ነቲ ዓራት ዓስርተ ግዜ ዝኸዉን ሰጎዶ።

"እሕ! ዋይ ኣነ! እንታይ ከም ዝኽዉን ዘሎኹ'ምበር ምርዳእ ኣብዩኒ! ኦ ጎድ! እምብርዶ ኣነ እየ? ወረ ካበይ ዘመጽ'የ እዚ ምሳይ ዘሎ ሰብ? ከመይ

ዝኣምሰልዎ ኣረሜንን ጨካንን'ዩ? ሕማቕ ሐሳብን ሕማቕ ዘረባን'ምበር ጽቡቕ
ዘይወጸ! ዋይ ኣነ! ዋይ ኣነ! ዋይ ኣነ!" እናበለ እንደገና ንዓራቱ ብኢዱ
ደጋጊሙ ዘበጦ።

ብድሕሪኡ ደጋጊሙ ብርቱዕን ዓሚቝን ኣስተንፈሰ። ሽዑ ፦ "እምበርዶ እቲ
ናይ ቀደም ሐንጎለይን ጠባየይን ባህረይን ሒዘዮ መጺአ'የ? ዶስ ዋላ ምስቲ
ሐግሒጕም ጨሪጾም ዝደርበዩዋ እግረይ ብሓባር'የ ተደርብዩ? ሐንጎለይ ደየ
ዝስሕት ዘለኹ ፦ ወይስ ይጽለል'የ ዘለኹ?" ኢሉ ቅሩብ ኣዕርፍ ኣበለ።

ንርብዒ ሰዓት ዝኸውን ትም ኢሉ ጸንሐ። ድሕሪኡ ከምዛ ምስ ነብሱ ዝገብሮ
ዝነበረ ዝርርብ ከየቋረጸ ዝጸንሐ ፣ ካብታ በጺሕዋ ዝነበረ ብምቕጻል ፦ "ከምኡ
እንተ ዚኸውን ደአ እዚ ዝገብሮ ዘሎኹ ጥዑይዶ ይገብሮ'የ? ነዛ ምሉእ ህይወታ
ዘገለገለትን ዘኸበረትን ፤ ነዛ ኣብዚ ወዲቓ ዘሎኹ ኩነታት ንኸይወድቕ ፣
ብትዕግስትን ብፍቕርን ክትምዕደንን ክትኣልየንን ከይሰልከየት ዝደኸመት
ብጸይተይ ፤ ነዛ ሐላይተይን ሐብሓቢተይን ብርኽቲ ሰበይቲ ደአ ብሕማቕ ዝረባ ፣
ምብላዕ ምስታይ ምኽላእኩዋ ፤ ንዝፈትዋም ደቀይ ደአ ክርእዬኒ ከለዉ ከም
ዝርዕዱ ምገበርክዎም ፣" ኢሉ ንኽልኢታት ዓይኑ ዐምት ኣቢሉ ትም በለ።

ጸንሐ ኢሉ ዓይኑ ከፍት ኣቢሉ ፦ "እቲ ንቡር ኩዒኑ ዘሎ ሕማቕ ጠባየይን
ዝረባይን'ኳ ለሚደም ነይሮም'የም። ናይ ሎሚ ዝበልኩዎን እተዛረብኩዎን ግን
በይኑ ኢዩ። እዋይ ኣነ ስቱፒድ! ስቱፒድ! ስቱፒድ! ንዘይግብኦ ሰብ ከጉሂ
ጥራይዶ'የ ተፈጢረ! ከምዚ ካብ ኩንኩስ ከይተፈጠርኩ ከተርፍ'የ ነይሩኒ።
ድሕሪ እዚ ህይወት ንዓይ ትርጉም የብሉን። ሰይራ ቤተይ ብስላም ከነብሩ እንተ
ኾይኖም ኣነ ካብዚ ዓለም ከእለየሎም'የ ዘሎኒ!" እናበለ ፣ ካብቲ ንመድህን
ከዝንበላ ዝወዓለ ዘረባ ዝገደደ ሳዕቤን ዘለዎ ሕማቕ ሐሳባት ክመላለሶ ጀመረ።
ከምዚ ሰይጣናዊ ሐሳባት ከውርድን ከደይብን ክልተ ስዓት ዝኸውን ኣሕለፈ።

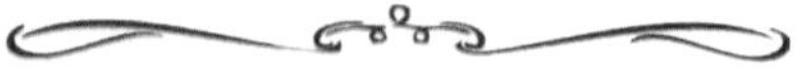

መድህን ሕጅስ ካብዚ ዝያዳ ኣይደቅስን'የ ፣ እስከ ደሃዩ ከገብር ኢላ ከደቾ።
ቀስ ኢላ ማዕጾ ከፈታ ቅልቅል በለት። ካብ ተሰፎም ዝኾነ ድምጺ ወይ
ምንቅስቓስ ስለ ዘይሰምዓት ረዓደት። ቀስ ኢላ ናብ ዓራቱ ተጸጊዓ ኩነታቱ ብደቂቕ
ከተስተብህል ወሰነት። ሽዑ ኣጸቢቓ ምስ ተጸግዐት ኣብ ኣፍልቡ ናይ ምስትንፋስ
ምልክት ዝረኣየት መሰላ። ግን ምስ'ቲ ፈሪሃቶ ዝነበረት ርግጸኛ ክትከውን
ኣይከኣለትን። ዋላ ይመዓተኒ'ምበር ፣ ደቂሱ እንተ ኾይኑ ናይ ግድን ከረጋግጽ

ኣሎኒ ኢላ ወሰነት። ሽው ኩነታቱ ንምፍታሽ ዓሚቝ ናይ ስክፍታን ሻቝሎትን ድሕሪ ምስትንፋስ ፡ "ኢሂ ተሰፍም ጽቡቕዶ ኣዐሪፍካ?" በለቶ።

ዓይኑ ቍሕ ኣቢሉ ብዘይ መልሲ ጠመታ። ልባ ብታሕጓስን እፎይታን ተመልአ። ሽው ፍሽሽሽክ እናበለት ፡ "እሞ ገለዶ ከምጽኣልካ?" በለቶ።

እንደገና ደኒኑ ከምዛ ዘይሰምዓ ብዘይመልሲ ትም በለ። ሽው መድህን ኣብ ትካዘን ቅዛነትን ከም ዝኣተወ ተርድኣ። ብዙሕ ግዜ ሓሪቛን ተጫጢሙን ሕማቝ ዘረባታትን መልስታትን ምስ ሰንደወ ፡ ንሓደ መዓልቲ ዝኽውን ንዋላ ሓደ ሰብ ከዛረብን ከርኢን ኣይደልን'የ ነይሩ። ኣብ ከምዚ ኩነት ገሊኡ ግዜ ዋላ እታ ርእሲ ምንቕናቝ'ውን ኣይትርከብን'ያ ነይራ።

ከምዚ ክኽውን ከሎ ክዳን ምቕያር ወይ ምሕጻብ ዝበሃል ኣይሕሰብን ኢዩ ነይሩ። ቑርሲ ፡ ምሳሕ ፡ ድራር'ውን ከይሓተተ ትም ኢላ'ያ ትቕርበሉ ነይራ። ዝበዝሕ ግዜ ኣብ ከምዚ ኩነታት ኣይበልዕን'የ ነይሩ። ሳሕቲ ግን ኣዝዩ ከጠሚ ከሎ ዘይትጠቕም'ውን ትኹን ይበልዓላ ነይሩ። ሽው ከምዚ ዓቢ ነገር ዝረኽበት ሕጉስ'ያ ትብል ነይራ።

ንመድህን ግን እቲ ኣዝዩ ዘሰክፋ ዝነበረ ነገር ፡ ደድሕሪ'ቲ ኣብ ልዕሊኣ ዘውርዶ ናይ ስምዒት ነተጉ ፡ ኣብ ዝገደደ ትካዘ ይወድቕ ምንባሩ'የ። ኩሉ ግዜ ደድሕሪ እቲ ከምኡ ዝኣመሰለ ናይ ጬይቚን ሕማቝ ዘረባን ማዕበል ፡ ተሰፍም ዘፍ ኢሉ ኢዩ ዝሃድእ ነይሩ። ድሕሪ እቲ ከምኡ ዝኣመሰለ ህድኣት ከኣ ኣብ ከቢድ ትካዘ ይጠልቕ'ሞ ፡ ብድሕሪኡ ኣይዛረብ ኣይበልዕ ኣይዋስእ ኢዩ ነይሩ።

ናይቲ ዝገበሮ ጣዕሳ'የ ኣብ ከምኡ ዘውድቖ ዘሎ ኢላ ስለ እትግምት ዝነበረት ከኣ ፡ ብዝተኽእላ መጠን ከም እትጉዳእ ዘላ ወይ ከም እትጉሂ ዘላ ኣብ ስውነታ ምልክት ከየስተብህል ፡ ኣዝያ'ያ እትጥንቀቕ ነይራ። ብውሽጣ ክትትኮስ እናደለየት ከኣ ፡ ብደገ ዝኾነ ምልክት ወይ ስምዒት ኣይተርእየን ኢያ ነይራ። ዝከኣላ ጻዕርን ፈተነን ትግበር'ምበር ፡ ንተሰፍም ግን ካብ ኣብ ከቢድ ትካዘ ምውዳቕ ከተድሕኖ ኣይትኽእልን'ያ ነይራ።

እዚ ኩነታት'ዚ የጨንቓ'ኳ እንተ ነበረ ፡ ናይ ሎሚ ግን እተፈለየ ኾነና። ድሕሪ 24 ሰዓት ከገድፎ'የ ኢላ እንተ ተጸበየት ለውጢ ኣይገበረን። ዘይኣመሉ ኩይኑዋ ዘይፈልጦን ነ'ርባዕተ መዓልቲ ፡ ንዝኾነ ሰብ ከይተዛረበን ናብ ዝኾነ ሰብ ከይቀረበን ኣብ ብርቱዕ ትካዘ ቀነየ። ወለዱን ሓዉን መጺኦም እንተ ፈተኑ'ውን ፡ ጬሪሱ ክርእዮምን ከዛሮምን ኣይደለየን። ምሉእ ስድራ ቤት ኣብ ከቢድ ሻቕሎት ወደቐ። ነቲ ኣብ ወርሒ ሓንሳብ መጺኡ ዝርእዮ ዝነበረ ናይ

ኣእምሮ ክኢላ ተሓጋጋዚ ጸዊያም ኩነታቱ ሓቢርያ።

እቲ ተሓጋጋዚ ሓኪም በይኑ ኣትዩ ምስኡ ሓደ ፍርቂ ሰዓት ገይሩ ወጸ። ንመድህንን ኣርኣያን ግራዝማችን ከኣ ከምዚ ክብል ተዛሪቦም። "ተስፍም ኣብ ኣዝዩ ዓሚቝን ረዚንን ትካዘ ቅዛነትን'ዩ ጥሒሉ ዘሎ። ዳርጋ ኣብ ነብሱን ህይወቱን ምጽላእ ኢዩ በጺሑ ዘሎ። ኣዝዩ ጥንቁቕ ኣታሓሕዛን ክንክንን ከድልዮ ኢዩ። ብርቱዕ ተጻዋርነትን ትዕግስትን ከድልየኩም'ዩ ፣ ብሕልሬ ንስኺ መድህን። ንሓደ ሰሙን ዝኽውን እቲ ዓቐን ናይቲ ዝወሰዶ ዘሎ መድሃኒት ክንውስኽሉ ኢና። ኣብዚ ክልተ ሰለስተ መዓልቲ ለውጢ እንተ ዘይገይሩ ፣ ዋላ ንውሱን ግዜ መታን ክንከታተሎ ንሆስፒታል ከነእትዎ ኢና ፣" በሎም።

ናብ መድህን ጥውይ ኢሉ ፣ "መድህን ገለ ኣዝዩ ዘጨጥያ ነገርዶ ነይሩ'ዩ?" ኢሉ ሓተታ።

"ኣይ ዋላ ሓንቲ ኣይነበረን ፣" በለቶ።

"ገለ ኣዝዩ ዘጉሃዮ ወይ ብዝገበሮ ዘጣዓሶ ነገር ተንኪፋልኪዶ ይፈልጥዩ?" በላ።

"ዋላ ሓንቲ'ኳ ኣይበለንን ፣" በለቶ።

"በሉ ሕራይ ዝገድዶ እንተ መሲሉ ጸውዑኒ። እተን ዝወሰደን ዘሎ ፈውሲ ትካዘ ፣ ኣብ ከንዲ ሓንቲ ክልተ ንመዓልቲ ይውሰደን። እንተ ዘይተመሓይሹ ከምቲ ዝበልኩኹም ክንገብር ኢና ፣" ኢሉ ብድድ በለ። ኩሎም ተንሲኦም ኣመስገንዎ።

መድህን ኣነ ከፋንዎ እየ ኢላ ደድሕሪኡ ሰዐበት። ኣብ ደገ ምስ ወጸት ከኣ ፣ ኩሉ እቲ ዘጋጠመ ኩነታት ብዝርዝር ሓበረቶ። ኣብ ቅድሚ እቶም ስድራ ቤት ከትዛረብ ዘይደለየት ፣ መሊሶም ከይስከፉን ከይሻቐሉን ኢላ ምኽንያ ገለጸትሉ።

"እሞ እዚ ኩሉ ሽግር ንበይንኺ ክትስከምዮ ደኣ ከሃሰየኪ'ንድዩ። እንተ ተማቒልዮም'ኳ ምፍኹሰልኪ። ደሓር እዚ ከምዚ ዓይነት ጸችጢ ኣብ ሰርዓተ ልብን መትንታትን ዘምጽኦ ሳዕቤን ኣለዎ። ጥዕናኺ እንተ ሓለኺ ኽኣ ኢኺ ብዝያዳ ክትሕግዝዮ እትኽእሊ ፣" ኢሉ ገንሓ።

"ንግዜኡ ብጸችጢ ይኹን ብሻቕሎት ኣይተሸገርኩን። እንተ ተሸገረን ምኽኣል እንተ ስኢነን ግን ፣ ደሓን ከማቐሎም'የ። ንዝሃብካኒ ማዕዳ ግን የመስግነካ።"

"ናቱ ጸገም የለን። ግን ጸችጢ ከይፈለጥካዮን ከይተፈለጠካን ከም ዝሃሰየካ ክትግንዘቢ ኣሎኪ።"

"ሕራይ እሺ፥"

ኣብ መወዳእታ ብሐልዮታን ኣተሐሳስብኣን ብምድናቅ ፡ ንሱ'ውን ብግደኡ
ኣመስጊንዋ ከደ፥

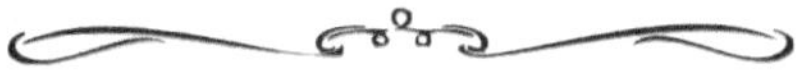

እቲ ዓቓን ናይቲ መድሃኒት ምስ ተወሰኸሉ ፡ ድሕሪ ክልተ መዓልቲ ተስፎም
ውሱን ለውጥታት ኣርኣየ፥ ብውሱን ደረጃ ከዛረብን ዘድልዮ ከጠልብን ጀመረ፥
መድህንን ስድራን ናይ ሩፍታ እስትንፋስ ኣስተንፈሱ፥ ካብ እንደገና ንሆስፒታል
ምእታው ምድሓኑ ጥራይ ንርእሱ ከም ዓቢ ነገር ወሰድዎ፥ ኣብ ሳልሳይ መዓልቱ
ሰውነቱ ከሕጸብን ከዳኑ ከቐያይርን ተሰማምዐ፥ ከምኡ ኢሉ ኸኣ ኣብ መቀበል
ኣጋይሽ ኮፍ ኢሉ ምስ ስድራ ብውሱን ደረጃ ከዋሳእ ጀመረ፥ መድህን እዚ ናይ
መወዳእታ ሽግሮም ከም ዘይከውን'ኳ እንተ ተረደኣ ፡ ንግዜኡ እፎይታ ምርካቦም
ግን ኣሐጕሳን ኣቐሰናን፥

ግራዝማችን ኣርኣያን ፡ ንተስፎም ድሕሪ መቝረጽቲ ዝመጸ ትካዘ ድሮ ከይወጸ
ብሓኺይም ተነጊርዎም ስለ ዝነበረ ይፈልጡ ነይሮም'የም፥ እዚ ሓድሽ
ንመዓልታት ዝጸንሕ ትካዘ ግን ፡ ካብ ምንታይን ብምንታይን ይልዓዓል ከም ዘሉ
ስለ ዘይተረደኦም ኣዝዮም ተሰከፉ፥ ኣይተረደኦምን'ምበር መለዓዓሊኡ እንተ
ዝፈልጡ ፡ ካብ ብወዶም በቶም ኣደራዕ ዝወርዶም ዝነብሩ ደቂ ወዶምን ሰይቲ
ወዶምን ዝያዳ ምተስከፉን ምስግኡን ነይሮም'የም፥ ዝኾነኾይኑ ዋላ ድሕሪ
ሰሙን'ውን ዝሓሊፈትሉ ኩሎም ንኣምላኾም ኣመስገኑ፥

እቲ ናብ ናይ ሰብ-ሰርሐ እግሪ ናብ ዝጋጣመሉ ትካል ዝነበሮ ቄጸራ
ምቑራቡ'ውን ፡ ገለ ለውጢ እንተ'ምጽኣሉ ዝብል ተስፋ ኣሕደሩ፥ ሽው መዓልቲ
ኩሎም ብሓባር ኣብ እንዳ ተስፎም ተመሲሓም ብሓባር ወዓሉ፥

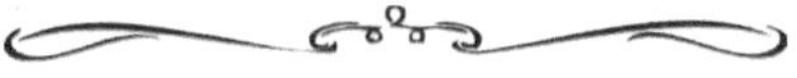

ተስፎም ናብቲ እንዳ ሰብ-ሰርሐ እግሪ ዘፍሪ ትካል ከመላለስ ምስ ጀመረ ፡
ኣብ ስምዒቱ ጽቡቅ ለውጥታት ከርኣ ብምጅማሩ ንመድህን ባህታ ፈጠረላ፥
ተስፎም ሓደጋ ካብ ዝገጥሞ ድሕሪ ሓጺር ዘይኮነ ትጽቢትን ሃንቀውታን ፡ ልክዕ
ድሕሪ ሽዱሽተ ወርሒ ሰብ-ሰርሐ እግሪ ተገጣመሉ፥ ቀዳም መዓልቲ ስለ ዝነበረ
ኸኣ ኩሎም ደቂ ተስፎም'ውን ትምህርቲ ስለ ዘይነበሮም ገዛ'የም ነይሮም፥

ግራዝማችን ወ/ሮ ብርኽትን ፡ ኣርኣያን ዕምባባን ፡ ኣሓቱ ምስጋናን ሰላምን ፡ ኣልጋነሽ ምስ ደቃ ፡ ከምኡ'ውን ሓይሎም ዓርኩ ነበሩ።

ተሰፎም ልክዕ ከምዚ ሓድሽ እግሪ ተከል ቄልዓ ፡ ሓጕሱን ስምዒቱን ኣብ ነፍሲ ወከፍ ስጉምቱ ይንጸባረቕ ነበረ። ብተወሳኺ ኣብቲ ከም ፋኑስ ከበርህ ጀሚሩ ዝነበረ ገጹ'ውን ይንበብ ነይሩ'የ። ገዛ ካብ ዝኣትው ጀሚሩ ኮፍ ክብል ኣይደለየን። ካብ ሓደ ክፍሊ ናብቲ ካልእ ክፍሊ ከኽይድን ከመላለስን ጀመረ። ንነብሱ ከምዛ ዘይፈልጣ ብነብሱ ምግራም ከዕዘባን ከጥምታን ጀመረ። ክዘልል ዘይክእል ኮይኑ'ምበር ክነጥር ቅሩብ'የ ተሪፍዎ ነይሩ።

ሓድሽ ጋሻ ሎሚ መዓልቲ ንተሰፎም እንተ ዝርኢዮ ፡ ከምቲ ንመድህንን ንደቁን ዝገብሮም ዝነበረ ይገብር'የ እንተ ዝበሃል ፡ ኣብ ክንድኡ ምመሓለን ምጠሓለን። ፍሽኽታኡን ሓጕሱን ካብ ነብሱ ሓሊፉ ፡ ንኹሎም ጥቓኡ ዝነበሩ ዘብርሃሎምን ዘንጸባርቖሎምን እተኾልዐ ፋኑስ መሰለ።

ነዚ ዝርኣየት መድህን ዋላ'ኳ ከም ተሰፎም ዘረባ ኣይተብዛሕ'ምበር ፡ ንሳ'ውን ብሓጕስ ክትፍንጨሕ ደለየት። ከምዚ እቲ ኣብ ገዝኣ ኣትዩ ዝነበረ ጠባዩ ዘይትፈልጦ ጋሻ ሰብኣይ ፡ ብተኣምራትን ብቅጽበትን በቲ ናይ ቀደም እትፈልጦ በዓል ጠባይ ሰብኣይ ዝተቐየረ ኮይኑ ተሰምዓ።

እዚ ለውጢ'ዚ ነባሪ ድዮ ግዜያዊ ርግጸኛ ኣይነበረትን ፡ ግን ኣብዚ ግዜ'ዚ እቲ ሕቶ'ቲ'ውን ኣየገደሳን። እቲ ዋላ ንውሱን ግዜ'ውን ይኹን ፡ ኣብ ሰብኣያ እትርእዮ ዝነበረት ሓጕስን ፍስሓን ፡ ልዕሊ ኹሉ ኢዩ ኢላ ኣመነት። በዚ ኽኣ ብውሽጣ ልባ ንኣምላኽ ኣመስገነት።

ዝበዝሑ ኣባላት ስድራ ቤት ግራዝማች ፡ ልክዕ ከምቲ ኣብ መዓልቲ መቋረጽቲ ተሰፎም ዝወረሶም ጓህን ኣሉታዊ ስምዒትን ፡ ሽዑ መዓልቲ ከኣ በ'ንጻሩ ደስታን ሓጕስን ዓሰሎም። እዚ ከውንነት ብዙሕ ዘይዓጀቦም ሓደ ግራዝማች ኢዮም ነይሮም። ንሶም በ'ታሕሳሳባኦም ፡ ዝኾነ ንወዶም ብደገ ዝግበረሉን ዝረኽቦን ግዳማዊ ነገር ፡ ንተሰፎም ዘላቒ ዝኾነ ሓጕስን ቅሳነትን ከምጽኣሉ ይኽእል'የ ኢሎም ኣይኣምኑን'ዮም ነይሮም።

ግራዝማች ወዶም ክረግእን ክቐስንን እንተ ኾይኑ ፡ ካብ ውሽጡ ብዝፈልፈልን ብዝመጽእን ፡ ናይ ኣተሓሳስባ ለውጢን ስምዒትን'የ ክርከብ ዝኽእል ኢሎም'ዮም ዝኣምኑ ነይሮም። በዚ ምኽንያት'ዚ ኣብቲ ሓጕስን ደስታን ዝግለጸሉ ዝነበረ ኩነታት ፡ ብኣካል ይንበሩ'ምበር ብመንፈስሲ ፍልይ ዝበለ ስምዒትን እምነትን ሒዞም ኢዮም ዝዕዘብዎ ነይሮም።

በቲ ዝነበረ ፍሉሕን ሕጕስን ኩነታት ብደገ ዝመጽእ ሰብ እንተ ዝረከብ ፤ ኣብቲ
ገዛ ወይ ብምኽንያት ጥምቀት ጨልዓ ፤ ወይ ዓመት ጨልዓ ፤ ወይ ምጡን ሕጸ
እተኣኸበ ስድራ ቤት'ዮም ኢሉ ምገምገመ። ኣብ መወዳእታኡ'ውን ዋላ
ዘይወጠንዎን ዘይመደብዎን ይኹን'ምበር ፤ እቲ ሃዋህው ባዕሉ ናብ ጽምብል
እናተቀየረ ኢዩ ከይዱ።

ሃንደበት መድህን ፤ "ይቅረታ ግበሩለይ ሓንሳብ ፍቓድኩም ክሓትት ፤" በለቶም።

ኩሎም እንታይ ኮይኑ'ያ ደኣ ብዘርኢ ኣተኩሮኦም ናብኣ ኣቕነዑ። ሽዑ መድህን ፤
"እቲ ዝገጠመና ጸገም ብሓባር ክንገጥሞ ጸኒሕና። እነሆ ኽኣ ሎሚ ተሰፍም
ከምዚ ኣብ ዝሕጕሰሉ ኣጋጣሚ ኩላትና ብሓባር ኣሎና። ከምኡ ስለ ዝኾነ ኽኣ
ኣብዚኣ ኩላትና ሎሚ መዓልቲ ፤ እታ ዘላ ምሳሕ ብሓባር በሊዕና ክንውዕል ሕራይ
ክትብሉኒ ፍቓድኩም እሓትት።"

"ብጣዕሚ ጽቡቕ ሓሳብ ፤" በለ ተስፍም ንኣዋርሕ ብዘይተስምዐ ድምጹን
ስምዒትን። ኩሎም ብቕጽበት ከይተፈለጦም ከምዛ እተሰማምዑ ፤ እምበርዶ ካብ
ተስፍም'ዩ ወጺኡ እዚ ቓላት ብዘይመስል ኣጠማምታ ጠመትዎ።

ነዚ ቀልጢፎም ዝተገንዘቡ ግራዝማች ፤ ምናልባሽ ወዶም ነዚ ግብረ መልሲ
ከየስተብሃለሉ'ሞ ከይስምዖ ብምባል ፤ "ዋይ ብሩኽ መዓልቲ! እስኪ እዚ ሓጕስን
ፍስሓን'ዝን ምሉእን ነባርን ይግበረልና። ነዚ'ውን ንሱ ኢዩ ሂቡና'ሞ!" በሉ።

ኩሎም ብሓባር ከኣ ፤ "ኣሜን! ኣሜን!" በሉ። ብድሕሪኡ መድህን ነ'ርኣያ
ጸዊዓ ሰለስተ ኪሎ ስጋ ገዚኡላ ከመጽእ ነገረቶ። ክትንስእ ዝረኣየዎ ኣደኡ ዓርቢ
ምሽት ዝስንከታኡ ሓድሽ እንጀራ ስለ ዝነበረን ፤ መመላእታ ክኽውን ሒዘናኣ
ንኽመጻ ከማልአን ሓተታኣ።

ምስጋና ሓብቱ ኽኣ ሎሚ ንገሆ ዘውዳእኩወን ክልተ ሕምባሻ ኣለዋኒ'ላ ምስ
ኣርኣያ ተሰቕለት። ነዚ ኹሉ ከስተብሃል ዝጸንሐ ሓይሎም ፤ ንፍርቂ ሰዓት ኣብ
ሓንቲ ቦታ በጺሑ ከምለስ ፍቖዱለይ ኢሉ ብድድ በለ።

ድሕሪ ፍርቂ ሰዓት ኣርኣያ ነ'ደኡ ምስ እንጀርኣን ሒዙ ፤ ንሓብቱ ምስ
ሕምባሻኣ ለኪሙ ፤ መድህን ዝለኣኸቶ ስጋ ገዚኡ ፤ እግረ መንገዱ ከኣ ምቁር
ሓብስቲ (ቾርታ) ገዚኡ ደበኽ በለ። ድሕሪ ርብዒ ሰዓት ከኣ ሓይሎም ሓደ
ካሴታ ቢራን ፤ ሓደ ካሴታ ልስሉስ መስተን ሒዙ መጸ። ኩሎም በቲ ኹነታት
ስለ እተመሰጡን እተሓጕሱን ፤ ነታ ምትእኽኻብ ዘይተሓሰበት ጽብቅቲ ጽምብል
ንኽገብሩዋ ገግደኦም ንኽገብሩ ተንየዩ።

ኩሉ ሽሻይ ተቐሪቡ ዓበይቶምን ናእሽቱኦምን ብሓባር ግሩም ምሳሕ ተመገቡ። ብድሕሪኡ ዕምባባ ተጨልዩ ፤ ቡንን ሻህን ፈሊሑ ፤ ቶርታን ሕምባሻን ተቐሪቡ ካብ ኩሉ ተጾደሱ። ጽቡቕን ፍሱሕን መዓልቲ ውዒሎም ፤ ምሉእ ይግበረልና ኢሎም ተማሳጊጦም ነንገዛኦም ከዱ።

ተሰፍም ንምሽቱ ይኹን ንጽባሒቱ ሰንበት ጽቡቕ ወዓለ። በዚ ኽኣ መድህን ተስፋ ገይራ ቀሰነት። ንስኑዮ ኽኣ ከምቲ ቅድሚ ሕጂ ፤ ሰብ-ሰርሓ እግሪ ምስ ወደኹ'የ ንስራሕ ዝኸይድ ኢሉ ተማባጺዑሎም ዝነበረ ፤ ናብ ፋብሪካ ክኸይድ ተሰማምዐ።

ኣርኣያ ንመሳርሒቱ ብዝግባእ ገይሮም ንኽቕበሉዋ ነጊርዎም ጸንሐ። ጨጸራኦም ቅድሚ ምእካሉ ምስ መድህን ብዝተሰማምዑዋ መሰረት ኣርኣያ ናብ ተሰፍም ስልኪ ደወለ።

ተሰፍም ስልኪ ምስ ተቐበለ ፤ "እሞ ሎሚ ንሓድሽ እግሪ ብሓድሽ መራሕ መኪና ኢና እንወስደካ ፤" በሎ ኣርኣያ።

"ኢሄ ምጥዓም ድዩ ስኢኑካ ኩዬኑ?" በሎ ተሰፍም።

"በዚ ዝብለካ ዘሎኹ ምኽንያት'ምበር። ሓድሽ መራሕ መኪና መታን ክንገብረልካ ፤" ኢሉ ካዕ-ካዕ ኢሉ ሰሓቘ። ውስኽ ኣቢሉ ኽኣ ፤ "ብኡ'ቢልካ ኽኣ ሓዳስ መራሒት መኪናኽ ኣበይ በጺሓ ከምዝላ'ባ ክትርኢ!"

"ኦ ሚዬ ጎድ! ጽቡቕ'ምበር! ግን ብሓደጋ መኪና እንደገና እግሩ ከይተስእንዮ በለለይ። መደባ ከተጋጭወኒ እንተ ኹዬኑ ኽኣ ፤ ሓደራ ነታ ተቐያሪት ሓዳስ ጨምቲ በለለይ። ናታ መቀያየሪ ብቐሊሉ ክረክብ ይኽእል'የ ትብላ ፤" በሎ ንኣዋርሕ ተሰሚዑ ብዘይፈልጥ ቃናን ፤ ተራእዩ ብዘይፈልጥ ዋዛን።

በዚ ኽኣ ክልቲኦም ንነዊሕ ርሒቕዎም ዝነበረ ሰሓቕ ፤ ሰሓቘ። ነዚ ሰሓቕ ዘስተብሃለት መድህን ፤ "እንታይ ደኣ ኢዩ እዚ ሰሓቕ? እንታይ ዲኹም ክትበሃሃሉ ጸኒሕኩም?"

ተሰፍም ኽኣ እታ ዝተበሃሃሉዋ ኩላ ቃል ብቓላ ደገመላ። መድህን ብግደኣ ብሰሓቕ ክትመውት ደለየት።

"ካን ከምኡ መላገጺ ጌርካኒ። በል ደሓን ክርእየካ'ንድዩ እንታይ ዓይነት ዘዋሪት ምኚነይ!"

"ደሓን ንርኢ።"

"አነ ናይ ክቡርን ፍቁርን በዓል ቤተይ መራሒት መኪና ምኻን ፡ ክንድምንታይ ከም ዘኹርዓንን ዘሕብነንን ንኸትፈልጥ ኢለ ፡ ናይ ዘዋሪት የኔፍርም ክዳንን ጬብዕን ጨማን ገዚአ'ሎኹ። ሕጂዶ ክገብሮ?"

"ዋእ ተጸሊልኪ ዲኺ?" በላ ስንቢዱ። ውስኽ አቢሉ ፡ "ናይ ብሓቂ ዲኺ'ቲ ኣር ዮ ሲርየዝ?"

ሽው መድህን ካዕ-ካዕ ኢላ ሰሓቐት።

"ሓሳዊት ክትጸወትለይ?! በሊ ሕጂ ንኺድ።"

መድህን ናይ ተስፎም ለውጢ ክትኣምኖ ኣይከኣለትን። ዳርጋ ጌና ኣብ ሕሊሚ'ምበር ብጋህዲ ዝፍጸም ዝነበረ ኮይኑ ኣይተሰምዓን። "ብዝኾነ ብዘየገድስ ግን እንቋዕ ጥራይ ከምዚ ክርእዮ በቓዕኩ። ከምዚ እንተ ኹይኑስ እቲ ናተይ ተስፎም ጌና ኣሎ! ተሓቢኡ'የ'ምበር ኣብ ውሽጢ'ዚ ጋሻ ኣሎ! ከሳዕ ምህላዉ ርግጸኛ ዝኾንኩ ኸአ ፡ ኩሉ ዝከኣለኒ ገይረ ሰብኣየይ ክመልስ'የ!" እናበለት ምስ ነብሳ ተመባጽዐት።

"እሞ ንኺድ'ባ ፡" ዝብል ድምጺ ተስፎም ካብ ሓሳባታ ኣበራበራ።

"ንኺድ ሕራይ ፡" ኢላ ተቐላጢፋ ከደቾ።

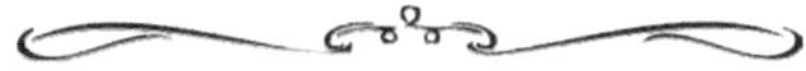

ብሓባር ናብ መኪና ተሰቒሉ። መድህን መኪና ቅድሚ ምሓዛ ብልግ ፡ "ኣንታ ጐይታ ፡ ሎሚ ኣብ ቅድሚኡ ተጨኒቐን ተረቢሽን ጌጋ ንኸይፍጽም ርድኣኒ። በ'ዘዋውራይ ንሓዋሩ ከም ዝኣምንን ፡ ከም ዝኣምነንን ክገብሮ ሓግዘኒ!" ኢላ ጸሎታ ኣዕረገት።

መኪና በዓል ተስፎም ኦፔል እትበሃል ስራሕት ጀርመን ዝኾነት ፡ ጻዕዳ ዝሕብራ ጽብቕቲ መኪና'ያ ነይራ። ኣብ ግዜ ሓደጋ መኪና ኣዝያ ተሃስያ'ያ ነይራ። ጸጋማይ ናይ ዘዋራይ ማዕጾ ኣዝዩ ስለ እተጨፍለቐ ፡ ሓድሽ ክቕይርዎ ተገዲዶም'ዮም። ካልእ ግን ንፉዕ ግዳማዊ ኣካላት መኪና ዝጽግን (ባቲ ለሜራ) ስለ ዝረኸቡ ፡ ሕብሪ ተለኺያ ምስ ተወድኣት ፡ ዳርጋ ሓደጋ ዘይገጠማ ሓዳስ መኪና'ያ መሲላ ነይራ። ሕብሪ ንተስፎም ከም ቀደማ መታን ክትኮነሉን ክትስምዖን ፡ ከምታ

ዝነበረታ ጻዕዳ'የም ኣልከዮማ።

ኣብ መኪና ኣትዮም ከትዝውር ምስ ጀመረት ፡ ተስፎም ንኹሉ ምንቅስቓሳታ ብደቂቕ ይከታተላን ይዕዘባን ነበረ። ከምኡ ከትዝውር ስለ ዘይተጸበያ ኸኣ ገረሞ። ካብ ምግራም ናብ ምሕጓስን ምሕባንን ሓለፈ። እዚ ይኹን'ምበር ጌና ዝኾነ ነገር ከብል ኣይደለየን።

ካብ ገዛ ወጺኦም ናብቲ ዓቢ ቀንዲ መገዲ ምስ ተሓወሰት ግን ፡ ተስፎም ካብ ናብ ናይ መድህን ምዝዋር ኣተኩሮኡ ናብ ካልእ ኣስገረ። ካብ ድሕሪኡ ኣትሒዙ'ዩ ተስፎም ሓንሳብ ንየማን ሓንሳብ ንጸጋም ቀባሕባሕ ከብል ዝጀመረ። ድሕሪ ሓደጋኡ ዳርጋ ድሕሪ ሽሞንተ ወርሒ'ዩ ንደገ ዝወጽእ ነይሩ።

መድህን ካብ ገዛ ወጺኣ ንቤት ትምህርቲ ላሳለ ሓሊፋ ፡ ናብቲ ኣብ ሪያት ታሌሮ ዝርከብ ደሴት ከተምርሕ ፤ ካብኡ ነታ ደሴት ንጸጋም ገዲፋ ፡ ትኽ ኢላ ንመገዲ ቃኘው ስተሽን ከትከይድ ፤ ኣብኡ ኣብቲ ዌልዕ ጥፍእ መብራህቲ ተጸብያ ፡ ነቲ ንኣየርፖርት ዝኸይድ መገዲ ንጸጋማ ገዲፋ ንየማን ከትጥወ ፤ ሽዑ ትኽ ኢላ ጐኒ-ጐኒ ካልኣይ ደረጃ ቤት ትምህርቲ ቀዳማዊ ሃየለ ስላሴ ገይራ ፡ ናብ ሓወልቲ እቴጌ መነን ከትበጽሕ ፤ ካብኡ ንኣኡ ሓሊፋ ንሆስፒታል እቴጌ መነን ሰጊራ ፡ ንጸጋም ንመገዲ ከረን ከትጥወ ፤ ካብኡ ንቤት ትምህርቲ ነርሲንግ ንጸጋም ገዲፋ ፡ ብሸነኽ የማን ጸግዒ-ጸግዒ እቲ መከፋፈሊ መድሃኒት ገይራ ፡ ነቲ ንእምባጋልያኖ ዝወስድ ነዊሕ መገዲ ከትተሓሕዝ ፤ ብድሕሪኡ ኸኣ ነቲ ናብ ቤት መኽእ ዝጥወ መገዲ ንጸጋም ከትገድፎን ፤ ትኽ ኢላ ብመንጉ ዴሊ ኤሮይ እትበሃል ካቶሊካዊት ቤተ ክርስትያንን ፡ ሓድሽ ስታድዩምን ስንጢቓ ናብ መገዲ ከረን ከተቕንዕን ፤ ኣብ መወዳእታ ኸኣ ንስታውያን ሓሊፋ ፡ ቅድሚ ቺቸሮ ምብጽሓ ንየማን ተጠውያ ኣብቲ ፋብሪካ ከተብጽሓን ከላ ፡ ከምዚ ንመጀመርያ ግዜኣ ዝርእዮ ዝነበረ ብምምሳል ፡ ብተመስጦ ሓደ ብሓደ እናተዓዘቦ ኢዩ ተጓዒዙ። መኪና ጠጠው ምስ ኣበለታ'ዩ ዳርጋ ከምዚ ካብ ሕልሙ እተበራበረ ፡ ኣብ ስራሓም ከም ዝበጽሑ ዝተረድኦ።

መድህን ብዘይ ዝኾነ ዝረአ ጉድለት ናብ ፋብሪካ ኣብጽሓቶ። ኣርኣያ ኣብ ደገ ከጽበዮም ጸኒሑ ኸኣ ተቐበሎም።

"ኢሂ ተስፎም ሓድሽ መራሕ መኪናኽ ከመይ ረኺብካዮ? ሓሊፋዶ ፈተና ዋላስ የጠራጥር'ዩ?" በሎ ክምስምስ እናበለ።

"ዋ ሓሊፋ'ዩ! እሞ ንመን ኢና ኮንግራ እንብል? ንመምህሩዶ ነቲ ተመሃራይ?" ኢሉ ኣላገጸ ተስፎም።

"ነቲ ዝተባህሎ ኩሉ ዘጽነዐን ዘተግበረን ተመሃራይ' ምበር ፤" ኢሉ ሰሓቐ ኣርኣያ።

ብሓቂ ተስፋም ኣብታ ጉዕዞ እቲኣ ፤ ካብ ብዛዕባ ኣዘዋውራ መድህን ዝሕተት ፤ ብዛዕባ ዝሓለፍዎ መገድታትን ጉደናታትን ህንጻታትን እንተ ዝሕተት'ዩ ቅኑዕን ግቡእን መልሲ ከምልስ ዝኽእል ነይሩ። ምኽንያቱ ኩሉ ከምዚ ንመጀመርያ ግዜኡ ዝርእዮ ዝነበረ ኩዪኑ'ዩ ፤ በዒንቱን በ'እዛኑን ብኹሎም ህዋሳቱን እናጉሰመ ፤ ናብ ውሽጠ ሓንጎሉን ተዘከሮኡን ብጥንቃቐ ዘቕምጦም ነይሩ። ንተስፋም እዚ ዘግበሮ ግን ንሹዱሽተ ወርሒ ከይረኣዮ ዝጸንሐ ትርኢት ስለ ዝርኢ ዝነበረ ጥራይ ኣይኮነን። እቲ ቀንዲ ምኽንያትሲ ነቲ ዝጓነፎ ሓደጋ ብህይወት ስገሩ ፤ ኣብዚ ዝበጽሐ ኩይኑ ተሰሚዑዎ ስለ ዘይነበረ ኢዮ ነይሩ። ተስፋም ነዚ ኹሉ ኣብ ውሽጢ ካልኢታት ብውሽጢ ልቡን ሓንጎሉን ብሸውታ ምስ ኣሰላሰሎ ፤ ናብ መድህን ግልብጥ በለ።

ሸው ብቕጽበት ኢዱ ሰዲዱ ፤ ኢድ መድህን ብሓይሊ ዓትዒቱ ፤ ደጋጊሙ ኢዳ ከሳብ ከስላዕ ዝደለ ብሓይሊ ጨቢጡ ፤ ንላዕልን ንታሕትን እናሓጨና ፤ "ኣገናዕ! ይበል ኣዘዋውራ! ርይሊ!"

መድህን ብታሕጓስ ከትፍንጪሕ ደለየት። ከምዚ ንእሽቶ ቄልዓ ናብ ዝቕጽል ክፍሊ ተሰጋጊርከን ሓሊፍክን ምስ በልዋ እትሕጉስን እተኸመስምስን ፤ ኣፋ ከጫደድ ከሳብ ዝደለ ኣኸመስመስት።

ተስፋም ናብ ኣርኣያ ጥውይ ኢሉ ፤ "ድሕሪ ሕጂ ንዓኻ ከም መራሕ መኪና ኣይደልየካን' የ።"

"ድሮ ጠሊምካኒ ኣሻሪኽካ' ምበኣር!"

"ብነብሰይ ሓዲረ' ምበር!"

ኩሎም ብሓባር ካዕ-ካዕ ኢሎም ሰሓቑ።

ከምኡ ኢሎም እናተዋዘዩ ንውሽጢ ፋብሪካ ገጾም ይስጉሙ ነበሩ። ተስፋም ንመጀመርያ ግዜ'ዩ ፤ ንሓድሽ ሰብ-ስርሓ እግሩ ካብ ገዛ ወጺኡ ዝጥቀመሉ ነይሩ። ኣብ ውሽጢ ፋብሪካ ምስ ኣተው ፤ ኩሎም ሰራሕተኛታት ክጽበዮም ጸኒሐም ጽቡቕ ኣቀባብላ ገበሩሉ።

ደቀ'ንስትዮ ሕቋፍ ዕምባባን ፤ "እንቋዕ ኣብዚ ኣብቀዓካ ፤" ዝብል እተጻሕፈ ናይ የሃና ካርድን ኣረከባኦ። ኣብ ቅድሚ ቤት ጽሕፈቶም ኣብ ዓቢ ወረቐት ብሕብርታት እተሰነየ ውቁብ ፤ "ተስፋም እንቋዕ ናብ ስራሕካን ዘኽብሩኽ መሳርሕትኽን

ተጸንበርካ ፡” ዝብል ጽሑፍ ተንጠልጢሉ ነበረ። ኩሎም ሰርሕተኛታት መመጺኦም ሓጐሶም ገለጽሉ። ንሱ ኸኣ ንኹሎም ዓጸፋታ ሰላምታን ምስጋናን ኣቕረበሎም።

ካብኡ ንቤት ጽሕፈት ተታሓሒዞም ኣተዉ። ኣብኡ ናይ ሻህን ልስሉስ መስተን ቢስኰትን ግብጃ ገበሩ። ነቶም ካብ ቤት ጽሕፈት ወጻኢ ኣብ ፋብሪካ ዝሰርሑ ኩሎም ፡ ካብቲ ሽሻይ ኣብ በቦታኦም ወሰዱሎም።

ተሰፎም ኣዝዩ ተሓጐሰን ተደሰተን። ሓዉ ዝገበረሉ ኣቀባብላን ክብርን ፡ መሰጦን ተንከፎን። ካብ ልሳኑ ቃላት ክውጽእን ክዛረብን ኣይከኣለን። ኣብ ክንዳኡ ምስጋናኡን ሞጐሱን ፡ ሓፍ ኢሉ ተንሲኡ ንሓዉ ዓትዒቱ ንደቃይቕ ብምሕቛፍ ገለጸሉ። ብኸምኡ ከኣ ብቓላት ክገልጾ ዘይኽእል ስምዒቱ ኣውጸአ። መድህንን ኣርኣያን ትርጉም ኣካላዊ መልእኽቲ ተሰፎም ኣይተሓብኦምን። ኣዝዩ ከም ዝተሓጐሰ ስለ ዘረጋገጹ ዕግበትን ደስታን ተስመዮም።

ተሰፎም ክምለሱ ኸለው ዳርጋ ከምቲ መጀመርያ ንፋብሪካ ክኸዱ ኸለው ፡ ከምዚ ንኹሉ ንፈለማ ግዜ ዝዕዘብ ዝነበረ ሰብ ዘንጸባረቑ ግብረ መልሲ ኣየርኣየን። በ'ንጻሩ ኣብ ምምላሶም ዝያዳ ናብ ኣዘዋውራ መድህን'ዩ ክስተብህል ተራእዩ። ብኡ ምኽንያት ከኣ ክኸይድ ከሎ ዘይገበሮ ፡ ክምለሱ ከለው ጸጸኒሑ ፡ “መኪና ብጸጋምኪ ዘላ ርኢኽያ ዲኺ? በዓል ብሸግለታ በየማንኪ ዘሎ ተጠንቀቕሉ! እቲ ኣጋር ሃንደበት ከይሳገር ቀስ በሊ ፡ ፍሬኖ ሕዚ ፡ ምልክት ግበሪ ወዘተ ኣናበለ ተኻዕዘ።

መድህን ከኣ በዚ ከይተደሃለትን ደርገፍገፍ ከይበለትን ምዝዋራ ቀጸለት። ብኸምዚ ተሰፎም ካብ ገዛ ወጻኢ ናይ መጀመርያ ዘካየዶ ዑደት ፡ ብዕዉት ዝኾነ ኣገባብ ተፈጸመሎም። መድህን ከምታ ትምኒታን ጸሎታን ንሰብኣያ ሒዛ ንገዛኣ ብሰላም ተመለሰት።

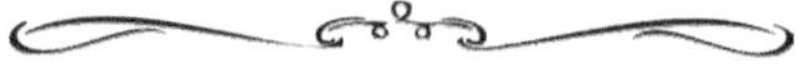

ተሰፎም ሽዑ መዓልቲ ሰኑይን ፡ ንጽባሒቱ ሰሉስን ጽቡቕን ሕጉስን መዓልቲ ወዓለ። ኣቐዲሙ ንምምሕዳር ባንክ ብዝሓበሮም መሰረት ከኣ ፡ ንረቡዕ ናብ ባንካ ከይዱ ናብ ስራሑ ክበጽሕ ቈጸራ ሓዘ።

ረቡዕ ንግሆ መድህን ፡ ንተሰፎም ናብ ባንካ ከተብጽሖ ካብ ገዛ ተበገሰት። ካብ ገዛ ወጺኣ ኣብ ጥቓ ባንካ ምስ በጽሓት ፡ ነቲ ዝበዝሖ ኢጣልያውያን ቦውሊን ዝጻወትሉ ክበብ ንየማን ገዲፉ ፡ ንጸጋም ተጠወየት። በቲ ሰራሕተኛታት ባንካ

ዝኣትዉሉን ዝወጹሉን ዓቢ ቀጽሪ መኪንኣ ጠጣው ኣቢላ ንተስፎም ኣውረደቶ። ልከዕ ኣብታ እተጻጸፋላ ሰዓት ትሽዓት ኣብኡ ስለ ዝበጽሑ ኸላ ፣ እቶም ቀንዲ መሳርሕቱ ድሮ ወዲኣምስ ኣብ ኣፍደገ ክጽበዮም ጸንሑ።

ምስ ረኣየም ኩሎም በብተራ እናነጠሩ ብስምዒት ሰዓሙዎ። ንሱ ኸኣ ዓጸፋኡ መለሰሎም። ነሳቶም በብተራ ፣ "እንቋዕ ደሓን መጻእካ ፣ እንቋዕ ኣብዚ ኣብቅዓካ ፣" ከብሉ ንሱ ኸኣ ብተደጋጋሚ ፣ "እንቋዕ ደሓን ጸናሕኩም ፣ ከብረት ይሃብኩም ፣ ታንክ ዩ ፣ ታንክ ዩ ፣" ከበሃሃሉ ዳርጋ ንመድህን ረስዕዋ።

ሽዑ ፣ "ይቕረታ ግበርልና ንለይ ፣" ኢሎም ምስ ወድአ ደዊሎም ክጽውዕዋ ምኳኖም ሓቢሮም ኣፋነዉዋ።

ምስቶም መሳርሕቱ ናብቲ ባንክ ብምእታው ፣ ነተን ኣብቲ ምድሪ ቤት ናይቲ ባንክ ዝነበራ በበይነን ክፍልታት ፣ ምስቶም መሳርሕቱ እናዞረ ነቶም ኣብ ቀረባ ዝነበሩን ኣብ ጽሩቕ ስራሕ ዘይተጸመዱን ቀሪቡ ሰላም በሎም። ኩሎም ዓጸፌታ ሰላምታ ኣቕረብሉ። ኣብ ዘዝበጽሐ ክፍሊ ኸኣ ዕጉግ እናበሉ ፣ ገሊኦም ብኢዱ ዓትዒቶም ሰላም ብምባል ፣ ገሊኦም ብኽሳዱ ሓሓኒጬም ብምስዓም ደስታኦምን ሓጎሶምን ገለጽሉ።

ኣብ ታሕቲ ንዝርከቡ መሳርሕቱ ሰላም ምባል ምስ ወድአ ፣ ብስምዒት ተዋሒጡ ናብታ ንሱ ዝመርሓ ክፍሊ ልቓሕ ኣምርሐ። ናብ ላዕሊ ናብ ቀዳማይ ደርቢ ቀስ እናበለ ፣ እቶም መሳርሕቱ እናተኸተልዎ ደየበ። ኣብ ከፍሊ ልቓሕ ምስ በጽሐ ኩሎም መሳርሕቱ ጠጠው ኢሎም ፣ እና'ንጨብጨቡ ተቐበሉዎ። ብድሕር'ዚ በብሓደ እናቐረቡ "እንቋዕ ናብዚ ኣብቅዓካ ፣" እናበሉ ሓጎሶም ገለጽሉ። ንሱ ኸኣ ዓጸፋኡ መለሰሎም። ን'ኹሎም መሳርሕቱ ሰላምታ ሂቡ ምስ ወድአ ኮፍ ከብል ዓደምዎ። ብድሕሪ'ዚ ብኹሎም ኣባላት'ቲ ክፍሊ ን'ኸብሩ ኣብ እተዳለወ ፣ ናይ ሻህን ሉስሉስ መስተን ምቁር ሕብስትን ፒሳን ድግስ ተኸፈለ።

ኣቀባብላ መሳርሕቱ ንተስፎም ተስምዖን ተንከፎን። ንስምዒቱ ዝገልጽን ዝመጣጠንን ምስጋና ኸኣ ኣቕረበሎም። ኣብ መወዳእታ ምስቶም ዝያዳ ዝቐርብዎ መሳርሕቱ ኮፍ ኢሉ ኣዕለለ። ን'ኹሎም በቲ ዝገበርሉ ልባውን ምዉቕን ኣቀባብላ ደጊሙ ብምምስጋን ከኣ ተፋነዎም።

ቅድሚ ካብ ባንካ ምፍናዉ ምስ ጠቕላሊ ሓላፊ እቲ ባንካ ተራኸበ። ኣብ ዝቐጸል ሰሙን ስንብተ መዓልቲ ስራሑ ን'ኸጅምር ከኣ ተረዳድኡ። ብድሕር'ዚ መድህን ን'ኸትመጽ ብስልኪ ሓበርዋ። ናይ መጀመርታ ምስ መሳርሕቱ ዝገበር ርኽብ ፈጺሙ ኸኣ ምስ መድህን ናብ ቤቱ ተመለሰ።

መድህን ከኣ ብዉሽጢ ልባ ፣ ነታ ንበዓል ቤታ ናብ ስራሑ ዝመለሰት ሰብ ዘሰርሐ እግሪ ኣመስገነት። ቀጻልነት እዚ ጽቡቕ'ዚ ከተውሕሰላ ብልባን ናይ ልባን ተመነየት። ትምኒት ግን ኣምላኽን ዕድልን እንተ ተሓዊስዎ ከም ዝኾነልካ I እንተ ዘይተሓወሶን ሕራይ እንተ ዘይሉካን ግን ፣ ትምኒት ኮይኑ ስለ ዝተርፍ ንመድህን እስከ ይሓግዝኪ ኢሉ ብጸሎት ዝሕግዛ መድለያ። ብዓቢኡ ግን ደቂ ሰባት ንመጻኢ. ዘርኢ. መነጽር ስለ ዘይብልና ፣ እቲ ግዜ ባዕሉ ዝጠንሶን ዘገላግሎን ድቂ ፣ ንመድህን ንጽቡቓን ንጽቡቕ ስድራ ቤታን ከገብረላ ጥራይ'ያ ከትትምነን ከትልምንን እትኽእል።

ምዕራፍ 4

ኣልማዝ ስራሕ እንዳ ባኒ ዳርጋ ምሉእ ብምሉእ ተጨዳጸረቶ። እቲ ንሳ ዘይጥዕማን ዘይተርከበሉን ኽኣ ፣ ንሓደ ዝያዳ እተቕርቦ ኣለም ዘበሃል ስራሕተኛኣም ከም ተኣማኒ ትውከሎ ነበረት። ኣብዚ ግዜ'ዚ ደርማስ ዳርጋ ንሹሙ ኢዩ ኣብቲ ትካል ነይሩ'ምበር ፣ ቀስ ብቐስ ካብ ኩሉ ሓላፍነት እናደፍአት ኣወጊናቶ ነይራ'ያ። እዚ ኩነታት'ዚ ንደርማስ'ውን ኣይተኸወሎን ነይሩ።

ንወለዱን ነ'ልጋነሽን ከካፍሎም ከሎ ፣ "ዘይ ንስኻ ስለ ዝሓመቖካላ'ያ 'ሸሽ' እትብለልካ ዘላ ፣" ይብሉዎ ነበሩ። ንሱ ግን ፣ 'ኩንት ዘይወዓለ በሊሕ ኩይኑዎ ፣' ዝገበረ እንተ ገበረ ነ'ልማዝ ከምክታ ኣይከኣለን።

ሃብቶም ንኹሉ ኣልማዝ ዘበለቶን ዝገበረቶን ድጋፍን ሓገዙን ኣይነፍጋን'ዩ ነይሩ። እቲ ኣብ ፈለማ ግዜ ዘይተሰማምዓሉን ዘይተቐበሎን ጉዳያት እንተ ኾነ'ውን ፣ ውዒላ ሓዲራ ቀስ ገይራ በቲ እትመልኩ ጥበባ ገይራ ተእምኖን ሕራይ ተብሎን ነበረት። ኣብ መጨረስታ ኽኣ ኣብ ከንድኡ ኩይና ኩሉ ከትፍጽም ዘኽእላ ምሉእ ስልጣን ውክልና ሃባ። ብድሕሪኡ ደርማስ ፣ 'ኢዶካ ንላዕሊ ፣ ኢዶካ ሃብ ፣' ከም ዝበሉዎ ፣ ጨሪሱ ተስፋ ጨረጸን ብመንፈሱ ተሳዕረን።

"ንሃብቶም ሓወይ ተጸጊዐን ፣ ዘይንቕነቕ ጎቦ ኩይኑዋን'ያ ትጸወተለይ ዘላ ፣" ኢዩ ዝብል ነይሩ ደርማስ። ንሱ ከምኡ ይበል'ምበር እቲ ሓቂ ግን ፣ ዋላ

ሓደ ብሓደ'ውን ነ'ልማዝ ኣይምኽኣላን። ሓንጐል ሰብ ካብ ምሕላንን ምፍታንን
ዘየዐርፍ ኮይኑ ኢዩ'ምበር ፤ ኣብዚ ደረጃ'ዚ እቲ ኩነት ተወዲኡ ፤ ሰዓርን
ተሰዓርን ከኣ ተፈሊጡ ምንባሩ ደርማስ ከርድእ ጀሚሩ ነይሩ'የ።

ኣልማዝ በዚ ኣብ ልዕሊ ደርማስ እተጐናጸፈቶ ዓወት ኣይዓገበትን። ኣብ ስራሕ
ምሉእ ብምሉእ ኣልሚሳቶ ከተብቅዕ ፤ ሓሙሽተ ደቒቕ ደንጐየ መጺኡ ፤ ሓሙሽተ
ደቒቕ ኣቐዲሙ ወጺኡ እናበለት'ውን ከትቬጻጸሮ ጀመረት። ናብ ዝኾነ ከወጽእ
እንተ ደለየ ፤ ንኣኣ ከየፍቀደን ከይነገራን እንተ ወጺኡ ፤ ብዙሕን ውሑድን
ትዛረብ ነበረት። እዚ ኹሉ ከይኣኸላ ፤ ንሃብቶም ከኣ ደርማስ ኣብ ስራሕ
ተገዳስነት ጨሪሱ ከም ዘጥፍአ ገይራ ተረድኦ ነበረት።

ደርማስ ዝገብሮን ዝውስኖን ጠፍኦ። እታ ከንድምንታይ ዘመስግንዋን ዘድንቕዋን
ዝነበሩ ኣልማዝ ፤ ናብ ከምዚ ምልዋጣ ምርዳእ ኣበዮ። እታ ቀደም ኣቦኡ
ብተደጋጋሚ ዝነግርዋ ዝነበሩ ፤ 'ሰብ ከይሞተ ፤ መሽላ ከይሰወተ ኣይፍረድን!'
እትብል ምስላ ትዝ በለቶ። ነታ ምስላ ምስ ዘከረ ከይተፈለጦ ከምስ በለ።

እቲ ጸገም ንኹሉ ሰብ ዝጸንዖ ፍጻመ ብምዃኑ ፤ ንሱ ከሳዕ ዝርድኦ ከኣ
ብስንፍናኡ ስለ ዘይሰዓበን ተጸናነዐ። ብተወሳኺ እቲ ጸገም ወይ ጥልመት ፤
ብናቱ በደልን ፍጻመን ብዘይምዃኑ ብመጠኑ ተደዓዐሰ። "እንቋዕ ጥራይ ኣነ
ኣይኮንኩ ተኣማንነተይ ዘጥፋእኩን ጥልመት ዝፈጸምኩን። ከምኡ ስለ ዝኾነ
ለኽፍክፍ ከይበለንን ሕማቕ ከይተሰምዓንን ፤ ሕልናይ ከይኮርኲሓንን'ዃ በጥ ኢለ
እድቅስ ፤" ኢሉ ሓሰበ።

ደርማስ ከምኡ ገይሩ ነብሱ የጸናንዕ'ምበር ፤ እቲ ኣንጐኔፍዋ ዝነበረ ብድሆ ግን
ብኸምኡ ከእለዮ ኣይከአለን። መፍትሒ እንተ'ውረደ እንተ'ደየበ ፤ ብዘይካ ሓደ
ሓሳብ ካልእ ፍታሕ ኮይኑ ኣይተሰምዖን። ወለዱን ኣልጋነሽን ከኣ ፤ "እዚ'ሞ
መሊስካ ኣብ ኢዳ ምውዳቕን ንውጥና ምዕዋትን'የ ፤" ኢሎም ተቓወምዎ።

ደርማስ ኣብ ሞንጐ ተቐርቀረ። ኣብ ምንጽርጻር በጽሐ። ገለ ዘይተሓሰበ ከም
ማና ካብ ሰማይ ዝወርድ ፍታሕ እንተ ተረኽበ ከትምነ ጀመረ። ከሳዕ ከምኡ
ዝርከብ ግን ፤ ብዘይካ ርእሱ ኣድኒኑ ሕርቃኑ ንጓኡን ቁርጥም ኣቢሉ ፤ ተጸዊጡን
ተመሊኹን ምስጓም ወይ ድማ እታ ዝሓሰባ ምትግባር ፤ ካልእ ኣማራጺ ከም
ዘይብሉ ተቐቢሉ ከንጓዝ ጀመረ።

ተስፎም ከም መደበም ሱኑይ ናይ ባንካ ስራሑ ጀመረ። መድህን ከአ ካብን ናብን ተመላልሶ ነበረት። ናይ ድሕሪ ቀትሪ ካብ ባንካ ምስ ተፈደስ ፣ ገሊኡ ግዜ አብ ክንዲ ንገዛ ንፋብሪካ ተብጽሖ ነበረት። አብ ፋብሪካ ቅሩብ ምስ ሰርሐ ባዕሉ አርኪያ ንገዛ የብጽሖ ነበረ።

ተስፎም ናይ ባንካ ስራሑ ምጅማሩን ፣ ብዘይምርኩስ ባዕሉ ንስራሑ ምእታውን ሞራል ኮይኑዎ ፣ አብ ኩነተ አእምሮኡ ጽቡቕ ምዕባለ ገበረ። ስድራ ቤት ብሕፈሻ መድህንን ደቁን ከአ ልዕሊ ኹሉ አዝዮም ተሓጉሱ። እዚ ምዕባለ'ዚ ግን ነዊሕ አይሰጉሞን።

ተስፎም ድሕሪ ሓደ ወርሒ አቢሉ ፣ ነቲ ረኺብዎ ዝነበረ ጽጋ ከለምዶን ከም ውሁብ ከወስዶን ጀመረ። ብድሕር'ዚ አብ ክንዲ አብቲ ንስራሑ ምምላሱን ፣ ብዘይ ምርኩስ ነብሱ ምኽአሉን ምትዃር ፣ አብ ዘይጠቅም ናእሽቱ ነገራት ከተኩር ጀመረ። አብ ስራሑ ምስ መሳርሕቱ ተገልገልትን ቀልጢፉ ብዝኾነ ከትንከፍን ፣ አብ ቀረባ ከኽውንን ጀመረ። እዚ ኩነተ አእምሮኡ አብ ገዛ ምስ በዓል መድህንን ቄልቡን'ውን ብተዛማዲ ከጸልዎ ጀመረ።

እዚ ይኹን'ምብረ ሕጂ'ውን እንተ ኹነ ፣ ካብቲ ቅድም ዝነበሮ ጌና አዝዩ አብ ዝሓሸ ኩነታት'ዮ ነይሩ። እዚ ናይ ተስፎም ናይ ኩነተ አእምሮ ምዕባለ ደው ምባሉን ፣ ብንእሽቶ ደረጃ'ውን ንድሕሪት ምምላሱን ንኻልኦት ብዙሕ አይተራእዮምን። ንመድህን ግን ብደቒቕ ልዕሊ ኹሉ ስለ እትፈልጦን እትከታተሎን ፣ ናብ ዝነበሮ ከይምለስ ከስከፋን ከስግአን ጀመረ።

ከምዚ'ሉ ንአስታት ሰለስተ አዋርሕ ተጓዕዘ። አብ ሰለስተ ወርሑ ዓርቢ መዓልቲ ፣ አብ ስራሑ አብ መሳልል ስካላ ከወርድ ከሎ ሸተት ኢሉ ወደቐ። አብቲ ባንካ ዝነበራ መንእሰያት ደቂ'ንስትዮ ምስ ወደቐ ካዕ-ካዕ ኢለን ሰሓቓኣ።

ዘይተጸበዮ ነገር አጋጢምዎን ሰንቢዱን ባዕሉ ከትንስእ ሃቐነ። ጨሪሱ ካብታ ዝወደቓ ምንቕ ምባል ሰአነ። ዝሕግዝዎ ሰባት ከሳዕ ዝመጹ ካልአይ ግዜ'ውን ከትንስእ ፈተነ። ግን መሊሱ ሸተት ኢሉ ረፋዕ በለ። ከምኡ እናበለ ኹሎ መሳርሕቱ ጉይዮም አልዓልዎ።

ነተን መንእሰያት ስለ ዝሰሓቓኣ ብትሪ ገንሐወን። ግን እንታይ ከኽውን። ተስፎም ድሮ አዝዩ ተሃስዩ ኢዩ ነይሩ። ጉድአቱ አካላዊ አይነበረን። ብዕድል ብመውደቑቱ

ዝኸነ ኣካላዊ ጉድኣት ኣይወረደን። ኣብ ቅድሚ ብዙሓት ሰባት ስለ ዝወደቐን ፤ ምስ ወደቐ ባዕሉ ክትንስእ ስለ ዘይከኣለን ፤ ልዕሊ ኩሉ ኸኣ እተን ኣዋልድ ስለ ዝሰሓቓን ኣዝዩ ተንከፍኦን ኣጒሃየን። ነታ ሓደጋ ዝገጠመቶ ምሽትን ነታ እግሩ ዝተቼርጸላ መዓልትን ብልቡ ረገመን። ብስንክልናኡ ኣዝዩ ኣስተንተነ።

ንኹሎም ደሓን ዲኸ ከብልዎን ድንጋጸኦም ከገልጹን ዝመጹ መሳርሕቲ'ውን ከይተረፈ ብዓይኒ ጥርጣረ ክርእዮም ጀመረ። ከምዚ ኣካለ ጐደሎ ስለ ዝኸነ ዝድንግጽሉ ዘለው'ምበር ፤ ካብ ሓልዮት ተበጊሶም ዝሓትዎ ዝነብሩ ኮይኑ ኣይተሰምዖን። ኩነታቱ ምስ ረኣየ ንገዛ ከይዱ ንኽልተ ሰለስተ መዓልቲ እንተ ኣዕረፈ ከም ዝሓይሽ ተገንዘቡ። ሽዑ መኪና ናይ ስራሕ ጸዊዖም ንገዛ ኣብጽሐዎ።

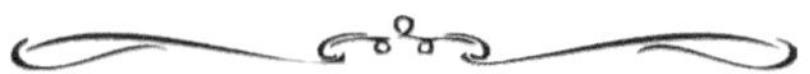

መድህን ማዕጾ ምስ ከፈተት ሰንበደት። ካብ ስራሕ ባዕሉ ምምጽኡን ፤ እሞ ኸኣ ኣብ ዘይሰዓቱን ኣዝዩ ኣሰንበዳ።

"ደሓን ዲኸ ደኣ?" ኢላ ሓተተቶ። ተስፎም ግን መልሲ ከይሃባ ጠኒኑ ንውሽጢ ገዛ ኣተወ።

ኩነታቱ ባህ ኣይበላን። እቲ መራሕ መኪና ከይከደ ከትሓቶ ንደገ ወጸት። ምስ ሓተተቶ ኣጋጣሚ ሽተት ኢሉ ምውዳቑን ፤ ግን ዝኸነ ኣካላዊ ጉድኣት ከም ዘይወረዶን ነገራ። ንኣኡ ኣመስጊና ንውሽጢ ጐይያ ንተስፎም ኣርከበቶ። ትኽ ኢሉ ናብ መደቀሲኡ ኣተወ።

"ኣብ ዓራት መታን ከተዕርፍ ዓራትካዶ ክኽፍተልካ?" በለቶ።

"ዓራት ከፊቱ ዘይከእል ስንኩል'የ ኢሉም ደዊሎምልኪ ድዮም?" ዝብል መስደመም መልሲ ደርበየላ። ኩነታቱ ጽቡቕ ከም ዘየሎ ቀልጢፋ ቆብ ኣበለቶ።

"እሞ እንታይ ከገብረልካ ወይ ከምጻልካ?"

"ዋላ ሓንቲ ፤" ዝብል ዘይንዳእ መልሲ ሃባ።

ብኣኡ ተተባቢዓ እናተስከፈት ፤ "ደሓን ዲኸኸ?"

"ፕሊስ ፤ ግደፍኒ'ንዶ ከዕርፉ! ኣብ ገዛይ ብሰላም ከዕርፍ ኣይኽእልን?" በላ ገጹ ጸዋዊጉ።

"ሕራይ በል ፍቓድካ ፡" ኢላ ካልእ ከይወሰኸት ገዲፋቶ ወጸት።

አብ መቐበል አጋይሽ ከይዳ ተሰፍም መታን ከይሰምዓ ፣ ድምጺ አትሕት አቢላ ናብ አርኣያ ስልኪ ደዋላ ፣ እቲ መውደቕትን ኩሉ እቲ ከሳዕ ሽዑ ፈሊጣቶ ዝነበረት ሐበሬታን ነገረቶ።

"ምስኪናይ ተስፎም ሐወይ ተሰሚዑዎ ማለት'የ። እሞ መጻእኩኺ ፡" በላ።

"ጽናሕ'ሞ ሕጂ ንስኻ መጺእካ እንተ ሐተትካዮ'ውን ከይምልሰልካ ይኽእል'የ። ደሓር ከኣ ንምንታይ ነጊርከዮ ኢሉ'ውን ክመዓተኒ ይኽእል'የ። ዝገደደ ኸኣ አዝዩ ሕማቕ ከስምዖን ናብቲ ንፈልጦ ትካዘ ከእትዎን ይኽእል'የ።"

"እሞ እንታይ ደኣ ክንገብር ይሓይሽ?"

"እቲ ዝሓሸ ናብቶም ከወድቕ ከሎ ዝነበሩ መሳርሕቱ ደዊልካ ኩነታቱ'ሞ ፍለጥ ፣ አዋድቓኡ ዘስከፍ ኩነታት ዘይብሉ እንተ ኹይኑ ፣ 'ንባንካ ከይደ ነይረስ መሳርሕትኻ ዝፈለጥኩ መሲልዎም ፣ ደሓንዶ ኹይኑ ሐዉኻ ኢሎም ሐቲቶምኒ ፡' ኢልካ ድሕሪ ቀትሪ ከምዛ ብወዝቢ ዝፈለጥካ መሲልካ እንተ መጻእካ ይሓይሽ ፡" ኢላ እታ ዝሓሰኸት አገባብ ነገረቶ።

"አየ መድህህህን?! አንቲ መድህን?! ከመይን ክንድምንታይን ኢኺ አስፈሕኪ እትሐስብን እትሐልይን ጓለይ?! ናትክስ ፍሉይ'የ!"

"አይ ወሪዱኒ ብምንታይ'የ ከፍለ ወደይ?!"

"በሊ ዝኾነኾይኑ ደሓን ሐቲተ ክድውለልኪ'የ ፡" ኢሉ ስልኪ ዓጸዋ።

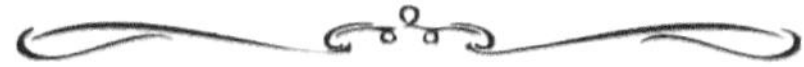

ድሕሪ ርብዒ ሰዓት ዝኾነ አርኣያ ደዊሉ ፣ ነቶም ቀንዲ ምስኡ ዝነበሩን ዘልዓሉዋን ስለስተ መሳርሕቱ ከም ዘዛረቦም ሐበራ። ንሳቶም ከም ዝብልዎ ሸተት ኢሉ ምውዳቕ እንተ ዘይኮይኑ ፣ ዝኾነ ነገር ከም ዘይተንከፎ ወይ ከም ዘይሃረሞ ከም ዝገለጹሉ ነገራ። እቶም ካልኦት ዘይጠቐሱዋ እቲ ሳልሳዮም ዝዘከራ ግን ፣ ተስፎም ምስ ወደቐ አብቲ ባንካ ዝነበራ ዘይሐላፍነታውያን መንእሰያት ካዕ-ካዕ ኢለን ከም ዝስሐቓ'ሞ ፣ ቅሩብ ሕማቕ ተሰሚዑዎ ከኹውን ከም ዝኽእል ከም ዝሐበሮ ገለጸላ።

ኣብ መወዳእታ ኽኣ ምናልባሽ ነታ ጉድእቲ እግሩ ኣብቲ መገጣጠሚ ተጐዲኣዋ
ከይከውን ኣስተብሃሎ'ምበር ፤ ካልእ ዘስከፍ ነገር የለን ከም ዝበሎም ነጊሩ
መልእኽቱ ደምደም። ብስምምዖም መሰረት ከኣ ቀስ ኢሉ ንድሕሪ ቖትሪ መጺኡ
ክርእዮ ተረዳድኡ። ብኣኡ ኣቢሉ ነ'ቦኡን ነ'ደኡን ቀስ ገይሩ ኣረዲኡ ሒዝዎም
ንኽመጽእ ኣዘኻኺረቶ።

ብድሕር'ዚ መድህን ጸጸኔሓ ኣብ ረርብዒ ሰዓት ቅልቅል እናበለት ንተሰፍም
ተስተብህሎ ነበረት። ተሰፍም ኣብ ሕማቕ ኩነታት'ን ትካዘን ከወድቝ ከሎ ፤
መድህን ኣዝያ'ያ እትስከፍን እትሻቐልን ነይራ። ኣብ ከምኡ ኩነታት ከወድቝ
ከሎ ፤ እቲ ሕሙም ነብሱን ምፍጣሩን ስለ ዝጸልእ ፤ ምክትታልን ሓለዋን ከም
ዘድልዮ ሓኪይም ነጊሮሞም ነይሮም'ዮም።

ኣብ ከምኡ ኩነታት ብሕልፈ ገለ ድምጺ ወይ ገልጠም ካብ መድቀሲኦም እንተ
ሰሚዓ ፤ ልባ ምሎቕ ከትብላ ኢያ እትደሊ ነይራ። ሽው ህርመት ልባ ይጋልብ ፤
ልባ ኽኣ ብዱግዱግታ ካብ ሳናቡኣ ፈንጢሳ ክትወጽእ ዝደለየት ኩ‐ይኑ'የ ዝስምዓ
ነይሩ። ከምኡ ከትስንብድን ከትርዕድን ዝርእዮዋ ዝነበሩ ዓቢይቲ ደቃ ፤ በ'ደኣም
ኣዝዮም ይሻቀሉ ነበሩ። ሽው መዓልቲ ከምኡ ኢላ ከይቀሰነት ኣብ ሻቕሎት
ወዓለት።

ሰዓት ሽዱሽተ ኣጋምሽት ከኸውን ከሎ ኣርኣያ ንስድራኡ ሒዝዎም መጸ። ተሰፍም
ከሳዕ ሽው ንመድህን ሓንቲ ቓል'ውን ከይተዛረባ'የ ውዒሉ። ሽው ከም ዝመጹ
ምስ ነገረቶ ናብ መቐበል ኣጋይሽ ከደ። ሰላምታ ተለዋዊጦም ከኣ ኩ‐ፍ በለ።

"ደሓን ዲኽ ደኣ ሎሚ?" በሉዎ ግራዝማች።

ሽው ተሰፍም ብቕጽበት ናብ መድህን ፤ ናይ ቄጠዋን ናይ መግናሕትን ጠመተ
ሰደደላ።

"መን ነጊሩኩም?" ከኣ በለ ተቐዳዲሙ።

ኣርኣያ እታ ኩነታት ቀልጢፉ ስለ ዝተረድኣቶ ፤ "መድህን'ውን ምስ ከፈተትና ፤
'ደሓን ድዩ እቲ መውደቕቱ?' ምስ በልናይ ፤ ከምዛ ናትካ ሰንቢዳ ፤ 'መን
ነጊሩኩም ድኣ?' ኢያ ኢላትና።"

ብቕጽበት ኣብ ገጽ ተሰፍም ናይ ምድንጋርን ምጥርጣርን ምልክት ተራእየ። ኣርኣያ
ቀልጢፉ ፤ "ኣጋጣሚ ንባንካ ከይደ ነይረስ ሓደ መሳርሕትኽ ፤ 'እዚ ሓዉኽ
እዝግሄር ኣውዲዮ ሎሚ ፤ እንቋዕ ሕማቕ ኣዋድቓ ኣይወደቓ ፤' ኢሉኒ ዝፈለጥኩ

መሲሎዎ ፡" ኢሉ ኩሉ እቲ ሰብ ዝበሎ ገለጸሉ።

ብቕጽበት ገጽ ተስፎም ከፍታሕን ከፍኩስን ተራእየ። ነዚ ኩሉ ትም ኢሉም ከዕዘቡ ዝጸንሑ ግራዝማች ፣ "እምበርከ ንሕና እንተ ፈለጥና እንታይ ኣበሳዮ ኣለዎ'ዩ? ንሕና ዘይፈለጥና ደኣ መን ክፈልጦ?" በሉ ዕትብ ኢሎም።

ተስፎም ከምልሰሎም ወይ ከብድሆም ኣይደፈረን። መልሲ ከይመለስ ድንን ኢሉ ትም በለ።

"ናብቲ ደሓን ዲኻ ግዳ ዘይተድህቡ። ኢሂ ተስፎም ወደይ ደሓን ዲኻ?" በለ ወ/ሮ ብርኽቲ ፣ ናብ በዓል ቤተን ብዝቐነዐ ቖጥዐን መግናሕትን።

"ደሓን'የ'ደ ፡" መለሰ ተስፎም ብሓጺሩ።

"ደሓን ይግበሮ። ዋላ እታ እግርኻ ኣይተጐዳእካያን?" ሓተቱ ግራዝማች።

"ደሓን'የ ኣይተጐዳእኩን ፡" መለሰ ብትሕት ድምጺ።

መድህን ብድድ ኢላ "ሻሂዶ ቡን ክንገብር?" በለት።

ሽዉ ናብ ሻሂኦምን ዕላሎምን ሓለፉ። ተስፎም ብውሱን ደረጃ ከዋሳእ ይፍትን ነበረ። ደስ ኢሉም ከም ዘይነበረ ግን ንኹሎም ኣይተኸወሎምን። ከምዚ ዘየስተብሃሉን ዘይተረደኦምን ፣ ትም ኢሎም ኣዕሊሎም ኣማስይኡ ተፋንዮሞም ከዱ።

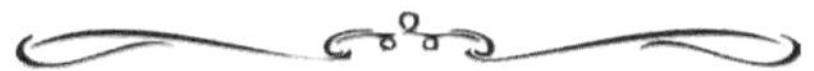

ተስፎም ካብ ዓርቢ ክሳዕ ሰንበት ዋላ ንባንካ ዋላ ንፋብሪካ ከይከደ ኣብ ገዛ ቀነየ። ካብ ሰኑይ ግን ስራሑ ጀመረ። ድሕሪ መዉደቕቱ እቲ ኣብ ስራሑ ኣመሓይሽዎ ዝነበረ ናይ ቀደም ባህሩ ብኽፋል ከዝሕትል ተራእየ። ኣብ ገዛ ብሕልፊ ምስ በዓል መድህንን ደቁን ከአ ዝያዳ ዛሕተለ። ከምኡ'ኳ እንተኾነ ናብቲ ቅድሚ ሰብ-ሰርሒ እግሪ ምግባሩ ዝነበረ ኩነታቱ ግን ኣይተመልሰን።

ስድራን ኣርኣያን'ዉን ነዚ ድሕሪ ምዉዳቕ ዝመጸ ለዉጢ ከስተብሃልሉ ግዜ ኣይወሰደሎምን። መድህን ከአ እንቋዕ ደኣ ከምቲ ናይ ቅድሚ ሕጂ ምሉእ ብምሉእ ናብቲ ዝነበሮ ኣይተመልሰ'ምበር ፣ ካልእስ ደሓን ብምባል ናይታ ተረፉ ዝነበረት እዋታዊት ስምዒቱ ብልባ ምምስጋና ቀጸለት። ተስፎም ከምዚ ኢሉ ንሰለስተ ወርሒ ተጓዕዘ።

ተስፎም ኣብ ናቱ ኩነታት ምስቀርቋርን ምብስጫፌውን ጥራይ የድህብ ስለ ዝነበረ ፤ ንኹነታት መድህን ይኹን ንኹነታት ደቁ ጨሪሱ ኣቓልቦ ኣይሀቦን'ዩ ነይሩ። ኣብዚ ግዜ'ዚ ቅድሚኡ ተራእዩ ዘይፈልጥ ዋሕዚ መንእሰያት ናብ ቃልስን ሜዳን'ዩ ዝረኣ ነይሩ። መድህን ከም ወላዲት ብጹሓት ኣጉባዝ ነዚ ኩነታት'ዚ ብስክፍታን ብሻቕሎትን'ያ እትዕዘቦን እተከታተሎን ነይራ።

መድህን ንናይ ተስፎም ምንጽርጻርን ፤ ነዚ ብናይ ደቃ ዝነበራ ሻቕሎትን ንበይና ኢያ እትስከሞ ነይራ። ግዳይ ንሳ ንበይና ስለ ዝነበረት ከኣ ፤ ኣብ ጥዕናኣ ርኡይ ምንቁልቋል ክኽሰት ጀመረ። ንሳ ግን ምሉእ ህይወታ ነቶም እተፍቅሮም ንኽጥዕሞም'ምበር ፤ ናይ ነብሳ ተገዲሳ ስለ ዘይትፈልጥ ብዙሕ ኣቓልቦ ኣይገብረትሉን።

ቀዳም እንዳ ተስፎም ደንጉዮም'ዮም ምምስስሓም ወዲኦም። ሰዓት ሰለስተ ኣቢሉ ምስ ኮነ መድህን ካብ መደቀሲ ተስፎም እናተመልሰት ፤ ኣብ መቐበል ኣጋይሽ ክትበጽሕ ከላ ጭርውርው ኢሎዋ ክትወድቕ ደለየት። ነዚ ዘስተብሃለ ብሩኽ ሰንደልደል ክትብል ከላ ጐይዬ ሓቘፍ ኣበላ።

"ኢሂ ማማ ደሓን ዲኺ?" በላ ሰንቢዱ ነብሱ ቀጥ-ቀጥ እናበሎ።

"ደሓን'የ ጭርውርው'የ ኢሉኒ ፤" በለቶ ብኣዝዩ ትሑትን ድኹምን ድምጺ።

ደጊፉ ኣብ ሳሎን ግምብው ከም እትብል ገበረ።

"ነ'ርኣያ ጸውዓዮ ፤" በለቶ።

ተቓላጢፉ ጐይዬ ናብ ሓው'ቦኡ ስልኪ ደዊሉ ነገሮ። ኣርኣያ ዘረባ ኣየድገሞን።

"መጻእኩ ፤" ጥራይ ኢሉ ስልኪ ብቕጽበት ዓጸዋ።

ብድሕሪኡ ብሩኽ ንትምኔት ሓብቱ ጸዊዑ ምስ መድህን ከም እትጸንሕ ብምግባር ፤ ናብ ኣቦኡ ኸይዱ ነገሮ። ተስፎም ሰንቢዱ መጸ። ተስፎም ደሓን ዲኺ ኢሉ እናሓተታ ከሎ ኣርኣያ ድሮ ኣርከበ። እቲ ኩነታት ምስ ሓታተታ ኸኣ ምስ ብሩኽ ኮይኖም ንሆስፒታላ ወሰድዋ። ኣብ ህጹጽ ረድኤት ዝነበረ በዓል ተራ ሓኪም መርመራ።

ኩሉ ምርመራኡ ምስ ወድኣ ፤ ዓቘን ጸቕጢ ደማ ልዕሉ ከም ዝነበረ ሓበራ። ቅድሚ እቲ ግዜ'ቲ ጸቕጢ ደም እንተ ነይሩዋን ፤ ፈውሲ ትወስድ እንተ ነይራን ፤ ተዓዂና ትፈልጥ እንተኾይናን ሓተታ። ፈውሲ ወሲዳ ከም ዘይትፈልጥን ፲ ነዊሕ

እዋን ይገብር ኣብ ፋርማሲ ተዓቒና ከም ዝነበረትን 𝙸 ኣብቲ እዋን'ቲ እቲ
ፋርማሲስት ዝነገራ ዓቐን ብልክዕ ከም ዘይትዝክሮን 𝙸 ግን ከኣ ዓቐና ኣብ ላዕላይ
ገምገም ናይ ንቡር ዓቐን ከም ዝነበረ ከም ዝነገራን 𝙸 ብኣኡ ምኽንያት ከኣ
ዋላ'ኳ ንሽዑ ካልእ ተወሳኺ ምርመራን መድሃኒትን ዘየድልያ እንተ ኾነ ፡
ግን ብቓጻሊ ኣብ ሰሙን ወይ ክልተ ሰሙን ሓንሳብ እናተመላለሰት ክትዕቀንን
ክትከታተልን ከም ዝመዓዳ ሓበረቶ።

"እሞ ጽቡቕ ዘኪርኪ' ምበር። ካልእክ እቲ ፋርማሲስት ዝሃበኪ ሓበሬታ ወይ
ምኽሪ ነይሩዶ?"

"ጨውን ቡንን ቅብኣትን ከየብዝሕ። ክብደተይ ክቑጻጸር ፡ ሰውነተይ ከዛንን
ከወሳውስን ፡ ብተወሳኺ ኽኣ ጭንቀትን ጸቕጥን ከወግድ ከም ዘለኒ ነጊሩኒ
ነይሩ።"

"እሞ ብድሕሪኡ እንታይ ጌርኪ?"

"ድሕሪኡ ብዙሕ ኣይተገደስኩሎን ተመዚነ' ውን ኣይፈልጥን።"

"ኣዚኺ ተጋጊኺ። እቲ ዝሃበኪ ምኽሪ ንኽንቱ ጌርኪዮ!"

"ኣብዘን ዝሓለፉ ኣዋርሕ ግን ከም ገለ ይገብረኒ' ሞ ፡ ከምርመር ወይ ከምዘን
ኣለኒ ኢለ እሓስብ ግን ከኣ ምርካብ እስእኑሎ።"

"ንህይወትኪ ዘየርክብኪ ደኣ ንመንን ንምንታይን ኢ.ኺ ከተርክቢ። ዝኾነኾይኑ
ሕጂ ፈውሲ ክእዘዘልኪ' የ። ተኸታቲልኪ ትወስድየን። ኣብ ሰሙን ሓንሳብ ከኣ
ፋርማሲ እናኽድኪ ትምዘኒ። ኣብ ንቡር እንተ ተመሊሳ ብኡ ትቕጽሊ። እንተ
ዘይወረደት ተመሊስኪ ተመርመሪ።"

"እሺ ሕራይ።"

"ጸቕጢ ደም ካልእ ሕልኽላኽትን ሕማም ልብን ናይ ምምዕባል ተኽእሎ
የዛይድ' የ። ስለዚ ብድሕሪ ሕጂ እንተ ተኽኢሉ ኣብ ሰለስተ ወርሒ ፡ እንተ ዘየሎ
ግን ኣብ ሽዱሽተ ወርሒ ግቡእ ምርመራን ክትትልን ክትገብሪ የድልየኪ' የ ፡"
ኢሉ መምሪሒኡን ምኽሩን ደምደመ።

"የቐንየለይ ፡" ኢላ ኣመስጊናቶ ወጸት።

ኣርኣያን ብሩኽን ኣዝዮም ተሻቒሎም ኢዮም ነይሮም። ደገ ምስ ወጸት ኩሉ እቲ

ዝተባህለቶ በብሓደ ሓበረቾም።

"እዚ ንኹሉ ኻልእ ሰብ እናገበረክን እናመኽርክንሲ ንነብስኺ ዘይትኹኒ ፧"
ኢሉ ኣርኣያ ኮረየላ።

"እንታይ ገይረ ኢልካኒ።"

"ስቕ በሊ በጃኺ። ዝኹነኹለይኑ ሕጇ ናብ ፋርማሲ ንኺድ'ሞ መድሃኒትኪ
ክትወስዲ። ኣብኡ ምስቲ ፋርማሲስት ከፋልጠኪ'የ። ካልእ ግዜ ብጫጾራ ባዕለይ
ሒዘኪ ክኸይድ'የ። ንሱ ኣዝዩ ግዱስ ስለ ዝኹነ ከመይ ዝኣመሰለ ምኽርን
ሓበሬታን ትምህርትን'ዩ ዝህበካ።"

ተታሓሒዘም ከይዶም ፈውሶም ሒዘም ንገዛ ተመልሱ።

ተሰፎም ተሻቒሉ ኮፍ ከይበለ ንየው ነጀው ከብል ጸንሓም። መድህንን ኣርኣያን
ንኣኡ ኣብ ሻቕሎትን ጸቕጥን ዘየእትዎ ዝበልዎ ሓበሬታ ሃብዎ። ንዝቕጽል ሓደ
ሰሙን ተሰፎም ንመጀመርያ ግዜ ድሕሪ ሓደጋኡ ፡ ብዛዕባ መድህን ተሻቒሉ
ብቐጻሊ ክሓታን ክግደሰላን ጀመረ። ድሕሪ ሓደ ሰሙን መድህን ደሓን ከም ዘላ
ምስ ረኣየ ግን ናብ ናይ ቀደሙ ተመልሰ።

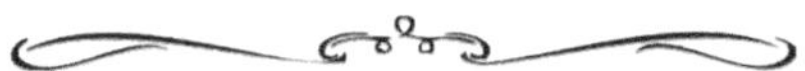

ድሕሪ ሰሙን ኣርኣያ ከም እተማባጸዓላ ፡ ንመድህን ናብቲ ዝኣምኖ ፋርማሲስት
ሒዝዎ ኸደ። መጀምርያ በቾም ተሓጋጊዙ ገይሩ ጸቕጢ ደማ ከም እትዕቀን
ገበረ። ብድሕሪኡ ንኣኣን ነ'ርኣያን ብሓባር ነውሺጡ ኣእትዩ ሓበሬታን ምኽርን
ከህባ ጀመረ።

"ጸቕጢ ደም ሽግር ዘለዎ ሕማም ኣይኮነን። ግን ዋና ይደሊ። መድሃኒትኪ በተን
እተሓበራኺ ዓቐን መዓልታዊ ከይጾረጽኪ ምውሳድን ፡ ብእግሪ ምንቅስቓስን ፡ ኣብ
ሰሙን ሓንሳብ ዓቐንኪ ምፉጽጻርን ጥራይ'የ ዘድሊ። ምንቅስቓስ እምን-ኩርናዕ
ናይ ጥዕናና ኢዩ ፧" ኢሉ ኣዕርፍ ኣቢሉ ናብ ክልቲኦም ብብተራ ጠመተ።

ቅጽል ኣቢሉ ፡ "ብተወሳኺ ንጸቕጢ ደም ዘጋድዱ ነገራት ከም እኒ ጨው ፡
ኣልኮላዊ መስተ ፡ ቡን ፡ ብዝያዳ ኸኣ ብዝተኸእለ መጠን ተርባጽን ጸቕጥን
ውጥረትን ምውጋድ የድሊ። ኣብ ኣመጋግባና ኸኣ ናብ ብሓፈሻ ሚዛን ዘይውስኹን ፡
ንጥዕና ሓገዝቲ ዝኹኑን ኣሕምልትን ፍረታትን ጥረምረን ምዝዛው የድሊ። ካብ
ብዙሕ ጨው ቅብኣትን ሓርጭን ፡ ሽኮርን ምዝውታር ምቝጣብ ኣዝዩ ሓጋዚ'የ

"እቲ ቀንዲ እዚ ' ዩ። ቀሊል ' ዩ። ብሩህዲ ' ዩ?" በለ።

"ብሩህ ኢዩ። ግን ቀሊል ኣይኮነን ፡" በለቶ።

"ቀሊል እምበር! ንህይወት? ንህይወት ካልእ ' ንድዩ ዝግበር ፡ ኣብ ካልእ ' ንድ ' ዩ
ዝእቶ ፡" በለ።

"እወ ንሱስ ፡" በለት።

"ርእኺ መጻኢ ጥዕናኽን ዕድመኽን ህይወትክን ፡ ኣብዚ ዝዘርዘርኩልኪ ከም
ዝምስረት ጥራይ ኢኺ ክትቀበልዮን ክትርድእዮን ዘሎኪ። ልብና ሞቾር ናይ
ሰውነትና ኢያ። ብዘይከኣ ኽኣ ህይወት የለን። ንሕና ክንድቅስ ከነዐርፍ ክንዛነን
ክንዛናጋዕን ከሎና ' ውን ንሳ ኣይተዐርፍን ' ያ። ብኽምዚ ንእተገልግለና ኣካል ብኽንከን
ክንሕዛን ዘድልያ ከንገብረላን ኢዮ ዝግባእ። ሓቀይዶ?" በለ ናብ ክልቲኦም
በብተራ እናጠመተ።

"ሓቅኽ ፡" በሎ ኣርኣያ።

"ብኣብነት ገይረ ከረድኣኩም። ብዙሓት ካባና እንተ ተቼንዚና ጥራይ ኢና
ዝሓመምና ዝመስለና። እቶም ኣዝዮም ሓደገኛታት ሕማማት ከም እኒ ጸቕጢ
ደም ፡ ሕማም ሽኮርን ካልኦት ሕዱራት ሕማማትን ፡ ዝበዝሕ ግዜ ዝኽነ ምልክት
ወይ ቃንዛ ከየስዐቡ ብሰላሕታ ' ዮም ዘሰንክሉናን ዝቐትሉናን ፡" ኢሉ ከምስ በለ።

ትርጉም ናይ ከምስታኡ ነ ' ርኣያን መድህንን እንተ ዘይተረደኦም ' ኳ ፡ ንስነ ስርዓቱ
ኢሎም ግን ክልቲኦም ከምስ በለ።

ናይ ከምስታ ግብረ - መልሲ ምስ ረኸበ ፡ "ኣብዚሕም ደኣ ከይትብሉኒ ' ምበር ፡
ከምዚ ' ካብ ፈተውተይ ዝመስሉ ደኣ ሓልወኒ ' ምበር ፡ ካብ ጸላእተይስ ባዕለይ
ኣለኹሉ ፡' ዝበሃል ዓይነት ብሂል ኢዩ። ካብ ዘየጸንዘዉናን ብሰላሕታ ዘማህሙንናን
ዝሃስዩናን ሕማማት ደኣ ሰውረና ' ምበር ፡ ንዝቐንዘዉናን ንዝቕንጥዉናንሲ ከይፈተና
ክንጉየሎምን ከነቃባጥረሎምን ኢና ከም ማለት ' ዩ ፡" ኢሉ እንደገና ከምስ በለ።

ሽዉ ኣርኣያን መድህንን ምኽንያት ከምስታኡ ስለ ዝበርሃሎም ፡ ክልቲኦም ናብ
ሰሓቕ ዝተጸገዐ ከምስታ ኣንጸባረቑ።

"ሕጂ ሕቶ ወይ ዘይበርሃልኪ ነገር እንተሎ ፡" ኢሉ ሓተታ።

"ኩሉ ዝበልካኒ ተረዲኡኒ ' ሎ ፡" በለቶ።

"ኣሸንኳይ ንዓኣ ሓሚማ ዘላስ ፡ ንዓይ'ውን ከመይ ዝኣመሰለ ትምህርቲ'የ ረኺበ ፡" በሎ ኣርኣያ።

"ግርም'ምበር ንመምህር እንድሕር ኣስተምህሮ ሂብና'ኮ ፡ ንብዙሓት ከም ዝሃብና ኢዩ ፡" ኢሉ ሰሓቐ።

"ምምህርና ደኣ ቀደም እንድዩ ተሪፉ። ግን ከምቲ ፡ 'ንስብኣይ እንተ ምሃርካ ንሓደ ሰብ ምሃርካ ማለት'የ ፡ ንኣደ እንተ ምሃርካ ግን ንምልእቲ ሰድራ ቤት ከም ዘመሃርካ'የ ዝቐጸር' ዝበሃል ፡ ንመድህን ዝሃብካያ ትምህርቲ ንምሉእ ሰድራ ስለ ዝኾነ ኣዚና ኢና እነመስግነካ ፡" በሎ።

መድህን ከኣ ብግደኣ ኣመስገነቶ። ካብኡ ወጺኦም ንገዛ ብሓባር ተመልሱ።

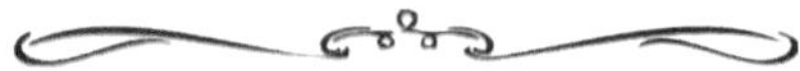

መድህን መድሃኒታ ተኸታቲላ ንኽልተ ሰሙን ዝኸውን ምስ ወሰደት ካብቲ ዝነበረቶ ኣጸቢቛ ሓሸ። ብድሕሪኡ ሓሓንሳብ ኣብ ሰሙን ፡ ገሊኡ ግዜ ኸኣ ኣብ ክልተ ሰሙን እናተመዘነት ትኸታተል ነበረት። በብቑሩብ ግን ምጥዓም ስኢኑኒ እናበለት ፡ ናብ ወርሒን ክልት ወርሒን ከተሰጋግሮን መድሃኒት'ውን ክትዝንግዖን ጀመረት። ግን ኣርኣያን ደቃን ኩሉ ግዜ የጠንቅቕዋን የዘኻክርዋን ስለ ዝነበሩ ብተዛማዲ ደሓን ነበረት።

መድህን ሕጂ'ውን እንተ ኸኾነ ከም ኣተሓሳስባን ኣድህሮን ፡ ተገዳስነታ ንተሰፎምን ንደቃን ንሓዳራን'ምበር ነነብሳ ፈዓራ ኣይትገብረላን'ያ ነይራ። ኣልጋነሽ ንኹነታት መድህን ልዕሊ ካልእ ሰብ ብቐረባ ትፈልጥ ስለ ዝነበረት ፡ ብሽለልትነታ ቀጻሊ ትዛረባን ትኹርየላን ነበረት።

ናይ ኣልማዝ ምምልኻኾዕን ምክድዳንን መጀመርያ ከስተብህለሉ ከሎ ፡ ንደርማስ ግዜያዊ ነገር'የ መሲልም ነይሩ። ግዜ ምስ ሓለፈ ግን መሊሱ ከዛይድን ከገድድን እንተ ዘይኮብኑ ፡ ክንኪ ኣይረኣዮን። እዚ ይኹን እምበር ንደርማስ ግን ካብ ናይ ኣልማዝ ምክድዳን ንላዕሊ ፯ ኣብ ስራሕን ኣብ ምሕደራ ሰድራ ቤትን ፡ ካብ ኣልማዝ መዓልታዊ ዝዓበየ ጸገማት የጋኒፎ ስለ ዝነበረ ፯ ነዚ ናይ ኣልማዝ ኩነታት ብዙሕ ዋጋ ከይሃቦ ኢዩ ጸኒሑ።

ሕጇ ግን ኩሉ እቲ ኣብ ኣልማዝ ብግዳማዊ ትርኢታን ብሓድሽ ባህራን ዘስተብሀሎ
ዝነበረ ፥ ኣብ ሓደ ጠሚሩ ክርእዮ ምስ ጀመረ ተስከፈ። ኣልማዝ ምምልኻዕን
ምፍሽሻልን ከትጅምር ከላ ፥ ደርማስ ነቲ ምምልኻዕ ብንዱር ምስ ካልእ ነገር
ከተሓሕዞ ዘኽእሎ ተርእዮ ኣይረኽበን'ዩ ነይሩ። ሕጇ ግን ከጠራጥርዎ ዝኽእሉ
ተርእዮታት ከስተብህል ዝጀመረ ኮይኑ ተሰምዖ።

ካልእ ሓድሽ ነገር ዘስተብሃሎ ግን ፥ ብዝኾነነ ዘይኮነነ ምኽንያት ጸጸኒሓ
ብሃንደበት ንደገ ትልእኮ ምንባራ ኢዩ። ካልእ ግዜ ነይሩ እንተ ዝኸውን ፥ ንሓንቲ
ካልኢት'ውን ቀሊሕ ኢሉ ኣይመስተብሃሉን ነይሩ። ሕጅን ምስቲ ካልእ ሓድሽ
ተርእዮታትን ተደማሚሩ ግን ፥ ኣጠራጠሮ።

ደርማስ ኣዝዩ ፍትሓዊ ስለ ዝነበረ ግን ፥ ተቓዳዲሙ ኣብ ፍርዲ ክኣቱን ክኹንናን
ከሓጥን ኣይደለየን። "ምናልባሽ እዚ ናይ ሕጇ ኣረኣእያይ ፥ በቲ ሕጇ ትገብሮን
ትገብረንን ዘላ ተጸልየን ካብ ቅርሕንቲ ተበገሰን ፥ ዘይሕብሩን ዘይመኣዝኑን የትሕዞ
ከይህሉ ከጥንቀቕ ኣሎኒ። ካብ ናተይ ዝንቡዕ ባዕላዊ ኣመለኽኽታን ፍርዲን ነፃ ፥
ንዓኣ ተሃዊኽ ካብ ምኹናንን ፥ ንስድራ ቤትናን ንሓወይን ካብ ምግ ጋይን ፥ ኣብ
ካልእ ሕልኽልኽት ካብ ምእታዉ ከጥንቀቕ ኣሎኒ ፥" ኢኣ በለ።

ከምኡ ኢሉ ምስ ነብሱ ስለ ዝተረዳድኣ ኸኣ ፥ ቅድሚ ናብ መደምደምታ
ምብጻሑ ፥ ግዜ ሂቡን ህድእ ኢሉን ፥ ኣጸቢቑ ከስተብህል ከም ዝሓይሽ ኣብ
ውሳነ በጽሐ። ብኣኡ መሰረት ደርማስ ዓይኑን እዝኑን ከፊቱ ከስተብህል ፥ ነቲ
ዝረኣዮ ኹሉ ኸኣ ብባዕላዊ ምኽንያት ከይተጸልወ ክትንትን ወሰነ። ብድሕሪ'ዚ
ግን ኣልማዝ እቲ ካብ ደቂ ተባዕትዮ ዝዘንበላ ዝነበረ ኣተኩሮን ኣድናቖትን ፥ ደስ
ከብላን ከትደልዮን ከም ዝጀመረት ዳርጋ ብርግጽነት ከስተብህል ጀመረ።

ሽዑ መጀመርያ "ኣሸንካይ ንለንስተይትስ ደቂ ሰባት ብሓፈሻ'ውን ፥ ናይ ካልኣት
ሰባት ኣተኩሮን ኣድናቖትን ከንረክብ ምፍታንን ደስ ከብለናን ባህርያዊ እንደዩ ፥
ስለዝስ እዚ'ም እንታይ ሓጥያት ኣለዎ ፥" ኢሉ ከዋድቐ ፈተነ። ደሓር ግን
"ኣድናቖት ምርካብን ኣድናቖት ምሀራፍን ፥ ኣድናቖትን ኣድነቕትን ከትረክብ
መታን ምምጥጣርን ስጉምትታት ምውሳድን ፥ ክልተ ጨሪሶም ዘይራኸቡ ፥
እተፈላለዩ ነገራት ምኳኖም ፥" ንነብሱ ኣዘኽኸራን ኣረድኣን።

ኣብ መወዳእታ ኸኣ ኣብ ኣልማዝ ምምልኻዕ ጥራይ ዘይኮነ ፥ ብፍላይ ምስ
ውሱናት ሰባት ቅሩብ ናይ ጓለ'ንስተይቲ ቀብዘርዘር'ውን ከስተብህል ምስ ጀመረ
ሰንበደን ረዓደን። ንነብሱ "ዋ?! እዚ'ኺ ክኸውን ዘይክእል'ዩ! እሞ ኣብ
ቅድመይ! ኣብ ቅድሚ ሓው ስብኣይ! ኣብ ቅድሚኣ ተገቲረ ከሎኹ! ከመይ

ገይራ ክትደፍር?!" ኢሉ ንነብሱ ከደዓዕሳን ከእምናን ፈተነ።

ንሱ'ዩ ዘይፈለጠ'ምበር ኣልማዝ ንደርማስ ፡ ስኒ ዘይብሉ ነብሪ'ዩ ኢላ ካብ እትድምድም ነዊሕ ገይራ ኢያ። ከምኡ ኸአ ንደርማስ ኣሕሚቓቶን ኣልሚሳቶን ምንባራ'ውን ኣረጋጊጻ ነይራ ኢያ። ኣብ ልዕሊኡ ኸአ ኣብ ሃብቶም ብዝነበራ ጽልዋን ተኣማንነትን ፡ ንደርማስ ይኹን ንዝኾነ ኣባል ቤተ ሰቦም ኣዝያ ማሕዲጋትሎም ምንባራ ኣረጋጊጻ ፈሊጣ ነይራ'ያ።

"ስለዚ እንተ ኾነ ክእንፍት ወይ ክዛረብ ኣይደፍርን ፤ እንተ ዘይኮነ ኸአ ዝእመን ንሱ ዘይኮነስ ፤ ኣነን ኣነ በይነይ ጥራይን'የ!" ትብል ነበረት ብርእሰ ተኣማንነት። ከምኡ ስለ ዝኾነ ኸአ ብደርማስ ከመጽአ ንዝኸእል ዝኾነ ነገር ጨሪሳ ዋጋ ኣይትህቦን'ያ ነበራ።

ድሕሪ ነዊሕ ትዕዝብቲ ደርማስ እቲ ዘስተብህሎ ዝነበረ ፡ ብጽልኣት ኣልማዝ እተደረኸ ዘይኮነስ ፡ ርኹይን ከዉንን ሓቅን ምንባሩ ደምደመ። ሕልናኡ ስኽፍክፍ ከይበሎ ኣብ ከምዚ መደምደምታ ምብጻሑ ኣሐጉሶን ኣቐሰኖን።

"ኣብ ከምዚ መደምደምታስ በጻሕኩ ፡ ብድሕር'ዚ እንታይ'የ ከገብር ዝኸእል ፦" ኢሉ ኣብ ዝሓሰበሉ ግን መልሲ ከረኽበሉ ኣይከኣለን። "ካብ ቀደማ ብዝያዳ ትከዳደንን ፤ ትማላኽዕን ፤ ኣብ ስራሕ ምስ ዝመጹ ተገልገልቲ ተዕልልን ትስሕቕን ፤ ናይ ደቂ ተባዕትዮ ኣተኩሮ ኸአ ትደልዮን ትብህጉን ዘላ ኾይና ትስመዓኒ ኢልካዶ ፤ ዲዕ ዝበለ ጉዳይ ኣሎኒ ኢልካ ከዝረብ ይኽእል'የ። እሞ ኸአ ምስ ሃብቶም ዝኣመስለ ፤ እሞ ኸአ በ'ልማዝ ቀልቡን ልቡን እተሰልበ ፤ እሞ ኸአ ብኽእለት ምስ እተበልዐትን እተመልአትን ኣልማዝ ገጢምካ ፤ እሞ ኸአ ፤ እሞ ኸአ ፤ እሞ ኸአ ፥" እናበለ ከምልሶም ብዘይኽኣለ ከንዲ እምባ ዝኣኸሉ ብድሆታት ተቐርቂሩ ዓቕሉ ጸበቦ።

ኣብ መወዳእታ ዝግ ኢሉ ምስ ሓሰበ ንግዜኡ ሕጂ'ውን ዘዋጽኦ ፤ ብዓይኑን ብእዝኑን ዝረኣዮን ዝሰምዖን ምእካብ ምውህላልን ጥራይ'ምበር ፤ ናብ ዝኾነ ካልእ ስጉምቲ ምስጋር ከም ዘይኮነ ብምድምዳም ኣብ ውሳነ በጽሐ። ኣብ ከምኡ ውሳነ ምስ በጽሐ ሰውነቱ ፈኾሶን ተዛነየን።

ደርማስ'የ ነቲ ጉዳይ ኣኽቢዱን ኣዕሚቚን ስለ ዝረኣዮ ዝጭነቐ ነይሩምበር ፤ ኣልማዝ'ሞ ደርማስ ከም ዘሎ'ውን ከይጨጸረት ብመደባን ብፕሮግራማን ቀሲና'ያ እትጉዓዝ ነይራ።

ኩነታት ጥዕና መድህን ኣብ ከምቲ ኩነታት'ቲ ከሎ፣ ተስፋም ሕጂ'ውን ከም ቀደም ኣይኹን'ምበር ፣ ጸጸኒሑ ኣብ ትካዞ ይወድቕ ነይሩ ኢዩ። ጸቕጢ ናይዚ ኽኣ ልዕሊ ኹሉ ኣብ መድህንን ደቃን'የ ዝወድቕ ነይሩ።

ተስፋም ኣብ ስራሕ'ውን ብዝጠቅምን ብዘይጠቅምን ከትንከፍን ከበሳጨን ጀመረ። ንኹሎም ሓልዮምን ብኹነታቱ ደንጊዮምን ከሕግዝዎ ዝደለዩ መመሊሱ ጸርጸር ይብሎሎም ነበረ። መሳርሕቱ ይኹኑ ተገልገልቲ ፣ ንዘበሉዎን ንዝገበሩዎን ብኽልእ ከትርጉሞን ካልእ ኣንፈት ከትሕዞን ይፍትን ብምንባሩ ፣ ብዙሓት ከስተብህሉሎን ከቕየምሉን ጀመሩ። ንዝበዘሐ ጠባዩ ከርድኦም ኣይከኣለን። ብኽመይ እንተ ሓዝዎ ከም ዝሓይሽ'ውን ብልሓት ሰኣኑ።

ነ'ርኣያ ዝፈልጡ መሳርሕቲ ተስፋም ሓውኽ ከም ቀደሙ ኣይኮነን ፣ ጠባዩ ተቐይሩ ዝብል ዘረባታት ከደጋግሙ ጀመሩ። ኣብ ፋብሪካ እንተ ኾነ'ውን ምስ ስራሕተኛታት ከጋጮን ከንጸርጽርን ጀመረ። ሓሕንሳብ'ውን ብውሱን ደረጃ ምስ ኣርኣያ ሓዉ'ውን ፣ ዓቕሊ ከስእንን ናይ ቁጠዐ ምልክታት ከርኣን ጀመረ።

እዚ ኹሉ ተደማሚሩ ፣ ነ'ርኣያ ኣተሓሳሰቦ። ንተስፋም ክልቲኡ ስራሕ ምስቲ ኣእምሮኣዊ ጥዕናኡ ተደሚሩ ፣ ተወሳኺ ጸቕጢ ይፈጥረሉ ከይሁሉ ኣሰከፎ። ከምኡ ካብ ዝብል ከኣ ተስፋም ስራሕ ባንክ ንኽገድፎ ሓሳብ ኣቕረበሉ። ተስፋም ግን ጨሪሱ ከቕበሎ ኣይደለየን። እኳ ደኣ "ኣካላ ስንኩል ኮይኑ ኣይኽእሎን'የ ኢልካ ዲኻ?" ዝብል ምረት ዝተሓወሶ ዘረባ ተዛረቦ። ብድሕር'ዚ ኩነታት ተስፋም ፣ ነ'ርኣያ ካብቲ ዝነበሮ ብዝያዳ ከሻቕሎ ጀመረ።

ከምዚ'ሉ ተስፋም ናብ ስራሕ ካብ ዝምለስ ሽዱሽተ ወርሑ መልአ። ኣብቲ ግዜ'ቲ ኩሎም ሓለፍቲ ክፍልታት ምስ ኣካያዲ ስራሕ ባንክ ተኣኪቦም ፣ ብዛዕባ ኩነታት ተስፋምን መጻኢኡን ከዝትዩ ጀመሩ። እቲ ኹሉ ካብ ኣባላቶም ዝቐረበሎም ጸብጻብን ፣ ባዕላቶም ዘስተብሃሉዎን ዘጓነፍሞን ፍጻመታት ሓደ ብሓደ ተዘራረብሉ። ኣብ መደምደምታ ነቲ ትካል ይኹን ንተስፋምን ንተገልገልትን ንብጾቱን ፣ እቲ ንኹሉ ዝሓሸ ኣማራጺ ካብቲ ሕዝዎ ዝነበረ ቦታ ምቕያሩ ምኻኑ ኣብ ምርድድኣ በጽሑ።

ብኣኡ መሰረት ናብ ምስ ብዙሕ ሰብ ከራኸቦ ዘይኽእል ካልእ ክፍሊ ከቕይርዎ ወሰኑ። ንስንክልናኡ ኣብ ግምት ብምእታው ከኣ ፣ እቲ ክፍሊ ካብ ላዕሊ ንታሕቲ ቦታ ከም ዝቕየር ንኽገብሩ ተሰማምዑ። ኣብ መወዳእታ ኽኣ ንኩነታት ተስፋም

ኣብ ግምት ብምእታው ፣ ኣብ ከንዲ ብደብዳበ ምፍላጡ ፣ ባዕሎም ኣካያዲ ስራሕ ቀስ ኢሎም ከዘራርብዎን ከረድእዎን ብምውሳን ተፈላለዩ።

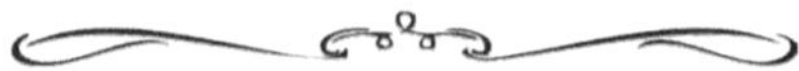

ኣካያዲ ስራሕ ንጽባሒቱ ንተሰፎም ኣብ ቤት ጽሕፈቶም ኣጸውዕዎ። ተሰፎም ምስ መጸ ጠጠው ከይተብሎ ንጽሓፊቶም ሓበርዋ። ተሰፎም መጺኡ ብቐጥታ ኣተወ።

ካብ ጠረጴዛኦም ሓፍ ኢሎም ፣ "ከመይ ሓዲርካ ተሰፎም ንበር ፣" በልዎ።

"ይመስገን ከመይ ሓዲርኩም።"

"ጥዕና ደሓንዶ' ለኻ?"

"ጽቡቕ ኣሎኹ።"

"ዝኾነ ከንሕግዘካን ከንገብረልካን እትደልዮ ነገር እንተ' ልዩ ፣ ኣብ ዝኾነ ግዜ ከትነግረኒ' የ ዝደሊ።"

"ደሓን ጸገም የብለይን።"

"ብዘይ ምኽንያት ኣይኮንኩን ኣነ ከምኡ ዝብለካ ዘሎኹ ተሰፎም። ንስኻ ነዚ ትካል' ዚ ብቕንዕናን ብብቕዓትን ንነዊሕ ዓመታት ኣገልጊልካዮ ኢኻ። ኣብ ጸገምካ ከላ እዚ ትካል' ዚ ክሕግዘካን ጠጠው ከብለልካን ይግባእ' የ። ንሕና ስለ ዝፈተናካን ክንገብረልካ ስለ ዝደለናን ዘይኮነስ ፣ ብጠባይካን ብመንፍዓትካን ዘጥረኽዮ መሰልካ' የ።"

"የቐንየለይ።"

ተሰፎም ድሕሪ ሓደጋኡ መልሱን ዘረባኡን ፣ ብሓንቲ ወይ ክልተ ቓላት ጥራይ እተሃንጸ ምኳነን ኣቐዲሞም ኣስተብሂሎምለን ነይሮም' ዮም። ሕጂ' ውን ከም ዘየተቐየራ ኣስተብሃሉ። "ቅኑዕነት ናይቲ ወሲድናዮ ዘሎና ውሳነ ዘረጋግጽ' የ ፣" በሉ ብውሽጦም።

"ሕጂ ዝጸዋዕኩኻ ምኽንያት' ውን ኣብዚ ኣቐዲመ ዝጠቐስኩልካ ኩነታት ዝምርኮስ' የ። ዋላ ንስኻ ኣይትሕተት' ምበር ሕጂ' ውን ዝከኣለና ክንገብረልካን ክንሕግዘካን ኢና እንደሊ ፣" ኢሎም ትም በሉ ፣ ገለ መልሲ ካብ ተሰፎም ዝጽበዩ ዝነበሩ ብምምሳል።

ተስፎም ከአ ትም በለ።

"እቲ እትመርሓ ክፍሊ. አብ ላዕሊ ስለ ዝኹ\n ፡ *ስካላታት* ዝድየብን ዝወረድን ብምህላው ክንድምንታይ ከም እትጸገም ዝጸናሕካ እርደአኒ'የ። ቀዳማይ'ውን እንተ ኹነ እዝግሄር አውዲኡና'የ ዘይተሃሰኻ። ስለዚ እቲ እትሰርሐሉ ናብቲ ብመደያይቦ ከትንቀሳቐስ ዘየድልየካ ቦታን ዓይነት ስራሕን ክኸነልካ ኢና እንደሊ ።" ኢሎም ገለ እወታዊ ግብረ መልሲ ብምጽባይ ፡ ሕጂ'ውን ንኻልኢታት አዕርፍ አበሉ።

ሕጂ'ውን ተስፎም ትም በለ።

"ንሱ ጥራይ ዘይኮነ ምስቲ ኩነታትካ አብቲ ዘሎኻዮ ክፍሊ ፡ መዓልታዊ ምስ ብዙሕ ተገልጋላይ ስለ ዘራኸበካን ስራሕ ስለ ዝበዝሐካን ትሽገር ከም ዘሎኻ ተረዲኡና'ሎ። ምስ ኩሎም ብጾትካ ሓለፍቲ ክፍልታት'ውን ፡ እዚ ጉዳይካ ዘቲናሉን አብ ምርድዳእ በጺሐናን ኢና። ስለዚ ካብ ብሕጂ በቲ ዘሎኻዮ ደረጃን መዓርግን ደሞዝን ፡ ናብ ክፍሊ እስታቲስቲክስ ክንቅይረካ ወሲንና አሎና።"

ተስፎም ብቕጽበት ሰራውር ገጹ ከገታተርን ዓይኑ ንህሪ ከመስልን ተራእየ።

"ኢሂ ተስፎም እንታይ ትብል ብሃዕባ'ዚ ንዓኻን ንኹሉን ዝሓይሽን ዝጠቅምን'የ ኢልና ዝወጠንናዮ ውሳነ'ዚ?"

ተስፎም ከምልስ'ሎም እንተ ተጸበዩ ፡ ጸጋመይቲ ኢዱ አብ ግምባሩ ብምግባር ፡ ርእሱ አድንን አቢሉ ንመሬት ገጹ ተነቝቱ ትም በለ። ኩነታቱን ሓሳቡን ርእይቶኡን ምርዳእ አብይዎም ተደናገሩ። ድሕሪ ንደቃይቅ ዝጸንሐ ስቕታ ፡ "ኢሂ ተስፎም?" ኢሎም ሕቶኦም ደገምሉ።

ከምኡ ምስ በሎም ተስፎም ሓፍ ኢሉ ፡ ጠጠው ብምባል ፡ ገጹ አሲሩ አተኩሩ ዓይኒ ዓይኖም ጠመቶም። ድሕሪኡ ግልብጥ ብምባል ንኸወጽእ ሓንቲ ስጉምቲ ወሰደ።

ተደናጊሮም ገሪምዎም "ዋእ ንዓ'ባ ተስፎም ናበይ ደአ ኢኻ?"

ተስፎም ከም'ዛ ሓለቓኡ ዘይተሃረብዎን ከምዛ ዘይሰምዖም ትም ኢሉ ስጉምቱ ቀጸለ።

"ዋእ ተስፎም ፡" ኢሎም ብድድ ኢሎም ፡ አብ ጥቓ ማዕጾ አርከብዎ።

ብኢዱ ክሕዝዎ ኢዶም ወስ ምስ ኣበሉ ፡ ኢዶም ጸግ ኣቢሉ ማዕጾ ከፈቱ ፡ ገው ኣቢልዎ ወጹ። ሰብኣይ ካብቲ ንነዊሕ ዓመታት ዝፈልጥዎ ተስፎም ፡ ጨሪሶም ዘይገመትዎን ዘይተጸበይዎን ግብረ መልሲ ብምርኣዮም ፈዚዞምን ተዓኒዶምን ተረፉ።

ተስፎም ከወጽእ ከሎ ብሕርቃን ነዲዱ ነበሱ ኣይፈልጥን'የ ነይሩ። ካብ ቤት ጽሕፈት ወጺኡ ፡ ትኽ ኢሉ ናብቲ ንታሕቲ ዘውርድ መሳልል'የ ኣምሪሑ። በቲ መውረዲ ገይሩ ኽኣ ንታሕቲ ወረደ። ብኽመይ ኣብኡ ከም ዝበወጽሐ'ውን ኣይፍለጦን'የ ነይሩ። ኣብኡ ምስ በጽሐ ናብቲ ቀረባኡ ዝነበረ ሰራሕተኛ ባንክ ተጸጊዑ ፡ "ናብዛ ስልኪ እዚኣ ደውለለይ ፡" ኢሉ ቑጽሪ ሃቦ። ደዊሉ ኣራኽቦ።

"ሕጂ ቀልጢፍኪ ምጽእኒ ፡" ጥራይ ኢሉ ስልኪ ክዓጽዋ ኽሎ ፡ "ደሓን ዲኻ?" ዝብል ድምጺ መድህን በጽሐ። ከምልሰላ ኣይደለየን። ነታ ስልኪ ኣረኪቡ የቐንየለይ'ውን ከይበለ ንደገ ገጹ ወጸ።

መድህን ኣዝያ ሰንበደት። ናይ ግድን ገለ ኹወይኑ'ሎ እናበለት ፡ ሓንቲ ነገር ከየልዓለት መኪና ኣልዒላ ሃፍ በለት። ኣብ ጥቓ ባንካ ከትበጽሐ ከላ ፡ ካብ ርሑቕ ኣብ'ቲ ኣፍደገ ንየዉ ነጀዉ ከብል ረኣየቶ። ናይ ምውዳቕ ወይ ካልእ ሓደጋ ከም ዘይኮነ ስለ ዝገመተት ዉሱን ሩፍታ ተሰምዓ።

መኪና ጠጠው ኣቢላ ከትከፍተሉን ፡ "ኣብዚ ምሉእ መዓልቲ ጠጠው ከተብልኒ ፡" ኢሉ ከመዓታን ሓደ ኹነ።

"እዋይ ኣታ ተስፎም ኣይ ሰንቢደ ክዳን'ኳ ዘይቀየርኩ ፡ ብድድ ኢለ'ንድ'የ መጺኣ።"

"ጸማም ፡" ኢሉ ማዕጾ ብሓይሊ ገው ኣቢሉ ዓጸዎ።

ገለ ከም ዝኾነ ተረደኣ። ሰራውሩ ተገታቲሩ ፡ ዓይኑ ደም መሲሉ ፡ ገጹ ተቐያይሩ ነበረ።

"ደሓን ዲኻኸ?" በለቶ ፡ ዉሕ ከም ዝብላን ጽቡቕ ከም ዘይምልሰላን እናፈለጠት።

"ግደፍኒ ሰላም ሃብኒ።"

ብዘይ ሓንቲ ተወሳኺት ዘረባ ገዛ በጽሐ። ትኽ ኢሉ ናብ መድቀሲኡ ኣትዩ ማዕጾ ዓጸወ። መድህን ተሻቒለትን ተሸጊረትን። እንታይ ኮይኑን ከመይ ገይሩ ምን'ዩ ኣብ ሞንጎ ስራሕ ወጺኡ ክርደኣ ኣይከኣለን። ነ'ርኣያ ደዊላ እቲ ኩነታት ነገረቶ። ካብቶም ኑሱ ዝፈልጦም መሳርሕቲ ተሰፎም ዝፈለጥዎ ነገር እንተ'ሎ ክሓትቶም ተማሕጸነቶ።

ኣርኣያ ድሕሪ ርብዒ ሰዓት ደዊሉ ምኽንያት መኽዲኡ ዝፈለጠ ሰብ ከም ዘይረኸበ ነገራ። ብንግሆኡ ናብ ኣካያዲ ስራሕ ኣትዩ ከም ዝነበረን ፣ ብድሕሪኡ ግን ናብ ቦታኡ ከም ዘይተመለሰን ከም ዝሓበርዎ ወሲኹ ነገራ።

ኣርኣያ ንኣጋምሸቱ ንገዛ ናብ መድህንን ተሰፎምን ከደ። ብዝተሰማምዕዎ መሰረት ከኣ ብቐጥታ ናብ መደቀሲኦም ኣተወ። ተሰፎም ኣብ ጥቓ ዓራቱ ኣብ ዝነበረት ሓጸር መንበር ኮፍ ኢሉ ፣ ዓይኑ ዓሚቑ ጸጊመይቲ ኢዱ ኣብ ግምባሩ ገይሩ ንታሕቲ ተነቑሉቱ ጸንሐ።

ማዕጾ ምስ ተኸፍተ ተሰፎም ካብቲ ዝነበሮ ዝኾነ ምንቅስቓስን ለውጥን ኣይገበረን።

"ከመይ ውዒልካ ተሰፎም ፣" ዝብል ድምጺ ሓዉ ምስ ሰምዐ ገጹ ኣቕነዑ ፣ "ደሓን ፣" እትብል ሓንቲ ቃል ኣውጸአ።

"ኣብ ስራሕ ደዊለ ኣይወፈረን ምስ በሉኒ ፣ ናብ መድህን ደዊለ ገዛ ከም ዘለኻ ነጊራትኒ። ሕጂ እናኣቶኹ እንታይ ኮይኑ ደኣ ገዛ ውዒሉ እንተ በልኩዎ ፣ ሓቲተዮስ ኣይነገረንን ኢላትኒ። ደሓን ዲኽ ደኣ ገዛ ውዒልካ?"

"ደሓን' የ።"

ገለ እንተ ወሰኽ ንቕሩብ ተጸበየ ኣርኣያ። ተሰፎም ግን ዝውስኽ ዘረባ ከም ዘይነበሮ ብስቕታኡ ኣፍለጦ።

"ኢሂ ተሰፎም ሓወይ?" እትብል ናይ መወዳእታ ፈተነ እትመስል ሕቶ ሓተተ።

ሕጂ'ውን ተሰፎም ትም በለ። ኣርኣያ ዓቕሉ ጸበቦ። መልእኽቲ ሓዉ ከዛረብ ኣይደልን'የ ም̈ኑ ተርድኦ። ናብ ካልእ ጸቕጢ ከየወድቄ ብምፍራሕ ፣ ከምታ ዝመጻ ሓንቲ ነገር ከየፈረየ ገዲፍዎ ስላሕ ኢሉ ወጸ። ሓዉ ጨሪሱ ከዛርቦ ከም ዘይደለየ ንመድህን ነገራ። ንጽባሒቱ ካብ ባንካ ገለ ሓበሬታ እንተ ረኸበ ክፍትን ም̈ኑ ነጊርዋ ኸደ።

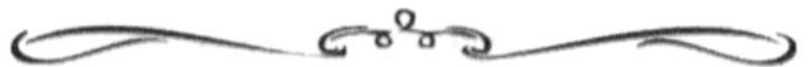

ንጽባሒቱ ናይ ንግሆ ናይ ባንክ ኣካያዲ ስራሕ ንገዛ ደወለ። ምስ ተስፎም ከታረኽቦም ንመድህን ሓተቱዋ። ናብ ተስፎም ከይዳ ነገረቶ።

"ኣይትደውለለይ ከተዛርበኒ ኣይደልን'የ ኢሉካ በልዮ ፤" ዝብል ነቓጽን ተሪርን መልሲ ሃባ።

መድህን ካልእ እትብሎ ስለ ዝጠፍኣ ፤ "ደቂሱ ስለ ዘሎ ከተንስኦ ኣይከኣልኩን ፤" በለቶም።

"እምበኣር ምስ ተንስኣ ይደውለለይ ፤" በሎዋ።

መድህን ናብ ተስፎም ኣትያ ፤ "ከምቲ ዝበልካዮ ነጊረዮም ግን ናይ ግድን ደልየካ ስለ ዘሎኹ ፤ ዋላ ደሓር ምስ ጠዓመካ ደውለለይ ኢሎምኻ ፤" ኢላ ነገረቶ። ንሱ ግን ከምዛ ዘይተዛረበትን ዘይሰምዓን መልሲ ከይሃባ ኣጽቀጠ።

ከሳዕ ሰዓት ኣርባዕተ ከይደወለ ምስ ወዓለ ፤ ኣካያዲ ስራሕ ሰዓት ሓሙሽተ እንደገና ናብ እንዳ ተስፎም ደዊሎም ንመድህን ረኸብዋ።

"እንታይ ደኣ ከይደወለለይ ውዒሉ? ረሲዕዎ ድዩ?" ሓተትዋ።

"ኣይረስዓን ተጸሊእዎ ስለ ዝውዓለስ ፤ ዝኾነ ስልኪ ኣይቅበልን'የ ኢሉኒ ፤" በለቶም።

"እሞ ሕጂኸ?" ሓተትዋ።

"ሕጂ'ውን ከም ኡ'የ ዘሎ ፤" በለቶም።

"ሕራይ በሊ። ካልኣይ ግዜ ከም ዝደወልኩ ንገርዮ ፤" ኢሎም ስልኪ ዓጸውዋ።

ንተስፎም ከም ኡ ኢላ እንተ ነጊራቶ ፤ 'ከዛርበካ ኣይደልን'የ' ኢሉካ ኣይበልከዮን ዲኺ ፤ ኢሉ ከመዓታ ስለ ዝኾነ ከይነገረቶ ኣጽቀጠት። ነ'ርኣያ ናይ ምሽት ምስ መጸ ክነግሮ'የ ኢላ እናሓሰበት ከላ ተስፎም ብደወል ጸውዓ።

"ነ'ርኣያ ደዊልኪ ይደልየካ ኣሎኹ ምጸኒ ኢሉካ በልዮ።"

ሕራይ ኢላ ወጺኣ ነ'ርኣያ ደዊላ ነገረቶ። ኣርኣያ ኣማስያኡ ናይ ግድን ከሓልፎ መደብ'ኺ እንተ ነበረ ፤ መድህን ምስ ነገረቶ ግን ተሰኪፉ ተቓላጢፉ ከዶ። ምስ

መድህን ብሓባር ናብ ተስፎም ኣተዉ።

ተስፎም ቅንዕ ኢሉ ነ'ርኣያ ምስ ረኣዮ ፣ ካብ ተመዛዚኡ ሓንቲ ወረቐት ኣውዲኡ ፣ ሰላምታ ይኹን ካልእ ቃል ከየውጽአ ፣ "እዚኣ ደብዳበ ነቲ ናይ ባንካ ኣካይዲ ስራሕ ጽባሕ ኣብ ኢዱ ሃቦ ፣" ኢሉ ሃቦ።

"ፈሊጥካ ዲኻ ብኽፍትታ ገዲፍካያ?" ሓተቶ ኣርኣያ።

"ከተንብባ ትኽእል ኢኻ።"

ኣርኣያ ብቕጽበት ነታ ጽሕፍቲ ኣውዲኡ ኣንበባ። 'ናይ ስንብታ ወረቐት ፣' ዝብል ኣርእስቲ ምስ ረኣየ ተወሳኺ ንባብ'ውን ኣየድለዮን።

ገጹ ናብ ተስፎም ኣቕኒዑ ፣ "መዓስ ደኣ ከምኡ ወሲንካ? ቅድሚ ሕጂ ንምንታይ ትሸገር ዘይተገድፎ ባንካ ኢለካ'ንድየ ኣነስ ፣" በሎ ኣርኣያ።

"ሸው ኣነ እግረይ'ምበር ሓንጕለይ መዓስ ስንኪሉ ኢለካ ነይረ። ሕጂ ግን ንሳቾም ካብ ስንክልና እግረይ ተበጊሶም ፣ ሓንጕለይ ከም ዝሰንከለ ከጫጽሩኒ ጀሚሮም ኣለዉ ፣" በለ ተስፎም ገጹ ኣሳሲሩን ተጸዊጉን።

"ብኸመይ?" ሓተተ ኣርኣያ ፣ እታ ጉዳይ ከንግረና ተቖሪቡ ኢዩ ዝመስል ብዝብል ተስፋ። መልሲ ተስፎም ተጸበዮ። ተስፎም ግን ደኒኑ ንውሱን ካልኢታት ትም በለ።

ሸው ቅንዕ ኢሉ ፣ "ሕጂ ከዛረበሉ ኣይደልን'የ ፣" በለ ካልኣይ ብዘየዳግም ቃና። ኩነታት ከም እተቘየረ ክልቲኦም ቀልጢፎም ተረድኦም።

"ሕራይ እምበኣር ፣" ኢሉ ደብዳበ ናብ ቡስጣ እና'እተዋ ፣ ንመድህን መሪሕዋ ካብ መደቀሲ ተስፎም ተታሓሒዞም ወጹ።

"ድሮ ብዛዕባ'ቲ ጉዳይ ፍንጪ ረኺብና'ሎና ፣ ጽባሕ ከኣ ናብ ባንካ ምስ ከድኩ ዝርዝር ሓበሬታ ምርካበይ ኣይተርፍን'ዩ። ስለዚ ሕጂ ንሓይሽ።" በላ።

ብድሕሪኡ ንመድህን ተፋንይዋ ንስራሑ ከደ።

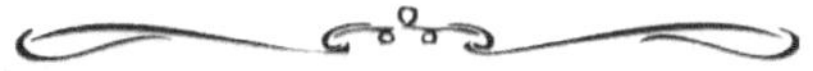

ንጽባሒቱ ኣርኣያ ናብ ባንካ ከይዱ ፣ ንኣካይዲ ስራሕ ረኺቡ ፣ ናይ ተስፎም ናይ ስንብታ ወረቐት ኣረከቦም። ሰብኣይ ጨሪሶም ዘይተጸበይዋ ነገር ከም ዝኾኖምን

ከም ዝሰንበዱን ፤ ኣርኣያ ካብ ገጾምን ኩነታቶምን ተረደአ።

"እንታይ ደአ ኾይኑ ወይ! እንታይዶ ኢልናዮ ኢና? እንታይዶ ጌርናዮ ኢና?
ዘስደምም'የ!" በሉ ርእሶም ንየማንን ንጸጋምን እናወዛወዙ።

"ንዓና'ውን'ኮ እቲ እተረኽበ ኩነታት ኣየካፈለናን ፤" በለ ኣርኣያ እታ ጉዳይ
ኣጸቢቓ ከፈልጣ ሕጂ'ያ ዕድለይ ብዝብል።

ካብ መጀመርያ ክሳዕ መወዳእታ እቲ ኩነታት ሓደ ብሓደ ገለጸሉ። ኣብ
መደምደምታ ፤ "እዚ መደብ'ዚ ኣነ ንብይነይ ዘይኮንኩ ፤ ምስ'ዞም ኩሎም ናይ
ከፍልታት ሓለፍቲ ብጾተይ ተላዚብና ኢና ወሲንናዮ። ንሕና'ኮ ንመሳራሕቲ ፤ ነቲ
ትካል ፤ ብዝያዳ ኽኣ ንተሰፍም ዝሓሽን ዝጠቅምን'የ ብምባል ኢና ናብ ከምኡ
ውሳነ በጺሕና'ምበር ፤ ንተሰፍም ክንጐድኦ ኢልና ኣይኮንናን።"

"እወ እርደኣኒ'የ።"

"ተሰፍም ሓደ ካብቶም ውሑዳት ብስርሓምን ብጠባዮምን እንድንጜምን
እነኽብሮምን ኣባልና'የ። ከምኡ ስለ ዝኾነ ኽኣ ኢና ሓደጋ ምስ ረኸበ
ንሽዱሽተ ወርሒ ተጸቢና ፤ ከምለስ ምስ ከኣለ ብኽብረት እተቐበልናዮ።"

"እዚ ሓደጋ ንተሰፍም ሓወይ ጐዲእዎ'የ። ብፍላይ ነቲ መቝረጽቲ ከቐበሉ
ተሸጊሩ'የ ዘሎ። ተሰፍም ከም ቀደሙ ኣይኮነን ፤ ኣዝዩ ተነቃፊ'የ ኮይኑ ዘሎ።
ከምዚ ዘረዳእኩምኒ ንስኽትኩም ስለ ዝበደልኩሞ ኣይኮነን ናብ ከምዚ ዝበጽሕ
ዘሎ። ብናቱ ብስጭትን ሕርቃንን'የ ፤" ብምባል ካብቲ ንኽልእ ሰብ ዘየካፍልዎ
ኩነታት ተሰፍም ጮልፍ ኣቢሉ ገለጸሎም።

"እሞ ከምዚ እንተ ኾይኑ'ቲ ኩነታት ክሳዕ ዝዝሕልን ዝሃድእን ግዜ ክህቦ። ኣነ
እዛ ናይ ስንብታ ደብዳበ ብወግዒ ከም ዘይበጽሓትኒ ኣብ ተመዛዚየይ ከቐምጣ'የ።
ንኽልተ ሰሙን ግዜ ሂብና ክንጽበዮ ኢና። ድሕሪኡ ምስ ዘሓለ'ውን ኣብ ውሳነኡ
እንተ ጸኒዑ ግን እንገብሮ ነገር ኣይክህሉን'የ።"

"ሕራይ የቘንየለይ ክብረት ይሃበለይ ፤" ኢሉ ተሰናቢትዎም ከደ።

ኣርኣያ እቶም ኣካያዲ ስራሕ ዝበሉዎ ኹሉ ንተሰፍም ነገሮ። ተሰፍም ግን ካብ
ዝጅምር ክሳዕ ዝውድእ ትም ኢሉ ምስማዕ እንተ ዘይኮይኑ ዝኾነ መልሲ

አይሃቦን፡፡ ድሕሪ ክልተ ሰሙን እንተ ኾነ'ውን ፡ ተስፎም ሐሳቡ ከም ዘይቅየር አርኣያን መድህንን ተረደኦም፡፡ ብኸምኡ ኸኣ ተስፎም ካብ ባንካ ብወግዒ ተስናበተ፡፡

ግራዝማች ናይ ተስፎም ካብ ባንካ ምስንባት ብዙሕ አየሰንበዶምን፡፡ ብቐደሙ'ውን አብቲ ዝነበሮ ኩነታት ከሎ ፡ ብናይ ባንካ ስራሕ ክሸገር'ዩ ዝብል አተሓሳሰባ'የ ነይርዎም፡፡ ደስ ዘይበሎምን እተሰምዖምን ግን ምኽንያት መግደፍኡ ኢዩ፡፡ ወይም አብ "ከምዚ'ሎም ሓሲቦም'ዮም ፡ ከምዚ ማለቶም'ዮም ፡ ከምዚ ዝበሉ ንኣይ'ዮም ዝኾኑ ፡ ወዘተ" አብ ዝብል አተሓሳሰባ እንተ ተነቝቱ Ⅰ ከጥሕል'ምበር ሓምቢሱ ክወጽ አብ ዘይኽእል ሓደገኛ ቀላይ ከአቱ ምኻኑ ተረደኦም፡፡

አብ ንቡር ኩነታት እንተ ዝኽውን ኮፍ አቢሎም ከዛርብዎን ከረድእዎን አይምተጸገሙን ነይሮም፡፡ ሕጂ ግን ኩነታት ተስፎም አዝዩ ተነቃፈ ስለ ዝኾነ ፡ ከረድእኣ ኢሎም መሊሶም ከይጎድእዋ ተሰከፉ፡፡ ትም ኢሎም ከይገድፍዎ ኸኣ ነብሶም ምግባር አበዮም፡፡ ድሕሪ ብዙሕ ምሕሳብ ሓደ ሜላ መሃዙ፡፡ ተስፎም ብተዛማዲ አብ ዝሓሽ ኩነታት አብ ዝህልወሉ ግዜ ፡ አርኣያ ነታ አርእስቲ ከልዕላ'ሞ ፡ ግራዝማች እተን ነጥብታቶምን ምኽሮምን ነ'ርኣያ አምሲሎም ከድርብዩወን ተረዳድኡ፡፡ ብኸምዚ አገባብ ተስፎም ዋላ ፍርቂ ካብቲ ነጥብታት እንተ አድሂብሉ ሓጋዚ'የ ኢሎም ሓሰቡ፡፡

ነዚ መደብ'ዚ ዘተግብርሉ ምቹእ ግዜ ኩነታትን ከጽበዩ ጀመሩ፡፡ ሓደ ሰንበት ብሓባር ኩሎም ቡን እናሰተዩ የዕልሉ ነበሩ፡፡ ተስፎም ብውሱን ደረጃ ከዋሳእ ምስ ረአዩዎ ሕጂ'ያ እትጥዕም ኢሎም ግራዝማች ነ'ርኣያ ምልክት ገበርሉ፡፡ አርኣያ መልእኽቲ ወላዲኡ ቀልጢፉ ቴብ አበላ፡፡

"ስማዕ'ንዶ'ቦ ፡ ቀዳማይ ክንዛረብ ከሎናስ ናይ ሰብ ከግድሰካ የብሉን ፡ ናትካ ጥራይ ኢኻ ከትገብር ዘሎካ ኢልካኒ፡፡ ሰብ ስለ ዝመጸና እታ ዘረባ ከንቅጽላ አይከአልናን ፡ ይዝከረካዶ?" በሎም፡፡

"ኤ አርኣያ ወደይ እዚ ናይ ቀደም ዘክር አይትበለኒ፡፡ እቲ ሓንጐል'ኮ ከም ቀደም አይኮነን፡፡ ከምቲ አካላትናን ጭዋዳታትናን እናተጨበጠን እናጐደለን ዝኸይድ ፡ ንሱ ኸኣ ከምኡ እቲ ዝዝክሮን ዝዕቅሮን እናጐደለ'የ ዝኸይድ፡፡ እዛ እትብላ ዘሎኽ ግን ብልክዕ'ኳ እንተ ዘይተዘከረትኒ ፡ ገለ ከምኡ ክንበሃሃል ግን ቅሩብ ትዝ እብለኒ'ሎ፡፡ ሕጂ'ሞ መዋግዒት ዘይትኾነና ፡ እስከ እንታይ-እንታይ ኢና ተበሃሂልና ኔርና አዘኻኽረኒ ፡" በሎም መታን እታ ወግዒ ብወዘቢ እተላዕለት ከትመስል ካብ ዝብል አተሓሳሰባ፡፡

"ናይ ሰብ ከግደሰካ የብሉን ኢልካኒ ፣ ግን ከኣ 'ሰብከ እንታይ ይብለኩም፣' እናበልኩም ኢኹም ኣዕቢኹምና ፤ እዚ ኽልቲኡ ኣበሀሃላ ተጋራጫዊዶ ኣይኮነን'የ' ለካ ነይረ ።" በሎም።

"ኦኦ ፣ እወ'ወ ዝወደይ ፣ ሕጂ ብግቡእ ኣትሓዝካኒ። ኣዝያ ኣገዳሲት ኣርእስቲ'ያ። መልሳ ብሓጺሩ ግን ተጋራጫዊ ኣይኮነን'ዩ።"

"ብኸመይ ደኣ ዘይገራጭ?" ሓተተት መድህን።

"እንታይ ይመስለኩም እዞም ደቀይ። ሰብከ እንታይ ክብለኒ ፣ ሰብ ከይብለኒ ክንብል ዝግበኣና ግጉይ ወይ ሕማቕ ነገር ኣብ እንገብረሉ ግዜ'ዩ። ኣብ ከምዚ ኩነታት ጥራይ ኢና'ምበኣር ነዚ ፣ 'ከይብሉኒ ፣' ዝበሃል ኣዘራርባ ክንድህበሉ ዝድሊ።"

"ሕራይ ናይ ሰብ ከግድሰካ የብሉንከ ደኣ ኣብ ከመይ ኩነታት'ዩ ዝበሃል ፣" ሓተተ ኣርኣያ።

"ናይ ሰብ ከግድሰና የብሉን እትብል ኣዘራርባ'ኳ ቅሩብ ከብድ ዝበለት'ያ። ናይ ሰብ ኩሉ ግዜ ከግደሰና'ለዎ ፣ ምኽንያቱ ምስ ሰብ ስለ እንነብር። ግን ናይ ሰብ ብዙሕ ከንግደሰሉ የብልናን ዝበሃል ፣ ጽቡቕ ከም ዘሎና Ι ቅኑዕ መንገዲ ሓዚዝና ከም ዘሎና Ι ዕላማና ቅኑዕ ምዃኑ Ι ግብርናን ስጉምትናን ራህዋን ፣ ፍቕርን ፣ ስኒትን ፣ ሰላምን ዘምጽእ ምዃኑ ፣ ወዘተ ኣረጋጊጽና ኣብ ዝፈለጥናሉ ግዜ'ዩ። ብሓጺሩ ሲ ሰባት ብናታቶም ጸቢብ ምኽንያትን እምነትን ፣ ንኸታርፉናን ከጋዪዮናን ከደልዩ ኸለዉ ፣ እዚኒ ከንህቦም የብልናን ንምባል እንጥቀመሉ ኣዘራርባ'ዩ።"

"ናይ ቅኑዕ ምህላው ጥራይ መዓስ ኮይኑ'ቦ። ዋላ ቅኑዕ ይሃሉ እቲ ሰብ ስለ ዘይተረድኦ ፣ ከጽፍኣካን ከኹንነካን ከሎስ ከመይ ጌርካ ትጸወሮን ትቕበሎን'ዩ?" በለ ኣርኣያ።

"ንግዜኡ ንሓጺር እዋን ኣየጉህየካን ወይ ኣይስመዓካን ማለት ኣይኮነን። ፍጡር ስለ ዝኾንካ ናይ ግድን'ዩ ከስመዓካ። ግን ቅኑዕ ከሎኻ ሰባት ዝኾነኑኻን ዘካፍኡኻን ከይኣክልሲ ፣ ንስኻ ኸኣ ነቶም ዝጉድኡኻ ዘለው ሰባት ተገምጢልካ ክትሕግዘም?" በለ።

ኣርኣያ ህውኽ ኢሉ ፣ "ከመይ ማለትካ'ዩ ክትሕግዘም?" በለ ብዘረባ ኣቦኡ ተደናጊሩ።።

"እንድሕር ከመይ ገይሮም ከምዚ ይብሉኒ ፣ ከምዚ ይሓስቡኒ ፣ ከምዚ ይግምቱኒ ፣

ከምዚ ይጮጽሩኒ ኢልካ ኣብ ሕርቃንን ብስጭትን ጕህን ወዲቕካ'ኮ ፣ ባዕልኻ
ትሕግዘም ኣሎኽ ማለት'የ። ከምኡ እናበልካ እንተ ዘይተባሳጨኽን ፣ ሓንጕልካ ናብ
ድላዮም ከጥምዝዝዎ እንተ ዘይፈቒድካሎምን ጥራይ ኢኻ ሓገዝካ እትነፍጕም!
እንተ ዘየሎ ካልኦት ከብርሆም ከሎ ሓንጕልካ ከፊቶም ሓጕስ ዕግብትን ሓበንን
ይሰኹዕሉ ፤ እንተ ዘይደለዩ ኽኣ ከፊቶም ፣ ሕርቃንን ብስጭትን ነብስ ምትሓትን
ይመልእዎ ማለት'የ!" በሉ።

"ግን ኣቦ ፣" በለ ኣርኣያ።

"እዚኣ ከውደኣልካ ዘወደይ። ህይወትና ናትናን ንኣናን'ምበር ፣ ን`ኻልኦትን ናይ
ካልኦትን ኣይኮነትን። ካብ ናይ ካልኦት ገምጋምን ፍርድን ፣ ናይ ነብስና ገምጋምን
ፍርድን'የ ዝይዳ ከገድሰናን ከኣጅበናን ዘለዎ። ምኽንያቱ ነብስና'ያ ምሳና 24
ሰዓት ንመዓልቲ እትነብር ፣ ምስ ካልኦት ኣይኮነትን።"

እናሻዕ ሰለስቲኦም ሰሰሪጬም ንተሰፍም ይጥምትዎ ነበሩ። ብጕቡእ ይከታለል
ምንባሩ ኩሎም ኣስተብሀልሉ።

"ቅኑዕ ከሎና'ውን እንተ ኾነ ከይብሉና ኢልና እንተ ተሰከፍናን ፣ ሓሲብና እንተ
ተጻጸዝናን እንታይ ጸገምዶ'ሞ ኣለዎ'የ?" ሓተተት መድህን።

"ንነብስና ካባና ንላዕሊ ውሽጢ ውሻጥኣ ዝፈልጣን ከመዝና ዝኽእልን ዋላ
ሓደ ካልእ የልቦን። ሰውነትና ከንዕምጸ እንተ ዘይደሊና ፣ ኣይንሰምዓካን እንተ
ዘይልናዮን ፣ ኩሉ እንገብሮ ጽቡቕን ሕማቕን ፈልዩ ይፈልጥ'የ። ንናይ ካልኦት
ሚዛንን ፍርድን ኣብ ግምት ከነእትዎን ፣ ዓቲብና ከንሓስበሉን ይግባእ'የ። ኣብ
መወዳእታ ግን ካብ ናይ ካልኦት ሚዛንን ፍርድን ፣ ንናትና ሚዛንን ፍርድን ኢና
ከነቐድም ዝግባእ። ይኹን'ምበር ከምዚ ዝበልከዮ ገሊኡ ግዜ ዋላ ቅኑዓት ከም
ዘሎና እናፈለጥና'ውን ፣ ኣብ ናእሽቱ ኣዝዮም ዘየገድሱን ጉዳያት ፣ ልቢ ኣዕቢና
ሰባት መታን ደስ ክብሎምን ሕማቕ ከይስምዖምን ኢልና ፣ ሸለል ኢልና ከንስግሮም
ዘሎና ጉዳያት'ውን ኣለው።"

"ልክዕ ኣለኻ ኣቦ ፣" በለ ኣርኣያ ርእሱ እናነቕነቐ።

"ከድምድመልኩም እዞም ደቀይ። ሰብ ከንእደካ ኽሎ ዝግበኣካን ሓቅን እንተ
ኾይኑ ደስ ክብለካ ንቡር'የ። ነዚ ናእዳ'ዚ ክትረክብ ምጽዓር'ውን ጸገም
የብሉን። ግን ኑ እንተ ዘይረኸብካን እንተ ሰኣንካዮን ፣ ትሳቐን ትቕንዝን እንተ
ኼንካ ልክዕ የለኻን ማለት'የ። በ'ንጻሩ ዝግበኣካ ናእዳን ኣፍልጦን እንተ
ተነፊግካን ፣ ካብኡ ብዝገደደ ከኣ ብጌጋ እንተ ፈረዱኽን እንተ ኾነኑኽን ፣ እቲ

ናይ ውሽጥኻ ድምጺ. ኣጆኻ ነዚ ኣይተቐልበሱ ልከዕ ኢኻ ዘሎኻ ክብለካ ኸሎ ፤ ንነብስኻ ክትሰምዖ ክትክእል ኣሎካ!" በሉ ብኽቱር ስምዒትን ትርን።

ኣርኣያን መድህንን ርእሶም ከንቅንቖ ኣስተብሃሉሎም። ተሰፎም ብዘይ ዝኾነ ደጋዊ ምልክት ከሰምዖም ከም ዝጸንሐ'ውን ኣስተብሃሉ።

ሸዉ ፤ "በሉ ሕጅስ ለፍላፈ ከይትገብሩኒ። በይነይ እንቕዓ ክልፍልፍ ስቕ ኢልኩም ትርእዩኒ ኣለኹም ፤" ብምባል ነታ ዝመደብዋ ኣርእስቲ መደምደምታ ገበሩላ።

"ሳላ'ዚ ኣርእስቲ እተላዕለ'ባ ብዙሕ ነገር ተማሂርና ፤" በለት መድህን።

"ተሰፎም ወደይከ ከትሰምዓኒ ጸኒሕካ ዲኻ?" ሓተቱ ናብ ወዶም ጥውይ ኢሎም።

"እወ ብግቡእ ተኽታቲለካ'የ ፤" ብምባል ንመጀመርያ ግዜ ተሰፎም ኣፉ ከፈተ።

"ግርም ዝወደይ ፤" ኢሎም ዘለዎም ሓሳባት ኣማሓላሊፎም ስለ ዝወድኡ ፤ ኣብቲ ዝነበርዎ መንበር ንድሕሪት ጽግዕ ኢሎም ኣደልዲሎም ኮፍ በሉ።

"ግን ኣቦ ፤" ኢሉ ዘሰንበዶም ከዋሳእ ይኹን ከዛረብ ዘይተጸበይዎ ተሰፎም ወዶም'የ ነይሩ።

"ኢሂ ዝወደይ ፤" ከኣ በሉ ብቕጸበት ምሉእ ኣድህቦኦም ናብኡ ብምግባር።

ንውሱናት ካልኢታት ግምባሩ እስር ኣቢሉ ፤ ከብሎ ዝደሊ ቃላት ይሰርዕ ከም ዝነበረ ብዘርኢ ኣካላዊ ቋንቋ ትም በለ።

ብድሕሪኡ ፤ "ግን ኣቦ ሰብ ኮነ ኢሉ ከሕርቐካን ከባሳጬወካን ፤ ናይ ንዕቀት ዘረባን ስጉምትን ከወስደልካን ከሎ የቃጽልን የሕርርን'የ። ሰብ ከምኡ እናገበረካ ኸሎ ደኣ ከመይ ጌርካ ትም ከትብልን ከትዕገስን ይከኣል?" ኢሉ ሓተቶም።

"ኣቦ እንተ ፈዊድካለይ ፤ ብዛዕባ'ዛ ኣርእስቲ'ዚኣ ሓንቲ ኣገዳሲት ጽሕፍቲ ኣንቢበ ስለ ዝነበርኩ ባዕለይዶ ከገልጸሉ?" በሎም ኣርኣያ ናብ ኣቦኡ ጥውይ ኢሉ።

"ደስ ይብለኒ'ምበር ዝወደይ!" በሎዋ።

ሸዉ ኣርኣያ ናብ ዓቢ ሓዉ ጥውይ ኢሉ ፤ "ኢሂ ተሰፎም ሓወይ?" ብምባል ፍቓዱ ሓተቶ።

"ሹር! ቀጽል ፤" ብምባል ርእሱ ብምንቕናቕ ፍቓድ ሃቦ።

"ብመጀመርታ ደረጃ እቲ ሰብ ከነ ኢሉ ክትንክፈናን ከጉህየናን ኢሉ ድዩ ከምኡ ዝገብር ዘሎ ፤ ወይስ ከነ ኢሉ ዝገብሮ ዘሎ መሲሉ ኢዩ ተራእዩና ፤ ኣየናዩ ምኽኑ እቲ ሓቂ ብዘየወላውል መንገዲ ክነረጋግጽ ኣሎና። ግን ደሓን እስከ ሕጂ ዋላ መታን ንዘረባኡ ከጥዕመና ፤ ሓደ ሰብ ከነ ኢሉ ዘሕርቕ ፤ ዘቃጽል ፤ ዘናድድ ፤ ዘበሳጭ ፤ ተዛዚቡና ወይ ገይሩና ንበል። ሓደ ሰብ ዘሕርቕ ኢዩ ዝገብረና እምበር ንሱ ኣይኮነን ዘሕርቐና። እንሓርቕን ከንሓርቕ እንውስንን ባዕልና ኢና! ዘበሳጭ ነገር ኢዩ ዝገብረና'ምበር ንሱ ኣይኮነን ዘበሳጨወና። ባዕልና ኢና ክንበሳጭ እንውስን!" በለ።

"ዋእ ከመይ ማለትካ ኢዩ? እንታይ ዓይነት ዘረባ'ዩ እዚ?" በለ ተስፋም ሓዉ ዝዛረቦ ዝነበረ ርትዒ ፤ ጨሪሱ ክርድኦን ከቕበሎን ስለ ዘይከኣለ።

"እንታይ ይመስለካ ተስፋም ሓወይ። እቲ ናይ ምሕራቕን ዘይምሕራቕን ፤ እቲ ናይ ምብስጫዉን ፤ ዘይምብስጫዉን ምርጫ ፤ ምሳና ኣዩ ዘሎ'ምበር ምስቲ ዘሕርቐናን ዘበሳጨወናን ዘሎ ሰብ ኣይኮነን ዘሎ። ንእሽቶ ኣብነት ከህበካ። ሓደ ጠበንጃን ቡምባታትን እተዓጥቀን ዝነደረን ሰብ ኣብዚኣ መጺኡ ፤ ዘሕርቕን ዘቃጽልን ዘረባ እንተ ዝዛረበና ፤ ሓሪቕና ብጥራይ ኢድና ከንጥሕሮዶ ኣይትሓዙኒ ምብልና ፤ ዋላ ስምዒትና ተቆጻጺርና ለሚንና ለማሚንና ከም ዝኽደልና ምገበርና?" ኢሉ ናብ ኩሎም ጠመተ። ኩሎም ብኣተኩሮ ይሰምዕዎን ይከታተልዎን ምንባሮም ኣረጋገጸ።

ሸዉ ዓሚቝ ድሕሪ ምስትንፋስ ፤ "በ'ንጻሩ ሓደ ዝኽነ መሳርያ ዘይዓጠቐን ኣካላቱ ድኹም ዝመሰል ሰብ መጺኡ ፤ ከምተን እቲ ሓያል ዝተዛረበና ዘሕርቓን ዘነድራን ዘረባ እንተ ዝዛረባናኸ እንታይ ምገበርናዮ?" ኢሉ ሓተተ። ሕቶኡ ባዕሉ ብምምላስ ፤ "ብሕርቃን ተቓጺልና ዘይጠሓርናዮን ዘይቀተልናዮን ኢልና ኣይትሓዙና ምብልና። ስለዚ ብኡ'የ እቲ ምርጫ ምሳና ኢዩ ዘሎ ዝበልኩ ፤" በሎም።

"ወይ ግሩም ፤" በለት መድህን።

"ክድምድመልኩም። ስለዚ ዝኽነ ሰብ ኣካላዊ መጉዳእቲ ከሳዕ ዘየስዕበልና ፤ ንሕና ሕራይ እንተ ዘይልናዮ ከጨጥዓናን ከባሳጨወናን ኣይክእልን'ዩ! ምኽንያቱ ኣማራጺ ኣሎና ፤ ክንዕገሶን ሸለል ክንብሎን ወይ ንዒቕና ክንገድፎን!" ኢሉ ኣርኣያ መግለጺኡ ከም ዝደምደም ንምርኣይ ፤ ኣብቲ መንበር ንድሕሪት ገጹ ጽግዕ ኢሉ ኮፍ በለ።

ተስፋም ርእሱ ነቕነቐ።

መድህን ከኣ ፤ "ወይ ጉድ ፤ ዘደንቕ ነገር'ዩ!" በለት።

ግራዝማች ከኣ ፥ "ዋይ ኣንታ ኣርኣያ ወደይ ፥ ይባርኽካ። ምንባብሲ ከመይ
ዝኣመስልዎ ግሩም ነገር'የ። ሰብ ናይ ምንባብ ልምዲ እንተ ኣጥርዩስ ፥ ነመዋእሉ
ከመሃርን ሓድሽ ፍልጠት እናደለበ ከነብርን ይኽእል ማለት'የ ፥" በሉ ርእሶም
እናነቕነቑ።

ብድሕር'ዚ ኩሎም ንእተወሰና ደቓይቕ ፥ ኣብ ነናቦም ሓሳባትን ኣስተንትኖን
ጥሒሎም ትም-ትም በሉ። ድሕሪኡ ንውሱን ግዜ ካልእ-ማልእ ፈኮስትን
ኣዛናጋዕትን ዕላላት ኣዕለሉ። ከይተፈለጦም ግን ድሮ መስዩ ስለ ዝነበረ ፥ ኣርኣያ
ንወላዲኡ ከብጽሓም ከደ።

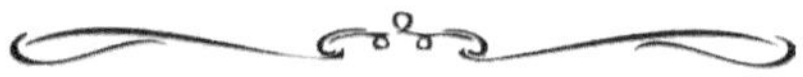

ከምዚ'ሎም ድሕሪ ምዝርራቦም ፥ ድሕሪ ቅሩብ ኣዋርሕ ፥ ኣብ ጥሪ-ለካቲት
1975 ፥ ኣብ ውሽጢ ኣስመራ ከቢድ ቶኽሲ ተኽፍተ። ኣብ ምሉእ ኣስመራ
ምሉእ ምሸትን ምሉእ ለይትን ቶሮገሮግ ከብል ሓደረ። ናይ ደርግ ጦር ሰራዊት
ከምዚ ደም ዝሸተቶም ኣዛብእ ፥ ሃነፍነፍ እናበሉ ንዝረኸብዎ ሰላማዊ ሰብ
ብዘይኣፈላላይ ረሸኑ። እቲ ዝበዝሐ ሰብ ከካብ ዝነበሮን ከካብ ስራሑን ናብ
ገገዛኡ ሃዱሙ ፥ ኣብ ገዛኡ ከዕቤብ ከብል'ዩ ኣብ መገዲ ተረሺኑን ተቐቲሉን።
ሽዑ ምሸት ነዚ ዝተረደኣን ዝፈለጠን ብዙሕ ሰብ ፥ ኣብ ዘዝነበሮ ከባብን ገዛን ፥
ስራሕን ፥ ቤት ጽሕፈትን ሓደረ።

ሽዑ ምሸት ብሩኽ ኣብ ደገ ደግኡ'የ ምስ ኣዕሩኽቱ ነይሩ። ገዛ ከይመጸ ምስ
ደንጐየ መድህን ከትጽለል ደለየት። ናብቶም ስልኪ ዝነበሮም ዘዝፈልጠኡዋም
ኣዕሩኽቱ ስልኪ ፈተኑ። ግን ኩሉ ሰብ ሃለዋት ኣባላት ስድራ ቤቱ ንኽሓትት
ይድውል ስለ ዝነበረ ፥ ስልኪ ልዕሊ ዓቕሙ ጻውዒት በዚሕዎ ፥ ምስራሕ ኣበዮ።
ሓሓንሳብ ጥራይ'የ ድሕሪ ነዊሕ ፈተን ዕድል ናይ ምርካብ ዝፈቅድ ነይሩ።
መድህን ልባ ተረግ-ተረግ እናበለት ብደረታ ከትወጽእ ዝደለየት ኮይኑ ተሰምዓታ።
ኣብ መታልሕ ዝርከብ ሰራውራ ከብጠስ ዝደለየ መሰላ።

ኣብ ሞንጉ'ዚ ከብረት ፥ ብሩኽ ገዛ ከም ዘይመጸን ደሃይ ከም ዘይገበረን ምስ
ፈለጠት ፥ ኣልጋነሽ ካብ ገዛ ኣይትውጽኢ። ኣብዚ ኣፍደገ ጸኒሐም ቶግ ከየብሉኺ
እንተ በለታ ፥ ምስማዕ ኣብያ ናብ እንዳ ተሰፎም ከይዳ ኣብኡ ምስ መድህን
ሓደረት። ብድሕሪኡ ክልቲኣን ኮይነን ፥ ከብረት ናይቶም እትፈልጦም ኣዕሩኽቱ
ስልኪ እናሃበታ ፥ ምሉእ ምሸት ምስ ስልኪ ተቓለሳ። ኣብቶም ስልኪ ዝነበሮም
መሓዙቱ ኩሎም ከረኸባኣ ኣይከኣላን። ምስ ቀበጸ ከምኡ ኢለን ከብደን ሓቁፈንን

ተሓጇቛ፞ፈንን ፣ እና ' ንቀጥቀጣ ሰላም ከየበላ ሓደራ።

ንመድህንን ክብረትን መሬት ምውጋሕ አበየተን። ድሕሪ ነዊሕ ቃልስን ሻቖሎትን ዓቕሊ ምጽባብን ፣ 'መሬት ምእንቲ ርእሳ ትወግሕ' ከም ዝበሃል ወግሐት። ሽዑ ምስ አርኣያ ኹዪነን ደሃይ ክሓታን ከደልያን አብ ምቕርራብ ከለዋ ብሩኽ ደበኽ በለ።

መስኪነይቲ መድህን ከምዛ ካብ ሞት ተንሲኣ ዝመጸ ኹዪኑ ተሰሚዕዋ ፣ ብናይ ታሕጓስ ንብዓት ተነኽነኽት። ክእብድዋ እንተ ፈተኑ ምእባድ ሰኣኑዋ። ከምዚ ተዓጊቱ ዝጸንሐ ውሕጅ ሓንሳብ ምስ ፈንጠስ መዕገቲ ዘይብሉ ፣ እቲ ተዓጊቱ ዘምሰየን ዝሓደረን ንብዓትን ስምዒትን መድህን መዕገቲ ተሳእነሉ። ከምቲ ውሕጅ ናህሩ ምስ ወድአ ዝግ ዝብል ፣ ከምኡ ድማ ስምዒትን ንብዓትን መድህን ዝግ ክብል ጀመረ። በብቝራብ ከኣ ምሉእ ብምሉእ ስምዒታ ተቖጻጸረት።

ብድሒሪኡ ' ውን እንተ ኾነ ፣ ኩነታት ጸጥታን ሰላምን አስመራ ዘተአማነን አይነበረን። አብ ዝቐጸለ መዓልታት አብ አስመራን ከባቢአን ብርቱዕ ኩናት ተኸየደ። ናይ በለዛ ሓይሊ ኤለክትሪክ መመንጨዊ ትካል ተቓጸለ። ንሓደ ክልተ አዋርሕ አብ አስመራ በብመዓልቱ ካብ ዓሰርተ ዘይውሕዱ ሰላማውያን ሰባት ብጠያይቲ ይርሽኑን ብስልኪ ተሓኒቐም ይድርበዩን ነበሩ። እዚ በ'ልግማግ ዝካየድ ዝነበረ ሽበራ ፣ ንህዝቢ ኤርትራ ከም ዝርዕድን ዝስከሕን ንምግባሩ ዝዓለመ ኢዩ ነይሩ። ደርግ ንህዝቢ ኤርትራ ስለ ዘይፈለጦ ' የ ' ምበር ፣ እዚ ግፍዒ ' ዚ መሊሱ ' የ ንህዝቢ ኤርትራ አሕቢርዎን አጠናኺርዎን አጸኒዕዎን።

ብድሕር ' ዚ አብ ቅድሚ ዓይኑ ዝርእዮ ዝነበረ ግፍዕታት ' ዚ ፣ እቲ ጽንዓትን ተወፋይነትን ንነጻነቱን ንሓርነቱን መሊሱ ሰወደ። መሳርዕ ህዝባዊ ቃልሲ ብኽቃለስን ከብጅውን ድሎው ብዝኾኑ መንእሰይ አዕለቕለቐ። እቲ ከሰከሓ ተባሂሉ እተወጠነ አረሜናዊ ጭካነ ዝመልኦ ናይ 'እምቢ ያለ ሰው ሽጉጥ አጉርሰው' ውጥን ፣ ጨሪሱ ከይሰርሐ ፈሸለ። በ'ንጻሩ ንህዝቢ ኤርትራ መሊሱ አብ መትከሉ ጨኪኑን ተሪሩን ከም ዝረግጽን ከም ዝምክትን ገበሮ።

ድሕሪ ' ዚ እቲ አብ አስመራ ዝነበረ ኩነታት በብቝራብ ብተዛማዲ ክሓይሽ ጀመረ። ብኽምዚ ኸኣ መድህን በቲ ብተሰቔም ፣ በቲ ኸኣ በቶም ብጹሓት ደቃ ትስከፎን ትሻቐልን አብ ብርቱዕ ጸኽጢ ትወድቕን ነበረት።

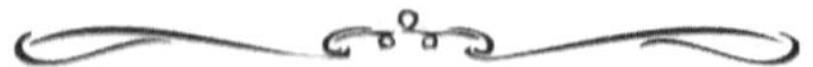

ተስፎም ስራሕ ካብ ዝገድፎ ዓርጋ ዝበዘሓ ግዜኡ ፣ ኣብ ገዛ ንበይኑ ተዓጽዩ'ዩ
ዘሕልፎ ነይሩ። ሓሓሊፉ ደስ ኣብ ዝበሎ መዓልቲ ፣ ካብ ሓደ ሰዓት ዘይበዝሕ
ግዜ ንፋብሪካ በጺሑ ይምለስ ነበረ። ባንካ ምኽድ ካብ ዝጅምር ፣ ኣከዳድናኡን
ንጽህናኡን ብመጠኑ ምምሕያሽ ኣርእዩ ነይሩ'ዩ። ስራሕ ምስ ኣቋረጸ ግን ካብቲ
ቅድሚ ስራሕ ምጅማሩ ዝነበሮ ኩነታት ገደደ። እቲ ጽቡቕን ጽፉፍን ጥራይ ከውይኑ
ክረአ ዝደሊ ዝነበረ ተስፎም በ'ንጻሩ ኹነነ። እቲ ኹሉ ዝብርከተሉ ዝነበረ
ምኽርን ማዕዳን ክጠቕሞን ክጥቀመሉን ኣይከኣለን።

ንሰውነቱን ንንጽህናኡን ዝዝምልከት ዘረባ እንተ ሰሚዑ ፣ መሊሱ የንጸርጽርን
ይሓምምን ነበረ። መደቀሲኡም ንምጽራይን ዓራቶም ንምንጻፍን'ውን ከይተረፈ
ከሸግራ ጀመረ። ብሓፈሻ ኣብ ኣከዳድናኡን ትርኢቱን ገዚኡን ከባቢኡን ምግዳስ
ገደፎ። ኣብ ልዕሊ'ዚ እቲ ምሕራቕን ምብስጫውን ምትካዝን መሊሱ ገደዶ።
ብሓጺሩ ህይወትን ኣብ ዓለም ምንባርን ዝጸልአ ሰብ መሰለ።

እዚ ተርእዮ'ዚ ንኣዋርሕ ብዘይለውጢ ቀጸለ። መድህን ልዕሊ ኹሉ ሰብ
ተሸገረት። ሰውነታን ትርኢታን ኣንቄልቄለ። መጀመርያ ነ'ልጋነሽ ፣ ድሒራ ኸኣ
ነ'ርኣያ ጸገማ ተካፍሎም ነበረት። ሽግራ ምስ ክልቲኦም ብምትንፋሳ ፣ ጸገማ
ከፈልጡላን ምስአ ከዳናጉኡን ናይ መንፈስ ደገፍ ከገብሩላን ከኣሉ። ካብኡ ንላዕሊ
ግን ብግብሪ ካልእ ከረድእዋን ከሕግዝዋን ዝኽእሉ መንገዲ ኣይነበረን።   ምስ
ክልቲኦም ትደጋግማ ዝነበረት ኣዘራርባ ነበረታ።

"ንዓይን ንደቀይንሲ እቲ ናይ ቀደም ተስፎም ይሕሸና ነይሩ። እንተ ሰተየን እንተ
ኣምሰየን ንነብሱ'ምበር ፣ ንዓና እንታይዶ ይጎድኣና ነይሩ'ዩ? ሕጂ ግን ምሽኪናይ
ብዝያዳ ንነብሱ ፣ ብመጠኑ ኸኣ ንዓና'ውን ይበጽሓና'ሎ ፤" ትብል ነበረት።

መድህን ከምኡ ከትብል ከላ ፣ ኣልጋነሽ ኩሉ ግዜ ፣ "ምኽን ንተስፎም ዘይተሓልፍ
ድኣ ንመን ክሕለ? ግን ዋላ ከምኡ እናገበርኪ ቅሩብ ከኣ ሰውነትኪ ከትከናኽኒ
ኣሎኪ ፤" እናበለት ትኹርየላ ነበረት።

ተስፎም ነ'ርኣያ'ውን ኣብተን ውሱናት ዝራኸቡለን ሰዓታት ፣ ከኽብዶን ከሽግሮን
ጀሚሩ ነይሩ'ዩ። ኣብቲ ስራሕ መጺኡ ካብ ዝሕግዞን ዘሳልጦን ፣ እቲ ዝፈጥሮ
ተጽዕኖን ጸቕጥን ይዛይድ ነበረ። ኣብታ ሰዓት ዘይትኣክል ግዜ ምስ ኣርኣያን ምስ
ስራሕተኛታትን ይጋጭን ይገራጮን ነበረ። እቲ ሓዉ ጀሚርዎም ዝነበረ ሕማቕ
ጠባይ ፣ ምስኣ ጥራይ ዘይኮነስ ምስ ኩሉ ሰብ ምኽኑ ኣርኣያ ንመድህን ይገልጸላ

ነበረ።

ኣርኣያ ንመድህን ዝደጋግመላ ዘረባ ነበረቶ ፡ "ዓለምን ኩሉ ሰብን ፡ ብፍላይ ከኣ
እቶም ኣዚና እንቐርቦ ስድራ ቤቱ ፡ ከም በደልቱን ጸላእቱን ገይሩ'የ ዝወስደና
ዘሎ። ንዓና ነቶም ዘፍቅረና ክርኢ ከሎ ፡ እቲ ሓደጋኡን መቝረጽቱን ኢና
እነዛኽኽሮ ይመስለኒ። እዚ ኹሉ ግን ከም እትፈልጥዮ ፈትዮ ኣይኮነን ዝገብሮ
ዘሎ። እዚ ዘይንፈልጦ ጋሻ ከይዱ ፡ በቲ እንፈልጦ ተስፎም ክሳዕ ዝቕየር ክንዕገስን
ዓቕሊ ክንገብርን ኣሎና ፡" ይብላ ነበረ።

መድህን ምስ ኣበየሃላ ኣርኣያ ብቅጽበት'ያ ትሰማማዕ ነይራ ፡ "እዚ ኹሎ እቲ
ሓቅስ እንታይ ኮይኑ ደኣ'የ ገሊኡ ግዜ ዓቕሊ ዘጽብብ?" ብምባል ተመሊሳ
ነብሳ ትወቅስ ነበረት።

ከምዚ እናበለት ነብሳ ተደዓዕስ'ምበር ፡ ተስፎም ዘስዐላ ዝነበረ ሽግር ግን ኣብ
ልዕሊ መድህንን ጥዕናኣን ከቢድ ጽቕጢ ከፈጥረላ ጀመረ። ሰውነታ ተበላሸወ።
ገጻ ከኣ ብዝያዳ ማደወ። እዚ ንኹሉ ሰብ ብደገ ዝረኣዮ ዝነበረ ኣካላዊ
ምንቁልቋል'የ ነይሩ። ካልእ ሰብ ዘይርእዮን ንሳ'ውን ንኻልኦት ዘይተነግሮን
ግን ፡ እቲ ኣብ ውሽጣዊ ጥዕናኣ ዝወርድ ዝነበረ ማህሰይቲ'ዩ። ጽቕጢ ደማ
ንኽትቴጻጸሮ ከትጽገም ጀመረት። ሀርመት ልባ ዘይንቡርን ዘይስሩዕን ክኸውን
ጀመረ።

መድህን እዚ ከይኣኸላ እቲ ንተስፎም ዝከታተሎ ዝነበረ ሓኪም ፡ ኩነታት ተስፎም
ኣሻቓሊ እናኸነ ይኸይድ ከም ዝነበረ ገለጸላ። ማዕረ ህይወትን ምንባርን'ውን
ጸሊእዎ ስለ ዝነበረ ፡ ጥንቃቐን ሓለዋን ከም ዘድልዮ ንመድህን ኣረድኣ። እዚ
ሓበሬታ'ዚ ንመድህን ተወሳኺ ጽቕጢ ከስዐበላ ጀመረ። ተዓጽዮ ነዊሕ እንተ
ጸኒሑ ኣብ ማዕጾ ልሕግ ኢላ ከትጽናጽና ጀመረት። ዝኹሉ ዓይነት ገልጠም ዝብል
ድምጺ እንተ ሰሚዓ ፡ ልባ ፎቕ ክብላን ከትብህርርን ፡ ዝሓዘቶ ድርብይ ኣቢላ
ብቅጽበት ነጢራ ናብ መደቀሲኦም ከትጎይን ሓደ ይኸውን ነበረ።

እዚ ኹሉ ሀርመት ልባ የጋልቦን ፡ ጽቕጢ ደማ የዐርጉን ነበረ። በብቅሩብ ዝኹኑ
ድምጺ ከባህራን ከስንብዳን ጀመረ። ኩነታት መድህን ከም'ዚ'ኺ ይመስል እንተ
ነበረ ፡ ንሳ ግን ስድራ ቤትን ደቃን መታን ከይፈልጡ ፡ ንኽትሓብኦ ዘይትገብሮ
ብልሓት ኣይነበረን። ከምኡ ገይራ ስለ ዝሓዘቶ ኸኣ እቲ ናይ ሓቂ ኩነታታ ኣብ
ምሕባእ ትዐወት ነበረት።

ኣብቲ እዋን'ቲ ደርግ ዓበይቲ ፋብሪካታትን ናይ ውልቂ መንበሪ ገዛውትን
ከህግር ጀመረ፡፡ ካብ ሓንቲ ገዛ ንላዕሊ ዝነበሮም ግለሰባት ሓንቲ ቤት ጥራይ
መሪጾም ፣ እቲ ዝተረፈ ናብ መንግስቲ ከረከቡ ተገደዱ፡፡ ስድራ ቤት እንዳ ባሻይን
ግራዝማችን ፣ ዝያዳ ገዛውቲ ስለ ዘይነበሮም በዚ ስጉምቲ'ዚ ኣይተተንከፉን፡፡
ፋብሪካ ፓስታ ንእሽቶ ስለ ዝነበረ ሻላል ስለ ዝበሉም ኣይተወርሰን፡፡

ክልቲኦም ስድራ ቤት በዚ ስለ ዘይተተንከፉ ብዉሱን ደረጃ ይቐስኑ'ምበር ፣
ኩነታት ጸጥታን ድሕንነትን ኣስመራ ግን እናበአሰ ኢዩ ዝኸይድ ነይሩ፡፡ ድሮ
ኣብ ኣስመራ ናይ እቶ-እቶ ሰዓት ተኣዊጁ ፣ ሰብ ሰዓት ሹዱሽተ ነናብ ገዛኡ'የ
ዝጉዪ ነይሩ፡፡ እዚ ይኹን'ምበር ወተሃደራት ስርዓት ደርግ ምኽንያት እናመሃዙ ፣
ንሰላማዊ ሰብ ካብ ውሽጢ ገዛኡን ኣፍደገኡን መገድን እና'ውጹኡን እናኣረዮን
ከሰሃልዎ ጀመሩ፡፡ ኣብ ከምዚ ኩነታት ዋሕዚ መንእሰያት ናብ ሜዳ ተዓጻጸፈ፡፡

ነዚ ዘስተብሃላ ናይ ወጻኢ ሃገራት ኤምባሲታትን ቈንሱላታትን ፣ ነቲ ግፍዕን
ቅትለትን ከይተቓወማ ዜጋታተን ብህጹጹ ብኣይሮፕላን ገይረን ከውጽአ ጀመራ፡፡
ወጻእተኛታት ነቲ ምሉእ ህይወቶም ብእብረትን ብጣዕምን ዝነበርዎ ዓድን
ዘናብሮም ህዝብን ፣ ገለ ዋላ ናይ ሞራል ሓገዝ ከየበርከትሉ ጥንጥን ኣቢሎሞ
ነናብ ዝጠዓሞም ተዓዝሩ፡፡ ከምቲ 'ክውዕየካን ብማንካ ከዝሕለከን ብኢደክን'
ዝብልዎ ኢዩ ኾይኑ ነገሩ፡፡ በዚ መሰረት እቶም ዝርካቦም ብብዝሒ. ዝነበሩ
ኢጣልያውያንን ናይ ካልኦት ሃገራት ዜጋታትንካብ ሃገር ወጹ፡፡ እቲ ኤርትራዊ
ዜጋ ናብ ዝኸዶ ስለ ዘይነበሮ ፣ ዝነግረሉን ዘእውየሉን ኣብ ዘይብሉ ግዳይ ናይ
መቕዘፍቲ ከኸውን ተፈረደ፡፡

ብድሕር'ዚ ኣብ ኣስመራ መዓልታዊ ፣ ብመርሽንትን ብኻራን ፣ ብሳንጃን ብናይ
ስልኪ. ማሕነቕትን መዓት ሰብ ከውዳእ ጀመረ፡፡ ዓፈንቲ ጉጅለታት (ኣፋጅ ጓድ)
ዝበሃሉ ኣሃዱታት ኣቚሞም ፣ ብመካይን እናዞሩ ሰብ እናዓፈኑ ፣ ብስልኪ. እናሓነቑ
ፈቐዶኡ ከድርብዩ ጀመሩ፡፡ እዚ ኹነታት'ዚ ኣብ ወለድን ፣ ብሕልፊ ኸአ ኣብ
ኣደታት ከቢድ ጸቕጢ. የስዕበለን ነበረ፡፡ ሰብኡተንን ኣሕዋተንን ብጹሓት ደቀንን
ወጺኦም ከሳዕ ዝምለሱ ፣ ኣብ ጸቕጥን ሻቕሎትን ተዋሒጠን ኢየን ዝውዕላን
ዝሓድራን ነይረን፡፡

መድህን'ውን ኣብ ልዕሊ. ብተስፋዮም ዝወርዳ ዝነበረ ጸቕጢ. እዚ ተወሲኹዎ ፣
ብቐሊሉ ከትስንብድን ከትርበጽን ሽበድበድ ከትብልን ጀመረት፡፡ ኣቓልቦ ምሉእ
ስድራ ቤት ኣብ ትካዜ ተሰፍምን ፣ ኣብቲ ኩነታትን ኣተኩሩ ኸሎ ከአ'የ ካልእ
ዘይተጸበይዎ ዝገደደ ሽግር ዝገጠመ፡፡

ተስፎም ሓደጋ ካብ ዘጋጥሞ ክልተ ዓመት ፡ ስራሕ ካብ ዝገድፍ ክአ ድሮ ዓመት አቑጺሩ ነበረ። እንዳ ተስፎም አብ ከምዚ ኩነታት ከለው ሰንበት ድሕሪ ቐትሪ ፡ ምሉአት ስድራ ቤት ተአኻኺቦም አብ መቐበል አጋይሽ የዕልሉ ነበሩ። ግራዝማች ምስ ወ/ሮ ብርኽቲ ፡ እንዳ ተስፎም ብሙሉአም ፡ አልጋነሽ ምስ ክልተ ዓበይቲ ደቃ ፡ ከምኡ'ውን አርአያ ነበሩ። ሻሂ ዝሰቲ ሻሂ ፡ ቡን ዝሰቲ ክአ ቡን ሒዘም ነበሩ።

ተስፎም አብ መደቀሲ ንብዪኑ ስለ ዝነበረ ፡ መድህን ጸጸኒሓ ንመደቀሲኦም እናኸደት ትከታተሎን ትርእዮን ነበረት። ገለ ዘድልዮ ነገር እንተ'ለም ክአ ብቐጻሊ ትሓቶ ነበረት። መጀመርያ ርእሱ ብምንቕናቕ ፡ ደሓር ግን መልሲ ከይሃብ ትም ብምባል'የ ዝምልሽላ ነይሩ። ንሓደ ርብዒ ሰዓት ዝኸውን ከይከደቶ ግዜ ስለ ዘሕለፈት ሰውነታ ስኽፍክፍ በላ። ዝወረዳ መድህን ብተስፎም ስለ ዘይትቐስን ዝነበረት ፡ "እዋይ አነ እንታይ ዓይነተይ'የ ረሲዐዮ ዝሓወይ ፡" ኢላ ነብሳ እናወቐሰት ፡ ሹው ንሓምሻይ ግዜአ ተንሲአ ናብ መደቀሲኦም ከደት።

ቋሕ ኢሉ ምንባሩ ምስ አስተብሃለት ፡ ሩፍታ ተሰምዐ። ብቕጽበት ቅሳነት ተሰሚዕዋ ዓሚቝ አስተንፈሰት። ሹው ከም ልማዳ ገለ ከተምጽአሉ ዝደልዮ እንተ'ለም ሓተተቶ።

"ዘይተገድፍኒ! ሰላም ዘይትህብኒ! ዝደልዮ ክሓትት ዘይኽእል ስንኩል'የዶ ኢሎምኺ'የም?!" ዝብል ዘደንጹን ዘስንብድን ዘረባ ደርበየላ።

መልሲ እንተ ሂባቶ መሊሱ ከይንድር ስለ ዝፈርሀት ፡ ሓንቲ ቃል'ውን ከየውጽአት ሰላሕ ኢላ ከትወጽእ ብግስ በለት። ሹው ማዕጾ መደቀሲኦም ዓጽያ ናብቲ መቐበል አጋይሽ ከትበጽሕን ፡ ብሃንደበት ዉኽልል ኢላ ከትወድቕን ሓደ ኾነ።

ኩሎም ይርእይዋ ስለ ዝነበሩ ፡ ሰንቢዶም ብሓባር ብድድ ኢሎም ናብአ ገጾም ጐየዩ። ንላ ትምነት ፡

"እውይ ማማየይ!!" ኢላ ንገዛ ብአውያት ጨደደታ።

መጀመርያ አብ መድህን ዝበጽሐ አርአያን ወዳ ብሩኽን ኢዮም ነይሮም። ሓፍ ከብልዋ እንተ ደለዩ ዘልሓጥሓጥ በለት። ሹንቲ ከም ዝሞሎቓ'ውን ክልቲኦም አስተብሃሉ። ድሮ ሃለዋታ አጥፊአ ከም ዝነበረት'ውን ተረድኡ። ብኹነታታ አዝዮም ሰንበዱን ረዓዱን።

"ሆስፒታል ክንወስዳ' ሎና ! " ኢሉ ኣርኣያ ብዓውታ ጨደረ። ናይ ኣርኣያ ኣዘራርባ ን'ኹሎም መሊሱ ኣሰንበዶም።

"ክብረት እንኪ መኪና ክፈትልና ንሕና ክንስከማ ፤" በለ ኣርኣያ ብዓውታን ብተርባጽን።

ኣውያት ንሉ ትምኒት ዝሰምዐ ተስፎም ፤ እንታይ ከም እተረኸበ ን'ምርኣይ ማዕጾ ከፉቱ ተቐልቀለ። ኩሎም ርእሶም ሒዘም መድህን ከኣ ኣብ መሬት ወዲቓ ተዓዚበ። ሓፍ ን'ኽብሉዋ ክዳለው ኸለው ኣብኦም በጽሐ።

"እንታይ ደኣ ኮይና?" ዝብል ናይ ስንባደ ሕቶ ሓተተ።

"ሃለዋታ ኣጥፊኣ ወዲቓ። ሆስፒታል ክንወስዳ ኢና ፤" በለ ኣርኣያ።

ብቕጽበት ኣቓልቦኡ ናብቶም ካልኦት ብምዛር ፤ "ሃየ በሉ ሓፍ ነብላ ፤" በሎም።

ሽዑ ኣርኣያ ብሩኽ ሳምሶንን ትምኒትን ኮ,ይኖም ፤ ሓፍ ኣቢሎም ንደገ ናብ መኪና ኣብጺሐም ሰቐልዋ። ኣብ ቅድሚት ኣርኣያን ግራዝማችን ፤ ኣብ ድሕሪት ከኣ መታን ክሕግዝዎም ብሩኽን ትምኒትን ኮ,ይኖም ን'ሆስፒታል ገጾም ተሓንበቱ።

ምዕራፍ 5

ልክዕ ኣብቲ እንዳ ግራዝማች ኣብ ጭንቅን ሽቑልቀልን ዝነበርያ ሰዓት ፣ እንዳ ባሻይ ብዛዕባ እዋናዊት ኣርእስቲ ኹይና ዝነበረት ኣልማዝ ይዘራረቡ ነበሩ።

"እሞ ናይ ስራሕ *መኪና'* ውን *ብሮብዮ* ዳርጋ ጠቒሊላ ኣሕዲጋትኒ ዲኻ እትብል ዘለኻ?" በሉ ባሻይ።

"እንታይ ደኣ ከምኡ'የ። ከምቲ ኣቐዲም ዝነገርከኹም ፣ ብመጀመርያ መኪና ተማሃራ ክሳዕ ጽቡቕ እትለምዳ ባዕለይ የለማምዳ ነይረ። ጽቡቕ ገይረ ለሚደያ'የ ምስ በለት ፣ ምኽንያታት ናይ ጫልዑ ፣ ስራሕ ፣ ዝብጻሕ እናበለት በብቑሩብ ንብዪና ከትጬዳጽራ ጀመረት ፣" በሎም።

"ንስኻ ኸኣ ኣንታ ደርማስ ወደይ ንኹሉ ሕራይ ስለ እትብላ'ያ ከምኡ እትገብረካ ዘላ ፣" በላ ወ/ሮ ለምለም።

"ኣደ ንሳ'ኮ'ያ ምሉእ ስልጣን ውከልና ዘለዋ። እንታይ ደኣ ከብላ?"

"ደሓን ቀጽለልና'ሞ ብዛዕባ'ቲ ዳርጋ ጠቒሊላ ኣሕዲጋትኒ እትብለና ዝጸናሕካ ፣" በሉ ባሻይ ፣ ወ/ሮ ለምለም ስለ ዘጨረጻኦ ቁጢዕ ኢሎም።

"ከምቲ ኣቐዲም ዝነገርኩኹም ፣ ኣብቲ ስራሕ ሓደ ዝያዳይ እትኣምኖ ሰራሕተኛ መሪጻ ኣላ። ቅድሚ ሕጂ ብስራሕ ምኽንያት ብመኪና ዘውጽእ ጉዳይ ከህሉ ኸሎ

ኣነ'የ ዝኸይድ ነይረ። ሕጂ ግን ንኹሉ ብመኪና ዘውጽእ ጉዳይ ንዓይ ገዲፉ ፣ ንዕኡ መኪና ሂባ'ያ እትልእኮ ዘላ ፣" በሎም።

"ካን?" በላ ወ/ሮ ለምለም።

"ፈሊጣ ገሊኡ ግዜ 'ናብታ ከምዚኣ ዝኣመሰለት ጉዳይ ከኸይድ መፍትሕ ሃብኒ' ዋላ እንተ በልኩዋ ፣ 'ደሓን'ሞ ንስኻ እንታይ ገበርካ ኣለም ይኺድ' ትብለኒ። ስለዚ ኮነ ኢላ ጨሪስ መኪና ናይ ስራሕ ከም ዘይሕዛ'ያ ትገብር ዘላ ፣" በሎም ብምረት።

"እንታይ ዝኣመሰልዋ *ብሮብ* ሰይጣን ገጠመትና ደቀይ ፣" በሉ ባሻይ ርእሶም እናነኽነኹ።

"እንታይ መዓቱ ወረደና ደቀይ። ናይ ወድና ኣብ ማሕቡስ ምድኃን ከይኣኽለናስ እዚኣ ኸኣ ብደገ ተኸኽ ከተብለና ፣" በላ ወ/ሮ ለምለም።

"እንታይ ከተምጽእ መሊሱ ከገፍሓላ ኢልኩም ንስኻትኩም ኣቢኹምኒ ኢኹም'ምበር ፣ ንሳ'ኮ ካብቲ ስራሕ ከእለየላ'ያ እትደሊ። ተበሳጭየ ገዲፈዮ እንተ ኸድኩ ኢላ'ኮ'ያ ኣብቲ ስራሕ ተዓዛቢ ጥራይ ከም ዝኸውን ገይራትኒ ፣" በላ ደርማስ ብብስጭት።

"ንኣናስ ቀደም *ብሮብ* ተቀባጥሬልናን ትከናኽነናን ዝነበረት ፣ ሎሚ ቀሊሕ መዓስ ትብለና'ልያ ፣" በሉ ባሻይ።

"ንኹሉ ነገር ኣብ ቁጽጽሬይ ኣእትየ'የ ናበይ ከየብሉ ኢላ'ንድ'ያ ደኣ ፣ ናባናስ እግራ ተሕጽር ዘላ ፣" በላ ወ/ሮ ለምለም።

"ሓቂ እንተ ደሊኺ ንሳ መዓስ ኮይና እትብድለና ዘላ። ዘይ ሃብቶም ወድኺ'ዩ ፣" በሉ ባሻይ።

ሃብቶም ወደን ከትንክፍ ዘይደልያ ወ/ሮ ለምለም ፣ "እቲ ወደይሲ እንታይዶ ጽቡቕ ረኺቡ'የ ፣ ሰብ ስኢኑ'የ'ምበር መዓስ ኣብ ማሕቡስ ምበለየ!"

"ጽቡቕ ስለ ዘይረኸበ ኢልና ፣ ልቢ ኣዕቢና'ንዲና ትም ኢልና ዘሎና። እምበር ከምዚ ናይዛ ጨለዓ ግብሪ ደኣ ባዕለይ ከይደንዶ ዓቢድካ ዲኻ ፣ *ሰይ ማቶ! መሪዛትካድያ ፣* እንታይ'የ ወሪዱካ ስድራ ቤትካ ነዚኣ ኣሕሊፍካ እትህብ እንዶ ምበልኩዋ!" በሉ ባሻይ ብቑጠዐ።

"እወ ምሽኪናይ ሃብቶም ወደይ ደኣ እቲ ዘለዎ'ኳ ከበዝሐ ፣" በላ እንቅዓ እና'ተንፈሳ ገጽን ኣሳሲረን።

"እስከ *ቻ ዬዖ!* እቲ ኣምላኽ ባዕሉ'ለዎ። ከምቲ ባዕሉ ዘምጽኦ *ብሮብዮ* ባዕሉ ግዳ ይቆንጥጠልና ይኸውን ፣" በሉ ባሻይ።

"እወ ይከኣላ'ዩ እታ ወላዲተ ኣምላኽ ብጸሎታ እንተ ደገፈትና። ንጕዖታ ኸኣ ዘይከኣሎ የለን ፣" በላ ወ/ሮ ለምለም።

ደርማስ ወለዱ ከምዚ እናበሉ ኸለዉ ናብ ካልእ ሓሳባት ጠሓለ። ብዛዕባ ኣብዚ ዝሓለፈ ቀረባ እዋናት ኣብ ኣልማዝ ዘስተብሃሎ ለውጢ'ዩ ከሓስብ ጀሚሩ።

"ኢሂ ደርማስ ወደይ ኣስጊልካ ጸኒሕካ ይመስለኒ ዝበልኩኻ ኣይሰማዕካንን ፣" ዝብል ድምጺ ኣደኡ ካብ ሓሳቡ ኣበራበሮ።

ብስንባደ ኸኣ "ሓቅኺ ኣደ ኣስጊለ ጸኒሐ ፣" በለን።

"ዋይ ወደይ! ብሓሳብ ተበሊዕካ እንታይ ከትገብር?" በላኡ።

"እንታይ ኢኺ ኢልክኒ ኔርኪ?"

"ኣነስ ድራር ከቐርብ'ሞ ምሳና ተደሪርካ ትኸይድ እየ ዝብለካ ነይረ ፣"

"ኣይ ደሓን ሕጅስ ከኸይድ ቄጸራ ኣሎኒ ፣" ኢሉ ብድድ ኢሉ ተሰናቢትዎም ወጸ።

ደርማስ ናይ ኣልማዝ ጉዳይ እና'ሰላሰለ ከይተፈጦ ኣብ ገዛውቱ በጽሐ። እታ ኣርእስቲ ኸኣ ከምኡ ኢላ ከተጨንቖ ምስኡ ኣምስያ ሓደረት።

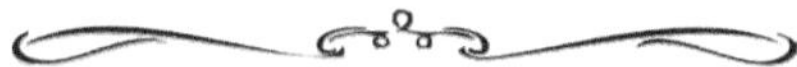

ኣርኣያ ካብ ስንባደኡ እተላዕለ ብዘይ ንቡር ፍጥነት ከሕምበብ ጀመረ። ነዚ ዘስተብሃሉ ግራዝማች ፡ ነ'ርኣያ ህድእ ኢሉ ከኸይድ ኣዘኻኸርዎ። ኣርኣያ ፍጥነቱ ቅሩብ ይቐንስ'ምበር ምርባጹ ግን ርኡይ'ዩ ነይሩ። መድህን ሃለዋታ ኔና ኣጥፊኣ ኢያ ነይራ። ከምኡ ኢሎም ንሆስፒታል በጽሑ።

ካብ መኪና ብቕጽበት ብምውራድ ፡ ንመድህን ተሓጋጊዘም ሓፍ ኣቢሎም ናብ ከፍሊ ቀዳማይ ረዲኤት ኣብጽሕዋ። ንዕዶሎም እቲ በዓል ተራ ሓኪም ኣብቲ ከፍሊ

ጸንሓም። ምስ ረኣያ ብቝጽበት ናብ ህጹጹ ረዲኤት ከወሃባ ዝኽእል ፍሉይ ክፍሊ ከትሓልፍ ኣለዋ ብምባል ናብኡ ኣሰጋገራ። ኣብኡ ምስ ወሰድዋ ኩሎም ሓካይምን ተሓባበርቶምን ተንየዱላ።

ድሕሪ ናይ ሓደ ሰዓት ጽቡቕ ጉያን ክትትልን ፣ ሓኪይም ዝግ ከብሉ ረኣይዎም። እዚ ናይቶም ሓኪይም ህጹጽ ንጥፈት ምቑራጽ ንኹሎም ኣስገኦም። ንጽቡቕ ብስራት'ምበር ንሕማቕ ከይከውን ኩሎም ብልቦም ተመነዩን ጸለዩን።

ሓኪም ናብኦም ገጹ ከመጽእ ተዓዘቡ። ኩሎም ነብሶም ፈጥፈጥ በሎም። ብሕልሪ ትምኒትን ብሩኽን ሰውነቶም ብናይ ፍርሓት ረሃጽ ተሓጽበ።

"ስድራ ቤት መድህን እንዲኹም ሓቀይ?" ኢሉ ሓተቾም።

ዋላ ሓደ ካብኦም'ውን ቃል ኣውጺኡ ዝምልስ ኣይተረኽበን። ኩሎም ብሓባር ርእሶም ነቕነቑሉ።

"መድህን ንግዜኡ ዝሰገረታ'ያ ትመስል። ናይ ልቢ ወቕዒ'ዩ ኣጋጢምዋ። ርብዒ ሰዓት'ውን ትኹን ደንጉኹም ኔርኩም እንተ ትኹኑ ፣ ብህይወታ ኣብዚ'ውን ኣይምበጽሓትን ፤" ኢሉ ኣዐርፍ ኣበለ።

ብቝጽበት ገጽ ኩሎም ከፈታታሕን ፣ ናይ ተመስገንን ሩፍታን ዓሚቕ ከስተንፍሱን ኣስተውዓለ። ሸው ቅጽል ኣቢሉ ፣ "እዚን ዝቝጽላ 72 ሰዓት ወሰንቲ'የን። ንወአን እንተ ሰጊራተን ድሕሪኡ ጸገም ከገጥማ ኣይንጽበን ኢና። ከፈላዊ መልመስቲ ከህልዋ'የ። ንሕጂ እዚ'የ ክነግረኩም ዝኽእል። ናይ ዝመጽእ ከአ ብሓባር ኣሎና። ሓደ ሰብ ምስኣ ዝኸውን ክንፈቐደልኩም ኢና። ካልኦት ግን ንገዛ ክትከዱ ትኽእሉ ኢኹም።"

"ከብረት ይሃበልና እዚ ወደይ። ጻማኹም ብኣምላኽ ርኸብዎ ፤" በሎ ግራዝማች።

"ኣሜን ኣቦ ፤" ኢሉ ግልብጥ ኢሉ ናብ ስራሑ ከደ።

ሓኪም ገዲፍዎም ምስ ከደ ፣ "ኣነ ምስኣ ክኸውን ፣ ኣነ ምስኣ ክኸውን ፤" በሉ ብሩኽን ትምኒትን በብተራ።

"ደሓን ጽንሑ ደአ እዞም ደቀይ። ኣርኣያ'የ ምስኣ ዝጸንሕ ፤" በሎም።

መንእሰያት ከቃወሙ ደለዩ ግን ግራዝማች ትርር ኢሎም ፣ "ሕጂ ንስኻትኩም ምስ ኣርኣያ ንገዛ ኺዱ። ነቶም ተቐሊዮም ዘለዉ ስድራ ቤትና ኩነታት መድህን

ንገርዎም። አነ አብዚ ከጸንሕ'የ። ኣርኣያ ተዳልዩ ምስ መጸ ኣነ ንገዛይ ይምለስ። ንሎሚ ከምኡ ኢና ክንገብር። ካብ ጽባሕ ከኣ ይምሓረልና'ምበር ፣ እዝግሄር ይመርሓና ፣" ብምባል ነታ ዘረባ ደምደምዋ።

ግራዝማች ምስ መድህን ኣብ ሆስፒታል ተረፉ። ኣርኣያ ኽኣ ንብሩኽን ትምኒትን ሒዙ ንገዛ ኸደ።

ኣርኣያ ኣብ ገዛ ምስ በጽሐ ብዘይካ ተስፎም ፣ ኩሎም ኣብ ኣፍደገ'ዮም ጸኒሓሞ። "ደሓን'ያ ፣" ኢሉ ንውሽጢ ገዛ ሒዝዎም ኣተወ። ተስፎም ኣብ ሳሎን ርእሱ ኣድኒኑ ጸንሐ። ንኹሎም ብሓባር ኩሉ እቲ ሓኪም ዝበሎም ከይነከየን ከይወሰኽን ነገሮም።

"እሞ ኣነ ምስኣ ክኸውን ይሓይሽ ፣" በለት ኣልጋነሽ።

"ኣይፋልን እንታይ ገበርኪ እዛ ጓለይ ፣ ኣነ ይሓይሽ ፣" በላ ወ/ሮ ብርኽቲ።

"ጽንሓ'ሞ ፣" ኢሉ ኣርኣያ ከረድኣን ኢሉ ከጅምር ከሎ ፣ "ኣነ'የ ዝኸይድ!" ዝብል ዘይተጸበይዎ ዘረባ ፣ ካብ ዘይተጸበይዎ ወገን ሰምዑ።

እቲ ድምጺ ናይ መን ከም ዝኾነ'ኳ እንተ ዘይጠፍኦም ፣ ነቲ ኣእዛኖም ዝሰምዖ ዘረባ ግን ከኣምንዎ ኣይከኣሉን። ብኸምኡ ምኽንያት ከኣ ኩሎም ከም ሓደ ሰብ ኮይኖም ግልብጥ ኢሎም ፣ "እንታይ??!!" በልዎ።

ተስፎም ከኣ ፣ "ኣነ'የ ዝኸይድ ፣" ዝብል ትርርን ድርቅን ዝበለ ዘረባ ደገመሎም።

ኩሎም ዝብልዎ ጠፍኦም። ከምልሰሉ ዝደፍር ሰብ ተሳእነ። ድሕሪ ናይ ካልኢታት ምጥርጣርን ምጥምማትን ኣርኣያ ፣ "ደሓን ሎምስ ኣነ'የ ዝኸይድ ፣" በሎ።

"እንታይ ኮይነ ኣነኽ ዘይከይድ?!" በሎ ተስፎም ቁጡዕ ኢሉ።

ሳዕቤናት ከየኽተለት ብቐሊሉ ዘይትምለስ ሕቶ ምኳና ኣርኣያ ቀልጢፉ ተረደኣ። ነታ ሕቶ ብቐጥታ ከምልሳ'ኳ እንተ ዘይከኣለ ፣ ገለ ከብል ከም ዘለዎ ግን ተረደኦ። ዘለዎ ሓቦ ኣኻኺቡ ፣ ንዘመጸ ማዕበል ብትዕግስቲ ምቅባል ይሕሽኒ ኢሉ ፣ "ሎሚ ኣነ እኸይድ'ሞ ፣ ናይ ጽባሕ ከኣ ድሕርና ንዘራረበሉ ፣" በሎ።

"ኣነ'የ ዝኸይድ ኣርኣያ። ንዓይ'ዩ ዝምልከት። ብስንከይ'ያ ኽኣ ኣብዚ በጺሓ

ዘላ!" ዝብል ተወሳኺ ረዚን ምኽንያት ዝሓዘለ ዘረባ ኣምጽአ።

ኩሎም ዘይተጸበይዎን ሃንደበት ዘረባን ኹብኑዎም ስንበዱ። ኣርኣያ እቲ ነዊሕ
ዝጠፍአ ሓዉ ዝተመልሰ ኹይኑ ስለ እተሰመያ ብውሽጡ ተሓጉሰ። ብሩኽን
ትምኒትን እቲ ካብ ነዊሕ እዋን ተስፉ ፌሪጹሞሉ ዝነበሩ ወላዲኦም ፤ ካብ
ውሽጢ'ዚ ጋሻ ዝተቐልቀለ መሰሎም። ኣልጋነሽን ወ/ሮ ብርኽትን ካብ ተስፋም
ከምዚ ዓይነት ዘረባ ካብ ዘይሰምዓ መዋእል ስለ ዝኹነነ ፤ ብምግራም ኣፈን
ከፊተን ተረፋ። ኣርኣያ'ዩ ቅድሚ ኹሎም ካብ ስንባደኡ እተበራበረ።

በቲ ሓደ ወገን ፤ "ደሓን ኣቦይ ምስ ተዛረቦ ሓሳቡን ውሳነኡን ክስሕብ ይኽእል'ዩ ፤
" ኢሉ ሓሰበ። በቲ ኻልእ ወገን ከአ ፤ "እንድሕር እዚ እተቓልቀለ ናይ ሓልዮትን
ሓላፍነትን ብልጭታ ናይ ሓቂ ኹይኑስ ፤ እንተ ሓደረስ እንታይ ሕማቕ ከይህልዎ"
ዝብል ሓሳብ መጸ። በዚ መሰረት ንመልሱ ብዝምልከት ኣብ ውሳነ በጽሐ።

ሽዑ ፤ "ደሓን'ሞ ንኺድ ፤ ኣቦይ ከአ ኣብኡ ይጽበየና'ንድ'ዩ ዘሎ ፤" በሎ።

ኩሎም ውሳነኡ ስለ ዘይተርድኦምን ዘይተቐበሉዎን ፤ ነ'ርኣያ ብምግራም ጠመትዎ።
ነ'ርኣያ ብኽምኡ የፋጥጥሉ'ምበር ፤ ሓደ'ኳ ካብኣቶም ግን ፤ ኣብ ቅድሚ
ተስፋም ርእይቶኡ ከህብ ወይ ክቃወም ዝኽአለ ኣይነበረን።

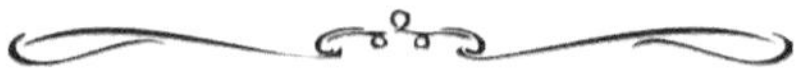

ኣርኣያን ተስፋምን ተተሓሒዘም ንሆስፒታል ከዱ። ኣብ መድህን ዘላቶ ምስ
በጽሑ ኣርኣያ ንግራዝማች ምልክት ገበረሎም። ተረዲኡኒ'ሎ ዘስምዕ ርእሶም
ነቕነቑሉ። ንሶም ዝተረደኦም ተስፋም ናይ ግድን ከይረኣኹዋ ኣይሓድርን'የ
ዝበለ'የ መሲልዎም። በዚ ኸአ ከምኡ ምባሉ ብውሱን ደረጃ ኣሓጐሶም። ኣርኣያ
ካብ ኩነታት ወላዲኡ ፤ ከም ዘይተረድኦም ከግምግም ግዜ ኣይወሰደሉን። መታን
ከረድኦም ብዝብልን ሓላፍነቱ ንኽውርድን ከአ ፤ "ኣነ'የ ምስኣ ዝኽውን ኢሉ'የ
መጺኡ ዘሎ ተስፋም ፤" ብምባል ተኮሶሎም።

"እንታይ?!" በሉ ግራዝማች ናብ ኣርኣያ ገጾም እና'ፍጠጡ፤ ጨሪሶም
ዘይተጸበይዎ ኮይኑዎም።

ናይ ግራዝማች ግብረ መልሲ ፤ ንስኻኽ እንታይ ኬንካ ዘስምዕ ምንባሩ ተረደኡ።
'ፈረስ የብጽሕ'ምበር ኣይዋጋእን ፤' እትብል ምስላ ትዝ በለቶ። ካብዚ ንንየው
ባዕሉ ተስፋም ይመልሶ ብዝብል ገጹ ናብ ሓዉ ብምጥምዛዝ ትም በለ።

ሹ ግራዝማች ኣተኩሮኣም ናብ ተስፎም ኣዞሩ።

"ኣቦ ኣነ'የ ዝሓድር። ንዓ'የ ዝምልከት። ብሰንከይ'ያ ኸላ ኣብዚ በጺሓ
ዘላ ፤" እትብል ኣቋዲሙ እተዛረባ ዘረባ ደገመ።

ኣብ ተስፎምን ኣዘራርባኡን ሓድሽ ንነዊሕ ግዜ ተኽዊሉ ዝነበረ ኩነታት ከም ዝመጸ
ቀልጢፉ ተርድኦም። ግዜያዊ ብልጭታ ድዮ ዋላ ኣንፈት ናይ መጻኢ ሹ'ኳ
ከፈልጡ እነተ ዘይከኣሉ ፤ ንግቤኡ ግን ሓድሽ ምዕባለ ከም ዝነበረ ኣስተብሃሉ።
ንውሱን ካልኢታት ከምዚ ኢሎም ከሓስቡ ድሕሪ ምጽናሕ ፤ "ዋእ ምስቲ ኩነታትካ
ከይትሽገር'ምበር ፤ እዚ ዝበልካዮ ደኣ ቅኑዕ ኣረኣእያ እንዳኣሉ ፤" በሎም።

"ኣይሽገርን'የ'ቦ ፤" በሎም።

"እሞ ሕራይ 'ዝወደይ። ኣምላኽ ምስ መድህን ይኹን። ነዛ ጻሓይ ገዛና
ይምሓረልና ፤" በሉ ድምጾም ከቋራረጽ እናደለየ።

ንተስፎም ምስተን ኣለይቲ ሓሙማት ኣፋሊጦሞን ኣተሓሒዘሞን ፤ ንመድህን ኣብ
ኢዳ ስዒሞማ ከዱ።

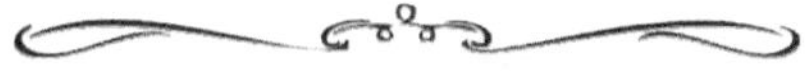

መድህን ከምኡ ኢላ ብዘይ ለውጢ ንራብዕቲ ቀነየት። ተስፎም ጨሪሱ ካብ ጉና
ምፍላይ ኣበየ። "መድህነይ በጃኺ'ባ ድሓንለይ ፤ ካልኣይ ዕድል'ባ ሃብኒ ፤
ብሰንከይዶ ኣብዚ በጺሕኪ ፤ ንዓይ ከተድሕኒ ህይወትኪ ከትስእኒ ፤" ወዘተ
እናበለ ንብዓቱ እንዳ ኣውሓዘ ቀነየ።

ደቁ ብኹነታት ወላዲኦም ኣዝዮም ተገረሙ። እቲ ኹሉ ብልቦም ከኞየምዎ
ጀሚሮም ዝነበሩ ኸላ ብቅጽበት ረስዕዎ። እቲ ፈቃርን ሓላልን ኣቦኦም ጌና ከም
ዘይጠፍአ ተረድኡን ኣመኑን። በቲ ሓደ ወገን በ'ቦኦም ከሓጕሱ ኸለው ፤ በቲ
ኸልእ ወገን ከላ ስግኣት ናይ ኣደኦም ስለ ዝነበሮም ስምዒቾም ተመቓዊሉ ተረፈ።

ኣርኣያን ኣሓቱን ፤ ግራዝማችን ወ/ሮ ብርኽትን ፤ ከምኡ'ውን ኣልጋነሽን
ዕምባባን ዝብልዎ ጠፍኦም። ተስፎም ኣዝዩ ርህሩህን ፍትሓውን ሓላልን
ምንባሩ ይፈልጡ'የም። ድሕሪ ሓደጋ ግን እቲ ዝፈልጥዎ ተስፎም ሸርብ ኢሉ
ጠፊእዎም'የ ነይሩ። እዚ ሕጂ ዝርኢዮ ዝነበሩ ተስፎም ግን ኣደናገሮም።
ስምዒቱ ከይከወለን ከይዓገተን ፤ ብቓላትን ብንብዓትን ፤ ብግልጽን ብኹፉትን
ስምዒቱ ከገሀድ ዝዕዘብዎ ዝነበሩ ሰብ ግን ንኣኣቶም ጋሽ'የ ነይሩ። ብኣኡ

ምኽንያት ከኣ ኣዝዩ ኣደንገጾምን ልቦም በልያምን።

ምሉእ ስድራ ቤትን በጻሕትን ብስምዒት ተሰፊም ተገረመን ተደነቐን። ዝበዝሕ ከኣ
ኣዝዩ ደንገጹሉ። ወዲ ተባዕታይዶ ክንድ'ቲ ዝድንግጽን ዝስምዖን ኣሎ'የ ዝብሉ
በዝሑ። ኩሎም ብሓባር ከኣ "ትድሓነሉ'ምበር እንተ ዘየሎ ኣይሰርርን'የ ፡"
በሉ።

ኩሎም ሰራሕተኛታትን ሓኻይምን እቲ ሆስፒታል ብተሰፊም ተገረሙ። ኣብ ምሉእ
ተሞክሮኦም ኣብ ወዲ ተባዕታይ ከምኡ ዓይነት ርእዮም ኣይፈልጡን'ዮም። ካብ
ናይ መድህን ብዝያዳ ናቱ ኣጨነጨምን ኣሕዘኖምን። ብኣኡ ምኽንያት ንኽድሕንዋ
ጽዑቕን ፍሉይን ጻዕሪ ገበሩ።

እዚ ጻዕሪ'ዚ ኣብ ሓሙሻይ መዓልቲ ፍረ ዝሃበ መሰለ። መድህን ቅሩብ ነብሳ
ከትፈልጥን ዓይና ከትከፍትን ጀመረት። ናይ ጻጋመይቲ ኢዳ ኣጻብዕቲ ቀቅሩብ
ከንቀሳቐሳ ጀመራ። ብተመሳሳሊ ናይ ጻጋመይቲ እግራ ኣጻብዕ'ውን ብውሱን ደረጃ
ተንቀሳቐሳ።

እዚ እወታዊ ለውጢ'ዚ ኣብ ኩሎም ኣባላት እቲ ክፍልን ኣብ ምሉእ ቤተ ሰብን
እፎይታ ፈጠረ። ብፍላይ ደቃን ግራዝማችን ወ/ሮ ብርኽትን ኣርኣያን ኣልጋነሽን ፡
ነዚ ለውጢ'ዚ ፍልይ ብዝበለ ሓጎስን ምስጋናን ኣንጸባረቑዎ። ኣብ ኩነተ ኣእምሮ
ተሰፊምን ገጹን ስምዒቱን እተራእየ ለውጢ ግን መግለጺ ኣይነበሮን። ዳርጋ እግሩ
ረሲዕዋ ከም ቄልዓ ክነጥር ደለየ። እቲ ኹሉ ጀረብረብ እናበለ ዝውሕዝ ዝነብረ
ንብዓት ፡ ብኽምስምስን ብፍስሓን ተቐየረ።

ንጸባሒቱ ኣብ ሻድሻይ መዓልቲ ፡ መድህን ካብቲ ቅድሚኡ መዓልቲ ዝነበረቶ ኣብ
ዝሓሸ ኩነታት ወዓለት። ኣዒንታ ብሕልሪ የማነይቲ ዓይና ፡ ብግቡእ ከትከፍትን
ሰም - ሰም ከተብልን በቕዐት። ድሕሪ'ቲ ደረጃ'ቲ ቅልጡፍ ኣይኹን'ምበር ፡
ቀጻሊ ዘገምታዊ ለውጢ ከም እተርኢ ሓኻይም ሓበርዎም። ብተወሳኺ ካብ ሹው
ንደሓር መድህን ፡ ን'ቅድሚት'ምበር ንድሕሪት ከም ዘይትምለስ ኣረጋገጹሎም።

በዚ ኹኣ ምሉኣት ስድራ ቤት ን'ኣምላኹኦም ኣመስገኑ። ሹው ቀትሪ ኩሎም ስድራ
ቤት ኣብ ዝነበርሉ ፡ መድህን ፍሉይ ምልክት ከትገብር ጀመረት። ንመጀመርያ
ኣይትረድኦምን ፡ ድሒሩ ግን ፒሮን ወረቐትን ከም ዝደለየት በርሃሎም። ኣብቲ
ደረጃ'ትን ኩነታት'ትን ብምብጽሓ ኣዝዮም ተሓጉሱን ን'ዝግሄሮም ኣመስገኑን።

መጀመርያ ስም ሓሞኣን ሓማታን ኣርኣያን በታ ደሓን ዝነበረት የማነይቲ ኢዳ
ገይራ ቀጥ - ቀጥ እናበለት ጸሓፈት። ቀጺላ ኣብ ትሕቲ ኣስማቶም ፡ "ሕድሪ

ንተስፎምን ንደቀይን ፡" ዝብል ጽሑፈት።

ቅድም ምስቲ እቲ ጽሑፈት ብራህ ዘይምንባሩ ፡ እንታይ ማለታ ምኻኑ ቀልጢፉ
ኣይተረድኦምን። ድሕሪ ቅሩብ ንግራዝማች'ዩ እቲ መድህን ክትብሎ እትደሊ
ዝነበረት ዝበርሃሎም። ሽው ቅድሚ ኩላቶም ፡ "እዋይ እዛ ንዓይ ሕጂ ደኣ
እንታይ ሐደራ ደሊኻሉ ኣይሓዊኺ'ንዲኺ! ሓኸይም ብንጹር ገሊጾምልና'ዮም ፡
ኣጆኺ 'ዛንለይ ፡" በለዋ። ከምኡ ምስ በሎዋ መድህን ነዒንታ ብጻዕርን ንማለቱን
ክልተ-ስለስተ ግዜ ዕጽው-ክፍት ኣበለተን። ድሕሪኡ ነ'ርኣያን ንግራዝማችን
በብተራ ብየማነይቲ ኢዳ ጨብጥ ኣቢላ ንኽልኢታት ሓዘቶም።

ጽንሕ ኢላ ኣዕርፍ ኣቢላ ስም ኣልጋነሽ ጸሐፈት። ቀልጢፎም ነ'ልጋነሽ ኣቐረቡላ።
ኢዳ ጨብጥ ኣቢላ ንደቃይቅ ሓዘታ። ኣብ መጨረስታ ፡ "ሓደራ ንብሩሽን
ክብረትን ፡" ዝብል ጸሐፈትላ። ኣልጋነሽ ምኽኣል ስኣነት። ዓይና ጀረብረብ እናበለ ፡
"ኣጆኺ መድህነይ ሓዊኺ ኢኺ። ሕጂ ደኣ ባዕልኺ'ንዶ የለኽዮምን ፡" በለታ።

ኣብ መጨረስታ ንተስፎም ብኢዱ ጨብጥ ኣቢላ ንርብዒ ሰዓት ዝኣክል ሓዘቶ።
ኢዳ ግዲ ረብረባ ኢዱ ፍንው ኣቢላ ፡ ኣብታ ወረቐት "ሓደራ ተስፎመይ እዘም
ጌልቡ ፡" ጸሐፈት። ተስፎም ሽው ከምዛ እትገድፎን እትፋነዎን ዘላ ኾይኑ
ተሰመዖ። ጨሪሱ ምኽኣል ስኣነ። ከዛረባ ወይ ከምልሰላ ኣይከኣለን። ኣዒንቱን
ኣፍንጫኡን ጀረብረብ በላ። ኢዳ ሓዙ ንኹለን ኣጸብዕታ በብተራ ብተደጋጋሚ
ሰዓመን። ከላቐቕዋ እንተ ፈተኑ ብንብዓት ተሓጺቡ ፡ ሰውነቱ እናረውረወ
ኣቐበጾም።

ዝገብርዎ ምስ ጠፍኦም ኣርኣያ ቀስ ኢሉ ከይዱ ነታ ሲስተር እቲ ኩነታት ኣረድኣ።
ሽው ከምዛ ንሱ ዘይሓበራ መሲላ መጺኣ ፡ "ኢሂ ደኣ ኣቶ ተስፎም ፡ እንታይ ደኣ
ኄንኩም ፡ ሕጂ ደኣ ኣይ ሓውያ'ንድያ ግዲ። ሕጂ'ሞ ቀልጢፉ ብድድ መታን
ክትብልን ሞራል ክኾኑናን ፡ ብምምሕያሻን ብምሕዋያን ከም እተሓጎስኩም ኢኹም
ከተርኢዋ ዘለኩም!" እናበለት ሓፍ ኣቢላ ኣላቖቛቶ።

መድህን ንኽተዕርፍ ኩሎም ገዲፎማ ከም ዘወጹ ገበረት።

ንሽው ለይቲ ተስፎም ደኺሙ ስለ ዝቘነየን ፡ መድህን'ውን ጽቡቅ ለውጢ ስለ
ዝገበረትን ኣርኣያ ከብርዮ ለመነዎ። መጀመርያ'ኺ ጨሪሱ ኣብዩ ኣቐቢጽዎም
እንተ ነበረ ፡ ድሒሩ ግራዝማች ምስ ለመነዎ ግን ሕራይ በሎም። ኣርኣያ ንገዛ
ኸይዱ ተዳልዩ ከሳዕ ዝመጽእ ተጸበይዎ። ኣርኣያ ምስ መጸ ኩሎም ተታሓሒዞም
ንገዛ ኸዱ።

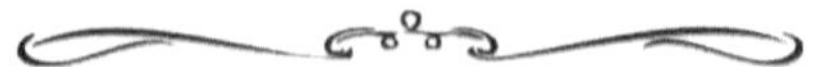

ኣርኣያ በይኑ ምስ ተረፈ ኣብ ገጹን ኩነታትን መድህን፣ ካብቲ ዝወዓለቆን ዘምሰየቆን ዝሓይሽ ርኡይ ዝኾነ ለውጢን ኩነታትን ከስተብህል ጀመረ። "እዋይ ተመስገን ሕጅስ ብርግጽ ሰጊራታ ኢያ ፥" እናበለ ንኣምላኹ ከመስግን ጀመረ። መመሊሱ ከጥምታን ከዕዘባን ከሎ ፣ ገጽ ከምዚ ብርሃን ዝተወልያ ከብረቅርቅን ከንጸባርቅን ተራእየ። ኣዒንታ ዋላ'ኳ ናይቲ ዘጋጠማ ወቕዒ ፍዝዝ ዝበላ እንተ መሰላ ፥ ኣተኩሩ ንዘስተውዕል ዝነበረ ኣርኣያ ግን ፥ ካብ ውሻጥኡን ብርሃን ዝፍንዋ ዝተወልዓ ድሙቃት ፋኑሳት መሲለን ተራእየኣ።

ካብኡ ወጻኢ ግን ጭዋዳታት ገጽ ብዙሕ ከተንቃሳቕስ ስለ ዘይትኽእል ዝነበረት ፥ ዝኾነ ካልእ ተወሳኺ ምልክት ከስተብህል ኣይከኣለን። ከምዚ ኢሉ ብየማናይ ወገን ናይ ዓራታ ኮፍ ኢሉ ሓለዋኡ ቀጸለ። ድሕሪ ሓደ ፍርቂ ስዓት ኣብ የማነይቲ ኣጻብዕታ ገለ ምንቅስቓስ ዝረኣየ መሰሎ። ኣተኩሩ እንተ ጠመተ ግን መድህን ዝፈተነቶ ምንቅስቓስ ከም ዘይነበረ ኣረጋገጸ። ድሕሪ ርብዒ ስዓት ግን የማኖት ኣጻብዕታ ምስ ኢዳ ቅሩብ ንማለቱ ከም ሓፍ ኣቢላ ፥ ናብ ናሕሲ ገጽ ምልክት ትገብር ዝነበረት መሰለቶ። ልክዕ ምስተን ኣጻብዕታን ኢዳን ከኣ ፥ የማነይቲ ዓይና ንላዕሊ ገጽ ከተንቃዕርሬ ትፍትን ዝነበረት መሰለት።

መጀመርያ እቲ እተዓዘቦ ምንቅስቓስ ዝኾነ እተፈልየ መልእኽቲ ይህልዎ ይኸውን'ዩ ኢሉ ጨሪሱ ኣይገመተን። ድሒራ ግን መድህን ነተን ምንቅስቓሳት ጸጺኒሓ ከትደጋግመን ምስ ጀመረት ተጠራጠረ። እቲ ምልክት ናይ ሕማቕ ከም ዘይኮነ ካብ ሓፈሻዊ ኩነታታ ተረዲእዎ ነበረ። ግን እንታይ ከትብል ትደሊ ከም ዝነበረት ስለ ዘይበርሃሉ ፥ ካብቲ ኮፍ ኢሉዎ ዝነበረ መንበር ተንሲኡ ፥ "ኢሂ መድህን ሓብተይ ደሓንዶ? ጽቡቕዶ ኣሎኺ? ዘድልየኪ ነገር ኣሎ ድዩ?"

የማነይቲ ዓይና ቅሩብ ዕምት ኣበለት። ኣስዒባ ኸኣ ርእሳ ንማለቱ ንየማንን ጸጋምን ዘንቀሳቐሰት መሲሎ ተራእዮ። ካብዚ ምልክታት'ዚ ተበጊሱ ኸኣ ጸገም የብላን ደሓን'ያ ዘላ ማለት'ዩ ኢሉ ተረጋጊኡ ኮፍ በለ። ኮፍ ክብልን መድህን ነተን እትገብረን ዝነበረት ምልክታት ከትደግመን ሓደ ኾነ። ድሕሪኡ'ዩ ኣርኣያ ናይቲ መድህን እትገብሮ ዝነበረት ምልክት ትርጉም እተረድኦ ስለ ዝመሰሎ ንመድህን ከምዚ ዝበለ ፥ "ሓቅኺ መድህን ሓብተይ ፥ እግዚኣቢሄር ይመስገን'ወ ጽቡቕ ለውጢ ኔርኪ'ሎኺ። ኣምላኽ ጥራይ ነዚ እንርኢዮ ዘሎና ለውጢ ምሉእ ይግበረልኪ።" ከምኡ ምስ በላ መድህን ዓይና ሰም ኣቢላ ትም በለት። ከትሰምዕ'ምበር ከትምልሰሉ ከም ዘይትኽእል ይፈልጥ ነይሩ'የ። ሹዑ ብዓይና

መልሲ ሂባትኒ'ያ ኢሉ ስለ ዝኣመነ ብቕጽበት ኩፍ በለ።

መድህን ግን ድሕሪኡ'ውን ነተን ምልክታት ጸጸኒሓ ደጋጊማ ትቕጽለን ነበረት። ኣርኣያ ኸኣ መድህን ናብ ሰማይ እና'መልከተት ንኣምላኽ ኢያ እተመስግን ዘላ ኢሉ ቀሲኑ ኩፍ በለ። መድህን ብኸምዚ ኩነታት ክሳዕ ሰዓት ሓደን ፈረቓን ናይ ለይቲ ብጣዕሚ ጽቡቕ ኣማሰየት። ድሕሪኡ ብሃንደበት ኩነታት መድህን ክለዋወጥ ኣስተብሃለ። ኣብ ኣተናፍሳኣን ኣዒንታን ገጻን ዘይነበረ ኩነታት ኣስተብሃለ። ኣርኣያ ነዚ ምስ ኣስተብሃለ ብቕጽበት እናጐየየ ከይዱ ነተን ሲስተራት ጸውዐን።

እተን ሲስተራት መጺአን ምስ ረኣየኣን ፈተሻኣን ኣብ ገጽን ናይ ስክፍታ ምልክት ረኣየ። ብሕሹኽታ ምስ ተዘራረባ ፡ ሓንቲ ካብ ክልቲአን ዳርጋ ብዘብዘብ ቀልጢፋ ወጸት።

"እንታይ ኢዩ? ደሓን ድያ ሲስተር? ብጣዕሚ ጽቡቕ'ኰ'ያ ኣምስያን ጸኒሓን ፡" በላ ነታ ዝተረፈት።

"ብዛዕባ ኩናታታ ሓኪም ምስ መጸን ምስ ረኣያን ኢና ሓበሬታ ክንህበካ እንኽእል። ኣጆኻ ደሓን ኣይትሰንብድ ኣምላኽ ኣሎ። ንግዜኡ ሓኪም ይመጽእ ኣሎ'ሞ ኣብ ደገ ጽንሓና ፡" በለቶ።

ኣርኣያ ካብቲ ክፍሊ ክወጽእን ፡ እታ ሲስተር ምስቲ ሓኪም ተተሓሒዘም ክመጹን ሓደ ኾነ።

ሓኪም ምስ ኣተወ ብህጹጽ ክኣትውን ክወጹን ፡ ሸበድበድ ክብሉን ምስ ተዓዘበ ኣዝዩ ፈርሀን ረዓደን። ገለ ዘይተጸበይዎ ሓድሽ ምዕባለ ከም እተረኸበ ተረድኦ። ሓኻይም ብዝለዓለ ህጹጽነትን ፍጥነትን ክመላለሱ ጀመሩ። ገለ ፍንጪ እንተ ሃብዎ ብምባል ክኣትውን ክወጹን ከለው ፡ ናብኦም ገጹ ቅርብ እንተ በለ ፡ ዘቕልበሉ ወይ ዝግደሰሉ ኣይረኸበን።

ኣብ ከመይ ዝኣመሰለ ጭንቀት ተዋጢሩ ከም ዝነበረ እናረኣዩዎ ፡ ዝኾነ ፍንጪ ከይሃብዎ ትም ኢሎም ክወጹን ክኣትዉን ምስ ኣስተብሃለ ፡ ስክፍታኡን ሻቕሎቱን ምቊጽጻር ሰኣነ። ሸው'ዩ ዘለዎ ሓቦ ኣኻኺቡ እናተሰከፈ እታ ሲስተር ምስ ወጸት ፡ "ኣንቲ ሲስተር እንታይ ድዩ ኣጋጢሙ? በጃኺ'ባ ንገርኒ ፡" ዝበላ።

"ዘይተጸበናዮ ካልኣይ ወቕዒ ኣጋጢምዋ'ሎ። ኩሉ ዝከኣል ይግበረላ ኣሎ። ኣምላኽ ይሓግዘናን ይሓግዛን ፡" ኢላቶ ኣተወት።

ክሳዕ ሸው ዋላ'ኳ ኩነታት መድህን ኣንቈልቍሉ ምንባሩ ተረዲእዎ እንተ

ነበረ ፤ ካልኣይ ወᎧ ከም ዘጋጠማ ግን ኣይተረድኦን ኢዩ ነይሩ። ብድሕሪ
እቲ ሓበሬታ'ቲ ኣእምሮኡ ክርበጽን ሰውነቱ ቀጥቀጥ ክብሎን ጀመረ። ሽዑ'የ
ብውሽጡ ፤ "ዘይ ሎሚ ዘይሓደርኩሰ ፤" እናበለ ክስተንትን ዝጀመረ። ጸኒሑ ግን
"እንታይ'የ ኣንታ ዝብል ዘሎኹ ፤ ነብሰይ ኣውጺአስ ካልእ ሰብ ክጠብስ! ኣብ
ከምዚስ'ባ ኣብ ክንዲ ተሰፍም ሓወይ እንቋዕ'ባ ኣነ ጸናሕኩ ፤" በለ። ከምዚ
ኢሉ እናሓሰበ ሰዓት ሰለስተ ናይ ለይቲ ምስ ኮነ ፤ ሓኪም ካብ ናይ መድህን
ክፍሊ ወጸ። ኣብ ገጽን ኣዒንቲን ሓኪም ናይ ድኽምን ፤ ቅሬታን ምልክት ዝረኣየ
መሰሎ። ሽዑ ንሽዑ ነ'ርእያ ናብ ቤት ጽሕፈቱ ሒዝዎ ኸደ።

ንመድህን ዘይሓሰብዎን ዘይተጸበይዎን ፤ ብድንገት ሓድሽ ወᎧ ከም ዘጋጠማ
ሓበሮ። ኩሉ ዝከኣሎም ከም ዝገበሩ ግን ብሰንኪ'ቲ ካልኣይ ወᎧ ከድሕነዋ
ከም ዘይከኣሉ ምስ ይቕረታኡ ገለጸሉ። ከሳዕ ዝረጋጋእ ንቑሩብ ግዜ ኩላቶም
ምስኡ ጸንሑ። ኣብ መጨረስታ ከሕግዝዎ ዝኽእሉ ነገር እንተሎ ሓተትዎ። ኣብቲ
ቤት ጽሕፈት ንሓንሳብ ንበይኑ ክጸንሕ ከም ዝደሊ ነገሮም። ሕቶኡ ብምኽባል
ገዲፎሞ ወጹ። መድህን ናብ ቀዳም ዘውግሕ ለይቲ ኢያ ዓሪፋ።

ንርብዒ ሰዓት ዝኽውን ኣእምሮኡ ነቲ ሞት ምᎧባል ስኢንዎ ዓቕሉ ጸበቦ። ኣርኣያ
ንመድህን ከም ሰይቲ ሓዉ ዘይኮነ ፤ ከም ሓብቱን ልዕሊ ኣሓቱን'የ ዝርእያ
ነይሩ። ከም ብጸይቲ ኽአ ኣብ ጽቡቕን ሕማቕን ቀንዲ ዘኽብራ መማኽርቱ'ያ
ነይራ። ንኹሉ ግዜ ትፍለየን ትፍለዮምን ምንባራ ምᎧባሉ ከበዶ።

ከምኡ እናሓሰበን ንብዓቱ እናወረረን ፤ ኣፍንጫኡ ፊፍ እናበለን ንበይኑ ተነኽነኸ።
ቅሩብ ዝግ ከብል ምስ ጀመረ ፤ ወረ ንተሰፍምን ንስድራኡ እንታ'የ ክብሎም
ዝብል ሕቶ ዓቕሉ ኣጽበበሉ። ቀስ ብቐስ ሰውነቱ ክረግእን ዝግ ኢሉ ክሓስብን
ጀመረ። ሰውነቱ ምሉእ ብምሉእ ምስ ተቐዳጸረ ፤ ከገብሮ ዘለዎ ኩሉ መደብ ኣብ
ኣእምሮኡ ስኢሉ ፤ ነቶም ሓካይም ኣመስጊኑ ካብቲ ሆስፒታል ወጸ።

ኣርኣያ ናብ እንዳ ስድራኡ ከበጽሕ ከሎ ሰዓት ኣርባዕተን ፈረቓን ወጋሕታ ኮይኑ
ነይሩ። ግራዝማች ሰልጠን ምሽት'የም ቀልጢፎም ዝድቅሱ'ምበር ፤ ወጋሕታ ከም
ልምዲ ሰዓት ኣርባዕተ ኢዮም ዝትንስኡ።

ደቆም ከሳዕ ፍርቂ ለይትን ድሕሪኡን ከማሰዩ ከርእዮም ከለው ፤
"ኣይፈለጥኩምን'ምበር እዚ ቅድሚ ፍርቂ ለይቲ እትድቅሶ ፤ ነፍሲ ወከፍ ሰዓት
ከንዲ ኸልተ ናይ ድሕሪ ፍርቂ ለይቲ'የ ዝሕሰብ ፤" ኢሎም ይደጋግምሎም

ነይሮም'ዮም። ስለዚ ኣርኣያ እንዳ ስድራኡ ከበጽሕ ከሎ ፤ ግራዝማች ድሮ ተንሲኦም ከም ዝጸንሑ ርግጸኛ'ዩ ነይሩ። ከምቲ ዝገመቶ'ውን ድሮ መብራህቲ ናይ መቐበል ኣጋይሽ በሪሁ ከም ዝነበረ ኣስተብሃለ።

ቀስ ኢሉ ንእሽቶ ጸጸር ኣልዒሉ ናብ መስኮት ናይ መቐበል ኣጋይሽ ደጋጊሙ ደርበየ። ድሕሪ ደቃይቕ ግራዝማች ቀስ ገይሮም ማዕጾ ከፊቶም ፤ ናብ ማዕጾ ናይ ቀጽሪ ገጾም "መን?" በሉ።

"ኣነ ኣርኣያ'የ'ቦ።"

"ዋይ ኣነ ስልጠነ! ኣይደሓንናን ዲና ኣንታ ኣርኣያ ወደይ?"

ወ/ሮ ብርኽቲ ማዕጾ ከኽፈት ሰሚዖን ሰንቢደን ብጉያ ንግራዝማች ኣርከባኦም።

"እንታይ ደኣ ኢኹም ኬንኩም? መን ደኣ'ዩ ኣብዚ ሰዓት'ዚ?" ሓተታ ብስንባደን ራዕድን።

"ኣነ'የ'ደ ደሓን'የ።"

ግራዝማች ማዕጾ እንዳ ከፈትዎ ፤ "ኣብዚ ሰዓት'ዚ ደኣ እንታይ ደሓኑ ፤ መድህን ድያ?" ሓተታ ብተርባጽን ጭንቀትን።

"ጽንሒስከ ንስኺ ኽኣ ነውሽጢ ንእቶ ፤" ኢሎም ብኢዱ ሒዞም ፤ መሪሓሞ ንውሽጢ ኣተዉ። ወ/ሮ ብርኽቲ ኽኣ ጐይየን ተኽተላኦም። ኣብ ውሽጢ ኣትዮም ኮፍ ምስ በሉ ፤ "መድህን ከምቲ ዝረኣኹማ ደሓን ውዒላን ኣምስያን። ሰዓት ክልተ ገጹ ግን ዘይተሓስበ ሓድሽ ወቕዒ ኣጋጢምዋ። ሕጂ ተወዲኣ እየ ገዲፈያ። ቀንዲ ናባኽትኩም መምጽእየይ ፤ ንተስፍም ብንግሆኡ ከኽዶ ተሰማሚዕና ስለ ዝነበርና ፤ ከምዚ ዘላቶ ኽኣ እንተ ኸይዱ ከሽግረና'የ። ስለዚ ምስ ኣቦይ ብሓንሳብ ኬድና ፤ ዝኾነ ኣመኽኒና ከነታርፎ ስለ ዝደለኹ'የ ፤" በሎም።

"እምበርከ ደሓን ብህይወታ ኣላ?" ኢለን ሓተታ ወ/ሮ ብርኽቲ።

"ከምኡ እንተ ዘይከውን ደኣ ብዛዕባ ናይ ተስፍም መዓስ ምተገደስኩ ኣንቲ'ደ።"

ግራዝማች ዘረባ ወዶም ብዙሕ ኣይተቐበሉዎን ፤ ግን ጥርጣረኦም ከዛረቡ ኣይደለዮን። ኣብ ክንድኡ ፤

"እሞ ከዳነይ ከኽደን'ሞ ንኺድ ፤" በሉ።

"ንተስፎም ኣረጋጊእና ንሆስፒታል ኬድና ፡ ኩነታታ ኣስተብሂልና ክንምለሰኪ
ኢና ፡" በለን ኣርኣያ። በዚ ተሰማሚያም ምስ ኣቦኡ ተተሓሒዘም ወጹ።

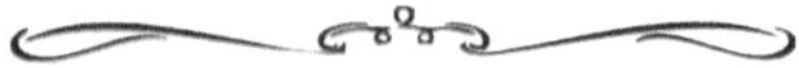

መኪና ኣልጊሎ ክልተ ሚኢቲ ሜትሮ ዝኸውን ምስ ከደ መኪና ጠጠው ኣበላ።
ግራዝማች ዘጠርጠርዖ ከም ዝኾነ ርግጸኛ ኾኑ። ኣርኣያ ብኸመይ ከም
ዝጅምር ጨኒቑዎ ንካልኢታት ከዕጠጢ ኸሎ ፡ "ዓሪፉ ድያ?" ብምባል ጸቕጡ
ኣፉ ኸሎስሉ።

"እወ።"

ኣስጊቡ እቲ ናብ ሞት ዘብጽሐ ኹነታት ኩሉ ብዝርዝር ገለጸሎም።

"ኮይኑ ኣይበሉኽ ʼ ምበር ምስ ኮነ እንታይዶ ይግበር ʼ የ። በል ሕጂ ናብ መደብናን
ቁምነገርናን ንሕለፍ ፡" በሉዎ።

"እወ ብኡ ʼ ንድየ ካብ ገዛ ክንወጽእ ደልየ።"

"ጽቡቕ ጌርካ።"

ብድሕሪኡ ኣብ መኪና ኮፍ ኢሎም ፡ ብዛዕባ ብቓዳምነት ክንገሩ ዝግባአም ስድራ
ቤታትን መቖረባታትን ፡ ዝርዝር ኣስማት ጸሓፉ። ቀጺሎም ብዛዕባ ስነ ስርዓት
ቀብሪ ኣበይን መዓስን ከም ዝኸዉን ተመያየጡ። ነዚ ብዝምልከት እቲ ቀንዲ
ዝርርብ ክልቲኡ ስድራ ቤት ምስ ተኣኸበ ክካየድ ተሰማምዑ። ኣብ መወዳእታ
ኸአ ኩሉ ዘድሊ ነገራት ካብ ናይ ሳጹን ፌሳ ፡ መኪና ናይ ቀብሪ ፡ ፍቓድ
መቓብር ፡ ዳስን ምስኡ ዝኸይድ መሳለጢን ተዘራረቡ።

ኩሉ ምስ ወድኡ ግራዝማች ከምዚ በሉ ፡ "ሕጂ ሓንቲ ክንጥንቀቓላ ዘላትና ጉዳይ
ተስፎም ʼ ያ። ተስፎም ከሽግረና ʼ የ። ምሽጋር ʼ ኺ ከም ዝወረደና ፡ ግን ብትካዞን
ብስቖትን ኣብ ዘይመውደቒኡ ከይወድቕ ʼ ሞ ፡ ካልእ ተወሳኺ ሽግር ከይገጥመና
ብቓጸሊ ክንሕልዎ ከድለየና ʼ የ።"

"ብዘይ መድህንን ኣብ ናይ ሓዘን ዕግርግርን ʼ ሞ ይከኣልዶ ኢልካዮ ኢኽ?"
በሉም።

"መድህን ደኣ ብንየው የጹብቝላን መግስተ ሰማያት የዋርሳን ʼ ምበር ፡ ኩሉ

ባዕላ 'ንድያ ትዓምሞን ትስከሞን ነይራ።"

"አየ 'ወ ብጣዕሚ 'ምበር!" በለ ኣርኣያ ዘይምህላው መድህን ዘምጽአ ሃንፍ እናተራእዮ።

"ነዚ ዝቐጽል ሰሙን ኩሉ ግዜ ወይ ኣነ ወይ ንስኻ ምስ ተሰፍም ክንህሉ ከድልየና 'ዩ።"

"እዚ ደኣ ምስ ብዝሒ በጻሕ ጋሻን ምምሕዳሩን ከመይ ጌርና ክንክእሎ?"

"እቲ ወሳኒ ኣወዳድባ 'ዩ 'ምበር ዘይክኣል ነገር የለን። ካብ ብሕጂ ጀሚርና ነዚ ዝዘርዘርናዮ ኹሉ ሓላፍነት ወሲዶም ከትግብሩልና ዝኽእሉ ሰባት ምምዛዝ ከድልየና 'ዩ። ካብ ስድራ ቤትን ፋብሪካን ጐረባብትን መሓዙትን ፣ እሙናትን ዕቱባትን ሰባት ንምድብ። ነዚ ንምክትታልን ንምምሕዳርን ሓደና ከትንስእ እንከሎ ፣ እቲ ሓደ ኩሉ ግዜ ምስ ተሰፍም ክጸንሕ ኣለዎ።"

"ጽቡቕ እምበኣር ካብ ብሕጂ ሓደ ዝርዝር ኣስማት ንቐርብ።"

ዝርዝር ናይ ዘድልይዎም ዕማማትን ፣ ንኣኡ ዝከታተሉ ሰባትን ኣዳለዉ። ኣቐዲሞም ንተሰፍምን ደቁን ከርድእዎም ተሰማምዑ። ብድሕሪኡ ኣርኣያ ስልክታት ከደዋውል ተረዳድኡ። እዚ ከሳዕ ዝውድኡ ሰዓት ሓሙሽተን ፈረቓን ኮነ።

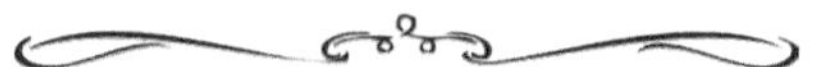

ብድሕሪኡ ንገዛ ናብ ወ/ሮ ብርኽቲ ተመሊሶም ፣ "መድህን ኣዝዩ በርቲዑዋ ስለ ዘሎ ፣ ንዝኹነ እንዳ ተሰፍም እንተ ጸናሕኪ ይሓይሽ ፣" ኢሎም ወሰድወን። ገዛ ከይኣተዉ ከለዉ ነ 'ልጋነሽ ኣተንሲኦም ፣ "መድህን ተወጺዓ ስለ ዝሓደረት ፣ ኣብ ገዛ ምስ ኣዴኺ ብርኽቲ ከትጸንሒ ቀልጢፍኪ ምእጽና ፣" በለዋ።

ኣልጋነሽ ምስ መጸት ኩሎም ተታሓሒዘም ንገዛ ኣተዉ። ተሰፍምን ክልቲኦም ዓበይቲ ደቁን ተንሲኦም ጸንሕዎም። ጋሕ-ጋሕ ምድሪ ኩሎም ብሓባር ከኣተዉ ምስ ረኣዮም ፣ ተሰፍምን ብሩኽን ትምኒትን ኣዝዮም ሰንበዱ። ኣርኣያ ኩነታቶም ቀልጢፉ ስለ ዘስተብሃለ ፣ መህድኢ መግለጺ ናብ ምሃብ ተንየየ።

መድህን ከምታ ዝገደፍዋ ጽቡቕ ከም ዘምሰየት ፣ ንለይቱ ግን ከም ዝበርትዓ ነገሮም። ኩላቶም ብሓባር ንሆስፒታላ ከይዶም ምእንቲ ክርእይዋ ከዳውንቶም ከቐያይሩ ነገሮም። ተሰፍም ናብ ክዳኑ ምቕያር ከደ። ንብሩኽ ከኣ ናእሽቱ ኣሕዋቱ

ገዛ መታን ክርእዩ ከጸንሑ ከተንስእም ነገሮ።

ተስፎም ከዳውንቱ ለቢሱ ተቓራሪቡ ወድአ። ሽዑ ንኹሎም ደቂ ተስፎም ጸዊያም
ኮፍ ኣበሎዎም። ኩሎም ኮፍ ምስ በሉ ግራዝማች ፣ "ትማሊ ለይቲ ብድሕረና
መድህን ስለ ዝበርትዓ ፣ ኣርኣያ ንበይኑ ተሸጊሩ'ዩ ሓዲሩ። ንኹላትና በብተራ
ሓደራ ክትብለና ኽላ ንሕና'ዩ ዘይተረደኣና ነይሩ'ምበር ፣ ምስኪነይቲ ንሳስ
መከረኣ ጌና ከም ዘይተወድኣ መንፈሳ ነጊርዋ ነይሩ'ዩ። ዝኾነኾይኑ ኣምላኽ
ይሓግዘናን ኢዱ የንብረልናን። ንኹሉ ኹሉ ኽኣ ኣኽእሎን ጽንዓትን ይሃበና'ምበር
ምስኪነይቲ መድህን ዓሪፋ ኢያ።"

ኣብ ካልኢት ዘይተኣከል ግዜ ኣብ ገጽ ኩሎም ፣ መጀመርያ ምድንጋር ፣ ጸኒሑ
ስንባደ ፣ ኣብ መወዳእታ ኽኣ ብኽያትን ኣውያትን ዋጭዋጭን ተራእየን ተሰምዐን።
ኣርባዕቲኦም ደቂ ተስፎም ከም'ኡ'ውን ወ/ሮ ብርኽትን ኣልጋነሽን ንገዛ ብኣውያት
ጨደድዋ።

ግራዝማችን ኣርኣያን ንመዕም ከም ዝሕዙ ሽገሮም። ነቲ ሓደ እንተ ሓዙ እቲ
ሓደ ክወድቕ ፣ ነታ ሓንቲ እንተ ሓዙ እታ ሓንቲ ክትስዕሮም ተሸገሩ። ኣልጋነሽ
ነ ወ/ሮ ብርኽቲ ክትሕዘሎምን ክትሕግዞምን እንተ ተማሕጸኑ ፣ ንርእሳ ምኽኣል
ስኢና ዝሕዛ ትደሊ ኾነቾም።

ከም'ዚ'ሎም እናተሸገሩ ነዋሕቲ ዝመሰላኣም በጻብዕቲ ዝቖጸራ ደቃይቕ ሓለፉ።
ግራዝማች ኣቐዲሞም ንኣዝዮም ቐረባ ኣባላት ስድራ ቤቶም ፣ ክሳዕ ብኽያት
ዝሰምዑ ምሕድግ ኢሎም ኣብ ደገ ክጽበዩ ሓቢሮሞም ነይሮም'ዮም። ብኽያትን
ኣውያትን ከሰምዑን ፣ ብኡ ንብኡ ናብቲ ገዛ ህሩግ ከብሉን ሓደ ኾነ። ከም'ኡ'ውን
ብኽያት ዝሰምዑ ጐረባብቲ ብቕጽበት ተሓወሱዎም።

ብቕጽበት ከኣ ንደቂ ተስፎምን ወ/ሮ ብርኽትን ኣልጋነሽን ኣብ ምሓዝን ምህዳእን
ተዋፈሩ። ኣብዚ ግዜ'ዚ በዓልቲ ቤት ኣርኣያ ዕምባባን ኣሓት ተስፎምን ኣዝማድ
ሒዘሙን መጹ። ብድሕሪኦም ከኣ ቤተሰብ መድህን ኣርከቡ። ንሓደ ሰዓት
ካብ ሓደ ናብቲ ኽልአ ፣ ካብታ ሓንቲ ናብታ ኽልአ እናተጓየዩን እናገሰጹን
እና'ዘሓሓሉን ኣለዩዎም።

ተስፎም ብወገኑ ካብታ ተቐሚጥዋ ዝነበረ መንበር ከይተንቀሳቐስ ፣ ነብሱ እናነዉነው
ብንብዓታ ተሓጽበን ብሕሱም ተነኽነኸን። ዝዛረቦን ዝብሎን ከጨጽርዖን ከከታተልዎን
ኣይከኣሉን። ካብቲ ብዙሕ እቲ ቅሩብ ከም'ዚ ዝብል ነበረ ፣ "ባዕለይ'ባ ከብረተይ
ቀቲለያ። ኣነ ዘይረብሕ ኣብዚ ተዘርጊሕ እናወዓልኩስ ፣ ንስኺ ኣርናቢት ኩሎ
ክትከዲ! ዋይ ኣነ! ዋይ ኣነ! ብስንከይን ንዓይ ክትብልን መድህነይ መድሓኒተይ

ጠሬአ!" ወዘተ እናበለ ልቦም በልያም። እቲ ጽቡቕ ካብታ እተቐመጠላ ስለ
ዘይተንስአ አይተሸገሩን።

ብድሕሪ አስታት ክልተ ስዓት ቅሩብ ህድእ ምስ በሉሎም ፡ አርአያ ተንሲኡ ስልኪ
ከደዋውል ጀመረ። ብድሕሪ'ዚ ኩሎም እቶም አቐዲሞም ከይተነገሩ ዝጸንሑ
አባላት ስድራ ቤትን መቕረባን ተአኸኸቡ። ኩሎም እቶም ዝተመዘዙ ሰባት
መጺኦም ነናቶም ዕማማት ተዋሂብዎም ተዋፈሩ።

ድሕሪ አስታት ሰለስተ ሰዓት ኩሉ ሰብ ቅሩብ ዘሐለ። ድሮ ኩሉ እቲ ብኽልቲኡ
ወገን ስድራ ቤት ከመጽእ ዝነበሮ ቤተ ዘመድን መቕረብን ተአኸኺቡ ነበረ።
ግራዝማች ነ'ርአያ ጸውዕዎ። አብ እዝኖም ቅርብ ምስ በለ ኸአ ፡ ንኸብ ክልቲኡ
አባላት ስድራ ቤት ዝኾኑ ውሱናት ሰብኡት ፡ ንኽዘራረቡን ንኽመያየጡን ናብቲ
ክልአይ ክፍሊ. ከሕልፎም ነገርዎ።

ኩሎም አብቲ እተባህልዎ ክፍሊ. ምስ ተአኸኸቡ ኸአ ግራዝማችን ተሰፍምን
አርአያን ተሓወስዎም።

ሽዑ ግራዝማች ፡ "ብመጀመርያ አብዚ አዝዩ መሪር ዝኾነ ሞት ጓልና መድህን ፡
ሰንቢድኩም ኩሉ ገዲፍኩም ከተጽንዑናን አብ ጐንና ከትኮኑን ተጓይኹም
ምምጻእኩም ልባዊ ምስጋና አቕርበልኩም።"

"ጓልና'ንድያ! ሓዘንና'ንድዩ! ጉዳይና'ንድዩ!" በሉ ኩሎም ብምቅብባል።

"ብሓቂ! ብሓቂ! ምስአ ብቐረባ ንዋሳእን ንንብርን ምዃንና እንተ ዘይኮይኑ ፡
ካባኽትኩም ንሕና አይንቐርባን ኢና። ሕጂ ኸአ ንኹላትኩም ጓልኩምን ሓብትኹምን
ስለ ዝኾነት ኢና ፡ ቀብሪ አበይ ይፈጸም ንዝብል ሓሳብ መታን ብሓባር ከንውስን
አብዚ ጸዊዕናኩም ዘሎና ፡" በሉ ግራዝማች።

"ቀብሪ ደአ ፍሉጥ'ዩ ፡ አብ ዓድና'ዩ'ምበር! ከምቲ ንቡር አብ ዓዲ
ሰብአያ'ዩ ፡" በሉ ሓደ ካብ አዝማድ ግራዝማች።

"እወ እንታይ ደአ እግስ ከምዚ እዞም ሓወይ ዝበሉዋ'ዩ ፡" በሉ ሓደ ካብ
ስድራ ቤት መድህን።

"በሉ ስምዑ። አነ ኹንኩ ንስኻትኩም ነናትና ሓሳባት ኢና ከነቕርብ። ሓሳባት

እንለዋወጥን እንመያየጥን ከኣ መታን ነቲ ንኽውስን ዝምልከቶ ሰብ ከሕግዘ' ዩ። እቲ ውሳነ ቅድሚ ኩላትናን ልዕሊ ኩላትናን ንተሰፎም ወደይ' ዩ ዝምልከት። እቲ መወዳእታ መዐረፊኣ ኽኣ ተሰፎም' ዩ ዝውስኖ ።" ኢሎም ናብ ኩሎም ጠመቱ።

ኣቓልቦ ኩሎም ስሒቦም ምንባሮም ምስ ኣረጋገጹ ኽኣ ፣ "ኣነ ስለ ዝኽፈትኩዋ እዛ ምይይጥና ግን ፣ እንተ ፈቐድኩምለይ ቅድሚ ኩላትኩም ሓሳባተይ ከፍስስ ።" በሉ።

ሽዑ ኹሎም ፣ "ዋእ? ግቡእ እንድዩ! ቀጽሉ ግርዝማች ።" በሉዎም።

"ክብረት ይሃበለይ። በሉ ኣነ ብሓጺሩ ቀብሪ መድህን ኣብ ኣስመራ እንተ ተፈጸመ' ዩ ዝሓይሽ እየ ዝብል ።" ብምባል ኩሎም ካብ ግራዝማች ዘይተጸበይዎ ሓሳብ ኣቕረቡ።

"ዋእ! እንታይ ኬንካ ግራዝማች ፣ እዚ ኣይዘረባን' ዩ! እዛ ቤልዓ ኮነት ንሕና ዓዲ ከም ዘይብልና?! ብሓደኣፈቱ?!" በሉ መስታእምን ቀንዲ ወዲ ሓው' ቦኣምን ዝኾኑ።

"ንሕና' ውን ብወገንና እዚኣስ ኣይትወሓጠልናን' ያ። ገለ ኣብ ዓድኹም ከትቀብርሉ ዘየኽእል ጸገም እንተ' ልዩ ፣ ኣብ ዓዳ' ውን ከትቀብር ትኽእል' ያ ።" በሉ ቀንዲ ሓው' ቦኣ ንመድህን።

"ኣንቱም ሰባት ኣብ ኣስመራ ምቕባር ፣ ናይ ዓዲ ምህላውን ዘይምህላውን ኣይኮነን። እዚ ኹሉ ኣብ ኣስመራ ተቐቢሩ ዘሎ ዓዲ ስለ ዘይብሉ ኣይኮነን። መድህን ዓዳ ተወሊዳትሉ' ምበር ኣይዓበየትሉ ኣይነበረትሉ። ብሓቂ ክንዛረብ እንተ ኼንና ዝዓበየትሉን ዝተመርዓወትሉን ዝዘመደትሉን ኣስመራ' ዩ። ንተሰፎም ኮነ ንኣኣ እቶም ዝበዝሑ ፈለጥቶምን ፈተውቶምን ኣብ ኣስመራ' ዮም ዘለው። ብሓጺሩ ዓዳ ኣስመራ' ዩ።"

"ዋእ እንታይ ዘረባኡ' ዩ!" በሉ ካልእ ዘመድ ግራዝማች።

"ጽንሑ ደኣ ከውድኣልኩም ።" በሉ ግራዝማች።

ኣተኩሮ ኩሎም ከም ዝረኸቡ ምስ ኣረጋገጹ ፣ "ብተወሳኺ ደቃ ካብ ኣስመራ ወዲኣም ኣይፈልጡን' ዮም። መቓብር ኣደኦም ኣብታ ዝነብሩላን ዝፈልጥዋን ዓዲ ኣብ ጥቓኦም ከትኮኖሎም' ውን ጽቡቕ' ዩ። ንተሰፎም ወደይ' ውን ከምኡ።"

"ኣንታ ግራዝማች እዞም ደቅና ነ' ደኦምን ነ' ቦኣምን ከቐብሩ ፣ ኣብ ዓሱርን ተዝከርን ከሳተፉ ፣ መቓብር ወለዶም ከበጽሑ እንተ ዘይከይዶም ደኣ መዓስ' የ

እቲ ዓዲ ዓይም ከኽውን?" በሉ ወደ'ኹኦም ዝብጽሕዎም።

"ዓዲ ወለዶም ደኣ ካብ ብናኡሽቶኦም ኣትሒዝካ ፣ ኣብ ጽቡቕን ንጽቡቕን እንተ ተወሰዱ'የ ዝቅበሉዎን ዝዐወቱሉን'ምበር ፣ ኣብ ጸጸገሙን ሐሕማቐን ዲና ከነለማምዶም። ግን ደሓን ኣነ ከም መመላእታ'የ ናይዞም ጨልቡ ጠቒሰዮ'ምበር ፣ እቲ ቀንዲ ናተይ ስክፍታ ንሱ ኣይኮነን። ንኣይ ብዝያዳ ዘየድሊ ኸወይኑ ዝስመዓንን ዘሰከፈንን ዝኽብደንን ፣ እቲ ነዚ ኹሉ ፈታዊ ንቕብሪ ኢልካ ንዓዲ ከርተት ምባሉ'የ!" ብምባል ነታ ዘረባ ናብ ካልእ ኣንፈት ቀየርዋ።

"እንተ ቖበረና'ሞ ወይ ዝቖበርናዮ'የ ፣ ወይ ብሕጇ ከንቀብር ኢና። እንታይ ጸገም ኣለዎ'ዚ ፣" በሉ ካብ ስድራ ቤት መድህን።

"ምቅብባር'ኮ እትለዋወጦ ዕዳ ወይ ልቓሕ ኣይኮነን። ስራሑን ዋኒኑ ገዲፉ ግዜየኡን ገንዘቡን እንተ ኣጥፊኣ ንሕና እንታይ ንረብሕ? ብምብኳሮምን ብምድካሞምን ንመድህን ንተሰፎም ወይ ንኹላትና ስድራ ቤት ዝሕግዙናን ዘፋኹስልናን እንተ ዝኾኑ ጸገም ኣይምሃለዎን። ንዝውስኹልና ዘይብሎምን ንዘይረድኡናን ንኸንቱ ከነድክሞም ግን ኣይግባእን'የ!" በሉ።

"ቅበሩና ምባል ኣይግቡእን ድዩ ግራዝማች?" ሐተትዎም ወዲ ሐውቦኦም።

"ሐንሳብ'ሞ ፣" ዝብል ንኹሎም ዘስንበዶም ደምጺ ሰሚያም ፣ ኩሎም ኣቓልቦኦም ናብቲ ደምጺ ዝመጸ ወገን ሰደዱ።

"ንኹሉ እቲ ከዝረብ ዝጸንሐ ተኸታቲለዮ'የ። ኣብ መወዳእታ ግን ከምዚ'ቦይ ዝበሎ እቲ ውሳነ ንዓይ'የ ዝምልከት ፣" በለ ተሰፎም ዘረባኡ ኣናተጨራረጸ።

ድምጹ ንኽመልስን ስምዒቱ ንኽቴጻጸርን ንኽልኢታት ኣዕርፍ ኣበለ። ኩሎም ዝቐጽል ዘረባኡን ውሳነኡን ንምስማዕ ጸጥ ኢሎም ተጸበዩ።

"መድህነይ ኣብዚ ቀረባ ምሳይን ምስ ደቀይን ከትኮነለይ ኣብ ኣስመራ'ያ እትቐበር። ብተወሳኺ ኩሉ ቤት ሰብን ፈታውን ኣብ ናተይ ሐደግ ከመላለስ ዝተሸገሮ ከይኣኽሎ ፣ ሕጇ ኸኣ ንኸንቱ ከነጸግሞ ኣይደልን'የ ፣" በሎም ንብዓቱ ብኽልቲኡ ምዕጉርቱ እናወሐዘ። ኩላ ሰብ ጸጥ በለት። ተሰፎም ኣብ ከምኡ ስምዒት ከሎ ከዛረብ ዝደፈረ ሰብ ኣይነበረን።

ሰቕ-ሰቕ ምስ ነውሐ ግራዝማች ፣ "ሕራይ እምበኣር በዚ ውሳነ'ዚ ንወድእ ፣" ኢሎም ሐፍ በሉ።

ኩሎም ደድሕሪኦም ሓፍ ኢሎም ናብቲ ሓዘንተኛ ዝነበሮ ተጸንበሩ። እቶም ኣብታ
ውሳነ ዝተኸፈሉ ኣባላት ክልቲኡ ወገን ስድራ ቤት ፡ ደስ ከም ዘይበሎም በቲ
ብድሕሪኡ ዝሰዓበ ጉጅምን ምዕዝምዛምን ይረኣ ነበረ። እዚ ንግራዝማች'ውን
ኣይተኸወሎን ፡ ግን ከነ ኢሎም ኣፍልጦን ዋጋን ከህብዎ ስለ ዘይደለዩ ኣቓልቦ
ከይሃብዎ ትም በሉ።

ንጽባሒቱ ቀብሪ ኣብ ኣስመራ ንኽፍጸም ምድላዋት ተኸየደ። መድህን ኣብ
መበል 41 ዓመት ዕድመኣ ሰንበት ንግሆ ኣብ ቅዳሴ ኣብ መካነ መቓብር
እንዳ ማርያም ሓመድ ኣዳም ለበሰት። ሃንደበትነት ናይቲ ኣማውታን እቲ ንኡስ
ዕድመኣን ብምግንዛብ ፣ ብዙሕ ሰብን ፈታውን ብርሱንን ረዚንን ሓዘን ኣብ ቀብሪ
መድህን ተሳተፈ።

ኣብ መዓልቲ ቀብሪ'ውን እንተ ኾነ ፣ ንተሰቲርምን ደቁን ንምሕዘም ምኽኣል
ሰኣንዎም። ተሰቲም ኣሽንካይ ኣመት ደቁ ከገብር ንነብሱ'ውን ምቁጽጻር ስኢኑ ፣
ዳርጋ ኣብ ሞንጉ ህሉውን ዘይህሉውን ኮይኑ'ዩ ኣብቲ ስነ ስርዓት ቀብሪ ተሳቲፉ።

እቶም ቦኽሪ ደቁ ብሩኽን ትምኒትን ይሕሹ'ምበር ፣ ዝነኣሱ ለገሰን ሕርይትን'ሞ
ኣይከኣሉን። ሕሳስ ልደት ሕርይቲ ብስምዒት ተዋሒጣን ተዓብሊላን ፣ ኣብ ቀብሪ
ጽርውርው ኢሎዋ ወደቓት። ተቓላጢሮም ካብቲ ብዝሒ ሰብ ኣውጺኦም ፣ ኣብ
ጽላል ገይሮም ማይ ብምኽዓው ነብሳ ከም እትመልስ ገበርዋ።

ብኽምዚ ብምዕሩግ ኣገባብን ብኽቢድ ስምዒትን ፣ መድህን ብብዙሕ ህዝቢ
ተሰንያ ኣብ ናይ ዘልኣለማዊ መዕረፊኣ ተቐመጠት።

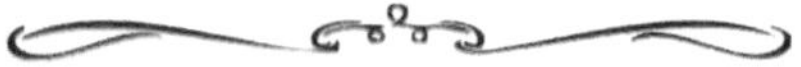

ድሕሪ ቀብሪ ኣብ ሳልስቲ ኣብቲ እተተኽለ ዳስ ፣ ብዙሓት ፈተውትን ኣዝማድን
ነበሩ። ኩሎም በብጉጅለኦም የዕልሉ ነበሩ። እቶም ዓብይቲ ሽማግለታት ኣብ ሓደ
ጉጅለ ኾይኖም ጉጅም ይብሉ ነበሩ። በብቅሩብ ናይ በዓል ግራዝማችን ባሻይን
ጉጅለ ኣቓልቦ ብዙሓት ክትስሕብ ጀመረት። ኣብ መወዳእታ'ውን ዳርጋ ናይ
ኩሉ ሰብ ኣድህቦን ኣተኩሮን ናብታ ጉጅለ ቀንዐ። ደቀንስትዮ'ውን ከይተረፋ
በብቅሩብ ናብታ ጉጅለ ተሓወሳ። ብዙሕ ኣርእስታት ከተናኽፉ ጸኒሐም ናብ ናይ
ሞት ኣርእስቲ ሰገሩ።

ሽዑ ወዲ ሓውቦኣም ንግራዝማች ፣ "አንታ ሎሚ'ኮ እዚ ሞት አዝዩ'የ በዚሑ ፣" በሉ።

"ይሕድሰና ስለ ዝኾነ'የ'ምበር ሞት'ኳ አይበዝሐን። ናባና ናብ መሳቶናን ከቐርብ ከሎ'የ ከምኡ ዝስመዓና። እምበር ሞት ደኣ ቀደም ነይሩ ፣ ሎሚ'ሎ ፣ ንብድሕሪ ሕጂ'ውን ከህሉ ኢዩ። ሞት'ኮ መናብርቲ ሰብን ኩሉ ህይወት ዘለም ፍጡራን'የ ፣" በሉ ሓውቦ መድህን።

"ልክዕ አለኹም። ብሓጺሩስ ምውላድን ምማትንሲ ዘይነጻጸላ ናይ ሓንቲ ሳንቲም ክልተ ገጽ ኢየን። እታ ሳንቲም እተን ክልተ ገጻት ሒዛ ከም እትነብር ፣ ፍጡር ከኣ ምማትን ምንባርን ብሓንሳብ ተሰኪሙወን ኢዩ ዝነብር። ምውላድ እንድሕር ንቅበሎ ኴንና ፣ ናይ ግድን ሞት ከኣ ክንቅበሎ አሎና ፣" በሉ ግራዝማች።

"ሓቁ'የ ግራዝማች ዘይመውት ህይወት ዘይብሉ ጥራይ'የ። ደቂ ሰባት ስለ ዝኾኑና ፣ ናይ ሞትና ስዓትን ግዜን ቦታን አገባብን ጥራይ'የ እቲ ዘይንፈልጦ !" በሉ ባሻይ።

"እተወልደ ከም ዝመውት'ኮ ኩላትና ንፈልጦ ኢና። እንታይ'ሞ ከኹውን ፣ እታ ሞት አባናን አብ መቐርብናን ከትመጻና ኸላ ፣ እናሻዕ ትሕድሰናን ክንቅበላ ተሸጊርናን'ንዶ ኸይና !" በላ ንመድህን አሞኣ ዝብጽሓኣ ሽማግለ ሰበይቲ።

ጓል አሞኣ ንመድህን ዝኾነት መንእሰይ ፣ "አነ'ኳ እታ ንክንቀበላ ተሸጊርና ቀንዲ ምኽንያት ሞት ምስ መጸት ከመይ ኢላ ንዓይ? ከመይ ኢላ ናባይ? ናብ ሰብአየይ? ናብ አቦይ? ናብ ደቀይ? ናብ ስድራ ቤተይ ወዘተ ስለ እንብል ኮይኑ'የ ዝስመዓኒ ፣" በለት።

"ማዶና ! ከመይ ዝአመሰለ ዘረባ ተዛሪብኪ። እዛ ጓለይ። ከምዚ እዛ ብርኽቲ ጓልና ዝበለቶ እንብል እንተ ኴንና ደኣ'ሞ ሞት ናበይ'ያ ከትከይድ? ናብ ካልኦት ጥራይ? ተራናኽ መዓስ ከበጽሓና ?!" በሉ ባሻይ ብስምዒት።

"ልክዕ አለኽ ጐይትኦም ሓወይ ! ዓለም ተራ ኢያ እኳ ዝበሃል ! ከምቲ ቅድም ዝተባህለ ሞት መናብርትናን ዕጫናን ስለ ዝኾነት ክንቅበላ ጥራይ ኢዩ ዘሎና ፣" በሉ ግራዝማች።

ሓንቲ ካብተን ብዕድመ ድፍእ ዘበላ ጐረቤት ትም ኢለን ክሰምዓ ድሕሪ ምጽናሕ ፣ ከም ቁጥዕ ኢለን ፣ "ምቅባል ምቅባል ትብሉ አሎኹም ! ምቅባል ደኣ ንቅበሎ እንዲና። 'ፈቲኺንዶ ንጉስ ትምርጒ ፣' ስለ ዝኾነና ከይፈተና ንቅበሎ ! ግን

ዕልል ኢልና ዘይተቀበልናዮ ድዮ ዝድለ ዘሎ ዋላ እንታይ ኣይተረደኣንን ፤" በላ ዕትብ ኢለን።

"ኣትን እምበይተይ ከይፈቆኸ ምቕባል ደኣ ፤ ምቕባል መዓስ ይበሃል። ዘይተርፍ ምኽኑን ዘይቅየር ምኽኑን ተረዲእና ፤ ከየንገርገርና ናይ ምቕባሉ ኢና እንዛረብ ዘሎና። ሓንቲ ኩሉ ግዜ እትምስጠኒ ጽብቕቲ ጥቕሲ ከነግረኩም። እንታይ'ያ እትብል ፤ 'ኦ ጐይታ ነቲ ክልውጦን ከቕዕሮን ዝኽእል ነገር ንኽቕዕሮ ትብዓት ሃበኒ ፤ ነቲ ከቕዕሮ ዘይክእል ኩሉ ኸኣ ብሰላምን ርግኣትን ከቕበሎ ትዕግስቲ ሃበኒ ፤ ኣየናይ ከቕዕሮ ይኽእል ፤ ኣየናይ ከኣ ከቕዕሮ ኣይከእልን ንኽለልን ንኽፈልን ከኣ ብስለትን ልቦናን ሃበኒ ፤' ኢያ እትብል" በሉ ግራዝማች።

"ቤላ ፤ ጽብቕቲ ግራዝማች! ኣየ ጥቕሲ?! ብስልቲ መሬት ዘይተወድቅ ጥቕሲ'ምበር! ኢን ታንቶ ዝኾነኹወይኑ እቲ ኣገዳሲ ንሞት ከንዕወተላ እንተ ደሊና ፤ ካብ ሞት ምስ ኣርከበትና ምጥዓስን ምንግርጋርን ፤ ከምቲ ብወለድና ዝተባህለ 'ንሞት ከንብለጸላ እንተ ደሊና ከሎና ምፍቓር'የ ፤' በሉ ባሻይ።

"እሞ ሕራይ ከሎናስ ተፋቒርና ፤ ሰብና ምስ ሞተኸ? ፍቕርና ምስ ምማቱ ድዮ ከብቅዕ? ምስ ሞተውን'ኮ ከም እነፍቅሮን እነኽብሮን ከንገልጸሉ ከንክእል ኣሎና። ንመዋቲ ደኣ ብኽመይ ፍቕርናን ስምዒትናን ከንገልጸሉ? ብናተይ ኣረኣእያ ፤ ናትና ባህልን ኣገባብ መልቀስን ብኽያትን ሓዘንን'የ ፤ ንመዋቲ ዘረስርስን ዘሕጉስን እየ ዝብል ፤" በላ ሰበይቲ።

"ልክዕ ኣለኺ ኣደይ። ከምዛ ምሳና ዘይነበረ ርስዕ እንተ ኣቢልናዮ'ሞ ንምዉት ምኽዳዕ ኢዩ። ንመዋቲ ዝርስዕ ኸኣ'የ ሓልና ዝጐዳሎ ዝበሃል ፤" በለት ትርር ኢላ ፤ ንል እተን ብዕድመ ድፍእ ዘበላ ጐረቤት።

"ንመዋቲ መግለጺ ፍቕርናን ከብረትናን ምረት ንብዓትናን ፤ ምረት ሓዘንናን ጥራይ ድዮ ከኽውን ዘለዎ? መዋቲኸ ካብዚ እንታይ ረብሓ ይረክብ። ሓቂ ኢዩ ሓደ እተፍቅሮን እተኽብሮን እተድንቐን ሰብ ከፍለየካ ኸሎ ፤ መሪር ብኽያት ዘየብክን ዘየሕዝንን ኣይኮነን። ከም እንፈልጦ ሞት ከበሃል ከሎ ኩሉ ሓደ ዓይነት ኣይኮነን። ከንንብቦ ዘሎና ናይ ሞት ዓይነትን ገጻትን'ውን'ኮ ኣሎ'የ ፤" በሉ ግራዝማች።

"ከመይ ማለትኩም'የ'ቦ?" በለት እታ መንእሰይ።

"ማለትሲ ከይሓመምካ ሃንደበታዊ ሞት ኣሎ ፤ ብሓደጋ ሞት ኣሎ ፤ ብንኡስከ ብጐበዝካ ኣብ ጥርዚ ብቕዓትካ ከሎኸ ሞት ኣሎ ፤ ህጻናት ቆልዑ ገዲፍካ ወይ

አዘኻቲምካ ብንኡስካ ሞት ኣሎ ፤ ብተወሳኺ ኣብ ስድራ ቤትን ሃገርን ሕብረተሰብን ብዝጸወቶ ተራ ፤ ከንዲሽሕ ናይ ዝበሃል ሰብ ሞትን ወዘተን የጣቓልል ፤" ኢሎም ኣዕርፍ ኣበሉ።

ድሕሪኡ ቅነዕ ኢሎም ናብ ባሻይ ብምጥማት ፤ "ጐይትኦም ሓወይ ሓግዘኒ ቀጽለለይ ፤" በሉ ግራዝማች።

"ኮን ቢየቻሪ! ደስ ይብለኒ። ብዙሕ ግዜ እተዘራረብናሉ ኣርእስቲ ስለ ዝኾነ'የ ቀጽለለይ ዝብለኒ ዘሎ። ዝኾነኾይኑ እቲ ካልእ ዓይነት ሞት ግራዝማች ዝሓስቦ ዘሎ እኳ ፤ ከምዚ ከማና ዕድመ ጸጊብና ውሉድ ውላድና ስዒምና ፤ ወይ ዘይሓውን ዘይምሕርን ፤ ቃንዛኡ ዘይሃድእ ሕማም ሓሚምና ፤ ዕረፍቲ ናይ ሞት ለሚንና ስኢንናዮ ዝጸናሕና ፤ ከም'ኡውን ብዘተፈላለየ ሕማማት ወይ ሓደጋ ኣብ ዓራት ከንግምጠል ዘይንኽእል ኴንና እተደነስና'ሞ ፤ ስቓይ በዚሑና ዕረፍቲ ናይ ሞት ዝለመንና ወዘተ ፤ ወዘተ የጣቓልል ፤" በሉ ባሻይ።

ባሻይ ርእይቶኦም ከቕጽሉ ከም ዝሓሰቡ ፤ ኣፎም ክፍት ምስ ኣበሉ ፤ ብቕጽበት ካልእ ሓሳባት ከም ዝመጾም ብዘርኢ ኣገባብ ናብ ግራዝማች ገጾም ጠመቱ። ሽዑ ከምስ ብምባል ፤ "ምድምዳማ ናባኻ'ያ ግራዝማች ፤" በሉዎም።

"ክብረት ይሃብካ ባሻይ። እዚ እንድሕር ተረዲእና ሞት ምስ ኣጋጠመ ፤ ንኹሉ ከም ሓደ ጌርና ከነማርርን ፤ ከመይ ኢሉ እዚ ይኸውን ከንብልን ኣይግባእን። ወዮ እልል ኢልካ ንምዉት ዘይፋና ኮይኑ ኢዩ'ምበር ፤ ገሊኡ ሞት ናይ ብሓቂ ዕረፍቲ ስለ ዝኾነ ፤ እልል እንተ ዘይበልና ተመስገን ኢልና ከነፋንዎ ኢዩ ዝግባእ። ኣገባብና ግን ዓይነት ሞት ዘይፈሊ ንኹሉ ሓደ ኴይኑ!" በሉ ግራዝማች።

"ዋእ ስምዑ'ሞ ግራዝማች! እቲ ዕድመ ዝጸገበን ዝሽምገለን ከም'ኡውን ዝተደነስን'ኮ ፤ ነታ ስድራቤቱ ከመይ ዝኣመሰለ ከቡርን ወርቂ ሰብን ዝነበረ እኹ ኢዩ። ነቲ ዝነበሮ ዘኪርና መሪር ሓዘን እንተ ሓዘንናሉ ዘይግበአ መዓስ ኮይኑ። ሞትን ሓዘንን'ኮ መመሪጽካ ኣይኮነን ፤" በላ ኣሞ መድህን ትርር ኢለን።

"እወ ግን ነቲ ከም'ኡ ዝበለ ሰብ ውዒሉ ሓዲሩ ዕጫኡ ሞት ከም ዝኾነት ንፈልጦ እንዲና ፤ ከምዚ ካብ ኮነ ደኣ'ሞ ምስ ሞተ ፤ ከመይ ኢሉ ይመወት ኢልና ከነማርርን ከነምርርን ይግባእ ድዩ? ንሞት መናብርትናን ዕጫናን ምጕኡ ተገንዚብና ከንቅረበሉ ጥራይ'የ ዘሎና ፤" በሉ ግራዝማች።

"ንሞት? ንሞት ደኣ ብኸመይ ከንቅረበሉ?" በላ ኣሞ መድህን።

"ብመንፈስን ብግብርን ፣ ከምኡ'ውን ኣብ ሓንጎልናን ብስነ ኣእምሮናን ኢና እንቕረበሉ። ሞት ኣብ ዝመጸሉ ግዜ ዝጠቅመናን ዘይጠቅመናን ፣ ክንልውጦ እንኽእልን ክንልውጦ ዘይንኽእልን ብግቡእ ፈሊናን መሚናን ተዳሊና ንጸንሕ ማለት'ዩ። ድሕሪ ሞት ግን ዝገበርና እንተ ገበርና ፣ ነቲ ሞት ኮነ ነቲ መዋቲ እንገብሮን እንገብረሉን ነገር ከም ዘየለ ተረዲእና ፣ ክንቅበሎ ጥራይ'ዩ ዝግባእ ፡" በሉ ግራዝማች ትርር ኢሎም።

"እዚስ ልክዕ ዘረባ'ዩ። ብዙሕ ግዜ ኣብ ሓዘናትና ፣ ካብ መጠኑ ዝሓለፈን ዶብ ዝሰሓተን ኣገባብ ሓዘን ይረኣ'ዩ ፡" በሉ ወዲ ሓውቦኣም ንግራዝማች።

"ኣቦይ ቀሺ ብሮብዮ ከይተዛረብኩም ኢኹም ኣምሲኹም'ሞ ፣ እስከ ብሓፈሻ ኣገባብ ሓዘንና ብወገን ሃይማኖትን እምነትን ብኸመይ ይረኣ ግለጹልና ፡" በሉ ባሻይ ናብ ኣቦይ ቀሺ ገጾም ኣቕኒዖም።

"ክብረት ይሃበለይ። ኣነ ክሳዕ ሕጂ ኣይዛረብ'ምበር ፣ ነቲ ልውውጥ ብዝግባእ ክኽተሎን ከስተማቕሮን'የ ኣምሰየ። ብመሰረቱ ዝኾነ ሃይማኖት ደጋጊሙ ዘዘኽኽረና ፣ ሞት መናብርትናን ዕጫናን ምዃና ፤ ሞት ከም ሰራቒ እትመጸሉ ዕለት ፣ ሰዓት ፣ ኩነት ፣ ከም ዘይፍለጥ ፤ ኣብ ከውታ ለይቲ ፣ ኣብ ግዜ ከቱር ሓጎስ ፣ ኣብ ምሉእ ጥዕናን ጉብዝናን ፤ ንዝዓበየን ዝነኣሰን ብሰላሕታ ብዘይኣፈላላይን ንኹላትና ኢያ እትጸውዓና። ከምኡ ስለ ዝኾነ ኽኣ ክንቅረበላን ክንቅበላን ኢዩ ዝመኽረና ፡" ኢሎም ኣዕርፍ ኣበሉ።

ሽው ዘረባኣም ብምቕጻል ፣ "እምበኣር ኣብተን ናይ መወዳእታ ክልተ ቃላት ዝበልኩወን ከተኩር። ክንቅረባለን ክንቅበለን! ብመጀመርያ ብኸመይ ኢና ክንቅረበላ?" ኢሎም ሓተቱ። ኣኽትል ኣቢሎም ፣ "እንቕረባ ከሎና ብምፍቃር ፤ ከሎና ንሕሙም ብምብጻሕ ፤ ከሎና ንድኻን ንዝተሸገረን ብምሕጋዝ ፤ ከሎና ንዝኽታማት ጨልቡ ምሕጋዝን ምትብባዕን ፤ ከሎና ጽቡቕ ምግባር ፤ ከሎና ካብ ቂምታን ጽልእን ባእስን ምርሓቕ ፤ ከሎና ብሓቅን ብፍትሕን ብሰላምን ብፍርሃተ እግዚኣብሄርን ህይወትና ብምምራሕ ኢና እንቕረበላ! " ኢሎም ናብ ኩሎም በብሓደ ጠመቱ።

ብምሉእ ኣቓልቦ ይከታተልዎም ከም ዝነበሩ ምስ ኣረጋገጹ ፣ "ክንቅበላ ንዝበልናያኽ?" ኢሎም ሓተቱ። ሕቶኣም ባዕሎም ብምምላስ ከኣ ፣ "ሞት ምስ መጸት ከኣ ኣብ ክንዲ ብኣዝዩ መሪር ዝኾነ ሓዘንን ጫውጫውን ብኽያትን ፣ ፍጹም ከም ዝኾነ ተረዲእና ብትዕግስትን ብጸሎትን ክንቅበላ ኢዩ ዘሎና። ንሕና'ውን ዕጫና ንሳ ምዃና ተረዲእና ፣ ኣካይዳና ከነተዓራርን ክንቅረብን'የ

ሃይማኖትን እምነትን ዝምህረና ፡" ኢሎም ትንፋሶም ከመልሱ ኣዕርፉ ኣበሉ።

ሽዑ ንየማኖም ንጸጋሞም በብተራ ምስ ጠመቱ ፡ ቅጽል ኣቢሎም ከምዚ በሉ ፡ "ኣብዚ ግዜ'ዚ ብዙሓት ኣሕዋትን ኣሓትን ፡ ውሉድን ወላድን ፡ ሰብ ሓዳርን ኣዝማድን ብህይወት ከለው ብዘይጠቅም ዘይምርድዳእን ፡ ብሓላፊ ሃብትን ንብረትን ስሰዐን ኣብ ባእስን ነገርን ቂምታን ይኣትዉ። ኣብ ከምኡ ምስ ወደቑ ቤተዘመድን ፈተዉትን ከተዓርቆዎም እንተ ፈተኑ ፡ ክሳደይ ንኽራ ኢሎም ዘቅብጹ ቁጽሪ የብሎምን። ሕማቅ ዕድል ገይሩዎ ሓደ ካብኦም ምስ ዝመውት ግን ፡ ሓዘንተኛታት ኮይኖም ጸሊም ተኸዲኖም ላዕልን ታሕትን ከብሉ ንርእዮም። እዚ እግዚኣቢሄር ይኹን ሰብ ዘይፈትዎ ዓገብ'ዩ! ሓጢያት ኽኣ'ዩ!" በሉ ብትሪ። ደቀ'ንስትዮ ኹለን ርእሰን ንላዕልን ታሕትን ከንቕንቓ ረኣዮወን።

በዚ ተተባቢዐም ቅጽል ኣቢሎም ፡ "ከምዚ ከበሃል ዘምሰየ መዋቲ ካብቲ ቛረባ ስድራ ቤቱ ዘድልዮ ፤ ኣጆኽ ሕልናኽን መንፈስካን ይቕሰን ፤ ብድሕረኽ ሕድርኽ ኣጽኔዐና ኩሉ ዝጐደለካን ዘይመላእካዮን ፡ ኩሉ እትደልዮን እትውጥዮን ዝነበርካ ከንፍጽም ኢና። ብድሕሬኽ ኣይንሓምቕን ኢና። ኣብ ሞንጐና ሰላምን ፍቕርን ከነስፍን ኢና። ብምረት ሓዘን ዘይኮነ ፡ ብምንፋዕን መብጽዓኽ ብምትግባርን ኢና እነሕጉሰካን እነቕስናካን ምባል'የ ቁምነገር!" በሉ። ቅሩብ ትንፋሶም ንምምላስ ኣዕርፉ ኣቢሎም ከኣ ፡ "ኣብ መደምደምታ ሰብ ካብዛ ዓለም እዚኣ ብሞት ከፍለ ኽሎ ፡ ነቲ ናይዚ ዓለም'ዚ ጉዕዞ ወዲኡ ፡ ናብታ ካልእ ሓዳስ ዓለም ከም ሓድሽ ኮይኑ ፡ ሓድሽ ጉዕዞ ክጅምር እንደገና ከም እተወልደ ክንግንዘቦ ይግባእ ፡" ኢሎም ሓፍ በሉ።

"ዘረባ ኣብዚሓልኩም'የ ኣይትሓዙለይ። በሉ ኩላትና ሓፍ ንበል'ሞ እዚ ሎሚ ምሸት ኣብዚ ዝሰማዕናዮ ቁምነገር ኣብ ልብና ከሕድሮ ንኣምላኽ ንለምን። ብተወሳኺ ንመዋቲት መንግስተ ሰማያት ከዋርሳ ፡ ንበዓል ቤታን ደቃን ምሉእት ስድራ ቤትን ከኣ ፡ ጉይታ ባዕሉ ሓይልን ኣኽእሎን ጽንዓትን ክህቦም ኣቡነ ዘበሰማያት ንበል!" ኢሎም ጸሎቶም ኣዕሪጎም ፡ ነታ ቁምነገር ዝዓሰላ ምይይጥን ምሸትን መደምደምታ ገበራላ።

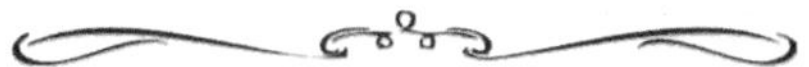

ተስፎም ድሕሪ ቀብሪ መድህን ኣብ ከቢድ ትካዘ ወደቐ። ብኣኡ ምኽንያት ከኣ ኣብቲ ዓቢይቲ ወለዱ ብዛዕባ ህይወትን ሞትን ሓዘንን ዝገበርዎ ዕላል ኣይተሳተፈን። ኩሎም ኮይኖም በብተራ ክሕልውዎ'የም ተገዲዶም ነይሮም። ብሕልፊ ኣርኣያ

ምሉእ ኣተኩሮኡን ግዜኡን ምስ ዓቢ ሓዉ ኸነ፡ ንክረኽብዎ ዝሓተቱ በጻሕቲ ኸኣ፡ ተጸሊእዎ ስለ ዝኸነ ይቕረታ ግበሩልና እናበሉ የፋንዉ ዎም ነበሩ። ዋላ'ኳ ጌና ብዝሒ በጻሕቲ እንተ ነበረ፡ ግራዝማች ከምታ ልምዶም ዳስ ናይ ግድን ድሕሪ ሳልስቲ ከፈርስ ኣለዎ ኢሎም ኣፍረስዎ። ብድሕሪኡ ዝቐጸለ ሰሙን፡ ዘይሰምዐ ሰብ ዘርጠብጠብ እናበለ ምምጻኡ ቀጸለ።

ባሻይ ሞት መድህን ካብ ዝሰምዐ ኣትሒዘም፡ ካብ ግራዝማች ጨሪሶም ከይተፈልዩ'ዮም ቀንዮም። ደጊም ይበኣሱ'ምበር እታ ግራዝማች "ንሕና ነታ ፍቕርና ከንዐቅባ ኣሎና፡" ዝበሉዎም ጨሪሶም ኣየዐበራዎን። ሓደ መዓልቲ ኣብቲ ሓዘን ብዙሕ ሰብ ስለ ዘይነበረ፡ ንብይኖም ከዕልሉ ዕድል ረኸቡ። ብዘረባ ዘረባ ኸኣ ናብ ባእሲ ተሰፊሞን ሃብቶምን ኣተዉ።

"ርኢኻ ጐይትኦም ሓወይ እዞም ደቅና፡ ኣብ ክንዲ ሰላም ህውከት፡ ኣብ ክንዲ ምትሕግጋዝ ምትህልላኽ፡ ኣብ ክንዲ ፍቕሪ ጽልኢ፡ ኣብ ክንዲ ጉርብትናን ምድግጋፍን ከኣ ሕለፍያ ተጻባእቲ ስለ ዝኸኑ እንታይ ረኸቡ?" በሉ ግራዝማች።

"እንታይ ከረኽቡ ንጸላኢኻ!" በሉ ባሻይ።

"ወለድናሲ፡ *'ህውከት ይስድድ በረኸት፡'* ይብሉ። ኣብ ከመይ ዝኣመሰለ ደረጃ በዲሓም ዝነበሩ፡ እነውልካ ሕጂ ክልቲኦም ኣብ ምንታይ ወዲጨም ኣለዉ። ጐይታ'ኮ ይህበካ'ዎ፡ ነቲ ዝሃበካ ተመስገን ኢልካ እንተ ዘይተጠቒምካሉን፡ ጽቡቕ እንተ ዘይሓሲብካሉን፡ ጽቡቕ እንተ ዘይጌርካሉን፡ በል ደሓን ንስኻ ኣይከኣልካዮን'ዎ ንኸልኦት ከንህቦም ይብለካ'ዩ።"

"ኤ ሼር! ኤ ሼር!! ግራዝማች። እንሃልካ'ንዶ'ዎ ኢሎዎም። ኣነን ንስኻን ከንጅምር ከሎና ብዘይጠቅም ኢና ጀሚርና። ሳላ ፍቕሪ፡ ሳላ ናታካ ርህራሀን ሰብኣውነትን ደጊፍካና፡ ከይተጠላለምና ስለ ዝቐጸልና ኸኣ ናብኣቶም ዝሓልፍ ሃብትን ንብረትን ሒቡና።"

"እወ ግን ንሳቶም እቲ ጐይታ ዝሃቦም ጸጋ ስለ ዘይፈለጥዎን ዘየመስገኑሉን፡ ርኢኻ ሕጂ ኣብ ምንታይ ወዲጨም ኣለዉ። ሳላ ንሕና ተጐቲትና ናብቲ ናታቶም መንገዲ ጽልኢ ዘይወደቅና'ምበር፡ ምሉእ ስድራ ቤትና ምተለከመ ነይሩ።"

"ግራሴ ኣቴ ግራዝማች! ሳላኻ እንዳኣሉ! ንስኻ ስለ ኣትሪርካ ዝሓዝካንን ዝመኸርካንን፡ ግደፍ ዝበልካንን'ምበር ኣነ ወደይ ኣጋግዩኒ በቲነያ ነይረ ኢየ።"

"ሳላይ ጥራይ ኣይኮነን ባሻይ። ብሓንቲ ኢድ ከተጣቅዕ ከም ዘይትኽእል፡ ንስኻ

ሕራይ እንተ ዘይትብለንን እንተ ዘይትሰምዓንንዶ እንታይ ምግበርኩ'የ። ዘይ ኣነ ተዛሪበ'የ' ምበር እንታይዶ ገይረ'የ።"

"ዋእ እቲ *ብሮብዮ* ብዓቕልን ትዕግስትን ዝምዕድን ዝመኽርን እኮ'የ እቲ ቛንዲ ኣራምን ኣካብን።"

"ምኽሪ'ሞ ዝሰምዖ እንተ ዘይረኸበዮ እንታይ ይጠቅም'የ ባሻይ? ቬልቡ ደኣ መኺርናዮም እንዲና ግን ኣይሰምዑናን። ሕጂ'ውን ንሕና በታ ዘሎናያ ጥራይ ንቐጽል'ምበር ኣምላኽ ከሕግዘና'የ።"

"ይበሎ! ይከኣሎ'የ።"

"ሕጂ ንኣና ኣዝዩ ዘሻቕለና ዘሎ ናይ ተሰፍም ኩነታት'የ። እዚ ከይተወስኸ'ኳ ከምኡ ዝኾነስ ፡ ሕጂ እንታይ'የ ከኸውን እንድዒ። ብዘይ መድህንከ እንታ'የ ከግበር ዓቒበት ከይኑና'ሎ።"

"ቻ ዲዮ ግራዝማች! ኣጆኽ ኣምላኽ ከሕገዘኩም'የ።"

ከምኡ ኢሎም ብልቦምን ናይ ልቦምን እናተዘራረቡ ኸለዉ ፡ ጋሽ ሰለ ዝመጽዎም እታ ዘረባኦም ኣቋረጽዋ ።

ኣብ ናይ መድህን ሳልስቲ ደርማስ ንሃብቶም ክርኢዮ ናብ ቤት ማእሰርቲ ኸደ። ብዛዕባ ሞት መድህን ፡ ኣልማዝ ኣቐዲማ ነጊራቶ እንተ ዘይኮይናስ ሎሚ ከነግሮ'ሎኒ ኢሉ እናሓሰበ ኸደ። ኣብኡ ምስ በጽሐ ሃብቶም ተበሪሁዎ ከም ዝነበረ ፡ ጌና ከይተዘራረቡ ከለዉ ካብ ኩነታቱ ክርዳእ ከኣለ።

ሰላምታ ተለዋዊጦም ከይወድኡ ኸለዉ ሃብቶም ፡ "እዚ *ባሊዲ* ስንኩል እምበኣር ግብሩን መርገመይን ምስዳድ ከሊእዎ!" ብዝብል ዘረባ ኣሰንበዶ።

ደርማስ በቲ ሃንደበት ዝኾነ ዘረባ ተደናጊሩ ፡ ዝምልሶ ጠፊእዎ ፡ ንኽልኢታት ተዓኒዱን ተዓቢሱን ተረፈ።

ብስቕታ ሓዉ እተገርመ ሃብቶም ፡ "ደሓን ዲኸ ደኣ? ብዛዕባ'ዚ ጉዳይ ከይሰማዕካ ዝጸናሕካ መሲልካ ፡ ኣይፈለጥካን ዲኸ?"

"ዋእ እንታይ ኮይነ ዘይፈልጥ? ኣይ ክነግሮ'የ እናበልኩ'ንድየ መጺኡ።"

"እሞ እንታይ ደኣ ክብለካ፣ *ብሮብሮ* ደስ ዘይበለካ'ኩ ኢኻ መሲልካ?"

"ደስ ደኣ ኣንታ ሃብቶም፣ ሞትዶ ደስ ይብለካ ኹዜኑ?"

"ብሞት? ብሞት ኢልካ ደርማስ። ንዓይ ካብ ሞት ዝገደደ'ንድዩ ገይሩኒ ዘሎ። ዶስ ንዓኻ ስለ ዘይበጽሐካ ኣይስመዓካን'የ ዘሎ? ከመይ ዲኻ ኬንካ ደርማስ?" ብምባል ብሕርቃን ከጥሕር ደለየ።

ካልእ ግዜ ነይሩ እንተ ዝኸውን ደርማስ'ውን ብሕርቃን ምተቓጸለ ነይሩ። ግን ነዚ ናይ ሃብቶም ስምዒታት መን ከም ዘንሃሀር ዘሎ ይፈልጥ ስለ ዝነበረ፣ ከዕገስ ወሰነ። ኣብ ክንዲ ምንዳር ከኣ ርግእ ኢሉ፣ "ንዓኻ ዘይበጽሐካ ዝበልካዮ'ኺ ሓሪቕካ ኢኻ'ምበር፣ ኣሚንካሉ ከምኡ ትሓስብ ኢለ ስለ ዘይኣምን ኣይምልሰሉን'የ። ኣነ ማለተይ ግን መድህንሲ ንስኻ'ውን ትፈልጣ ኔርካ እንዲኻ፣ ጥዕይቲ ሰበይቲ'ያ ነይራ። ደሓር ከኣ ንሳ ዝኣበሰቶ ነገር የለን ብምባል'የ ከምኡ ኢለካ፣" ኢሉ ኩሉ ስምዒቱን እምነቱን ከየግሃደ መለሰሉ።

ደርማስ ነታ ዘረባ ናብ ካልእ ከኣልያ ስለ ዝደለየ፣ ምስታ መልሱ ኣልግብ ኣቢሉ፣ "መዓስ ደኣ ፈሊጥካ? ኣልማዝ ድያ ነጊራትካ?" በሎ።

"ኣቲ ዝሞተትሉ መዓልቲ'የ ፈሊጠ። ኣልማዝስ'ምበር ብተስፎም ከማይ ሕርር ስለ ዝበለት ኣዝዩ'የ ዝስምዓ ፣" ብዝብል ዘረባ እንደገና ንነገር ከዕድሞን ከወግአን ፈተነ።

ሕጂ'ውን ደርማስ ነቲ ዕድመ ሃብቶም ከቕበሎን ከእንግዶን ኣይደለየን። ኣብ ክንዲ ነቲ እተደርበየሉ ኩናት መልሲ ምስንዳው፣ ናብ ካልእ ኣርእስቲ ክኣለ መረጸ።

"ኣቦይ'ኹ ኣብቲ ሓዘን ዳርጋ ካብ ግራዝማች ከይተፈልየ'የ ቀንዩ።"

ነገር ክኣልን ከዘሓሕልን ኢሉ እተዛረቦ ዘረባ፣ ንሃብቶም መሊሱ ኣነደሮን ኣቃጸሎን።

"ወይ ጉቱድድ?! *ሚዳዘዚያሽ!* ኣነ'ኹ ዝገርመኒ ዘሎ ጌና ኣነ ኣብ ማሕቡስ እናበለኹ ከለኹ፣ ኩሉኹም እቶም ቀንዲ ናተይ፣ ነቲ እተበድልኩዎ ድሮ ምርሳዕኩም'የ! ኣዝዩ ዘሕዝን'የ!" እናበለ መረረኡን ብስጭቱን ገለጸ።

ደርማስ ንምዝሕሓልን ንምእላይን ዝገበሮ ፈተን ኩሉ ተወድአ። ብዘይካ ፈት ንፋት ምግጣሙ ካልእ መንገዲ ከም ዘየለ ብምግንዛብ ከኣ፣ "ምርሳዕ ኣይኮነን ኣንታ

ሃብቶም ፤ እንታይ ኬንካ ኢኸ። መድህን ጥዕይቲ'ያ ዝኣበሰቶ የብላን ኢለካ። አቦይ ግራዝማች ከኣ ትፈልጦም ኢኸ ፤ ዋላ አቦይ ወቕዒ ልቢ ምስ ገጠሞ ካብዚ ጕኑ አይተፈለዩን ፤" በሎ ትርር ኢሉ።

"አልማዝ ደኣ ፤" ምስ በለ ሃብቶም ፤ ደርማስ ምኽአል ስኢኑ ዘረባኡ'ውን ከየወድኦ ፤ "አልማዝ ደኣ አይትበል በጃኻ ሃብቶም። ንሳ ነቲ አብ ሞንጎ እዚ ክልቲኡ ስድራ ቤት ዝነበረ ታሪኽ አይትፈልጦን'ያ ፤ ደሓር'ያ'ኮ መጺአ።"

"አንታ ወዲ! ሔንቲ! እንታይ ኢኸ ኬንካ ሎሚ መዓልቲ?" በለ ሃብቶም ብሕርቃን ሰራውሩ ተገታቲሩ።

"በቃ በጃኻ ሃብቶም ሓወይ ፤ ብስም እዘም ወለድና ይልምነካ ነዛ ዘረባ ነቝርጻ ፤" በሎ ደርማስ ርግእ ኢሉ። ቅጽል አቢሉ ኸኣ ፤ "እንታይ አሎ ዘድልየካ ነገር?" ኢሉ ብምሕታት ነታ ዘረባ ከምለሳ ከም ዘይደሊ አፍለጦ።

ሃብቶም ደስ ከም ዘይበሎ አብ ገጹን አካላቱን እናተነብበ ብኹራ ትም በለ። ብድሕሪኡ ንሓጺር ግዜ ካልእ ቀንጢ-መንጢ ተዘራሪቦም ተፈላለዩ።

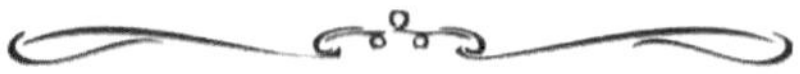

ደርማስ ንጽባሒቱ ናብ ወለዱ ኸይዱ ምስ ሃብቶም ዝተጋጨውሉ ዝርዝር አርእስቲ አዕለሎም። ከም ቀደሞም ወ/ሮ ለምለም ምስ ሃብቶም ወደን ወገና። ባሻይ ከኣ ምስ ስምዒትን አረአእያን ደርማስ ወዶም ተጸምበሩ። ን'ንዳ ግራዝማች ብዝምልከት አሰላልፋ ወለዱ ካብ ገሚትያ ዝነበረ ስለ ዘይተፈለየ አይገረሞን።

ደርማስ'ዩ ዘይፈለጠ'ምበር ብዛዕባ እቲ ምስ ሃብቶም ዘጋጠሞም ዘይምርድዳእ ፤ አልማዝን ሃብቶምን'ውን ብሰፊሑ'ዮም ተዘራሪቦምሉ። አልማዝ ነቲ ኩነታት ንኽልቲኦም አሕዋት ንኽተባእሶም ዘይተሓስበ ጽቡቕ አጋጣሚ ገይራ'ያ ወሲዳቶ።

አልማዝ ከትበጽሓ ምስ ከደት ፤ "እዚ ሓዉኽ ኮይኑካ'የ ዘይተሰምዓኒ ዘለኽ'ምበር ደርማስሲ ቀይሩ'የ ፤ ከም ቀደሙ አይኮነን ዝበልከኒ ደኣ አይ ትማሊ እንድዩ ተረዲኡኒ ፤" በለ ሃብቶም።

"ብኸመይ ደኣ በሪሁልካ ወደይ? ካብቲ ናተይ ዝበለጸ ገይሩ ዘረድእዶ ረኺብካ?" በለቶ ገጻ ብርህርህ ኢሉ ፍሽኽሽኽ እናበለት።

"እንታይ ሰብ ከረድአኒ ፤ ባዕሉ'ምበር ግርም ገይሩ አረዲኡኒ።"

"ብኽመይ ደኣ ወደይ?" በለት ብውሽጢ ልባ ከበሮኣ እናደሰቐት፡፡

"ለሸየ! ስቕ በሊ በጃኺ ፡ ካላስ ደርማስ ኮይኑ'ምበር ደመይ እኮ'የ
ኣፍሊሑለይ ፡" ብምባል ኩሉ እተባህሎም ከነግራ ጀመረ፡፡

ኣልጋዝ ሓሓሊፋ ፡ "ከምኡ ኽኣ ኢሉካ'ምበኣር ወይ ጉቱድድድ! ዘይትረኽቦ
ዘይብልካ ሃብቶመይ!" ወዘተ ዝብሉ ፡ መሊሶም ነቲ ኩነታት ዘጋድዱን ዘንሃሁሩን
ዘረባታት ብምውጻእ ከሳዕ ዝውድእ ሰምዓቶ፡፡

ምስ ወድኣ ፡ "እነ'ኮ ቅድሚ ንዓኽ ምዝራበይ ተጋግየ ይፈርዶ ከይህሉ ኢለ ፡
ንብዙሕ ግዜ እቲ ትዕዝበተይ ንበይነይ ሒዘዮ እየ፡፡ ደሓር ግን መመሊሱ ከገድድን
ኣብቲ ስራሕን ኣባኽን ዘለዎ ተገዳስነትን ከጥፍእ ምስ ጀመረ'የ ርግጸኛ ኮይነ፡፡"

"ሚዲዛቢያሽ ዋይ ኣነ ሃብቶም፡፡"

ጽቡቕ ገይራ ትኽሽክሾን ትቖጥዖን ስምዒቱ ድማ ትቄጻጸሮን ከም ዘላ ስለ
ዘረጋገጸት ከኣ ፡ "ብድሕሪኡ'የ ገንዘብ ንኽንቱ እንተ ወጸን እንተ ጠፍአን
ከም ዘይግድሶ ዝነበረ ክዕዘብ ጀሚረ፡፡ ድሕሪ'ዚ ኹሉ'የ በብቅሩብ ፡ ንሱ'ውን
እናተሰከፍኩን እናፈራሕኩን ወስ ከብለልካ ጀሚረ፡፡"

"ኣሕሕሕሕ!" በለ ሃብቶም ርእሱ ንየማንን ንጸጋምን እናነቕነቐ፡፡

እቲ ከሲባቶ ዝነበረት ሓለፋ ስምብራቱ ከይሃሰሰን ፡ ናህሩን ሓይሉን ከየጥፍአን
ከትጥቀመሉ ስለ ዝደለየት ከኣ ከምዚ ብምባል ደምደመት ፡ "ከምኡ መግበርየይ
ከኣ ምስቲ ልዕሊ ኹሉ እተፍቅሮን እትኣምኖን ሓዉኽ ከየቀሓሕረካ ኣዝየ ስለ
ዝስከፍ ዝነበርኩ'የ፡፡"

"ሰብ ብሓቂ ጠላም'የ! ዋላ ኣሕዋትካን ስድራ ቤትካን ከይተረፉ ከጠልሙኽ
ዘደንጹ'የ፡፡ እቲ ቀንዲ ዘሕርረኒ ግን ኣብ ከምዚ ቦታ ከለኹ ምፍጻሙ'የ፡፡
በቃ-በቃ ሕጂ ብዛዕባኦም ከዛረብ'ውን ኣይደልን'የ፡፡"

ኣልጋዝ እቲ ዝወጠነቶ ሸቶ ስለ ዝሃረመት ፡ ካልእ ምውሳኽ መኽሰብ ከም
ዘይህልዋ ብምግምጋም ምስኣ ከትሰማማዕ'ያ መሪጻ ፡ "ወረ ሓቅኽ! እንታይ
ገበርካ መሊስካ በዚኦም እትነድድ ፡" ኢላ ነታ ዛዕባ ቀልጢፋ ናብ ካልእ ናይ
ስራሕ ኣርእስቲ ቀየረታ፡፡

ብድሕሪኡ ሰዓት ኣኺሉ ከትፋነዎ ኽላ ፡ በቲ ናይቲ መዓልቲ ዓወት ገጸ ብሓጉስ
ከንጸባረቕን ልባ ኽኣ ከጭደድን'የ ደልዩ ነይሩ፡፡

ሃብቶም ብወገኑ ኣብታ ጸባብ ናይ ቤት ማእሰርቲ ዓለም ኮይኑ ፥ ንደርማስን
ንምሉእ ስድራ ቤቱን ኣብ በይኑ ፈሪዱ ካብ ልቡ'የ ዘርሒጨም ነይሩ። እቲ ቅኑዕ
ውሳነ ምሉእ እምነት ኣብ ኣልማዝ ምንባር'የ ብምባል ከኣ ኣብ መደምደምታ
በጽሐ።

ተስፎም ኣብ ከምዚ ሕማቕ ኩነታት ከሎ ፥ ብሩኽን ክብረትን ሐደ መዓልቲ ከም
ቀደሞም ኣብታ ዝለመድዋ ብሕትውቲ ቦታ ኸይኖም ፥ ብዛዕባ ኣብ ስድራ ቤቶም
ወሪዱ ዝነበረ ጸገም ይዘራረቡ ነበሩ። ኣብቲ ቦታ በዲሐም ሐንቲ ሻህን ሐንቲ
ካፖቺኖን ኣዚዞም ኮፍ ካብ ዝብሉ ፍርቂ ሰዓት ሐሊፉ ነበረ። ዳርጋ እቲ ክብረት
ዝኣዘዘቶ ካፖቺና ፍርቁ ፥ እቲ ብሩኽ ዝኣዘዞ ሻሒ ኸኣ ሰለስተ ርብዑ ከይተስተየ
ጨሪሱ ዝሐሉ ነበረ።

ቅድሚ ሕጂ ነዘም ክልተ ፍቑራት ብሐጉስን ብፍቕርን ካብ መንበሮም ከይተንስኡ
ከሰራሰሩ ዝረኣዮምን እተዓዘቦምን ፥ ሎሚ እንተ ዝርእዮም እምበርዶ ንሳቶም'ዮም
ኢሉ ምተጠራጠረ። ንሳቶም ምኻዋኖም ድሕሪ ምርግጋጹ ኸኣ ፥ "ንሳቶምሲ
ንሳቶም'ዮም ፥ ግን ኩነታቶም ጨሪሱ ኣይከምቀደሞምን ፥" ኢሉ ምሐሰበ።
ብድሕሪኡ "ኣየ ናይ ፍቕሪ ነገር ፥ ምሽኪዋት ተኸሩርዮም ኢዮም ዘለው
ማለት'የ ፥" ኢሉ ኣብ መደምደምታ ምበጽሐ።

ነቲ ተዓዛቢ በቲ ዝበጽሐ መደምደምታ ፥ ክንደይክ ብትኩርነት ተስተብህል ኢኻ
እንተ ዘይኮይኑ ፥ ተጋጊኻ ክብሎ ዝኽእል ሰብ ኣይምተረኽበን። ምኽንያቱ
ብሩኽ ጸጋመይቲ ኢዱ ኣብ ግምባሩ ገይሩ ፥ ገጹ ኣሳሲሩ ንታሕቲ ተደፊኡ
ዳርጋ ኣይዛረብን'የ ነበረ። ክብረት ከኣ ክልተ ኣእዳዋ ኣብ ክልቲኡ ምዕጉርታ
ኣቐሚጣ ፥ ሐሐንሳብ ቅንዕ እናበለት ንብሩኽ ንኽትጥምቶ እንተ ዘይኮይና ፥
ንሳ'ውን ርእሳ ንታሕቲ ደፊኣ ትም ኢላ ኢያ ነይራ።

ንኽብረት ቅርብ ኢሉ ንዝረኣያ ፥ ጸጸነሐ ንብዓታ ብዘይደምዲ ትኸዕወን ከም
ዝነበረት ከስተብሀል ኣይምተሸገረን። እቲ ኣብ ሞንጉኦም ጸጸነሑ ዝዝረብ ዝነበረ
ዘረባ'ውን እንተ ኾነ ፥ ብህድኣትን ብሕሹኽሹኽን እንተ ዘይኮይኑ ዳርጋ
ድምጹም ኣይስማዕን'የ ነይሩ።

"ዋይ ኣነ ብሩኽ ኣነ! ካብ ዝፈራሕናዮ'ባ ከይወጻእና!"

"ኣንታ ብሩኽ ሐወይ በጃኻ ከምኡ ጌርካ ነብስኻ ኣይትጉዳእ። ንስኻ'ሞ እንታይ

ዘይገበርካ ኢኻ?!"

"ይዝከረኪ'ንድዩ ኣነን ትምኒት ሓብተይን ፣ ካብ ናይ ባባ ናይ ማማ ኢዩ ዝያዳ
ዘስክፈና ክብለኪ።"

"እወ ኣጸቢቐ'ምበር።"

"ንሳ ጥዕና ስለ ዘይነበራ ኣዝያ እናተሸገረት ከላ ፣ መታን ንሕና ከይንኸገርን
ከይንጉዳእን ፣ ኩሉ ንቢይና ኢያ እትስከሞ ነይራ።"

"ማማ መድህን ደኣ መስኪነይቲ ከምኡ እንድያ ነይራ ፣" በለት ክብረት ኣዒንታ
ብሓንሳብ ንብዓት ጀረብረብ እናበላ።

"እሞ በሊ ኣነ ብላሽ ኣነ ፣ ተባዕታይ ቦኽሪ ገዛ ተባሂለ ፣ ደሓን ንስኹም ተኣለዩ
ግደፉ ከትብለና ኸላ ፣ ነብሰይ ፈትየ ከሕግዘኪ እያ ግድን ከይበልኩ ትም እየ
ዝብል ነይረ!" ኢሉ ዓይኑ ቁጽርጽር ኢሉዎ ድንን በለ።

"እሞ ኣንታ ብሩኽ ሓወይ ንስኻ ደኣ ፣ ለይትን መዓልትን እንዲኻ ብኣኣ
እትስከፍን እትሻቐልን ኔርካ ግዲ።"

"ኣየ ክብረት ሓብተይ ከተጻንንዕኒ ደሊኺ ኢኺ'ምበር ፣ ኣነ ብላሽ ደኣ ነታ
ብርኽቲ ማማይ ፣ ብዘረባን ብሓሳብን እንተ ዘይኮይኑ ብግብሪዶ ብምንታይ ደጊፈያ
እየ?!" በለ ብሩኽ ንብዓቱ ኮረር - ኮረር እናበላ።

"በጀኻ'ባ ብሩኽ ሓወይ ከምኡ ኣይትበል። በጃኻ ከምኡ ኣይትኹን። ንስኻ
እንዲኻ ንኹሉ ሰብ እትመክርን እተታባብዕን። እንታይ ደኣ ኢኻ ዄንካ ሎሚ?"
እናበለት ብኢዳ ሒዛ ንኢዱ ደራረዘትሉ።

"ነዛ ብርኽቲ'ደይ ከድሕና ዝኽእል ዝነበርኩ'ባ ፣ ብኸንቱ ህይወታ ከሳዕ
ዝጠፍእ ሱቕ ኢለ ርእየያ።" በለ እንደገና ንብዓቱ እናኽዓወ።

ኣብቲ ቦታ ዝነበሩ ብዙሓት ሰባት ድሮ ናብኣታቶም ጬላሕታኦም ክስዱ ጀሚሮም
ነይሮም'ዮም። መጀመርያ ክብረት ጥራይ ትነብዕ ስለ ዝነበረት ፣ ናይ ፍቕርን
ጓልን ነገር'ዩ ኢሎም ግዲ ኹዐይናም ብዙሕ ኣይተገደሱሎምን ነይሮም።

ድሕሪ ብሩኽ ኣብቲ ንብዓት ክሕወስ ምስ ረኣዮዎ ግን ፣ ኩሎም ከግረሙን
ኣተኩሮኦም ናብኣታቶም ክገብሩን ጀሚሮም ነበሩ። ብሩኽ ኣብ ከቢድ ስምዒት
ጥሒሉ ስለ ዝነበረ ፣ ነዚ ጨሪሱ ኣየስተብሃለሉን። ኣብቲ ግዜ'ቲ እንተ

ዘስተብህለሉ'ውን ጨሪሱ ኣይምገደሶን ነይሩ።

ክብረት ግን ነቲ ኹሉ ኣተኩሮ ምስ ኣስተብሃለት፡ "በጃኻ ሕጂ ብሩኽ ሓወይ ግደፍ። ኩሉ ሰብ'ዩ ናባኻ ዘተኩር ዘሎ። ደሓር ከኣ እቲ ኩሉ ግዜ ክጠቕመንን ትምህርቲ ክኾነን ኢልካ እትነግረኒ፡ ናይ ኣቦይ ግራዝማች ምኽርን ኣስተምህሮን ደኣ ናበይ ኣቢልካዮ ሎሚ?"

"ኣሕሕሕሕ!" በለ ብሩኽ ርእሱ ንየማን ጸጋምን ኣናንቕነቐ። "ደሓር ከኣ ብሩኽ ድሕሪ ሕጂ ንስኻ ንርእስኻ ነፊዕካን ጸኒዕካን፡ ንባባ ተስፎምን ነ'ሕዋትካን ንዓበይቲ ወለድን ንኹላትናን ጠጠው ክትብለልና'ኰ'ዩ ኩሉ ሰብ ዝጽበየካ!" በለቶ ዕትብ ኢላ፡ ናይ ብኽያትን ሓዘንን ኩነት ካብ ገጻን ካብ ኣካላዊ ቋንቋኣን ኣወጊዳ።

ብሩኽ ዘረባ ክብረት ብቕጽበት ተሰመዖ። መንዲሉ ኣውጺኡ ኣዒንቱን ኣፍንጫኡን ደራሪዙ፡ ንኽብረት ስለ ዘጽንዓቶ ብዓይኑን ኣካላቱን ኣመስጊኑ ቀጥ በለ። ስምዒቱ ምሉእ ብምሉእ ምስ ተቈጻጸረ፡ "ከምኡ ስለዝኾነ እኰ'ዩ'ምበር ክብረት ሓብተይ፡ እዚ ግዜ ደኣ ትርእይዮ የለኽን፡ ሰብ ኣብዚ ከተማ'ዝን ኣብዚ ዓድ'ዝን ቈይሙ ዝነብረሉ ግዜ ደኣ መዓስ ኰይኑ! ኰፍ ኢላ ከም ንማሕረድቲ እትጽበ ዘላ ገንሸል'ኰ'ዩ ኰይኑ ዘሎ ኩነታትናን ዕጫናን፡" በላ ርእሱ እናንቕነቐ።

"እወ ግን ዕጫኻን ፍሉይነት ኩነታትካን ምርጫታትካን ኣብ ግምት እና'እቶኻ'ዩ ዝስጐም ብሩኽ። ኩሉ ሰብ ሓደ ኩነታትን ሓደ ትዕድልትን ሓደ ሓላፍነትን ኣይኰነን ዘለዎ። ንሱ ናይ ግድን ኣብ ግምት ከተእትዎ ኣሎካ። ስለዚ ነቲ ኣብ ውሽጥኻ ዝርብጸካ ስምዒት፡ ዋላ ክትኩስካ እንተ ደለየ ክትቃለሶን ክትቈጻጸሮን ኣሎካ። ሕጂ መንዶ ኣለዎ'ዩ ገዛኹም፡ ንመን ክትገድፎ?"

"ልክዕ ኣለኺ ከምኡስ ኰይኑ'ንዶ!" በላ እንደገና ርእሱ እናንቕነቐ።

በብቕሩብ ካብ ናይ ሞት መድህን ምስልሳል ሰጊሮም፡ ናብቲ ሰንፈላልን ጭንቀትን ወጥርን ዘእትወሎም ዝነበረ ክውንነትን ግዜን ትዕድልትን ዕላል ሰገሩ። ብሩኽ ብዛዕባ ኣብቲ ግዜ'ቲ ኣብ ኣስመራ ዝነበረ ኩነታትን ተረኺቦን ይገልጸላ ነበረ።

ሽው ክብረት፡ "እቲ ኩነታት ከምቲ ዝበልካዮ ካብ ዝኸፍእ ናብ ዝገደደ ኢዩ ዝሰጋገር ዘሎ። ኣብ ካልኣይ ደረጃ ከሎና መማህርትና ዝነበራ ሓሙሽተ ኣዋልድ፡ ሎምቅነ ብሓንሳብ ጥርንፍ ኣቢሎም ኣብ ሓዝሓዝ ኣሲሮመን ኣለው።"

"እወ ሎምቅነ ከኣ'ሞ ዝያዳ ገዲደም'የም ዘለው። ክንደይ መተዓብይትናን መማህርትናን ዝነበሩ ድዮም ጥርንፍ ኣቢሎም ፤ ኣብ ማርያም ግምቢ ዳጉናሞም ዘለው። ንሳቶም ምስ ተኣስሩ ኸኣ ክንደይ ደቂ ገዛውቶምን ኣዕሩኽቶምን ድዮም ንሜዳ ውሒዞም። ምኻን ሓጄም'የም እዚኣቶም እንተ ኣእትዮሙኻ መውጽኢ የብልካን። ወይ ኣብኡ ትበሊ. ወይ ከኣ ኣውዲኣም ይርሸኑኸ። ሎምቅነ ጥራይ ካብ ሰምበል ኣውዲኣም ክንደይ ሰባት ረሺናም ይመስለኪ።"

"እወ ከምኡ ከበሃል ኣነ'ውን ሰሚዐ ኣሎኹ።"

"ሕን ቋራናት ንንዕማማት ከብላ ኣደታትናዶ ሰሚዕኪ ትፈልጢ? ከምኡ ኢዩ ኹወይኑ ዘሎ እቲ ነገራት። ትርእይዮም እንዲኺ ዘሎኺ ፤ እዘም ጦር ሰራዊት ዳርጋ ካብ ኩሉ መዓስከራት እናተኹብኩቡ ናብ ከተማታት'የም ዝኣትዉ ዘለዉ። ሸው ነቲ ሰላማዊ ወዲ ኸተማ ሕንሕነኣም የውጽእሉ።"

"ኣየ'ወ እንታይ ደኣ ፤ ከምኡ ኢዩ ኹወይኑ ዘሎ ፤" በለቶ። ሸው ከምዚ ሓድሽ ሓሳብ ዝመጻ'ሞ እተወሳወሰት መስለት። ቅጽል ኣቢላ ፤ "ይዝከረካዶ ብቋዳማይ ምስ ጓል ሓው'ቦይ ኣብ ዕዳጋ ዓርቢ ክሓድር'የ ከብለካ?"

"እወ ኣጸቢቑ'ምበር።"

"ኣነ ብሓቂ ኣደነቐኒ ኢዩ። ኩሎም እቶም ገዛውቲ ኣብ ሞንጎኣም ዝነበረ መናድቕ ብምንኳል ወይ ብምፍራስ ፤ ወይ ትሕቲ መንደቕ ብምኹዓት መራኸቢ ገይሮሙሉ ኢዮም። ሸው ምሸት-ምሸት ሰዓት እቶ-እቶ ምስ ኣኸለ ፤ ብኡ ገይርም ሰብኡት ምስ ሰብኡት ፤ ኣንስቲ ምስ ኣንስቲ ፤ መንእሰያት ከኣ መምስ መሳቱኣም ጉጅም ክብሉን ከዕልሉን ኢዮም ዘምስዩ። ኣብዚ ገዛውትና ደኣ ብዙሕ ከምኡ ዘየሎ።"

"ኣብዚ ገዛውትና እቲ ገዛውቲ ምድሪ ቤቱን መናድቑን ፤ ኩሉ ዳርጋ ብቸመንቶ እተለበጠ ስለ ዝኾነ ፤ ቀሊል ኣይኮነን ከምኡ ከትገብር። ኣብ ሞንጎ ናትናን ናትኩምን ገዛ ዘሎ መፈላለይ መንደቕ ፤ ሓጺር ስለ ዝኾነ እኮ ኢና ንሕና መበረኺ ጌርና ንስማማዕን ነዕልልን።"

"እወ ንሱስ ሓቅኽ ኢኻ ፍልልይ ኣለም። ዕድመ ነዚኣቶም ፤ ኩሉ ገዛውቲ ኣስምራ ፤ ማለት መዓጹኡ ፤ መሳኹቱ ፤ ዋላ መናድቕ ቀጽሩ ፤ ሰግይ ብዝበጽሕ መንደቕን ትሪኮሳታን ሓጺንን ተዓሺጊት ፤ ኩሉ ድፉዕ ኢዩ መሲሎ ዘሎ።"

"ድፉዕ ጥራይ ኢልኪ! እዚ ናይ ዕዳጋ ዓርቢ ዝፈረሰን ዝነኸውለን ቀጽርታት

እተዓዘብክዮ ግን ፥ ንዕላልን ንምንቅቓሕን ንውደባን ጥራይ ዘይኮነ ፥ ክንደይ ካልእ ጥቕምን ቈምነገርን ኣለዎ ይመስለኪ። ንዝኽነ ከባዓብስን ከዕምጽን ንዝመጽእ ፥ ይደጋገፍሉን ይትሓጋገዝሉን ጥራይ ዘይኮነ ፥ ዋላ ወተሃደራትን ዓፈንቲ ጉጅለታትን ፥ ሰብ ደልዮም ከመጹ ኸሎው ፥ ካብቲ ሓደ ገዛ ናብቲ ካልእ ብውሽጢ ውሽጢ እናተሰጋገሩ ንመህደሚ ይጥቀምሉ ኢዮም።"

"እወ ሓቅኺ'ምበር ከምኡ ኢሎም ኣዕሊሎምኒ እንድዮም። ኣብ ከምዚ ናትና ናይ ክልተ ሰለስተ ሜትሮ ዝፋናተታ ገዛውቲ ግን ፥ መንደቕ ገለ ከየፍረስካ ስጉም-ስጉም ኣቢልካ ፥ ካብቲ ሓደ ናብቲ ሓደ ክትከይድ'ውን'ኮ ኣይጽግምን'የ።"

"እቲ ጸገም እንታይ ድዩ መሲሉኪ? ኣጋጣሚ ኣብታ ደቒቕ እቲኣ ሮንዳ ወይ ዓፉኝ ጓድ ክሓልፉ ከለው ፥ ዋላ ከንቾሉ ከኽፈት ወይ ከዕጾ እንተ ርኣዮም ፥ ወይ እንተ ሰሚያም ፥ ጠፊእኪ ኢኺ ማለት'የ። ስለዝስ ሓደገኛ ኢዮ።"

"ገሊኡ ሰብ ከኣ ሸለልትነት መሊእዎ ኢዮ በጃኽ ! ከምኡ ምኳናም እናተፈልጠ ኣብ ኣፍደገ ገዛኦም ተኣኪቦም ከዕልሉ ይረኽብዎም። ሽዑ ኣብኡ ኸለው ኣብ ኣፍደገ ገዛኦም ክንደይ ሰባት ድዮም ተረሺኖም።"

"ብጣዕሚ ብዙሓት'ምበር። ገሊኦም ከኣ ካብኡ ዝገደደ ኣብዚ ግዜ'ዚ ያኢ ፥ ኣብ ባራትን ሴግሬቾታትን ምምሳይ ተራእዮዎም ፥ ከስትዮን ታዕታዕ ክብሉን ዝረኽቡዎም ፥ ካብተን ባራት ኣውጺኦም ክንደይ ድዮም ብስልኪ ተሓኒቔም ተደርብዮም ተረኺቦም።"

ብድሕሪኡ ካብ ከምኡ ዝኣመሰለ ከቢድ ጽዕነትን ጻቕጥን ዝፈጥር ዕላላት ፥ ናብ ካልእ ፍኹስ ዝበለ ዕላል ሰጊሮም ፥ ነተን ዝዘሓላ ሻሂኦምን ካፖቺኖኦምን ስትዮም ንገዛኦም ተበገሱ።

ንገዛውቶም እናተመለሱ ከለው ብኮምቢሺታቶ ገይሮም ይምለሱ ነበሩ። ሽዑ ኣብቲ ኣፍደገ ዓቢ ንግዳዊ ባንክ ፥ ላዕላዋይ ቤት ፍርዲ ፥ ከፍሊ ማዕድን ፥ መዘጋጃ ቤት ፥ ሆቴል ኣምባሳሳዶርን ፥ ከፍሊ ትምህርትን ዝርከብ መገዲ ኣጋር ፥ ኩሉ ስልክን ፥ ገመድን ፥ ጨል-ጨል ዝብል ታኒካታት ገይሮሙ ፥ እናሻዕ ናብ ታሕቲ ናብቲ ቀንዲ ጽርግያ ኣናወረዱ ከጐዓዙ ተገደዱ።

እቶም መሳርያ ሒዞም ዝሓልውዎ ኣባት ጦር ዝበሃሉ ሽማግለታት ከይሰምዕዎም ብምጥንቃቕ ፥ "ኣየ እዚኣቶም ፥" እናበሉ ርእሶም እናነቕነቑ ተጓዕዙ። ከምኡ እናበሉ ኸኣ ገዛውቶም ብሰላም በጽሑ።

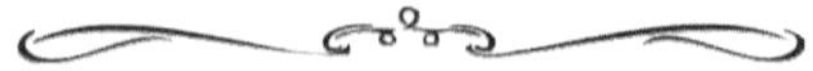

ተስፎም ድሕሪ ሓደጋኡን መቝረጽቱን ብሓደ ግዜ'የ ትርኢቱ ኣንቄልቀሎ ነይሩ። እዚ ምስቲ ሰውነቱ ዘይምልዓልን ፣ ኣብ ኣከዳድናኡ ተገዳስነት ምጥፍኡን ተደሚሩ ዘይንሱ ኢዩ መሲሉ ነይሩ። ተስፎም ድሕሪ ሓደ ወርሒ ካብ ዓሚቝ ትካዘ ወጺኡ ቅሩብ ከዋሳእ ጀመረ። ተስፎም ካብ ትካዘ ብመጠኑ ምሓሹ ንኹሎም ቅሩብ እፎይታ ፈጠረሎም። ምዝራብን ምውሳእን ምስ ጀመረ ግን ምስትንታን ኣብዘሐ። ስድራ ቤት በቲ ሓደ ወገን ሩፍታ ከስመዖም ከሎ ፣ በዚ ቀጻሊ ናይ ምስትንታን ዘረባ ግን ከቓስኑ ኣይከኣሉን።

ብቑጻሊ "ዋይ ኣነ ባዕለይ ቀቲለያ መድህነይ ፡" እናበለ ኣሸገሮም።

"ግደፍ ከምኡ ኣይትበል ፡" እናበሉ ብተደጋጋሚ ይዛረብዎ ነበሩ። እቲ ናይ ተስፎም ዘረባታት ፡ ብሕልፊ ንግራዝማች ቅጭ'የ ዘምጽኣሎም ነይሩ። ግን ኩነታቱ ኣብ ግምት ብምእታው ሸለል ኢሎም ይሓልፍዎ ነበሩ።

ሓደ መዓልቲ እቶም ቀረባ ስድራ ቤት ጥራይ ኣብ ዝነበርሉ ተስፎም ከም ኣመሉ ፣ "ዋይ ኣነ ነዛ ከብረተይ'ባ ባዕለይ ቀቲለያ ፡" በለ።

"ስማዕ ተስፎም መጀመርያ ንስኻ ከትቀትላ ኣይትኽእልን ኢኻ። ግን ደሓን መታን ንዝረባኡ ከጥዕመልና እስከ ባዕልኻ ኢኻ ቀቲልካያ ንበል። ከምኡ ኢልካ ንንብስኻ ስለ ዝወቐስካን ስለ ዝኹሉንካን ግን ከትመልሳ ትኽእል ዲኻ?" በሎዎ ግራዝማች።

"ኣይመልሳን ግን ባዕለይ ከም ዘጥፋእኩዋ እናዘዝን እኣምንን።"

"እሞ ሕራይ እምበኣር እስከ ከም ኣባህላኻ ፣ ነዞም ጨልቡ ባዕልኻ ኣደኣም ኣጥፊእካሎም እንተ ጌንካ ፣ ብኸመይ ኢኻ ኣደኣም ከትመልሰሎምን ከተዓድየሎምን?"

"ከመልሰሎም ስለ ዘይክእል'ንድየ ደኣ ሕርር ዝብል ዘሎኹ'ቦ !"

"ከተዓድየሎም ትኽእል'ባ ፡" በሎዎ። ሽው ተስፎም ብዘረባኣም ተደናጊሩ ፣ ደኒኑ ዝነበረ ብቕጽበት ቅንዕ ኢሉ ፡ "እንታይ?" በሎም።

"ከተዓድየሎም ትኽእል ኢኻ ፡" ኢሎም ደገምሉ።

"ኣቦ ሓጎይ ሎሚ ደኣ እንታይ ዓይነት ዘረባ ኢኻ እትዛረብ ዘሎኻ?" በለ

ብሩኽ ፡ ኣካይዳ ናይቲ ዘረባ ከም ዘሰከፎን ከም ዘይተረድኦን ብዘስምዕ ቃና።

"ደሓን 'ዝወደይ ፡ ጽናሕ 'ሞ ተዓገሰኒ ፡ ከብርሃልካ 'የ ፡" በሉዎ።

ናብ ተስፎም ገጾም ጥውይ ኢሎም ከኣ ፡ "ነዞም ጨልቡን ንመድህንን ክትክሕሶም እንተ ደሊኻ ፡ ኣብ ከንዲ ኣብ ዋይ ኣነ ምትኻር ፡ ከም ኣቦን ከም ኣደን መታን ክትኮነሎም ምትባዕን ምትራርን 'የ ፈውሱ። ኣብ ሓዘንን እህህታን ጥራይ ምልዋስን ምኹርማይን ግን ፡ ንመድህን ኣይጠቕማ ንጨልቡ ኣይሕግዘም።"

"እሞ ኣንቱም ኣቦይ ግራዝማች ንመድህን እትመስል ዘይተሓዝናን ዘይተኹርመየላን ደኣ ንመን?" በለት ኣልጋነሽ እህህታ ብዝተሓወሶ ዘረባ።

"መድህን 'ኮ ዓባይ ሰብ ፡ ወረጃ ፡ ከዳኒትን ሓብሓቢትን ምንባራ ኩላትና እንምስከሮ 'የ። ግን ዶብ ብዘይብሉ ሓዘንን ብምኹርማይን ብምስናፍን ዲና ኣድናቖትናን ፍቅርናን እንገልጸላ?"

"ንስኹም ከኣ ምሉእ ህይወትኩም ኣይትብከዩ ኣይትሓዙ ክትብሉ ክትነብሩ! ነቲ እትፍቅሮ ደኣ ከንድቲ እትፍቅሮ ትሓዝነሉን ትበኽየሉን 'ምበር እንታይ ደኣ?!" ብምባል ወ/ሮ ብርኽቲ ተቓዊሞኣን ንበዓል ቤተን ፡ ደገፈን ከኣ ንተስፎምን ነ'ልጋነሽን ገለጻ።

"እምቢኣ እንታይ ኼንኪ ኢኺ 'ደ? ኣቦይ 'ኮ ጨሪስኩም ኣይትሓዙ ኣይትብከዩ ኢሉ ኣይፈልጥን 'የ። ንሱ ዝብል ኩሉ ነገር በ'ገባብን ብስርዓትን ኮይኑ ፡ ሓዘንን ብኽያትን ከኣ ዶብን ዓቐንን ከህልዎ ኣለዎ 'የ ዝብል ፡" ብምባል ኣርኣያ ነ'ቦኡ ደገፈ ገለጻ።

"ብናተይ እምነት ነቲ እትፈትፈዮ ፍቅርኽን ኣድናቖትካን ከሎ ኢኻ ክትገልጾ ዘሎካ። እቲ እትፍቅሮ ሰብ ምስ ሓለፈ ፡ ፍቅርኽን ሓልዮትካን ንኽትገልጾ እትገብሮ ፈተነ ኩሉ ከንቱ 'የ። ከሎ ብዘይገበርናሉ ንጠዓስ ኣሎና ማለት 'የ። ጣዕሳ ኽኣ ፍረ የብሉን። ዋላ ንሱ 'ውን ነዚ ኣይሰምዖ ኣይርኦ!" በሉ ግራዝማች።

"እንታይ ኮይኑ 'የ ዘይሰምዖን ዘይርኦን። ስጋኡ 'የ ዝፋና 'ምበር መንፈሱ 'ኮ ኣሎ 'የ። ኩሉ እንገብሮን እንብሎን ይሰምዓ 'የ ፡" በለ ወ/ሮ ብርኽቲ ብነድሪ።

"ጽቡቕ ዘረባ ኣምጺእኪ። ኣነ 'ውን ብቐደሙ ብስጋኡ 'የ ኣይርኦ ኣይሰምዖ ዝበልኩ። እዚ ዘይገበርናልኪ ፡ እዚ ጐዲሉኪ ፡ ብኽምዚ ወጺዕናኪ ፡ ከምዚ ክንገብረልኪ ነይሩና ፡ እዚ እንተ ንገብረልኪ ኔርና እንብሎ 'ኮ ፡ ነታ ስጋ

ዝለበሰት ህይወት ማለትና'ዩ። ኣነ'ኸ ንስጋዊ ህይወቱ ከንገብረሉ እንኽእል
ነገር ስለ ዘየለ ፣ ኣብ ዘይከውኑን ኣብ ከንቱነትን ኣይነተኩር'የ ዝብል ዘለኹ።
ነመንፈሱ ግን ከንገብሮ እንኽእል ብዙሕ ነገር ኣሎ።"

"ከመይ ማለትካ'የ'ቦ?" ብዝብል ሕቶ ንኹሎም ዘሰንበዶም ተስፎም'የ ነይሩ።

ዳርጋ ንነዊሕ ትም ኢሉ ስለ ዝነበረ ፣ ናይ ምክትታሉ ኩነት ኣብ ምልክት ሕቶ'የ
ኣትዩ ነይሩ። ናይ ተስፎም ሕቶ ግን ካብ ንኹሎም ፣ ነወላዲኡ ኢዩ ብዝያዳ
ኣሕጉስዎም። ታሕጓሶም ከኣ ብኽምዚ ገለጽዎ ፣ "ከመይ ማለትካ'የ ዶኢልካኒ
ተስፎም ወደይ ፣ ጽቡቕ ሕቶ ሓቲትካ 'ዝወደይ። ቅድም ቀዳድም እቲ መዋቲ
ነቶም ተሪፍና ዘሎና ስድራ ቤቱ ይሓልየልናን የፍቅረናን ስለ ዝኾነ ፣ ብድሕሪኡ
ከኽፍኣናን ከንጽገምን ብሓዘን ከንኩርመን ኣይደልን'የ።"

"ንዓይ ኣይተረደኣንን ኣቦሓጎይ ፣" ኢላ ዝሓተተት እታ ተመሲጣ ትከታተል
ዝነበረት ትምኒት ጓል ተስፎም'ያ ነይራ።

"ሕራይ እዛ ጓለይ ከብርሃልኪ ክፍትን'የ። ብቐዳምነት መዋቲ ዋላ ብድሕሪኡ
ናትና ጽቡቕ ጥራይ'የ ዝብህግን ዝምነን። ብኽልኣይ ደረጃ ኸኣ እቲ ንኣኡ ኢልና
ብሓዘን ዝኽፍኣናን ፣ ኣብ ዘይሕማምና እንበጽሓን ፣ ንኣኡ ከንዲ ቅንጣብ'ውን
ከም ዘይትጠቕሞ ስለ ዝፈልጥ ፣ ንኽንቱ ከንጉዳእ ኣይደልን'የ። ከምቲ ኣቐዲመ
ዝበልኩዎ መዋቲ ስለ ዘፍቅረና ፣ ብድሕሪኡ ንሕና ከንንፍዕን ከጥዕመናን'ምበር
ብድሕሪኡ ከንሓምቕን ከኽፍኣናን ኣይደልን'የ።"

"ከመይ ማለትካ'የ ብድሕሪኡ ከንነፍዕ ኣቦሓጎይ?" በለ ከሳዕ ሹው ትም ኢሉ
ብኣተኩሮ ዝከታተል ዝነበረ ብሩኽ።

"ብድሕሪኡ ምንፋዕን ነመንፈሱ ምግባርን ማለት ፣ እቲ ንሱ ከገብሮ ባህ
ዝብሎ ዝነበረ ነገራት ምፍጻም። እቲ ንሱ ከይወድአ ዝኸደ ነገራት ምዝዛም።
እቲ ዕላማኡን ሃረርታኡን ብድሕሪኡ ከይረሳዕና ምዕማም። ብድሕሪኡ እቶም
ዝተረፍና ምፍቓርን ምትሕግጋዝን። ብሓጺሩ መንፈሱ መታን ከቐስንን ከዓግብን ፣
ተኣማንነትናን መብጽዓናን ከነረጋግጸሉ ጥራይ'የ ዝደልየና።"

ብድሕር'ዛ ዘረባ'ዚኣ ዋላ ሓደ'ውን ቃል ዘውጸአ ኣይነበረን። ኩሎም ኣብ
ሓሳባት ጥሒሎም ጸጥ በሉ። ነቲ ሰፊኑ ዝነበረ ጸጥታ ተስፎም ከምዚ ብምባል
ሰበር ፣ "ኣነ ሓንቲ እግረይ ተጨሪጻ ኢላ ምስ ምሉእ ዓለም ጸርጸር ከብለን
ከበሳጭን ጸኒሐ። ሕጂ ግን መድህን ብምስኣነይ ሓንቲ እግረይ ዘይኮነስ ፣ ኩሉ
ምሉእ መሓወረይ ፣ ህዋሳተይን ኩለንተናይን'የ ተጨሪጸ ዘሎኹ'ቦ!" በሎም

ብምረት፡፡

"እሞ ተስፎም ወደይ ሹዑ ካብዚ ዝኸፍአ እውን'ኮ አሎ ኢልካ አመስጊንካ
ዲኻ? እቲ ዝወረደካ ጸገም ልዕሊ ናይ ካልኦትን ዘይከአልን ስለ ዝኾኑ አይኮነን
ምኽአል ትስእኖ ዘሎኻ፡፡ እንታይ ደአ ብቓንዱ ስለ ዘይተቐበልካዮን ፡ ካብኡ
ዝኸፍአ'ውን ንኽልኦት ይበጽሓም ምዃኑ ካብ ዘይምዝካርካን ዘይምግንዛብካን'ዩ፡፡
ነዚ እንተ ተገናዝብን ንሰውነትካ እንተ ተዘከራን ግን ክንድ'ዚ አይምተሸገርካን፡፡"

"እቲ ቅድም ዝወረዶ ሓደጋ ይኹን ፡ እዚ ሕጂ ወሪዱዎ ዘሎ ሓዘን ቀሊል ኮይኑ
ድዩ ክንድቲ ተቓልልዎ ዘለኹም?" በላ ወ/ሮ ብርኽቲ ምስ ተስፎም ወደን
ብምውጋን፡፡

"አደይ እንታይ ኬንኪ ኢኺ? አቦይ'ኮ ክብደት ናይቲ ተስፎም ዝወረዶ ጸገም
ጠፊእዎ ወይ አቃሊልዎ አይኮነን ዝዛረብ ዘሎ፡፡ ተስፎምን ኩላትናን መታን
ክንብርትዕን ክንነፍዕን ኢሉ'የ ፡" በላ አርኣያ ነ'ደኡ ብምግናሕ፡፡

ግራዝማች ነታ ናይ ሰበይቶም ዘረባ መታን ናብ ካልእ ከይትኣልዮም ሸለል
ብምባል ፡ አብታ ቀንዲ ጉዳይን ናብቲ ቀንዲ በዓል ጉዳይን ከተኩሩ ብምምራጽ
ከምዚ በሉ ፡ "መድህን እቲ ብህይወታ ኸላ ዝሃበትካ ፍቕርን ሓልዮትን ሕዛቶ
አይኮነትን ከይዳ፡፡ ምሳኻ ፡ ምስ ደቃ ፡ ምሳና ኢያ ገዲፋቶ ከይዳ፡፡ ንኣኡ
ተጠቐመሉ ፡ ብኣኡ ማሙቕ፡፡ ድሕሪ ብስጋ ምፍላይ'ውን ፡ ብመንፈስ ካባኻ
ከም ዘይትፍለ ዘረጋግጽ ፍቕርን ተዘክሮን ገዲፋትልካ'ያ ሓሊፋ ፡" በሉ ብኽቱር
ስምዒት ቅሩብ ንድር ኢሎም፡፡

"ሓቅኹም አቦይ ግራዝማች፡፡ አሸንኳይ ንተስፎምን ንደቃን ንኹላትና'ውን
ዝኣክልን ዝተርፍን ፍቕርን ተዘክሮን'ያ አስኒቓትና ከይዳ ፡" በለት አልጋነሽ
ንብዓታ እናቐደማ፡፡

"ሓቅኺ እዛ ጓለይ ይባርኽኪ ፡" በልዋ፡፡

ብኡ ንብኡ ገጾም ናብ ተስፎም ብምዛር ፡ "ሕጂ'ውን ተስፎም ግደፍ ናብ ልብኻ
ተመለስ፡፡ መድህን አርባዕተ ከመይ ዝኣመሰሉ ቌልዑ'ያ ገዲፋትልካ ከይዳ፡፡
ንኣኻን ንደቃን'ያ ተሰዊኣ፡፡ ምኒን አብ ምባል ጥራይ እንተ አተኩርካ መስዋእታ
ንኽንቱ ከትገብሮ ኢኻ፡፡ ፍቓድካ ኮይኑ ጉይታ ኢልካ እንተ ዘይተዓጊስካ ፡
ሕጂ'ውን እቲ ኹሉ አሎኒ እትብሎ ንኽወስደልካን ከሕድገካን አይጽገምን'የ
ጉይታ! ስለዚ ትዕግስቲ ግበር ናብ ልብኻ ተመለስ፡፡"

ግራዝማች ዘረባእም ከም ዝወድኡ ብዘመልክት ኣገባብ ፤ ካብቲ ኣብ ጫፍ መንበር ኮፍ ኢሎሞ ዝነበሩ ንድሕሪት ጽግዕ ኢሎም ኮፍ በሉ።

ኩሎም መምስ ሕልናእም ዝዘራረቡ ዝነበሩ ብምምሳል ጸጥ በሉ። ሓደ ትሑት ድምጺ ዝሰምዑ ስለ ዝመሰሎም ፤ ኩሎም ገጾም ብምቕናዕ ናብቲ ድምጺ ዝመጸሉ ወገን ኣእዛኖም ቃነዩ። ካብቲ ከምኡ ክብል ይኽእል'ዩ ኢሎም ዘይተጸበዩዎ ሰብ ፤ "ሕራይ ክፍትን'የ'ቦ ፤" ዝብል ኣዝዩ ትሑት ድምጺ ናይ ተስፎም ሰምዑ።

"እእ? እእ?" በሉ ኩሎም ነቲ ዝሰምዑዎ ስለ ዘይኣመኑዎ።

"ሕራይ ክፍትን'የ'ቦ ፤" በለ ተስፎም እንደገና።

ሸው ደቁ ብሩኽን ትምኒትን ተንሲኣም ብየማንን ጸጋምን ኣብ ከሳዱ ጥምጥም በሉዎ። እቲ ናይ ደቁ ግብረ-መልሲ ኣብ ስምዒት ስለ ዘእተዎ ኣዒንቱ ጀረብረብ በላ። ኩሎም እቲ ስምዒት ከሳዕ ዝረግእ ትም በሉ።

ኣብ መወዳእታ ግራዝማች ፤ "ሕራይ ይበልካ'ዚ ወደይ። መድህን ከኣ ኣብቲ ዘላቶ ኮይና ኩሉ ስለ እትርእዮ ፤ ብድሕረይ ኣረሙ ነፊሑ ንደቀይን ንነብሱን ንስድራኡን ኮይኑ እንተኢላ'የ መንፈሳ ዝዓርፍን ዝቐስንን። ኩላትና ኽላ ኣብ ጉድንኽ'ሎና ዝወደይ። ንኣኻትኩም ከኣ ይባርኹዎ እዘም ደቀይ። ንነብሱኽምን ንናእሽቱ ኣሕዋትኩምን ጥራይ ዘይኮነ ፤ ነ'ቦኹም'ውን እናተኽናኽንኩም ንመድህን ኣሕጉስዋን ኣቕስንዋን። እንተ ፈቲንኩምን ጽዒርኩምን ፤ ኣምላኽ ከኣ ከባርኽኩምን ባዕሉ ከሕግዘኩምን'የ ፤" በሉ ግራዝማች ብኽቱር ስምዒት ፤ እተን ዘውጽእወን ቃላት ብውሱን ደረጃ ከጨራረጻ ዝደለያ እናመሰላ። ሓንሳብ ድንን ኢሎም ንኽልኢታት ኣዕርፍ ኣበሉ።

ሸው ቅንዕ ኢሎም ፤ "በሉ ሕጂ እዚ ኹሉ እተዘራረብናሉ ጉዕታ ኣብ ልብና ከሕድሮን ፤ መታን ክንትግብሮ ከሕግዘናን ሓንሳብ ንተንስእ'ሞ ጸሎት ንግበር ፤" ኢሎም ብድድ በሉ።

ኩሎም ብድድ-ብድድ በሉ። ግራዝማች ጸሎት ኣዐጊጎም ምስ ወድኡ ኮፍ በሉ። ብሩኽን ትምኒትን ከምዛ እተማኸሩ ብድድ ብድድ ኢሎም ናብ ኣቦሓጎኦም ከይዶም ፤ ተንበርኪኹዎም ኢዶም ብኣኽብሮትን ኣድናቚትን ተሳለምዎም። ግራዝማች ኽኣ "ይባርኹም እዘም ደቀይ ፤" እናበሉ ኣብ ምዕጉርቶም ሰዓምዎም።

ኣጋጣሚ ከምኡ ኢሎም ከድምድሙን ፤ ዝበጽሑ ኣጋይሽ ከመጹን ሓደ ኾኑ። ብድሕሪኡ ኩሎም ኣተኩሮኣም ናብቶም ኣጋይሽ ገበሩ።

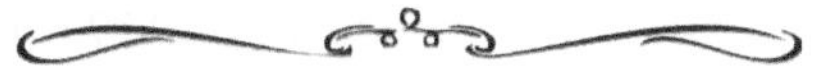

ኣዋርሕ ድሕሪ ሞት መድህን ፣ ብሩኽን ክብረትን ኣብታ ናይ በይኖም ቦታ ከይኖም የዕልሉ ነብሩ። ብሩኽ ብዙሕ ትካዘን ነብስ ወቐሳን በብቝሩብ እናገደፍ ኸደ። ዕላሎም ናብቲ ናይ ቀደሞም ሓጎስን ደስታን ናብ ዝመልአ ሙቐት ክቕየር ጀሚሩ ነበረ። ኣብዚ ኸኣ እቲ ምስ ክቱር ሓልዮትን ልዑል ፍቕርን ተላፊኑ ፣ ብዘይምስልካይ ካብ ክብረት ዝብርከተሉ ዝነበረ ምጽንናዕን ምትብባዕን ዓቢ ግደ ነይሩም ኢዩ። በዚ ኸኣ ብሩኽ ኣብ ክብረት ዝነበሮ ፍቕርን ኣኽብሮትን ዛየደን ዓዘዘን።

ድሮ ዝበዝሐ ኣርእስቲ ዕላሎም ፣ ብዛዕባ ፍቕሮምን መጻኢ ህይወቶምን ዝተዛመደ ክኸውን ጀሚሩ ነበረ። ሽዑ መዓልቲ'ውን ካልእ ዕላላት ከዕልሉን ከዋዘዩን ነንሕድሕዶም ከጫረቑን ድሕሪ ምጽናሕ ፣ ክብረት ነታ ኣርእስቲ ዕላሎም ናብ ካልእ ዕቱብ ኣርእስቲ ከምዚ ብምባል መኣዝና ቀየረታ።

"ኣነ'ኳ እዝግሄር ደሓር ዝገብሮ ደኣ እንድዒ'ምበር ፣ እዚ ኣብ ስድራ ቤትና ዝበጽሐ ዘሎ ኹሉ ክሓስቦ ከለኹስ እስከፍ'የ።"

"ከመይ ማለትኪ ኢኺ?"

"ዋእ ስማዕስከ እዚ ዝወርደና ዘሎ ውሒዱና ድዩ?! ድሕሪ እዚ ኹሉ ዘቕንእ ጉርብትናን ሽርከነትን ብልግና ምትሕሓዝን ፣ ኣብ ምብትታንን ኣብ ምቅይያምን ተበጺሑ። ድሕሪኡ ኸኣ ኣብ ማእሰርቲ ፣ ኣብ ናይ ባባ ተስፎም መቝረጽቲ ፣ ሕጂ ኸኣ ልዕሊ ኹሉ ዝኹነ ሰብ ዘይተጸበዮ ናይ ማማ መድህን ሞት ወሪዱና።"

"ንሱስ ሓቅኺ። ግን ዕድልካን ዝወረደካን ነመን ትህቦ? ከይፈቶኻ ዋላ እና'ንገርገርካ ምቕባሉ ጥራይ'የ ፣" በለ ብሩኽ ርእሱ እናነቕነቐ።

"ኣይትሓዘለይ ብሩኽ ሓወይ ፣ ኣብ ስምዒት ከእትወካ ኢለ ኣይኮንኩን እዚ ኣርእስቲ ኣልዒለ'ዮ ፣" በለቶ ነቲ ዘረባ ባዕላ ብኽምኡ ብምልዓላ እና'ጣዓሳ።

"ንሱ ደኣ ክብረት ከምቲ ንስኺ ኬንኪ ኣቦሓጎይ ደጋጊምኩም ዝነገርኩምኒ ፣ ከትገጥሞን ከትሰግሮን'ምበር ፣ ከትሕበኣሉን ከትሃድመሉን እንተ ኬንካ ቀሊልኸ መዓስ ይሓውየልካ ኾይኑ። ስለዚ ኣብ ስምዒት ከየእተወካ ገለ ኢልኪ ኣይትሰከፊ። ግን ቅድም ከትሃዘቢ ከሎኺ ብዙሕ ይስከፍ ዝበልክዮ ከመይ ማለትኪ ምኻኑ'የ ዘይተረደኣኒ።"

"መሰከፍየ ደኣ ምስ እዚ ኹሉ መሰናኽላት ዘገጥመና ዘሎሲ ፤ እምበርዶ ንመጻኢስ ብሓባር ከንነብር ከንክእል ኢና ኢለ እጠራጠር ስለ ዝኾንኩ' የ።"

"ኣየ ንስኺ ኸኣ እዚ ከንደይ ዓመታት ንቕድሚት ንየው ነጢርኪ ምሕሳብን ምስካፍን መዓሲ ኢኺ ኽን እትገድፍዮ?" በላ ከምስ እናበለ።

"ናይ መጻእን ናይ ቅድሚትን ከይሓሰብካ ደኣ ናይ መዓስ ከትሓስብ? ናይ ዝሓለፈሰባ ኣይምለስን' የ ሓሊፉ' የ ፤" በለቶ ብግደኣ ከምስ እናበለት።

"ዘይ እቲ መጻኢስ ከምቲ ዝሓለፈ ኣይምለስን' የ ዝበልክዮ እንዳኣሉ።"

"ዋእ ከመይ ኢሉ። ዝሓለፈ ሓሊፉ' የ። ዝመጻእ ግን ብሕጇ' የ ፤" በለቶ ኣበሃህላኡ ግር ኢሉዋ።

"ናይ ደይል ከርኒዝ መጽሓፍ ፤ 'ሃው ቱ ስቶፕ ዎሪን ኤንድ ስታርት ሊቪን' እትብል መጽሓፉ ኣየንበብክያን ዲኺ? ኣብኣ እንታይ' የ ዝብል ፤ ፎርጌት ዘ ይድ የስተርደይ ፤ ኤንድ ዘ ኣንቦርን ቱሞሮው! ረስዕያ ነታ ድሮ ዝሞተት ትማልን ፤ ነታ ጌና ዘይተወለደት ጽባሕን። ሎሚ ኢያ ናትኪ ፤ ናይ ሎሚ ጥራይ ግበሪ ኢዩ ዝብል።"

"ኦይ እዚ' ሞ ናይ መጻኢ ብዙሕ ኣይትጨነቐሉ ንኽብል ዝበሎ' የም' በር ፤ ብዛዕባ ጽባሕ ኣይትሕሰብ ማለት መዓስ ኮይኑ።"

"ኣነ' ውን' ከ ብዛዕባ መጻኢ ኣይንሕሰብ ማለተይ ኣይኮንኩን ፤ ግን ኣይንጨነቕ ማለተይ' የ።"

"እሞ ኣነ' ከ ብዛዕባ መጻኢና ይጭነቕ ኣይኮንኩን ዘሎኹ ፤ ይሓስብ' የ ዘሎኹ' ምበር ፤" በለቶ እናሰሓቐት።

"ኣይ ኣንቲ ቀጣፊት ባዕለይ ኣጸባቢቐ መምሎቑ ስለ ዘመዓራረኹልኪ ፤ ብእኣ መሽኮት ኢልኪ ከትወጺ ደሊኺ ፤" በላ ካዕ ካዕ ኢሉ እናሰሓቐ። ከብረት ከኣ ዓጻፋኡ ሰሓቐት።

ከምዝን ካልእን ከዕልሉ ኣማስዮም ንገዛኦም ብሰላም ተመልሱ።

ምዕራፍ 6

ክልተ ዓመት ኣቢሉ ድሕሪ ሞት መድህን ፡ ደርማስ ኣብ ኣልማዝ ሓድሽ ኩነታት ከርኢ ጀመረ። ድሮ እቲ ምምልኻዕን ምክድዳንን ከም ንቡር ከወስዱን ከለምዱን ጀሚሩ ነበረ። ብድሕሪኡ'ውን እቲ ምፍሽሻልን ምክድዳንን ከዛይድ ተዓዚቡ ነይሩ ኢዩ።

ሕጂ ግን እቲ ፍሽኽታን ሰሓቕን ቀብዘCHCን ብግሁድ ከዛይድ ኣስተብሃለ። እዚ ከምዚ ኩነታት ምዝያዱን ምብዝሑን ኣይኮነን ግን ከገርሞ ዝጀመረ። ዝያዳ ከሰከፎ ዝጀመረ እቲ ቀብዘCHC በብቝራብ ናብ ሓደ - ክልተ ውሱናት ፡ ብቐጻሊ ከመላለሱ ጀሚሮም ምስ ዝነበሩ ሰብኡት ምኻኑ ኢዩ ነይሩ። ኣብ ልዕሊኡ ቅድሚኡ ርእይዎም ዘይፈልጥ ፡ በብዓይነቱ ክዳውንትን መመላኸዕን ኣዋርቕን ብብዝሒ ክዕዘብ ጀመረ።

ብተወሳኺ ኣልማዝ ሕጂ'ውን ናብ ሃብቶም ወይ ናብ ወለዱ ኣብ እትኽደሉ መዓልቲ ፡ ከምዛ ዝተቐንጠጠት መርዓት ስልማታን ክዳውንታን መመላኸዒኣዓን ድርብይብይ ኣቢላ'ያ እትረኣየም ነይራ። ደርማስ ከሳዕ ሸው ጥርጣረታት እንተ ዘይኮ ይኑ ፡ ኣብ ልዕሊ ኣልማዝ ዝረኸቦ ጭቡጥ ነገር ኣይነበሮን። ግን ልዕሊ ኩሉ ካልእ ጥርጣረታቱ ፡ ኣልማዝ ገለ ትሕብእን ትገብርን ከም ዝነበረት እተመስከር ፡ እዛ ናብ ሃብቾምን ስድራን ክትከይድ ከላ ተተቐንጢጣ ምኻዳ'ያ ኢሉ ሓሰበ።

ደርማስ ዘይ ከም ግዜ ንእስነቱ ምስ ብዙሓት ሰባት ምርኻብ ይኹን ኣብ ቤት መስተታት ምዝንጋዕ ፤ ዳርጋ ካብ ዝገድፎ ነዊሕ ግዜ ገይሩ ነበረ። ብዛዕባ ናይ ከምዚታት ምዕባለታት ዝጸናጹን ፤ ውዑይን ሓድሽ ሓበሬታን ዝቕበሉን ዘቀባብሉን ሰባት'ውን ፤ ኣይፈልጥን ጥራይ ዘይኮነ ኣይቀርብን'ውን ኢዩ ነይሩ። ብኣኡ ምኽንያት ብዛዕባ ምንቅስቃስ ኣልማዝ ፤ ብደገ ሓበሬታ ናይ ምርካብ ብዙሕ ዕድል ኣይነበሮን።

እቲ ኩነታቱ እዚ'ኳ እንተ መሰለ ፤ ኣብ ነብሱ ጥራይ ብምምርኳስ ብዝተኽእሎ መጠን ምኽንያት ናይዚ ምቅይያር'ዚ ከፈልጥ ብምባል ፤ ብዕቱብ ከስተብህልን ከከታተልን ጀመረ። ግን ዝኾነ ፍንጪ ከረክብ ኣይከኣለን።

ድሕሪ'ዚ ናይ ኣልማዝ ንነዊሕ ዝኸደ ምፍሽሻል ፤ ድሕሪ ኣስታት ሓደ ዓመት ደርማስ ኣብ ኣልማዝ እንደገና ሓድሽ ኩነታት ከስተብህል ጀመረ። እቲ ንነዊሕ እዋን ተተሓሒዛቶ ዝነበረት ልዑል ምምልኻዕን ምክድዳንን ምምሽሻጥን ሃንደበት ኣቋረጸቶ።

በብቑሩብ ከኣ ናብቲ ናይ ቀደማ ኣከዳድና ተመልሰት። ወረ ክልተ ሰለስተ ወርሒ ጽንሕ ኢላስ ፤ ከምቲ ናይ ቀደማ ግፍሕፍሕ ዝብላ ዋላ ዘየጥዕመላ ከዳውንቲ'ውን'ያ ከትክደን ጀሚራ። ምስዚ ተተሓሒዙ እቲ ምስ ውሱናት ሰብኡት ከትገብሮ ጀሚራ ዝነበረት ምቅንዛርን ምፍኳስን'ውን ፤ 100% እኳ እንተ ዘይተባህለ ዳርጋ ከተቋርጾ ጀመረት።

ደርማስ ትርጉም ናይዚ ሓድሽ ተርእዮ ክርድኦ ኣይከኣለን። ዝኾነ ምኽንያት ከረኽበሉ ስለ ዘይከኣለ ኸኣ ናብ ነብሱ ምፍራድን ምውቃስን ከደ። ትም ኢሉ ካብ ባዶ ተበጊሱ ጠርጢሪያ ነይረ ኢሉ ነብሱ ገንሐ።

ናይ ኣልማዝ ኣከዳድና ከምዚ'ኳ እንተ መሰለ ፤ ካልእ ክዕዘቦ ዝኸኣለ ነገር'ውን ነይሩ'ዩ። ኣልማዝ ጨሪሳ ገጽ ትኽልኦ ዝነበረት ፤ ብጽቡቕ ከተዛርቦን ከትቀርቦን ጀመረት። እዚ ለውጢ'ዚ ይንበር'ምበር ጌና ኣብ መኪና ይኹን ንስራሕ ዝምልከት ኣገደስቲ ነገራት ግን ፤ ነቲ እትኣምኖ ሰራሕተኛ ኣለም'ምበር ንኣኡ ኣይተቕርቦን'ያ ነይራ።

ኣብቲ ግዜ'ቲ ጸጸኔሓ ሓሚማ ከተቡክር ጀሚራ ስለ ዝነበረት ፤ ብኣኡ ምኽንያት ዶኾን ትኸውን ተቐርቢኒ ዘላ ኢሉ ሓሰበ። ናብ እንዳ ስድራ ቤቶም እትኸደ

ግዜ ፡ ዳርጋ እና'ውሓደቶ ካብ እትኽይድ ነዊሕ ገይራ ነይራ'ያ። ሕጂ ምስዚ እናሻዕ ምሕማም ግዱ ኹይና ኸ፡ ጨሪሳ ምቅልቃል ገዲፋቶ ነበረት። ናብ ሃብቶም'ውን ካብ እትኽደሉ ዘይትኽደሉ ግዜ ከበዝሕ ጀመረ። ኣብቲ ናታ ተራ ነቲ ንሃብቶም ዘድልዮ ንኽወስደሉ ፡ ንኣለም'ያ ናብ ቤት ማእሰርቲ ክትሰዶ ጀሚራ ነይራ። ደርማስ ኩነታት ጥዕናኣ እንተ ሓተታ ብሩህ ዝኾነ ስእሊ ክትህቦ ኣይደለየትን። ኣብ መዓናጡኣ ምኽኑን ናብ ሓኺይም ተመላለስ ከም ዝነበረትን ጥራይ'ያ ሓቢራቶ።

ሃብቶም ብወገኑ በዚ ናይ ኣልማዝ ሕማም ተሻቒላ። ደርማስ ከመጽእ ከሎ ኣጥቢቑ ይሓቶ ነበረ። እንተኾነ ደርማስ ዝፈልጦ ስለ ዘይነበሮን ፡ ናብ ሕክምና'ውን ኣለም'የ ዘመላልሰኒ ስለ እትብሎ ዝነበረትን ፡ ንሓዉ ተወሳኺ ሓበሬታ ክህቦ ኣይክእልን ነይሩ።

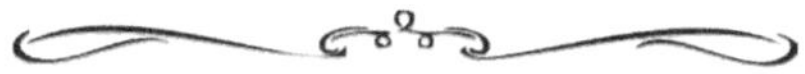

እቲ ኹነታት ከምዚ ኢሉ ንኽ\ሩብ ምስ ቀጸለ ፡ ሓደ ግዜ ሓደ ሰብ ኣልማዝ ፈራሜንታ ክትገዝእ ትጠያይቕ ኣላ ዝብል ሓበሬታ ኣምጽኣሉ። ነታ ሓበሬታ ንኽረጋግጽ ንኽልእት ሰባት'ውን ተወከሰ። ሓቅነት ናይቲ ወረ ካብ ብዙሓት ሰባት ከረጋግጽ ከኣለ። እቲ ኹነታት ክርድኦ'ኪ እንተ ዘይከኣለ ፡ ኣልማዝ ግን ካብ ዝገመታ ንላዕሊ ሓያልን ንፍዕትን ምኳና ተገንዘበ። እቲ ብገንዘብ ንምሉእ ስድራ ቤት ትጮቑና ዝነበረት'ውን ብዘይምኽንያት ከም ዘይኮነ ተረደኣ።

መግለጺ ናይዚ እትሓስቦ ዝነበረት ስጉምቲ ፡ ዋላ እንተ ሓተታ'ውን ከም ዘይትነግሮ ፈለጠ። ምስ ሃብቶም ተመያይጦም ዝገብርዎ ዝነበሩ ምኳን ተረድኣ። ኣዝዩ ቅር ዝበሎ ግን ናይ ኣልማዝ ዘይምንጋር ዘይኮነ ፡ ናይ ሃብቶም'የ ነይሩ። ኣነ እንተ ፈለጥኩ እሕጉስ'ምበር እንታይ ከይብል ኢሎም'ዮም ኢሉ ኸኣ ጐሃየ። ብድሕሪኡ ዋላ ብቓጥታ እንተ ዘይኮነ ፡ ብተዘዋዋሪ ኣገባብ ንሃብቶም ከሓቶ መደበ።

ሽው መዓልቲ ደርማስ ናብ ሃብቶም እናኸደ ፡ ንሓዉ ብኽመይ ኣገባብ ገይሩ እንተ ሓተቶ ከም ዝሓይሽ እና'ሰላሰለ ተጓዕዘ። ኣብ ሃብቶም ምስ በጽሓ ፌራሜንታ ወይ ትካል ከይበለ ፡ ብሓፈሻ ንስራሕ ብዝምልከት ዝተወጠነ ሓድሽ መደብ እንተሎ ሓተቶ።

ሃብቶም ግን ኣብ ክንዲ ዘረድኦ ፡ ዝኾነ ሓድሽ መደብ ከም ዘየሎ ድሕሪ ምንጋር ፡ ተገምጢሉ ብምንታይ ምኽንያትን ካብ ምንታይን ተበገሲካን ኢኻ ሓቲትካኒ ብምባል ዓቕሉ ኣጽበበሉ። ኣልማዝ ዝኾነ ነገር ስለ ዘይተማኸረኒ ገለ ሓድሽ ነገር ወይ መደብ ከይህሉ ብምባል'ምበር ብኻልእ ምኽንያት ኣይኮንኩን ሓቲተካ ኢሉ ኣመኽነየ። ንደርማስ ብሓፈሻ መልሲ ሓዉን ፡ ዝገደደ ኸኣ መሊሱ ብላዕሊ ክኾነሉ ተገምጢሉ ብሕቶታት ምውጣሩን ኣዝዩ ቅር ኣበሎን ኣጉሃዮን።

ብድሕሪኡ ሃብቶም ፡ ኣልማዝ ከመይ ዝኣመሰለት በላሕን ጻዕረኛን ሓላይትን ሰብ ምዃና ኣስተምህሮ ክህቦ ጀመረ። እቲ እተሕልፎ ዝነበረት ግዜ ክንድምንታይ ከቢድ ምንባሩ ገለጸሉ። ብሕልፊ መንግስቲ ደርጊ ምሉእ ኤኮኖሚ ሃገር ኣብ ትሕቲኡ ስለ ዘእተዎ ፡ ነጋዳይን በዓል ትካልን ዝኾነ ነገር ክገብር ኣብ ዘይክእለሉ ደረጃ ከም ዝነበረ ኣረደኦ።

ኣልማዝ ግን ሳላ መንፍዓታ ፡ ነቲ ኣፍቲኻ ፡ ነቲ ኣሑጕስካ ፡ ነቲ ሓደ ማሊድካ ፡ ነቲ ኻልእ ጉቦ ሂብካ ፡ ምስቲ ኻልእ ተማቒልካ ዝግበር ኣገባብ ሳላ ዝመለኸቶ ፡ ብጥረ ነገር ከይተሸገሩ ይሰርሑ ምህላዎም ኣዘኻኸሮ። ደርማስ ነቲ ኹሉ ሓዉ ዝብሎ ዝነበረ ዘረባታት ብዘይመልሲ ትም ኢሉ ኢዩ ሰሚዕዎ። እቲ ሓዉ ዝብሎ ዝነበረ ፡ ብዘይካ እቲ ናይ ኣልማዝ ፍሉይ መንፍዓት ኢልካ ናእዳ ብኻልእ ብዙሕ ሓቅነት ነይሩዎ'ዩ።

ደርማስ ካብ ናይ ሓዉ ዘረባ ናብቲ ግዜ'ቲ ዝነበረ ኣገባብን ኣካይዳን ክውንነትን ተዓዘረ። ኣብ ሓንጎሉ ኸኣ ከምዚ ዝብል ኩነታት ክዝክር ጀመረ። ደርግ ስልጣን ካብ ዝሕዝ ንደሓር ዋጋ ሓለኽቲ ነገራትን መነባብሮን ኩሉ ክንህር ጀሚሩ ኢዩ። እቶም ናይተን ክንዲ እምባ ዝኾና ዓበይቲ መንግስታዊ ትካላት ሓለፍትን ኣመሓደርትን እተሾሙ ፡ በብቕሩብ ዳርጋ ናታቶም ናይ ግሎም ንብረታት እናገብሩወን'ዮም ከይዶም። በዚ ምኽንያት'ዚ ንዝኾነ ዝደለኻዮ ነገር ፡ ንዕኦም ከየብላዕካን ከየማቐልካን ዝፍቀደልካ ወይ ዝሰልጠልካ ነገር ኣይነበረን።

ስለዚ ኩሎም ወተሃደራውን ሲቪላውን ስልጣን ዝሓዙ ሓደስቲ ሹመኛታት ኣብ ዓቢ ንግዲ'ዮም ተዋፊሮም ነይሮም። ጉቦን ምጥፍፋእን ካብቲ ዝነበሮ ገደደ። ምስቶም ሓለፍቲ እናተሰማምዑ ናይ ኰንትራባንድ ስራሕ ዝሰርሑ ውልቀሰባት በዝሑን ተባዚሖን። ውሑዳት ምስኦም ተሰማሚዖምን ተሻሪኾምን ዝሰርሑ ውልቀሰባት ፡ ንኹሉ ናይ ንግዲ ጽፍሕታት ኣብ ትሕቲ ቍጽጽሮም ስለ ዝገበርዎ ፡ ኣብ ሓጺር እዋን ቢቕ ኢሎም ሰብ ዓቢ ንብረትን ሃብትን ኮኑ። ከምቲ ኩሉ ግዜ ኣብ ግዜ ለውጥን ውግእን ዕግርግርን ዝዕምብቡ ሓደስቲ ሃብታማት ከኣ ፡ ኣብቲ ግዜ'ቲ ሓደስቲ ናይ ሰብዓታትን ሰማንያታትን ሃብታማት ዝበሃሉ ተፈጥሩ። ከምቲ 'ኣብ

ግዜ ዉርዉራ ነብስኻ ኣይተዐብራ' ዝብል ብሂል'የ ኢቲ እተኸስተ ኩነታት።

ደርማስ ናይ ከምዝን ከምኡ ዝኣመሰሉ ነገራትን ተዘክሮ ከውርድን ከደይብን ጸኒሑ፣ ድምጺ ሓዉ'የ ካብ ሓሳባቱ ኩሊፉ መሊስዎ።

"ተረዲኡካዶ ደርማስ፣ ንሳ ንፍዐቲ ኩዪና'ያ'ምበር እዚ እትገብሮ ዘላ ቀሊል ነገር ኣይኮነን። ንስኻ'ውን ዋላ'ኳ ብኸልእካ ንፋዕ ኩን'ምበር ነዝስ ኣይምኽኣልካዮን ፣" ክብል ሰምዖ።

ደርማስ ብርኡይን ብጋህድን፣ "እወ ንሱስ ሓቅኻ እርደኣኒ'የ ፣" ከትብል መልሓሱን፣ ርእሱ ኸኣ ንላዕልን ንታሕትን ብሓይሊ ከትንቕነቕን ተዓዘበ። ኣብታ ህሞት'ቲኣ ኸኣ ውሽጢ ልቡን ኣእምሮኡን ተሓባቢርዎም፣ በቲ መግለጺን በቲ ዝበሃል ዝነበረን ብዙሕ ከም ዘይተመሰጡ ከም ዘይዓገቡ ይነግርዎ ከም ዝነበሩ ተፈለጦ። ሽዑ ብውሽጡ "ዋይ ኣነስ ካን ከምኡ ኢለ ብደገዖን ንደገን ካልእ፣ ብውሽጡዖን ንውሽጡዖን ከኣ ካልእ ከብልን ከሓስብን ከነብር ፣" ኢሉ በቲ ተገራጫዊ መርገጺኡን ግብረ መልሱን ንነብሱ ፈረዳን ኮነናን።

ሀብቶም ብናይ ደርማስ ተቖባልነት ስለ ዝዓገበ ነታ ኣርእስቲ ኣቋረጻ። ብድሕሪኡ ደርማስ ነሓዉ ተፋንዮም ክኸይድ ከሎ፣ ነ'ልማዝ ኣብ ዝምልከት ሓሳብ ጥሒሉ'የ ዝጐዓዝ ነይሩ።

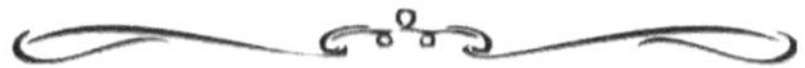

ውሑዳት መዓልታት ድሕሪ ደርማስ ምስ ሀብቶም ምዝርራቡ ፣ ሰራሕተኛኣም ኣለም ስራሕ ምውፋር ኣቋረጸ። ነቶም ካልኦት ሰራሕተኛታት እንተ ሓተቶም ፣ ብዙሕ ከም ዘይፈለጡ ግን ስራሕ ከይቀየርኩ ኣይተርፍን'የ ክብል ጀሚሩ ከም ዝነበረ ነገርዎ። ነ'ልማዝ እንተ ሓተታ ፣ 'እወ ስራሕ ገዲፍዎ'የ ፣' ዝብል ሓጺር መልሲ'ምበር ካልእ መግለጺ ኣይሃበቶን። ደርማስ ነገሩ ኹሉ ደንጽይዎ ጋን ተሰርሐ። ከምዚ ኢሉ ኸኣ ቅሩብ መዓልታት ኣሕለፈ።

ኣብ ራብዐቱ ኣልማዝ ሰሊጥዋ ፈራሜንታ ከም ዝገዝኣት ሓበሬታ ረኸበ። ኣበይ ምኳኑ እቲ ሓድሽ ትካል ኣጣይቑ ከፈልጥ ከኣለ። ነቲ ቦታ ከዕዘቦ ኢሉ ኣልማዝ ኣብ ስራሕ ኣብ ዝነበረትሉ ግዜ ኸደ። ኣብኡ ምስ በጽሐ ግን እቲ ዝረኣዮ ከኣምኖ ኣይከኣለን። ኣብቲ ስራሕ ምስ ሓንቲ ተሓጋጋዚት ኮይኑ ፣ ነቲ ስራሕ ዘካይዶ ዝነበረ ናይ እንዳ ባኒ ሰራሕተኛኣም ዝነበረ ኣለም ምኳኑ ረኣየ። ነገራት ተሓዋወሶ። ኣዝዩ ኸኣ ደንጸዎ።

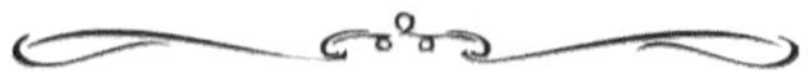

ደርማስ ን'ንዳ ስድራኡ ከይከደ'ዩ ቀንዩ። ንጽባሒቱ ኣደኡ ወ/ሮ ለምለም ፣ ንወደን ስለ ዝናፈቓኦ ብሹቝ ኣቢለን ክርእየኦ ብ'ንዳ ባኒ ሓለፋ። ቅድሚኢ. ግዜ ጨሪሰን ከምኡ ገይረን ኣይፈልጣን'የን ነይረን። በ'ጋጣሚ ኣብታ ዝመጻላ ሰዓት ኣልማዝ'ውን ኣብ ስራሕ ጸንሐት።

ብምምጻአን ኣዝያ ከም ዝሰንበደት ደርማስ ኣስተብሃለ። ጨሪስ ጠፊኣክን ፣ ስራሕ እናበዝሓንን እናተጸልኣንን ኩይኑ'የ ወዘተ እናበለት መዓት ምኽንያታት ደርደረት። ደሓን እዛ ጓለይ ኢለን ሕማቝ ከይተዛረባ ከወጸ ተበገሳ። ደርማስ ንምሽት ከመጸም ምኽኑ ነ'ደኡ ተመባጽዓለን። ሽዑ ወ/ሮ ለምለም ተሰናቢተናኦም ንገዛ ኣምርሓ።

ድሕሪ ሓሙሽተ ደቒቕ ኣብዚ ደገ ሰብ ይደልየካ'ሎ ዝብል ጸውዒት ንደርማስ መጸ። መን ደኣ'ዩ እናበለ እንተ ወጸ ፣ ባዕለን ኣደኡ ኹይነን ጸንሕኦ። እንታይ ደኣ ኹይና ኢሉ ሰንበደ።

ቅድም'ውን ተፋንየናኦም ከኸዳ ከለዋ ገጽ ኣደኡ ደስ ኣይበሎን'የ ነይሩ። ግን ምስቲ ሓንቲ ዘረባ'ውን ዘይምዝራበንን ፣ ኣደኡ ኽኣ እተሰምዐን ዘረባ ካብ ምዝራብ ድሕር ዘይብላ ምኽነተን ኣዋዲቕዎ ኢዩ ነይሩ። ሕጂ ምስ ተመልሳ ግን ብቑዳምነት ገጸን ጸሎሎ ከም እተኸደነ ፣ ኩሉ ኣካላዊ ቋንቋአን ከኣ ሓደ ኣዝዩ ዘሻቕለን ጉዳይ ከም ዝገጠመን ዝእንፍት ኮኖ።

ካብ ስንባደኡን ስከፍታኡን እተላዕለ ኸኣ ፣ "ደሓን ዲኺ ደኣ? ደሓን ዲኺ'ደ? እንታይ ደኣ ተመሊስኪ?" በለን ህንጡይነትን ሻቕሎትን ብዘርኢ ቃልን ትርኢትን።

"ኣንታ ወደይ ዋላ ምሽት ምስ መጸ ይሓቾ ኢለ ክንደይ ግዜ ክኸይድ ትነዖ ኢለ ፣ ግን ነብሰይ ምግባር ኣብዬኒ። መንፈሰይ ተረቢጹ።"

"ዋእ! ኣደይ ደሓንኪ ዲኺ? እንታይ'የ እዚ ዘረባኺ ደስ ዘይብለኒ?"

"ኣንታ ወደይ ኣነስ ደሓን'የ። እዛ ቄልዓ ፣ እዛ ኣልማዝ ደሓና ድያ? ኣስተብሃልካላ ዲኻ?"

"ትሓምም ከም ዘላ ጠቒሳልኩም ነይረ'ንድየ። ግን ንዓይ ዝኾነ ዝርዝር ስለ ዘይተነግረኒ ብዙሕ ዝፈለጥኩዎ የብለይን።"

"ኦኦኦኦኦይይ! ኣንታ ወደይ ካን ዲኻ እንዶ ዘይብልካ! እግዝሄር የድሕነና'ምበር

ኣነስ ደስ ኣይበለትንን። ዝኾነኾይኑ ደሓን ሕጂ ኣነ ክኸይድ። ብቐደሙ ኣብ
መገዲ ኼንካ ዝዝረብ ዘረባ ኣይነበረን ነብሰይ ምግባር ኣብዩኒ'የ'ምበር። ጽቡቕ
ጌርካ ኣስተብህል'ሞ ምሽት ምስ መጻእኻ ንዛረበሉ ፡" ኢለኖ ግልብጥ ኢለን
ዕዝር በላ።

ደርማስ ንውሑዳት ደቃይቕ በይኑ ተዓኒዱ ደው ኢሉ ኣብ ሓሳባት ጠሓለ።
መጀመርያ ዘረባ ኣደኡ ኣይተረድኦን። ንበይኑ ካብታ ዝነበራ ከይተነቓነቐ ስከፍታን
ሻቕሎትን ኣደኡ ንኽፈልጥ ነዊሕ ሓሰበ። ኣብ መጨረስታ ከም ገለ ክብል ብዘዕባ
ስከፍታ ኣደኡ ሓደ ሓሳብ ህሩግ በሎ። ስከፍታ'ደይ ከምዚ ክኸውን ዶኾን
ይኽእል ይኸውን ኢሉ ምስ ሓሰበ ኣዝዩ ሰንበደ።

"እዋዋይይ?! ይኽደነና ደኣ'ምበር ከምኡ እንተ ኾይኑ ደኣ ፡ እዝግሄር የውጽኣና
ከትብል ሰበይቲ ደኣ ሓቃ'ንድያ!" በለ ብውሽጡ። ከምቲ ኣደኡ ዝትማሕጸናኡ
ንኽገብር ብምውሳን ቀስ ኢሉ ናብ እንዳ ባኒ ተመልሰ።

ነ'ልማዝ ከምዛ ዘይፈልጣ ሰብ ንመጀመርያ ግዜኡ ዝሪኣ ዝነበረ ገይሩ ፡ እናስረቐ
ከሪኣን ከጥምታን ጀመረ። ብብዙሕ መኣዝናትን ወገናትን ከዕዘባ ጀመረ። ብድሕሪኣ ፡
ብቐድሚኣ ፡ ብጐና ፡ ከትትንስእ ከላ ፡ ኮፍ ከትብል ከላ ፡ ከትንቀሳቐስ ከላ
ብደቂቕ ተዓዘባ።

ምስ'ዚ ትዕዝብቲ'ዚ ነቲ ዝነበረ ከቱር ምክድዳንን ምምልኻዕን ብቐጸበት
ምግዳፍ ⅠⅠ እቲ ካብ እንዳ ስድራኡ እግሪ ምሕጻርን ⅠⅠ ናብ ሃብቶም ዘይምኽድን ⅠⅠ
ናይ ኣለም ስራሕ ምግዳፍን ⅠⅠ ናይ ፌራሜንታ ምኽፋት ወዘተ ፡ ምስኡ ጸንቢሩን
ደሚሩን ከርእዮ ፈተነ። ከምኡ ገይሩ እቲ ዓቢ ስእሊ ከርእዮ ምስ ጀመረ ኣዝዩ
ፈርሀን ረዓደን።

ብውሽጡ ኸኣ "ከምኡ እንተ ኾይኑ'ሞ እሃ ጌልዓ ነዚ ሓወይ ኣዐዊራቶን
ተጻዊታትሉን ማለት'ዮ ፡" ምስ በለ ፡ እታ ዘይትስልክን ዘይትዓርፍን ሕልናኡ
ሑሹኽ ስለ ዝበለቶ ፡ "ሓወይ'ኪ ወሪድዎ ንርእሱ ኣብ ማሕቡስ ተዳጒኡ
ዝነበረ ፡ እንታይ ከንድ'ቲ ዘውቅሶ ኾይኑ። ንዓና ግን ፡ ብሕልፊ ኸኣ ንዓይ ፡
ብሓቂ ብሓቂ ኣዐዊራትንን ተጻዊታትለይን ማለት'ዮ!" ኢሉ ነታ መራር ሓቒ
ከውሕጣ ደፈረ።

ከምኡ ከይከውን ብውሽጡ ፡ ርእስ ተኣማንነት ብዘይብሉ መንፈስ ተተምነየ።
ከምዚ ከደይብን ከውርድን ኣይወዓል'ዩ ዝወዓሎ። ኣብ ስራሕ ነቾም መሳርሕቱ
ከሓቶም ከም ዘይክእል ፈለጠ። ቅድሚ ናብ ስድራኡ ምኽድን ምስኦም ምዝታይን
ግን ፡ ሓንቲ ከገብራ ዘለዎ ሓሳብ መጸቶ።

ካብ ስራሕ ምስ ተፈደስ ፡ ደድሕሪ'ቲ ከዛርቦ ዝሓረየን ዝጠመቆን ሰራሕተኛኣም ቀስ ኢሉ ሰዓበ። ካብቲ ከባቢ እንዳ ባኒ ኣጸቢቑ ምስ ማሕደገ ጸዊዑ ኣርከቦ። ቅድሚ ሕጂ ከምዚ ስጉምቲ ከወስድ ኣይምሓሰቦን። ሕጂ ግን ኣብዚ ካብ ተበጽሐ ፡ ዝመጸ እንተ መጸ ከፈልጥ ኣሎኒ ኢሉ ቄረጸ።

"ዝኸኖነ ቄጸራ ወይ ስራሕ እንተ ዘይብልካ ሓንሳብ'ንዶ ብሓባር ሻሂ ከንስቲ?"

"ኣይ ዋላ ሓንቲ ነገር የብለይን። ናይ ደሓን ዲኻ ደኣ?"

"ደሓን'የ በል ኣብዚኣ ንእቶ።"

ተታሓሒዘም ናብ ቤት ቀኑሪሲ ኣተዉ። ኣብኡ ዘድልዮም ኣዚዘም ክሳዕ ዝመጸሎም ቀነጠ-መንጢ ኣዕለሉ። ብድሕሪኡ ደርማስ ፡ "ስማዕንዶ ከምዚ ገይረ ብሃንደበት ከሸግረካ ኣይግባእን'የ Ⅰ ግን ብሓባር ዝሰራሕናዮ ዓመታት ከኣ ኣይወሓደን። ሓንቲ ነገር ክሓተካ።"

"ኖ ደሓን ጸገም የለን እንታይ ዘሰክፍ ኣሎካ።"

"ኣለም ብኸመይ ስራሕ ከም ዝገደፍን ንምንታይን እንታይ ትፈልጦ ነገር ኣሎ?"

"ዋእ ዝሓሸ ስለ ዝቐደወሉ።"

"ከመይ ማለት?"

"ኣብ እንዳ ፊራሜንታ ከም ኣካያድን ገባርን ሓዳግን ኮይኑ ይሰርሕ ኣሎ።"

"ብኸመይ'ዮ ንሱ ነዚ ቦታ ረኺብዎ?"

"ዋእ ዓምኽ እንተ ፈትያትካ ደኣ ብኽምኡ'ምበር።"

"ፈትያትካ?" ሓተተ ደርማስ ብራዕዲ።

"ማለትሲ እቲ ዝዘረብ ኣልማዝ ትፈትዎ ኢያ ኢዩ ዝበሃል። ናብ ገዝኣ ኸኣ ኣታዊ ወጻኢ ኢዩ። ናይ ካልኦም እዝግሄር ዋናኣም። ኣብዚ ስራሕ ግን ልዕለና ዘይኮነስ ፡ ልዕለኽ'ውን ተኣማኒ ኢዩ። እዚዶ ንዓኽ ጠፊኡካ?"

ደርማስ ረሃጽ ንረሃጽ ኮነ። ዕሽነቱን ግርህነቱን ገረሞ። ኣፉ ነቒጹ ጡፍጣፉ

ምውሓጥ ሰኣነ። ብኽንደይ መከራ ሓንቲ ቃል ከውጽእ ከላ። ነሳ ኽአ
"ካልእከ?" እትብል ነበረት።

"ካልእ ደአ ናይዚ ቀረባ እዋን ዘይተረጋገጸ ወረ'የ ፤ ግን ጠኒሳ ከይትኽውን'ውን
ይጥርጠር'የ ፤" ኢሉ ተከዐሰ።

ደርማስ እታ ፈሪሕዋ ዝነበረ ስለ ዝሰምዐ ኣዝዩ ሰንበደን ረዓደን። ርእሱ ኣድኒኑ
ንነዊሕ ካልኢታት ተደሪኡ ትም በለ። ወዲ ተደናገረ።

"ገለ ዘይበሃል ነገርድ'የ ተዛሪበ? ኣነ'ኮ ብቕንዕና ስለ ዝቐረብካኒ'የ'ምበር።"

"ጥዋ ጥዋ ንስኻ ዝበደልካዮ ነገር የለን። ጽቡቕ ኢኻ ጌርካ። ጥራይ ኣብ ካሕሳኽ
የውዕለኒ። ንግዜኡ እዛ ዘረባ'ዚኣ ኣባይን ኣባኽን ኢያ እትተርፍ። ካልእ ብወገነይ
ወይ ብወገንካ ዝኾነ ነገር እንተሎ ፤ ከምዚ ኢልና እናተራኸብና ክንዛረበሉ ኢና።
ንሕጂ ግን ብዙሕ'የ ዘመስግነካ ፤" ኢሉ ተፈልይም ከደ።

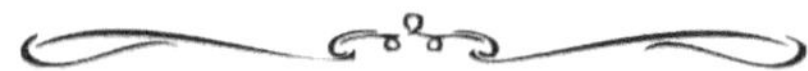

ደርማስ ካብቲ ቤት ቁርሲ ወጺኡ ናብ እንዳ ስድራ ቤቱ ኣምረሐ። ብሓሳብ
ንቕድሚትን ንድሕሪትን እናኸደ ፤ ኩነታት ከደይብን ከውርድን ንገዛ ብኽመይን
በየንን ከም ዝኸደ'ውን ኣይተረድኣን። ኣብ እንዳ ስድራኡ ከኹሕኩሕ ከሎ
ጥራይ'የ ገዛ ከም ዝበጽሐ ዝተፈለጦ።

"መጺእካ ደርማስ ወደይ ፤ እቶ በል ፤" እናበላ ዝኸፈታኦ ኣደኡ'የን ነይረን።

ገዛ ምስ ኣተወ ኣደኡ ተቓዳዲመን ፤ "ኢሄ ደርማስ ወደይ እቲ ዝኣመትኩልካ
ብድሕረይ ቅሩብዶ ተጋሂዱልካ?" ኢለን ሓተታኦ።

ደርማስ ርእሱ ንላዕልን ንታሕትን ብምንቅናቕ ብእወታ መለሰለን። ባሻይባሻይ እቲ
ዝዝረብ ዝነበረ ዘረባ ትሕዝቶኡ ይኹን ኣንፈቱ ስለ ዘይተረደኦም ፤ ናብ ክልቲኦም
በብተራ ጠመቱ። ሽው ንወዶም ኣጸቢቐም ምስ ኣስተብሃሉ ፤ "ደሓን ዲኻ ደአ?
እንታይ ደአ'የ ገጽካ ጸሎሎ ተኸዲኑ ፤ ዓይንኻ ኽኣ ጓህሪ መሲሉ?"

ቅድሚ ደርማስ ምምላሱ ኣደኡ ፤ "ደርማስ ወደይ እንታይዶ ጽቡቕ ረኺቡ'ሎ'የ
ጸሎሎ ዘይክደን ደአ?!"

"ኢሄ ኣነ ዘይፈልጦዎ ሓድሽ ነገር እንታይዶ'ሎ'የ?"

"ኣነ'ኳ ኣብ በይንኹም እንተ ተዛረብኩ ከይትበልዑኒ ኢለ'የ ደርማስ ክሳዕ ዝመጽእ ተጸብየ'ምበር ፥ ተጨልየ'የ ውዒለ።"

"ኣነ ጕይትኦምክ! *ኰሓ ቻ?* እንታይዶ ጄንና ኢና ሕጂኽ?" ሓተቱ ሹቅረራኦም ከይከወሉ።

ንሹቅ ከይደን ከምለሳ ከላዋ እዝግሄር መሪሕወን ብስራሕ ከም ዝሓለፋን ፥ ዘስተብሃለ ኹሉን ፥ ብድሕሪኡ ንደርማስ ዝበላኦን ፥ ንሱ ዝመለሰለንን በብሓደ ብዝርዝር ነገራኦም።

ባሻይ ሰበይቶም መታን ከውድኣ ኢሎም'የም'ምበር ፥ ነቲ ዝብላኦን ዝእምታኦን ዝነበራ ሓሳባት ኣሸንኳይ ክቐብሉ ፥ በ'ንጻሩ ኣዝዮም ነዲዮምን ተቐጢዖምን'የም ነይሮም።

ውድኣ ከብላን ህውኽ ኢሎምን ፥ "ኣንቲ እንታይ ኢኺ እትብሊ ዘሎኺ! እትብልዮ ዘሎኺዶ'ምበር ይርድኣኪ ኣሎ'ዩ። ኣንታ እንታይ'ያ እትብል ዘላ! ኣንታ ደርማስ ወደይ ፥ ስቕ ኢልካ ዲኽ ትሰምዓ?"

"ጽናሕ'ሞ'ቦ። ሓቅኺ ኢኻ ንስኺ ከምኡ ክትብል። ኣነ'ውን ኣደይ ነዚ ነገር'ዚ ምጥርጣራ ገሪሙኒ'የ ነይሩ። ኣነ ግን ዘይነገርኩኹም ካልእ ነገር'ውን ስለ ዘሎ ፥ ቅድሚ ብዝርዝር ምዝርራብና ኣቐዲመ እቲ ረኺበዮ ዘሎኹ ሓበሬታ ከነግረኩም።"

"ሕራይ ዝወደይ ጽቡቕ ፥" በሉ ባሻይ ፥ ካብ ወዶም ዝሓሸ ዘረባ ንምስማዕ ብምትስፋው።

ደርማስ ብመጀመርያ እቲ ዝፈልጥዎ ዝነበሩ ከውንነታት ፥ ማለት ብዛዕባ ናብኣታቶም ምምጻእ ምቁራጿ Ⅰ ኣብቲ ስራሕ ካብ ሓላፍነትን ቄምነገርን ኣጓንያቶ ምንባራ Ⅰ ኩሉ ገባርን ተኣማንን ኣለም ዝበሃል ሰራሕተኛ ምንባሩ Ⅰ ተጸሊኡኒ እናበለት ናብ ሃብቶም'ውን ዳርጋ እግሪ ከም ዘሕጸረት ፥ ወዘተ ደገመሎም።

ተሃዊኾም ስለ ዝነበሩ ፥ "እንታይ ኢኻ ኣንታ ደርማስ ወደይ? እዚ ደኣ ቅድሚ ሕጂ ዝነገርካናን እንፈልጦን ዝነበርና እንድዩ!? ካልእ ሓድሽ ነገር እንተ'ሎካ ደኣ ኣምጸኣልና'ምበር ፥" በሉዎ።

"ሓጄም'የም ደርማስ ፥ ነዚ ክትደገመልና ዲኽ ደኣ ካልእ ዝፈልጦ'ሎኒ ዝበልካና?" በለ ኣደኡ።

"ጽንሑ'ሞ አይትተሃወኹ። አነ'ኮ ከም መእተውን ድሕሪ-ባይታን ከኾነኩም ኢለ'የ አቐዲመ ነዚ ጠቒሰልኩም።"

"ሕራይ በል ደሓን ቀጽል ዝወደይ። ሓቅኽ ኢኻ ቅሩብ ተሃዊኽና ኢና ፧" በሉ ባሻይ።

መጀመርያ ናይ አልማዝ አከዳድናን ፣ ምምልኻዕን ፤ ናብ ሃብቶምን ናብአታቶምን ከትከይድ ከላ እትገብሮ ዝነበረት ለውጢ ቅሩብ ጥርጣረታት አሕዲራሉ ምንባሩ ፤ ድሒሩ ግን ኩነታታ ምስ ተለወጠ ከም ዘዋደቔ ፤ ናይ ምሕማማ ኽአ ንቡር ስለ ዝኾነ ንኽልእ ከም ዘይጠርጠረ ፤ ቀዲሉ አልማዝ ፌራሜንታ ንምግዛእ ትጠያይቕ ከም ዝነበረት ፤ ንሃብቶም ብተዘዋዋሪ ሓድሽ መደብ ስራሕ እንተሎ ከም ዝሓተቶ ፤ ብድሕሪኡ አለም ስራሕ ከም ዝገደፍ ፤ ፌራሜንታ ቀኒዕዋ ከም ዝገዝአትን ፤ ኩነታት ከረጋግጽ ምስ ከደ አለም የካይዶ ከም ዝነበረ ምርአዮን ፣ ወዘተ ብዝርዝር ገለጸሎም።

"ከሳዕ'ቲ ግዜ'ቲ ብዛዕባ ናይ ስራሕ ጉዳይ'ምበር ናይ ካልእ ዝኾነ ጥርጣረ አይነበረንን። ንግሆ ድሕሪ አደይ ንስራሕ ምምጽአን ፣ ከስተብሀለላ ምስ ወዓልኩን ግን ከጠራጠር ጀሚረ ፧" ኢሉ ብድሕሪኡ ነቲ መሳርሕቶም ዝሓተቶን ዝመለሰሉን ኩሉ ነገሮም።

ባሻይን ወ/ሮ ለምለምን ጨርጨም ከድርብዮ ደለዩ።

"አንታ እንታይ ዝአመሰለት ቁራጽ ሸይጣን ገጠመትና። ናይ ወዲ ግራዝማች ከይአኸሎ ዝወደይሲ ፧" በላ ወ/ሮ ለምለም።

"ክሊ. ንስኺ ኽአ ወዲ ግራዝማች ጥራይ ከትብሊ። ወድኽስ እንታይ ጽቡቕዶ ገይሩ'ዩ። እነሆ ሕጅስ ዘይ ኑ ዘምጽአልና ሸይጣን'ያ'ምበር መንዶ አምጺኡልና'ዩ። በጃኻ አልጋነሽ ገሪዕናያ'ባ! ነዛ ሰይጣን ከንሓቁፍ!" በሉ።

"ንስኹም ከአ ናትኩም ከየጉሃየኩም ብናይ ካልአት ከትሓምሙ ፧" ምስ በላ ደርማስ ነታ ዘረባ ናብ ካልእ ከአልዩዋ ኢዮም ኢሉ ፣ "አቦ! አደ! ሕጂ በጃኽትኩም ናብ ተሰርዮምን አልጋነሽን ካልእን አይንኺዶ። እዛ ሒዝናያ ዘሎና ጉዳይ ነብስላ።"

"በል ጽባሕ አንጊህካ ናብ ሓዉኻ ከትከይድ አሎካ። እዚ ኹሉ ዝንገርካና ከትነግሮ'ሎካ።"

"እንታይ ማለትካ'የ'ቦ? ከዓብድ ዲኻ ደሊኻዮ። ከመይ ገይሩ ከቐበሎ?!"

"ብዝኹኾነ ግን ናይ ግድን ኣብ ዝቐልጠፈ ከፈልጥ ኣለዎ።"

"እነስ'ባ ፍልይ ዝበለ ሓሳብ ኢዮ ዘሎኒ።"

"ከመይ ፍልይ ዝበለ ሓሳብ?"

"ብዛዕባ'ዚ ጠርጢርናዮ ዘሎና ጥንሲ ጌና ጥርጣረ ስለ ዝኹኾነ ከይነገርናዮ
ንጽናሕ።"

"ዋእ ተጸሊልካ ዲኽ! ድሕሪ ቕሩብ ምሉእ ዓለም ምስ ፈለጠ ደኣ ክሰምዕ?"
በላ ወ/ሮ ለምለም።

"እስከ ቅድም ብምንታይን ንምንታይን ከምኡ ከም እትብል ዘለኽ ኣረድኣኒ ፡"
በሉ ባሻይ።

"ሓደ ብዛዕባ ምጥናሳ ሚኢቲ ብሚኢቲ ዘረጋገጽናዮ ነገር ኣይኮነን። ከምዚ
ኣደይ ዝበለቶ ውዒሉ ሓዲሩ ግን ምፍላጡን ምፍላጥናን ኣይተርፍን'ዩ። ብዛዕባ
ፊራሜንታ ግን ብቐጥታ እሓቶ። ሽዑ እንድሕር ምስኡ ከይተላዘበትን ንዕኡ
ከይነገርትን ገይራቶ ኹኸይና ፡ እቲ ጉዳይ ብሙሉኡ ይቃላዕ ማለት'ዩ።"

"ልክዕ ኢኻ ሓሲብካ ዘወደይ ብኣኡ ቀጽል። እዝግሄር ይሓግዝካ ፡" በሉዎ።

"ሃብቶም ወደይሲ ሓጥያቱ ኣይትወድኣን። ኣብ ልዕሊ ዘላታ ተወሰኸታ! እዋይ!
እዋይ! እዋይ!" በላ ወ/ሮ ለምለም ፣ ኣብ ገጸንን ኣካላዊ ቋንቋአንን ፣ ናይ
ከቱር ብስጭትን ጓህን ምልክት ብግልጺ እናተነብበ ።

"ናይ ሃብቶምሲ በይኑ'ዩ! ናትናስ በይኑ'ዩ! እንታይ'ሞ ይግበር! እስከ
ጐይታ ከምቲ ኣውሪዱዎ ዘሎ ባዕሉ ይቐንጥጠልና'ምበር ፣ ካልእ እንታይ ዝበሃል
ኣልይዎ ፡" በሉ ባሻይ።   ብኡንብኡ ከኣ ዓይኖም በርበረ መሲሉ ፣ ገጾም ከኣ
ጸሎሎ ተኸድነ።

ድሕር'ዚ ድራር ቀሪቡ ፣ ድራሮም ንማለቱ ኣይደረሩ ተደሪሮም ፣ ስድራኡ እህህ
እናበሉ ተፋንዮዎም ከዱ።

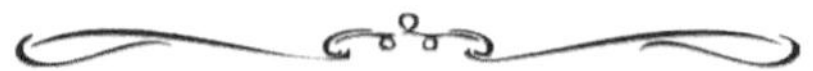

ተስፎም ለይቲ ኣብ ድቃሱ ከሎ መድህን ብቐጻሊ'ያ እትረኣዮ ነይራ። እንተወሓደ
ኣብ ሰሙን ወይ ክልተ ሰሙን ብቐጻሊ ትረኣዮን ፡ ልክዕ ከምዚ ብውዋኡ ኸሎ

ተዛርቦ ዝነበረትን ኮይኑ'የ ዝስመዖ ነይሩ።

አብ እትረአዮ ዝነበረት እዋን ፤ ኩሉ ግዜ ጣዕሳኡን ሓዘኑን ከገልጸላን ፤ ይቅረታ
እኻታን'የ ዝቃለስ ነይሩ። ብተደጋጋሚ ከምዚ ዝስዕብ ከብላ'የ ዝጽዕት ነይሩ ፤
"ናብ ወቅዲ ልብን ናብ ምትን አነ'የ ብስንፍናይን ብሕመቆይን አውዲቆኪ ፤ አነ ፤
አነ ዘየረብሕ ሰብ! መድህነይ እንታይ እንተ ገበርኩ ኢኺ ይቅረ እትብለለይ?"

ፈተናኡ ግን ኩሉ ግዜ ንኽንቱ'የ ነይሩ። ዝገበረ እንተ ገበረ ዝተቓለስ እንተ
ተቓለስ ፤ እተን ቃላት ካብ አፉ ምውጻእ ይአብያ ነበራ። ልክዕ ከምዚ ናይ ሓቂ
ዝረኸባ ይመስሎ ስለ ዝነበረ እኻ ፤ እቲ ከብላ ዝደለየ ከይሰለጠ ምስ ተረፈ ፤
አዒንቱ ብቅጽበት ጀረብረብ ከብላን ብጓሂ ከንኽነኽን ሓደ ይኸውን ነበረ። ሽዑ
ዓቕሉ ይጸቦን ይጭነቅን አብ ዓራቱ የዐለብጥን ነበረ።

ተስፎም ንመድህን ከብላ ዝደለየ ካብ አፉ ምውጻእ'ኪ ይአብዮ እንተ ነበረ ፤
ንሳ እትብሎ ግን ኩሉ ከምዚ ብጋህዲ ዝሰምዖ ዝነበረ ኮይኑ'የ ዝርደኦ ነይሩ።

መድህን ኩሉ ግዜ ደጋጊማ ፤ "ተስፎም ሓወይ ግደፈኒ'ንዶ ዐረፍቲ አይትኸለኣኒ።
ናብዚ ቦታ'ዚ'ኹ ከዐርፍ'የ መጺአ። ናይ ዘየገብረካለይን ፤ ናይ ከተገብረለይ
ዝነበረካን ፤ ናይ አሽገረያ ኢልካ እትሓስቦን ጣዕሳኻ እንተ'ስማዕካኒ ሕጁ ንዓይ
አይጠቅመንን'የ።"

"ትፊልጥ እንዲኻ ናይ ሓቂ ፍቅሪ ማለት ፤ ንንድለታትን ንበደላትን ሸለል ምባልን
ምግዳፍን ይቅረ ምብላን ምኽኑ። ሸለል ዘዐብል ፤ ዘይገድፍ ፤ ዘምሕር ፤ ይቅረታ
ዘዐብል ፍቅሪ'ኹ ፍቅሪ አይኮነን። ከም እተፍቅረኒ እፈልጦ'የ። አነ ኸአ
ቀደምን ሕጅን አፍቅረካ'የ። ስለ ዘፍቅረካ ኸአ እቲ ኹሉ ዝገበርካዮ ቀደም
አትሒዘ ይቅረ ኢለልካ እየ። ስለዚ ብሑ አይትሽገርን አይትስከፍን ተስፎም
ሓወይ።"

"ንስኻ ግን ጌና ከም ቀደምካ እተፍቅረኒ እንተ ጌንካ ፤ ፍቅርኻ ብጣዕሳን ፤
ብመሪር ሓዘንን ፤ ብኽቱር ንብዓትን አይትግለጸለይ። ኩሉ'ዚ ንዓይ ዘምጽአለይ
ረብሓ የብሉን። ፍቅርኻ ፤ በቲ ብፍቅርን ስኒትን ሓጕስን ዘሕለፍናዮ ግዜ
ብምዝካር ግለጸለይ። ናይ ብሓባር ዘሕለፍናዮ ግዜ ፤ ጸጽብቁ ዋራይ ብምዝካር
ልበይ አረስርዕ። ሕማቅ ተዘከሮ ንየው በሎ! ንኽልቴና ዝዓብሰልና የብሉን። ንዓይ
ከትዝክረኒ ከሎኻ ፤ ነቲ እነዐልሎን እንስሕቆን ዝነበርና ብምዝካር ፤ ፍሽኽ በለን
ስሓቅን።"

"አነ ከተሕጕስ ከሎኻ'የ ፤ አብዚ ዘሎኹም ኮይነ ዘሕጕስን ዝቐስንን።

ከትትክዘን ፡ ከትጉህን ፡ ብሐዘን ከትኂማተርን ከሎኻ ኸኣ ይሳቖን ዕረፍቲ ይስእንን። ስለዚ ከተቖስነኒ እንተ ደሊኻ ኣይትብከየለይ ፡ ጸሊም ኣይትከደነለይ ፡ ኣይትኮርመየለይ! መንፈሰይ ክርስርስን ከዓርፍን እንተ ደሊኻ ፡ ከም ቀደምካ ጸቡቕ ተኸደን ፡ ከም ቀደምካ ስሓቕ ፡ ተዋዘ ፡ ካዕ-ካዕ በል!"

"ኣብ ገዛና ከም ቀደሙ ፍሽኽታን ሰሓቕን ፍቕርን ከም ዝዓስልን ዝነግስን ግበር። ኣብ ከንዲ ኣብ ሓዘን እተተኩር ፡ ንደቀይ ኣቦን ኣደን ከም ዝኾንክዮም ኣርእዮኒ። ገዛና ናብቲ ናይ ቀደሙ ከም እተመልስ ምስ ረኣኹን ምስ ኣረጋገጽኩን ፡ ሽዑ'የ መንፈሰይ ዝዓርፍን ዝዓግብን።"

"ስለዚ ግደፍ ሐደራኻ ተሰፎም ሓወይ ፡ ሓዘንን ወዲ ሓዘንን ፡ ጣዕሳን ወዲ ጣዕሳን ንየው በሎ። ንገዛና ብድሕረይ ገዛ ፍቕርን ፡ ገዛ ስኒትን ገዛ ሓጎስን ግበራ! ንዓኻ እንተ ርእዮም'የም ደቀይን ስድራ ቤትናን እግሪ እግርኻ ክስዕቡን ከኸተሉን። ስለዚ ሐደራኻ ተሰፎም ሓወይ! ሐደራኻ!" እናበለት ኩሉ ግዜ ነዝን መልእኽቲ እዚአን ትደጋግሞ ነበረት።

ተሰፎም ኣብቲ በ'እምሮኡ ምስ መድህን ዝገብሮ ዝነብረ ርክብ ፡ ንሳ መልእኽታ ዛዚማ ጥፍእ ከትብሎ ኸላ ስንቢዱ'የ ዝበራበር ነይሩ። ሽዑ ሰውነቱ ብምሉኡ ብረሃጽ ጠልቀዩን ተሓጺቡን'የ ዝበራበር ነይሩ።

እዛ ኣብ ግዜ ድቃስ ብለይቲ ምስ መድህን ዝገብራ ዝነብረ ርክብ ብምስጢር'የ ዝሕዛ ነይሩ። ከም እትረኣዮን እተዛርቦን ዝነብረት እንተ ገሊጹሎም ፡ ብዝያዳ ብኹነታቱን ኣእምሮኣዊ ጥዕናኡን ከስከፉ'የም ዝብል ስምዒት'የ ነይሩዎ። ብኡ ምኽንያት ከኣ ንዝኾኑ ሰብ ገሊጹዋ ኣይፈልጥን'የ ነይሩ።

ተሰፎም ካብ ሓደ ወርሒ ናብ ዝቕጽል ወርሒ ፡ ካብ ሓደ መንፈቕ ናብ ዝቕጽል መንፈቕ ፡ ውሕድ ይኹን'ምበር ርኡይ እወታዊ ለውጢ እናገበረ ኸደ። በብቑሩብ ባህሩን ጠባዩን ከመሓየሽን ኣንጻርጽሮቱ ከጨዳጀርን ጀመረ። በዚ ለውጢ'ዚ ደቁን ስድራ ቤቱን ኣዝዮም ተስፋ ከገብሩ ጀመሩ። እቲ ተሰፎም ዝገብሮ ዝነብረ ለውጢ ፡ ነቲ ብምፍላይ መድህን ዝመጸ ሓዘን ውሱን ደበስ ከኾኖም ጀመረ።

ኩነታት ተሰፎም ብዝተመሓየሽ መጠን ፡ መድህን እትረኣዮ ዝነብረት መዓልታት'ውን ብኡ መጠን እናጉደለ ኸደ። በዚ ምኽንያት'ዚ ኸኣ እምበኣር ሓቃ'ይ ፡ ሓቂ ብሓቒ ዕረፍቲ እኸልኣ'የ ነይረ ኣብ ዝበለ መደምደምታ በጽሐ። ብድሕር'ዚ

ኽኣ ሓዘኑ ንኽኣልን ፣ ኣንጻርጽሮቱ ንኽቄጻጻርን ፍሉይ ጸዕሪ ከገብር ጀመረ።

ንተስፋም ዝከታተሎ ዝነበረ ሓኪም ብምዕባልኡን ለውጡን ተገረመ። እቲ ትካዘ ይንኪ ስለ ዝነበረ ድሕሪ ቕሩብ ፣ እቲ ዝወሰዶ ዝነበረ ዓቐን መድሃኒት ኣጉደለሉ። ከምቲ ዝኽዶ ዝነበረ እንተ ቓጺሉ ፣ ጨሪሱ መድሃኒት ዘቋርጸሉ ግዜ'ውን ርሑቕ ከም ዘይከውን ነገሮም።

እቲ ሓኪም ነዚ ዘይተጸበዮ ናይ ተስፋም ምዕባለ ፣ "ዳርጋ እቲ ናይ በዓልቲ ቤቱ ሞትን ፣ እቲ ናብኡ ከም ዝመጽእ ዝተረድኦ ሓላፍነት ናይ ደቁን ፣ ከም 'ሾክ ትሪትመንት' ዝኾና'የ ዝመስል ፣" ብምባል'የ ከገልጾ ዝፍትን ነይሩ። 'ሾክ ትሪትመንት' እንታይ ምዃኑ ከገልጸሎም ከሎ ኽኣ ፣ ብናይ ሓይሊ ኤሌክትሪክ ተዘዝታ ዝካየድ ዓይነት ሕክምና'የ ይብሎም ነበረ።

በዓል ግራዝማች ደስ ከብሎን ቅር ከይብሎን ብዝብል ፣ ነቲ መግለጺኡ ርእሶም ብምንቕናቕ ትም ኢሎም ይሰምዕዎ ነበሩ። ከም እምነቶም ግን ኣምላኽ ምእንቲ ከረድኦም ኢሉ ይቕረ ከም ዝበለሎምን ከም ዝሓገዞምን'የም ዝኣምኑ ነይሮም። ዝኾነኹይኑ ንተስፋምን ደቁን ስድራ ቤቱን ፣ እቲ ምሕረት በዚ ይምጻእ በቲ ፣ ጥራይ ቀጻልን ነባርን ክኾነሎም'የም ዝትምነዮን ዝጽልዮን ነይሮም።

ድሕሪ ሞት መድህን ኣልጋነሽ ይኹኑ ደቃ ፣ ዝበዝሕ ግዜ ካብ እንዳ ተስፋም ኣይፍለዩን'የም ነይሮም። ኣልጋነሽ ዳርጋ ኣደ ገዛ ኮይና ንገዛ ቀጥ ኣቢላ ሒዛታ ነበረት። ደቂ ኣልጋነሽ ከኣ መምስ መሳቱኦምን መሓዙቶምን ይውዕሉን ይሓድሩን ነበሩ።

እዚ ን'ንዳ ግራዝማች ኣዝዩ መሰጦምን ተንከፎምን። መድህን ነ'ልጋነሽ ኣዝያ እትፍቅራን እትሓልየላን ዝነበረት ከኣ ፣ ብምእንያት ኣዝዩ ጥዑይ ባህሪ ኣልጋነሽ ከም ዝነበረ ክርድኡን ከረጋግጹን ከኣሉ። በዚ ኽኣ ፍቕርን ቅርበትን እንዳ ግራዝማች ምስ ኣልጋነሽ መሊሱ ዓዘዘ።

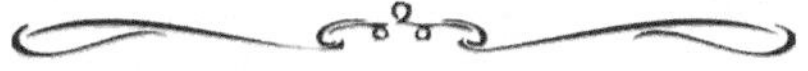

ደርማስ ምስ ስድራኡ ድሕሪ ምዝርራቡ ፣ ንጽባሒቱ ናብ ሃብቶም ዝኽደሉ ተራኡ መዓልቲ ስለ ዝነበረ ኣንጊሁ ኽደ። ደርማስ ዳርጋ ብተርባጽን ሻቕሎትን ከይደቀሰ'የ ሓዲሩ።

ደርማስ ንሃብቶም ምስ ረኸቦ የማን ጸጋም ከይበለ ፣ ትኽ ኢሉ ናብታ ኣርእስቲ'የ ኣትዩ።

"ብቐዳማይ ኣነ ዘይፈለጥኩዎ ሓድሽ መደብ ስራሕ እንተሎ ሓቲተካ ነይረ ፤" ብምባል ጀመረ።

"እሞ ሽዑ መሊሰልካ'ንድየ። እንታይ ኢኻ እዛ ጉዳይ ትሽፋፍና? እንታይ ኢኻ ከትብል ደሊኻ?" በሎ ሃብቶም።

ሽዑ ደርማስ ፤ "እምበኣር ዝፈለጦ ነገር የለን ፤" ኢሉ ሓሰበ። ብቐጥታ ኸኣ ፤ "ኣልማዝ ፈራሜንታ ከትገዝእ ሓሲባ ተጣይቕ ከም ዝነበረት ኣይፈለጥካን?" በሎ።

"እንታይ?! እንታይ ኢኻ ዝበልካ?" በለ ሃብቶም ዓው ኢሉ ፤ ስለ እቲ እተባህለ ዘይሰምዖ ዘይኮነስ ፤ ስለ እቲ ዝሰምዖ ዝነበረ ምእማኑ ዝሰኣነ።

እቲ መጀመርያ እተዛረቦ'ውን ሃብቶም ጽቡቕ ገይሩ ከም ዝሰምዖ ደርማስ ርግጸኛ'ዄ እንተ ነበረ ፤ ነቲ ሓበሬታ ብኽልእ ኣንፈት ከደግሞሉ ብምውሳን ፤ "ፈራሜንታ ንኽትገዝእ ምሳኽ ተላዚባን ተረዳዲኣን ኣይኮነትን እተጣይቕ ነይራ?!" ኢሉ እንደገና ንሃብቶም ሓተቶ።

ሃብቶም ከዓብድ ደለየ። ደርማስ ሓዉ ስለ ዝኾነ'ምበር ዳርጋ ተንሲኡ ከጥሕሮ ዝደለየ መሰለ። ብቑጽበት ሰራውሩ ከገታተርን ፤ ኣዒንቱ ደም ከኽደንን ፤ ከልቲኡ ኣእዳው ከዐሞኽን ተራእየ። ሽዑ ፤ "ደርማስ! ማተልዓብ! ትጸወት ዲኻ ዘለኻ? እዚ እትብሎ ዘሎኻ'ኮ ጸወታ ኣይኮነን ፤" በሎ እተን ደቀቕቲ ኣዒንቱ ናይ ዘለወን ፈጢጠጥ እናበለ።

ደርማስ ግብረ-መልሲ ሓዉ ምስ ኣስተብሃለ ፤ እቲ መደብ ናይ በይና ናይ ኣልማዝ ጥራይ ከም ዝነበረ ቀልጢፉ ከርዳእ ከኣለ። በቲ ከሳዕ ሽዑ ዝሃሎ ንእሽቶ ኣፈናዊ ሓበሬታ'ዄ ከጽለል ዝደለየ ፤ በቲ ቀጺሉ ዝነገሮ ሃብቶም ከንድምንታይ ከዓብድ ምኽኑ ተገንዘበ። ብኡ ምኽንያት እታ ዕማም ካብኡ ዘይትሓልፍ ምኽና ተገንዚቡ ፤ ንዓይን ንዕኡን ቀልጢፉ እንተ ሓለፈትልና ትሓይሽ ብምባል ፤ ነቲ ዝገደደ ሓበሬታ ቆግ ከብለሉ ወሰነ። ሽዑ ፤ "ወረ ድሮ ፈራሜንታ ገዚኣ'ላ ፤" ኢሉ ተከሰሉ።

"እንታይ? እንታይ ኢኻ ዝበልካ? ኣንታ ወዲ! እንታይ ኢኻ ዄንካ ሎሚ? እትብሎ ዘሎኻዶ'ምበር ትርደኣ ኣሎኻ ኢኻ? ማዳና!" ኢሉ ንደርማስ ብኹለንተናኡ ከውሕጦ ዝደለየ ብምምሳል ኣፍጢጠሉ።

"እቲ ኩነታት ካብ ስሩ ጀሚረ ቀስ ገይረ ደረጃ ብደረጃ ከሳዕ ዘረድኣካን

ዝገልጸልካን ፡ ቅሩብ ግዜን ዕድልን ሂብካ ተዓገሰኒ። ብድሕሪኡ ደሓን ባዕልኻ
ገምጋምካን ፍርድኻን ትህብ ፡" ኢሉ ቀስ ገይሩ ንሃብቾም ኣተሃዳዲኡ ኣዘሓሎ።

ብድሕር'ዚ ደርማስ ቀስ ኢሉ ብሃዕባ እቲ ፌራሜንታ ኣበይ ቦታ ከም እተዶኮነን ፡
እቲ ኣለም ዝበሃል ሰራሕተኛእም ዝነበረ ስራሕ ገዲፉ ከካይዶ ጀሚሩ ምንባሩን
ነገሮ።

ሃብቾም ነቲ ሓዉ ዝብሎ ዝነበረ ጨሪሱ ምርዳእ ሰኣኖ። ነቲ ሓዉ ዝነግሮ
ዝነበረ ሓበሬታ ኣበይ ከም ዘቐምጦን ፡ ብምንታይ ከም ዘሰርያን ፡ ብኸመይ ከም
ዝትርጉሞን ጨነቄ። በቲ ሓደ ወገን ደርማስ ሓዉ ኣብ ቅድሚኡ ብኣካል ኮፍ
ኢሉ እቲ ዝገጠሞ ኩነታት ይገልጸሉ ፤ በቲ ኻልእ ከኣ እቲ ደርማስ ዝብሎ
ዝነበረ ጨሪሱ ከኸውን ዘይክእል ነገር ኮይኑዎ ነየናዩ ከም ዝቕበል ጨነቆ። ኣብ
ሞንጎ'ዚ ተቐርቂሩን ተዋጢሩን ፡ ንኻልኢታት ዝብሎ ጠፊእዎ ደኒኑ ትም በለ።
ድሕሪኡ ርእሱ ኣቘንዕ ኣቢሉ ፡

"ኖኖ ፡ ኢምባሲበለ! እዚ ከኸውን ኣይክእልን'የ! ከመይ ገይሩ ከኸውን? በር
ሪየንተ! ዘይከውን! ምሳይ ከይተማኸረትን ኣነ ዘይፈለጥኩዎ ነገርን ከመይ ገይራ
ክትገብር ትኽእል?!" በለ።

ሸዉ ካልእ ሓሳብ ከም ዝመጸ ገጹ እስር ፤ ዓይኑ ኸኣ ኣጨምጭም ኣቢሉ ፡
ንኻልኢታት ትም በለ። ሸዉ ሓሳቡ ከም ዝሰርዖ ብዘርኢ ኣካላዊ ቋንቋ ፤
"ንምኽኑ ከምኡ ጠርጢርካ ወይ ሰሚዕካ እንተ ኔርካ ደኣ ፡ ብቐዳማይ ጉቦ - ጉቦ
ከይበልካ ብግልጺ ከምኡ ዘይበልካኒ እንታይ ኔንካ ኢኻ?"

"ሸዉ ከም ትሕታትት ዘላ እየ ሰሚዐ ነይረ። ምሳኻ ከይተማኸረትን ንስኻ
ከይፈለጥካን ከትውጥኖ ኣይትኽእልን'ያ ኢላ ይኣምን ስለ ዝነበርኩ ፤ እምበኣር
ክነግረኒ ኣይደለየን ማለት'የ ኢላ ቅር ኢሉኒ ትም ኢላ።"

"በርካ? እንታይ ኮይኑ'የ ከምዚ ዝበለ ዓቢ ነገር ዘይነግረካ?" በለ ሃብቾም
ቁጥዕ ኢሉ።

"ዋእ ኣብ ኣልማዝ ኢኻ ምሉእ እምነት ኣሕዲርካ ሃብቾም ሓወይ። ነ'ልማዝ
ኢኻ ናይ ኩሉ ውክልና ሂብካያ። ነሳ ኸኣ ካብቲ ስራሕ ካብ እተግለለኒ ነዊሕ
ኮይኑ ኢዩ። ንስኻ ኸኣ ዋላ ሓንቲ ስለ ዘይትብል ዝነበርካስ ብኸምኡ ወሲደዮ።"

ሃብቾም ንውሱን ደቓይቕ ርእሱ ንየማኑ ጸጋምን እናወዛወዘ ፤ ኣብ ሓሳብ
ጥሒሉ ደኒኑ ትም በለ። ብትሕቲ መልሓሱ ምስ ነብሱ ይዛረብ ከም ዝነበረ ፤

በቲ ዘንቀሳቐሶ ዝነበረ ከንፈሩ ይፍለጥ ነበረ። ብድሕሪኡ ነቲ ኣቐዲሙ ዝተዛረቦ
ናይ ክኸውን ኣይክእልን'የ ዝብል ዘረባ ብምድጋም ፡ ከምዚ ንነብሱን ብውሽጡን
ዝዛረብ ዝነበረ መሰለ።

ድሕሪኡ ቅንዕ ኢሉ ፡ "ዝኾነኾይኑ ኣልማዝ ኣሸንካይ ከንድ'ዚ ዓቢ ነገር
ንእሾቾ'ውን እንተ ኾነ ፡ ኣነ ዘይፈለጥኩዎን ብሓባር ዘይመደብናዮን መደብ
ከተተግብር ዘይሕሰብ'የ። ካልእ ንስኽ ዘይበጻሕካዮ ነገር ወይ መግለጺ
ከህልዎ'ለዎ'ምበር ፡" በለ ርእሰ ተኣማንነት ብዘይብሉ ኣዘራርባ።

"ይግበር! ኣነ'ውን መግለጺ ከህልዎ'የ ዝትምነ!" በለ ደርማስ። ምስታ መልሲ
ኸኣ ብውሽጡ ከምታ ኣመለ ፡ "ካልእ ንሕና እንፈልጦ እንተ ትፈልጥ ደኣ
እንታይ ምብልካን ምኾንካን ኔርካ?!" በለ።

"ንጽባሕ ዝኾነ ገዲፍኪ ዋላ እንተ ተጸልኣኪ'ውን ፡ ስንኺ ነኺስኪ ናይ ግድን
በር ፈርሳ ምጽኔ ኢሉኪ በላ!" በሎ ሃብቶም እንቕዓ እና'ስተንፈሰ።

"ሕራይ ጽቡቕ ፡ ሕጂ ከይደ ከነግራ'የ ፡" በለ። ብውሽጡ ኸኣ ፡ "ወረ እዝግሄር
ኣማኺሩኒ ናይቲ ካልእ ጥርጣረና ዘይነግርኩዎ ፡" ኢሉ ሓሰበ።

ብድሕር'ዚ ሃብቶም ጨሪሱ ዝኾነ ንኽዛረብ ድልየት ወይ ስምዒት ስለ ዝይነበሮ ፡
ስቕ-ስቕ ምስ ኮነ ደርማስ ገዲፍዎ ተመልሰ።

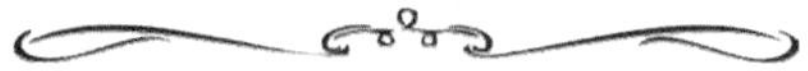

እቲ ዘይእመን ድቦላ ዝኾነ ሓበሬታ ደርማስ ምስ ኣርድኦ ሃብቶም ጋን'ዩ
ኮይኑዎ። ኩሉ ነገር ተሓዋዊስዎ ነቲ ኩነታት መስርዖ ከትሕዞ ኣይክኣለን። እናሻዕ
ብውሽጢ ልቡ ዝዛረብ ዘሎ መስሊዎ ዓው ኢሉ ፡ "ኖ! ክኸውን ኣይክእልን'የ!
ወረ ኣይከውንን'የ! ዘይከውን!" ይብል ነበረ።

ንኹነታት ሃብቶም ዘስተብሃሉ መተኣስርቱ ፡ ገለ ደስ ዘየብል ነገር ከም ዝሰምዐ
ገመቱ። ደሓን ዲኻ ኢሎም ደጋጊሞም እንተ ሓተትዎ ግን ፡ "ደሓን'የ ፡"
ዝብል ዘየዕግብ መልሲ ጥራይ ደጋገመሎም። ሰዓት ብዝሓለፈ መጠን ኩንታቱ ስለ
ዘይተመሓየሸ ኸኣ ፡ "ገለስ ኤንካ ኣለኻ ከትነግረና ኢኻ ዘይደለኻ'ምበር ፡"
ኢሎም ኣጨነቖሉ።

"ሓደ ዘይእመን ግን ከኣ ኣዝዩ ዘሻቕል ነገር'የ ሰሚዐ። ግን ሓቅነቱ ጌና
ስለ ዘየረጋገጽኩዎ ሕጂ ከዛረበሉ ኣይደልን'የ። ጽባሕ ምስ ኣረጋገጽኩ

ክነግረኩም' የ ፡" ብምባል ሹ ከዛረቡሉ ከም ዘይደሊ ኣፍለጦም።

ብድሕር' ዚ' ውን እንተ ኹነ ኩነታት ሃብቶም ኣይተመሓየሸን። ለይቲ ዋላ ንሓንሳብ' ውን ትኹን ዓይኑ ከይከደን ፣ ከገላበጦን እህህ ከብልን ሓደረ። ሓደ ካብቶም መተኣስርቱ ቅዱስ ዝስሙ ፣ ኣዝዩ መንፈሳዊ ዝነበረ ጭንቀት ሃብቶም ተሰሚዕዎ ፣ "ዝኹነ እንተ ኹነ ነብስኻ ብኽምዚ ኣይተጨንቃ። ጸሎት ግበር። ኩሉ ፍቓድካ' የ ፣ ኩሉ ነገር በቲ ዝመደብካዮ ዕለትን ፣ ሰዓትን ፣ ኣገባብን ጥራይ' የ ዝፍጸም በል!" ኢሉ ም'ኽሩ ለገሰሉ።

"ማክ ፣ ለሸየ ፣ ክልየና በጃኻ ቅዱስ! ንዓና መንፈስ ዋላ ጸሎት ዋላ ገለ ኣይሰርሓልናን' የ!"

"ልብኻ ከይሃብካዮን ብልብኻ ከይኣመንካን' ሞ ፣ ከመይ ገይሩ ክሰርሓልከ' የ ሃብቶም።"

ቅዱስ ነዛ ዘረባ እዚኣ ብዙሕ ግዜ' የ ንሃብቶም ዝደጋግመሉ ነይሩ። ሃብቶም ከዛረብ ከም ዘይደለየ ንኽፍልጦ ተገምጢሉ ሕቔኡ ሃቦ። ሹ ቅዱስ ተረዲእዎ ትም በለ።

ደርማስ ስራሕ ምስ በጽሐ ኣልማዝ ኣይጸንሓቶን። እንተ መጸት ብዝብል ከሳዕ ፍርቂ መዓልቲ ኣብ ስራሕ ተጸበያ። ከይመጸት ምስ ወዓለትን ፣ መልእኽቲ ሃብቶም ከኣ ናይ ግድን ንሹ መዓልቲ ከብጽሓላ ስለ ዝነበሮን ንገዛ ከኽይድ ተገደደ።

ኣብ ገዛ በጺሑ ከኹሕኩሕን ፣ ንሳ ብደግ ጸኒሓ ከተርክቦን ሓደ ኹነ። ሰላምታ ከየጽገበቶ ወይ መምጺኡ ከይሓተቶ ፣ ገዳ ጸውግ ኣቢላ መሪሓቶ ንገዛ ኣተወት። ብቐጥታ ናብ መቐበል ኣጋይሽ መርሓቶ። ተኸቲልዋ ምስ ኣተወ ብድሕሪኡ ማዕጾ ብመፍትሕ ዓጸወቶ።

ኩነታታ ንደርማስ ደስ ኣይበሎን። ነገር ዝደለየቶ ኮይኑ ተሰምዖ። "እዚኣስ ወሪ ኣይትሓፍርን' ያ ፣ ሓቆም' ዮም ወለድና ፣ 'ጠሪጣስ እንተ ትሓንከለይ ፣' ኢሎም ከምስሉ ፡" ኢሉ እናሓሰበ ኸሎ ፣ "ትማሊ ናብዚ ሓድሽ እንዳ ፊራሜንታ ኬድካ ከም ዝነበርካ ኣለም ነጊራኒ ፡" በለቶ።

"እወ ምስ ሰማዕኩ ስለ ዘይኣመንኩስ ከረጋገጽ ኢለ ከይደ ነይረ።"

"ከተረጋግጽ እንተ ደሊኻ ንዓይ ዘይትሓተኒ? ካብ ንበይንኻ ሰላሕ ኢልካ ከትስሊ እትኽይድ?" ዝብል መስደመም ዘረባን ፣ ሃፈጽ ዝብል ናይ ሕርቃን ምልክትን ሰንደወትሉ።

"ዝስለ'ኮ ሕቡእ ነገር'የ'ምበር ፣ ኣብ ቃራና መገዲ ዝተተኽለ ትካል ኣይኮነን።" በለ ደርማስ ህድእ ኢሉ።

መልሲ ደርማስ መሊሱ ቄለጭ ኣቢልዋ ገጹ በርበረ መሰለ። ሰራውር ገጹ ተገታተረ። ከትዛረቦ ዝደለየት ዘረባ ምውጻእ ዝኣበየ መሰለት። ኣብ ሞንጉኡ ሓሳብ ከም ዝቆየረት ፣ "እንታይክ ምሳኻ ኣታረኽኒ። ሕጂ ብምንታይ ኢ.ኻ መጺእኻ?" ሓተተቾ።

"ሃብቶም ብህጹጽ ኣብጽሓላ ዝበለኒ መልእኽቲ ከንግረኪ።"

"ድሮ ሎኽ-ሎኽ ኢልካ ሓሲኻሉ ኢ.ኻና ሓቀይ?" በለቶ መሊሳ ሕርቃና ክፈልሕ እናደለየ።

"ፈሊጥካዶ'ሎኽ ኢ.ኻ ኣልማዝ ፌራሜንታ ከም ዝኽፈተት ምባል ደኣ ሓሶት ድዩ?" ዝብል ህዱእ ግን ከኣ መሊሱ ዘቃጽል መልሲ ሃባ።

"ምሳኻ ዘረባ ይትረፈኒ። ንዘረባ ተዓጢቕካ ኢ.ኻ መጺእኻ። ኣነ ናይ ስራሕ'ምበር ናይ ዘረባ ሰብ ኣይኮንኩን!" ኢላ ክትሽምጥጦ ፈተነት።

"እወ ናይ ስራሕ ሰብ ምጒንከስ ትካላት ብምኽፋት ተመስከርዮ እንዶ የለኽን ፣" ዝብል እንደገና ዘይንዳእን ህዱእን ዝመስል ግን ከኣ ካብ ዘረባኣ ዘይሓምቕ መልሲ ሃባ።

"ዋዋዋ! ስምዓኒ። ንስኻ ነገር ዘይጸገብካ ኢ.ኻ። እቲ ዝተለኣኽካዮ ኣብጺሕካ ኪደለይ!"

"ዘይ ባዕልኺ ኢ.ኺ'ምበር ፣ ኣነ ደኣ ዘይ ንመልእኽቲ ከብጽሕ ጥራይ'የ መጺእ። ዝኾነኾብኑ ንጽባሕ ዋላ እንተ ተጸልኣኪ ፣ ናይ ግድን ስንኺ ነኺስኪ ምጺኒ ኢ.ሉኪ'ሎ።"

"ሎሚ ኣይመጽእ! ጽባሕ ኣይመጽእ! ኢ.ላትካ በሎ ፣" ዝብል ጨሪሱ ዘይተጸበዮ መልሲ ደርበየትሉ።

"እንታይ?!" በለ ደርማስ ፣ ብመልሳ ተገሪሙን ብድርቅናኣ ምእማን ስኢኑን።

"አይሰማዕካንን ዲኻ?! ሎሚ አይመጽእ! ጽባሕ አይመጽእ! ኢላትካ በሎ ፡"
ኢላ ንኸሊኢታት አዐርፍ አቢላ ፡ "ወረ ንሱ ጥራይ ዘይኮነ! ብኣኻን ብስድራኻን
ከሳዕ ሎሚ ከርተት ዝበልኩዋን እተኸላበትኩዋን ይኣኽለኒ'የ! ኢላትካ በሎ ፡"
ኢላ አብ ልዕሊ ዘላታ ወሰኸትላ።

"ካን ንሱ'የ መልስኺ?! ከምዚ ኢላትካ እንተ ኢለዮ አይኣምነንን'የ ፡" ካብ
ምባል ካልእ ከብል አይከኣለን።

"እሞ ብጽሑፍዶ ክገብረልካ?!" ብምባል ካዕ-ካዕ ኢላ ናይ ላግጺ ሰሓቕ
ሰሓቐት። ውስኽ አቢላ ኸአ ፡ "ካብ ጽባሕ ጀሚርካ ኸአ ስራሕኩም ባዕልኻ
ትርኢዮ። መፋትሕ ናይ መኽዘንን ናይ ስራሕን ካሳን እንሀልካ ፡" ኢላ ናብቲ
ጣውላ ሰው አበለትሉ።

"ስራሕኩም ኢልክዮ እምበኣር ድላይኪ ምስ ገበርኪ?! ምኽን እንታይ
ጌርኪ'ስኺ?! አነ'የ ዐዌር! አነ'የ ጸማም! አነ'የ ደንቄሮ!" በለ።

"አብዚ ነጥቢ'ዚ ምሳኻ እሰማማዕ'የ! ግን አጀኸ ተጽናናዕ ንበይንኻ አይኮንካን።
ኩልኹም ኢኹም ከምኡ!" ዝብል ዝገደደ ንኣኡ ጥራይ ዘይኮነ ፡ ንምሉእ
ዓሌቶም ዝጸርፍ ዓጽሚ ዝሰብር ዘረባ ደርበየትሉ።

"ኩሉኹም ኢኹም ዲኺ ዝበልኪ?" ሓተተ ደርማስ ነቲ ብእዝኑ ዝሰምዖ
ምእማን ስለ ዝሰኣነ።

"እወ ኩልኹም! ሕጂ'ውን ኩልኹም! ብሀልኽኩምን ብዝኽሓነ ጽልእኹምን ፡
ብተወሳኺ ኸአ ዘዋጽአኩምን ዘየዋጻአኩምን ክፈሊ ብዘይክእል ጸቢብ ሓንጎልኩም ፡
ንዓይን ንደቀይን ከተከላብቱናን ከትልክሙናን ትም ኢላ ዝርኢ ሰብ አይኮንኩን
አልማዝ። ካብኡ ዝሓሽ አእምሮን ዓቕምን'የ ዘሎኒ!"

አልማዝ'ያ ዘይትርደአን ዘይትፈልጦን ነይራ'ምበር ፡ ደርማስ ናይ ፍትሓውነትን
አተሓሳስባን ርትዐን ድኽነት አይኮነን ነይሩዋ። ደርማስ እኹልን ትሩፍን ዓቕሚ
ከለዎ ፡ ጸገሙ አብ ዘድሊ ግዜን ቦታን ኩነታትን ሓሳባቱ ብትብዓት ናይ ምግላጽ
ድኽመት ስለ ዝነበሮ ጥራይ'የ ነይሩ። አልማዝ ድሮ ካብቲ ክንድኡ ዘይትግምቶ
ደርማስ ፡ ከምኡ ዝኣመሰለ ንሕንሕ ስለ ዘጋጠማ አዝያ'ያ ተገሪማ። ብኣኡ
ኸአ'ያ ዘረባ ከይተጀመረ አብ ጸርጸርን ነድርን ዝጠሓለት።

ደርማስ ዘረባኣ አስደሚምዎ ቀው ኢሉ ጠመታ። ሽዑ ፡ "ኦይ እዚ ሓንጎል'ዝን!
እዚ አእምሮ'ዝንስ እንቋዕ አይሃበና! ሓንጎልን አእምሮን ደኣ ንጽቡቕን አብ

ጽቡቕን እንተ ተጠቒምካሉ እንዳኣሉ ዝድነቕን ዝሙጉስን እምበር ፤ ንኽምዚ
ናትኪ ሰይጣናዊ ውዲት እናኣለም ፤ ንመብጽዓኡ ብጥልመትን ብክሕደትን ዝዛዝም
እንተ ኸውኑስ እንቋዕ ከይተዓደለ ተረፈና!" በላ ነፍሲ ወከፍ ቃል ኣትሪሩ
እናጸቐጠ በብሓደ ብምውጻእ።

ከምኡ ምስ በላ ኣልጋዝ ኣዝያ ነደደት። ገጻ በርበረ መሰለ። ሰራውር ገጻ
ተገታተረ። ነ'ልጋዝ ብሓፈሻ ኣመላልሳ ደርማስ'የ ዘሕርቓ ነይሩ'ምበር ፤ ዋላ
ከምኡ እንተበላ'ውን ነቲ ጥልቀት ትርጉም ዘረባኡን ፤ ነቲ ሓዚልዎ ዝነበረ ክብደት
ቁምነገሩን ጨሪሳ ኣየቐለበትሉን ጥራይ ዘይኮነ ፤ ዋላ ዋጋ'ውን ኣይሃበቶን።
ንኣኣ እቲ ንሱ ከም ጥልቀት ዕብየትን ሰብኣውነትን ኢሉ ዝሓስቦ ዝነበረ ፤ ከም
ሕምቀትን ዕሽነትን እትሓስቦ ባህሪ'ዩ ነይሩ። ከምኡ ስለ ዝኾነ ኸኣ ኣብቲ
ዘቕርቦ ዝነበረ ርትዒ ዘይተመርኮሰን ፤ ናብኡ ዘየጻጸረን ሕማቕ መልሲ ከምዚ
ብምባል ደርበየትሉ። "ከም ናተይ ደኣ ከመይ ገይሩ ከዕደለካ ደርማስ! ኣሸንኳይ
ንስኻ ንበይንኻ ፤ ኩሉኹም ስድራ ቤት ተጨፍሊቕኩም'ውን ክንዲ ፍርቀይ
ኣይትመጹን ኢኹም!"

እዚ ኽልእ ናይ ኣልጋዝ ገጽን ባህርን ርእይዋን ጉኒፍዋን ስለ ዘይፈልጥ ምርዳእ
ኣበዮ። ክንድ'ዚ ደረቐኛን ደፋርን ነግራምን ምኳና ቅድሚ ሎሚ መዓልቲ እንተ
ዝንገር ጨሪሱ ከኣምኖ ኣይምኽኣለን።

ይኹን'ምበር ክንድ'ዚ ምድፋራ ግን ንደርማስ ኣጠራጠሮ። "ንኣለም ሒዛ ድያ
ክንድ'ዚ ትህንደድ ዘላ ፤ ወይስ ካልእ እተኣማመነቶ ሰብ ሒዛ ኸውና ኢያ ፤"
ኢሉ ሓሰበ። ብኣኡ ምኽንያት ከኣ ግዜ ከየጥፈአ ክፍትና ወሰነ።

"ተጠንቀቒ'ባ ዘረባኺ ኣደብ ግበሩ! ንኣለም ሒዛ ኢልኪ ዲኺ ክንድ'ዚ
ትነፋፍሕን ትዳፈርን ዘሎኺ?"

ኣልጋዝ ኣብ ክንዲ መልሲ ፤ "ሃሃሃሃ ፤ ሃሃሃሃ ፤" ኢላ ከሳዕ ደርማስ ዝስንብድን
ምንጋጋኣ ከሳዕ ከጭደድ ዝደለን ካዕ-ካዕ ኢላ ሰሓቐት። ሽዉ ብቕጽበት ሰሓቓ
ኣቋሪጻ ፤ ከሳዕ ደርማስ ስኽፍክፍ ዝብሎ ቀው ኢላ ጠመተቶ።

ብድሕሪኡ ክልቲኡ ኣእዳዋ ንላዕሊ እናደርበየትን ርእሳ ንየማንን ንጸጋምን
እናነቕነቐትን ፤ "ኣይ ደርማስ! ጌና ጌና! ንዓይ ነ'ልጋዝ ጨሪስካ ኣይፈለጥካንን
ኢኻ ዘለኻ! መንድዮ መሲሉካ ኣነ?! ኣልጋነሽ ዶስ ዋላ ለምለም?! ስለዚ
ብኣኻስ ምስ ኣለም ኢኻ ጠርጢርካኒ ማለት'ዮ! ሃሃሃሃ!" ኢላ እንደገና
ሰሓቐት።

ደርማስ ነገር ተሓዋዊስዋን ተደናጊርዋን ፤ ቀባሕባሕ በለ። "ሕቃ ግዲ ʼ ያ ኣንታ እዛ ሰይጣን ፤ ኣነኣኢስ ንእሸቶይ ሰይጣን ጥራይ ገይረ ሓሲበያ ጸኒሐ። እዚኣ ደኣ ዝገበለት ሰይጣን ብኣካሉ እንድያ ፤" ኢሉ ሓሰበ።

ካብ ሓሳባቱ ናይ ኣልማዝ ዘረባ ʼ ዩ ኮሊፍዎ ፤ "በል - በል ዝሓወይ ፤ ንሓውኽ ጥራይ ከምኡ ኢልካ ኣጋጊኻዮ ከይትኸውን ይኽደነኒ። ምሽኪናይ ኣለም ከማኽትኩም ኣይኮነን። ብልሕን ሓንጎልን ምስ መን ከም ዘሎ ቀልጢፉ ዘለልን ፤ ዘዋጽኦ ዝፈልጥን ሰብ ʼ ዩ። ኣለም ኩሉ ዝለኣኽኩዎ ብጽፈት ዝፍጽም ምእዙዝ እሙንን ፤ ከማኽትኩም ኣብ ዘየድልዮ ጦብሎ̣ቆሎቅ ዘይብልን ሰራሕተኛ ʼ ዩ። ብኩ ʼ የ ኸኣ መሪጸዮ ፤" በለቶ ብሰይጣናዊ ብልህነታን ጉርሓን ብልሓን ንፍሕፍሕ እናበለት።

"ዋይ ኣነ ደርማስ! ምኻን እንታይ ጌርኪ ንስኺ! ዘይ ንሕና ኢ.ና! ወረ ኣነ እየ! ኩሉ ኣብ ቅድሚ ዓይነይ እናርኣኹዎን እናተኸየደን ፤ "ኖኖ ከኸውን ኣይከእልን ʼ የ እዚ ፤" እናበልኩ ትም ኢላ ደንዚዘ ድላይኪ ከሳዕ ትገብሪ ተዓዚመ ተዓዚበኪ ! "

"ንስኽ ሓንቲ ኣይገብርካን ደርማስ! ዓቅምኽ ንሱ ኢዮ! በል ሕጂ ምሳኽ ንሎሚ ኣብዚ ወዲኣ ʼ ሎኹ። ንኹሉ ግዜ ከኹኖለይ ተስፉ እገብር ፤" ኢላቶ ዘረብኣ ከም ዝወድእት ከተርእዮ ፤ ሓፍ ኢላ ናብ ማዕጾ ከይዳ ከፊታቶ ጠጠው በለት።

ካልእ ዝብሎን ዝገብሮን ኣይነበሮን። ከምድላያ ገይራ ከም ዝተጸወተትሎምን ከም ዝሰዓረቶምን ስለ ዘረጋገጸ ፤ "ኣኣሕሕሕ! እንታይ ጌርኪ ʼ ስኺ ! " እትብል ዘረባ እናደገመ ርእሱ ኣድኒኑ ወጸ።

ድርቅና ኣልማዝ ዘይተጸበዮ ኹይኑዎ ደርማስ ጨሪሱ ም̣ቅባሉ ሰኣነ። ምስ ሃብቶም ሓዳር ካብ እትምስርት ጥራይ 15 ዓመት ዝመልኣት I ክልተ ደቂ 14ን 12ን ዓመት ዝገበሩ ጨልዑ ዝወለደት I እሞ ኸኣ ንሳ ንርእሳ ʼ ውን ጨልዓ ዘይኮነትስ ፤ ድሮ ጓል 36 ዓመት እኽልቲ ሰብ ዝኾነት I "ከመይ ገይራ ከምዚ ዓይነት ዘረባን ግብርን ትዛረብን ትገብርን?! ከምዚ ገይራኽ ከመይ ኢላ ደቂሳ ትሓድር?!" ወዘተ ዝብሉ ፤ ንሱ ፈዲሙ መልሲ ከረኽበሎም ዘይከእሉ ሕቶታትን ግርጭታት I ንኸም በዓል ሃብቶምን ኣልማዝን ከኣ ፤ በ ʼ እምሮኣም ʼ ውን ሕልፍ ዘይብልዎምን ፤ ቅሩብ ʼ ውን ዕጅብ ዘይብልዎም ሕቶታት እናደርደረ ተጓዕዘ።

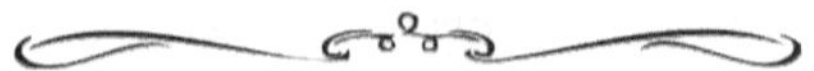

ደርማስ ካብ ኣልማዝ ምስ ወጸ ብሕርቃንን ብስጭትን ርእሱ ከዞር ደለየ። ናይ ምሳሕ ሰዓት ሓሊፉ'ኳ እንተ ነበረ ፡ ኣብቲ ግዜ'ቲ ብልዒ ዝበሃል ስለ ዘይተረኣዮ ብቖጥታ ናብ መኽዘኖም ከደ። ከምቲ ዝጠርጠሮ መኽዘን ኣሽንኳይ ንትሕጻ ፡ ንሳልስቲ'ውን ዘስርሕ ንብረት ኣይጸንሐን። ተኽዚኑ ዝነበረ ጥሪ ነገር ኩሉ ፡ ተመስሪሑ ወይ ተሸይጡ ናብ ጥረ ገንዘብ ተቐይሩ ከም ዝተወሰደ ተገንዘበ።

ኣብ ባንካ'ውን ገንዘብ ከም ዘይጸንሐ ተረደአ። ኩሉ ዝነበረ መሽጣ ተታሓላልፎ ከም ዝነበረት ርግጸኛ ኾነ። ናይ ባንካ ብዝምልከት ብውዕየ ኽሎ ከረጋገጸ ከም ዘድልዮ ተገንዘበ። ናብ ክልቲኡ እቲ ሕሳቦም ዝነበረሉ ጨንፈር ፡ ናብ ዝፈልጦም ኣባላት ባንካ ዝኾኑ ኣዕሩኽቱ በብተራ ስልኪ ደወለ።

ንኽልቲኦም ብተመሳሳሊ ኣገባብ ፡ "በጃኽትኩም'ንዶ ብህጹጽ ስለ ዘድለየኒ ኣብ ሕሳብና ዘሎ ሚዛን ገንዘብ ርኢኹም ንገሩኒ ፡" በሎም።

ክልቲኦም ብተመሳሳሊ ድሕሪ ቑራብ መሊሱ ክድውለሎም ነገርዎ። ድሕሪ ርብዒ ሰዓት ጸጸኒሑ ንኽልቲኦም ደወለሎም። መልሲ ናይ ክልቲኦም ካብቲ ዝገመቶ ዘይፍለ ተመሳሳሊ'የ ነይሩ። "እዚ ሕሳብ'ዚ ደኣ ካብ ዘይንቀሳቐስ ኣዋርሕ እንድዩ ገይሩ። ዳርጋ ዝደስከለ ሕሳብ'የ'ዚ። ደሓር ከኣ ትሕቲ ሓሙሽተ ሚኢቲ ቅርሺ ጥራይ'የ ዘለዎ ፡" በሎም።

እቲ ኣልማዝ ዝገበረቶ ጥልመትን ሸርሕን ፡ ዓሚቚን ነዊሕን ምድላዋትን መጽናዕትን ዝተኽየደሉ ምኻኑ ተረደአ። ንኽንድ'ዚ ዝኣክል ግዜ ንሳ ብውጥን ከትጐዓዝ ከላ ፡ ሓንቲ ነገር'ውን ከይፈለጠን ከይጠርጠረን ምጽንሑ ንነብሱ ገመታን ፈረዳን።

ብድሕሪኡ ናብ እንዳ ባኒ ኸደ። እቲ ናይ መዓልታዊ መሸጣ መዝገብ ፡ ናይ ኣታውን ወጻእን መዝገብ ፡ እቲ ናይ ከዙን ንብረት መዝገብን ካልእ ሰነዳትን ብሙሉኡ ኣይጸንሐን። ስለዚ ከምቲ ኣቐዲም ዘጠርጠሮ ፡ እቲ መስርሕ ቅጥፈትን ጥልመትን ካብ ነዊሕ ብደቒቕ ዝተዳለወትሉን ዝሓሰበትሉን ምኻኑ ከረጋገጸ ከኣለ። ብድሕር'ዚ ኩሉ እቲ ዝጸንሐን ዘይጸንሐን ንብረትን ሰነዳትን በብሓደ ከምዝገብ ጀመረ።

ኩሉ ዝገበረ ምስ ገበረ ሰዓት ሓሙሽተ ኣቢሉ ጥምየት ስለ ዝተሰምዖ ፡ ሻሂ ኣዚዙ ምስ ባኒ ኣቘሰዩ ተዓንገለ። ኣብ መወዳእታ ኣብ ብዙሕ ዝርዝር ከይኣተወ ነቶም

ስራሕተኛታት ፡ ሓድሽ ኩነታት ተፈጢሩ ከም ዘሎን ከም ቀደሞም ምስኡ ክሰርሑ ምኳኖምን ሓበሮም።

ንምሽቱ ናብ ስድራኡ ከይዱ ናይቲ መዓልቲ ውዕሎ ከይወሰኸ ከየትረፈ አዘንተወሎም። ሽማግለታት ወለዲ ክጽለሉ ደለዩ። ግን እንትርጌ ጓሂ ፡ ካልእ ውጽኢት ዘይነበር ጸርፍን መርገምን እንተ ዘይኮይኑ ፡ ካልእ ከገብርዎ ዝኽእሉ ነገር ኣይነበሮምን።

ኣብ መደምደምታ ርከቦም ደርማስ ፡ "ስማዕ ኣቦ ጽባሕ በይነይ ከይደ ንሃብቾም እንተ ነጊረዮ ኣይቅበለንን'የ። ጨሪሱ ከኣ ኣይኣምነንን'የ። ስለዚ ኣነን ንስኽን ብሓባር ንኸይዶ ፡" በሎም።

"ሕራይ ዝወደይ ክንድኡ እንተ'ሰኪፉካ ብሓባር ንኽዶ ፡" በሉዎ።

"በቃ ጽቡቕ። በሉ ኣነ ክኽይድ ፡" ኢሉ ብድድ ኢሉ ተፋንይዎም ከደ።

ሃብቾም ነዛ ንሓንሳብ'ውን ትኹን ሰለም ከየበለ ኢዩ ሓዲሩ። 'መሬት ምጽንቲ ርእሳ ትወግሕ ከም ዝበሃል ፡' መሬት ወግሐት። ንሃብቾም ግን ጸልማት ነይሩ ናብ ብርሃን ምቅያሩ እንተ ዘይኮይኑ ኣይወግሐሉን። በጻሕቲ ዝመጽሉ ስዓት ከኣኽለሉ ተሃንጥዩ እንተ ተጸበየ ፡ ግዜ በ'ንጻሩ ኣይሓልፍን ኢሉ ዕጭ ሓንፈፈሉ። ኣብ መወዳእታ ስዓት ኣኺሉ በጻሕቲ ከመጹ ምስ ጀመሩ ቁሊሕ ብምባል ረብረበ።

ከምዚ'ሉ ብተርባጽን ጭንቀትን ነ'ልማዝ እናተጸበየ ኸሎ ፡ ደርማስን ኣቦኡን ከመጹ ምስ ረኣየ ኣብ ክንዲ ሩፍታ መሊሱ ጭንቀት ፈጠረሉ። ኣብ ክንዲ ኣልማዝ ንሳቶም ምምጻኣም ነገር ከም ዘይጠዓየ ተረደኦ።

ሓጺር ሰላምታ ተለዋወጡ። ኩሎም ኣብ ከቢድ ሓሳባትን ዘይተጸበይዎ ጓህን'ዮም ወዲጨም ነይሮም። ትም-ትም ምስ በሉ ባሻይ ፡ "ሓዉኽ ንበይኑ መጺኡ ንኽዘራርበካ ሰለ ዝኽበዶ'የ ምስኡ መጺኣ። ስማዕ ሃብቾም ወደይ እዚ ትማሊ ሓዉኽ ብዛዕባ ኣልማዝ ፌራሜንታ ምኽፋታ ዝነገረካ ፡ ሓቂ ጥራይ ዘይኮነ ልዕሊ ሓቂ'ዩ!" ኢሉም ተኮስሉ።

"እእእ?! ዘይከውን ነገር ኣይትበለኒ'ቦ!" በለ ርእሱ እናሓዘ።

"ዘይከውን ኮይኑና'ምበር ኣብ ከምዚ ኩነታት ከለኽ ፡ ከም ኣ ክንብለካ ደስ

አይምበለናን!" በሉዋ ኩነታት ወዶም ከብዶም እናበልዖም።

"ኣንታ ርግጸኛታት ዲኹም?! ኣዚ'ኮ ንእሽቶ ነገር ኣይኮነን!" በሎም እቲ ዝነግርዖ ዝነበረ ዘይኮነ ከኹነሉ ብምትምናይ።

"ብዛዕባኡ ኣይትጠራጠር ሃብቾም ወደይ ኮይኑ'ዩ!"

"ዋይ ኣነ ሃብቾም! ዋይ ኣነ!" በለ።

ሃብቾም ኣብ ህይወቱ ንመጀመርያ ግዜ ፣ "ዋይ ኣነ ፣" እትብል ፣ ብኽፍል ጉድለት ከም ዝነበሮ እተሰምዕ ቃል ከጥቀም ብምስምዑ ደርማስ ኣዝዩ ተገረመ። በቲ ኽልእ መዳይ ከኣ ኣደንገጾ። ንደርማስ ካብ ሓሳባቱ ዘበራብሮ ናይ ኣቦኡ ድምጹን ዘረባን'ዩ ነይሩ ፣

"በል ደርማስ ወደይ ሕጂ እቲ ኹሉ ዝበልካያን ዝበለትካን ብዝርዝር ባዕልኻ ንገሮ ፣" ኢሎም እታ ጉዳይ ኣቐበሉዋ።

"ድሕሪ ሕጅስ ከነግሮ ኣይጽገምን'የ። ዓቅመይ ኢኻ ኣረኪብካኒ ሕጅስ ፣" ኢሉ እናሓሰበ ካብ መጀመርያ ከሳዕ መወዳእታ ነገሮ። ከነግሮ ኸሎ ሃብቾም ኣብ ቅድሚ ዓይኖም ፣ እቲ ጸሊም ገጹ መሊሱ ጸሎሎ ከኽደንን ፣ ኣዒንቱ ናብ ንህሪ ክልወጣን ተራእዮም። ኣብቲ ግዜ'ቲ ኣዝዩ ስለ ዘሕዘኖምን ዘደንገጾምን ፣ መንቀሊ እቲ ኹሉ መዘዝ ባዕሉ ሃብቾም ምንባሩ'ውን ዳርጋ ረሲዖሞ'ዮም ነይሮም።

ኣብ ሞንጎ-ሞንጎ "እምቢእ! ከምኡ ኢላትካ? ደሓን ከንረአኣ ኢና! እምቢእ ካን ከምኡ ገይራ? ደሓን ከትርእየኒ'ያ! ጽቡቅ ደሓን ንሃብቾም ከምኡ ገይራ ብህይወታ እንተ ነቢራስ ከንርእዮ ኢና?!" ዝብሉ ዘረባታት ይድርቢ ነበረ።

ደርማስ ጸብጻቡ ነጊሩ ምስ ወድኣ ሃብቾም ርእሱ ቁልቁል ኣፉ ደፊኡ ፣ ክልተ ኣእዳው ኣብ ግምባሩ ኣቐሚጡ ሕትም ኢሉ ስቅ በለ።

እቲ ገና ዘይገለጸናሉ ጥርጣረና ካብ ካልኣይ ግዜ ዝሳቐስ ሕጁዶ ከንነግር ዝብል ፣ ኣብ መደብ ዘይነበረ ሓድሽ ሓሳብ ንደርማስ መጾ። ንደቃይቅ ምስ ነብሱ እና'ውረደ እና'ደየበ ምውሳን ከበዶ። ናይ ኣቦኡ ሓሳባት ከይሰምዕን ከየማኽሮምን ፣ ኣብ ቅድሚ ሃብቾም ስለ ዝኾነ ዘይከውን ኮኖ።

ኣብ መወዳእታ ፣ "ዝመጸ ሳዕቤን ባዕለይ ብሓላፍነት ይስከሞ'ምበር ፣ ካልእ ግዜ ሓወይ እንዳገና ከምዚ ከሳቐ ከርእዮ ኣይደልን'የ ፣" ብምባል ኣብ ውሳነ በጽሐ።

"ስማዕ ሃብቾም ሓወይ ፤ እዚ ነገር'ዚ ንኹላትና ኣሕርር ኩምትር ዘበለና
ጉዳይ'ዩ። ግን ንስኻ ኣብዚ ስለ ዘሎኻ ፤ ካብኡ ናብኡ ናትካ ስቓይን ቃንዛን
ይዛይድን ይዓዝዝን። ኣጸቢቕና ከሳዕ እነጥልሎን እነረጋግጾን ኢልና ከሳዕ ሕጂ
ዘይነገርናካ ነገር'ውን ኣሎ። ሕጂደ ክንነግሮ ዋላስ ካልእ ግዜ እናበልኩ ምስ
ነብሰይ ክማጎት'የ ጸኒሐ። ግን ኣነ ካልኣይ መዓልቲ ሓድሽ ኩብኑካ እንደገና
ከትጉሒ ስለ ዘይደለኹ ሕጂ ክነግረካ ወሲነ'ሎኹ።"

ናብ ኣቦኡ ግልብጥ ኢሉ ፤ "ኢ.ሂ'ቦ?" በሎም።

"ዋእ ወዲእካዮ'ንዲኻ ደርማስ ወደይ። ደሓን ቀጽል ጥራይ ፤" በሎም።

ደርማስ በዚ ተተባቢዑ ብዛዕባ ኣልማዝ ምጥናሳ ዝምልከት ፤ ካብ ናይ ኣደኡ
ናይ መጀመርያ ትዕዝብቲ ጀሚሩ ፤ ከሳዕ እቲ ሰራሕተኛም ዝበሎን ፤ ኣብ ገዛ
ከዘራርባ ኢሉ ምስ ከደ'ውን ንሱ ዘስተብሀሎን ዝተዓዘበን ሓደ ብሓደ ገለጸሉ።
ሓቅነት ናይቲ ኩነታት'ቲ ፤ ምእንቲ ርእሱ ኣብዚ ቀረባ ግዜ ናይ ግድን ምርግጋጹ
ከም ዘይተርፎ ብምርዳእ ሰፊሕ መግለጺኡ ደምደመ።

ሃብቾም ኣእምሮኡ ከስሕት ቅሩብ ተረፎ። ሰራውሩ ተገታቲሩ ፤ ሓንጎሉ ብመትልሑ
ከወጽእ ዝደለየ ኾይኑ ተሰምዖ። ህርመት ልቡ ከጋልብን ተረግ-ተረግ ከብሎን
ተፈለጦ። ብሕርቃንን ብጓህን ብብስጭትን ብዓቕሊ ጸበትን ከትኮስ ደለየ።

"እዋይ! ኣንታ ከንደይ ትሕስምን ትጨክንን'ያ! ቀሪብ እንድ'የ'ንታ! ከሳዕ
ዝወጽእካ ዘይትጽበ?! ናይዚኣስ ከኣ ንበይኑ'የ! ካን ብርብሮ ብጐዲም ካራ
ገይራ'ያ ከትሓርደኒ ደልያ?! ደሓን ንሃብቾም ብጐዲም ካራ ጌርካ ሓሪድካ ፤
ኣብ ዓለም ዝንበር እንተ ኾይኑስ ከንርኣአ ኢና! ደሓን ፤ ደሓን ፤ ከንረአአ
ኢና!" ዝብሎን ፤ ካልኣት ከቘጸሩ ዘይከእሉን ዘረባታት ኣውሓዘ።

ድሕሪ ከምዚኦም ዝኣመሰሉ መወዳእታ ዘይነብሮም ዋሕዚ ዘረባታት ፤ ሃብቾም
ርእሱ ቁልቁል ኣፉ ደፍኡ ፤ ምዕጉርቱ ብኽልት ኣእዳዉ ሒዙ ፤ ኣዒንቱ ዓሚቱ
ርእሱ ንየማን ንጸጋምን እና'ወዛወዘ ሕትም ኢሉ ትም በለ።

ሃብቾም ካብኡ ዝያዳ ከጽለልን ከዓብድን'የም ተጸብዮሞ። ግን ዳርጋ በቲ
ኹሉ ኣቓዲሞም ዝነገርዖ ደንዚዙ ግዲ ጸኒሐ ፤ ግብረ መልሱ ከምቲ ዝፈርሕዖ
ኣይነበረን። ግን ብሓፈሻ ሃብቾም ዓለሙ ሽዑ ዝጸልመተቾን ፤ ሽዑ ዝጠለመቾን
ሰብ መሲሉ ተራእዮም። ብሓቂ ኸኣ ከምኡ'የ ነይሩ። ሃብቾም ኣብ ዓለም ካብ
ዝፍጠር ፤ እቲ ዝኸፍአ ከወርዶ ዝኽእል መዓት ማእሰርቲ ጥራይ ገይሩ'የ ዝወስዮ
ነይሩ። ኣብ ልዕሊኡ እዚ ምስ ወረዶ ግን ፤ ዓለም ሽዑ መዓልቲ እተወድአት

ኮይኑ ኢዮ ተሰሚዕዎ።

ደርማስን ባሻይን ንግዜኡ ጸሮም ስለ ዘውረዱ ፈኹሶም። እቲ ካብ ርእሶም
ዘውረድዎ ሰኸም ግን ፣ ኣብ ሃብቶም ተጻዒኑ ከም ዝነበረ ኣይጠፍኦምን። ብኣኡ
ምኽንያት ከኣ ብሓቂ ኣዝዮ ኣጉሃዮምን ተንከፍዎምን። ንኸም ሃብቶም ተደራራቢ
ድቦላ ጸገም ንዝወረዶ ሰብ ፣ ባሻይ ባዕሎም'ውን እንተ ኸኑ ፣ ንኸጸናንዖ
ከዛረብዎ ዝኽእሉ ቃላትን ፣ ንኣኡ ዘውጽእ ልሳንን ትብዓትን ከረኽቡ ኣይከኣሉን።
ብኣኡ ምኽንያት ደርማስን ባሻይን ቃል ከየተንፈሱ ትም በሉ።

ትም-ትም ምስ በዝሐ እቲ ኩነታት ከበዶም። ንዝቐጽል ንዝኸውነ ዘድልዮ ነገር ፣
ኣሓቱ ኣደኡ ባዕላቶምን ከመላለስዎ ምኽናዎም ኣረጋጊጾምሉ ሰዓት ምስ ኣኸለ
ተሰናቢቶምዎ ከዱ።

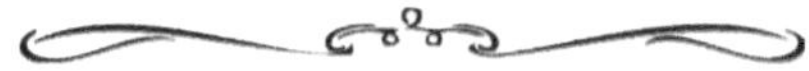

ኣብ ጉዳይ ኣልማዝ ፣ ንደርማስ ሓንቲ ሕርኽርኽ እናበለት ምኽድ ዝኣበየቾ
ሓሳብ ከተመላለሶ ጀመረት። እቲ ኣልማዝ ከፋታቾ ዝነበረት ፌራሜንታ ኣዝዩ
ዓቢ ኢዮ ነይሩ። ስለዚ ከመይ ገይራ'ያ ክንድ'ዚ ዝኣከለ ፌራሜንታ ክትከፍት
ከኢላ ኢሉ ተጠራጠረ። ዋላ ነቲ ዝነበሮም ንብረትን ገንዘብን ብሙሉኡ ገፊፋ
ትውሰዶ'ምበር ፣ ብኣኡ ጥራይ ማዕረ ክንድኡ ዝኣከለ ዓቢ ፌራሜንታ ፣ ብናታ
ዓቕሚ ጥራይ ክትከፍት ከም ዘይትኽእል ኣብ መደምደምታ በጽሐ።

ስለዚ ኣልማዝ ውሽጣ ጥራይ ዘይኮነ ፣ ገንዘብን ሓይልን ዘለዎ ሰብ'ውን ናይ
ግድን ረኺባ ክትከውን ኣለዋ ኢሉ ሓሰበ። ኣብ ዝቐጸለ መዓልታት ደርማስ
መንነት ናይቲ ነ'ልማዝ ዝተወሽማን ፣ ምናልባሽ'ውን ኣብ ጥንሲ ኣብጺሐዋ
ዝነበረ ሰብን ናብ ምርግጋጽ ኣተከሩ።

ከም ኣልማዝ ዝኣመሰላን ዝኣመሰሉን ሰባት ፣ ብፍቕሪ ዝበሃል ጥራይ ዝድስቱን
ዝዓግቡን ዓይነት ሰባት ኣይኮኑን። ዕላማኦምን ምያኦምን ሰብ ወርቅን ጨርቅን ፣ ሰብ
ሓይልን ስልጣንን ዝኾኑ ሰባት እናዲኽን ኣለሊኽን ፣ ብፍቕሪ ደሊልካ ምስኣቶም
ብስጋ ምዝማድ'ዩ። ከምኡ ስለ ዝኾኑ ኸኣ ከምኡ ከይገበሩ ኣይዓርፉን'ዮም።

"ስለዚ ብቐደሙውን ሓቃ'ያ ነይራ ኣልማዝ ምስ ኣለም ጠርጢርካኔ ኢላ
ከገርማን ከስሕቓን ፣" ኢሉ ሓሰበ። ቀጺሉ "ነ'ልማዝ ፣ ነቲ ስይጥንነኣ ብዝዳረግ
ሚዛን ዕቱብነትን ብዝግባኣ ከም ዘይገምገማ ፣" ተረድኦ። "እዚ ብምግባሩ ኸኣ
ናቱ የዋህነትን ፣ ግርህነትን ፣ ቅሩብ'ውን ዕሽነትን ዘርኢ ምኳኑ ፣" ምስ ነብሱ

ብግልጺ ተላዘብን ተናሰሕን።

ድሕሪ ብዙሕ ምሕታትን ምጥይያቅን ፡ ኣልማዝ ኣብ ሔቅፈኣ ኣእትያቶ ናይ ዝነበረት ሰብ መንነት ከፈልጥ ከኣለ። መንነት ናይቲ ሰብ ምስ ፈለጠ ፡ ሽዑ ንኸልኣይ ግዜኡ ፡ ብየዋህነቱን ግርህነቱን ዕሽነቱን ንነብሱ ብዘይምሕረት ኮነና። ምኽንያቱ እቲ ሰብ ካብቶም ብዙሕ ግዜ ዝመላለሱን ፡ ሐለፋ ኣተኩሮን ምኽምስማስን ምቅብዛርን ዝፈሰሎም ዝነበሩ ሰባት ሐደ ኢዩ ነይሩ። ግን እቲ ሰብ ካብ ቀደም ናይ ነዊሕ ዓመታት ዓሚሎም ስለ ዝነበረ ፡ ደርማስ ሽዑ ጨሪሱ ኣይጠርጠሮን'ዩ ነይሩ።

እምበኣር ኣልማዝ ኣብ መጸወድያኣ ኣእትያቶ ዝነበረት ሰብ ፡ ካብቶም ናይቲ ግዜ'ቲ በዓል ስልጣን'ዩ ነይሩ። ብመንግስቲ ደርግ ኣዝዩ እሙን ስለ ዝነበረ ከኣ ፡ ዝኾነ ከገብር ዓቅምን ስልጣንን ዝነበሮ ሰብ'ዩ ነይሩ። ብኡ ምኽንያት ኣብ ሐጺር እዋን ሃብቲ ከድልብን ፡ ብስልጣኑ ተፈራሒ ከኸውንን ዝበቅዐ ኢዩ ነይሩ።

ሽዑ'ዩ ደርማስ እቲ ናይ ኣልማዝ ዶቡ ዝሐለፈ ድፍረትን ንዕቀትን ካብ ምንታይ ምንባሩ ከርደኦ ዝኽኣለ። ብውሽጢ ልቡ ኽኣ በቲ ስይጣንነኣን ፡ ነዊሕ ዝጠመተ ከፋእን ኣነዋርን ትልማን ፡ ከልተ ስለስተ ግዜ ደጋጊሙ ረገማ። ምኽንያቱ ኣብቲ ግዜ'ቲ ነ'ልማዝ ካብ ምርጋም ሐሊፍም ፡ ከገብርዎ ዝኽእሉ ዋላ ሐንቲ ነገር ከም ዘይነበረ ንደርማስ ኣጸቢቑ በሪሁሉን ተረዲእዎን ነይሩ'ዩ። ሽዑ እታ "እተን ኣሐም ወሲዶመን'ዮም ፡ እንተ ምርጋምን ምጽራፍን ግን ኣይወሰደናን ፡" እትብል ብሂል ትዝ በለቶ። ካልእ ግዜ ነይሩ እንተ ዝኸውን ደርማስ እንተ ኾነ ምስሐቆ ፡ እንተ ዘይኮነ ኽኣ ከምስ ምበለ ነይሩ'ዩ። ሽዑ ግን መዓንጣኡ ሐሪሩ ስለ ዝነበረ ፡ ምንጋጋኡ ከሳዕ ዘቖንዝዎ'ዩ ንኹራርምቱ ዝሐራቕሞም ነይሩ።

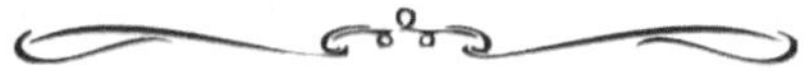

ኣብ ዝቅጽል መዓልታት ኣልማዝ ዝፈጸመቶ ጥልመት ብስራሑ ከዕለል ጀመረ። ኩሎም ሰራሕተኛታት እንዳ ባኒ ፡ ብምሉኣም ፈለጥትን ፈተውትን ኣዝማድን እንዳ ባሻይን ሃብቶምን ፡ ዝርዝር ናይቲ ዝተፈጸመ በደልን ከሕደትን በጽሐም።

ዝኾነ ሰብ ዘይተጸበዮን ፡ ዘይንቡር ናይ ጥልመትን ነውርን ተግባር ብምንባሩ ኽኣ ፡ ኩሉ ሰብ ሰንበደን ንሃብቶም ደንገጸሉን። ድሕሪ ቅሩብ ግን ንሳ ሕማቕን ኣነዋርን ተግባር ትፈጽም'ምበር ፡ ሃብቶምሲ ካብ ወቀሳ ዝድሕን መዓስ ኮይኑ ፡ ዘይ ኩሉ ባዕሉ ብጽጋቡን ብግፍዑን ዘምጽኦ'ዩ ናብ ምባል ሐለፉ።

እዚ ወረ'ዚ ነ'ልጋነሽን ን'ንዳ ተሰፎምን ፡ ን'ንዳ ግራዝማችን'ውን በጽሓም። ኣልጋነሽ ከም ሃብቶም ነይራ እንተ ትኸውን ፡ ታሕጓሳ ንምግላጽ ከቦሮኣ ምደሰቐት ነይራ። ኣልጋነሽ ግን ርህሩህትን ፍትሕዊትን ስለ ዝነበረት ነቲ ኩነታት ብህድኣት ኢያ ተቐቢላቶ።

እንቋዕ ደኣ ከምኡ ረኸበ ፡ ዘይ ኢዱ ኢዮ ዝበሃል ኣዘራርባ ፡ ኣሻንኳይ ብኣፉ ብ'እምሮኣ'ውን ኣይሓለፈን። ቀደም ወላዲኣ "ክፉእ ንርእሱ ጽቡቅ ንርእሱ ፡" ከም'ኡ'ውን ፡ "ሰብ ናይ ክልኤ ሰብ ሕማቕን ክፉኣን ክትምን ኣይዋግኣን'የ ፡ እዝግሄር ኣይፈትዎን'የ ፡" ዝብልዋ ዝነበሩ ኩሉ ግዜ ካብ ሓንጎላ ሃሲሱ ኣይፈልጥን'ዮ ነይሩ። መንፍዓት ኣልጋነሽ ግን ምዝካራ ጥራይ ዘይኮነ ፡ ተተግብሮ'ውን ምንባራ'የ። ስለዚ ንደቃ ወላዲኹም ሕማቕ ረኺቡ ፡ ምሽኪናይ እንተ ዘይኮይኑ ፡ ካልእ ዘረባ ኣይወሰኸትሎምን።

ዓበይቲ ደቃ ክብረትን ሳምሶንን ግን ክጽለሉ ደለዩ። ብግብሪ ናይታ ንወለዶም ዝፈላለየትን ፡ ንስድራ ቤቶም ቁሪ ዘእተወትሎምን ኣልማዝ ብሕርቃን ከቃጽሉ ደለዩ። ዕላማ ሕርቃኖም ግን ኣልማዝ ጥራይ ኣይኮነትን ነይራ። ነቲ ቅድም ኣብ ኣደኦምን ኣብ ኣታቶምን ዝወረደ በደልን ጸገምን ፡ ቁጽሪ ሓደ ተጠያቒ ኣቦኦም ባዕሉ ምንባሩ ፡ ሕጂ'ውን ነዚ ዳሕራይ በደል ኣብ ልዕሊ ስድራ ቤቶም ነብሱን ዘውረደ ፡ ልዕሊ ኣልማዝ ንሱ ባዕሉ በዳሊ ስለ ዝነበረ ኮነንዎ። ናይ ኣደኦም ምዝሕሓልን ጽቡቅ ቃላትን ፡ ከዝሕሎምን ሕርቃኖምን ብስጭቶም ከንድለሎምን ኣይከኣለን።

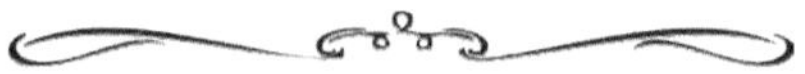

እቲ ናይ ኣልማዝ ጉዳይ ምስ ሰምዐት ኣልጋነሽ ንደርማስ ከመጻ ጸውዐቶ። ምስተራኸቡ ደርማስ ጠሪእዋ ብምቕናዩ ይቅረታ ሓተታ። ምኽንያት መጥፍኢኡ ኸኣ ኣብቲ ናይ ቀበሌ ፍርድ ሽንጐ ፡ ዓሰርተ ግዜ እናጸውዑ የመላልስዎ ስለ ዝነበሩ ምኳኑ ገለጻላ። ኣልጋነሽ ብግደኣ እቶም ቀበሌ ዝተባህሉ ፡ ነቶም ክልተ ናእሽቱ ደቃ ናብ ኪነት እናበሉ ፡ ናብ ሳዕስዒትን ሙዚቃን ዳንኬራን ከሳተፉ የገድድዎም ስለ ዝነበሩ ስክፍታኣ ገለጸትሉ።

ኣብቲ እዋን'ቲ ብስርዓት ደርግ ፡ ቀበሌታትን ከፍተኛታትን ዝበሃል ፡ ንስሙ ናይ ምምሕዳር ትካላት ቼይመን ነይሩን'የን። እቲ ቀንዲ ዕላማኣን ንህዝቢ ንምምሕዳር ዘይኮነን ፡ ንህዝቢ ብደቒቕ ንምቁጽጻር ኢዩ ነይሩ። ነፍሲ ወከፍ ስድራ ቤት ኩሎም ኣባላታ ፡ ብግቡእ ኣብ ቅጥዕታት ከም እተመዝገቡ ናይ ምርግጋጽ ሓላፍነት

ነይሩዋ። ዝኾነ ሰብ ናብ ካልእ ከተማ ክገይሽ እተደለየ ፣ ይሕለፍ (ይለፍ)
ዝበሃል ናይ መገሻ ፍቓድ ካብ ቀበሌ ከውጽእ ይግደድ ነይሩ። ዝኾነ ጋሻ ዘሕደረት
ስድራ ቤት ፣ ስምን መንነትን ናይቲ ጋሻ ከተመዝግብን ከተፍቅድን ትቅሰብ ነይራ።

ነዚ ዘገልግላ ብዙሓት ክፍልታት ፣ ከም ፍርድ ሽንጎ ዝበሃል ናይ ቀበሊ ቤት
ፍርዲ ፣ ናይ ቀበሌ ዱኳናት ፣ ህዝቢ ነንቅሕን ንውድብን ኣሎና ዝበሉ ጓዶች
(ብጾት) ዝብልዎም ካድረታት ፣ ኩፖኖን ካልእ ፍቓዳትን ዝዕድሉ ኣባላት ፣ ወዘተ
ነይሮመን። ህዝቢ ምንቃሕን ምውዳብን ብዝብል ምስምስ ፣ ኩሉ ሰብ ኣብ ቀበሌን
ኣብ ዝሰርሓሉ ትካላትን ፋብሪካታትን ቤት ጽሕፈታትን ኣብ ቀጻሊ ኣኼባታት
ከሳተፍ ይግደድ ነይሩ። ኣብኡ ኣብቲ ኣኼባታት ከላ ኢዱ እናልዓለ ፣ ይወድማሉ !
ይደመሰሳሉ ! እናበለ ፣ ብዓውታ ንገዛእ ደቁን ኣሓዋቱን ውድቡን ክረግምን ክኹንን
ይግደድ ነይሩ።

ንመንእሰያት ንስኻትኩም ውዑይ ሓይሊ ስለ ዝኾንኩም ፣ ገስገስትን ሰጉምትን
ኢኹም ፤ ዓበይቲ ግን ኣድሓርሓርቲ ኢዮም ብምባል እና'ታለሉ ፣ ነታ ጥምርቲ
ስድራ ቤት ከፈናትትዋን ከበታትንዋን ይፍትኑ ነበሩ። ብተወሳኺ ኪኔት ዝብልወን
ዝነበሩ ናይ ሙዚቃን ሳዕስዒትን ጋንታታት እና'ጄሙ ፣ መንእሰያት ካብ ስድራ
ቤቶም ቀኖጽጾር ከም ዝወጹ ይገብሩ ነበሩ። እንተ ኾይኑሎም ማዕረ መንእሰያት
ንገዛእ ስድራ ቤቶም ከስልይሎምን ፣ ንዝዘረብዎን ዝውጥኑን ከጽናጽኑሎምን
ይደፋፍእዎም ነበሩ።

ነቲ ዝነበረ ስርዓተ ትምህርቲ ኣላይን ተኣላይን ፣ መራሕን ተመራሕን ፣ መሃርን
ተመሃርን ከም ዘይህልዎ ብምግባር ፣ ነቲ መሰረቱ የፈራርስዎ ነበሩ። ብተወሳኺ
ብኪነት ወዲ ኪነት እናበሉ የዛናብልዎምን ኣእምሮኦም ይስርቅዎምን ስለ ዝነበሩ ፣
ጽርየትን ብቕዓትን ደረጃ ትምህርቲ ከንቄልቁል ጀመረ። ብሳዕቤን ናይዚ ኹሉ
ኽኣ ኣብ ሞንጎ መምህራንን ተመሃሮን ፣ ከም'ዉን ወለድን ደቄምን ዝነበረ
ዝምድናን ርክብን ከቀያየርን ፣ እቲ ዝነበሮም ጽልዋን ተሰማዕነትን ከብረትን
ከብሕጕግን ክቘንጠጥን ጀመረ።

ነዚታትን ካልእን እናልዓሉ ነቲ ዝነበረ ኩነታት ፣ በብወገኖም ከዘራረቡሉ ድሕሪ
ምጽናሕ ኣልጋነሽ ፤ "ጨልዑ ኽኣ እነሀውልካ ደርማስ በጃኽትኩም እዚ ግዜ
ትርእይዎ'ሎኹም ፣ ብዙሓት ኬንኩም ተኣኪብኩም ኣይትኺዱ ፣ ቀልጢፍኩም
ገዛ እተው እንተ በልካዮም ኣይሰምዑን'የም። ስለዚ ብኹሉ ኹሉ ሕማቕ ግዜ
ኢና በጺሕና። ኣብ ልዕሊ ዘላ ተወሰኸታ ኽኣ ሒጃ እነሀ ፣ እዚ ጥልመት'ዚ
ገጢሙኩም። ኣዝዩ ዘሕዝን'የ። ሃብቶም ሕጇስ ማእሰርቱ ምኣኽሎ ነይሩ።"

ከምኡ ብምባል እቲ ኩነታት ከም ዘሕዘና ምግላጽ እንተ ዘይኮይኑ ፤ ካልእ
ንሃብቶም ዝምልከት ሕማቕ ዘረባ ኣየውጽእትን። ድሕሪኡ ገለ ከትዛረቦ ዝደለየት
ዝረሰዓቶ ኣርእስቲ ከም ዝነበራ ፤ ገጽ እስር ኣቢላ ድሕሪ ምጽናሕ ብቕጽበት ገጻ
ከፈታታሕ ተራእየ። ሽው ፤ "ዝኾነ ኣነ ከተሓባበረኩምን ከሕግዞን ዝኽእል ነገር
እንተ'ሎ ከይተሰከፍካ ንገረኒ ፤" በለቶ።

ሽው ኣብ ገጹ ደርማስ መጀመርያ ናይ ምድንጋር ፤ ጸኒሑ ናይ ምግራም ፤ ኣብ
መወዳእታ ኸኣ እምበርዶ ብግቡእ ሰሚዐያ'የ ዘርኢ ምጥርጣር ተራእየ። ጽንሕ
ኢሉ ኸኣ ካብ ምጥርጣሩን ምግራሙን ፤ ኣብ ካልኢታት ብቕጽበት ከም ዝተገላገለ
ኣብ ገጹ ተራእየ። ሽው ኣፉ ከፊቱ ከምዚ ክብል ተሰምዐ ፤ "ኣንቲ ኣልጋነሽ
ንዓኺ'ኮ ሃብቶም ጥራይ ዘይኮነ ፤ ዋላ ንሕና'ውን ከም ስድራ ቤት ገሪዕናክን
ከሕዲርናክን ኢና። ድሕሪ'ዚ ኹሉ ምረትን ቂምታን ክንዲ ምንጽብራቕሲ ፤ ገለ
ከሕግዘ ዝኽእል እንተ'ሎ ንገረኒ ከትብልኒ?! ካብ ሰብ እንዲኺ ተፈጢርኪ ፤
ሰብጆ ኣይኮንክን ኢኺ?"

"ስማዕንዶ ደርማስ ሃብቶም ኹነ ንስኻትኩም ፤ ሕማቕ ስለ ዝረኽብኩም ፤ ኣነን
ደቀይን ንዝተበደልናዮ ብምንታይ ይመልሰልና ድዩ? ንሕና ጽቡቕ እንተ ረኸብና
ኢና ክንሕጎስን ክንድሰትን ዘሎና። ንስኻትኩም ሕማቕ ብምርካብኩም ንሕና
ንረኽቦ ረብሓ የሎን። ሕማቕ ስለ ዝረኸብኩም ጽቡቕ ከም ዝረኸብና ከስምዓናን
ከንሕጎስን እንተ ፈቲንና ፤ እዝግሄር ዘይፈትዎ ጌጋ ካብ ምኽን ኣይሓልፍን'የ?"

"ንሱስ'ወ ጽቡቕ ኣለኺ። ግን ሰብ መኣስ ከምኡ ይሓስብ።"

"ደሓር ከኣ ዝኾነ እንተ ኾነ'ኮ ንሱ ወላዲኣም ፤ ንስኻትኩም ከኣ ወለዶም
ምኽንኩም ፤ ኣብ ዝኾነ እዋንን ብዝኾነ ምኽንያትን ማንም ከቅይሮ ዝኽእል
ኣይኮነን።"

ደርማስ መልሲ ከይሃበ ቀው ኢሉ ንኻሊኢታት ጠመታ። ኣብ መወዳእታ ፤
"ኣነ'ኻ ብሓቂ ነዚ ከምዚ ዝኣመሰለ ኣተሓሳስባን ኣዘራርባን ዝዳረግ ፤ ሓሳብ
ይኹን መልሲ ከህብ ዓቕሚ'ውን የብለይን። ሓደ ነገር ግን እፈልጥ። ደቅና
ዋላ'ኻ ብኣና ፤ ብናይ ወለዶም ኣተሓሳስባን ግብርን ተወጺያም እንተ ኾኑ ፤
ክንዲ ኹሉ ዝኾነት ኣደ ከም ዘላቶምን ዕድለኛታት ምዃኖምን ግን እምስክር!"

"ኣየ ደርማስ ሓወይ ክትንእደኒ ደኣ ደሊኻ'ምበር ፤ ቅንዕናኽን ሓቅነትካን
እንዶ'የሎን ክንዲ ኹሉ።"

"ኣየ ኣልጋነሽ ንሱስ ትሕሸዮ ደኣ። ዝኾነኾይኑ ደሓን ንኹሉ ነገር ብሓንሳብ
ኣሎና። በሊ ሕጅስ ክኸይድ ፤" ኢሉ ተፋንይዋ ከደ።

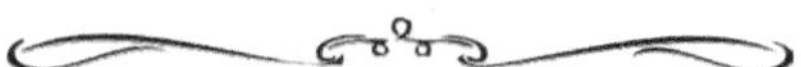

ተስፎም ኩነታቱ ኣዝዩ እናተመሓየሸ ስለ ዝኸደ ፤ ድሮ ዝበዝሕ መዓልታት ንፋብሪካ ከኸይድ ጀሚሩ ነይሩ'ዩ። ናይ ተስፎም ምምሕያሽ ኩሎም ሰራሕተኛታት ፋብሪካ ኣስተብሂሎሉ። ዋላ'ኳ ከም ቀደሙ ዘይዋዘን ዘይስሕቕን እንተ ነበረ ፤ እቲ ኣምጺእዎ ዝነበረ ገጭገጭን ምንጽርጻርን ግን ጨሪሱ ኣቋሪጽዎ ነበረ።

ኣልማዝ ንሃብቶም ብጥልመት ከም ዘሓረረቶ ፤ ኣርኣያ'ዮ ንተስፎምን ንወለዱን ነጊርዎም። ተስፎም ኣዝዩ ገሪምዎን ኣስደመሞን። ሓቅነት ናይቲ ኣርኣያ ዝበሎ ዝነበረ ንምርግጋጽ ከኣ ደጋጊሙ ሓተቶ። ኣርኣያ ሓቅነቱ ምስ ኣረጋገጸሉ ግን ፤ ብዘዕባ'ቲ ንሃብቶም ዘጋጠሞ ኩነታት ጽቡቕ ኮነ ሕማቕ ከይተዛረበ ትም በለ። በቲ ንሃብቶም ዘወረዮ ኩነታት ከም ዝተደሰተ ዘርኢ ዝኾነ ቃል ኮነ ኣካላዊ ምልክት ኣየምሎቖን። ነዚ ዘስተብሃለ ኣርኣያ ፤ ተስፎም ናብቲ ናይ ቀደም ጽቡቕ ባህሩ ናይ ምምላሱ ምልክት ከኾነሎም ብልቡ ተመነየ።

ተስፎም ንበይኑ ኾይኑ እታ ከሳዕ ካብዛ ዓለም'ዚኣ ዝፋና ንመቓብሩ ተማሊእዋ ዝኸይድ ናይ ግሉ ምስጢር ከዝክር ጀመረ። እታ ምስጢር ብዘይካኡ ማንም ዝፈልጣ ሰብ ኣይነበረን። ኣልማዝ በታ ናይ ደቁ'ንስትዮ ሻድሻይቲ ህዋስ ትፈልጣ ከም ዝነበረት ኣይጠራጠርን'ዩ ነይሩ። ግን ዋላ ንኣኣ እንተ ኾነ'ውን ፤ ኣፍ ኣውጺኡ ዘተንብሃላ ነገር ስለ ዘይነበረ ፤ ኣፍልጦኣን ርግጽነታን ሚኢቲ ካብ ሚኢቲ ኣይኮነን ነይሩ።

ዝኾነኾይኑ እቲ ግዜ'ቲ ብውሽጡን ንበይኑን ብፍቕሪ ኣልማዝ ዓዊሩ ፤ ምውሳን ስኢኑ ከጽለል ደልዮሉ ዝነበረ ግዜ ከም ዝነበረ ግን ከኽሕዶ ኣይደለየን። እታ ሓዳሩን ደቁን ቃል ኪዳኑን ነ'ልማዝ ኢሉ ፤ ኣብ ሓደጋ ከውድቕ ተገማጊሙሉ ዝነበረላ እዋን ስኽፍክፍ ኣናበለቶ ዘከራ። እታ ሓጻር ናይ ዕብድብድን ፈተናን ግዜ በዲሁ ፤ ናብ ውኑእ ምስ ተመልሰ ፤ ነታ ግዜ'ቲኣ ናይ ጽላለ ግዜ እናበለ'ዩ ዝገልጻ ነይሩ።

ሃብቶም ምእንቲ ማሕላ'ውን ትኹን ንተስፎም ንኽጠቕሞን ንኽሕግዙን ኢሉ ፤ ገይሩዎ ዝፈልጠ ነገር ከቶ ከም ዘይነበረ ኣዕርዮ ይፈልጥ ነይሩ'ዩ ተስፎም። ግን ሃብቶም ከይተረድኦን ከይተፈለጦን ፤ መታን ምስ ተስፎም ከተሃላለኽን ንኣኡ ከንበርክኽን ከብል ፤ ነ'ልማዝ ንሓላሉ ስለ ዝኣከባ ዓቢ ውዕለት'ዩ ገይርሉ። በዚ'ዩ ተስፎም ኣብ መጨረስታ ካብ መፈንጥራ ኣልማዝ እተገላገለ።

ድሕሪኡ ኣብ ህይወቱ ከንደይ ሓርጕጽጕጽን ሽግርን ሓዘንን ስለ ዘጋጠሞ ፤ እቲ

ተዘክሮ ከሃስስ ደልዩ ነይሩ ኢዩ። ይኹን'ምበር ብውሽጡ ግን ፡ ንእዝግሄር ካብ ከምዚኣ ዝኣመሰለት ሰይጣን ስለ ዘድሓኖ ኣመስገነ። ብድሕሪኡ ከምዚ እናበለ ናብ ሓሳባት ጠሓለ ፡ "ገሊኦም ነገራት ኣዝዮም ዝጠቐሙናን ዝኾኑናን ስለ ዝመሰሉና ፡ ንብዙሕ ግዜ ንምነዮምን ንሃርፎምን ፡ ኣምላኽ ግን ከም ዘይቀንዓና ጥራይ እናገበረ ዕጮ ይብለና። ሽው ስለ ዘይቀንዓና ንሓርቕን ንበሳጬን ወዮ ንሕና ኢና ዘይንጽሕ ጌንና'ምበር ፡ ኣምላኽሲ ብዙሕ ግዜ'ዩ ንሕና ካብ ዘይተረድእና ከንደይ መዓት ፡ ከይፈለጥናዮ ዘድሕነናን ዘውጽኣናን ፡" ኢሉ ሓሰበ።

ብድሕር'ዚ ተዘክሮን ኣስተንትኖን'ዚ ናቱን ብናቱን ንኣኡን ፡ ከምኡ ድማ ናይ ሎምን ጽባሕን ደኣ'ምበር ኣብ ትማልን ሕሉፍን ምንስፋፍን ምንባርን ፡ ቅኑዕ መንገዲ ህይወት ከም ዘይኮነ ንነብሱ ኣዘኽኪሩ ናብ ሽው መለሳ።

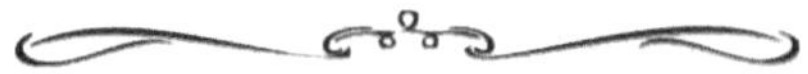

ወ/ሮ ብርኽትን ግራዝማችን ነቲ ሃብቶም ዘጋጠሞ ጥልመት ፡ ከም ናይ ወትሩ ባህሮምን ኣተሓሳስባኦምን ፡ ብዝተፈላለየ ስምዒትን ግብሪ-መልስን'ዮም ተቐቢሎሞ። ወ/ሮ ብርኽቲ መጀመርያ ምስ ሰምዓ ፡ "ሕማቕ ግብርን ጽጋብን'ኮ ኣይሰድድን'ዩ። ደሓር ከኣ እህህታን መርገምን እዛ ብርኽቲ ሰበይቱ ኣልጋነሽሲ እንታይ ጽቡቕ ከሀቦ ኢሉ።"

ግራዝማች ኣዘራርባን ኣተሓሳስባን በዓልቲ ቤቶም ብዙሕ'ኳ ባህ እንተ ዘይበሎም ፡ ምስኣን ናብ ምትራኽ ከኣትው ግን ኣይደለዩን።

"ሕማቕ ረኺቡ'ዚ ጨልዓ። ማእሰርቱ ከይኣኸሎስ?" በሉ።

"እእእ! ሕማቕ እንተ ረኸበ ዘይኩሉ ባዕሉ ዘምጽኦ'ዩ ፡" ኢለን እንደገና ንእትዕ ዓደማኦም። ንቐዳማይ ዘረባን ሻለል ኢሎሞ'ኳ እንተ ነበሩ ፡ ንዳሕረዋይ ግን ከምልስሉ ተገደዱ።

"ኣንቲ እንታይ ኬንኪ ኢኺ ንኹነታት ላዕሊ ላዕሉ ጥራይ እትርእዩ? እዝግሄር'ኮ ከማና ከም ሰብ ኣይኮነን። ናይ ግድን ንኹሉ ሕማቕ ዝገበረ ፡ ንሕና ብእንርእዮን እንርድኦን ኣገባብ ኣይኮነን ሕማቕ ከም ዝበጽሖ ዝገብር። ብተመሳሳሊ ንኹሉ ጽቡቕ ዝገበረ ፡ ንሕና ብእንርእዮን እንርድኦን ኣይኮነን ጽቡቕ ዝህቦ።"

"እሞ ሕማቕ ዝገበረ ሕማቕ ኣይበጽሖን ዲኹም እትብሉ ዘለኹም?"

"ሕማቕ ዝገበረ ሕማቕ ኣይበጽሖን ፡ ወይ በ'ንዳሩ ጽቡቕ ዝገበረ ጽቡቕ

ኣይረክብን ማለተይ ኣይኮንኩን።"

"ቃላትኩምን ዘረባኹምንስ ከምኡ'ዩ ዝብል ዘሎ!"

"ሓቅኺ ቃላተይስ ከምኡ ዝብል ዘሎኹ'ዩ ዘምስል። ሓደ ካብቲ ናትና ናይ
ደቂ ሰባት ጸገምን ድኽመትን'ኮ ፣ እቲ ብውሽጢ ኣእምሮና ሓሲብና ክንብሎ
እንደሊ ፣ በቶም ነቲ ሓሳባትና ብልከዕ ከውክሎ ዘይክእሉን ዘይበቅዑን ቃላትን
ኣበሃህላታትን ስለ ክንብሎም እንፍትን'ዩ። ኣነ ኽኣ ጸጸኒሐ ከምኡ ጸገም ኣሎኒ።
ስለዚ ሓቅኺ ኢኺ። ግን ኣነ እንታይ'የ ክብል ዝህቅን ጸኒሐ'መስለኪ ፤ እቲ
ናይ እዝግሄር ኣገባብሲ ከም ናይ ሰብ እንካ-ሃባ ኣይኮነን። ሕማቕ እትገብር
እንተ ዄንካ ፣ ሽዑ ንሽዑ ንስኻ ብእትርእዮን ብእትርድኦን ኣገባብ ኣይኮነን
እቲ ዕዳ ዝመጸካ። ገሊኡ ግዜ ንስኻ ብዘይትርድኦ ኣገባብ ይመጸካ'ዩ። እቲ
ሕማቕ ግብሪ ቀደም ምስ ተረስዐ ብደቅኻ ፣ ብሓዳርካ ፣ ብጥዕናኻ ፣ ብሰላምካ ፣
ቅሳነትካን ካልእ ንስኻ ብዘይተስተብህለሉ ኣገባብን'ዩ ዝመጸካ ፤" ኢሎም ኣዕርፍ
ኣቢሎም ድንን በሉ።

ሽዑ ሓሳባቶም ምስ ሰርሑ ቅንዕ ኢሎም ፤ "ብዙሓት ካባና ሓደ ሰብ ምስ ሕማቕ
ግብሩ ሃብቲ ከድልብ ስለ ዝኸኣለን ፣ ጥዑም ናብራ ስለ ዘጣጥሐን ኩሉ ከም
ዝረኸበ ጌርና ናይ ምውሳድ ጌጋ ንፍጽም ኢና። ግን ምስቲ ሃብትን ጣዕምን
ዝመጽእ ክንደይ ኣእሻኹ ከም ዘሎ ኣይነስተብህለሉን ኢና። ስለዚ ኣብ ፍርዲ
ኣይንእቶ። እቲ ፍርድስ ንኣኡ ደኣ ንግደፈሉ። ብምንታይን ስለምንታይን ባዕሉ
ጥራይ'ዩ ዝፈልጦ። ምስጢሩን ምኽንያቱን ንኣና ንደቂ ሰባት ፣ በዚ ውሱንን
ድሩትን ኣእምሮና ከርድኣና ኣይክእልን'ዩ።"

"ኣየ ንስኹም ከኣ ንንእሽቶ ነገር ምትዕብባይ ከትፈትዉ!"

ግራዝማች ከምልሱለን ኣይደለዩን። ኣብ ክንዳኡ ናብ ካልኣም'ዮም ሰጊሮም።

"ጽባሕ ናይ ግድን ኣንጊህ ንባሻይ ከኸዶ'የ። ሕማቕ ተረኺቡ ከብሎ'ሎኒ።"

ወ/ሮ ብርኽቲ መደቦም ከም ዘይዓጀበንን ባህ ከም ዘይበለንን ብዘርኢ ኣካላዊ
ቋንቋ ፣ ብድድ ኢለን ከምዛ ዘይሰምዓኣም ከይመለሳሎም ንኽሽነኣን ዕዝር በላ።
በዚ ኽኣ እታ ናይ ሃብቶም ኣርእስቲ ተደምደመት።

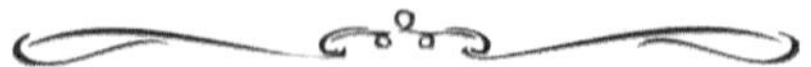

ንጽባሒቱ ግራዝማች ናብ እንዳ ባሻይ ከይዶም ፡ እንታይ ዝኣመሰልዎ ሕማቕ ነገር
ተረኺብ በሎዎም። ባሻይ ኩሉ እቲ እተረኸብ ጸገም ብዝርዝር ኣረድእዎም።

"ዝገረመካ'ዩ ግራዝማች ሰይጣን ሰብ ኣይቀረብካ'ምበር ፡ *ብሮብሮ* እንታይ
ከግበር ይከኣል ኮይኑ ፡" በሉ ባሻይ።

"እቲ ዘገርም'ኩ ከምዚ ዝኣመሰለ ተግባር ዝበዝሕ ኣባና ኣብ ደቂ ተባዕትዮ'ዩ
ብዝያዳ ዝረአ። እቲ ዘይኣመን ዝገብር ኸኣ ጓል'ንስተይቲ ኸላስ ከንድ'ዚ
ምርጋማን ምጭካናን'የ !" በሉ ግራዝማች።

ብድሕሪኡ ባሻይ ኣልማዝ ኣብቲ ስራሕ ጥረ ገንዘብ ይኹን ንብረት ዝበሃል
ከየትረፈት ብሙሉኡ ገፊፋ ከም ዝወሰደቶ ገለጹሎም። ዝኾነ መንቀሳቐሲ ስለ
ዘይነበሮም ከኣ ደርማስ ልቓሕ ከረከብ ንየው ነጀው ይብል ምንባሩ ኣረድእዎም።
ግራዝማች በቲ ኹነታት ኣዝዮም ጕሀዩ።

"እንታይ'ሞ ከጠቕማ ኢሉ ጸላኢና ! ብኸምዚ ጌርካ ዝጥረ ጥሪት ኣበይ
ከብጽሕ'የ ! ብሓደ ኣፉቱ ከምዚ ይግበር ፡ ኣይ ወሊዳ እንድያ ግዲ ! ንኣይሲ
ሓንቲ ከገብሩኒ ዝኸእሉ የብሎምን ኢላስ ደሓንስከ ትሕሰብ። ንደቓኽ እንታይ
ሒዛትሎም'የ። ንወደይ ወይ ንጓለይክ ከምኡ እንተ ዝገብሩዎም እንታይ
ምተስምዓንን ምገበርኩን ኢልካ ኣይሕሰብንድዩ? ብሓደ ኣፉቱ !" በሉ ግራዝማች ፡
እቲ ተግባርን እቲ ኣርእስትን ልዕሊ ኣልማዝ ም'ኳኑን ፡ ድኽመትን ከንቱነት ናይ
ደቂ ሰባት ዘመስከር ብምንባሩ ፡ ኣዝዩ ቅር ከም ዝበሎምን ከም ዘጒሃዮምን
ብምንጽብራቕ።

"ሕልናን ኣስሓኮን ዘይብሉ ርጉምን ርኹስን ኣይልገብካ'የ ግራዝማች ፡" በሉ
ባሻይ ብኑሂ ኩምትር ኢሎም።

ግራዝማች እቲ ጉዳይ ኣጸቢቑ ምስ በርሃሎም ፡ ሓደ ሓድሽ ሓሳብ መጸም። ሽው
ንኣሸሸብ ኢሎም ብጥረ ገንዘብ ኣብ ገዛ ዘቐመጡወን ሓሙሽተ ሽሕ ብር ከም
ዝንበራኦም ፡ ንግዜኡ ንመንቀሳቐሲ እንተ ሓገዛኦም ከምጽኡሎም ም'ኳዮምን
ሓበርዎም። ባሻይ ከኣ እቲ ጉዳይ ብዝርዝር ዝነገርዎም ካብኡም ዝቐርብ ስለ
ዘይብሎም'ምበር ፡ ከሸግርዎም ኢሎም ከም ዘይኮኑ ፡ ግራዝማች ቅድሚ ሕጂ
ዝገበርዎ ስለ ዘይወሓደ ፡ ኣብዚ ግዜ'ዚ ከሸገሩ ከም ዘይግባእ ብምግላጽ
ኣይፋልን በሉዎም። ግራዝማች ግን እቲ ዝበልዎ ዝነበሩ ፡ ካብ ምልክትን መርኣየን

ሓልዮቶም መግለጺ ምኻን ዘይሓልፍ ፡ ንእሽቶ ግብሪ ምኻኑ ብምርዳእ ግድን በሉዎም፡፡ ሽዑ ባሻይ ከይፈተው ሕራይ በል ፍቓድካ በሉዎም፡፡

እዚ ናይ ግርዝማች ስጉምቲ ንባሻይ ጨሪሶም ዘይተጸበይዋን ዘይሓሰብዎን ሃንደበት ስለ ዝኾኑዎም አዝዩ አተሓሳሰቦም፡፡ "ግራዝማችሲ ብሓቂ እናሓደረ ዝኹላዕ ወርቂ'ዮ ፡" ኢሎም እናሐሰቡ ኽኣ ከምዚ በሉ ፡ "በል ሕራይ ከትህብ ንበር ግራዝማችየ፡፡"

"ደሓን ደሓን እዚ ዓቢ ነገር አይኮነን፡፡ ግን ሓንቲ ነገር ዝምሕጸነካ አብዚ ግዜ'ዚ ንሃብቶም ከኽብዶን ከስምዖን ስለ ዝኽእል ከትነግርዎ አይደለን'የ፡፡"

"ዋእ እንታይ አለዎ ክርድኦን ከመስግነካን አለዎ'ምበር ፡" በሉ ባሻይ፡፡

"ደሓን ሕጂ አይኮነን ግዜሉ፡፡ አብ ግዜኡ የመስግነኒ ፡" ኢሎም ብድድ በሉ ግራዝማች፡፡

ብድሕሪኡ ተማሳጊኖም ተፈላለዩ፡፡፡፡

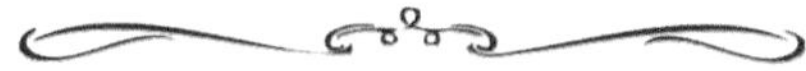

ድሕሪ ሞት መድህን እቲ ንግሰታቱ ተቐላቒሉ ዝነበረ ሽበት ተሰፍም ብሓንሳብ ከዛይድ ተራእየ፡፡ ሕጂ ጸጉሪ ተሰፍም ዳርጋ ፍርቂ-ፍርቂ ኢዩ ኾይኑ ነይሩ፡፡ ብተወሳኺ እቲ ምሉእ ዝነበረ ጸጉሩ'ውን ከስሑን ፡ ብቕድሚት ብግምባሩ ወገን ንውሽጢ ከስቆስቕን ጀመረ፡፡

ግዳማዊ ትርኢቱ ከምዚ ይንበር'ምበር ፡ አእምሮአዊ ኩነታቱ ግን አዝዩ ጸቡቕ ምዕባለ እና'ርኣየ ከጐዓዝ ጀመረ፡፡ ጠባዩ አዝዩ ስለ ዝተመሓየሽ ዳርጋ ናብቲ ናይ ቀደሙ ከምለስ ቅሩብ'ዩ ተሪፍዎ ነይሩ፡፡ ካብቲ ዘጥቅዖ ዝነበረ ቅዛነት ዳርጋ ምሉእ ብምሉእ'ዩ ተገላጊሉ ነይሩ፡፡ በዚ ምኽንያት ኽኣ እቲ ዝከታተሎ ዝነበረ ሓኪም ፡ ንፈተን ንስለስተ ወርሒ መድሃኒት አቋሪጹ ከከታተሎ ወሰነ፡፡

ንስራሕ መዓልታዊ ከወፍር ጀመረ፡፡ አብ ስራሕ'ውን አብ ጠባዩ ይኹን አብ ስራሑ ፡ ርኡይ እወታዊ ለውጢ ምምብባሩ ኩሉ ሰብ ይምስክር ነበረ፡፡ ደቁን ስድራ ቤቱን ተሰፍም ጥዕና ረኺቡ ፡ ናብ ናይ ቀደሙ ከምለስ ምጅማሩ ዝተሰመያም ሓጐስ ወሰን አይነበሮን፡፡ ኩሎም ንእግዚቢሄርም የመስግኑ ነበረ፡፡ ግራዝማች አብ ልዕሊ ንእግዚኣቢሄርም ምምስጋን ፡ ንመድህን'ውን ለይትን መዓልትን የመስግንዎ ነበሩ፡፡ ብስምዒቶምን በ'ባህላእም ፡ "መድህን ህይወታ ዘስእነት መታን ተሰፍም ከጥዕን ከድሕንን ፡ ነነብሱን ንደቁን ከኽውንን'ያ ፡" ይብሉ ነበሩ፡፡

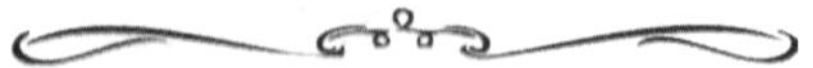

ድሕሪ ናይ ኣልማዝ ጥልመት ደርማስ ን’ንዳ ባኒ ንበይኑ ተተሓሒዙ። ዝሕግዝ ሰብ
የድልዮ ስለ ዝነበረ ፣ ንጓል ሓዉ ክብረት መታን ክትሕግዞ ሓረያ። ሃብቶም ምስ
ተኣስረ ክብረት ነ’ደኣ መታን ክትሕግዝ ፣ ዓሰርተ ኽልተ ክፍሊ ምስ ወድኣት’ያ
ትምህርቲ ኣቋሪጻ። ካብ ሽዑ ጀሚራ ክብረት ኣብ ቤት ትምህርቲ ባርካ ከም
መምህር ኮይና’ያ እትሰርሕ ነይራ። ብኣኡ መሰረት ቅድሚ ንኽብረት ምንጋሩ
ኣቐዲሙ ምስ ኣልጋነሽ ንኽመያየጥ ነገዘ ኸደ።

ሰላምታ ምስ ተለዋወጡ ፣ ”በሊ ናብታ ዘምጽኣትኒ ክኣቱ። ንነዊሕ ግዜ ሓንቲ
ስራሕ ዘይብለይ ተገሊለ ደንዚዘ ከም ዘይነበርኩ ፣ ሕጂ በይነይ ኮይነ ናብ
ተብተብ’የ ኣትየ ዘለኹ ፣” በላ።

”ደሓን ተብተብ ይሕሽካ ደርማስ ሓወይ ፣ ጸላኢና ካብ ስራሕ ይገለል ፣” በለቶ።

”ሓቅኺ ንሱስ። ዝኾነ ኹውይኑ ቀንዲ መምጽእየይ ክነግረኪ። ከምቲ ከብለኪ
ዝጸናሕኩ ኣብ ስራሕ በይነይ ስለ ዘሎኹ ዝሕግዘኒ ሰብ የድልየኒ’ዩ። ስለዝስ
ኣብ ስራሕ ምሽት-ምሽት ክብረት ሕሳብ ክትሕዘልና እየ ሓሲበ። በቲ ንዓኣ ከም
ተመኩሮ ይጠቕማ ፣ በቲ ንስራሕ ኣቦኣ ትርኢ ፣ ንዓይ ከኣ ትሕግዘኒ።”

”ዋይ ጽቡቕ ሓሲብካ ደርማሰይ። እዚ ደኣ ቅዱስ ሓሳብ እንድዩ። ቀደም’ውን’ኮ
እንታይ ገበረ ንዕኡ ዘይጠዓሞስ ኢልና ተሰኪፍና ኢና’ምበር ፣ እዘም ጨልቡ’ኮ
ድሕሪ ምእሳር ኣቦኦም ንደርማስ ዘይትዛረብልና ይብሉኒ ነይሮም’ዮም።”

”ኣየ ኣልጋነሽ ኣነስ ዘይሓሰብኩዎ መሲሎኪ’ዩ። ሓሲበዮስ ነዛ ሰይጣን’ኺ
ተዛሪበያ ነይረ። ኣብ ቁምነገር ዘየብጽሑዎ ጉዳይ’ሞ እንታይ ክነግረላ ኢለ’የ
ሽዑ’ውን ዘይነገርኩኺ።”

”ሓቅኽ ዲኻ? ቅሩብ ደኣ እንታይ ኢላ መለሰትልካ?”

”መጀመርያ ’እንታይ’የ ዕላማኦምን ዕላማኽን?’ ኢላትኒ ፣ ኣነ ኸኣ እንታይ
ኢኺ እትብሊ ዘሎኺ? ናይ ምንታይ ዕላማ ኢኺ እትሓረቢ ዘሎኺ ኢለያ።

”ሃየ ድሕሪኡኽ?” ሓተተት ኣልጋነሽ ዝቐጽል ክትሰምዕ ተሃንጥያ።

”ደቁ ምኳናም ከፍልጡኒ ድዮም ደልዮም ፣ ዋላስ ክስልዩኒ’ዮም ክትልእኹም
ደልያ እታ ኣደኦም! ’ ዝብል ድቦላን ሕማቕን ዘረባ ደርበየትለይ። ሽዑ ክምልሰላን

ከዛረባን'ውን አይደለኹን። በቲ ሓደ ወገን አሕረቖትንን አጉሃየትንን ፤ በቲ
ኸልእ መዳይ ከኣ ንኹሉ ነገራት ብሕማቕ ጥራይ ስለ እትጥምቆን እትሓስቦን
አደነገጸትንን አሕዘነትንን።"

"እሞ ዝኾነ ነገር አይበልካያን?"

"ብመጀመርያ አልጋነሽን ደቃን ነዚ ጠለብ'ዚ አሸንኳይ ከቕርብዎ ፤ ከም
ዝሓተቲ ዘሎኹ'ውን አይፈለጡን። አነ ባዕለይ'የ ሓሲበዮን አንቂለዮን። ንስኺ
ከም'ኡ መሲሉኪ'ምበር አነ ኸኣ ንሕማቕን ብሕማቕን አይኮንኩን ተበጊሰ።
ከም'ኡ ብሕማቕ ትጥምትዮ እንተ ኼንኪ ግን ደሓን ይትረፍ ፤" ኢለ ገዲፈያ
ከይደ። ብድሕሪኡ ንሃብቶም እንተ አዛረብኩዎ ኸኣ ንሳ ቀዲማ ነጊራቶ ጸኒሓ ፤
ናታ ጸግዒ ምስ ሓዘ ነቲ ሓሳብ አዋዲቆዮ።"

ሸዑ ሰዓቱ ርእይ አቢሉ ፤ "ዋይ ሰዓት ደኣ ከይዱ'ንድዩ። ክንድ'ዚ ኹፍ
ክብል'ኳ ዘይሓሰብኩ። በሊ ከኸይድ ንኸብረት ባዕልኺ ንገርያ።"

"አይፉልካን ባዕልኻ ኢኻ እትነግራ። ዝሓልየላ ሓወቦ ከም ዘለዋ ከትርዳእ'ባ።"

"እይ እንታይ ከሓልየሎም ንለይ ፤ ብሕጇ ደኣ ይፍጠረሎም'ምበር። ዝኾነኾይኑ
ደሓን ባዕለይ ክነግራ'የ ፤" ኢሉ ተሰናቢትዋ ኸደ።

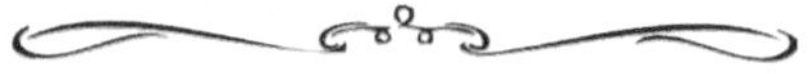

አርባዕተኦም ማናቱ ደቂ ተሰፎምን ሃብቶምን ካብ ብናእሽቱኣም ብሓንሳብ'ዮም
ዝመሃሩ ነይሮም። ኩሎም ከይተረፉ ካብ ሓደ ክፍሊ ናብቲ ዝስዕብ እናሰገሩ
ብሓባር'ዮም ሰጒሞም። አብዚ ግዜ'ዚ ደቂ 26 ዓመት ኢዮም።

ብሩኽ ዓሰርተው ክልተ ክፍሊ ምስ ወድአ ናይ ዩኒቨርሲቲ ትምህርቱ ከከታተል
ናብ ሳንታ ፋሚሊያ አተወ። ብሕሳብ (አካውንቲን) ብዲግሪ ከምረቕ ከኣ በቕዐ።
ብድሕር'ዚ አብ ፋብሪካ ዓለባ ባራቾሉ አብ ክፍሊ ሕሳብ ከሰርሕ ጀመረ።

ትምኒት ንል ተሰፎም አብ ናይ ንግዲ (ኮመርስ) ቤት ትምህርቲ ትምህርታ
ዛዘመት። ብድሕሪኡ አብ ኢጣላ ዝበሃል ኩባንያ ተቘጺራ ትሰርሕ ነበረት።
ሳምሶን ወዲ ሃብቶም ከኣ ምስ ብሩኽ ብሓባር ናብ ዩኒቨርሲቲ አትዩ ብቚጠባ
(ኤኮኖሚክስ) ብዲግሪ ተመረቐ። አብ ጋትሪ ሃንኪ ዝበሃል ኩባንያ ኸኣ ስራሑ
ጀመረ።

ክብረት ኣብ እንዳ ባኒ ንደርማስ ክትሕግዝ ጀመረት። ስራሕ ምስ ወድኣትን ስራሕ ኣብ ዘይብላ መዓልቲን ፤ ካብ ሱኑይ ክሳዕ ስንበት ትተሓጋገዝ ነበረት። ካብን ናብን ስራሕ ክትመላለስ ከላ ኩሉ ግዜ ብዘይምቁራጽ ብሩኽ ወዲ ተስፎም'የ ዘፋንዋ ነይሩ።

ደርማስ ነዚ ምስ ኣስተብሃለ መተዓብይትን ጐረባብትን'ዮም ፤ ብተወሳኺ ኸኣ ኣደታቶም ትኽ ትንፋስ መሓዙት ብምኳነን'ዩ'ሉ ናይ ባዕሉ መረዳእታ ወሰደ። እቲ ዘይምስልካይን ዘይምፍልላይን ምስ በዝሓ ግን በቲ ርክቦም ተገረመን ተደነቘን። ድሕሪ ነዊሕ ከኣ ትዕዝብቱ ነ'ልጋነሽ ከካፍላ ወሰነ።

"ምናልባሽ እዚ ብምንታይ ይምልከቶ ክትብልኒ ትኽእሊ ትኾኒ ፤ ግን ከኣ ከይሓተትኩኺ ትም ምባል ስኽፍክፍ ስለ ዝበለኒ ዘይሓታኽ ኢለ ወሲነ ፤" በላ እናተስከፈ።

"ብዛዕባ ምንታይ ኢኻ ትዛረብ ዘሎኻ?" በለቶ ኣልጋነሽ ስንብድ ኢላ።

"ክብረት ክትተሓጋገዘኒ ካብ እትጅምር ሽዱሽተ ወርሒ ሓሊፉ'ሎ። ንነዊሕ ግዜ ዝተዓዘብኩዎ ትዕዝብቲ'የ ከካፍለኪ ደልየ።"

"ንስራሕ ብዝምልከት ዘስተብሃልካዮ ከተካፍለኒ ደስ እብለኒ።"

እታ ንስራሕ ዝምልከት እትብል ናይ ኣልጋነሽ ሓረግ ቅሩብ ሰኸኽ ኣበለቶ። ግን ካብ ጀመርኩዎስ ብዝብል መንፈስ ክቕጽል ወሰነ።

"ናይ ስራሕ ዘይኮነስ።"

"ናይ ስራሕ ዘይኮነ?" ሓተተት ኣልጋነሽ ብስንባደ።

"ኖ ካልእ ዘይኮነስ።"

"እንታይ ኢኻ ሎሚ ደርማስ ኣብ ከንዲ ትኽ ኢልካ እትዛረብ ብጥውይውይ ኣብ ጭንቀት እተእትወኒ።"

"ኣይትሓዘለይ ኣልጋነሽ። ካብ ኣዘራርባ'የ'ምበር ቀሊል ነገር'የ'ኮ።"

"ኣይደሓንካን ዲኻ ሎሚ ደርማስ። ሕጂ'ውንኮ ጌና ኩሉል ኢኻ እትብል ዘሎኻ።"

"ኣነስ ብሩኽ ወዲ ተስፎም ኩሉ ግዜ ንኽብረት ብዘይምስልካይ ከመላሳ ስለ ዝረኣኹዎስ ፤ እታ ርክቦም ስለ ዘይተረዳእትኒ እትፈልጥዮ ነገር እንተ'ሎ ክሓተኪ

ኢለ ' የ።"

"እየ ደርማስ! ነዚ ኢኻ ንርእስኻ ተጨነቕካ ንዓይ ዝለከምካኒ ፧" ኢላ ትዋሕ ኢላ ስሓቐት።

ደርማስ ስሓቐ ኣልጋነሽ ' ኳ እንተ ዘይተረድኦ ፡ ብምስሓቓ ግን ነገር ደሓን ' የ ' ምበኣር ብምባል ፈኹሶ። ሓንቲ ከይበለ ነታ ጉዳይ ከተብርሃሉ ብሃንቀውታ ተጸበየ።

"ደሓር ከኣ እዚ ደኣ እንታይ ኰይኑ ዘይምልከተካ፧ እንታይ ኬንካ ኢኻ ብምንታይ ይምልከቶ ከበሃልዮ ገለዶ ዝበልካ፧" ብምባል ኣብ ከንዲ እተብርሃሉ ናብኡ ዝቐነዐ ሕቶ ደርበየትሉ።

ደርማስ ከፈልጥ ተሃንጥዮ ' ኳ እንተ ነበረ ፡ ሕቶኣ ከይመለሰ መረዳእታ ከም ዘይረከብ ብምግንዛብ ግን ገለ ከብል ወሰነ።

"ማለትሲ እዚ ኣዝዩ ናይ ግሊ ጉዳይ ስለ ዝኾነስ የስከፍ ' የ።"

"ናይ ግሊ ይኹን ' ምበር ንዓይ ዝምልከተኒ እንተ ኾይኑ ፡ ንዓኻ ንምንታይ ' የ ዘይምልከተካ፧" ናብ ዝብል ካልእ ሕቶ ሰገረት።

"ፈሊጣ ከምታ ዘሸገርኩዋ ከተረብጸንን ከተሀንጥየንን ድያ ደልያ ወይስ ብገርህ ' ያ ፧" ኢሉ ሓሰበ። ብቐዕ መልሲ ስለ ዘይነበሮ ሕጂ ' ውን ኣዕጋቢ ዘይኮነ መልሲ ከህብ ተገደደ።

"ንቡስ ሓቅኺ ኢኺ። ግን ተሰኪፈ።"

"ድሕሪ ሕጂ ኣሸንካይ ኣብ ስራሕ ናይ እትተሓጋገዘካ ዘላ ከብረትሲ ፡ ዋላ ንኽልኦት ደቅና ' ውን ዝምልከት እንተ ኾነ ስከፍታ ዝበሃል ከስመዓካ የብሉን።"

"ሕራይ ደሓን የቖንየለይ ፧" በለ። ከምዛ ሓሳቡ ከተንብቦ ዝጸንሐት ፡ "ንሕቶኻ ከይመለስኩ ደኣ ከምታ ኮለል ዘበልካኒ ኣነ ' ውን ኣኹልል ውዒለካ ' ምበር ፧" ኢላ ከምስ በለት።

ደርማስ ከኣ ህንጡይነቱ ከኸውል ከምስ በለ።

"ዝኾነኾይኑ እዚ ርከብ ' ዞም ጬልው ነዊሕ ' የ ታሪኹ። ከም እትፈልጦ እዞም ጬልው ንምሉእ ህይወቶም ፡ ኣነን ነፍሳ ይምሓር መድህንን ተሰፍም ' ውን ኬንና ብሓባር ኢና ኣዕቢናዮም። ፍቕርምን ምትሕልላዮምን መዳርግቲ የብሉን። ካብ ኩሎም ግን ብዝያዳ ናይ ብሩኽን ከብረትን ሕልፍ ዝበለ ' የ ነይሩ። ካብ

ቁልዕነቶም ሕልፍ ዝበለ ስለ ዝነበረ ፥ እቶም ካልኦት ይቓንኡሎምን ይጠርቱሎምን ነይሮም ' ዮም ፥" ኢላ ኣዐርፍ ኣበለት።

"ዋላ ' ቶም ናይ ብሓቂ ኣሕዋቶምን ኣሓቶምን ማለትኪ ድዩ?" ኢሉ ሓተተ።

"እወ ንሳቶም ' ምበር።"

"ሕራይ ቀጽሊ።"

"እናዓበዩ ምስ ከዱን ልቢ ምስ ገበሩን ከ'ቅይሩ ' ዮም ኢልና ንጽበ ኔርና። ግን ፍቅሮምን ምትሕልላዮምን መሊሱ ገደደ ' ምበር ከጉድል ኣይተራእየን። በ ' ንጻሩ መሊሱ ከዓሙቕን ከድልድልን ጀመረ ፥" ምስ በለት ዓይና ጀረብረብ ከብል ጀመረ።

ደርማስ ዘይተጸበዮን ምኽንያቱ ዘይተረድኦን ሓድሽ ኩነት ስለ እተፈጠረ ኣዝዩ ተደናገረ። መጀመርያ ገለ ብቼጋ ዘይግባእ ዝበሎ ነገር ከይከውን ተጠራጠረ።

"ከይተረደኣኒ እንታይ ደስ ዘየብል ነገርዶ ተዛሪበ ' የ ኣልጋነሽ?"

ኣልጋነሽ ፈፍ-ፈፍ ከትብልን ብብኽያት ከትንኽነኽን ጀሚራ ስለ ዝነበረት ከትምልሰሉ ኣይከኣለትን። እዚ ኽኣ ንጭንቀቱን ጸቕጡን ኣጋደዶ። እንታይ ካልእ ከብል ከም ዝኽእል ከሓስብ ስለ ዘይከኣለ ፥ ካብ ኣካላታ ገለ ፍንጪ እንተ ረኸበ ትም ኢሉ ብሃንቀውታ ዓይኒ ዓይና ጥራይ ከጥምታ ጀመረ። ቃል ከይወጽአ ኽኣ ካብ ጁባኡ መንዲል ኣውጺኡ ኣብ ኢዳ ኣጨበጣ። ኣልጋነሽ ብዘይ ዝኽٍን መልሲ መንዲል ተቐቢላ ፥ ሓንሳብ ኣዒንታ ሓንሳብ ኣፍንጫኣ ከትሓናስን ከትደርዝን ጀመረት።

ኣልጋነሽ መጀመርያ ፥ "ነዚ ኢኽ ኣተዓባቢኽዮ ፥" ኢላ ከትስሕቄ ኽላ ፥ "ኣይ ነገር እምበኣር ደሓንዩ ' ፥" ኢሉ ተረጋጊኡ ' የ ነይሩ። በቲ ቀጺሉ ዝሰዓበ ስምዒታዊ ግብሪ መልስን ብኽያት ኣልጋነሽን ግን ፥ ግምቱ ግጉይ ምንባሩ ተረደአ። ዘይተረደኣ ፥ እንታይ ብኽንድ ' ዚ ደረጃ ንስምዒታ ዝትንክፍ ኣዝዩ ተነቃፊ ኣርእስቲ ከም ዘልዓለ ' የ ነይሩ። በዚ ምኽንያት ከኣ ጨንቀቱን ስክፍታኡን ዓረገ።

ትም ኢሉ ምጽባይ ከጸወሮ ስለ ዘይከኣለ ኽኣ "ኢሂ ኣልጋነሽ?" በለ ፥ ካብ ኣካላታ ዝንበብ ነገር ስለ ዘይረኸበ ፥ ገለ ፍንጪ ካብ ልሳና እንተ ሰምዐ ብምባል።

"ደሓን ' የ ፥" ዝበል ኣዝዩ ትሑትን ላሕታትን ድምጺ ስለ ዝሰምዐ ተስፋ ገበረ።

ገለ ተወሳኺ ኣንፈት እንተ ረኸበ ቃል ከየውጽአ ተጸበየ። በብቅሩብ እቲ ዋሕዚ

ንብዓትን ፡ ካብ ኣፍንጫኣ ዝውሕዝ ዝነበረ ፈሳስን ክጐድል ጀመረ። እቲ ኣብ ኣፍንጫኣን ኣፍልባን ዝረአ ዝነበረ ምልክት ምንኽናኽ'ውን ነከየ። ተስፋኡ ዛየደ ፡ ብኣኡ መጠን ከአ ህንጡይነቱን ተርባጹን ወሰኸ። ድሕሪ ንደርማስ መዋእል ዝመሰሎ ትጽቢት ፡ ኣልጋነሽ ጨሪሳ ንብዓትን ብኽያትን ኣቋረጸት። በቲ ዝሃባ መንዲል ገይራ ኽአ ገጻ ሓናሰት።

"ኣይትሓዘለይ ደርማስ ሓወይ ፡" በለቶ ብንቡር ድምጽን ኣዘራርባን።

ደርማስ እቲ ናይ ስምዒት ማዕበል ከም ዝሓለፈ ተርደኦ። ናይ ተመስገን እና'ስተንፈስ ኽአ ፡ "እንታይ ጌርከኒ ኣልጋነሽ ሓብተይ። ዘይ ኣነ'የ መለዓዓሊ ነገር።"

"ወሪዱካ እንታይ ጌርካ?"

"እንታይ'የኽ'ለ ኣብ ክንድ'ዚ ስምዒት ዘእተኹኺ ኣልጋነሽ?"

"ንስኽ ሓንቲ ዘይበልካ። ዘይ ናይዞም ቄልዑ ርክብ ከነግረካ ኢለ ምስ ጀመርኩስ ፡ ምስ መድህን እንብሎ ዝነበርና ተዘኺሩኒን ተራእያትንን'የ ስምዒተይ ምቁጽጻር ስኢነ።"

መጀመርያ ነቲ መግለጺ ክቅበሎ ኣይከኣለን። ገለ ትሓብኣለይ'ያ ዘላ ኢሉ ሓሰበ። ደሓር ግን እንተ ሓሰቦ ደቀ'ንስትዮ ክንድምንታይ ብስምዒት ካብ ደቂ ተባዕትዮ ከም ዝፍለያ ስለ እተዘከሮ ፡ ኣንታ ክኸውን'ውን ይኽእል'የ በለ። ንምርግጋጽ ግን ፡ "ብሓቂ ንመድህን ጥራይ ዘኪርኪ ኢኺ እዚ ኹሉ ዝበኸኺ? ሓቂ ንገርኒ ኣልጋነሽ።"

"በዞም ደቀይ ደርማስ። ንዓኽ እንታይ'ለ ክሕስወልካ።"

"በሊ ደሓን ጽቡቅ እንቋዕ ካልእ ኣይኮነ። በሊ ሕጂ ቀጽልለይ።"

"ከምቲ ዝብለካ ዝነበርኩ ፍቅሮም እናዛየደ ምስ ከደ ፡ ሓደ መዓልቲ ምስ መድህን ብዕቱብ ተዘራረብና። ድሕሪኡ ኢና እቲ ርክቦም ካብ ሕውነት ናብ ፍቅሪ ይስግር ከይሃሉ ክንጥርጥር ዝጀመርና። ምስ በዝሓ ምስ ነውሓ ግን ክንሓቶም መደብና።"

"ንንደቅኽን ማለት ድዩ?"

"ቅድም ከምኡ ሓሲብና ኔርና። ደሓር ግን ዘይ ክልቲኦም ብሓባር ዘዕበናዮም

ደቅና'ዮም ኢልና ብሓባር ከነዘራርቦም ወስንና።"

"ሕራይ ፡" በለ ደርማስ።

"እቲ መጀመርያ ዘዘራረብናዮም ግዜ ደቂ ኣስታት 19 ዓመት ከለው ኢዮ ነይሩ። ኣብቲ ግዜ'ቲ ፍቕሮም ከም ቀደሙ ሕውነታዊ ምኳኑን ፡ ሓድሽ ነገር ከም ዘይነበረን ገለጹልና። ሹቡ'ውን ንሕና ብዙሕ ኣይተዋሕጠልናን ግን በቲ ዝብልዎ ዝነበሩ ከንቀበሎም ተሰማማዕና።"

"ሕራይ ደሓርከ።"

"ድሕሪ ግዜ ግን ምስቲ እነስተብህሎ ዝነበርና በቲ ዝሃቡና መግለጺ ከንዓግብ ኣይከኣልናን። ሹቡ ድሕሪ ሓደ ዓመት ፡ ደቂ 20 ዓመት ምስ ኮኑ ንኽልቲኦም ኮፍ ኣቢልና ብትሪ ኣዘራረብናዮም ፡" ኢላ ኣዕርፍ ኣበለት።

ደርማስ ከይተቛርጸ ከም ዝፈርሐ ብምምሳል ህውኽ ኢሉ ፡ "እሞኸ?"

"ጌልዑ ከምታ ዝጠርጠርናያ ፡ እቲ ካብ ንእስነቶም ዝነበሮም ሕውነታዊ ፍቕሪ ከይተርደኦም ናብ ኣዝዮ ዓሚቝ ዝኾነ ፍቕሪ ከም እተቐየረ ፤ ካብ ስድራ ቤቶም ብሕልፊ ካባና ካብ ኣዴታቶም ከሓብእዎ ዝደልዮ ፍቕሪ ከም ዘይኮነ ፤ ኣብ ግዜኡ ኸኣ ነ'ቦታቶም ባዕላትና ከንነግሮም ከም ዝደልዮ ፤ ፍቕሮም ንሓዋሩን ንመዋእልን ዝጠመተ ከም ዝኾነ ፤ ከምኡ ስለ ዝኾነ ኸኣ ስነ ስርዓቶምን ነብሶምን ተቐጻጺሮም ይኽዱ ከም ዘለው ፤ በዚ ኸኣ ከንተኣማመንን ከንቀስንን ከም ዘሎንና ድምብርጽ ከይበሎም እናተቐባበሉ ገለጹልና።"

"ዋው! ከሳዕ ክንድ'ዚ።"

"ከነግሩና ኸለው እንተ ትነብርስ ወረ ካብኡ ንላዕሊ ምኳኑ ምተረድኣካ። ክልቴና ነቲ ሓበሬታ ንግዘይኡ ንበይንና ከንሕዞ ወስንና።"

"ዘደንቕ'ዩ! መዓስ'ዩ'ዚ?"

"መዓስ ከትብሎ! ነዊሕ ግዜ ኮይኑ'ዩ። ብመጀመርያ እቲ ኣብ ሞንጎኹም ብዓኽንያት ምፍራስ ሽርከነት እተላዕለ ባእስን ሀልኽን ኣዝዮ ተንኪፍዎም ነይሩ'ዩ። ንሱ ግን ባላ ነብሳ ይምሓር መድህንን ተሰፎምን እተሓባበሩንን እተሓጋገዙንን ፡ ብዙሕ ከይተሃሰዩ ከሰግርዎ ከኢሎም'ዮም ፡" ኢላ ድንን ኢላ ትም በለት።

ኣልጋነሽ እንደገና ኣብ ስምዒት ከይትኣቱ ሰግአ። ከዛረባ ከሓሰብ ከሎ ግን ኣልጋነሽ

ስም*ዒታ ተጨጻጺራ ቅነዕ በለት። ቅነዕ ኢላ ፣ "ድሕሪ ሰለስተ ወርሒ ነቲ ጉዳይ
ሃብቶም ከቐበሎ ወይ ክርድኦ ኢልካ ምጽባይ ዘይሕሰብ ስለ ዝነበረ ፣ ካልእ እንተ
ተረፈስ ንተስፎም ንበይኑ ክንነግሮ ወሰንና። ከም'ኡ ኣብ ዝወሰንናሉ ግዜ እቲ ባእሲ
ዓሪቱ ፣ ኣብ ከስን ፍርድኖ ቤት ማኣሰርትን ምስ በጽሐ ግን ነቶም መንእሰያት ሕጂ
ግዜኡ ኣይኮነን ኢልናዮም። ብድሕሪኡ ኣጆኹም ጥራይ ተዓገሱ'ምበር ግዜኹም
ከመጽእ'ዩ እናበልና ፣ ተስፋ እናሃብና ነጸንሓም ኔርና።"

"ወይ ጉድ! እንታይ ይበሃል'ዚ ንለይ። እዞም ቄልቡ'ምበኣር ብዘይ ኣበሳ*ም
ሐጥያት ብድርብ ሽግር ይቐለው'ዮም ነይሮም።"

"ብኡ ጥራይ እንተ ዝሓልፈሎምከ እንታይ ነይሩ*ም ኢልካዮ ኢኸ። ዝገደደ
ስዓብ'ምበር። ድሕሪ ማእሰርቲ ሃብቶም ዋላ ንባባ ተስፎም ንገራልና ኢሎም
ከጭቕጭቑና ጀመሩ። ኣይ ሎምስ ሐ*ም'ዮም ኢልና መዓልቲ ቄጺርና ፣ ንተስፎም
ክንነግሮ ምስ መደብና ኸኣ ተስፎም ሐደጋ ረኸበ። ሐደጋ ጥራይ ዘይኮነ ኣብ
መቐረጽቲ በጽሐ። ብድሕሪ'ቲ ግዜ'ቲ ግን ዋላ ንሳቶም'ውን ፣ ኣብ ካልእ
ስንባደአም ስለ ዝኣተው ከም ሕቶ'ውን ምልዓል ገደፍዎ።"

"ከመይ ዝኣመሰልዎ ዘደንጹን ዘሕዝንን ዛንታ'ዩ'ዚ ንለይ?"

"ሱቕ'ባ በል! ምናዳ ብናታቶም ዓይኒ ክትርእዮ ከሎኻ ከብድኻ'ዮም ዝበልዑኻ!
ድሕሪ መብጣሕቲ ተስፎም ገዛ ምስ ተመልሰ ፣ ከም'ኡ'ውን እቲ መቐረጽቲ
ምኽኣል ስኢንዎ ሕማቕ ከሎ ፣ ተስፋ ግዲ ቄሪጾም ፈጺሞም ነቲ ኣርእስቲ'ውን
ኣየልዕልዎን'ዮም ነይሮም። ብድሕሪኡ ተስፎም ደሓን ኮይኑ ስራሕ ምስ ጀመረ
ግን ምብላዕ ምስታይ ከልኡና።"

"ሐ*ም'ዮም'ኮ ፣ ኣሽንኳይ ንሳቶም ኣብዚ ዕድመዝስ ዓቢ'ኳ ክንድኡ
ዘይዕገስ።"

"ሐ*ም ደኣ ሐ*ም'ወ! ግን በጃኻ ኣምላኽ ሕራይ እንተ ዘይ'ሉካን እንተ
ዘይወዲኡልካን ፣ ስለ ዝደለኻዮ ጥራይ ዝፍጸም ነገር የለን! ሽዑ መስኪነይቲ
መድህን ንንግሮ እንተ በልኩዋ ፣ ብኹነታት ተስፎም ተሰኪፋን ፈሪሃን ሎሚ ጽባሕ
በለት። ከም'ኡ እናበልት ከላ ኸኣ ካብታ ዝፈርሃታ ከይወጸት ፣ ተስፎም ደጊስዎ
ኩነታቱ ኣሰካፊ እናኾነ ኸደ።"

"ብድሕሪኡኸ?"

"ብድሕሪኡ ደኣ ኩነታት ተስፎም ካብ ዝኸፍአ ናብ ዝገደደ ከደ። ዋላ ንሕና

ዋላ ንሳቶም'ውን እንተ ኹኑ ፡ ነቲ ኣርኣስቲ ዘቝልበሉ ሰብ ኣይረኸብን። ካብ
ኩሉ ዝገደደን እቲ ጉዳዮም ከም ዘኽተመ ዝገበሮን ግን ፡ ብዓቢኡ ሃንደበታዊ
ወቒዒ ልቢ መድህን'የ ነይሩ። መስኪነይቲ መድህን ናይ ኩሉ ክትሓስብ ድቃስ
ኣይነበራን'ንድያ ፡ ዋላ ኣብ ኣፈፈት ሞት ኮይና'ውን ናይዘም ጨልዑ ሻቕሎት
ኣብ ልባ'የ ነይሩ።"

"ብኸመይ?"

"መድህን ኣብታ ዝዓረፈትላ ዓራት ኮይና ሰዓታት ቅድሚ ምዕራፋ'ያ ፡ "ኣልጋነሽ
ሓብተይ ሓደራ ናይ ብሩኽን ክብረትን ፡" ኢላትኒ።"

"እዋይ መስኪነይቲ። ከሳዕ ክንድኡ?"

"ከሳዕ ክንድኡ'ምበር! ዓንተቦይ ዘሽገርኩኽ ደኣ ንሱን ወድ ንሱን ትዝ ኢሉኒ
እንዳኣሉ።"

"እሞ ከሳዕ ክንድ'ዚ ዝዕገሱን ዝጽመሙን ካብ ኮኑስ ድልዱልን ዘይንቕነቕን
ፍቕሪ'የ ማለት'ዩ። ከምኡ እንተ ኮይኑ ፡ ዝኸኑ ዘሰክፍ ነገር የብልናን።"

"ብኣኣቶም ደኣ ዋላ ሓደ ዘሰክፍ የልቦን። ብዛዕባ ኩነታቶምን መወዳእታኦምን
ግን የስክፈኒ።"

"እንታይ ይፍለጥ ድሕሪ'ዚ ኹሉ ነዚን ስድራ ቤትና ዝበጽሐን ሽግርን መከራን ፡
ኣብ መወዳእታኡ ኣምላኽ እንተ ደልዩን ናይ ነንሕድሕድ እንተ ኾይኖምን
ይሰልጦም ግዲ ይኸውን።"

"ኣፍካ ይስዓር ደርማሰይ። እስከ ይበሉ እቲ ጉይታ። ሕጇ ኣጋጣሚ ኢኸ
ቀዲምካኒ'ምበር ኣነ ኣብዚ ሎምቅን ከዛራርበካ መዲበ ነይረ'የ።"

"እንታይ ትብሊ ፡ ሓቀኺ ዲኺ ፡ እሞ ጽቡቕ ኣጋጣሚ'የ።"

"ብጣዕሚ'ምበር! ሕጇ ደርማስ ሓወይ እዞም ጨልዑ ትጽቢት ነዊሕዋም'የ።
ብዝቐልጠፈ ናብ ቁምነገር ክንሰግር ኢና እንደሊ ስለ ዝብሉ ዘለዉ ሓደራኽ እዛ
ጉዳይ ብዕትበት ሒዝካ ኣብ መደምደምታ ከተብጽሓ።"

"ኣነ ሚኢቲ ካብ ሚኢቲ ኣብ ጎንኽን ኣብ ጎኒ'ዘም ጨልዑን ኣሎኹ። እዞም
ጨልዑ እቲ ሃርርታኦምን ድልየቶምን ንኽረኽቡ ፡ ብኣይ ዝድለን ዝከኣልን ኩሉ
ብዝቐልጠፈ ክገብር ቃል እኣትወልኪ።"

"ክብረት ይሃበለይ ደርማስ ሓወይ።"

"ቅድሚ ሕጂ ዘይኢድኪ ረኺብኪ ተበዲልኪ እንዲኺ ኸአ ፤ እስከ ክንክሕሰኪ
ግዜ ዕድልን ኣኽእሎን ይሃበና።"

"ይኣምነለይ'የ ደርማስ ሓወይ። እቲ ኽምዚ ኢልካ ተስፉ እትህበኒ ዘለኻስ ናይ
መን ኮይኑ።"

ከምኡ እናተበሃሃሉ ኸለው ደቂ ሓዉ ሓድሽን ፤ ራህዋን ፤ ነጋስን ከም ዝመጹ
ብድምጾም ስምዕዎም። ነቶም ጨልዉ ጸዊዓ ንሓውቦኦም ሰላም ከም ዝበልዎ
ገበረት። ድሕሪኡ ደርማስ ተሰናቢትዎም ከደ።

ደርማስ ኩነታት በዓል ክብረት ግዜ ከይወሰደ ቀልጢፉ ከተሓዝን ብዉሕልነት
ከእለን ከም ዘለዎ ተገንዘበ። ግዜ ከይወሰደ ነ'ቦኡ ከዛርቦም ወሰነ። ብኣኡ
ምኽንያት ከአ ካብ ኣልጋነሽ ብቓጥታ ናብ ኣቦኡ'የ ከይዱ። ገዛ ምስ በጽሐ
ኸአ ንበይኖም ገይሩ እቲ ጉዳይ ካብ መጀመርያ ክሳዕ መወዳእታ ብዝርዝር
ገለጸሎም። ባሻይ ነቲ ጉዳይ ምስ ሰምዕዎ ፤ እቲ ቐደም ነ'ንዳ ግራዝማች መዉስቦ
ሓቲቶምዎም ዝነጸጉትዎምን ፤ ዘይተጸበይዎ ስለ ዝነበረ እተሰምዖም ቅሬታን ፤ ብሰንኩ
እተቘየሙ ዋን ዝጕሃዩዎን ኩሉ ከምዛ ትማሊ ብቕድሚ ዓይኖም ሓለፈ።

"ሕጂ ኸ ንሕና እንተ ደለናዮ ብወገኖም ይድልይዎዶ ፤ ዝብል ሕቶ ንነብሶም
ሓተቱ። ሕጂ እቲ ሕቶ ብቓንዱ በቶም መንእሰያት ድልየትን ፍቕርን ፤ ከምኡ
ኸአ ብናይ ኣደታቶም ባህግን ሃረርታን እተበገሰ ምንባሩ ኣዝዮ ፍሉይ ከም
ዝገብሮ ተገንዘቡ። ከይተሃወኹ ብትዕግስቲ ክስጉሙን ፤ ኣቐዲሞም ናይ እንዳ
ግራዝማች ኣረኣእያ ክስተብህሉ ከም ዝሓይሽን ከአ ወሰኑ። ናይ እንዳ ግራዝማች
ሰልጢኑ ስጉምትታት እወታዊ እንተ ኾይኑ ፤ እቲ መዉስቦ ንሶም'ውን ብወገኖም
ክድግፍዎ ምኳኖም ምስ ነብሶም ተረዳድኡ።"

ኣብ ከምዚ ዝኣመሰለ ትንተና ኣትዮም ኣብ ውሳነ ምስ በጽሐ ፤ ንደርማስ
ኣተሓሳስባኦም ኣረድእዎ። ደርማስ ከአ ምስቲ ኣቦኡ ዝብልዎ ዝነበሩ ዝኾነ
ዝገራጮ ሓሳብ ስለ ዘይነበሮ ተቐበሎ። ብድሕሪኡ ብግብሪ ብኸመይ እንተ ሓዝዎን
እንታይ ስጉምትታት እንተ ወሰዱን ከም ዝሓይሽ ፤ ተማኺሮም መደቦም ተሊሞም
ተፈላለዩ።

መድህን ካብ እትዓርፍ ድሮ ኣርባዕተ ዓመት ኮነ። ግዜ'ዩ ንኹሉ ዘረስዕን ዘሕውን መድሃኒት ከም ዝበሃል ፤ ግዜ ብዝሓለፈ መጠን ተስፎምን ደቁን ፡ ንሓዘኖምን ንሂኦምን በብቍሩብ ከኣልየዎን ከጬፃፀርዎን ጀመሩ። ኣብቲ ቤት ከኣ በብቍሩብ ሰሓቕን ፀወታን ዕላልን ከስማዕን ከዝወተርን ጀመረ። ተስፎም መድሃኒት ምዉሳድ ካብ ዘቓርፅ ነዊሕ ግዜ ሓሊፉ'ዮ። ሓደጋ ካብ ዝገጥሞ ልዕሊ ሽዱሽተ ዓመት ኣቝፀረ።

ምስ ደቁ ዝነበሮ ርክብ ጽቡቕ ይስጉም ነበረ። ኣብ ገዛ ኹሉ ግዜ ኣብ ቑረስን ምሳሕን ድራርን ፤ ዝገደፈ ገዲፉ ምስኦም ከኸውን ይደሊ ነበረ። ኣካል ናይ ህይወቶም ንከኸውን ዘለዎ ድልየትን ሃንቀውታን ብግሁድ የርእዮ ነበረ። ደቁ በዚ ኣዝዮም ተደሰቱን ተሓጎሱን።

ኣቦኣም ካብ ዝስእንዎን ካብ ዝጠፍኦምን ኣዝዩ ነዊሕ ግዜ ገይሩ ነይሩ'ዮ። ነዚ ሃንፉ'ዚ እታ ኣዝያ ብርኽቲ ኣደኦም'ያ እትሽፍኖ ነይራ። ኣደኦም ምስ ተፈልየቶም ዓለሞም'ያ ጸልሚታቶም ነይራ። ክልቲኦም ወለዶም ከም ዝሰኣኑ ኹይኑ'ዮ ዝስምዖም ነይሩ። እዚ ሕጂ ናይ ኣቦኣም ፡ 'ኣለኹ'ኹ ፡' ምባል ዘይቅጽል ሕልሚ ከይከውን ይሰግኡ ነበሩ።

ካብ ግዜ ናብ ግዜ ግን ኣቦኣም ቅልቅል ኢሉ ዝጠፍእ ከም ዘይኮነ ከርእዮም ምስ

ጀመረ ተደነቐ። ካብ ምድናቕ ናብ ተስፋ ፣ ካብ ተስፋ ኽኣ ናብ እምነት ክሰጋገሩ ጀመሩ። ተሰፎም ኣብ ገዛ ጥራይ ዘይኮኑ ፣ በብቝሩብ ንደገ ንኽተማ'ውን ብሓባር ከም ዝወጹን ከም ዝዘናግዑን ከገብር ጀመረ። ብዝተኽእለ ክንዲ'ቦን ክንዲ'ደን ከኾኖም ይጽዕት ብምንባሩ ፣ ነቲ በይኑ ተሪፉ ዝነበረ ኣቦኦም ዝነበሮም ፍቕርን ኣኽብሮትን ከዓዝዝን ከብርኽን ጀመረ።

ተሰፎም ደቁ ምስኡ ኣብ ሓደ ቤት እናነበሩ ከለው ፣ ናፊቼሞን ሲኢኖሞን ከም ዝነበሩ ካብታ ዘርእያም ዝነበሩ ግብረ-መልሲ ከረጋግጽ ከኣለ። እዚ ኽኣ ብሓቂ ተሰምዖን ተንከፎን። ንደቁ ዝሰረቼም ግዜን ፍቕርን ከመልስ ፣ ሓልዮቱን ጸዐሩን ከዓጻጽፍ ከም ዘድልዮ ተረደአ።

ግራዝማችን ኣርኣያን ከምኡ'ውን ኣደኡ ወ/ሮ ብርኽቲ ፣ በዚ ናይ ተሰፎም ተኣምራታዊ ዝመስል ለውጢ ተገረሙን ደስ በሎምን። ተሰፎም ናብ ቀደሙ ከም እተመልሰን ፣ ጸገሙ ንድሕሪት ከም ዝገደፎን ኣርኣያ ብተኣማንነት ከዛረብ ጀመረ። ግራዝማች'ውን ብተመሳሳሊ ብድሕሪ ሕጇስ ስጊርዋ'የ ጸገሙ ከብሉ ጀሚሮም ነበሩ። ወ/ሮ ብርኽቲ'ውን ካብኡ ብዘይንእስ ስምዒት ፣ ቦኽሪ ወደን ብቘደሙ ሕማቕ ዕድል ገጢሞዎን ሓሚሙን'ምበር ፣ ከምኡ ኢሉ ከም ዘይተርፍ ርግጸኛ ከም ዝነበራ ከዛረባ ጀመራ።

ተሰፎም ከምዚ ዝኣመሰለ ለውጢ ብምምጽኡ ውሱን ዕጋበት ይስመዖ ነበረ። ይኹን'ምበር እቲ ንብሙሉኦም ስድራ ቤቱ ፣ ብፍላይ ከኣ ንመድህንን ንደቁን ዘሸገሮም ብተደጋጋሚ ይዝክሮ ስለ ዝነበረ ፣ ካብ ምስትንታንን ምስቁርቋርን ኣይተናገፈን'የ ነይሩ።

ሓደ መዓልቲ ኩሎም ብሓባር ኮፍ ኢሎም ከለው ፣ ነ'ቦኡ ከምዚ በሎም ፣ "ኣነ'ኮ'ቦ ንመድህን ዝበቅዕ ሰብ ኣይነበርኩን። ከምቲ ኽይነዮ ዝነበርኩ'ኮ ፣ ብግራዝማች ተኾስኩሱ ዝዓበየ'የ ከብለኒ ዝኽእል ሰብ ኣይማተረኽበን። ከምኡ ከብሉ ዝኽእሉ እንተ ዘይተረኽቡ ኽኣ ሓቄም'የም። መዕበያ ጥራይ መዓስ ኮይኑ ወሳኒ። ኩሉ በ'ካያይዳኡን ብግብሩን'የ ክፍረድ ዘለዎ። ወዲ ግራዝማች እኮ'የ ፣ ወይ ወዲ እከለ'ኮ'የ ምባል ኣኽሊ ኣይኮነን ፣" እናበለ ኣስተንተነ።

"ከምኡ ኣይትበል ዝወደይ ፣" በሉም ግራዝማች ካብ ስክፍታ እተላዕለ።

"እንታይ ኮይነ ዘይብል ኣንታ'ቦ? ቦኽሪ ስለ ዝኾንኩ ከማይ'ኮ እተገብረሉ የለን። ግዜኹምን ፍቕርኹምን ኩለንተናኹምን ናባይ እኮ'የ ፈሲሱ።"

"ቦኽሪ ኽኣ'ኮ ዝረኽቦ ጸገም ኣለዎ። ብሓደ ወገን እቶም ወለዲ ተመኩሮ

ስለ ዘይነብረና ፥ በቲ ቦኽሪ ኢና 'ህ' ኢልና አተዓባብያን አተሓሕዛን ጴልቡ እንመሃር፡፡ እቲ እንጋገዮ አብቾም ምንአሱ ኢና እናአረምናን እና'ምሓየሽናን እንኽይድ፡፡ ስለዚ እቲ ቦኽሪ መለማመዲ 'ውን ስለ ዝኸውን ይሀስ 'የ።"

"አነስ ሓለፋ 'ምበር ዝገጠመኒ ሃስያ አይነብረን።"

"ንሱ ጥራይ አይኮነን ተሰቦም ወደይ፡፡ ኩላትና ወለዲ ካብቲ ቦኽሪ ዕዙዝ ትጽቢት ኢዩ ዘሎና፡፡ ንሱ ኽአ ጌጋ ኢዩ፡፡ ነቲ ቦኽሪ ይሃስዮ ኢዩ፡፡ ንስኻ 'ኮ ዓቢ ኢኽ ፥ ንስኻ ከምዚ ክትከውን አሎካ ፥ ንስኻ ዓቢ ከሎኽ ከምዚ ክትገብር አይግባእን ፥ ወዘተ እናበልና ልዕሊ ዓቕሙን ዕድመኡን ኢና እነስክሞ፡፡"

"እሞ ሕጇ ንዓይን ነ'ርኣያን እንዶ ውስድ፡፡ ንዓይ ከሳዕ ወጻኢ ሰዲድኩም አምሂርኩምኒ፡፡ አብቲ ግዜ 'ቲ ዝለዓለ ደረጃ ትምህርቲ እተመሃርኩ ተባሂለ ተመሪቐ፡፡ እዚ ኹሉ ተገይሩለይ ከሎ ፥ አብ መወዳእታኡ አነ 'የ ሰብ ዘሸገርኩ 'ምበር አርኣያ አይኮነን ! "

ትም ኢሉ ነታ ዝርርብ ዝከታተላ ዝነበረ ዝርኣያ ፥ "ዋእ ፥ እንታይ ጌንካ ደኣ ኢኽ ተሰቦም፡፡ አነስ ስለ ዝሰነፍኩ 'ምበር መንዶ ልዕሊ ማእከላይ ደረጃ ንኽይመሃር ከልኪሉኒ 'የ? ዘይድኸመተይ 'የ 'ምበር ! " በለ፡፡

"ንሱ ንትምሀርቲ ጥራይ ዝምልከት ናይ ንእስነት ትህኪት ፥ ምናልባሽ 'ውን ዘይተገዳስነት ጥራይ ኢዩ ዘርኢ፡፡ ዋላ ደሓን አብ ትምሀርቲ አነ በሊጸካ 'የ ንበል፡፡ ንስኻ ግን አብቲ ቀንድን ወሳንን ፥ አብቲ ንዓለም ብኽመይ ትገጥማን ብዓወት ትነብራን ትስግራን ዝበል ፥ ናይ ህይወት ቃልሲ ፈተና ኢኽ በሊጽካኒ፡፡ አነ ስንደልደል ክብል ከሎኹ ፥ ንዓይን ንደቀይን ንበዓልቲ ቤተይን ንስድራ ቤትናን ቀጥ አቢልካ ሒዝካ አሊኽና፡፡ መንና 'የ 'ሞ ንፉዕን ዕዉትን?! " በለ ተሰቦም ፥ ረዚን ብቓሊ ዘይምለስን ከቢድ ርትዒ ዝሓዘለ ክርክር ብምቅራብ፡፡

ግራዝማች ቦኽሪ ወዶም ዘቕርቦ ዝነበረ ርትዒ ፥ ብቓሊ ዘይስገርን ዕቱብን ምንባሩ ተረድኡ፡፡ ግን ከኣ እታ ዘረባ ናብ ካልእ አንፈት ከይትኽይድ 'ሞ ፥ ብሰንኩ ኽኣ ተሰቦም አብ ነብሱ ወቓሳን ነብሱ ምትሓትን ከይወድቕ ተሰከፉ፡፡

ብኣኡ ምኽንያት ከኣ ከምዚ በሉ ፥ "በል ጽን ኢልካ ስምዓኒ ተሰቦም፡፡ ገሊኡ ሰብ ብዕድሉ ዝኾነ ዘጋጥ ፈተና ከይገጠሞ ልሙጽ ናይ ህይወት ጉዕዞ ኢዩ ዝገጥሞ፡፡ ነታ መንገዲ ሒዙ ከይተአልየን ከይተጋገየን ክንዓዝ ዕድል ይረክብ፡፡ ህይወቱ ብኽምኡ እንተ ዛዚምዎ ፥ እዚ ሰብ 'ዚ ብሓቂ ንፉዕን እሩምን ዕዉትን ሰብ 'የ፡፡ በቲ ሓደ መዳይ እንተ ረኣናዮ ግን እዚ ሰብ 'ዚ ብዓለምን ብህይወትን

ኣይተፈተነን። ጌና ዝኾነ ፈተና ኣይሰገረን። ዕድል ገይሩ ከይተፈተነ'ዩ ተዓዊቱ ፦" ኢሎም ኣዕርፍ ኣበሉ።

"ኣቦ ፦" በለ ተስፎም።

"ከቅጽለልካ ዝወደይ። ገሊኡ ሰብ መዓት ዘጋግን ናይ ህይወት ሓርጎጽጎጽን ይገጥሞ'ዩ። በቲ ኣብ ቅድሚኡ ዝተገተረ ፈተነ ፥ መንገዱ ይስሕትን ይእለን ይጋገን። ከምኡ ምስ ገጠሞ ኢዱ ሂቡ ብኣኡ ኣቢሉ ወዲቑን ተሳዒሩን እንተ ተሪፉ ፥ ናይ ብሓቂ ሓሚቑን ስኒፉን ማለት'ዩ። ግን ድሕሪ እቲ ኹሉ ውድቀትን ስዕረትን እንድሕር ተንሲኡ ሰውነቱ ነጋጊፉ ፥ ርእሱ ሓፍ ኣቢሉ ፥ "ኣብዚ ወዲቐ ኣይተርፍን'የ" ኢሉ ፥ እዚ ሰብ'ዚ ኣዝዩ ንፉዕ'የ ማለት'ዩ። ከምኡ ኢሉ ብምውሳን ድኽመታቱ ኣሰኒፉ እንድሕር ተኣሪሙ ፥ ንሱ ኢዩ እቲ ናይ ብሓቂ ሓያልን ንፉዕን ሰብ ዝበሃል።"

"ኣየ'ቦ ! ንዓይ ሞራል ክትህብ ኢልካ ኢኻ'ምበር ፦" በለ ተስፎም።

"ዋእ እንታይ ደኣ ኬንካ ኢኻ ተስፎም። ኣብ ዓለምን ንዓለምን ዝለዓለ ፍልጠትን ምህዘታትን ስርሓትን ዘበርከቱ ሰባት እንተ ርኢኻ'ኮ ፥ እቶም ዝበዝሑ ኣብ ህይወቶም ከቱር ድኽነት ፥ ስንክልና ፥ ተነጽሎ ፥ ጸበባ ፥ ዕንቅፋትን ብድሆን ዘጋጠሞምን ዘሕለፉን'ዮም። እዚ ንስኻ ከባይ ዝያዳ ትፈልጦ ኢኻ ፦" በሎ ኣርኣያ።

"እወ ግን ፦" በለ ተስፎም።

"ኣርኣያ ወደይ ጽቡቕ ኣብነት ኣምጺእካ። በል ኣነ ኸኣ ሕጂ እታ ዝጀመርኩዋ ከውደኣልካ። ከምቲ ዝበልካዮ ከሕጉሰካ ወይ ሞራል ከህበካ ብምባል ዘይኮነ ኢለ እንተ ወደስኩኻ ፥ ከሕምቖካም'በር ከንፍዓካ መዓስ ኮይነ። እቲ ዝብሎ ዘሎኹ ግን ጽቡቕ ጌርካ ሓዘኒ። እቲ ኣብ ፈተና ዘይወደቐን ካብ መንገዱ ዘይተኣልየን ንፉዕ'የ። ግን እቲ እተፈተነን ካብቲ ፈተነን ውድቀትን ዝተንስአ ኸኣ ፥ ዝንፍዐን ዝሓየለን'ዩ'የ ዝብለካ ዘሎኹ !"

"እወ ይርድኣኒ'ሎ ግን ፦" በለ ተስፎም።

"ይቕረታ ግበረለይ ከድምድመልካ 'ዝወደይ።"

"ሕራይ እሺ።"

"ብሓጺሩስ ካብቲ እዝግሄር ካብ ቀደም ኣብ ፈተና ስለ ዘየውደቐ ኣብ ጌጋ

ዘይወደቖ Ι እቲ ተጋግዩ ኣብ ሕምቀትን ጌጋን ተንከባሊሉ ዝዐረን ዝኣርምን ይብርትዕ'የ ዝብል ዘሎኹ። እቲ ናይ መወዳእታ ሕመቝ ግን ፣ ከም ስብኣይ ካብ ዝወደቝካሉ ምስ ተንሳእካን ምስ ደሓንካን ፣ ተመሊስካ ናብኡ ምምላስ'የ። እዚ ከምዚ ወለድና ዝብልዎ ፣ 'ተሓጺብካ ናብ ጭቃ ፣' ማለት'የ ፣" ብምባል እታ ቀንዲ ከድምቝዋ ዝደለየ ነጥቢ ከም መደምደምታ ሓሳቦም ገይሮም ነገርዎ።

"ዋእ ድሕሪ ሕጅስ ግዴ ፣" በለ ተስፎም።

"ንዘረባኡ'የ'ምበር ድሕሪ ሕጂ ደኣ ክልተ ሰለስተ ግዜ ወዲቝካ እንዲኻ ተንሲእካ። ንቕድሚት'ምበር ንድሕሪት ምስንም ዝበሃል ከም ዘይሁሉ ርግጸኛ'የ። ደሓር ከኣ ምስኪናይ ተስፎም ወደይ ፣ እቲ በይንኽን ንበይንኽን ዝንበር ጸለም ጉድንድ ርኢኽዮን በጺሕካዮን እንዲኻ Ι ካብ ብሕጂ ንንየው ንላዕሊ'ምበር ንታሕቲ ምባል ከቶ ኣይክህሉን'የ። ነዚ ክትገብር ግን ነዛ ሰውነትካ ብዛዕባ ሕሉፍ ጥራይ እናዘከርካ ፣ እህህ ኣይተብላን ድቃስ ኣይትኽልኣየን።"

ኣብ ሞንጎ'ዚ ኣደኡ ወ/ሮ ብርኽቲ መጺኣን ፣ "በሉ መኣዲ ክንቅርብ ኢና ፣ ምስ ድራር ዝኸይድ ወግዕን ዘረባን ደኣ ኣምጽኡ'ምበር ፣ ኣቦኽ ደኣ እንተ ጀሚሮም መዓስ ይውድኡ።"

"ደሓን ወዲእና ኢና። ሕጂ ግን ሓድሽ ሓሳብ ካብ ኣምጻእኪ እቲ ፈኩስ ናይ ድራር ወግዒ ግደኺ'የ ፣" ኢሎም ዋዘዮለን። ብኣኡ ኣቢሎም ናብ ድራሮምን ከልእ ዕላሎምን ሓለፉ።

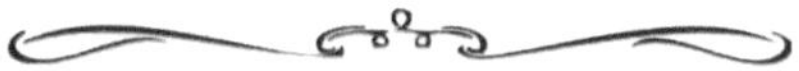

ፍቕሪ ብሩኽን ከብረትን ንዓመታት ዝተጓዕዘ'ኪ እንተ ነበረ ፣ ብዘይካ መዋቲት ኣደኣም መድህንን ፣ ህልውቲ ወላዲቶም ኣልጋነሽን ፣ ዝኾነ ካልእ ኣካል ክልቲኡ ስድራ ቤት ብወግዒ ዝፈልጦ ኣይነበረን። ደርማስ'ውን ንባዕሉ ፣ ከብረት ኣብ ስራሕ ክትሕገዝ ምስ ጀመረት ፣ ሳላ ነ'ልጋነሽ ዝሓተታ'የ ኣብ ዝሓለፈ ቀረባ እዋን ከፈልጥ ከኢሉ።

ኣብዚ ግዜ'ዚ ግን ብሩኽን ከብረትን ግዜን ትጽቢትን ስለ ዝነውሓም ፣ ርክቦምን ምቅርራቦምን ዳርጋ ኣግሂዶሞ ነይሮም'ዮም። ርክብን ምቅርራብን ብሩኽን ከብረትን ግን ፣ ንደርማስ ጥራይ ኣይኮነን ኣገሪምዎን ኣጠራጢርዎን ነይሩ። ኣርኣያ ብወገኑ ንንዊሕ እዋን ብተደጋጋሚ ብሓባር እንተ ዘይኮይኑ ፣ በበይናም ኣይርኣዮምን ስለ ዝነበረ እቲ ርክብ ከጠራጥሮ ጀመረ።

መጀመርያ ከም ናይ ደርማስ ኣይ ካብ ሓደ ሰብኣይን ሰበይትን ዘይተወልዱ'ምበር ኣሕዋት'ንድዮም ካብ ዝብል ኣተሓሳስባ ሻላል ኢሎም ነይሩ። ደሓር ግን እቲ ኣካይዳኦምን ነንሕድሕዶም ክጠማመቱ ኸለው ፤ ካብ ቀረባን ካብ ርሑቕን እተዓዘቡን ዝረኣዮን ኣካላዊ ቋንቋን ደማሚሩ ክጠራጠር ጀመረ።

ብድሕሪኡ ሰዓትን መዓልትን መሪጹ ንብሩኽ ከዛሮ ወሰነ። ብሩኽ ከይሓብእን ከይሓባብእን ንሓው'ቦኡ ፤ እቲ ኣብ ሞንጎኡን ኣብ ሞንጎ ከብረትን ዝነበረ ርክብን ፍቕርን ብግልጺ ኣረድኦ። ንሱ ጥራይ ዘይኮነ ዕላማኦምን ሃረርታኦምን እንታይ ም'ኻኑ'ውን ገለጸሉ። ነቲ ርክብ'ቲ ካብ መጀመርታኡ ዝፈልጣኦን ዝከታተላኦን ዝነበራ ፣ ኣደታቶም መድህንን ኣልጋነሽን ም'ኻነን'ውን ነገሮ። ነቲ ኩነታት ብዝያዳ ካብ ስሩ መታን ክርድኦን ፣ ዓሚቕ ኣፍልጦ ከህልዎን ኸኣ ነ'ልጋነሽ ከውከሳ ሓበሮ።

ብተወሳኺ ኣዝዩ ነዊሕ እዋን ከም ዝተጸበዮን ከም ዝተጸመሙን Ξ ካብ'ቲ ግዜ'ቲ ንደሓር ግን ቀልጢፎም ናብ ቄምነገሮም ከሰግሩ ከም ዝደልዩ ገለጸሉ። ቅድሚ ኹሉ ሰብ ኣቦታቶም ተሰፎምን ሃብቶምን ክፈልጡ ዝግባእ ከም ዝነበረ Ξ ግን ብርዱእ ምኽንያታት ንሳቶም ኮኑ ኣደታቶም ከነግራዎምን ከፍልጥዎምን ከም ዘይከኣሉ ገለጸሉ። ኣብ መወዳእታ ኸኣ እታ ጉዳይ ባዕሉ ኣርኣያ ብዕቱብ ሒዙ ፣ ኣብ መደምደምታ ከብጽሓሎም ተማሕጸኖ።

ኣርኣያ ኣብ ዝቐልጠፈ ኩሉ ዘድሊ ከም ዝገብርን ፣ ብቐልጡፍ ኣብ መደምደምታ ከየብጽሓ ከም ዘይዓርፍን ቃል ኣተወሉ። ኣርኣያ ብሓቀኛ ግሉጽን ኣቐራርባ ወዲ ሓዉን ብብስለቱን ተመሰጠ። ነንሕድሕዶም ብምምስጋን ከኣ ዘርሮም ዛዘሙ።

ርክብ ቅዱስን ሃብቶምን ድሕሪ ጥልመት ኣልጋዝ ዝያዳ ዓሞቐ። ቅዱስ ከይሰልከዮን ተስፋ ከይቈረጸን ብተደጋጋሚ ንሃብቶም ይመኽሮን የረድኦን ነበረ። ድሕሪ ጥልመት ኣልጋዝ ሕጂ ድሮ ኣዋርሕ ሓሊፉ'የ። ሃብቶም እቲ መጀመርያ እተነገሩ መዓልታት ብደሓን እተቐበሎ ይምስል ነበረ። ኣብ ከንዲ እናሓሸ እናተቐበሎን ዝኸይድ ግን መሊሱ እናገደደ ክኸይድ ተራእየ። ብኡ ምኽንያት ከኣ እቲ ዝቐጸለ ሳምንታት ፣ ስድራ ቤቱ ይኹኑ መተኣስርቱ ንኽጸናንዕዎን ኣጆኽ ከብልዎን ተጸገሙ።

ሃብቶም ከእሰር ከሎ ጥብ እትብል ሸበት'ውን ኣይነበረቶን። ምስ ተኣስረ ግን ከይጸንሐ ብውሑድ ዓቓን ሸበት ክወጽ ጀመረ። ድሕሪ ጥልማት ኣልጋዝ ግን ፤

እቲ ሓሓሊፉ ዝነበረ ሽበቱ ብሓንሳብ ንምሉእ ርእሱ ወረፀ። ኣብ ልዕሊኣ
ገጹ ብሓንሳብ ተጨማደደ። ምስቲ ጨሓሙ ከነውሕ ትም ኢሉ ገዲፍዎ ዝነበረ
ተደማሚሩ ሃብቶም ጋኔን መሰለ። እዚ እቲ ደጋዊ ትርኢት ሃብቶም'የ ነይሩ።

ሃብቶም ብውሽጡ ብጥልመት ኣልማዝ ሕልናኡ ጨሪሱ ዓሪቡ ፡ ሰውነቱ ተደዊኑ ፡
ናይ ብህይወት ምንባርን ምቅጻልን ስምዒቱን ድልየቱን ለሚሱ'የ ነይሩ። በዚ ኽኣ
ኩሎም ኣዝዮም ከስከፉ ጀመሩ።

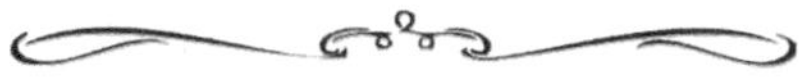

ኣርኣያ ቅድሚ እቲ ጉዳይ ንኻልኦት ስድራ ቤቱ ምምኻሩ ፡ ምስ ኣልጋነሽ
ከመኸረሉን ከመያየጡሉን ወሰነ። ብኣኡ መሰረት ከኣ ምስ ኣልጋነሽ ተራኺቦም
ተመያየጡ። ኣልጋነሽ ኩሉ እቲ ንደርማስ ዝዘርዘረቶ ዛንታን ምዕባለን ናይቲ
ርክብን ፍቅርን ብዝርዝር ኣረድኣቶ። ብተወሳኺ መድህን ቅድሚ ምዕራፍ ሓደራ
ከም ዝበለታ ኣዘኻኸረቶ። እቲ ጉዳይ ብዕትበት ከተሓዝ ዘለዎ ነገር ምዃኑ ኽኣ
ተገንዘበ።

ብኣኡ መሰረት ከኣ ንቡር'ኳ እንተ ዘይኮነ ፡ በቲ ውሁብን ዘይንቡር ኩነታትን
ክልቲኡ ስድራ ቤት ተገዲዱ ፡ ቅድሚ ናይ ተስፎምን ሃብቶምን ጉዳይ ምስልሳል ፡
ምስ ኣቦኡ ግራዝማች ከማኽር ወሰነ። ኩሉ እቲ ካብ ብሩኽን ኣልጋነሽን ዝረኸቦ
ሓበሬታ ንግራዝማች ንበይኖም ገይሩ ሓበሮም። ግራዝማች ንመጀመርያ ግዜ'ኳ
ሓድሽ ነገር ኮይኑዎም ግር እንተ በሎም ፡ ድሕሪኡ ግን ቀልጢፎም'ዮም ኩነታት
ናይቶም መንእሰያት ተረዲእዎም።

ነቲ እቶም መንእሰያት ዝብህግዎን ዝደለዮዋን ሽቶ ንምብጻሕ ፡ ከቢድ ጻዕርን
ትዕግስትን'ኳ ከም ዘድልዮ እንተ ገመቱ ፡ ብንጹህ ልብን ቅንዕናን ዕትበትን እንተ
ተታሒዙ ግን ፡ ከውን ከኽውን ከም ዝኽእል ኣመኑ። ድልየትን ፍቅርን እቶም
መንእሰያት ከሳዕ ዝሃለወ ከኣ ፡ ንሶም ከም ዝድግፍዎን ንዓወቱ ከም ዝሰርሑን
ምስ ነብሶም ተመባጽዑ።

ምስ ኣርኣያ ብዕምቄት ንነዊሕ ተመያየጡን ዘተዩን። ብኽመይ እንተ ሓዝዎን
ቅደም ተኸተል ናይቲ ከገብሩዎ ዘለዎም ስጉምትታትን ብሰፊሑ ተዘራረብሉ።
ብድሕሪኡ ውጥኖምን መደቦምን ስኢሎምን ሓንጺጾምን ኣብ መደምደምታ በጽሑ።
ንመጀመርያ ግዜ ኽኣ ፍቅሪ ብሩኽን ከብረትን ፡ ካብ መድህንን ኣልጋነሽን
ወጺኢ ፡ ብኻልኦት ኣባላት ስድራ ቤቶም ወግዓዊ ኣፍልጦ ረኸበ።

ግራዝማች ብዛዕባ እቲ ጉዳይ ኣቐዲሞም ምስ ባሻይ ከመያየጥሉ ወሰኑ። ብድብድቡ
ሓንቲ ክንመያየጠላ ዝደሊ ጉዳይ ኣላ ብዝብል ከኣ ምስ ባሻይ ቔጸራ ገበሩ።
ባሻይ ኣብዚ እዋን'ዚ ብዙሕ ነገራት ክርስዑን ዘረባ ክደጋግሙን ጀሚሮም
ነይሮም'ዮም።

በዛ ናይ ምርሳዕ ኩነታት ምስ ወ/ሮ ለምለም ብዙሕ ግዜ ከጋጨው ጀሚሮም
ነይሮም'ዮም። ኢለኪ ኣይበልኩምንን ፣ ነጊረኪ ኣይነገሩምንን ዝብል ከትዕ ፣ ዳርጋ
ልሙድ እናኾነ መጺኡ ነይሩ'ዩ። ኣብ ከምዚ ኩነታት ደጋጊመን ከረድእኦም ምስ
ፈተና ፣ እንተ ኣብዮመን "ኦኦኦይይይ! ሰብኣይሲ ኣሪግኩም ኢኹም! ኣሪገ
ግዳ ዘይትብሉ?!" ኢለናኦም ንኽሽነን ዕዝር ይብላ ነበራ።

ኣብ መዓልቲ ቔጸራኦም ግራዝማች ናብ እንዳ ባሻይ ኸዱ። ምስ ባሻይን ወ/ሮ
ለምለምን ምዉቕ ሰላምታ ተለዋወጡ። ሻህን ቀሩስን ኣምጺኣናሎም እናስተዩ
ከለዉ ብዛዕባ ኩነታት ጥዕና ከዕልሉ ጀመሩ። ባሻይ ብዛዕባ እታ እተሸግሮም
ኣጮዳ ኡሪጮ ዝብልዋን ፣ እታ እተቖንዝዋምን እትሓብጥን ብርኮም ብዝርዝር
ገለጹሎም።

ሹዑ ግራዝማች ፣ "ኤእ እሞ ኣታ ባሻይ ፣ ከምዚ ቅድሚ ሕጇ ዝነገርኩኻ'ኮ
ሚዛን እንተ ትንኪ ምጠቐመካ።"

"እሞ ይፍትን እንድየ ግን ምጉዳል ኣብዩኒ።"

"ኣመጋግባኻ እኮ ኢኻ ከትእርምን ከትቅይርን ዘሎካ።"

"ኦይ ኣንቱም ግራዝማች ፣ ንሶም ደኣ ንግሆን ቀትርን ምሽትን ብዘይካ ስጋ
ካልእ'ኳ ዘይለኹፉ ፣" በላ ወ/ሮ ለምለም።

"ኤእ እሞ ዓገብ። ኢሃ ጐይትኦም ሓወይ?"

"እዚ ሓምሊ ወዲ ሓምሊ ፣ ሽሮ ወዲ ሽሮ ዝበሃል ጨሪሱ ኣይፍተወንን'ዩ።"

"ንመን'ዩ ዘይፍተዎ? ንኣኻ ዶ ንመልሓስካ?"

ባሻይ በ'ዘራርባ ግራዝማች ተደናጊሮም ፣ "ዋእ እንታይ ማለትካ'ዩ ግራዝማች?"
ብምባል ንሕቶ ግራዝማች ብሕቶ መለሱሎም።

"እቲ እፈትዎ'የ እትብሎ ፤ ጣዕሙ ንመልሓስካ ስለ ዝፍትዋ ኢዩ። እቲ ኣይፍተወን እትብሎ ኸኣ ፤ ጣዕሙ ንመልሓስካ ባህ ስለ ዘይብላ ኢዩ። ግን ንመልሓስናን ብመልሓስና ተኣዚዝናን ጥራይ ዲና ክንበልዕ ዘሎና? መልሓስና'ኮ ካብ ክልቲኣን ኣእዛንና ዘይትዕቢ ክፋል ሰውነትና'ያ። ነዛ ክንዲ ሓሙሽተ ኣጻብዕትና ዘይትኣኽል መልሓስና ዲና ክንምገብ ዘሎና? ዋላስ ነቲ ዝተረፈን ዝዓበየን ዝያዳ ኣገዳስን ዝኾነ ክፍሊ ኣካላትና! ንጣዕሚ መልሓስና ጥራይ እንተ በሊዕና ፤ እቲ ካልእ ኣካላትና ንጥዕናኡ ዘድልዮ መኣዛታን ዓይነት መግብታትከ ደኣ ካበይ ክረኽቦ?" ዝብል ባሻይ ክምልስዎ ዘይክእሉ ሕቶታት ኣቕረቡሎም።

"እወ ግን ፤" በሉ ባሻይ።

"ጽናሕ ጐይትኦም ሓወይ። ምስ'ዛ ጸገምካ እትተሓሓዝ መረዳእታ ክህበካ።"

" ሻቤነ ሕራይ።"

"ቀደም ኣብ ሃገርና ዋላ ሕጂ'ውን ወረ! ኣብ ደቂ ዓዲ ከምዚ ናትካ ኣቺዲ ኡሪቺ ዝበሃል ሕማም ኣይነበሮምን ፤ ሕጂ'ውን የብሎምን። ምኽንያቱ ኣመጋግባኦም ኣሕምልትን ጥረ ምረን ፈኩስን ተፈጥሮኣውን ኣብ ልዕሊ ምኽኑ ፤ ነቲ ዝተመገብዎ ኸኣ ብስራሕ የቃጽልዎ ስለ ዝኾኑ ኢዩ። እኒ ኣነን ንስኻን ግን በበሊዕና ኮፍ ኢ.ና።"

"ንገርዎም ደኣ ግራዝማች ፤ እምበር ሓዉኹምስ ኣይሰምዑን'ዮም ፤" በላ ወ/ሮ ለምለም።

'ኣብ ባሻይ ጥራይዶ መሲሉኪ'ዮ እዚ ለምለም። ኣነ ሕጂ ዋላ ንተሰፎምን ኣርኣያን የረድኣም'የ ፤ ግን ኣይሰምዑን'ዮም። ስጋን ጨጓን ጠስምን እንቋቑሖን ፤ ብሽኹርን ዘይትን ጨዉን እተላዕጠጠ ፋኖን ድንሽን ጥራይ'ዮም ከምንገቡ ዝደልዩ። መልሓስ ከኣ ስለ ዝጥዕማ ኑሱ ጥራይ'ያ እትደልን እትጠልብን። ናብ ኣሕምልቲ ፤ ፍረታት ፤ ጥረ-ምረ ገጻም ቀሊሕ ኣይብሉን'ዮም። ናእሽቱ ከሎና'ኳ እቲ ሰውነት ዋላ እናተበደለ ይስከሞ'የ ፤ ግን ዕድም ምስ ደፋእና ሰውነትና ናይ ምስካምን ምጽዋርን ዓቕሚ'ውን የብሉን። ብኽምዚ ምጉዓዝ ከኣ ዳርጋ ባዕልና ንባዕልና ሕማም ምዕዳግ'የ!"

"ሓቅኽ ኢ.ኻ ግራዝማች። እዚ ግን ከማኻ ዝፈልጥን ዝመራመርን ጥራይ ዘይኮነ ፤ ልዕሊ ኹሉ ነብሱ ዝመልኽ ኢዩ ዝኽእሎ።"

"ከምኡ ኣይትበል ባሻይ ፤ እንታይ ኬንካ ዘይትኽእሎ። ክተውስንን ቀጥ ክትብልን

ጥራይ'ዩ ዘሎካ። ደሓር ልዕሊ ጥዕናና እንታይዶ ካብኡ ዝዓበየ ጉዳይ ኣሎና'ዩ?!"

"ሓጄም'ዮም እዚ ግራዝማች ዝብሉኹም ዘለው ፤" በላ ወ/ሮ ለምለም።

"እስከ ኣምላኽ ይሓግዘና። ኣኽእሎ ይሃበና ፤" በሉ ባሻይ።

ነታ ኣርእስቲ ብኽምዚ ምስ ዛዘምዋ ፣ ከዘራረቡ ቄጸራ ከም ዝነበሮም ዝዘከራ
ወ/ሮ ለምለም ፣ ናይ ሻህን ቁርስን ኣቕሑተን ጠራኒፈን ገዲፈናኦም ወጻ።
ድሕሪኡ ክልቲኦም ብዛዕባ ርክብ ክብረትን ብሩኽን ካብ ደደቼም ዝረኸብዎ
ሓበሬታ ብሰፊሑ ተለዋወጡ። ቀጺሎም ክልቲኦም ኣብቲ ኣርእስቲ ዝነበሮም
እምነትን መትከልን ገለጹ።

ብዛዕባኡ ምስ ወድኡ ግራዝማች ፤ "ቅድሚ ብቓጥታ ናብ ናይዘም ቼልቡ ጉዳይ
ምእታውና ተመያይጥና ክንሰርሓ ዘሎና ጉዳይ ኣሎ። ኣብቲ እዘም ቼልቡ ዝብህግዎ
ነገር ክንበጽሕ እንተ ኼንና ፤ ቅድም ቀዳድም ናይ ወለዶም ገለ ነገር ክንገብር
ኣሎና።"

"ልከዕ ኣለኽ ግራዝማች።"

"ኣነ ሕጄ ነዚ ናይዘም ቼልቡ ፍቕሪ ከም ጽቡቕ ፋል እየ ዝወስዶ። እዘም ቼልቡ
እዚ ኹሉ ብወለዶም ኣብ ልዕሊ ክልቲኡ ስድራ ቤት ዝወረደ በደልን በሰላን ፤
ንኽሕክሙን ንኽሕውዩን እተላእኩ ኮይኑ'ዩ ዝስመዓኒ ዘሎ ፤" በሉ ግራዝማች።

"ኣፍካ ይስዓር ፤ እስከ እቲ ጐይታ ይበሎ ፤" በሉ ባሻይ።

"ስማዕ ባሻይ ኣነን ንስኻን ደጊም ዕድመ ጸጊብና ኢና። እዘን ተሪፈናና ዘለዋ ግዜ
ንነብሲ ዝኸውን ቁምነገር ሰሪሕና ፤ ነዘን ስድራ ቤትና ኽአ ሰላም ኣውሪድናለን
እንተ ሓሊፍና ፤ ካብኡ ዝዓቢ ሓጐስን ዕግበትን ኣይርከብን'ዩ። ስድራ ቤትና
ይሕጐሱ ፤ ጐይታ ኽአ ይሕጐስ።"

"ኤ ቼሮ ግራዝማች። ነዚ እንተ ኣርኢዩና ደአ እንታይ ዘይገበርካልና ክንብሎ።"

"ርኢኽ ባሻይ ኣምላኽ ወሪዱ ብኢድና ጐቲቱ ኣይኮነን ከምዚ ግበሩ ዝብለና።
ብኽልእ ሰብን ምልክትን ሓበሬታን ኣብነትን ፤ ኩነታት እናመዓራረየ'ዩ ናብ ጽቡቕ
ዝመርሓና።"

"ጀስቶ! ሓቂ'ዩ'ዚ! ኣበይ'ሞ ነስተውዕሎ ኼንና።"

"እዘም ቼልቡ ክብረትን ብሩኽን ዘተሓላልፋልና መልእኽቲ'ሎ። ጐይታ ነዘም

ክልተ ጌልዑ ናብ ከምዚ ዝኣመሰለ ድልዱል ፍቕሪ ከዉድጨም ከሎ ዕላማ ከህልዎ'ለም። እዚ ኣብ ሞንጎ እዝን ክልተ ስድራ ቤትና ዝወረደ ባእስን ህልኽን ቂምታን ፤ ብፍቕሪ'ዞም ጌልዑ ገይሩ መታን ከድብሶን ፍቕሪ ከዉርደልናን ኢሉ ዝገብሮ ዘሎ ኹይኑ ኢዮ ዝስመዓኒ ዘሎ ፤" በሉ ግራዝማች።

"ባስታ ግራዝማች! ኩሉ በቲ ወለላ መልሓስካን ብሱል ሓንጐልካን ፤ ከም ብራቅ ጸሓይ ጌርካ ባዕ ኣቢልካ ገሊጽካዮ'ሎኻ። ድሕሪ'ዚ ኣነ ዘረባ እንተ ወሰኽኩ ፤ ነቲ ናትካ ክንክየሉ እንተ ዘይኮይነ ከውስኽሉ ኣይክእልን'የ። ስለዚ እቲ ጐይታ መንገዱን ጥበቡን ይሃበና'ምበር ፤ ንድሕሪት እንብለሉ ምኽንያት በር ኒየንተ ኣይክህሉን'የ!" በሉ ባሻይ ብተመሳሳሊ ስምዒት።

"ክብረት ይሃብካ ባሻይ። ንጽቡኽን ብጽቡኽን ልብና ኣንጺሀና እንተ ተበጊስናን ጽዒትናን ፤ እቲ ጐይታ ኽኣ ባዕሉ ክሕግዘና'የ።"

"ሲ! ሲ! ሲ! ንመን ኢሎዎ! ይከኣሎ'የ!"

ድሕሪኡ እቲ ጉዳይ ብኽመይ ኣገባብ እንተ ሓዚዞም ከም ዝቐልልን ከም ዘድምዕን ተመያየጡ። ብመጀመርያ ነ'ንደጌም ቀስ ኢሎም ፤ ብዛዕባ ኩነታትን ፍቕሪ ብሩኽን ክብረትን ከረድእዎም ተሰማምዑ። ቅድሚ ኹሉ ተሰቸሞን ሃብቶምን ፤ ነቲ ጉዳይ ብመትከል ደረጃ ከም ዝቅበሉዎን ከም ዝርድእዎን ምግባር ወሳኒ ምኽኑ ተረዳድኡ።

ብመጀመርያ እንዳ ግራዝማች ንተሰቸም ከረድእዎ'ሞ ናቱ ግብረ መልሲ ክርኣዩ ወሰኑ። ብድሕሪኡ ናይ ተሰቸም እንተ ስሊጡ ናብ ሃብቶም ከሰግሩ ተሰማምዑ። ነዚ መድረኽ'ዚ ብዓወት እንተ ዛዚሞሞ ፤ ብድሕሪኡ እቲ ዕማሞም ኣዝዩ ከም ዝቐለሎም ተረዳድኡ። ነዚ መሰርሕ'ዚ ብዝምልከት ከኣ ፤ መጻኢ ኣካይዳኦም ተሊሞምን ሓንጺጾምን ተማሳጊኖም ተፈላለዩ።

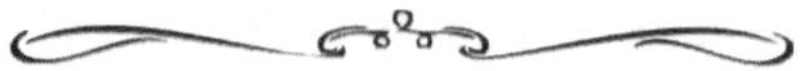

ግራዝማችን ኣርኣያን ብዛዕባ ክብረትን ብሩኽን ፤ ንተሰቸም ንኽዘራርብዎ መደብ ሓዙ። ተሰቸም ኣብ ልዕሊ ኣልጋነሽ ልዑል ኣድናቌትን ኣኽብሮትን'የ ነይሩዎ። ብኣኡ ምኽንያት ከኣ ንተሰቸም ከዘራርብዎ ኽለው ፤ ኣብ ቅድሚ ኣልጋነሽ ከኽውን ከም ዘለዎ ወሰኑ። እዚ ዝሓሰቡ ኽኣ ኣልጋነሽ ኣብ ልዕሊ ተሰቸም ፤ ውሱን ጽቕጣን እወታዊ ዝኾነ ጽልዋን ከም እተሕድረሉ ስለ እተኣማመኑ'ዮም ነይሮም። ንኣኡ ብዝምልከት ግራዝማችን ኣርኣያን ፤ ነ'ልጋነሽ ኣቐዲሞም ኣዘራረብዋ።

ንተስፎም ዘዛራርብሉ ምቑእን ዝጥዕምን መዓልቲ ምስ ኣልጋነሽ ኮይኖም ብሓባር መረጹ። ብዛዕባ ሓደ ዕቱብ ጉዳይ ከዘራርቡዎ ከም ዝደለዩ ፣ ኣልጋነሽ'ውን ኣብቲ ዝርርቦም ከም እትህሉ ሓቢሮም ንስንበት ንግሆ ተቖጸሩ።

ኣብ ጄጸራኦም ኣርባዒተኦም ተረኽቡ። ግራዝማች መጀመርያ ብዛዕባ ህይወት ብሓፈሻ ፤ ብዛዕባ ሓላፍነት ወላዲ ንውልዱ ፤ መንእሰያትን መናብርቶም ናይ ምምራጽ መስሎምን ፤ ናይ ወለዲ ሓላፍነትን ዶብ መስሎምን ፤ ወዘተ ፣ ዝብሉ ኣርእስትታት ብዝርዝር ገለጹ።

ብድሕር'ዚ ብዛዕባ ርክብ ብሩኽን ከብረትን ፣ ኣልጋነሽ ብዝርዝር ንተስፎም ንኽተርድኦ ሓተትዋ። ኣልጋነሽ ከኣ ኩሉ እትሓዝሮ ንነብሳ ወኪላ ጥራይ ዘይኮነስ ፣ ንመድህን ወኪላ ንኽትዛረብ ከፈቐዱላ ሓተተቶም። ከምኡ ምባላ በቲ ሓደ ወገን ተስፎም ከይትንከፍ ስለ እተሰከፈት ምዃና ፤ በቲ ኻልእ ወገን ከኣ ኣኽብሮት ነቲ መድህን ዝሓደገትላ ሓደራ ምዃኑ ክርድኡላ ለመነቶም።

ተስፎም ንኹሎም ቀዲሙ ፈዲጋ ክትስከፍ ከም ዘይብላ ፤ መድህን ልዕሊ ኹሉ ፣ ብልቢ ንኣኣ ስለ እትቐርባ ፣ ንሳ ክትዛረበሉ ግቡእ ከም ዝኹነ ተዛረበ። ብመልሲ ተስፎም ኩሎም ዓገቡን ተሓጐሱን። እቲ ዝቐየስዎ ሜላ ናብ ሽቶኡ ገጹ ክስጉምን ፍረ ክህብ ምጅማሩ ፣ ንግራዝማችን ኣርኣያን መጠናዊ ዕጋበት ፈጠረሎም።

ብድሕር'ዚ ኣልጋነሽ ካብ ቀሊዕነቶም ጀሚሮም ክብረትን ብሩኽን ብዝነበሮም ፍሉይነት ፍቕሪ ጀሚራ ፤ እቲ ኣብ ክልቲኡ ስድራ ቤት ዝወረደ ዘይምቅዳውን ባእስን ፣ ንርክብ እቶም ንጹሃት መንእሰያት ዘውረዶ ሃስያን ፤ ኣብ መወዳእታ ኻኣ ሓደጋ ተስፎምን ሞት መድህንን ፣ ኣብቶም መንእሰያትን ኣብ ፍቕሮምን መደቦምን ዘስዓቦ ምዝንባልን ቃንዛን ስቓይን ብሰፊሑ ብዝርዝር ገለጸትሎም።

ብድሕሪ ነዊሕ መግለጺ ኣልጋነሽ ፣ ተስፎም ንቑልቁል ኣፉ ተደፊኡ ትም በለ። ግራዝማች ብብሩህን ስእላውን መግለጺ ኣልጋነሽ ኣዝዮም ተደኒቖን ተገረሙን። ኣብ ልዕሊኣ ዝነበሮም ኣረኣእያ መሊሱ ክብርኽን ክሕይልን ተሰመዖም። "ንኹለን ብስም ደቀ'ንስትዮ እናበልና ርትዒ ብዘይብሉ ምኽንያት ንንዕቀንን ንኑስየንን ፣ ከምዚኣተን ዝኣመሰላ ብተፈጥሮ ብልህታትን ብሱላትን እንከለዋና ፣" በሎ ብውሽጦም። ቀዲሎም ከኣ "ብሽም ሰብኡት ዝስምም ፣ ምልክት'ምበር ናይ ሰብኣይ እንዶን ግብርን ክብረትን ዘይብሎም ሰብኡት ተጸዊጠን ከኣ ይነብራ ፣" ኢሎም ኣስተንተኑ።

ድሕሪ መግለጺ ኣልጋነሽ ነቲ ዘረባ ኣንፈት ምትሓዝ ናቶም ግደ ምዃኑ ስለ እተዘከሮም ፣ ካብ ሓሳቦም ነብሶም ኣናጊፎም ብቕጽበት ናብቲ ኣርእስቲ ተመልሱ።

ነ'ልጋነሽ በቲ ዝሃበቶም መግለጺ ፣ ናእዳኦምን ኣድናቖቶምን ምስጋናኦምን ድሕሪ ምግላጽ ከኣ ፣ ገጾም ናብ ቦኽሪ ወይም መለሱ።

እቲ ኣልጋነሽ ዝነገረቶም ኩሉ ፣ እንተ ተረዲእዎን ብኽመይ ከም እተቐበሉን ንተስፎም ሓተትዎ።

"ተረዲኡኒ ጥራይ ድዩ'ቦ? መግለጺ ኣልጋነሽ ናብ ሓንጐለይ ጥራይ ኣይኮነን ሰንጢቑ ኣትዩ። ናብ መላእ ኣካላተይን መትንታተይን ጅማውተይ'ውን'ዩ ዘረቐ ኣትዩ። ብመጀመርያ ነ'ልጋነሽ ስለቲ ልቦናን ንኡድ መግለጺኣን ከምስግና እደሊ። ከሳዕ ለይቲ ሎሚ ብሰንክና ዝወረደ ጸገምን መከራን የሕዝነኒ። ሕጂ ግን ይኣክል ከብለሉ ዘሎኒ ግዜ'ዩ።"

"ክብረት ይሃብካ ተስፎም ሓወይ ፣" በለት ኣልጋነሽ።

ንናይ ኣልጋነሽ ምስጋና ርእሱ ብምንቕናቕ ኣፍልጦኡን ምስጋናኡን ድሕሪ ምግላጽ ቅጽል ኣቢሉ ፣ "ነዚ ፍቕሪ'ዚ ከይቅምስልን ከይሓርርን ፣ ካባና ሰጊሩ ንደቅና ከይምርዝን እተቓለሳን እተዓወታን ዘይ መድህንን ኣልጋነሽን'የን። ናብዚ ዘብቅዓና ኽኣ ንሳተን ኢየን። ከምኡ ስለ ዝኾኑ ኽኣ ፍቓደንን ለበዋኣንን ንሕና ከነኽብሮ ናይ ግድን ኢዩ። ስለዚ ኣነ ብወገነይ እዚ ባህጊ'ዚ ንኽትግበር ዝከኣለኒ ከገብር ቅሩብ'የ።"

"የቘንየልና ተስፎም ሓወይ ፣" በለት ኣልጋነሽ ገጻ ብሓጐስ እና'ንጸባረቐ።

"እንታይ ገይረልኪ ኣልጋነሽ? ዘይ ንዓይ'የ ተገይሩለይን ፣ ኣነ'የ ከቢረን።"

"ኩሉ'ሞ መዓስ ይፈልጠልካ ተስፎም ሓወይ ፣" ብምባል ኣድናቐቱ ንሓዉ ዝገለጸሉ ኣርኣያ ኢዩ ነይሩ።

ተስፎም ናይ ሓዉ ዘረባ ከም እተቐበሎ ብገጹ ምልክት ብምርኣይ ፣ ናብ ዘረባኡ ተመልሰ ፣ "ኣብ ልዕሊ'ዚ እዞም ጨልቡ ፣ ጨልቡ ንብሎም ኣሎና ብልምዲ'ምበር ፣ ብዕደመን በ'ተሓሳስባን ኣኺሎምን በሲሎምን'የም። ትምህርቶም ዛዚሞም ኣብ ጽቡቕ ደረጃ በጺሓም'የም። ኣብ ስራሕ ዓለም ተዋፊሮም ከኣ ሓላፍነት ናይ ስራሕ ሒዞም ይንዓሉ ኣለው። ንሕና ኣብቲ ዕድመኦም ከሎና ኢና ወሊድናዮም። ዝጠቐሞምን ዝጐድኦምን ኣጸቢቐም ዝፈልጡ'የም። ኣብ ልዕሊኡ እዞም ክልተ መንእሰያት'ኮ ብሓባርን ብሓደን ዝዓበዩ ኣሕዋት'የም። ሕውነቶም ብስጋ ስለ ዘይኮነዩ'ምበር ፣ ከምቲ ኣተዓባብያኦም መውስቦ'ውን'ኮ ምተኽልከሉ። ብግብሪ ግን ካብቶም ብስጋ ኣሕዋት ፣ ዝያዳ ኣሕዋት'የም። ንዓይ ከኣ ኣልጋነሽ ኣጸቢቓ

ትፈልጥ'ያ ፤ ክልቲኦም ደቀይ'ዮም። ክልተ ደቀይ ነንሕድሕዶም ከዋሰቡ ዝሓቱ ዘለው እኮይኑ'የ ዝስመዓኒ ዘሎ።"

ግራዝማች ብዘረባ ወዶም ኣዝዮም ተመሰጡን ተሓበኑን። እቲ ብስምዒትን በ'ተሓሳስባን ፤ ናይ ብሓቂ ወራሲ ሓድጊ ክኾኖሎም ዝትምነዮም ቦኽሪ ወዶም ፤ ጌና ከም ዘሎን ከም ዘይጠፍኦምን ተገንዘቡ። ልቦም ብሓበንን ብዕግበትን ብምስጋና ንኣምላኾምን ተመልአ። ርእዮቶኦምን ስምዒቶም ከዛረቡ ደለዩ ፤ ግን ህዋሳቶም ብስምዒት ስለ እተዋሕጠ ምዝራብ ሰኣኑ። "ትም ምባል ካብ ዘረባ ዝበልጸሉ ግዜ ኣሎ ፤" እትብል ዘረባ ትዝ በለቶም። ብኣኡ ምኽንያት ከኣ ትም ከብሉ ወሰኑ።

ንግራዝማች ካብ ሓሳባቶም ዘበራብሮም ናይ ኣልጋነሽ ዘረባ ኢዩ ነይሩ።

"ደቅኽ'ወ! ደቅኽ ብስጋን ብመንፈስን'ምበር!" በለት ካብ ልቢ ከም ዝነቐለ ብዘረጋግጽ ቃና።

"ክብረት ይሃበለይ ኣልጋነሽ ሓብተይ። ኣብ መወዳእታ ከብሎ ዝደሊ ነገር ግን ኣሎኒ። እዚ መደብ'ዚ ብዘይምውልዋል ምሉእ ፍቓደይን ደገፈይን'የ ዝህቦ። ኣነ ግን ኣብዚ ኣይከኩንኩን ጠጠው ክብል ዝደሊ። እቲ ሓጕሶም ምሉእን ሕርኽርኽ ዘይብሎን'የ ከኾነሎም ዝምነን ዝደልን። እዚ ኽኣ እዚ ኣብ ሞንጐይን ኣብ ሞንጐ ሃብቶምን ዘሎ ቂምታን ባእስን ከሎ ምሉእ ከኾነሎም ኣይከእልን'የ።"

ተስፎም እንታይ ከብል ከም ዝደለየ ንኹሎም ኣይተረድኦምን። ልዕሊ ኹሎም ግን ኣርኣያ ተስከፈ። ሓዉ ንድሕሪት ክምለስ ዝደለየ መሲልዎ ኽኣ ፤ "ኖኖ ደሓን ተስፎም ብኡ ብዙሕ ኣይትስከፍ ፤" በለ።

"ጽናሕ ኣርኣያ ፤" በለ ተስፎም።

"ጽናሕ ዝወደይ ፤" በሎ ግራዝማች።

"ሃብቶም ካብ ቤት ማእሰርቲ ዝወጸሉ ግዜ ቀሪቡ'የ። ኣነ ምእንቲ እዘም ደቅና ከቐስኑን ምሉእ ሓጕስ ከስተማቕሩን ፤ መን በዲሉ ብዘየገድስ ፤ ንሃብቶም ይቕረታ ግበረለይ ከብሎን ክንዕረቕን ቅሩብ'የ ፤" በለ ተስፎም ብትርን ብጫራጽነትን።

"እዋይ ኣንታ ተስፎም ከሳዕ ክንድኡ ዘብጽሕ መዓስ ኣሎካ። እቲ ፍቓድካ ምሃብካ'ንዶ ምኣኽለ ፤" በለት ኣልጋነሽ።

"ግደፈ ደሓን ኣልጋነሽ ጓለይ። ተስፎም ዝብሎ ዘሎን ዝሓስቦ ዘሎን ፤ ኣዝዩ ተባዕን ዘሕጉስን ሓሳባት'ዩ። ስለዚ ነዚ ክንስምዕ እንቋዕ ኣብቅዓና። ይባርኽካ

’ዝወደይ። ንሕና ጥራይ ዘይኮንና ፤ መድህን’ውን ኣብቲ ዘላቆ ኹዐና ፤ በዚ ከም እትፍሳሕ ከም እትዓግብን ዘላ ርግጸኛ’የ። ከምዚ ናትካ ንሃብቶም ከኣ ፤ ልቦና ከህሎ ንምን ፧” በሉ ብኽቱር ናይ ሓበንን ሓጎስን ዕጋበትን ስምዒት ተዋሒጦም።

“በሉ’ዞም ደቀይ ብሩኽ መዓልቲ’የ ሎሚ። መወዳእታኡ የርእየና። ብድሕር’ዘን ናይ ተሰፍም ወደይ ቃላት ፤ ካብዚ ዝጥዕምን ንሰብን ንኣምላኽን ዘረስርስን ዘረጋ ከንሰምዕ ኣይንኽእልን ኢና። ስለዚ እዚ ምይይጥና ጥዑምን ግሩምን ከሎ ብኽምኡ ብጸሎት ንዛዝሞ ፧” ኢሎም ብድድ በሉ። በዚ ኽኣ ርክቦም ብዐወት ፈጸሙ።

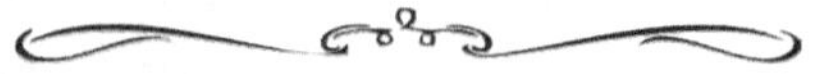

ግራዝማች ቅድሚ ናብ ካልእ ስጉምቲ ምስጋሮም ፤ ናይ ብሩኽን ከብረትን ቅራብነት ንምፍላጥን ፤ ኣብ ፍቅሮምን ውሳነኦምን ዝነበሮም ጽንዓትን መትከልን ንምርግጋጽን ከዘራርብዎም ወሰኑ። ኣብቲ ዝርሮም ኣልጋነሽን ተሰፍምን ከም ዝህልው ገበሩ። ብተወሳኺ ትምኒት ጓል ተሰፍምን ፤ ሳምሶን ወዲ ሃብቶም’ውን ከም ዝሕወሱዎም ገበሩ። ሰንበት ንግሆ ሰዓት ትሽዓተን ፈረቓን ፤ ድሕሪ ቤተ ክርስትያን ፤ ኣብ እንዳ ተሰፍም’የም ኩሎም ተኣኻኺቦም።

ቀ‌ኑርስን ሻህን ቡንን ዕምባባን ተቐሪቡ ፤ ኩሎም እናተዛነዩ ዝተፈላለየ ኣርእስቲ ዝተንከፈ ዕላላት ኣዐለሉ። ኩሉ ምስ ወዳድኡን ምስ ተላዓዓለን ፤ ግራዝማች “እሕሕ” ኢሎም ጉሮሮኣም ድሕሪ ምስሓል ፤ “ሎሚ ኣብዚኣ ተኣኻኺብና ዘሎና ፤ ብዛዕባ ፍቅሪ’ዞም ንጹሃት ደቅና ብሩኽን ከብረትን ዘሎኒ ርእይቶ ወስ ከብል ስለ ዝደለኹ’የ። እዚ ሕጂ ዘዘራርበኩም ኣርእስቲ ፤ ብቐጥታ ንትምኒትን ሳምሶንን ንሕጂ ኣይምልከተኩምን’የ። ግን ዝኹን ነገር እንተ ፈለጥካየ ፤ ውዒሉ ሓዲሩ ይጠቅመካ’ምበር ኣይጎድኣካን’የ።”

“እምበርኪ ኣቦይ ግራዝማች ናትኩም ዘረባን ማዕዳን ደኣ ፤ ወየ ዕድለኛታት ኮይኖም ረኺቦሞ’ምበር መንዶ ይረኽቦ’የ?” በለት ኣልጋነሽ።

“ከብረት ይሃብኪ እዛ ጓለይ። ወረ’ዛ ዘረባ ስለ ዘልዓልኩዋ ሓንቲ ኣበሃህላ ናይ ጣልያን ትዝ ኢላትኒ። ጣልያን እንታይ ይብሉ ፤ ’ኢምፓራ ላ ኣርተ ፤ ኤ ሜቲላ ዳ ፓርተ። ትርጉሙ ኽኣ ፤ ዝኾነ ፍልጠት ፤ ዝኾነ ሞያን ትምህርትን ፤ እዚ’ም ንኣይ ንሕጂ እንታይ ከገብረለ’የ ከይበልካ ተመሃር ፤ ፍለጦ ፤ ምለኾ። ምስ ተመሃርካዮን ምስ ፈለጥካዮን ንሹዉ ዘገልግለካ እንተ ኾይኑ ኣቆምጡ። ዘድልየካን ዘገልግለካን መዓልቲ ከመጽእ ይኽእል’የ ፤’ ማለት’የ።

"ጽብኞቲ 'ምበር ፡" በለ ተስፎም።

"ካብቲ ዘምጻኣኒ ጉዳይ ናብ ካልእ ደኣ ተኣልየ ጸኒሐ 'ምበር። በሉ 'ዞም ደቀይ ሎሚ ኣብ ቅድሚ ክልቲኦም ወለድኹም ምስ ክልቴኹም ክንራኸብ ዝደለኹ ፡ ብቐንዱ ናይ ክልቴኹም ቅሩብነት ንምርግጋጽን ፡ ካብተን ዕድመን ህይወትን ዝለገሰለይ ተመኩሮን ውሱን ኣፍልጦን ፡ ከካፍለኩም ካብ ዝብል ባህጊ 'የ።"

ኩሎም መንእሰያት ርእሶም ነኞነኞ። ሽዑ ግራዝማች ፡ "ብዛዕባ ፍቕርኹምን ንኽንደይ ግዜ ከም እተዓገስኩምን እተጸመምኩምን ሰሚዐ። ብትዕግስትኹምን ብልቦናኹምን ተሓጒስ ፡ ደቅና ስለ ዝኾንኩም ከኣ ተሓቢነ። ሕጂ ከሳዕ እቲ ንሕና ወለዲ ዝከኣለና ጌርና ጉዳይኩም ኣብ ቀምነገር እነብጽሕ ፡ ብዓቢኡ ከኣ እዝግሄር ፍቓዱ ኾይኑ ሃረርታኹምን ድልየትኩምን ዝፍጸመልኩም ፡ ብዛዕባ እንታይነት ፍቕሪ ቅሩብ ሓሳባት ወስ ከብል 'የ ፡" ኢሎም ገለ ነገር ከም እተዘከሮም ብምምሳል ፡ ንኽልኢታት ትም በሉ።

ሽዑ ብዛዕባ 'ቲ ክብልዎ ዝደለዩ ኣብ ውሳነ ከም ዝበጽሑ ብዘርኢ ኣካላዊ ቋንቋን ከምስታን ፡ "ኣየ ኣቦሓጉይ! 77 ዓመት ዝገበርካ ሽማግለሲ ንኣና ብዛዕባ ፍቕሪ ከተስተምህረና ፡ ትብሉኔ ከም ዘለኹም እስመዓኒ 'ሎ።"

"ናና ፡ ናና ፡" በሉ ኩሎም መንእሰያት ብሓባር።

"ደሓን እዞም ደቀይ ከዋዘዩኩም ኢለ 'የ። ግን ብሓቂ እንተ ትብሉ 'ውን መዓስ መኽፋኣልኩም ፡" ኢሎም ዕትብ በሉ። ሽዑ እንደገና "እሕሕ" ኢሎም ፡ "ኣብ ዓለም ከም ፍቕሪ ዝመስልዎ ጽቡቕ ነገር የለን። ፍቕሪ ሕጽይቲ ፡ ፍቕሪ በዓልቲ ቤት ፡ ፍቕሪ ወለዲ ፡ ፍቕሪ ውላድ ፡ ፍቕሪ ኣሕዋት ፡ ኣሓት ፡ መሓዙት ፡ ወዘተ ፡ ኩሉ በበይኑ ዓይነት ፍቕሪ ኢዩ። ግን ኩሉ ኸኣ ፍቕሪ ኢዩ። ፍቕሪ ኸኣ ብፍሉይን ብዝያዳን ንደቂ ሰባት እተዓደለ ዓብን ክቡርን ጸጋ ኢዩ። ህይወት ደቂ ሰባት ምቑርን ጥጡሕን ከኾውን ስለስተ ኣዕኑድ ጥራይ 'የን ዘድልያእ። ንሳተን ከኣ ዕለታዊ እንጌራን ጥዕናን ፍቕሪን 'የን። ጥዕናን ዕለታዊ እንጌራን እንተ ረኺብና ምስኡ ኸኣ ፍቕሪ እንተ ተዓዲልና ፡ ብድሕሪኡ ቀሲንናን ተደሲትናን ንኽንነብር ዋላ ሓንቲ ካልእ 'ውን ኣየድለየናን 'የ ፡" ኢሎም ናብ ብሩኽን ክብረትን ጠመቱ።

ብሩኽን ክብረትን ተቓራሪቦም ኣብ ሓንቲ መቐመጢት 'የም ኮፍ ኢሎም ነይሮም። ግራዝማች ናብኡም ገጾም ምስ ጠመቱ ፡ ምክትታሎምን ኣኽብሮቶምን ብፍቕሪ ብዘንጸባርቕን ብዘብለጭልጭን ዝነበረ ኣዒንቶምን ብከምስታን ኣረጋገጹሎም። ሽዑ ግራዝማች ፡ "ኣብ ግዜና ከምዚ ናታትኩም ፡ ኣቓዲምካ ተፋቒርካን ተፋሊጥካን መርጽካን ኣይኮነን ንናይ ዘልኣለም መናብርትኽ ዝምጻእ ነይሩ። ወለድና

በ'ተሐሳስባኦም ፣ ብባህሮም ፣ በ'ካይዳኣምን ብእምነቶምን ከማና'ዮም ካብ ዝብልዎም ክልኦት ስድራ ቤት'ዮም መሪጾም ዘምጽኡልና ነይሮም። እቲ ቀንዲ መሰረታዊ ባህሪ ናይ ሰብ ፣ ካብቲ ዝዓበየሉ ስድራ ቤትን ባህልን ኣተሓሳስባን እቲ ገዛ ብዙሕ ኣይፍለን ኢዩ። ፍልልይ ክንርኢ እንተ ጄንና ኣብቶም ናእሽቱን መሰረታውያንን ዘይኮኑ ጠባያት ጥራይ ኢና ክንርኢ እንኽእል ፣" ኢሎም ኣዐርፍ ኣቢሎም ናብ ኩሎም በብተራ ጠመቱ።

ነተን ኣብ ላዕላይ ከንፈሮም ዝነበራ ጭሕሚ ብየማይቲ ኢዶም እናጠ ኽለሉ ኽኣ ፣ "ብሐጊራሲ ወለድና መሪጾም ፣ እዚ'ዮ ወይ እዚኣ'ያ መናብርትኽን መባለይትኽን ኢዮ ዝበሃለና ነይሩ። ኣብ ልዕሊኡ እዛ ህይወት'ዚኣ ንኣኽ ወይ ንኣኺ'ያ ፣ ተቐበሉዋ ፤ ኣሜን ኢልኩም ተቐቢልኩም ክኣ ስርሑላ ፣ ድኸሙላ ፣ ተጸመምዋ ፣ መታን ኣብ መወዳእታ ኣብ ዓወት ከተብጽሑዋ ኢያ እትበሃለና ነይራ! ስለዚ ስራሕ ከም ዘሎ ፣ ሓላፍነት ከም ዘሎ ፣ ምጽማምን ምክእኣልን ከም ዘድሊ'ምበር ፣ ውዱእን ጥጡሕን ህይወት ከም ዘይኮነ ዝጽበየና ዝነበረ'ዮ ዝንገረና ነይሩ። ከምኡ ስለ ዝኾኑ ኽኣ እቲ መውስቦ ንኽዕወት ፣ እቶም መጻምድቲ ጥራይ ዘይኮኑ ፣ እቲ ምሉእ ስድራ ቤት'ውን'ዮ ዝደኽመሉ ነይሩ። ከዕረኽን ከዕረን ዘይኽእል ዓቢ ዘየስማዕዕ ጉዳይ እንተ ዘይተረኺቡ ፣ መውስቦ ብቐሊሉ ኣይፈርስን ኢዮ ነይሩ ፣" ኢሎም ናብ ኩሎም ጠመቱ። "ብራህ ድዮ እዚ ከሳዕ ሕጂ ዝተዛረብኩዎ?" ኢሎም ሓተትዎም።

"ብራህ'ዮ ፣ ብራህ'ዮ ፣" በሉ ኩሎም።

"ግርም ፣ ናብ ናይ ዘመንኩም ኣገባብ ከሓልፍ። ናይ ዘመንኩም ኣገባብ ከኣ መታን ከትጻመድን መናብርቲ ከትከውንን ፣ ኣቐዲምካ ኣብ ፍቕሪ ከትወድቅን ብፍቕሪ ከትጥመርን ኣለካ። ክልተ መንእሰያት ኣብ ፍቕሪ ከወድቁ ከለው ፣ ኣብ ፍቕሪ ዘዉድቼም ብግዳም ብህዋሳቶም ዝርእዪን ፣ ዝሸትትን ፣ ዝሰምዕዎን ዝድህስስዎን ግዳማዊ መስሕብ ኣሎ። እዚ ኽኣ መልከዕ ፣ ጽባቐ ፣ ቅርጺ ኣካላት ፣ ፍሽኽታ ፣ ተፈታውነት ፣ ጠባይ ፣ ባህሪ ወዘተ ኢዮ። እዚ መታን እቶም መንእሰያት ሓደ ባህግን ድልየትን ከሕድሩ'ሞ ፣ ሸው ከምኡ ከምኣ ዝኣመሰለ ዝኣመሰለት ፣ ኣብዛ ዓለም የለን የለን ክብሉ ዝኾኑ ነገር ኢዮ። ከምኡ ምስ በሉን ኣብ ከምኡ ምስ ወደቑን ፣ ብፍቕሪ ዓዊሮም ፣ ንኹሉ ጕደሎታት ከም ዘየሎ ገይሩ ዘርኢ ግዝያዊ መነጽር ወድዮም ብሐንሳብ ንሓዋሩ ክነብሩ ይውስኑ ፣" ኢሎም ትንፋሶም ከመልሱ ኣዐርፍ ኣበሉ።

ካብታ ኣብ ቅድሚኦም ዝነበረት ብርጭቔ ማይ ጕርዶዕ-ጕርዶዕ ኣበሉ። ሸው ፣ "ቅራብ ኣንዉሕ ኣቢለልኩም ኣሎኹ ግን ቀሪብ እየ ተዓገሱኒ ፣" በሉዎም።

"ዋይ እዞም ኣቦይ ግራዝማችሲ ፤ ወዮ ረኺቦሞ ! " በለት ኣልጋነሽ።

መንእሰያት ኽአ ፤ "ኖኖ ፤ ኖኖ ኣቦሐጕይ ፤" በሉ።

"የቋንየለይ እዞም ደቀይ። ድሕሪ'ዚ መንቅብ ዘይብሉ ዝመስል ፤ ኣብ መጻሕፍትን ቛንማታትን ጥራይ ዝረአ ፍቕሪ'ዚ ግን ጸገማት ከንንፍ ይጅምር። በ'ረኣእያይ እቲ ደሓር ጸገም ዘምጽእ ፤ ብሳዕቤን'ዚ መንቅብ ዘይረአዮ ግዳማዊ መስሕብ ኣብ መውሰቦ ምውዳቕ ኣይኮነን። ምኽንያቱ እቲ ሃልሃልታ ፍቕሪ እንተ ዘክሰት ፤ ብስሩ'ውን እቲ ምድልላይን እቲ ናብ መውሰቦ ዘሰጋግር ኩነታትን ኣይምሃላወን። እቲ ጸገም እቲ ከምኡ ዝኣመሰለ ውዑይ ፍቕርን ባህታን ምስ ረኸብካ እተማዕብሎ ትጽቢታት'የ። ካብዚ ነ'እምሮኽን ኣዒንትኽን ምምዝዛንካን ዘመዛብልን ዘዐውርን ፍቕሪ ተበጊስካ ፲ መጻኢ ሓባራዊ ህይወትካ ፤ ጸገምን ሓርጎጽጎጽን ዘይብሉ ፤ ሰላምን ስምምዕን ፍቕርን ጥራይ ዝዓሰሎ ፤ ልሙጽ ህይወት'የ ናይ ግድን ዝኸውን ኢልካ ዘይከውንነታዊ ሕልሚ ምሕላም'የ'ቲ ጌጋ።"

ሽዑ ብፍላይ ናብ ብሩኽን ክብረትን እናጠመቱ ፤ "ትስዕቡኒዶ ኣሎኹም እዞም ደቀይ?" በሎም።

"ብስርዓት ኢና እንስዕበካ ዘሎና ኣቦሐጕይ ፤" በለ ብኽቱር ተመስጦ ዝከታተል ዝነበረ ብሩኽ። እቶም ካልኦት ከአ ኩሎም ርእሶም ብተደጋጋሚ ንላዕልን ታሕትን ነቕነቑ።

"ግርም ይባርኽኩም እዞም ደቀይ። እምበአር እቲ ኣብ ዓሚቝ ፍቕሪ ኣውዲቑኩም ዘሎ ግዳማዊ ጠባይን ባህርን ፤ ከምኡ ኽአ መልክዓዊ ኣካላዊ ስሕበትን ውህደትን ፤ ከምኡ ኢሉ ከይተቐየረ ንመዋእል ዝነብር ከም ዘይኮነ ክትርድእዎ የድሊ። እቲ ዝዓበየ ጌጋ እምበአር ፤ እዚ ንምሉእ ህይወትና ከናብረናን ከሰጋግረናን ኢዩ ኢልኩም ዘይከውንነታዊ ተስፋን ትጽቢትን እንተ ኣሕዲርኩም ኢዩ። መልክዕን ቅርጽን ፤ ግዳማዊ ስሕበትን ነባርን ኣናባርን ኣይኮነን። ምስ ግዜ ፤ ምስ ኩነታት ፤ ምስ ሓደጋ ፤ ምስ ጥዕናን ዕድመን ተመናዊን ተቐያያርን ፈራስን ኢዩ ፤" ኢሎም ትንፋሶም ከመልሱ ኣዕርፍ ኣበሉ።

ድሕሪኡ ናብ ክልቲኦም ፍቖራት መንእሰያት ጠመቱ። ሽዑ ፤ "እቲ ነባሪ ግን ኪኖ'ዝን ፤ ልዕሊ'ዝን ዝኸይድ ግዳማዊ ዘይኮነ ውሽጣዊ መልክዕ ኢዩ ፤" በሉ።

"ውሽጣዊ መልክዕ? እንታይ ማለት'የ ውሽጣዊ መልክዕ ኣቦይ ግራዝማች?" ኢላ ሓተተት ክብረት።

"ውሽጣዊ መልክዕን ፍቅርን ዝብሎ ኣነ እቲ ዝምኖ ምስ ተመንወ ፤ እቲ ሃልሃልታ ፍቅሪ ምስ ዘሰለ ፤ ነቾም ተጻመድቲ ምስ ግዜ ዝያዳ ዝጠምሮምን ፤ ናብ ናይ ነንሕድሕድ ተሓላለይትን ተደጋገፍትን ፤ ናብ ናይ ብሓቂ ሓደ ኣካል ምዃን ዘሰጉሞም ዓይነት ፍቅሪ ኢዩ። እቲ ግዳማዊ ወይ ስጋዊ እንብሎ ፍቅሪ ኸኣ ፤ ናብቲ ናይ ብሓቂ ፍቅሪ እንብሎ መንቀልን መንጠርን መጣመርን መስርሕ'ዩ ክንብሎ እንኽእል እመስለኒ ፤" በሉ።

ከምኡ ምስ በሉ ፤ ሃንደበት ገጾም ካብቲ ብቱኽረት ተኣሳሲርዎ ዝነበረ ከፈታታሕን ፤ ናብ ምዝናይ ከኽይድን ተራእየ። ሸው ፤ "በሉ እዞም ደቀይ ፤ ከየሰልቸወኩም'ን ከየድከመኩም'ን ንሎሚ ኣብዚ ከዓጹ። ካልእ መዓልቲ ነቲ ካልኣይ ክፋሉ ከቐጽለልኩም'የ ፤" በሉዎም።

"ቀጽለልና'ምበር ፤ ወድኣልና'ባ ኣቦሓጉይ ፤" በለ ብሩኽ።

"ቀጽሉልና'ምበር ኣቦይ ግራዝማች ፤" በለት ከብረት።

"ደሓን ባዕሉ ካልእ ግዜ መሪጹ ከቐጽለልኩም'የ። ንስኻትኩምን ናታትኩም ነገርን ኩዪኑዎ ኢዩ'ምበር ፤ ንሱ ኸኣ ምስቲ ዕድመኡ ይደክም እንድ'የ ፤" በሎም ተሰፍም ፤ ወላዲኡ ዝጀመርዎ ብዘይ ብቓዕ ምኽንያት ከም ዘየቋርጹዋ እናተረድኡ።

"ሓቁ'የ ተሰፍም ሕጂ ይኣኽለኩም ኣይተድክምዎም ፤" በለት ኣልጋነሽ።

"ሸማግለ ምኽንያት ኢዩ ዘብዝሑ። ደኺመ ከይብል ፤ ከየድከመኩም ኢለ ከሞልቅ ሓሲበ። ዝኾነኾይኑ ነዚ ሎሚ ዘልዓልኩዎ ነጥብታት ፤ ቀስ ኢልኩም ሕስብሉን ኣስተንትንዎን። ሸው ብፍቓድ ጉይታ እቲ ዝተረፈና ካልእ ግዜ ክንቅጽሎ ኢና ፤" በሉዎም።

ብድሕሪኡ ኣርባዕተኦም መንእሰያት ብድድ-ብድድ ኢሎም ፤ "የቐንየልና ኣቦሓጉይ ፤" እናበሉ ኢዶም ተሳለምዎም። ኣልጋነሽ ከኣ ከም ወትሩ ንግራዝማች ዕዙዝ ምስጋና ኣቕረበትሎም።

በዚ ኸኣ እቲ ናይ ሸው መዓልቲ ልዝቦም ተዛዘመ።

ሃብቶም ብጥልመት ኣልማዝ ጌና ሕርር ኩምትር ኢዩ ኢሉ ነይሩ። ደርማስ

ኣቦኡን ኩሉ ግዜ ናብ ቤት ማኣሰርቲ ክመጽዎ ኸለው፣ “እታ ጠላም ይሁዳኽ እንታይ ትገብር ኣላ? ካን ብጐዲም ካራ ሓሪዳትናስ፣ ሓንቲ ከንገብር ኣይከኣልናን እናበልኩም ትም ኢልኩም ትርእይዋ ኣሎኹም?” ኣናበለ ብተደጋጋሚ ኢዩ ዝወቕሶም ነይሩ።

ንሳቶም ከኣ እቲ ዝገፈፈቶም ብስሩ ጥረ ገንዘብ ጥራይ ብምንባሩ፤ እቲ ንብረት'ውን ናብ ጥረ ገንዘብ ቀይራ ስለ ዘግዓዘቶ፤ ሃብቶም ባዕሉ ምሉእ ሓላፍነትን ስልጣን ውክልናን ንኣኣ ሂቡዋ ብምንባሩ፤ ነቲ ጥልመትን ነቲ ዝምታን ብሰነድን ብመርትዖን ብምስክርን ክተረድኣሉን፣ ብቐሊሉ ክትረትዓሉን ዝከኣል ከም ዘይኮነ ይግልጽሉ ነበሩ።

እቲ ዝዝርዝርዎ ዝነበሩ ኹሉ ናቱ ጉድለት ብምንባሩ፣ ነዚ ዘረባ'ዚ ጨሪሱ ክሰምዖን ክድገመሉን ኣይፈቱን ኢዩ ነይሩ። ባህ ክይበሎ እንተ ሰምዖም'ውን ነታ ኣርእስቲ ከምዛ ዘይሰምዓ ብምጒሳይ፣ ተተመሊሱ ናብታ ናታትኩም ሕምቀት'ዩ እትብል ነጥቢ'ዩ ዝምለስ ነይሩ። ንሳቶም ከኣ ባህሩ ኣጸቢቔም ይፈልጥዎ ስለ ዝነበሩ፣ ከምኡ ክብል ከሎ መልሲ ኣይህብዎን ኢዮም ነይሮም።

ካብኡ ናብኡ ናቱ ኣሉታዊ ተራ ኣብ ዘይጠቕስሉ ግዜ'ዩ፣ ቅሩብ ብትዕግስቲ ዘረባኦም ዘወድኦምን ዝሰምዖምን ዝነበረ። ንሳቶም ከኣ ነቲ ናቱ ጒድለት ሸፈፍ ኣቢሎሞ ብምሕላፍ፣ ናብ ኩነታት ናይ'ቲ ግዜ ሰጊሮም ክረድእዎ ይፍትኑ ነበሩ።

ብኣኡ መሰረት ገለ ነገር ምፍታን ጠፊእዎም ከም ዘይኮነ፤ ኣልማዝ ግን ሓያልን በዓል ግዜን ተሰማዕን ውሽማ ከም ዝሓዘት፤ ኣብ ከምዚ ዝኣመሰለ ተኣፋፊ ግዜ ክዕወቱላ ከም ዘይክእሉ፤ ንዘይዕወቱላ ትም ኢሎም እንተ ፈቲኖም ከኣ፣ ካልእ ተንኰልን ሽርሕን ክይትፈትለሎምን ክይትፍሕሰሎምን ዓቢ ስክፍታ ከም ዝነበሮም፤ ስለዚ ኣስፊሖም ብምጥማት'ምበር ንኣኣ ንበይና ከም ኣልማዝ ፈሪሆማ ከም ዘይኮኑ ይገልጽሉ ነበሩ። ልዕሊ ኹሉ ዘሰክፎም ግን ንሱ ካብ ቤት ማእሰርቲ ክወጽእ ተቓሪብሉ ኣብ ዝነበረ ግዜ፣ መሊሳ ካልእ ነገር ጠናኒጋ ከም ዘይወጽእ ክይትገብሮ ስለ ዝሰግኡ ምኺኖም የረድእዎ ነበሩ።

ከምኡ ክብልዎ ኸለው ሃብቶም ከኣ፣ “ካብቲ ዝገበረትኒ ዝያዳ'ሞ እንታይ ክትገብረኒ ኢያ? ኣነ ኣብዚ ተዳጒነ ኾይነ'ምበር ክሳዕ ሕጂ ኣይመጽናሕኩዋን ነይረ። እንታይ'ሞ ክኸውን ጸላእቲ እንዶ በዚሖምኒ። ዝሕግዘኒ ሰብ ክይረክብ ከኣ በይነይ ኰይነ። ኣብ ገዛና ብዘይከይ ሰብኣይ ስለ ዝሰኣነት ኢዩ እዚ ኹሉ!” እናበለ ብሕልፊ ንደርማስ ብተደጋጋሚ ይትንክፎ ነበረ።

ደርማስ ነታ ዘረባ እቲኣ ክደጋገመሉ ኸሎ ብውሽጡ፣ “ናትካ ዕብዳንን ዝኸሓነ

ጽልእን ከይኣኽለናስ ፣ ምልእቲ ስድራ ቤት ብጽላለኻ ተጸልያ ክትልከም ፣" ይብል
ነበረ። ብኣፉ ግን ፣ "ደሓን ሃብቶም ሓወይ ፣ ጥራይ ንስኻ ብሰላምካን ብጥዕናኻን
ውጻእ 'ምበር ፣ ብድሕሪኡ ኩሉ ኩነታት ኣብ ግምት ኣእቲናን መዚንናን ክንተሓሓዛ
ኢና ፣" ኢሉ የዘሓሕሎ ነበረ።

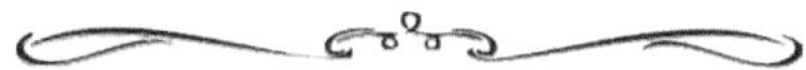

ኩነተ ኣእምሮ ሃብቶም ኣብ ልዕሊ ኣልማዝን ፣ ሕነኡ ንምፍዳይ ዝነበሮ ስምዒትን
ህርፋንን ከምዚ ኢሉ ኸሎ Ɪ ናይ ክብረትን ብሩኽን ጉዳይ ፣ ብኸመይ ኣለማሊሞምን
ቀስ ገይሮምን እንተ 'ረድእዖ ከም ዝሓይሽ ከመያየጡ ጀመሩ። ድሕሪ ነዊሕ
ዘተን ዝተፈላለዩ ሜላታት ኣብ ግምት ምእታውን ፣ ሜላኣምን ኣገባቦምን ቀይሶም
ወድኡ።

ኣብ መጀመርያ መዓልቲ ቀስ ብቐስ ገይሮም ፣ ርከብ ኩሎም ደቁ ምስ ደቂ
ተስፎም ፣ ከም ዕላል ገይሮም ከዘንትውሉ ጀመሩ። እንዳ ተስፎም ብሓፈሻ ብሕልፊ
ኸኣ መድህን ፣ ንደቁ ካብ ደቃ ፈልያ ከይረኣየቶም ከም ዝሓለፈት ገለጽሉ።

ነ'ልጋነሽን ንደቁን ብፍቕርን ምቕርራብን ጥራይ ዘይኮነ ፣ ብገንዘብን ንዋትን 'ውን
ብግብሪ ይሕግዝዎም ከም ዝነበሩን ፣ ጉርብትናኦም ጨሪሶም ከም ዘይጠለሙን
ኣረድእዎ። እዚ ኸኣ ብዝያዳ ነ'ልጋነሽ ዝወሃባ ዝነበረ ወርሓዊ ተቐራሪ በ'ልማዝ
ካብ ዝጎድል ንደሓር ፣ እንዳ ተስፎም ብርኡይ ከም ዘመስከርዖ ኣረጋገጽሉ።

እቶም ቄለቡ 'ውን እንተ ኾኑ ፣ በቲ ሓደ መዳይ ብሓባርን ብጽቡቕ ጉርብትናን
ስለ ዘዕበኹሞዎዎም ፣ በቲ ኻልእ መዳይ ከኣ ኣብ ግዜ ጸገሞም ስድራ ቤት እንዳ
ተስፎም ብዘርኣዮዎም ፍቕርን ሓልዮትን ኣዝዮም ከም እተጸለዉ ሓበሩ።
ብኣኡ ምኽንያት ከኣ ኣብ ሞንጎኦም ፣ ኣዝዩ ጥቡቕ ፍቕርን ምትሕልላይን ከም
ዘመስረቱ ብስፊሑ ገለጽሉ።

ነዚ ኣብ ላዕሊ ዝተገልጸ መብርሂ ምስ ሃሙ ፣ ከም ብገርህ ኣምሲሎም ብሜላ
ናብ ካልእ ዘረባ ሰገሩ። ባሻይ ደርማስን ብዝተሰማዕዎ መሰረት ፣ ኣብ ናይ
መጀመርያ መዓልቲ መግለጺኦም ፣ ካብቲ ንሃብቶም ሾሙ ዝሃብዎ መግለጺ ዝያዳ
ከኸዱ ኣይደለዩን። ከም ኣተሓሳስባኦም ነቲ ኣብ መጀመርያ መዓልቲ ዝሃብዎ
መግለጺ ፣ ሃብቶም ህድእ ኢሉ ክሓስበሉን ከኬማስያን ዕድል ምሃቡ ፣ ዝሓሸ
ሜላ 'ዩ ኢሎም ስለ ዝወሰኑ 'ዩ ነይሩ።

ሃብቶም 'ውን እንተ ኾነ ፣ እቲ መግለጺ ኣዝዩ ከም ዘተሓሳሰቦ ኣብ ገጹ

ይንበብ'ኳ እንተ ነበረ ፣ ንምንታይ ነቲ ኣርእስቲ ከም ዘልዓሉዎን ፣ ብምንታይ
ምኽንያት ናብ ካልእ ኣርእስቲ ከም ዝሰገሩን ብዙሕ ስለ ዘየተሓሳሰቦ ፣ ሕቶ
ይኹን ርእይቶ ከየቅረበ'የ ሰጊሩዎ። በዚ ኸአ ናይ መጀመርያ መዓልቲ ርክቦም
ተዛዘመ።

ኣብ ካልኣይ መዓልቲ ርክቦም ፣ ናይ ሰላምታን ናይ ስድራ ቤት ኩነታትን ካልእ
ቀንጢ መንጥን ዝርርቦም ምስ ዛዘሙ ፣ እንደገና ናብታ ኣርእስቲ ከምለሱ
ስለ ዝደለዩ ፣ "ብቕድሚ ትማሊ ዝጀመርናልካ ናይዘም ደቅናን ደቂ ተሶፎምን
ርክብሲ ፣ ከይዛዘምናያ ናብ ካልእ ኣርእስቲ ሰጊርና ፣" በሉ ወላዲኡ።

"ኣነ'ኮ ንስኻትኩም ምስ ከድኩም ፣ ንበይነይ ምስ ተረፍኩ'የ ተረዲኡኒ።
ብኸመይ'ዮም ኣልጊሎሞ? ደሓር ከአ እታ ዘረባ ከይተዛዘመት ኣቋሪጸማ ኢለስ
ኣዝየ ተገሪመ'የ ፣" በለ ሃብቶም።

"ሓቅኻ'ንዲኻ'ሞ ፣" በለ ደርማስ።

"እቲ ኹሉ ዝነገርኩምኒ'ኳ ኣዝየ ተሰሚዑንን ኣተሓሳሲቡንን'የ ዘሎ ፣" በለ
ሃብቶም።

"ብኸመይ?" በሉዎ ኣቦኡ።

"ማለትሲ ከመይ ኢሎም'ዮም ነዞም ደቂይ ክንድ'ዚ እተገደሱሎምን ዝሓለዩሎምን
ብዝብል ኣዝየ ኣተሓሳሲቡኒ።"

"በል ንሱ ጥራይ ዘይኮነ ፣ ዘይ ሰይጣን ኣብ ሞንጎና ኣትዩ በታቲኑና'ምበር ፣
ንሳቶምሲ ክንድምንታይ'ኳ ፈቲኖም'ዮም ፣" በሉ ባሻይ ህውኽ ኢሎም።

"እንታይ ማለትካ'የ'ቦ?" በለ ሃብቶም ከም ቁጥዕ ኢሉ።

"ኣብቲ ንስኻ ዝተፈረድካሉ መዓልቲ ዘጋጠመኒ ወቅዒ ልቢ ትዝክሮ ኢኻ። ሽዑ
ክልቲኦም ተሰፎምን ኣርኣያን'ዮም ተጓይዮም ንሆስፒታል ብህጹጽ ዘብጽሑኒ ፣
ብተወሳኺ ኣብ ሆስፒታል ከሎኹን ኣብ ገዛ ምስ ተመለስኩን ፣ ግራዝማች ካብዛ
ጉኖ ከይተፈለየ'የ ኣሕሊፍዎ ፣" በሉ ባሻይ ስምዒት ሃብቶም ከይመዘኑ ፣
ዘረስርስዮ ዘለዉ እናመሰሎም።

"በዓል ተሰፎም ደኣ ቅድም ይሰባብሩኻ ፣ ደሓር ከም ዝጽግኑኻ ዘለዉ ክመስለካ ይደራርቡኻ! ነዚ ድዩ ጠሪኡኩም?" በሎም።

ደርማስ እታ ጉዳይ ከይተበላሸወት ከላ መኣዝና እንተ ቐየራ'ሞ ገለ እንተ ተመሓየሽት ብዝብል ፣ "እቲ ናይዚ ቀረባ ግዜኻ ዘይትነግሮ?" በሎም።

"ከይወጸ ከይትነግርዎ ስለ ዝበለናስ ፣" በሉ ባሻይ።

"እንታ'ዩ? እንታይ ናይ ቀረባ ግዜ?" ሓተተ ሃብቶም።

"ንገሮ'ምበር ሕጂ ደኣ ፣" በለ ደርማስ።

ሽው ኣልማዝ ንኹሉ ጸራሪጋ ምስ ወሰደቶ ግራዝማች 5,000 ብር ኣምጺኣም ከሳዕ ደርማስ ዝድልድል መሳርሒ ይኹናኡ ፣ ኣብ ዝጠዓሞን ኣብ ዝረሃዖን ይመልሰን ከም ዝበሉዎም ፱ ብተወሳኺ ብዛዕባ እተን ገንዘብ መታን ከይስከፉ ንሃብቶም ከይወጸ ከይትነግሮ ኢሎም ፣ ቃል ከም ዘእተውዎም ኩሉ ብዝርዝር ገለጹሉ።

"አቦይ ግራዝማች'ኳ ፍሉይ ሰብ'ዮም ግን ከኣ ክኢላ'ዮም ፣" በለ ሃብቶም ርእሱ እናነቕነቐ።

ብድሕሪኡ ሃብቶም ሓደ ሓሳብ ከም ዝመጸ ፣ ግምባሩ እስር ኣቢሉ ንታሕትቲ ድንን በለ። ሽው ቅንዕ ኢሉ ፣ "ብቐዳማይ ኮነ ሎሚ ብዛዕባ ስድራ ቤት ኣቦይ ግራዝማችን ፣ ንስድራ ቤትና ብድሕሪ ምእሳረይ ዝገበርዎ ጸጽቡቕ ኢኹም ከተረድኡኒ ፈቲንኩም ፣" በለ ሃብቶም።

"እወ ፣ እወ ፣" በሉ ኽልቲኦም ኣቦን ወድን ብሓባር።

"ነዛ ኣርእስቲ ናይዘም ጨልቡ ኹነ ናይ ክልቲኡ ስድራ ቤትና ርክብ ፣ ንምንታይን ብኸመይ ምኽንያትን ከም ዘልዓልኩሞ ግን ኣይበርሃለይን ፣" በለ ሃብቶም።

"መጀመርያ ምውጻእካ ናብ ምቕራቡ ስለ ዝኾነ ፣ ብድሕሬኻ ዝነበረ ርክብን ኣካይዳን እቲ ስድራ ቤት ከትፈልጦ ስለ ዝደለናካ'ዩ። ብኻልኣይ ደረጃ ኸኣ ናይ ደቅኻን ደቂ ተሰፎምን ርክብ ፣ ክንድምንታይ ጥቡቕን ልጉብን ምኳኑ ተረዲኡካ ከትጸንሕ ስለ ዝደለና ኢና ፣" በሉ'ዋ ባሻይ።

"እሞ'ኸ?" ዝብል ሓጺር ሕቶ ደርበየ ሃብቶም።

"ናትካን ናይ ተሰፎምን ባእስን ቂምታን ካብ ግዜ ናብ ግዜ ፣ ካብ ዝገደደ

ናብ ዝበኣስ’ዩ ተሰጋጊሩ። እዚ ይኹን’ምበር ፍቕርን ምቅርራብን ኣልጋነሽን
መድህንን ግን ፥ በ’ንጻሩ ይኃሙቕን ይድልድልን’ዩ ነይሩ። ከምኡ’ውን ርክብ
ተሰቲምን ኣልጋነሽን’ውን ፥ ድልዱልን ኣብ ምክብባር እተመስረተን’ዩ። ከምኡ
ስለ ዝኾነ ኽኣ ርክብ ደቅኽ ምስ ደቂ ተሰቲም ፥ እናሓየለ’ዩ መጺኡ’ምበር
ኣይዘሓለን ፥” በሉ።

“ኣነ’ኳ ንሳ ኹኑ ጬልዑ ካብኦም ክርሕቁ ከም ዝደሊ ኣትሪረ ነጊረዮም ነየረ’የ።
ጌራ ኣብይ ከየርከበልና ተባሂሉ ኣንጻር ድልየተ’የ ኩሉ ኹይኑ ማለት’የ ፥” በለ።

“ንስኽ ጥራይ መዓስ ኤንኪ ከምኡ ኢልካን ተሰሚዑካን እዝወደይ። ንሕናስ
ኣልጋነሽ ምሳና ኹይና ዘየጻላእትናን ካብኦም ዘይረሓቀትን ኢልና ፥ ጸሊእናያን
ወጊንናያን ኔርና እንዲና። ግን ንኣኣ ከምኡ ወጊንና ፥ ካልእ መልኣኽ እትመስል
ሰይጣን ሓቝፍና ኔርና ፥” ብምባል ጌጋኦም ተናዘዙ።

“ዝኾነኹኾይኑ ብዙሕ ጌጋታት ተፈጺሙ’የ። ግን ተጣዒስካ እትመልሶን እተዐርዮን
ስለ ዘይኮነ ጣዕሳ ጥቕሚ የብሉን ፥” በለ።

“ጌጋኻ ኣሚንካን ተረዲእካን ብምጥዓስ ከተዐርዮ እትኽእል ኣሎ’ምበር። ግን
እስከ ቅድሚ ብኽመይ ዝብል ሕቶ ምምላስይ ፥ እቲ ቀንዲ ነዚ ኣርእስቲ’ዚ
ዘልዓልናሉ ምኽንያት ከገልጸልካ ፥” በለ ደርማስ።

“ቀንዲ ምኽንያት? ካልእ ቀንዲ ምኽንያት ኣለዎድዩ?! በል ሕራይ ቀጽለለይ ፥”
በለ ሃብቶም ከሰምዕ ከም ዝደለየን ከም እተሃወኽን ብዘርኢ ኣገባብ።

ሃብቶም ከምኡ ክብልን ስዓት ናይ ምብጻሕ ክኣክልን ሓደ ኹነ። ነቲ ኣርእስቲ
ሽዑ ከዛዝምዎ ዘይክእሉ ምንባሮም ብምርድዳእ ከኣ ፥ ንሳልሳይ መዓልቲ ከቕጽልዎ
ብምስምማዕ ተሰናቢቶም ከዱ።

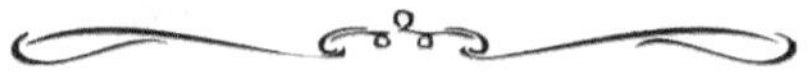

ግራዝማች ነታ ምስቶም መንእሰያት ከይዛዘምዋ ዘቛረጽዋ ኣርእስቲ ኣይረስዕዋን።
ብኣቱ መሰረት ግዜ ከየጥፍኡ ጬጸራ ገብሩሎም። መታን ሰብ ከየቛርጾም ስዓት
ሽውዓተ ምሽቱ ክራኸቡ ኢዮም ወሲኖም። ኣብቲ ርክብ እንደገና ኣርባዕተኦም
መንእሰያትን ተሰቲምን ኣልጋነሽን ተረኸቡ። ኩሎም ኩፍ ምስ በሉ ግራዝማች ፥
“እዞም ኣመንቲ ምስልምና ኣሕዋትና ፥ ኩሉ ግዜ ንመጻኢ ዝኽውን ጬጸራ ወይ
ቃል ክህቡ ኽለው ዝጥቀሙሉ ኣዘራርባ’ሎ ፥” ኢሎም ዘረባኦም ጀመሩ። ቅጽል

ኣቢሎም ፤ "ጽባሕ ክንራኸብ ኢና ፤ ድሕሪ ሰሙን ከምዚ ክንገብር ኢና ፤ ድሕሪ ወርሒ. ተታሓሒዝና ናብዚ ክንከይድ ኢና ፤ ወዘተ ዝብል ኣዘራርባ ክለዓል ከሎ ፤ ኩሉ ግዜ "ሕራይ *ኢ?ንሻህ?*፤" ኢዮም ዝብሉ። ትርጉሙ ፤ "ሕራይ ፍቓድ ኣምላኽ እንተ ኾይኑ ፤" ማለት'ዩ። ከመይ ዝኣመሰለ ኣዘራርባን ኣተሓሳስባን'ዩ።"

ኩሎም ርእሶም ክንቕንቑን ብዕቱብ ክከታተልዎምን ጀሚሮም ምንባሮም ኣረጋገጹ። ሽዑ ፤ "ብቐዳማይ ንኻልእ መዓልቲ ከቕጽለልኩም'የ ክብለኩም ከሎኹ ፤ ኣነ ኾንኩ ንስኻትኩም ዝሓዝናዮን ዘረጋግጽናዮን ነገር ኣይነብረን። ሕጂ'ውን ስለ ፍቓዱ ዝኾነ ኢና ሎሚ. ክንራኸብ በቒዕና። ከመይ ዝኣመሰለ ከቢድ ዘረባን ኣበሃህላን ምዃኑ ፤ ብውሑዱ ኣብ ክልቲኣን ስድራ ቤትና ፤ ኣብዘን ውሑዳት ዕድመኹም ብዝተፈጸመን ብዝወረደን ኩነታት ከትርድእዋ ትኽእሉ ኢኹም። ሕጂ'ውን ኣበባኹም ክንርኢ. ቀሪብና ኢና። ግን እዚ'ውን ፍቓዱ እንተ ኾይኑ ኢዮ ዝፍጸም። መን ኢዮ ነቲ ኣበባኹም ዝርእዮ ኽኣ ባዕሉ ጐይታ ኢዮ ዝውስኖ። ስለዚ. ኣምላኽ ናብቲ ዕምባባኹምን ጋማኹምን ብሰላም ከብጽሓና ንልምኖ።"

"ኣሜን ፤ ኣሜን ፤ ኣሜን ፤" በሉ ኩሎም።

"ኣቐዲምና ኣብ ዘካየድናዮ ዝርርብ ፤ ናይ ግዜና ዝነበረ ኣገባብ መውስቦን ፤ ምስ እዚ. ናይ ዘመንኩም ኣገባብ ዘለዎ ፍልልይን ኣዕሊለኩም ከም ዝነበርኩ ይዝከረኒ። ብተወሳኺ. ሰብ ኣብ ፍቕሪ ምስ ወደቐ ዘይክውንነታዊ ትጽቢታት ከም ዘማዕብል ፤ ብሰንኩ ኽኣ ጸገማት ከም ዘጋንፍ Ι ኣብ መወዳእታ ኽኣ ብዛዕባ ግዳማውን ውሽጣውን ጽባቐ ዝብሉ ኣርእስታት ኣዕሊልና ኔርና። ሕጂ ኽኣ ካብኡ ከቕጽለልኩም ፍቕዱለይ ፤" ኢሎም ናብ ኩሎም በብተራ ጠመቱ።

ኩሎም ርእሶም ብምንቕናቕ ፍቓዶም ምንባሩ ምስ ኣረጋገጹሎም ከኣ ከምዚ በሉ ፤ "እቲ ናይ ብሓቂ ፍቕሪ ዝበሃል ፤ ብዕምጬት ይኹን ብጽንዓት ልዕሊ. እቲ ስጋዊ ወይ ግዳማዊ ፍቕሪ ኢዮ። ፍቕሪ ከምቲ ኣብ መጻሕፍትን ፊልምታትን እትርእዮም ፤ ብስጋዊ ጐኑ ጥራይ ሃልሃል እናበለ ንመዋእል ዝነብር ዘይኮነስ ፤ ብኻልእ ዝዓሞቘን ዝሰፍሐን ነባሪ ፍቕሪ እናተተክአን እናማዕበለን ዝነብር ጸጋ ኢዮ ፤" ኢሎም ናብ ኩሎም ጠመቱ።

ግራዝማች ከምኡ ምስ በሉ ፤ ክልቲኣም መንእሰያት ካብ መንበሮም ንቕድሚት ውጥጥ ኢሎም ተቐመጡ። ግራዝማች መግለጺኦም ብምቕጻል ፤ "ኣብ ሞንጐ ጽታታት ዝኽሰት ፍቕሪ ፤ ኣምላኽ ንኽንፈርን ንኽንባዛሕን ጥራይ ኢሉ ሂቡና ነይሩ እንተ ዝኽውን ፤ ኣገባብና ከም ናይ እንስሳ ምኾነ ነይሩ። ኣገባብና ግን ሓደ ምስ ሓንቲ ክንጸንዕ Ι ናይ ብጻይናን ብጸይትናን ሓላፍነት ንመዋእል ክንስከም Ι

ነቶም እንወልዶም ህጻናት ናይ ምዕባዮም፡ን ምፍቃሮም፡ን ምክንኽጥም፡ን ሓላፍነት ከንወስድ ዘገድደና ኢዩ። ኣምላኽ ስጋዊ ፍቕሪ ዝሃበና ፤ ሓደ ተባዕታይ፡ን ሓንቲ ኣንስተይቲ፡ን ብሓባር ንምንባር ክደልዩ፡ን ከሀንጠዩ፡ን ፤ መታን መላገብ፡ን መጣመር፡ን ከኾነና ኢሉ'ዩ ።" ኢሎም ኣዐርፍ ኣበሉ።

ግራዝማች ከምኡ ምስ በሉ ኣርባዕተኦም፡ መንእሰያት ፤ ከምኡ'ውን ተስፎም፡ን ኣልጋነሽ፡ን ርእሶም ብሓይሊ ንላዕል፡ን ንታሕት፡ን ነቕነቑ። ሹቡ ቅጽል ኣቢሎም ፤ "እዚ ናይ መጀመሪ ፍቕሪ'ዚ ግን ፤ ከምኡ ኢሉ ምስ ምሉእ ሃልሃልታኡ ኣይነብርን'ዩ። ንሱ ነቲ ዝእጉድ ሓዊ መወልዒ ክርቢት'ዩ ከንብሎ ንኽእል ኢና። እቲ ሓዊ ምስ ሓይሉ ከንድድን ከመውቕን ከምውቕን እንተ ኾይኑ ግን ፤ እቲ ግዝያዊን ስምዒታውን ስጋውን ህዋሳውን ፍቕሪ ጥራይ ኣይኮነን ዝኣኽሎ። እንታይ ደኣ ናብ ሓላፍነታውን መትከላውን ውሽጣውን ፍቕሪ ከሰጋገር ኣለዎ። ናብ ነታ ብጸይትኻ ከም ኣፍቃሪትካን በዓልቲ ቤትካን ጥራይ ዘይኮነትስ ፤ ከም ሓብትኻን ኣደኻን ውላድካን ጌርካ ምጽዋራ፡ን ምፍቃራ፡ን ምክንኽና፡ን ዝኽደ ዓይነት ፍቕሪ ከሰግር ኣለዎ ።" ኢሎም ትንፋሶም ከምልሱ ኣዐርፍ ኣበሉ።

ግራዝማች ሓደ ነገር ትዝ ከም ዝበሎም ብዘርኢ ኣገባብ ፤ ከምስ ብምባል ናብ ኩሎም ጠመቱ። ሹቡ ፤ "ብዙሓት ለባማት ንፍቕርን መርዓን ሓዳርን ብኣብነት ከገልጹዎ ከለው ዝብልዎ ከንግረኩም። መርዓ ብደገኡ ብላዕሊ ላዕሉን ብመዓር እተሸፈነ'ዩ ኢዮም ዝብልዎ። ነዚ መዓር'ዚ ልሒስካን ኣስተማቒርካን ምስ ወዳእካዮ ፤ ኣብ ማእከሉ ዕርዕር ዝብል ዕረ ኢዩ ዘለዎ። እዚ ኽኣ ነቲ ከሳዕ እትለማመድን እትጸዋወርን ዘሎ ናይ ፈተናን ገርጨውጨውን ግዜ ኢዩ ዘመልክት። ነዚ እንድሕር ብትዕግስትን ብዓወትን ሰጊርካዮ ፤ ብድሕሪኡ ኣብ ታሕቲ መዓርን ሰላምን'ዩ ዘሎ ይብሉ። እዚ ማለት ዋላ ምስ ተለማመድካ'ውን ፤ ሽግርን ምግጫዉን ዘይምርድዳእን ኣይክህሉን'ዩ ማለት ዘይኮነስ ፤ ከትጸመሞን ከትሰግሮን ግን ኣይክትሽገርን ኢኻ ማለት'ዩ። ሓደ ካብቲ ወሳኒ ኣገባብ ምርድዳእ ከኣ ፤ ነቲ ናይ ግድን በበይኑ ዝኾነን ዘይቃደን ስምዒታትናን ጠባያትናን ባህርታትናን ፤ ከም ዘለዎ ተቐቢልና ከም ዘይንስምማዓሉን ከም ዘይንረደዳኣሉን ኣሚና፤ ንኽይንስማማዕ ብሰላምን ብፍቕርን ምስምማዕ'ዩ። እዚ ሓደ ካብቲ ኣዝዩ ወሳኒ እምን ኩርናዕ ኣገባብ ፍቕርን ምስምማዕን ብሰላምን ምንባርን'ዩ። እዚ ኣብ ሓዳር ጥራይ ዘይኮነ ፤ ዋላ ኣብ ስድራ ቤትን ሕብረተሰብን ሃገርን'ዉን ከይተረፈ ኣገዳሲ ኢዩ ።" ኢሎም ድንን ብምባል ትም በሉ።

እቲ ዝበሉዎም መታን ብዝግባእ ከኮማስዕዋ ስለ ዝደለዮዎም ፤ ሓንሳብ ድንን ኢሎም ኣዐርፍ ኣበሉ። ሹቡ ቅንዕ ኢሎም ፤ "እቲ ናይ ብሓቂ ፍቕሪ ሕድገታት ዝገብር ፤ ትዕቢታት ዘየብዝሕ ፤ ከምታ ንኣይ ንብጻየይ ንብጻይተይ ዝብል'ዩ።

ክልኤ መለለይኡ ኸኣ ኣብ ነንሕድሕድ ፥ ፍትሓውነት ፥ ኣስሓኮ ፥ ተጻዋርነት ፥ ሓልዮት ፥ ከምኡ'ውን ሓላፍነት መታን ክህሉ ቀጻሊ ጻዕሪ ንምክያድ ፍቓደና ምኳን ኢዩ። ከምኡ ስለ ዝኾነ ፍቅሪ ኣብ ሞንጎ ጾታታት ናብ ሓዳርን መርዓን ምስ ተሰጋገረ ፥ ብዕምቤት ይኹን ብጽንዓት ኣጸቢቑ ልዕሊ ተራ ስጋውን ግዳማውን ፍቅሪ ኢዩ ከኸይድ ዘለም። ከምኡ መታን ክንገብሮ ግን ነብስናን ኣተሓሳሰባናን ነዚ ክንቅርቦ የድሊ ፤" ኢሎም እንደገና ትም ብምባል ኣዕርፍ ኣበሉ።

ካብታ ኣብ ቅድሚኦም ዝነበረት ብርጭቆ ማይ ምዑግ-ምዑግ ኣበሉ። ሸው ቅንዕ ኢሎም ፥ "ኣብ ሓዳር ምስ ተበጽሐ ፥ ኣነ! ንኣይ! ናተይ! ንበይነይ! ከም ዊንታይን ድልየተይን ወዘተ ፥ ዝብሉ ዘረባታትን ኣተሓሳሰባታትን ክውገኑ ኢዩ ዘለዎም። እቲ ንኣይን ናተይን ዝብል ግላውነትን ነፍሰ ፍትወትን ጥራይ ዘንጸባርቕ ኣተሓሳሰባ ፥ ብንኣና ንሓዳርና ንደቅና ንመጻምድትና ዝብል ክትክኣ ይግባእ። ብተወሳኺ ኸኣ ምእንቲ እታ መስሪትናያ ዘሎና ሓዳስ ስድራ ቤት ክንጽመምን ክንሽገርን ክንስዋእን ኢዩ ዝግባእ። ከምኡ እንተ ዘይጌርና ነታ እንምስርታ ሓዳር ጥራይ ዘይኮነ ነቶም እነዕብዮም ዘሎና ቆልዑ'ውን ፥ ሕማቕ ትምህርቲ ንምህሮምን ኣተሓሳሰባኦም ብኣሉታን ብሕማቕ ኣብነትን ንጸልዎም'ውን ከም ዘሎና ክንግንዘብ ይግባእ ፤" ምስ በሉ ትንፋሶም ከመልሱ ኣዕርፍ ኣበሉ።

ሸው ነዊሕ ኣስትንፋስ ድሕሪ ምውሳድ ፥ ከምዚ ብምባል ቀጸሉ ፥ "እታ ወርቃዊት ሕጊ 'ከም ነብስና ንብጻይና ፥ ወይ'ውን ከምታ ንኣና ክገብሩና ዘይንደሊ ንኻልእ ከምኡ ክንገብር ኣይግባእን ፤' ኢያ እትብል። ንሕና ኣብ ቅድሚ ደቅና ንሓንቲ ብጾይትናን ኣደ ደቅናን ፥ እንድሕር ፍትሒ ዘይንህብ ፥ ሰላም ዘይንህብ ፥ ንዕምጽ ፥ ሓይልና ንጥቀም ኬንና ፥ ብውሑዱ ዋእ ንኣና ከምኡ እንተ ዝገብሩናኽ ኢልና ንነብስና ክንሓታ ይግባእ። ካብኡ ሓሊፍና'ውን ከምዛ ንሕና ንገብራ ዘሎና ንሓብትና ወይ ነደና ከምኡ ኣንተ ዝገብሩወንኽ እንታይ ምተሰምዓና ክንብል ይግባእ።"

ግራዝማች ነቲ ከብልዎ ዝሓሰቡ ምእንቲ ከድምቕዎን ከስምርሉን ስለ ዝደለዩ እንደገና ከምስ በሉ ፥ "ካብኡ ብዝያዳ ኸኣ እቲ ፍትሕን ርትዕን ማዕርነትን ፥ ብናይ ዘበንና ቓል ዋላ ዲሞክራሲ እንብሎ'ውን እንተ ኾነ ፥ ኣብታ ንእሽቶይ ቤትናን ምስ ሓንቲ ጓል-ኣንስተይትን ምስ በ'ጸብዕ ዝቝጸሩ ኣባናን ኣብ ትሕተናን ዝመሓደሩ ህጻናትን ፥ ክንትግብረን እንተ ዘይክኢልና ደኣ ከመይ ጌርና ኣብ ሕብረተሰብን ሃገርን ከንትግብረን ንኽእል?! ንሕና ኣብታ ቤትና ፍትሒ ዓምጺጽና ፥ ንብድልን ንዕምጽን እንተ'ሊና ፥ ኣብ ሕብረተሰብን ዓለምን እንተ ተዓመጽና ከመይ ኢሉ ይገርመናን የዛርበናን?!" ኢሎም ልዕሊ ናይቶም ክልተ መንእሰያት ዕድመን ተመኩሮን ዝኸደ ሰፍ ዘይብል ዘረባ ደርበዩ። ሸው ነታ ብርጭቄኦም

አልጊሎም ማይ አውርድ አበሉ።

ድሕሪኡ እተዛረቡዎ ዘረባ ልዕሊ ደቂ ደጫም ከበጽሕዎ ዝኽእሉ ዝዓሞቈ ምንባሩ ስለ እተረደኦም ግዲ ኾይኖም ከአ ፤ ናብቲ ብዝያዳን ብቘረባን ዝርድእዎን ዝትንክፎምን አተሓሳስባ ብምስጋር ከምዚ በሉ። "ንበዓልቲ ቤትና ክንጉድእ ከሎና ስለ ዘይርደኣናን ዘይመስለናን'የ'ምበር ፤ እቲ ዝለዓለ ነባሪ ጉድኣት እነውርዶ አብ ልዕሊ'ቶም እነፍቅሮም ህይወትና እውን እነሕልፈሎምን ዝወለድናዮም ጨልዉ ኢዮ። ንሕንቲ መናብርትና ብጸይቲ አብ ክንዲ ምኽባርን ምፍቃርን እንብድላ እንተ'ሊና ፤ እቲ ባህርናን አካይዳናን ናብቶም ንዝረኣይዎ ዝቐድሑን ዝረኣይዎ ዝኾኑን ደቅና ነተሓላልፎ ከም ዘሎና ክንርዳእ ይግባእ ፤" ኢሎም ናብ ኩሎም በብተራ ጠመቱ።

ግራዝማች ነቲ ዝብልዎ ዝነበሩ ንምድማቕን ንምስማርን ብዝብል ፤ ንነፍሲ ወከፍ ዘውጽእወን ቃላት እናጸቐጡ ኢዮም ዝዛረቡ ነይሮም። ከጥቀምሉ ዝጸንሑ ቃና ብምቕጻል ፤ "ብዙሓት ንደጫም አዝዮም ዝፈትዉዋን ዝከናኽኑን ወለዲ ፤ አብ ቅድሚ ጨልዉ ንበዓልቲ ቤቶም ከጋፍዉ ከንርኢ ከሎና ፤ ከንድምንታይ ተገራጫዊ አካይዳ ምኽኑ ዘየስተውዕልሉ ከም ዘለዉ ኢዮ ዘርእየና። ምእንቲ ደጫም ኢሎም ብዙሕ እናደኸሙን እናተሰውኡን ከለዉ ፤ አብታ ቅሩብ ትዕግስትን ተጻዋርነትን ዘድልያ ነገር በጺሖም ፤ እቲ ኩሉ ዝሃነጽዎ ባዕሎም የፍርስዎ። አብ ዓለምን ሃገርን ሓደ ካብቲ ዝዓበየ ሓላፍነት ናይ ዝኾነ ዜጋ ፤ ብቘዓትን እራማትን መስተውዓልትን ሓላፍነት ዝስከሙን ዜጋታትን ንሃገርን ንሕብረተሰብን ምብርካት ኢዮ። እዚ ከንገብር እንተ ኼንና ግን ብሓላፍነት ከንጉዓዝን ነብስና ከንእዝዝን ከንመልኽን አሎና። በሉ ትሕዝቶ መልእኽተይ አብዚ ወዲአ አሎኹ ፤" ኢሎም ናብ መንበሮም ጽግዕ በሉ።

አልጋነሽ ቅድሚ ኹሎም ህውኽ ኢላ ፤ "የቘንየልና አቦይ ግራዝማች። እንተ ፈቒድኩሙለይ ሓንቲ መተሓሳሰቢት አብዚኣ ምልእ ከብል ፤" በለቶም።

ግራዝማች ብቘጽበት ፤ "ደስ ይበለኒ'ምበር እዛ ጓለይ።"

አልጋነሽ ናብቶም መንእሰያት ጥውይ ኢላ ፤ "እንተ አስተብሂልኩም አቦይ ግራዝማች መታን ዘረባኡ ከቘለሎም ፤ ወዲ ተባዕታይ ወይ በዓል ቤት አብ ልዕሊ ጓለ'ንስተይቲ ከገብር ዘይግበኦን ፤ ከገብር ዘለዎን እናበሉ'ዮም ከምዕዱና ጸኒሐም። ወዲ ተባዕታይ እንተ ዘይኮይኑ ጓለ'ንስተይቲ አይትብድልን'ያ ማለቶም ከም ዘይኮነ ብሩህ ከኾነልኩም ይግባእ። አብዚ ቀረባ ግዜ አብ ስድራ ቤትና እተኸሰተ ተርእዮ ናይዚ ህያው አብነት'ዩ። ስለዚ ነዚ ከብልያ ዝጸንሑ ገምጢልና ፤ ነቲ

መልእኽቲ ፡ ኳለ ' ንሰይቲ አብ ልዕሊ በዓል ቤታን ደቃን ኢልና ' ውን ክንግንዘቦ
ከድልየና ' ዩ። ደፊር ' የ ግን እዚኣ ' የ ክብል ደልየ ፡" ኢላ ከም እተሰከፈትን
ዝሓፈረትን ርእሳ እናደፍአት ፡ ናብ ግራዝማች ጠመተት።

"ዋይ እዛ ብርኽትን ለባምን ጽንዕትን ኳለይ። ንስኺ ደአ ካብ መአስ ትደፍርን
ሕማቕ ትዛረብን ፤ እንተ ኽኢልኪ ትሕግዝን ትምልእን ' ምበር። ሕጂ ኽአ ንኣይን
ነቲ መልእኽተይን እንዳአልኪ መሊእክለይን አነዲርክለይን። ይባርኽኪ ደአ ፡
ከብረት ይሃብኪ።"

"አሜን የቘንየለይ አቦይ ግራዝማች።"

"ገንዘብኪ እዛ ኳለይ። ሳላ ዝተዛረብኪ ግን ንኣይ ' ውን ሓንቲ ክብላ ዝደሊ ነጥቢ
አዘኽኺርክኒ። ንስኽትኩም ብትምህርቲ ሰጉምኩምን በሲልኩምን ኢኹም። ዓለም
ግን ንባዕላ እታ ዝዓበየት ቤት ትምህርቲ ስለ ዝኾነት ፡ ጌና ብዙሕ አዝዮ ብዙሕ
እትምህርኩም ከሀሉ ኢዩ። ሎሚ አነ ገሊኡ ግዜ ብስምዒት ተደፋፊአ ፡ ገሊኡ
ግዜ ኽአ ዝያዳ ከትፈልጡለይ ሰሲዐ ፡ ካብ ክርደአኩምን ከትበጽሕዋን እትኽእሉ
ንላዕሊ ከይደ አጨኒቐኩምን አብዚሐልኩምን ክኸውን እኽእል ' የ። ግን ገሊኡ
ሎሚ እንተ ዘይተረድአኩም ንሕና ምስ ሓለፍና ፡ አቦሓጕይ ከምዚ ይብለና ነይሩ
ኢልኩም ዘኪርኩም ከም እትጥቀሙ አይጠራጠርን ' የ ፡" ብምባል ዘረባኡም
ዛዚሞም ናብ መንበሮም ንድሕሪት ጸግዕ በሉ።

ሸው ናብ ምረቓኦም ብምሕላፍ ፡ "አምላኽ ነዊሕ ዕድመን ጥዕናን ይሃበኩም።
ግዝያዊ ዘይኮነስ ነባሪ ፍቕርን ሰላምን ይሃብኩም እዞም ደቀይ። ሃረርታኹምን
ትምኒትኩምን ይፈጽመልኩም ፡" ኢሎም መረቕዎም።

ብሩኽን ከብረትን ፡ "አሜን አቦሓጕይ ፡ አሜን አቦሓጕይ ፡" በሉ።

ብድሕሪኡ ክልቲኦም ብድድ - ብድድ ኢሎም ፡ አብራኸም ዕጽፍ አቢሎም
ንግራዝማች አብ ኢዶም ተሳለምዎም። ከምኡ ኢሎም ከለው ኽአ ፡ "ንዓና
ምእንቲ ከተረድእን ከትምህርን ክንድምንታይ ከም ዝደኸምካ አብ ገጽካ ይሪአ ' ሎ
አቦሓጕይ። እዚ ኹሉ ዝነገርካና መታን አብ ግብሪ ከነውዕሎ ክንጽዕር ምዃንና
ቃል እኣተወልካ አሎኹ ፡" በሎም ብሩኽ ብኽቱር ናይ አኽብሮትን ፍቕርን
ምስጋና።

"የቘንየልና አቦይ ግራዝማች። ነዚ ዝበልኩሞ ኹሉ ክንበቅዕ አምላኽ ይሓግዘና ፡"
በለት ከብረት ብተመሳሳሊ ስምዒት። ነዚ ኹሉ ካብ መጀመርያ ክሳዕ መወዳእታ
ብአተኩሮ ዝተኸታተሉ ተሰፍምን አልጋነሽን ብድድ ኢሎም ናብ ግራዝማች ገጾም

ሰጐሙ። ተሰፎም ነ'ልጋነሽ ቅድሚኡ ከትሓልፍ ምልክት ገበረላ። "ኣይፋልን ደሓን ንስኺ ተሰፎም ፡" በለቶ።

"ፍጃደይ'ዩ ደሓን ፡" በላ ተሰፎም።

ሽዑ ኣልጋነሽ'ውን ከይዳ ቅድሚኡ ገይራቶ ዘይትፈልጥ ፡ ናይ ግራዝማች ኢድ ስሕብ ኣቢላ ትስልም ኣበለቶ።

"ኣቦይ ግራዝማች እዚ ኽልቲኡ ስድራ ቤት ከይድርበን ፡ መኣዝኑ ከይስሕትን ኣምላኽ ንዓኹም ሒቡና። ንዓና ንደቅኹም ጥራይ ዘይኮነስ ፡ ንደቂ ደቅኹም'ውን ልቦና ምስ ኣስነቅኩምና ኢኹም። ከብረት ይሃበልና። ንበሩልና መታን ንሕና ከንከብርን ከንረብሕን ፡" በለት ብስምዒት ሕንቅንቅ እናበለት።

"ይባርኽኪ እዛ ጓለይ ፡ ከብረት ይሃብኪ ፡" በሉዋ ግራዝማች።

ድሕሪኡ ተሰፎም ቅርብ ኢሉ ፡ "ኣቦ ! እዞም ጨልዑ ኹኑ ኣልጋነሽ እቲ ዝበየል ኩሉ ኢሎሞ'ዮም። እነ እንተ ወሰኽኩሉ ከጉድለሉ'ምበር ዝምለኣሉ ኣይከህሉን'የ። ስለዚ እንቋዕ ኣምላኽ ንዓኽ ሃበና ፡" ኢሉ ድንን ኢሉ ኣብ ግምባሮም ሰዓሞም።

ግራዝማች'ውን እቲ ኩነታት ኣዝዩ ስለ ዝተንከፎም ድንን ኢሎም ትም በሉ። ሽዑ እቲ ቀጽርቅር ከብል ተቓሪቡ ዝነበረ ኣዒንቶምን ስምዒቶምን መታን ከየስተብህሉሎም ብምባል ፡ ብቕጽበት ሓፍ ኢሎም ፡ "በሉ እዚ ሎሚ እተዛረብናዮ ኹሉ'ውን ፡ ካብኩን ብኣኹን ናቱን'የ'ሞ ፡ ንኣኡ ብጸሎት ኣመስጊንና ክንዓጹ ፡" ኢሎም ጸሎት ኣዕረጉ። በዚ ኸኣ እታ ናይታ መዓልቲ መግለጽን ማዕዳን ዝዓብለላ ርክብ ተዛዘመት።

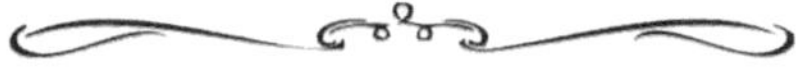

ባሻይን ደርማስን ፡ ናብ ሃብቶም ናብ ቤት ማኣሰርቲ ተታሓሒዞም ከዱ። እታ ርክብ ኣዝያ ወሳኒት ከም እትኸውን ተገንዚቦሞ ነይሮም'ዮም። ሃብቶም ኣዝዩ ተሃንጥዮን ተሃዊኹን ስለ ዝነበረ ዳርጋ ሰላምታ ከይተጸጋገቡ ከለዉ'የ ፡ "እሞ እታ ናይ ብቐዳማይ ዘረባ በሉ ወድኡለይ ፡" ዝበሎም።

ንሳቶም ከኣ ካብታ ኣርእስቲ እትዓቢ ነገር ስለ ዘይነበረቶም ግዜ ከየሕለፉ ጀመርሉ።

"በዚ ኹሉ ክልቲኡ መዓልቲ ዝዘርዘርናዮ ምኽንያታት ፣ ርክብ ደቅኽን ደቂ ተስፎምን ብሓፈሻ ኣዝዩ ጥቡቕ' ዩ። ካብዚ ነቒሎም ከኣ ርክብ ብሩኽን ክብረትን ፣ ካብ ሕውነት ናብ ፍቅሪ ካብ ዝሰጋገር ዓመታት ኣሕሊፉ' ዩ ፣" ኢሉ ተኮሰ ደርማስ።

"ፍቕሪ? ፍቕሪ ዲኽ ዝበልካ?! እንታይ ኢኻ እትብል ዘሎኽ? ከም ኣብ ሞንጎ ተባዕታይን ኣንስታይን ዝፍጠር ስጋዊ ፍቕሪ ዲኽ እትብል ዘሎኽ?" ሓተተ ሃብቶም ፣ ነቲ ዝሰምዖ ዝነበረ ክኣምኖ ከም ዘጸገሞ ብዘስምዕ ቃና።

"እወ ፍቕሪ ፣ ኣብ ሞንጎ ጾታታት ዝኽሰት ፍቕሪ !" በለ ደርማስ ፣ ብድሕሪ' ዚ ደረጃ' ዚ ንድሕሪት ምምላስ ከም ዘይክኣልን ከም ዘየዋጽእን ብዘመልክት ውሳነ።

"ንምንታይ ደኣ' ሞ ብዛዕባ' ዚ ኩነታት' ዚ ክሳዕ ሎሚ ዘይጠቐስኩምለይ?" ሓተተ ሃብቶም።

"ምኽንያቱ ነዚ ኩነታት' ዚ ክሳዕ ለይቲ ሎሚ ፣ ብዘይካ መድህንን ኣልጋነሽን ዝፈልጦ ሰብ ኣይነበረን። ንሳተን ከኣ ነቲ ሓቀኛን ሓላፍነታውን ምኹኑ ዘረጋገጸ ፍቕሪ ፣ ብልቢ ዝድግፋኦን ዝደልይኦን ኢዮ ነይሩ ፣" ኢሉ ደርማስ ኣዐርፉ ኣበለ።

ኣቦኡ ተቓላጢፎም ነታ ዘረባ ካብ ደርማስ ተቐበለዋ። "ንኹላትና ከፍልጣናን ኣብ ቁምነገር ከብጽሓኦን ዘይክኣላ ግን ፣ በቲ ኣብ ሞንጎኽን ኣብ ሞንጎ ተስፎምን እተኸሰተን እናገደደ ዝኸደን ባእስን ጽልእን' ዩ። ስለዚ እዞም ጬልው ንነዊሕ ተቐርቂሮም' ዮም ነይሮም።"

ሃብቶም ክልተ ኢዱ ኣብ ግምባሩ ብምቅማጥ ፣ ርእሱ ንቑልቁል ኣፍ ድፍእ ኣበለ። ርእሱ ንየማንን ጸጋምን እናነቕነቐ ከኣ ፣ "ወይ ጉጉ ትድድድ? እንታይ ይበሃል' ዚ ደቀይ!" በለ።

ትርጉም ናይዚ ሃብቶም ዘውጽአ ቃላትን ፣ ዘንጸባርቐ ዝነበረ ኣካላዊ ቋንቋን ንደርማስን ንባሻይን ኣይተረደኦምን። ስምዒቱ ናበይ ገጹ ይጉዓዝ ከም ዝነበረን ፣ ነቲ ጉዳይ ብእወታ ደዩ ወይስ ብኣሉታ ከጥምቶ ጀሚሩ ነይሩ' ውን ኣይበርሃሎምን። ከምኡ ስለ ዝኾነ ኸኣ ክሳዕ ካብኡ ርግጸኛ ምልክት ዝረኽቡ ከምዛ እተሰማምዑ ፣ ክልቲኦም ቃል ከየውጽኡ ክጽበዩዋ ብምምራጽ ትም በሉ።

ድሕሪ ውሱናት ካልኢታት ሃብቶም ኢዱ ካብ ርእሱ ኣልጊስ ኣቢሉ ፣ ቅንዕ ኢሉ ንኽልቲኦም በብተራ ጠመቶም። ሕጂ' ውን ክልቲኦም ትንፋሶም ሓቢኦም ብዘይ ዘረባ ትም ኢሎም ጠመትዎ። ሽዑ ሃብቶም ፣ "እሞ ሕጂ ደኣ እንታይ' ዮ

ከኸውን?" ኢሉ ሓተተ።

"እቶም ቄልቡ ወሲኖም'ዮም። ዝኣክል ተጸሚምናን ተጸቢናን ኢና ፤ ሕጂ
መርዓና ክንገብር ስለ እንደሊ ቀልጢፍኩም ወስኑ ኢዮም ዝብሉ ዘለው። ደርማስን
ኣርኣያን ፤ ኣነን ግራዝማችን'ውን ነዚ መደብ'ዞም ቄልቡ ምሉእ ብምሉእ ብልቢ
ደጊፍናዮ ኢና ፤" በሉ ባሻይ ፤ ነገር ደሓን'የ ዝመስል ካብ ዝብል ገምጋም።

ደርማስ ተቐላጢፉ ፤ "ሕጂ ዝተርፍ ናትካን ናይ ተስፎምን'የ። ንሕና ንዓኻ
ከነዛርበካ ፤ ግራዝማችን ኣርኣያን ከኣ ንተስፎም ከዘራርብዎ ኢና ተሰማሚዕና ፤"
በለ ከም ናይ ኣቦኡ እታ ጉዳይ ደሓን'ያ ዘላ ኢሉ ብምሕሳብ።

"ዋይ ኣነ! ኣነ ኣብዚ ይበሊ! ኣነ ኣብዚ ይሓርር! ብጕዲም ካራ ይሕረድ
ኣለኹ! እቶም ልዕሊ ኹሉ ዝቐርቡኒ ሓወይን ኣቦይን ከኣ ፤ ናተይ ኩነታት
ኣጕሀይዎምን ኣሕሚምዎምን ዘረስርስን ዘህድእን ነገር ክንዲ ዘምጽኡለይን
ዘስምዑንን ፤ ነዚ ውዲት'ዚ ሒዘምለይ ይመጹ!" ዝብል ዘይተጸበይዎ ዘስንብድ
ድቦላ ዘረባ ደርበየሎም።

ደርማስን ባሻይን እቲ ዝሰምዕዎ ዝነበሩ ዘረባ ኣጠራጢርዎም ፤ ንውሱን ካልኢታት
ኣፎም ከፊቶም ተዓኒዶም ተረፉ። ሃብቶም ነቲ ስቕታ ከም ነቲ ገበን ከም
ዘወዓሎም ዘርኢ እምነት ገይሩ ስለ ዝወሰዶ ፤ "ደሓን ፤ ጽቡቕ!" ምስ በለ ግን
ኣይተረዳእናሮን ግዲ ኢና ጸኒሕና ብዝብል ፤ መልሲ ከይሃቡ ትም ኢሎም ዝቐጽል
ዘረባ ከሰምዑ ተጸበዩ።

ሃብቶም ነዚ ካልኣይ ስቕታ'ዚ'ውን ፤ ኣብ ገበን ከሳተፉ ኢድ ብኢድ ስለ
ዝሓዞም ፤ ዝብልዎ ከም ዝጠፍኦም ገይሩ ስለ ዝወሰዶ ዘረባኡ ብኸምዚ ቀጸለ ፤
"ደሓን ጽቡቕ! ንስኻትኩም'ውን ከምኡ ጌርኩም ክትጠልሙኒ እንተ ደሊኹም
ቀጽሉ ስጉምትኹም። ኣነ ግን ኣብ ዓለም ዝነብረኒ ኹሉ ምስ ዘሕደጉንን ናብ
ጉድኣድ ምስ ዝደርበዩንን 𝕀 ብሓጺሩ ኹሉ ዕድለይ ንኽስበር ምኽንያት ምስ ዝኾኑ
ስድራ ቤት ወላደይ መውስቦ ክትፍጽም ብህይወተይ ከሎኹ ኣይፈቕዶን'የ!
ኣይከውንን ከኣ ኢዩ!" በለ ጓህሪ ዝመሰላ ደቀቕቲ ኣዒንቱ ኣፍጢጡን ፤ ሰራውር
ግምባሩ ተገታቲሩን።

ደርማስን ባሻይን ዝብልዎ ጠፍአም።

"ኣንታ ሃብቶም ፤" በሉ ባሻይ።

"ጽናሕ'ሞ ሃብቶም ፤" በለ ደርማስ።

"እንታ ሃብቶም አይትበለኒ'ቦ! ንስኻ ኽኣ ጽናሕ አይትበለኒ! ተኣሲረ'የ'ምበር
መዓስ ሞይተ! ብደወይ ከሎኹ ጓለይ ናብ ጸላእተይ ክትሸጡዋ ክትስማምዑለይ?!"
ዝብል ዝገደደ ዘረባ ደርበየሎም።

"እንታ ወደይ እንታይ ኬንካ ኢኻ ፧" በሉ ባሻይ።

"አቦ! እንታይ ኬንካ ኢኻ አይትበለኒ! እንታይድየ ዝኽውን ዘለኹ። አነ
ሓንቲ ዝተረፈኒ የብለይን! ንስኻትኩም ከኣ ነቶም እንዳ ተስፎም ዘይወሰዱለይን
ዘየርከቡሎምን ደቀይ ፣ ከተረክቡዋም ክትደልዩ ከሎኹም እንታይ ዘይከውን!
ብኻልአይ ኩምትር ኢለ ሓሪረዮ ዘሎኹዶ አይኣኽለንን'የ?!" ምስ በለ ፣
ወተሃደራት ናይ ምብጻሕ ሰዓት ሓሙሽተ ደቒቕ ጥራይ ከም ዝተረፎ መጺኡም
ነገርዎም።

ባሻይን ደርማስን ነታ ሰዓት ዳርጋ ከም ዘቚጸጾም ዘይኮነስ ፣ ከም ዘድሓነቶም
ገይሮም ረኣዩዋ። ብኣኡ ምኽንያት ከኣ ፣ "በል ደሓን ሃብቶም። ቀስ ኢልካ ምስ
ዘሓልካ ንዛረበሉን ንድምድሞን ፣" በሉዎ።

ሃብቶም'ውን አዝዩ ተጨጢዑን ነዲዱን ስለ ዝነበረን ፣ ነተን ዝተረፋ ደቃይቕ'ውን
ምስኦም ጠጠው ክብል ስለ ዘይመረጾን ፣ ብቕጽበት ጥውይ ኢሉ እናኽደ ፣
"ብዛዕባ'ዚ ዝዝረብን ዝድምደም ነገር የለን!" ኢሉ ሓጨኡ ሃቦም።

ይስምዓዮም አይስምዓዮም ነቲ ድሮ ሓጨኡ ሃብዋም ዝኽይድ ዝነበረ ወዶም ፣
"ምጽንስ ሓቅኻ ኢኻ ከንድዚ ክትቃጸልን ክትሓርርን ክትተርርን። ተደራሪቢ
ኩነታት እንድዩ ሓስዩካን ሃስዩካን ሃብቶም ወደይ!" በሉ ባሻይ ብጓሂ ኩምትር
ኢሎም።

ባሻይ ከም'ኡ እናበሉ ኸለው ፣ ደርማስ ሓደ ሓሳብ መጺእዎ ድሮ ካብ አቦኡ
ተፈንቲቱ ናብቲ ካልእ ወገን ይስጉም ነበረ። ሃብቶም ወዶም ድሮ ከም ዝኣተወ
ምስ ረኣዩ ፣ ባሻይ ናብ ደርማስ ወዶም ግልብጥ በሉ። ደርማስ ግን ድሮ ካብኦም
ከም ዝማሕደገ አስተብሃሉ።

ባሻይ ከርክብዎን ደርማስ ድሮ ፣ "ቅዱስ ፣ ቅዱስ ፧" ኢሉ ከጽውዕን ሓደ ኾነ።

"ኢሂ ደርማስ?" ኢሉ ቅዱስ ምልስ በለ።

ሰዓት አኼሉ ስለ ዝነበረ ደርማስ ነቲ ምስ ሃብቶም ዘየሳማምዖም ጉዳይ አሕጺሩ
አቢሉ ነገሮ። አብ መደምደምታ ኸኣ ፣ "በጃኻ ቅዱስ ሓወይ ቅሩብ ከተዝሕልዎን
ከተረድእዎን ፈትኑ ። ሃብቶም ካብ ንዓና ንዓኻትኩም'የ ዘኽብርን ዝሰምዕን።

ሓደራ ’ዝሓወይ።”

“ከምቲ እትፈልጦ ሓውኻ ተሪር’ዩ ፣ ግን ደሓን ዝከኣለንና ክንገብር ኢና ፣” በሎ ቅዱስ።

“ሕራይ ’ዝወደይ ፣ ሕራይ ይበልካ። ብሩኽ ኢኻ’ሞ ይባርኽካ። ዝከኣለካ ፈትን ’ዝወደይ። ሃብቶም ብትሩ ኩሉ ኽልእ ፋሕ-ፋሕ ኢሉም ኸሎ ፣ ነዞም ካብ ኣብራኹ ዝወጹ ደቁ ኸኣ ፋሕ-ፋሕ ከየትወሎም ፣” በሎም ብስምዒትን ብስግኣትን።

“ደሓን ኣቦይ ባሻይ ኣጆኹም ፣ ምስ’ዞም ብጾተይ ኴንና ዝከኣለና ክንገብር ኢና። ጐይታ ባዕሉ ክሕግዘና ኸኣ ንስኽትኩም ብጸሎት ሓግዙና ፣” በሎም።

“ዕድመን ጥዕናን ይሃብካ ’ዝወደይ። ጐይታ ኸኣ ባዕሉ ይሓግዘኩም ፣” ኢሎም መሪጨሞ ተፋንዮሞ ከዱ።

መምስ ደቤም ናይ ዝገበርዎ ርክብ ውጽኢቱ ከመያየጡሉ ብዝተሰማምዕዎ መሰረት ፣ ባሻይን ግራዝማችን ኣብ ሳልስቱ ኣብ እንዳ ግራዝማች ተራኸቡ። ወ/ሮ ብርኸቲ ስለ ዝኸፈታኦም ፣ መጀመርያ ምስ ወ/ሮ ብርኸቲ ፣ ደሓር ከኣ ምስ ግራዝማች ሰላምታ ተለዋዊጦም ኮፍ በሉ።

ወ/ሮ ብርኸቲ ካብ ቡንን ሻህን እንታይ ከም ዝመርጹ ሓተታኦም። ክልቲኦም ሻሂ ስለ ዝመረጹ ሻሂ ከፍልሓሎም ንኽሽን ከዱ። ከሳዕ ሻሂ ዝፈልሕን ቁርሶምን ሻሂኦም ዝሰትዮን ፣ ብዛዕባ ዓድን ስድራ ቤትን ሓፈሻዊ ዕላል ኣዕለሉ። ምስ ወድኡ ከለዓዕላሎም ብዝነገራወን መሰረት ፣ ወ/ሮ ብርኸቲ ኩሉ ጠራኔፋን ማዕጾ ዓጽየናሎም ወጻ።

ናይ ሃብቶምን ተስፎምን ኣመት ከይገበሩን ኩነታቶም ከይዳህሰሱን ከየረጋገጹን ፣ ብዛዕባ መደብ ከብረትን ብሩኽን ነወ/ሮ ብርኸትን ነወ/ሮ ለምለምን ከይነገራወን ክጸንሑ ኣቐዲሞም ተሰማሚያም ነይሮም’ዮም። ግራዝማች ቅድሚ ምስ ባሻይ ምርኻቦም መጀመርያ ውዕሎኦም ምስ ሃብቶም ከሓቱዖም ፣ ብድሕሪኡ ናብ ናይ ተስፎም መልሲ ከሓልፉ ኢዮም መዲቦም ነይሮም። ግርዝማች ኣዝዮም መስተውዓልን መስተብሃልን ስለ ዝኾኑን ፣ ዝኾነ ነገር ስለ ዘየምልጦምን ፣ ኣብ ገጽን ኣካላትን ባሻይ ናይ ስክፍታን ሹቕረራን ምልክት ኣስተብሃሉ። ነዚ ኩነታት

ምስ ረአዩ ናቾም ጸብጸብ ከቾድሙ ወሰኑ።

ሸው ወ/ሮ ብርእኸቲ ምስ ወጸ ፥ "እሞ ባሻይ በል ደስ ይበልካን ደስ ይበለናን። ካብ ተስፎም አዝዩ ዘዕግብ ግብረ-መልሲ ኢና ረኺብና።"

ከምኡ ክብሉን አብ ገጽን አካላትን ባሻይ ፥ ካብቲ ቅድም ዘስተብሃልዎ ስክፍታን ሻቝሎትን ዝሃየደ ክንጸባረቕ ከስተብሃሉን ሓደ ኾነ። ሸው ግራዝማች ብወገን ሃብቶም ነገር ከም ዘይጠዓየ ገመቱ። ይኹን'ምበር ከምዛ ዘይተረድእዎ ናቾም ከቝጽሉ ወሰኑ። "ንሕና ብሓቂ ይመልኣዮ'ምበር ብመልስን መትከልን ተስፎም አዚና ዓጊብና ኢና።"

"ጽቡቕ ፥" ጥራይ እትብል ብዙሕ ናይ ታሕጓስ ስምዒት ዘይተሓወሳ መልሲ ደርበዩ።

እቲ ግብረ-መልስን ትርግሙን ነቲ ዝገመትዎ ዘራጉድ ምኞኑ ግራዝማች አስተብሃሉ። ይኹን'ምበር ንኣኡ ሰጊሮም ጸብጸቦም ከቝጽሉ ወሰኑ።

"እወ ዝገርመካ'ዩ ወረ ሓሉፍ ሓሊፉ ፥ 'አነ ንናይዘም ደቅና ድሌት ምቝባልን ፍቓደይ ምሃብን ጥራይ ዘይኮነ ፥ ዋላ ናብ ሃብቶም ዘለዎ ከይደ ምእንቲ'ዘም ደቅና በጃኽ ንተዓረቕ ይቕረታ ግበረለይ ከብሎ ቅሩብ'የ ፥' ምስ በለና'ሞ ኩላትና ምእማን ስኢንና።"

"ስስስስስስ" በሉ ባሻይ ከይተፈለጦም።

"ኢሂ ጐይትኦም ሓወይ ብወገንኩም ሃብቶም አሽጊሩኩም ድዩ?" እትብል ብሓደ ወገን ነቲ ጉዳይ መኣዝኑ ከም ዝተረደኦም ፥ በቲ ኻልእ ከአ ንባሻይ መታን ከፉኹሱሎም ድርብ ሸቶ ዝተሓንገጠት ሕቶ ወስ አበሉ።

ባሻይ ሕጂ'ያ ዕድለይ ዝበሉ ከመስሉ ነታ ዘረባ ቀልጢፎም አተውዋ።

"ሱቕ እባ በል ሰልጠነ! ንሕናስ ካብቲ ዘጋጠሞ ሽግር ተማሂሩ ክለዝብን ከመሓየሽን ኢና ተጸቢናዮ ኤርና። ግን እንታይ'ሞ ከትብሎ ኢኻ ፥" ኢሎም ነቲ ናይ ሃብቶም መሪር ዘረባታት ከይወሰኹ ውዕሎኣን ነገርዎም።

"ደሓን አጀኻ ባሻይ ንሕና በዚ ተስፋ ከንቄርጽ የብልናን ፥" ኢሎም አተባብዕዎም።

"ሓቅኻ ግራዝማች። ብሓደ ወገን ከአ እዚ ኹሉ ዝወረዮ ተደራሪቢ ጸገምን መከራን ፥ ዋላ ዝበዝሕ'ኳ ባዕሉ ዘምጽኦ እንተ ኾነ ምስቲ ጠባዩ አገናዚብካ

ከመርሮን መሊሱ ከትርሮን ንቡር'ንድዩ።"

"ልክዕ ኣለኻ ባሻይ።"

"ስለዚ ቅሩብ ግዜ እንተ ሃብናዮ'ሞ ምስ ዘሓለ እንተ ረግአን እንተ ለምለመን ግዜ ከትህቡና ከንሓተኩም ኢና።"

"እንታይ ሽግር ኣለም እዚ ደኣ። ዋላ ካልእ ንሕና ከንገብሮ እንኽእል ሓገዝ እንተ'ልዩ'ውን እጀምና ከነበርከት ቅሩባት ኢና።"

"የቖንየልና ከብረት ይሃብካ ግራዝማች። ካልእ ግን ካብቶም መተኣሰርቱ ኣዝዮም ጥዑማትን ናይ እግዚኣቢሄር መንፈስ ዘለዎምን ኣለው። ንኣኣቶም'ውን ሓደራ ቀስ ጌርኩም ኣረድእዎን ኣልዝብዎን ኢልናዮም ኣሎና ፤" በሉ ባሻይ ፤ ኣብ ድምጾም ኩነታቶም ከብድብድ ከም ዝበሎም ብዘስምዕን ብዘርእን ኩነታት።

"ብዙሕ ኣይሰማዕካን ኣይትጉህን ባሻይ። እርደኣኒ'ዩ ብኽንድኡ ባህጊ ተበጊስካ ፤ ከምኡ ዕንቅፋት ከገጥመካ ከሎ ዝስመዓካ ቅሬታ። እዚ ዕንቅፋት'ዝን እዚ ጸገምዝ'ን ናይ በይንኹም ኣይኮነን። ናይ ኩላትና'ዩ። ስለዚ ዘድሊ ግዜ ከንህቦን ኩሉ ካልእ ዘድሊ ዝበልኩሞ ኣገባብን ኣማራጺታትን ከትፍትሹን ከትፍቱን ከሎኹም ፤ ኣብ ጐንኹም ከም ዘሎና ከትፈልጥ ኣሎካ።"

"የቖንየለይ ግራዝማች። እስከ እቲ ጐይታ ኸኣ ባዕሉ ይሓግዘና።"

"ኣሜን ይከኣሎ'ዩ።"

ናይ ሽዑ መዓልቲ ርክብ ግራዝማችን ባሻይን ፤ ብናይ ሃብቶም ዕንቅፋት ንግዜኡ ስለ እተኾልፈ ብኽምቲ እተመነይም ከውድእዎ ኣይከኣሉን። ግራዝማችን ባሻይን ርከቦም ብኽምዚ ዛዚሞም ተፈላለዩ።

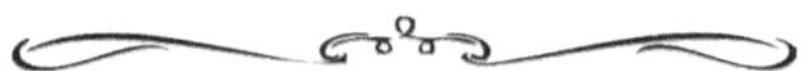

ሃብቶም ነ'ቦኡን ንደርማስን ጨሪሱ ከም ዘቖበጾም ምስ ፈለጠት ከብረት ኣዝያ ጐሃየት። ድሕሪ'ቲ ኣልማዝ ዝፈደየቾ ጥልመት ጌጋኡ ተረዲኡ ፤ ገጹን ልቡን ናባና ከመልስ'ዩ ዝብል ተስፋ ስለ ዝነበራ ፤ ኣብያ ኣቦኣ ዘይተጸበየቾ ኹዀና። ብኣኡ ምኽንያት ከኣ ከብረት ከተንጸርጽርን ከትበሳጨኡን ጀመረት።

ኣልጋነሽን ሓዋ ሳምሶንን ነዚ ምስ ኣስተብሃሉ ብተደጋጋሚ ይዛረብዋ ነበሩ። ናይ

አቦኣ ሃብቶም መርገጺ ብዙሕ ከሸግራ ከም ዘይብሉ ፲ ምሉእ ስድራ ቤት ፤ ዋላ ዓብይቲ ወለዲ ከይተረፋ ነቲ መደብን መውሰቦን ምሉእ ደገፎም ሂቦሞ ስለ ዝነበሩ በዚ ስእኒፍ ክብላ ከም ዘይብሉ ፲ ስለዚ ብትራን ኣብያኡን ንሱ'ምበር ፤ ንሳ ዝኾነ ተነጽሎ ከም ዘይገጥማ ኣረድእዋ። ብተወሳኺ ንሳቶም ብምሉእ ልቦም ምስኣን ምስ ብሩኽ ጠጠው ከም ዝብሉ ኣረጋገጹላ።

ክብረትን ብሩኽን ወለዶም ብዝፈጠርዋ ሀልኽን ሕልኽልኽን ብዙሕ ተሳቕዮም'ዮም። ብድሕሪኡ ኸኣ ብባህርን ጠባይን ኣመልን ወለዶም ብዝሰዓብ ሽግርን ሓደጋን ተጨልዮም'ዮም። ልዕሊ ኹሉ ኸኣ ብናይ ሞት ኣጸቢቐም ዘፍቅርዋን ዘኽብርዋን ዝነበሩ ወላዲቶም መድህን ኣዝዮም ተተንኪሮም'ዮም። እዚ ኹሉ እተሳቐይዎን እተሸገርዎን ከይኣኸሎም ፤ ሕጅስ ኩሉ ሓሊፉ'ዩ ኣብ ዝበልሉ ግዜ ኸኣ ፤ እዚ ናይ ሃብቶም ኣብያ ብሕልፊ ንኽብረት ኣዝዩ ኣጉሃያ። መስኪዋት መንእሰያት ኣብ ክንዲ ኣብ ፍቅሮምን ብዛዕባ ፍቅሮምን ዘድህቡ ፤ ንኻጽና ሃብቶምን ዘስዓበሎም ጸቕጥን ተሰኪሞም ክንዓዙ ተገደዱ።

ኣልጋነሽን ሳምሶንን ንኽብረት ብተደጋጋሚ መረዳእታን ሞራልን እናሃቡዋ ከለው ግን ፤ ክብረት ምጉሃያ ኣይተረፋን። ነዚ ዘስተብሃለ ብሩኽ ብተደጋጋሚ ከኹርየላ ጀመረ።

"ክብረት እንታይ ኬንኪ ኢኺ ፤ በቃ ንእሽቶ ዕንቅፋት ኣየረኽብ ድዩ?"

"ዕንቅፋት ደኣ ክንደይ ኣሕሊፍና ኣንዲና። ብኸምኡ ኣይኮነን ተሰሚዑን ኣጉሁይንn።"

"ብኡ'ምበር ብምንታይ ደኣ'ሞ!"

"ኣነስ ኣታ ብሩኽ ሓወይ እዚ ኹሉ ግዜ ብትዕግስቲ ተጸቢናስ ፤ ሕጅስ ኩሉ ጹቡቕ ከኹነልና'ዩ ፤ ዝኾነ ዕንቅፋት ኣይከገጥመናን'ዩ ዝብል ትጽቢት ስለ ዝነበረንስ ቅር ኢሉኒ።"

"ብዘይካ ባባ ሃብቶም ክልቲኡ ስድራ ቤትና ብምሉኡ ደጊፉ ገሊጹ'ዩ። ናይ ባባ ሃብቶም ከኣ ከቕበሎን ከድግፎን'ሞ ፤ ንሱ'ውን ኣብቲ መርዓና ከውዕል እንተ ዝኽእል ብጣዕሚ ጹቡቕ ምኾነ።"

"እሞ ዘይኣነስ ከምኡ ሃረር ስለ ዝበልኩ እንዳኣለ።"

"ሕራይ እንተ ዝብል ደኣ መርዓና ብምሉእ ሓጎስ መሕለፍናዮ ጥራይ ዘይኮነ ፤ ኣብ ክልቲኡ ስድራ ቤትና ኸኣ ብምኽንያት መርዓና ምሉእ ዕርቂ ምወረደ።"

"እሞ ኣነስ ከምኡ ብሂገ እንዳአለ ዘሕምመኒ ዘሎ።"

"እሞ ክሳዕ መወዳእታ ባባ ሃብቾም ሕራይ እንተ ዘይበለኻ እንታይዶ ክግበር'የ?"

"ንሱደኣ'ወ ግን ሕርኸርኸ ይብለካ ፤ ደስ ኣይብለካን። ኣነ መቸም ብሕጂ'ውን ኣይፍለጥን'የ ከንፍትን እየ ዝደሊ።"

"ከሳዕ መወዳእታ ስድራ ከፍትኑ ጽቡቕ'የ ፤ ኣብ መወዳእታኡ ግን ዘይከውን እንተ ኾይኑ ምቕባሉ ጥራይ'የ። ከሳዕ ከንድኡ ከስመዓክን ከባሳጭወክን ግን የብሉን።"

"ኣይትሓዘለይ ብሩኽ ሓወይ ፤ ንዓኻ ኽኣ ኣብ ሻቕሎት ኣእትየ ለኪመካ።"

"ከምኡ ጄንቲ ከርእየኪ ከሎኹ ከምዚ ኣነ ዘገዕኩኺ ኩይኑ'የ ዝስመዓኒ። ትፍልጢ እንዲኺ ኣዝዩ ሕማቕ'የ ዝስመዓኒ ፤" ኢሉ ብድድ ኢሉ ሕቑፍ ኣበላ።

"እምበርከ ወዮ ዘይጥዕይቲ ኹዐይነ'የ'ምበር ፤ ንስኻ ከለኸንስ ካልእ እንታይ የድልየኒ?!"

"በቃ ኣነ ከምኡ እየ ከሰምዕ ዝደሊ ።" ኢሉ ንኽልቲኡ ምዕጉርታ ብኽልቲኡ ኣእዳዉ ሒዙ ፤ ኣብ ግምባራ ስዕም ኣበላ። ሸው ፍቕርን ሓልዮትን ብሩኽ ኣዝዩ ተሰምዓ።

"እምበርከ ጽልልቲ ኹይነ'የምበር ኣይ ንስኻ እንዲኸ ህይወተይ ፤ ንስኻ እንዲኸ ዓለመይ ፤ ንስኻ ከሳዕ ዘለኽኒ ካልእ ዝጎድለኒ ፈጺመ ኣይከህሉን'የ ፤" ኢላ ዓጸፋኡ ሕቑፍ ኣበለቶ።

ብድሕሪኡ ናብ ካልእ ፍቕራውን ናይ መዓልታዊ ህይወቶም ዕላላትን ሰጊሮም ንግዜኡ ናይ ሃብቾም ጉዳይ ረሰዕዎ።

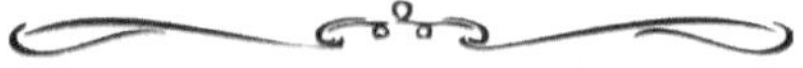

ሸው መዓልቲ ቅዱስን ብጾቱን ንሃብቾም ከየሃረብዎ ከሓድሩ ወሰኑ። እዚ ኸኣ ቅሩብ እንተ ዘሓለ ብዝብብል'የ ነይሩ። ንሳቶም መሲልዎም'የ'ምበር ሸው መዓልቲ ዋላ እንተ ዝፍትኑ'ውን ሃብቾም ኣይመዛረቦምን ነይሩ ኢዩ። ጨሪሱ ተጸዒንዎ'የ ነይሩ። ኩነታቱ ምስ ኣስተብሃሉ ፤ ውሳነኦም ቅኑዕ ምንባሩ ኣረጋገጹ።

ሃብቾም ሸው ለይቲ እህህ ከብልን ከገላበጥን'የ ሓዲሩ። ንጽባሒቱ ምስ ተንስኣ

ጽቡቕ ስለ ዘይደቀስ ዓይኑ ንህሪ መሲሉ'የ ተንሲኡ። ቅሩብ ከሳዕ ዝረፋፍድን ካብቲ ምሽትን ለይትን ተጻዒንዎ ዝሓደረ ስምዒት ዝመሓየሽን ብዝብል ቅሩብ ግዜ ሃብዎ። ብድሕሪኡ መታን ከፎክሶ ብዝብል ነሕድሕዶም ከጨራረቑን ከዋዘዩን ጀመሩ። ድሕሪ ውሱን ግዜ ሽኣ ተኣሳሲሩ ዝነበረ ገጹ ከፈታታሕን ወጅሁ ቅሩብ ከመሓየሽን ጀመረ።

"ስማዕን'ዶ ሃብቶም ፤ ትማሊ ደኣ እታ ምስ ሓውኻን አቦኻን እተዛረበኩም ዝነበረት ጉዳይ ሰሚዐናያ እንዲና ፤" ብምባል ቅዱስ ዘረባ ጀመረ።

"እሞ'ኸ?" ሓተተ ሃብቶም።

"አብ ሞንጉና ተዘራሪብናላስ ከነዛርበካ ሓሲብና። ግን ትማሊ ጽቡቕ ስለ ዘይነበርካስ ፤ እስከ ቅሩብ ይዝሓል ኢልና አተሓላሊፍናያ ፤" በሎ ደባስ።

"እንታይ ክንዛረበሉ በጃኻ። እዚኣቶም ካልእና ከይኣኽለና ከጸልሉና'የም ፤" በለ ሃብቶም።

"ከምኡ አይትበል ሃብቶም። ምዝርራብ ኩሉ ግዜ ይጠቅም'ምበር መዓስ ይጎድእ። ንስኻ'ኹ እዝንኻን አእምሮኻን ሎኩትካ ልብኻ አትሪርካ ፣ ንሰብ ኩኑ ንረቢ አይሰምዐን'የ ስለ እትብል እኩ'የ ኩሉ ዘይኮነልካ ዘሎ። ሕጂ መታን ከምህረካን ከምሕረካን ልብኻን አእምሮኻን ከፈቶ። ንሰብን ንረብን ይቕረ በሉለይ በል። ብጌጋኻ ተጠዐስ። እንታይ ኬንካ ኢኻ ዘረባ ሰብ ዘይትሰምዕ ፤" በለ መሓመድ ቄጥዐ ኢሉ።

"ግደፈና መሓመድ በጃኻ! ዘይበጽሓካ ኮይኑ ኢኻ ከምኡ እትብል ዘሎኻ። እዞም ስድራ ቤት እዚአም'ኩ ቅድሚ ሕጂ ንሕና መውሰቦ ሓቲትናዮም ፈንፊኖም አብዮምና'የም። ብድሕሪኡ ኸአ ናብዚ ኹሉ ሰሎሎ ብሰንኮም'የ አትየ። ሕጂ ንለይሲ ነዚአም ከተወሃብ? እዚ ከትግበር ዘይኮነስ ከሕሰብ'ውን አይነብሮን። ነዚ ዘረባ'ዚ ሐዘምለይ ከመጹ ኽለውስ አየንድድንዶ?" በለ ብምረት።

"ከምዚ ዝኣመሰለ ዘረባ ንምንታይ ሓዘምለይ ይመጹ ጥራይ አይትበል። ንሳቶም ንልካ ስለ ዝደለየቶን ይኹኑኒ'የ ስለ ዝበለቶን ፤ ንናይ ንልካ ህይወትን ሓጎስን አብ ግምት አእትዮም ፤ ንንልካ ይሐይሽ'የ ኢሎም ስለ ዝኣመኑ'የም ዝዛረቡኻ ዘለው ፤" በለ ደባስ።

"ንንለይ ዝሕይሽ?! ንንለይ'ኩ አነ'የ ናብዚ ዓለም አምጺአያ። ንለይ ንዓይ ኩምትር አቢላን አሕሪራን እንተ ኹይና እትሕጉስ ፤ ንለይ አይኮነትን

ማለት'የ ፡" በለ ብቝዑነት ኣረኣእይኡ ርትዓውነቱን ከይተጠራጠረ።

"ሃብቶም ጓልካ ካብ ኣብራኽካ ትውጻ'ምበር ናትካ'ኮ ኣይኮነትን። ንህይወታን ንናይ ህይወታ ምርጫታታን ክትግዝቶን ክተውንኖን ኣይግባእን'የ። ናተይ ድልየትን ናተይ ስምዒትን ክተሕሉን ክተፍጽምን ጥራይ'የ ዘለዋ እንተ ኢልካ'ሞ ፡ ናታ ህይወት የብላን ማለት'የ። ናትካ ተቐጽላ ኢያ ማለት'የ ፡" በሎ ቅዱስ።

"እሞ ከም'ኡ እንተ ኾይኑ እምነታን ፍቓደይ ዘይትፍጽም እንተ ኾይናን ጓለይ ኣይኮነትን ማለት'የ። ጓለይ እንተ ዘይኮይና ኽኣ እንታይ ፍቓደይ ዘሕትት ኣለዋ?"

"እሞ ከም'ቲ ንሳ ኣቦይ ኢላ ፍቓድካ እትሓትት ዘላ ፡ ንስኻ ኽኣ ጓለይ ኢልካ ድልየታን ሃረርታኣን ክትፍጽመላ'ኮ'የ ዝግባእ ሃብቶም ፡" በለ መሓመድ።

"ኣንታ ቅሩብ'ባ ይረዳእኩም። ተሰፎም'ኳ ንዓይ ዝነበረኒ ኣራጊፉ ናብዚ ዝዳጉነኒ ሰብ'የ። ሕጂ ንሱ ጓለይ ወሲዱ ክሕጉስስ እንታይ ይስመዓኩም?" ሓተተ ሃብቶም።

"እንታይ ድዮ መሲሉካ ዘጸግመካ ዘሎ ሃብቶም? እዚ ኣብ ተሰፎም ዘሎካ ከቴር ጽልኢ'የ ንኹሉ ዝጋርደካን ዘጋግየካን ዘሎ ፡" በሎ ደባስ።

"እሞ ኣብ ከቴር ጽልኢ. ዘብጽሕ ኣይገበረንንድዩ ኾይኑ?" ሓተተ ሃብቶም እንደገና።

"ደሓን ናብቲ ዝርዝር ኣይንኺድ። ግን ጽልኢ'ሞ እንታይ ከዓብሰልካ'የ። ንሱ እንተ ጐሃየ ንዓኻ ዝሕሸካን ዝጠቕመካን እንተ ዝኸውን ጽቡቕ ምኾነ። ብዓቢኡ እግሩ ብሓደጋ ተጨሪጹ ስለ እተሳቐየን ፡ በዓልቲ ቤቱ ሞይታቶ ስለ ዝጐሃየን ንዓኻዶ እንታይ ፈይዱልካ'የ?" በለ ቅዱስ።

"ከም'ቲ ዝሓረርኩዎ ሓሪሩ ግዲ !" በለ ሃብቶም።

"እሞ ከም'ቲ ዝሓረርካዮ ስለ ዝሓረረ ንስኻ እንታይ ረኺብካ? ንስኻ ብጽልኢ ልብኻ ይነድድ ኣሎ። ኣነ ጥራይ ዘይኮንኩ ስድራይን ደቀይን'ውን ይንደዱን ይሕረሩን ኢኻ እትብል ዘሎኻ። ዝሕግዘካ እንተ ዝኸውን ንዓቶም ጥራይ ዘይኮኑ ንሕና'ውን መጸላእናካ። ግን ፋይዳ ዝበሃል የብሉን ፡" በለ መሓመድ።

"ሃብቶም ህይወትካ'ኮ ከይተፈለጠካ ንተሰፎም ኢልካ ኢኻ እትነብር ዘሎኻ። ሕጂ ህይወትካ ጥራይ ዘይኮነ ፡ ህይወት ስድራ ቤትካን ደቅኻን'ውን ፡ ብተሰፎም

ከይሕጐስ ፤ ተሰፍም ከጕሒ ፤ ወዘተ ብዝብሉ ኣተሓሳስባታት ኢኻ ከትቃንዮ
እትደሊ. ዘሎኻ ፤" በሎ ቅዱስ።

"በዓል ስልጣን ኮይኑ ፤ ሰብ ስልጣን ፖሊስን ፈራዶን ኣዕሩኽቱ ስለ ዝኾኑ'ኮ'የ
ኣብዚ ዳጕኑ ዘብልየኒ ዘሎ። ይርደኣኩምዶ'ምበር ኣሎ'የ?!" በሎም።

"ንሕና እቲ ጉዳይ ጥልቅ ኢልና ስለ ዘይነፈልጦ ከንፈርድ ኣይንኽእልን ኢና።
ጕይታ ኽአ ንደቂ ሰባት 'ኣይትፍረዱ' ኢሉና'የ ፤ ምኽንያቱ ብቅዓት ከኖ
ዓቅሚ ስለ ዘይብልና። እቲ ልብን ኩላሊትን ዝምርምር ኣምላኽ ጥራይ'የ ከፈርድ
ዝኽእል ፤" በለ ቅዱስ።

"እንታይ ኮይኑ'የ ሰብ ዘይፈርድ? ስለ ዝፈርድ እንዲና ኣብዚ ተዳጕንና
ዘሎና ፤" በለ ሃብቶም።

"ሰብ ዘይፈርድ'ኮ ከፈልጦ ዝኽእል ነገር ውሱን ስለ ዝኾነ'የ። ኣምላኽ ግን
ኣሽንኳይ ብቅሉዕ ፤ ብሕቡእ እተገብረ ፤ ኣሽንኳይ ዝፈጸምካዮ ፤ ዘወጠንካዮን
ዝሓሰብካዮን ከፈልጥ ስለ ዝኽእል'የ ከፈርድ ዝኽእል። ብኡ ኢዮ ኽአ ናይ
ሰባት ቤት ፍርዲ ብዙሕ ግዜ ልክዕ ከፈርድ ዝጽገም ፤" በለ ቅዱስ።

"ስምዓኒ ቅዱስ ካብ ኣርእስትና ናብ ካልእ ተኣሊና'ሎና። ናብታ ኣርእስትና
ንመለስ። ሕጂ ንሕና እንብለካ ዘሎና ጽን ኢልካ ስምዓና። ብሓጺሩ ሕራይ እንተ
ኢልካ ን'ንዳ ተስፎም ኣይከንካን እትገብረሎም ዘሎኻ። ነዞም ስድራ ቤትካን
ንሰበይትኻን ነዛ ጓልካን ኢኻ እትገብረሎም ዘሎኻ ፤" በሎ መሓመድ።

"ኣየነይቲ ሰበይቲን ፤ ኣየኖት ስድራ ቤትን ፤ ኣየኖት ደቅንዶ ኣለዉኒ'የም?
ንኹሎም መማሊዶም ወሲዶሞም'ዮም ፤" በለ ብምረት።

"ከምዚ እትነቅጾ ዘለኻ ነቒጽካ እንተ ተሪፍካ'ሞ ጠቅሊሎም ከወስድዎም
ኢዮም በል ፤" በለ ደባስ።

"ኩሉ ሓደ'የ እንታይ ከይተርፈኒ?!" በለ ብትሪ።

"ሕራይ በልስከ ነቶም ካልኦትስ ማሊዶሞም ንበል። ብዛዕባ ኣልማዝ ዝገበርትካኽ
ብምንታይ ከትገልጾ ኢኻ? ምስ እዝግሄርካ ግዳ ዘይትተዓረቅ?" በሎ ቅዱስ።

"ዋላ ናይ ኣልማዝ እንተ ኾነ'ውን'ኮ ዘይ ብስንኮም'የ ፤" በለ።

"ዋእ! ኣንታ ሃብቶም?!" በለ ደባስ።

"እወ ብስንኮም! 'እንተ ዘይትደፍኣኒ መን መጽደፈኒ ፡' እኮ ተባሂሉ'የ
ቀደም። ኑሱ ኣብዚ ምስ ዳጉነኒ እንዳኣሉ ንሳ ክትጻወተለይ ዕድል ረኺባ ፡"
ዝብል መስደመምን ግሪምቢጦን ዘረባ ተሃዘብ።

በዓል ቅዱስ ዝብልዎ ጠራእዎም ንኻልኢታት ትም በሉ። ሃብቾም ብርትዒ
ዝሰዓሮምን ዘስነፎምን ኮይኑ ስለ እተሰምዖ ፡ "ረሃጸይ ዘንጠብጠብኩሉ ንብረተይን
ገንዘበይን ኩሉ ገቢቱ ፡ ንዓይ ኣብዚ ናብ ዝደርበየኒ ሰብስ ንለይ ከህሮ ከፍቅድ?
ካብዝስ ሞት ይሕሸኒ!" በለ ሃብቾም።

"ኑሱ ከይሕጎስ ንስኻ ክትመውት?" ኢሉ ናይ ምግራም ሕቶ ሓተተ መሓመድ።

"ይመውት'ወ! ሰብኣይ'ንድ'የ! ኣነ ሃብቾም'ኮ'የ ይፈልጠኒ'ዩ! በለ
ፈጣጠጥ እናበለ።

"ኣንታ ሃብቾም እንታይ ዔንካ ኢኻ? ሰብኣይ ደኣ ከመውት እንተ ኾይኑስ
ንዕላማ ንጭቡጥ ሽቶ ንኽወቅዕ'ምበር ንዘይጠቅሞ ህልኽዶ ይመውት'ዩ?" በለ
መሓመድ።

"ኣንታ ሃብቾም እንታይ ዔንካ ኢኻ ፡ እቲ ጉድለትን በደልን ኩሉ ናብ ካልኦት
ጥራይ እትድርብዮ። ዓለም ብምልእታ ተሿርያ ንዓኻ ጥራይ ከም እትብድለካ ጌርካ
እትወስዶ። ቅሩብ እስከ ኣነኻ እንታይ ጌጋ ኮን ይህልወኒ በል። ብሓደ ኣሪቴ
ከንድ'ዚ ትሪ። ንስኻ ኽኣ ጉድለትካ ፈትሽ!" በሎ ቅዱስ።

"ጉድለተይ እፈልጥ'የ! ጉድለተይ ምስዚኦም ም'ቅራብን ነዚኣቶም ም'እማንን'የ!"
በለ ሃብቾም።

"ዝኾነኾይኑ ሕጇ ዝኣክል ተሃሪብናሉ ኢና። ካብዚ ዝያዳ እንብለካን ክንብለካ
እንኽእልን የለን። ስለዚ ዝግ ኢልካ ብጽልእን ቂምታን ነዲድካ ዘይኮነስ ፡ ንዓይን
ንስድራ ቤተይን ብዝያዳ ኽኣ ንጓለይ ኣየናይ'የ ዝጠቅም ኢልካ ሕሰብ ፡" በሎ
ቅዱስ ዕትብ ኢሉ።

ኣብ ገጽ ቅዱስን ብጾቱን ናይ ንሀን ተስፋ ም'ቋራጽን ምልክት ይንጸባረቕ
ነበረ። ዘረባኦም ከም ዝደምደሙ ን'ኸርኢ ኽኣ ቅዱስ ብድድ በለ። መሓመድን
ደባስን'ውን ከምዛ ዝተማኽሩ ደድሕሪኡ ብድድ-ብድድ ኢሎም ካብቲ ሃብቾም
ዝነበሮ ተፈንቲቶም ከዱ።

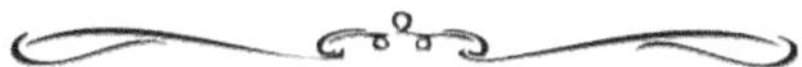

ደርማስ ቅድሚ ምስ ሃብቶም እንደገና ምዝርራቡ ፤ ውጽኢት ናይ በዓል ቅዱስ
አቋዲሙ ክፈልጥ ደለየ። በዚ ምኽንያት'ዚ ኽኣ መግቢ ከብጽሓሉ ምስ ከደ ፤
ምስ ሃብቶም ዝኾነ ንመውሰቦ ዝምልከት ጉዳይ ከይተንከፈ ርኸቡ ደምደም።

ንሃብቶም ምስ ተሰናበቶ ከምዚ ንቅዱስ ሰላም ንኽብሉ ዝተአልየ አምሲሉ
ውጽኢት ዝርርቦም ብሒጺሩ ሓተቶ። ቅዱስ ኽኣ ፤ "እምኒ'የ ሓውኽ ፤" ብምባል
ዋላ ሓንቲ ቁምነገር ከፍርዮ ከም ዘይከኣሉ ብሒጺሩ ገለጸሉ።

ደርማስ ናይ ቅዱስ ጸብጻብ ንስድራን ንኽብረትን ብሒጺሩ አረደኦም። ብድሕሪ'ዚ
ኩሎም ኮይኖም ምስ መኸሩ ፤ እታ ኡንኮ ዝተረፈቶም መንገዲ ክብረት ባዕላ
ከይዳ ነ'ቦኣ ክትልምኖ ከም ዝኾነት ደምደሙ።

ብሩኽ ነቲ ክብረት ናብ አቦኣ ከይዳ ባዕላ ክትልምኖ ዝብል ሓሳብ ብዙሕ
አይፈተዎን። ንኽብረት ከታርፉ'ውን ዝከኣሎ ገበረ። ግን ክብረት ግድን ክፍትን
አሎኒ ስለ ዝበለት ፤ ደስ ከይበሎ ሕራይ በላ። ስክፍታ ብሩኽ ሃብቶም ብዝሃረቦን
ብዝሃሮን መልሲ ፤ ንኽብረት ከየጉህያ ካብ ዝብል ኢዩ ነይሩ።

ዝኾነኾይኑ ንጽባሒቱ ባሻይን ደርማስን ክብረትን ብሓደ ተተሓሒዞም ናብ ሃብቶም
ከዱ። ከሳዕ ሸኡ ሃብቶም ምስ ንሉ ብዛዕባ ጉዳይ መውሰቦ አይተዘራረቡን'ዮም
ነይሮም። ድሕሪ ሰላምታ ብዛዕባ ኩነታት ጥዕና ተሓታቲቶም ምስ ወድኡ ኽኣ ፤
"ስማዕ'ንዶ'ቦ ፤ አነ ከሳዕ ሎሚ ምሳኽ ከም ዓቕሚ አዳም ዝበጽሐት ሰብ ኮይኑ
አዛሪበካ አይፈልጥን'የ። ሎሚ ንኽዛርበካ አቋዲመ ፍቓድካ እሓትት።"

ክትዛረቦ ደስ ከም ዘይበሎ'ኳ አብ ገጹ ይንበብ እንተ ነበረ ፤ ብቓሉ ግን ፤
"ሕራይ ክትዛረቢ ትኽእሊ ኢኺ ፤" ክብል'የ እተሰምዐ።

"አቦሓጉዪን ሓው'ቦይ ደርማስን ብዛዕባ እተዘራረብክሙሉ ኹሉ ነጊሮምኒ'ዮም።
ስለዚ አነ ንዕኡ ክደግሞ አድላይ ስለ ዘይኮነ ክሰግሮ'የ ፤" ኢላ ጠመተኣ ናብ
አቦኣ ገጻ አቋኒዓ ትም በለት።

መልሲ ከም እትጽበዮ ዝነብረት ጸኒሑ ስለ ዝተረድኦ ድንጉይ ኢሉ ፤ "ሕራይ ፤"
እትብል ሓንቲ ዝቓላ መልሲ ደርበየላ።

"ርእኺ'ቦ እዚ ናተይን ናይ ብሩኽን ርኽብ ንነዊሕ ግዜ ከይተጋህደ ስለ ዝጸንሐ ፤
ንኹሉኽትኩም'የ ሓድሽ ነገር ኮይኑኩም። ከምኡ ስለ ዝኾነ ኽኣ ከሰንብደኩም

ይኽእል'የ ፧" ኢላ ኣዕርፍ ኣበለት።

"ኣነ ኣብዚ ካብ ሰብ ተገሊለ ኣብ ጉድኝድ ንበይነይ ስለ ዝነብር ዘሎኹ ፣ ንዓይ'የ ሓድሽ ነገር'ምበር ንኻልኦትሲ ኣይሓደሶምን ፧" በለ ናብ ኣቦኡን ሓዉን በብተራ ተጠዋውዩ እናጠመተ።

ባሻይን ደርማስን ዕድመ ሃብቶም ኣይተቐበሉዎን። ከምዛ ዘይሰምዕዎን ትርጉም ዘረባኡ ዘይተረደኦምን ትም በሉ።

ሾሙ ክብረት ቅልጥፍ ኢላ ፣ "ንዕኡ እንድየ ደኣ ብዝያዳ ከብርሃልካ ደልየ።"

"ብኸመይ ከተብርህለይ?"

"ማለተይሲ ኩሉ ሰብ ዳርጋ ምሳኽ'የ ፈሊጡ ፣" ኢላ ዘረባኣ ከይወድአት ፣ "ምሳኽ'የ ፈሊጡ? ምሳኽ'የ ፈሊጡ ዲኺ ዝበልኪ?" ኢሉ ዓይኑ ኣፍጢጡላ።

ክብረት ርግእ ኢላ ፣ "እወ ከምኡ'የ። ንኽገልጸልካ ግን ዕድል ሃበኒ ፣" በለቶ።

"ሕራይ ቀጽሊ ፣" በለ ከይፈተወ።

"በዓል ኣቦሓጎይን ሓዉ'ቦይ ደርማስን ኣቦይ ግራዝማችን ዝፈለጥሉ ፣ ካብቲ ንስኻ ዝፈለጥካሉ ብዘይ ምግናን ካብ ክልተ ሰሙን ኣይበዝሕን'የ። ንሱ'ውን ምስ ፈለጡ ከሓብኡልካ ስለ ዝደለዩ ዘይኮነስ ፣ ምስቲ ዘለኸዮ ኹነታት ብኸመይ እንተ ነገርናዮ ይሓይሽ ኢሎም ከሳዕ ዝመኽኸሩ'የ ፣" በለቶ ትርር ኢላ።

"እሞ ምስ ኣደኺ ተመሳጢርኪ ምስ እንዳ ተሰፍም ኢኺ ኹሉ ወዲእክዮ ፣" ኢሉ ከሲ ደርበየላ።

"ባባ ተሰፍም ድሕሪ ኹሎም'የ ፈሊጡ። ካብ ቀደም ዝፈልጣ ዝነበራ ፣ ማማን ማማ መድህንን ጥራይ'የን። ከምኡ ዝኾነ ኽኣ ንሕና ርከብና ካብ ስድራና ክንሓብኦ ደሊና ኣይኮንናን። ጉዳይና ንኽይፍለጥ ዝሓላለኹ እቲ ኣብ መንጎኹም ዝገጠመ ባእስን ጽልእን'የ። ንሱ ኽኣ ንዓና ኣዝዩ ጎዲኡና'የ።"

ሃብቶም "ሀሀ!" ዝብል ድምጺ ኣስመዐ። ዘረባ ከቐጽል እንተ ተጸበያ ግን ትም በለ። ቅሩብ ጽንሕ ኢሉ ርእሱ ኣቕኒዑ ኣቢሉ ፣ "ሕጂ እንታይ ኢኺ እትብልኒ ዘለኺ?" በለ።

"ኣነ ደኣ ወላዲየይ ስለ ዝኾንካ ፍቓድካን ምርቓኽን ክረክብ Ⅰ ንስኻ ከይወጸኻ መርዓ ክግበር ስለ ዘይደሊ ፣ መርዓ ኣብቲ እትወጸሉ ከቑጸር Ⅰ ንሕጂ ግን

ትብጻሕኩምን ሕጸናን ክንፍጽም ሕራይ ክትብለኒ'የ መጺኣካ ፡" በለቶ ሕንቝንቕ እናበለት።

ድሮ ንብዓታ ብኽልቲኡ ምዕጉርታ ኮረር-ኮረር ክብላ ጀሚረን ነይረን'የን። ሃብቾም ኩነታት ጓሎ ግዳ ተሰሚዕዎ ኮይኑ ፡ መታልሑ ብኽልተ ኢዱ ሒዙ ንውሱናት ካልኢታት ድንን ኢሉ ትም በለ። አብ ሞንጎኦም ክቱር ጸጥታ ሰፈነ። ሽዑ ከምዛ ካብ ሕልሙ እተበራበረ ሰብ ብቕጽበት ርእሱ አቕኒዕ አቢሉ ፡ "ንስኺ ካልእ ሰብ ከም ዝሰአንኪ ፡ ምስዚ ወዲ ደመኛይ ዝኽኖ ጌልዓ እንተ ዘይኮይኑ ኢልኪ ከተሓርሪኒ እትደልዩ ንምንታይ ኢኺ?" በላ።

"አነ አቦ ከጉህየካ ወይ ከሕርረካ ደልየ አይኮንኩን። ካብ ንእስነትና ከም መጻውትን ፡ መሓዙትን ፡ ጉረባብትን ፡ ደሓር ከአ ከም መማህርቲ ንንዊሕ ዘስጐምኩምና ንስኽትኩም ኢኹም። ምስ ጐበዝና ኽአ እናከየ ዘይኮነስ እናዓሞቖን እናሰፍሐን ዝኸደ ፍቕሪ ሒዙና። አነ ንብሩኽ ህይወተይ አሕሊፈ'የ ዝሃቦ። ንሱ ኽአ ካብ ናተይ ዝገደደ ፡ ስለዚ በጃኽ'ቦ ሕራይ በለኒ ፡" በለቶ ብእተቆራረጸ ቃላት። አብ ሞንጐ-ሞንጐ ነተን ወረር-ወረር ዝብላ ዝነበራ አዒንታን ፡ ነታ ዘረብረብ እትብል ዝነበረት አፍንጫአን መንዲላ አውጺአ ሓሲባ እናደራረዘት።

ሃብቾም እንደገና ትም በለ። ርእሱ ንመሬት ነቕኑቱ ኽአ ንየማንን ንጸጋምን አወዛወዘ። ደርማስን ባሻይን እታ ጉዳይ አብ ወሳኒ መድረኽ ከም ዝበጽሐት ስለ እተረድኡ ፡ አሸንኳይ ከዛረቡ ነታ ትንፋሶም'ውን ከይትስማዕ ከሓብእዋ ዝጽዕሩ ዝነበሩ'የም ዝመስሉ ነይሮም። ነቲ ጸጥታ ዝዘርጐ ዝነበረ እቲ እናሻዕ ዝስማዕ ዝነበረ 'ፋፍ-ፋፍ' ዝብል ድምጺ ከብረት ጥራይ'የ ነይሩ።

ድሕሪ ውሱናት ካልኢታት ግን ከአ ንኽብረት መዋእል ዝጠዓምኣ ግዜ ፡ ሃብቾም ምውዝዋዙ ገቲኡ ገጹ አቕኒዕ አበሎ። ሽዑ ክቱር ጸጥታን ሃንቀውታን ሰፈነ።

"ከሓስበሉ'የ። ድሕሪ ሰሙን ንዓኣቶም መልሲ ክነግሮም'የ ፡" በለ ሃብቾም።

ደርማስን ባሻይን እቲ ትርጉም ናይ 'ንዓኣቶም' እንታይ ምኽኑ አይሰሓትዎን። ብአኣቶም ከም ዘይተሓጐሱን ከም ዝጐሃየን መታን ክርድኦም'የ ብስሞም ዘይጸውዖም። ግን ነዚ ዋጋ ከይሃቡ ናብ ቄምነገሮም አተኮሩ።

"ባባ በጃኽ ፡" ኢላ ጅምር ምስ አበለት ክብረት ፡ ባሻይን ደርማስን ከምዛ እተማኸሩ ፡ "ደሓን ክብረት ግደፊ ፡" በላ ደርማስ።

"ደሓን እዛ ጓለይ ግደፊ ፡" በሉዋ ባሻይ ከኣ።

ክብረት ዝተጋገየቶ ስለ ዘይፈለጠት ፡ ካብ ኣቦሓጉኣ ናብ ሓውʼቦኣ ፤ ካብ ሓውʼቦኣ ናብ ኣቦኣ ዓይና እናዞረት ቀባሕባሕ በለት።

"ደሓንʼዛ ጓለይ ጽቡቕʼዩ ዘሎ። ከሓስበሉ ግዜ ሃብዮ ፡" በሉዋ ባሻይ። ክብረት ብቕጽበት ፤

"ሕራይ ኣቦ ሕሰበሉ ደሓን ፡" በለቶ ንሃብቶም።

ሃብቶም ቃል ከይወጽአ ርእሱ ንላዕልን ንታሕትን ብምንቕናቕ ከም ዝሰምዓ ገለጸላ።

በዚ ከኣ ደርማስን ባሻይን ከም ዓቢ ለውጥን ዓወትን ዝቖጸርዎ ፤ ክብረት ከኣ ከም ውሱን ስጉምቲ ገይራ ዝረኣየቶ ውዕሎ ርከቦም ተዛዘመ።

ምዕራፍ 8

ንስድራ ቤት ባሻይ እታ ሰሙን ምሕላፍ ኣበየቶም። ናይ ሃብቶም መልሲ ክጽበዩ
ኣብ ሓሳባትን ሻቕሎትን ተንጠልጢሎም ቀነዩ። ክብረትን ብሩኽን ናይ ነገር
መንእሰያት ሃብቶም ሕራይ ከም ዝበል ፡ ከም ውዱእ ወሲዶም ስለ ዝቖነዩ ስክፍታ
ኣይነበሮምን። ዓበይቲ ግን ኩሉ ግዜ ስለ ዝጠራጠሩን ፡ እቲ ሕሕማቝ ዝያዳ ስለ
ዝረኣዮምን ከብዶም ሓቚፎም ቀነዩ።

መግቢ ከብጽሕሉ ኣብ ዝኸዱዋ ዝነበሩ ፡ ሃብቶም ነቲ ጉዳይን ቼጸራኦምን
ብዝምልከት ዝኾነ ፍንጪ ኣይሃቦምን። ምናልባሽ መልሲ ሃብቶም ኣሉታዊ እንተ
ኾነ ፡ ሞራል ክብረት ከይትንከፍን እታ ቼልዓ ከይትህስን ሰጊኡ። ብኣኡ ምኽንያት
ከኣ መዓልቲ ምስ ኣኸለ ንሳ ከትከይድ ከም ዘየድልያ ፡ ከልቲኦም ኮይኖም
ውሳነኡ ክሰምዑን ከነግርዋን ዝሓሸ ምኳኑ ንኽብረት ምስ ብሩኽ ኮይኖም
ኣእመንዋ።

ሃብቶም ከሓስበሉ ካብ ዝብሎም ሸሞንተ መዓልቲ ስለ ዝሓለፈ ፡ ሸዉ መዓልቲ
ንኽሓቱዎ ወሲኖም ከዱ። ሰላምታን ካልእ ናይ ስራሕን ጉዳያት ምስ ወድኡ ፡
"ስማዕ ሃብቶም ወደይ ፡ ብቐዳማይ ክብረት መጺኣ ምስ ኣዘራረብትካ ድሕሪ
ሰሙን ሓሲብ ክነግረኪ'የ ኢልካያ ኔርካ። ደሓን ባዕልና ኬድና ክንሓቶ ኢ.ና ስለ
ዝበልናያስ እንታይ ሓሲብካ 'ዝወደይ?" ኢሎም ተወከስዎ።

ሃብቶም ገጹ እስር ኣቢሉ ኢዱ ኣብ ግንባሩ ኣንቢሩ ንበዓል ባሻይ ኣዝዩ ነዊሕ ንዝመሰሎም ግዜ ትም በለ። ከልቲኦም ስቕ ኢሎም ዓይኒ ዓይኑ ምጥማት እንተ ዘይኮይኑ ቃል ከየውጽኡ ተጸበዩ።

"እሕሕ" ኢሉ ጐሮሮኡ ድሕሪ ምጽራግ ከአ ፤ "ኣነ ኣጸቢቐ ሓሲበሉ'የ። ብቐዳማይ እታ ቤልዓ ከተዛርበኒ ኽላ ስምዒታ ተንኪፉኒ ኢዩ። ሽዑ ውሳነይ ዋላ'ኳ ከም ቀደሙ እንተ ነበረ ክንግራ ከቢዱኒ። ኣነ ሕጂ'ውን ኣብ ውሳነይ እየ ጸኒዐ ዘሎኹ፤" ኢሉ እታ ዝፈርሐዋ ዝነበሩ መርድእ ተኸወሰሎም።

"ኣንታ ሃብቶም ወደይ ነዛ ጓልካ ዘይትርኢ።"

"ኣቦ ፤ ንስኻትኩም ብናተይ ውሳነ ክትግረሙ ክርእየኩም ከሎኹስ ኣዝየ'የ ዝደንቀንን ዝድንጽወንን። በ'ንጻሩ ኣነ ኽአ ሰብዮ ክንድ'ዚ ይቕየር'የ ፤ ወለድኽን ኣሕዋትካንዶ ብኽምዚ ይጠልሙኽ'የም ፤ ዝብሉ ሕቶታት'የም መልሲ ስኢነሎም ዘሎኹ!" በለ ገጹ ብጓሂ ኩምትርትር ከም ዝበለ ብዘርኢ ኣገባብ።

"ትጋገ ኣሎኽ ሃብቶም። ንሕና ንዓኽ ኣይጠለምናካን። እንታይ ክንረክብ ኢና'ሞ ክንጠልመካ?" በለ ደርማስ ሕርቃኑ ምጽዋር ስኢኑዖ።

"ኣደኣም መታን ንዓይ ክትረክብን ክትጐድእን ምስ እንዳ ተስፎም ተመሳጢራ ፤ ነዛ ቤልዓ ናብ ደመኛታተይ ከተውድቓ ደልያ'ላ። ንስኻትኩም ከአ ኣብ ከንዲ ምሳይ ጠጠው እትብሉ ፤ ኣብ ጐና ዄንኩም ትድግፍዋ ኣሎኹም። ካብዚ ዝገድድ ጥልመት'ሞ ካበይ ክመጽእ'የ።"

"ብኽምዚ ንኣና ክትጥርጥረናን ከምዚ ክትብለናን ዓገብ'የ። ካብ ከቱር ጥሕን ሕርቃንን'ምበር ንሕና ንጠልመካ ኢና ኢልካ ካብ ልብኻ ትዛረቦ ኣሎኽ ኢለ ከኣምን ኣይደልን ፤" በሉ ባሻይ ንሂኦምን ቑጌታኦምን ኣብ ድምጾም ብግልጺ እናተንጸባረቐ።

"ህህህ ፤" ዝብል ድምጺ ድሕሪ ምስምዑ ፤ "ኣነ ብግብሪ ዝረኣኹዎን ዝወረደንን'የ ዝዛረብ ዘሎኹ ፤" በለ ሃብቶም።

"በል ክትፈልጥ ከብረትን ኣልጋነሽን ወሲነን'የን። ብሕጂ ንድሕሪት ኣይምለሳን'የን። እቶም ኣሕዋታ ኽአ ኩሎም ኣብ ጐድኒ ሓብቶም'የም ዘለዉ። ንሕና ሕራይ ዝበልና እቲ ጉዳይ ንድሕሪት ከም ዘይምለስ ስለ ዝተገንዘብና ኢና። እዚ ኹሉ እንተ ተቐበልካዮ ኢልና ዘዛራረብናካ ኽአ ፤ ምስቶም ተሪፎምኽ ዘለዉ ደቅኽ ንሓዋሩ ከይትፈላለ ብዝብል ንሕግዘካ ኣሎና ኢልና ኢና ጌርናዮ ፤" በለ ደርማስ

ቅድሚኡ ኣርኣይዎ ብዘይፈልጥ ትርን ትብዓትን።

"ብኽምዚ ኣገባብ ንላይ ናብ ቀንዲ ደመኛይ ብምሻጥ ከትሕግዙኒ ኣይትኽእሉን ኢኹም። እዚ ኽኣ ንዓይ ሓገዝ ስለ ዘይኮነ ሓገዝኩም ኣየድልየንን'የ ፡" ዝብል ዝመረረ ዘረባ ደርበየሎም።

ባሻይ ጨለጭ ኢሎም ሓረቑ። "በል ክርደኣካ እቶም ወሊድካዮም ዘሎኽ ጨልቡ ፡ ደቅኽ ጥራይ ከይመስለካ ፡ ደቅና'ውን'የም። ምስ ስድራ ቤቶም ተባቲኹዎም ከይበታተኑና ሓላፍነት ኣሎና። ሓላፍነትና ኽኣ ክንፍጽም ኢና !" በሎም።

"እወ ኣበይ ከይበጽሕ ተባሃለ ተናዒቖ'ንድ'የ ! ደሓን ክንረኣአ ኢና ፡" በለ ርእሱ እናነቓነቖን ኣስናኑ እናሓራቖመን።

"ካን ሕጇ ኽኣ ንሕና ኴንና ቀንዲ ጸላእትኽ ፡ ዘሕዝ'ንዩ ! ኣምበርዶ ብጥዕናኽ ኢኻ?!" በሎ ደርማስ።

ሽዉ ሃብቶም ብቕጽበት ብድድ በለ ፡ "ካብ'ዚ ንንየው ዘረባ ኣየድልየንን'የ። ንስኻትኩም መሊስኩም ከተሕምሙኒ ኢኹም ፡" እናበለ ሕጪኡ ሂብዎም ተዓዘረ።

ኣቦን ወድን ተጠማሚቾም ቀዘዙ። ከገብርዎ ዝኽእሉ ነገር ስለ ዘይነበሮም ከኣ ርእሶም ኣድኒጦም ተመልሱ።

በቲ ሽዉ መዓልቲ ሃብቶም ዘዝነበሎም ዘረባታት ፡ ኣቦን ወድን ልቦም ብጓሂ ዘቑቢሉ ፡ ርእሶም ከኣ ብሕርቃንን ብብስጭትን ከትኮስ'የ ደልዩ ነይሩ። ኣልጋነሽን ከብረትን ከኣ ተሃዊኸንን ተሃንጥየንን ይጽበያኦም ነበራ። ንሱ ስለ ዝፈልጡ ዝነበሩ ደስ ከይበሎም ናይ ግድን ገለ መልስስ ከንህበን ኣሎና ብምባል ከዱወን።

እቲ መልሲ ብሓፈሻ እወታዊ ከም ዘይነበረ ነ'ልጋነሽን ንኽብረትን ብድብዱቡ ነገርወን። ንጽባሒቱ ኣስፈሓም ጸብጾም ከነግርወንን ፡ ዝስዕብ ስጉምትታቾም ብሓባር ከማኽርሉን ከመያየጥሉን ምኳኖም ተመባጽኡለን።

ባሻይ ንላይቱ ጽቡቕ ከይደቀሱ ከገላበጡ ሓደሩ። ሓንቲ ሓሳብ መጺኣቶም ብዛዕባኣ ከሓስቡን ከውርዱን ከደይቡን ምስ ነብሶም ከካትዑን ሓደሩ። ኣጋ ወጋሕታ ኣብ ሓደ ውሳነ በጽሑ። ሽዉ ንግሆ ሰዓት ሽዱሽተ ተንሲኦም ብንግሆኡ ናብ ግራዝማች ከዱ።

ባሻይ ብዘይ ጨጓራ ንግሆ ምድሪ ምምጽኣም ንግራዝማችን ነው/ሮ ብርኽትን ኣዝዩ ኣሰከፎም። ባሻይ ግን ናይ ደሓን ምኳጥዎምን ምስ ግራዝማች ከመያየጡ ስለ ዝደለዩ ጥራይ ምኳኑን ኣረዲኦም ቀልጢፎም ኣረጋግእዎም።

ብድሕር'ዚ ባሻይ እታ ድቃስ ከሊኣቶም ዝሓደረት ሓሳብ ንግራዝማች ኣካፈልዎም። ግራዝማች ብዙሕ ውጽኢት ከርከቦ ዝኽእል ሓሳብ መሲሉ ኣይተራእዮምን። ግን ከኣ ምፍታን'ሞ እንታይ ጉድኣት ኣለዎ ካብ ዝብልን ፤ ንባሻይ ከኣ ካብ ሓሳቦም ከይኮልፍዎም ብምባልን ሕራይ በሉዎም።

ቁርሶም ብሓባር ድሕሪ ምቁራስ ከኣ ርፍድፍድ ምስ በለ ተታሓሒዞም ብሓባር ወጹ። እግረ መንገዶም ከኣ ብኽመይ እንተ ተዛረቡዋን ፤ ብኽመይ ከረድኡዋ እንተ ፈተኑን ከም ዝሓይሽ እናፈተሹን እና'ብሰሉን ተጓዕዙ።

ኣብቲ ጥቓ ገዛ ምስ በጽሑ ፤ ባሻይ "ከም እትፈልጦ ሃብቶም ነዛ ጨልዓ ገሪዕዋ'ዩ ነይሩ። ሓቂ ይሓይሽ ንሕና'ውን ኣቃይሕና ወጊንናያ ኢና። ግን ንሳ ለባም'ያ። ከምዚ ገይሮምኒ እንድዮም ኢላ ምሳና ከትተሃላለኽን ጽልኣ ከተውጽኣልናን ከቶ ኣይፈተነትን። ነዚም ደቃ'ውን እንተ ኹነ ከም ካልኦት ብዙሓት ዝገብራኦ ፤ ካባና ከተርሕቐምን ምሳና ከተባእሶምን ጨሪሳ ኣይፈተነትን ፤" ኢሎም ናይ ሓቂ ምስክርነቶም ገለጹሎም።

"ብሓቂ ጽቡቕ። ጽቡቕ ገይራ። ከምዚ ጽቡቕ ብምግባራ ኸኣ ኣብ መወዳእታኡ ንኣኣን ንደቃን ዝበለጸ እንዳኣሉ። ሕማቕ እናረኸበ ሕማቕ ከፈድን ከጉድእን ዘይፈተነ ፤ ውዒሉ ሓዲሩ ጻማኡ ኣይስእንን'ዩ። ከምቲ ዝበልካዮ ግን እዛ ጨልዓ ኣዝያ ለባም'ያ ፤" በሉ ግራዝማች ምስ ቅኑዕ ኣዘራርባን ገምጋምን ባሻይ ብምስምማዕ።

ከይተፈለጦም ኣብቲ ገዛ በጽሑ። ኣልጋነሽ ሾው ካብ ቤተ ክርስትያን ተመሊሳ ፤ ከምዛ ጨጓራ ዝገበራላ ኣብ ገዛ ጸንሓቶም። ከልቲኦም ዓበይቲ ወለዲ ብሓባር ንግሆ ናብኣ ዝመጽሉ ብኽንቱ ከም ዘይኮነ ቀልጢፋ ተረድኣ። ተቓላጢፋ ኸኣ መምጺኢኦም ናይ ደሓን ምኳኑ ተወከሰቶም። ናይ ደሓን ምኳጥዎም ምስ ኣረጋገጹላ ፤ ሻሂ ወይ ቡን ከትገብር'ሞ ድሕሪኡ ቁርሲ ከትቅርበሎም ምኳና ነገረቶም። ድሮ ቁርሲ ወሲዶም ከም ዝኾኑ ገለጹላ። ከዘራርብዋ ስለ ዝደለዩ ሓንሳብ ኮፍ ንኽትብል ሓተትዋ።

"ርኢኺ ኣልጋነሽ ንላይ ፤ ሃብቶም ንኣኺ ኣዝዩ ገሪዑኪ ኢዩ። ንሕና'ውን ጽቡቕ ኣይፈደናኽን ፤" በሉ ባሻይ።

"አነ'ኮ'ቦይ ከምኡ ኮይኑ ኢለ ዝተቐየምኩሉ ሰብ የለን። እታ ወጽዓይ ተቐቢለ ንማንም ሕማቕ ከይተመነኹን ከይሓሰብኩን ጌርጢመያ'የ ትም ኢለ ፤" በለት።

"ከምኡ ከም ዝሓሰብክን ከም ዝገበርክን ኣነን ባሻይን ኣጸቢቕና ኢና እንፈልጥ። በዚ ኽአ ንንእደክን ፤ ንኢ.ድና ንነኣድቲ ንህበክን ፤" በሉ ግራዝማች።

"የቐንየለይ ኣቦይ ግራዝማች።"

"በሊ እዛ ንለይ በዓል ኣቦኺ ባሻይ ፤ ናይ ሃብቶም ነገር ብኩሉ ፈቲኖም ምኳን ኣብዮዎም'የ። ሕጇ ባሻይ ከም ናይ መወዳእታ ፈተነ ፤ ኣይፍለጥን በ'ልጋነሽከ እንተ ፈተንና ዝብል ሓሳብ ስለ ዝመጸ ኢና መጺእናኪ ዘሎና።"

"ንወላዲኡ መዓርኡን ፤ ንንእሉን ፤ ንኽብ ኩሉ ሰብ ንላዕሊ ዝለኣኹን ዝገብረሉን ደርማስ ሓዉ ኣብዮስ ናተይ ዘረባ ከሰምዕ ፤ እዝስ ዘይመስል'የ።"

"እዚ ዝበልክዮ ሓቂ ኢዮ። ግን ደሓን እዛ ንለይ ንስኺ ጥራይ ሓራይ በልና'ምበር ፤ እንታይ ይፍለጥ እዝግሄር ዝገብሮ ንፍትን ፤" በሉዋ ባሻይ።

"ኣነ ደኣ ክልቴኹም እትኣኽሉ መጺእኩም ክትልምኑኒ ዝደልየሉ ጉዳይ መዓስ ኮይኑ እዚ። ዋላ ንደርማስ ልኢኽኩም እንተ ትነግሩኒ'ንዶ ምኣኽለ።"

"ስለ እቲ ኣኽብሮትኪ ዕድመ ይህብኪ እዛ ንለይ። እቲ ጐይታ ሓራይ ክብለኪ ንበሪ ፤" በሉዋ ግራዝማች።

"ኣሜን ኣቦይ ግራዝማችየ። ኣነ ደቅና ክሕጐሱ ፤ ሕጸኣምን መርዓኣምን ብሓጐስ ክጽንብሉን ከሓልፉን ፤ ካብኡ ዝዓቢ ድልየትን ሃረርታን የብለይን። ደሓር ከኣ ፈትየ ጸሊአ ሃብቶም ወላዲኣም'የ። እዚ ዝኾነ ሰብ ከ'ቅይሮ ዝኽእል ከውንነት ኣይኮነን። ኣነ ኽኣ ንደቀይ ካብ ኣቦኦም ከፈልዮም ኣይደልን'የ። ስለዚ ኣቦ ደቀይ ኣብ መርዓ ንሉ ምሳና ተሓጒሱ ከውዕል ደስ እብለኒ። ብተወሳኺ ንሃብቶም እቲ ከሳዕ ሕጇ ብጐይታ ዝተቐጽዖ ይኣኽሎ ኢዮ። ከምኡ ስለ ዝኾነ ብኣይ ከቐጽዕ ወይ ሕማቕ ክረክብ ኣይምነየሉን'የ። ተመንየ'ሞ እንታይ ክረብሕ'የ ፤" ዝብል ሓልና ዝትንክፍ ከቢድ ዘረባ ተዛረበት።

ኣልጋነሽ ከትዛረብ ከለ ግራዝማች ብኣንክሮን ብኣተኩሮን ይከታተልዋ ነበሩ። ንዘረባኣ በእዛዋም ጥራይ ዘይኮነ ፤ ብኹለንትናኦም ይሰምዕዋ ከም ዝነበሩ ርኢሶም ብሓይሊ ብምንቕናቕን በኢንቶም ይገልጹላ ነበሩ። ዘረባኣ ምስ ዛዘመት ከኣ ፤ "ብሓቂ ብሱል ዘረባ ተዛሪብኪ እዛ ንለይ። ናይ ሓቂ ወረጃ ኢኺ። ልቦናኺ ልዕሊ ዕድመኺ ኢዮ። ይመልእልክን ዕድመን ጥዕናን ይሃብክን ፤" በሉዋ።

"ኣሜን ኣቦይ ግራዝማች ክብረት ይሃበለይ። ግን ሓንቲ ነገር ከኣ ኣላ ፤" በለት።

ባሻይ ንድሕሪት እትምለስ ዘላ መሲልዎም ተሃዊኹምን ተሻቒሎምን ፤ "ኢሂ እንታይ ሓንቲ ነገር?" በሉ።

"ጽናሕ ደኣ ባሻይ ቅድም ኣወደኣያ ፤" በሉዎም ግራዝማች።

"ኣነስ ፍቓድኩም ንምምላእን ኣይፈተንናን ከይበሃል ንምፍታን'ምበር ፤ ሃብቶም ትፈልጥዎ እንዲኹም ብቓሊሉ ዝዕጸፍ ኣይኮነን። ተሪር'ዮ። ዝኾነ - ኾይኑ ናቱ ደሓን ዘውዓለና ንውዕሎ። ግን ኣብኡ ምስ ከድኩ ኣብ ቅድሚ ሰብ ዓው - ዓው ኢሉ ከየሕፍረንን ከየዋርደንን የስክፈኒ ኢዮ ፤" በለት።

"እሞ በ'ተሓሳስባኺ እንታይን ከመይን እንተ ገበርና ይሓይሽ ትብሊ?" ኢሎም ሓተትዋ ግራዝማች።

"ኣነስ ኣቐዲሞም ደርማስን ኣቦይን ከይዶም ኣልጋነሽ ከትልምነካ ከትመጽእ ደልያ ኣላ'ሞ ፤ ከዘራርቦ ፍቓዱ ሕተቱለይ ስለ ዝበለትና ሕራይ በለና ኢሎም እንተ ዝሓትዎ ምመረጽኩ ፤" በለቶም።

"እሞ ብጣዕሚ ጽቡቕ ሓሳብ እንድዩ'ዚ። ኢሂ ጐይትኦም ሓወይ?" ኢሎም ገጾም ናብ ባሻይ ኣዙሩ።

"ጽቡቕ ጸገም የብሉን እዚ ከንገብሮ ንኽእል ኢና። ደሓር ከኣ ኣንቲ ኣልጋነሽ ንለይ ኣምላኽ እንተ ፈቒድዋ እንታይ ይፍለጥ ፤ ነዘም ጨልቡ ኢልና ዝሓሰብናዮ ምንዳ ሃብቶም ናብ ልቡ እንተ ተመሊሱ ፤ ናብ ሓዳሩን ገዛኡን'ውን ይመልሰልና ይኸውን ፤" በሉ።

"ከምኡስ ኣይትበሉ'ቦይ። እዚ ደኣ ካልእ ኣርእስቲ እንድዩ። ንሃብቶም ኣነ ኣይኮንኩን ካብ ገዛ ኣውጺአዮ ወይ ስጒገዮ። ንሱ'ዩ ንዓይን ንደቀይን ጠንጢኑና ከይዱ። ብድሕሪኡ ኣነ ሓዳረይ ንፋስ ኣትዮዎስ ፤ ደቀይ ከኣ ከም ደቂ ዛግራ ፋሕ-ፋሕ ከይብሉኒ ንየማንን ጸጋምን ቀልዐባዕ ከይበልኩ ፤ ብትዕግስቲ ነብሰይ መሊኸ ደቀይ ከዕቢ'የ ወሲነ። ካብታ ካልኣይቲ ሰበይቲ ከም ዝሓዘ ብዕሊ ዝፈለጥኩላን ንሱ'ውን እተኣመነላን ግዜ ጀሚረ ኻ መደቀስየይ ፈልየ'የ ፤" ኢላ ዓይና ቀጽርጽር ስለ ዝበላ ድንን በለት።

"ኣጆኺ እዛ ጓለይ ፤" በሉዋ ግራዝማች።

"ንኹሉ ምስጢረይን ኩነታተይን እትፈልጥ ዝነበረት መድህን ጥራይ'ያ ነይራ።

ዝኸነኸይኑ ካብቲ ግዜ'ቲ ጀሚረ ኣነ ጨሪስ ኣይተመራሳሕኩን። ቃል ኪዳነይ
ኣይጠለምኩን። ነብሰይ ዓቂበ ምስ ኣምላኸይ ኪዳን መስሪተ'የ ክጉዓዝ
ጸኒሐ ፡" በለት።

"እዚ'ሞ እቲ ኣባኺ ብቘደሙ'ውን ዝነበረና ኣድናቘትን ናእዳን መሊሱ
ዘበርኸሎን ዘመሙቘን እንዳኣለ። ብዕደም ንእሽቶ ከሎኺ ብልቦና ግን ኣዚኺ ዓባይ
ሰብ ምኳንኪ'የ ዘመስክረልና ፡" በሉ ግራዝማች።

"የቘንየለይ ኣቦይ ግራዝማች። ከውድኣልኩም። ድሕሪኡ ግዜ ምስ ነውሐ ግን ፡
ከምቲ ዝግባእ ንኽጨርብ ብምውሳን ብጉቡእ ጨሪበ'የ። ብድሕሪ ሕጂ ኸኣ ናብ
ሰብኣይ ከምለስ ፍቓደኛ ኣይኮንኩን። ከምቲ ወለድና እትብልዎ ፡ ' ተሐዲብከ
ናብ ጐታ ፡' ከኾነኒ ኣይደልን እየ ፡" በለት ብትሪ።

"ደሓን እዛ ጓለይ ሕጂ'ውን ጽቡቕ ኢኺ ዘሎኺ። ባሻይ ተሃዊኹን ፡ ከም ወላዲ
ኸኣ ሰሲዖን ፡ ናታትኩም ጽቡቕ ደልዮን'የ ዝኸውን እዚ ሐሳብ በጨኸ ዘበሎ።
ስለዚ በታ ናይ መጀመርያ ዘረባናን ስምምዕናን ጥራይ ንኺድ። ናይ ካልእ ግን
እዚ ዝነገርክና ኹሉን ፡ እዚ እትዛረብዮ ዘሎኺ ዘረባን ፡ ብመንፈስ ኮነ ብርትዒ
ክንስገሮን ክንዓጽፎን እንኽእል ኣይኮነን። ስለዚ እዝግሄር ይሓግዝኪ ፡ በቲ
ሕዝክዮ ዘሎኺ መንገዲ ክትቅጽሊ ይደግፍኪ ፡" በሉዋ ግራዝማች።

"ሓቁ'የ ግራዝማች ፡ እቲ ናይታ ዝተኸልኩዋ ስድራ ቤት ጽቡቕ ምንዮት
ኣዕዊሩኒ'የ ፡ ኣብ መደብና ዘይነበረን ዘይወጠንናዮን ዘረባ ደርቢየልኪ።
ኣይትሓዝለይ እዛ ጓለይ። ንሕና ክንድዚ ልቦና ሒዝኪ'ሞ እንታይ ክንብለኪ ፡
ጥራይ ይመልኣልኪ እቲ ጐይታ ፡" በሉ ባሻይ ብገደኣም።

"ኣሜን ኣቦይ ግራዝማች። ኣሜን ኣቦይ። ልዕሊ እቲ ዝግበኣኒ ኣኽቢድኩምለይ
ኢኹም። ግን ደሓን ከብረት ይሃበለይ ስለቲ ኣባይ ዘሎኩም ኣድናቘትን
ምርቓኹምን ፡" በለት ብኽቱር ምስጋና ምቘልል ኢላ።

ብድሕሪኡ ብዛዕባ ንሃብቶም መዓስ ከም ዝሓቱዎን ካልእ ዝርዝራትን ተመያይጦም
ልዝቦም ደምደሙ።

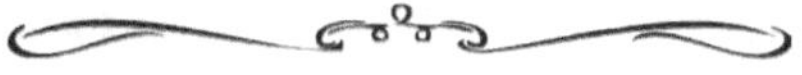

ንኣጋ ምሽቱ ባሻይ ንደርማስ ወይም እቲ ምሉእ ለይቲ ከይደቀሱ ዝሓደሩ
ሓሳባትን ፡ ድሕሪኡ ምስ ግራዝማች ኮይኖም ነ'ልጋነሽ ዘዘራረብዋን ዘበጽሐዎ

ውሳነን ነገርዎ። ደርማስ ምስ ሓሳብ ወላዲኡ ጨሪሱ ኣይተሰማምዐን። እዚ
መደብ'ዚ ዘይከውንን ዘይመስልን ግዜ መጥፍእን መጉሃይን ጥራይ'የ በሎም።
ግን ከአ ድሮ ተዘራሪዮም ወሲኖሞ ስለ ዝነበሩ፡ መታን ንወላዲኡ ከምእዘዝን
ከኽብርን ሕራይ በሎም።

ደርማስ ቅድሚ ናብ ሃብቶም ምኻዱ ነ'ቦኡ ኣጠንቂቕዎም ኢዩ ኸይዱ። "ንዓኻ
መታን ከሰንየካ ምስኻ ከኸይድ'የ ፡ ግን ነታ ኣርእስቲ ናይ ኣልጋነሽ ካብ
መጀመርያ ከሳዕ መወዳእታ ባዕልኻ ኢኻ እተዛርቦ ፡" በሎም። ኣቦን ወድን በዚ
ተሰማሚዕም ናብ ቤት ማእሰርቲ ናብ ሃብቶም ከዱ።

ብዛዕባ ኩነታት ጥዕናን ካልእ ቀንጠ መንጥን ምስ ተዘራረቡ ፡ ባሻይ ዘለዎም
ሓቦ ኣኽኪቦም ፡ ኣልጋነሽ መጺኣ ከትልምነካ ስለ ዝደለየት ፍቓዱ ሕተቱለይ
ስለ ዝበለትና ኢና ከንውከሰካ መጺእና በሎም። ሃብቶም ኣበሃህላ ወላዲኡ
ኣይተረድእን። ብዙሕ ግዜ ኣቦኡ ከዛረቡ ኸለው ብሕልፊ እናሸምገሉ ምስ ከዱ ፡
ኣስማት ደጌምን ስድራ ቤቶምን ስለ ዝሓዋውሱ ፡ ብኸሽምኡ'የ ኣልጋነሽ ዝብል
ዘሎ ኢሉ ሓሰበ። ደሓር ግን እታ ስም ምስ ደጋገምዋ ፡ "ተረዲኡካ ዶ'ሎ'የ
መን ከም እትብለኒ ዘሎኻ? ኣልጋነሽ'ኮ ኢኻ ከትብለኒ ጸኒሕካ። ነ'ደይ ወይ
ንኣሓተይ ልዕልቲ ወይ ብሩር ማለትካ ድዩ?" ኢሉ ሓተቶም።

"ጥቃ ነ'ልጋነሽ'ምበር ፡" ምስ በሎዎ'ውን ንኣአ ኢዩ ዝኸውን ኢሉ ከግምት
ስለ ዘይከኣለ ፡ "መን ኣልጋነሽ ኢኻ እትብለኒ ዘሎኻ?" ዝብል ንኽልቲኦም
ከርድኦም ዘይከኣለ መስደምም መሲሉ እተራእዮም ሕቶ ሓተተ።

"ዋእ መን ካልእ ኣልጋነሽ ደኣ በዓልቲ እንዳኽ'ምበር" በሎዎ ባሻይ።

"በዓልቲ እንዳይ ኢልካያ እምበኣር!" ኢሉ ናይ ሕርቃንን ባጫን ብስጭትን ሰሓቕ
ዝመስል ኣስመዐ። ቅጽል ኣቢሉ ፡ "ናይ መጺኣ ከትልምነካ ደልያ ዝበሃል ዘረባ'ሞ
ይጽንሐልና ደሓን። እዛ ኣልጋነሽ ዝበልካያ ግን ብምንታያ ኢያ ንዓይ በዓልቲ
እንዳይ? በዓልቲ እንዳይካ ገዝአ ብውሽጢ ፈርፊራ ምስ ጸላእትኻ ተመሳጢራ ፡
ዝተኸልካዮ ገዛን ስድራን እትበታትነልካ ድያ?" ዝብል ሕቶ እናሓተተ ኣፍጢጡ
ጠመቶም።

ባሻይ መልሲ ከህብዎ ፍቓደኛ ኣይነበሩን። እንተ መሊሶሙሉ መሊሱ ከይቖጣዕን
ዝገደደ ከይንድርን ስለ እተሰከፉ ትም በሉ። ናብ ደርማስ ሓዉ ተገምጢሉ ዓይኑ
ፈጢጡ እናበለ ፡ "እእ? እእ?" በሎ። ደርማስ ግን ኣፈይ ትሎኮት ኢሉ
ብኣፉ ሓንቲ ቃል'ውን ትኹን ከየውጽእ ወሲኑ ኢዩ መጺኡ። ስለዚ ከምዛ ንኣኡ
ምኽኑ ዘይተረደአ ኣብ ገጹ ዝኾነ ምልክት ከየርኣየ ትም ኢሉ ጠመቶ።

ንውሱናት ካልኢታት ገለ መልሲ እንተ ረኸበ ንየማን ናብ ኣቦኡ ፤ ንጸጋም ናብ
ሐዉ እናጠመተ እንተ ተጸበየ ግን መልሲ ሰኣነ፡፡ ሽዑ መልሲ ዘይምርካቡ ከምዚ
ንቝጠዐኩ ዘንድድን ሃልሃል ዘብልን ድሩኞ ዐንጻይቲ ዝሰኣነ ተኸኸ፡፡

ብድሕሪኡ ዝዛረቦ ዘይፈልጥ ናይ ኣእምሮ ሕማም ዘለዎ ፤ ወይ ሽዑ ኣእምሮኡ
ከም ዝሰሓተ ሰብ ኮነ፡፡ ዘዝገደደን ዘዝኸፍአን ማእለያ ዘይብሉ ዘይድገም ቃላት
ደርበየ፡፡ ባሻይን ደርማስን ዓኞሎም ጸበቦም፡፡ ክልቲኦም ደኒኖም ትም በሉ፡፡ ደርማስ
ትዐግስቱ ከውዳእ ደለየ፡፡ እቲ ምስ ነብሱ ሐንቲ ቃል ንኸይዛረብ ዝተመባጽዓ
መብጽዓ ክጥሕሶ ክደናደን ከሎ ረዳኢ ረኸበ፡፡

እቲ ዋዕ-ዋዕ ቅዱስ ስለ ዝሰምዖ ፤ ተኞላጢፉ ናብኦም ገጹ ብምስንግም ተጸንበሮም፡፡
ንወላዲኡ ዝኣክል ከምኡ ዓይነት ዘረባ ከዛረብ ምስ ሰምዖ ሰንበደ፡፡ ሃብቶም ነብሱ
ከገትኣሉ ዝኸእል መጨጸሪኡ ካብ ጥቝሚ ወጻኢ ኾይኑም ፤ ዘለዎ ማሕለኻታት
ኩሉ በታቲኹ ፤ ብሓደገኛ ኣገባብ ናብ ጸድሪ ገጹ ዝሕምበብ ዝነበረ ሰብ መሲሉ
ተራእየ፡፡

ሽዑ ንሃብቶም ብሓደ ኢዱ ሕዝ ኣቢሉ ፤ "ብዓንተቦኡ'ውን ሰዓት ኣኺሉ'የ
ንስኸትኩም ሕጇ ኪዱ ፤ ነዚ ሐዉና ኣብ ዘይሕማሙ ከይተብጽሑልና ፤" እናበለ
ንሃብቶም በቲ ሓደ ኢዱ ስሕብ ኣበሎ፡፡

ምኸድ ከኣብዮን ከቃወሞን ኢሉ ኢዱ ከምንዝዖ ደለየ፡፡ ግን ድሮ ባሻይን ደርማስን
በታ ቅዱስ ዝፈጠረሎም ዕድል ተጠቒሞም ፤ ጥዉይ ኢሉም ሕጨእም ሂቦም
ነይሮም'ዮም፡፡ ከምኡ ምኻኑ ምስ ረኣየ ንቅዱስ ከየሸገር ከደሉ፡፡

ደርማስን ባሻይን ሐንሳብ'ውን ንድሕሪት ቁሊሕ ከይበሉ ርእሶም ኣድኒኖም ካብቲ
ቦታ ወጹ፡፡ ባሻይ በቲ ሓደ ወገን ንቅዱስ ብብልህነቱን ሓልዮቱን እናመረቐ ፤ በቲ
ኸልእ መዳይ ከኣ ብጨቃነን ትርን ወዶም ፤ ልቦም ብንህን እህህታን ተመሊኡ
ንገዛእም ተመልሱ፡፡

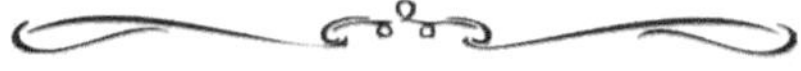

ንጸባሒቱ እቲ ኹሉ መሪር ዘረባታት ዝተዛረቦ ከይጠቐሱ ፤ ሃብቶም ሓሳቡ ከም
ዘይቀየረ ነ'ልጋነሽን ንኽብረትን ገለጹለን፡፡ ንሃብቶም ሕራይ ንምባሉ ዝግበር ኩሉ
ፈተነታት ስለ ዝተጸንቀቐ ፤ ናብ ብሕጇ እንታይ ንግበር ዝብል ነጥቢ ሰገሩ፡፡

ድሕሪ ነዊሕ ምይይጥ ከኣ ዋላ ሃብቶም እምቢ እንተ በለ ፤ እቲ ትብጸሕኩምን

ሕጸን ክግበር ወሰኑ። ሕጸ ምስ ተፈጸመን ምስ ግዜን ኣይፍለጥን ሓሳቡ እንተ ቛየረ ብዝብብል ፣ መርዓ ድሕሪ ካብ ቤት ማእሰርቲ ምውጻኡ ከቘሩጻር ወሰኑ። ንሃብቶም ግን ይብጻሕኩም ምስ ተባህለን ሕጸ ምስ ተገብረን ፣ ኩሉ ምስ ሓለፈ ክንገር ኣብ ስምምዕ በጽሑ። እዚ ውሳነኣም ክኣ ባሻይን ደርማስን ብሓባር ከውይናም ንግራዝማችን ንተሰፎምን ከንገርዎም ተሰማምዑ።

ኣብ ዝቘጸል መዓልታት ክኣ ናይ ሃብቶም ነገር ከም ዘይስለጠ ፣ ግን እቲ ጉዳይ ከትግበር ከም ዝወሰኑ ንባዕል ግራዝማች ኣረድእዎም። እንዳ ግራዝማች ዋላ'ኳ ሃብቶም ሕራይ ኢሉ ሓጕሶም ምሉእ ክኸውን ባህጕም እንተ ነበረ ፣ በዚ ውሳነ'ዚ ግን ከም ዝዓገቡ ገለጹ። ካብ ንጽባሒቱ ጀሚሮም ግራዝማችን ባሻይን መዓልታዊ ተራኺቦም ከመያየጡን መደብ ከትልሙን ከውስኑን ጀመሩ። ዝኸላ ዕቱብ ኣርእስትን ጉዳይን ምስ ደጬምን ምስ ደቂ ደጬምን ከይተመያየጡ ዝውስንዎ ነገር ኣይነበረን።

በዚ ኣገባብ'ዚ ክኣ ኣብ ብዙሕ ውሳነታት በጽሑ። ሃብቶም ንኸወጽእ ሽዱሽተ ወርሒ ተሪፍዎ ስለ ዝነበረ ፣ መርዓ ድሕሪ ዓሰርተ ወርሒ ንኽገብሩዎ ተሰማምዑ። ከሳዕ ሽዑ ግን ንብሩኽን ከብረትን ድሕሪ ሓደ ወርሒ ወግዓዊ ሕጸ ከገብሩሎም ተረዳድኡ።

እንዳ ባሻይ ንሃብቶም ከበጽሕዎ ከኸዱ ከለው ፣ ጨሪሶም ብዛዕባ ሕቶ መውሰቦ ከየልዕልሉ ወሰኑ። ንሃብቶም ከኸድዎ ከለው'ውን ብዘይካ ከብድብድ ዝበለ ሰላምታ ፣ ዳርጋ ብዙሕ ኣይዘራረቡን'ዮም ነይሮም። ርከቦም ከምዚ ናይ ንጥዎት ምብጽጻሕ'የ ኹይኑ ነይሩ።

ሽዑ ከምቲ ባህሊ ዝጠልቦን ዝእዝዞን ኣገባብ ትብጻሕኩም ፈጸሙ። ድሕሪ ሰሙን ክኣ ብሕጽር ዝበለ ኣገባብ ሕጸ ከብረትን ብሩኽን ጸምበሉ። ክልቲኡ ስድራ ቤት ኣዘዩ ተሓጕሰ። ልዕሊ ኹሉ ክኣ ከልቲኣም መንእሰያት ፣ ብሓጕስን ደስታን ዕጋበትን ከፍንጭሑ ደለዩ።

ባሻይን ደርማስን ከም ዝወረዶም ዘለዎም ሓቦ ኣኽኺቦም ፣ ሳልስቲ ድሕሪ ሕጸ ንሃብቶም ከነግሮ ኸዱ። ምስ ነገርዎ ከጎብደን ጨርቁ ከድርብን ደለየ። ኣብ ዓለም ዘለው ንጥልመትን ከሕደትን ዝገልጹ ኩሎም ቃላት ኣዝነበሎም። ባሻይን ደርማስን እቲ ኹሉ ዘይግባእ ቃላት ከድርብየሎም ከሎ ሓንቲ ቓል'ውን ኣይመለሱን። ሽዑ ምስኡ ኣብ ምትራኽን ምጭቅጫቕን ከኣትው ኣይደለዩን።

ሃብቶም ሓንቲ ከይበላ ዝተረፈቶ ዘረባ ነይራ። ንሳ ኽአ ድሕሪ ሒጂ ከትመጹን
ከትርኣዮንን ኣይደልን'የ ምባል'ያ። ንሳ'ውን ዝገደፋ ዘይተዋጽኦን ካልእ ሰብ
ዝበሃል ከም ዘይብሉን ከም ዘይነበሮን ስለ ዝተገንዘበ'የ ነይሩ። ዝኹነኹይኑ
ባሻይን ደርማስን ዋላ'ኳ እልሪ ዘለፋ እንተ ተሰከሙ ፥ ጆሮም ኣራጊፍምን
ፈኹስዖምን ኢዮም ንገዛኦም ዝተመልሱ።

እቲ መጀመርያ ብማእሰርቲ ፥ ደሓር ከኣ ብናይ ኣልማዝ ጥልመት ልቡ ሕርር
ኢሉ ዝነበረ ሃብቶም ፥ ብሕጸ ከብረት ጓሉ ከድበስን ከሕጉስን'የ ዝግባእ
ነይሩ። እንታይ'ሞ ከኽውን ፥ ቂምታን ፥ ዝኽሓነ ጽልእን ፥ ትርን ዝተዘርኣ ልቢ
ሃብቶም'ንዶ ኾይኑ። ንኻልኦት ዘጉህ ዝጕድእን ዝነበረ መሲልዎ ብመጀመርያ
ንነብሱ'የ ዘሕርር ነይሩ ፤ ብውሱን ደረጃ ኽኣ ንጓሉን ንስድራ ቤቱን። ኣልጋነሽ
ቀደም ቀቢጻቶ ስለ ዝነበረት እቲ ዝሰዓበ ባህሪ ሃብቶም ኣይገረማን። ካብ ሃብቶም
ካልእ ትጽቢ ስለ ዘይነበረት ከኣ ብዙሕ ኣይጐሃየትን።

ኣልጋነሽ ብኹሉ ኹሉ እህህ ከትብልን ከትሽገርን እትውዕል ዝነበረት ፥ ሕጂ
ናይ ውላዳ መርዓ ንምጽምባል ኣብ ምቅርራብ ብምንባራ ፥ መዓልቲ ከመይ ከም
ዝሓልፍ ዝነበረ'ውን ኣይርዳኣን'የ ነይሩ። ከብረት ጓላ ኣብ ስራሕ ናይ ኣቦኣ
ከትውዕልን ከተመሓድርን ፤ ንሳ ካብ ኣልማዝ ወርሓዊ ምጽዋት ከይተጸበየት
ከትነብርን ፤ ካብኡ ብዘይንኢስ ከኣ እቲ ካብ መድህን ዝተቐበለቶ ሓደራ ከትግበር
ከትርኣዮ ትቀራረብ ብምንባራ ፥ ዓቢ ዕግበትን ሓጕስን ይፈጥረላ ነበረ።

ተሰፎም ብወገኑ ነቲ እግሪ ከይተቴርጸን ፥ መድህን ብህይወታ ከላን ዘጥፈኣ
ዕድላት የስተንትኖ'ኳ እንተ ነበረ ፥ ንቅድሚት'ምበር ንድሕሪት ምጥማት
ዘምጽኣሉ ረብሓ ከም ዘየለ ንነብሱ ከእርማን ከረድኣን ጀሚሩ ነይሩ'የ። ከምኡ
ስለ ዝኾነ ኽኣ እቲ ተቐጺሩ ዝነበረ ናይ ብሩኽን ከብረትን መርዓ ፥ ኣብ
ህይወቱ ሰላምን ቅሳነትን ሓጕስን ከሀቦ ጀሚሩ ነበረ። ኩሉ ዝገብሮ ዝነበረን ኩሉ
ጸዕርታቱ ፥ ንመድህን እንታይ እንተ ገበርኩ'የ ዝኽሕሳን ዘሕጉሳን ኣብ ዝብሉ
ኣተሓሳስባታት እተመስረተ'የ ነይሩ። በዚ ምኽንያት'ዚ ንዝኾነ ዝወሰዶ ስጉምቲ
መዐቀኒ ቅኑዕነቱ ፥ መዋቲት ከብርቲ በዓልቲ ቤቱ'ያ ኾይናቶ ነይራ። ብተወሳኺ
ኽኣ ወለዱን ደቁን ኣርኣያ ሓዉን ፥ ብኹነታቱ ከንድምንታይ ከም ዝቐስኑን
ከንድምንታይ ሩፍታ ረኺቦም ከም ዝነብሩን ከርኢ ኽሎ ፥ ሰላሙን ደስታኡን
ይተዓጻጸፍ ነበረ።

ክልቲኦም ዕድመ ዝጸገቡ ዓበይቲ ወለዲ ኹኣ ፣ ደቄምን ደቂ ደቄምን ካብቲ ኣዝዩ ዘጉሀን ዘሕዝንን ዝነበረ ናይ ጽልኢ ኩነታት ፣ ናብ ከምዚ ፍሱሕን ሕጉስን ኩነት ንዝለወጠ ኣምላኽ ለይትን መዓልትን ምስጋናኦም የዕርጉ ነበሩ። ድሕሪ እቲ ኹሉ ኣብ ክልቲኡ ስድራ ቤት ዝተኸሰተ ባእስን ጽልእን ፣ ድሕሪ'ቲ ዝወረደ መሪር መከራን ጸገምን ፣ ናብ መርዓ ምብቃዖም ዓቢ እፎይታን ዕግበትን ፈጢሩሎም ነበረ።

ወ/ሮ ለምለምን ወ/ሮ ብርኽትን ኣብቲ ናይ ሃብቶምን ተስፍምን ባእሲ ፣ ክልቲኣን ነናብ ደቀን'የን ዛዚየን ነይረን። ክልቲኣን ነንደቀን ዕሙት ድጋፍ ብምሃብ ኣብ ከቢድ ቅርሕንቲ ኢየን ተባኢሐን ነይረን። ሕጸን መጻኢ መርዓ ደቂ ደቀንን ንቕርሕንተን ስለ ዝሓበሶን ዝደበሶን ፣ ርከበን በብቕሩብ ናብ ንቡር ከምለስ ጀሚሩ ነበረ።

ኣርኣያን ደርማስን'ውን ከም መሳርሕትን ቀንዲ መማኽርትን ተሓጋገዝትን ኣሓዋቾም ፣ በቲ ኣብ ሞንጉ ኣሕዋቾም እተፈጥረ ጽልኢ ተጸልዮምን ተቐርቂሮምን ነይሮም'ዮም። ካብኡ ሓሊፎም'ውን በቲ ዝሰዓብ ሽግራት ተኸፊልቲ እቲ ጸገም ይኾኑ ስለ ዝነበሩ ፣ ካብኡ ብምንጋፎም እፎይታ ፈጢሩሎም ነበረ።

እንዳ ባሻይ በዚ መርዓ ፣ በቲ ኹኣ ምውጻእ ሃብቶም ኢዮም ዝጸበዩ ነይሮም። ኩሉ ኹነታት ከም እተመነይዎ ከይኑሎም ነይሩ እንተ ዝኸውን ፣ ድርብ ጽምብል ንኽገብሩ ኣብ ምቅርራብ ምሃለው። ናይ ሃብቶም ኩነታት ግን ዋላ'ኳ ወለዲ ብምኽናዮም ምሉእ ብምሉእ ተስፉ እንተ ዘይጨረጹ ፣ ጌና ተንጠልጢሉ ብምንባሩ ውሱን ሻቕሎት ነይርዎም። ንመርዓ ዝምልከት ናይ መወዳእታ ውሳነኡ ዝኸሎ ይኹን ግን ፣ ካብ ማሕቡስ ምውጽኡ ንርእሱ ዓቢ እፎይታ ከም ዝህቦም ርዱእ'ዩ ነይሩ።

እንዳ ግራዝማች'ውን ዘይዝረብ ደኣ ከውይኑዋም'ምበር ፣ ብልቦምን ኣብ ልቦምን ዝሰፈረ ድርብ በዓል ክጽንብሉ'ዮም ዝቀራረቡ ነይሮም። በቲ ሓደ መዳይ ተስፍም ብርግጽነት ካብ ጸገሙ ምምልጋሉ ዘረጋገጸ ወቕትን ኩነትን ፣ በቲ ኸልኣይ መዳይ ከኣ ሓደራ መድህን ዝኣመሰልዋ ከቢድ ጾር ፣ ብመርዓ ብሩኽን ከብረትን ከተግብርዋ ይቀራረቡ ብንባሮም'የ ነይሩ።

ስድራ ቤት ባሻይን ግራዝማችን ብኽምዚ ፍሱሕ ኩነታት ስለ ዝጉዓዙ ዝነበሩ ፣ ግዜ ከይተፈለጦም ክጉዓን ክሓልፍን ጀመረ። በ'ንዱሩ ንመርዓ ንዝቀራረቡ ዝነበሩ ከብረትን ብሩኽን ፣ እተን ኣዋርሕ እናተጎተታ ምሕላፍ ኣበያኦም።

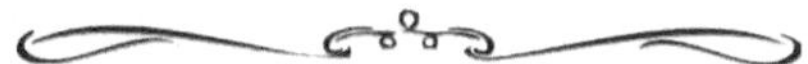

ብድሕር'ዚ ክልቲኦም ስድራ ቤት ናብ ምቅርራብ መርዓ ሰጊሮም ኣብኡ ተጸምዱን ጠሓሉን። መዓልትን ለይትን ሓሳባቶምን ስጉምትታቶምን ኩሉ ናብ ናይ መርዓ ምድላዋት ኣውዓሉዎ። ከምኡ ኾይኑ'ውን ንግዜ ከቕድምዎ እንተ ተጓየዩ፣ ግዜ ደኣ ቀደሞምን ሓጸሮምን'ምበር፣ ወዲእና ኢሎም ሩፍ ኢሎም ከዕርፉ ኣይከኣሉን። ብኸምዚ ኸኣ ኩሎም ከይተፈለጦም መዓልቲ መርዓ እናቐረበ ኸደ።

ሃብቶም ልክዕ ኣርባዕተ ወርሒ ቅድሚ መርዓ ካብ ቤት ማእሰርቲ ወጸ። ሃብቶም ትኽ ኢሉ ናብ እንዳ ስድራኡ'ዩ ኣትዩ። እንዳ ስድራኡ'ኳ እንተኣተወ ንደቁ ከይዱ ይርእዮም ነይሩ ኢዩ። ዋላ ምስ ኣልጋነሽ ዘይዘራረብ እንተ ነበረ፣ ኣብተን ዝኸደለን ግዜ በቲ ናይ ቀደም መፍትሑ ገይሩ ባዕሉ'ዩ ከፊቱ ንገዛ ዝኣቱ ነይሩ።

እንቋዕ እዝግሄር ኣውጽኣካ ዝብል ቤተ ዘመድን ፈለጥትን ኣዕሩኽትን ክቕበልን ከዕርፍን ንኽልተ ሰሙን ኣብ ገዛ ኰፍ በለ። ብድሕሪኡ ቍጽሪ በጻሕቲ ኣዝዩ ነከየ። ሓደ መዓልቲ ንስራሕ ከይዱ ርእዩዎ'ውን ተመልሰ።

ናይ ነገር ወለዲ ባሻይን ወ/ሮ ለምለምን፣ ብሃብቶም ሕጂ'ውን ተስፋ ኣይቈረጹን'ዮም ነይሮም። ደርማስን ሳምሶንን ብሩኽን፣ ብድሕሪ እዚ ግዜ'ዚ ንሃብቶም ምዝራብ ብዙሕ ኣይደገፍዎን። ዓበይቲ ወለዲ ግን እዚ ካብ ቤት ማሰርቲ ምውጻእ፣ ምናልባሽ ነቲ ቅርሕንቱን ነድሩን እንተ ኣልዘቦን ኣረስረሶን እንታይ ይፍለጥ ካብ ዝብል፣ ግድን ደኣ ነዛርቦ በሉ። ክብረት ከኣ ናብ ሓሳባት ዓበይቲ ወለዲ ዛዘወት።

ብኣኡ መሰረት ኩሎም ብሓባር ኰይኖም ከዘራርብዎ ወሰኑ። ህላወ ኣልጋነሽ መሊሱ ከነድሮን ከሕርቖን ስለ ዝኽእል፣ ኣልጋነሽ ኣብቲ ዝርርብ ንኸይትሳተፍ ተሰማምዑ። ኣቦኡ ባሻይን፣ ኣደኡ ወ/ሮ ለምለምን፣ ሓዉ ደርማስን፣ ደቁ ክብረትን ሳምሶንን ኣብ ዘለዉሉ ኸኣ ዘረባ ተጀመረ።

"እምበኣር ሃብቶም ወደይ ኣነሆ ሳላ ጐይታ ብሰላምን ብጥዕናን ወጺእካስ፣ ዱሮ'ኳ ኣብ ዝርርብና ተሓዊስካና ኣሎኻ። ንሕና ነዚ መርዓ'ዚ ክንቈጽር ከሎና ንኣኻ ብሰላም ከውጽኣልና'ሞ፣ እቲ ጽምብል ኣብ ንስኻ ዘሎኻዮ ክኾነልና ብሂግና ኢና ቈጺርናዮ። እነሆ ኸኣ እዝግሄር ትምኒትና ሂቡና ኣብዚ በጺሕና ኣሎና፣" በሉ ባሻይ።

ኣብ ገጽን ኩነታትን ሃብቶምን ግን ናይ ሓጐስን ምስጋናን ዘይኰነስ፣ ብቕጽበት

ናይ ሕርቃንን ብስጭትን ምልክት'የ ተራእዩ። በዚ ኸአ ኩሎም ብውጽኢት ናይቲ ንኽልምንቃ'ሞ ንኽሰልጦም ኢሎም ዝሓሰብም ዘረባ ሰግኡ። ባሻይ'ውን ነዚ ኣስተብሂሎምሉ'ዮም። ግን ከምዛ ዘይተርድኦም ዘረባኦም ብኸምዚ ቀጸሉ ፦ "በዚ ምኽንያት'ዚ እዚ ተጨዲሩ ዘሎ መርዓ ብሓጐስ ስኒትን መታን ክዛዘም ፥ ከነዘራርበካ ኢና ኩላትና ኣብዚ ተኣኪብና ዘሎና።"

"ንዓይ'ሞ'ዚ ብምንታይ ይምልከተኒ?" በለ ሃብቶም።

"ወላዲ እንዲኻ! እንታይ ኮይኑ'ዩ ዘይምልከተካ ሃብቶም?" ዝበላ ኣደኡ ወ/ሮ ለምለም'የን ነይረን።

"እንተ ዝምልከተኒ ደኣ ፍቓድ ምተሓተትኩን ፥ ዘረባይ'ውን ምተስምዐ ነይሩ'ደ! ነዚ ዝበለየን ብተደጋጋሚ ዝደኽምናሉን ዘሕረረናን ኣርእስቲ'ዚ ክትዛረቡ ኢኹም ንዘራረብ ኢልኩምኒ?!" በለ ከም እተገረመን ከኣምሞ ከም እተጸገመን ብዘርኢ ቃላት ፥ ኢዱ እናዘርግሐ።

"እንታ ሃብቶም ወደይ ኣብ ውዱኡን ከዉንን ነገር ክግበር ዝኽእል ለውጢ ከም ዘየሎ እናፈለጥካስ ፥ ሕራይ እንተበልካዮምን እንተበልካናን ንሕና ንሕጐስ ፥ እዞም ጨልዉ ይሕጐሱ ፥ እዝግሄር ከኣ ይሕጐስ። በጃኻ'ዚ ወደይ ሕራይ በለና ፥" በለ ኣደኡ ወ/ሮ ለምለም።

"ሓቃ'ያ'ደይ። ሕጂ ንድሕሪት ከይተመለስናን እንታይ መን ኢሉን ፥ መን ኣይበለን ካብ ንካታዕን ንታሓራረቕን ፥ ኣብዚ ዘሎ ውሁብ ኩነታት ንዘራረብ ፥" በለ ደርማስ።

ሃብቶም ንንእሽቶ ሓዉ ደርማስ ርእሱ እናነቕነቐ ቀው ኢሉ ጠመቶ።

"ብዛዕባ'ዚ ልዕሊ ዝግበኦ ተዘራሪብናን ወዲእናዮን ዓዲናዮን ኢና! ኣነ ግን ካልእ'የ ዝገርመኒ ፥" በለ ናብ ደርማስ እናጠመተ። እንደገና ንኽልኢታት ቀው ኢሉ ንደርማስ ጠመቶ። ሽዑ ፥ "እምበርዶ ንስኻ እቲ ቀደም ዝፈልጦ ደርማስ ሓወይ ኢኻ?" ኢሉ ሓተቶ።

"እወ ኣነ'የ እቲ ቀደም እትፈልጠኒ ደርማስ። ሓቂ ከዛረብ እንተ ኾይነ ፥ ንስኻ ኢኻ እቲ እንፈልጠ ሃብቶም ዘይኮንካ ዘሎኻ።"

"ድልየተይን ፍቓደይን ዘዘይከኖ ኩሉ እናገበርካ እምበኣር ከምኡ ከኣ ኢልካ?" በለ ሃብቶም ርእሱ እናነቕነቐን ኣስናኑ እናሓራቑመን።

"ስማዕ ሃብቶም ፡ ነዞም ደቅኽ ንስኻ ውለዶም'ምበር ንዓይ'ውን ደቀይ'ዮም። ንስኻ ዓቢ ሓወይ ኩን'ምበር ፡ ነዛ ተሪፋ ዘላ ስድራ ቤት ፋሕ-ፋሕ ከተብላ ክትደሊ ከለኻ ትም ኢለ ክርኢ ኣይክእልን'የ ፡" በሎ ብትርን ብቈራጽነትን።

"ኣቦይ! ሓው'ቦይ! እዛ ዘረባ ናብ ካልእ ኣርእስቲ ካብ እትኸደናን ካብ እነጋፍሓን ዘይንሕጽራ'ሞ?" ዝበለት ክብረት ኢያ ነይራ።

ክብረት ከምኡ ምስ በለት ኩሎም ኣቓልቦኦምን ገጾምን ናብኣ ጠወዩ። ድሕሪ ክብረት ከምኡ ኢላ ሓሳባት ምቕራባ ግን ፡ ንሳ ኣይነበረትን ነቲ ዘረባ ዝቐጸለቶ።

"ሓቃ ኢያ ክብረት ሓብተይ። ካብ ሕጂ ብዓል መንገዲ ንነሃሃር ፡ ናብቲ ኣትዩና ዘሎ ውራይን መርዓን ኣተኩርና ንዛረብ ፡" በለ ሳምሶን።

ክብረት ካብ ሓዋ ትቕብል ኣቢላ ፡ "መታን ከነሕጽራ ፡ እቲ ቀንዲ ከነዘራርበካ ዝደለናሉ ምኽንያት ኣሕጽር ኣቢለ ከቐምጠልካ ፡" ኢላ ናብ ኣቦኣ ጠመተት። ካብ ኣቦኣ ግን መልሲ ይኹን ምልክት ኣይረኣየትን።

ሽው ቅጽል ኣቢላ ፡ "ብሓጺሩ ኣብቲ መርዓይ ምሳና ሓቢርካ ክትውዕልን ክትምርቓንን ፡ ደጊመ ክሓተካን ክልምነካን'የ መጺአ ፡" በለቶ ክብረት።

"መታን ንዓይ ከሕርፉንን ናይ መወዳእታ ጋማ ዓወት ክኣስሩን ደልዮም'ዮም'ምበር ፡ እንዳ ተስፎም ንዓኺ ፈትዮምኺ ድዮም መሲሉኪ?" ዝብል መስደመምን መርዚ ዝተፍእን ዘረባ ደርበየላ።

"ኣነ ብዕድመ ካባኻ ይንኣስ'ምበር ዝፈትወንን ዘይፈትወንን ዘይፈልጥን ዘይርዳእን ኣይኰንኩን ፡" ምስ በለት።

"ኣቦ ንስኻ ጌና ብቈልዑና ከም ዘሎና ጌርካ ኢኻ እትወስደና ዘሎኻ። ሳላ ኣደናን ሳላ እንዳ ባባ ተስፎምን ዓቢናን ተማሂርናን ኢና ፡" በሎ ሳምሶን።

"ኣታ ቈልዓ!" በለ ሃብቶም።

"ኣታ ቈልዓ ኣይትበለኒ'ቦ! ቈልዓ ኣይኰንኩን! ክብረት ሓብተይ'ኮ ከም ወላዲ ከተኽብረካ ኢላ'ያ እዚ ኹሉ እትልምነካ ዘላ'ምበር ስለ ዝግበኣካ ኣይኰነን ፡" በለ ምስ መጾ ንድሕሪት ዘይምለስ ምኺኑ ክብረት'ምበር ካልኦት ዘይፈልጥዎ ሳምሶን።

"ስለ ዝግበኣካ ኣይኰነን ዲኻ ዝበልካ?" በለ ሃብቶም ሰራውሩ ተገታቲሩ።

"እወ ከምኡ'የ ኢለ! ንሕና ወይ ማማ ኣይኮናን'ኮ ንዓኻ ጠሊምናካ'ቦ፡
ንስኻ ንዓና'ኮ ኣቃይሕካ ንዓናን ነደናን ደርቢኻና ኢኻ፡ ተመጽወትቲ ሓንቲ
ተበላዪት ጌርካና ኢኻ፡ ምስ'ዞም ምስ ተጠለምና ፍቕርን ሓልዮትን ዘርኣየና
ስድራ ቤት ፡ መርዓ ክብረት ሓብተይ ክንፍጽም ንዓ ደስታ ጥራይ ዘይኮነስ
ክብረት'ውን'ዩ ዝስመዓና ፡" በለ ድምጹ ኣልዒል ኣቢሉ ፡ ነፍሲ ወከፍ ሪደል
እናጸቐ፡፡

ንሳምሶን ሓዋ ዝተቐበለቶ ክብረት'ያ ነይራ ፡ "ንሕና'ኻ ወላዲና ስለ ዝኾንካን
ከነኽብረካ ስለ ዝደለናን ፡ ነቲ እተፈጸመ ጌጋታትን በደላትን ይቕረ ኢልና ፍቓድካ
ንሕትት ዘሎናስ ፡ ንስኻ ክንድ'ዚ ከተሸግረናን ብላዕሊ ከትኩነልናን ብፍጹም
ኣይግባእን'የ ነይሩ!" በለት ክብረት ንሓዋ ብምድጋፍ፡፡

ባሻይን ደርማስን ወ/ሮ ለምለምን ፡ ብዘረባን ብርተዐን ሳምሶንን ክብረትን ተደነቑ፡፡
ነዞም ጬልዑ ብዙሕ ከፈልጥዎም ዕድል ከም ዘይገበሩን ከም ዘይነፍኡን ተረድኡ፡፡
በቲ ሓደ ወገን ሓላፍነቶም ብግቡእ ብዘይምውጽኦም ብኩራቶም ተሰምዖም፡፡ በቲ
ኻልእ ወገን ከኣ ደቄምን ናታቶምን ብሙሉእነቶም ኮርዑን ተሓበኑን፡፡

ሃብቶም ዝብሎ ጠፊእዎ ኣብ መቐመጢኡ ኣዕጠጠየ፡፡ ገጹ ታህ-ታህ ኢሉ ክርርጽ
ከኣ ኩሎም ተዓዘቡ፡፡ ኣብ መወዳእታ ዘላዎ ሓቦ ኣኻኺቡ ርእሰ ተኣማንነት
ብዘይብሉ ድምጽን ኣካለ ኩነትን ፡ "ጽቡቕ ገይሮም ንኹሎኹም ሓንጒልኩም
ሰሪጬሙኹም'ዮም፡፡ እንታይ ጌርኩም ከኣ ንስኻትኩም ፡ ወለደይን ሓወይን'ኻ
ምስ ደመኛታተይ ዝተሻረኹ ፡" በለ ብትሑት ድምጹ፡፡

"ካን ኮይኑካ ንሱ'የ መርጊጺኻ?" ሓተተት ክብረት፡፡

"ደቂ ጓለይ ብስሞም ከጽውዑ ሕራይ ኣይብልን'የ፡፡ ደመይ ምስ ደሞም ተሓዋዊሱ
ኣብ ሰራውር ደቂ ደቀይ ዑደት ክገብር ካብ ዝርኢ ሞት ይሕሸኒ!" በለ፡፡

"ኣቦ ኣይርደኣካን ድዩ ዘሎ ፡ ዋላስ ፈሊጥካ ኢኻ ከተጉሀየና ከምዚ ትተርርን
ትነቕጽን ዘሎኻ?!" በለቶ፡፡

"ሕጂ'ውን ደቂ ጓለይ ብስሞም ከጽውዑን ፡ ደቂ ወዱ ክኾኑን ካብ ዝርኢ ሞት
ይሕሸኒ!" ዝብል ገታር ዘረባኡ ደገመ፡፡

ሳምሶን ብሕርቃን ከትኮስ ደልዩ ስራውሩ ተገታቲሩ ፡ ዓይኑ ደም መሲሉ ብዶድ
በለ ፡ "ንዕናይ ክብረት ሓብተይ ንኽንቱ ኢኺ ትደኽሚ ዘሎኺ" ኢሉ ኢዱ
ሰደደላ፡፡

ክብረት ከአ ኢድ ሓዋ ሒዛ ፣ "ኬድና አቦሓጉይ ፣ ኬድና ዓባየይ ፣ ኬድና ሓዉ' ቦይ
ደርማስ፨ ደሓን እንቋዕ ንሕና ዝከአለና ገበርና፨ በዚ ብዙሕ አይሰማዕኩም ፣
አይትጉሃዩ ፣" ኢላ ናብ አቦአ ገጻ ከይጠመተት ንሓዋ ሒዛ ዕዝር በለት፨

ቄልቡ ምስ ወጹ ገዛ ዘይንቡር ጸጥታ ሰፈና፨ ደርማስ ከቢድአ ፣ "አነ' ውን
ክኸይድ ፣" ኢሉ ናብ ሓዉ ገጹ ከይጠመተ ከደ፨

በዚ ኸአ ርክብ ምስ ሃብቾም ተዛዘመ፨ ኩሎም ብሕልፊ ግን ዓበይቲ ወለዲ ፣
ብዘረባን መርገጽን ሃብቾም ሕርር ኩምትር በሉ፨ ከምዚ ይኹን' ምበር ድሕሪ' ቲ
ካብ ደቁ ዝወረዶ ዘሕፍርን መልሲ ዘይርከቦን ዘረባ ፣ ሕጂ' ውን ወለዱ ገለ
ደኾን ይጠዓስ ይኸውን ኢሎም ፣ ዋላ' ውን ጨልማልም እትብል ተስፋ ሒዘም
ጉዕዞአም ይቅጽሉ ነበሩ፨ ከምኡ ኢሉ ብዘይ ለውጢ መዓልታትን ሳምንታትን
ከሓልፍን ከጠቃልለን ፣ መዓልቲ መርዓ እናቐረበ መጸ፨

ሃብቾም ካብ ቤት ማእሰርቲ ካብ ዝወጽእ አትሓዙ ፣ ሓንጎሉን አተኩሮኡን አብ
ክልተ ኢዩ ተመቒሉ ነይሩ፨ ሓንሳብ በ' ልማዝ ዝገበሮ ሕኒን ይብል፨ ጽንሕ ኢሉ
ኸአ ናብቲ ናይ ኩሉ ጸገማተይን ሽግራተይን ቀንዲ ሃንዳሲ ኢዩ ዝብሎ ተስፎም
ብምስጋር ስኑ ይሓራቐም፨

ብናይ ሃብቾም ዝንቡዕ አረአእያ ፣ ተስፎም ነቲ መውስቦን መርዓን ዝደፍአሉ
ዝነበረ ፣ መውስቦ ደልዩ ዘይኮነስ Ⅰ በቲ ክሳዕ ሽዑ አብ ልዕለይ ዘውረዶ
መቕጻዕቲ ስለ ዘይጸገበኒ ፣ ዝያዳ ከጉህየንን ከበሳጨወንን ስለ ዝደለየ' የ ዝብል' የ
ነይሩ፨ በቲ መርዓ ገይሩ ኸአ አብ ልዕለይ ናይ መወዳእታ ጋማ ዓወት መታን
ከጉናጸፍ' የ ደልዩ ዝብል ዘይንቅነቅ እምነት ኢዩ አሕዲሩ ነይሩ፨

ናይዘም ክልተ ቀንዲ ጸላእቱ ጉዳይ መዕለቢ ከይገበረሉን ሕነኡ ከይፈደየን ከሎ ፣
እዚ ናይ ክብረት ጉዳይ ህሩግ ስለ ዝበሎ ተወሳኺ ጽቕጥን ጭንቀትን አሕደሮ፨
ዝመጽ ይምጻእ ኢሉ ናብ ናይ አልማዝ ጉዳይ ከየተኩር ፣ እዚ ናይ መርዓ ጉዳይ
እናተቓረበ ስለ ዝመጸ አድህቦኡ አተኩሮኡ ተመቓቐለ፨ አብ አልማዝዶ አብ
ተስፎም ከተኩር ፣ ናይ መጥም ከቃድም ዝብል ውሳነ ምውሳድ ተሸገረ፨

ስድራ ቤት ሓንሳብ ናብ አልማዝ ሓንሳብ ናብ ተስፎም ዝቐንዐ ፣ "ደሓን እንተ
ዘይተረአኢናስ ሃብቾም አይኮነንኩን ፣" ዝብል ዘረባን ፈኸራን ከደጋግም ይሰምዑዓ
ነበሩ፨ ካብኡ ናብኡ ግን በብቕሩብ ጽልኡን ፈኸርኡን ብዝያዳ ናብ አልማዝ

ከዘዙ ጀሚሩ ከም ዝንበረ ኣስተብሃሉ። በዚ ተተባቢያም ንሳቶም'ውን ዝያዳ ናብ
ኣልማዝ ንኽተኩር ብዝከኣሎም ብስልቲ ክኣልይዎ ጀመሩ። ደሓር ግን ፡ "ደሓን
ንሃብቶም ብጐዲም ካራ ሓሪድካ ዝንበር እንተ ኹይኑስ ክንርኢ ኢና ፡" ዝብል
ዘረባ በቐጻሊ ከደጋግም ምስ ጀመረ ኣዝዮም ከስከፉ ጀመሩ።

ኣብ ህይወታ ሓዳጋ ብምውዳቕ'ሞ እንታይ ጥቕሚ ከትረክብ ኢኻ? ንኣ
እንተ ቖቲልካያ ንስኽ ንሞት ወይ ንሕልፈት ከትፍረድ ኢኻ። እዚ ኽኣ ነቾም
ብሓባር ዝወለድኩሞም ከልተ ቄልዉ ካብ ምዝኽታም ሓሊፉ ፡ እንታይ ካልእ
ፋይዳን ረብሓን ከሀልዎ ኢሉ። ሕጂ ምስ ወጻእካ ተገንዚብካዮ ከም ዘሎኽ ፡
እዚ ወሊዱላ ዘሎ ሰብ ሓያል ተሰማዕነትን ጸግዒን ዘለዎ ሰብ'ዩ። ቅድም ነዚ
መርዓ ናይዘዎ ቄልዉ'ሞ ነሕልፍ ፡ ድሕሪኡ ዕቱብ መጽናዕቲ ጌርናን ጸግዒ
ዝኾኑና ሰባት ረኺብናን ብዕቱብ ንተሓሓዘ። ሽዉ ከም ድላይካ ጠልጠል ተብላ።
ካብኡ ዝተረፈ ግን ከየጽናዕናን ከይተቐረብናን ፡ ብስምዒት ጥራይ ሃንደራእ ኢልና
ንዝመንዝዓትና ገንዘብ ከንምልስ ከንብል ፡ ኣብ ዘይጸገምካን ኣብ ዘይሽግርናን
ከይትሽኽለናን ከይትሸመንናን ከንጥንቀቕ ኣሎና Ⅰ ስለዚ ቅሩብ ተዓገስ እናበሉ
ብቐጻሊ ይመኽርዎን የተሃዳድእዎን ነበሩ። ሃብቶም ንዘረባኣም ትም ኢሉ ድሕሪ
ምስማዕ መልሲ ከይሃብ ኩሉ ግዜ ናብታ ፡ "ደሓን ከንረኣኣ ኢና ፡" እትብል
ዘረባኡ ይምለስ ነበረ።

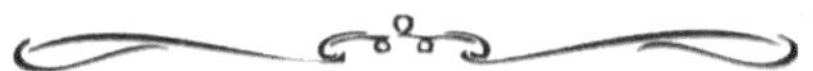

እንዳ ባሻይ ብዛዕባ መውስቦ ብሩኽን ከብረትን ዝምልከት ፡ ንሃብቶም ከረድእዎን
ሕራይ ከብልዎን ዝገበርዎ ፈተነ ኩሉ ከም ዝተጸንቀቐ ከይፈተው ከቐበሉዎ
ተገደዱ። ብኣኡ መሰረት ብዛዕባ እቲ ምስ ሃብቶም ዘካይድዎ ቑምነገር ዘይተረኽቦ
ናይ መወዳእታ ዝርርብ ፡ ንግራዝማችን ንተስፎምን ከነግርዎም ወሰኑ። ተራኺቦም
ብዛዕባ እቲ ጉዳይ ብሰፊሕ ምስ ተመያየጡ ተስፎም ከምዚ በለ ፡ "ምስኪናይ
ሃብቶም እዚ ኹሉ ዝገብር ዘሎ ን9ይ ዝረከብን ዝቐጽዕን ዘሎ መሲልዎ ኢዩ።
ስለዚ ንስኻትኩም ብወገንኩም ኩሉ እቲ ዝግበር ነገር ጌርኩም ኢኹም። ኣነ'የ
ከሳብ ሕጂ ሓንቲ ነገር ዘይገበርኩ።" በለ።

"ንስኻትኩም ዝገበርኩሞዶ ኣይዓብን። እዘም ቄልዉ ምእንቲ ከይሽገሩን ከይጸገሙን
ንስኽን ነፍሳ ይምሓር ከብርቲ በዓልቲ ቤትካን ኣብ ጐኖም ሳላ ጠጠው ዝበልኩም
እንድዮም ኣብዚ በዲሐም ዘለዉ ፡" በልዎ ባሻይ።

"እስከ ጽናሕ ጐይትኦም ሓወይ። ተስፎም ካልእ ከብል ዝደለየ'ዩ ዝመስል ፡"

ኢሎም ግራዝማች ገጾም ናብ ወይም ኣዞሩ።

ኩሎም ኣዒንቶምን ኣቓልቦኦምን ናብ ተስፋም ኣጸንቡ።

ሽዑ ተስፋም ፡ "እወ ንዓይ ከም ዝረኣየኒ ዘሎ ፡ ኣነ ብወገነይ ሓንቲ ክፍትና ዝግበኣኒ ነገር ዘላ ኹዩኑ እስመዓኒ።"

"ከመይ?" በሎ ደርማስ።

"ኣብ ባእስን ህልኽን ህወከትን ሰዓርን ተሰዓርን የለን። ኩላትካ ኢኻ እትሰዓር። ሃብቶም ግን ኣነ ዝሰዓርኩዎን ዘንበርከኽዎን ገይሩ ኢዩ ዝወስዶ ዘሎ። ስለዚ ሕጂ ኣነ ከይደ ተንበርኪኸ ይቕረ በለለይ እንተ ኢለዮ ፡ ከም ዘይሰዓርኩዎን በንጻሩ'ኳ ደኣ ንሱ ከም ዝሰዓረኒ ገይሩ እንተ ወሲድዎ ፡ ምናልባሽ ነዘም ጨልዑ ሕራይ እንተ በሎም እፍትን ፡" በለ ብኽቱር እምነትን ጨራጽነትን።

"ኣየ! ኣይ ልቡ'ንድዩ ኣትሪሩ ፡ ኣንታ ተስፋም ወደይ! ኣበይ ከገብረልካ? ንስኻ ደኣ ንኽንቱ ከትደክምን ከትሽገርን'ምበር ፡" በሎም ባሻይ።

"ደሓን ቁም ነገር እንተ ደሊኻ ከይደኽምካን ከይተሽገርካን መዓስ ይርከብ ባሻይ። ሓቁ'የ ተስፋም ድኽም ዝገብሮ የብሉን ፡ ይፈትን ደኣ። ኣነ ኸኣ ምስኡ ኸይደ ክሕግዞን ክልምኖን'የ ፡" በሎ ግራዝማች።

"ሕራይ በሎ እስከ ኣምላኽ ይተሓወሶ። እቲ ጎይታ እቲ ሃረርታኹምን ድኽምኩምን ይርኣየልኩም ፡" በሎ ባሻይ።

"ኣሜን ፡ ኣሜን ፡" በሎ ግረዝማችን ተስፋምን።

ብድሕሪኡ ብኽመይን ፡ በየናይ ኣገባብን ፡ መዓስ መዓልትን እንተ ገበርዋን ከም ዝሓይሽ ተመያይጦም ፡ ኣብ ምርድዳእ በጺሓም ተፈላለዩ።

ባሻየን ደርማስን ፡ ንሃብቶም ብኽመይ እንተ ነገርዎ ከም ዝሓይሽ ተማኺሩ። ግራዝማችን ተስፋምን ከመጹ'ዮም እንተ በሎም እቲ ፈተን ከይጀመረ ከይብርዕን ፈርሁ። ተቐዳዲሞ ንተስፋም ዝበሃል ክርእዮ ኣይደልን'የ ፡ ከመጺኒ'ውን ኣይደልዮን'የ ከይብሎም ተሰከፉ።

ኣብ መወዳእታ ግራዝማች ከረኽብዎ ከመጹ ምኺኖም ጥራይ ከሕብርዎ ወሰኑ።

ግራዝማች ኣበየናይ መዓልትን ሰዓትን ከም ዝመጹ ምስ ነገርዎ ዝኸለ ደጋዊ
ምልክት ከየርኣዮም ትም በለ። መዓልቲ ጨጸራ ምስ ኣኸለ ግራዝማችን ተስፎምን
ኣርኣያን ናብ እንዳ ባሻይ ኣምርሑ። ብዝተረዳድእም መሰረት ኣብ ጥቓ ገዛ
በጺሖም መኪናኦም ምስ ዓሸጉ ፡ ኣብ ጥቓኡ ኣብ ዝነበረ እንዳ ቤት ቀሓርሲ
ኣትዮም ን'ንዳ ባሻይ ደዋሎም ሓበርዎም።

ሽዑ ባሻይ ፡ ግራዝማች መጺኡ'ሎ'ሞ ክንቅበሎ ኢሎሞም ተተሓሒዞም ወጹ።
ደግ ምስ ወጹ ሃብቶም ሓደ ሰብ ዝጽበ ዝነበረ ሰለስተ ሰባት ረኣዮ። ብቅጽበት
ኣዒንቱን ገጹን ካብ ኣቦኡ ናብ ሓወ ፡ ካብ ሓወ ናብ ኣቦኡ ብምቅይያር
ኣፍጢጡ ጠመቶም።

"እንታይ ዲኹም ኢልኩምኒ?" በሎም ብውሽጢ መልሓሱ ድምጹ ኣትሒት
ኣቢሉ።

"ሓንሳብ'ሞ ጽናሕ ፡" በሎ ኣቦኡ ትርር ኢሎም።

ድሮ ናብኡም ገጾም ቀሪቦም ስለ ዝነበሩ ካልእ ቃል ከውጽእ ኣይጠዓሞን።

ሃብቶም ንተስፎም ካብታ ዝተፈርደላ መዓልቲ ንደሓር ይኹን ፡ ድሕሪ መቝረጽቱን
ሞት በዓልቲ ቤቱ መድህንን ርእይም ኣይፈልጦን'ዩ ነይሩ። ብተመሳሳሊ ተስፎም ፡
ንሃብቶም ድሕሪ ማኣሰርቱ ርእይም ኣይፈልጦን'ዩ ነይሩ።

ሃብቶም ብርሕቆ ንተስፎም ምስ ረኣዮ ከኣምን ኣይከኣለን። እቲ ካብ ዓለም
እንተ ኸኢሉ ባዕሉ ፡ እንተ ዘየሎ ብኻልኦትን ብኻልእን ሕማቅ ከረኽቦ ዝምነዮን
ዝደልዮን ዝነበረ ሰብ ፡ ናብ ሓደ ጐኒ ሰንደል እናበለ ናብኡ ገጹ ከጐዓዝ ምስ
ረኣዮ ፡ እተፈላለዩን ተጋራጨውትን ስምዒታት ዓሰልዎ። ልቡ ከሃርም ፡ ጡፍጣፉ
ከነቅጽ ፡ ጐርዐሩ ነተን ዝርካበን ጡፍጣፍ'ውን ምውሓጥ ከስእናን ሰውነቱ
ፈጥፈጥ ከብሎን ተፈለጦ።

ዝኾነኾይኑ ድሕሪ'ቲ እተፈናተተን እተፈላለየን ህይወቶም ፡ ንመጀመርያ
ግዜ'ዮም ገጽ ንገጽ ዝረኣኣዩ ነይሮም። ኣብ ክልቲኦም ኣብ ኣካላቶም ብዕደመን ፡
ሓደጋን ፡ ተነጽሎን ፡ ጓህን ፡ ብስጭትን ፡ እህህታን ዝሰዓበ ብዙሕ ርኡይ ለውጢ
ይረኣ ነይሩ'ዩ። እዚ ደጋዊ ለውጢ'ዚ ዝኾነ ሓላፍ መገዲ ካብ ርሑቅ ክዕዘቦ
ዝኽእል'ዩ ነይሩ። እቲ ዝዓበየ ለውጢ ግን እቲ ማንም ካብ ርሑቅ ክርኣዮ
ዘይክእል ፡ ኣብ ጠባዮምን ፡ እተሓሳስባኦምን ፡ ባህሮምን ፡ ውሻጠኦምን ተኸሲቱን
ማዕቢሉን ዝነበረ ስምብራት ናይ ለውጢ'ዩ ነይሩ።

በዓል ግራዝማች አብ ጥቓኣም ምስ በጽሑ ፥ ኩነታት ዘይተጸበዮ ኹይኑዋ ሃብቶም
ንውሱን ግዜ ተመዛበለ። ካብኡ ዝገደደ ኽኣ ተስፎም ሓሲብሉ ዝጸንሐ ፥ ግን
ከኣ ብሃንደበት ዝወሰዶ ስጉምቲ ኣሰንበዶ። ተስፎም ምስ ምርኩሱ ቅልጡፍ ስጉሚ
ውስድ ኣቢሉ ፥ ንግራዝማችን ኣርኣያን ቀዲምዎም ኣብ ሬት ሃብቶም በጽሐ። ዓይኒ
ዓይኑ እናጠመተ ኽኣ ፥ "ሃብቶም ከመይ ትኸውን?" በሎ።

እግዚኣቢሄር ይመስገን ንኽብሎ'ውን ግዜ ከይሃኖ ከይተጸበዮን ብቅጽበት ፥
"ሃብቶም ኣነን ንስኽን መተዓብይትን ጉረባብትን ኣሕዋትን መሻርኽትን ኢና
ኔርና። ተሃላሊኽናን ጸዮቝልናን ንኢስናን ፥ ልብና ስለ ዘተረርና ኣብ ሕማቕ ወዲቕና።
ንስድራ ቤትና'ውን ለኪምና። ሕጂ እዚ ጸይቒ'ዚ ናብ ደቅና'ውን መታን
ከይሰግርን ከይልክሞምን ፥ ንዝበደልኩኽ ኩሉ ይቕረታ ክትገብረለይ ተንበርኪኽ
ክልምነካ'የ መጺኣ። ግን ምስ እግረይ ከንብርከኽ ከም ዘይክእል ከትርደኣለይ ፥
ብስም ኩሎም ደቅናን እዞም ከቡራትን ለባማትን ወለድናን እናሓተትኩ ፥ ደጊመ
ይቕረ ከትብለለይ እልመነካ'ሎኹ!" ኢሉ ነታ ሰብ ዝሰርሐ እግሩ ኣብ ዘላቶ
ኣጸጊዑ ፥ ነታ ጥዕይቲ የማነይቲ እግሩ ንድሕሪት ብምስዳድ ርእሱን መንኩቡን
ንመሬት ደፍአ።

ተስፎም ምስቲ ዝነበሮ ኣካላዊ ስንክልና ፥ ተጾጊሙ ደኒኑ ስኡ ነኺሱን ከድፋእ
ምስ ረኣይዎ ፥ ደርማስን ኣርኣያን ከሕግዝዎ ወስ በሉ። ግራዝማች ብኢዶም
ንኽልቲኦም ብምኽልካል ፥ ቃል ከየውጽኡ ብዓይኖም ብምግናሕ ትም ከም ዝብሉ
ገበርዎም።

ሃብቶም ንውሱናት ካልኢታት ዝብሎ ጠፊእዎ ፥ ከብሎ ዝደለዮ'ውን ካብ ኣፉ
ምውጻእ ስኢንዎ ተዓኒዱ ተረፈ። ብድሕሪ'ቲ ናይ ካልኢታት ምግራምን ምድንጋርን
ግን ፥ ሃብቶም ከረጋጋእን ኣካላቱን ገጹን ከዛነን ከፈታታሕን ኣስተብሃሎ።

ተስፎም ኣእጋሩ ብጸገም ገታቲሩ ርእሱን ሕጌኡን ደሬኡ ከርእዮ ባህ ዝበሎ
ኹይኑ ተራእዮም። ኩሎም ብኹነታት ሃብቶም ተገረሙ። ተቕላጢፉ ወይ ሕቾ
ተስፎም ዘይምንጻጉ ፥ ወይ ይቕረ ይኹንካ ዘይምባሉ ደስ ኣይበሎምን። ኩሎም
ብሃንቀውታ ዓይኒ-ዓይኒ ሃብቶም ከፍትሹ መዋእል ዝመሰላኦም ካልኢታት ሓለፉ።

ተስፎም ተጋሂቲኑን ተደፊኡን ስለ ዝነበረ ፥ ጥዕይቲ እግሩ ግዜ ነዊሕዋን ሰራሕ
በዚሕዋን ፈጥ-ፈጥ ከትብል ተራእየቶም። ሽው ኣርኣያ ንሓዉ ከሕግዙ ስጉም ከብል
ከሎ ፥ ከምስታን ፍሽኽታን ሃብቶም ጠጠው ኣበሎ። "ምርኣይ እንቋዕ ከምዚሌካ
ረኣኹኽ! ግን ኣቓዲሞም ነጊሮምኒ ነይሮም እንተ ዝኾኑ ፥ ኣሽንኳይ ይቕረ
ከብለልካ ከርእዮ'ውን ኣይደልን'የ ምበልኩዎም ነይረ'የ!" በለ እናተነፋሕሐ

ብዓውታን ፡ ዓወት ከም ዝተጐናጸፈ ብዘስምዕ ቃናን።

ኣርኣያ ንተስፎም ከቘንዕን ጠጠው ከብልን ደገፎ። ተስፎም ትጽቢቱ ካልእ ስለ ዝነበረ ኣብ ገጹ ናይ ምግራምን ቅሬታን ምልክት ተራእዮ። ከምኡ ይሰመዖ ' ምበር ተስፋ ስለ ዘይጨርጸ ፡ ናይ መወዳእታ ፈተነ ከገብር ወሰነ።

"ግደፍ ሃብቶም ዋላ ንዓይ እንተ ዘይበልካ ፡ ምእንቲ ' ዞም ዓበይቲ ወለድናን ኣሕዋትናን ፡ ብሕልፊ ኸኣ ደቅና ይቕረታይ ተቐበለኒ ፡" ኢሉ ለመኖ።

"ኣንታ ሃብቶም ወደይ ካብዚ ዝያዳ ደኣ እንታይ ከገብርን እንታይ ከብልን ደሊኸዮ ኢኸ? ሕራይ ዘይትብሎን ዘይትብለናን?" በሉ ባሻይ።

ዘረባ ተስፎምን ወላዲኡን ንሃብቶም መሊሱ ኣንቀጾን ኣትረሮን። ንቛንዲ ጸላኢኡ ከይተንበረከኸ ዓወት ከም እተጐናጸፈ ገይሩ ግዲ ወሲድዎ ኸኣ መሊሱ ተነፋፍሐ። "ንምልእቲ ስድራ ቤተይ ሓቢልካ ኣንበርኪኸካዮም ኢኸ። ሕጂ ' ውን ይቕረታ ከብለልካ ደሊኸ መዓስ ኬንካ! ዘይ ኣነ ስለ ዝተረፍኩኸ ምሉእ ዓወት ከኸነልካ ፡ ከተንበርክኸኒ ኢልካ ኢኸ! በል ክርድኣካ ኣነ ካብ ሕጂ ንንየው ፡ ካብ ንዓኸ ክርኢ ወይ ምሳኸ ከዛረብ ወይ ኣብ ሓደ ዳስ ምሳኸ ኮፍ ክብል ፡ ዓሰርተ ግዜ ሞት ከም ዝመርጽ ፍለጥ! እዚ ኢዮ መልሰይ!" በለ ግትር ትርር ኢሉ። ከምኡ ኢሉ ንገዛ ከምልስ ስጉሚ ወሰደ።

"ካን ንሱ ኸወይኑ ዘረባኸ! ዋይ ኣነ ጐይትኦም!" በሉ ኣቦኡ ሕርር ኩምትር ኢሎም። ሃብቶም ከምዛ ዘይተዛረቡን ከምዛ ዘይሰምዖምን ስጉምቱ ከየቋረጸ ንገዛ ኣተወ።

ባሻይ ዝብልዎ ጠፍኦም። ኣብ ከንዲ ወዶም ሓፈሩን ተሸቖረሩን። ደርማስ ብወገኑ ኣንቅዓ እና ' ስተንፈስ ቃል ከየውጽአ ፡ ርእሱ ንየምንን ጸጋምን እና ' ንቀሳቐስ ንመሬት ተደፍአ። ክሳዕ ሽዑ ቃል ከየውጽኡ ዝከታተሉ ዝነበሩ ግራዝማች ፡ "ደሓን ባሻይ ብዙሕ ኣይትጉሃዩ። ኣርኣያ ንዓ ንሓዉኸ ውሰዶ። ኣነ ሓንሳብ ምስኦም ከጸንሕ ' የ።"

ኣርኣያን ተስፎምን ተተሓሒዞም ናብ መኪናኦም ኣቕነዑ። ደርማስ ዓይኑ በርበረ ተኸዲኑ ርእሱ ኣድኒኑ ደድሕሪኦም ሰዓበ። ከምኡ ኢሉ ቃል ከየውጽአ ክሳዕ መኪና ኣብጽሓም። ኣብ መኪና ምስ ኣተው በቲ መስኮት ድንን ኢሉ ፡ "በል ተስፎም ሓወይ ኣይትሓዘለና። እንታይ ክንብል ኬንና ፡ ሃብቶም ሓወይ ሰይጣን ' ዩ ሰሪርዎ ዘሎ!" ኢሉዎም መልሲ ከይተጸበየ ግልብጥ በለ።

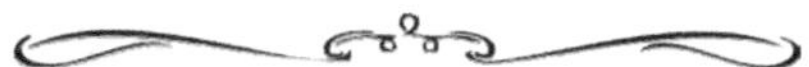

ግራዝማችን ባሻይን ተተሓሒዘም ናብ ገዛ አተው። ሃብቶም ገጹ አሲሩ ድሮ ኮፍ
ኢሉ ጸንሐም። አቦኡ ምስ ግራዝማች ብሓባር ከአተው ምስ ረአዮም ቅንዕ ኢሉ
ጠመቶም። ንኽልኢት አብ ገጹ ናይ ምግራም ምልክት ተራእየ። እንዳ ግራዝማች
ኩሎም ከይዶምለይ'ዮም ኢሉ ዝገመተ'የ ዝመስል ነይሩ። ብድሕሪኡ ብቕጽበት
ድንን ኢሉ ናብ ምጽዋቱ ተመልሰ።

ሃብቶም ካብ ዝእሰር ግራዝማች ክልተ ስለስተ ግዜ ከይዶም ርእዮም ነይሮም'ዮም።
ድሕሪ መቐረጽቲ ተሰዒምን ድሕሪ ሞት ሰበይቲ ወዶም ግን ፡ ሎሚ'ዮም ንፈለማ
ግዜ ዝርእይዎ ነይሮም። ግራዝማች ኮፍ ምስ በሉ ብቐጥታ'ዮም ናብ ዘረባኦም
አትዮም።

"ስማዕ ሃብቶም ወደይ። ብመጀመርያ ደረጃ በቲ ብተደጋጋሚ ዝወረደካ ሽግራት ፡
አዚና ሓዚንናን ጉሂናን ኢና። እዚ ኽአ አቦኽ ባሻይ ዝፈልጦን ዝምስክሮን
ሓቂ'የ።"

"ካብ ጐንና'ኺ ዘይተፈለኽ ፡" በሉ ባሻይ።

ግራዝማች እዝንን አተኩሮን ሃብቶም ከም ዝረኸቡ ምስ አረጋገጹ ኽአ ፡ "ብሓቂ
ከንዛረብ እንተ ዄንና ፡ ንአኻን ንተሰቢዮም'ኮ ጐይታ ዘይሃበኩም ጸጋ አይነበረን።
ከመይ ዝአመሰለ ደቀንስትዮ ብጾት ፡ ከመይ ዝአመሰሉ ጌልው ፡ ከመይ ዝአመሰለ
ስራሕን ንብረትን ፡ ልዕሊ ኹሉ ኽአ አብ ህይወትኩም ምሉእ ዘይጉዱል ሰላምን
ጥዕናን'የ ሂቡኩም ነይሩ። ግን ክልቴኹም ነቲ እተዋህበኩም ጸጋ አይዘከርኩሞን!
አይተጠቐምኩሞሉን! አየመስገንኩሞሉን! አብ ከንዳኡ ናብ ህልኽን ባእስን ፡
ናብ ዘየድልየኩም ዝያዳታትን ኢኹም አድሂብኩም።"

"ናተይሲ ፍሉይ'የ አቦይ ግራዝማች። ብኹሉ ንኽብደልን ንኽጥለምን'ምበር ፡
ጽቡቕ ክረክብ ዘይግብኡ ሰብ ገይሩ'የ ፈጢሩኒ።"

"ከምኡ አይትበል እዚ ወደይ። ነታ ነብስኽ ከም ናይ ካልኦት አምላኽ ኢዩ
ፈጢርዎ። እዝግሄር አይፈላልን'የ ፡ ንኹሉ ፍጥሩ ስለ ዘፍቅሮ ብሓደ ዓይኒ'የ
ዝርእዮ። ሰባት ስለ ዝኾንና ግን ኩላትና ክንጋገን ጸገም ክወርደናን ይኽእል'የ።
ከትልውጦ ዘይትኽእል ጸገም ምስ ጐነፈካ ግን ፡ ፍቓድካ ኮይኑ ኢልካ ምቕባልን
ምስ ነብስኽን ምስ እዝግሄርካን ምትዐራኽን'የ እቲ መንፍዓት።"

"ከመይ ገይረ'የ'ሞ ንአምላኽ ከቅበሎን ከተዓረጬን? ህይወተይን ዕጫይን ካብ

ሓደ መቕጻዕቲ ናብ ዝገደደ መቕጻዕቲ ጥራይ እናኸነ?" በለ ሃብቶም ብምረት።

"እቲ ናይ ኣምላኽ ከም ናይ ወድሰብ መቕጻዕቲ ጌርካ ኣይትውሰዶ እዚ ወደይ። ኣምላኽ ንኹሉ ፍጥሩ'ዩ ዘፍቅር። እቲ መቕጻዕቲ'ውን ንኽጐድኣናን ከሃስየናን ኢሉ ኣይኮነን ዘውርደልና። እንታይ ደኣ መታን ክፍትነናን ከምህረናን ፣ ብኣኡ ኣቢልና ኽኣ ልቢ ክንገብርን ኢሉ'ዩ ዝቐጽዓና። ብሓጺሩ እቲ መቕጻዕቲ ዝበልካዮ ካብ ከቱር ፍቅሪ እተላዕለ'ዩ። ስለ ዘፍቅረናን ካብቲ ዝኾንናዮ ዝሓሸና ክንኮነሉ ስለ ዝደልን'ዩ ዝገንሓና።"

"ኩሉ ተረፍ ዘይብለይ እናወሰደለይ ደኣ'ሞ ብኸመይ'የ የፍቅረኒ'የ ክብል?"

"ብመጀመርያ ደረጃ እቲ ወሲዱልና እንብሎ ኩሉ ብቐደሙ'ውን ናቱ ኢዩ። ካብኡን ብናቱ ፍቓድን ሳላኡን እተወሃብናዮን ዝረኽብናዮን'ዩ። እቲ ወሲዱልና እንብሎ ልቢ ጌርና ብደቂቕ ከነስተውዕሎን ካብኡ ትምህርቲ ክንቀስምን ኢዮ ዝግባእ። እንድሕር ብግቡእ ተማሂርናሉ ካብቲ ጐዲሉና እንብሎ ፣ እቲ እተመሃርናዮን እቲ በቲ ትምህርቲ እንረኽቦ ሰላምን ቅሳነትን ዕጋበትን ይዓቢ። ይመስለናን ንርስዖን ኴንና ኢና'ምበር ፣ ህይወትና'ኮ ልዕሊ ኹሉ ጥዕናን ሰላምን ጥራይ'የ ዘድልያ።"

"ኣየ ኣቦይ ግራዝማች። ኣነ'ሞ ብኸመይ'የ ካብቲ ዝወሰደለይ እቲ ዝሃበኒ ይዓቢ ኢለ ክኣምን?"

"ኣዕሙቝካ ከትሓስብ ኣሎካ መታን እዚ ክርደኣካ። ንደቅና ንምንታይ ዲና ኩሉ ዘዝሓተቱና ዘይንህቦምን ዘይንገብረሎምን? ካብ መስመር እንተ ወጹኽ ንምንታይ ዲና እንቐጽያም? እንድሕር ከሓርቀን ከሕምሞን ከበኽየን ጥራይ ኢልና ንቐጽያም ኣሊና ወለዲ ኣይኮንናን ማለት'የ። ንቐጽያም ግን መታን ከመሃሩልናን ዝሓሹ ሰባት ከኾኑልናን ካብ ዘሎና ባህጊ'የ። ካብቲ ዝቐጽዕዎ እቲ ንሓዋሩ ዝረኽቡዎ ትምህርትን ጥቕምን ይዓቢ። ኣባና ኣብ ዓብይቲ ኽኣ ጐይታ ከቐጽዓና ከሎ ኩሉ ካልእ ጠሪኡ ፣ ጥዕናን ሰላምን ቅሳነትን ፣ ናይ መንፈስ ርግኣትን እንተ ረኺብና ከተሓሳሰበናን ከጉሄየናን የብሉን።"

"ኣቦይ ግራዝማች ዘየተሓሳሰበንን ዘየጉሄየንን ደኣ እንታይዶ ሓዚ ተሪፈ'የ ኣነ?"

"ኣብ ዓለም እቲ ዝዓበየ ሃብትን ጸጋን ፣ ዕድመን ጥዕናን ሰላምን'የ። ልዕሊኡን ድሕሪኡን ዋላ ሓንቲ ነገር ዘድልየና የብልናን። ንኣኽ ኸኣ ዕድመን ጥዕናን ሂቡካ'ሎ። ሰላም ከኣ ኢዳ ዘርጊሓ ንዓ ዝወደይ ተቐበለኒ ትብለካ'ላ። ሕራይ እሺ በላ። ጐይታ ኢዱ እናዘርግሓልካ ከሎ ኢኽ እትሕሰሞ ዘሎኽ።"

"ተስፎም ወድኹም ንዓይ ዝገደፈልይ የብሉን አቦይ ግራዝማች ፡" ብምባል ነታ
ዘረባ ናብ ካልእ አንፈት አዐዘራ።

"ተስፎምከ እንታይዶ ረኺቡ'የ? አካለ ጐደሎ ኾይኑ። አነ አካለ ጐደሎ ከኾውን
ኢሉ ፡ ነቲ ዝወረዶ ምቅባል ስለ ዝአበየን ስለ ዘይተማህረሉን ፡ አምላኽ ብኻልእ
መጺእዎ። ከመይ ዝአመሰለት ወረጃን ለባምን ብጸይቲ አጥፊኡ። ድሕሪ'ዚ ኩሉ
ግን አምላኽ ሓጊዝዎ ፡ ነቲ ኸዉን ተቐቢሉ ተመስገን ኢሉ ይኸይድ አሎ። ንስኻ
ኸኣ ሕጂ ካብቲ ኩሉ ዝወረደኒ መከራ እንታይ ኢኻ ከትምህረኒ ደሊኻ በሎ
ንጐይታ ፡ ባዕሉ ከሕብረካን ከምህረካን ከምሕረካን'ዩ።"

"እነ'ሞ ፡" በለ ሃብቶም።

"ከውድአልካ 'ዝወደይ። ሕጂ ልብኻ አይተትርር። ቄምታን ቅርሕንትን ጽልእን
ንየው በሎ። አብ መንጐኹም አቲና ሕጂ እዝን እትን ከንብል አይንደልን። ግን
መን እንታይ ገይሩ ብዘየገድስ ፡ ይቅረ-ይቅረ ምባል እዝግሄርን ሰብን ዝፈትውዎ
ነገር'ዩ። መዓልታዊ አቡነ ዘበሰማያት ከንደግም ከሎና ፡ "ከምቲ ንሕና ንዝበደሉና
ይቅረ እንብለሎም ፡ ንስኻ ኸኣ በደልና ይቅረ በለልና ፡ ዶይኮነን እንብል?"

"አቦይ ግራዝማች እዚ ነገር'ዚ ነዊሕ ብዙሕን'የ ሓሲበሉ። በዓል'ቦይ ፡
መተአስርተይ ፡ ደቀይ ኩሎም አምሪሮም ተዛቦምኒ'ዮም። በዛ ጉዳይ እዚኣ
አይትምጽኡኒ ፡ መሊስኩም ቁስለይ አይትጉድኡኒ እየ ኢለዮም። ናይ ተስፎም
ይቅረታ ግን ጨሪስ ዘይቅበሎን ዘይሓስቦን ምኽኑ ከትፈልጡ አሎኩም ፡" በሎም
ብትሪ።

"ደሓን እዚ ወደይ። እዚ ናይ ተስፎም ይቅረታ ጨሪሱ ዘይወሓጠልካ እንተ
ኾይኑ ፡ እንተ ጸንሐን እንተ ተረፈን'ውን ጸገም የብሉን። ናይ'ዘም ጨልቡ ጉዳይ
ግን ሕሰበሉ ሓደራ። ደቀኻ ኢዮም። ዝበደልዋን ዝአበስዋን የብሎምን። ሰብ
መዓልቲ ኸኣ ኢዮም። ስለዚ መታን ደስ ከብሎም ኢልካ ሕሰብ 'ዝወደይ። ካብዚ
ዝያዳ ብምዝራብ ከሽግረካ አይደልን'የ። አምላኽ ጽቡቅ የሕስብካ ዝወደይ!"
ኢሎም ጽቡቅ ዘረባ ተዛሪቦም ነታ አርእስቲ ከዓጽውዋ መረጹ።

ሽዑ ብድድ ኢሎም ፡ "በሉ አነ ከኸይድ ሕጂ።"

ባሻይ ትንስእ ኢሎም ፡ "በል ከብረት ይሃበልና ግራዝማች። እዚ ማዕዳኽን
ምኽርኽን እስከ አብ ልቡ የሕድሮ ፡" ኢሎም ወጺኦም አፋነውዎም።

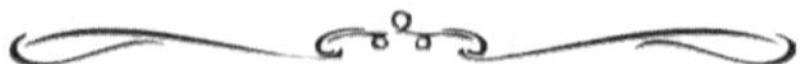

ሃብቶም ብኹሉን ካብ ኩሉን ምኽርን ማዕዳን ክረክብ ዕድል'ኳ እንተ ነበሮ ፣ ንሱ ግን ከጥቀመሉ ኣይከኣለን። እኳደኣ እናሓሸ ከንዲ ዝኸይድ ፣ ልቡ እና'ትረረን ጽልኡን ቂምታኡን እና'ኸሓነን ከደ። ብስንኩ እኳ ኩነታት ሃብቶም ከመሓየሽ ዘይኮነ ከገድድ ተራእየ። መርዓ ከቐርብ ምስ ጀመረን እቲ ምድላዋት ከካየድ ብዝረኣዮ ቁጽርን ፣ ውሽጣዊ ጽቕጢ ከማዕብልን ዓቕሊ ከጽብብን ጀመረ። መርዓ ደቄም ከልተ ወርሒ ጥራይ ተረፎ።

ኣብ ቤት ማእሰርቲ ከሎ ናይ ድቃስ ዝበሃል ጸገም ዘይነበሮ ፣ ሕጂ ድቃስ ከኣብዮን ድቃስ እንተ ወሰዶ ከኣ እናሻዕ ከስንብድን ከሀተፍትፍን ጀመረ። ስንቢዱ ከትንስእ እንከሎ ፣ ኣካላቱ ብሙሉኡ ብረሃጽ ይሕጸብ ነበረ። ልቡ እኳ ተረጊ-ተረግ እናበለት ካብ ውሽጢ መስንገለኡ ፈንጢሳ ከተውጽእ ዝደለየት ኮይኑ ይስምዖ ነበረ።

ለይቲ ብዘይ ዕረፍትን ቅሳነትን ስለ ዝሓድር ዝነበረ ፣ ንግሆ ምስ ተንስአ ዓይኑ ደም ተኸዲኑ በረበረ መሲሉን ይትንስእ ነበረ። ብኣኡ ምኽንያት ከኣ ወጅሁ ተደዊኑን ተዳሂሉን ዝረአዮ ኹሉ ፣ "ተጸሊኡካ ድዩ? ደሓን ዲኻ?" ከብሎ ጀመረ።

እዚ ናይ ሰባት ዘይውዳእ ሕቶታት ከኣ መሊሱ ቬለጭ የብሎን የባሳጭዎን ነበረ። ሕቶታቶም ካብ ሓልዮትን ተገዳስነትን እተላዕለ ምንባሩ ረሲዑ ፣ ቁርጽ-ቁርጽ ብዝበለን ከም ዘይተሓጉስ ብዘስምዕን ኣገባብ ይምልሰሎም ነበረ። እቶም ሓተትቲ ፣ "ዘይሕተት ዲና ሓቲትና?" ኢሎም ቀባሕባሕ ይብሉን ይስንብዱን ነበሩ።

ሃብቶም ቅድሚኡ ዘይነበሮ ድሮ ብዙሕ ነገራት ከርስዕን ከዋቬዖን ጀመረ። ሰራሕተኛታት እንዳ ባኒ ኩሎም ነዚ ለውጢ'ዚ ከስተብሀሉ ጀመሩ። ደርማስ ቅድሚ ኩሉ ሰብ ስለ ዘስተብሃሎ ከስከፍን ከሻቐልን ጀመረ። ምቅርራብ መርዓ ብምሉኡ ኣብ እንግድዓኡ ስለ ዝነበረ ግን እኹል ኣቓልቦ ከሀቦ ኣይከኣለን።

ባሻይን ወ/ሮ ለምለምን'ውን ብውሱን ደረጃ ይኹን'ምበር ፣ እዚ ለውጢ'ዚ ኣስተብሂሎምሉ ነይሮም'የም። ማዕረ ንብይኑ ከዛረብን ኢዱ ከወሳውስን'ውን ከርኢዮም ጀሚሮም ነይሮም'የም። ወለዲ ኩሉ ግዜ ብተስፋ ስለ ዝነብሩ ፣ ገለ ደኾን እቲ እምቢታኡ ይስምዖ ሃልዩ ኹይኑ'የ ኢሎም ይትስፈው ነበሩ።

ብኽልእ ወገን ከኣ እቲ ኹሉ ዓመታት ዝተኣስሮ ፤ እቲ ኩሉ ንብረት ዝኸሰሮ ፤

ኣልማዝ ዘውረደትሉ ጥልመት ፲ ሕጂ ኸኣ መርዓ ክብረት ተወሲኻም ፤ ኩሉ
ተደማሚሩ ምኽኣል ስኢንዖ ኣእምሮኡ ከይስሕት'ውን ቅሩብ ከስከፈን ከሰግኡን
ጀመሩ።

ኩነታት ሃብቶም ካብ መዓልቲ ናብ መዓልቲ ንደርማስ ከሰክፎ ጀመረ። ብዙሕ ግዜ
ኣነ ብህይወተይ ከሎኹ ከውረስ ፤ ዝብል ኣዘራርባ ከደጋግም ምጅማሩ ኣስተብሃለ።
ካብ ቤት ማእሰርቲ ብምውጽኡ ከንዲ ዝሕጉስን ዝቐስንን ፤ ምስ ወጸ ብዝያዳ
ከሓርቕን ከበሳጮን ከቓዝንን ጀመረ።

ደርማስ ኩሉ እቲ ኹነታት ኣብ ግምት ብምእታው ከሻቐል ጀመረ። ደርማስ ሓደ
መዓልቲ ካብ ድቃሱ ከበራብር ከሎ ኣትሒዙ ሓንቲ ሽገርገር እተብል ሓሳብ ሒዙ
ተንስአ። መንቀሊ ናይታ ሓሳብን ብኽንድኡ ደረጃ ምሽቓሉን ኣይተረድኦን። መታን
ካብታ ሻቐሎት ከገላገል ፤ እታ ስክፍታኡ ርትዕን ከውንነትን ከም ዘይብላ ንነብሱ
ከርድኣ እንተ ፈተነ ግን ዕጭ ሓንፊፉ ምኽድ ኣበየቾ።

መጀመርያ ኣብ ልዕሊ ተሰፎም ወይ ኣልማዝ ሕማቕ ናይ ሕነ ምፍዳይ ስጉምቲ
ከይወሰድ ዝብል ሓሳብ ከሻቐሎ ጀመረ። ንተሰፎም ናይ ምጉዳእ ተኽእሎ ቀልጢፉ
ኣዋዲቐ ናብ ኣልማዝ ሰገረ። እቲ ሓሳብ'ቲ ኣብ ፈለማ ምስ መጸ ዳርጋ "ንዓኣስ
ባዕላ ትፈልጦ ይግበአ ኢዩ ፤" ኢሉ ነይሩ። ሽዑ ንሽዑ ግን ፤ "ዋይ በስምኣብ
ወወልድ ወመንፈስ ቅዱስ! ዋላ ኣልማዝ ትኹን'ምበር ህይወት ከጠፍእ?!
መን ምኽኑን ግብሩን ብዘየገድስ ፤ ህይወት ከጠፍእዶ ትምነ ኢኻ?" በላ
ንነብሱ። ኣስዕብ ኣቢሉ ኸኣ ፤ "ናታ ጽልኢ ኣዕዋፍ'ንስ ነቦም ንዱሃት ደቁ ሓወይ
ከርስያም? ኣደ ከስእኑ? ከዝኽትሙ?" ኢሉ ንነብሱ ገንሓ።

ካብ ኣልማዝ ናብ ኣልጋነሽ ሰገረ። ዘይ ንባ'ያ ንጓለይ ናብ እንዳ ተሰፎም
ተእትዋ ዘላ ይብል ስለ ዝነበረ ከይጎድኣ ተሻቐለ። ብድሕሪኡ እቲ "ሞት
ይሓይሽ ፤" እናበለ ዝደጋግሞ ዘረባ ምስ ዘከረ ኸኣ ህይወቱ ከይጎድእ ሰግአ።
እዚ ተኽእሎታት'ዚ ንደርማስ ከሻቐሎ ጀመረ።

እቲ ልዕሊ ኹሉ ንሻቐሎቱ ዘዕረጎን ዘርዓዶን ግን ፤ መታን ንተሰፎምን ንኹሉምን
ባህ ከየብል ኣብ ልዕሊ'ቶም ጨሉ ገለ ጉድኣት ከይፍጽም ዝብል ሓሳብ ምስ
መጸ ኢዩ። እዚ ናይ መወዳእታ ሓሳብ ከመይ ከም ዝመጸቶ ኣይተርድኦን ፤ ግን
ከኣ መዓልትን ለይትን ካብ ሓንጎሉ ምልጋስ ኣበየቾ።

ንበይኑ ነዚ ሓሳባት'ዚ ከውርድን ከደይብን ሓያሎ መዓልታት ብስቓይ ኣሕለፈ።
እቲ ጾር በይኑ ምስካም ምስ ሰኣኖ ግን ንወላዲኡ ከተንብሃሎም ወሰነ።

እቲ ምስ ተሰፍዖ ከፈላለዩ ኸለው "ናዜዚ ሕነ ዘፈድየሉ መዓልቲ ከም ዘመጽእ
ዘክር፣" ዝበሎ ☰ ብድሕሪኡ ፋብሪካ ናይ ምቕጻል ዝወሰዶ ጽሎልን ዐሙትን
ስጉምቲ ☰ ብተወሳኺ እቲ ኣብ ቤት ማእሰርቲ ኸሎን ምስ ወጸን ዝዛረቦ ዝነበረን
እተዛረቦን ኩሉ ጠቒሱ ፣ ንባሻይ ስክፍታኡን ሻቕሎቱን ገለጸሎም።

ባሻይ ንወዶም ይፈልጥዎ ስለ ዝነበሩ ፣ እቲ ደርማስ ዘቕርቦ ዝነበረ ስክፍታታት
ተኽእሎታት ከም ዝነበሮ ፣ ቀልጢፉ ተረዲኦዎም ተቐበሉዎ። እታ ጉዳይ ኣብ
ክልቲኦም ሒዞም ብቓረባ ከከታተልዎን ሓበሬታት ከለዋወጡን ተሰማምዑ።

ካልእ ንደርማስ ኣዝያ ከተሳቅፎ ጀሚራ ዝነበረት ሓዳስ ተርእዮ እውን ነይራ'ያ።
ኣብቲ መጀመርያ ዝወጸሉ መዓልታት ሃብቶም ንገዛኡ ፣ ኣብ ግዜ ቀትሪ ጥራይ'የ
ሓሓሊፉ ዝኸይድ ነይሩ። ኣብ ዝሓለፈ መዓልታት ግን ንገዛኡ ምሽት ከይዱ ፣
ኣብኡ ኣብታ ናይ ቀደም መደቀሲቱ ሓሓሊፉ ክሓድር ጀሚሩ ነይሩ'የ። ካብታ
ምስ ማናቱ ደቁ እተሓራረቐላን እተነሃሃሩላን መዓልቲ ንደሓር ፣ ንኽብረት ይኹን
ንሳምሶን ኣየዛርቦምን ኢዩ ነይሩ። እተን ብኽንደይ ልማኖ ዝርከባ ቋንጣሮ
ዘረባኡ'ውን እንተ ኾና ፣ ምስቶም ናእሽቱ ደቁ'የ ፈይ-ፈይ ዘብለን ነይሩ።

እዚ ኣብ እንዳ ኣልጋነሽ ኬድካ ናይ ምሕዳር ሓድሽ ተርእዮ ፣ ንደርማስ ምስቲ
ኣዝዩ ርጒድዋ ዝነበረ መሊሱ ድቃስ ከልኦ። ከይፈተወን ሕማቕ እናተሰምዖን ፣
ነ'ልጋነሽን ንኽብረትን ንሳምሶንን ከጠንቅቜም ተገደደ። ምስ ኣልጋነሽን ዓበይቲ
ደቃን ፣ ከምኡ'ውን ምስ ወላዲኡ ድሕሪ ምምኻሩ ፣ ብመጠኑ ውሱን ዕረፍትን
እፎይታን ረኸበ።

ኩሎም ከኣ ብሓባር እቲ ምንጪ ሓጒስን ዕልልታን ሰላምን ፍቕርን ክልቲኡ ቤተ
ሰብ ከኹፎኖሎም ዝበሃግዎ መውስቦ ፣ መኽልፍ ከይረከብን ናብ ሓዘን ከይልወጥን
ዝከኣሎም ከም ዝገብሩ ንደርማስ ቃል ኣተውሉ። ብዓቢኡ ኸኣ እግዚኣቢሄር
ካብ ከምኡ ዝኣመሰለ ሕማቕ ነገር ክኸውሎም ፣ ኩላቶም ንኣምላኾም ከጽልዩን
ክልምኑን ጀመሩ።

ባሻይ ኣብ ልዕሊ ዘላታ ተወሰኽታ ኮይኑዎም ፣ ኣብ ልዕሊ'ቲ ናይ ቀደም
ጽቕጢ ደምን ናይ ብርክን ኣእጋርን ሕማሞም ፣ ብድርቀትን መንፋሕትን'ውን
ከሳቆዩ ጀሚሮም ነበሩ። ከምዚ ይኹን'ምበር ሕጂ'ውን ኣሕማልቲ ዝበሃል ቅርብ
ኣይብሉን ነበሩ። ኣብ ልዕሊ'ዚ እቲ ደርማስ ዝነግሮም ዝነበረ ሻቕሎትን ስክፍታን
ተወሲኽዎ እዚ ናይ ለይቲ ድቃስ'ውን ከስእንዎ ጀመሩ። ወ/ሮ ለምለም ከኣ

ሃብቶም ወደን ሕራይ ዘይምባሉ ፤ ነቲ ዝጽበያN ዝነበራ መዓልቲ ሓጎስን እልልታን
ኣንጸላልዩለን ስለ ዝነበረ ፤ እታ መርዘነን እናሻዕ ከተጥቅðን ጀመረት።

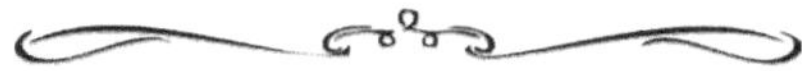

ኩነታት ሃብቶም ከይተመሓየ∫ ከምዚ ኢሉ ኸሎ መርዓ 45 መዓልቲ ተረፎ።
ሃብቶም ካብ እንዳ ባኒ ወጺኡ ኣብ ሓሳብ ተዋሒጡ ኢዱ እና'ዋሳወስ ፤ ነቲ
ኣብ ቅድሚ ስራሓም ኣብ ፊት ዓቢ መስጊድ ዝነበረ ዓቢ ጎደና ይሰግር ነበረ።
ቀዳም መዓልቲ ኢዩ ነይሩ። ኣብ ኣስመራ ቀዳም ቀንዲ መዓልቲ ዕዳጋ ስለ ዝኾነ ፤
ካብ ካልኦት መዓልታት ጸዕቂ ምንቅስቓስ ሰብን መካይንን ዝረኣዮ መዓልቲ ኢዩ።

ሃብቶም ኣብ ማእከል ጽርግያ ከበጽሕን ፤ ሓደ ምስ ካልኣዩ እናዕለለ ብፍጥነት
ዝሕምበብ ዝነበረ በዓል መኪና ኣብኡ ከበጽሕን ሓደ ኾነ። ሃብቶም ፈጺሙ
ምስ ውሃኡ ስለ ዘይነበረ ፤ መኪና ዳርጋ ኣብ ጥቓኡ እናቐረበት ከላ ጨሪሱ
ኣየስተብሃለላን። በዓል መኪና ልጓም መኪናኡ ብቅጽበትን ብሓይልን ብምሓዝን ፤
መዘወሪ መኪናኡ ብሓይልን ብምሉእን ንጸጋም ብምዕጻፍን ፤ ንስኸላ ንሃብቶም
ከይተንከፎ ናብቲ ብመንጽሩ ዝነበረ መንደቕ ተሓምበበ።

ሃብቶም ከምዚ ህይወቱ ከጥፍእ ዝኽእል ሓደጋ ኣጋኒፍዎ ዘይነበረ ድምብርጽ
ከይበሉ ምስጋሩ ቀጸለ። በዓል መኪና ነቲ መንደቕ ብናይ ቅድሚት መኪናኡ
ብምግጫው ጠጠው በለ። ግልብጥ ኢሉ እንተ ረኣየ ፤ ሰብኣይ ከም'ዛ ሓንቲ
ዘይተረኽበን ህይወቱ ንምድሓን ቃልሲ ዘይተኽየደን ፤ ትም ኢሉ ስጉምቱ ከቕጽል
ምስ ረኣዮ ከኣምን ኣይከኣለን። ሽዑ እምበኣር ሓሙም ኢዩ ነይሩ እዚ ሰብኣይ
ኢሉ ደምደመ።

ብቅጽበት ብዙሓት ሰባት ደሓን ዲኻ ከብልዎ ዓጐቱዎ። ኣነ እዝግሄር
ኣውጺኡኒ'ሎ ደሓን'የ። እንቋዕ ጥራይ ኣይሃረምኩዎ ፤ ንናይ ኣእምሮ ሓሙም
ቀቲለ ድርብ ጓሂ ምኾነኒ ነይሩ በሎም። ሽዑ ካብቶም ተኣኪቦም ዝነበሩ ንሃብቶም
ዝፈልጥዎ ስለ ዝነበረ ፤ ጥዑይ ምዃኑን ዋና እቲ እንዳ ባኒ ምዃኑን ምስ ሓበርዎ
ከኣምኖም ኣይከኣለን።

ደርማስ ኣብቲ ሰዓት'ቲ ኣብ እንዳ ባኒ'ዩ ነይሩ። ሓዉ መኪና ንስኸላ ከም
ዝበሰሓተቶ ዝፈልጥዎም ሰባት እናጐየዩ መጺኦም ነገርዎ። ደርማስ እናጐየየ እንተ
ኸደ ድሮ ሃብቶም ካብቲ ቦታ ማሕዲጉ ደኒኑ ከጐዓዝ ረኣዮ።

እቶም ኣብኡ ዝነበሩ ሰባት እቲ ተረኺቡ ዝነበረ ኹነታት ብዝርዝር ምስ ገለጽሉ ፤

ደርማስ ከይዱ ነቲ በዓል መኪና ይቕረታ ከገብረሎም ተማሕጸኛ። ሓዉ ነዊሕ
ማኣሰርቲ ከም ዘሕለፈን ፣ ሕጂ ኽኣ ኣብ ኣዝዩ ከቢድ ጭንቀት ስለ ዝነበረን
ምኽኑ ኣረዲኡ እንደገና ይቕረታ ሓቲቱ ተፋነዎ።

ንስራሕ ከይዱ መኪና ኣልዒሉ ደድሕሪ ሓዉ ሰዓበ። ሃብቶም ደኒኑ ኢዱ
እናዋዘወዘን ፣ ብትሕቲ መልሓሱ ምስ ነብሱ እናተሃረበን መገዱ ይቕጽል ነበረ።
መኪና ብቕድሚኡ ጠጠው ኣቢሉ ንሃብቶም ደው ኣበሎ።

ንሓውኽ መኪና ሃሪማቶ ነይራ ኢሎም ስለ ዝነገርዎ ሰንቢዱ ከም ዘርከቦን ደሓን
ምኽኑን ሓተቶ። ሃብቶም ካልእ ቃል ከይወሰኽ ብሓንቲ ፣ "ደሓን'የ ፣" እትብል
ቃል መለሰሉ። ኣብ ገጽ ሃብቶም ሓዉ ካብቲ ዝቓነየ ወጅሁ ተመሓይሹ ፣ ርኡይ
ርግኣትን ሰላምን ከንጸባረቕ ዝረኣየ ኩዖኑ ተሰምዖ። እዚ ኩነት ኣእምሮ ሓዉ
ኽኣ መሊሱ ኣደናገሮ።

ዝኾነኾይኑ እንቋዕ ኣውጻኣናን ጽቡቕ ረኣኹዎን'ምበር ፣ እንታይ ዘሰክፍ ኣሎኒ
ኢሉ ሓሰበ። እሞ ከብጽሓካ ወይ ናብቲ ትኽዶ ዘሎኽ ከካይደካዶ ኢሉ ሓተቶ።
ሃብቶም ግን ቃላት ከይተጠቐመ ርእሱ ብምንቕናቕ ብኣሉታ መለሰሉ። ሃብቶም
ሓንሳብ እንተ ኢሉ ከም ዘይቅይራ ስለ ዝፈልጥ ፣ ዌ.ገዲፍዎ ናብ መኪናኡ
ተመለሰ።

ሽው መዓልቲ ሃብቶም ንስራሕ ድሕሪ ክልተ ሰዓት ተመሊሱ ኣብ ስራሕ ኣምሰየ።
ኣብ ስራሕ'ውን ሃብቶም ኣዝዩ ተዓጊሱን ተቐዲሱን'የ ኣምሰዩ። ነዚ ዘስተብሃለ
ደርማስ ፣ ኮን-ደኾን ካብቲ ኣጋጢምዎ ዝነበረ ሓደጋ ብሰላም ብምውጽኡ ፣ ገለ
መንፈሳዊ ብልጭታ ናይ ጣዕሳ ወሪድዎ ይኸውን ኢሉ ተተስፈወ። ሃብቶም ሰዓት
ትሸዓተ ምስ ኮነ ንገዛ ን'ንዳ ኣልጋነሽ ከደ።

ኣብ ገዛ ምስ ከደ'ውን ደቁ ይኹኑ ኣልጋነሽ ፣ ኣብ ገጽ ሃብቶም ከገልጽዎን
ከጭብጥዎን ዘይከኣሉ ናይ ሰላምን ርግኣትን ምልክት ዝረኣዩ ኩዖኑ ተሰመዖም።
ኣብ ከንዲ እቲ ከርእዮም ከሎ ገጹ ዝጽወጉን ኣስናኡ ዝሓራቕሞን ዝነበረ ፣
ዋላ'ኳ ብማሕላ ከረጋግጽዎ ዝኽእል ኩነታት ኣይንበር'ምበር ገለ ለውጢስ
ኣስተብሂሎም ነይሮም'ዮም።

ብኽምዚ ኩነታት ኣምሰዮም ኩሎም ነናብ መዳቐሶኣም ሓለፉ። ከምቲ ምስ
ደርማስ ኣቐዲሞም ዝተረዳድእዖ ፣ ሽው ምሽት'ውን ኩሎም መመዳቐሶኣም

ዓጽዮም'ዮም ደቂሰም። ከም ልምዲ ሃብቶም ኩሎም ከትንስኡ ከለዉ ድሮ ተንሲኡ ከይዱ ኢዩ ዝጸንሓምነይሩ።

ሽው መዓልቲ ግን ምስ ተንስኡ መደቀሲ ሃብቶም ተዓጽዩ ምንባሩ ኣስተብሃሉ። ቁርስም ከሳዕ ዝጨራሩ ከትንስእ ተጸበይዎ። ድሒሮም ግን ምናልባሽ ከወጽእ ከሎ ዓጽይዎ ከይዱ ከይከውን ስለ ዝተጠራጠሩ ሳምሶን ከይዱ ፈተዎ። ማዕጾ መደቀሲ ሃብቶም ብውሽጢ ተረጊጡ ተዓጽዩ ከም ዝነበረ ኣረጋገጸ።

ሽው'ዮም ከስከፋን ከጠራጠሩን ዝጀመሩ። ድሕሪ ቅሩብ ትጽቢት ከኹሕኹሕዎ ወሰኑ። እንተ ኳሕኳሑ ግን ድምጺ ዝበሃል ሰኣኑ። ሽው ኩሎም ተሰናቢዶም ናብ ደርማስ ስልኪ ደዊሎም ጸውዕዎ። ደርማስ ተቐላጢፉ መጸም። ምስ ሳምሶን ኮይኖም ማዕጾ ብሓይሊ ሰበርዎ። ማዕጾ ከሰብርዎን ሃብቶም ህይወቱ ከም ዘጥፍአ ከርእዩን ሓደ ኾነ።

ሃብቶም እዚ ናይ ርእሰ ቅትለት ሓሳባት ከመላለሶን ከሰላስሎን ካብ ዝጅምር ንደሓር ፡ ሓንጐሉ ኣብ ክልተ ዝተመቐለ ኾይኑ'ዩ ዝስመዖ ነይሩ። እቲ ሓደ ክፋሉ ናቱ ፡ እቲ ካልኣይ ክፋሉ ከኣ ዘይናቱ። እቲ ሽው ምሽት ነቲ ስጉምቲ ከወስዶ እናተቐራረበ ሽሎ ምስቲ ዝተመቓቐለ ሓንጐሉ ከምዚ ዝብል ከትዕ የካይድ ነበረ።

እቲ ቀዳማይ ክፋል ፡ "ነዚ መደብ'ዚ ኣነ ባዕለይ'የ ካብ ብንግሆኡ ሰሪዐዮ ፡" ከብል ከሎ Ι እቲ ካልኣይ ክፋል ከኣ ፡ "ወሪዱካ ንስኻ ደኣ በየናይ ዓቕምኽን ትብዓትካን Ι ነዚ ብስሩ ዘሰርያን ዘመርሓን ዘተግበሮን ፡ እቲ ንዓኻ ዘሰረርካን ሓንጐልካ ዘሰረቐካን እተጨዳጸርካን ሲዩጣን'የ ፡" ይብሎ ነበረ። እቲ ቀዳማይ ክፋል ፡ "ስቕ በል በጃኽ ሲዩጣን ገለ ኣይትበል ፡ ባዕለይ'የ ኮነ ኢለ እናፈለጥኩን ብዘገባእ እናተረድኣንን ወሲነዮ ፡" ከብል ከሎ ፡ እቲ ካልኣይ ክፋል ከኣ ፡ "ኣይ እዚ'ሞ ንሃብቶምን ባህሩን ዘይምፍላጥ'የ። ካባኽ ዚያዳ ነብሱ ዝፈቱን ዘፍቅርን መንዶ ኣሎ'የ?!" ይብሎ ነበረ።

ቅጽል ኣቢሉ ከኣ ፡ "ኣይትፈልጥን ዲኸ ብሓፈሻ ናይ ኩሎም ደቅሰባትን ህይወት ዘለዎም ፍጥረታት ፡ እታ ዝዓበየት ናይ ህይወቶም ተልእኾን ሓላፍነትን ፡ ስብነቶም ካብ ጉዕኣትን ቃንዛን ሊቓዕን ምክልኻልን ህይወቶም ምዕቃብን ምኽኑ። ሃብቶም ከኣ ካብ ካልእት ሕልፉ ዝበለከ ኢኸ። ካባኽ ዚያዳ'ኸ ናቱን ናይ ነብሱን ጥራይ ዘሓስብን ዘገብርን ስብ ከቶ የሎን። ንስኻ እንተ ትኸውን ነዚ ስጉምቲ'ዚ ከትወስዶ እትቀራረብ ዘሎኸ ፡ ኣይመወዓልካየን ጥራይ ዘይኮነ

ኣይምሐሰብክዮን' ውን! ምኽንያቱ ከማኽ ፈታው ነብሱን ሰጋኡን ከቶ የለን
ኣይነብረን' ውን ፡" ይብሎ ነበረ ብዓውታ።

እዚ ክትዕ' ዚ ብቐጻሊ' ኳ ይካየድ እንተ ነበረ ፡ ንሃብቶም ግን ኣብ መደምደምታ
ወይ ፍታሕ ከብጽሓ ኣይከኣለን። ኣሽንኳይ ሃብቶም ካልኦት ካብ ሃብቶም
ዝተዓጸጸፈ ሓይሊ ርትዕን ኣተሓሳስባን ዝነበሮምን ዘለዎምን ክንደይ ብሎጻት ሰባት ፡
ነዚ ግድል' ዚ ከሳብ ሎሚ ከፈትሕዎ ኣይከኣሉን። ስለዚ እዚ ክትዕ' ዚ ብሓቂ
ልዕሊ ሃብቶምን ፡ ልዕሊ ዓቕሙን ኣተሓሳስባኡን' ዩ ነይሩ። በዚ ምኽንያት' ዚ እቲ
ካልኣይ ከፋል ፡ "ሃብቶምሲ ዓቕምኻ ደኣ ሕሰብን ግበርን ፡" በሎ።

ኣብ መወዳእታ' ውን ከምኡ' ዩ ኾይኑ። ከመይን ብመንን ዝብል ሕቶ ብርግጽነት
ምምላሱ ቀሊል ነገር ስለ ዘይነበረን ዘይኮነን ፤ ንኣኡ ንጉኒ ገዲፍና ሃብቶም
ነቲ ፍጻመ ምስቲ እተኽፋፈለ ሓንጎሉ ብምትሕብባር ከም ዝፈጸሞ ግን ፡
ኣብ መጨረስታኡ ከውንነት ስለ ዝኾነ ክንቀበሎ ናይ ግድን ኢና እንገደድን
እንኾስብን።

ናብ ኣከውና ናይቲ ሹዉ ለይቲ እተፈጸመ ዘሕዝን ፍጻመ ምስ እንሰግር ፤ እቲ
መስርሕ ከምዚ ዝሰዕብ' ዩ ነይሩ። ስድራ ቤት' ዮም ዘይፈለጡ' ምበር ሃብቶም
ካብ ብንግሆኡ ኣትሒዙ' ዩ ነቲ እከይ መደብ ሰሪዕዎ። ገዛ ምስ ኣተወ ምሉእ
ምሽት ከሳዕ ዝድቅሱ ፡ ናብ ሽቓቕ ዝኸይድ ዘሎ እና' ምሰለ ክከታተሎም' ዩ
ኣምሰዩ። ኩሎም ምስ ደቀሱ' ውን ድቃስ ኣጸቢቑ መታን ክጸቅጦም ፡ ንኣስታት
ክልተ ሰዓት ዝኸውን ጸኒሑ ኢዩ። ብድሕሪኡ ሰዓት ክልተ ናይ ለይቲ' ዩ ነቲ ነፍስ
ቅትለት ብማሕነቕቲ ፈጺምዎ።

ኣብተን ትንፋሱ እተሓልፈለን ዝነበረት ናይ ካልኢታትን ፤ ሚኢታዊት ካልኢታትን
ህሞት ብዙሕ ተዘክሮታት በ' እምሮኡ ከሓልፍ ተሰምያ። ብመጀመርያ እቲ ምስ
ተሰፍም ዝነበር ህልኽን ዘስዓበሉ መዘዝን ተራእዮ ፤ ድሕሪኡ ኣብ ልዕሊ ኣልጋነሽ
ዝፈጸሞ ጥልመትን በ' ልማዝ እተፈደዮ ፍዳይን ኣብ ቅድሚኡ ኩድጭ በለ ፤ ኣብ
መወዳእታ ኸኣ ምእንቲ ምስ ተሰፍም ከተሃላለኽ ንደቁን ስድራ ቤቱን ዘስዓበሎም
ጓህን ብስጭትን መከራን ሓደ ብሓደ ተዘከሮ።

እዚ ኹሉ ገይሩ ኸኣ ኣብ መጨረስታ ፡ ንነብሱ ዋላ ሓንቲ' ውን ትኹን ፋይዳ
ከም ዘየትረፈላ ተሰወጦ። እዚ ነታ ብህይወቱ ኸሎ ዋላ ኣንታ ሓንሳብንዮ ስምዒኒ
እናበለት እትቱኽተኹ ዝነበረት ፡ ግን ከኣ ከቶ ሰሚዕዋ ወይ ከኣ ጽን ኢሉዋ
ዘይፈልጥ ሕልናኡ ፡ ከም ጨጉራፍ ሓንሳብ ዘይኮነ ደጋጊሙ ጫዕ-ጫዕ ከብላ
ተሰምያ። እንታይ' ሞ ከግበር ፡ በየንን ብኸመይን' ሞ ንድሕሪት ይመለስ ፡ ኩሎ
ከንቱ ኾነ።

ሽው ፡ "ዋይ ኣነ ፡" እትብል ቃል ከውጽእ ተጋደለ። ግን ትንፋሱ ትጽንቀቕ
ስለ ዝነበረት ፡ እተን ኣርባዕተ ፊደላት ንምውጻእ ኣይከኣለን። ቃላት ምውጻእ
ይስኣን'ምበር ፡ ኣእምሮኡ ግን ጌና ተዘክሮታቱን ኩነታቱን ካብ ምስልሳል
ኣየቋረጸን። በቲ ዋይ ኣነ ክብል ምስኣኑን በቲ ድሮ ዓቕሉ ዝጸበ ዝነበረን ተጨነቐ።

"ኣየ ህብቾም! ከምኡ ኢልካ ካብ ጌጋ ናብ ዝዓበየ ጌጋ ጥራይ ክትስገገር ፡
ዕድመ'ምበር ልቦና ኪይወሰሽኽ ካብዛ ዓለም ክትዓናበት?" ዝብሎ ዝነበረ
መሰሎን ፡ ተሰምዖን። ደድሕሪኡ ኸኣ ፡ "እዚ ሕጂ ንመወዳእታ ግዜ እትወስዶ
ዘሎኽ ስጉምቲ'ውን ፍታሕ መዓስ ከኾነካ ኾይኑ ፡ ነቶም ዝበይልካየም'ውን
ካሕሳን ሐገዝን መዓስ ከኾናም ኩይኑ ፡" ክብሎ ሐንጎሉ ተሰመዖ።

ሽው ዋላ እታ ካብ ንኹሉ ኸልእ ፡ ንሃብቾም ጥራይ እትሓልን እትከላኸልን
ዝነበረት ሐንጎሉ'ውን ፡ ብኸልእ ከም እተተከኣትን ጨሪሳ ከም እተሰልበትን
ተርደኣ። "እም ሐንጎለይ ደዮ ፈሪሱን ከዲዑንን? ዋስ ሐንጉለይ እየ ዝስሕት
ዘሎኹ? ሐንጉለይ ተሰሊቡ እንተ ኾይኑኽ ፡ መን'ዮ ነዚ ሐንጉለይ ሰሊቡዎ?
ብናይመን ሐንጉል'የ ተተኪኡ? ብሰይጣን? ብመን ደኣ ኸልእ?" ዝብለ
ሕቶታት ደርደረ። ግን መልሲ ክረክብን ክረኽበሉን ኣይከኣለን።

ቃል ከየውጽእ ብሐንጎሉ "ኣዬዬዬ" ክብል ተሰመዖ። ቅጽል ኣቢሉ ፡ "እም
እንታይ ደኣ ኢዮ ናይ ምፍጣረይ ምኽንያት?" ኢሉ ክሐትት ናይ መወዳእታ ዕድል
ዝተዋህቦ ኾይኑ ተሰምዖ። መልሲ እናተጸበየ ኩሉ ጸልግልግ ክብሎን ክዓርቦን
ክጽልምቶን ጀመረ።

ኩሉ ነገር ከተሐዋወሶ ምስ ጀመረ ፡ "ንስኽ ደኣ ንመምሃርን ንመለብምን
ከትከውን'ምበር ፡ ንኸልእ ደኣ ንምንታይ ከትጠቅም ፡" ዝብል መልሲ ዝሰምዐ
መሰሎ። ነቲ ዝሰምዖ ዝመሰሎ ከረጋግጽ ኢሉ ፡ ናይተን ንማለቱ ተሪፈናኦ ዝነበራ
ሐይሊ እንተ ጸዓረ ግን ዕጭ ሐንፈፋሉ።

ናብ ዝያዳ ጸልማት ከጥሕል ተፈለጦ። ብድሕሪኡ እቲ ዝፋራገጥ ዝነበረ ኣካላቱን ፡
እታ ንማለቱ እትወቅዕ ዝነበረት ልቡን ፡ እታ ትንፋሱ ገና ኣላ ንምባል ጥራይ
ንማለቱ እተተንፍስ ዝነበረት ሳንብኡን ፡ እታ ድሕሪ ኹሉ ዝጠለመቶ ሐንጎሉን
ኩሉ ጸጥ በለ።

ኩሉ ነገራት ጸጥ በለ። እቲ "ነታ ከዳዕ ኣልጋነሽ ከጥፍእ እየ ፡ ነቲ በዓለገ
ተስፌም ከጥፊኣ እየ ፡ ነታ ጠልም ኣልማዝ ከጥፋእ እየ ፡" ወዘተ ዝብሎ
ዝነበረ ፡ ንዋላ ሐደ ከየጥፍአ ፡ ንንብሱ ጥራይ ኣብ ምጥፋእ ተዓዊቱ ፡ ሀብቾም
ሐለፈን ዓረፈን። ሀብቾም ኣብቲ ናይ ምንባርን ናይ ህይወትን ኩናት ፡ በቶም

ንሱ ጸላእተይ'የም ዘብሎም ከምኡ ስጋ ዘለበሱ ፍጡራት ሰባት ዘተሳዕረ ኢዩ
መሲልዎ፡፡ ንሱ ግን ብእኦም ኣይኮነን ተሳዒሩ፡፡ እቲ ዝገበየ ጸላኢ ሃብቶም ፡
ካልኦት ዘይኮኑስ ሃብቶም ባዕሉ'ዩ ነይሩ፡፡

እቲ ኩናት ከምቲ ንሱ ዝመስሎ ዝነበረ ኣብ ደገን ፡ ምስ ካልኦት ደቂ ሰባትን
ኣይኮነን ዝካየድ ነይሩ፡፡ እቲ ኩናት ኣብ ውሽጡን ኣብ ውሽጢ ሓንጎሉን
ኢዩ ዝካየድ ነይሩ፡፡ ኣብ መወዳእታ ኸኣ ባዕሉ ብነብሱን ፡ ብሰይጣናዊ ባህርን
ኣተሓሳስባን እተዓበለለን እተሰልበን ሓንጎሉን'ዩ ተሳዒሩ፡፡

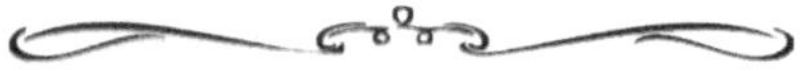

መታን እቶም ናእሽቱ ደቂ ሃብቶም ሕማቅ ከይርእዩ ፡ ደርማስን ሳምሶንን
ተቆላጢፎም ማዕጾ ዓጸውዎ፡፡ ብድሕሪኡ ደርማስ ቀስ ኢሉ ወጺኡ ነ'ልጋነሽን
ከብረትን እቲ ተረኺቡ ዝነበረ ኣረድኦን፡፡

ብድሕሪኡ ናብ ኣርኣያ ስልኪ ደወለ፡፡ እቲ እተረኸበ ሓደጋ ብሓጺሩ ኣረዲኡ
ንግራዝማችን ተስፎምን ሒዝዎም ከመጽእ ነገሮ፡፡ ተስፎምን ግራዝማችን ኣርኣየን
ብሓባር መጹ፡፡ ብድሕሪኡ መዓስን ብኸመይን ንስድራ ቤት እንተ ኣርድኡ ከም
ዝሓይሽ ተዘራሪቦም ወሰኑ፡፡ ብዛዕባ ቀብርን ካልእ ምስኡ ዝኸይድ ውሳነታትን ፡
ከምኡ ኸኣ ብዛዕባ'ቲ ተውጢኡ ዝነበረ መርዓ ዝምልከትን ፡ ባሻይን ወ/ሮ
ለምለምን ድሕሪ ምፍላጦም ተመያይጦም ከውስኑ ተስማምዑ፡፡

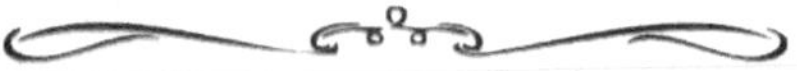

ኩሉ ነገራት ኣብ ግምት ኣእትዮምን ኣገናዚቦምን ፡ ሹ ንሹ ምንጋሮም ከም
ዝሓይሽ ተሰማምዑ፡፡ ኣርኣያ ምስቲ ፌሳ ከም ዝጸንሐ ብምግባር ፡ ሹ ንሹ
ከይዶም ንስድራ ቤት ኣርድእዎም፡፡ ገዛ ዋጭ-ዋጭ ኮነ፡፡ ቅሩብ ርግእ ምስ በሉ
ባሻይን ደርማስን ግራዝማችን ተስፎምን ከማኸሩ ንውሽጢ ኣተው፡፡ ቅድሚ ኹሎም
ግራዝማች'ዮም ነቲ ዘረባ ጀሚሮም፡፡

"ብሓቂ ሕማቅ ወረዱ፡፡ ምስኪናይ ሃብቶም ካብ ጸገም ናብ ጸገም ክሰጋገር ፡
ሕጁ ኸኣ እዛ ዓለም ከየዐረፈላ ዓሪፉ፡፡ እቲ ኹሉ ስቓይን መከራኡን ምስኡን
ካብኡ ብዝያዳን ፡ ብትብዓት ክትካፈልዎ ከም ዝጸናሕኩም ንሕና ዝረኣየናዮን
እንምስክሮን ኢዩ፡፡ እቲ ዝሓለፈን ዘሕለፍ ስቓይን ምኣኸሎን ምኣኸለኩምን፡፡
ግን ፍቓዱ ኮይኑ ሕጁ ኸኣ ኣዝዩ መሪር ሓዘን ወሪድኩም፡፡ ኣምላኽ በዚ

ይኣክል ክብል ፣ ንኣኡ ኣብ ላዕሊ. ከቅበሎን ኣብዛ ዓለም ዘይረኽባ ዕረፍቲ ከህሆን ንልምን። ንኣኽትኩም ከኣ ጽንዓትን ሓይልን ከህበኩም ፣ ነዞም ዝተረፋ ደቅኹም ከኣ ዕድመን ጥዕናን ሂቡ ፣ ኣለይትኹምን ቀበርትኹምን ክግብረልኩም ንጐይታ ንልምኖ ፣" በሉ ግራዝማች።

"ኣሜን ፣ ሕማቅ ኣይትርከብ ግራዝማች ፣" በሉ ባሻይ።

"እሞ ሕጇ ኣጋይሽ'ውን ኰፍ ኣቢልና ስለ ዘሎና ፣ ብቑልጡፍ ናብ ቄምነገርና ከንሓልፍ ፣" በሉ ግራዝማች።

"ጽቡቅ ፣" በሉ ባሻይ።

"ብመጀመርያ ቀብሪ ኣበይ'ዩ ዝፍጸም?" ሓተቱ ግራዝማች።

"ቀብሪ ኣብ ዓዲ.'ዩ ዝፍጸም ፣" በሉ ባሻይ።

"ጽቡቅ። ናይዚ ወዲእና ኣሎና። ካልኣይ ኣገዳሲ ውሳነ ዘድልየና ፣ ብዛዕባ'ዚ ተወጢኑ ዝነበረ ውራይ ናብ መዓስ ነሰጋግሮ ዝብል ወሳነ ከንውድእ ኣሎና። በ'ጋጣሚ ፍቓዱ ኽኸይኑ እቲ እኽለ ማይ ኣብ መዓላ ከይወዓለ ኽሎ ስለ ዝኾነልና ፣ ናብ ዝኾነ ግዜ ከንሰጋግሮ ዝጽግመና ነገር የልቦን ፣" በሉ ግራዝማች።

"እዞም ቄልዑ ሰብ መዓልቲ ኢዮም። ነዊሕ እተጸመምሎን እተሸገሩሎን ጉዳይ ከኣ ኢዮ። ኣምላኽ ምእንቲ ክረድኣና ኢሉ ነዚ ቅዝፈት'ዚ ፣ ኣብቲ መዓልቲ መርዓ ወይ ኣብ ሰሙኑ ኣይገበሮን። ስለ'ዚ ምኽኑ ዘይተርፎ ብናተይ ኣተሓሳስባ ፣ እቲ መርዓ በቲ ተመዲብሉ ዘሎ ግዜ ከፍጸም እየ ዝደሊ ፣" በሉ ባሻይ።

"ኣይፋልካን ባሻይ። እዞም ቄልዑ ንኽልተ ሰለስተ ወርሒ. እንተ ተጸበዩ ጸገም የብሉን። ናይ ምሉእ ስድራ ቤት ስምዒት'ውን ኣብ ግምት ከተእቱ ኣሎካ። ኢሂ ደርማስ ወደይ?" ሓተቱ ግራዝማች ናብ ደርማስ ገጾም ጥውይ ኢሎም።

"ኣነ'ውን ምስ ኣቦይ እየ ዘሎኹ። ገሊኣም ኣባላት ስድራ ቤትን ካልኦት ሰባትን ከወራዘዩ ይኽእሉ'ዮም። ዘይተገደስሉ'ኳ ዘይሓዘንሉ'ኳ ፣ ኣይ ናብ ውራዮም'ንድዮም ተጓይዮም ዝብሉ'ውን ከህልው'ዮም። ኣብ ከምዚ ሽግር ከገጥም ከሎ ካብቲ ቀንዲ ስድራ ቤት ፣ ዝያዳ ተገደስትን ሓለይትን ከመስሉ ዝፍትኑ ብዙሓት'ዮም። ግን ነሱ ዘገድስ ኣይኮነን። ዝበሉ እንተ በሉ እቲ ሓውና ንዓና ይቅረበና ፣" በለ ደርማስ ትርር ኢሉ።

"ሓቁ ኢዮ እዚ ወደይ። እዚ ኹሉ ሃብቶም ካብ መከራ ናብ መከራ ከስጋገር ከሎ ፣ ልዕሊ ደርማስ እተሸገረን ዝጐየየንዶ መን ኣሎ'የ?" በሉ ባሻይ።

"እነ ደአ ካብ ስክፍታ'የ'ምበር ኣሽንኳይ ልዕሊ 40 መዓልቲ ረኺብካ ፣ ፈሳ
ስቲርካ'ንድ'የ ውራይ ጌርካ ኣጋይሽካ ዝፋና ፣" በሉ ግራዝማች በቲ ተባዕ ውሳነ
ባሻይን ደርማስን ዕግበቶምን ኣድናቄቶምን ከይከወሉ።

ሓንቲ ከስምሩላ ዝደልዩ ሓሳብ ከም ዝመጸቶም ገጾም እሰር ድሕሪ ምባል ፣
"ደርማስ ወደይ ዘልዓልካዮ ነጥቢ ግን ዕቱብን ከቢድን'የ። ኣብ ግዜ ሓዘንን
ሸግርን ኣብ ክንዲ ክትነፍዕ ፣ ክትክእሎ ፣ ክትቃለሶን ክትሰግሮን ዝሕግዙኽን
ዘተባብዑኽን ፣ መሊስካ ነቲ ሓዘን ከተተዓባብዮን ከተጋፍሓን ከተጋሕምጦን'ሞ ፣
ብሰንኩ ካብቲ ሓዘን ከይወጻእካ ክትኩረም ዝንየዬ መሊኦም'የም። ከም
እትፈልጦዎ ዝኾነ ጉዳይ ከኣ ዋና እንተ በዚሕዎ'የ ዝበላሽ ፣" በሉ።

"ብሓቂ!" በሉ ባሻይ።

"ናብቲ መንገዶም ንኽእትዉኽ ኸኣ ፣ በቲ ሞት ዝያዳኽ ሕዙናትን ነቲ መዋቲ ዝያዳ
ሓለይትን መሲሎም'የም ዝቑርቡ። 'ወላዲኽ ፣ ሓውኽ ፣ ሓብትኽ ፣ ውላድካ ፣
ካልኣይ ግዜ'ኮ ኣይትረኽቦን ኢኻ Ⅰ ሎሚ ብዝግባእ ክትሓዝነሉ'ሎካ ፣' እናበሉ
ነቲ ዝገጠመ ሓዘን ናብ ዓቢ ውራይ እንተ ዘይቀየርካዮ ፣ ዳርጋ ከም ዘጠለምካዮ
ከም ዝሰመዓካ ንኽገብሩ ዝህቅኑ ብዙሓት'የም። ኣብ ከምዚ ኩነታት እቲ
ዝምልከቶ ስድራ ቤት ከምዚ ናታትኩም ፣ ባዕሉ ንባዕሉ ከውስንን ኣብ ወሳነኡ
ከሳዕ መወዳእታ ከጸንዕን ኢዩ ዘለዎ ፣" በሉ ግራዝማች።

"ደሓን በዚ ኣይትሰከፍ ግራዝማች። ደሓር ከኣ እዚ'ኮ ካብቲ ንስኻ ዝመሃርካና
ኣገባብ'የ ፣" በሉዎም። ቅጽል ኣቢሎም ፣ "እሞ ሕጇ ናብ መደብና ንእቶ።
ኣጋጣሚ ሰንበት ከይኑልና ኣሎ ፣ ቀብሪ ጽባሕ ክንፍጽም ኢና ፣" በሉ ባሻይ።

"ጽቡቕ እምበኣር ነዝን ሳልስቲ ደርማስን ኣርኣያን እናተኃየኹም ብደገ-ደገ
ዘሎ ስራሓውቲ ተሳልጡን ተቐላጥፉን። ብድሕሪኡ ኸኣ ውራይ ስራሕኩዉምን
ከክጥዕመኩም ከሉ ኸኣ ናብቲ ናይቶም ጌልዉ ምቕርራብን ትተሓጋገዙ። ኣነን
ባሻይን ተስፎምን ከኣ ካብዚኣ ከይተፈለና ኣጋይሽና ንቕበል። ኣምላኽ ይሓግዘና።
ሕጇ ናብ ኣጋይሽና ንመለስ ፣" ምስ በሉ ግራዝማች ፣ ኩሎም ተንሲኦም ወጹ።

እንዳ ባሻይ ካብ ብዙሓት ኣባላት ስድራ ቤቶም ፣ ብዙሕ ዘረባታትን ተቓውሞን
ኩነኔን ከመጸም ምኽኑ ይርድኦም ነይሩ ኢዩ ግራዝማች። ምኽንያቱ ንስም
ባዕሎም ግራዝማችን ደቄምን ፣ ብኽምኡ ክንደይ ግዜ ተገሪፎምን ካብኡ ዝገደደ
ኣሕሊፎምን ነይሮም'የም። ግን ከኣ ቀምነገር ክትገብርን ክትልወጥን ክትልውጥን ፣
ከትመሓየሽን ከተመሓይሽን እንተ ጄንካ ፣ ብጌጋ ከይተኾነንካን ከይተጸርፈካን ፣
ዝኽፈል ከይከፈልካን ኢድካ ኣጣሚርካ ኮፍ ብምባል ዝርከብ ከም ዘይኮነ ፣
ግራዝማች ኣጸቢቄም ዝፈልጥዎ ሓቂ'የ ነይሩ።

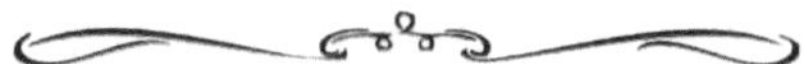

በዚ ተሰማሚያም ናብ ዳስ ተመልሱ። ድሕሪ ሓደ ሰዓት ሓደ አብ አሜሪካ ነዊሕ
ዓመታት እተቐመጠ ወዲ ሓምም ንባሻይ ስልኪ ደወለ። ሞት ናይ መተዓብይቱን
ወዲ ሓው'ቦኡን ሃብቶም ምስ ሰምዐ አዝዩ ከም ዝሓዘነ ገለጸሎም። ቀዲሉ
እዚ ኹሉ ዓመታት ርእየዮ ዘይፈልጥ እዚ ሓወይ ፣ ካልእ እንተ ተረፈስ አብ
ቀብሩ ከርክብን ከሕወስን ፣ እቲ ቀብሪ ንሳልስቲ ከተሓላልፍዎ ንባሻይ ሓተቶም።
ድሮ ቀብሪ ወሲኖም ምኳኖም ነገርዎ። ንሱ ግን ግድን ኢሉ አሸገሮም። ሸው
መሕሰቢ ግዜ መታን ከረኽቡ ፣ ከሓስብሉን ከላዘብሉን ሓደ ክልተ ሰዓታት ከህቦም
ብድሕሪኡ ከድውል ነጊሮም ዓጸውዎ።

ብድሕሪኡ ነታ ጉዳይ ንግራዝማችን ደርማስን ተሰፍምን አርአያን አካፈልዎም።
ደርማስ ካብ መጀመርታኡ እቲ ሕቶ ዳስ ከም ዘይብሎ ተዛረበ። እንዳ ግራዝማች
ሰለስቲኦም ብዛዕባ እቲ ወዲ ሓው'ቦኦምን እቲ ኩነታትን ብዙሕ ዝፈልጥዎ
ነገራት ስለ ዘይነበረ ተቋላጢፎም ርእይቶኦም ከህቡ አይደለዩን።

ድሕሪኡ በብተራ ኹሎም ልዕሊ ኹሎም ከአ ተስፍም ፣ ብዛዕባ እቲ ሰብን ምስ
ስድራ ቤትን ምስ ሃብቶምን ዝነበሮ ርክብ ብደቂቕ ሓታተቱ። ብዛዕባ እቲ ጉዳይ
ዓሚቕን ሰፊሕን መግለጺ ረኸቡ። ብድሕሪኡ ግራዝማች ፣ "እስከ ቅድም ናይዘም
ደቅና ርእይቶ'ሞ ንስማዕ ፣ ብድሕሪኡ አነ ኸአ ሓሳባተይ ከፍስስ ፣" በሉ።

ሸው ተሰፍም'ዩ ቅድሚ ኹሎም ነታ እተዋህበቶም ዕድል ከጥቀመላ ዝወሰነ።
"አነ'ኳ ሓቂ ይሓይሽ እዚ ቅድሚ ሕጂ ከዕወት ዕድል አይረኸብኩን ፣ ሕጂ ግን
አብዛ ቀብሩ ተረኺባ ከዕወት ዝብልዎ አዘራርባ ፈጺሙ አይርደአንን'የ። እንተ
ዝርደአኒ'ውን አይምተቐበልኩዎን።"

"እስከ ከመይ ማለትካ'የ አብርሃልና ፣" በሉዎ አቦኡ።

"ብመጀመርያ ሃብቶምን ፣ ደቁን ፣ ስድራ ቤቱን ፣ ሓገዝን ሞራልን ምትብባዕን
ዘድልዮም ዝነበረ እቲ ተደጋጋሚ ጸገም አብ ዘጋጠሞም ግዜ ኢዩ ነይሩ። ሸው
የተባብያምን ይሕግዞምን ነይሩ እንተ ዝኸውን ፣ ሕጂ እዚ ዝብሎ ዘሎ ጠለብ
ዋላ ቅሩብ'ውን ይኹን ምኽኑይ ምኾነ ፣" ኢሉ አዕርፍ አቢሉ ፣ ናብ ኹሎም
በብሓደ ጠመተ።

ንኽቅጽል ኹሎም ብተገዳስነትን አተኩሮን ይከታተልዎ ከም ዝነበሩ ምስ አስተብሃለ ፣
"እዚ አብ ዘይኮነሉ ግን ፣ እቲ ቀደም ዝሓለፈካ ዓወት ድሕሪ ሞት እቲ

እትፈትዎ ሰብ ብዝኾነ ተኣምራት ኣይርከብን'የ። ሰብ ተዓዊተ ክብል ዘጥዕመሉ
ቅድሚ እቲ ዝፈትዎ ሰብ ምሟቱ ። ድሕሪ ሓዘን ናይቲ መዋቲ ምዝዛሙን
ቁምነገር እንተ ገይሩ ጥራይ'ዩ ዓወት ተጐናጺፈ ክብል ዝኽእል። እምበር
ዓወት ኣብ ቀብርን ኣብቲ ግዜ ውዑይ ሓዘንን ብእትሳተፎን እትገብሮን ጥራይ
ኣይርከብን'የ። በዚ ምሉእ ብምሉእ ተዓዊተ ኢልካ ትሓስብ እንተ ኣሊኻ ኽኣ
ነብስኻ ጥራይ ኢኻ እተዐሹ ዘሎኻ። እዚ ኣብዛ ሓጻር ዕድመይ ካብ ጌጋታተይ
ብዘጥረኹዎ ትምህርትን ፡ ካብቲ ረዚንን መሪርን ተመኩሮይ ከረጋግጽ ዝኽኣልኩን
ኢዩ!" ኢሉ ኣብ ስምዒት ክኣቱ ስለ ዝደለየ ድንን በለ።

ኩሎም ኣብ ስምዒትን ተዘኩሮን ከይወድቕ ስለ ዝፈርሐ ፡ ሓንቲ ቃል ከየምሉቐ
ምክትታሎም ቀጸሉ። ተሰቒም ድንን ኢሉ ንኽልኢታት ትም በለ።

ሽው ወላዲኡ ግራዝማች ኣብ ስምዒት ከይኣቱ ስለ እተሰከፉ ፡ "ጽቡቕ ኣሎኻ
ዝወደይ ቀጽል ፡" በሉዎ።

ናይ ግራዝማች ምትብባዕ ሓጊዝዎ ተሰቒም ብቕጽበት ርእሱ ኣቕነዐ ኣበለ።
"ብሓቅን ብልብን ከዘረብ እንተ ኾይነ ፡ ኣነ እዚ ኣብ ሃገርና ቀብሪ ኣርኪቡ
ኣርኪባ ፡ ተዓዊቱ ተዓዊታ ዝበሃል ኣዘራርባ ኣይርድኣንን'የ። ንእትፈትዎን
ንእተፍቅሮን ሰብ ናብ ጉድጓድ ምእታው ዓወት ኣይኮነን። ናይ ግድን ክንገብሮ
ስለ ዘሎና ጥራይ ኢና እንፍጽሞ!" በለ ብትሪ።

"ከመይ ማለትካ ኢዩ ተሰቒም ወደይ?" ኢሎም ዝሓተቱ ባሻይ ኢዮም ነይሮም።

*"ርእኹም ኣቦይ ባሻይ ተዓዊተ ክንብል እንተ ኼንና ፡ ን'ነፍቅሮ ብሓመድን
እምንን ኣብ ጉድጓድ ስለ ዝጸቖጥናዮ ኣይኮነን ከኸውን ዘለዎ። ተዓዊተ ክንብል
ዝግብኣናን ዘጥዕመልናን ፡ እቲ እንፈትዎ ሰብ ሓሚሙ ከሎ ኣብ ዘሎና ኣሊና
እንተ ኣበራቲዕናዮ ፡ ጌድና እንተ በጻሕናዮ ፡ እንተ ኽኢልና እንተ ኣልዓልናዮ ፡
ቅድሚ ሞቱ መዲእና ገጽና ክርኢ ዕደልን ዕግበትን እንተ ሃብናዮ ፡ ወዘተ ኢዩ
ከኸውን ዘለዎ። ድሕሪ ሞት ከኣ ኣብ ከንዲ ብኣይሮፕላናትን ኣውቶቡሳትን
ኣሽሓት ተኸፊሉ ቀብሪ ንምርካብ ምጉያይ ፡ ነቶም ተረፍቲ ስደራ ቤቱን ደቁን
እንተ ደገፍናዮም ኢና ብሓቂ ተዓዊትና ክንብል ዝግበኣና።"*

ግራዝማች በ'ተሓሳስባ ቦኽሪ ወዶም ከም እተሕጐሱን እተሓበኑን ፡ ኣብ ኣካላዊ
ጭንቁኣምን ኣብ ድምጾምን እናተራእየን እናተስምዐን ፡ "ጽቡቕን ብቡልን ዘረባ
ተዛሪብካ እዚ ወደይ ፡ ይባርኽካ!" በሉዎ።

"ብሓቂ ዘገርም'ምበር! እዚ ተሰቒም ወደይ ዘልዓሎ ነጥቢ ፡ እቲ ስለ ዝጸንሐና

ጥራይ ብልምዲ እንደጋግሞ ኣዘራርባን ኣተሓሳባን ፣ ጸጸኔሕና ክንሓስበሉን ክንምርምሮን ክንክልሶን ከም ዝግበኣና ኢዩ ዘርኢየና። ኣነ ሕጂ ድሮ ኣብ ውሳነ በዲሐ'የ። ከምታ ኣቐዲምካ ደርግስ ዝበልካያ ፣ ድሮ ቀብሪ ተወሲኑ ስለ ዝኾኑ ክንቅይሮ ኣይከኣልን'የ ኢልካ መልሲ ሃቦ ፣" በሉዎ።

በዚ ኸኣ እታ ናይ ቀብሪ መዓልቲ ምቕያር ብዝምልከት ተላዒላ ዝነበረት ኣርእስቲ መደምደምታ ተገብረላ።

ንጽባሒቱ ሃብቶም ኣብ 52 ዓመቱ ኣብ ዓዲ ሐመድ ኣዳም ለበሰ። ድሕሪ ቀብሪ ሃብቶም ፣ ግራዝማችን ምሉእ ስድራ ቤቶምን ካብ እንዳ ባሻይ ከይተፈለዩ ኢዮም ቀንዮም። ድሕሪ ሓሙሽተ-ሽዱሽተ መዓልቲ ሰብ ዝግ ክብል ምስ ጀመረ ፣ እንዳ ግራዝማች'ውን ምሉእ መዓልቲ ምስኦም ካብ ምውዓል ናብ ንግሆን ምሸትን ምምልላስ ቀየርዎ።

ሽው መዓልቲ ከም ኣብ ኩሉ እንዳ ሓዘናት ዘጋጥም ኣብ ናይ ሃብቶም ሓዘን ከኣ ፣ ዓበይቲ ደቂተባዕትዮ ንበይኖም ፣ ዓበይቲ ደቀ'ንስትዮ ንበይነን ፣ መንእሰያት ከኣ ንበይኖም ተጉጃጂሎም የዕልሉ ነበሩ። እታ ዕላል በብቑሩብ ናብ ኣገባብ ሓዘንን ባህልን ዝምልከት ኣርእስቲ ምስ ሰገረትን ምስ ሞቐትን ብዙሓት ከከታተልዋ ጀመሩ።

እታ ሽው ኣልዒሎም ዝመያየጡላ ዝነበሩ ኣርእስቲ ፣ ብዛዕባ ሕብረተሰብ ከበሳ ኣብ ሞትን ቀብርን ሓዘንን ዝነበሮ ኣገባብን ልምድን ዝምልከት'የ ነይሩ። እቶም ብዕድመ ዝነኣሱን ሰብ ግዜን ፣ ነቲ ዝጽንሐ ኣገባብ ምስ ግዜን ኩነታትን ምዕባለን እና'መሓየሽናዮ ክንከይድ ኣሎና ክብሉ ከለው ፤ እቶም ብዕድመ ዝደፍኡ ኸኣ የለን ባህልና ውርሻናን ከብረትናን ስለ ዝኾነ ፣ ከም ዘለዎ'የ ክዕቀብ ዘለዎ ኢሎም ይዛራረቡ ነበሩ።

እቲ ባህሊ ምስ ግዜ ምጉዓዝ እንተ ኣብዮን ፣ እቲ ሕድሽ ወለዶ ከስርሓን ከሰጉሞን ከም ዘይክእል እንተ ተገንዚቡን ፣ ኣብ መወዳእታ ጥንጥን ኣቢሉ ብምሉኡ ከገድፎ ከም ዝኽእል መንእሰያት ኣረድኡ። ሽው ወዲ ሓውቦኣም ንባሻይ ዝኾኑ ሽማግለ ሰብኣይ ርእዩ ኸኣ ፣ "እንታይ ኢሉ ኣገባብ ከመይ ዝበለ ...

"ብዘይ'ዚ ናይ ሓዘንን ሓጉስን ኣገባብና'ኮ ፣ እቲ ጥምረትን ፍቅርን ምቅርራብን ስድራቤታት ቀደም ምፈረሰን ከም ዘይነበረ ምኽኑን ነይሩ'የ። ስድራቤታትን

ፈተውትን ጐረባብትን 'ኮ ፤ ኣብ ከምዚ ህሞት 'የን ዝፋለጣን ዝራኸባን ምቅርራብን
ዘሕድሳን። መንእሰይ ብባህሪኡ ካብ ምስ ዝጸንሐ ዝያዳ ምስ ሓድሽ ክጐዓዝ
ኢዩ ዝመርጽ። ካልእ ግዜ ካብቲ ዘመናዊ ኣካይዳኦምን መዛኑኦምን ከንፈልዮም
ዘይንኽእል ፤ ኣብ ከምዚ እዋን 'የም ዝያዳ ምስ ወለድን ዓበይትን ዝዋስኡ።
ኣብ ከምዚ ግዜ ኸኣ 'የም ንባህሎምን ሕብረተሰቦምን ዝኽተሉን ዘስተማቝሩን።
ስለዚ እቲ ባህልና ብጀካ ሓጐስካን ጸገምካን ብሓንሳብ ምክፋል ፤ ነቲ ክብርታትን
ባህልን ወለድና ናብ መጻኢ ወለዶ ንምስጋገር 'ውን እጃም ኣለዎ ።" በሉ ብትሪ።

ሸው ተስፎም ፤ "እዚ ሓቂ 'የ ግን እቲ ምግፋሕን ምግሕጣጥን ከኣ ሓዚዶም
ዝመጽእ ጸገማት ስለ ዘለዎ ፤ ብኽመይ ንኣልዮን ነመሓድሮን ጥንቃቐ ከድልየና
ኢዩ። እቲ ኣብ ዓዲ ዝገበር ዝነበረ ምስቲ ንእሾ ዓድን ውሑድ ሰብን ምንባሩ
ምጡን ምዕራግን ኢዩ ነይሩ። ኑ ኸኣ ዓቕሚ 'ቲ ሕብረተሰብን ዓቕሚ 'ተን
ስድራ ቤታትን 'የ ነይሩ። ሕጂ ጸገም ኮይኑ ዘሎ ግን ነቲ ኣገባብ 'ቲ ከም ዘለዎ
ኣብ ሚኢቲታት ኣሽሓት ዝቝመጥዋ ከተማታት ከተተግብሮ ምፍታን 'የ። ኑ
ከይኣክል ከኣ ካብ ካልኦትን ናይ ካልኦትን ፤ ካብ ስግር ባሕሪ ኣምጺእና ኣብኡ
ደሚርና ነጋፍሐን ነጋሕጥጦን ስለ ዘሎና 'የ ።" በለ።

ሸው እቶም ወዲ ሓው 'ቦኣም ንባሻይ ፤ "ስክፍታኽ ይርድኣኒ 'የ ዝወደይ። ግን
ማሕበራዊ ኣገባብና ዓቢ ጥቕሚ ስለ ዘለዎ ፤ ከነመሓይሾን ከነጸብቔን ከንብል
ከም 'ዘም ጸዓዱ ሓንቲ ከይሓዙ ተሪፎም ዘለው ከይንኽወን ምጥንቃቝ የድልየና
ኢዩ። ንሕና 'ኮ ህይወትና ብሓፈሽ ብፍላይ ከኣ ንዝገጥሙና ሓጐስን ሓዘንን
ጸገማትን ፤ ብውልቂ ዘይኮነ ብሓባር ኢና እንገጥሞም። እዚ ሓደ ካብቲ ብልጫ
ባህልናን ኣገባባትናን ኢዩ ።" በለ።

ግራዝማች ጐሮሮኦም ከስሕሉ "እሕሕ" ኢሎም ፤ "ብናተይ ኣረኣእያ ባህሊ
ሓንሳብ ምስ ተሰረተ ዘይንቕነቅን ዘይመሓየሽን ዘይቅየርን ጌርና ከንወስዶ
ኣይግበኣን 'የ ዝብል እምነት ኢዩ ዘሎኔ። ዝኸነ ባህሊ 'ኮ ዝበዝሕ ሽነኹ ደኣ
ጽቡቕ ይኹን 'ምበር ፤ ገሊኡ 'ኮ ከቕየርን ከመሓየሽን ዘለዎ ጐድኒ ኣለዎ ኢዩ።
እቶም ነቲ ባህሊ ዘጽንሑልና ወለድናዉን 'ኮ ሰባት ኢዮም። ፍጹማት ኣይኮኑን
ነይሮም። ፍጹማት ኢና ኸኣ ኣይበሉናን። ንሳቶም ነቲ ዝነበርዎ ዘመንን ግዜን
ኩነታት መነባብሮን ዝጥዕምን ዝጥዕሞምን ፤ ዘስርሕን ዘስርሓምን ፤ ዝኸውንን
ዝኸኖምን ባህልን ኣገባብን 'ዮም መስሪቶም። ብተወሳኺ ባህሊ ኸኣ ናይ ግድን
ምስ ግዜን ኩነታት መነባብሮን ምዕባለን ከቀያየር ከጐዓዝን ኣለዎ። ብኡ 'ዮም
ወለድና ፤ 'ንግዜ ዘይመስል ከልቢ ይመስል ፤' ኢሎም ምስላ ዝሓደጉልና።"

ሸው ኣርኣያ ፤ "ልክዕ ኣሎኽ 'ቦ። ኣብ ልዕሊ 'ዚ ግን ኣነ ሓንቲ ከስምረላ

ዝደሊ ነጥቢ 'ላ። ዝያዳ ኽልእ ግዜ ፣ ኣብ ግዜ ሞትን ሓዘንን ኢና ብናይ ሓቂ ስምዒት ክንምራሕ ዝግበኣና። ግን ኣነ ክርእዮ ከሎኹ ፣ እቲ ኣገባብና ናብ ቃልዓለምን ርእዮለይን ርኣዮንን ዝያዳ ዝዘዙ ዘሎ ኹይኑ ኢዩ ዝስመዓኒ። እዚ ኽኣ ኣብ ግዜ ሞት 'ሞ ፣ ብሕልፊ ኽኣ ኣብታ ጽባሕ መወትቲ ምኜንና እንዝከረላ እዋን ክንገብሮ ከሎና ኣዝዩ ዘተዓዛዝብ 'ዩ። ስለዚ እቲ እንኽተሎ ኣገባብ 'ውን ኣብ ሓቂን ንሓቂን ረጊጽና ፣ ነቲ እተሰምዓና ስምዒት ዘንጸባርቕ ክኸውን ኣለዎ 'ምበር ናይ ቃልዓለምን ፣ ናይ ከይብሉንን ፣ ናይ ክርእዮለይን ጥራይ ክኸውን ኣይግብእን 'ዩ። እዚ ኽኣ ንሰብ ኣይጽቡቕ ፣ ን 'ዝግሄር ኣይጽቡቕ ፣" በለ ብትሪ ብንጹህ ስምዒትን እምነትን።

"ጽቡቕ ተዛሪብካ ኣርኣያ ወደይ ፣" ክብሉ ባሻይን ደቀ 'ንስትዮ ድራር ሓዘን ከመጸን ሓደ ኾነ። እታ ኣርእስቲ ኽኣ ብኽምኡ ተጃሪዳ ተዛዘመት።

ኣብዚ ግዜ 'ዚ ናይ ሃብቶም ሓዘን ኣብ ኣጋ ምዝዛሙ ኢዩ ነይሩ። ድሕሪኡ ዓሱር ፈዲሞም ሓዘኖም ዓጽዮም ዳሶም ኣፍረሱ። ብኸይሰምዐ ዝጸንሐን ንኽጸናነዕ ከመላለስ ብዝደለየን ከይሸገሩ ኽኣ ፣ ኣብ ናይ መርዓ ምቕራብ ከሰገሩ ምኜኖም ንዘይሰምዐ ኩሉ ክነግሩሎም ተማሕጸኑ። ብድሕሪ 'ዚ ምሉእ ስድራ ቤት ብዕሊ ናብ ናይ መርዓ ጽንብል ምቕራብ ሰገሩ።

ብሩኽን ክብረትን ነቲ ብሞት ሃብቶም ዝሰዓበ መስናኽል ሰጊሮም ፣ እንደገና ናብ መርዓኦም ከቋምቱ ጀመሩ። ክልቲኦም መንእሰያት ድሕሪ መዋእል ዝመ$ስል ግዜ ምሕላፉ ፣ ሃረርታኦምን ትምኒቶምን ክረኽቡ ብምቕራቦም ደስታኦም ወሰን ኣይነበሮን። ብተወሳኺ እተጌጽረ መርዓኦም ካብ መዓልቲ ናብ መዓልቲ እናተቓረበ ብምኽዱ ብሓጎስ ኣብ ሰማይ ኢዮም ዝንሳፈፉ ነይሮም።

ፍቕሮም ርኸቦምን ኩሉ ቤተ ሰብ ካብ ዝፈልጦ ንደሓር ፣ እታ ጽምዉን ውስንን ዝበለት ናይ ቀደም መራኸቢቶም ቦታ ገዲፎማ ኢዮም። ብዘይካ ናይ ሃብቶም ናይ ምሉእ ስድራ ቤቶም ፍቓድን ደገፍን ረኺቦም ስለ ዝነበሩ ፣ ርኸቦም ዝያዳ ብግሁድ ኢዮም ዘካይድዋ ነይሮም። ብኣኡ መሰረት ካብ ንውሕ ዝበለ እዋን ፣ ንበይኖም ከኾኑ ከደልዩ ከለው ኣብቲ ጥቃ ገዛውቶም ናብ እትርከብ ካራቨል ሆቴል ኢዮም ዝኸዱ ነይሮም። ሽዑ መዓልቲ 'ውን ድሕሪ ሓዘን ምዕጻው ብሩኽን ክብረትን ተቛራሪቦም ጉጅም ይብሉ ነበሩ። እቲ ኩሉ ኣብ ንእሽቶ ዕድመኦም ዝተኸስተ ሕልኽልኽትን ሽግራትን በብሓደ ይዝክርዋ ነበሩ። ሞትን ኣማውታን

ሃብቶም ኣብ ሓጕሶምን መዓልቲ መርዓኦምን ህይወቶምን ብኣሉታ ከይትንከፎም ከልቲኦም ከጽዕቱን ከተሓጋገዙን ተመባጽዑ። ንሳቶም'ዮም ሰብ መዓልቲ ኢሎም እቲ መርዓኦም ካብ መዓልቱ ከይሰጋገር ፣ ክልቲኦም ስድራ ቤቶም ዘወሰድዎ ውሳነ ኣዝዩ'ዩ ኣሓጉስዎም ነይሩ። ብፍላይ ሽማግለታት ኣቦሓጕኦም ባሻይ ዓባዮም ወ/ሮ ለምለምን ዘርኣይም ትብዓት ኣዝዩ ኢዩ መሲጥዎምን ተንኪፍዎምን ነይሩ።

መዓልቲ መርዓኦም በታ ቅድሚ ሽሞንተ ወርሒ ተጨዲራትላ ዝነበረት መዓልቲ ከትፍጸም ብምኽኒና መሊሶም ተሃንጠዮን ተሃወኹን። ብድሕሪ'ዚ ነታ ንነዊሕ ዓመታት ብትዕግስትን ብጽንዓትን እተጸበይዋ መዓልቲ ሓጕሶም ንኽበጽሑ ፣ ብሳምንታት ዘይኮነ ብመዓልታት ከጽብጽቡን ብሃንቀውታ ከጽበዮን ጀመሩ።

ብዛዕባ ኩሉ ጸጽብቒ ሕልምታቶም ተዘራሪቦም ወድኡ። ብድሕሪኡ ናብ ሞት ሃብቶምን ፣ ሞቱ ኣብ ህይወቶምን ፍቕሮምን ዘስዓቦ ሕልኽልኽትን ከዛረቡ ጀመሩ። ሽዑ ብሩኽ'ዩ ከምዚ ከብል ዘረባ ዝጀመረ ፣ "እቲ ክልቴና ሓሓደ ወላዲ ጥራይ ሕዚና ምትራፍና ዘገርም ኣጋጣሚ'ዩ።"

"ኦይ ኣንታ ብሩኽ እንታይ ደኣ ኴንካ? ንስኻ ኢኻ ክልተ ከመይ ዝኣመስሉ ናይ ብሓቂ ወላዲ ነይሮምኻ'ምበር ንሕና ደኣ ኣቦ ነይሩና ኢዩ?!"

"ንሱ ደኣ ይፈልጦ'ንድየ ግን ሞትስ እምበር ናይ መወዳእታ ኢያ።"

"በል እንተ ደሊኻ ካብ ሞትስ ከሎኻ ምሚት'ኳ ይገድድ።"

"ሞት ስለ ዝኾነ'ንድዩ ግዲ እዚ ኹሉ ስድራ ቤትን ቤተ ዘመድን ኣብ ሓዘን ቀንዩ።"

"ንሱ ደኣ ንቡር ከፍጸም ስለ ዘለዋ'ዩ'ምበር ብሕልፈ ንዓናስ ኣቦና ቀደም'ዩ ሞይቱና። ሕጂ ብሓቂ ክንግረካ ብሩኽ ሓወይ ኣቦይ ብምሟቱ ዝኾነ ናይ ሓዘን ስምዒት ኣይተሰምዓንን። ብኡ ምኽንያት ከኣ እምበርዶ ሰብ'የ ኣነስ ኢለ ይሓታ ንነብሰይ።"

"ንሱ ደኣ እዚ ኹሉ ኣብቲ ሓዘን ግዜ ዘፍሰስካዮ ንብዓትከ?"

"ንሱ ደኣ ኣቦሓጕይን ዓባየይን ስለ ዘሕዘኑንን ፣ እቲ ኹሉ ብሰንኪ'ቦይ ኣብ ስድራ ቤትናን ብሕልፈ ኣብ ኣደይን ዝወረደ ሽግር እንዳኣሉ ዘንብዓኒ ነይሩ።"

"እምበርዶ ሰብ'የ ኣነ ገለ ኢልኪ'ኳ ሰብነትኪ ከተጨንቍያ የብልክን። እቲ እትገልጾ ስምዒት ብፍላይ ኣብ ከም ሞት ዝኣመሰለ ዓቢ ነገር ፣ ናይ ሓቂ

ብውሽጥኻ ዝተሰምዓካ ስምዒት ክኸውን ኣለዎ።"

"ኣነ'ውን ከምኡ'የ ዝኣምን። ኩላትና ደቂ ሰባት መወዳእታና ሞት'ያ። ኣብ ሞት ዝኣመስልዎ ነገር ከነምስልን ከነርእን ዘይተሰምዓና ስምዒት ከነንጸባርቕ ምፍታን ጨሪሱ ኣይግባእን'ዩ። ከምኡ ስለ ዝኾነ ኻኣ እዘም ወይ እዘን ከይተሰምዖን ከሎ ናይ ብሓቂ ከም ዝበኸያ ዘለዋ ከምስላ ዝፍትና ቅጭ'የን ዘምጽኣለይ።"

"እቲ ምልቃስ ከም ልምድን ባህልን ስለ ዝወስደኦ እኮ'የን እንተ ዘይልቂስናስ ኣይሕጎሱልናን'የም ተባሂሉ'ኮ'የ።"

"እወ ግን ናይቲ ሓዘን ተኽፋልነተን ከገልጻን ከጻንንዓን እንዶ መጺኣን ኣየለዋን። ንሱ ኢዮ ከኣከል ነይሩዎ።"

"ሓቅኺ ንሱስ ።" በላ። ንቕሩብ ከልቲኦም ትም-ትም በሉ።

ሸው ከብረት ፤ "በል ይኣኸለና እዚ ዘረባ'ዚ። እንታይ ገዲሱና'የኸ ናብ ከምዚ ዓይነት ዘረባ ዝወደቕና። ድሕሪ ሕጂ'ኺ ዳርጋ ሚኢቲ ካብ ሚኢቲ ሽግርና ተወዲኡ ኢዮ። ብምሉእ ልብና ናብ መርዓናን ህይወትናን ከንሰግር ኢና ፤" ኢላ ሕቘፍ ኣበለቶ። ብሩኽ ከኣ ብዘይቃላት ዓጸፋኡ መለሰላ።

ብድሕሪኡ ክልኤ ናይ ሓጎስን ደስታን ዕላላት እናዕለሉ ምስሓጫምን ምዝናዮምን ቀጸሉ። በሊ ሕጅስ ይኣኸለና ተበሃሂሎም ፤ ብፍቕርን ሓጎስን ተጎልቢዖምን ማሚቘምን ተተሓሒዘም ንገዛኦም ተመልሱ።

ምዕራፍ 9

ድሕሪ ሳልስቲ ብሩኽን ከብረትን ኣብ ገዛ ኹጾይኖም ንበይኖም የዐልሉ ነበሩ። ንዝኾነ ኣብቲ ህሞት’ቲ ዝረኣዮም ኩሉ ፣ ክልተ ኣዝዮም ዝፋቐሩ ፣ ህይወትን ዓለምን ኩሉ ዝበሃግዎን እተመነይዎን ከም ዝገብራሎም ዘረጋገጸሎም ፣ ፍሱሓትን ሕጉሳትን ምንባሮም ካብቲ ዘብለጭልጭ ኣዒንቶምን ዘኽመስምስ ገጾምን እተዛነየ ኣካላቶምን ከድምድም ኣይምጸገሞን።

ብሩኽ’የ መጀመርያ ኣፉ ዝኸፈተ ፣ "ርእሲ'ኺዶ ንስኺ ሓሕማቐ ጥራይ ዝረኣየኪ ገሊ'ሚስት ምኻንኪ። እዚ ኹሉ ኣንታ ኣይኮነልናን’የ እመስለኒ እናበልኪ ንኽንቱ ትጭነቕን ትሹቕረርን ከም ዝነበርኪ። ንሕና እዞም ጸጽብቘ ጥራይ እንሓልም ኦፕቲሚስት ግን ፣ ኩሉ ነገር ከም ዝበሃግናዮ ከም ዝኾነልና ተኣማሚንናን ቀሲንናን በጥ ኢልና ኢና እንነብር። ሳላ ከምኡ ኸኣ ሕጂ እንሆናልኪ ኣብ ንመርዓና ብመዓልታት እንጨጽረሉ በጺሕና ፣" በላ ንፍሕፍሕን ኩርዐርዐን እናበለላ።

"እዋይ ኣነ'ኮ እቲ ዕንቅፋታት ምስ በዝሐስ ፣ ኣይ ትም ኢልና ኢና’ምበር ኣይኮነልናን’የ ኢላ ናብ ተስፋ ምቝራጽ እየ ከይደ ነይረ። እንቋዕ ደኣ ኣብዚ በጻሕና’ምበር 'ኣይበልኩኸንዶ ፣ ርእሲ'ኺ ኣነ ዝበልኩዎ ኹይኑ ፣' ኢልካ ፈሳሕሳሕ እንተ በልካለይ'ውን ከቕበሎ እየ ፣" ኢላ ሰሓቐት።

"ሕጂ ደኣ ፈቲኺዶ ኼንኪ እትቐበሊ በፍንጫ ኢዩ’ምበር !" ኢሉ የማነይቲ

ኢዱ ናብ ኣፍንጫኣ ሰዲዱ ፣ ኣፍንጫኣ ጥውይ ኣበላ።

"ኪድ ኣታ ኣብዚሕካዮ'ምበር ሕጅስ ፣" ኢላ ክምስ እናበለት ፣ ኢዱ ሒዛ ንጽግ
ኣበለቶ።

"ብቐደሙ ትም ኢለ'የ'ምበር ናብ ከምዚ ናተይ ዝተሓዘ ተሪር ኣፍንጫ ወስ
እንተ በልካ'የ'ምበር ፣ ናብ ከምዛ ናትኪ ዘይተተሓዘ ኣፍንጫ ምምጥጣር
ጸገም'የ ፣ ምሉቕ ምሉቕ ኢያ እትብል ፣" ኢሉ ናይታ ኣፍንጫኣ ቅሩብ ጥፍንቅ
ምባል ኣላገጸላ።

"ኦይ ብቐደሙ ኣፍንጫስ ከምዚ ናተይ ምጥን ዝበለት ክትከውን ኣለዋ'ምበር ፣
ከምዚ ናትካ ተዓሚትካ እትሕዞ እንተ ኹዩኑ ደኣ ኣጻብዕቲ ድዩ ከበሃል ዋላስ
ኣፍንጫ! ወይ ከኣ ሐደ ኣፊቱ ናይ ፒኖክዮ ኣፍንጫ'የ ተለቂሐ በለኒ! ኢላ
ሐጨጨጨትሉ።

"ትጸረፊ ኣሎኺ'ምበኣር ፣" ኢሉ ኣብ መንኩባ ጠፍ ከብላ ወስ ምስ በለ ፣
ርሕቕ ኢላ ኣስሐተቶ።

ብድሕሪኡ ከምኡን ከምኡ ዘኣመሰለን ናይ ላግጽን ናይ ታሕጓስን ዕላሎም ወዲኦም
ብሩኽ ንስራሕ ከኸይድ ስለ ዝነበሮ ተፈላለዩ።

ኩሎም ኣባላት ስድራ ቤት እንዳ ባሻይን ግራዝማችን ፣ ብፍላይ ከኣ ብሩኽን
ከብረትን ካብ ሓዘን ወዲኦም ፣ ብዘዕባ መዓልቲ መርዓእምን ሓጉሶምን መዓስ'የ
ዝእትወልና ኢሎም እናተሃንጠዩን እናተሃወኹን ከለዉ ኽ ኢዮ ፣ ካብ ዘይተጸበይዎ
መኣዝን ሐደ ዘይሓሰብዎ ጸገም ዘንቆምም።

ኣብ ከምዚ ፍቡሕ ኩነታት ከለው ክብረት ቅሩብ ክጽልኣ ጀመረ። ቅድሚኡ
ዝኾነን ሕማም ሓሚማ ስለ ዘይትፈልጥ ፣ ኣብ ፈለማ ነቲ ኩነታታ ኣቃሊሎም'ዮም
ርእዮዎ። መጀመርያ ምስቲ ናይ ሃብቶም ኣሰንባዲ መቝዘፍቲ ፣ ሳዕቤን ናይቲ
ዝወረደ ስንባደ ኢዩ ዝኾውን ኢሎም ስለ ዝሓሰቡ ብምሕማማ ብዙሕ ኣይተሰከፉን።
ኣብ ፈለማ ቃንዛ ኣብ የማናይ ጉና ክስመዓን ቅሩብ ሸንቲ ምኽዓው ከስግራን
ጀመረ። ምርመራታት ምስ ገበረት ከኣ ናይ ኩሊት ጸገም ምዃኑ ተነግራ።

ናይ ራጂ ምርመራ ምስ ተገብረላ ክብረት ክልተ ኩላሊት ዘይኮና ፣ ሓንቲ
ኩሊት ጥራይ ከም ዝነበረታ ሓኻይም ከረጋግጹ ኽኣለ። ዝበዝሕ ሰብ ክልተ

ኮላሊት ዝውንን'ኳ እንተ ኾነ ፥ ብሓንቲ ጥዕይቲ ኩሊት ግን ከይተጸገመ
ክነብር ይኽእል'ዩ። ሓንቲ እንተ ኾይና ግን ፥ ሓንቲ ብሓንቲኣ ከይትሓምም
ኣዝዩ ልዑል ጥንቃቐ ኢዩ ዘድሊ። ሓንቲ ኹሊት ጥራይ ከም ዝነበረታ ምስ
ፈለጡ'ዮም'ምበኣር ፥ ኩነታታ ብዕቱብን ብጥንቃቐን ክተሓዝ ከም ዘለዎ
እተረድኡ። ንሕማማ ዘዕግሱላ ግን ከኣ ኣብ ኩሊታ ብዙሕ ጽዕነት ዘይገብሩ
መድሃኒታት ብውሱን ዓቐን ክህብዋ ጀመሩ።

ኣብ ከንዲ ዝሕሻ ግን መሊሱ ክብርትዓን ክጸንዓን ጀመረ። ብድሕሪኡ ተወሰኽቲ
ምርመራታትን ፈተሻታትን ክገብሩ ጀመሩ። እናሓሻ ከንዲ ዝኸይድ ግን ኩነታታ
ከገድድ ጀመረ። ኣብ መወዳእታ ኣብ ዝገበርዎ ምርመራ ኸኣ ፥ እታ ኡንኮ
ዝኾነት ኩሊታ ትዳኽምን ካብ ስርሓ ትስናኽልን ከም ዝነበረት ተረድኡ።

ኩሊታ ካብ ስራሓ ትስናኽል ስለ ዝነበረት ከኣ ፥ ደማ ብደገ ክጸሪ (*ዳየሊሲስ*)
ክትገብር ከም ዘድልያ ተነግራ። እዚ ንመርዓኣም ልክዕ ሰለስተ ሰሙን ተሪፍሉ ኣብ
ዝነበረ ግዜ ኢዩ ተኽሲቱ። ኣብቲ ግዜ'ቲ መተካእታ ኩሊት ዝኾነት መጽረይት
ኣብ ኣስመራ ስለ ዘይነበረት ንወጻኢ ሃገር ከትከይድ መዓድዋ። ብተወሳኺ
እቲ ምጽራይ (*ዳየሊሲስ*) ፥ ግዘያዊ ፍታሕ'ምበር ነባሪ ፍታሕ ከም ዘይኮነ
ኣረድእዋ። ምስ ዕድሜኣ እቲ ነባሪ ፍታሕ ንኣኣ ዝሰማማዕ ኩሊት ተረኺቡ
ከስገገርላ እንተ ተኽኢሉ ጥራይ ምዃኑ ሓበርዋ።

ከብረት ደቂሳ እትሕከመሉ ዝነበረት ኢናዮል (*ሆስፒተም*) ዝበየለ ናይ
ኢጣልያውያን ሆስፒታል ኢዩ ነይሩ። ኢናዮል ብድሕሪ ቤት ጽሕፈት ኣታዊ ውሽጢ
ሃገር ዝርከብ ፥ ክልተ ደርቢ ዘለዎ ምጡን ሆስፒታል ኢዩ። ዝበዝሑ ተሓከምቲ
ኢጣልያውያን ነበሩ። እቶም ዝበዝሑ ኣብኡ ዝሰርሑ ሓኻይም ኢጣልያውያንን
ሓናፍጽን ኢዮም። ብተወሳኺ ኣለይቲ ሕሙማት'ውን ዝበዝሓ ኢጣልያውያን
ካቶሊካውያን ደናግል ኢየን ነይረን።

እንዳ ባሻይን ኣልጋነሽን ፥ እግዚኣቢሄር ሕጅስ ገጹ ናባና ኣዚሩ ተዓሪቐና'ዩ ፥ ኣብ
ዝብልሉ ዝነበሩ ግዜ ፥ ቅድም ናይ ሃብቶም ፥ ሕጂ ኸኣ እዚ ዘይሓሰብዎ ድቦላ
ጸገም ብምውራዱ ኣዝዮም ተሻቐሉ። ሃብቶም ንናይ በዓል ተሰርፈ ፋብሪካ ምስ
ተሓባበሩ ስለ ዘቃጸሎ ብምእሳሩን ፤ ነቲ ዕዳ ፋብሪካ ንክኽፈል ዝነበራኦም
ክልቲኡን ፌራሜንታታት ብምሻጥንን ፤ ዝተረፈ ገንዘብን ንብረትን እንዳ ባሺ
ኸኣ ኣልማዝ ጸራሪጋ ወሲዳ ስለ ዝጠንጠነቶምን ፤ ኣብ ከቢድ ሽግር'ዮም
ነይሮም። እዚ ዘይተሓሰበ ሃንደበታዊ ሕማም ከብረትን ፥ እቲ ንወጻኢ ክትከይድን
ክትሕከምን ከድሊ ዝኽእል ገንዘብን ተሓዊስዎ ኣብ ከቢድ ወጥሪ ኣተዉ።

ኣብዚ ግዜ'ዚ'ዩ ደርማስ ሓደ ሓሳብ ዝመጸ። ብዝቐልጠፈ ምስ ኣላጋነሽ ከዘራረብ መደብ ብምሓዝ ከኣ ኣብ በይኖም ንኽዘራረቡ ቬጻራ ገበረላ። ድሕሪ እዚ ኹሉ እዋን ምሕላፉ ደርማስ ነቲ ሓሳብ'ቲ ከለዓዕል ዝደረኾ ፡ እቲ ብሰንኪ ዘይተሓስበ ሕማም ከብረት ኣጋጢምዎም ዝነበረ ህጹጽ ሽግር ኢዩ ነይሩ።

ኮፍ ምስ በሉ ብዛዕባ ሃብቶም ብህይወቱ ኸሎ ኣብ ልዕሊ ኣልጋዝ ሕነ ከፈዲ ዝደልዮን ዝብሎን ዝነበረን ፡ ንሱን ኣቦኡን ዝመኽርዎን ዘጠንቅቕዎን ዝነበሩን ከገልጸላ ጀመረ። ህድእ ኢልናን ኣጽኒዕናን ግዜ ወሲድናን ፡ ከነድምዓላ ኣብ እንኽእለሉ ግዜ ብሕጊ ምሕዛ ከም ዝሓይሽ ፤ ተሃዊኽናን ብስምዒት ተደፋሪእናን ስጉምቲ እንተ ወሲድና ግን ፤ ብሓፈሽ ኣብ ልዕሊ ስድራ ቤትና ብፍላይ ከኣ ኣብ ልዕሊ ሃብቶም ሽግር ከይትፈጥረልና ክንጥንቀቕ ከም ዘሎና ነረድኦ ኤርና። ምስኪናይ ሃብቶም ሓወይ ነዚ ኣብ መወዳእታ ከምዚ ኢሉ ህይወቱ ባዕሉ ከሕልፍ ፡ ብውሽማኣን መሳርሕቱን ጌራ ካልእ ጸገም ከይትፈጥረሉ ንስጋእ ኤርና ኢሉ ተረኽላ።

ኣልጋነሽ ሰብ ዘረባኡ ከይወድአ ዘይተቛርጽ ዕግስቲ ሰብ ብምኳና ኢያ ትም ኢላ ሰሚዓቶ'ምበር ፡ ዘረባ ደርማስ ኣስደሚምዋ ኢዩ ነይሩ። ልዕሊ ኹሉ ግን ደርማስ ንምንታይ ነቲ ኣርእስቲ ናይ ኣልጋዝ ኣብዚ ግዜ'ዚ ከም ዘልዕሎ ዝነበረ ደንጸዋን ኣገረማን። ቅድሚ ናብ ካልእ ምሕላፉ ነቲ ዘረባ ንምንታይ ከም ዘልዓሎ ሓተተቶ።

ንሱ ኸኣ ፡ "እዚ ስድራ ቤት'ዚ ካብ ሎሚ ንላዕልን ካብዚ ግዜ'ዝን ዝብእስ ናይ ገንዘብ ሽግር ኣጋጢምዎ ኣይፈልጥን ኢዩ። እቲ ሽግር ከኣ ናይ ገንዘብ ጥራይ ዘይኮነ ናይ ህይወት ጉዳይ'ውን'ዩ። ስለዚ ክንዕወተላን ገንዘብና ክንመልስን እንተ ንኽእል ፡ ህይወት ከብረት ንምድሓን ምሕገዝና ካብ ዝብል'ዩ እቲ ሓሳብ መጺኡኒ።"

ኣልጋነሽ ብግደኣ ፡ "በል ደርማስ ሓወይ ንስኽ ነዚ ሓሳብ'ዚ ካብ ዓቕሊ ጽበትን ሓልዮትን ከም ዘበገስካዮ እርደኣኒ'ዩ። ንስኽ ኸኣ ኹሉ ግዜ ንጽቡቕ'ምበር ንሕማቕ ኣይትበግስን ኢኽ። ኣነ ግን ብዛዕባ እዚ ጉዳይ'ዚ ንጹር ርእይቶ ኢዩ ዘሎኒ። እዚ ነዊሕን ብዙሕን ከሓስበሉን ፡ ብዙሕ ክንዘራረበሉን ክንመያየጠሉ'ውን ዘድልዮ ጉዳይ'ውን ኣይኮነን እየ ዝብል ፡" ኢላ ኣዕርፍ ኣበለት።

ደርማስ ኣብቲ ጉዳይ ብዙሕ ከይተዘራረብሉ ፡ ድሮ ከንድ'ዚ ንጹር መርገጺ ኣሎኒ እትብሎ ዝነበረት ስለ ዘይተረድአ ፡ "ብኽመይ?" በላ።

"ነቲ መጺኡ ዘሎ ሽግር ባዕሉ እዝጊሄር ከም ዝሕግዘና እኣምን እየ። ከም ዝመጸን ከም ጐይታ ዝወሰኖን ከኣ ክድምደም'የ። ኣነን ደቀይን ንስኽን'ውን

ካብዛ ሰዓት'ዚኣ ክሳዕ ብህይወት ዘሎና ፡ ንዓኣ ክንከሳ ፡ ምስኣ ንቤት ፍርዲ ክንመላለስ ፡ ብዛዕባ እዛ ሰብ እዚኣ ክንዛረብ ፡ ብሓጺሩ ምስኣ ብጽቡቕ ይኹን ብሕማቕ ርክብ ክህልወና ጨሪስ ኣይደልን'የ። ካብኣ ዝመጽእ ገንዘብ ይትረፈና። እንተ መጺ'ውን እንታይ ክዓብሰልና ኢሉ። ካልእ ሽግር ሒዙ ዝመጽእ ረሳሕ ገንዘብ እንዳኣሉ ደርማስ ፡" በለቶ።

ደርማስ ድሮ ርእሱ ክንቕንቕ ጀሚሩ ነበረ። ሽው ትንፋሳ ክትመልስን ሓሳባታ ክትሰርዕን ንካልኢታት ድንን ኢላ ትም በለት። ቅንዕ ኢላ ኸኣ ፡ "ካብኡ ብዝያዳ ግን ንሕና ንዓኣን ንውሽመኣን ፡ ነቶም ሰብ ግዜን ሰብ ስልጣንን ዝኾኑ ሓያላት ኢና በሃልቲ መሻርኽቶምን ክንተናኸፎም ኣየድልየናን ኢዩ። እተን ገንዘብ ንሓዋሩ ተሪፈናና እታ ጸገምናን ሽግርናን ሒዝና ፡ ካብኣታቶም ርሒቕና ብሰላም ምንባር ይሕሸና። ነዞም ዓይኖም ይደፈን ሰላዕ ኢሎም ጐቢዞም ዘለው ደቅና ፡ ኣብ ማርያም ግምቢ እንተ ዳጐኑዎምን ካብኡ ወሲዶም እንተ ኣሕቀቑዎምንዶ እንታይ ክንብል ኢና?!" በለት ስክፍታኣን ሻቕሎታን ኣብ ገጻን ኣብ ቃላታን ብምግሃድ።

ብድሕሪኡ ከምዚ ዘረባ ዝጠፋኣ ንኻልኢታት ሰጋእ-መጋእ ድሕሪ ምባል ፡ ዓይኒ ዓይኑ እናጠመተት መርገጺኣ ከምዚ ብምባል ቀጸለት። "ኣይትሓዘለይ ዘረባ ኣንዊሒልካ ደርማስ ሓወይ ግን ኣነ ከም መደምደምታ ፡ እዚ ሓሳብን ውጥንን'ዚ ንሓዋሩ ምስ ሓዉኻ ተቐቢሩ ይትረፍ እየ ዝብል። ንሕና ሕጂ ጥራይ ኣምላኽ ክሕግዘና ጸሎት ንግበር። እግዚኣቢሄር ክይንድርበ ኢሉ ምስ በዓል ግራዝማችን ተስፎምን ዝኣመስሉ ፡ ሰብ ሕልና ዝኾኑ ዓበይቲ ሰባት ኣቀራሪቡናን ቋሪኑናን ኣሎ። ንሳቶምን እግዚኣቢሄርን ይኣኽሉና ኢዮም ንዓና። ስለዚ ብድሕሪ ሕጂ ኣነ ኾንኩ ደቀይ ፡ ንስኻ ኾንካ ስድራ ቤትና ክነልዕላን ክንዝክራን ኣይደልን እየ። እዚ ወዳሓንካ ፡" ኢላ ነዊሕ ዘረባኣን ተሪር መርገጺኣን ዛዘመት።

ደርማስ ብኣተኩሮን ብተገዳስነትን ክሰመዓ ድሕሪ ምጽናሕ ፡ "ኣነ'ውን ኣልጋነሽ ሓብተይ ሓቂ ይሓይሽ ፡ ካብዚ ግዜ'ዚ ዝገደደ ስለ ዘይህልወናስ ንሎሚ ዘይኮነ ኢለ እየ'ምበር ፡ ነቲ ሓሳብ ስኽፍክፍ እናበለኒ እየ ኣልዒለዮ። ካብ ዓቕሊ ጽበት'የ ኣልዒለዮ'ምበር ምስቲ ዝበልክዮ ኹሉ 100% እሰማማዕ'የ። እቲ ኩሉ ዝበልክዮ ዝወጾ የብሉን። ከምታ ዝበልክያ ናይዛ ሰብ እዚኣ ኣርእስቲ ንሓዋሩ በዚ እንተ ዓጸናያ ተቓውሞ የብለይን።"

ነታ ኣርእስቲ ብስምምዕን ብምርድዳእን ምስ ዛዘሙ ፡ ብዛዕባ ኩነታት ክብረትን ምስኡ ዝዛመድ ኣርእስትን ተዘራሪብም ርክቦም ዛዚሞም ተማሳጊኖም ተፈላለዩ።

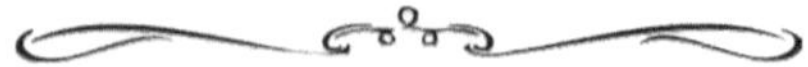

ባሻይ ከምኡ ኢሎም ናይ ክብረት ሕማም ኣብ ሓሳባትን ሻቐሎትን ኣእትዮም ፤ ጥዑምን ልዋምን ድቃስ ኣብይዎም ቀነዩ። ኣብ ከምኡ ኩነታት ከለው'ዩ ሓደ ለይቲ ዘሰንብድ ሕልሚ ሓሊሞም ፤ ሃንደበት ብረሃጽ ጠልቅዮም እተበራበሩ።

ሃብቶም ጌና ኣብ ቤት ማኣሰርቲ ዝነበረ ኮይኑ ኢዩ ዝረኣዮም ነይሩ። ሽው ምስ ደርማስ ወይም ብሓባር እቲ ዝወረደ ጸገምን ፤ ኣብ ህይወት ከብረት ተንጠልጢሉ ዝነበረ ጽላሎትን ንሃብቶም ከነግርዎ ዝኸዱ ኮይኑ ተሰምዖም። ሃብቶም ምስ ነገርዎ ጨሪሱ ናይ ምስንባድን ምሽጋርን ምልክት ኣየርኣዮምን። ኣብ ከንዲ ምጉሃይን እንታይ ደኣ'ዩ ሕጂ ከግበር ምባልን ፤ ኣዝዩ ዘስደምም መልሲ ከሀቦም ተራእዮም።

"ኣጉህያትኒ እንድያ! ክልቴኹም ከኣ ኣብ ከንዲ ግደሬ ነቦኺ ኣይተጉሀይዮ እትብልዋ ከተሕርረኒ ተሓባቢርኩማ። ኣይተረድኣኩምን'ዶ ዘሎ ጌና'ምበር እህሀታይ'ኮ ኣይሰድድን'ዮ። ትፈልጡ ኢኹም ነቲ ባሊዲ ሓንቲ ስድሪ'ውን ከም ዘይሰደዮ።"

"በስም ኣብ ወመንፈስ ቅዱስ! ኣንታ! እንታይ ኢኻ እትብል ዘሎኻ?! እምበርዶ ብጥዕናኻ ኢኻ?" ኢሎም ርእሶም ሓዙ።

ሽው ደርማስ ፤ "ደሓን ኣቦ! ኣይትጉህ! ብቐደሙ 'ኣብ ዘይሰምዓካ ደብሪ ኣይትማህለል ፤' ተባሂሉ'ንድዩ። ሽግርናን ሽግር ከብረት ንልናን ፤ ብኽልአ መንገዲ ንኽንፈትሕ ጥራይ ኣምላኽ ይሓግዘና።"

"ሕጂ ደኣ ጥዒሙልኩም እንድዩ ፤ ናብቲ ንለይ ዝሸጥኩምሉን እትኣምንዎን ዘኽ-ዘኽ ከትብሉ ኢኹም'ምበር።"

ደርማስ ቄለጭ ኢሎ ብ'ቅጽበት ብድድ ኢሉ ኣብ መንኩቦም ሕዝ ኣቢሉ ፤ "ንዓናይ ኣቦ።"

ነቲ ኣብ ቅድሚኣም ኮይኑ ፤ ዘጥዕመሉን ዘጸብቐሉን ርትዒ ዝሀረብ ዘሎ መሲልዎ ፤ ዘሀተፍትፍ ዝነበረ ወዶም ቀው ኢሎም ከጥምትዎ ተራእዮም። ብምስድማም ከኣ ነቲ ኣሽንኳይ ካብኡም እተፈጥረ ውላዶም ፤ ውላድ ዝኾነ ወድ ሰብ'ውን ከትብሉ ዘጸግም ፍጡር ፤ ጂን ኮይኑ ስለ እተረኣዮም ፈንፈንዎ።

ደርማስ እንደገና ፤ "ንዓናይ ኣቦ!" ምስ በሎም ብዓውታ ፤ ሃብቶም ከኣ ብቅጽበትን

ብተመሳሳሊ ዓውታን ፡ "ኪዱ ተዓዘሩ ፡" በሎም።

ሽዑ ብድድ ኢሎም ርእሶም እናነቕነቑ ፡ ምስ ደርማስ ብሓባር ሰላም ከይበልዎ ወጹ።

አብ ደገ ምስ ወጹ ደርማስ ወዶም ፡ "አቦ እዚ ሎሚ ዝበለካ ነደይ ፡ ነ'ልጋነሽ ኮነ ነዞም ጨልዑ እንተ ዘይጠቐስናሎም ይሓይሽ።"

ንሶም ከአ "ሓቅኽ 'ዘወደይ! እንታይ ገቢረት እታ'ደኽን አልጋነሽን ብሕልፊ ኽአ እዞም ጨልዑ ዝሓርፉ። ንኣና'ኳ አእኪሱልና'ሎ!" ከብልዎን ፡ ብረሃጽ ጠልቂዮም ብርር ኢሎም ከበራብሩን ሓደ ኾነ። ሽዑ በስምአብ ወወልድ ወመንፈስ ቅዱስ ኢሎም ፡ ጸሎቶም ደጊሞም ናብ ድቃሶም ተመልሱ።

እንዳ ባሻይ እዚ ሓድሽ ጸገም ደኣ ብኽመይ ኢና ክንገጥሞን ከንፈትሓን ኢሎም አብ ምጭናቕ ከለው ፤ እንዳ ግራዝማች ከአ ብተመሳሳሊ ንኽብረት ንምሕጋዝ እንታይ ግብራዊ ስጉምቲ ከንወስድ ንኽእል አብ ዝብል'ዮም ተጸሚዶም ነይሮም። ተስፎም ንመጓዓዝያን ንደማ መጽረይን (ዲያሊስስ) ዝኸውን ገንዘብ ባዕለይ ከኽእሎ'የ በለ።

ተስፎም ሓደ አብ አስመራ ተወሊዱ ዝዓበየ ፡ ፊሊጶ አርቱሮ ዝስሙ ንእስ ዝበለት ፋብሪካ ዝነበሮ ሓንፈጽ ዓርኪ ነይርዎ። ቀንዲ ዕርክነቶም ብናይ ስራሕ ባንካ ኢዩ ነይሩ። ተስፎም ኩሉ ግዜ'የ አብ ባንካ ዝተሓባበሮን ዝሕግዞን ነይሩ። በዓልቲ ቤት እቲ ሓንፈጽ ሓበሻ ኢያ። ምሉእ ህይወቶም አብ አስመራ ድሕሪ ምንባሮም ከአ ፡ ድሕሪ'ቲ አብ 1975 አብ አስመራ እተኸፈተ ቆጽሲ ንዓዲ እንግሊዝ ከዱ።

ድሕሪ ምኽዱ'ውን እንተ ኾነ ምስ ተስፎም ዝነበሮ ርክብ አይተቛረጸን'የ ነይሩ። ተስፎም እቲ ንኽብረት አጋጢምዎ ዝነበረ ኩነታት አረዲኡ ንኽሕግዞም ተማሕጸና። ፊሊጶ ካልአይ ከየዛረቦ ፡ ተቐቢሉ አብ ገዛኡ ከእንግዶም ድሉዉ ምዃኑ አረጋገጸሉ። እዚ ናይ ፊሊጶ ፍታሕ ምስ ሰለጠ ከብረት ብህጹጽ ከይዳ ዲያሊስስ ንኽትገብር ዘኽእላ ኩሉ ተማልአሎም።

ዝተርፎም ብሃዕባ እቲ ነባርን ናይ ሓዋሩን ፍታሕ ኢዩ። ንሱ ኽአ ኩሊት ዝህባ ሰብ ምውሳንን ፡ መብጣሕቲ ክትገብረሉ እትኽእል ሆስፒታልን ንኣኡ ዝኸውን ገንዘብ ምርካብን ኢዩ ነይሩ። ብሩኽ ብሃዕባ ኩሊት ባዕሉ ከህባ ቅሩብ ምዃኑ

ነቶም ሓኻይማ ሓበሮም። ሕጹያ ምኽኣኑ ምስ ፈለጡ ድማ እቶም ሓኻይም
ብፍቅራን ጽንዓቱን ተመሰጡ።

ሳምሶን ሓዋ ኸኣ ኣይፋልን ብሩኽ ኣይኮነን ዝህባ ፡ ኣነ እየ ዝህባ በለ። ኣልጋነሽ
ከኣ ብሩኽ እንታይ ገበረ ፡ ሓዋ ኮፍ ኢሉ ኸሎ ብምባል ንሳምሶን ደገፈቶ።
ተሰቆም ከኣ ኣይ ድሕሪ ሕጇ ሓደ ኣካል'ንድዮም ኢሉ ናይ ወዱ ሓሳብ ደገፈ።

ሳምሶን ፡ ንኽብረት ፍላይ ማንታኣ ስለ ዝነበረ ፡ ብዝያዳ ናይ ሳምሶን ኩሊት
ከቀባለላ ከም ዝኽእል ሓኻይም ኣረድእዎም። በዚ ምኽንያት'ዚ ኸኣ ካብ
ክልቲኦም ፡ ብዝያዳ ሳምሶን ምስኣ ከጓዓዝ ከም ዝሓይሽ ነገርዎም። ብሩኽ ግን
ኣነ ካብ እግራ ኣይፋልን'የ ኢሉ ኣቕበጸ። ናተይ ኩሊት እንተ ዘይሰማምዓን
ዝንጸግን ኮይኑ ሳምሶን ይህባ ፡ እንተ ዘየሎ ሕጇ'ውን ኣነ'የ ዝህባ በለ። ሽዑ
ክልቲኦም ብሩኽን ሳምሶንን ንኽብረት ከሰንይዋ ተወሰነ።

ብድሕር'ዚ ሓደ ናይ ካቶሊካዊ ተራድኦ ትካል ፡ ኩሊት ዝልግሰላ ሰብ እትረኽቡ
እንተ ኴንኩም ፡ ናይ መብጣሕትን ሆስፒታልን ንሕና ከንምውለልኩም ኢና ኢሎም
ንተሰቆም ተመባጽዕሉ። ከብረት ከይዳ ምሉእ ሕክምናኣ ንኽትገብር ዘኽእላ ኩሉ
ረጂሒታት ስለ እተማልኣሎም ኩሎም ንእዝግሄርም ኣመስገኑ።

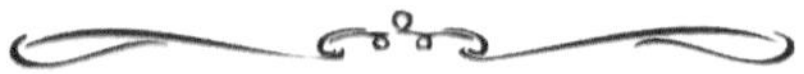

ብሩኽን ከብረትን ሳምሶንን ፡ ካብ ኤርትራ ወጺኦምን ናይ ኣየር ጉዕዞ'ውን
ፈቲኖሞን ኣይፈልጡን'ዮም ነይሮም። ድሮ ብሕልሪ ክልቲኦም ኣወዳት ፡ ብመጠኑ
ኸኣ ከብረት ዋላ ምስ ሕማማን ቃንዛኣን ፡ ብዛዕባ መጻኢ ጉዕዞኦም ከህንጠዮን
ከርበጹን ጀሚሮም ነብሩ። ህንጡይነቶምን ተርባጾምን ካብ ክልተ ምኽንያታት
ዝነቀለ ኢዩ ነይሩ። በቲ ሓደ መዳይ ከብረት ቀልጢፋ ዓዲ እንግሊዝ ኣትያ
ሕክምናኣ ከትጅምር'ሞ ፡ መታን ቀልጢፋ ከትሓውየሎም Ι በቲ ካልእ መዳይ
ኸኣ ካብ ኣይሮፕላን ጀሚሮም ፡ ከሳዕ ንዓዲ እንግሊዝን ከተማ ለንደንን ምርኣይ
ኣዝዩ ኣህንጥዩዎም ስለ ዝነበረ'ዩ። ከምዚ እንግሊዛዉያን ክልተ ኣዕዋፍ ብሓንቲ
እምኒ ምህራም ዝብልዎ ገይሮም'ዮም ከወስዱዎ ጀሚሮም ነይሮም።

እዚ ግን ብውሽጦምን ነንሕድሕዶም'ምበር ፡ ምስ ዓብይቲ ኣባላት ስድራ ቤቶም
ኣይዛረብሉን'ዮም ነይሮም። ብኸምዚ ምሕላፍ ዝኣበያኦም ውሑዳት ናይ
ምቅርራባት መዓልታት ሰጊሮም ንንኽሎን መገሻን ዘድሊ ኩሉ ወረቓቅቲ ወድኡ።

መዓልቲ ንኽሎ ልከ ዳርጋ ዶሮ እታ ከምርዓዉላ ተሓሲባን ተጨዲራን ዝነበረት

መዓልቲ ኸነ። ኩሎም ብውሽጦም በቲ አጋጣሚ ገረሞምን አስደመሞምን። አልጋነሽ ንጓለ ከተፋነዋ ኸላ ንመወዳእታ ግዜ እትርእያ ዝነበረት ኾ*ይኑ ተሰምዓ። ስድራ ቤት ብሙሉኦምን ፡ እንዳ ተስፆምን ፡ አሕዋታ ኩሎምን ነ'ስመራ መዓርፎ ነፈርቲ ከይዶም ብብኽያትን ከቱር ስምዒትን አፋነውዋ።

ስድራ ቤት ተፋንዮሞም ምስ ከዱ ሳንጣአም (*ሻሊ*ጃ*ታቾም*) አምዚኖም አረከቡ። ድሕሪኡ ናይ ፓስፖርትን ካልእ ናይ መገሻ ሰነዳትን ቅጥዕታት አጻሪፆም ወድኡ። ኩሉ እቲ አገባብን አሰራርሓን ናይቲ አየርፖርት ሓድሽ ነገር ኮይኑዎም ብተምስጦ ተኸታተልዎን ተዓዘብዎን።

ድሕሪ አስታት ሸሞንተ ሰዓት ፈጺሙ እተፈለየ ካልእ ዓለም ይጽበዮም ምንባሩ ስለ ዘይተረድኦም'ዮም ፡ አዝዮም ተመሲጦምን ተደኒቔምን ነይሮም። ዝኾነኾይኑ ኩሉ ምስ ወዳእኩ ፡ አብቲ መጸበይ አጋይሽ ናይቲ መዓርፎ ነፈርቲ ኮፍ በሉ። ነታ ድሕሪ ሰዓት አቢሎም ዝድይብዋ አይሮፕላን ከጽበዩ ኮፍ ዝበሉ ዓመት ዝገበሩ ጠዓሞም።

ድሕሪኡ ናብ ውሽጢ አይሮፕላን መሪሓሞም አትዮም አብ በቦታአም ኮፍ አበሉዎም። ንሓደ ርብዒ ሰዓት ዝኸውን ነቲ ውሽጢ ናይታ አይሮፕላን እናተጠዋወዩ ክርእዩ ነንሕድሕዶም ጨሪሶም አይተዘራረቡን። ኩሉ እቲ ሓድሽ ሓበሬታን ትርኢትን በ'ዒንቶም እናርአዩ አብ ውሽጢ ሓንጐሎም ስአልዋን ሰነድዋን።

ብሩኽን ከብረትን አብ ሓደ ሰፈር ፡ ጥቓ ንጥቓ ኢዮም ኮፍ ኢሎም ነይሮም። ሳምሶን ከኣ አብ ድሕሪአም አብ ዝነበረ መንበር ንበይኑ ነበረ። ናይ ምንቃል ሰዓት አኺሉ ናይ መናብሮም መቓነት ከም ዝዓጥቁ ምስ ተገብረ ፡ አይሮፕላን መጀመርታ ብቐስታ ከም መኪና ነቲ ገራሕ ናይ ቅጥራን መገዲ ሰላል እናበለት ወሰደቶም።

ንምንፋር ክትቀራረብ ከላ ሞቶራ ብርቱዕ ድምጺ ድሕሪ ምፍናዉ ፡ አብቲ ቅጥራን ብልዑል ፍጥነት ከትሕንበብ ጀመረት። ሽዑ ከብረት ፈሪሓ ንብሩኽ ክልቲኡ አእዳው ዕትዕት አቢላ ሓዘቶ። ብሩኽ'ውን ተሰሚዑዋ ነይሩ ፡ ግን ናይ ነገር ወዲ ስምዒቱ ሓቢኡ ትም በለ። ብድሕሪኡ አብ ካልኢታት መሬት ገዲፉ ክትነፍርን ፡ አብ ነፍሲ ወከፍ ደቒቕ እናለዓለት ክትከይድን ተዓዘቡ። አብቲ ከትነፍር ዝነበራ መስመር ብሩኽ ምስ በጽሓት አይሮፕላን ቀጥ ኢላ ከትከይድ ጀመረት። ሽዑ ከብረት አእዳው ብሩኽ ለቐቐትን። ብድሕሪኡ ኩነታቶም ስለ እተረጋግአ እናተዛነዩ ከንዓዙ ጀመሩ።

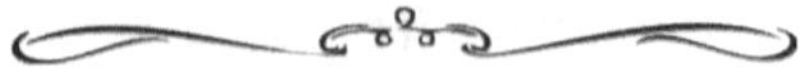

ድሕሪ ናይ ኣስታት ሸሞንተ ሰዓት ጉዕዞ ኸአ ፣ ናብ ለንደን ከም ዝበጽሑን ክዓርፉ ምኽያዮምን እቲ ዘዋርን መራሕን ኣይሮፕላን ካፕተን ሓበሮም። ኣብ መገዲ ብዘይካ ሓደ ኽልተ ግዜ ከፍ ለጢቕ ከትብል ከላ ፣ መዓናጡኦም ዝዝዜኹ ኮይኑ ስለ ዝስመዖም ዝነበረ እተሻቐልያ እንተ ዘይኮይኑ ጽቡቕ'ዮም ተጓዒዞም።

ኣይሮፕላን በረራኣ ዛዚማ ናብ መሬት ምውራድ ከም ዘፍርህን ዘስክፍን ነገር ገይሮም ስለ ዘይወሰድዎ ፣ ጨሪሶም ተዛንዮም ኢዮም ነይሮም። ክትወርድ ምስ ጀመረትን ብሕልፊ መሬት ተንኪፋ ብልዑል ፍጥነት ክትሕንበብ ምስ ጀመረትን ግን ፣ እምበርዶ ጠጠው ከትብል'ያ ዝብል ስክፍታ ስለ ዝሓደሮም ኩሎም ተሸቐረሩ። ክብረት ልዕሊ ኩሎም ስለ ዝፈርሀት ፣ እንደጌናእንደገና ነ'እዳው ብሩኽ ብዘለዋ ሓይሊ ኣትሪራ ጨብጦ ኣቢላ ሒዛ ዓይና ዓመተት። ኣብ ደቃይቕ ኣይሮፕላን ፍጥነታ ኣጉዲላ ከምታ ክነቕሉ ኸለው ሰለል እናበለት ፣ ኣብቲ ናይ ለንደን መዓረፊ ነፈርቲ ጠጠው ኣበለቶም። ብሰላም ብምብጽሓም ከኣ ኣመስገኑን ኣጣቕዑን።

ካብ ኣይሮፕላን ወሪዶም ናብቲ ህንጻ ናይቲ ኣየርፖርት ምስ ኣተዉ ፈጺሙ ደንጸዎም። እቲ ገዲፍሞ ዝመጹ ዘደነቔም ኣየርፖርትን እዝን ምንጽጻሩ ኣይከኣሉን። እዚ ዳርጋ ክንድ'ቲ ገዲፍም ዝመጹ ከተማ ኣስመራ ክኸውን ከም ዝኽእል ገምገሙ። ስለስቲኦም መንእሰያት ቀባሕባሕ በሉ።

ብድሕሪኡ ዘደነቔም እቲ ብዝሒ ገያሻይ ኢዩ ነይሩ። ብተወሳኺ እቲ ምሉእ ህንጻ ካብ ጽሓይ ብርሃን ብዝደምቕ ኩሉ ዓይነት ሕብርታትን መብራህትታት ተኾሊዑ ምስ ረኣዮም ተገረሙ። ብንጽህናኡን ኣቃውማኡን ግፍሑን ኣዝዮም ተደነቑ። ኣብ ውሽጢ'ቲ ኣየርፖርት ዝነበሩ ዝተፈላለዩ ዱኳናትን ፣ ቤት ቁርስታትን ፣ ቤት መግብታትን ፣ ትካላትን ፣ መሳለጥያታትን ፣ ዓይኖም ኣፍጢጦም ኣፎም ዳርጋ ሃህ ኣቢሎም ብተመስጦ እናተዓዘቡ በ'እጋሮም ናብቲ ኩሉ ሰብ ዝኸዶ ይስጉሙ ነበሩ።

ብድሕር'ዚ ካብ ላዕሊ ንታሕቲ ወይ ካብ ታሕቲ ንላዕሊ ፣ ነቲ መደያይቦ መሳልል ኣብ ከንዲ ባዕልኻ እትሓኹሮን እትወርዶን ፣ ጠጠው ኢልካ ከሎኻ ሸረር እናበለ ዘውርድን ዘይብን መሳርሒ ብኣድናቘትን ተመስጦን ተዓዘቡ። ንኽስቀልዎ ስለ ዝፈርሑ ፣ ንደቃይቕ ትም ኢሎም እቲ ኩሉ ካልእ ሰብ ዝገብሮ ከስተብህሉ ወሰኑ። ጽቡቕ ገይሮም ምስ ኣስተብሃሉ ዘይተተርቦም ስለ ዝኾነቾም ፣ ኣብ መወዳእታኡ ብኽንደይ ቀጥቀጥ ደፊሮም ከስቀልዎ በቕዑ።

ብዙሓት ካልኦት ዝወናጨፉ ገያሽ አካላዊ ቋንቋን ቀባሕባሕን ናይቶም መንእሰያት
ብምርኣይ ፣ ናይ መጀመርታኦም ምኳኑ ከስተብሁሎም ከኣሉ። ሸዑ ሓደ ሽምግል
ዝበለ እንግሊዛዊ ሰብኣይ ፣ ኣጋይሽ ምኳኖም ምስ ኣስተብሃለ ፣ ኣብ ዘድልዮም
ኩሉ እናሓበረን እናሓገዘን ኩሉ ወዲኦም ናብቲ መውጽኢ ከሳዕ ዝበጽሑ ሓገዞም።

ሸዑ ሲኞር ፊሊፖ ከጽበዮም ጸኒሑ ፣ በቲ ተስፍም ዝሃሎ ሓበሬታ ንባቶም ምኳኖም
ስለ ዘረጋገጸ ከይተጠራጠረ ከይዱ ተቐበሎም። መሪሕዎም ናብታ ብትሕቲ መሬት
እትጉዓዝ ናይ ከተማ ባቡር ወሰዶም። ኣብ ደቃይቕ ከኣ እታ እትወስዶም ባቡር
ደብኽ በለት። ኣብታ ባቡር ዝጉዓዝ ዝነበረ ብዝሒ ሰብን ፣ ፍጥነታን ፣ ብዝሒ
እትጉተን ዝነበረት ተሰሓብታን ኩሉ ነገራን ኣዝዩ ኣደነቔም። ብሩኽን ከብረትን
ሳምሶንን ሲኞር ፊሊፖ ብባቡር ካብ ወሰደናስ መኪና የብሉን ማለት'ዩ ኢሎም
ብውሽጦም ደምደሙ።

ጉዕዞ ባቡር ዛዚሞም ወረዱ። ካብቲ ውሽጢ መሬት ሳናቱኦም ሒዞም ናብ ልዕሊ
መሬት ደየቡ። ሳናቱኦም ናብ መኪና ከጽዕንዎ ምስ ሓበሮም'ዮም ሲኞር ፊሊፖ
መኪና ከም ዘላቶ ዝፈለጡ። መኪና እንተ ነይራቶ ደኣ ንምንታይ ናብ ባቡር
ከሰቅሎም ኣድልይም ስለ ዘይተረደኣም ተደናገሩ። ሳናቱኦም ምስ ጸዓኑ ኣብ
ከተማ ለንደን ጉዕዞ መኪና ተተሓሓዝዎ። ከምዚ ሲኞር ፊሊፖ ሓሳባቶም ዘንበቦ ፣
ካብ መዓርፎ ነፈርቲ ብመኪና ነቲ ብባቡር 30 ደቒቕ ዝተጓዓዝዎ ርሕቀት
ንምሽፋን ምስቲ ጸዓቒ ትራፊክ ክልተ-ሰለስተ ሰዓት ከም ዝወሰድ ገለጸሎም።
ስለዚ ብኡ ምኽንያት ምኳኑ ነቲ ኣገባብ ዝመረጹ ኣረደኦም።

ሲኞር ፊሊፖ እናተዛረቦም ከሎ ናይ ሰለስቲኦም መንእሰያት ኣቓልቦን ኣተኩሮን
ግን ኣብቲ ዝዕዘብዎ ዝነበሩ ምርኢት'ዩ ነይሩ። ኣዒንቾም ኣፍጢጦም እቲ
ስፍሓት ናይቲ መገድታት I ብዝሒ ከያድን ተመላስን መስመራት መገዲ I ብዝሒ
ዝኽዳን ዝምለሳን መካይን I ብዝሒ ታሕተዋይን ቀዳማይን ደርቢ ዝነበረን ቀያሕቲ
ኣውቶቡሳት I ብዝሒ ጸለምቲ ዝሕብረን ተክሲታት I ብተራኡ ከሰግር ነታ
ውልዕ ጥፍእ እትብል መብራህቲ ዝጽበ ብዝሒ ሰብ I ወዘተ ኣዝዩ ኣገረሞምን
ኣደነቔምን። ንኹሉ በብሓደ ብኣድናቔትን ብተመስጦን እናረኣዩን እናተዓዘቡን
ኣብ እንዳ ሲኞር ፊሊፖ ገዛ በጽሑ።

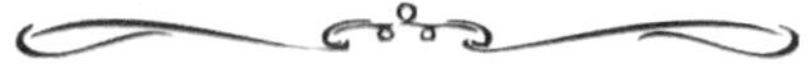

ኣብ ከተማ ለንደን ናይ መጀመርያ መዓልቶም ብሰላም ኣምስዮም ሓደሩ። ድሮ
ህጹጽ ጄጸራ ምስ ሓካይም ስለ ዝነበሮም ንጽባሒቱ ብቐጥታ ናብቲ ሆስፒታል

ከዱ። ሽው ንሽው ንኽብረት ኣፈናዊ ምርመራታት ምስ ገበሩላ ፣ ካብ ንጽባሒቱ ጀሚራ ብህጹጽ ናይ ደማ ምጽራይ (*ድያሊሰስ*) ከም እትጅምር ገበሩ።

በብቲ ዝሃብዎም ቄጸራታት መሰረት ኽኣ ናብቲ ሆስፒታል ምምልላስ ጀመሩ። ከብረት ኣብቲ *ድያሊሰስ* እትገብረሉ መዓልቲ ብምጡን ደረጃ ጽልምት ከብላን ፣ ጸጸኒሑ ቅርጸት ፣ ሕማም ርእሲ ፣ ዕግርግርን ከጸግማ ጀመረ። ብዝያዳ ግን ብስሓ ትሽገር ነበረት። በቲ ዝገብራ ዝነበረ ተሻቒሎም ነቶም ሓኻይም ምስ ሓበርዎም ፣ ከሰክፎም ዘይግባእ ንቡር ነገር ምዃኑን ከትጽመሞ ከም ዘለዋን ኣረድእዎም።

ደም ምጽራይ በቲ ዝወጸ መደብ እናተገብረላ ኽሎ ፣ መብጣሕቲ ከካይደሉም ዝኽእል ሕክምናዊ ትካል ከጠያየቑሉም ጀመሩ። ኣብ መወዳእታኡ ኽኣ ኩሊት ምስግጋር ከገብሩሉም ዝኽእሉ ሓኻይምን ሆስፒታልን ረኸቡሉም። እዚ ኩሉ ምስ ተሰሪምን ምስቶም ዝምውሉሉም ዝነበሩ ተራድኦ ትካልን ብምምይያጥ' ዮም ዘካይድዎ ነይሮም።

ብድሕር' ዚ ንኽብረት ጽዑቕ ምርመራትን ፈተሻታትን ተገብረላ። ኩሊት ንኽልግሱላ ሓዋን ሕጹያን ተቐሪቦም ምንባሮም ሓኻይም ፈለጡ። እዚ ምስ ፈለጡ ብሕልፊ ሓዋ ፍላይ ማንታኣ ምዃኑ ምስ ኣረጋገጹን ፣ ብቑዳምነት ንሳምሶን ምርመራታት ከገብርሉ ከም ዝደለዩ ሓበርዎም። ብሩኽ መጀመርያ ናተይ ይፈተሽ ከብል' ኳ እንተ ፈተነ ፣ ንኣኡ ከሰምዕዎ ግን ኣይደለዩን። በቲ ውሳነኦም መሰረት ኽኣ ንኽብረትን ሳምሶንን ምርመርታት ከካይዱሎም ጀመሩ።

ሓኻይም ዓዲ እንግሊዝ ኩሉ ውጽኢት ምርመራታትን ፈተሻታትን ሓዙ። ኣብቲ ዝርእዩ ዝነበሩ ውጽኢት ምርመራታት ግን ሓደ ከርድኦምን ከሰማማዕሎምን ዘይከኣለ ነገር ገጠሞም። በዚ ምኽንያት' ዚ ንሰልስቲኦም ጸዊያም ከዘራርብዎም ወሰኑ።

ኣብ ቄጸራኦም ምስ ተረኸቡ ሰለስተ ሓኻይም ኣብ ሬቶም ኮፍ ኢሎም ነበሩ። ቅድም ሰላምታ ተለዋወጡ። ብድሕር' ዚ ሰለስቲኦም ሓኻይም ነቲ ውጽኢት ምርመራ ዝሓዘ ሰነዳት ከገላብጥዎ ጀመሩ። ብድሕር' ዚ እቲ ሓላፊ ሓኪም ናብ ከብረት ጠመተ።

"ሳምሶን ብርግጽ ሓውኺ ድዩ? ሓውኺ እንተ ኾይኑኽ ፍላይ ማንታኺ ምዃኑ ርግጸኛ ዲኺ?" ዝብል ደቦላ ሕቶ ኣቕረበላ።

መጀመርያ ጨሪሳ ዘይተጸበየቶ ሕቶ ስለ ዝኸውን ፥ ምስቲ ሕማማን ድኽማን ከምዚ መልሲ ዝጠፍአ ንኽልኢታት ተዓቢሳ ትም በለት።

ብድሕሪኡ ፥ "እንታይ ዓይነት ሕቆ ኢኹም እትሓቱኒ ዘሎኹም? ሓወይ ፍላይ ማንታይ ምኳኑ ሕጇ ዘይኮነ ንዳርጋ ሰላሳ ዓመታት ዝፈልጦ ሓቂ'የ። እንታይ'የ ከምኡ መሕተቲኹም?"

ንሳቶም ግን ንሕቶኣ ሽዑ ከምልሱላ ኣይመረጹን። ከምዛ ዘይሰምዕዋ ትም በሉ። ኣብ ክንዲ ነቲ ክብረት ዝሓተቶም ዝምልሱላ ፥ ነተን ንኣኣ ዝሓተትዋ ሕቆ ብተኽታታሊ ንሳምሶንን ብሩኽን ኣቐረቡሎም። ሳምሶንን ብሩኽን ዕላማ እቲ ሕቆታት ስለ ዘይተረድኦም ብሕርቃን ከትኮሱ ደለዩ።

"ከምዛ ሓብተይ ዝገለጸትልኩም ፍላይ ማንታይ ምኳና ናብዛ ዓለም እዚኣ ካብ ዝመጽእ ኣትሒዘ ዝፈልጦን ተጠራጢሩ ዘይፈልጥን ሓቂ ኢዩ። ኣነን ንሳን ጥራይ ዘይኮንና ግን እንሁለ ሕጹያ ፥ ንሱ ህጻናት ከሎና ጀሚሩ ምሳና ሓቢሩ ስለ ዝዓበየ ፥ ነዚ ነገር'ዚ ኣጸቢቑ ዝፈልጦን ዘረጋግጾን'የ ፥" በሎም ሳምሶን።

"ተባሂሉ'የ ፥ ኣነ ሕጇ ከምልስ እንተ ኹዐይ ንዕኡ'የ ከደግመልኩም'ምበር ፥ ካልእ ከብለኩም ዝኽእል የለን ፥ ምኽንያቱ እቲ ሓቂ ንሱ ጥራይ ስለ ዝኸነ። መልስና ግልጺ ስለ ዝኸነ ግን ንስኻትኩም ኢኹም ንማንታይ ነዚ ሕቆ'ዚ ትደጋግሙልና ከም ዘሎኹም ክትነግሩና ዝግባእ!" በለ ብሩኽ ብትሪ ፥ ቁጥዕ ኢሉ።

እቶም ሓኸይም ትም ኢሎም ብትዕግስቲ ሰምዑዎም። እቲ ማዕበል ሕርቃኖም ምስ ዘሓለ ፥ "መጀመርታ ይቅረታ ግበሩልና። ንሕና ነዚ ሕቆ'ዚ ዘቅረብናልኩም ከነጨንቐኩም ደሊና ኣይኮንናን። ኣብ'ዚ ሕምምቲ ኮፍ ኣቢልና ከምኡ ክንገብር ሞያናን ንሱ ዝምርሓሉ ስነ ምግባርን ኣይፈቕደልናን'የ። መሕተቲና ግን እዚ ብጻየይ ከገልጸልኩም'የ ፥" ኢሉ ነቲ ካልኣይ ሓኪም ምልክት ገበረሉ።

ሽዑ እቲ ካልኣይ ሓኪም ፥ "ኣብ'ቲ ዝገበርናዮ ናይ ክልቴኹም ናይ ኣካሊት (ተሽ) ምርመራ ፥ ናይ ክልቴኹም ከም ማናቱ ዘይኮነስ ከም ኣሕዋት'ውን ዘይሰማማዕ የብሉን። ኣብ ሽዱሽተኡ ናይ ኣካሊት ናይ ምስናዪን ምቅዳውን ዝሕብር ምርመራ ፥ ዋላ ኣብ ሓንቲ'ውን ዘይሳነ ኮይኑ ኢና ረኺብናዮ። ብጻዕሩ ግን ዋላ ብስሩ ጉጅለን ዓይነት ደምኩም'ውን ኣይሰማማዕን'የ። ብሓጺሩ ኣብዚ ምርመራ ተሞርኩስና ፥ ክልቴኹም ካብ ሓደ ስብኣይን ሰበይትን እተፈጠርኩም ባየሎ ጃካዉያን ኣሕዋት ኢኹም ክንበልኩም ኣይንኽእልን ኢና ፥" ኢሉ ተኮሰሎም።

ከብረት ሕማማ ከይኣኽላ ዘይተጸበየቾ ናጢባ ስለ ዝወደቓ ዓቕላ ጸበባ። ኣብ
ዘይትፈልጦ ዓዲ ከላ ነቲ ተጠራጢሪትሉ ዘይትፈልጥ መንነታን መንነት ሓዋን
ዝብድህ ሕቶ ስለ ዝጉነፋ ከትጽለል ደለየት። ድሕሪ ብዙሕ ከትዕን ምልልስን ፡
"እሞ ብዝኹነ ተጋጊኹም ኢኹም። እቲ ዝገበርኩሞ ምርመራ ድገምዎ ፡"
በለቶም።

ነዚ ግን ሓኺይም ከቅበሉዎ ኣይደለዩን። "ከምዚ ዝኣመስለ ንዓኽትኩም
ከሰንብደኩም ዝኽእል ጭብጢ ቅድሚ ምዝራብና ፡ ነቲ ምርመራታት ደጋጊምናዮ
ኢና ፡" ኢሎም እቶም ሓኺይም ኣብ ሓሳቦም ጸንዑ።

ከብረት ምኻን ምስ ኣበያ ፡ ሳምሶንን ብሩኽን ብገደኣም ተጋግዮም ከም ዘለው
ከረድእዎም ፈተኑ። ሓኺይም ግን ኣብ ዘረባኣም ጸንዑ።

ኣብ መወዳእታ ከብረት ፡ "ኣነ ሓሚመ ኣብ ኣፍ ሞት'የ ዘሎኹ። በጃኽትኩም
ምእንቲ ሕምምቲ ኢልኩም ፡ ኣነ ልበይ ከዓርፈለይን ከቆስንን እዚ ምርመራ
ድገሙልና ፡" ኢላ ንብዓታ ብየማንን ጸጋምን ምዕጉርታ እናወሓዘ ለመነቶም።

ኣብ መወዳእታ ኩነታታ ስለ ዘደንገጾም ፡ "እዚ ውጽኢት'ዚ ከንዲ ቅንጣብ'ውን
ስለ ዘየጠራጥረና ብዝኹነ ምኽንያት ኣይድገምን ኢዩ። ካብ ካልእ ሃገር ስለ
ዝመጻእኩምን እዛ መንእሰይ ከኣ ብሓቂ ልብና ስለ ዝበልዓትናን ግን ፡ ደስ
ከብለኩም ከንደግመልኩም ኢና ፡" በሎም።

ሰለስቲኦም ዓቕሎም ጸቢብዎም ስለ ዝነበረ ደጋጊሞም ኣመስገንዎም። ብሕልፊ
ከብረት ኣዒንታን ኣፍንጫኣን እናደራረዘት ደጋጊማ ኣመስገነቶም። ንጽባሒቱ
ንኽመጹ ጨጺራ ምስ ሃብዎም ነቶም ሓኺይም ተሰናቢቶሞም ከዱ።

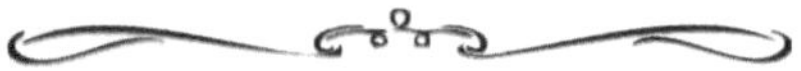

ኣብ ዝቐጸለ መዓልቲ እቲ ምርመራ ሓደ ብሓደ ደገሙሎም። ኣብቲ ውጽኢት
ከንግርዖም ጨጺራ ዝገበራሎም መዓልቲ ፡ ከብረት ኣብ ገዛ ከትተርፍ ሳምሶንን
ብሩኽን ለመነዋ። እዚ መበሊኦም ከኣ ከብረት ሕማማ ከይኣኽላ ፡ ድሮ በቲ
ኩነታት ኣዝያ ተተንኪፋን ኣብ ወጥሪ ኣትያን ስለ ዝነበረት ፡ መሊሳ ኣብ ዝገደደ
ጭንቀት ከይትኣቱ ካብ ዝብል ስክፍታን ሓልዮትን'የ ነይሩ። ንሳቶም ከምኡ ኢሎም
ይሕሰቡ'ምበር ከብረት ግን ካብ እግርኹም ኣይተርፍን'የ ኢላ ኣቕበጸቶም።

ሽው ሰለስቲኦም ብሓባር ንሆስፒታል ከዱ። ናይ ጨጺራ ሰዓት ምስ ኣኽለ ናብ ቤት

ጽሕፈት ሓካይም ኣትዮም ሰላምታ ተለዋወጡ። ሓኪይም የማነ ጸጋም ከይበሉ ብቐጥታ' ዮም ናብ ጉዳዮም ኣትዮም።

"ቅድሚ ብዛዕባ ውጽኢት ምርመራ ምዝራብና ሓደ ነገር ክብርሃልኩም። ናይ ኩሊት ምስግጋር ዝኣመሰለ መብጣሕቲ ቀሊል ወይ ንእሽቶ ነገር ኣይኮነን። ንሕና መጥባሕቲ ተገይሩላ ፣ ኩሊት ተተኪኡላ ምእንቲ ከበሃል ጥራይ ኣይኮነንን እንሰርሕ። መጀመርያ ዕዉት ምስግጋር ክኾነልና ፣ ንለጋስን ተቐባልን ብጥንቃቐ ነዳሉን ንቕርብን። ቅድመ ምድላዋትና ብግቡእ ምስ ዛዘምናን ዕዉት ምስግጋር ምስ ኣካየድናን ፣ ድሕሪኡ እቲ ዝፈኹስ ናይ ጥዕና ምክትታል ኢዩ ዝተርፈና። ተሃዊኽናን ከየረጋገጽናን ብቕልጡፍ እትነጽጐን ዘይሰማማዓን ኩሊት እንተ ተኪእናላ ግን ፣ ክትድሕንን ህይወት ክትረክብን ኣይትኽእልን' ያ ፣" ኢሉ ንብጻዩ ምልክት ገበሩ።

ካብኡ ትቕብል ኣቢሉ ፣ እቲ ካልኣይ ሓኪም ፣ "ብቐዳምነት ሓደ ክትፈልጥዎ ዘሎኩም ሳይንሳዊ ሓቂ' ሎ። ኣሽንኳይ ናይ ፍላይ ማንታ ናይ ኣሕዋት' ውን ውጽኢት ምርመራ ብዘየጠራጥር ኣገባብ' ዩ ዝሰማማዕ። እዚ ናታትኩም ከኣ ብዘየጠራጥር መንገዲ ስለ ዘይሰማማዕ ፣ ኣሕዋት ከም ዘይኮንኩም ኣረጋጊጽና ፈሊጥና ኣሎና። ናይ ደም ዓይነትኩም' ውን ኣይሰማማዕን' የ። ናትካ ኩሊት እንድሕር ተኪእናላ ከትንጽጎ ናይ ዘሎ ተኽእሎ ኣዝዩ ልዑል ኢዩ። ስለዚ ካልእ ኣማራጺ እንተ ሓሰብኩም ጥራይ' የ ዘዋጽኣኩም ፣" ኢሉ ብዘየዋላውል መንገዲ ቑርጺ ውሳነ ኣቐመጠሎም።

ብድሕር' ዚ ብሩኽን ሳምሶንን ናብ ምልምላምን ፣ እንታይ እንተ ገበሩ ከም ዝሓይሽ ከማኽርያም ንኣቶም ናብ ምምሕጻን ሓለፉ።

"ብዛዕባ' ዚ ውጽኢት ምርመራን ኣሕዋት ዘይምዃንኩምን ፣ ንስድራ ቤትኩም ሕተቱን ኣዛርቡን ፣" በሉዎም።

"ነዛ ህይወታ ኣብ ኢዳ ሒዛ ዘላ ሕጽይተይክ እንታይ እንተ ገበርና' የ ዝሕሸና? ኢሉ ብሩኽ ሕንቅንቕ እናበለ ተወከሶም።

"ካልእ ንኽልግሰላ ፍቓደኛ ዝኸውን ሓዋ ወይ ሓብታ ኣብዚ እንተ' ሎ ዝበለጸ ምኽኖልና ነይሩ። እንተ ዘየልዩ ግን ንዓኻ ምርመራታት ክንገብረልካ። ሹው ኣቲ ውጽኢት ርኢና ፣ ናብ ናታ ዝቐርብ እንተ ኾይኑልና ፈተሻናን ምርመራታትናን ንቕጽል ፣" በሉዎም።

ሹው በዓል ብሩኽ በቲ ዝሃብዎም መግለጺን ኣማርጽን ከም ዝዓገቡ ገለጹሎም።

ንኽተሓባበርዎምን ንኽሕግዝዎምን ብዝሃቡዎም ተስፋ ምስጋናኣም ልዑል ምኞኡ ነገርዎም። ድሕሪኡ እቶም ሓኪይም ብዛዕባ ዓዶምን ስድራ ቤቶምን ናይ ቁልዕነት ግዜኦምን ሓተትዎም።

በብተራ ኸኣ ኣሕጽር ኣቢሎም ዘዝከኣሎም ነገርዎም። ነ'ተዓባብያኣም ብዝምልከት ኸኣ ብሓባር ከም ጕረባብትን ፡ መሓዙትን ፡ ኣዕሩኽትን ኲይኖም ካብ ህጻንነቶም ጀሚሮም ከም ዝዓበዩ ብሩኽ ኣዘንተወሎም። ንሱ ካብ ንእስነቱ ከም ሓዋ ኹይኑ ከም ዝዓበየ ፤ እናጕብዙ ምስ ከዱ ግን ከይተፈለጦም ኣብ ፍቕሪ ከም ዝወደቑ ፤ ድሕሪኡ ተሓጽዮም ኣብ መርዓ ምጽንባል ቀሪቦም ከም ዝነበሩ ብዝርዝር ገለጹሎም። ብድሕር'ዚ ተማስጊኖም ብጨጻራ ተፈላለዩ።

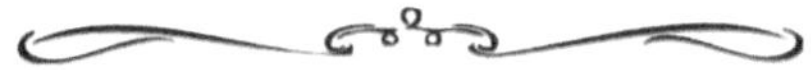

መንእሰያት ምስ ስድራ ቤቶም ብሕልፊ ኸኣ ምስ ተሰፍም ብቐጻሊ ብስልኪ ይዘራረቡ ነበሩ። ብዛዕባ ሕክምናኣም እንታይ ምዕባለ ከም ዝነበረ ከሓትዎም ከለው ኸኣ ፡ ጌና ከብረት ዲያሌሰስ እናገበረት ጕኒ-ጕኑ ምርመራታት ይካየደሎም ከም ዝነበረ ጥራይ'ዮም ዘሕብርዎም ነይሮም። ስለዚ ስድራ ቤት ብዛዕባ'ቲ ደጌም ኣንኔፍዎም ዝነበረ ዘጨንቕ መስገደል ዝፈለጥዎ ኣይነበሮምን።

እቶም ሓኪይም ዝብልዎም ዝነበሩ ጌጋ ምኞኡ ሰለስቲኦም መንእሰያት ጨሪሶም ኣይተጠራጠሩን'ዮም ነይሮም። እቶም ሓካይም ተጋግዮም ስለ ዝነበሩ ኸኣ ፡ እንታይ ገበሩ ብዘይኮነ ዝጭነቑ ካብ ዝብል ነቲ ሓበሬታ ሓቢኦምሎም'ዮም ነይሮም። እቲ ካልኣይ ውጽኢት ምርማራ ምስ ተነገሮም ግን እንታይ ከም ዝብሉን ዝገብሩን ጨነቐም።

ድሕሪ ነዊሕ ምዝርራብ ግን ወለዶም ናይ ግድን ከሰምዕዎ ከም ዘድልን ፡ ንሳቶም ዝፈለጥዎ ሓበሬታ እንተ'ሎ'ውን ከውከሱዎም ከም ዝሓይሽን ተሰማምዑ። ከብረት ካብ ተወሳኺ ጭንቀትን ድኽምን መታን ክትድሕን ፡ ንሳ ምስ ደቀስትን ኣዕረፍትን ከድውሉ ተሰማምዑ። ሽዑ ንምሽቱ ነ'ስመራ ደዊሎም ነ'ልጋነሽን ንተሰፍምን ፡ እቲ ሓካይም ዝብልዎም ዝነበሩ ዘስደምምን ዓቕሊ ዘጽብብን ሓበሬታ ገለጹሎም።

ሳምሶን ነ'ደኡ ዓቕሉ ጽብብ-ጽብብ እናበሎ ፡ "ይርደኣኪዶ ኣሎ'ዩ ማማ? ኣሕዋት ኣይኮነኩምን'ዮም'ኮ ዝብሉና ዘለው። ገለ እትፈልጥዮ ነገርዶ'ሎ'ዩ?" ብምባል ኣዋጠራ።

ተስፎምን ኣልጋነሽን ክርድኦም ኣይከኣለን። ነቲ ተኽሲቱ ዝነበረ ግድል ዝፈትሕ
ዝኸነ ሓገዝን መብርሀን ክህብዎም ኣይከኣሉን። ተስፎምን ኣልጋነሽን እንተ
ኾኑ'ውን ፡ "እዚ ክኸውን ኣይከእልን'ዩ! ተጋግዮም'ዮም!" ካብ ምባል
ሓሊፎም ካልእ ክብልዎን ክሓስቡዎን ዝኽእሉ ሰኣኑ። ንውሱናት ደቃይቕ ከምዚ
ዝኣመሰለ ኩሎል እንተ ዘይኮኑ ፍታሕ ዘየምጽእ ዘረባ ደጋገሙ።

ኣብ መወዳእታ ፡ "በሉ ሕጂ ኣሸንኳይ ንዓኻትኩም መግለጺ ክንህበኩም ፡
ንነብስና'ውን እቲ ጉዳይ ጨሪሱ ክርደኣና ዘይክእል ሕንቅልሕንቂሊተይ ኢዩ
ኾይኑና ዘሎ። ስለዚ ግዜ ሃቡና ቅሩብ ዝግ ኢልና ክንሓስብን ክንተሓታተትን ፡
ሽዑ ገለ እንተ ረኺብና ንሕብረኩም ፡" በሉዎም። በዚ ኽኣ ተሰማምዑ።

ተስፎም ቅድሚ ምስ ደቄም ምፍናዎም ሓንቲ ምሕጽንታ ኣቕረበሎም።

"ብዛዕብ'ዚ ሓኽይም ዝሃቡኹም ሓበሬታ ክሳዕ ሓደ መረዳእታን መግለጽን
እንረኽበሉ ፡ እቲ ጉዳይ ከም ምስጢር ካብ ሓሙሽተና ከይወጽእ ሓደራ ፡"
በሉዎም።

ደቄምን ኣልጋነሽን ነቲ ሓሳብ ስለ እተቐበሉዎ ኽኣ ነቲ ሓበሬታ ክሰትርዎ
ተሰማምዑ።

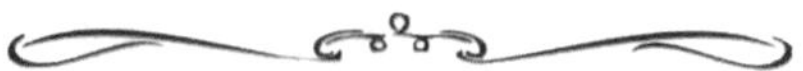

ኣብ ልዕሊ ናይ ክብረት ሕማም ፡ ኣልጋነሽን ተስፎምን ካልእ ሻቕሎትን ሓሳባትን
ተወሲኽዎም ፡ ከምኡ ኢሎም ምስ ሓሳቦም ሓደሩ። ተስፎም ምለእ ለይቲ
ከምቲ ፡ 'ከንዲ ብጹሕ ወላድካ ኣይትምሓል ፡' ዝበሃል "ነ'ልጋነሽ ከምሕለላን
ከሓልፈላን ከም ዘይከእል ፡" ተገንዘበ። "ግን ከኣ በቲ ኽልእ ወገን ፡ ነ'ልጋነሽ
ንእትመስል ሰብ ዘይመሓልካ'ሞ ንመን ይመሓል! ብተወሳኺ ኣልጋነሽ እትመስል
ሰብ ብኽምዚ ከትጥርጠር እትኽእል ሰበይቲ ኣይኮነትን። እቲ ዓይነት ምርመራ
ኣብ ሃገርና ስለ ዘየሎ'ምበር ፡ ሳምሶን ወዳ ምኳኑ ንምርግጋጽ ፡ ነ'ልጋነሽ ነቲ
ምርመራ ከም ዝገበረላ ምግባር'የ ነይሩ እቲ መፍትሒ። እቲ ዝተርፍ ኣማራዲ
ነቲ ምርመራ ናብኡ ኬድካ ምግባር'የ። ግን ከኣ ሕጂ እቲ ቀንዲ ኣገዳሲ ፡ እቲ
ተንጠልጢሉ ዝነበረ ህይወት ክብረት'የ'ምበር ፡ ምርግጋጽ ሓቅነት ናይቲ ዝበሃል
ዘሎ ነገር ኣይኮነን ፡" ኢሉ ሓሰበ። "ስለዚ ኣተኩሮና ናብ ናይ ክብረት ሕክምናን
መብጣሕትን'የ ክኸውን ዘለዎ ፡" ኢሉ ሓሳቡ ደምደመ። ከምኡ ኢሉ ምስ ሓሰበ
ረጋእ። ኣጋ ወጋሕታ ምስ ኮነ ቅሩብ ሰላም ኣበለ።

ኣልጋነሽ ብወገና ነብሳ ክትፍትሽን ነብሳ ክትውጥርን ከምኡ ኢላ ሓደረት። ብዛዕባ ተሰኪማን ተጻዒራን ኢሕ ኢላን ከም ዝወለደቶም ክንዲ ቅንጣብ'ውን ዘጠራጥራ ነገር ኣይነብራን። ነቲ ዝበሃል ዝነበረ ሕንቅልሕቅሊተይ ግን ካልእ መግለጺ ሃሰስ እንተ በለት ሰኣነትሉ። ናብ ዳርጋ ናይ ሰላሳ ዓመታት ህይወታ ንድሕሪት ተመሊሳ ነገራት ክትፍትሽ ጀመረት። ከምኡ ኢላ ክትገላበጥ ሓደረት።

እቲ ዝወጣወጥ ዝነበረ ኣጻብዕቲ ከም ወላዲት ናብኣ ዝቐነዐ ስለ ዝነበረ ኣዝዩ ከበዳ። ከምኡ ስለ ዝኾነ ኸኣ ከም ተስፎም ፣ "እዚ ኣገዳሲ ኣይኮነን ፣ እቲ ሕጇ ዘገድስ ብዛዕባ'ዚ ምጭናቚ ዘይኮነስ ብዛዕባ ከብረት'የ ፣" ኢላ ክትሓስብ'ውን ዕድል ኣይረኸበትን። ነ'ኣልጋነሽ ፣ 'ከምቲ ዘየደቀስ ነገርዎምኻስ ድቃስ ይሓድፉ ፣' ዝበሃል'የ ኾይኑዋ ነይሩ።

ሽዑ ለይቲ ሰለም ከየበለት'ያ ሓዲራ። ኣጋ ወጋሕታ ግን ሓደ ሓሳብ ህሩግ በላ። እቲ ክኸውን ዝኽእል ነገር ኣእምሮኣ ምስ መዘገቦ ግን ክትርዕድ ጀመረት። ከምኡ ከይከውን ከኣ ብልባ ንኣምላኽ ለመነት።

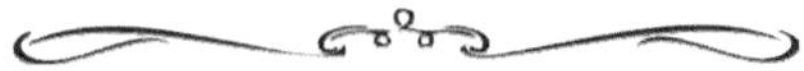

ሓኪይም ነብሩኽ ምርመራ ምስ ገበሩ ፣ ከሳዕ ውጽኢት ምርመራ ድሉው ዝኸውን ኩሎም ከብዶም ሓቒፎም'ዮም ቀንዮም። ልዕሊ ዝኾነ ነገር ድሕነት ከብረት ስለ ዝኾነ ቀዳምነት ዝወሃቦ ፣ ኩሎም ነቲ ሕንቅልሕንቅሊተይ ዝኾነ ጌና ምሉእ ብምሉእ ፍታሕ ክረኸብሉ ዘይከኣሉ ጉዳይ ኣወንዚፎም ፣ ናብ ናይ ከብረት ጥዕናን ድሕነትን'ዮም ኣድህቦኣም ኣዚሮም ነይሮም። ብኣኡ መሰረት ከኣ ንሓንጐሎምን መንፈሶምን ናብቲ ቀዳምነት ክወሃቦ ዝግብኡ ጉዳይ ጥራይ ከተኩር ቀሰብዎ።

ብተወሳኺ እቲ ውጽኢት ምርመራ እወታዊ ከኾነሎም'ሞ ፣ ናብ ዕዉት ምስግጋር ኩሊት ከብጽሓም ለይትን መዓልትን ንኣምላኾም ናብ ምልጋን ሰገሩ። ሓሙሽተኦም ናይ ብሩኽ ውጽኢት ምርመራ ንኸብረት ዝረድእ ከኾኖሎም ኣብ ትጽቢትን ጸሎትን ከለው ከኣ'የ ፣ ካልእ ዘይተጸበይዎ ዘስደምም ነገር እተነግሮምን ዘጋጠሞምን።

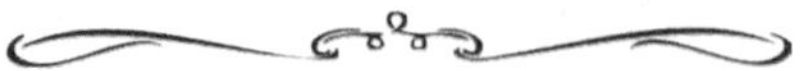

እቶም ንበዓል ብሩኽ ምርመራ ዝገብሩሎም ዝነበሩ እንግሊዛውያን ሓኪይም ፣ ሕጇ'ውን ካልእ ዘገርሞም ውጽኢት ስለ ዝረኸቡ ተደናገሩ። ነቲ ውጽኢት ናይ

ብሩኽ ምስ በጽሐም ከኣ ብችጽበት ግዜ ከየጥፍኡ ፣ ምስ ሰለስቲኦም ከዘራረቡ
ወሰኑ፡፡ ንጽባሒቱ ንግሆ ሰለስቲኦም ተተሓሒዞም ንግሆ ከመጹ ሐበርዖም፡፡

ኣብ ገጽ ሰለስቲኦም መንእሰያት ናይ ሹቕረራን ፍርሀን ተርባጽን ምልከት ይረኣ
ነበረ፡፡ ናብቲ ቤት ጽሕፈት ምስ ኣተዉ ከኑፍ ክብሉ ዓደምዎም፡፡ ሐጺር ሰላምታ
ምስ ተለዋወጡ ሐኪይም ብቐጥታ ናብ ጉዳዮም ብምስጋር ፣ "ሕጂ' ውን
ኣይትሓዙልና ግን በቲ ሐደ ወገን ፣ ነዛ ሕምሞቲ ደስ ዘብልን ተስፋ ዝህብን
ብስራት Ξ በቲ ኻልኣይ ወገን ከኣ ካብቲ ዝቐነየ ዝያዳ ተወሳኺ ሕቶታት
ዘለዓዕልን ፣ ምናልባሽ' ውን ደስ ከይብለኩም ዝኽእልን ውጽኢት ኢና ረኺብና
ዘሎና ፣" በሉዎም፡፡

ሰለስቲኦም በቲ ንጥዕናን ህይወትን ክብረት ዝምልከት ደስ ዘብል ዉጽኢት
ዝበሉዎም ከሕጉሱን ፣ ገጾም ከበርህን ብተስፋ ከምላእን ተራእየ፡፡ እዚ ናይ
ሐጉስን ተስፋን ምልከታት ግን ከይጸንሐ' የ ናብ ናይ ስክፍታን ሻቕሎትን ምልከት
ከቐየር ተራእየ፡፡ እዚ ኸኣ ብምኽንያት እታ ዝሰዓበት 'ዝያዳ ሕቶ ዘለዓዕልን ፣
ደስ ከይብለኩም ዝኽእልን ፣' እትብል ሐረግ ኢዮ ነይሩ፡፡

"ቅድም በቲ ጽቡቕ ዜና ክንጅምር ፣" በለ እቲ መራሒ ጉጅለ ሐኪይም፡፡

ሰለስቲኦም ከም ናይ መወዳእታ ፍርዶም ከሰምዑ እተቐረቡ ገበነኛታት ፣ ብተስፋን
ሻቕሎትን ስክፍታን ናብ ቅድሚት መንበሮም ተወጢጦም ቀረቡ፡፡

"እቲ ጽቡቕ ዜና ናይ ሕጹይኪ ኩሊት እንተ ተተካኣልኪ ፣ ዝኸነ ጸገምን
ምንጻግን ዘየስዕብ ምኹኑ ካብ ዝገበርናዮ ጽቡቕ ፍተሻ ከንራጋገጽ ከኢልና
ኣሎና ፣" በሎም ፍሽክሽኽ እናበለ፡፡

ሰለስቲኦም ተጣማሚቶም ብሐጉስን ራፍታን እና' ኸመስመሱ ሰላም ሰላም
ተበሃሃሉ፡፡ ብሩኽ ከኣ ብድድ ኢሉ ንኽብረት ሐኒቑ ሰዓማ፡፡ ነቶም ሐኪይም ከኣ
ብኽልቲኡ ኢዱ ዓትዒቱ ጨበጦም፡፡ መንእሰያት ዳርጋ እንታይ ከም ዝገብሩን
እንታይ ከም ዝብሉን ዝነበሩ' ውን ኣይፍለጦምን' የ ነይሩ፡፡ ሐንሳብ ብትግርኛ ፣
ሐንሳብ ብእንግሊዝኛ ፣ ሐንሳብ ሐዋዊሶም ኣብ ኣኣፎም ዘዘመጾም ናይ ሐጉስ
መግለጺ ዘረባታት ኢዮም ዝዱርግሕዎ ነይሮም፡፡

እቶም መንእሰያት ነቲ ሐጉስን ፍስሓን ከስተማቕርዎ ሐኪይም ብትዕግስቲ
ተጸበይዎም፡፡ ከም ዝጽበዮዎም ዝነበሩ ምስ ዘከሩን ፣ ካልእ ደስ ዘየብል ሐበሬታ
ከም ዘለዎም ኣቐዲሞም ነጊሮምም ስለ ዝነበሩን ቅሩብ ሰኸኽ በሉ፡፡ ድሮ ግን
እቲ ብቐዳምነት ዝብህግዋ ዝነበሩ ምድሓን ህይወት ከብረት ጨቢጦሞ ስለ ዝነበሩ

ብዙሕ ኣይተሻቐሉን።

"እሞ ቁሩባት እንተ ጄንኩምን እንተ ተዳሊኹምን ፣ እቲ ዝስዕብ ሓብሬታ ክንነግረኩም ፡" በሎም እቲ ካልኣይ ሓኪም።

ሰለስቲኦም ቁሩባት ምንባሮም ርእሶም ብምንቕናቕ ኣረጋገጹሎም።

"ኣቐዲምና ሓንቲ መተሓሳሰቢት ክንነግረኩም ፡" በሎም።

"እሺ ፡" በሉ ሰለስቲኦም ብሓባር።

ነዚ ሕጂ እንሕብረኩም ውጽኢት ፡ መታን ሚኢቲ ካብ ሚኢቲ ዘይኮነስ ክልተ ሚኢቲ ካብ ሚኢቲ ርግጸኛታት ክንከውን ፣ ድሮ ደጋጊምና ዝፈተሽናዮን ዘየጠራጥረናን ውጽኢት ምዃኑ ክንገልጸልኩም ንፈቱ። ከምኡ ስለ ዝኾነ ኽኣ ድገምዎ ዝበሃል ሕቶ ከም ዘይንቅበልን ፣ እንተ እንቅበል'ውን ቐምነገርን ውጽኢትን ከም ዘይህልዎ ኣቐዲምና ክንሕብረኩም ንደሊ ፡" በሎም ትርር ኢሉ።

ከምኡ ምስ በሎም ህንጡይነቶምን ስክፍታኦምን ሰማይ ዓረገ።

ሽሁ እቲ መራሕ ጉጅለ ሓኽይም ፣ "እሕሕ" ኢሉ ጐሮሮኡ ጸሪጉ ፣ "ናይ ሕጹይኪ ኩሊት ሚኢቲ ካብ ምኢቲ ክሰማምዓኪ ይኽእል'የ ዝበልናኪ ብዘይምኽንያት ኣይኮንናን። በዚ ረኺብናዮ ዘሎና ምርመራ ፍላይ ማንታ ሓውኺ ሳምሶን ዘይኮነ ሕጹይኪ ብሩኽ'የ!" ምስ በለ ዳርጋ ሰለስትኦም ፣ እታ ኣዝያ ሓሚማ ዝነበረት ክብረት'ውን ከይተረፈት ብስንባደ ሓፍ በሉ።

"ከትስንብዱ ሓቅኹም ኢኹም ፡" በለ ሓኪም ግብረ መልሶም ኑቡር ምዃኑ ከም እተረድኦ ንኽፍልጦም።

ሰለስቲኦም ካብ ሓደ ናብቲ ሓደ ዓይኖም ኣፍጢጦም ምጥምማት እንተ ዘይኮይኑ ፣ ካብ ኩሎም ቃል ዘውጽእ'ውን ኣይተረኽበን። ፈዚዞምን ተዓኒዶምን ኣፎም ተሎኹቶምን ፣ ዝብልዎን ዝሓስብዎን ጠፊእዎም ትም በሉ።

ድሕሪ መዋእል ዝሓለፈ ዝመስል ስቕታ ፣ "እንታይ? እንታይ ኢኹም ዝበልኩምና? ዋእ ዘረባ'ባ ቀይሩ!" በለት ክብረት።

"ዋእ?! ነዛ ምሉእ ህይወተይ ዘፍቀርኩዋን ፣ ብልበይ ንልዕሊ 10 ዓመት እተሓጸኹዋን ፣ ሕጂ ኽኣ ንኽምርዓም ዝቀራረብ ዘሎኹን ህይወተይሲ ሓብትኽ'የ'ምበር ሕጽይትኽ ኣይኮነትን ዲኹም እትብሉኒ ዘሎኹም?! እንታይ

ዘረባኡ'የ እዚ? !" በለ ብሩኽ ብቑጠወ።

"ሕጂ ኸኣ ዝገደደን ዘደንጹን ጨሪሱ ከኸውን ዘይከኣልን ነገር ኢኹም እተምጽኡልና ዘሎኹም ፣" በለ ሳምሶን ብገደኡ።

"ከትኣምኑዋን ከትቅበሉዋን ከም ዘሸግረኩም ይርደኣና'የ። ምኽንያቱ ነቲ ኣቐዲምና ዝበልናዮ ጌና ከይተቐበልኩሞ ከሎኹም ፣ እዚ ድሒሩ ዝመጸ ውጹእት ምርመራ ንኽትቅበሉ ከሸግረኩም ባህርያዊ ኢዩ። ግን እዚ እንሀበኩም ዘሎና ሓበሬታ ጨሪሱ ዘጠራጥር ኣይኮነን። ብኸመይ ከምኡ ከኸውን ይኽእል ግን ንሕና ከንፈትሓልኩም ወይ ከንሕግዘኩም እንኽእል ኣይኮነን። መግለጺኡን መፍትሒኡን ግን ፣ ኣብ ዓድኹምን ምስ ስድራ ቤትኩምን ብምምኽኻር ኢኹም ከትረኽብዎ እትኽእሉ ፣" ኢሉ ዘረባኡ ደምደመ።

ሰለስቲኦም ካልእ ከብልዎ ዝኽእሉ ነገር ስለ ዝሰኣኑ ፣ ርእሶም ኣድኒኖም ትም ብምባል ኣብ ሓሳብ ጠሓሉ። ሰቕታ ምስ በዝሐ እቲ ቀዳማይ ሓኪም ፣ "እዚ ሓበሬታ'ዚ ንኽትመራዓው ተሓጺኽሙሎ ኣብ ዘለኹምሎ ግዜን ፣ ኣብዚ ዕድመኹም'ዝን ከጋንፈኩም ኣዝዩ ዘሕዝን'የ። ሕጂ ነቲ ሕንቅልሕንቅሊተይ ቀስ ኢልኩም መግለጺ ከትረኽብሉ ፈትኑ። ንዕኡ ብጕኒ መግለጺ ከትረኽብሉ እናፈተንኩም ግን ፣ ንሕና ሕጂ ናብቲ ቀንዲ ናብዚ ሃገር መምጽኢኹም እንተ ሰገርናን እንተ'ተኮርናን'የ ዝሓይሽ ፣" ብምባል ናብቲ ንሹ ብህጹጽ ከውሰን ዘድሊ ስጉምቲ መለሶም።

ሰለስቲኦም ብቕጽበት ካብቲ ኣጨነቖምን ዓብሊሎምን ኣልሚስዎምን ዝጸንሐ ናይ ሻቕሎት ቅዛነት ብምውጻእ ፣ ከምዛ ካብ ሕልሚ ብሓባር እተበራበሩ ፣ "እወ! እወ! ሕራይ! ሕራይ!" በሉ።

ሹ ንስለስቲኦም ቅድም ኣቢሉ ብሩኽ ፣ "እሞ ከምቲ ዝበልኩሞ ናብ ትግባረ ንስገር። ቀዳምነት ከወሃቦ ዘለዎ'የ ፣ ቀዳምነት ከወሃቦ ዘለዎ። ብዝቐልጠፈ እቲ ኩሊት ናይ ምትሕልላፍ መጥባሕቲ ከተካይዱልና ኢና እንደሊ። ከሳዕ ሕጂ ብናትና ኩነታት ብዙሕ ስለ ዘሸገርናኩም ኣይትሓዙልና።"

"ጽቡቕ'ምበኣር ካብ ጽባሕ ጀሚርና ኩሉ ምድላዋትና ከንገብርን ናብ ትግባረ ከንሰጋግርን ኢና። ስለዚ በዚ እንተ ተሰማሚዕና ንሕና ከንከይድ ፣" ኢሉ ብድድ በለ። ንስለስቲኦም ሰላምታ ሂቦም ከኣ ተፋነዉዎም።

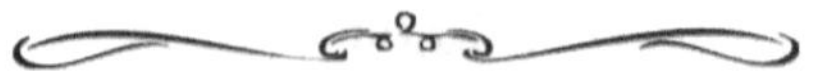

በይኖም ምስ ተረፉ ሰለስቲኦም ብሕንሳብ ከዛረቡ ጀመሩ። ዘረባኦም ስርዓትን
ምትሕልላውን ዘይነበሮ ፣ ኣብቲ ዝሰምዖዖን ዝደንጸዖዖምን ዝረበሸምን ጥራይ
ዘተኮረ ናይ ሃተፍተፍ ዘረባ'ዩ ነይሩ። ድሕሪ ፍታሕን መግለጽን መረዳእታን
ዘየምጽአ ከንቱ ናይ ፍርቂ ሰዓት ዘረባ ኽኣ ብሩኽ ፣ "ሓንሳብ በጀኽትኩም ፣"
በለ ብሃንደበትን ብዓውታን ንኽልቲኦም ብዘሰንበዶዖም ድምጺ። ክልቲኦም ስንባደ
ሓዊሶም ቀው ኢሎም ጠመትዎ።

ሽዑ ብሩኽ ርግእ ኢሉ ፣ "በጀኽትኩም ሕጂ እዚ ፍረ ዘይብሉ ኣብ እንተታት
እተመስረተ ዘረባ ነጭርጾ። ሎሚ ምሽት እዚ ረኺብናዮ ዘሎና ሓበሬታ ንባባን
ንማማ ኣልጋነሽን ንንገሮም። መግለጺኡን ፣ መፍትሒኡን እንታይ ከም ዝኸውንን
ከም ዝመስልን ካብኣታቶም ኢና ክንረኽቦ እንኽእል። ብሳዕቤኑ ኣብ መጻኢ
እንታይ ኢና ክንከውንን ብኽመይ ኢናኽ ክንገጥሞን ክንስግሮን'ውን ሕጂ
ክንግምቶ እንኽእል ኣይኮነን። ከምኡ ስለ ዝኾነ እዚ ኹለል'ምበር ካልእ ፋይዳ
ዘይህልዎ ዘረባ ገዲፍና ፣ ትኹረትና ናብቲ ናይ ኩሊት ምስግጋር መጥባሕቲ ጥራይ
ከነውዕሎ በጀኽትኩም ቃል ንእቶ።"

"ኣብቲ ቀንዲ ናብ'ዚ ሃገር'ዚ ዘምጽአና ህይወት ናይ ምድሓን ዕላማ ነተኩር
ኢኽ እትብል ዘሎኽ። ኣነ ብወገነይ ከሳዕ ዕዉት መጥባሕቲ ኣካይድኩም ህይወትካን
ህይወት ክብረትን እነውሕስ ፣ ነዚ ዘረባ'ዚ ከየልዕሎ መብጽዓ ይኹነኒ ፣" በለ
ሳምስን።

"የቐንየለይ ሳምስን ሓወይ ፣" በለ ብሩኽ ካብ ክብረት መልሲ እናተጸበየ።

"ናተይ ጉዳይ ከተቐድሙን ፣ ንእስነተይን ህይወተይን መታን ከትዕቅቡን ኢኹም
እትማባጽዑ ዘለኹም። ከምዚ ዝኣመሰሉ ኣሕዋትን ከምዚ ዝኣመሰለ ፍቅርን
ከረክብ ብምብቃዐይ ዕድለኛ እየ። ስለዚ ኣነ'ውን ነቲ ከትዕወትሉ እትሓልኑ
ዘለኹም ዕላማ ከይዕንቅፍን ፣ ብዛዕባ እዚ ጉዳይ ከይዛረብን ቃለይ እህበኩም ፣"
በለት ክብረት ብዝተፌላረጸ ቃላት ፣ ዓይና ቁጽርጽር እናበለ።

ከምኡ ምስ በለት ክልቲኦም ተንሲኦም ንኽብረት ሓሓቁፎ'ም ሰዓምዋ። ንሳ ኽኣ
ዓጸፋ መለስትሎም። ብድሕሪኡ ንናይ ጽባሒቱ ጬጸራኦም ከኽረቡ ካብቲ ሆስፒታል
ወጺኦም ከዱ።

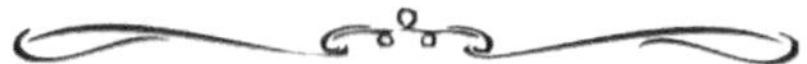

ንምሽቱ ናብ ኣስመራ ስልኪ ደዊሎም ንተስፎም ረኸብዎ። እቶም ሓኻይም ተወሳኺ ሓድሽ ሓበሬታ ከም ዝሃብዎምን ፣ ምስ ኣልጋነሽ ብሓባር መታን ክነግርዖም ጸዊዖዋ ከጸንሕን ነገርዖ። ካብቲ ኣዘራርባኦም እቲ ዝሃብዎም ሓድሽ ሓበሬታ ኣዝዩ ዕቱብን ደስ ዘየብልን ከም ዝመስል ስለ ዝገምገመ ኣዝዩ ተሰከፈ። ተስፎም ሓንቲ ቃል'ውን ኣየድገሞምን ፣ "ሕራይ እዞም ደቀይ ፣" ጥራይ በሎም። ብውሽጡ ግን ገለ ነገር ተሰመዖን ረበጾን።

ብዘይካ ነታ ሰብ ዝሰርሓ እግሩ ንምውዳይ ዘጥፈአን ደቃይቕ ፣ ሓንቲ ካልኢት'ውን ከየጥፍአ ናብ ኣልጋነሽ ተበገሰ። ናብ ኣልጋነሽ እናኸደ ኸሎ ልቡ ብሻቕሎት ተረግ - ተረግ ክትብሎ ትስምዖ ነበረት። እታ ጥዕይቲ እግሩ ፈጥፈጥ እናበለት ከተግድዖ ደለየት።

"በስምኣብ ወወንፈስ ቅዱስ ፣ እንታይ ኮይነ እየኸ'ታ?! ከሳዕ ክንድ'ዚ?!" ኢሉ ነብሱ ከረጋግእ ፈተነ። ነተን ናብ እንዳ ኣልጋነሽ ዝወስዳ ውሑዳት ስጉምትታት ብፍጥነት ወዲኡ ፣ ኳሕ - ኳሕ ኣበለ። ኣልጋነሽ ምስ ከፈተቶ ፣ "ጨልቡ ደዊሎም ጸኒሐም። ድሕሪ ዓሰርተ ደቓይቕ ክንድውል ኢና'ሞ ብሓባር ጸንሑና ኢሎምኒ ፣" በላ ርግእ ኢሉ ኩነታቱ ከይተስተብሃሉ ብምስጋእ።

"እዋይ ጽቡቕ። ጽቡቕ የስምዓና። በል ነጻላ ክገብር መጻእኩ ፣" በለቶ።

ጠጠው ኢሉ ተጸብይዋ ብሓባር ንገዛ ተመልሱ። ኣብ መቐበል ኣጋይሽ ኮይኖም ነታ ከፍሊ ዓጾዮም ኣብ ሓሓሳቦም ጠሓሉ። ነተን መዋእል ዝመሰላኦም ደቓይቕ ሓንቲ ቃል'ውን ከይተለዋወጡ ኣሕለፍወን። ሽዑ ደሓን ትእቶ ስልኪ ጭር ጭርር ኢላ ገላገለቶም።

ብመጀመርያ ከምታ ሓኻይም ዝገበርዋ በቲ ጽቡቕ ውጽኢት ምርመራ ጀመሩ። ብሩኽ ንኽብረት ኩሊት ክልግሰላ ከም ዝኽእል ከም ዘረጋገጹሎም ነገርዎም።

"ናትካ ኩሊት ይሰማምዓ ስለ ዝኾነ ክትልግሰላ ትኽእል ኢኻ ኢሎምኩም? እዋይ ተመስገን ፣" በለ ተስፎም ንሰማይ እና'ንቃዕረረ።

ኣልጋነሽ ነዚ ምስ ሰምዖት ክልተ ኣእዳዋ ኣመዓራርያ ንሰማይ እናጠመተት ፣ ልክዕ ከምዚ ኣብ ቤተ ክርስትያን ዘላ ክልተ ሰለስተ ግዜ ሰገደት። ተስፎምን ኣልጋነሽን ብሓጎስ ከጨደዱ ደለዩ። ጎይታ ጸሎቾም ስለ ዝሰምዖም ከአ ኣመስገኑ። ብሓጎስ ዝብልዎ ጠፍኦም።

"እቲ ሓጕሶም ዶብ ከይሰገረን ፥ ደሓር መምለሲ ከይተሳእኖን ሕጂ ትሓይሽ ፥"
ኢሉ ሓሰበ ብሩኽ። ብቅጽበት ከኣ ናብቲ ሓጕሶም ዝብርዝ ሓበሬታ ከሰግር ወሰነ።

"ካልእ ግን ኣብቲ ምርመራኦም ተወሳኺ ሕንቅልሕንቅሊተይ ዝኾነ ፥ ኣዝዩ
ዘደንጹን ዘሻቕልን ውጽኢት ከም ዝረኸቡ ነጊሮምና ኣለዉ ፥" በሎም።

"ተወሳኺ ሻቕሎት ዝፈጥር ዘደንጹ ውጽኢትን?" ዲኸ ዝበልካ በለ ተስፎም።

ተስፎም ነቲ ወዱ እተሃረቦ ዘረባ ብግቡእ ሰሚዕዎ'ዩ። ግን እዝነይ ድዩ ዋላ
ሰሚዕዮ'የ ብምባል'የ ፥ ካልኣይ መረጋገጺ ካብ ውላዱ ዝሓትት ነይሩ። ኣልጋነሽ
ዘረባ ተስፎም ምስ ሰምዐት ፥ "እዋይ ሕጂኸ ደኣ ኣንታ እንታይ ኢሎሞም'ዮም?"
ኢላ ኩርምይ በለት።

ብሩኽ ብህድኣት ኩሉ እቶም ሓኻይም ዝሃብዎም ሓበሬታ ኣመሓላለፈሎም።

"እንታይ?! እንታይ ኢኸ ዝበልካ ብሩኽ?!" በለ ከይተፈለጦ ዓው ኢሉ።

ብሩኽ ነታ ዝሃቦ ሓበሬታ ቀስ ኢሉ ደገመሉ።

ሕጂ'ውን ተስፎም ሰሚዕዎ ኸሎ ግን ከኣ ከኣምና ስለ ዘይከኣለን ዘይደለየን ከምዛ
ዘይሰምዖ ፥ "ንሳኻን ሕጽይትኻን ኢኹም ኣሕዋት'ምበር ፥ ሳምሶን ኣይኮነን ሓዋ
ኢሎምኩም?!" በለ።

ኣልጋነሽ ነዚ ምስ ሰምዐት ርእሳ ሒዛ ጭብጥ በለት።

ብድሕር'ዚ ተስፎምን ኣልጋነሽን ስልኪ እናተማናጠሉ ዝብልዎን ዝጭብጥዎን
ጠፍኦም። ፍታሕን ፋይዳን ዘየምጽእ ዘረባታት ምድግጋም ጥራይ ኮኑ። ንኹነታቾም
ከከታተል ዝጸንሐ ብሩኽ ከልቲኦም ወለዱ ከብዱ በልዐም። ነታ ዘረባ መታን
መደምደምታ ከገብሩላ ናብ ካልእ ኣርእስቲ ከወስዶም ወሰነ።

"ባባ ካልእ ኣገዳሲ ክንምሕጸነኩም ዝደለና ነገር ስለ ዘሎ ናብኡ ከስግረካ ፥"
በሎ።

ሽዑ ተስፎም እንደገና ተስኪፉ ናብ ተጠንቀቕ ሓለፈ። ብድሕር'ዚ ብሩኽ ብዛዕባ
እቲ ሰለስቲኦም እተዘራረብዎን እተመባጽዕዎን ኣረደኦ።

"ንስኻን ማማ ኣልጋነሽን'ውን ባባ ፥ እዛ ናይ ህይወትናን ጥዕናናን ጉዳይ ከሳዕ
ብስላም እትሓልፈልና ፥ ብዛዕብ'ዚ ጉዳይ'ዚ ንዓና ከተልዕሉልናን ከትንከፉልናን
ኣይንደልን ኢና። ከትሓቱናን ከንዘራረብን ከሎና ፥ ብዛዕባ ናይ ሕክምናናን

ህይወትናን ጉዳይ ጥራይ'ዩ ከኸውን እንደሊ ፡" በሎ ትርር ኢሉ።

"ጸገም የለን ዝወደይ። እዚ ንሕና ከንመኽረኩምን ከንምሕጸነኩምን ዝግበኣና ነገር ኢኹም ንዓና ተገምጢልኩም እትነግሩና ዘለኹም። በዚ ኽኣ ከም እንጸንዕን ናብ ቀምነገር ጥራይ ከም እነተኩርን ኢ.ኹም ኣትምዕዱና ዘሎኹም። ከምቲ ዝሓስብኩሞ ኣምላኽ ዕድመን ጥዕናን ሂቡኩም ብሰላም እንተ ተመሊስኩም ፡ ናይ ካልእ ሸቡ ነርከበሉ ኢና። ኣምላኽ ይባርኹምን ኢዱ የንበርልኩምን እዘም ደቀይ ፡" ኢሉ መረጨም።

"ኣሜን ባባ። እዚ ኹሉ ከሓልፍ ምዃኑ ኣይትረስዕ። ንዝ ኾሳ ሰለስቴና ኣብ ጕኒ ክልቴኹም ከም ዘሎና ፍለጡ። ከይረሳዕኩሞ ሓንቲ ነገር ከዘኻኽረካ። ከምታ ቀዳማይ ዝበልካና እታ ምስጢር ሕጂ'ውን ኣብ ሞንጕ ሓሙሽተና ጥራይ ከትሕጸር ከም ዘለዋ ብወገንና ተረዳዲኢና ኣሎና። ብወገንኩም ከኣ ሓደራ ጥንቅቅ በሉ። ዝያዳና ንስኻትኩም ኢ.ኹም ፈተነ ከገጥመኩም ፡" በሎ።

"በዚ'ውን ኣጆኹም ኣይትስከፉ። ብዝያዳ ካብ ዝኾነ ሰብ ንዓይን ንማማኽ ኣልጋነሽን ዝትንክፍ ነገር ስለ ዝኾነ ዓቲብና ከም እንሕዘ ኣይትጠራጠር። ሕጂ ንማማኽ ኣልጋነሽ ሰላም በሉዋ'ሞ ከንውድእ ፡" ኢሉ ቴሌፎን ነ'ልጋነሽ ኣሕለፈላ።

ኩሎም በብተራ ብዛዕባ ኽልእ ከይተዛረቡን ከይደገሙን ፡ ኣጆኺ እዚ'ውን ከሓልፍ'ዩ ፡ ኩላትና ኣብ ጕንኺ ኢና ዘሎና ፡ ጥራይ ብጸሎት ሓግዝና በሉዋ። ኣልጋነሽ ኣብቲ ግዜ'ቲ ዳርጋ ሓንጕላ ምስኣ ኣይነበረን። ንማለቲ ኢያ ፡ እወ ሕራይ ፡ እወ ሕራይ እትብል ነይራ'ምበር ፡ ዝዛረቡዋ ዝነበሩ ኣይትሰምዕ ፡ እትምልሶ ዝነበረት ኣይትፈልጥ ኢያ ኮይና ነይራ። ሓንጕላ ብየማንን ጸጋምን መታልሓ ፈንጢሱ ከወጽእ ዝደለየ ኹብኑ ተሰምዓ። ዘረባኣም ወዲኣም ከፋነውዋ ከለዉ'ውን በቲ ትሕተ-ውኖ ኣእምሮኣ'ያ መሪቓ ተፋኒያቶም።

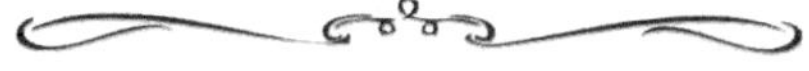

ኣብ ዝቐጸላ መዓልታትን ሳምንታትን ፡ ሳምሶንን ብሩኽን ከብረትን መብጸዓኦም ንምኽባር ነቲ ጉዳይ ከይተዘራረብሉን ከየልዓልዎን ቀነዩ። ብውሽጦም ግን ኩሎም ተጨልዮም'ዮም ነይሮም። ብሕልፊ ብሩኽን ከብረትን ሓንጕሎም ብኽምልስ ዘይኽእል ሕቶታት ተመሊኡ ፡ ከፈስስን ከትኮስን'የ ደልዩ ነበረ። ብሩኽን ከብረትን በበይጦም ብውሽጦም ፡ ዘይውዳእ ሕቶታታን ሓሳባትን እንተታትን የውርዱን የደይቡን ነበሩ።

'እዚ ዝበሃልና ዘሎ ነገር ከመይ ኢሉ'ዩ ሓቂ ክኸውን? ሕራይ እስከ ከም
ሓቂ ጌርና ንውሰዶ። ሓቂ እንተ ኹዪኑኸ እንታይ ኢና ክንከውን? ፍቅርናን
መጻኢ ህወትናን እንታይ'ዩ ከኸውን? ኣሕዋት እንተ ዄንና ብሓቂ ፧ እሸንኳይ
ከም ኣብ ሃገርና ዝኣመሰለ ተሪር ዓቃባዊ ባህሊ ዘለዎ ሕብረተሰብ ይትረፍ ፧
ኣብዘም ምዕቡላት ኢና ዝብሉ ሕብረተሰባት'ኳ ጋዶ! እሞኽ ደኣ? እንታይ
ኢና ክንከውን? '" እናበሉ ከምልስም ዘይኽእሉ ሕቶታት ኣብ ውሽጢ ሓንጎሎም
ይድርድሩ ነበሩ። ጽንሕ ኢሎም ከኣ ፧ "ዋይ እንታይ ገዲሹና'ዮኽ ሓንጎልና
ነናውጽ? እዚ ዝብልዎ ዘለዉ ነገር ብዝኾነ ተኣምራት ሓቂ ከኸውን ዘይክእል
ነገር'ዩ! ብዝኾነ መንገዲ ኣሕዋት ክንከውን ኣይንኽእልን ኢና!" ይብሉ'ሞ
ጽንሕ ኢሎም ከኣ እንደገና ፧ "እንተኾነ'ኸ ፧" ዝብል ጥርጣረ ይመጾም ነበረ።

ሸው ግልብጥ ኢሎም ፧ "ዋላ ከምኡ ይኹን'ምበር ተፈላሊና ከንነብር ኣይንኽእልን
ኢና። እቲ ሓደ ብዘይታ ሓንቲ ፧ እታ ሓንቲ ብዘይቲ ሓደ ምንባር ዝበሃል
ከሕሰብ'ውን ዘይከኣል'ዩ። እንድሕር ኣምላኽ ብሓባር ከይንነብር ደልዩ ኹዪኑ
ነዚ ዝፍጽሞ ዘሎ ፧ ንምንታይ ንኣስታት ዓሰርተ ዓመት ኣፋቒሩናን ህይወት ሂቡናን? '
እናበሉ ነብሶም ይሓቱ'ሞ ጽንሕ ኢሎም ከኣ ፧ "ከይተፈላለና ብህይወትን ብሓባርን
ብፍቅርን ከንነብር እንተ ዄንና ግን ኣብ ዓድና ዄንካ ዝከኣል ኣይኮነን። ከምኡ
ኣንተ ኹዪኑ ኣብ ካልእ ሃገር ፧ ኣብ ዘይፈልጡናን ዘይንፍልጦምን ሕብረተሰብ
ተሰዲድና ፧ ካብ ደቂ ሃገርናን ስድራ ቤትናን ንዘልኣለም ርሒቒና ፧ ህይወትናን
ፍቅርናን ዘይንመርሕ ፧" ዝብል ኣተሓሳስባ ይመጾም ነበረ።

ኣብ መወዳኣታ ፧ "እዚ ከንገብር እንተ ዘይከኣልናኽ?" ኢሎም ነብሶም ይሓቱሞ ፧
"እሞ ከምዚ እንተ ኹዪኑ መወዳእታናን ዕጫናን ፧ ካብ ምፍልላይ ከምዛ
ዘሎናያ ብፍቑራትናን ጥሙራትናን ነዛ ዓለም ከንሰናበታ ኣሎና ፧" ዝብል ሰይጣናዊ
ኣተሓሳስባ'ውን ብሓንጎሎም ይሓልፍ ነበረ። በዝን ወድኽምዝን ኣተሓሳስባ
ሓንጎሎም ተዋጢሩ ከጭደድን ከትከዐስን ደለየ።

እዚ ኹሉ ድሕሪ ምትንታን ግን ዘይርም ዘይርም ኩሉ ግዜ ናብ "ኖኖ እዚ'ኳ
ከኸውን ዝኽእል ነገር ኣይኮነን። ናይ ግድን ካልእ መረዳእታን መግለጽን ከህልዎ
ኣለዎ'ምበር ፧ ብዝኾነ ተኣምራት ኣሕዋትስ ከንከውን ኣይንኽእልን ኢና!" ናብ
እትብል መደምደምታ'ዮም ዝምለሱ ነይሮም። ዳርጋ ብርድኢቶም መታን ህይወት
ከብረት ከድሕኑ'ዮም ናይቶም ሓኻይም ዘረባ ከም ዝተቐበሉዎ ኣምሲሎም
ከኰዓዙ ዝወስኑ'ምበር ፧ ከም መትከልን እምነትንሲ ሕጂ'ውን ጨሪሶም'ዮም
ዘይተቐበሉዎ ነይሮም።

ከምዚኦም ዝኣመሰሉ ሓሳባት ለይትን መዓልትን ብውሽጦም እናሓሰቡን
እና'ሰላሰሉን ፧ ናይ ሕክምናኦም ጉዳይ ከኣ ጕኒ-ጕኑ የካይዱ ነበሩ።

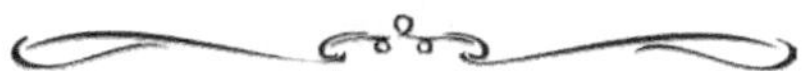

እዚ ናይ መወዳእታ ሓበሬታ ንተስፎም ኣዝዩ ኣዘናበሎን ኣጨነቖን። እቲ መጀመርያ ዝነገርዎም ውጽኢትን ሓበሬታን ፣ ነ'ልጋንሽ'ምበር ንኣኡ ክንድ'ቲ ዝትንክፎን ዘሻቕሎን ኣይነበረን። ይኹን'ምበር እቶም ቈልዑ ዳርጋ ደቁ ፣ ኣልጋነሽ ከኣ ዳርጋ ሓብቱ ፤ ከምኡ'ውን ኣብ ቀረባ ሓደ ስድራ ቤት ክኾኑ ይቀራረቡ ስለ ዝነበሩ ፣ ብውሱን ደረጃ ተሰሚዕዎ ነይሩ'ዩ።

እዚ ኻልኣይ ግዜ ሓኻይም ሓቢሮምና ኢሎም ዝነገርዎም ግን ፈጺሙ ክወሓጠሉ ኣይከኣለን። ንነብሳ ይምሓር ክብርቲ በዓልቲ ቤቱ መድህን ክሳዕ ሽው ኣሸንኳይ ብኽንድ'ዚ ዝኣክል ነገር ፣ ብኻልእ ንእሽቶይ ጉዳይ'ውን ጠርጢርዋ ኣይፈልጥን'ዩ ነይሩ። ሕጂ ግን ተጠራጠረ።

በቲ ኣበሃህላ ብሩኽ ኣይወድኻን'ዩ ከም ዝበሃል ዝነበረ ተረዲእዎ ነይሩ'ዩ። እዚ ኸኣ ልዕሊ እቲ ኹሉ ዘጋጠሞ ሓርጎጽጎጽን ጸገምን ፣ ንናይ ህይወቱ መሰረት ተናኸፎን ነቓነቖን። ርግእ ኢሉ ክሓስብ እንተ ደለየ ፣ ክረግእን ብዕቱብን ብትዕግስትን ክሓስብ ኣይከኣለን። ኣተሓሳስባኡ ተመቓቒለን ተሓዋወሰን። ንሓንጎሉ መስመርን መኣዝንን ከትሕዞ እንተ ፈተነ ፣ እናተኸፋፈለን ናብ ዝደለየ እናጋለበን ኣሸገሮ። ኣብ መወዳእታኡ ከምታ ኣቦኡ ብንእሽቶኡ ዝምህርዎ ዝነበሩ መጀመርያ ጸሎት ገበረ። ቀጺሉ ንሓሙሽተ ደቒቕ ዝኸውን ደጋጊሙ ፣ ነዊሕን ዓሚቕን ትንፋስ ሰሓበን ኣስተንፈሰን። ድሕር'ዚ ሓንጎሉ ዝግ ኢሉ ረግአ።

ናብ ድሕሪት ናብቲ እተመርዓዉሉ ግዜ ተመሊሱ ክዝክር ጀመረ። ንሱ ዓጠምጠም ዝብል ወዲ 22 ዓመት ጐበዝ በጺሒ ፣ መድህን ከኣ ለይለይ እትብል ጓል 17 ዓመት መንእሰይ ከላ ተዘከሮ። ብድሕሪኡ ናብቲ ናይ ሕጽኖቶም ግዜ ሰገረ። መድህን ብዙሕ ከይጸንሐት ከም ዝጠነሰት ዘከረ። ነቲ ኣብ ሕጽኖቶም ዝሓለፈን ዘሕለፍዎን ግዜ ፣ ኣብኡ ዝተኻፈሉን ዝነበሩን ደቂ ተባዕትዮ ፣ እቲ ዝነበረ ሃዋህውን ኩነታትን ፣ ሓደ ብሓደ ከም ስእሊ ብቕድሚ ዓይኑ ሓለፈ። ሽውን ብድሕሪኡን'ውን ናብቲ መጀመርያ ውጻእ ሓዳር ዝነበርሉ ውሱናት ኣዋርሕ ሰጊሩ ፣ እንደገና ተዘክሮኡ ከም ሕሱም ክብርብር ፈተነ።

ኩሉ ኣድቒቑ በብሓደ እንተ ፈተሸ ግን ፣ ናብዚ ሕጂ ኣይወድኻን'ዩ ዝበሃሎ ዝነበረ ኩነታት ከብጽሕ ዝኽእል ኣጋጣሚታት ክረኣዮ ኣይከኣለን። ገለ ዝሰገርኩዎን ዘየስተብሃልኩዎን ነገርስ ናይ ግድን ክህሉ ኣለዎ'ምበር ኢሉ ፣ እንደገና ደጊሙ ደጋጊሙ ክዝክር ፈተነ። ግን ዝኾነ ናብኡ ዝእምትን ፍንጪ ዝህብን ነቓዕ ክረክብ ኣይከኣለን።

ብድሕሪኡ ብሩኽ ሓዋ ንኽብረት'የ ይበሃል ስለ ዝነበረ ፤ ናብቲ ቅድሚኡ
ዘይሓሰቦን ሕጂ ምስ ሓሰቦ ግን ኣዝዩ ዘርዓዶን ሕቶ ሰገረ። "ሃብቶም ምስ
መድህን? መድህን ንሃብቶም?" ናብ ዝበል ዝጸበበ ፤ ግን ከኣ ዝያዳ ዘሻቕልን
ዓቕሊ. ዘጽብብን ፍተሻ ሰገረ።

"ኣብ መርዓናን ሕጽኖትናን ሃብቶም ሓደ ካብ ኣዕሩኽ'ውን ኣይነበረን።
ብጉርብትናን ብናይ ቄልዕነት ምሕዝነትን ፤ ብሓባር ብምዕባይናን'የ ኣብቲ መርዓ
ተኸሪሉ። ድሕሪ ቄልዕነትና ግን ብጉርብትናን ፤ ደረጃ ትምህርትን ፤ ስራሕን ፤
ምሕዝነትን ፤ ናብራን ስለ እተፈላለናን እተፈናተትናን ፤ ኣዝዩ ጥቡቕ ርክብ
ኣይነበረናን። ርክብናን ቅርርብናን እንደገና እተሓደሰ ፤ ድሕሪ ሸርክነት እንዳ ባኒ
ምጅማርናን ጨለዉ ምውላድናን ኢዩ ፤" ኢሉ ሓሰበ።

"ጥዓ ኣይከውንንየ'ዚ ፤ ዋላ ከኽውን እንተ ዝኽእል'ውን ፤ ንሃብቶም ነዚ
ዕድል'ዚ ከፍቅደሉ ዝኽእል ግዜን ኩነታትን ኣይነበረን ፤" በለ። "ስለዚ ትም
ኢለ'የ ዝኹለል ዘሎኹ'ምበር እዚ ከኽውን ዘይክእል'የ ፤" ናብ ዝብል
መደምደምታ በጽሐ። ብድሕሪኡ ሓንጎሉ ከትከውስ ከናወጽን ከሳዕ ዝደለሊ ፤
ኣሸበሽብ ኢሉ ካልእ ነገር ከዘክር እንተ ፈተነ ግን ፤ ዝኾነ ፍንጪ ክረክብ
ኣይከኣለን።

"ነፍሳ ይምሓር መድህን ፤ ልዕሊ ነብሱ ዝኣምናን ዘኽብራን ሰብ ነዚ ከትውዕሎ?"
ኢሉ ንነብሱ ሓተተ። ነታ ኣዝዩ ዘኽብራን ካብ ነብሱ ኣብሊጹ ዝኣምናን
መዋቲት በዓልቲ ቤቱ መድህን ፤ ዋላ ንሓንቲ ህሞት'ውን ትኹን ብምጥርጣሩ
ሕማቕ ተሰምዖ። "ኣሸንኳይ ከጥርጥራስ ንሓንቲ ካልኢት'ውን ትኹን ከሓስቦውን
ኣይነበረንን ፤" ኢሉ ከጠዓስ ጀመረ።

ብድሕሪኡ ነታ ብህይወታ ዘየላ መዋቲት በዓልቲ ቤቱ ብኽምዚ ገቢንን ጥልመትን
ብምጥርጣሩ ፤ ኣዝዩ ኣጉሃዮን ኣስቴርቴሮን። ነቲ ብሩኽ ወድኽ ኣይኮነን ዝበሃሎ
ዝነበረ ኣርእስቲ ኣዋዲቑ ፤ ናብ ከመይ ገይረ እጥርጥራ ዝብል ነብሰ ምውጣርን
ከስን ሰገረ። "ኣነ ዘይጠቅም ዘይረብሕ ሰብ ኩይነ'የ'ምበር ፤ ንኽም መድህን
ዝኣመሰለት ሰብ'ዮ ትጥርጥራ ኢኽ?" ናብ ዝብል ካልእ ወጥሪ ኣተወ።

እሞ ካልእስ ደሓን ፤ ብሓደ ኣፊቱ ንምዉትቲ ከትከስስ ፤ እሞ ኽኣ ንኽም መድህን
ዝኣመሰለት መልኣኽ ፤ ዝብል ኣዋጣሪ ሕቶ ንነብሱ ምስ ሓተታ ፤ መሊሱ ብኽቱር
ጉሃዮን ኣስቴርቴሮን። ኣብዚ ግዜ'ዚ ተስፎም ድሮ እቲ ብሩኽ ኣይወድኽን'የ ስለ
እተባህለ ዘናዉጸ ዝነበረ ሕቶ ረሲዑን ጠንጢኦን ፤ ናብ ንመድህን ከመይ ገይረ
ብኽምዚ እጥርጥራ ዝብል'የ ምሉእ ብምሉእ ሰጊሩን ብኣኡ ተዓቢሉን ነይሩ።

ካብ በቲ ቀንዲ ኣርእስቲ ኸኣ ፣ በቲ ካልኣዊ ኣርእስቲ ተዓብሊሎን ተጨኒቐን ፣ ኣብ ነብሰ ወቆሳን ነብሰ ኹነኔን ብምውዳቕ ዓቕሎ ጸበቦ።

በዚ ኣተሓሳስባ'ዚ ሓንጎሉ ተዋጢሩ ሰለም ከየበለ ሓደረ። ኣብ ኣጋ ወጋሕታ ድኽም በርቲዕዎ ንሓንሳብ ቀም ኣበለ። ኣብ ሞንጎ ሕልምን ድቃስን ከሎ ሓደ ነገር ትዝ ኢሎዎ ፣ ብርር ኢሉ ካብ ዓራት ነጢሩ ተንስአ። እንታይ ትዝ ኢሎዎ ከም እተባራበረ ከዘክር ኢሉ እንተ ፈተነ ግን ዕጮ ሓንፈፈሎ። ንሓደ ሰዓት ዝኽውን ርእሱ ክትኩስ ከሳዕ ዝደሊ ኣብ ጸልማት ኮይኑ ክዘክር ፈተነ ፤ ግን ሓንጎሉ ባዶሽ ኮይኑ እምቢ በሎ። ብድሕሪኡ ካብዚ ዝያዳ ክገብሮ ዝኽእል የለን ኢሉ እንደገና ብጉቦ ክኽውን ወሰነ።

ሽዑ ብልቡ ናብ ኣምላኹ ጸሎት ኣዕረገ።

"ጎይታ እዚ መጺኡኒ ዝነበረ ናይ ተዘከሮ ብልጭታ ፣ ዝጠቅምን ዝጠቅመንን እንተ ነይሩን እንተ ኹይኑን ፣ በጃኽ ንኽዝክሮ ሓግዘኒ ፣" እናበለ ደጋጊሙ ጸሎት ገበረ።

ጸሎቱ ድሕሪ ምዕራጉ ቅሩብ ሰለም ኣበለ። ድሕሪ ኣዝዮ ነዊሕ ዝመሰሎ ግዜ ድቃስ ሽለብ ኣበሎ። ኣብ ሞንጎ ሓጺር ድቃሱ ኸኣ ፣ እንደገና ሓደ ነገር ትዝ ኢሎዎ ሰንቢዱ ተንስአ። ሽዑ ብመጀመርያ እታ ቅድሚ ድቃስ ምውሳዱ ዝገበራ ጸሎት ደገመ። ሽዑ ቀስ ኢሉ ካብ ዓራት ወሪዱ መብራህቲ ኣብርሀ።

ብቅጽበት እቲ ክዝክሮ ዝፍትን ዝነበረ ሓሳባት ተጋህደሎ። ሓንጎሉ ናብ ሓሙስ መዓልቲ ፣ ጥሪ 1952 ዓመተ ምሕረት ዝነበረ ኩነታት ወሰዶ። ናብቲ መድህንን ኣልጋነሽን ኣብ ናይ ሰዓታት ፍልልይ ፣ ሕማም ሕርሲ ተታሒዘን ብተኽታታሊ ናብ ሓደ ሆስፒታል ዝበጽሓሉ ህሞት ፤ ናብቲ ንጽባሒቱ ኣብ መንጎዳ ክልተ ዓበይቲ ኣውቶቡሳት ተጋጭየን ናብቲ ገደል ዝጸደፋሉ ህሞት ፤ ናብቲ ብሰንኩ ኣዝዮ ብዙሕ ሰብ እተጎድኣሉን ዝሞተሉን ኣስካሕካሒ ህሞት ፤ ናብቲ ሆስፒታላት ኣስመራ ብሰንኪ ብዝሒ ምዉታትን ህሱያትን ቄሱላትን ፣ ዓቕለን ዝጸበበንን እተጨነቓሉን ግዜ'ቲ ተዓዘረ።

እቲ ሓደጋ ዘስዓቦ ጽዕቂ ስራሕን እተኸሰተ ዕልቅልቕን ብዝርዝር ዘከረ። ሽዑ መዓልቲ ብመወዳእታ ዘነበረ መስመስታ በርቅን ነጎዳን እተሰነየ ብርቱዕ ዝናብ ከም ዝነበረ ፤ 'ኣብ ርእሲ ዘላታ ተወሰኸታ ፣' ኮይኑ ኸኣ ንምሽቱ ኣብ ኣስመራ ፣ ዘይልሙድ ዳርጋ ዘይገጥምን ናይ ኤለክትሪክ ምቁራጽ ኣጋጢሙ ፣ ምሉእ ከተማ ከም ዝጸልመተ ፤ ሆስፒታል ብጀነሬተር ከሰርሕ ኣምሰዩ ፣ ከባቢ ሰዓት ትሽዓት ጀነሬተር ስራሕ ጸዒቑዋ ረሲና ኢዳ ከም ዝሃበት ፤ ብድሕሪኡ

ብሽምዓታትን ፉኑሳትን ገይሮም ስራሓም ከም ዝቐጸሉ ፤ ሓደ ብሓደ ከም ስእሊ ብቕድሚ ዓይኑ ሓለፈ። ኩነታት ከምዚ ኢሉ ኸሎ መድህንን ኣልጋነሽን ኣብ ሓደ ሰዓት ፤ መማናቱ ህጻናትዉ ከም ዝተገላገላ ከበስርዎ ከምዛ ትማሊ ኮይኑ ተሰምዖ።

ከምዚ'ሉ ምስ ዘከረ ፤ ከምዚ ናይ ለይቲ በርቂ ንጸልማት ጭድድ ኣቢሉ በርሃዉ ዘብሎ ፤ ሓንጕሉ ከበርሀን ከኸፈትን ተሰምዖ። ሽዑ'ዮ መግለጺ ናይቲ ከፈትሕዎ ዘይከኣሉ ዘጨንቐም ዝነበረ ግድል ፤ ንሱ ከኸውን ዓቢ ተኽእሎ ከም ዝነበሮ ዝገምገመ። እዚ ሓሳብ'ዚ ኣብ ሓንጕሉ ምስ መጸ ፤ ስዉነቱ ፈኺሱ ፤ ሓንጕሉ ኸኣ ረግአ።

ብድሕር'ዚ ሓደ ካብቲ ብዙሕ ናይ ግራዝማች ዘረባ ትዝ በሎ። "ኣብ ግዜ ጸበባን ሽግርን ፤ ንጭነቕን ዓቕሊ ነጽብብን ኢና። ኣብ ከምኡ ነቲ ኣዚና እንብህጎ ፍታሕ ፤ እዝግሄር ከሕብረናን ከገልጸልናን እንተ ለሚንናዮ ባዕሉ ይገልጸልና'ዮ። ዋላ'ቾም ባዕልና ዘምጻእናዮም ዘመስሉና ኣደነቕቲ ሓሳባትን ፍታሕትን ቃላትን ናቱ ኢዮም! ንሱ'ዮ ነቲ ሓሳብ ኣብ ውሽጢ ሓንጕልና ከም ዘፍልፍልን ፤ ናብ ኣደነቕቲ ቃላት ከም ዘልወጡን ዝገብር ፤" ዝብልዎ ዝነበሩ ዘኪሩ ከምስ በለ።

ሽዑ ከወግሓሉ'ሞ ምስ ኣልጋነሽ ከዘራረብ ተሃንጢዮን ተሃወኸን። እቲ ብመታልሑ ከወጽአ ዝደሊ ዝነበረ ሓንጕሉ ፍኹስ በሎ። ነቲ ኩነታት'ቲ ካብ ኣልጋነሽ ይኹን መድህን ፤ ካብ ሃብቶም'ውን ፤ ንሱ ብዝያዳ ከም እተኸታተሎን ከም ዝፈልጦን ነ'ልጋነሽ ከረድአ ተሃወኸ። ስምዒታን ኣተሓሳስባኣን ከሰምዕ ተሃንጠየ። ጓል ኣንስተይቲን ኣደን ስለ ዝኾነት ፤ ካልእ ንሱ ከም ወዲ ተባዕታይ ከስምዖን ከርድኣን ዘይከእል ፤ ጥልቕ ዝበለ ስምዒታን ርድኢትን ከህልዋ ከም ዝኽእል ገምገመ። ኣብቲ ግዜ'ቲ'ዮ ናብ ምስትንታን ዝሰገረ።

ከምኡ ኢሉ ድሕሪ ምሕሳቡ ፤ እቲ ኣቐዲሙ ንመድህን ጠርጢርዎ ዝነበረ ተዘከሮ። ሽዑ ፤ "ኣየ ድሮ'ኳ ኣነ ርጉም ኣነ! ኣነ ከይሲ ኣነ! ነዛ ንጽህቲ ብጸይተይ ብዘይኣበሰቶ ተመጣጢረን ተሃዊኸን ከጥቅና ፈቲነ ጸኒሐ! መድህነይ ኣይትሓዝለይ! ጕይታ ኸኣ ይቕረ በለለይ!" በለ።

ብድሕር'ዚ ምስትንታንን ነብሰ ወቐሳን ናብ ካልእ ሓሳባት ሰገረ። ከምዚ ብምባል ከኣ ምስ ነብሱ ምዝራብ ቀጸለ ፤ "መድህነይ እንተ ትነብርሲ ፤ ከንድምንታይ ምሓገዘትኒ፤" በለ። ጸኒሕ ኢሉ ኸኣ ፤ "በቲ ሓደ ወገን ከኣ ነዚ ጓሂ'ዝን ፤ ነዚ ሻቕሎት'ዝንሲ እንቋዕ ደኣ ኣይተጋለጸት ፤" በለ። ቀጺሉ ኸኣ ፤ "እዘም ጨልቡ ብህይወት ከሳሉ ድዮም ጌና ኣብ ዘይተፈልጠሉን ፤ ህይወት እንተ ረኺቦም

ከአ መጻኢኦም ብሩህ ድዮ ክኸውን ፤ ወይሲ ደባን አብ ዘየረጋገጽናሉ ግዜ ኢና ዘሎና፡፡ እሞ አብ ከምዚ ጽልግልግ ዝበለ ኩነታት ደአ ፤ እንታይ ገበረት እታ ንጽህተን ርህርህተን ብጸይተይ በዚ እተሳቐየት ፤" ከአ በለ፡፡ ከምዝን ካልእን እናበለ ብሓሳብ እናኹለለ ኸአ ፤ ከም ዘይወግሕ የለን ወግሐሉ፡፡

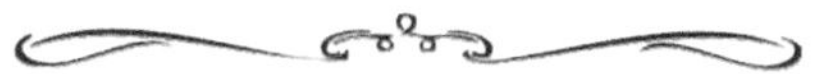

አብቲ መጀመርያ መዓልቲ አብ አጋ ወጋሕታ ፤ ነ'ልጋነሽ ዝመጻ ሓሳብ ነይሩ'ዮ፡፡ እቲ ካብ ደቄም ዝረኽብዎ ካልአይ ሓድሽ ሓበሬታ ፤ ምስቲ እተቐልቀላን ዝጠርጠረቶን ሓሳብ ይሳን ብምንባሩ ነ'ልጋነሽ ብዙሕ አየሰንበዳን፡፡ እተውልድ ዘይከውነትስ ፤ ኢሕ ኢላ ባዕላ እትወልድ ፍጥረት ስለ ዝነበረት ከአ ፤ ምስ መን ተዋሲባን ካብ መን ወሊዳቶምን ንዝብል ሕቶ ፤ ንሓንጐላን ንተዘክሮአን ብሕሱም ከትፍትሽን ከተጨንቕን'ውን ዘድልያ አይነበረን፡፡

ርግእ ኢላ ነቲ ተኸእሎታት ምስ አኳማሰዓቶ ፤ እዚ ካልአይ ሓበሬታ ከምቲ ቀዳማይ መዓልቲ ዝነገርዋም ሓበሬታ ገይፉው'ን አየዘናበላን፡፡ እቲ ካልአይ መዓልቲ ዝሃብዎም ሓበሬታ ፤ ነቲ ቀዳማይ ለይቲ ዝመጻ ሓሳባትን ጥራጥረን'የ ዘራጉዶ ነይሩ፡፡ ብድሕሪኡ ንድሕሪት ተመሊሳ ምስ መድህን ፤ ከም ላግጽን ዘገርም አጋጣምን ገይረን ዘዕለላኦ ዝነበራ ነገራት ከትዘኽኽር ጀመረት፡፡

እዝን ካልእን ከትዝከር አልጋነሽ'ውን ብወገና ሰልም ከየበለት'ያ ሓዲራ፡፡ ኩሉ'ቲ ዝሰመዓ ዝነበረን ፤ ኩሉ'ቲ ተዘከሮአን ፤ ኩሉ'ቲ ምስ መድህን ዝበሃሃላኦ ዝነበራን ንተስፍም ከትነግሮ ተሃንጠየትን ተረበጻትን፡፡ ሰዓት ሽዱሽተን ፈረጃን ከሳዕ ዝኸውን ተጻሚማ ጸንሐት፡፡ ብድሕሪኡ ግን ምኽአል ሰአነት፡፡

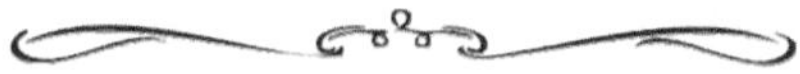

ተስፍም'ውን ብተመሳሳሊ ከምኡ ኢሉ ሰዓት ምሕላፍ አብይዎ ከዕጠጢ ፤ ከሳዕ ሰዓት ሽዱሽተን ፈረጃን አቢሉ ጸንሐ፡፡

ሰዓት ሽዱሽተን ፈረጃን ምስ ኮነ አልጋነሽ ብድድ ኢላ ፤ "ሕጂስ ዝበለ ይበል'ምበር ዋላ ከተንስኦ'የ ፤" በለት፡፡ ማዕጾ ከፊታ ናይ እንዳ ተስፍም ካንቸሎ ከትኩሕኩሕ ኢዳ ከተንብርን ፤ ተስፍም ከአ ብተመሳሳሊ ፤ "ዋላ የተንስኣ'ምበር ፤" ኢሉ ካብ ገዛኡ ወጺኡ ናብኣ ከምርሕን ፤ አብታ አብ ሞንጐኦም አብ ስጉምቲ እትርከብ አፍደገ ጐፍ - ንጐፍ ተራኸቡ፡፡ ክልቲኦም ሰንበዱን በቲ አጋጣሚ ተገረሙን፡፡

ናይ ስንባደ ሰላምታ ምስ ተለዋወጡ ኣብ እንዳ ተሰፍም ከኹኑ ተሰማምዑ። ሽዑ ነታ ክፍሊ ናይ መቐበል ኣጋይሽ ማዕጾ ዓጽዮም ኮፍ በሉ።

ብድሕሪኡ ተሰፍም እቲ ለይቲ ዘሕለፎን ዝመጸ ተዘክሮን፣ ኣልጋነሽ ባዕላ'ውን ዘይትዝክሮ ዝርዝራት ሓደ ብሓደ ገለጻላ። እታ ሓንቲ ዝዘለላ እታ ንመድህን ዝጠርጠራን፣ ንኣኡ ክፍትሽ ዘሕለፎ ሃላኽን፣ ብድሕሪኡ ዝሰዓበ ነብሰ ወቐሳን ጥራይ ኢያ ነይራ።

ኣልጋነሽ ኣገሪምዋን ኣስደሚምዋን ትም ኢላ ከየቋረጸት ሰምዓቶ። ተሰፍም ምስ ወድአ ግደ ኣልጋነሽ ኮነ።

"ዝገርመካ'ዩ ተሰፍም ሓወይ እዚ ኹሉ ከትገልጸለይ ዝጸናሕካ ኩነታት፣ ኣብቲ ኣነ ክዘክሮ ዝሓደርኩን ዝቐነኹን ዝርዝራት ስኹዕካ እንተ ትርእዮ፣ ከመይ ዝኣመሰለ ብሩህ ስእሊ ዘርእየካ ይመስለካ።"

"ሕራይ ፣" በላ ተሰፍም ነቲ ስእሊ ንኽርኢ ብምህንጣይ።

"ምስ ነፍሳ ይምሓር መድህን ሓብተይ፣ ተመሳሳልነት ናይ'ዞም ክልተ ጨልቡ ብብዙሕ መንገዲ'ዩ ዝገርመና ነይሩ። ተምሳል ጥራይ ዘይኮነ ግን ንስኻትኩም ኣቦታቾም ዘይትርእይዎን ዘይተስተብህልዎን፣ ንሕና ካብ ህጸውንትነቾም ብደቂቕ እነስተውዕሉ ዝነበርና ነገራት ነይሩ'ዮ።"

"ሕራይ ፣" በላ ብውሽጡ ፣ "ደቂ'ንስትዮ ኣሽንካይ እዚ ናይ ደቀን መዓረአን ፣ ናይ ካልእ እንተ ኾነ'ውን ንሳተን'የን ዝያዳና ዝርእያን ዘስተብህላን ፣" ኢሉ እናሓሰበ።

ኣልጋነሽ ዘረባኣ ብምቕጻል ፣ "ብሩኽን ክብረትን ኩሉ ግዜ ንሱ ዝገበሮ ፣ ንሳ ከትደግሞ Ⅰ ብሩኽ ዝፈተዎን ዝብሃጕን ንሳ ከትብህጕ Ⅰ ንሳ ዝተኸተለቶ ኣገባብ ንሱ ክሰዕቦ Ⅰ ንሳ ዝተሰምዓ ስምዒት ንሱ ክሰምዖ Ⅰ ብዙሕ ግዜ ከደጋግም ኣብ ቅድሚ ዓይንና ንርእዮ ኔርና ኢና። ግን ኣብቲ ግዜ'ቲ ምግራምን ምድናቕን እንተ ዘይኮይኑ፣ ፈጺምና ካልእ ነገር ሓሲብና ኣይንፈልጥን ኢና። ምጔን እንታይ ኬንናን ካብ ምንታይ ተበጊስናን'ሞ ካልእ ነገር ክንጥርጥር?" ኢላ ኣዕርፋ ኣበለት።

"እሺ?" በላ ተሰፍም ፣ "ኣይበልኩንዶ ፣" እናበለ ብውሽጡ።

"ብተወሳኺ ብዙሓት በጻሕትን ኣዝማድን ፣ ናብ መድህን ይኹን ናባይ ዝመጹ ፣ ነቶም ጨልቡ ርእዮም ኣየፋት'ዮም ደቅኹም ኢሎም ይሓቱና ነይሮም'ዮም።

ብመጀመርያ ክንዋዘ ኢልና እስከ ገምቱ ንብሎም ኔርና። ኩሉ ግዜ ዳርጋ ናይ ኩሎም ግምት ሓደ ዓይነት ኢዩ ነይሩ። ኣጸቢቑ ክደጋገም ምስ ጀመረ ከምዚ መዋዘይ ጌርናዮ ፤ ንዝሓተቱና ኩሎም እስከ ገምቱ ንብሎም'ዋ ፤ ኩሉ ግዜ ንብሩኽን ክብረትን እዚኣም'ዮም ማናቱ ኣሕዋት እናበሉ ይፈልይዎም ነበሩ። ንሕና ኸኣ መላገጽን መስሓቕን ንገብሮም ኔርና።"

"ወይ ግሩም! ሕራይ ቀጽሊ ፤" በላ ኣስተብሂልዋ ዘይፈልጥ ነገር ብምስምዑን ፤ ናይ ምስትብሃል ዓቕሙ ክንድምንታይ ትሑት ምዃኑ ንነብሱ እናተዓዘባን እናገመታን።

"ካልእ ከኣ ርግጸኛ'የ ርኢኻዮ ከም ዘሎኻ ፤ ብሩኽ ኣብ የማነይቲ ጎሎኡ ዓባይ ጸላም ብሮት ከም ዘላቶ።"

ተስፎም ርእሱ እናነቕነቐ ፤ "እወ ኣጸቢቐ'ምበር እፈልጥ! ብሩኽ ህጻን ከሎ ንመድህን ከተሓጽባ ከሎኹ ይርእዮ ነይረ'የ።"

"እሞ በል ንኽብረት ከኣ ልክዕ ኣብ የማነይቲ ጎሎኣ ፤ ብቕርጺ ኹነ ብዓቐን ዘይትፍለ ከም ናይ ብሩኽ ብሮት ኣላታ። እዚ መድህን ትፈልጥ ነይራ'ያ። ግን ሸዑ ከም ኣጋጣሚ ንስሕቀሉ ኢና ኔርና'ምበር ፤ ብዝኾነ መንገዲ ኣጠራጢራና ኣይፈልጥን'የ።"

"ወይ ግሩም?! እንታይ ይበሃል'ዚ ፤ ኣዝዩ ዘደንጹ ነገር'የ! ከምኡ ምስ ረኣኹን ግን እንታይ ኴንከን ሓንቴኽን'ውን ትኹን ንዓና ዘየካፈልከናና?"

"ዋእ! ኣንታ ተስፎም! ኣይ ንርእሰና ናእሽቱ ደቂ ዕስራታት እንዲና ኔርና። ሸዑ ከምዚ ዝኣመሰለ ነገር ክንሓስቦን ከም ሓሳብ'ውን ከመጸልናን ዝኽእል ነገር ኣይነበረን።"

"ኣይ ሓቅኺ ኢኺ። ስቕ ኢለ እየ'መበር ዘይ ንርእስናስ ፤ ዳርጋ ከም'ዘም ሕጂ ደቅና ዘለውዎ ዕድመ'ኺ ዘይበጻሕና ኔርና።"

"ልክዕ ኣለኻ ፤" ኢላ ተዘከሮኣ ስለ ዝዛዘመት ትም በለት።

"ሕጂ ኣብ መደምደምታ ሰለስተ ነገር ኢና ኣብ ሓደ ጠሚርናን ደሚርናን ክንርእዮ ዘሎና ፤" በለ ተስፎም።

"ሰለስተ ነገር?" ሓተተት ኣልጋነሽ ኣበሃህላኡ ስለ ዘይተረድኣ።

"እወ ሰለስተ። እዚ ሓኪይም ንደቅና ዝብልዎም ዘለውን ፤ እዚ ሕጂ ንስኺ

ዝገለጽክለይን ፤ እቲ ኣብቲ ዝሓረስክናሉ መዓልቲ ዝነበረ ኩነታትን።"

"እእ ፤ እወ ፤ እወ ተረዲኡኒ።"

"ብሓጺሩሲ እቲ ሽዑ መዓልትን ለይትን ዝነበረ ዕግርግርን ጻዕቂ ስራሕን ፤ ብሰንኩ ዝሰዓብ ድኻም ኣባላት ሕክምናን ፤ መብራህቲ ምጥፋእን ብጸልማት ምሕራስን ፤ ምስቲ ካብ ቀደም እተስተብሃሎ ዝነበርክን ዝገለጽክለይ ትዕዝብትን ፤ ምስዚ ውጽኢት ምርመራ ዓዲ እንግሊዝን ፤ ደሚርናን ጠሚርናን ኢና ክንርእዮ ዘሎና። ክልቴኽን ኣብ ሓደ ሰዓት መማናቱ ወድን ጓልን ስለ እተገላገልክን ፤ በቲ ዝነበረ ኩነታት ምትሕውዋስ ናይ ህጻናት ክገጥም ዝነበረ ተኽእሎ ኣዝዩ ርሒብ ኢዩ። እዚ'ውን ከምስገኑ ኢዩ ዝገባእ'ምበር ፤ ምስቲ ዝነበርዎ ኩነታት ምስ ህጻውንትኽን ብሰላም ኣገላጊሎም ፤ ብሰላምን ብጥዕናን ናብ ቤትክን ከፋነውኽን ቀሊል ነገር ኣይነበረን።"

"ልክዕ ኣለኽ ንሱስ።"

ከምዚ'ሎም ንኣስታት 30 ዓመት ንድሕሪት ተመሊሶም ፤ ተዘክሮታቶምን ህይወታቶምን ብሓባር ምፍታሽን ምኽላስን ቀጸሉ። ድሕሪ ናይ ሓደ ሰዓት ዝርርብ እቲ ዝዝከር ኩሉ ከም ዝዘከርዎን ፤ እቲ ዝበሃል ኩሉ ከም ዝበሉዎን ተረድኡ። ብድሕር'ዚ ናብ ካልኦም ሰገሩ።

"ነዚ ጥርጣረናን እዞም ሓኽይም ዝብልዎ ዘለዉን ፤ ሚኢቲ ካብ ሚኢቲ ከረጋግጸልና ዝኽእል ነገር'ኮ'ሎ ግን ፤" በለቶ ኣልጋነሽ ናብ ሓድሽ ሓሳብ ብምንጣር።

"እንታይ?" በላ ተስፍም በ'ዘራርባኣ ተደናጊሩን ህውኽ ኢሎን።

"ኣብቲ ዝሓረስናሉ ሬጂና ኤለና ሆስፒታል ነበር ፤ ገለ ሕክምናዊ ሰነድ ክርከብ ዝኽእል እንተ ዝኸውን'ኮ መረጋገጽና።" በለቶ።

"ኣየ ኣልጋነሽ! እዚ'ኺ ክንደየናይ። ኣሸንኳይ ናይ ኣስታት ሰላሳ ዓመት ዝነበረ ሕርሲ'ዚ ፤ ናይ ቀረባ'ውን እንተ ኾነ ክንድምንታይ ብግቡእ ከይተሓዘ። ደሓር ከኣ እንተ ሓሰብክዮ ካብቲ ግዜ'ቲ ናብዚ'ኺ ፤ ድሮ ሰለስተ መንግስታት በጺሕና ኣሎና። ፌደረሽንን ሃይለ ስላሴን ደርግን። እቲ ሆስፒታል'ኺ ንርእሱ ካብ ሬጂና ኤሌና ፤ ናብ እቴጌ መነን ፤ ናብ መካነ ህይወት ፤ ስለስተ ግዜ ተጠሚቑ'ሎ! ኣን ንርእስይ ኣብዛ ዕድመይ ጥራይ'ኺ ፤ መግዝእቲ ጣልያን ፤ ምምሕዳር እንግሊዝ ፤ ፌደረሽን ፤ መግዝእቲ ሃይለ ስላሴ ፤ መግዝእቲ ደርጊ ፤ ሓሙሽተ ዝተፈላለየ

መንግስታት ርእየ'ሎኹ ፡" በላ ከምስ እናበለ።

"ትም ኢለ ናይ ዓቕሊ ጽበት'የ'ምበር ሐቅኺ ኢኻ ንሱስ።"

ብድሕር'ዚ አልጋነሽ ናብ ካልእ ሕቶ'ያ ሰገራ። "ወረ አንታ ተሰፍም ሓወይ ፡ እዚ ዝገብሩሎም ምርመራኽ ክንድምንታይ ርግጸኛ'የ?"

"እዚ ናይ ጉጅለ ደምን ናይ አካሊት (ቲሾ) ምርመራን ውጽኢትን ዘጠራጥር አይኮነን። ርግጸኛ ኢዩ። አብዘን ዝሓለፋ መዓልታት ብዙሕ ሓቲተሉን አንቢበሉን'የ። ሎሚ ንሳቶም አሸንኳይ እዚ ክንደይ ናይ ዲ. ኤን. ኤ. ምርመርታትን ካልእን'ዮም ዝገብሩ ዘለው። ንሳቶም አብ ካልእ ኢዮም በዲሓም ዘለው።"

"እሞ ከምኡ እንተ ኹይኑ ምስቲ አነ ዝዘርዘርኩልካን ፡ እቲ ንስኻ ዝሓበርካንን ወሲኺካ ፡ እቲ ዝብልዎ ዘለው ከኸውን ከም ዝኸእል ዳርጋ ብርግጽነት ክንቀበሎ እንኽእል እምስለኒ።"

"እወ ከምኡ ኢዩ እንታይ ደኣ።"

ድሕሪኡ ንውሱናት ደቃይቕ ክልቲኦም ትም-ትም በሉ። ሽው ተሰፍም ፡ "ሕጂ ከምቲ ፪ልዑ ዝበሉና መጀመርያ እዚ ናይ ክልቲኦም መጥባሕቲ ጽቡቕ ከኸደልንናን ፡ ህይወት ክልቲኦም ከንረከብን ናብ ጸሎትና ጥራይ ነተኩር። ጥዕናን ህይወትን እንተ ረኺቦም ፡ ብድሕሪኡ እቲ ናይ ክልቲኦም ነገር እንታይ ከም ዝኸውን ነርከበሉ ኢና።"

አልጋነሽ በቲ ንሱ ዝበሎ ተሰማምዐት። ብድሕሪኡ እሞ ንሎሚ መዓልቲ እዚ ይኣኽለና ፡ እዝግሄር ይሓግዘና ተባሃሂሎም ተፈላለዩ።

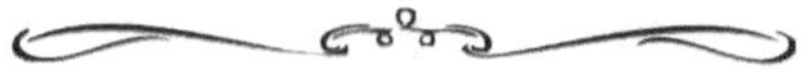

አብ ዝቐጸለ መዓልታት ተሰፍምን አልጋነሽን እናተራኸቡ ከመያየጡን ከመኽኽሩን ጀመሩ። ህይወቶም አብ ምድሓን ጥራይ ከነተኩር ኢሎም እተመባጽዐዎ ከተግብርዎ አይከአሉን። አብ አስመራ ኹይኖም ንደቄም ከገብሩሎም ወይ ከሕግዝዎም ዝኸእሉ ነገር ስለ ዘይነበረ ኻአ ፡ ብዛዕባ'ቲ ዝሰዕብ ህይወት ከሓስቡን ከዛረቡን ጀመሩ።

"ወረ አንታ ተሰፍም እንታይ'የም ከኾሉ እዞም ቄልዑ? ድሮ ከም ፍቁራት ኮይኖም ንኸንድ'ዚ ግዜ ጸኒሐምስ ፡ ሕጂ አሕዋት ኢኹም ይበሃሉ አለው።

መጀመርያ ንሕና ከይፈለጥናዮ ፣ ደሓር ከአ ብስንኪ ባእስኹም እቲ ኣምላኽ ከንድ'ዚ ከርተት ዘበሎምሲ ፣ እዚ ስለ ዝፈልጥ ዝነበረ'የ ማለት'የ።"

"እንታይ ደአ ከምኡ'የ ዝመስል። ግን ከአ ልዕሊ ኹሉ ካብዚ መጥባሕቲ'ዚ ብህይወቶምን ብጥዕናኦምን ምውጻእ'የ እቲ ቀንዲ ነገር። ህይወቶም'ውን ንርእሱ ኣብ ኢድ እግዚኣቢሄር እንድዩ። ስለዚ መጀመርያ ህይወቶም ጥራይ ንክርከብ።"

"ንሱስ ሓቅኽ ተሰፍም ሓወይ። ደቂ ሰባት ስለ ዝኹሎንና ፣ ሓደ ምስ ረኸብና ካልእ ካብኡ ዝያዳ ንደሊ. ጄንና'ምበር እወ! ከምኡ'ዄ ዘይግባእን ዘይጽቡቕን ፣" ዝብል ደቂ ሰባት ንዘጋጠሞም ዕንቅፋትን ሽግርን ኣብ ከንዲ ንበይኑ ምጥማት ፣ ኣብቲ ዓቢ ስእሊ ናይ ህይወት ኣቓሚጦምን ኣጣሚሮምን ምርኣዩን ምግንዛቡን ካብ ዝኽልክሎም ሓደ ዝኹነ ፍጥረት ሰብ ዘከረት። እቲ ዘልዓለቶ ትዕዝብቲ ገና ከይተረሰዐን ከይሃሰሰን ድሮ ንኣኡ ጥንጥን ኣቢላ ፣ "ግን እዞም ጨልቡ ኣይከእልዎን'የም ፣" ዝብል ዘረባ ኣልዓለት።

'ሓደ ምስ ረኸብና ካልእ ንደሊ.' ዝብል ኣዘራርባ ኣልጋነሽ፣ ንተሰፍም ናብ ፍልስፍናዊ ሓሳባት ምስትንታን ዓዘሮ። "ደቂ ሰባት ሓደ ምስ ረኸብና ንኣኡ ከም ትሑዝ ጌርና ካልእ እንደሊ.'ኮ ስለ እንርስዕ'የ። ግን ምርሳዕ ኽኣ'ኮ ናቱ ጥቕምን ረብሓን ኣለዎ'የ። ኩሉ ዝገጠመና ቃንዛን ሽግርን ጸበባን ንህን ሓዘንን ከንርስዕ ናይ ምኽኣል ዓቕሚ እንተ ዘይዕዖደለና'ኮ ፣ ኣብዛ ዓለም ከንቅጸል ኣይምኽኣልናን። ስለዚ እቲ ብልሒ ንኽርሳዕ ዘለዎ ምርሳዕ ፣ ንኽርሳዕ ዘይብሉ ኽኣ ኣብ ቦታኡ እና'ቘመጥካ ፣ እናገናዘብካን እናመዛዘንካን ብሜላ ምንባር'የ ፣" ኢሉ ሓሰበ።

ኣልጋነሽ ካብኡ መልሲ ከም እትጽብ ዝነበረት ካብ ኣታጠማምተኣ ምስ ተረደአ ፣ ካብ ሓሳባቱ ተበራቢሩ ፣ ከምዛ ተዛዚሩ ዘይጸንሐ ዝግ ኢሉ ፣ "ብዝከኣለና ምምካሮምን ምድጋፍምን'የ'ምበር። ከምኡ ኽኣ ኣምላኽ ሓይሊ ከሀቦምን ከኽእሎምን ምጽላይ ኢዩ። ካልእ እንታይ ከንገብረሎም ንኽእል ጄንና።"

"ንሱስ ሓቅኽ። እስከ እታ እዝግእትነማርያም ባዕላ ትለምነሎም።"

"ሓንቲ ኣዝያ ኣገዳሲት ፣ ከንግንዘባ ዘሎና ጉዳይ ግን ኣላ ኣልጋነሽ ፣" በለ ተሰፍም ኣርእስቲ ብምቕያር።

"እንታይ ኣገዳሲት?"

"እዛ ጉዳይ ናይዘም ጨልቡ ብልሙል ምስጢራውነት ከትስተር ኣለዋ። ከምዚ

ዝኣመሰለ ጉዳይ ብዝተኽእለ መጠን ውሱን ሰብ ጥራይ'ዩ ክፈልጦ ዘለዎ። ሰብ
እንተ በዚሕም ደሓር ክትኣልዮን ክትእርነቦን ኣይከኣልን'ዩ።"

"ይርደኣኒ'ዩ ሓቅኻ ተስፍም ሓወይ። እሞ ከመይ እንተ ገበርና'ዩ ዝሓይሽ?"

"ኣብ ገዛና ኩሉ ነገር መድህንን ኣቦይን ኣርኣያ ሓወይን ዘይፈልጥዎን ከይተማኸርና
እንገብሮ ነገርን ኣይነበረን። እዛ ጉዳይ'ዚኣ ግን ፍልይ ዝበለ ኣተሓሕዛ ዘድልያ
ጉዳይ ኢያ። ኣጸቢቕ ብዙሕ'የ ሓሲበሉ። ኣብ መወዳእታ ኽኣ ካባይን ካባኽን
ወጻኢ ፡ ካልእ ሰብ እንተ ዘይፈለጣ ይሓይሽ ኣብ ዝብል መደምደምታ እየ በጺሐ
ዘሎኹ።"

"ጽቡቕ ሕራይ ብኣይ ወገን ዝኾነ ጸገም የለን። እዘም ኣሕዋቶም ደቅናኽ?"

"ዋይ ኣዘኪርከኒ! ቀንዲ'ምበር ንሳቶም። ኣነ ዋላ ንሳቶም'ውን ከፈልጡ
የብሎምን'የ ዝብል። ብሩኽ ወድና ንዓይን ንመድህንን ፡ ወድና መዓረና
ኢ'የ። ከምዚ ሕጂ እንርእዮ ዘሎና ኣንተ ኹይኑ ግን ካብ ኣብራኽኪ ዝወጸ
ወድኺ'ውን ማለት'የ። ብተመሳሳሊ ሳምሶን ወድኺ ፡ ወድኺ መዓረኺ'የ።
ይኹን'ምበር ከምዚ ሕጂ ንስምዖ ዘሎና ኣንተ ኹይኑ ግን ፡ ካብ ኣብራኽይ
ዝወጸ ውላደይ'ውን'የ ማለት'የ። እዚ ሕልኽላኽት'ዚ ኣሸንኳይ ነዘም ቄልዑ
ንዓና'ኳ ኣሸጋሪ ነገር'የ። ንሕና ከም ዝሃበና ንኽእሎን ንቓለሶን። ንሳቶም ግን
እንታይ ገበሩ? ከምዛ ዘለውዋ ይቐጽሉ እየ ዝብል ኣነ።"

"ሓልዮትካን ስክፍታኻን እርደኣኒ'ሎ ተስፍም። እቲ ኣተሓሳስባኻን መደብካን
ጽቡቕ'የ። ኣብ ትግባረ ክንድኡ ቀሊል ኣይከኽውንን'የ። ብሕልፊ ምስ
መጹ'የ ዝያዳ ከቢድ ፈተና ዝገጥመና። ኣምላኽ'ሞ ቅድም ብሰላምን ብጥዕናን
የምጽኣልና።"

"ልክዕ ኣለኺ ኣልጋነሽ። ኣሸንኳይ እዚ ካልእ'ውን እንተ ኹነ ፡ ከትሃዘርቦን
ከትገብሮን ናይ ሰማይን ምድርን ፍልልይ'የ ዘለዎ። ስለዚ ቀሊል ከም ዘይከውን
እርደኣኒ'የ። ግን ብሓባር ስለ ዘሎና እናተመያየጥናን እናተላዘብናን ከም
ኣመጻጽእኡ ከንገጥሞ ኢና።"

"ጽቡቕ ሕራይ ኣምላኽ ይሓግዘና።"

"ብተወሳኺ ድሕሪ ሕጂ ጉረባብትን ባልጋታትን ኣሕዋትን ጥራይ ኣይኮናን
ከንከውን። ትሽዓተ ቄልዑ ዘለዎ ሓንቲ ስድራ ቤት ኢና ከንከውን። ብሓጺሩ
ኣነ ብመንፈስ ናይዛ ዓባይ ስድራ ቤት'ዚኣ ኣቦ ፡ ንስኺ ከኣ ብመንፈስ ናይዛ

ስድራ ቤት'ዚኣ ኣደ ክንክውን'዁ ኣምላኽ ሐርዩና። ስለዚ ቀሊል ሓላፍነትን ሰኸምን ኣይኮነን ዝጽበየና ዘሎ። ኣነ ብኣኺ ኣይጠራጠርን'የ። ንስኺ ኣነ ከም ዘረልጠኪ ፡ እዚ'ይኮነን ካልእ እትስከምን እትኽእልን ጓል'ንስተይቲ ኢኺ። ኣነ ከይሰንፈኪ ኽኣ ከምታ መድህነይ እትሕግዘኒ ዝነበረት ትሕግዝኒ ፡" በለ ሕንቅንቅ እናበለ።

"ብዙሕ ሰብ ዘይገጥሞ ከቢድ ፈተነ ገጢሙካ ፡ ምቕባሉ ስለ ዝሰኣንካ ሰንደልደል ኢልካ ኔርካ። ብድሕሪኡ ኽኣ ካብኡ ዝኸበደን ዝገደደን ፡ ናይታ ጠርናፊትን ኣላይትን ናይ ኩሉ ዝኾነት ሞት መድህን ጐኒፋካ። ግን ሕጂ'ውን ንዕኡ ሰጊርካስ እነሀ'ንዶ ሕጂ ፡ ናይ ክልተ ስድራ ቤት ጸገም ትስከምን ትኣልን ኣሎኽ። ደሓር ከኣ ከምቲ ኣቦይ ግራዝማች ፡ 'ሕመቕ ናይ ዝወደቕካ ኣይኮነን። ሕመቕ ናይ ምስ ወደቕካ እንታይ ጌርካ'዁? ኣብኡዶ ተሪፍካ? ዋላስ ብትብዓትን ብቼራጽነትን ተንሲእካ ፡ እንደጌና እጅገኽ ሰብሲብካ ፡ 'ሀ' ኢልካ ጀሚርካ ናብ ዓወት ተሚልሰካ'዁!' ኢሎም ዝደጋገምዎ እንዳኣሉ'ዚ። ስለዚ ኣነ ንዓኻ ሕዘ'የ ንዝኾነ ፈተነ ከገጥሞ ዝኽእል። ጥራይ ጐይታ ንዓኻ ኣይኽለኣኒ ፡" በለት ኣብ ከቢድ ስምዒት ብምእታው ፡ ነተን ደፊኣን ክፈሳ ዝደልያ ዝነበራ ንብዓታ ከትቼጸጽር እናፈተነት።

"በቲ ኣባይ ኣንቢርከዮ ዘሎኺ እምነት ኣዝየ'የ ዘመስግነኪ ኣልጋነሽ። ኣሜሪካውያን ዝደጋግሙወን ክልተ ብሂላት ኣለዋ። እታ ቀዳመይቲ ፡ 'ኤቨሪቲንግ ዛት ሀርትስ ፡ ኢንስትራክትስ ፡' ትብል። እዚ ማለት ፡ 'ዝኾነ ዝሃስየካን ዝጐድኣካን ፡ ትምህርትን ልብን ሂቡካ'዁ ዘሓልፍ ፡' ማለት ኢዩ። እታ ካልኣይቲ ኽኣ ፡ 'ዘር ኢዝ ኖ ጌይን ዊዛኣውት ፐይን ፡' ትብል። እዚኣ ትርጉማ ፡ 'ከይደኽምካን ከይጸዓርካን ፡ ከይተሸገርካን ከይተጸመምካን ፡ ከይተቼንዝኽን ከይመከትካን ዝኾነ ጠቕሚ ረብሓ ወይ ዓወት የልቦን ፡' ማለት ኢያ። ስለዚ ሕጂ ኽኣ ፡ እቲ ዝሓለፈ ጸገማት ይኹን እዚ ሕጂ ጐኒፉና ዘሎ ፡ መንፍዒናን መቀራረቢናን ከም ዝኾውን ርግጸኛ እየ።"

"ይበሎ ተሰፎም ሓወይ። እሞ እዚ መደብና ነዝም ደቅና ከነካፍሎም ዲና?"

"ብስርዓት'ምበር። እዚ ናይ መጥባሕቲ ጉዳይ ከሳዕ ዝውዳእን ብሰላም ንዓድኹም እትመጹን ፡ እታ ናይ ትውልዲ ምስጢር ንኻልኦት ኣባላት ስድራ ቤትና ከይነገርና ኣነን ኣልጋነሽን ጥራይ ኢና ክንሕዛ። ንስኻትኩም ከኣ ብወገንኩም ካብ ሰለስቴኹም ጨሪሳ ከም ዘይትሓልፍ ግበሩ። ብሰላም ምስ ተመለስኩምና እቲ ንሕና ቀይስናዮ ዘሎና መደብ ክንነግረኩም ኢና። ሽዑ ንስኻትኩም ምስቲ መደብናን ሓሳባትናን እንተ ተሰማሚዕኩም ፡ ንመዋእል ኣብ ሓሙሽተና ጥራይ ከም እትተርፍ ንገብር

ክብሎም' የ ሓሲበ ዘሎኹ::"

"ጽቡቅ ሓሳብ' የ ይርሓሰና::"

"ምስ በዓል ክብረት ብኽምኡ እንተ ወዲእና ፡ እታ ምስጢር ምሳና ንመቓብርና' የ ከትከይድ::"

"እወ ተረዲኡኒ' ሎ::"

ብድሕር' ዚ ዳርጋ እቲ ዝበሃል ኩሉ ኢሎሞ ስለ ዝነበሩ ፡ ብተወሳኺ አብቲ መዓልታት' ቲ ለይቲ' ውን ጽቡቅ ስለ ዘይድቀሱ ዝነበሩን ፡ ክልቲኦም ብድኽም ከምሢሁቚ ጀሚሮም ነይሮም' ዮም:: ብኣኡ ምኽንያት ሕጅስ ይኣኽለና ተበሃሂሎም ተፈላለዩ::

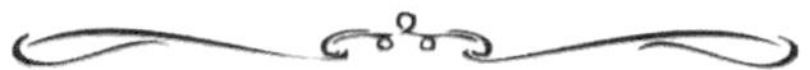

ብድሕር' ዚ ተስፋም ንኽልቲኡ ስድራ ቤት ብዛዕባ ኩነታት ደቄም ገለጸሎም:: ኩሊት ናተይ ይሰማምዓ እንተ ኹይኑ ኣነ' የ ግድን ዝህባ ከም ዝበለ ብሩኽ I ምርመራ ምስ ተገብረ ኽኣ እቲ ናይ ብሩኽ ዝሰማምዓ ኩይኑ ከም እተረኽበ I በዚ ምኽንያት' ዚ ኽኣ ሳምሶን ከህባ ከም ዘየድለየ ገለጸሎም::

ክልቲኡ ስድራ ቤት ብመግለጺ ተስፋም ብዘይምጥርጣር ዓገበ:: ኩሎም ክኣ ፡ "እዚ' ኮ መርኣያ ድልዱልን ዓሚቝን ፍቕሮም' የ:: ወረ ኣሽንኳይ ኩሊትስ ህይወቶም' ውን ተሓላሊፎም ምተወሃሃቡ ፡" በሉ:: ብድሕር' ዚ እተኩሮ ክልቲኡ ስድራ ቤት ኣብቲ ከግበር መደብ ተታሒዙ ዝነበረ መጥባሕቲ ኹነ::

እቶም ሓኻይም ብዛዕባ መጥባሕትን ፡ ድሕሪ መጥባሕቲ ክስዕብ ዝኽእል ሕክምናዊ ጸገማትን ንብሩኽን ክብረትን ከገልጹሎም ጀመሩ:: ድሕሪ መጥባሕቲ ብሩኽ ካብ ሰለስተ ከሳዕ ሓሙሽተ መዓልቲ ኣብ ሆስፒታል ከም ዝጸንሕ ፡ ብድሕሪኡ ንኽሓውን ንኽድልድልን ኣብ ገዛ ካብ ኣርባዕተ ከሳዕ ሽዱሽተ ሳምንታት ከም ዘድልዮ ገለጹሎም::

ቀጺሎም ብዛዕባ ናይ ምንጻግ ምልክታት ገለጹሎም:: እቶም ምልክታት ክኣ ካብቶም ብዙሓት እቶም ርኡያት ፡ ረስኒ ፡ ኣብቲ ኩሊት እተተከኣሉ ወገን ሕበጥን

ምልምላምን ፡ ከምኡ' ውን ዓቐን ሽንቲ ኣዝዩ ምጉዳል ምኳኑ ሓበርዎም፡፡

እቲ ህጹጽ ምንጻግ ዝበሃል ኣብ ውሽጢ ደቃይቕ ዝኽሰት ፡ ኣብ ከብረት ጨሪሶም ከም ዘይጽበዮ ነገርዎም፡፡ ብድሕሪኡ እቲ ቅልጡፍ ምንጻግ ዝበሃል ፡ ዝበዝሕ ግዜ ኣብ ውሽጢ መዓልታት ፡ ገሊኡ ግዜ ኽሳ ከሳዕ ሽሞንተ ወይ ዓሰርተ ኽልተ ሳምንታት ክኽሰት ከም ዝኽእል ነገርዎም፡፡ እቲ ሓዱር ምንጻግ ዝበሃል ግን ካብ ሽዱሽተ ወርሒ ክሳዕ ዓሰርተው ክልተ ወርሒ ንደሓር ዝኽሰት ምኳኑ ኣረድእዎም፡፡

ብተወሳኺ ንኽብረት ዝተከኣላ ኩሊት ፡ ካብ ብዕደም ንእሽቶ ፡ ብጥዕና ምሉእ ዝኾነ ፍላይ ማንታእ ምኳኑ ፤ እዚ ኽኣ ብእንግሊዝኛ '*ፉል ሃውስ ማች ሪብሊን*' ከም ዝበሃል ፤ እዚ ማለት ፡ '*ምሉእ ብምሉእ ዝሳነን ዝሰማማዕን ለጋሲ ኩሊት ፡*' ማለት ምኳኑ ኣረድእዎም፡፡ ብተወሳኺ ንሳ' ውን ብዕደም ንእሽቶ ብምኳና ፡ ኣዝዩ ሓጋዚ ስለ ዝኾነ ፡ ብዙሕ ዝረአ ጸገም ከም ዘይጽበዮ ሓበርዎም፡፡ ብዙሕ ናይ ምንጻግ ጸገም ኣይሀልዋን ጥራይ ዘይኮነ ግን ፡ እቲ ንመከላኽሊ ምንጻግ ተባሂሉ ዝውሰድ ኣፋውስ' ውን ፡ ብመጠኑ ዝወሓደ ከም ዝኽውን ነገርዎም፡፡

ቀጺሎም እቲ እተተኽለላ ኩሊት ንኽይትነጽጎ ዝወሃባ መድሃኒታት ፡ ኣብቲ ናይ መጀመርያ ሽውዓት ከሳዕ ዓሰረተዉ ኣርባዕተ መዓልቲ ብብዝሒ ከም ዝወሃባ ፤ ብድሕሪኡ ግን ኣብ ሳምንታት እናጎደለ ካብ ሰለስተ ከሳዕ ሽዱሽተ ወርሒ ፡ እንሓንሳብ' ውን ከሳዕ ሓደ ዓመት ከም ዝወሃብ ኣረድእዎም፡፡

ኣብ *መደምደምታ* ኽኣ እቲ ኩሉ ብደቂቕ ንኹሎም ኣብ ኣካላቶም ዝርከቡ ዋህዮታትን ፡ ኣካሊትን ፡ ጉጅለን ዓይነት ደምን ፡ ብዕምጬትን ብጥንቃቐን ንነዊሕ ዝገበርዎ ምርመራታትን ፈተሻታትን ፡ ነዚ ድሕሪ ምትካእ ኩሊት ከስዕብ ዝኽእል ምንጻግን ካልእ ጸገማትን ንምንካይን ንምውጋድን ከም ዝኾነ ኣብርሁሎም፡፡ እቲ ዝግበር መጥባሕትን ፡ ቅድምን ድሕሪ መጥባሕትን ከስዕብ ዝኽእል ሕልኽላኽትን ፡ ኩሉ ግልጺ ገይሮም ብሰፊሑ ስለ ዘረድእዎም ፡ ብሩኽን ከብረትን ኣድናቒቶምን ምስጋናኦምን ገለጹሎም፡፡

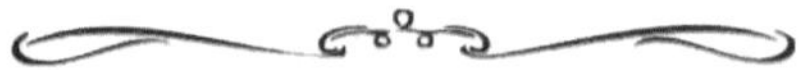

ኩሉ ምቅርራባት ምስ ተገብረ መዓልቲ መጥባሕቲ ኣኽለ፡፡ ስድራ ቤት ብሙሉኦም ከብዶም ሓቒሮም ፡ ንኣምላኾም ኣብ ምልማንን ኣብ መብጽዓ ምቅራብን ኣተዉ፡፡ ድሕሪ ስዓታት ዝወሰደ መጥባሕቲ ፡ ከብረትን ብሩኽን ክልቲኦም ኣብ ጽቡቕ ኩነታት ከም ዘለዉ ሳምሶን ደዊሉ ኣበሰሮም፡፡ ሓከይም ከም ዝሓበርዎ ኽኣ እቲ

መጥባሕቲ ዕዉት ከም ዝነበረ ፤ ግን እተን ዝቐጽላ መዓልታትን ሳምንታትን ኣዝየን
ወሰንቲ ምኳነን ከም ዝነገርዎ ገለጸሎም።

ድሕሪ መብጣሕቲ ጸገም ዘይክሰት መሲልዎም ፤ እፎይ ክብሉ ዝሓሰቡ ስድራ
ቤት መሊሶም ኣብ ሻቕሎት ጠሓሉ። ብድሕሪኡ ምሉእ ስድራ ቤት ዓበይተኣም
ናእሽቶኣም ኣብ ጸሎቶምን ምህለላኣምን ቀነዩ። ብሩኽ ድሕሪ መጥባሕቱ ቀልጢፉ
ርኡይ ሞዕባለ ክገብር ጀመረ። ብስልኪ'ውን ኣብቲ ሆስፒታል ኮይኑ ኣዛረቦም።
ብድሕሪኡ ብሩኽ ካብ ሆስፒታል ወጸ።

ክብረት ግን ጌና ካብ ደቂቕ ናብ ደቂቕ ፤ ካብ ሰዓት ናብ ሰዓት ቁጽሪ ዘይብሉ
መድሃኒታትን ኢንፉዥናትን ኢያ እትወስድ ነይራ። በብደቂቓ በበይኑ ሕብርታት
እና'ንጸባረቓን ፤ ጢጥ-ጢጥ ቢፕ-ቢፕ እናበላን ፤ ብጽሩቕ ዝጨጻጸራን ፤
ዝሕብራን ፤ ዘጠንቅቓን መዓት ሕክምናዊ መሳርሒታት'የን ምስ መትንታታን
ኣካላታን ተላጊበን ነይረን።

ድሕሪ'ዚ ክብረት'ውን በብቕሩብ ለውጢ እናገበረት ከደት። ካብ መጥባሕቲ
ምስግጋር ኩሊት ብዓወት ከም ዝወጸት ነገርዋ። እቲ ዝወሰደቶ ኩሊት ሰውነታ
ከይነጽጎ ዝነበሮም ንኡስ ስክፍታ ተቐንጠጠ። ካብ መዓልቲ ናብ መዓልቲ ርኡይ
ለውጢ እናገበረት ሰጎመት። በብቕሩብ ከኣ ዳርጋ ናብ ናይ ቀደማ ኩነታት
ተመልሰት።

ክብረት ካብ ሆስፒታል ወጺኣ እናተመላለሰት ሓኺይማ ክትረክብን ፤ ሕክምናኣን
ምርመራታታን ክትቅጽልን ፈቐዱላ። ካብ ሆስፒታል ምስ ወጸት ብሩኽን ክብረትን
ሳምሶምን ፤ መርኣያ ሓጕሶም ናይ ደስ-ደስ ክገብሩ መደቡ። ኣብ ሓደ ዓቐሞም
ዝኾነ ቤት መግቢ ከይዶም ግሩም ዝኾነ ድራር ተኣንገዱ። ምስ ድራር ሓንቲ
ሕስር ዝበለት ጥርሙዝ ነቢት'ውን ኣዘዙ። ክብረት ካብቲ ነቢት ቅሩብ ክትጥዕም
ደፋፍእዋ። ድሕሪ ኽንደይ ልመና ኸኣ ሕራይ በለቶም።

ከምኡ ኢሎም ጽቡቕ ምሸት ኣምሰዮም ፤ ተሓጕሶምን ተዛንዮምን ብመጠኑ
ሞይቋዎምን ንገዛ ተመልሱ። ብሩኽን ክብረትን ከምቲ ሽው ምሸት ገይሩ ኣብ
ህይወቶም እተሓጕሶዎ መዓልቲ ኣይዝክሮምን። ከምዚ እንደጌና ከም ሓድሽ
እተወልዱ ኾይኑ ተሰምዖዎም።

ብሩኽን ክብረትን ከም መንእሰያት መጠን ኣዝዮም ሓላፍነታውያን ኢዮም ነይሮም።
ኩሉ ግዜ ጽባሕ ከም እትመጽእን ፤ ጽባሕ ከኣ ናታ ጠለባትን ብድሆታትን ሒዛ
ከም እትመጽእ ፤ ጨሪሶም ዘይዝንግዑን ዘይርስዑን መንእሰያት'የም ነይሮም።
ሽው ምሸት ግን ናይታ ሽዓ ግዜ ደስታ'ምበር ፤ ናይ ጽባሕን መጻእን ዝበሃል

ሓንጐሎም ከሰላስልን ከሓስብን ኣይፈቐድሉን፡፡ ኣብቲ ግዜ'ቲ ብሓጐስን ብደስታን
ኣብ ሰማይ'ዮም ዝንሳፈፉ ነይሮም ፡፡

ከምኡ ኢሎም ተሓጉሶም ስለ ዝንበሩ ከኣ'ዮም ፤ ቅድሚኡ ነብሶም ብምግታእ
ሰጊሮሞ ዘይፈልጡ ናይ ጥንቃቐን ነብሰ ምግታእን ቀይሕ መስመር ዝሰገሩ፡፡ ምስ
ሰገርዎ'ውን እንተ ኹነ ፤ በቲ ረኺቦሞ ዝነበሩ ዕግበትን ሓጐስን ተዓቢሎም
ስለ ዝነበሩ ዘወሰድዎ ስጉምቲ ኣየጠዓሶምን፡፡

ከምታ ዝነበርዋ ተጠማጢሞምን ተሓጃቑፎምን ነዊሕ ጸንሑ፡፡ ካብ ዓራት ምስ
ተንስኡ'ውን እንተ ኹነ ኣዝዮም ተሓጉሶም ስለ ዝነበሩ ፤ ኣብቲ ግዜ'ቲ እቲ
ሹዑ ዝወሰድዎ ስጉምቲ ፤ ኣብ መጻኢ ህይወቶም ኣዝዩ ወሳኒ ተራን ጽልዋን ከም
ዝህልዎ ከሓስብዎን ከሓስቡሉን'ውን ኣይደለዩን፡፡

ብኸምዚ ኽኣ ድሕሪ ናይ ዓመታት ምሕራም ፤ ብወግዒ ዋላ ኣይኹን ፤ ዋላ
ዝኹነ ካልእ ሰብ ኣይፍለጥ ፤ ኣብ ውሽጢ ልቦምን ብልቦምን ፤ ከምኡ'ውን
ኣብ መዓሙቕ መትንታቶምን ስምዒታቶምን ግን ፤ ካብ ሹዑ ምሽት ጀሚሮም ቃል
ኪዳን'የ ተሪፍዎም'ምበር ብስጋን ብኹለንተናኦምን ሰብኣይን ሰበይትን ኮኑ፡፡

ከብረት ኣብ ኣዝዩ ጽቡቕ ጥዕናዊ ኩነታት በጽሐት፡፡ ሓኺይም'ውን ከብረት ኣብ
ጽቡቕ ኩነታት ከም ዘላን ፤ ብድሕሪ እቲ ግዜ'ቲ ዝኹነ ጸገም ከም ዘይጽበዮን
ንመንእሰይት ሓበርዎም፡፡ ኩነታት ጥዕናኣ ከምኡ ይኹን'ምበር ፤ ንዝኹነ
ዘይተጸበይዋ ከእሰት ዝኽእል ነገር ግን ፤ ከብረት ንዝኾጽላ ሰለስተ ወርሒ ኣብ
ጥቓ እቲ ሆስፒታል ከትጸንሕ ከም ዘድልያ ነገርዋም፡፡

ሰለስቲኦም ድሮ እቲ ዝያዳ ኣገዳስነትን ናይ ቀዳምነታት ቀዳምነት ሒዙ ፤ ከሳዕ
ሹዑ ዘጨንቔም ዝነበረ ናይ ኮላሊቾምን ጥዕናኦምን ኣርእስቲ ፤ ከርስዕዎን ካልኣዊ
ቦታ ከትሕዝዎን ጀሚሮም ነይሮም'ዮም፡፡ መንእሰያት ኣብ ዓዶም ከይዶም ብዛዕባ
ሓቅነት ትውልዶምን ሓውነቶምን ፤ ካብ ወለዶም መግለጺን መፍትሕን ክረኽቡ
ተሃንጥዮምን ተሃዊኾምን ነይሮም፡፡

እዚ ትእዛዝ ሓኪይም ነቲ ተንጠልጢሉ ዝነበረ ሕንቅልሕንቅሊተይ ፤ ብዝቓልጠፈ
ንኽይፈልጥዎን ከየረጋግጽዎን ከም ዘዳናጉዮም ተረደኦም፡፡ በዚ ምኽንያት'ዚ ዋላ
ንሓጺር እዋን'ውን ይኹን ፤ እቲ ድቃስ ከሊእዎም ዝነበረ ሕንቅልሕንቅሊተይ
መፍትሕን መግለጺን እንተ ረኸብሉ ፤ ናብ ዓዶም በጺሖም ከምለሱ ንሓካይም

ክሓትዎም ጀመሩ።

ካብዚ ግዜ'ዚ ንደሓር ኩሎ ኣድህቦኦምን ኣቓልቦኦምን ኣብ መጻኢ ህይወቶም
ኮነ። ብድሕሪኡ ዝበዝሕ ግዜ ኣብ ቅድሚ ሳምሶን ፣ ገሊኡ ግዜ ንበይኖም ለይትን
መዓልትን ብዛዕባ ወረ እንታይ ኢና ክንከውን ፣ ኣብ ምንታይ ኢና ክንዓልብ ፣
ጥራይ ኮነ ዘረባኦምን ኣርእስቲ ዕላሎምን።

ኣብ ብዙሓት ዓለማዊ ሕብረተሰባትን ሃይማኖታትን ፣ ብሕልፊ ኸኣ ኣብ ናይ ዓደም
ክርስትያናዊ ባህሊ ፣ ኣሕዋት ከመራዓዉ ዘፍቅድ ልምዲ ከም ዘለ ኣጸቢቔም
ይፈልጡ ነይሮም' ዮም። ስለዚ እቲ ዘበሃል ዝነበረ ሓቂ እንተ ኾይኑን እንተ
ተረጋጊጹን ፣ እሞ ኸኣ ሰብ እንተ ፈሊጡን ፣ ብዝኾነ ተኣምር ከፍቀደሎምን
ከምርቔምን ይትረፍሲ ፣ ዝቓርቦም' ውን ከም ዘረኸቡ ይርድኦም ነይሩ' የ።
በ' ንጻሩ እቲ ካብ ነንሕድሕዶም ተፈላሊኻ ምንባር ከኣ ጨሪሱ ዘይከውን ኮኖም።
ብህይወት ከሳዕ ዘለዉ ከኣ ብሓንሳብን ብሓባርን እንተ ዘይኮይኑ ፣ ንኽይፈላለዩ
ነንሕድሕዶም ቃል ተኣታተዉ።

እቲ ከሳዕ'ቲ ግዜ'ቲ ብዛዕባ እቲ ኣርእስቲ'ቲ ፣ ብዘይካ ሳምሶንን ተስፎምን
ኣልጋነሽን ካልእ ሰብ ዘይምፍላጡ ንረብሓኦም ምኳኑ ገምገሙ። ድሕሪ ነዊሕ
ምዝርራብ ንሳምሶን መደቦምን ትልሞምን ኣእሚኖም ፣ ኣብ መትከሎም ከም
ዝርዕዖም ኣብ ጉኖም ከም ዝኸውንን ኣስድዕዎ። ብድሕሪኡ ዝተርፍ ናይ ክልቲኦም
ወለዶም ጥራይ' የ። ናይ ወለዶም ከኣ እንተኾነ ገለ መግለጺ ይረኸብሉ' ሞ እዚ
ስግኣት' ዚ ይቕንጠጠሎም ፣ እንተ ዘይኮነ ከኣ ንኽረድእዎምን ንኽእምንዎምን
ዝከኣሎም ከጽዕቱ ተሰማምዑ።

ኣሸበሸብ ከም ባህጎምን ትምኒቶምን ከኾነሎም እንተ ዘይክኢሉን ካልእ መንገዲ
እንተ ስኢኖምን ግን ፣ ዓዶምን ስድራኦምን ገዲፎም ናብ ሃገረ ስደት ኣምሪሓም ፣
ኣብ ዘይፈልጡዎን ኣብ ዘይፈልጦምን ሕብረተሰብ ኮይኖም ህይወቶም ከመርሑ
መደብ ነዲፎም ተሰማምዑ።

ኩሎ ዝመደብናዮ ምኳን እንተ ኣበየናኸ ኢሎም ብሩኽን ክብረትን ኣብ በይኖም
ዘተዩ። ኩሎ እንተ ዘይስሊጡ ካብ ተፈላሊኻ ምንባር ፣ ካብዛ ዓለም ብሕቡራትናን
ብፍቓራትናን ምስንባት ይሓይሽ ዝብል ሓደገኛ ውጥን' ውን ቀየሱ። እዚ ናይ
መወዳእታ ውጥን ግን ንሳምሶን ከይነግርም ተመሓሓሉ።

እታ ሓንቲ መዓልቲ ብኽቱር ታሕጓስን ምዝንንጋዕን ምዝናይን ዝሰገርዋ ቀያሕ
መስመር ፣ ከም ናይ ሓንቲ መዓልቲ ስሕተት ወሲደም ከይትድገም ተሰማሚያምን
ተረዳዲኣምን ነይሮም' ዮም። ስለዚ ብድሕሪኡ ከም ቀደሞም ነብሶም ዓቂቦም

ኢዮም ዝኽዱ ነይሮም። ድሮ'ኳ ምስቲ ኹሉ ኣብ ህይወቶም ዝካየድ ዝነበረ
ማዕበላዊ ኩነታት ፡ ሳምንታት ብዝሓለፈ መጠን ዳርጋ ነታ ለይቲ'ውን ከም
ዝነበረትን ከም እተፈጸመትን ክርስዕዋ ጀሚሮም ነይሮም'ዮም።

ተሰፎምን ኣልጋነሽን ደቄም ሓውዮም ኣብ ድልዱልን ዘተኣማምንን ናይ ጥዕና
ደረጃ ብምጽሓም ፡ ንኣምላኹም ንግሆን ምሽትን ኢዮም ዘመስግኑ ነይሮም።
ብድሕሪኡ እቲ ደቄም ንዓዶም ዝምለሱ ግዜ ብሃንቀውታ ክጽበዩ ጀመሩ። ደቄም
ናብ ዓዶም ዝምለሱ ግዜ ክሓስቡ ከለዉ ፡ በቲ ሓደ መዳይ ይህንጠዮን ይህወኹን
ነብሩ ፡ በቲ ኽልእ መዳይ ከኣ ይስከፉን ይሻቐሉን ነብሩ።

ምኽንያት ናይዚ ኽኣ ብዙሕ ኢዩ ነይሩ። ቀዳማይ ነቲ ከሳዕ ሽው ብጽንዓት
ዓቒቦሞ ዝጸንሑ ምስጢር ፡ ከቢድ ፈተን ከም ዝገጥሞን ብዝለዓለ ደረጃ ከም
ዝፍተንን ይድርኦም ስለ ዝነበረ ኢዩ። በቲ ካልኣይ መዳይ ከኣ መታን መጻኢ.
ርኸብ ብሩኽን ከብረትን ከስርዕዋን መኣዝን ከትሕዝዋን ፡ ምስ ደቄም ከካይድዋ
ዘድልዮም ዕቱብ ዝርርብ ይጽበዮም ምንባሩን ፡ ክንድምንታይ ከቢድ ክኸዉን ከም
ዝኽእል ስለ እተገንዘብዎን'ዩ ነይሩ። ብርድኢቶም እንቋዕ ደኣ ኣብ መርዓን
ዉላድን ኣይበጽሑ'ምበር ዝኸዉን ምኽንያት ምሒዝካ እቲ ሕጻ ፈሪሱ ፡ ሕዉነቶም
ብኸመይ እንተ ቀጸልዎ ከም ዝሐይሽ ከነረድኦም ኣሎና ኣብ ዝብል ሓሳብ'ዮም
ተሰማሚያም ነይሮም።

ከብረት እቲ ቀጺሉ ዝሰዓብ ሰሙናዊ ሕክምናዊ ጬጸራታት ብዝግባእ እናተኸታተለት
ፈጸመት። ድሕሪኡ እቶም ሓከይም ንሓደ ወርሒ ንዓዳ በጺሓ ክትምለስ ፈቐዱላ።
ኣብ'ቲ ግዜ'ቲ ከብረት ኣብ ወርሓዊ ጽግያታ ፡ ቅድሚኡ ኣስተብሂላቶ ዘይትፈልጥ
ሓድሽ ኩነታት ኣስተብሃለት። ግን ዝኸዉን ዝስምዓ ነገር ስለ ዘይነበረን ፡ እቲ
ንህይወታ ዝፈታተን ኩነታት ተኣልዩላ ሓውያ ንዓዳ ንኽትምለስ ትቀራረብ ስለ
ዝነበረትን ፡ ዋጋ ይኹን ኣቓልቦ ኣይሃበቶን።

ንዓዳ ክትምለስ ከላ ንኣሸበሽብ ኢሎም ፡ ንኽልተ ወርሒ ዝኸዉን ዘድልያ
መድሃኒታት ሃቦም ኣፋነውዋ። ብኸምዚ ኽኣ ድሕሪ ሽዱሽተ ወርሒ ሕክምና ፡ ኩሉ
ነገር ስሊጥዎም ከብረት ሓዳስ ሰብ ኮይና ምስ ምሉእ ጥዕናኣ ንዓዳ ክትምለስ
ተቐረበት። ብተመሳሳሊ ብሩኽ ንሓብትኻ'ያ እትበሃሎ ዝነበረት ኣፍቃሪቱ ፡ ሳምሶን

ከኣ ንኣይሓብትኽን'ያ እትበሃሎ ዝነበረት ሓብቱ ፣ ኣድሒኖምን ህይወት ሂቦምን ብዓወት ንዓጆም ዝምለሱ መዓልቲ ብምእካሉ ዕጋበቶም ልዑል ኢዩ ነይሩ።

ምዕራፍ 10

ክልቲኦም ኣባላት ስድራ ቤት ዓቢ ምስ ንእሽቶ ፣ ዕምባባታት ሒዘም ናብ መዓርፎ ነፈርቲ ከይዶም ብምዕሩግ ኣገባብ ተቐበሉዎም። ብሰላም መሬት ዓዶም ብምርጋጾም ስለስቲኦም መንእሰያትን ምሉእ ስድራ ቤትን ንኣምላኾም ኣመስገኑ።

ናይ ኣየር ጉዕዞ ኣድኪምዎም'ዩ ብዝብል ንኽልተ መዓልቲ ደቂሶም ከዕርፉ ገደፍዎም። ድሕሪኡ ስድራ ቤት ብምሉኡ መዓልታዊ እናተኣከበ ፣ ንሳቶም ከሓቱ ፣ መንእሰያት ከኣ ተሞክሮታቶም ከዘንትው ይውዕሉ ነበሩ።

ምሸት ምሸት ዓብዪቲ ስድራ ቤት ነንገዛኣም ምስ ከዱ ኸኣ ፣ ምስ ኣሕዋቶም ከሳዕ ለይቲ ከዕልሉ ይሓድሩ ነበሩ። ምስ ዓብዪቲ ኣሕዋቶምን ዓብዪቲ ስድራ ቤቶምን ፣ ኣተኩሮ ዕላሎም ብዝያዳ ብዛዕባ ዝገበርዎ ምዕቡል ሕክምናን ፣ ኣብቲ ሆስፒታል ዝነበረ ብዝሒ መሳርሒታትን እቲ ንኽልቲኦም እተገብረሎም መጥባሕትን ነበረ።

ነቶም ናእሽቱ ኣሕዋቶም ከኣ ብዝያዳ ብዛዕባ ዓዲ እንግሊዝ ብሓፈሻ ፣ ብፍላይ ከኣ ብዛዕባ ከተማ ለንደንን መዓርፎ ነፈርቲን ምዕባለኡን ናይ ትሕቲ መሬት ባቡርን ካልእ ዘደነቔም ምዕባለታትን የዕልልዎም ነበሩ። ካብዚ ወጻኢ ግን ብዛዕባ ቅድም ንሳምሶን ደሓር ንብሩኽ እተገብረሎም ምርመራታትን እተሓበሮም ዘደንጹ ውጽኢትን ግን ፣ ተንከስ ኢሎም'ውን ንዋላ ሓደ ኣየምሎቔን። ከምዚ'ሎም ንኽዕርፉን ንኽዛነዩን ንሓደ ሰሙን ዕድል ሃቡዎም።

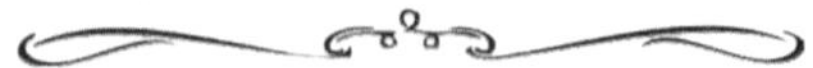

ግራዝማች ደቂ ደቄም ዕዉት ዝኾነ መጥባሕትን ሕክምናን ፈጺሞም ስለ እተመልሱሎም ኣዝዮም 'የም ተሓጉሶም ነይሮም። ነቶም መንእሰያትን ንተስፎምን ነ'ልጋነሽን ጌና ዘጨንቔም ኩነታት ከም ዝነበረ ኣይፈለጡን 'የም ነይሮም። ንብሩኽን ንኽብረትን ንበይኖም ገይሮም ከዕልልዎምን ከዘራርብዎምን ስለ ዝደለዩ ጨጻራ ገበሩሎም።

ምስ መንእሰያት ዝነበሮም ጨጻራ ሓደ መዓልቲ ምስ ተረፍ ፣ ግራዝማች ሃንደበት ብርቱዕ ረስንን ቅርጥማትን ቁሪ ቁርን ኣቢልዎም ሓደረ። ወ/ሮ ብርኽቲ ንተስፎምን ነ'ርኣያን ጸዋዕኣም። ኩነታቶም ምስ ረኣዩ ንሕክምና ክንወስደካ በሉዎም። ግራዝማች ግን ደሓን 'የ ንሕጂ ካብቲ ሓኪምና ፋርማሲስት ኣፋውስ ጥራይ ኣምጽኡለይ ፣ ነሱ ፈቲነ እንተ ዘይሓሸኒ ትወስዱኒ ኢሎም ኣቕበጽዎም።

ንግራዝማች እታ ምስቶም መንእሰያት ገይሮማ ዝነበሩ ጨጻራ ስለ ዘሰከፈቶም ፣ ነታ ጨጻራ ናብ ካልእ ግዜ ነተሓላልፋ ኢልኩም ነዘም ደቀይ ንገሩለይ በሉ። ግራዝማች ናብ 'ቲ ምስቶም ጨልዉ ዝገበርዎ ጨጻራ ምትኳሮም ነወ/ሮ ብርኽቲ ደስ ኣይበለንን።

"ወይ ጉድ! ናይ ሕማምኩም ግዳ ዘይትገብሩ?!" ብምባል ባህ ከም ዘይበለንን ፣ ብሕማሞም ከም ዝተሰከፋን ዘርኢ ስምዒተን ኣፍሰሳ።

ተስፎም ኣቦኡ ንጨጻራ ብዝምልከት ክንድምንታይ ብዕትበት ከም ዝርእይዎ ስለ ዝፈልጦ ተቆላጢፉ ከም 'ታ እተባህላ ገበረ። ግራዝማች እቲ ዘምጽኡሎም መድሃኒት ከወስዱ ጀመሩ። ንሳልስቲ ምስ ወሰዱ ዳርጋ ኩሉ እቲ ዝስምዖም ዝነበረ ገደሮም። ግን ብድሕሪኡ ብርቱዕ ድኻም ከሰመያም ጀመረ። ዋላ ንድኻም እንተ ሓገዞም ኢሎም ኢንፋኹን ኣብ ገዛ ኣምጺኦም 'ውን ከህብዎም ጀመሩ።

ግን ግራዝማች ብዙሕ ለውጢ ኣይገበሩን። ንሆስፒታል ከወስዱዎም እንተ ደለዩ ስለ ዝኣበዮዎም ሓኪም ንገዛ ኣምጺኦም ከም ዘምርምሮም ገበሩ። ሓኪም መጺኡ ምስ ረኣዮምን ዘድሊ ናይ ላቦራቶሪ ምርመራታት ምስ ገበሩሎም ፣ ዝኾነ ዝረከ ሕክምናዊ ጸገም ኣይረኸቡሎምን። እቲ ክቱር ድኻም ዝነበሮም ካብ ሽምግልናን ካብ ብሓፈሻ ምሉእ ሰዉነት ምእራግን ምምንማንን ምኻኑ ኣረድኦም። ግራዝማች ምስቲ መደምደምታ ናይ 'ቲ ሓኪም ብቕጽበት ተሰማምዑ።

እቲ ንደቄም ደጋጊሞም ዝብልዎም ዝነበሩ ስለ ዝኾነሎም ከኣ ፣

"አይበልኩኹምን' ንዶ! እቲ ሕዙኒ ዝነብረ ሕማም ሐዉየ' የ። ሰዉነት ምስ
ሸምገለን ምስ አረገን ምኽንያታት ኢዩ ዘናድን ዘብዝሕን። ስለዚ ሕጂ ሐሚመ
አይኮንኩን ሽምጌለ አሪገ' የ። ሰዉነተይ አገልጊለ' የ ይኣኽለኒ' የ ዝብል ዘሎ!
እምበርከ ናተይ ዘይበለ ደአ ናይ መን ክብል!?" በሉዎም ነቲ ከዉንነቾምን ነቲ
ከዉንነት ህይወትን ብትብዓትን ጸጋን ብምቕባል።

ግራዝማቾ ፦ "ነዛ መርዓ ናይዘም ቄልዉ ክርሲ አይፈቶደለይን ማለት' የ ፦"
ኢሎም ምስ ነብሶም ተላዘቡ።

ንተስፎምን ነ' ርኣያን ጸዊያም ፦ "እዛ ኩነታት' ዚኣን እዛ ግዜ' ዚኣን ዝሰግራ
አይመስለንን' የ ዘሎ። ስለዚ ቅድሚ አዝየ ምድካመይ ፦ ንምሉእ ስድራ ቤትና
ከመሓላልፎ ዝደሊ መልእኽቲ ስለ ዘሎኒ አኽቡለይ።" በሉዎም።

ተስፎምን አርኣያን ወ/ሮ ብርኽትን ቅድም ናይ ጥዕናኹም ጉዳይ ግበሩ ፦ ሽዉ
ምስ ደልደልኩም ተርከብሉ ኢኹም ኢሎም ከረድእዎም ፈተኑ። ግራዝማቾ ግን
እታ መዓልቲ ንሱ እቲ ጐይታ ጥራይ ስለ ዝፈልጣ ፦ አነ ጌና እታ ዕድል ሃቡኒ
ኽሎ እየ ከዕወተላ ዝደሊ ብምባል አበዩዎም።

ግራዝማቾ ብዝሓተትዎ መሰረትን ፍቓድም ንምምላእን ፦ ተስፎምን አርኣያን ንምሉእ
ስድራ ቤቾምን ፦ እንዳ ባሻይን ፦ እንዳ ሃብቾምን ፦ ንብምሉኣቾም ጸዉዑሎም።
አብታ እተኣኽኸቡላ መዓልቲ ባሻይ በ' ጋጣሚ ቅሩብ ስለ እተጸልኦም ፦ ንሶምን
ወ/ሮ ለምለምን ከመጹ አይከኣሉን።

ክልቲኦም ወለዲ ብዘይምምጽኦም ኩነታቾም ንደርማስ በብተራ ኩሎም ሐተትዎ።
ደርማስ ከኣ አደኡ ደሓን ከም ዝገደፈን ፦ አቦኡ ግን እታ ጸቕጢ ደሞም ስለ
ዝደየበትን ፦ ብርኮᎁን ናይ ታሕተዋይ እግሮም መላግቦታትን ሐቢጡ ቃንዛ ስለ
ዝገበረሎምን ምኽኒዎም ዘይመጹ አረደኦም።

ግራዝማቾ' ዉን ንዝረኣዮም ኩሉ ጌና ብግቡእ ከም ዘይሐወዩ ይፍለጡ ነይሮም' የም።
እታ ካልእ ግዜ ብግቡእን አተኮᑌርካን እንተ ዘይጠሚትካ ከስተብሀለላ ዘይትኽእል
ቀጥ-ቀጥ ምባል' ዉን ፦ ሽዉ ብዝያዳ ብግሁድ ትረአ ነበረት። ሰዉነቾም ካብ
ቀደሙ ዝያዳ ከም ዝጸምለወን ከም ዝነከየን ይረአ ነበረ።

ንግራዝማቾ አብ ዓራቾም ብመተርኣስ ደጊፎም ኮፍ አበሉዎም።

ሽዑ ከምዚ ክብሉ ዘረባኦም ጀመሩ ፤ "እዞም ደቅና ካብ ዓዲ እንግሊዝ ድሕሪ ምምላሶም ምስኣታቾም ከገብሮ ዝደለኹ ዝርርብ ነይሩ'ዮ። ሕጇ ግን ምስዚ ኩነታተይ ኣነ ንኣኡ ዝኣክል ሓይሊ ስለ ዘይብለይ ፤ ኣብ ክንዳይ ንተሰርዮን ነ'ርኣየን ወኪለዮም'ለኹ። ስለ'ዚ ኣነ ኣብ ክንዳኡ በታ ተሪፋትኒ ዘላ ዓቕሚ ፤ ካብ ነዊሕ እዋን ኣትሒዘ ከምሕጸነኩምን ከላበወኩምን ዝመደብኩወን ኣርእስታት እየ ከዘረበኩም ፤" ኢሎም ኣዐርፍ ኣበሉ። ቅጽል ኣቢሎም ፤ "ኣነ ነ'ርባዕተ ዓመት ጥራይ'የ ኣብ ክፍሊ ተማሂረ። ድሕሪኡ እቲ ቐጸለ 60 ዓመት ህይወተይ ኣብ ዓለምን ካብ ዓለምን'የ ተማሂረ። ስለዚ ትምህርቲ ወዲእና ኢና ፤ ኩሉ ፈሊጥናዮ ኢና ኣይትበሉ። ትምህርቲ ኣይወዳእን'ዩ። ሰብ ትምህርቲ ዘቋርጽ ካብዛ ዓለም'ዚኣ ክፉና ኸሎ ጥራይ'ዩ። ስለዚ ኣነ ዕድመይ ብሓቂ ተጠቒመሉ'የ'ሞ ፤ ንስኻትኩም ከኣ በዚ ናይ ቀጸለ ትምህርትን ፍልጠትን ምምሕያሽን ዝሕፈሶ ጉደና ህይወት ክትመላለሱን ንኣኡ ክትጥቀሙሉን ሓደራ እብለኩም ፤" ኢሎም ነ'ርኣየ ምልክት ገበሩ።

ኣርኣየ ካብታ ኣብ ጥቓኦም ዝነበረት ጥርሙዝ ማይ ቀድሓሎም። ሽዑ ንጉሮርኦም መተርከሲ ጥራይ ዝኣኽላ ውሑዳት መዓጐ ኣውርድ ኣበሉ። ሽዑ ዘረባኦም ብምቕጻል ፤ "ስልጣነን ምዕባለን ኣነ ኣብ ክልተ እየ ኸፊለ ዝርእየ። ቀዳማይ ግኡዝን ስጋውን ፤ ካልኣይ ከኣ ኣእምሮኣውን መንፈሳውን'ዩ። ሕንቲ ስድራ ቤት ትኹን ሃገር ብግኡዝን ስጋውን ኣገባብ እንተ ስልጢናን ማዕቢላን ፤ ኣባላታ ወይ ዜጋታታ ጸጊቦም ይሓድሩ ፤ ብቐዕ ሕክምናን ምቹእ ቤትን ጥዑም መነባብሮን ከኣ ይረኽቡ። እዚ ምስ ረኸቡ ግን እንድሕር ማዕረ ማዕረኡ በ'እምሮን ኣተሓሳስባን መንፈስን ሰብኣውነትን ዘይሰልጠኑን ዘይማዕበሉን ግን ፤ እቲ ኩሉ ጽዒሮምን ተባላሒቶምን ዝበጽሕዎ ደረጃ መነባብሮ ንኸንቱ ኢዩ ዝኸውን። ምኽንያቱ ነቲ ኣብታ ስድራ ቤት ይኹን ኣብታ ሃገር ዝረኸብዎ ጸጋ ፤ ብፍትሕን ማዕርነትን ምትሕልላይን ስለ ዘይጥቀሙሉን ዘይቋደስሉን ፤ ምሉእ ሰላምን ቅሳነትን ርግኣትን ከረኽቡ ኣሻጋርን ኣጸጋምን'ዩ ዝኸውን። ስለዚ እዞም ደቀይ ምስቲ ኣብ ህይወትኩምን ስድራ ቤትኩምን ሃገርኩምን እተመዝግብዎ ደጋዊ ምዕባለን ስልጣነን ፤ ኣተሓሳስባኹምን ብስለትኩምን ፍትሓውነትኩምን ሰብኣውነትኩምን ከኣ ምስኡ ብሓባር ከተስጉምዎ ክትጽዕሩ ሓደራ እብለኩም ፤" ኢሎም ሕጇ'ውን ኣዐርፍ ኣቢሎም ካብታ ብርጭቐ ቅሩብ ማይ ጐርዳዕ ኣበሉ።

ብድሕሪኡ ሓደ-ክልተ ግዜ ምራጨም ድሕሪ ምውሓጥ ፤ "ወለድና ከምዚ ናታትኩም ደጋዊ ምዕባለን ስልጣነን ትምህርትን ኣይነበሮምን። ዝበዝሑ ነዛ ምንባብን ምጽሓፍን'ውን ኣይክእሉዋን'ዮም ነይሮም። ግን ንፍትሕን ሕግን ከምኡ ኸኣ ነ'ገባብ ኣመሓዳድራን ኣነባብራን ንዝምላከት ኣእምሮኣውን መንፈሳውን

ምዕባለ ግን ፡ ንሕናን ንስኻትኩምን ጥቓኦም'ውን ኣይንቐርብን ኢና። ነዚ
ምስክሩን ኣብነቱን ከኣ እቲ ገዲፍምልና ዝሓለፉ ናይ እንዳ'ባ ሕግን ስርዓትን ፡
ከምኡ ከኣ መሬት ዘይወድቅን ሓቅነቱ ወትሩ እናተኮላፀ ዝኸይድ ፍልስፍናዊ
ብሂላትን ምሳሌታትን ኢዩ ፡" ኢሎም ዓሚቕ እና'ስተንፈሱ ፡ ንንውሕ ዝበላ
ካልኢታት ኣዕርፍ ኣበሉ።

ኩሎም ብኣተኩሮን ብተገዳስነትን ከም ዝከታተልዎም ዝነበሩ ፡ እቲ ሰፊኑ ዝነበረ
ጸጥታን ፡ እተን ኣተኩረን ዝጥምታ ዝነበራ ኣዒንትን ፡ እቲ ተኣሳሲሩ ዝነበረ
ግምባርን ፡ እቲ ሓፈሻዊ ኩለንተናዊ ኣካላዊ ቋንቋን ይምስክር ነበረ።

ሸው ርእሶም ኣቕኒዕ ኣቢሎም "እቲ ዝዓበየ ፍልጠትን ብልህነትን ፡ ኩነታትናን
ዓይነት ህይወትናን መነባብሮናን ዕጫናን ብዘየገድስ ፡ ከመይ ጌርና ብህይወት
ቀሲንናን ዓጊብናን ፍሱሕን ርጉእን ሰላማውን ህይወት ንመርሕ'የ። ህይወት
ብኸመይ ንነብሮን ንገጥሞን ንሰግሮን ነስነፎን ምፍላጥን ምምላኽን ፡ ሓደ ካብቲ
ዝዓበየ ኩላትና ክንቀስሞ ዝግብኣና ትምህርትን ጥበብን'የ! ነዚኣ እንተ ፈሊጥናን
መሊኽናን ፡ ንዝኾነ ዝጠመመናን ዝጎነፈናን ከይተሰነፍና ክንሰግሮ ጨሪስና
ኣይንሽገርን ኢና። እዚ ጥበብ ፍልጠት'ዚ ዋዛ ይመስል'ምበር ፡ ልዕሊ
ክንደይ ናይ ሊቅነት ዲግሪታት'የ ዝስራዕ። ስለዚ ሓደራ እዞም ደቀይ እዚ ምስ
ህይወትን ዓለምን ናይ ግድን ዝግጠም ጥምጥም መታን ክትዕወትሉ ተዓጠቕሉን
ተጠንቂቕኩም ተዳለዉሉን ፡" ኢሎም ሕጂ'ውን ኣዕርፍ ኣበሉ።

እታ ዝገበሩዋ ዕረፍቲ ካብታ ኣቐዲሞን ዝወሰድዋ ንውሕ ከም ዝበለት ኩሎም
ኣስተብሃሉ። ነቲ ምኽርን ሓደራን መታን ከተሓላልፉ ክንድምንታይ ይደኽሙ
ምንባሮም ፡ ብሕልፊ ነቶም ዓዓበይቶም ኣጸቢቑ ኣተሓሳሰቦምን ኣስከፎምን።

ዋላ'ኳ ሓይሎም በብቅሩብ ይጽንቀቕ ከም ዝነበረ ይረአ እንተ ነበረ ፡ ግራዝማች
ግን ሕጂ'ውን ሓሳባቶም ንምትሕልላፍ ከይሰልከዩ ብጫራጽነት ከምዚ ብምባል
ቀጸሉ ፡ "ልዕሊ ኹሉን ልዕሊ ዝኾነ ነገርን ፍቕርኹም ኢዩ ኣገዳሲ። ንፍቕርኹምን
ጥምረትኩምን ኣብ ዋጋ ዕዳጋ ኣይተእትውዎ። ደቂ ስባት ፍጹማት ከም ዘይኮኑ
ተረዲእኩም ፡ ኣብ ዘይጠቅመ ናእሽቱ ጌጋታትን ጉድለታትን ኣይተተኩሩ። ኣብቾም
ናይ ነንሕድሕድኩም ጸቡቓት ጎድንታትኩም ጥራይ ኣተኩሩን ፡ ንዕኣም ጥራይ
ኩልዑን! ዝኾነ ጉዳይ ብሓደ ወገኑ ጥራይ ፈልጥኩምን ፡ ናይ ሓደ ወገን
ጥራይ ሰሚዕኩምን ናብ ፍርድን ኩነነን ኣይትቀዳደሙ። ንዝኾነ ካባኻትኩም
በቲ ዋላ ንእሽቶ ይኹን ዝገብሮን ዘበርከቶን'ምበር ፡ በቲ ዘጉደሎን ዝጎደሎን
ጥራይ ኣይትፍረዱ። ናይ ጸጽቡቕን ጠጥዑሙን መዝገብ ጥራይ ሓዙ። ጉድለትን ፡
ጌጋታን ፡ ቅርሕንትን ፡ ቂምታን ጥራይ ዝምዝገብ መዝገብ ቂምታ ምሓዝ ንየው

በሉዎ! ናይ ጸጽብቑ ግብርኻ መሳርሒ ግበረና ኢልኩም ጸልዩን ለምኑን። ሰባት ብዝምድና ፣ ብዓዲ ፣ ብቐቢላ ፣ ብሃይማኖት ፈላሊኹም ኣይትፍረዱ። ሌላን ጉሌላን ምግባርን ምፍልላይን ምጉዝዛይን ንፋስ ኣእትዩ ኣጉዶኻ'ዩ ዘፈራርሰልካ። በዚ መርሆ'ዚ ክትጎዓዙ ጸዓሩ። በዚ መንገድ'ዚ እንተ ተጓዒዝኩም ፍቅርኹምን ሓድነትኩምን ክትሕልውዎ ኢኹም። ስለዚ ሓደራ እዞም ደቀይ ፣" ኢሎም ነዊሕን ዓሚቕን ኣስተንፈሱ።

ግራዝማች ዘረባኦም እናቐጸሉ ኸለው ፣ ድምጾም እናተሓተን እናደኸመን ይኸይድ ነበረ። በዚ ኸኣ ተሰፎምን ኣርኣያን ወ/ሮ ብርኽትን ተሰኪፎም ጸጸኒሖም ይጠማመቱ ነበሩ። ግን ክቋርጽዎም ስለ ዘይደለዩን ፣ ሕጅስ ኣብ ምድምዳሙ'ዩ ኢሎም ስለ ዝሓሰቡን ፣ እናተሰከፉ ትም ኢሎም ይከታተልዎም ነበሩ።

ግራዝማች ናብ ኩሎም እቶም ብኣተኩሮን ብተገዳስነትን ዝሰዕብዎም ዝነበሩ በብተራ ጠመቱ። ሽው ምራቖም ውሕጥ-ውሕጥ ኣቢሎም ፣ "ኣምላኽ ንኣይ ብዙሕ'ዩ ሂቡንን ገይሩለይን። እነሆ ደቀይን ደቂ ደቀይን ከሰዕም በቒዐ። ብሕጂ ከኣ ደቂ ደቀይ ሓዳር ክምስርቱ ይቀራረቡ ኣለው። እነሆ ጐይታ እኹልን ትሩፍን ሓድጊ ሂቡኒ ኢዩ። ኣነ ግን ሓድጊ ገዲፈ ዝብል ፣ ስለ ዝወለድኩን ስለ ዝበዛሕኩን ኣይኮነን። ምኽንያቱ ምውላድን ምፍራይን ኣሸንኳይ ሰብ ፣ እንስሳታት'ውን ይወልዱ ኢዮም። እቲ ቁምነገር ግን ብዘርኢ ዝትክኡኻ ውላድ ምውላድ ጥራይ ዘይኮነ ፣ ናይ ብሓቂ ሓድጊ ዝኾኑ ውላድ ምግዳፍ ኢዩ ፣" ኢሎም ክልተ ሰለስተ ግዜ ዓሚቕ ኣስተንፈሱ። ድሕሪኡ ካብታ ብርጭቈኦም ማይ ጐርዳዕ-ጐርዳዕ ኣበሉ።

ንውሱን ግዜ እቲ ቀጺሎም ክብልዎ ዝደለዩ ከም ዝጠፍኦም መሰሉ። ብድሕሪኡ ግን እቲ ክብሉዎ ዝደልዩ ፣ በቲ ዝደልዩዎ ቃላትን ኣገባብን ንኸቐምጥዎ ዘኽእል ዓቕሚ ገና ከም ዝነበሮም ብዘርኢ ርዝነት ከምዚ በሉ ፣ "ቀደም ወለድና ፣ *'ኣይትብዝሖ ኣይኮነን መርገም ፣ ኣይትርብሖ ኢዩ ፣'* ይብሉ ነይሮም። ስለዚ ኣነ ሓድጊ ገዲፈ ክብል እንተ ኾይነ ፣ ዘርኢ ብምግዳፈይ ጥራይ ኣይኮንኩን ዝዓግብ። እንታይ ደኣ ንዓለም ዝርድኡ ፣ ዝገጥሙ ፣ ነንሕድሕዶም ዝተሓላለዩን ዝፋቐሩን ፣ ንስድራ ቤቶምን ሕብረተሰቦምን ኣብነት ዝኾኑ ፣ ጥዑያትን ፍትሓውያንን ዜጋታት ዝኾኑ ዘርኢ እንተ ገዲፈ ጥራይ'የ ፣ ናይ ብሓቂ ሓድጊ ገዲፈ ኢለ ዝዓግብ። ስለዚ ሓደራ ኩልኹም እዞም ደቀይ ፣ ዓበይትኹም ናእሽቱኹም ፣ ነዚ ክትርድኡን በዚ ክትምርሑን ናብ ከምዝን ነ'ዝን ክትበቕዑን እላበወኩም። ንስኻትኩም ነዚ በቒዕኩም ከኣ ፣ ነዚ ብልህነትን ጨዋነትን ክብርታትን ሕብረተሰብና ናብቲ ዝቕጽል ወለዶ ከተመሓላልፍዎ ሓደራ እብለኩም። ጐይታ ነዊሕ ዕድመን ጥዕናን ሰላምን ፍቕርን ስኒትን ይሃብኩም" ኢሎም መሪቖም ለበዋኦም ዛዘሙ።

ግራዝማች ማዕዳኣምን ለበዋኣምን ምስ ዛዘሙ ፤ ኩሎም በብተራ እናተንስኡ ምስጋናኦም ገለጹሎም፡፡ ቀዲሎም ከኣ ምሕረት ከውርደሎምን ኣብ መርዓ ደቂ ደጬም ኮፍ ኢሎም ከውዕሉሎምን ልባዊ ትምኒቶምን ሃረርታኦምን ብስምዒት ገለጹሎም፡፡

እቲ ሃዋህው ንግራዝማች ኣዝዩ ተንከፎም፡፡ ግራዝማች ትምኒትን ሃረርታን ስድራ ቤቶም ብእዝኖም ይስምዕዎ'ምበር ብውሽጦምስ ፤ "ተመስገን ጐይታ! ድሕሪ ደጊም ኩሉ ስለ ዝሃብካንን ኩሉ ስለ ዝገበርካለይን ፤ ንብረትካ እንተ ኣከብካ'ውን ዘሰክፍን ዘጣዕስን የብለይን! ድሉው'የ ጐይታ!" ኢዮም ዝብሉ ነይሮም፡፡

ድምጾም ምትሓቱን ምልሕታቱን እንተ ዘይኮይኑ ፤ ግራዝማች ሹው መዓልቲ ባህጎም ስለ ዝገበሩ ደስ ኢሎም ግዲ ኾይኖም ጽቡቕ ኣምሰዩ፡፡ ድሕሪኡ ግን ካብቲ ዝቐነዮም ብዙሕ ለውጢ ከይገበሩ ኣብ ዓራት ቀነዩ፡፡

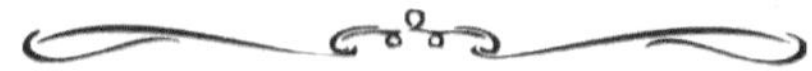

ክብረትን ብሩኽን ካብ ዓዲ እንግሊዝ ካብ ዝምለሱ ልክዕ ዓሰርተው ክልተ መዓልቶም ኣቖጺሩ፡፡ ምሉእ ሰሙን ካብ ገዛ ከይወጹ'ዮም ቀኒዮም፡፡ ከተማ ክርእይዎን ቅሩብ ኣየር ከወስዱን ኢሎም ንበይኖም ወጹ፡፡ ኣብ ባር ሮያል ምስ በጽሑ ክብረት ድኻም ስለ እተሰምዓ ኣትዮም ከዕርፉ ተሰማምዑ፡፡

ሓሓንቲ ካፖቺና ኣዚዞም ኮፍ በሉ፡፡ ካፖቺኖኣም ምስ መጻ ብሩኽ ብውዕይታ ከላ ከቃብጻ ፤ ፈት-ፈት እናበለ ከሎ ክብረት ፤ "ስማዕ'ንዶ ብሩኽ ሎምቅነ ኣብዚ ዝሓለፈ ሰሙንሲ ቅሩብ ዕግርግር ከብለኒ ቀነዩ፡፡ ከነግረካ ይደሊ'ሞ ኣይ ነዚ ቅቅራብ-ቅራቦ እንታይ ከነግረሉ ፤ ቀበጥበጥ'የ'ዚ እናበልኩ ሱቕ ኢለ ቀነየ፡፡"

ብሩኽ ብቕጽበት ነታ ከቃብጻ ተቓሪቡ ዝነበረ ካፖቺኖ ኣቐምጥ ኣቢሉ ፤ "እንታይ?! ከመይ ዓይነት ዕግርግር? ክብረት ከትርስዕዮ ዘይብልኪ ምስቲ ዝተገብረልኪ መጥባሕትን ምስግጋር ኩሊትን ፤ ንኹነታት ጥዕናኺ ዝምልከት ንእሽቶ ነገር ዝብሃል ስለ ዘየሎ ፤ ዝኾነ ሻላ ከበሃል ዝግብኡ ነገር ከም ዘየሎ'የ ፤" ኢሉ ዳርጋ ከቆጣዕ እናደለየ ፤ ናብ ተግሳጽ ዝዛዘው ዘረባ ደርበየ፡፡

"ኖኖ ኣነ'ኳ ምስቲ ዝተገብረለይ መጥባሕቲ ዝኾነ ዝተሓሓዝ ነገር ዘለዎ ኮይኑ ስለ ዘይተሰምዓኒ'የ ሻላ ኢለዮ ነይረ፡፡ ቅድም ናይ መግቢ ወይ ኣየር ለውጢ ከይከውን ኢለ ሓሲበ ነይረ፡፡ ድሕሪኡ ኸኣ ምናልባሽ ናይቲ ዝወሰዶ ዘለኹ መድሃኒታት ጐድናዊ ሳዕቤን ከይከውን ተጠራጢረ ነይረ፡፡"

”ንሱ ደኣ ሓድሽ መድሃኒት ዘይወሰድኪ፡፡ እዚ እትወስድዮ ዘሎኺ መድሃኒታት
ንልዕሊ ሽዱሽተ ወርሒ ወሲድክዮ ኢኺ፡፡ ቅድሚ ሕጇ ከምኡ ስምዒት ዘየምጽአልኪ
ከመይ ጌሩ ሕጇ ከምኡ ከገብረኪ?”

”ልክዕ ኣለኺ፡፡ ኣብ መወዳእትኡስ ኣነ'ውን ከምኡ ኢለ እንድየ ሓሲበ፡፡”

”እሞ ከምዚ ዝበልኩኺ ካልእ ዕቱብን *ሪርየዝን* ነገር ከይከውን ፡ ሕክምና ኬድኪ
ከትምርመሪ ኣሎኪ ፡” በላ ስክፍታኡን ሻቕሎቱን ኣብ ድምጹን ገጹን ብግልጺ
እናተነብበ፡፡

”ጥዋ ዋእ ካልእ ነገርሲ ኣይከውንን'የ ፡” በለቶ ተዛንያ፡፡

”እቲ ሞያዊ ትንትናስ'ባ ነቶም ዝምልከቶም ሰብ ሞያ ሕክምና ግደፍሎም፡፡ ዘረባ
ሰብ ስምዒ በላ ፡” ቁጥዕ ኢሉ፡፡

ከቑጣዕ ጀሚሩ ምንባሩ ዘስተብሃለት ከብረት ኢዳ ሰዲዳ ጨብጥ ኣበለቶ፡፡ ሽዑ ፡
”እንታይ ድዩ ከምኡ ዘብለኒ ዘሎ ይመስለካ ብሩኽ ሓወይ? ሰሙን ቅድሚ
ምምጻእና ኣብ ዓዲ እንግሊዝ ከሎና ከመጸኒ ዝግበአ ወርሓዊ ጽግያተይ ከሳዕ ሎሚ
ኣይመጸንን ፡” በለቶ ከም ሕፍርፍር እናበለት፡፡

”እዚ'ሞ ምስቲ ዕግርግር ይብለኒ'ሎን ጠጢው ኢሉንን እትብልዮ እንታይ ርክብ
ከህልዎ ኢሉ?”

”ዌል ንሱ ደኣ እንታይ ኩይኑ ርክብ ዘይህልዎ፡፡ ንላ'ንስተይቲ ጥንሲ ከትሕዝ
ከላ'ኮ ብመጀመርያ ወርሓዊ ጽግያታ ኢዩ ጠጢው ዝብል፡፡”

”እሞ ንስኺ ከመይ ጌርክ ጥንሲ ከትሕዚ?”

ከምኡ ምስ በላ ከብረት ካዕ-ካዕ ኢል ሰሓቐት፡፡ ብሩኽ ከንድኡ ዘስሕቃ ነገር ስለ
ዘይተዛረበን ፡ ምኽንያት መስሓቒኣ ስለ ዘይተረድኦን ቀባሕባሕ በለ፡፡

ሽዑ ሰሓቓ ተቔዳዲራ ብናይ ላግጺ ቋንቋ ፡ ”ኣየ ኣወዳት ከትበሃሉ ከሎኹም
መቸም እንዶ እኮ'የ ዘይብልኩም !”

ብሩኽ ብስሓቓን ብድሕራ ዝበለቶ ዘረባን ተደናጊሩ መሊሱ ቀባሕባሕ በለ፡፡
ንኸልኢታት ብምግራም ምስ ጠመታ ፡ ”እንታይ ማለትኪ ኢኺ?”

”ጥንሲ ደኣ ኣይትዘክርን ዲኽ እቲ ሓደ ምሸት ኣብ ዓዲ እንግሊዝ ከሎና ካብ
ሓጎስ እተላዕለ ዝፈጸምናዮ ፡” በለቶ ዕትብን ሕፍርፍርን ድንንን እናበለት፡፡

"ዋእ ዘይከውን! እሞ ብናይ ሓንቲ መዓልቲ ስሕተት ድዩ?"

"አይግበሮ'ምበር ሓንቲ መዓልቲ ትኣክል'ወ! እቲ ዝያዳ ናብኡ ዘተሓሳሰበኒ ኽኣ
ወርሓዊ ጽግያተይ፡ ሓንቲ መዓልቲ'ውን ትኹን ተዘናቢሉ ስለ ዘይፈልጥ'የ።"

ኢዱ ሰዲዱ ኢዳ ምጭባጥን ምትብባዓን ግደ ብሩኽ ኮነ። ኢዳ ጨቢጡ እናደረዘ
ከኣ፡ "አይ በዝስ ኣነ ኣይጠራጠርን'የ። ግን ደሓን ዝያዳ ዝዱንጊ እንተ
መሲሉን፡ እቲ ዕግርግር ዘብለኪ እንተ ቐጺሉን ምርመራ ትገብሪ፡" በላ ብፍቕርን
ሓልዮትን።

ድሕሪኡ ምናልባሽ ጥንሲ እንተ ሒዛኽ ኣብ ዝብል፡ ኣብ መደቦምን ህይወቶምን
እንታይ ለውጢ ከምጽኣሎም ከም ዝኽእል ተመያየጡ። መጀመርያ ከምኡ እንተ
ኾይኑ፡ ኣምላኽ ንኽይፈላለዩ ዝገብሮ ዝነበረ ጥበብን ዘርእዮም ዝነበረ ምልክትን
ኢዮ ከኾውን ዝኽእል ኢሎም ሓሰቡ። ኣብ ከምኡ እንተ ተበጺሑ ኽኣ እቲ
ኩነታት ንረብሓኦም ምኳኑ ገምገሙ።

ጽኑሓም ግን ብሓቂ ጥንሲ እንተ ኾይኑ፡ ብዘይካ ማሕበራዊ ሕልኽላኽት ካልእ
እንታይ ሳዕቤናት ከኽትል ከም ዝኽእል ናብ ምዝታይን ምትንታንን ሰገሩ።
ሽቡ ብመጀመርያ ከብረት ምስቲ ኣብ ቀረባ ዝገበረቶ መጥባሕትን እተተኸኣላ
ኩሊትን፡ እንታይ ሳዕቤን ከኽትለላ ከም ዝኽእል ምሕታትን ምርግጋጽን ከም
ዘድሊ ተረዳድኡ። ቀጺሎም ከኣ ዋላ ኣብ ከብረት ዝሰዕብ ሳዕቤን እንተ ዘየሎ፡
እቲ መዓልታዊ እትወስዶ መድሃኒታት ኣብ ዕሽል ከምጽኦ ዝኽእል ጸገም'ውን
ከሀሉ ስለ ዝኽእል፡ ንኣኡ ዝምልከት ሓበሬታ'ውን ከረኽቡ ከም ዘድልዮም
ተሰማምዑ። ኣብ መደምደምታ ኽኣ እንድሕር ከብረት ጥንሲ ከም ዝሓዘት
ተረጋጊጹ፡ ብቐዳምነት ምስ ሓኺይሞም ከመያየጡ ከም ዘድልዮም ተረዳድኡ።

ነቲ እተላዕለ ኣርእስቲ ብምርድዳእን ብምስምማዕን ኣብ መደምደምታ
የብጽሕኦ'ምበር፡ ሓሳቦም ከሬሎም ንገዛኦም ከኽዱ ኽለው ግን ከልቲኦም
ኣብ ሓሳብ ጥሒሎም'ዮም ናብ ቤቶም ዝምለሱ ነይሮም። ኣብ ድሕሪኡ ዝቐጸለ
መዓልታት'ውን እንተ ኾነ እቲ ሓሳባት ምስኦም ቀነየ።

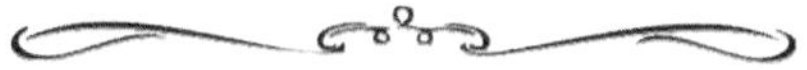

ተሰፎምን ኣልጋነሽን ደቄም ንሰሙን ምስ ኣዕረፉ'የም ንበይኖም ከዘራርብዎም
መዲቦም ነይሮም። ግርዝማች ስለ ዝሓመሙ ግን ከይተዘራረቡ ክልተ ቅን ሓለፉ።
ድሕሪኡ ተሰፎምን ኣልጋነሽን ብብሒቲ ምስ ደቄም ንኽዘራረቡ ጌጸራ ሓዙ። ከምኡ

ዝኣመሰለ ዘረባ ኣብ ገዛ ጌንካ ምዝራቡ ስለ ዘይጥዕም ከኣ ፥ ንኸነናፍሶም ብዝብል ምኽኒት ሓሙሽተኣም ንሓንቲ መዓልቲ ንከረን ንኽወርዱ ተሰማምዑ።

ብቐዳምነት ሓሙሽተኣም ናብ ቀበሌ ከይዶም ቅጥዒ መገሺ ፍቓድ (ይሕለፍ) ኣውጽኡ። ኣልጋነሽ ከመይ ዝኣመሰለ ምሳሕ ኣብ ኣገልግል ኣዳልያ ተቐረበት። ኩሉ ዘድልየና ካብዚ ባዕላትና ሒዝና ኢና እንኸይድ ኢሎዋ ስለ ዝንበረ ኸኣ ፥ ንእሺቶ ፍርኔሎ ፥ ፈሓም ፥ በራድ ፥ ጀበና ፥ ቡን ፥ ጨጨሊ ሻሂ ፥ ሽኮር ፥ ዕምባባን ካልእ ኩሉ ዘድልያን ቀራሪባ ነብረት። ተሰፎም ከኣ ኩሉ ዝስተ ኣብ ሳንዱቕ መዝሓሊት በረድ ገይሩ ቀራረበ። ንምሉእ መዓልቲ ኩሉ ዘድልዮም ነጊራት ካብ ገዛ ቀራሪቦም ስለ ዝነበሩ ፥ ንኽበልዑ ወይ ክስትዩ ናብ ዝኾነ ቦታ ከየላግሱ ኢዮም መዲቦም ከይዶም።

ኣብ ብሎኮ ኣስመራ ምስ በጽሑ ብንግሆኡ ብብሽክለታ ፥ ብዓረብያ ፥ ብኹቺነተ ፥ ብእግርን ፥ ከምኡ'ውን ብኻልኦት ተሽከርከርትን ካብን ናብን ናይ ዝገይሽ ብዝሒ ሰብን እቲ ኣብኡ ዝነበረ ዕግርግርን ኣገረሞም። እቲ ኣብቲ እዋን'ቲ ኣብ ኩሉ ከተማታት ኤርትራ ንቡር ዝነበረ ተርእዮ ፥ ብሕልፊ ነቶም ብዙሕ ጊዜ ካብ ኣስመራ ወዲኣም ዘይፈልጡ ኣልጋነሽን መንእሰያትን ኣዝዩ ኣደነቐም። ወተሃደራት ኢትዮጵያ ንኹሉ ኣታውን ወጻእን ቀንጠ-መንጢ ንብረት ብደቒቕ ይቃጻጸሩን ይፍትሹን ነበሩ። ኩሎም ገያሾ መሕለፊ ፍቓድ ከም ዘለዎም ድሕሪ ምርግጋጽ ፥ ንኹሉ ሰብ ብሕልፊ ንደቂ ኣንስትዮ ብዝያዳ ትኹረት ይፍትሹወን ነበሩ። ብተወሳኺ ኣብ ልዕሊ ገያሾ ኸኣ ጽር-ጽር ይብሉን ፥ የጉባዕብዑን ይጻረፉን የጋፍዑን ነበሩ። ዝጠርጠሩዎን ደስ ዘይበሎምን ንብረት ካብ መትሓዚኡ እናገምጠሉን እና'ፋሳሱን ሓደ ብሓደ ይፍትሹ ነበሩ።

ንሳቶም'ውን ከም ሰቦም ኩሉ እተበሃልዎ ፈዲሞምን ኣመዓራርዮምን ካብ ብሎኮ ተበገሱ። ድሕሪ ናይ ኣስታት ክልተ ሰዓት ጉዕዞ ከኣ ከረን ብሰላም በጽሑ። ኣብ ማእከል ከረን ምስ ኣተዉ ናብቲ ጀበናታትን ካልእ ናይ ካይላ ስራሓውትን ዝሸየጠ ሹቕ ገጾም ተጠዉዮም ከዱ። ጠጠው ከይበሉ ንብራኻ እናሓበረ ንመገዲ ኣፍዓበት ኣትሓዙ። በቲ ማእከል ገዛውትን ቤት ትምህርቲ ጽሙማንን ገይሮም ተጠዋዉዮምም ከኣ ኣብ ማርያም ደዓሪት በጽሑ። መኪና ኣብ ደገ ዓሺጎም ናብቲ ምዕሩግ ቀጽሪ ኣተዉ። እተው ክብሉ ከለው እቲ ብየማንን ጸጋምን ብመስርዕ እተተኸለ ምዕሩግ ኣእዋም ናይ ክብሪ ሰላምታ ዝህቦም ዝነበረ መሲሉ ተራእዮም። እቲ ጥዑም ናይ ኣእዋምን ኣቛጽልትን ዕምባባታትን ሽታ እና'ሰነዮም ከኣ ናብቲ ውሽጢ'ቲ ቀጽሪ ኣተዉ።

እቲ ምዕሩግን ሰላማውን ቅዱስን ቦታ ፥ ንመንፈሶም ርግኣትን ባህታን ከም

ዝፈጠረሎም ኣብ ኩለንትናኦም ይንጸባረቕ ነበረ። ኩሎም ብናይ ተስፎም
ኣመራርጻ ቦታ ተደነቑን ተሓጎሱን። ምስጋናኦምን ኣድናቔቶምን ኣብ ገጾምን
ኣካላቶምን ይረአ'ኳ እንተ ነበረ ፣ ንሱ ስለ ዘይኣኽሎም ግን ኩሎም ምስጋናኦም
ንምግላጽ ዝብልዎ ጠፍኦም። ቃላትን መግለጺታትን ኮመሩ። ግን ኩሉ ዝከኣሎም
ይግበሩ'ምበር እቲ ቦታ ልዕሊ'ቲ ብቓላት ከገልጽዎ ዝኽእሉ ኹኖም።

ተስፎም ደቁ ከምኡ ኢሎም ብምሕንሶም ኣዝዩ ባህ በሎ። ኣብ ህይወት ደቁ ኣዝያ
ኣገዳሲትን ወሳኒትን መዓልቲ ከም እትኾውን ርግጸኛ ነበረ። ብኣኡ ምኽንያት ከኣ
ተዘክሮኣ ንምሉእ ህይወቶም ምስኦም ከም እትነብር ኣየጠራጠሮን። ካብ ኣስመራ
ወጋሕታ ሰዓት ሽዱሽተ'ዮም ነቒሎም። ናብ ከረን በጺሑም ኣብ ማርያም ደዓሪት
ክኣትዉ ከለው ፣ ሰዓት ሽሞንተ ንግሆ ኢዩ ነይሩ። ንዝኾነ ዝረኣዮም ብንግሆኡ
ካብ ገዛኦም ገስጊሶም ዝመጹ ተቓማጦ ከረን'ምበር ፣ ካብ ኣስመራ ዝመጹ
ኣጋይሽ ኣይመስሉን'ዮም ነይሮም።

ሸዑ ተስፎም ፣ "እምበኣር ብመጀመርያ ጽቡቕ መዓልቲ ምእንቲ ከውዕለና ፣ ናብታ
ማርያም ዘላቶ ኬድና ክንሳለምን ጸሎትና ከነዐርግን ኢና ፣" በሎም።

መጀመርያ ተስፎም ፣ ድሕሪኡ ኣልጋነሽ ፣ ድሕሪኦም ሳምሶን በብተራ ንውሽጢ
ኣትዮም ተንበርኪኾም ጸለዩን ኣመስገኑን። ኣብ መወዳእታ ኸኣ ብሩኽን ክብረትን
ብሓባር ኢና እንኣቱ ኢሎም ተታሓሒዞም ንውሽጢ ኣትዮም ጸለዩን ኣመስገኑን።

ድሕሪ ጸሎት ንሸዑ መዓልቲ መዉዓሊቾም እትኾኖም ፣ ሓንቲ ግልል ዝበለት
ጽቡቕ ጽላል ዘለዋ ኦም መረጹ። እቶም መንእሰያት ንኹሉ'ቲ ዝተማልእዎ
ንብረት በብሓደ ካብ መኪና ኣውሪዶም ኣብ ትሕቲ'ቲ ጽላል ኣቐመጥዎ።

ድሕሪኡ ኩሉ ምስ ወዳድኡ ምንጻፍ ኣንጺፎም ኮፍ በሉ። ግዜ ከየጥፍኡ ናብ
ጉዳዮም መታን ክኣትዉ ተስፎም ጎሮሮኡ ስሒሉ ፣ "እምበኣር ናብ ጉዳይና
ክንኣቱ ፣" በለ።

ኩሎም ተዛንዮም ዝጸንሑ ናብ ተጠንቀቕ ብምምላስ ፣ ቃል ከየውጹኡ በ'ዒንቶም
ገጾምን ቅሩባት ከም ዝነበሩ ሓበርዎ።

"ብመጀመርያ ንሕና ደቁ ሰባት መጻኢና ክንርእን ክንፈልጥን ስለ ዘይንኽእል ፣
ኣየናይን እንታይን ከም ዝሕሸና ኣይንፈልጥን ኢና። ስለዚ እዚ ሎሚ እንገብሮ
ምይይጥን ምምኽኻርን ፣ ጉይታን እዚ ቅዱስ ቦታን ባዕሎም ዝሓሸ ውሳነ ክንውስን
ከመርሐናን ባዕሎም ከመርጹልናን ንልምን።"

"ኣሜን ፥ ኣሜን ፥ ኣሜን ፥ ኣሜን ፥" በሉ ኣርባዕተኦም።

ሽዑ ክብረት ንኹሎም ቅድም ኣቢላ ፥ "ባባ ተሰፍም ንስኽ ካብ ህጻንነትና ጀሚርካ ኩሉ ግዜ ጸጽብቁ ቦታን ፥ ኩሉ ንጨልዉ ዘደስት ነገርን ምስ ኣርኣኽናን ገበርካልናን ኢኻ። እዚ ኽኣ ብሕልፊ ኣነን ሳምሶን ሓወይን ጨሪስና ኣይንርስዖን ኢና። እነሆ ሕጂ ኽኣ ናብ ከምዚ ዝኣመሰለ ምዕራግ ቦታ ስለ ዘምጻእካና ብልቢ ነመስግነካ።"

"ክብረት ሓብተይ ድሮ ወዲኣቶ'ያ። ኩሉ ናይ ንእስነትና ተዘክሮ ወላዲና ብዝገበረልና ዘይኮነስ ፥ ኩሉ ንስኽ ብዝገበርካልና'የ ተመሊኡ። ስለዚ ኣዚና ኢና እነመስግነካ ፥" በሉ ሳምሶን።

ኣልጋነሽ ዘረባ ማናቱ ቦኽሪ ደቃ ኣዝዩ ከም ዘሐበና ኣብ ገጻን ኣብ ኣካላታን ብዝንጸባረቐ ዝነበረ ኣካላዊ ቋንቋ ይንበብ ነበረ። ካብኡ ዝያዳ ካልእ ክትብል ስለ ዘየድለያ ኽኣ ፥ "ዕድመ ይሃብኩም'ዞም ደቀይ !" ጥራይ በለት።

"የቋንየለይ ፥ ኣብዚሒኩምለይ ኢኹም ግን ደሓን። በሉ እታ ዘረባ ናባይ'ያ። ከምቲ ልምዲ ሃገርና ወዲ ተባዕታይ ስለ ዝኹኑኹ ጥራይ ዘይኮነስ ፥ ነ'ልጋነሽ ብዕድመ'ውን ስለ ዝዓብያ'የ ፥" ኢሉ ክምስ በለ።

"ዋእ? እምበርከ? እዚ ተሰፍምሲ !" ኢላ ክምስ በለት ኣልጋነሽ ብግደኣ።

ሰለስቲኦም መንእሰያት ከኣ ነንሕድሕዶም ተጠማሚቶም ሰሓቑ።

"እምበአር መታን ዝርርብና ምርድዳእ ዝዓሰሎ ክኸውን ፥ ሓንቲ ናይ ዝርርብ ኣገባብ ክንክተል እየ ዝደሊ። ክንዘራረብ ከሎና እቲ ሓደ ከይወድአ ፥ ብዝኹነ ምኽንያት ንሕቶ ይኹን ንተቓውሞ ፥ ነቲ ኻልእ ሰብ ከነቋርጾ የብልናን። ዘረባኡ ከሳዕ ዝውድእ ጽን ኢልና ነቲ ቃላቱ ጥራይ ዘይኮነ ፥ ነቲ ሓሳባቱ ክንሰምዖን ክንርድኦን ንፈትን። እንተ ዘይተረድኣና ምስ ወድአ ንሕተት። ድሕሪኡ ናብ መልሲ ምሃብ ንስግር ፥" ኢሉ ኣዐርፉ ኣበለ።

ሰለስቲኦም መንእሰያት ብዕቱብ ይከታተልዎ ከም ዝነበሩ ንኽረጋገጽሉ ርእሶም ነኽነቑሉ።

ሽዑ ቅጽል ኣቢሉ ፥ "ከምኡ እንተ ዘይጌርና ኣብ ክንዲ ኣብ ትሕዝቶ ናይቲ ሰብ ዘቕርቦ ዘሎ ሓሳባት እነተኩር ፥ ኣብ ውሱናት ቃላትን ሓረጋትን ኢና እነተኩር። ኣብ ክንዲ ኣብ ሓሳባቱ ፥ ናብ ካብ ኣመራጻ ቃላት እተገየን ቃላቱ ነተኩር። ሽዑ ከይወደአ ነታ ጌጋ ቃል ወይ ሓረግ ክንእርም ንጓየ። ንሱ ኽኣ ከምታ ናትና

ይገብር ፡" ኢሉ በብተራ ናብ ኩሎም ጠመተ።

ኩሎም ብኣተኩሮ ይከታተልዎ ምንባሮም ምስ ኣረጋገጸ ፡ "ብድሕሪኡ ናይ ቃላትን ሓረጋትን ምምንጣል ይስዕብ። ብሰንኩ ኣብ ከንዲ ኣብ ሓሳባት ኣብ ቃላት ፡ ኣብ ከንዲ ምርድዳእ ምክታዕ ፡ ኣብ ከንዲ ምስምምማዕ ምግጫውን ዋዕዋዕ ምባልን ይስዕብ። ስለዚ ምይይጥና ብስልጡንን ምዕቡልን መንገዲ ፡ ንምርድዳእ ጥራይ ብዝሽቶኡን ብዝዕላማኡን መንፈስ ክነካይዶ እምሕጸነኩም።"

ኩሎም እቲ ዝብሎም ዝነበረ ከም እተቐበሉዎ ካብቲ ብተምስጦ ምክትታሎምን ፡ ርእሶም ብዙሕ ግዜ ብምንቕናቕ ዘርኣይም ግብረ መልስን ተረድኣ።

ቅሩብ ኣዕርፍ ኣቢሉ ትንፋሱ ምስ መለሰ ኸአ ፡ "ቅድሚ ናብቲ ቀንዲ ካብ ሕጂ ናብይ ዝብል ዘረባ ምእታውና ፡ መታን ናይ ሓባር መረዳእታ ከህልወና ፡ እቲ ነቾም ሓኺይም ናብቲ ኣሕዋት ኢኹም ዝብል መደምደምታ ዘብጸሐም ውጽኢት ምርመራታት ኣስራሕኩም ግለጹልና።"

ሽዑ ስለስቲኦም እናተበራረዩ ብሰራሕ ገለጹሎም። ጸጸኒሑ ተሰፍም ንዘይተርደኦ መብርህን ሕቶን እናሓተተ ከአ ብግቡእ ተንተኑሎም።

"ሕጂ' ውን ቅድሚ ናብቲ ቀንዲ ኣርእስቲ ምእታውና ፡ ካብ ሓደ ባይታን መረዳእታን መታን ክንብገስ ፡ ኣነን ኣልጋነሽን እንፈልጦ ኹሉ በብተራ ክንነግረኩም ፡" በሎም ተሰፍም።

"ጽቡቕ ፡ ጽቡቕ ፡" በሉ ስለስቲኦም መንእሰያት።

"ቅድም ኣነ እቲ ንስኽትኩም እተወለደኩምሉ መዓልቲ ዝነበረ ኩነታትን ፡ ነዚ ዝበሃል ዘሎ ጠንቂ ከኸውን ዝኽእል ፍጻመታትን ክገልጸልኩም እየ። ብድሕረይ ከአ ኣልጋነሽ ነቲ ከም ቦካራት ኣደታት ማናቱ ፡ ምስ መድህን ዝርእየኣን ዝዐዘባኣን ዝነበራ ፡ ግን ከአ ሽዑ ኣገዳስነቱ ዘይረኣየን ዝነበረ ነገራት ክትዝርዝረልኩም ኢያ ፡" በሎም።

ብድሕሪኡ ብቑዳምነት ንሱ ብድሕሪኡ ከአ ኣልጋነሽ ፡ ንድሕሪት ተመሊሶም ኩሉ በብሓደ ገለጹሎምን ኣረድእዎምን። ካብኡ ተበጊሶም ከአ እቲ ዝተረኹሎም ዛንታን ኩነታትን ፡ ምስቲ እቾም ሓኺይም ዝገበርዎ ምርመራታን ዝብልዎ ዝነበሩን ደማሚርካ ከረአ ኸሎ ፡ እቲ ተኽእሎን ሓቅነትን ናይቲ ዝበሃል ዝነበረ ፡ ዳርጋ ርዱእን ርትዓውን ምኻኑ ብዙሕ ዘየማትእ ከም ዝመስል ብዝርዝርን ብስምዒትን ገለጹሎም። ጨልቡ ሓንሳብ' ውን ከየቋረጽዎም ብተመስጦ ተኸታለዎም።

መንእሰያት ከምዚ ሓቀኛ ፍጻመ ዘይኮነስ ፡ ኣገዳስን ሰሓብን ልብ ወለድ ዛንታ ዝሰምዑ ዝነብሩ ኹይኑ ተሰምዖም።

ብድሕሪኡ ተሰፎም ፡ "እምበኣር ናብቲ ቀንዲ ከንመያየጠሉ ዘድልየና ጉዳይ ክንሰግር። ብመጀመርያ ቅድሚ ናተይን ናይ ኣልጋነሽን ኣረኣእያን እምነትን ምግላጽና ፡ እዚ ኣሕዋት ኢኹም ዝብል ሓበሬታ ምስዚ ሕጂ ንሕና ዝገለጽናልኩም ሓበሬታ ደማሚርኩም ረኣይዎ። ድሕር'ዚ መርገጺኹም ኣብዚ ጉዳይ እንታይ ከም ዝመስልን ፡ ኣብ ከመይ ዝኣመስለ ውሳነ ወዲቕኩም ከም ዘሎኹምን ብሓጺሩ ንገሩና ፡" ኢሉ ናብ ብሩኽን ከብረትን በብተራ ጠመተ።

ብሩኽን ከብረትን ተጠማመቱ። ከብረት ንብሩኽ ንኽጅምር ምልክት ገበረትሉ።

"ጽቡቕ። ንሕና ብዙሕን ነዊሕን ሓሲብናሉን ለይትን መዓልትን ተዛሪብናሉን ኢና። ብሓጺሩ መርገጺና ሕጂ'ውን ኣይተቐየረን ኣብ ናይ ቀደምና ኢና ዘሎና። ኣን ብዘይክኣ ከንብር ኣይክእልን'የ ፡ ንሳ ብዘይካይ ክትነብር ኣይትኽእልን'ያ ፡" በለ ብሩኽ ትርር ኢሉ።

"መርገጺኹም ከም ዘይተቐየረ ነጊርኩምና ኣሎኹም። ስምዒትኩምን ፍቕርኹምን ከምዚ መብራህቲ ውልዕ ጥፍእ እተብሎ ፡ ከምኡ ጌርኩም ብቕጽበት ከትቀያይርዎ እትኽእሉ ነገር ከም ዘይኮነ ይርደኣና'ዩ። ግን ከትዝንግዕዎ ዘይብልኩም ከኣ ዝተቐየረ ብዙሕ ነገር ከም ዘሎ'ዩ ፡" ኢሉ ብዝተሰማምዕዎን ብዝተላዘብዎን መሰረት ናብ ኣልጋነሽ ጠመተ።

ኣልጋነሽ ከኣ ፍቓድ ከም ዝሃባ ብምርዳእ ፡ "ኣብ ሕብረተሰብናን ኣብ ልምድናን ቅድሚ መውስቦ ምግባርካ ፡ ሸውዓተ ወለዶ ጨዲርካ'የ ዝምድና ከይህልወካ ዝሕተትን ዝፍተሽን። መውስቦ ኣሸንኳይ ኣብ ሞንጎ ኣሕዋት ኣብ ሞንጎ ብስጋ ዝቀራረቡ'ውን እንተ ኾነ ፡ ከም ነውሪ ጥራይ ዘይኮነ ከም ክሕሰብ'ውን ዘይክእል ነገር'የ ዝቑጸር። ሕጂ ኣጋጣሚ እዝግሄር እዚ ፈሊጡ ግዲ ኹይኑ ፡ እታ ድልየትኩምን ሃረርታኩምን ብምኽንያታት እናገበረ ከም ዘይትሰልጥ ገይሩ ከሊኡኩም'የ ጸኒሑ። ሕጂ ኽኣ ተሓጺኹም ነመርዓ እናተቐራረብና ኽሎና ፡ እዚ ነገር'ዚ ኣምጺኡ እንታይ ከንገብር ከም ዘሎና ምልክት ይህበና'ሎ። ብሓጺሩ እዝግሄር'ውን ነዚ መውስቦ'ዚ ኣይፍቓደይን'የ ዝብለና ዘሎ'የ ዝመስል። ኣሕዋት ስለ ዝኾንኩም ከኣ ኩሊት ተዋሃሂብኩም ፡ ህይወት ከተድሕኑ እዝግሄር ዕድል ሂቡኩም ኣሎ። እዚ ከኣ ነቲ ሕውነትኩም መሊሱ ዘደልድሎን ዘዕምጨነ'የ ፡" ኢላ ንተሰፎም ክቕጽል ምልክት ገበረትሉ።

ተሰፎም ከኣ ካብቲ ዝበላቶ ብምቕጻል ፡ "ምስቲ ዘሎኩም ክቱር ፍቕርን

ስምዒትን ፣ ኣብዚ ደርጃ'ዚ በጺሕኩም ምፍልላይ ከምጽኣልኩም ዝኽእል ጓህን ስቓይን ይርደኣና'የ። ግን መውሰቦ ብሕልፊ ኣብ ባህልና ፣ ኣብ ሞንጎ ክልተ ተፋቐርትን ተደላለይትን ጥራይ ዝፍጸም ጉዳይ ኣይኮነን። ክልተ ዓብይቲ ስድራ ቤት'የ ዝዋሰብ። ድሕሪ መውሰቦ ኽኣ ቆልዑ ስለ ዝውለዱ ፣ ነቶም ቆልዑን ንዓኽትኩምን ንኽልቲኡ ስድራ ቤትን ከሰዕዖ ዝኽእል ተነጽሎን ጸገምን ኣብ ግምት ከተእትውዎ ይግባእ። ብሓጺሩስ ኣብ ናታትኩም ፍቕርን ስምዒትን ከምኡ ኽኣ ንዕኡ ብምስኣንኩም ኣብ ከመጸኩም ዝኽእል ጓህን ቓንዛን ጥራይ ኣይተተኩሩ። እዚ ሎሚ እትውስንዎ ካባኽትኩም ሓሊፉ ፣ ነቶም እትወልድዎም ንጹሃት ህጻናትዉ'ውን ከራኽእበሎምን ከትንከፍምን ከም ዝኽእል'ውን ኣብ ግምት ኣእትውዎ። ብሓጺሩስ እቲ ጉዳይ ንኽልቴኹም ሓሊፉን ሰጊሩን ፣ ንኹሉ ዘባጸሓሉ ስለ ዝኾነ ኣስፊሐኩም ሕሰብዎን ገምግምዎን ኢለ እየ ከምሕጸነኩም ዝደሊ ፣" ኢሉ ናብ ኣልጋነሽ ጠመተ።

ኣልጋነሽ ትቕብል ኣቢላ ፣ "ስለዚ እዞም ደቀይ ካባይን ካብ ተሰፎምን ነዚ መውሰቦ'ዚ ዝደለዮን ዝበሃጎን የለን፣ ነፍሳ ይምሓር ማማኹም መድህን ኣብ ኣፈፌት ሞታ ኹይና'የ ፣ ሓደራኺ ኣልጋነሽ ናይ ብሩኽን ከብረትን ነገር ኢላ ተላብያትኒ። ሕጂ ተመሊሰ ከሓስቦ ከሎኹ መንፈሳ ናብ ገይታ ከኽየድ ኣብ ዝቓራረበሉ ዝነበረ ግዜ ፣ ነቲ መውሰቦ ድያ ከምኡ ኢላትንስ ፣ ዋላ እዚ'ውን ገይታ ገሊጹላ'የ ሓደራ እትብለኒ ነይራ የጣራጥረኒ። ዝኾነ ኹይኑ ግን መድህን'ውን እንተ ትነብር ፣ ነዚ ከነረድኣኩም እንፍትን ዘሎና ምደፋእትሎ'ምበር ካብ ናትና እተፈልየ ኣረኣእያ ኣይመልዓለትን ፣" ኢላ ከም ዘወደእት ዝገልጽ ምልክት ኣንጸባረቐት።

ተስፎም ከም ዘወድእት ብምግንዛብ ፣ "ካብዚ ዝያዳ እንተ ወሰኽናሉ ምድግጋም'የ ከኽውን'ምበር ሓድሽ ነገር ኣይከህልዎን'የ። ግን ናይዛ ሕጂ ሰዓት ስምዒትኩምን ቓንዛኹምን ጥራይ ኣይትርኣዩን ኣብኡ ኣይተተኩሩን። እዝግሄር ነናትኩም ቀሪቡልኩም ስለ ዘሎ ፣ ግዜ ምስ ሓለፈን ቓንዛኹምን ቁስሉኹምን ምስ ሓወየን ፣ ንቡርን ሕጉስን ህይወት ከህበኩም ኢዩ። እዝግሄር ንኽንቱ ኣየሳቕየካን'የ። 'እዝግሄርሲ እቲ ርኑይ ከሊኡ ፣ ሕቡእ'የ ዝህበካ ፣' ኢዮም ዝብሉ ለባማት ወለድና። ኣምሓሩ ኽኣ 'እግዚኣቢሄር ሰይደግስ ኣይጠላዕም' ይብሉ። እንታይ ማለትዩ ፣ 'እግዚኣቢሄርሲ ንኣኻ ዝኽውን ከይቀረበ ፣ ካብቲ ዘሎካ ወይ ነቲ ዝሃበካን ዘሎካን ኣየሕድገካን ኢዩ ፣' ማለት ኢዩ። ጽን ኢልኩም ብትዕግስቲ ስለ ዝሰማዕኩምና ነመስግነኩም ፣" በሎም።

ሽዑ ወለዶም ከም ዝወድኡ እተገንዘቡ ብሩኽ ፣ "እሕሕ ፣" ኢሉ "ከም ክልቴኹም ገይሩ ንዓና ዘፍቅረናን ዝሓልየልናን ኣብዛ ዓለም'ዚ'ኣ ከምዘየለ ሰለስቴና ኣጸቢቕና

ኢና እንፈልጥ። ስለዚ እትብልዎን እትሓስብዎን ኩሉ ንዓናን ንጥቕምናን ኢልኩም
ምኻንኩም ይርደኣና'ዩ። ቅድሚ ናብቲ ርእይቶና ብዝርዝር ምግላጽና ግን ሓንቲ
ነገር ከዘኻኽረኩም እደሊ። እዚ ኣብ ዓዲ እንግሊዝ ዝረኸብናዮ ሓበሬታ ፡
ንናይ ክብረትን ናተይን ሕጸን መርዓን ህይወትን ጥራይ ከም ዘይኮነ ዝትንከፍ
ከትዝክርዎ ኣሎኩም። ከብረት ኣብ ዘላቶ'ያ ዘላ። ኣነን ሳምሶንን ግን ንኣስታት
ሰላሳ ዓመት ዝነበርናዮ ህይወት'የ ከጽሎን ከፈናጣሕን። ብኡ መጠን ከኣ ናይ
ኩሎም ኣሕዋትናን ናታትኩምን ህይወት'ውን'የ ከትንከፍ። ሕጂ ብመጀመርያ
ርእይቶኣን ስምዒታን ከትገልጽ እቲ ዕድል ንኽብረት ከህባ ፡" ኢሉ ናብ ክብረት
ጠመተ።

"ኣነ ክብረት ሃብቾም ፡ ጓል ማማ ኣልጋነሽን'የ! ብበበይኖም ዋህዮታት ይኹን
ብዝተፈላለየ ዓይነት ደምን ኣካላትን ይኹን ዋላ ብዘይካኣም ፡ ሕጂ'ውን ግን
ንዓይ ሳምሶን'የ ሓወይ። ንሕጂ ጥራይ ዘይኮነስ ንመጻኢን ንሓዋሩን'ውን።
ኣነ ከም ክብረት ዝርእዮ ፡ ዝድህሰሶ ፡ ዘስምዖን ፡ ብኹሉ ህዋሳተይ ኣረጋጊጸ
ዝፈልጦን ሳምሶን ሓወይ ከም ዝኾነ ፡ ብሩኽ ከኣ ጕረቤተይ ፡ መጻውተይ ፡
መሓዛይ ፡ ድሒሩ ኸኣ ኣፍቃሪየይን ሕጹየይን ህይወተይን ምኻኑ ጥራይ'የ
ዝፈልጦ። ነዚ ከውንነት'ዚ ከሰግሮን ከኽሕዶን ፡ የለን ኣይነብረን ከብሎ እንተ
ኾይነ ግን ፡ ኣነ'ውን ኣይነብርኩን የለኹን ማለት'የ ፡" ኢላ ኣዐርፍ ኣቢላ ፡
ናብ ተስፋምን መድህንን በብሓደ ጠመተት።

ብድሕሪኡ ንሳምሶን ሓዋ ምልክት ገበረትሉ።

"ኣነ ማማ ፍረኽ ኣብ ማሀጸነይ ኣይሰፈረን ፡ ትሽዓተ ወርሒ ኣይተሰከምኩኽን ፡
ኢሕ ኢለ ተጻዒረን ደም ኣፍሲስን ኣይወለድኩኽን ከትብለኒ ትኽእሊ ኢኺ።
እዚ ንዓይ ዋላ እንተ በልከኒ ክርእዮን ከጭብጦን ዝኽእል ነገር ኣይኮነን። ኣነ
ግን ማማ ካብታ ኣእዳወይ ከጭብጣን ከሕዛን ዘይክእላ ከለዋ ፡ ብሸታን ብፍቕርን
ኣጥባትኪ ሃሰው ኢለ ከጠብወላ ዝጀመርኩላ ሰዓት ጀሚረ ፡ ከሳዕ ለይቲ ሎሚ
ናትኪ ፍቕርን ሓልዮትን ክንክንን እናተመገብኩ'የ ዓብየን ጸኒሐን ዘሎኹ።
ሕጂ ነዚ ከውንነት'ዚ ብከጭብጦን ክርእዮን ዘይክእል ፡ ኣብ ሰራውር ደመይን
ዋህዮታተይን'ውን ከም ዘሎ ዘይፍለጠኒ ናይ ዋህዮታት ተወርሶ ተሞርኩስ
ዘይከውንነታዊ ነገር ክቕበልን ብኡ ከምራሕን ኣይክእልን'የ። ሕጂ'ውን ማማ ፡
ንሓዋሩ'ውን ኣነ ሓው ክብረት'ምበር ፡ ሓው ትምኒት ከኽውን ኣይክእልን'የ። ኣነ
ባባ ተስፋም ፡ ጌልቡ ከሎና ፡ ናይ ንእስነትን ስለ ዘድንቋካን ዝፈትወካን ዝነበርኩን ፡
ክንደይ ግዜ ንሱ ባባይ እንተ ዝኸውን ኢለ ዘይሓለምኩን ዘይተመነኹን። እዚ
ግን ናይ ቁልዕነት ሕልሚ'የ'ምበር ፡ ከውንነት ከህልዎ ዝኽእል ነገር ኣይነበረን ፡
ሕጂ'ውን ኣይኮነን!" በለ ርእሱ እናነቕነቐ። ናብ ብሩኽ ምልክት ብምግባር

ከአ ከም ዝወደአ ሓበሮ።

"ማማ አልጋነሽ ፣ ባባ ፣ አሕዋት አይመሬዓዉን'የም ነውሪ'የ ኢኹም ከትብሉና ጸኔሕኩም። ንሕና'ውን ንሶማማዓሉ ኢና አሕዋት ከም ዘይመሬዓዉ። ንሕና ግን አሕዋት አይኮንናን። እዚ ንህይወት ከብረት ዝፈታተን ሕማም ኩሊት እንተ ዘይክሰትን ፣ እዚ ምርመራ እንተ ዘይግበርን እዚ ዘረባ'ዚ ምተላዕለዶ? መርዓና ነውሪዶ ምኾነ? እዚ ነገር'ዚ ነቲ አሕዋት'የም ዝብል ሓበሬታ ዝፈለጠን ዝተቐበለን ጥራይ'የ ዝኽብዮ። ሰለስቴና ስለ ዘይተቐበልናዮ አይከብደናን'የ ዘሎ። ካብ ክልቲኡ ስድራ ቤትና ንኽልቴኹም ጥራይ'የ ፣ ስለ ዝፈለጥኩሞን ስለ እተቐበልኩሞን ዝኽብደኩም ዘሎ። ሕጂ አሕዋትናን አሓትናን ፣ ሓዉ'ቦታትናን አሞታትናን ፣ አቦሓጎታትናን እነሓጎታትናን ዝፈለጥዎም ነገር ስለ ዘይብሎም እዚ ጸገም'ዚ የብሎምን። አይከበዶምን ጥራይ ዘይኮነ ፣ አብ ናይዞም ብህይወቶም እተመለስዎም ደቄም ጽምብል መርዓ ብኽመይ የካይዱን ይሕጎሱን'የም ዝሓስቡ ዘለዉ። ንሕና'ውን ንርእሰና ከምቾም ብገብሪ አሕዋት ወይ አዝማድ ዝኾኑ ኬንና ኔርና እንተ ንኽውን ፣ እዚ ነገር'ዚ ምኽበደናን መሽገረናን ነይሩ'የ ፣" ኢሉ ናብ ከብረት ጠመተ።

ከብረት ጠመተኡ ምስ በጽሓ ተራእ ምኳኑ ብምግንዛብ ፣ "ደሓር ከአ ማማ አነ አብ ቅድሜኹም ኮፍ ኢለ ዝሃረብ ዘሎኹ ፣ አምላኽ ካልአይ ዕድልን ካልአይ ህይወትን ስለ ዝሃበኒ'የ። አብ ትሕቲ አምላኽ ከአ ህይወት ዝሃበኒ ብሩኽ'የ። ሕጂ ንሕና ድሮ አምላኽ'ውን ስለ ዝፈቐዶ ሓደ አካል ኬንና ኢና። ናይ ብሩኽ ኩሊት ሓሓንተና ተማቒልና ኢና እንነብር ዘሎና። አነ ቀደም ናቱ ሕጂ ከአ ብዝያዳ ናቱ ከኽውን'የ ዝደልን ዝኽውንን። እዚኣ ፍለጡ!" ኢላ ከብረት ቅንዕ በለት።

ሽዉ ብሩኽ ትቕብል አቢሉ ፣ "አነን ከብረትን አሕዋት ኬንና ንኣስታት 20 ዓመት ብሓባር ነቢርና ኢና። ከም ፍቑራት ከአ አስታት ሸሞንተ ዓመት አሕሊፍና። ሕጂ ንሕና ሓሲብናዮን ወጢንናዮን ዘይኮነ ፣ አምላኽ ስለ ዝወሰኖ መትንታትናን ጮዋዳታትናን አካላትና'ውን ብፍቓድ አምላኽ ተጠሚሩ'የ። አባይ ኮይና እተጸርን እተጸፍፍን ዝነበርት ኩሊት ፣ አብታ ካልአይቲ ህይወተይ ዝኽነት ከብረት ኮይና ትሰርሕ አላ። ንሕና ካብዚ ዝያዳ ዝዓቢ ምልክትን ፍቓድ አምላኽን አይንጽበን ኢና ፣" ኢሉ ብሩኽ ንኽብረት ንኽትቅጽል ምልከት ገበረላ።

ከብረት ትቕብል አቢላ ፣ "ደሓር ከአ ባባ ተሰፍም ፣ ማማ ፣ አሕዋት ወይ አሓት ምኳንን ሕውነትን ከመይን እንታይን ማለት ድዩ? ዘርኢ ጥራይ ድዩ? እቲ ዝዓበየ ክፋሉ ዘርኢ ድዩ ፣ ዋላስ እቲ ንመላእ ህይወትካ ብሓባር ምዕባይ ምፍቓር ጽቡቕን ሕማቕን ብሓባር ምክፋል ኢዩ? እስከ ናትና ጥራይ ዘይኮነ ናታትኩም

ጉዕዞ ህይወት ፈትሹን ተመራመርሎን። ኣብ ውሽጢ ዋህዮታት ናይ ወለድኺ
ዘርኢ. ስለ እተራኸበን ስለ እተፈረየን ጥራይ ድዩ ሕውነት? ምውላድ ጥራይ
እንተ ኸይኑ ደኣ እንስሳታትሲ. ይፋረዩ'ንድዮም። ኣደኣም ዝሕግዛ ዘይብላ ፣
ንወርሓት ተሰኪማ ፣ ኢሕ ኢላ ኣብ በረኸ በይና ወሊዳ ፣ በይና ኣጥብያን ኣሙቓን
ተኸናኺናን ሓቢላን ተኸላኺላን እንድያ እተዐብዮም ደኣ! ካባ ናትና ካብ ናይ
ደቂ ሰባት ዝለዓለ ፈተነን መስዋእትነትን ኢያ እትሰግር! እሞኸ? ንሳ ኣደኣም ፣
ንሶም ደቃ ዶሞ ይኹኑ ኢዮም? ንሳቶምከ ኣሕዋትዶ ይኹኑ'ዮም?" ዝብል ሰፍ
ዘይብል ንሓንቲ ጸጉሪ ኣብ ክልተ ዝስንጥቕ ዓይነት ሕቶን ርትዐን ኣቐረበትሎም።
ድሕሪኡ ትንፋሳ ስሕብ ኣቢላ ናብ ሕጹያ ብሩኽ እናጠመተት ፣ "ኣነ ኣብዚ
ወዲኣ'ሎኹ ፣" በለት።

"ከም መደምደምታ ሓንቲ ክንነግረኩም እተሰማማዕናላ ሓሳብ ነጊረ ዘረባይ
ክዓጹ ፣" በሎም ብሩኽ።

ብናይ ደቄም ብሱል ኣዘራርባን ዕምቈት ኣተሓሳስባን ፣ ኣዝዮም ተደኒቑምን
ኣስደሚምዎምን ዝከታተሉ ዝነበሩ ተሰፍምን ኣልጋነሽን ብሓባር ፣ "ሕራይ ፣
ሕራይ ፣" በሉ።

"ንማማ ኣልጋነሽን ንባባን እዚ ጉዳይ'ዚ እንተ ኸቢድዎምን ፣ ከሰማምዕሉ እንተ
ዘይከኢሎምንከ እንታይ ክንገብር ኢና ኢልና'ውን ሓሲብናሉ ኢና። ንስኽትኩም
ክልተኹምን ምሉእ ስድራ ቤትና ፣ ብሰንክና ክትሽገሩን ክትንጸሉን ካልእ ዘይተደልየን
ዘይተሓስበን ጸገም ከጕንፈኩምን ኣይንደልን ኢና። ቅድሚ ሕጂ ዘሕለፍኩሞ ሽግር
ይኣኽለኩም'ዮ! ንሕና ኣብ ሓሳባትናን መደብናን ጸኒዕና ኢና ክንቅጽል። ብሕጂ
እንቅይሮ ነገር የለን። እንድሕር እትሽገሩን ጨሪስኩም ዘይትቅበሉዎን ኴንኩም
ግን ፣ ንሕና ድልየትናን ሃረርታናን እንረኽበሉ ፣ ንስኽትኩም ከኣ ካብቲ ንሕና
ከነስዕበልኩም እንኽእል ሽግር እትገላገሉ ካልእ መንገዲ ኣሎ ፣" በሎም ብሩኽ
ዓይኒ ዓይኖም እናጠመተ።

"እንታይ ካልእ መንገዲ?" በለ ተሰፍም ብታህዋኽ ከም ስንብድ ኢሉ።

"ንሕና ናብቲ ዝነበርናሉ ዓዲ እንግሊዝ ወይ ካልእ ምዕራባዊ ዓለም ተሰዲድና ፣
ሰብ መን ምዃንና ኣብ ዘይፈልጠና ኴንና ፣ ካብ ስድራ ቤትና ተኣሊና
ተኸዊልናን ሓዳርናን ህይወትናን ክንመርሕ ቅሩባት ምዃንና ከትፈልጡ ንደሊ ፣"
ኢሉ ዘረባኡ ደምደም።

ደቄም ቡብተራ ብቓሊሉ መልሲ ከትረኽበሉ ዘይከኣል ፣ ልቢ ዝትንክፍን ርትዒ
ዝመልኦ ዘረባን ከዛረቡ ኸለው ፣ ተሰፍምን መድህንን ቀው ኢሎም ኣፎም

ከፊቶም'ዮም ዝከታተልዎም ነይሮም፡፡ ደጄምን ናቶምን ስለ ዝኾኑ ፡ በቲ
ኣዘራርባኦምን ብስለቶምን ኣተናትነኦምን ንጽህናኦምን ተደነቑን ኮርዑን፡፡

በታ ናይ መወዳእታ ዘረባ ብሩኽ ግን ሰንበዱ፡፡ ውሳነኦም ከንድምንታይ ጽኑዕ
ምንባሩን ፡ ከሳዕ ኣበይ ከበጽሑን ነቲ ፍቕሮም ከሳዕ ክንደይ ከሰውእሉን ቅሩባት
ምንባሮም ኣሰንበዶምን ኣሻቐሎምን፡፡ ካልእ ካብኡ ዝሓለፈ ስጉምቲ'ውን
ከወስዱ ተቐሪቦም ከም ዝንበሩ እንተ ዝፈልጡ'ሞ ምተጸለሉ ነይሮም፡፡ ከብረትን
ብሩኽን'ውን ነሱ ፈሊጦም'ዮም ካልእ ናይ መወዳእታ ወረቐት ከም ዘላቶም
ከጠቕሱሎም ዘይደለዩ፡፡

ኣብ ከምዚ ኩነት ኣእምሮ ከለው ኢዩ ኽእ ከብረት ፡ ካልእ ዘይተጸበይዎ ዘረባ
ብምልዓል ኣንፈቶም ዝጠወየቶ፡፡ "እቲ ኣብዚ ሳልስቲ ዝሓበርኩኽ ዋላ ጌና
ዘይተረጋጊጸ ይኹን'ምበር ፡ ግን ከኣ ተኽእሎ ዘለዎ ጉዳይ'ውን ንገሮም ፡" በለት
ከብረት ገጻ ናብ ሕጹይ ብሩኽ ብምቕናዕ፡፡

ተስፎምን ኣልጋነሽን ካብዚ ዝበለ ደኣ እንታይ ኢዮም ከንግሩና ደልዮም ብምባል ፡
ብሻቐሎትን ብተርባጽን ካብ መቓምጦኦም ንቕድሚት ተወጠጡ፡፡ ሳምሶን'ውን
ሓብቱ ብዛዕባ ምንታይ ትዛረብ ከም ዝንበረት ስለ ዘይተረድኦን ስለ እተደናገረን
ቀባሕባሕ በለ፡፡ ብሩኽ ኣብ ከንዲ ናብ ምንጋሮም ዝሰግር ግን ፡ ኣብ ገጹ ናይ
ምድንጋርን ቅሩብ ናይ ምቑጣዕን ስምዒት ከንጸባረቕ ረኣየ፡፡

ብኡ ንብኡ ኽእ ፡ "ዋእ! እንታይ ኢኺ እትብሊ ዘሎኺ? እዚ ንዓይ'ውን
ኣብዚ ሳልስቲ ነጊርክኒ ዘሰንበድክኒ ፡ እዚ ጌና ንሳምሶን ሓውናው'ን ዘይሓበርናዮ
ዘይተረጋገጸ ጉዳይ ኢኺ ከንልዕሎ ደሊኺ? መዓስ ዝመጸ ሓድሽ ሓሳቡ ደኣ ኢዩ
እዚ? ናቱ ከንዘራረበሉ ዘይተሰማማዕና!" በላ ብሩኽ ስንብድ ኢሉ፡፡

ተስፎምን ኣልጋነሽን ከምኡ ምስ ሰምዑ ፡ ከሳዕ ሽዑ ዘይተነገሮም እተኸወለ
ምስጢር ከም ዝንበረ ስለ እተጋህደሎም ተደናገሩን ሰንበዱን፡፡ እዚ ስንባደ'ዚ
ኣብ ገጽ ከልቲኦም ወለዲ ብርኡይ ይንበብ ነበረ፡፡ ብኡ ምኽንያት ከኣ ተስፎምን
ኣልጋነሽን ገጾም እስር ኣቢሎም ፡ ካብ ብሩኽ ናብ ከብረት ፡ ካብ ከብረት
ናብ ብሩኽ ገጾም እና'ዞሩ ቀባሕባሕ በሉ፡፡ ሳምሶን'ውን ከም ናይ ወለዱ
ኣይኹን'ምበር ከም እተደናገረ ኣብ ገጹ ይንበብ ነበረ፡፡

ሽዑ ኣብ ከብረት ቅድሚኡ ርእዮሞ ብዘይፈልጡ ትርን ጨራጽነትን ፡ "ደሓን
ብሩኽ ሓወይ ንገሮም፡፡ ካብዚ ንደሓር ንድሕሪት ምምላስ የለን!" ከትብሎ
ሰምዑ፡፡

ብሩኽ ድንን ኢሉ ኣዒንቱ ኣጨምጭም ኣቢሉ ፤ ከንፈሩ ንኽስ ኣቢሉ ንኻልኢታት ተጠራጠረን ኣዕጠጠየን። ብድሕሪኡ ኣብ ውሳነ ከም ዝበጽሐ ብዘርኢ ኣካላዊ ቋንቋ ገጹ ኣቕኒዕ ኣቢሉ ፤ "እሕሕ ፤" · በለ።

ተስፎምን ኣልጋነሽን ነዚ ምስ ኣስተብሃሉ ሰውነቶም ናብ ተጠንቀቕ ኩነት ኣስጌሮም ፤ ከሰምዑ እንደገና ንቕድሚት ገጾም ተወጠጡ።

"ኣብዚ ዝሓለፈ ሽሞንተ ዓመት ናይ ፍቕሪ ዘመንና ፤ ዲሲፕሊንና ሓሊና ሰውነትና ዓቒብናን ተጠንቂቕናን ተሓሪምናን ስለ እተጐዓዝና ዝኾነ ሽግር ኣይገጠመናን። ወርሕን ፈረቓን ቅድሚ ካብ ዓዲ እንግሊዝ ናብዚ ምምላስና ፤ ከብረት ምሉእ ብምሉእ ከም ዝሓወየት እቶም ሓካይም ኣበሲሮምና። ሽው መዓልቲ ሰለስቴና ናይ ደስ-ደስ ድራር ምስ ተደረርና ፤ ሽው ምሽት ኣነን ከብረትን ተጋጊና ቅድሚኡ ሰጊርናዮ ዘይንፈልጥ ቀይሕ መስመር ሰጊርና። ድሕሪ ክንድ'ዚ ዓመታት ብናይ ሓንቲ መዓልቲ ጌጋ ከአ ፤ ንኽብረት እቲ ስሩዕ ዝነበረ ወርሓዊ ጽግያታ ከሳዕ ሕጂ ኣይመጻን። ነዚ ጉዳይ'ዚ እቲ ትንፋስና ዝኾነ ሓውና ሳምሶን'ውን ኣይፈልጦን ኢዩ። ኣብዚ ሎምቅነ ቀስ ኢልና ክንነግሮ ኢልና ኢና መዲብና ነይርና። ሕጂ'የ ከብረት ዓቕላ ስለ ዝጸበባ ግዲ ኾይና ፤ ኣብ መደብ ዘይነበረ ዘረባ ኣምጺኣ ነቲ ጉዳይ ቅድሚ ግዜኡ ከሺሓቶ ፤" ኢሉ ናብ ሰለስቲኦም በብተራ ጠመተ።

ወለዶም እንትርፎ ዓይኒ ዓይኒ ብሩኽ ምጥማትን ተወሳኺ ከሰምዑ ምድላውን ፤ ገለ ክብሉ ከም ዘይተዳለው ካብ ኩናታቶም ኣንበቦ።

ሽው ዘረባኡ ብምቕጻል ፤ "ስለዚ ነዚ'ያ ከብረት ካብዚ ንደሓር'ኰ ንድሕሪት ምምላስ የለን ዝበለት። ንሕና ግን ነዚ እውን ከም ጌጋ ዘይኰነስ ፤ ኣምላኽ ከንፈላለ ከም ዘይደለየና ዘርእየና ዘሎ ምልክት ጌርና ኢና ወሲድናዮ። ከምኡ እንተ ዘይከውን ድሕሪ ናይ ኣስታት ሽሞንተ ዓመት ዝተጸዐዘ ምዉቕ ፍቕሪ ፤ ብናይ ሓንቲ መዓልቲ ስሕተት ከምዚ ኣይምገጠመን። ስለዚ ሕጂ'ውን ብርድኢትና ፤ ዕጫና ፍቓድ ኣምላኽን ብሓንሳብ ንኽንነብር ከም ዝኾነ ኢና ተረዲእና ዘሎና ፤" ኢሉ ደምደመ።

"ኣንቲ እንታይ ኢኺ እትብሊ ዘሎኺ? እሞ ብሓደ ኣሪቱ ቋልቋል ኣፉ ጥንሲ ሓዘ'ለኹ ዲኺ እትብልና ዘሎኺ?" በለት ኣልጋነሽ ክልተ ኢዳ ኣብ ምዑጉርታ ገይራ ነቲ ትስምዖ ዝነበረት ሓቂ ከይኰነላ እናተመንየት ፤ ነቲ ብሩኽ ዝተኰሳሎም ሃንደበት ዘስንብድ ዘረባ ሰውነታን ኣእምሮኣን ክትቅበሎ ከም ዘይክእል ብኣካላዊ ቋንቋኣ ብግልጹ እና'ንጸባረቐትን።

"እወ እንታይ ደኣ ከምኡ ኢዩ ዝመስል። ምርመራ'ኳ ኣይገበርናን ፤ ግን ወርሓዊ

ጽግያተይ ስሩዕን ከሳዕ ለይቲ ሎሚ ኸአ ካብ ግዜኡ ተዘናቢሉ ኣይፈልጥን'ዩ
ነይሩ ፡" በለታ ክብረት ድንን-ድንን እናበለትን ፤ ካብ ናይታ ዳርጋ ንብዓና
ዘዕበየታ ክብርቲ ወላዲታ ትጽቢት ከም ዝቦኸረትን መብጽዓኣ ከም ዝጠለመትን
እናተሰምዓ።

"እትብልዎ ዘሎኹም እምበርዶ ይርድኣኩም ኣሎ ኢዩ?" በለት ኣልጋነሽ ቄላሕታኣ
ካብ ክብረት ናብ ብሩኽ ፤ ካብ ብሩኽ ናብ ክብረት እናቋያየረት።

መልሲ ምስ ሰኣነት ፤ "ኣንታ ብሩኽ ንስኻኸ እንታይ ኬንካ! ብሓደ ኣራቱ?!"
በለት።

ብሩኽ ብግደኡ ኣዒንቲ ወለዱ ክጥምት ኣይደፈረን። ከም ክብረት ድንን ኢሉ
ትም በለ።

ኣልጋነሽ ካብ ዓቕሊ ጽበት እተላዕለ ፤ "ወይ ጉጉቱድድድ?! ኣብ 'ልዕሊ ዘላታስ
ተወሰኸታ!' እንታይ ዝኣመሰልዎ ነገር'ዩ እዚ ደቀይ?!" በለት።

እዚ ኩሉ ከካየድ ከሎ ተሰፍም ኣዒንቱ ኣጨምጪሙ ፤ ግምባሩ እስር ኣቢሉ ፤
ከነፍሩ በብተራ እናንኸስ ብኸቱር ኣተኩሮ'ዩ ነቲ ዝርርብ ዝከታተሎ ነይሩ። ከሳዕ
ሸው ሓንቲ ቃል ኣየምሎቖን። ግን ኣብ ከቱር ጓህን ቅሬታን ከም ዝነበረ ብግልጺ
ይረኣ ነበረ።

ኣልጋነሽ ኩሉ ኣማራጺታት ከም እተሎኮተ ስለ እተገንዘበት ናብ ተሰፍም ጥውይ
ኢላ ፤ "ኢሂ ኣንታ ተሰፍም ሓወይ? እንታይ ደኣ ኢዩ ዝግበር ሕጂ?" በለቶ
ዘይሓስብዎን ዘይተጸበይዎን ፤ ኣብ ግምቦምን ኣብ ገምጋሞምን ዘየእተውዎ ሓድሽ
ወሳኒ ረቛሒ ብምኽሳቱ ዓቕላ ጸቢብዋ።

ተሰፍም እንቅዓ እና'ስተንፈስ ከምታ ወላዲኡ ግራዝማች ኣብ ከቱር ሓሳብ ከኸሉ
ኸለው ሓሓንሳብ ዝገብርዎ ፤ የማነይቲ ኢዱ ካብ ትሕቲ ኣፍንጫኡ ንኣፉን
መንከሱን ዓቢሱ ፤ ንኽልኢታት ንታሕቲ ተነቝቱ ትም በለ። ነቶም ዝጽበዩዎ
ዝነበሩ መዋእል ዝመሰላኦም ካልኢታት ምስ ሓለፉ ፤ ኣብ ሓደ ውሳነ ከም
ዝበጽሐ ብዘርኢ ኣካላዊ ቋንቋ ቅንዕ በለ።

"እንታይ እሞ ክንብል ኢና? እንታይ ኢና'ሞ እቲ እንገብር?" በለ ተሰፍም
ሕጂ'ውን እንቅዓ እና'ስተንፈስ ፤ ብወገኑ'ውን ዓቕሉ ከም ዝጸበቦ ብዘርኢ
ኣካላዊ ቋንቋ።

ሸው ሓደ ሓሳብ ከም ዝመጾ እንደገና ገጹ እስር ኣቢሉ ንኽልኢታት ትም በለ።

ኩሎም ገለ ሓሳባት ከም ዝመጸ ኣብ ኣካላዊ ቋንቋኡ ስለ ዘስተብሃሉ ዓይኑ ዓይኑ ከጥምትዋ ጀመሩ።

ሽው ተስፎም "እሕሕ" ኢሉ ፡ "እስከ ንሓደ ሰዓት ዝኽውን ዕረፍቲ ንግበር። ኣነን ኣልጋነሽን ካባኹም ፍንትት ኢልና ቅሩብ ርግእ ኢልና ክንሓስብን ሓሳባትና ክንጥርንፍን ግዜ ሃቡና። ብተመሳሳሊ ንስኻትኩም ከኣ ሰለስተኹም ተዛረቡሉን ተመያየጡሉን። ሓደራ እቲ ዝበልናኩም ኩሉ ኣብ ግምት ኣእቲኹም ዓቲብኩም ሕሰብሉ። ንሕና ኽኣ ነዚ ሕጂ ዝነገርኩምና ሓድሽ ሓበሬታ'ውን ኣብ ግምት ኣእቲና ክንሓስብ ኢና። ድሕሪ ሰዓት እንደገና ተራኺብና ሓሳባትናን ውሳነናን ንነግረኩም።"

ኩሎም ጽቡቕ ሓሳባት ፡ ጽቡቕ ሓሳባት ኢሎም ተቐበሉዋ። ተስፎምን ኣልጋነሽን ናብ ካልእ ጽላል ከኽዱ ምስ ተበገሱ ፡ ጴልቡ ንሕና ኢና ናብ ካልእ እንኸይድ ንስኻትኩም ኣብታ ዘሎኹማ ኹኑ በሉዎም። ተስፎምን ኣልጋነሽን ነቲ ሓሳብ ብምቕባል ኣብ ዝነበርዎ ኮፍ በሉ። መንእሰያት ከኣ ካብኦም ተፈልዮም ምሕድግ ኢሎም ኣብ ትሕቲ ካልእ ኦም ኮፍ በሉ።

ብድሕር'ዚ ተስፎምን ኣልጋነሽን ዕቱብን ልዙብን ዝርርብን ምይይጥን ከካይዱ ጀመሩ። ክልቲኦም በቲ ደቄም ዘቕረብዎ ርትዕን ኣተሓሳስባን ኣዝዮም ኢዮም ተመሲጦም። ደቄም ክንድምንታይ በላሕትን መስተውዓልትን ምዃኖም ገረሞም።

ደቄም ብምዃኖም ከኣ ከኹሩዑን ከሓበኑን ኢዮ ዝግባእ ነይሩ። እንታይ'ሞ ከኽውን ኣብ ካልእ ግዜን ካልእ ኣርእስትን ካልእ ኩነታትን እንተ ዝኽውን ፡ ሓጐሶምን ሓበኖምን ወሰን ኣይምነበሮን። ግን በዚ ኣርእስቲ'ዝን ኣብ ከምዚ ከውንነት'ዝን ስለ ዝነበሩ ፡ ስምዒቶም ተመቓቒሉን ተፈራሪቖን። በ'ተሓሳሳብን ብስለትን ደቄም ከይሕጎሱ ፡ እቲ ተኽሲቱ ዝነበረ ኩነታትን ኣትዮሞ ዝነበሩ ወጥርን ዘሕጉስ ነገር ኣይነበሮን።

ደቄም ህይወት ክብረት ኣድሒኖምን ህይወት ብሩኽ ኣውሒሶምን ካብ ሞት ወጺኦምን ስለ ዝመጹዎም ንእግዚኣቢሄሮም ብዙሕ ኣመስጊኖም'ዮም። እቲ ምስጋናኦምን ዕጋበቶምን ምሉእ ከይኮነሎም ግን ፡ እዚ ኣሕዋት ኢኹም እንተ በሉዎም ፡ ደቄም የለን ኣይኮናን ዝብልዎ ዝነበሩ ጥራይ ከይኣከል Ⅰ ሕጂ ኽኣ ዝገደደ እዚ ኣብ ገጾም ዝፈንጀሩሎም ናይ ሓበሬታ ቦምባ ፡ ነቲ ድሮ ተጠናኒጉዎም ዝነበረ ኩነታት መሊሱ ሓላለኽሎም። እዚ ናይ ዳሕራይ ሓበሬታ ፡

ነቲ ተጠርኒፉን ተኣርኒቡን ተሰሪሩን ዝነበረ ኣተሓሳስባኣምን መደቦምን ስለ ዝበታተኑሎም ፤ ኣብ ክቴር ምዝንባልን ጭንቀትን ተነቛፉቶም ዓኽሎም ጸበቦም። ብኣኡ ምኽንያት ከኣ ሓንጕሎምን ኣእምርኣምን ብመታልሓም ፈንጢሱ ክወጽእ ዝደለየ ኮይኑ ተሰምዖም።

ነቲ ካልእ ዘምጽእዖ ርትዕን ኣተሓሳሰባን ክገጥምዎን ክምክትዎን ኣይምተሸገሩን ነይሮም። እታ መወዳእታ ዝተኮሱሎም ሓበሬታ ግን ብኽመይ ከሰግርዋ ከም ዝኽእሉ ጨነቔም። ከምቲ ዝብሉዎ ዝነበሩ ከዉን እንተ ኾይኑ ፤ ኣብ ከዉን እንታይ ከብሉን እንታይ ከገብሩን ከም ዝኽእሉ ሓርበቶም።

ከብረት ጥንሲ ሓዘ ኣሎኹ እትብሎ ዝነበረት እቲ ስሩዕ ወርሓዊ ጽግያታ ስለ ዘይመጸ ኢያ። ጥንሲ ከም ዝሓዘት መረጋጊ ምርመራ ግን ከሳዕ ሹቡ ግዜ ኣይገበረትን'ያ ነይራ። ድሕሪ ነዊሕ ምይይጥ እታ እንኮ ግዜ ረኺቦም ከሓስቡላን ቅራብ ተስፋ ከሀልዋን ይኽእል'ዩ ኢሎም ዝሓስብዋ ውጥን ፤ ንሳ ጥራይ ስለ ዝነበረት ፤ ኣቐዲምካ ከብረት ምርመራ ጥንሲ ከትገብር ከም ዘለዋ ኣብ ውሳነ በጽሑ።

ዳርጋ ኣብ ፍርቂ ሰዓት እቲ ከሓስብዎን ከብልዎን ዝኽእሉ ኩሉ በጽሕዎን በሉዎን። ድሕሪኡ ካብ ጭንቀት እተላዕለ ነቲ እተባህለ ምድግጋም ጥራይ ምስ ኮነ ኣብዚ ይኣኽልና ተበሃሃሉ። ድሮ ደጨም'ውን እቲ ዝበያል ኢሎምን ተበሃሒሎምን ወዲኦም ግዲ ነይሮም ፤ ተንሲኦም ኣብ ምዝናይን ሰውነቶም ኣብ ምፍትታሕን ሰጌሮም ከም ዝነበሩ ስለ ዘስተብሃሉ ተዳህዩዎም።

እንደገና ብሓባር ኮፍ በሉ። ተስፎም ቅድሚ ናይ ደጨም ውሳነ ምስምዖም ኣቐዲሙ እቲ ምስ ኣልጋነሽ እተረዳድእዖ ሓሳባት ከገልጸሎም ወሰነ። ብኣኡ መሰረት እታ ናይ መወዳእታ ውሳነ ፤ ሹቡ መዓልቲ ከውስንዋ ግብእቲ ከም ዘይኮነትን ከም ዘይደልዩን'ውን ገለጸሎም። ቅድሚ ኣብ ናይ መወዳእታ ወሳነ ምብጽሓምን ብዘዕባኡ ምምይያጥን ፤ ኣቐዲምካ ነቲ ዝበሃል ዘሎ ጥንሲ ብግቡእ ምርግጋጹ ከም ዘድሊ ምስ ኣልጋነሽ ከም እተረዳድኡ ነገሮም። ነዚ ንምግባር ከኣ ናብ ኣስመራ ምስ ተመልሱ ፤ ከብረት ካብ ንጽባሒቱ ጀሚራ ምርመራ ከትገብር ከም ዝደልዩ ነገርዎም። መንእሰያት ነዚ ሓሳባት'ዚ ተጫውሞ ስለ ዘይነበሮም ብኣኡ ተሰማምዑ።

ተስፎምን ኣልጋነሽን ምስ ወድኡ ግደ ደጨም ኮነ። ብቐዳምነት ኣብ ኤርትራ ኮይኖም ፤ ነቲ ንሳቶምን እዝግሄር'ውን ድሮ ወሲዱሎም ዝነበረ ውሳነ ፤ ከተግብርዎ ከንድምንታይ ከቢድ ከም ዝኽውን ከም ዝበርሃሎምን ከም እተረደኣምን ሓበርዎም።

ቀዲሎም ከኣ ከምቲ ወለዶም ኣቦዲሞም ዝበሉዎም ፤ ንኣቶም ጥራይ ዘይኮነ ፤ ነቲ ምናልባሽ ድሮ ህይወት ዘሪኡ ዝነበረ ዕሽልን ስድራ ቤቶምን ከንድምንታይ ነውጹን ተነጽሎን ኩነነን ከምጽኣሎም ከም ዝኸእል ከም እተረደኣም ገለጽሎም፡፡ ኣስዒቦም ኽኣ ብግቡእ ከጽብጽብዎ ምስ ጀመሩ ፤ ንወለዶምን ካልኦት ቀረባ ቤተ ሰቦምን ጥራይ ዘይኮነ ፤ ንኽንደይ ካልኦት ርሑቓት ኣዝማዶምን ፈተውቶምን ከኞሕሩን ከሰቕቑን ከጉህዮን ምኽኒዮም ጽቡቕ ገይሩ ከም እተሰወጦም ኣብርሁሎም፡፡

ተስፎምን ኣልጋነሽን ነዚ ትንታነን ስክፍታን ኣተሓሳሰባን ደቄም ከሰምዑ ምስ ጀመሩ ተስፋ ከገብሩ ጀመሩ፡፡ እዚ ኽኣ ብገሊኡ ኣብ ገጾም ይንበብ ነበረ፡፡ ግን ዝኾነ ርእይቶ ቅድሚ ምሃቦም ርግጸኛታት ከኾኑ ስለ ዝደለዩ ግዲ ኾይኖም ፤ ደቄም ከሳዕ ዝውድኡ ትም ኢሎም ዓይኒ ዓይኒ ደቄም ብኣተኩሮን ብሃንቀውታን ይጥምትዎም ነበሩ፡፡

ኣብ መጨረስታ ብሩኽ ነቲ ውሳነኦም ንምድምዳም ፤ "እቲ ኩነታት ከምዚ'ኳ እንተኾነ ግን ፤" ምስ በለ ፤ ተስፎምን ኣልጋነሽን እቲ ኣብ ገጾም ብግልጺ ዝርኣ ዝነበረ ናይ ተስፋ ምልክት ብሓንሳብ ከነጻነቕን ፤ ናብ ምቕሃም ገጹ ከኽይድን ተራእየ፡፡ ይኹን'ምበር ነታ ናይ መወዳእታ ውሳነ ከሰምዑ ብሃንቀውታ ንቅድሚት ተወጢጢም ምክትታሎም ቀጸሉ፡፡ ሽዑ ብሩኽ ነታ ዝጀመራ ሓሳባት ከምዚ ብምባል ዛዘማ ፤ "ይኹን'ምበር ሕጂ'ውን ጌና ኣብቲ ውሳነና ኢና ጸኒዕና ዘሎና ፤" በለ፡፡ ብቕጽበት ኣብ ገጽ ተስፎምን ኣልጋነሽን ናይ ምስዓርን ናይ ተስፋ ምቕሓርጽን ምልክት ብርኡይ ተንጸባረቐ፡፡

ድሕር'ዚ ደቄም እናተቐባበሉ ዘረባኦም ከምዚ ብምባል ቀጸሉ፡፡ ኣብ መወዳእታ እታ ንኹሉ ዝሓሸትን ዝቓለለትን ኣማራጺት ፤ በታ ኣቦዲሞም ዝገለጹሎም ምርጫ ምኽድ ጥራይ ምኽኒና ኣረድእዎም፡፡ እዚ ማለት ከኣ ንሳቶም ናብቲ ዝነበርዎ ዓዲ እንግሊዝ ድዩ ናብ ኣሜሪካ ድዩ ናብ ዝኾነ ምዕራባዊ ዓለም ከይዶም ፤ እቲ ጽሑፎምን ዕድሎምን ከልዕሉን ህይወቶም ከመርሑን ከም ዝወሰኑ ኣረድእዎም፡፡ ኣብ መደምደምታ ኽኣ ንኽብረት ምርመራ ምስ ተገብረላ እንድሕር ብሓቂ ጥንሲ ምሓዛ ተረጋጊጹ ፤ ናብ ዓዲ እንግሊዝ ናብቶም ሓኺይሞም ናይ ግድን ደዊሎም ከፍልጥዎምን ምኽሮምን ምሕጽንታኦምን ከሰምዑ ምኽኒዮም ሓበርዎም፡፡ ብድሕሪኡ ኣብቲ ናይቶም ሓኺይም ርእይቶን ለበዋን ተመስሪቶም ፤ እቲ ዘድሊ ስጉምቲ ከወስዱ ምኽኒዮም ብምግላጽ ሓሳባቶም ዛዘሙ፡፡

ብድሕሪ ኣተሓሳስባን መትከልን ደቄም ምስምዖም ፤ እቲ ቅድሚ ኹሉ ከግበር ዘለዎ ንኽብረት ናይ ጥንሲ ምርመራ ምግባር ስለ ዝኾነ ፤ ብቓዳምነት ናቱ ከውድኡ ተረዳዲኦም ምይይጦምን ምምኽኻሮምን ፈጸሙ፡፡ ድሕሪ'ዚ ትም ትም

ክዑነ። ተስፎምን ኣልጋነሽን ኣብ ሓሳባትን ሻቕሎትን ጠሓሉ። ደጫም'ዮም ነቲ
ሰሪኑ ዝነበረ ናይ ወጥርን ናይ ስቕታን ሃዋህው ሕቶ ብምቅራብ ዝሰበርዎ።

ክብረት ጥንሲ ሒዛ ምኻና እንተ ተረጋጊጹኸ እንታይ'ዩ ክኸውን ናታትኩም
መርገጺ. ዝብል ሕቶ ንወለዶም ኣቕረቡሎም። ተስፎምን ኣልጋነሽን ከኣ እቲ
ኩነታት ምሉእ ብምሉእ ኣብ ዘይተረጋገጸሉ ግዜ ፣ ብዛዕባ ሽዑ ዝህልዎም መርገጺ.
ካብ ብሕጂ ከዛረቡሉ ከም ዘይደልዩን ከዘራረብሉ'ውን ግቡእ ከም ዘይከውንን
ኣረድእዎም።

እቲ ግቡእ ከምኡ ይኹን'ምበር ፣ ንሳቶም ከም ሓላፍነት ዘለዎም ወለዲ. መጠን
ግን ፣ ብመትከል ደረጃ ፣ ነቲ ደጫም ዝደፍእ ዝነበሩ ውጥንን መደብን ከምርቐሎም
ከም ዘይክእሉ ከግንዘብዎን ከፈልጥዎን ከም ዝግባእ ብትሪ ገለጹሎም። ኣብ
መደምደምታ እቲ ጌና ዘይተረጋገጸ ኩነታት ጥንሲ ከብረት ነቲ ጉዳይ ናብ
ካልእ መኣዝን ስለ ዘዕረጉ ፣ ብዛዕባኡ ደፋእ ኢሎምን ኣስፊሓምን ኣዕሚቔምን
ከሓስቡሉን ከመያየጡሉን ከም ዝኾኑ ገለጹሎም።

መንእሰያት ቅር ከም ዝበሎም ዘስተብሃለ ተስፎም ፣ ኣልጋነሽን ንሱን ከም ወለዲ.
መጠን ናይ ነብሶምን ንነብሶምን ጥራይ ዘይኮነ ፣ ንኣኣቶም ንደጫምን ንመጻኢ.
ህይወቶምን ንብሙሉኡ ስድራ ቤቶምን እቲ ዝሓሸ ንኽውስኑ ከም ምኻኑ
ባህጎምን ዕላማኦምን ሓላፍነቶምን ሓበሮም።

ኣየናይ'ዩ እቲ ዝበለጸ ውሳነ ንዝብል ግን ፣ እቲ ውጽኢት ናይቲ ምርመራ
ንርእሱ'ውን ከመርሓም ምኻኑን ፣ ብድሕሪኡ ልክዕ ድሕሪ ሓደ ሰሙን
ተመያይጦም ውሳነኣም ከነግርዎም ምኻናኦምን ገለጸሎም። ከሳዕ ሽዑ ግን ንሳቶም
ብሕልፊ ብሩኽን ከብረትን ፣ ነቲ ጉዳይ ብኹሉ መኣዝኑ እናኹለሉ ኣስፊሓም
ከሓስብሉን ነብሶምን ሕልናኦምን ከፍትሹን ውሽጦም ከሰምዑን ተማሕጸንዎም።

ኣብ መወዳእታ ዋላ'ኳ ናይ መወዳእታ ውሳነ ከወስዱ ኣይኸኣሉ'ምበር ፣ ኣብ
ሓደ ምርድዳእ ስለ ዝበጽሑ ብመጠኑ ፈኹሶም። ብድሕሪኡ ነቲ ኣብ ልዕሊኣም
ተንጠልጢሉ ዝነበረ ከቢድ ውሳነ ንጉኒ ገዲፎም ፣ ካልእት ፈኮስቲ ዕላላት
ከዕልሉን ከዛነዩን ጀመሩ። ምስሓም ኣብ ትሕቲ ጽላል እታ ዓባይ ኦም ኮይኖም
በሊያም ወድኡ።

ድሕሪኡ ዕምባባኣም ጼልዮም ፣ ቡጦም ስኸቲቶም ፣ ሻሒኣም ኣፍሊሓም ፣ ሻሂ
ዘሰቲ ሻሂ ፣ ቡን ዘሰቲ ከኣ ቡጦም ሰተዩ። ዕውት'ኳ እንተ ዘይተባህለ ግን ከኣ
ዕቱብን ግሩምን ዝኾነ መዓልቲ ውዒሎም ፣ ናብታ ናይ ማርያም ደዓሪት ቅድስቲ
ቦታ ከይዶም ኩሎም ጸሎቶም ኣዕሪጎም ንዓዶም ብሰላም ተመልሱ።

ኩነታት ጥዕና ግራዝማች በብቅሩብ እናተመሓየሽ ኸደ። በብቅሩብ ሓይሎም
እናተመልሰን እናደልደለን ከዱ። ብድሕሪኡ ቅልጡፍ ምዕባለ ብምግባር ዳርጋ ናብ
ናይ ቀደም ኩነታቶም ተመልሱ። እታ ሎምስ ኣይሰግራን'የ ግዲ ኢሎም ፈሪሐማ
ዝነብሩ ኣስጋኢት ግዜ ሓሊፈትሎምን ተቓንጠጠትሎምን።

ግራዝማች ንዋት ብመንፈስ ተቐሪቦምላ ስለ ዝነብሩ ብዙሕ ኣይተረበሹን'የም
ነይሮም። ወ/ሮ ብርኽትን ደቤምን ግን ፈሪሀም ኢየም ነይሮም። ግራዝማች
ብኹነታት ጥዕናኦም ምስ ተረጋግኡ ፡ "ጐይታ ኣብዚ ሓጐስ ናይዘም ደቂ
ደቅኽ ከይተሳተፍካን ከይመረቅካን ከይተሓጐስካን ኣይጽወዓካን'የ'የ ዝብለኒ ዘሎ
እመስለኒ ፡" እትብል ዘረባ ከደጋግሙ ጀመሩ።

ግራዝማችን ካልኦት ኩላቶም ኣባላት ክልቲኡ ስድራ ቤትን ፡ ንኽብረትን ብሩኽን
ጐኒፍዎም ዝነበረ ኩነታት ስለ ዘይፈለጡ ፡ ብዛዕባ መጻኢ ጽምብል ናይ መርዓ
ጥራይ'የም ዝሓስቡ ነይሮም። በ'ንጻሩ ንተስፎምን ኣልጋነሽን ኣብ ልዕሊ'ቲ
ዝነበሮም ሻቕሎትን ወጥርን ፡ እዚ ኣብ ማርያም ደዓሪት ዝሰምዕዋ ዘይተጸበይዎ
ሓድሽ ሓበሬታ መሊሱ'የ ኣዘናቢልዎም ነይሩ። ኩነተ ኣእምሮ ተስፎምን ኣልጋነሽን
ኣብ ጭንቀት ፡ ናይ ዝተረፉ ስድራ ቤት ከኣ ኣብ መንገዲ ተስፋ ረጊጾም ብበይኑ
መኣዝን ይጐዓዙ ነበሩ።

ኩነታት ስድራ ቤቶም ኣብ ከምዚ ኸሎ ፡ ብሩኽን ከብረትን ስኑይ ኣንጊሆም ናብ
ሕክምና ከይዶም ምርመራ ገበሩ። መልሲ ድሕሪ ሳልስቲ ከወሃቦም ምኽኑ ሓቢሮም
ኣፋነዉዎም። ክልቲኦም ፍቑራት መንእሰያት ድሮ ውሳነኦም ወሲዶም ስለ ዝነበሩ ፡
ካብ ሰንፈላልን ሻቕሎትን ዳርጋ ተገላጊሎም'የም ነይሮም።

እቲ ንሳቶም ዘራገፍዎ ሰኸም ግን ኣብ ርእሲ ወለዶም'ዩ ተጻዒኑ ነይሩ።
ተስፎምን ኣልጋነሽን ካብ ማርያም ደዓሪት ምስ ተመልሱ ንኽልተ ለይቲ ፡ ኣሸንኳይ
ልዋም ዝመልኦ ድቃስ ክወስዶም ፡ እዛ ናይ ክልኢት ቀምታ'ውን ረሓቖቶም።
ንዕስራን ኣርባዕተን ሰዓት በበይኖም ኮይኖም ፡ እንታይ ከም ዝሓይሽ ክሓስቡ'ሞ ፡
ብድሕሪኡ ተራኺቦም ከመያየጡ ኢዮም ተሰማሚያም። ብሓቂ ንኽልቲኦም ንቡር
ኩነታት ኣይኮነን ኣጋጢምዎም ነይሩ። ንመሰረት ስድራ ቤቶምን ንመሰረት
እምነቶምን ባህሎምን ዘናውጽን ዘነቓንቕን ኢዩ ነይሩ። ነዚ ነቕ ዘይብል ብድሆ

ብኽመይ ይገጥምዎን ይፈትሕዎን ዝሓስቡ እንተ ሓሰቡ ሓርበቾም።

መታን ብሑት ክኾነሎምን ሰብ ወይ ደጨም ከየቘርጽዋምን ምሽት አብ እንዳ አልጋነሽ ከዘራረቡ ጬጸራ ሓዙ። እቲ አርእስቲ ክንዲ ምንታይ ከቢድዋምን ተጻዒንዎምን ምንባሩ አብ ኩነታቶምን አካላዊ ቋንቋአምን ብጋህዲ ኢዩ ዝረአ ነይሩ። ተራኺቦም ኩፍ ምስ በሉ መጀመርያ አፉ ዝኸፈተ ተስፎም ኢዩ ነይሩ።

"ኢሄ አልጋነሽ ሓብተይ ፤ መቸም ከመይ ሓዲርከን ውዒልከን ኢለ አይሓተክን'የ። ምኽንያቱ እቲ ዝሓደርኩዎ አነ ስለ ዝፈልጦ ፤ ናትኪ ኸአ ካብ ናተይ ዝገደደ'ምበር ዝሓሸ ከም ዘይከውን እርደአኒ'ዮ።"

"ሓቅኽ ተስፎመይ ንጻላኢና አይሃቦ'ዝስ። አነሀኹልካ አይ ንላዕሊ አይ ንታሕቲ ኮይነ ተቜልየ'የ ሓዲረ ፤" በለቶ አልጋነሽ እንቅዓ እና'ስተንፈስት ፤ እቲ ብሩህ ገጻ ጸሎዉ ተኸዲኑ።

ናብቲ ዘሻቕሎም ዝነበረ አርእስቲ አድሂቦም ከመያየጡ ጀመሩ። ሸዉ ተስፎም ፤ ጥንሲ ምኳኑ እንተ ተረጋጊጹ ነቲ ጥንሲ ምንጻል'ምበር ካልእ ንሱ ዝፈልጦ አማራጺ መንገዲ ከም ዘየሎ ከም እተገንዘበ ፤ ድሕሪኡ ናብ ትግባረ ናይቲ ሓሳብ ደጋጊሙ ዋላ እንተ ተገማገመ ፤ እናሳዕ ካብቲ ደንደስ ንድሕሪት ከም እተመልሰ ፤ በዚ ምኽንያት'ዚ ነቲ ስጉምቲ'ቲ ውሰዱ ክብል ነብሱን ሓልናኡን ጬሪሱ ከገብረሉ ዘይክእል ነገር ምኳኑ ከም ዝደምደመ ገለጸላ።

አልጋነሽ ብወገና ኸአ ፤ ካብ ናቱ ዘይፍለ ናይ ስሕተት ፈተነ ከም ዘጋጠማ ፤ እቲ ኩሉ ንሱ ዘሰላሰሎ ብሓንጐላን አእምሮአን'ውን ከም ዝሓለፈ ፤ አብ መወዳእታ ግን ንሳ'ውን ነቲ ሓጥያት'ቲ ከትውዕሎ ከም ዘይትኽእል ከም እተረደአትን ከም ዝደምደመትን አረድአቶ።

"ሓቅኺ'ምበር ከቢድ ነገር እንድዩ'ሞ አልጋነሽ ሓብተይ። ወዮ ሓንጐልና ካብ ምሕሳብ ክንዓግቶ ዘይንኽእል ስለ ዝኹንና ኢዩ'ምበር ፤ እዚ ደአ አሸንኳይ ከተተግብሮስ ከትሓስቦ'ንድዮ ዘንቀጥቀጠካ። ብተወሳኺ እዚ ጥንሲ ምንጻል ዝብልዎ'ኮ ፤ ዝበዝሕ ግዜ ነገራት ከተተዓራሪ ከትብል'ኮ አብ ህይወት አደ'ውን ሓደጋ ከተስዕብ ልዑል ተኽእሎ'ለዎ።"

"እዋይ'ወ ፤ ናቱስ ከአ ዘይሓሰብኩዎ! እምበርከ እዚ ዝአክል መጥባሕቲ ሕጂ-ሕጂ ናይ ዝገበረትን ጌና ናይ ዘይደልደለትን ጓል እንዲና እንዛረብ ዘሎናስ።"

"ሓቅኺ አልጋነሽ ሓብተይ። በቃ ሕጂ መፍትሒ ንዘይንረኽበሉ ጉዳይ ንኽንተ

ሓንጐልና ኣይንበጽብጽ። እግዚኣቢሄር እንድሕር ዘይፈቕዶ ኹይኑ ፣ ከብረት ጥንሲ
ከይሓዘት ትጽንሓልና። ጥንሲ ምሓዛ እንተ ተረጋጊጹ ኸኣ ንዓና ኣብ ፈተናን
ሓጥያትን ከየእተወ ፣ እግዚኣቢሄር ባዕሉ ነቲ ጥንሲ ብተፈጥሮ ነጺሉ ካብዚ
የገላግለና።"

እዝን ካልእን ከውርዱን ከደይቡን ከደጋግሙን ሰዓታት ሓለፈ። ኣብ ሓደ
መደምደምታን ኣብ ሓደ ከሕግዝም ዝኽእል ውጥንን ከይበጽሑ ዳርጋ ናብ
ፍርቂ ለይቲ ገጹ ተገማገሙ። ብድሕሪኡ ነቲ ዝበሉዎ ምድግጋም እንተ ዘይኮዕኑ
እቲ ዝርርቦም ፋይዳ ስለ ዝሰኣንሉ ፣ ኣብ መደምደምታ ከይበጽሑ ኩሉ ናብ
ኣምላኾም ገዲፎም ተፈላለዩ።

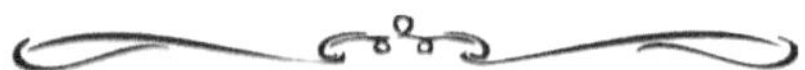

ተሰፎምን ኣልጋነሽን ካብ ህንጡይነቶምን ሻቕሎቶምን እተላዕለ ፣ ውጽኢት ምርመራ
ኣብ ዝቕበሉ ግዜ ንደጌም ግድን ምሳኻትኩም ኢና እንኽይድ በሉዎም። ብሩኽን
ከብረትን ኣድላይነቱ'ኳ ጨሪሱ እንተዘይተራእዮም ፣ ግን እቲ ዝነበሮም ጻዕጢ
ስለ እተረደኦም ሕራይ ኢሎም ብሓባር ከዱ።

ተሰፎምን ኣልጋነሽን ፣ ከብረት ጥንሲ ዘይሓዘት ከትኮኖሎም'ሞ ፣ ካብቲ ሽግር
ከገላገሉ'ዮም ዝጽልዩ ነይሮም። ብሩኽን ከብረትን እቲ ውጽኢት ብዘየገድስ ፣
መኣዝን ህይወቶም ቀይሶም ውሳነኣም ወሲዶም'ዮም ነይሮም። እዚ ይኹን'ምበር
ብምርመራ ጥንሲ ከም ዝሓዘት ከረጋገጸሎም'ሞ ፣ ካብ ምስ ኣቦኣምን ኣደኣምን
ምክታዕን ንወለዶም ካብ ምጕሃይን ከድሕኑ'ዮም ብውሽጢ ልቦም ዝትምነዩ
ነይሮም። ኣቦይን ኣደይን በበይኑ ጸሎቶም ከም ዝበልዎ ኢዩ ነይሩ እቲ ጉዳይ።

ብሩኽን ከብረትን ናብቲ ውጽኢት ዝወሃበሉ ከፍሊ. ኣትዮም ተራኣም ከሳዕ
ዝጽበዩ ፣ ተሰፎምን ኣልጋነሽን ኣብ ደገ ተጸበዮዎም። ድሕሪ ሓሙሽተ ደቒቕ
ከልቲኦም ደጌም ብሓባር እናተዛረቡ ከወጹ ረኣዩዎም። ሽው ልቢ ተሰፎምን
ኣልጋነሽን ከምዚ ከልቲኦ ኣብ ስምምዕ ዝበጽሓ ፣ ህርመተን ከቐልጥፉን
ተረግ-ተረግ ከብላን ጀመራ። ንገጽን ኣካላትን ከልቲኦም ደጌም ፣ ጌና ናብኦም
እናመጹ ኸለው ብደቒቕ ከስተውዕሉን ከፍትሹን ፈተኑ። ኣብ ገጽን ቋንቋ ኣካላትን
ደጌም ግን ዝኾኑ ፍንጪ ኣይረኸቡን።

ኩነታት ደጌም ብትኽክልን ብርግጸነት ዋላ'ኳ ከንብብዎ እንተ ዘይከኣሉ ፣
ቅሩብ ግን ናይ ደስ ዝበሎም ምልከት ዝረኣዩ ኮዕኑ ተሰምዖዎም። ንውጽኢት እዚ
ምርመራ'ዚ ዝምልከት ግን ፣ ንብሩኽን ከብረትን ኣየናይ ውጽኢት'ዩ ዘዐግቦም ፣

አየናይክ ቅር የብሎም ብቐሊሉን ብርግጽነትን ክትንብይም ዘኽእሎም ኩነታት
አይነበረን።

ብሩኽን ክብረትን አብ ወለዶም ዝነበርያ ቦታ በጽሑ። ክብረት ዝኾነ ነገር
ከይበለት ነታ ውጽኢት ምርመራ ንተስፎም አረከበቶ። ተስፎም ዳርጋ አእዳዉ
ቀጥ-ቀጥ እናበሎ ተቐበላ። ነታ ወረቐት ቅልዕ አቢሉ ምስ ረኣያ ገጹ ተለዋወጠ።
አልጋነሽ ካብ ክብረት ናብ ተስፎም ፤ ካብ ተስፎም ናብ ብሩኽ ቀባሕባሕ በለት።
ተስፎም ጭንቀት አልጋነሽ ተረዲእዋ ስለ ዝነበረ ፤ ነዊሕ እስትንፋስ ድሕሪ
ምውሳድ ተቐላጢፉ ፤ "አልጋነሽ እቲ ዝፈራሕናዮ ኮይኑ'የ። ክብረት ጥንሲ ከም
ዝሓዘት ተረጋጊጹ'ሎ።"

"አይይይ! እዋይ አነ ፣" በለት አልጋነሽ።

"ዝኾነኾይኑ ንኽውን ከንቅይሮ ስለ ዘይንኽእል ፣ ሕጂ ካብዚ ንኺድ'ሞ አብ
ካልእ ቦታ ኬድና ክንዘራረብ ፣" በሎም ተስፎም።

ሽዑ አርባዕተኦም ተተሓሒዞም ካብቲ ሕክምና ወጹ።

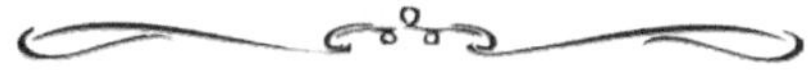

ካብ ሕክምና ወጺኦም ንገዛ ቅድሚ ምምራሓም ፣ ናብ ሓደ ብሕትው ዝበለ
ቦታ ከይዶም ቅሩብ ክዘራረቡ ወሰኑ። ተስፎም ናብ ሓደ ጽላል ዘለዎ መኺናኦም
ጠጠው ዘብልሉ ቦታ መሪጹ መርሐም። አብ ትሕቲ ሓንቲ ዓባይ ሽባኽ አብ
መኺናኦም ኮይኖም ከአ ከዘራረቡ ጀመሩ።

ክብረት ጥንሲ ከም ዝሓዘት ብምርጋጉ ነቲ ጉዳዮም መሊሱ ከም
ዝሓላልኾ ተስፎም ገለጸሎም። ቀጺሉ ፣ "ብሓቂ ከነግረኩም አነን አልጋነሽን
ብምሉእ ልብናን ህዋሳትናን ፣ ክብረት ጥንሲ ሒዛ ከይትከውን'ሞ ናብዚ ኩነታት'ዚ
ከይንወድቕ ተተምኒናን ጸሊናን ኢና። ሕጂ ግን ንትምኒትናን ባህግናን ስምዒትናን
እዚ ኩነታት ቀዲምዋ'የ። እዚ ውጺእት እዚ ምርጫ አይኮነን ዝህበና ዘሎ።
ካልእ ምርጫን ፍታሕን ከም ዘይብልና ጥራይ'የ ዘረድአና ዘሎ።"

ብድሕሪኡ ዋላ ከምኡ እንተ ኾን'ውን ፣ ንሱን አልጋነሽን ሽዑ'ውን እንተ
ኾነ ፣ ከምዚ ካብ ኩነስ በቃ ይመልአልኩም ኢሎም ከምርቅዋም ከም ዘይክእሉ
ነገሮም። ይኹን'ምበር ነቲ ብፍቓድ አምላኽ እተፈጠረን እተሃንጸን ፣ ብፍጹም
እዚ ጥንሲ'ዝን እዚ ህንጸት'ዝን ክዓብን ክነብርን ከፍቀደሉ የብሉን ክብሉ ግን ፤

መሰል ከም ዘይብሎምን ከም ዘይከእሉን ገለጸሎም። ኣሽንኳይ ከምኣቶም ዝኣመሰሉ
ተራ ወለዲ ዋላ እቶም መንፈሳውያንን ቅዱሳትን'ዮም ዝበሃሉ እንተ ኾኑ'ውን ፡
ነዚ ውሳነ'ዝን ነዚ ግብር'ዝን ኣሽንኳይ ክንቀሳቐሱ ከሰላስልዎ'ውን ከም
ዘይተፈቐደሎም ኣረደኦም። ስለዚ ንሳቶም ኣብ ዘይዓቅሞምን ኣምላኽ ንፍጡራት
ኣብ ዘይፈቐደሎምን ሓላፍነት ከም ዘይኣትዉ ኣፍለጦም።

ብሓጺሩ እግዚኣቢሄር ባዕሉ እቲ ዝኽውን ከገብር ከም ዝጽልዮን ከም ዝልምኑን ፤
ከምቲ መዓልታዊ ፍቓድካ ይኹን ኢሎም ዝጽልይዎ ፡ ንሱን ኣልጋነሽን ሕጂ'ውን
ፍቓድካ ይኹንን ይፈጸምን ኢሎም ከም ዝልምኑ ነገሮም። ኣብ መደምደምታ
ልዕሊ ናይ ኩላቶም ስምዒትን እምነትን ግን ፡ ሕጂ ብዛዕባ እቲ ክብረት ሒዛቶ
ዝነበረት ጥንሲ ብህጹጽ ምስ ሓኪይምም ከዘራረብሉ ከም ዘድሊ ነገሮም። ካብ
ሽዑ መዓልቲ ጀሚሮም ብዝቐልጠፈ ጤጋ ወሲዶም ከዘራረቡ ተማሕጸንዎም።

ሓካይም ጥንሲ ንህይወታ ኣዝዩ ሓደገኛ ኢዩ ፡ ብተወሳኺ ኽኣ ንዕሽል'ውን
ጐዳኢ'የ ካብ ዝብል ፡ እቲ ጥንሲ ብዝቐልጠፈ ክንጸል ኣለዎ እንተይሎም ፡
ብድሕሪኡ ብዕቱብ ከዘራረቡ ምኽናዎም ነገሮም። ከምኡ እንተ ተባሂሉ ነቲ ሽዑ
ዘካይድዎ ዝርርብ ካብ ብሕጂ ዓቲዖም ከሓስብሉ ተላበዎም። ኣብ ከምኡ እንተ
ተበጺሑ ግን ንሱን ኣልጋነሽን ፡ ነቲ ውሳነ ናብ ኣምላኽ ጥራይ ከገድፍዎ ከም
ዘይደልዩ ፡ ንሳቶም'ውን ከም ወለዲ መጠን እቲ ጕይታ ዝሃቦም ሓላፍነት መታን
ከልዕሉ ፡ ናታቶም ተሪርን ጽኑዕን መርገጺ ከም ዝሀልዎም ኣጠንቐጬም።

ስለዚ ንሳቶም ከሓሰቡን ከመያየጡን ፡ ኣልጋነሽን ንሱን ኽኣ ብወገኖም ከሓሰቡን
ከመያየጡን ምኽናዎም ነገሮም። ሽዑ መታን ሓሙሽተኣም ብእሽታን ብስፍሓትን
ከመያየጡ ዋላ ካብ ከተማ ውጽእ ኢሎም ብሓባር ኮፍ ኢሎም ኣብ ውሳነ
ከበጽሑ ከም ዝደልዩ ኣረደኦም። በዚ ምስ ተሰማምዑ ነታ ዝተዘራረቡላ ብሕትዉቲ
ቦታ ገዲፎም ፡ ከምታ ዝመጽዋ ብሓባር ናብ ቤቶም ከምለሱ ተበገሱ።

ከምለሱ ኽለዉ ኩላቶም ካብቲ ንግሆ ካብ ቤቶም ከነቐሉ ከለዉ ዝነበሮም ኩነታት
ዝያዳ ከብድብድ ከም ዝበሎምን ፡ ኣብ ከቢድ ሓሳባትን ስክፍታን ጥሒሎም
ምንባሮምን ብግልጺ ይንበብ ነበረ።

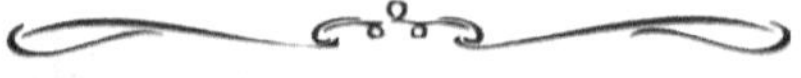

ክብረትን ብሩኽን ኣብ ውሽጢ ራብዕቲ ንሓኽይምም ከዘራርብዎም በቕዑ። ሓኪይም
ነቲ ሕቶ ብዙሕ ከሓስብሉን ከመያየጥሉን ዘድሊ ኣርእስቲ ከም ዘይኮነ ፤ ጥንሲ
ንኽብረት ኣዝዩ ሓደገኛ ምኽኑ ፤ ኣብ ርእሲኡ እቲ እትወስዶ ኣፋውስ'ውን

ንዕሽል ሓደገኛ ሳዕቤናት ዘለዎ ከም ዝኾነ ኣረድእዎም። ብኣኡ ምኽንያት
ክብረት ንዓዲ እንግሊዝ ብዝቐልጠፈ ክትምለስ ከም ዘለዋ ነገርዎም።

ናይ ሓኺይም ውሳነ ንተስፍምን ነ'ልጋነሽን ሓበርዎም። "ነዚ ሓድሽ ሓበሬታን ንሱ
ዘምጽኦ ጽልዋን ኩላትና ንኽልተ መዓልቲ ንሓስበሉ'ሞ ፤ ብድሕሪኡ ንእምባ ደርሆ
ኬድና ክንዘራረበሉ ኢና ፥" በሎም ተስፍም።   በቲ መደብ ኩሎም ተሰማምዑ።

ንሽዑ ምሽት ሳምሶንን ብሩኽን ክብረትን ተተሓሒዞም ናብ ሓደ ጽምው ዝበለ
ቦታ ከይዶም ከዛረቡ ወሰኑ። ኣብቲ ርክቦም ሳምሶን ምይይጦም ኣብ ክልተ
ክፋላት መቒሎም ክሕዝዎ ዝብል ርእይቶ ኣቕረበ። ኣብ መጀመርያ ክፋል ናይቲ
ምይይጦም ፥ ንኽብረትን ብሩኽን እንታይን ኣየናይን'የ ዝሕሾም? እቲ ጥንሲ
ብሕጋዊ መንገዲ ምእላዩ እንታይ ጽልዋ ከህልዎ ኢዩ? ነቲ ሕዘሞ ዝነበሩ
መርገጺኻ ብኸመይ'የ ክጸልዎ? ዝብሉን ካልእ ምስኡ ዝተተሓሐዙ ኣርእስትን
ከዘራረብሉ ዝብል ሓሳብ ኣቕረበ።

ንኣኡ ምስ ወድኡን ኣብ ካልኣይ ከፋልን ከኣ ፤ እቲ ኣብ መወዳእታ ዝበጽሓዎ
ውሳነ ፤ ኣብ ኣሕዋቶምን ወለዶምን ስድራ ቤቶምን እንታይ ጽልዋ ኢዩ ከህልዎ?
ዝብል ንስምዒት ወለዶም ኣብ ግምት ዘእተወ ንኣኡ ብዕምቤት ዝፍትሽን
ግልጺ ምይይጥ ከካይዱ እማመ ኣቕረበ። ነቲ ሳምሶን ዘቕረቦ ሓሳባት ክልቲኦም
መጻምድቲ ብዘይምጥርጣር ሓንጐፋይ ኢሎም ተቐበሉዎ።

ሳምሶን ኣብ ዓዲ እንግሊዝ ከለውን ካብኡ ምስ ተመልሱ ኣብቲ መጀመርያ
መዓልታትን ፤ መርገጺኡ ምሉእ ብምሉእ ምስ ሓብቱ ክብረትን ምስ ዓርኩ ብሩኽን
ዝሳነን ንኣኦም ዝድግፍን ኢዩ ነይሩ። ድሕሪ ኣብ ማርያም ደዓሪት ዝገበርዎ
ምይይጥ ግን ፤ ናይ ወለዶምን ስድራ ቤቶምን ኩነታትን ስምዒትን ክትንከፍን
ከደንግጾን ጀሚሩ ነይሩ'ዩ። ብኣኡ ምኽንያት ከኣ መርገጺኡ ቅሩብ ከነቓነቕን
ከጠራጥሮን ካብ ዝጅምር መዓልታት ኣቝጺሩ ነበረ። እዚ ዳሕራይ እተሰምዖ
ስምዒትን እተፈለየ ኣረኣእያን ግን ፤ ክሳዕ ሽዑ ነ'ሕዋቱ ኣየተንብሃሎምን ኢዩ
ነይሩ።

በቲ እተረዳድእዎ መሰረት ዝርርቦም ጀመሩ። ሳምሶን ኢዩ ቅድሚ ኹሎም ዘረባ
ዝጀመረ። ነታ መጀመርታ ክፋል ዝርርቦም ብግቡእ ምስ ተንተነን ፤ ነተን እተላዕላ
ሕቶታት ምስ መለሰን ፤ ንብሩኽን ክብረትን ዝሕሾም ኣየናይ ዉሳነ ምዃኑ
ብዙሕ ዘካትዕ ከም ዘይብሎም ደምደመ። ክልቲኦም መጻምድቲ'ውን እምነቶምን
ስምዒቶምን ሃረርታእምን ከምኡ ምዃኑ ደጊሞም ኣስመርሉ።

ብድሕሪኡ ናብ ካልኣይ ክፋል ናይ'ቲ ኣርእስቲ ሰገረ። እቲ ክብረትን ብሩኽን

ሒዞሞ ዝነብሩ መትከልን መርገጽን ፤ ነቲ ድልየቶምን ሃረርታኦምን ብዘየወላውል ዘጨብጦምን ዘዕግቦምን ምኽኑ ተኣመነ፡፡ ከምኡ ይኹን'ምበር በቲ ኽልእ መዳዩ ግን ንወለዶምን ንስድራ ቤቶምን ፤ ኣብ ብዙሕ ሕልኽልኽን ጓህ ዝሸሞም ምኽኑ ከዝንጋዕ ከም ዘይብሉን ፤ ኣብ'ቲ ዉሳነ ዓቢ ግምት ከወሃቦ ከም ዝግባእን ሓድሽ መርገጺኡ ብግልጽን ብትሪን ሓበሮም፡፡

መጀመርታ ብሓድሽ መርገጺ ሳምሶን ክልቲኦም ኣዝዮም ተደናጊሩን ተገሪሙን፡፡ ድሒሮም ሳምሶን ብዕትበት ይዛረቦም ከም ዝነበረን መርገጺኡ ከም ዝቐየረን ምስ ተረድኡ ግን ፤ ኣዝዮም ከሓርቁን ከቘጥዑን ጀመሩ፡፡ ከምዚ ኣብታ ልዕሊ ዝኾነ እዋን ደገፉ እተድልዮም ግዜ ኮነ ኢሉ ዘጠልሞም ዝነበረ ኮይኑ ተሰመዮም፡፡

ንሱ ብህይወቱ ከሳዕ ዘሎ ንኽልቲኦም ኣሸንኳይ ከጠልሞም ፤ ኣድላይ እንተ ኾይኑ ህይወቱ'ውን ከሓልፈሎም ቅሩብ ምኽኑ ፤ ንሳቶም'ዉን ዝፈልጥዎን ዝኣምኑዎን ሓቂ ምኽኑ ኣረድኦም፡፡ ንሳትም ከኣ ነቲ ሓቂ'ቲ ከሳዕ እታ ሰዓት እቲኣ ተጠራጢሮምሉ ዘይፈልጡ ምንባሮም ኣረጋገጹሉ ፤ ይኹን'ምበር እቲ ንኽልቲኦም ኣብ ከምኡ ዘይግባእ ዘረባ ዘውደቐም ፤ እቲ መርገጺኡ ብኽንድኡ ምቅያሩን እቲ ሓድሽ ሓሳባት ጌና ይደፍኦ ምንባሩን ምኽኑ ምስናይ ይቕረታኡ ሓበሮም፡፡

ንሱ ኸኣ ዝኾነ ሰብ ከሳዕ ነቲ መርገጺኡ መለወጢ ምኽንያት ብዝግባእ ብኽረድኣሉ ዝኽእል ርትዕን ኣተሓሳስባን ዝደገዐ ፤ ኣተሓሳስባኡን መርገጺኡን ኣብ ዝኾነ ግዜ ከቅይር መሰሉ ምኽኑ ንሳቶም'ዉን ዘይክሕድዎ ሓቂ ምኽኑ ኣረድኦም፡፡ እቲ ንሳቶም ምጥላም ዝበሉዎ ግን ፤ ካብቲ ዝነበሮም ጭንቀትን ኣትዮሞ ዝነብሩ ወጥርን እተበገሰ ምኽኑ ኣዐርዩ ስለ ዝርድኦ ፤ ሕማቕ ከም ዘይስምዖን ከም ዘይሕዘሎምን ገለጸሎም፡፡

ድሕሪኡ ኣብቲ ዝቐጽልዎ ምይይጥ ፤ ነብሶም ኣብ ስምዒት ከየጥሓሉ ፤ ነቲ ዘልዕሎ ነጥብታት ብኽፉት ኣእምሮ ቀስ ገይሮም ብዘይስምዒት ከሰምዕዎን ከኻማስዕዎን ለመኖም፡፡ ብድሕር'ዚ ነቲ ኣርእስቲ ከም ሓድሽ ከድህስስዎን ከዘራረብሉን ጀመሩ፡፡ ሕጂ'ዉን ከብረትን ብሩኽን ነ'በሃላ ሳምሶን ብትሪ ከቃወምዎን ከነጽጉዎን ጀመሩ፡፡

ሳምሶን በቲ ተቓውሞኦም ከይተሰናበደን ፤ ምስኣቶም ኣብ ምትራኽን ዓው-ዓው ምባልን ከይኣተወን ፤ ብትዕግስቲ ነጥብታቱ ምቅራብ ቀጸለ፡፡ ኣብ ስምዒት ከይኣተወ ቀስ ኢሉ እምነቱን ምኽንያታቱን ብግልጺ ከዘርዝሮም ጀመረ፡፡ ስለዚ ክልቲኦም ኣብ ናታቶም ሓጕስን ስምዒትን ህይወትን ጥራይ ብምትኳር ፤ ንናታቶም ድልየት ጥራይ የቐድሙ ከም ዝነብሩን ፤ ንወለዶምን ንስድራ ቤትን ግን ኣዝዮም

ከሃሳይዎም ም፝ኳጥዎ ይዘንግዕዎ ከም ዝነብሩ ከረድኦም ጀመረ።

መጀመርያ ኣብ ድልየቶምን እምነቶምን ብምጽናዕ ተሪሮም ተኸትዕዎን መከትምን። ብድሕሪኡ ግን ኣብ መርገጺ ብሩኽን ከብረትን ቅሩብ ምጥርጣር ከስተብሀል ጀመረ። ነዚ ዘስተብሃለ ሳምሶን ብውዕይታ ኸላ ከድምዓሎም ስለ ዝደለየ መግለጺኡ ቀጸለ።

"ኣብ ዓለም ከምቲ ኣብ ኩሉ ካልእ ነገር ፣ ኩሉ ሰብ ሓደ ዓይነት ፈተናን ብድሆን ገድልን ኣይኮነን ዝገጥሞ። ብሓፈሻ ኩላቶም ወለዲ ንደቄም ዘፍቅሩን ዝሓልዮን ዝከናኸኑን ዝሓልፉን'ዮም። ኩሎም ወለዲ ግን ነዚ ሓላፍነት'ዚ በቲ ዝግበኦ ብ፝ቅዓት የተግብርዎ'ዮም ከበሃል ኣይከኣልን'ዩ። ካብቶም ነዚ ብብ፝ቅዓት ዘተግብሩ ወለዲ እንተኾን'ውን ፣ ኩሎም ብሓደ ዓይነት ፈተናን ብድሆን ኣይኮኑን ዝፍተኑን ዘሕልፉን። ኣዝዮም ውሑዳት ወለዲ ንጽንዓት ደቂ ሰባት ዝፈታተን ጽንኩር ብድሆ ዝገጥሞምን ፣ ብሰንኩ ኸኣ ፍሉይ መስዋእቲ ዝኸፍሉን ኣለዉ ፣" ኢሉ ሓሳባቱ ከጥርንፍ ኣዕርፍ ኣቢሉ ድንን ኢሉ ትም በለ።

ትንፋሱ ስሕብ ኣቢሉ ቅንዕ ኢሉ ፣ "ንኣብነት ብዃረባ ኩላትና ናይ እንፈልጦ ናይ ማማ ኩነታት ንርኣ። ማማ ካብ ጓል 32 ዕድመኣ ጀሚራ ፣ እቲ ኩሉ ጸገማትን ሞራላዊ ጽፍኢታትን ውረደትን ጐነፍዋ ከብቅዕ ፣ መታን ንሕና ደቃ ከይንበታተና ፣ ተፈጥሮኣዊን ሰብኣውን ስም፝ታ ጸዊጣን ተቔጻጺራን ኮሊፋን ፣ ከሳዕ ለይቲ ሎሚ ንኣስታት 17 ዓመት ቄብዕ ዘይብላ ኢታይ ኩይና ሓሊፋቶን ተሕልፎን ኣላ። ናይ ባባ ተሰፍምን ማማ መድህንን ኣቦነትን ኣደነትን ፣ ከም፝'ውን ከልቲኣቶም ዘሓለፍዎ መስዋእቲ ኩላትና እንፈልጦ'ዩ። እዚ ባባ ተሰፍም ካልኣይቲ ሰበይቲ ንኸየእቱ ወሲድዎ ዘሎ ውሳነን ቁምነገሩን ፣ ንሓንቲ ደቂቅ'ውን ከዝንጋዕን ክርሳዕን የብሉን። ሓቀይ እንድየ ፣ ከሳዕ ሕጂ ብሓባርዶ'ሎና?" በሎም።

ከልቲኦም ሳምሶን ሓምም ኣጸቢ፝ም ዝፈልጥዎን ዝምስክርሉን መሪር ሓቂ ታዕቲዮ ኣውጺኡ ይዛረብ ስለ ዝነበረ ፣ ብኸቱር ስም፝ት ርእሶም ክብጠስ ከሳብ ዝደለ ነ፝ነ፝ሉ።

በዚ እተተባበዐ ሳምሶን ፣ "ከምዚኣቶም ዝኣመሰሉ ወለዲ ፣ ልዕሊ ሰብን ሕብረተሰብን ዝጠልቦ ሓላፍነትን ጽንዓትን ስለ ዘመስከሩ ፲ ካልኦት ከምኣታቶም ወለዲ ዘይተሓተትዎ ተሓቲቶም ስለ ዝሰገሩን ፲ ሓለፋ ብጺሒቶምን ግቡኦምን ስለ ዝገበሩን ፲ በቲ ዝገበርዎን ዝገበሩልናን ፣ ከም፝ኡ'ውን በቲ ጽንዓቶምን ተወፋይነቶምን ክስለሙን ክከሓሱን'ዩ ዝግባእ። ደሓን ወረ ንስልማትን ካሕሳን ኢሎም ስለ ዘይገበርዎ ስልማትን ካሕሳንስ ይትረፎም ፲ ግን ከም፝ኡ ይኹን'ምበር ብውሕዱ ከምስገኑን ከኸብሩን ግን ይግባእ'ዩ። ደሓን ከኸብሩ'ውን ዕድል

አይረኽቡን ወይ አይገብሩን ንበል ፤ ግን ካልእ ኩሉ እንተ ተረፈ ፤ ብውሕዱ
ከጉህዮን ከሓዝኑን ግን አይግባእን'ዩ። ካብ ምጉሃይ ሓሊፎም ከአ ፤ "አይይ እዚ
ኹሉ ዝገበርናዮስ ንኽንቱ ኮይኑ ፤" ኢሎም ከስተንትኑን ከስቄርቁሩን ግን ጨሪሱ
አይግባእን ጥራይ ዘይኮነ ፤ ብዘይ ቃልዓለም ነውሪ'ውን'የ ! " ምስ በለ ሳምሶን ፤
ብሩኽን ከብረትን ስራውር ገጾም ተገታቲሩ ፤ አዒንቶም ደም ሰሪቡ ፤ አብ ከቴር
ስምዒት አትዮም ርእሶም ንታሕቲ ነቘሏቾም ትም በሉ።

ሳምሶን ነቲ እተዛረቦ ረዚን ዘረባ ፤ አብ ውሻጠ ስራውሮምን መትንታቾም ዘሪቝ
ከሳብ ዝአቱ ዝጸበ ዝነበረ ብምምሳል ትም ኢሉ ግዜ ሃቦም።

እቲ ዘዝነበሎም ዝስምያምን ዘሕምሞምን ዘረባ ስጢሙ አትዩ ኢዩ ኢሉ ምስ
ገምገመ ከአ ፤ "ሕጂ ኽአ ከልቴኹም ንሕና ንልብና ጥራይ ኢና ከንሰምዕን ድለየቱ
ከንፍጽምን እንደሊ ትብሉ አሎኹም። እዚ ማለት ከአ ናትና ፍቝራዊ ስምዒትን
ባህግን ድልየትን ጥራይ'የ ዝግደስና'ምበር ፤ ናይ ወለድና አይምልከታናን'የ
ከም ማለት'የ ዘስምዕ። አብ ካልእ ቤትን ፤ ካልእ ኩነታትን ፤ ካልኦት ወለድን
እንተ ዝኸውን ፤ ምናላባሽ ንሳቾምሲ ንዓና እንታይዶ ከንድ'ቲ ገይሮሙልና'የም
ከትብሉ'ውን ምኽአልኩም። ንነብሳ ይምሓር ማማ መድህንን ፤ ባባ ተስፎምን
ማማ አልጋነሽን ግን እዚ ከትብልዎምን ከትፈድይዎምን አየጥዕመልኩምን ጥራይ
ዘይኮነ ፤ ጨሪሱ አይግባእን'ውን'የ ! " ኢሉ ትንፋሱ ከመልስ አዕርፍ አበለ።

ሽዑ ቅንዕ ኢሉ ንኽልቲኦም ዓይኒ ዓይኖም እናጠመተ ፤ "እዘን ከልተ ስድራ ቤትና
ከብቲ ንዓመታት ዝጉነፈን ሓርጉጽጉጽን ጽልእን ቂምታን ፤ በዚ መውስቦ'ዚ
ኢየን ከድበሳ ዝጸበያ ነይረን። ከሳዕ ሕጂ'ውን እቶም ዝበዝሑ አባላተን ብተስፋ
ኢዮም ዝጸበዩ ዘለው። እቶም ከድብስወን ትጽቢት ዝገበራሎም ከልተ ቦኽሪ ደቀን
ከስደዱን ንሓዋሩ ከጠፍእወንን አይኮናን ዝጸበያ ዘለዋ። ስለዚ ነዚ አርእስቲ'ዚ
በዚ መዳይ'ዚ'ውን ዓቲብኩም ከትርእይዎ ከድሊ ኢዩ። ብሕልፊ ብሕልፊ ባባ
ተስፎምን ማማን ፤ ዝፈጸምዎ ጉደለትን በደልን ዘየሎ ፤ ተሰከምቲ ሽግር ከኸኑ
አይግባእን'የ። አነ አብዚ ዛዚመ'ሎኹ ፤" በሎም ብትሪ።

ሳምሶን እቲ ዘይንቝነቝ ርትዕን ሓቅን ዝሓዘለ ዘረባኡ ምስ ዛዘመ ፤ ብሩኽን
ከብረትን ሓሳባቶም ተነቓኒቘን ተመቓዊሉን ርእሶም አድኒኖም ትም በሉ። ሳምሶን
መልሶም ከሰምዕ ብትዕግስቲ ተጸበየ። ግን ካብ ከልቲኦም ሓንቲ ቃል'ውን ዘምሎቝ
ተሳእነ። አብ መወዳእታ አብቲ ግዜ'ቲ ዝኸኑ ነገር ከብሉ ከም ዘይደልዩ ፤ ነቲ
ጉዳይ ግን ፤ አብ በይኖም ኮይኖም ብዕትበት ከሓስብሉን ከዘራረብሉን ምኞጣም
ንሳምሶን ተመባጽዑ።

ኣብቲ ግዜ'ቲ ሰለስቲኦም መንእሰያት ዋላ'ኳ ኣብ ሓደ መደምደምታ እንተ
ዘይበጽሑ ፣ እቲ ብሩኽን ክብረትን ምኢቲ ካብ ሚኢቲ ብዘይምጥርጣር ሒዘሞ
ዝነበሩ መርገጺ ግን ቅሩብ ከነቓንቕ ጀሚሩ ከም ዝነበረ ብግልጺ ተራእየ።

ብሩኽን ክብረትን ንምሽቱ ኣብ በይኖም ከዘራረቡን ከመያየጡን ጀመሩ። ሳምሶን
መርገጺኡ ምቕያሩ ንኽልቲኦም ቅር ከም ዝበሎም ተሰማምዑ። ንሳምሶን ግን
ክልቲኦም ካብ ቁልዕነቶም ጀሚሮም ኣጸቢቖም ይፈልጥዎ ስለ ዝነበሩ ፣ መርገጺኡ
ምቕያሩ ኣየቘየሞምን። ምኽንያቱ ሳምሶን ልክዕ ከም ኣልጋነሽ ፣ ብሓቀኛ ስምዒትን
እምነትን ጥራይ ከም ዝጉዓዝን ፣ ንዝኣመነሉ ኽኣ ብግልጺ ዝዛረብን ምኽኑ
ኣጸቢቖም ይፈልጡ ነይሮም'ዮም።

ሳምሶን ርእይቶኡን መርገጺኡን ካብ ቀየረ ብምባል ፣ ንሳቶም'ውን ነቲ ዝብሎ
ዝነበረ ዓቲቦም ከፍትሽዎ ተሰማምዑ። ኣተኩሮ ዘረባኦምን ዛዕባኦምን ንሕና ንዓና
ጥራይ ዝነበረ ፣ ወለድናኽ ፣ ስድራ ቤትናኽ ዝብል ሕቶታት ከሕውስሉን ውስጠ
ነብሰ ፍተሻታት ከውስኽሉን ጀመሩ።

ክብረት እታ ብኽንደይ መከራ ተጸዊጣን ተበዲላን ከላ ጸኒዓ ዘዕበየታ ኣደኣ
መዓረኣ ኣልጋነሽ ፣ ከትጉሒ ዝግበአ ኣደ ከም ዘይኮነት ማዕረ ናብ ምጥቃስን
ምእማንን በጽሐት። ብሩኽ ብተመሳሳሊ ፣ ነቲ ኣብ ከቢድ ትካዘ ወዲቛ ከጠፍኦም
ቅሩብ ተሪፍዎ ዝነበረ ፣ ግን ብኽንደይ ቃልሲ እተመለሰ ወላዲኡ ከየጉህዮን ኣብ
ናይ ደግሲ ሓደጋ ከየውድቔን ከም ዝሰግእ ከጠቅስ ጀመረ።

ከምዚ ክብሉ ይጸንሑ'ሞ ግልብጥ ኢሎም ከላ ፣ ከመይ ጌርና ኢና'ሞ ክንፈላለን
ተፈላሊና ክንነብርን ዝብል ነጥቢ ከልዕሉ ከለው ኽኣ ፣ እንደገና ንድሕሪት
ይምለሱ ነበሩ። ኣብ ከምዚ ተቘርቊሮም ዓቕሎም ጸበቦም። ኣብ ሓደ ውዱእ ውሳነ
ከይበጽሑ ተረፉ። ኣብ መደምደምታ ኣቘዲሞም ናይ ወለዶም ዘረባ ከሰምዑ'ሞ ፣
ድሕሪኡ ኣብ በይኖም ኮይኖም ንመጨረስታ ግዜ ከመያየጡን ፣ ብድሕሪኡ ናይ
መወዳእታ ውሳነ ከወስዱን ተሰማሚያም ተፈላለዩ።

ተሰሮምን ኣልጋነሽን ከምኡ'ውን ሰለስቲኦም መንእሰያት ፣ ኣብ ከምዚ ከቢድ
ወጥርን ጭንቀትን ከለው ኽኣ'የ ሓደ ምሉእ ስድራ ቤት ዘይተጸበዮ ነገር

ዝገጠመ። እቲ ልዕሊ ኹሉ ዘሰንበዶም እቲ ዝተወሰደ ስጉምቲ ሓድሽን ዘይንቡርን ስለ ዝነበረ ኣይኮነን ነይሩ። ኣብቲ ግዜ'ቲ እቲ ዝወሰደቶ ስጉምቲ ኣዝዩ ንቡር ጥራይ ዘይኮነ ፣ ኣብ ኩሉ ስድራ ቤታት ብሓደ ዘይኮነስ ብኽልተ ሰለስተ ካብ ገዛ ዘጋጥም ተርእዮ'ዩ ነይሩ። መንእሰያት ኤርትራ ነቲ ኣብ ልዕሊ ህዝቦምን ሃገሮምን ስድራ ቤቶምን ዝወርድ ዝነበረ ግፍዕን መከራን ስቃይን ንምብቃዕን ፣ ናጽነትን ሓርነትን ህዝቦምን ሃገሮምን ህያው ንምግባርን በማኢት ዘይኮነስ በ'ሽሓት'ዮም ንሜዳ ኤርትራ ዝውሕዙ ነይሮም።

እቲ ዘገረሞም እምበኣር እቲ ስጉምቲ ዘይኮነስ ፣ እቲ ስጉምቲ ካብቲ ጨሪሶም ዘይተጸበዩዎ ሰብ ስለ ዘጋጠመ ጥራይ'ዩ ነይሩ። ራህዋ ካብ ምዝራብ ዝያዳ ምስማዕ እትመርጽ ፣ ስቕ በሃሊትን ኣዝያ ዕግስትን መንእሰይ'ያ ነይራ። ባህሪኣ ከምኡ ስለ ዝኾነ ፣ ኣተሓሳስባኣን ኩነተ ኣእምሮኣን ብቐሊሉ ክንብብዎ ዝኽእሉ ኣይነበረን።

ንእሽቶ ኸላ ብዛዕባ ሃገርን ህዝብን ሕብረተሰብን እትፈልጦ ነገር ኣይነበረን። ንኣኣ ሕብረተሰባን ህዝባን እቶም ዓበይቲ ኣሕዋታን ኣደኣን ፣ ሃገራ ኸኣ እታ እትነብረላ ቤት'የን ነይረን። ንኣኣን ንኽምኣ ጬልዑ መሰልታን ብዛዕባ ሃገርን ህዝብን ዘሕልፌ ዝነበረ መስገደል ፣ ብብዙሕ ምኽንያታት ዝነግሮም ሰብ ኣይነበረን። ስለዚ ብዛዕባ ሃገርን ህዝብን ዝፈልጥዎ ኣይነበሮምን።

እቲ ጬጬናን ዓመጽን በደልን ገና ልቢ ከይገበረት ከላ እትሓዛ ፣ ኣብታ ዝዓበየትላ ቤት'ያ ዕረ እናጠዓማ ክትጉስሞ ትግደድ ነይራ። ኩሉ'ቲ ሃብቶም ኣብ ልዕሊ ኣልጋነሽ ዘውርዶ ዝነበረ ጸርፍን ታህዲድን ጬጬናን ፣ ሳላ ጬልዑ ከይሰምዑ ፣ ከይጉድኡ ፣ ከይህሰዩ ፣ ኢሉ ዘይሓስብ ኣእምሮ ኣቦኣ ብግልጺ እናርኣየቶን እናሰምዓቶን'ያ ዓብያ። እዚ ስምዒት ንጹሃት ጬልዑ'ውን ኣብ ግምት ዘየእቱን ፣ ዘይግድሶን ፣ ዘየገናዝብን ባህሪ ኣቦኣ ፣ ዘይወጽእ ስምብራት'የ ገዲፋላ። ኣብ ልዕሊ'ዚ ኣቦኣ ብናቱ ኩርማጅ ጥራይ ዘይኮነ ፣ ብኹርማጅ ኣልማዝ ገይሩ ድሒሩ ዘውርደሎም ዝነበረ መግረፍቲ'ውን ኣዝዩ የሕምማ ነይሩ'የ። እዚ ኹሉ ዝስመዓን ዝሃስያን ዝሓስያን ዝነበረ ስምዒታት ግን ፣ ብውሽጣን ንበይና'ምበር ንማንም ኣይተካፍሎን'ያ ነይሩ።

ድሕር'ዚ ቅሩብ ፍርዝን ክትብል ምስ ጀመረት ፣ ኣብ ሞንጎ ተሰሮምን ኣቦኣን ዝነበረ ፍልልይ ብግሁድ ክረኣያ ጀመረ። ተሰሮም ኣሽንኳይ ኣብ ልዕሊ ደቁ ፣ ኣብ ኣሕዋታ ዝነበሮ ፍቅርን ተገዳስነትን ሓልዮትን ብርኡይ ትዕዘቦ ነበረት። ከትጉብዝ ምስ ጀመረት ከኣ ፣ ኣብ ልዕሊ እቲ ንሳ እትፈልጦ ቤታዊ ጸቕጥን ጬጬናን ፣ ካልእ ካብኡ ዝዓበየን ዝገደደን ጬጬናን መግዛእትን ከም ዝነበረ ውሱን ሓበሬታን

አፍልጦን ክትረክብ ጀመረት።

ምስ ጐብዘትን ብቝዕ ንቕሓትን አፍልጦን ምስ ደለበት'ያ ፤ እቲ ጫጪና'ቲ አብ
ውሽጢ ገዝአን ቤታን ጥራይ ዘይኮነ ፤ አብ ህይወታን ህይወት አሕዋታን ስድራ
ቤታን ሕብረተሰባን ሃገራን'ውን ብዝኽፍአ መልከዑ ይካየድ ምንባሩ ክትግንዘብን
ክትርዳእን ዝኽአለት። አብዚ ደረጃ ንቕሓትን ርሱን ሃገራዊ ስምዒትን'ዚ ምስ
በጽሐት ፤ እቲ ነዛ ውጽዕቲ አደይ'ሞ ከመይ ገይረ ከሻቕላን ንበይና ከገድፋን
ዝብሉ ስክፍታታትን ሓሳባትን ጥንጥን አቢላ ፤ ንድርብ ጫጪናን መግዛእትን
ከትምክትን ከትድምስስን ንሜዳአ ተዓዘረት። ብናይ ኩላቶም ርድኢት ራህዋ
ሓብቾም'ያ ድሕሪ ኹሎም እትተርፍ ዝብል ስምዒት'የ ነይሩዎም። እዚ አብ
ውሽጠአ እናተሓቈነ ዝረግአን ተዓብዬ ዝዓርግን ዝነበረ ስምዒታት'ዚ ስለ
ከስተብህልሉን ከርእይዮን ዘይከአሉ ኽአ ኢ.የዖም ኩሎም ብዘይተጸበይዎ ስጉምቲ
ራህዋ ስንቢዮምን ተደኒጬምን።

መጀምርያ ራህዋ ዘይአመላ ከይመጸት ምስ ወዓለት ናብ መማህርታን መሓዙታን
እናኸዱ ደሃያ ሓታተቱ። ከይመጸት ምስ አምሰየትን ምስ ሓደረትን ፤ ናብተን
ቀንዲ ቤት ማእሰርቲ ናይ ማርያም ግምቢ ፤ ሓዝሓዝን መደበራት ፖሊስን ከይዶም
ሓታተቱ። ብኽምዚ እናሓታተቱ ከለዉ ግን አልጋነሽ አብ ገዛ ጽሕፍቲ ጕላ
ረኸበት።

ብድሕሪኡ አምላኽ ምስአ ከጓዓዝን ከዕቅባን ከዕውታን ምልማን እንተ ዘይኮይኑ ፤
ካልእ ከገብሩላን ከሕግዝዋን ዝኽእሉ ነገር ስለ ዘይነበረ ፤ ኩሉ ናብ እግዚአቢሄሮም
አዋዲጬም ቀጥ በሉ። ተስፈም ነ'ልጋነሽ ጽቡቕ ገይሩ ሳላ ዘረድአ ኽአ ፤ ንምኽድ
ጓላ ብጸጋ ተቐቢላ ፤ ምሉእ አቾኩሮአ ናብ ናይ ብሩኽን ከብረትን ጕዳይ መለሰት።

ብዘዕባ መጻኢ ብሩኽን ከብረትን ተዘራሪቦምን ተመያይጦምን ፤ ናይ መወዳእታ
ውሳነ ዝወሰድሉ መዓልቲ አኸለ። በቲ አውዲኦሞ ዝነበሩ ውጥን መሰረት ናብ
እምባ ደርሆ አምርሑ። ሽው'ውን እቲ ንኽረን ከኸዱ ከለዉ ዝረአይዎ ዕግርግርን
ዕልቅልቕን አጋጠሞም ፤ ግን ድሮ ለሚዶሞ ስለ ዝነበሩ ጨሪሱ አይሓደሶምን።
ብሩኽን ከብረትን አብ መገዲ ሓንቲ ቃል'ውን ከየውጽኡ'የም ተጓዒዘም።
አብ ናይ እምባ ደርሆ መዘናግዒ ማእከል በጺሐም ፤ መኪናኦም ናብቲ ቀጽሪ
አእተውዋ። ሽው ካብ መኪና ወሪዶም ናብቲ አብ ውሽጢ ዝርከብ በ'ታኽልትን
ዕምባባታትን ዝወቀበ መዕረፊ አምርሑ። መዓልቲ ስራሕ ስለ ዝነበረ ብዙሕ ሰብ

ኣይነበረን። ብሕቱው ቦታ መርየም ከኣ ሓሙሽተኦም ኮፍ በሉ።

ነፍሲ ወከፎም ዘዝድለዮዎም ዝስተ መስተ ኣዘዙ። ድሕሪኡ ኩሎም ኣብ ሓሓሳባቶም ጥሒሎም ትም-ትም በሉ። ስቕታ ምስ ነውሓነ ምስ ከበዶምን ፣ ከሳዕ እቲ ዝኣዘዝዎ ዝመጸሎም ቀንጠመንጢ ቁርጽራጽ ዘረባታት ከልዕሉ ጀመሩ። ልቦምን ኣእምሮኦምን ኣብ ካልእ ስለ ዝነበረ ግን ፣ እቲ ዕላል ናይ ንዋትን ናይ ቃልዓለምን ኮይኑ ክስምዖም ጀመረ። ከምኡ ስለ ዝኾነ እኳ ኩሎም ከይጠዓሞምን ከይተሰምዖምን'ዮም ዘረባ ዝሕውሱ ነይሮም። እታ ኣሳሳይት ነቲ ዝኣዘዝዎ ሒዛ መጺኣ ካብቲ ኩነታት ገላገለቶም።

ኣሳሳይት ንዝኣዘዝዎ ኣብ ቀቅድሚኦም ኮፍ-ኮፍ ኣቢላትሎም ገዲፋቶም ከደት። ሾው ብቕጽበት ናብቲ ዘረባ ኣተዉ።

"እዚ ከብረት ጓልና ጸይራቶ ዘላ ጥንሲ ንጥዕና ከብረት ኮነ ንጥዕና ዕሸል ጉድኣት ዘየስዕብ እንተ ዝኾውን'ሞ ፤ ጉዕዘኡ ቀጺሉ ኣብ ምውላድ ከበጽሕ ዕድሉን ተኽእሎን እንተ ዝህልዎ ፤ ኣነን ኣልጋነሽን ሓንቲ ነገር'ውን ክንብሎም ኣይንኽእልን ኢና ኣብ ዝብል ምርድዳእን መደምደምታን ኢና በጺሕና ኔርና ፣" ብምባል ዘረባኡ ዝጀመረ ተስፎም'ዩ ነይሩ። ኣእዛንን ኣተኩሮን ኩሎም ረኺቡ ከም ዝነበረ ንምርግጋጽ ናብ ኩሎም በብሓደ ጠመተ።

ሾው ፣ "ኣብዚ መርገጺ'ዚ ዘብጽሓና ኽኣ ብሓቂ ክንዛረብ እንተ ኜንና ፣ ኣብ ቅድሜና ካልእ ኣማራጺ'ውን ስለ ዘይነበረና'ዩ። ብሓደኣራቴ እዝግሄር ዝፈጠሮ ህይወትዶ ቅተሉ ክንብለኩም ኜንና?! ተጸሊልናን ዓቢድናን ከምኡ እንተ እንብለኩም'ውን ንስኻትኩም ጨሪስኩም ኣይምሰማዕኩምናን። እዚ ጥንሲ'ዚ ካብ ከይሓሰብናዮን ካብ ከይወጠናዮን ጉንፈ ፣ እዝግሄር ክንፈላለ ከም ዘይደለየና ኢዩ ዘመልከተልና ዘሎ ኢልኩምና ኔርኩም ኣብ ናይ ማርያም ደዓሪት ዝርርብና፣ ሓቀይ እንድየ?" ኢሉ ተስፎም ሕቶኡ ናብ ከብረትን ብሩኽን ኣቕነዐ።

ብሩኽን ከብረትን ብሓባር ብእወታ ርእሶም ነቕነቕሉ።

"ሕጂ ኣነን ኣልጋነሽን ልክዕ ከምቲ ንስኻትኩም ኣብቲ እዋን'ቲ ኣሚንኩሞ ዝነበርኩም እምነት'ዩ ዘሎና። እዝግሄር ሕጂ ነዚ መውሰቦ'ዚ ፣ ጨሪሱ ከም ዘይደለዮ ኢዩ ዘርእየናን ዝሕብረናን ዝመርሓናን ዘሎ ኢልና ፣ ብትሪ ኢና እንኣምን። መጀመርያ ኣብ ሞንጉዪን ኣብ ሞንጉ ሃብቶምን ብዝተኽሰተ ባእስን ቂምታን ኣብ ሞንጉ ተቛርቂርኩም ፣ ነዊሕ ዓመታት ተሳቒኹም ኢኹም። ኩሉ ተሰጊሩ ንመርዓኹም ምቅርራብ እናገበርና ከሎና ኽኣ ፣ ሕማም ከብረት መጺኡ። ንኽብረት ከተድሕኑ ኣብ ዝተገብረ ምርመራ ኽኣ ፣ ኩላትና ዘይተጸበናዮ ኣሕዋት

ምኸንኩም ዘረጋግጽ ውጽኢት ተረኺቡ ፡" ኢሉ ቄላሕታኡ ኣብ ኣልጋነሽ ኣዐረፈ።

ንኽትዛረብ ከም ዝዓደማ እተረደአት ኣልጋነሽ ፡ "ንሕና ኸኣ ንሰላሳ ዓመት ንድሕሪት ተመሊሳ ነብስናን ኩነታትናን ፈቲሽና። እቲ ከሳዕ ሹ ከም መዋዘይ እምበር ከም ከኸውን ዝኸእል ጌርና ሓሲብናዮ ዘይንፈልጥ ነገር ፡ ከነተሓሕዘን ከነገናዝቦን ጀሚርና። ሹ ካልእ መግለጺ ዘይብሉን ከንሃድመሉ ዘይንኽእልን ምኸኑ ተረዲኡና ከንኞቦሉ ተገዲድና። ነቲ ሓቂ'ቲ እንተ ተቐቢልና ግን ፡ ኣሕዋት ዝኾኑ ደቅና ከመራዓዉ ከንፈቅድ ከም ዘይንኽእል ነጊርናኩም። ከብረት ጥንሲ ሒዘ እኸውን'የ ዝብል ዘረባ ምስ ኣምጸአት ግን ፡ እንብሎን እንገብሮን እንውስኖን ሰኣንና። ሕጂ ግን ከምዚ ተሰፎም ዝበሎ ኩነታት እንደገና ተለዋዊጡ ኢዩ ፡" ኢላ ኣዐርፈ ኣበለት። ከትቅጽል እናተጸበየ ኸሎ ፡ ኣልጋነሽ ንተሰፎም ምልከት ገበረትሉ።

ሹ ተሰፎም ፡ "ሰብኣይን ሰበይትን ብመፈስን ብስጋን እተላገቡ ኢዮም። ´ሓደ ኣካል ኢዮም´ም ፡ ድሕሪ ሕጂ ሰብ ኣይፈልዮም ፡´ ዝበሃል´ ውን በዚ ምኽንያት´ዚ ኢዩ። ንስኸትኩም´ውን´ኮ ብስጋን ብመንፈስን ኣምላኸ ኣራኺብኩም ኢዩ። ኩሊት (ህይወት) ተወሃሂብኩም ንዘልኣለም ከም ሓደ ኣካል ኬንኩም ከትነብሩ ኢኹም። ካብዚ ዝዓቢ መግለጺ ፍቅርን ሓልዮትን የለን። ኩሉ ሰብኣይካ ወይ ሰበይትኸ ፡ እዝን ከምዝን ኣይገብረልካን ኢዩ ፡" ኢሉ ናብ ኣልጋነሽ ጠመተ።

ኣልጋነሽ ትቅብል ኣቢላ ፡ "ከምዚ ተሰፎም ዝበሎ'የ። ስለዚ ብኡ ዐገቡን ብኡ ተሓጕሱን ተፈስሑን። ብፍሉይ ሕውነትኩም ኩርዑን ተሓበኑን ዝያዳ ተፋቀሩን። ካብ ኣብ ሞንጉ ሰብኣይን ሰበይትን ዘሎ ስጋዊ ፍቅሪ ፡ ናይ ሕውነት ፍቅሪ ብነባርነቱን ብዕምቀቱን ይንእስ ድዩ?! ስለዚ እዞም ደቀይ እንታይ ገደሽኩም ፡ መንነትኩም ካብ ኣዕሩኸትኹምን ስድራ ቤትኩምን ደቂኹም'ውን ከይተረፈ ከትሓብኡን ከትሕብኡን ምዕች ከትብሉን እትነብሩ! ነጻ ኬንኩም ከሳድኩም ኣቐኒዕኩም ንበሩ። ንዓና ኸኣ ኣብዚ ዕድመና'ዚ ፡ ከምዚ ዝኣመሰልዎ ምስጢር ካብ ደቅናን ስድራ ቤትናን ፈተውትናን ከንሓብእን ከንሕሱን ከም እንነብር ኣይትግበሩና!" በለት ብኣዝዩ ከቲር ስምዒት። ሹ ኣልጋነሽ ናብ መንበራ ናብ ድሕሪት ገጻ ጽግዕ በለት።

ተሰፎም ከም ዝወደአት ምስ ተገንዘበ ፡ "እዚ ጥንሲ'ዚ ብፍቓድን ትእዛዝን ኣምላኸ ፡ ብሕክምና ብዉሑስ ኣገባብ እንተ ተእልዮልና ፡ ድሕሪኡ እንታይ ዘሕብእን ዘተሓባብእን ኣሎኩምን ኣሎናን ድዩ? እዚ ምስ ተወለድኩም ዘጋጠመ ምችሕውዋስ ፡ እንቋዕ ደኣ ኣብ ዘይፈለጣን ኣብ በበዩ ሃገር ዝነብራን ስድራ ቤት ኣየጋጠመ'ምበር ፡ ንስኸትኩም ደኣ እዝግሄር ብጥበቡ ውልድ ካብ እትብሉ

ጀሚርኩም ፡ ኣሸንኳይ ክልቴኹምሲ ኣይ ኩላትኩም እንዲኹም ብሓባር ኣብ ሓደ ገዛ ዓቢኹም። ስልዚ ነዚ ኣሸንኳይ ስድራ ቤትና ፡ ምሉእ ዓለም'ውን እንተ ፈለጠ ፡ ንዓና ይኹን ንዓኸትኩም ከሰከፈናን ከሸግረናን ዝግባእ ጉዳይ ኣይኮነን ።" ምስ በለ ነ'ልጋነሽ ንኸትቅጽል ብርእሱ ምልክት ገበረላ።

ኣልጋነሽ ብግደኣ ፡ "ንዓኸትኩም እዞም ደቀይ እቲ ጐይታ ነናትኩም መጻምድቲ ኣቐሚጡልኩም ኣሎ። ዋላ ንሕጂ ብዙሕ እንተ ኣሳቐየኩምን ብዙሕ እንተ ኣጉሃየኩምን ንሓዋሩ ግን ከሕጉሰኩም ኢዩ። ካብቾም እዝግሄር ፍቓዱ ኹዪኑ ዝዕድለኩም መጻምድትኹም ንላዕሊ ፡ ክልቴኹም ነንሕድሕድኩም ንምሉእ ህይወትኩም ዝያዳ እናተፋቐርኩም ከተነብሩ ኢኹም። ፍቕሪ'ኮ ጥራይ ስጋዊ ኣይኮነን። ወረ ልዕሊ ስጋዊ ፍቕሪ መንፈሳዊ ፍቕሪ'ዩ ዝዓብን ዝዓሙቝን ዝድልድልን። ኣደ ንውላዳ ዘለዋ ፍቕሪ ካብ ንሰብኣያ ዘለዋ ፍቕሪ እንተ ዘይዓዚዙ ይንእስ ድዩ?!" በለት ኣልጋነሽ ብዕቱብ እምነትን መንፈስን። ብግደኣ ንተሰፎም ምልክት ገበረትሉ።

ተሰፎም ትቕብል ኣቢሉ ፡ "ስለዚ እዞም ደቀይ ከምዚ ኣደኹም ኣልጋነሽ ከትብሎ ዝጸንሐት ፡ ምእንቲ ስጋዊ ፍቕሪ ጥራይ ከትረኽቡ ፡ ንስኸትኩምን ደቅኹምን ንሕናን ኩላትና ንምሉእ ህይወትና ኣብ ተነጽሎ ክንነብር ኣይትፍረዱና። ብሓቂ ክንዛረብ እንተ ኼንና ብመውስቦ ይኹን ብዘይመውስቦ ፡ ንኸብረት ንመዋእላ ቅድሚ መጻምድታ ጠጠው ዝብለላን ዝሓልፈላን ብሩኽ ኢዩ ክኸውን። ንዓኸ ብሩኽ ከኣ ቅድሚ ዝኹሉ ንመዋእል ጠጠው እትብለልካን እትሓልፈልካን ከብረት ኢያ ከትከውን ፡" ምስ በሎም ተሰፎም ትንፋሱ ከመልስ ኣዕርፍ ኣበለ።

ኣልጋነሽ ዝወድአ መሲልዋ ከትምልኣሉ ከም ዝደለየት ዘስተብሃለ ተሰፎም ፡ "እዛ ዝጀመርኩዋ ከውደኣሎም ፍቓድለይ ኣልጋነሽ ሓብተይ።"

"ቀጽል ደሓን ተሰፎም ሓወይ።"

"ከብረት ይሃብኪ ኣልጋነሽ ሓብተይ። ሕጂ ብሓቂ እዚ ከትገብሩልና እንሓተኩም ዘሎና ቀሊል ወይ ንእሽቶይ ነገር ኣይኮነን። ነዚ ዓቐበት'ዚ ከትወጽኡን ከትብድህኡን ፡ ዓቕሊ ጽበትን ጓህን ብስጭትን ትካዘን ከገጥመኩም'ዩ። ክንደይ ለይቲ ድቃስ ከትስእኑን ፡ እህህ ከትብሉን ከትብሁርሩን'ውን ከትሓድሩ ኢኹም። እዚ እህህታ'ዚ ግን ንኸንቱ ኣይክኸውንን'ዩ። እዚ ምእንታና ወለድኹምን ፡ ምእንቲ ምልእቲ ስድራ ቤትኩምን ፡ ምእንቲ እቶም እንተ ዝወለዱ ኣብ ተነጽሎ ከዓብዩ ዝነበሮም ደቅኹምን ከትክፍልዎ እትሕተቱዎ ዘሎኹም መስዋእቲ ኢዩ ፡" ኢሉ ትንፋሱ ከመልስ ኣዕርፍ ኣበለ።

ሽዑ ኣዒንተን ስምዒተን ከጨጻር ስለ ዝደልየ ድንን ኢሉ ትም በለ።
ክልተ - ሰለስተ ግዜ ብዓሚቕ ምስ ኣስተንፈስ ከምዚ ብምባል ቀጸለ ፡ "ብሓጺሩስ
ንእናን ፡ ንደቅኹምን ንስድራ ቤትኩምን ከትሓልፉልናን ከትሰውኡልናን ኢና
እንሓተኩም ዘሎና። ንሕና ኽኣ ኣሽንኳይ ነዚ ድሕሪ ቃንዛን ስቓይን እትሰግርዎ
ፍቕራዊ ስምዒት ፡ ምእንታና ህይወትኩም' ውን ከም እተወፍዩልናን እተሓልፉልናን
ርግጸኛታት ኢና! ስለዚ እዚ ጉዳይ' ዚ ኣስራሕኩምን ዓቲብኩምን ሕሰብሉ።
እዚኣ ጥራይ ከትገብሩልና ኢና እንሓተኩም ዘሎና። ድሕሪ እዚኣ ኣብ ምርጫ
ህይወትኩም ኣቲና ፡ እዚኣ'ባ ግበሩልና እቲኣ'ባ ድገሙልና ከም ዘይንብለኩም
ብስም ኣደኹም መድህን እማባጽዓልኩም። ሕጂ ሕራይ ከትብሉና ኢና እንልምነኩም
ዘሎና። ሕራይ በሉና እዞም ደቀይ ፡ ጐይታ ሕራይ ይበልኩም።"

ተስፎም ነዘን ናይ መወዳእታ ቃላት ከዛረብ ከሎ ፡ ካብ ከቱር ስምዒት እተላዕለ
ድምጹ ከጨራረጽን ፊፍ - ፊፍ ከብልን ጀሚሩ ነበረ። ዘረባኡ ኣብ ኣጋ ምዝዛሙ
ኸኣ ፡ ብየማነ ጸጋም ምዕጉርቱ ንብዓት ወረር - ወረር ከብሎ ጀመረ። ኣልጋነሽ
ድሮ ፊፍ - ፊፍ ከትብልን ብዘይድምጺ ከትነብዕን ጀሚራ ነበረት። ብድሕሪኡ ኣብ
ስምዒት ኣትያ ብስርዓት ከትበክን ከትንኽነኽን ጀመረት። መንእሰያት ነዚ ምስ
ረኣዩ ምኽኣል ሰኣኑ። ኩሎም ሓሙሽተኦም ኣብ ስምዒት ተነቊቖም ንብዓቶም
ፈነዉዎ። ካብ ኩሎም ዝእብድን ዝገንሕን ተሳእነ። ሰብ ቀሊሕ - ምሊሕ ከብሎም
ከም ዝጀመረ ዘስተብሃለ ተስፎም ፡ ስምዒቱ ቀልጢፉ ተጨጻረ። ነ'ልጋነሽን
ንደቁን ከኣ ሓደ ብሓደ ኣበዶም።

እዚ ናይ ስምዒት ማዕበል ምስ ሃድአ ፡ ከብረትን ብሩኽን ከምዛ እተሰማምዑ
ብሓባር ሓፍ በሉ። ተቓዳዲማ ከብረት ኣብ እግሪ ተስፎም ትንብርከኽ ኢላ ክልተ
ኣእዳው ተሳለመቶ። ተስፎም ብቕጽበት ብድድ ኢሉ ንኽብረት ሓፍ ምስ ኣበላ
ብኽልተ ኣእዳው ጥምጥም ኣቢላ ሕቑፍ ኣበለቶ።

ልክዕ ኣብቲ ከብረት ትንብርከኽሉ ዝነበረት እዋን ፡ ብሩኽ ከኣ ናብ ኣልጋነሽ
ከይዱ ትንብርከኽ ኢሉ ነ'ልጋነሽ ኣእዳው ተሳለማ። ኣልጋነሽ ብቕጽበት ትንስእ
ኢላ ብኽልተ ኣእዳው ጥምጥም ኣቢላ ሓጨፈቶ።

ድሕሪ ውሱናት ካልኢታት ከብረት ንተስፎም ገዲፋ ናብ ኣደኣ ኣልጋነሽ ከትከይድ
ከላ ፡ ብሩኽ ከኣ ነ'ልጋነሽ ገዲፉ ናብ ኣቦኡ ተስፎም ከደ። ክልቲኦም ከከሳደም
ሓኒቔም ስዓምዎም። ወለዲ ኽኣ ዓጸፍኡ መለሱሎም።

ሽዑ ሳምሶን ብድድ ኢሉ ፡ መጀመርያ ናብ ተስፎምን ብሩኽን ከይዱ ንኽልቲኦም
ብኽልተ ኣእዳዉ ሓቑፉ ኣበሎም። ድሕሪኡ ንኣኣቶም ገዲፉ ናብ ኣደኡን ከብረትን

ከይዱ'ውን ንኣኣተን ዕትዕት ኣቢሉ ሓጨፈን። ከምዚ ኢሎም ኩላቶም ብስምዒት ተዋሒጦም ፣ ውሱናት ካልኢታት ምስ ሓለፉ ፣ ኣብ ውሽጢ ገዛኣም ዘይኮነስ ፣ ኣብ ናይ ህዝባዊ መዘናግዒ ቦታ ከም ዝነበሩ ምስ ዘከሩ ፣ ኩላቶም ብሓንሳብ ኣእዳኦም ስሒቦም ተፈላለዩ። ንየማን ጻጋሞም ቄሊሕ-ምሊሕ ድሕሪ ምባል ከኣ ፣ ቅሩብ ሕፍረት ከም ዝተሰምዖም ብዘርኢ ኣካላዊ ቋንቋ ኣብ በቦታኦም ኮፍ በሉ።

መግለጺ ከቱር ስምዒት ክልቲኦም ደቄም ምልከት ናይ ጽቡቕ ምኳኑ ዝገምገመ ተሰቦም ፣ እታ ጉዳይ ብውዕይታ ኸላ እቲ ውሳነኣም ካብ ቃላቶም ከሰምዖ ተሃወኸ። ብኡ መሰረት ጉሮሮኡ ከስሕል ፣ "እሕሕ ፣" ድሕሪ ምባል ፣ "ነዚ ዘርኣኹምና ፍቅርን ክብረትን ነመስግነኩም እዞም ደቀይ። እዚ ንዓኸትኩም ሕጂ'ውን ከንድምንታይ ከቢድ ነገር ምኳኑ ይርደኣና ኢዩ። እቲ እትወስድም ውሳነ'ውን ናይ ግድን መስዋእቲ ከትከፍሉ ምኳንኩም ንግንዘቦ ኢና። ሕጂ ኣብዚኣ ቦታ እዚኣ ከሎና እስከ እቲ ንጹርን ናይ መጨረስታን መልስኹም ኣስምዑና።"

ከብረትን ብሩኽን ብቕጽበት ተጠማመቱ። ብድሕሪኡ ኸኣ ክልቲኦም ናብ ሳምሶን ሓዎም ጨላሕታ ሰደዱ። ሽዑ ብሩኽን ከብረትን እንደገና ብዓይኖም ተዘራረቡ። ከብረት ቀልጢፉ ብሩኽ ንኽዛረብ ብርእሳ ገይራ ምልከት ገበረትሉ።

እቲ ወለዶም ዘልዓሉዎ ነጥብታት ብሓቂ ልቦም ከም ዝተንከፎም ብሩኽ ገለጸሎም። ይኹን'ምበር ናይ መወዳእታ መልሲ ቅድሚ ምሃቦም ግን ፣ ምስ ከብረት ኣብ በይኖም ከመያየጡን ከዘራረቡን ስለ ዘድልዮም ፣ መልሲ ንጽባሒቱ ከህብዎም ከም ዝሓይሽ ነገሮም። ከብረት ብግደኣ ርእይቶኣ ምስ ናይ ብሩኽ ከም ዝሰማማዕ ሓበረቶም።

ተሰቦም እታ መልሲ ንሽዑ ከትኮነሎም ስለ ዝደለየ ፣ ካብ ንጽባሒቱ ዘመሓላልፍዎ ዋላ ንሓደ ሰዓት ዝኽውን ፍልይ ኢሎም ከዘራረቡ ፣ ከሳዕ ዝርርቦም ዝውድኡ ክጽበዮም ጸገም ከም ዘይኮኖም ነገሮም። ብሩኽ ግን እቲ ኣርእስቲ መኣዝን ናይ ሓዋሩ ርከቦምን ህይወቶምን ናበይ ገጹ ከም ዝወድቕ ፣ ዝቅይስን ዘጽድቕን ናይ መወዳእታ ውሳነ ስለ ዝኾነ ፣ ቀስ ኢሎምን ግዜ ወሲዶምን ነቲ ሓሳብ ከዘትይሉ ከም ዝደልዩ ሓበሮም።

ኣልጋነሽ ብግደኣ ሓደ ሰዓት ዘይኮነ ዋላ ልዕሊኡ እንተ ኾነ'ውን ከጽበይዎም ከም ዘይጽገሙ ፣ እታ መልሲ ግን ንሽዑ መዓልቲ ከትኮነሎም ኣጥቢቓን ኣትሪራን ለመነቶም። ተሰቦም ብግደኡ እንደገና ኣጥቢቑ ተማሕጺኖምን ለመኖም። ሽዑ መንእሰያት ናይ ወለዶም ልመና ከቢድዎም ፣ ከይፈተዉ በሉ ፍቓድኩም ይኹን

ኢሎም ሕራይ በሉዎም። ብሩኽን ክብረትን ካብቲ ዝነበሩዎ ቦታ ወዲኦም ናብ
ካልእ ቦታ ከዱ። ኣብቲ ቦታ ኸኣ ተስፋምን ኣልጋነሽን ሳምሶንን ንብይኖም ተረፉ።

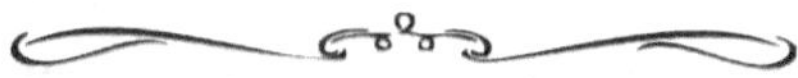

ሰለስቲኦም ኣእምሮኣምን ኩለንትናኣምን ፤ ገና ኣብ ካልእ መዓልቦ ዘይረኸበ
ተንጠልጢሉ ዝነበረ ኣዝዩ ዕቱብ ጉዳይ ስለ ዝነበረ ፤ ዝጠቅምን ዝጥዕምን ዕላል
ከዕልሉ ኣይከኣሉን። ስዓታት ዘይከውናስ መዓልታት ድሕሪ ዝመሰላኦም ግዜ ፤
ብሩኽን ክብረትን መጺኦም ካብቲ ናይ ትጽቢት ስቓዮም ገላገሉዎም። ተስፋም
ስዓቱ እንተ ረኣየ ደቒም ካብ ዝገድፍዎም ፤ ሓደ ስዓትን ፈረቓን ጥራይ'የ ሓሊፉ
ነይሩ። ንኣኣቶም ግን ምሕላፍ ዝኣበያኦም መዋእል'የን ኮይነናኦም ነይረን።

ኣዒንቲ ክብረት ደም ሰሪበን ምንባረን ተስፋም ኣስተብሃለ። ብተመሳሳሊ ኣዒንቲ
ብሩኽ'ውን ጕህሪ መሲለን ምንባረን ረኣየ። ኣዒንቶም ጥራይ ዘይኮና ኩሉ
ኩነታቶም'ውን እንተ ኾነ ፤ ኣዝዩ ካብድብድ ከም ዝበሎምን ተጻዒንዎም
ምንባሩን ተስፋም ተገንዘበ። ንተስፋም ምልክት ኮነ ትርጉም ናይቲ ኣብ ደቼም
ዝርእዮ ዝነበረ ኩነታት ፤ ብንጹር ከምዚ ኢዮ ክኸውን ዝኽእል ካብል ኣየኽኣሎን።

ሽቡ ብውሽጡን ምስ ነብሱን ከሓስብን ከዛረብን ጀመረ ፤ "ሕራይ ከብልዎም
ብምውሳዎም ተጻዒዕንዎም ዝነበረ ጕህን ብስጭትን ኸኾነሎም ብልቡ ተመነየ።
ግን ከኣ በቃ ከምታ ዘሎናያ ኢና ክንጽል ከብሉና ስለ ዝወሰኑ'ሞ ፤ እቲ ንዓና
ክንድምንታይ ከጕህየና ምኳዎም ኣስኪፍዎምን ከቢድዎምን እንተ ኾነኸ ኢሉ
ኸኣ ሓሰበ። ብድሕሪኡ እንታይ ገዲሱኒ ኢዮኽ ሓንጕለይ ብእንተታት ዝበጽበጽኩ ፤
ድሕሪ ቅሩብ ቁርዱ ከንፈልጦ ንኽእል ከሎና ፤" በለ። ከምኡ ኢሉ ንነብሱ ከረድኣ
ይፈትን'ምበር መንፈሱ ግን ከረግኣሉ ኣይከኣለን።

ካብ ዓቕሊ ጽበት እተላዕለ ፤ ቡንን ሻህን ንዓልሳይ ግዜ ዝኽውን ኣዚዘም
ነበሩ። ኣሳሳይት ነቲ ዝኣዘዝዎ ኣብታ ብሩኽን ክብረትን ኣተሓወሱዎም ግዜ
ኣምጽኣትሎም። ኣሳሳይት ዘምጽኣቶ ንብረት ከሳዕ እተቀማምጦን ገዲፋቶም
እትኸይድን ዓቕሎም ጸበዎም። ተስፋም መቓምጦኡ ከም ዝኾርኩሓ ኣዕጠጠየ።
ኣልጋነሽ ብወገና ነ'እዳዋ መቖመጢ ከም ዝሰኣነትለን ፤ ሓንሳብ ኣብ ጕና ፤
ሓንሳብ ኣብ ገጻ ፤ ሓንሳብ ኣብ ሕቖ'ፍኣ እና'ቖመጠት ኣዕለበጠተን። ጸጸኔሓ
ኸኣ በብተራ ፤ ሓንሳብ ትጭብጠን ሓንሳብ ትዝርግሐን ነበረት። ገለ ፍንጪ እንተ
ረኸበት ግዲ ኾይና ኸኣ ብቘጻሊ ዓይኒ ዓይኒ ደቃ ትጥምት ነበረት። ኣብ ከቢድ
ወጥርን ጭንቀትን ኣትያ ከም ዝነበረት ኣብ ኣካላዊ ቋንቋኣ ብግልጺ ይንበብ ነበረ።

ቅሩብ ካብ ኩሎም ርግእ ኢሉ ዝነበረ ሳምሶን ኢዩ ነይሩ።

ኣሳሳይት ምስ ገደፈቶም ፤ ነቲ ተቐሪቡ ዝነበረ ዋላ ሓደ' ውን ዘቕለበሉ ኣይነበረን። ሰለስቲኦም ዓይን ዓይኒ ብሩኽን ክብረትን ቀው ኢሎም ከጥምቱ ጀመሩ። ነዚ ዘስተብሃለን ዘስተውዓለን ብሩኽ ፤ ከምዚ ብምባል ዘረባኡ ጀመረ ፤ "ዘረባ ኣየነውሓልኩምን' የ። ብሓፈሻ ኣባና ኣብ ኤርትራውያን ፤ ምእንቲ ወለድኽን ኣሕዋትካን ስድራ ቤትካን ሕብረተሰብካን ምስዋእ ፤ ሓደ ካብ ናይ ህዝብናን ሕብረተሰብናን ክብርታት ኢዩ። ንሕና ግን ህይወት ከነውፍን ህይወትና ከንስውእን ኣይኮነናን እንሕተተ ዘሎና። ንዝኾነ ብደገ ዝርእዮን ዝፈርዶን' ሞ ኽኣ ንዘይበጽሐ ሰብ ፤ እዚ ናትና ነገር ከም ቀሊል ጸገም ዘይብሉ መጻወቲ ነገር ገይሩ እንተ ወሰዶ ኣይፍረዶን' የ። በቲ ኣተሓሳስባ' ቲ ኽኣ ብተዛማዲ ናትና ኣዝዮ ይሓይሽ ከበሃል ይክኣል' የ። ንዓና ግን ካብዚ ሕጂ ተቐሪቡልና ዘሎ ምርጫ ናይ ህይወት ፤ ህይወትና ምውፋይ ምቅለለልናን ምሓሸናን ነይሩ። እዚ ኣማራጺ' ዚ ምስ ክብረት ተዘራሪብናሉን ተኽቲዕናሉን ኢና ፤" እናበለ ኽሎ ድምጹ ከቤራረጽ ጀመረ።

ድሮ ክብረት ንብዓታ ብየማነ ጸጋም ምዕጐርታ ከውሕዝ ጀሚሩ ነበረ። ነዚ ዘስተብሃለ ብሩኽ ስምዒቱ ከቤጻጸር ናይ ዘለዎ ይቃለስን ይጋደልን ነበረ። ሽዑ ሰለስተ ኣርባዕተ ግዜ ነዊሕ ትንፋስ ስሕብ - ስሕብ ምስ ኣበለ ፤ ዘረባኡ ከምዚ ብምባል ቀጸለ። "ኣብ ዓዲ እንግሊዝ ከሎና ካብ ሳምሶን ሓውና ተሓቢእና ፤ እንድሕር ኩሉ ነገር ምስላጥ ኣብዮና ብጥሙራትናን ብፍቑራትናን ፤ ማዕረ ካብዛ ዓለም ምስንባት ይሓይሽ ኢልና ወጢንናን ወሲንናን ተመባጺዕናን ኔርና ኢና።"

"በስምኣብ በወልድ በመንፈስ ቅዱስ! ዋይ ኣነ ደቀይ!" ኢላ ሓፍ በለት ኣልጋነሽ ፤ ከምዛ ሽዑ ነብሶም ዘሕልፉ ዘለዉ ኾይኑ እናተሰምዓ።

"ደሓን ጽንሒ ደአ ኣልጋነሽ ሓብተይ ፤ ኣወድእዮ ኣጀኺ ኣይተስንብዲ ፤" ኢሉ ብኢዳ ሕዝ ኣቢሉ ኮፍ ኣበላ ተሰፎም።

ሳምሶን' ውን ነዚ ሓሳብ' ዚ ሰሚዕዎ ስለ ዘይፈልጦ ከም ዝስንበደ ኣብ ገጹ ይንበብ ነበረ። ካብ ብሩኽ ናብ ክብረት ፤ ካብ ክብረት ናብ ብሩኽ ደጋጊሙ ጠመተ። ብሩኽን ክብረትን ግን ኣብ ስምዒት ተዋሒጦም ፤ ክልቲኦም ርእሶም ደፍኦም ስለ ዝነበሩ ናይ ሳምሶን ቤላሕታ ኣየስተብሃልሉን።

ሽዑ ብሩኽ ነቲ ከስዕሮ ዝደለ ዝነበረ ስምዒቱ ተቤጻጺሩ ቅንዕ በለ። ቅድም ናብ ኣቦኡ ተሰፎም ፤ ደሓር ከኣ ናብ ኣልጋነሽ እናጠመተ ፤ "ደሓን ኣጀኺ ማማ ኣልጋነሽ። እቲ ዘሕለፍናዮን ኣብ ከመይ ዝኣመሰለ ወጥርን ጭንቀትን ኣቲና ከም ዝነበርና ክነግረኩም ስለ ዝደለኹ' የ' ምበር ሕጂ ኣብኡ የሎናን። ኣብቲ ሓሳብ' ቲ

ዘየሎናዮ ምኽንያት ከኣ፡ ነቲ ቃንዛናን ስቓይናን ንሱ መፍትሒ ኣይኮነን ኢልና ስለ ዝሓሰብናን ስለ ዝኣመንናን ኣይኮንናን። እንታይ ደኣ ንሕናስ ሕራይ ህይወትና ብምጥፋእን ብምሕላፍን፡ ስቓይናን ቃንዛናን ካብ ነብስና ቀንጢጥና እህህታና መወዳእታ ምገበርናሉ፤ ግን እቲ ናትና ቃንዛን ስቓይን ካብ ነብስና ኣሊና፡ ንወለድናን ነ'ሕዋትናን ንስድራ ቤትናን ከነስክሞምን፡ ክንድርብየሎምን እንዳኣልና ኢልና ስለ ዝሓሰብና ኢና ካብቲ ውሳነ'ቲ ተመሊስና!"

ተስፎምን ኣልጋነሽን ብመጠኑ ኸኣ ሳምሶን፡ ናይ ሩፍታ ትንፋስ ከስተንፈሱ ብግልጺ ተራእዩን ተሰምዑን። እታ ዘረባ ኣብ ወሳኒት መድረኽ በጺሓ ስለ ዝነበረት ግን፡ ዋላ ሓደ ካብኦም'ውን ንብሩኽ ከቋርጾ ኣይደፈረን። ብሩኽ ሕጂ'ውን ኣብ ከቢድ ስምዒት ከም ዝነበረ፡ ግን ከኣ ስምዒቱ ክቈጻጸር ይቃለስ ምንባሩ ይረኣ ነበረ።

ብሩኽ ሽው ቅንዕ ኢሉ ብዝተቘራረጸ ቃላት፡ "ዝኾነኾይኑ ነቲ ቃንዛን ስቓይን እህህታን፡ ንሕና'ምበር ንስኻትኩም ክትስከምዎ ስለ ዘይግባእ፡ መታን ካብ ጓህን ተነጽሎን ክትድሕኑ ፍቓድኩም ክንመልእ ወሲንና ኣሎና፡" ምስ በለ ስምዒቱ ካብ ቁጽጽሩ ስለ ዝወጸ ንብዓቱ መሊሱ ወሓዘ። ተስፎም ብድድ ኢሉ ንብሩኽ ወዱ ዕትዕት ኣቢሉ ሓቖፎ። ኣልጋነሽ ከኣ ብተመሳሳሊ ናብታ ብንብዓት ተሓጺባ ዝነበረት ጓላ ከይዳ ጥምጥም በለታ።

ተስፎምን ኣልጋነሽን ነንደቈም ሓቝፎም ከለው ከይተፈለጦም ኣዒንቶም ክውሕዛ ጀመራ። ሓንሳብ ኣብ ንብዓት ምስ በጽሑ፡ ብዘይስክፍታ ከም ቈልዑ ክሳዕ ገጾም ዝጥልቂ ነብዑ። ብኽያት ተስፎምን ኣልጋነሽን፡ ናይ ሓጐስን ናይ ሩፍታን ናይ ምስጋናን ኢዩ ነይሩ።

ከምዚ'ሎም ኩሎም ኣብ ከቢድ ስምዒት ተዋሒጦም፡ ዉሰውነቶም ተጣሚሩን ንብዓቶም ተሓዋዊሱን ንኻልኢታት ጸንሑ። ተስፎም ሽው'ውን ሰባት ናብኣታቶም ገጾም ክጥምቱን ከስተብህሉሎምን ጀሚሮም ምንባሮም ኣስተውዓለ። ሽው ግን ሰባት እንታይከ ክብሉና'ዮም፡ እንታይከ ክሓስቡ'ዮም ዝብል ኣተሓሳስባ ኣይዓጠጦን። ደቃይቕ ክነሰን ነዊሕ ዝመስል ግዜ ምስ ሓለፈ፡ ኩላቶም በብቕሩብ ስምዒቶም ክቈጻጸሩ ጀመሩ።

ኩሎም ተፈናቲቶም ኣብ መንበሮም ኮፍ ምስ በሉ፡ ክብረት ገለ ክትብል ትደሊ እንተ ኾይና ብሩኽ ብዓይኑ ሓተታ። ክብረት ከኣ ቃል ከየዉጽኣት ክትዛረብ ከም ዘይትኽእልን ከም ዘይትደልን፡ ንሱ ክቕጽልን ክዉድእን በ'እዳዋን በ'ዒንታን ሓበረቶ።

ሸዑ ብሩኽ ፡ "ምእንቲ ንዓና ክሕሸናን ከጥዕመናን ፡ ብስጋን ብመንፈስን ክንረውን ፡ ንዓኻትኩም ከንደይ ኣሕሊፍኩም ኣብዚ ንዘብጻሕኩምና ወለዲ ረጊጽና ከንገብሮ ነብስና ኣይገበረልናን፡፡ ከምቲ ዝበልኩኹም ከንቅንዞን ፡ እህህ ጥራይ ከንብልን ከመስየናን ከዓርበናን'የ፡፡ ሰላም ቀትርን ድቃስ ለይትን ከንስእናን ከሕረመናን'የ፡፡ ንዕኡ ግን ከንስከሞን ከንገጥሞን ድልዋት ኢና ፡" በለ ኣብ ሞንጎ-ሞንጎ ሕንቅንቕ እናበለን ድምጹ እናተሰባሪረጸን፡፡

ድንን ኢሉ ትንፋሱ ከመልስን ስምዒቱ ከቤጻጽርን ድሕሪ ምግዳል ፡ እንደገና ቅኑዕ ኢሉ ፡ "ልብና ከስንብርን ከሓርርን ም፟ኺኑ ኣየጠራጥረናን ኢዩ፡፡ ኣሸንኳይ ካልእ ጾታ ከነፍቅርስ ፡ ልብና ዝኸሎነ ዓይነት ፍቕሪ ዘየፍቅድን ዘየብቁልን ምድረበዳ ከኸውን ም፟ኺኑ'ውን ንፈልጥ ኢና፡፡ ነዚ ኹሉ ግን ከንገጥሞን ከንሰግሮን ወሲንናን ተዳሊናን ኣሎና፡፡ ግን ከትውስንን ከትገብሮን ሓደ ስለ ዘይኮነ ኣዝዩ ከኸብደና ኢዩ፡፡ ስለዚ ሓገዝኩም ከድለየና ኢዩ፡፡ ቀንዲ ኸኣ ሓገዝ ኣሕዋትና ሳምሶንን ትምኒትን ፡" ምስ በለ ዘረባኡ ከም ዝወድአ ብዘርኢ ኣካላዊ ቋንቋ ፡ ገጹ ብኸልተ ኣእዳዉ ሸፍን ኣቢሉ ተነኽነኸ፡፡

ብሩኽ ምስ ወድአ ሳምሶን ብድድ ኢሉ ንኸልቲኦም ኣሕዋቱ በብተራ ጥምጥም በሎም፡፡ ከልቲኦም ወለዶም ብድድ ኢሎም ከኣ ፡ ኣብ ትሕቲኦም ትንብርከኽ ኢሎም ነቶም ልቦም ዝበልዖም ደቄም ከእብዋም ጀመሩ፡፡

ኣብቲ ሰዓት'ቲ ተሰፍምን ኣልጋነሽን ኣብ ከንዲ ከልቲኦም ደቄም መዓርኦም ከንድኡ ስቓይ ከወርዶም ከርእይዎም ፡ ሕራይ ኢሎም ካብ ስቓዮም ከናግፍዎም ምመረጹን ምደለዮን፡፡ ከልቲኦም ከም ወለዲ መጠን ነቲ ደቄም ዝሓልፍዎ ዝነብሩ ስቓይ ባዕላቶም ከስከምዎ እንተ ዝኸእሉ ፡ ንሓንቲ ካልኢት'ውን ኣይምተወላወሉን፡፡ ንደቄም ካብቲ ዝርእይዎ ዝነብሩ ቃንዛ ከናግፉ ብህይወት'ውን እንተ ዝሕተቱ ፡ ህይወቶም ከሓልፉሎም ነግፈረግ ከይበሉን ከይተጠራጠሩን ምወፈዮሎም፡፡ እንታይ'ሞ ከኸውን ፡ ደቄም ብዘይምጻእንዶ መጺኦምም፡፡ ኣብ ከምዚ ስምዒት ኣትዮም ልቦም ከትጨደድን ከትኮስን ከሳዕ እትደሊ ኣብ ከልተ ስምዒት ተቖርቆሮም ተዋጠሩ፡፡

እቲ ናይ ስምዒት ማዕበል በብቅሩብ ምስ ዘሓለ ፡ ተስፍምን ኣልጋነሽን እናተቋባሉ ንደቄም ዘላዎም ኣድናቔትን ምስጋናን ኣውሓዙሎም፡፡ ኣብ ከንዲ ወለዶም ዝሓልፉን ዝስዉኡን ፡ ከም ከልቲኦም ዝኣመሰሉ ፈቃራትን ሓለይትን ሓላፍነታውያንን ደቂ ከወልዱን ከዕበዮን ብምብቅያም ፡ ንኣኣቶምን ንእዝግሄሮምን ኣመስገኑ፡፡ ኩሉ ኣብ ዓለም ዘሎ ምረቓ መረቕዎምን ኩሉ ሰናይ ትምኒቶም ገለጹሎምን፡፡ ኣብ መወዳእታ ኸኣ ከምታ ብህይወት ዘሓልፉሎም ዝነብሩ ፡ ንዓቶም ብግደኦም ከሳዕ ብህይወት ዘለው ፡ ኣብ ጽቡቕን ሕማቕን ካብ ጐናም ከም ዘይፍለዩ ተመባጽዑሎም፡፡

ድሕር'ዚ ኣምላኽ ከሰንዮምን ከሕልዎምን ፡ ነቲ ጽንኩርን ፈታን ግዜ'ቲ ኽኣ ምስኦም ጠጠው ከብልን ትምኒቶምን ሃረርታኦምን ገለጹሎም። ከምዚ ዝኣመሰለ ቅዱስን ተባዕን ግብሪ ፡ ብኣምላኽ ከይተኸፍልካዮ ስለ ዘይሓልፍ ፡ ናይ ግድን ጻማኦምን መስዋእቶምን ከኽፈሎም ምኞዮም ኣረጋገጹሎም። ብድሕር'ዚ ጉዳዮም ወዲኦምን ዛዚሞምን ካብ እምባ ደርሆ ነ'ስመራ ከምልሱ ተበገሱ።

ኣብ መገዲ ከለው መታን ኣምላኽ ነቲ ናይ ደቼም ተባዕ ውሳነ ከምርቘሎምን ከሕወሰን ፡ ኣብታ መጀመርያ ዝረኸብዋ ቤተ ክርስትያን ከይዶም ከሳለሙን ፡ ጸሎቶም ከዕርጉን ሞባእ ከቕምጡን ኣልጋነሽ ሓሳብ ኣቕረበት። ብኡ መሰረት ኣብ ዓዲ ኣበይቶ ናብ እትርከብ ቤተ ክርስትያን ተኣልዮም ጸሎቶም ኣዕሪጎም ሞባእ ኣቐመጡ።

ብድሕር'ዚ ንኽብሪ እታ መዓልትን እቲ ውሳነን ፡ ኣብ ቤት መግቢ *ካራሽል* ምሳሕ ንኽጋብዘም ተሰፎም ዕድመ ኣቕረበሎም። ኩሎም ነቲ ዕድመ ብሕጉስ ተቐበሉዎ። ንቦታ ዝምልከት ግን ከብረትን ብሩኽን ብሓባር ናብ *ካራሽል* ዘይኮነስ ናብ ካልእ ከወስዶም ተማሕጸንዎ።

ሳምሶን ሓሳባት ኣሕዋቱ ቀልጢፉ ተገንዘቦ። ኣብ ጉዕዞ ፍቕሪ ከብረት ሓብቱን ብሩኽ ዓርኩን ፡ ቤት መግቢ ካራሽል ፍሉይ ተዘከሮታት ኢዩ ነይሩዋ። ሳምሶን ከልቲኦም ብኽምኡ ምኽንያት ምኞዮም *ንካራሽል* ዘይመረጽዋ ተረደአ። ሽዑ ሳምሶን'ውን ተቐላጢፉ ናብ ካልእ ቤት መግቢ ከኽዱ ደገፉ ገለጸ። ተሰፎም ምኽንያት'ኳ እንተ ዘይተረደአ ፡ ኣሽንኳይ ኣብ ካልእ ቦታ ናይ ኣስመራ ዝርከብ ቤት መግቢ ፡ ዋላ ካብ ኣስመራ ወጻኢ እንተ ዝመርጹ'ውን ደስ እናበሎ ድልየቶም ምፈጸመሎም ነይሩ'የ። ብኡ መሰረት ካልእ ቦታ ባዕላቶም ንኽመርጹ ሓተቶም።

ብሩኽን ከብረትን *ኣልቤርጐ ኢታልያ* (ሆቴል ከረን) መረጹ። ኣብቲ ዝመረጽዋ ቤት መግቢ ከይዶም ጽቡቕ ተመስሐ። እናበልዑ ፎኮስቲ ዕላላት ኣዕለሉ። መግቢ ምስ ተለዓለ ብዛዕባ እቲ ዝወሰድዋ ውሳነ ፡ ንስድራ ቤት መዓስን ብኽመይን እንታይን ከንደይን እንተ ነገርዋም ከም ዝሓይሽ ተላዘቡን ተመያየጡን። ኣብ መወዳእታ ኽኣ ንመዓልቱን ቅደም ተኸተሉን ኣገባቡን ዝምልከት ፡ ንጹር መደብ ቀይሶምን ሰሪያምን ወድኡ። ብድሕሪኡ ዕዉት መዓልቲ ስለ ዘውዓሎም ንእዝግሄሮም ኣመስጊኖም ፡ ብሰላም ናብ ቤቶም ተመልሱ።

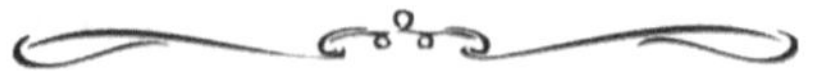

ሞት ሃብቶም ን'ንዳ ባሻይ ጨሪሶም ዘይሓሰብዎን ዘይተጸበይዎን'ዩ ኮይኑዎም። ከምኡ ስለ ዝኾነ ኸኣ መጀመርያ ሰንበዱ ፤ ድሒሮም ከኣ ነመርዓ መኽልፍ ከይኮነዎም ተሰከፉን ሰግኡን። ሕማም ከብረት ምስ መጸ ግን ናይ ሃብቶም ሞት ዳርጋ ጨሪሶም ንድሕረኣም ገይሮሞ ኢ.ዮም ነይሮም።

ናይ ከብረት ንሎም ህይወት ኣብ ምልከት ሕቶ ኣትዩ ስለ ዝነበረ ፤ ብሩኽን ሳምሶንን ከኣ ንኣኣ ከድሕኑ ንህይወቶም ከፈታተን ዝኽእል መጥባሕቲ ከካይዱ ተቐሪቦም ብምንባሮም ፤ ምሉእ ስድራ ቤት ከብዱ ሓቚፉ ኢዩ ነይሩ። ደጊም ካብ ሞት ድሒኖም ብህይወቶም ይምለስዎም ከም ዝነበሩ ምስ ፈለጡ ግን ፤ ሓጉሶምን ደስታኣምን ዶብ ኣይነበሮን። ብድሕሪኡ ነ'እምሮኣም ካብ ናይ ደጬም ብህይወትን ብጥዕናን ምምላስ ፤ ናብ ጽምብል መርዓ ምድላውን ምብዓልን ቃነዩ።

ክልቲኦም ስድራ ቤት ኣብ ከምዚ ኩነታት ከለው ኸኣ'ዩ ፤ ሓደ ዘይተጸበይዎ ዘዘናብልን ዘሰንብድን ድብላ ዝኾነ ሓድሽ ኩነታት ከም ዝነበረ ከንገሮም ምድላዋት ዝግበር ዝነበረ። ንሰንበቱ በዓል ተስፎም ደቅና ብሰላም ብምምጻኣም ብሓባር ከንጽንብልን ፤ ንውራይ ዝምልከት ሓድሽ ምዕባለን ናይ መደብ ለውጥን ስለ ዘሎ ከንዝትየሉን ብምባል ንኽልቲኡ ስድራ ቤት ጸውዕዎ።

ኩሎም ምስ ተኣኸቡ መጀመርያ ሳምሶን ፤ ብድሕሪኡ ኸኣ ብሩኽ በብተራ ዓዲ እንግሊዝ ምስ ከዱ ዝተገብረሎም ምርመራታትን ፤ እቶም ሓኽይም ነቲ ውጽኢት ምስ ረኣዩዎ ዘበሉዎምን ብዝርዝር ከገልጹሎም ጀመሩ። ካብ ዓዲ እንግሊዝ ነ'ስመራ መምለሲኣም'ውን ፤ ከብረት ሕከምናኣ ስለ ዝወድአት ወይ'ውን መርዓኣ ንምጽንባል ከም ዘይነበረ ፤ እንታይ ደኣ ካብቶም ሓኽይም ፍቓድ ብምርካብ ፤ ነቲ ንትውልዶም ዝምልከት ከሳዕ ዝመጹ ዘይኣመኑዎ ሓበሬታ ምስ ወለዶም ኮይኖም ሓቁ ከጻርይዋ ስለ ዝደለዩ ምንባሩ ኣረድእዎም። እታ ኡንኮ ከይጠቐሱሎምን ከይገለጹሎምን ዝሰገርዋን ዝሓብኡሎምን ፤ እታ ኣጋጢማ ዝነበረት ጥንስን ፤ ነቲ ጥንሲ ብሕከምና ንኽንጽሉ ተቐላጢፎም ከምሰሉ ከም ዘድልዮምን ኢያ ነይራ።

እቲ ዘረባ መጀመርታ ሳምሶንን ከብረትን ኣሕዋት ኣይኮንኩምን ምስ ኮነ ፤ ድሒሩ ኸኣ ዝገደደ ብሩኽን ከብረትን ኢዮም ኣሕዋት ናብ ዝብል ምስ ከደ ፤ ስድራ ቤት ብምሉኡ ተናወጸን ፤ ጫዉ-ጫዉ በለን። ብሕልሬ ኣሕዋቶምን ፤ ኣሕቶምን ፤ እነሓጕታቶምን ፤ ከምኡ'ዉን ኣቦሓጕኣም ጐትኦምን ፤ ነቲ ዝሰምዕዎ ዝነብሩ ኣሽንኳይ ከቖበሉዎስ ፤ ከዝረብ'ዉን ከም ዘይነበር ገይሮም ከቃወምዎ

ጀመሩ። እቲ ተቃዉሞን ጩዉ - ጩዉን ዋዕ - ዋዕን በዝሓን ገደደን። ኩሎም ብሓደ
ግዜ ክዛረቡን ከዕዘምዝሙን ዋዕ - ዋዕ ክብሉን ጀመሩ።

ካብ ኩላቾም ኣብኡ ዝንበሩ ግራዝማች 'ዮም ብዙሕ በቲ ምዕባለ መኣዝኖም
ዘየጥፍኡን ኣብ ዋዕ - ዋዕ ዘይኣተዉን። ከምቲ ናይ ኩሉ ግዜ ባህሮምን ኣገባቦምን ፡
ዓለም ከም ኣመጻጽኣ ምግጣማ ብዝብል ፍልስፍናኦም ተሓጊዞም ፡ ነቲ ከዉን
ብርግኣትን ብትዕግስትን ከምርምርዎን ከሓስብሉን በ' እምሮኦም ተዳለዉ። ከልቲኡ
ስድራ ቤት በቲ ዘሰንብድን ጩሪሱ ዘይተጸበዮ ከእመን ዘይክእል ሓበሬታ ከዛናበልን
ምኽኑይን ንቡርን ምኳኑ ግራዝማች ተረደኦም። ከምኡ ይኹን 'ምበር እቲ ሓዘሞ
ዝነበሩ ናይ ዝርርብ ኣገባብ ግን ፡ ዘየረዳድእ ኣገባብ ምኳኑ ስለ ዘስተውዓሉ
ከማእዝንዎን ከኣልዮዎን ወሰኑ።

ግራዝማች ሓንሳብ ብትዕግስቲ ከሰምዕዎም ንኹሎም ተማሕጸንዎም። ሹዑ እቲ
ሓዘሞ ዝነበሩ ኣገባብ ዝርርብ ዘይኮነስ ንዘረባ ምቅድዳም ምኳኑ ፤ ዘረባ
ምምንጣል ከኣ ሓሳባት ከም እትለዋወጥን ከም እትረዳዳእን ዘይግብር ምኳኑ ፤
በ' ንጻሩ 'ኳ ደኣ መሊሱ ናብ ዘይምርድዳእን ናብ ኩለልን ፤ ናብ ገጭገጭን
ጥራይ ዝመርሕ መንገዲ ምኳኑ ኣረድእዎም። ኣብ መደምደምታ ኩላቾም
በብተራ ከዛረቡ ፡ ብትዕግስቲ ከሰማምዑን ፤ ሕቶታቾም በ' ገባብን ብምጽብባይን
ከቅርቡን ፡ ሓደ ከይወድኣ ካልእ ከዛረብ ከም ዘይብሉን ትርር ኢሎም ብምዝራብ
ገንሕዎም።

ብድሕሪኡ ኩሎም ብትዕግስቲ ከሰምዑ ጀመሩ። ሳምሶንን ብሩኽን ጸብጸቦም
ወዲኦም ገደ ተሰፍምን ኣልጋነሽን ምስ ኮነ ፡ ኣብቲ ገዛ ጸጥታ ሰፈነ። መጀመርያ
ተሰፍም ኢዩ መግለጺኡ ጀሚሩ። ኣስታት ሰላሳ ዓመት ንድሕሪት ተመሊሱ ፡ ኣብቲ
መድህንን ኣልጋነሽን ኣብ ሓደ መዓልትን ስዓትን ሆስፒታልን ፡ ብማናቱ ዝተገላገሉ
መዓልቲ ዝነበረ ፍሉይ ኩነታትን ኣጋጣሚታትን ብዝርዝር ጸብጸበሎም።

ብድሕሪኡ ኣልጋነሽ ካብ ተሰፍም ተረኪባ ፡ ንሳን ነብሳ ይምሓር መድህንን
ኣብቲ ግዜ 'ቲ ብዕድመ ኣዝዮን ናእሽቱ ተመኩሮ ዘይነበረንን ኣደታት ምንባረን
ኣዘኻኺረቶም። ብኡ ምኽንያት ከኣ እቲ ኣብ ከብረትን ብሩኽን ዝርእይ
ዝነበራ ተመሳሳልነት ፡ ከምኡ ድማ ኣዝማድን ጉረባብትን ብዛዕባ ተመሳሳልነቶም
ዝገልጽዎ ዝነበሩ ትዕዝብትታትን ዋጋ ከይሃባ ፡ ከም መዋዘይን ከም መስሓቅን
ይገብራኣ ከም ዝነበራ ኣብነታት እናጠቐስት ገለጸትሎም።

ብድሕሪኡ ግራዝማች ነቲ ዝርርብ እናመርሕዋን እናኣማከልዎን ፡ ስድራ
ቤት ዘለዋም ሕቶታት ናብ ሳምሶንን ብሩኽንን ከብረትን ተሰፍምን ኣልጋነሽን

ኣቕረቡሎም። ኩሉ እቲ ዝቐረብ ጸብጻብን ምሉእ መግለጽን ምስ ሰምዑን ፡ ንሕቶታቶም ዘዕግብ መልስታት ምስ ተዋህቦምን ዝብልዖ ጠፍኦም።

ብድሕሪኡ ተሰፎም እቶም ካብ ምሉእ ቤተ ሰብ ኣዝዮም ተሃስዮም ዘለዉን ፡ ብሕጂ'ውን ንነዊሕ እዋን ዝሳቐዩን ክብረትን ብሩኽን ምኽናዮም ክርድኡሎም ከም ዘለዎም ክገልጸሎም ጀመረ። ክብረትን ብሩኽን ነቲ ባህጎምን ትምኒቶምን ጸይሮምን በዲሆምን ፡ ንዓመታት ተዓጊሶም ከም እተጸበዩ Ξ ሕጅስ ቀሪብና ኢና ኣብ ዝበልሉ ግዜ ከላ እዚ ክገጥሞም ከሎ ፡ ክንድምንታይ ኣዝዩ ከቢድ ነገር ምኽኑ ብዝርዝር ገለጸሎም።

ንልዕሊ ሸሞንተ ዓመት ተጸሚሞም ንዝተጸበዮያ ፍቕሪ ፡ ምእንታ ምእንቲ ወለዶምን ስድራ ቤቶምን ኢሎም ሕራይ ክብሉናን ፡ ፍቓድናን ምሕጽንታናን ክቕበሉን ቀሊል መስዋእቲ ከም ዘይኮነ ኣረደኦም። እቲ እልቲኣም ደቄም ወሲደሞ ዝነብሩ ውሳነ ፡ ንኣኣቶም ክንድምንታይ ቃንዛን ስቓይን ኣስዒቡሎም ከም ዘሎን Ξ ንነዊሕ እዋን ክስዕበሎም ምኽኑን ርዱእ ምኽኑ Ξ ንሳቶም ግን ምእንታና ኢሎም ነብሶም ሰዊኦም ነቲ ስቓይ ክስከምዎ ምውሳኖም ፡ ክድነቝን ክምጎሱን ከምረቚን ከም ዝግባኦም ኣረደኦም።

ተሰፎም ናይ ብሩኽን ክብረትን ምስ ወድኣ ፡ ብዛዕባ ተሰፎምን ሃብቶምን ዝመስረተወን ክልተ ስድራ ቤት ንእሽቶ ክብል ከፈቕዱሉ ተማሕጸኖም። ኩሎም ምስ ፈቐዱሉ ኸኣ ፡ "ኣልጋነሽ ሓብተይ ኣጸቢቓ ብእትዝክሮ ፍጻመ ክፍልም። ሃብቶም ምስ ተኣሰረ ምእንቲ ሞራል ክኾና ፡ 'ኣጆኺ ኣልጋነሽ ሓብተይ ፡ እዞም ወሊድክዮም ዘሎኹ ቄልዑ ፡ ደቅኺ ጥራይ ኣይኮኑን ፡ ደቀይ'ውን ስለ ዝኾኑ ኣብ ጐድንኺ ክህሉ እየ ይብላ ነይረ ብተደጋጋሚ ፡" በለ ናብ ኣልጋነሽ እናጠመተ።

ሸዉ ኣልጋነሽ ርእሳ ደጋጊማ ብሓይሊ እናነቕነቐት ፡ "ይዝከረኒ ጥራይ ድዩ ተሰፎም ሓወይ። ሞራል ክትህበኒ ጥራይ መዓስ ኬንካ ከምኡ እትብለኒ ኔርካ። ሳላ ምትብባዕካን ግብርኻን ግብሪ መድህንን እንድዩ ግዲ ሰጊረዮ!"

"እንታይ ጌርናልኪ ወሪዱኪ። ዝኾነኾይኑ ግን ናብቲ ዘልዓልኩዋ ኣርእስቲ ከምለስ። ድሕሪ ሞት መድህን ከላ ኣጋነሽ ብገደኣ ተመሊሳ ፡ 'ኣጆኸ ተሰፎም ሓወይ ፡ ደቅኸ ደቀይ'የም' እናበለት ኣበራቲዓትንን ካብታ ገዛ ከይተፈለየት ኣልዒላትናን። እዚ መታን ክንባራዕን ክንጸናዕን ሞራል ክንወሃሃብን ኢልና እንበሃሃሎ ዝነበርና ዘረባ ኢዩ ፡" ኢሉ ርእሱ እናቕነቐ ናብ ኣልጋነሽ ጠመተ።

ሽዑ "እሕሕ ፤" ድሕሪ ምባል ቅጽል ኣቢሉ ፤ "ንሕና ደቂ ሰባት ኴንና ኢና
ዘይፈለጥና ኔርና ' ምበር ፤ ነዚ ኣበህሃላ ' ዚ ትም ኢሉ ኣይኮነን ዘዘርበና ነይሩ
እዝግሄር። ነቲ ሽዑ ትም ኢልና ደቅሽ ደቀይ ' የም ፤ ደቅኺ ደቀይ ' የም እንበሃሃሎ
ዝነበርና ፤ ምስቲ ሎሚ ሓረግና ከም ዝተጠናነገ ዝርደኣና ዘሎ ከነገናዝቦ ከሎና
ኣዝዩ ዘደንቕ ነገር ' የ። እዚ ዘረድኣና ኸኣ ኩሉ ምስጢራት ህይወትን ኣምላኽን ፤
ዓሚቕን ጥልቅን ፤ ልዕሊ ናይ ደቅሰባት ዓቕምን ኣፍልጦን ም ኻ ኑ ኢዩ ፤" በለ
ብኣዝዩ ክቱር ስምዒት። ሓሳባቱ ክሰርዕ ሓንሳብ ድንን በለ።

ሽዑ ቅንዕ ኢሉ ትንፋሱ ስሒብ ኣቢሉ ፤ "ኣብ መደምደምታ ከገልጾ ዝደሊ ዕቱብ
ውሳነን ምሕጽንታን ኣቕሪብ ከዛዝም። እዞን ካብ ኣብራኽይን ኣብራኽ መድህንን ፤
ከምኡ ኸኣ ካብ ኣብራኽ ኣልጋነሽን ኣብራኽ ሃብቶምን እተፈጠራ ክልተ ስድራ
ቤት ፤ ካብ ሕጂ ንደሓር ክልተ ዘይኮናስ ሓንቲ ስድራ ቤት ኮ ይነን ' የን
ክን ዓዛ። ነታ ት ሽዓ ት ቼልዉ ዝኣባላታ ስድራ ቤት ከኣ ፤ ኣነ ብመንፈስ ከም
ኣቦ ፤ ኣልጋነሽ ከኣ ብመንፈስ ከም ኣደ ኴንና ኢና ከነመሓድረን። ብድሕር ' ዚ
መን ናይ መን ፤ ካብ መን ተወሊዱ ከይበልናን ከይፈላለናን ብፍቕርን ሓልዮትን
ሓድነትን ክንመርሓን ከነመሓድረንን ዝከኣለና ክንፍትን ክንጽዕትን ኢና።
ነዚ መታን ክንገብርን ክንዕወትን ግን ደገፍ ኩላትኩም የድልየና ' የ። ስለዚ
ኩሎ ኹም ብመነፈስን በ ' እምሮን ብስጋን ክትድግፉናን ክትረድኡናን እልምነኩምን
እምሕጸነኩምን ፤" ብምባል ብኽቱር ስምዒት ተላበዎም።

ኩሎም ከም ሓደ ኣካል ብሓደ ድምጺ ካብ ጐድኖም ከም ዘይፍለዩ በብተራ
ተመባጽዑሎም። ግራዝማች በ ' ተሓሳስባን ኣዘራርባን ወዶም ኣዝዮም ተሓጒሱን
ዓጊቡን። ንተስፎም ድሕሪ ምምስጋኖም ከኣ ፤ ዝ ኸነ ሰብ ጽቡቕ ሓሲቡን ፤ ጽቡቕ
ሓሊኑን ፤ ንጽቡቕ እንተ ተበጊሱ እቲ ሃረርታኡን ድለየቱን ከም ዘይስእኖን ናይ
ግድን ከም ዝረክቦን ኣረጋገጽሉ።

ድሕሪኡ ግራዝማች ኣንፈት ኣተኩሮ ዘረባኦም ብምልዋጥ ፤ "ኩላትኩም ከም
እትዝክርዎ ሕጸ ናይዞም ብሩኸት ደቅና ምስ ገበርና ፤ ድሕሪ ሸሞንተ ወርሒ
መርዓ ከም እንገብር ርግጸኛታት ኴንና ፤ ኩላትና ኣብ ምድላዋትናን ሓጐስናን ኢና
ሰሪርና። ንሕና ደቂ ሰባት ግን ድሩታት ስለ ዝኾንና ኣሽንኳይ ድሕሪ ሸሞንተ
ወርሒ ፤ ድሕሪ ሓንቲ መዓልቲ ወይ ሓንቲ ሰዓት ዋላ ሓንቲ ካልኢት ' ውን
ት ኹን ፤ ከመጸናን ከረኽበናን ዝኽእል ኣይንፈልጥን ኢና። ከምኡ ስለ ዝኾነ
ኸኣ ' የ ንሕና ናይዞም ፍቱዋት ደቅና መርዓ ክንጽንብል ንዳሎ ፤ መስኪናይ ሃብቶም
ከኣ ኣብ ንኡስ ዕድሜኡ ዝተፈልየና። ንኣ.ኡ ሰሪርና ክንብል ከኣ መስኪነይቲ
ክብረት ጓልና ፤ ነዛ ህይወታ ' ውን ክትረክባን ከይትረክባን ፤ ንወጻኢ ክትጉዓዝ
እተገደደት። ኣነ ' ውን ንርእሰይ ዋላ ' ኳ እንተ ዝመውት ' ውን ኣብ ዕድመይን ኣብ

ግዝየይን እንተ ነበረ ፣ ምሳኹም እንደገና ክሕወስ ፍቓዱ ስለ ዝኾነ ጐይታ ኢዩ ምሒሩኒ'ምበር ክይደ ነይረ'የ። ስለዝስ ኩሉ ፍቓዱ ኢዩ!" ኢሎም ኣዕርፍ ኣበሉ።

"ሓቅኻ ግራዝማች ሓወይ። ንሕና'ሞ ኣበይ ኣስፊሕናን ኣዕሚቕናን ንርኢ ኳንና ፣" በሉ ባሻይ።

ግራዝማች ንባሻይ ድሕሪ ምምስጋን ፣ ብናይ ዓርኮም ዘረባ ተተባቢዖም ዘረባኦም ቀጸሉ ፣ "ኣምላኽ ኩሉ ግዜ ቀጺሉን ምሂሩን'ዩ ዝምሕረካ ከም ዝበሃል ምሒሩና። ብሕልፊ ናይ ክብረት ጓልና ካልኣይ ዕድል ሂቡና። ስለዚ ነዚ ዝገበረልና ንፍለጦ ፣ ንምሉእ ህይወትና ኣይንረሳዓዮ ፣ ነዚ ዝሃበና ጸጋ ንጠቐመሉ ፣ ልዕሊ ኹሉ ኸኣ ደጊምና ደጋጊምና ነመስግኖ ፣" በሉ ብኽቱር ናይ ምስጋና ስምዒት።

"ምስጋና ይብጻሓዮ እቲ ጐይታ ፣" በላ ወ/ሮ ለምለምን ወ/ሮ ብርኽትን። "ኣሜን ፣ ኣሜን ፣" በሉ ኩሎም።

ድሕሪ'ዚ ግራዝማች ዘረባኦም ቀጸሉ ፣ "ንሕና ደቂ ሰባት ኩሉ ግዜ እንደጋግሞ ጌጋ ኣሎ። እዚ ማለት ከኣ ኣብ ሽግር ክንኣቱን መዓትን ቅዝፈትን ክወርደና ኸሎ ፣ ኣንታ ጐይታ እንታይ ጌርናካ ኢና ነዚ ኣወሪድካልና ፣ እንታይ ስለ ዝኣበስና'ዩ እዚ በጺሑና ምባል ንጅምር። ድሕሪኡ እስከ በል ከምታ ባዕልኻ ዘምጻእካልና ፣ ባዕልኻ ካብዚ ኣገላግለና ኢልና ንልምኖ። በ'ንጻሩ'ኸ ደቅናን ፣ ስድራ ቤትናን ንሕናን ፣ ክርህወናን ክንዕወትን ፣ ክንሸየምን ክንህብትምን ፣ ክንሰየምን ክሎናኸ እንታይ ንብል?" ኢሎም ኣዕርፍ ኣቢሎም ናብ ኩሎም በብተራ ጠመቱ። ኩሎም ብኣተኩሮ ይከታተልዎም ከም ዝነበሩ ኣረጋገጹ።

ሽው ንሕቶኦም ብምድጋምን ባዕሎም መልሲ ብምቕራብን ፥ "እምበኣር ክንዕወት ከሎና ናብ ምንታይ ኢና እንጐይ? ናብ ኣነ'ኮ! ሰብኣየይ'ኮ! ወደይ'ኮ! ጓለይ'ኮ! ንሕና'ኮ ኢልና ነቲ ዝረኸብናዮ ጸጋ ፣ ብመንፍዓትናን ብሓንጐልናን ብብልሓትናን ብጥበብናን ብሓይልናን ወይ ብደቅና ጥራይ ከም ዝረኸብናዮ ጌርና ንዛረብን ንንየትን። ብሓጺሩ ነቲ እተዓደልናዮ ጸጋ ፣ ከም ናትናን ብኣናን ካባናን ጥራይ ዝመጸ ጌርና ንሓስብን ንዛረበሉን ፣" ኢሎም ኣዕርፍ ኣቢሎም የማነ ጸጋም ጠመቱ።

"ከምኡዶ ኣይኮንና እንገብር ሓቀይ?" ኢሎም ሕቶኦም ናብ ኩሎም ኣቕንዑ።

"ኣየ'ወ! ሓቅኹም ኣቦይ ግራዝማች ፣" በለት ኣልጋነሽ።

ኩሎም ካልኦት ከአ ፥ "እወ ፥ እወ ፤" በሉ።

"ስለዚ ጸገም ከወረደና ኽሎ እንታይ ጌርናካ ኢና ነዚ እተውረደልና አንታ
ጐይታይ ንብል። ኩሉ ነገር ከኽኑኔልናን ከሰልጠናን ኽሎ ኽአ አነ'ኳ! ንሕና'ኳ!
ኢልና ንንየትን ንፍክርን። በዚ ኽአ'ዩ ቀዳሞትን ለባማትን መስተውዓልትን
ወለድና ፥ 'ንጐይታስ እቲ ጸጸቡቐ ናትና ፥ እቲ ሐሕማቐ ኽአ ናትካ ፤' ከንብሎ
አይግባእን'ዩ ዝብሉ ዝነበሩ።"

ነቲ ዝነገርዎም ናብ አእምሮኦም ንኽሰጥም ግዜ ከሀብዎም ዝደለዩ ብምምሳል
ሐንሳብ አዕርፉ አበሉ። ቅጽል አቢሎም ፥ "ዋላ እታ እንብህጋን ብሃንቀውታ
እንጸብያን ዝነበርና መዓልቲ ሐጐስ'ውን ፥ ንሱ ባዕሉ'ዩ ዘግህዳን ከዉን
ዝገብራን። ንሕና ሎሚ'ውን ደቂስና ብሰላም ከንትንስእ ዲና አይከንትንስእን ፥
ብርግጽ ከንፈልጥ ዘይንኽእል ውሱናት ዱሩታት ፍጡራት ኢና። ስለዚ ነቲ
ናብታ መዓልቲ ብህይወት ዘብጽሐና ጐይታ ፥ ነቲ ነታ መዓልቲ ዘውዕላን ነታ ለይቲ
ዘውግሐን ፥ ነቲ ኩሉ ዝገብረልናን ጐይታ እንተ አመስገንናዮ ይበዝሐድዩ?"
ኢሎም አዕርፉ አበሉ።

ሽዑ ባሻይ ፥ "ከቶ አይበዝሐን! እንታይ ከበዝሐ ደአ!" በሉ።

ግራዝማች ንመልሲ ባሻይ ርእሶም ብንኽናቕ ፥ አፍልጦ ድሕሪ ምሃቦም ፥ "ስለዚ
ዘረባ አብዚ ሐልኩም'የ አይትሐዙለይ ግን ከድምድመልኩም። መጀመርያ እቲ
ንህይወታ ዝፈታተን ከቢድ ሕማም ከብረት ምሕማማ ምስ ፈለጥና ፥ ሰንቢድናን
ህይወታ ከድሕነልና ለሚንናን። ህይወታ ምስ ሃበና ኽአ እቲ ዝበሃግናዮን ሃረር
ዝበልናዮን መርዓእም ከንርኢ ብሂግና። ምብሃግናን ሃረር ምባልናን ጌጋ የብሉን።
ግን እዝግሄር እቲ ንሕና ከንሕጐስ ጥራይ ሐሲብና እንሀንደዮ ዝነበርና መንገዲ ፥
ካልእ ንሕና ዘይፈለጥናዮ መዘዝ ከም ዝነበሮ ብፍቓዱ አግሂዱልና። ቅድሚ አብ
ውላድ ምብጽሐም ከአ ከም እንፈልጦ ገይሩና። ንአአቶምን ንኽልቲኡ ስድራ
ቤትን ከአ ካብ ከቢድ ሳዕቤን አድሒኑ ፥ ዓቢ ውዕለት ገይሩልና። ደቅና ብሩኽን
ከብረትን ከአ ከይነኣሱ ዝዓበዩ ለባማትን መስተውዓልትን ሐላፍነታውያንን ስለ
ዝኾኑ ፥ ናይ ግዜኡ ቃንዛኦምን ጓሂኦምን ተጻዊሮም ከምክትዋን ከብድሆን
ወሲኖም። አምላኽ አኽእሎን ጽንዓትን ዕድመን ጥዕናን ይሃቦም። ይባርኽኩም
እዞም ደቀይ። ንኽልቲአን ስድራ ቤት ከአ ጐይታ ይባርከን። ጽን ኢልኩም ስለ
ዝሰማዕኩምኒ አመስግነኩም።" ኢሎም ዘረባአም ዛዘሙ።

ግራዝማች ዘረባአም ምስ ወድኡ ፥ ኩሎም በብተራ አመስገንዎም። ብድሕሪኡ
ካብ ባሻይ ጀሚሮም ኩሎም ነናቶም ሐሳባትን ርእይቶታትን አፍሰሱ። ብድሕር'ዚ

ክልቲኦም ስድራ ቤት ፡ ካብቲ ብሰንኪ ሃብቶም ተበታቲኖሞን ተፈናቲቾሞን ዝነበሩ ጸድፊ ተመሊሶም ፤ ከም ቀደሞም ብምቅርራብን ብምፍቅቓርን ከም ሓደ ሰብ ኮይኖም ፤ ዓለምን መጻኢ ህይወት ስድራ ቤቶምን ከገጥሙ ድሉዋት ከኾኑ ብምብቅያም ንኣምላኾም ኣመስገኑ።

እቲ ካብቲ ከእምኑዎ ዘጸገሞም ናይ ትውልድን ናይ ምትሕውዋስን ነገር ፡ እቲ እንተ ዝምርዓዉ ከፍጠር ዝኸእል ዝነበረ ጸገምን ሕልኽላኽን ስለ እተራእዮም ፡ ዳርጋ ቀልጢፎም ናብ ነቲ ጉዳይ ምቅባል ሰገሩ። እቲ ዝበሃግዉ መርዓን ጽንብልን ብምኹላፉ ተሰሚዕዎም ዝነበረ ቅሬታ ፡ በቲ ኣምላኽ ካብ ብዙሕ ሳዕቤናት ዘለዎ ዓቢ ጸገም ዘናገፎምን ፡ በቲ ኣብ ሞንጉኦም ረኺቦሞ ዝነበሩ ምቅርራብን ሰላምን ብምድባሱ ፡ ዓገቡን ኣመስገኑን። ብኽምዚ ኣተሓሳስባን መንፈስን ከኣ ርከቦም ብምርድዳእ ዛዘሙ።

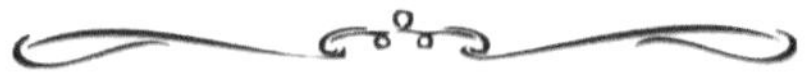

ክልቲኦም ኣባላት ስድራ ቤት ነቲ ገጢሙ ዝነበረ ናይ መውሰቦ ሕልኽላኽት ምስ ተረድእዎን ምስ ተቐበሉዎን ፡ ኣልጋነሽን ተስፎምን ከርግኡን ናይ ሩፍታ ትንፋስ ከስተንፍሱን በቅዑ። ድሕሪኡ ኣብ ዝቐጸላ ክልተ መዓልቲ ኣልጋነሽ ቅሩብ ስለ ዝቐሰነት ፡ ብተዛማዲ ካብቲ ዝሓለፈ ኣዋርሕ ዝሓይሽ ድቃስ ክትድቅስ ከኣለት። ጸጸኒሑ ኣበይን ከመይን ኮን ትህሉ እዛ ጓለይ ዝብል ሻቕሎት ፡ ካብ ትሕተ-ውኖ ኣእምሮኣ እናሳዕ እናመንጨወ ኣብ ሞንጉ ሓሳባታ ህሩግ-ህሩግ ይብላ ነበረ። ኣልጋነሽ ግን ተቐላጢፋ ናይ ራህዋ ጓል ነገር ፡ ንኣምላኽ ጥራይ እንተ ገደፈቾ ጥራይ ከም ዝሓይሽ ንሰውነታ ብምዝኽኻርን ብምቅሳብን ፡ ናብቲ ህሉዉ ኩነታት ከብረት ጓላ ትምለስ ነበረት።

ኣብ ሳልሳይ መዓልቲ ከም ቀደማ ጸሎታ ኣዕሪጋ ንኣምላኽ ኣመስጊና ናብ ዓራታ ሓለፈት። መዓልቱ ልክዕ ሳልስቲ ቅድሚ ከብረትን ብሩኽን ከምለሱሉ ተመዲብሉ ዝነበረ መዓልቲ ኢዩ ነይሩ። ሽዑ ምሉእ ለይቲ ክትገላበጥን ክትብሀርርን ሓደረት። መጀምርያ ሰዓት ክልተ ናይ ለይቲ ዝኸውን ባህሪራን ስንቢዳን ፡ ሰውነታ ብምሉኡ ብረሃጽ ተሓጺቡ ተንሰአት።

"በስምኣብ በወልድ በመንፈስ ቅዱስ ፡ እንታይ ደኣ ኾይነ እየኸ?" ኣናበለት እቲ ዘስንበዳ ነገር ከትዝክር እንተ ተቓለሰት ግን ዕጫ ሓንፈፈላ። ብድሕሪኡ ናብ ቤት ንጽህና ከይዳ ሽንታ ደፊኣ ናብ ዓራታ ተመልሰት። ከትድቅስ ኢላ እንተ ሃቀነት ግን ጨሪሱ ኣበያ።

ድሕሪ ናይ ክልተ ሰዓት ዝኸውን ምግልባጥ ቅሩብ ቀም አበለት። ግን ሰዓት'ውን
ዝኸውን ከይደቀስት እንደገና ሰንቢዳን ባህሪራን ተበራበረት። ሽዑ ግን እቲ ካብ
ትሕተ-ውኖ አእምሮኣ እናመንጨወ ፡ ዘሰንብዳን ዘባህራን ዘሻቅላን ዝነበረ ነገር
ከትሕዞ ከኣለት። እቲ ናይ ክውንነቱ ተኽእሎ ምስ ገምገመት አዝያ ብፍርሃት
ረዓደት።

"እንቲ አልጋነሽ እንታይ ኬንኪ ኢኺ ነብስኺ ብኽምዚ እተሻቅሊ ፡ ኩሉ ካብ
አምላኽን ናይ አምላኽን ምዃኑ ትፈልጢ እንዲኺ ፡" ኢላ ንነብሳ ከተረጋግኣ
እንተ ፈተነት ፡ ነብሳ ከተረግእን ከተረጋግእን አይከኣለትን። ሽዑ ከወግሓላ'ሞ
እቲ ጉዳይ ብህጹጽ ግድን ምስ ተሰፎም ከትዛራረቡ ዘድሊ ምዃኑ ብምእማን
አብ ውሳነ በጽሐት።

ከምኡ ኢላ ከትውስን ከላ ናብ ሰዓት ሓሙሽተ ወጋሕታ ገጹ ተገማጊሙ
ነበረ። አጽቢቓ ነቒሓን አብ ከቢድ ሓሳባት ወዲቓን ብምንባራ ፡ ድሕሪኡ እንተ
ደለየቶ'ውን ድቃስ ከም ዘይወስዳ ተረደአት። ሽዑ ተንሲኣ ዋላ አብ ዘይጠቅም
ቀንጠ-መንጢ ስራሕ'ኳ ነብሳ እንተ ጸመደታ ፡ ሓሳባታን አተኩሮአን ግን አብታ
ሕርኽርኽ አናበለት ከተባህርራ ዝሓደረት ሓሳባትን ሻቕሎትን ጥራይ ኮነ።

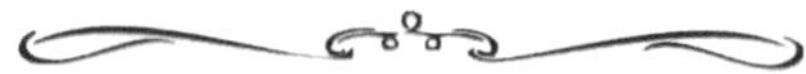

ከም ዘይወግሕ የለን ከምዛ ነ'ልጋነሽ ከብል ዝወግሐ ፡ ወግሓላ። አልጋነሽ ብቐደማ
ርግእ ኢላ ፡ ሓሲባን ቀስ ኢላን ኢያ እትሃረብ። ሽዑ ንግሆ ግን ንተሰፎም ምስ
ረኸበቶ ፡ ዳርጋ ሰላምታ ከየጽገበቶ'ውን'ያ ናብታ እተሻቅላ ዝነበረት አርእስቲ
ጠኒና ዝአተወት። ተሰፎም'ውን ነዚ ከስተብህሎ ግዜ አይወሰደሉን። አልጋነሽ
ቃላት አብ ልዕሊ ቃላት እናደርደረት ከኣ ፡ እቲ ከባህርራ ዝሓደረ ጉዳይ ንተሰፎም
ከተካፍሎ ጀመረት።

ብሩኽን ከብረትን ንዓዲ እንግሊዝ ምስ ከዱን በይኖም ምስ ኮኑን ፡ ስምዒቶም
ከስዕሮምን ስጋኦም ከጋግዮምን ዓቢ ተኽእሎ ከም ዘለዎ ፤ እቲ ክርስዕ ዘይብሎም
እዞም ክልተ ቤልዑ ፡ ንኣስታት 10 ዓመት ብኽቱር ፍቕሪ ከም እተጎዱ ፤
አብ መወዳእታኡ ኽኣ ማዕረ አብ ጌጋ ወዲጨም ፡ ከሳዕ ብስጋ ከም እተራኸቡ ፤
ነዚ ሕንጻጽ'ዚ ሓንሳብ ምስ ሰገርዋ ኽኣ ፡ ነቲ ገይሮምሎም ዝነበሩ መብጽዓ
ከሕልውዎ ከቢድ ምዃኑ ፤ ከምዚ ዝኣመሰለ ፈተና ኽኣ አሽንኳይ ንዓቶም አብ
ውዑይ ስምዒት ዝርከቡ መንእሰያት ፡ ዋላ ንዓበይቲ ማዕም ዝሰተዩ'ውን ከሰግርዎ
ጋዶ ምዃኑ አረድአቶ።

ቀጺላ ኽአ ሕጂ መታን ንዓና ከይጐድኡናን ከየጉህዩናን ፡ ብቻሎምን ከም ባህግን ሕራይ ይበሉና'ምበር ፤ ንስምዒቶምን ንስጋኣምን ከኣግቱዎ ግን ቀሊል ከም ዘይከውን ፤ ሓንሳብ ካብ ውሳነኣም ሰንደልደል ምስ በሉን ምስ ዘንበሉን ከኣ ፡ ኣብኡ ኹይኑ ከኣልዮምን ከመልሶምን ዝኽእል ስለ ዘይሀሉ ሓደገኛ ምኹኑ ፤ ኣብ ከምኡ እንተ በጺሐም ከኣ 'ትም ኢልና ኢ.ና ሕራይ ኢ.ልናዮም'ምበር ፡ እዚ ክንገብሮን ክንወጽን ክኹነልናን ዝኽእል ነገር ኣይኮነን ፡' ኢ.ሎም ንድሕሪት እንተ ተመልሱ ፤ ድሕሪኡ ንባቶም ኣብ ዓዲ ኹ.ይኖም ከገብርዎ ዝኽእሉ ነገር ከም ዘይሀሉ ብስምዒት ነገሩ*።

ኣልጋነሽ ነቲ ጉዳይ ከምዚ ገይራ ምስ ተኽእሎታቱ ምስ ነገረቶ ተስፎም ሰንበደ። በቲ ዝገለጸትሉ መሰረት እቲ ጉዳይ ልዕል ናይ ከውንነት ተኽእሎ ከም ዝነበሮ ምስ ኣልጋነሽ ተሰማምዖ። ነዚ ምስ ተገንዘበ ኣዝዩ ተሻቐለ። ዝግ ኢ.ሉ ድንን ኢ.ሉ ንኽልኢታት ሓሰበ።

ሽዑ ናብ ኣልጋነሽ ቅንዕ ኢ.ሉ ፡ "ግን ዋላ ከምኡ ዝኣመሰለ ተኽእሎ ይሃሉ'ምበር ፡ እዘም ጨለው ካብ ውሳነኣም ንድሕሪት ከይምለሱ ንሕና ክንገብሮ እንኽእል እንታይዶ ኣሎ'ዩ'ሞ?!" ኢ.ሉ ሓተታ።

ከምኡ ምስ በላ ኣልጋነሽ ኢ.ዳ ዘርጊሓ ፡ "እንድዒ ብዛዕባኡስ ከኣ ዘይሓስብኩ።"

መስኪነይቲ ኣልጋነሽ ለይቲ እቲ ሓሳብ ምስ መጸ ፡ ብኡ ንብኡ'ያ ናብ ሽቐልቀልን ሽበድበድን ኣትያ። ነቲ ክርብጻ ጀሚሩ ዝነበረ ስክፍታ ዝግ ኢ.ላ ከትሓስበሉን ፡ መፍትሒ ከተናድየሉን ኢ.ላ'ውን ፈጺማ ኣይሓሰበቶን።

ኣልጋነሽ ኣደንገጸቶ። "ኩለን ኣደታት ንደቀንን ንስድረአንን ክንድምንታይ ከም ዝሓልያን ፡ ብኣኣቶም ክንድምንታይ ከም ዝስከፋን ከም ዝሻቐላን ኣስተንተኖ። ኣብዚ መዳይ'ዚ ንሕና ደቂ ተባዕትዮ ትም ኢ.ልና ኢ.ና ኣሎና እንብል'ምበር ፡ ጨሪስና'ኮ ኢ.ና ክንቀርበን ክንዳረገን ዘይንኽእል።" ኢ.ሉ ሓሰበ።

ሽዑ መታን ከዝሓላን ከረድኣን ብምባል ፡ ሓደ ግዜ ኣብ ሓደ መጽሓፍ ዘንበቦ ጽሑፍ ከገለጻላ ጀመረ። ኩላቶም ደቂ ሰባት ስለስተ ክልል ናይ ምቁጽጻር ዞባ ተኽእሎን ከም ዘለዎም እቲ ጽሑፍ ከም ዝነግር ፤ እታ ናይ መጀመርያ ክልል ብእንግሊዝኛ ፡ 'ኤርያ ኦፍ ኮንትሮል ፡' ከም እትበሃል። እዚ ማለት ከኣ ነፍሲ ወከፍ ሰብ ነታ ህይወቱ ከመርሓን ፡ ከኣልያን ፡ መኣዝን ከትሕዛን ፡ ከጨጻጸራን ኣብ ናቱ ድልየትን ዓቅምን መንፍዓትን ጽንዓትን ዝምርኮስ ምኹኑ ፤ ከም ኣብነት ኢ.ሉ ከረድኣ ኽሎ ኽኣ ንሱ ብስንፍናኡ ብኣመሉ ተሰኒፉ ፡ ምኽሪ ስድራ ቤቱ ዕሽሽ ኢ.ሉ ኣብ ሰውነቱን ክብርቲ በዓልቲ ቤቱን ደቁን ስድራ ቤቱን ዘስዓቦ ሽግር ኣዘኻኸራ።

ከም ካልኣይ ኣብነት ከኣ ሃብቶም ብጠባዩን ብህልኹን ፤ ኣብ ነብሱን ኣብኣን
ኣብ ደቁን ኣብ ስድራ ቤቱን ዘስዓቦ ጸገም ገለጸና። ንሱን ሃብቶምን ኣብ ከምኡ
ንኸይወድቁ ዓቕሚ'ኒ እንተ ነበሮም ፤ ነቲ ከጌጻጽርዎ ዝግብኦም ኣብ ትሕቲ
ክልሎም ዝርከብ ዘባ ፤ ስለ ዘይተጌጻጸርዎን ኣብኡ ስለ ዝተሳዕሩን ስለ ዝተሰነፉን
ኣብ ከምኡ ከም ዝወደቑ ገለጸላ።

ናብታ ካልኣይቲ ክልል ዝበላ ብምስጋር ከኣ ከምዚ ብምባል ኣረድኣ። እታ
ካልኣይቲ ክልል ከኣ እቲ ጸሓፋይ ብእንግሊዝኛ ፤ 'ኤርያ ኦፍ ኢንፍልወንስ ፤'
ኢሉ ከም ዝሰምያ I እዚ ማለት ከኣ ዝኾነ ወድሰብ ንደቁ ፤ ንሓዳሩ ፤ ንስድራ
ቤቱ ፤ ንመሓዙቱን ንሕብረተሰቡን ብእወታዊ መንገዲ ናይ ምጽላውን ምእላይን
ዓቕምን ዕድልን ከም ዘለዎ ዝረጋገጽ ክልል ምኳኑ I ነዚ ክልል'ዚ ብኣብነት
ገይሩ ከረደኣ ኸሎ ኸኣ ፤ ንሳ ኣጸቢቓ ከም እትፈልጦ ኣቦኡ ግራዝማች ፤
ንህይወቶም ጥራይ ዘይኮነ ፤ ንህይወት ኩላቶም ስድራ ቤቶምን ፈተውቶምን
ፈለጥቶምን እናመኸሩን እናመዓዱን ፤ ኣብ ምእላይን ኣብ ምብርታዕን ዘበርከትዎ
ተራ ኣዘኻኸራ። ግን እቲ ሰብ ከመኽርን ከምዕድን ከጸሉን'ዮ ዝኽእል'ምበር ፤
ምሉእ ቀጽጽር ስለ ዘይብሉን ዘይተዋህቦን ፤ ምሉእ ብምሉእ ከስምዕን ከድምዕን
ከም ዘይክእል ኣብርሃላ። ኣብነት ናይዚ ኸኣ እንደገና ንሱን ሃብቶምን ፤ ብወለዶምን
በ'ሕዋቶምን በ'ንስቶምን እናተመኸሩን እናተነገሩን ከለው ፤ ከጸድፉ ምብቅያም
ብኣብነት ኣረደኣ።

እታ ሳልሰይቲ ክልል ጸሓፋይ ብእንግሊዝኛ ፤ 'ኤርያ ኦፍ ኖ ኮንትሮል ፤' ዝብላ
ምኳኑ ኣብርሃላ። እዚ ክልል'ዚ ደቂ ሰባት ምሉእ ብምሉእ ከጌጻጽርዎ ዘይክእሉ
ክልል ምኳኑን I ነዚ ክልል'ዚ ንኽጌጻጽርዎ ጌና ኣእምሮኣውን ኣካላውን ሓይልን
ዓቕምን ዘይብሎም ምኳኑን ኣረድኣ። እዚ ኸኣ ብዓቢኡ ከም ምንቅጥቃጥ
መሬትን ፤ ሓይሊ ንፋስን ማይን ሓዊን ፤ ንሳቶም ዘስዕቡልና ሓደጋታትን ብሓፈሻ
ትዕድልቲ ወይ ጽሕፍ ዝበሃል ምኳኑ I እዚ ዝበዝሕ ክፍሉ ብመንፍዓትካ
ዘይተርፍን ፤ ብሕመቕካ ዘይስዕብን ፤ ንስኻ ክትቅይሮ ዘይትኽእልን ማለት ምኳኑ
ገለጸላ። ብኣብነት ከረደኣ ኸሎ ኸኣ ዝኾነ ሰብ ዝክኣሎ እናገበረ ኸሎ ፤
ንብረቱን ህይወቱን ብሓውን ብውሕጅን ብንፋስን ከጣፍእን ከበርስን ከሎ I
ጻዕረኛን ትጉህን ንፉዕን ከሎ ዕድል ኣብይዎ ደረጃ መነባብሮኡን ፤ መነባብሮ ደቁን
ከ'ቅይር ዘይምኽኣል I ኣብ ከንዲ ካብ ክኢላታትን ምሁራትን ሓላፍነታውያንን
ሰብ ጸጋን ወለዲ ምፍጣር ፤ ካብ ስነፋትን ሓላፍነት ዘይስከሙን በታኽትን ወለዲ
ምውላድ ፤ ወዘተ ከም ዘጠቓልል ገለጸላ። ብኡ ምኽንያት እቲ ክልል'ቲ ብዓቢኡ
ኣብ ትሕቲ ናይ ኣምላኽ ቀጽጽርን ፤ ናይ ኣምላኽ ክልልን ስለ ዝኾነ ንኣኡ
ከግደፍሉ ከም ዝግባእ ኣረድኣ።

ኣብ መደምደምታ እቲ ዘንበር ጽሑፍ ንኽንቱ ከም ዘየልዓሎ ፣ እንታይ ደኣ ምስዚ ናይ ብሩኽን ክብረትን ጉዳይ ቀጥታ ምትሕሓዝ ስለ ዘለዎ ምኽኑ ነገራ። ነቲ ምትሕሓዝ ከገልጸላ ከሎ ኽላ ንሱን ኣላጋነሽን ኩሉ ዝከኣሎም ገይሮም ወዲኦም ምኽናዎም ፣ ብድሕሪኡ ክብልዎን ክገብርዎን ዝኽእሉ ነገር ከም ዘየሎን ፣ ብድሕሪ ንዓዲ እንግሊዝ ምኽዶም ተስፋን ጸሎትን ምግባር ጥራይ'ምበር ካልእ ዝግበር ከም ዘየሎ ብትሪ ገለጸላ።

ኣልጋነሽ ኣተኩራ ብምክትታል ሓንሳብ'ውን ከየቋረጸቶ ኣወደኣቶ። በ'ገላልጻ ተሰፍም ከም እተደነቐትን ከም እተመስጠትን ኣብ ገጻ ይንበብ ነበረ። ትምህርትስ ከመይ ዝኣመሰልዋ ኣዝዩ ጽቡቕ ነገር'ዩ ብምባል ፣ በ'ገላልጻኡ ከም እተመስጠት ነገረቶ። ተስፈም ከኣ ከምቲ ዝበለቶ ትምህርቲ ኣዝዩ ግሩም ነገር ምኽኑ ፣ ግን ከኣ ምህር ጥራይ ንበይኑ እኹል ከም ዘይኮነ ፣ እንታይ ደኣ ንኽመሃር ዕድል ዝረኽበ ኹሉ ዘየንብብ እንተ ኹይኑ ፣ እቲ ትምህርቲ ዳርጋ ንኽንቱ ከም ዝኽውንን ከይተጠቐመሉ ከም ዝባኽንን ገለጸላ።

መጀመርያ በቲ ከቱር ኣቶኩሮኣን ኣነቓንቓ ርእሳን ፣ ምስ ኩሉ እቲ መግለጽን መርገጽን ተስፈም እትሰማማዕ ዝነበረት ኢያ እትመስል ነይራ። ተስፈም'ውን ብኣካላዊ ቋንቋኣ ቀልጢፉ ስለ ኣተቐበለቶን እተረድኣቶን ተሓጉሱ ፣ ናብ ካልእ ዕላሎም ከሰግር ከዳሎ ኽሎ ኣልጋነሽ ገጻ እስር ኣቢላ ፣ "ግን ስማዕ'ንዶ ተስፈም ሓወይ ፣ ዋላ በዚ ዝበልካዮ ክልላት ክርእዮ ከሎኹስ ፣ ንሕና ጌና ነቲ ናይ ምጽላውን ምእሳይን ክልልና ፣ ምሉእ ብምሉእ ተጠቒምና ኣይጸንቀኽናዮን ዝብል እምነት ኢዩ ዘሎኒ። ስለዝስ ነቲ ብሕጂ ዋላ ሓንቲ ክንገብሮ እንኽእል ነገር የልቦን ዝበልካዮስ ከሰማማዕሉን ክቅበለካን የሸግረኒ ኣሎ።"

ቅድም ተስፈም ብዘይተጸበዮ ኣዘራርባ ኣልጋነሽ ተደናገረ። እቲ ከብሎ ዝደለየ ዘደናገሮን ዘወላወሎን መሰለ። ሽዑ ከም ዝወሰነ ብዘርኢ ኣካላዊ ቋንቋ ፣ "እሞ ደሓን እቲ ጌና ዘይገበርናዮን ፣ ብሕጂ ክንገብሮ እንኽእልን ኣሎ ኢልኪ እትሓስብዮ ቅድም ዘይተነግርኒ።"

ኣልጋነሽ ንኽትሓስብ'ውን ንሓንሳብ ሰጋእ ኣይበለትን ፣ "ንኣብነት ኣብ ክንዲ ንበይናም ዝኽዱ ፣ ከም ቀደምም ሳምሶን ምስኦም እንተ ዝኽይድ መጽነያምን ካብ ፈተና መድሓናምን ዝብል ርእይቶ ኣሎኒ ፣" በለቶ ዓይኑ ዓይኑ እናጠመተት።

ብድሕሪኡ ብዛዕባ እቲ ኣልጋነሽ ዘልዓለቶ ሓድሽ ሓሳብ ከመያየሑን ከካትዑን ጀመሩ። ቂስ ኢሎም ብህድአት ዘረባ ከይተመናጠሉ ነቲ ተኽእሎ ብኹሉ ወገናቱ ምስ መርመርዎ ፣ ተስፈም እቲ ኣልጋነሽ ዘቅረበቶ ሓሳብ ሓገዝ ክኽውንን

ክጠቅምን ከም ዝኽእል ተቖበሎ። ብኣኡ ምኽንያት ንሳሙሶን ከዛራርብዎን
ከማኽርዎን ወሰኑ።

ሽዑ መዓልቲ ንሳሙሶን ኣብ በይኑ ከዘራርብዎ ከም ዝደልዩ ሐበርዎ። ቄጸራ
ገይሮም ሰለስቲኦም ኮፍ ምስ በሉ ፣ እቲ ስክፍታኣምን እቲ ዝሐሰብዎን በብተራ
ብዝርዝር ገለጽሉ። ሳሙሶን ከሳዕ ዘውድኡ ትም ኢሉ ሰምዖም።

ወለዱ ምስ ወድኡ ፣ "እዚ ንኽልቴኹም ዘስከፈኩም ዘሎ ነገር ተኸኣሎ የብሉን ፣
ሚእቲ ካብ ሚኢቲ ኣይከውንን'የ ክብለኩምን ካብ ስክፍታ ከናግፈኩምን ደስ
ምበለኒ። ግን ከኣ ከምኡ ኣነተ ኢለ ሐሶት ኢየ ክኸውን። ምኽንያቱ ከም
ኩላትና ደቂ ሰባት ንሳቶም'ውን ክፍተኑን ፣ ኣብ ፈተና ክስነፉን ክጋገዩን ስለ
ዝኽእሉ። ስለዚ ክኸውንን ከገጥምን ተኸኣሎ ከሀልዎ ከም ዝኽእል ምሳኻትኩም
እሰማማዕ'የ። ግን ከኣ ኣነ ኣብ ብሩኽ ዓርከይን ኣብ ክብረት ሐብተይን
እምነት ኣሎኒ። ሐንሳብ እንተ ወሲኖምን ቃሎም እንተ ሂቦምን ኣነ ብጽንዓቶም
ኣይጠራጠርን'የ። ከምኡ እናፈለጥኩ እሞ ኻኣ ዝእመንን ዘእምንን ምኽንያት
ኣብ ዘይብለይ ግን ፣ ምሳኻትኩም ከኸይድ ከብሎም ይኽብደኒ'የ። ንዓኣቶም
ስለ ዘይኣመናዮም ከሐልዎም ከም ዝኸይድ እንተ ተርዲእዎም ከኣ ፣ ከጉህየን
መሊሶም ኣብ ካልእ ዝገደደ ከወድቁን ኢዮም። ስለዚ እዚ ክግበር ዘይኽእልን
ክግበር ዘይግብኣን ሐሳብን ስጉምትን'የ'የ ዝብል ኣነ! በ'ረኣእያይ ንኣምላኽናን
ንዓኣቶም ኣሚና ጥራይ ነፉንዎም'የ ዝብል ኣነ!" ብምባል ተሪርን ንጹርን
መርገጺኡ ብግልጺ ነገሮም።

ኣልጋነሽ ንሳሙሶን ንምስዳዕን ሕራይ ንምባሉን ዝከኣላ ፈተነት። ንሱ ግን ኣብ
ሐሳባቱን መርገጺኡን ጸንዐ። ሽዑ ተስፎም ንኽልቲኦም ደቄም ካብኣታቶም ብዝያዳ
ባህርያቶም ሳሙሶን ከም ዝፈልጦን ከም ዝርድኦን ፤ ንሱ ካብ ዘይኣመነሉን ካብ
ዘይተቐበሎን ከኣ ንሳቶም ከቐብሉዎ'የም ኢልካ ምትስፋው ዘይከውን ምኽኑ ፤
እኪ ደኣ ከምቲ ሳሙሶን ዝበሎ ጠርጢሮምናን ኣይኣመኑናን ኢሎም ከጉህየን ፣
ምናልባሽ'ውን ከይሐሰብዎ ጸኒሐም መሊሶም ኣብ ጌጋ ከወድቁን ተኸኣሎ ከም
ዘለዎ ኣስፊሑ ነ'ልጋነሽ ገለጸላ።

ብድሕሪኡ ፣ "በቃ እምበኣር ከም ቀደምና እታ ጉዳይ ናብ ኣምላኽና ደርቢና ፣
ንዕኡ ኣሚንና ንሱ ክሕግዘናን ፣ ንደቅና ክጽንዖምን ካብ ፈተና ከድሕኖምን ጸሎቶና
ጥራይ ነዕርግ ፣" ብምባል ነታ ኣርእስቲ መደምደምታ ገበሩላ።

ምዕራፍ 11

ድሕሪ'ዚ ናብ ናይ ክብረትን ብሩኽን ናይ ምምላሶም ጉዳይ ምስላጥ ሰገሩ። ኩሉ ናይ ጉዕዞ ወረቓቕቶም ኣጻሪፎም ወድኡ። ድሕሪ ሳልስቲ ብሩኽን ክብረትን ንዓዲ እንግሊዝ ከምለሱ ምቕራቦም ዛዘሙ። መዓልቲ ንቕሎ ኣኸለ። ክብረትን ብሩኽን ከኽዱ ኸለዉ ናብ መዓርፎ ነፈርቲ ከይዶም ብፍሱሕ ኩነታት ፤ ጽቡቕ ተመንዮም ብሰላም ከምለስዎምን መሪጼም ኣፋነውዎም።

ክብረትን ብሩኽን ናብ ዓዲ እንግሊዝ ብሰላም ከም ዝኣተዉ ንተሰፍምን ኣልጋነሽን ደዊሎም ኣበሰርዎም። ሓኸይም ንኽብረት ኩሉ ዘድልያ ምርመራታት ገበራ። ድሕሪኡ ነቲ ሒዛቶ ዝነበረት ጥንሲ ብዘይዝኾነ ሕልኽላኽ ጸገም ኣለየላ። እዚ ኹሉ ከሳብ ዝውድኡ ውሑዳት መዓልታት ሓለፉ። ተሰፍምን ኣልጋነሽን ደሃይ ኣጥሪኦም ኢሎም ከሻቐሉ ጀመሩ። ከምኡ ኢሎም እናተሰከፉ ከለዉ ክልቲኦም ደዊሎም ኩሉ ዘድሊ ነገር ብሰላም ከም ዝዛዘሙሎም ኣበሰርዎም። ንናይ ኩሊታ ብዝምልከት ግን ብውሑዱ ንኽልተ ወርሒ ፤ ጌና ኣብ ዓዲ እንግሊዝ ከትጸንሕ ከም ዘለዋ ከም ዝኣዘዝዋ ገለጹሎም።

ብሓፈሻ ግዜ እንተ ነዊሑ እቲ ፈተና ስለ ዝዓዘዘን ፤ እቲ ዝገበርዎ መብጽዓን ውሳነን ኣብ ሓደግ ከወድቕ ሰለ ዝኽእልን ግዜ ምንዋሕ ቅሩብ ኣሰከሮም። ግን ከኣ ዋላ ነሱ ናቱ ሓደጋታት ሒዙ ከም ዝመጽእ'ኳ እንተ ተገንዘቡ ፤ ኣብ መወዳእታ ግን እቲ ጉዳይ ካብ ኢዶም ወጺኢ ምዃኑ ብምግንዛብ ፤ ናብ እዝግሄርም ብምግዳፍ ኣብ ጸሎቶም ጥራይ ኣተኮሩ።

ተሰፍምን ኣልጋነሽን በቲ ካብ ደቄም ዝረኽብዎ ዝነበሩ ቀጻሊ ሓበሬታን ፤ እቲ እናሻዕ እናደወሉ ደሃይ ዘምጥኡምን ኣዝዩ ኣሓጕሶምን ኣተኣማመኖምን። ከምታ ጀሚሮማ ዝነበሩ ኣብ ሰሙን ሓንሳብ እናደወሉ ደሃይ ክገብሩሎም ኣማባጽዕዎም።

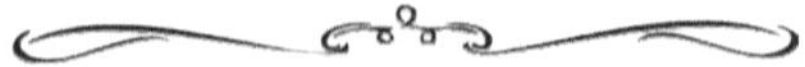

ግዜ ምስ ተጸበኽዮ ዘይሓልፍ ዘሎ ኹዊኑ ስለ ዝስመዓኪ ፡ ንተስፎም ነ' ልጋነሽን ግዜ ምሓላፍ ኣበዮም፡፡ ለይትን መዓልትን ጸሎቶም እናደጋገሙ ትጽቢት ተተሓሒዘዎ፡፡ ደጴም ከም መብጽዓኦም ኣብ ሰሙን ሓንሳብ እናደወሉ ኩነታቶም ይሕብርዎም ነበሩ፡፡ ናይ ደጴም ብዘይምስልካይ ስሙናዊ ምድዋልን ደሃይ ምግባርን ኣዐጎቦምን ኣሕጉሶምን፡፡

ልክዕ ድሕሪ ሰለስተ ወርሒ ኩሉ ዘድልዮም ሕክምናን ክትትልን ስለ ዝወድኡ ፡ ንዓደም ከምለሱ ከም ዝኽእሉ ሓኻይም ከም ዝሓበርዎም ፡ ደዊሎም ኣበሰርዎም፡፡ ድሕሪ ናይ ሓደ ሰሙን ምድላዋት ከኣ ፡ ንዓደም ከምለሱ ምኳኖም ሓበርዎም፡፡ ተስፎምን ኣልጋነሽን ብታሕጓስ ዳርጋ ከም ጫልዑ ነጠሩ፡፡ እቲ ቃሎም ኣጽኒዖም ምሕላዎምን ኣብ መብጽዓኦም ምጽንዖምን መሊሱ ኣሕጉሶምን ኣሕበናምን፡፡ ንደጴም ዝፈልጥዎን ዘይፈልጥዎን ዘሎን ዘየሎን ምረቓ መረቕዎም፡፡

ንተስፎምን ነ' ልጋነሽን እታ ሰሙን ምሕላፍ ኣበየቶም፡፡ ከምኡ ኢሎም እናሓሰቡን መዓልቲ ከትኣኽለሎም ብተርባጽ እናጸበጸቡን ከለዉ ደጴም ደዊሎም ንሰንበቱ ከም ዝኣትዉ ሓበርዎም፡፡ ንኹሎም ኣባላት ክልቲኡ ስድራ ቤት እቲ ሓበሬታ ኣመሓላለፉሎም፡፡ ድሕር ' ዚ ተስፎምን ኣልጋነሽን ተጓይዮም ኩሉ ዘድሊ ገዛዚኦም ብምዕራግ ኣገባብ ከቐበሉዎምን ከእንግድዎምን ተዳለዉ፡፡

እቲ ናይ ተስፎምን ኣልጋነሽን ሕልፍ ዝበለ ህንጡይነትን ታሕጓስን ሳምሶን ጥራይ ' ዩ እቲ ቀንዲ ናይ ውሽጢ ምኽንያት ዝርድኦ ነይሩ፡፡ ምኽንያቱ እቲ ናይ ጥንስን ክልእ ምስኡ ዝተተሓሐ ምስጢርን ፡ ንኽልኦት ኣባላት ክልቲኡ ስድራ ቤት ንሓዋሩ ዘይንገር ፡ "ዘይእትነገር ፡" ኹዊኑ ክነብር ኣቓዲሞም ተርዳዲኦምሉን ተማባጺያምሉን ነይሮም ' ዮም፡፡

ቀዳም ሰዓት ኣርባዕተ ናይ ድሕሪ ቀትሪ ፡ ብሩኽን ክብረትን ኣስመራ ብሰላም ኣተዉ፡፡ ምሉእ ስድራ ቤት ብዘይካ ዓበይቲ ወለዲ ሕቋፍ ዕምባባ ሒዘም ተቐበሉዎም፡፡ ካብ መዓርፎ ነፈርቲ ብቓጥታ ናብ ባሻይን ወ/ሮ ለምለምን ከይዶም ረኸብዎም፡፡ ምርቓኦም ሰኔጴም ከኣ ናብ ግራዝማችን ወ/ሮ ብርኽትን ከይዶም ብተመሳሳሊ ተመረቑ፡፡

ንጽባሒቱ ሰንበት ምሉእ ስድራ ቤት ፣ ኣብ እንዳ ተስፎም ኰይኖም ከመይ
ዝኣመሰለ ምሳሕ ተኣንጊዱ:: ድሕሪ ምሳሕ ሻህን ቡንን ፈሊፉ ፣ ዕምባባ ተቐልዩ ፣
ሕምባሻን ምቁር ሕብስትን ተቐሪሱ ፣ ምሉእ መዓልቲ ተሓጉሶምን ተዛነዮምን
ብሓባር ወዓሉን ኣምሰዮን::

ብሩኽን ክብረትን ናይ ኣየር ጉዕዞ ኣድኪምዎም ስለ ዝነበረ ምእንታን ከዕርፉ
ነታ ብሕጕስ ዘሕለፍዋ ምቅርትን ብርኽትን መዓልቲ ፣ ጥዑም እናጠዓመቶም
መዛዘሚ ክገብሩላ ተገደዱ:: ኩሎም ንኣምላኾም ኣመስጊኖም ናብ ቤቶምን ናብ
መዳቕስኦምን ከኽዱ ተፈላለዩ::

ካልኦት ኣባላት ስድራ ቤት ስለ ዘይተረድኦምን ፣ ጸገሞም ስለ ዘይፈልጡ
ዝነበሩን'የ'ምበር ፣ ብሓቂ ካብ ብሩኽን ክብረትን ብዝያዳ ደኺሞም ዝነበሩ
ተስፎምን ኣልጋነሽን ኢዮም ነይሮም:: ድኽሞም ግን ኣካላዊ ጥራይ ኣይኮነን ነይሩ::
ደቄም ፣ "ባባ ማማ ፣ ኣይትሓዙልና ግን ኣይኮነልናን ፣ ክንፈላለ ኣይከኣልናን ፣
ስለዚ ኣብ ስደት ዕድልና ከነልዕን ብሓንሳብ ከንበልን ወሲንና ተሪፍና ኢና ፣"
ከይብልዎም ፣ ለይትን መዓልትን ዝተሰከፍዎን ዝተሻቐልዎን ዝረዓድዎን'የ ዝያዳ
ለሽ ኣቢሉ ኣድኪምዎም ነይሩ::

ካብ እንዳ ተስፎም ምስ ተፋነወት ፣ ኣልጋነሽ ብውህሉል ኣካላውን ኣእምሮኣውን
ጻዕቂቲ ተዳኺማ ፣ ብኡ ንብኡ ናብ መደቀሲኣ ሓለፈት:: ክዳን ለይታ እናቐየረት
ከላ ኣብ ሓሳብ ጠሓለት:: ልዕሊ ካልኦት ኣባላት ክልቲኡ ስድራ ቤት ፣ ንሳን
ሳምሶን ወዳን ተስፎምን ተሰኪሞሞ ዝነበሩ ምስጢርን ሕድርን ከቢድ ጾር ምዃኑ
ተፈለጣ:: ነቲ ስኽም ንኹላቶም ከኽእሎምን ንኣኡ ብቐዓት ከዕይኖም ከርከቡን
ጕይታ ክሕግዘሞም ጸሎታ ኣዕረገት::

ግራዝማች ኣብቲ ደቒ ደቄም ብሰላምን ብጥዕናን እተመለሱሉ ዕለት እተሃረቡዎ
ዘረባ ዘኸረት ፣ "ናብዚ መዓልቲ'ዝን ናብዚ ሓጕስ'ዝን መታን ከንበጽሕን ንኣኡ
ከንበቕዕን ጥራይ ዘይኮነ ፣ ካብ ጌጋታትና መታን ከንመሃር ፣ ከንደይ ሓርጐጽጐጽ
ከም እንስግርን እንሓልፍን ገይሩና'ዩ:: ከም ግቡእ ኣነን ባሻይን ኢና እዚ ጸጋ'ዚ
ከንርእዮ ዘይነበረና:: መድህን ናይ ኩሉ ጠርናፊትን ንኹሉ ሓጿፊትን ግን ነዚ
ንኽትርእዮ ኣይተዓደለትን:: መታን ንሕና ከንርእዮ ንኣኣ ንመስዋእቲ መሪጿዋ::
ሰላኡን ሰላኣን ንሕና ባህታን ሓጕስን ረኺብና ፣" ኢሎም ዳርጋ ሕንቅንቅ ከብሉ
እናደለዩ ዘረባኦም ከድምድሙ ተሪኣያ::

ብድሕሪኡ ናብ ናይ መድህን ተዘከሮ ተዓዝረት። ከምዚ ጌና ምስኣ ዝነበረት
ገይራ ኽኣ ከምዚ ክትብላ ጀመረት ፦ "መድሃኒይ እቲ ንስኺ ንቢይንኺ እትዓምዮ
ዝነበርኪ ኩሉ ፦ ንሽልቴና ንዓይን ንተሰፍምን ከቢዱናን ስኽልከል ኣቢሉናን'ዮ።
እቲ ከም ሓደስቲ መርሁትን ቦኻራትን ጄንና ከም መሰሓቕን ከም መለገጽን
እንገብር ዝነበርና ናይ ብሩኽን ክብረትን ምምስሳል ፦ ኣብ ሕማቕ ሳዕቤን
ኣውዲቒና ነይሩ። ግን ደቅኺ ኣይሓመቑን። ኣብ መወዳእታኡስ ንናትኪ ዝኽርን
ንናትኪ መብጽዓን ንናትኪ ምያን ፍቅርን ዘኪሮም ፦ ከምኡ ኽኣ ብውሉን
ደረጃ ኣነን ተሰፍምን ዘሕለፍናዮ ሐርጎጽጎጽ ኣብ ግምት ኣእትዮም ፦ ነብሶምን
ስምዒቶምን ክስውኡ ስለ ዝመረጹ ድሒነና። ብዓዚኡ ግን ኣምላኽ ጸቡቕ ስለ
ዘሕሰቦምን ዘወሰናምን ፦ እቲ ኣብ ልዕሊ ክልቲኡ ስደራ ቤትና ተንጠልጢሉ ዝነበረ
ጸሊም ደበና ተቐንጢጡልና። ብሓቂ ርህየና። ኣነሆ'ኺ ተመሰገን ኢልና ክንድቅስ
ንዳሎ ኣሎና።"

ብድሕሪኡ ተዘከሮኣ ብምቕጻል ፦ መሓዛኣን ቀንዲ መማኽርታን ኣባዲታን መድህን ፦
ነቲ ንሳ ዝረኣየቶ ክትርኢ ፦ ነቲ ንሳ ፈሊጣቶ ዝነበረት ምስጢር ክትፈልጥ ዕድል
ብዘይምርካባ ተሰምዓ። "ኣብቲ ዘላቶ ኹይና ትርኣዮን ትሕጐስን ተመስግንን
እንተላኺ ፦ እንታይ ፈሊጣ'የኺ ፦ ከትርእዮ ዘፈክኣለት ዝብል!" ኢላ ንነብሳ
ገንሐታ።

ቀጺላ ኽኣ "እንተርፎ እቶም ቀዲሞምና ናብ ቦታ ኹላትና ዝሓለፉ እንተ
ዘይኮይኖም ፦ ንሕና ጌና ኣብ መሬት ዘሎና ምስጢር ናይቲ ንሳቶም እንታይ
ይርእዮን እንታይ ይፈልጡን ፦ እንታይዶ ንፈልጥ ኢና!" ኢላ ሐሰበት። "ንሳ
ከትበጽሓ ዘይትኽእል ምስጢር ምኻኑ ብምዝካር ከኣ ፦ ማዕረ ዓቕማ ጥራይ
ከትሓስብን ከትግምትን ንነብሳ ኣዘኽኺረታ። ሽዑ ብኹሉ ኹሉ የመስግነካ ጐይታ ፦
ኣብዚሐዮን ኣብዚሐልካን ደኣ'ምበር ጐይታ ፦ ነዛ ኣብ በረኻ ትሓደርን ትውዕልን
ዘላ ንስይ ከኣ ባዕልኺ ሐልወለይ ጐይታይ።" ኢላ ዓይና ከተዕምትን ድቃስ
ከወስዳን ሐደ ኾነ።

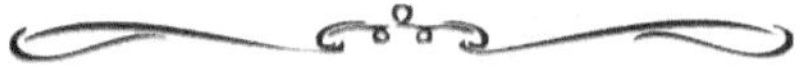

ተሰፍም ብተመሳሳሊ ንኹሉ ሰብ ምስ ኣፋነወ ፦ ከቴር ኣከላውን ኣእምሮኣውን
ድኽም ስለ ዝተሰመዖ ከድቅስ ብቓጥታ ናብ መደቀሲኡ ሐለፈ። እቲ ምሉእ
ቅነን ንኣዋርሕን ዘይተፈለጦ ውህሉል ድኽም ብሕንሳብ ተሰመዖ። ነዛ ናይ ለይቲ
ኽዳኑ'ውን ምቕያር ተሃከየ። ሽዑ ክላ ባዕሉ ይፈልጥ ኢሉ ፦ ሳእኑን ጁባኡን
እታ ሰብ-ሰርሐ እግሩን ድርብይ ኣቢሉ ምስ ክዳውንቱ ኣብ ዓራቱ ግምስስ በለ።

ኣብ ሞንጕ ድቃስን ሰመምታን ከሎ መድህን ፍሽኽ እናበለት ተራእየቶ።

"መድህነይ እንታይ ደኣ ፍሽኽ እትብሊ? በቲ ዘወሰድናዮ ስጕምቲ ዝግገብሊ ኢኺ እትመስሊ። ፈሪሕኪ ዲኺ ኔሪኪ? ንሓደ ጸገምን ግዴልን ከንፈትሕን ፥ መታን ካብ ሓደ ግዴል ከንናገፍን ደቅና ከነናግፍን ፥ ናብ ዝገደ ጸገምን ሕልሽላሽን ከይንወድቖ? ! ነቲ ኣምላኽ ዝፈጠሮ ዕሽል ባዕልና ከይንታኖኽሎ ዲኺ ፈሪሕኪ ኔሪኪ? መዓስ ተጋግኺ'ሞ ፤ ከም ሓሳብ ብሓንጐልና ሓሊፉን ኣሰላሲልናዮን'ውን ኔርና ኢና። ግን ኣሽንካይ ከንገብሮስ ስለ ዝሓሰባናዮ'ኺ ነብስና ወቒስናን ረጊምናን። ደሓር ከኣ እቶም ደቅኺ ከመይ ዘእመሰሉ ትኩራትን መስተውዓልትን ደዮም መሲሉኪ? ! ዋላ ንሕና እንተ ንደልዮ'ውን ንሳቶም ብዝጐተትናዮም ዝጐተቱ ጌልው ኣይኮንክን ኣዕቢኺ። ብቑዕ ምኽንያት ከይሓዙን ኣብ ብቑዕ ጥብቂ ከይረገጹን ፥ ዕሙት ስጕምቲ ዝወሰዱ መዓስ ኮይናዮም ! ብመጀመርታኡ'ውን'ኮ እዚ ኩሉ በዲሕዎም ዝነበረ ፥ ብናታቶም ጉድለት ኣይኮነን ነይሩ ፤ ዘይ'ታ እተወልዱላ ቤትን ፥ ሰዓትን ፥ መዓልትን ፥ ሀሞትን ሒዛትሎም ዘመጹት ትዕይልቲ'ያ። ኣጆኺ መድህነይ ኣብ መወዳእትኡ ፥ ሳላ እዝግሄርን ሳላኽን ሳላ ጸሎት ዓቢይቲ ወለድን ዘይተጋደፍና ፥ ጌልው ሕራይ ኢሎምና ሕራይ ይበሎም። ስለዚ እቲ ሓደራኽስ ኣምላኽ ኣሪዲመልና ኢዩ ፥ ፥ ኣጆኺ ቅሰኒ መድህነይ ! " ክብላ ተሰመዖ።

" ኩሉ እርእዮን እከታተሎን'የ ዘሎኹ ተሰፍም ሓወይ ! ብኹሉ ኹሉ ኸኣ መንፈሰይ ቀሲኑን ረጊኡን ዓጊቡን'ዮ ዘሎ ! ክትብሎ ተሰመዖ።

ብድሕሪ እተን ቃላት ምዝራብ መድህን ተሰወረቶ።

ሸው ነብሱን መንፈሱን ሰላምን ዕርቕን ከወርዮ ፥ መላእ ኣካላቱ ኸኣ ቅሳነትን ዕግበትን ከወርሮ ተሰምዖን ተፈለጦን።

ርእሱ እናነቕነቐን ዓሚቝ እና'ስተንፈሰን ፥ "ኣየ መድህነይ ! እምበኣር ኣብኡ ጌንኪ ኸኣ ትከታተልናን ትኣልዮናን ኢኺ ዘሎኺ ! " በለ።

ኣብ መጨረስታ "ተመስገን ጕይታይ ኣብዚ ዘብቃዕካነን ፥ ነዚ ዘፈጸምካንን ፥" ክብልን ብኡ'ቢሉ ከቢድን ልዋም ዝመልአ ድቃስ ከጸቕጦን ሓደ ኾነ።

"ተፈጸመ"

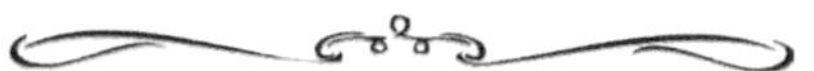

ምስጋና

መጽሓፍ ንኽጽሕፍ ንዓመታት ዝመኽረንን ፣ ዝደፋፍኣንን ዝነበረን ፣ ምስ ጀመርኩ ኸኣ ፣ መዓልታዊ ምዕባለይ ዝከታተል ዝነበረ ዶ/ር ክብርኣብ ፍረ ስለ ዝኽኦነ ፣ ብልቢ አመስግና።

ድርሰተይ ጽሒፈ ምስ ወዳእኩ ፣ አንቢቦም ብዝርዝር አዝዩ አገዳሲ ነጥብታትን ሓሳባትን ዝሃቡን ዝኣረሙለይን ፣ ገዲም ፋርማሲስት ኪዳነ ወልደየሱስ ፤ ሓኪምን ደራስን ዶ/ር ክብርኣብ ፍረ ፤ ሰብኣይ ጓለይ መምህር ሕግን ደራስን ዘርእሰናይ ደብረጽዮን ፤ ኤንጂነርን ደራስን ሰመረ ሃብተማርያም ፤ ወደይ ኤንጂኔር ሰመረ ተስፋይ ፣ ናይ ሞያ ብጻየይ ተስፋየሱስ ምሕጽንቱን ፣ ልዑል ምስጋናን አድናቑትን አቕርበሎም።

ዕዙዝ አበርከቶኦም ብሓንቲ ዓረፍተ ነገር ዝግለጽ አይኮነን። ብዘይ ቃል ዓለም መጽሓፍተይ ዕምቤቱን ጥልቀቱን ከዓዘዘ አዝዩ ወሳኒ ተራ ኢዮም ተጻዊቶም። አበርከቶኦምን አሰሮምን አብ ነፍሲ ወከፍ ምዕራፍ ናይ መጽሓፍተይ ሰሪጹን ተንጸባሪቖን ኢዩ። ስለዚ ምስጋናይ ልባዊ ኢዩ። አብዚ መዳይ'ዚ ንገዲም ፋርማሲስት ኪዳነ ወልደየሱስ ብፍሉይ ከጠቅሶ እፈቱ።

ከምኡ ኸኣ ፣ ሰለስተ አርባዕተ ግዜ አንቢባ ዝኣረመትለይ ፣ ናይ ሕሳብ ክኢላ ጓለይ ሰገን ተስፋይ ፣ ልዑል ምስጋናን አድናቑትን አቕርበላ። በዓልቲ ቤተይ ፋና ተወልደ ፣ መታን ከይተጸገምኩን ግዜ ረኺበን ክጽሕፍ ፣ አብ ገዛ ይኹን አብ ስራሕ ብዝገበረትለይ ሓልዮትን ሓገዝን ፣ ከምኡ'ውን ብዝለገሰትለይ ትዕግስትን ፍቕርን አመስግና።

ኣብ ገበር ዘሎ ፤ ኣዝዩ ውቁብ ስእልን ፤ ቅድን ፤ ዲዛይንን ፤ ብልዑል ተገዳስነትን ስምዒትን ዝሰርሓለይን ዘበርከተለይን ኤርምያስ ዘርኣጽዮን ኢዩ። ንትዕግስቱን ፤ ኣገባቡን ፤ ብቕዓቱን ፤ ሞያኡን ብልቢ ኣመስግኖ።

ንቐዳመይቲ መጽሓፍ "ህልኽ ተስፎምን ሃብቶምን" ኣንቢቦም ፤ ብኣካል ፤ ብስልኪ ፤ ብኢ.መይል ፤ ብሜሰንጀርን ብፈይስቡክን ፤ ርእይቶኦምን ናእዳኦምን ምስጋናኦምን ንዝለገሱለይ ኩሎም ኣንበብቲ ልዑል ምስጋና ኣቐርበሎም።

ብተወሳኺ ፤ ኣብ ሲያትል ፤ ሳንታ ክላራ ፤ ኣትላንታ ፤ ሜሪላንድን ፤ ቦስቶንን ንዘካየድናዮም ምረቓ ቀዳመይቲ መጽሓፍ ፤ ዝወደቡልናን ፤ ዘእንገዱናን ፤ ናይ ሲያትል ማሕበር ኢሲሲ ፤ ናይ ሳንታ ክላራ ኤርትራዊ ኮሙኒቲ ማእከል ፤ ናይ ኣትላንታ ኤርትራዊ ኣሜሪካዊ ኮሙኒቲ ማእከል ፤ ኣብ ዊተን ሜሪላንድ ዝርከብ ቤት መግቢ ደሴ ፤ ናይ ቦስቶን ኤርትራዊ ኣሜሪካዊ ኮሙኒቲ ማእከልን ፤ ልዑል ምስጋና ኣቐርበሎም።

ኣብ ስነ ስርዓት ምረቓን ምክፍፋልን ዝረድኡኒ ፤ ብፍላይ ዝጥቀሱ ፤ ግርማይ ኣድሓኖም ፤ ዮናስ ኣብርሃ ፤ ኣሌክስ ፎቶ ፤ ኣማኒኤል ዮውሃንስ ፤ ኣዜብ ሃይለ ፤ ጽጋይ ኣድሓኖም ፤ በላይ ገብረእግዚኣቢሄር ፤ ደሳለኝ ኣብርሃን ፤ ኣክሊል ሃይልን ፤ ልዑል ምስጋና ኣቐርበሎም። ካልኦት ኩሎም ስሞም ኣብዚ ዝርዝር'ዚ ዘይጠቐስኩዎም ፤ ዝተሓባበሩንን ዝደገፉንን ብዙሓት ኣሕዋትናን ፤ ኣሓትናን ፤ ኣዕሩኽትናን ፤ ደቅናን ዝኾኑን ፤ ስድራ ቤትን ወለድን ኩሎም ፤ ልዑል ምስጋና ኣቐርበሎም።

ኣብ ታሕሳስ 2018 ፤ ምስ ክብረኣብ ይመስገን ኣብ ሸዱሽተ ክፋላት ኣብ ዩትዩብ ኣብ ዝተፈነወ ቃለ መሕትት ንዝተሓባበሩኒ ፤ ከብርኣብ ይመስገንን ፤ ሃኒባል ዳንኤልን ፤ ዮውሃንስ ሚካኤልን ፤ ሚካኤል ተስፋይን ንስለ'ቲ ዝገበሩለይ ኩሉ ልዑል ምስጋና ኣቐርበሎም።

ብዛዕባ መጽሓፍ "ህልኽ ተስፎምን ሃብቶምን" ኣብ ጥቅምቲ 2019 ፤ ቃለ መሕትት ንዝገበረለይ ዶ/ር ተወልደ ወልደገብርኤልን ፤ ንድምጺ ኣሜሪካ ክፍሊ ትግርኛን ልዑል ምስጋና ኣቐርበሎም።

ኣርባዕተኦም ደቅና ፤ ኣድያምን ዊንታን ሰመረን ሰገንን ፤ መዓልታዊ ንዝውፍዩልና ዘለው ፍቕርን ሓልዮትን ክንክንን ልባውን ዓሚቝን ምስጋና ኣቐርበሎም። ብፍሉይ ከኣ ፤ ቦኽሪ ጓልና ኣድያም ፤ ኣብ ምፍላጥን ፤ ምዝርጋሕን ፤ ምረቓን ቀዳመይቲ መጽሓፍ ንዝተጻወተቶ ወሳኒ ፍሉይን ንኡድን ተራ ፤ ልዑል ኣድናቖተይን ምስጋናይን ኣቐርበላ።

ከምኡ ኽአ ፤ ኩሎም ስድራ ቤትን መሓዙትን ፤ መምህራንን ፤ ኣብ ፋርማሲ ካቴድራል ከፈልጦም ዕድል ዝረኸብኩ ተገልገልት ፤ ወለድን ፤ ኩሎም ደረስትን ስነ ጥበባውያንን ፤ መጻሕፍቶምን ዜማታቶምን ስራሓውቶምን ፤ ብሓጺሩ ኩሎም ኣብ ህይወተይን ኣተሓሳስባይን ጽሑፈይን ብተዘዋዋሪ ዕዙዝ ተራ ዝተጻወቱ ብልቢ ኣመስግኖም።

ኣብ መወዳእታን ልዕሊ ኹሉን ከአ ፤ ንደቀይ ከዕብን ከምህርን ኣብ ዝበጻሕ ከብጽሕን ፤ ደቀይ ተመሊሶም ንኣይ ከገብሩለይ ክርኢ ከበቅዕን ፤ ከምኡ ኽአ ንናይ ምጽሓፍ ባህገይን ሃረርታየይን ኪፍጽምን ፤ ኣብዚ ኹሉ ከበጽሕ ነዊሕ ዕድመን ጥዕናን ሰላምን ቅሳነትን ዝዓደለኒ ልዑል ኣምላኽ ዕዙዝ ምስጋና ኣቕርበሉ።

ደራሲ

ፋርማሲስት ተስፋይ መንግስ

ጥብቆ

ኣብ ታሕሳስ 2018 ምስ ክብረኣብ ይመስገን ዝተገብረ ቃለ መሕትት። እዝን ሽዱሽተ ነፍሲ ወከፈን ካብ 15-20 ደቒቕ ዝኾና ቪደዮታት ፡ ኣብ ናይ ክብረኣብ ይመስገን ዮትዮብ ቻነል ተዘርጊሐን ኣለዋ። ዒላማእን ፡ ማዕዳን ምኽርን ተሞኩሮን ንምትሕልላፍ ስለ ዝኾነ ፡ ግዜ ኣብ ዝረኸብኩምሉ ንኽትዕዘብዎን ብኽብሪ ኖዕመኩም። (https://youtu.be/qcSDwki9Rs)

ብዛዕባ መጽሓፍ ፡ "ህልኽ ተሰፍምን ሃብቶምን ፡" ምስ ዶ/ር ተወልደ ወልደገብርኤል ናይ ድምጺ ኣሜሪካ ከፍሊ. ትግርኛ ፡ ኣብ ሕዳር 26, 2019 ዝተገብረ ቃለ መሕትት። እቲ ምሉእ ትሕዝቶ ቃለ ምልልስ ፡ ብቪደዮ ኣብ ዮትዮብን ኣብ ናይ ድምጺ ኣሜሪካ ፈይስቡክ ገጽን ክትዕዘብዎ ትኽእሉ። (http://youtu.be/um0j_ictc31 or http://bit.ly/33pccio)

ኣብ ሚያዝያ 5, 2020 ብዛዕባ ኮሮና ሻይረስ ፥ ምስ ክብረኣብ ይመስገን ዝተገበረ ቃል መሕትት። ትሕዝቶኡ ኣብ ዮትዩብን ኣብ ፈይስቡክን ተዘርጊሑ ይርከብ። (https://youtu.be/JVKbTu66jKU)

ምስ ኤርትራዊ ማሕበር ኢ.ሲ.ሲ ብምትሕብባር ፣ ኣብ ሚያዝያ 6 2019 ኣብ ሲያትል ዋሽንግተን ዝተኸየደ ናይ መጀመርያ ምረቓ መጽሓፍ ፣ "ህልኽ ተሰፍምን ሃብቶምን።" ትሕዝቶኡ ኣብ ፈይስቡክ ገጽ ክትከታተልዎ ትኽእሉ።

ኣብ ግንቦት 10 2019 ፥ ኣብ ናይ ሳንታ ክላራ ካሊፎርንያ ኤርትራዊ ኮሙኒቲ ማእከል ፥ ዝተኸየደ ምረቓ መጽሓፍ ፥ "ህልኽ ተሰፎምን ሃብቶምን።" ናይ ሕቶን መልስን ምልኣ ትሕዝቶ ቪደዮ ፥ ኣብ ፈይስቡክ ገጽ Lizb Eritrea ክትከታተልዎ ትኽእሉ።
(https://www.facebook.com/communitina/videos/2243665742394393/)

ኣብ ጥቅምቲ 26, 2019 ፥ ኣብ ናይ ኤርትራዊ ኣሜሪካዊ ኮሙኒቲ ማእከል ፥ ኣብ ኣትላንታ ጆርጅያ ዝተኸየደ ምረቓ መጽሓፍ ፥ "ህልኽ ተሰፎምን ሃብቶምን።" ምልኣ ትሕዝቶ ብቪደዮ ተቐሪጹ ሰለ ዘሎ ፥ ኣብ EriAm Eritrea ፈይስቡክ ገጽ ወይ ኣብ ናተይ ገጽ ክትከታተልዎ ትኽእሉ።
(https://www.facebook.com/eacag1991/videos/3095468590469661/)

ኣብ ታሕሳስ 14 2019 ፣ ኣብ ኤርትራዊ ኣሜሪካዊ ኮሙኒቲ ማእከል ቦስቶን ማሳቹስትስ ፣ ዝተኸየደ ምረቓ መጽሓፍ ፣ "ህልኽ ተሰፎምን ሃብቶምን።" ምሉእ ትሕዝቶ ሕቶን መልስን ዘተን ፣ ኣብ ናይ ኣማኑኤል ዮውሃንስ ፈይስቡክ ገጽ ወይ ኣብ ናተይ ገጽ ክትከታተልዎ ትኽእሉ።

(https://www.facebook.com/935091/videos/10107404069362450/)

ኣብ ታሕሳስ 7 2019 ፣ ኣብ ቤት መግቢ ደሴ ፣ ኣብ ዊተን ሜሪላንድ ዝተኸየደ ምረቓ መጽሓፍ ፣ "ህልኽ ተሰፎምን ሃብቶምን።" ምሉእ ትሕዝቶ ኣብ ፈይስቡክ ገጽ ክትከታተልዎ ትኽእሉ።
(https://www.facebook.com/yebio.mesfin/videos/10221041533856626/)

ደራሲ ፋርማሲስት ተስፋይ መንግስ ፡ ኣብ 2011 ዓ ፡ም ፡ ኣብ ኤሪቲቪ ፡ ኣብ መደብ "ምኽሪ ሞያውያን ፡" ዘካየዶ ነናይ ሰላሳ ደቒቕ ፡ ስልስተ ተኽታተልቲ ቃለ መሕትት።

www.ingramcontent.com/pod-product-compliance
Lightning Source LLC
Chambersburg PA
CBHW020906110726
47900CB00001B/41